DANIEL WOLF

Im Bann des Adlers

GOLDMANN

Buch

Friesland 1390: Der einundzwanzigjährige Folkmar Janns Osinga ist Schiffszimmermann mit Leib und Seele. Gemeinsam mit seinem Vater Jann baut er begehrte Koggen, das Unternehmen der Familie floriert. Als Folkmar die junge, kluge Almuth kennenlernt, scheint sein Leben perfekt. Doch dann wird er Opfer einer perfiden Intrige: Des Mordes bezichtigt muss Folkmar fliehen, sowohl Almuth als auch seiner Heimatstadt den Rücken kehren. Verzweifelt versucht er, seine Unschuld zu beweisen. Seine Lage ist hoffnungslos – bis er den Vitalienbrüdern begegnet und sich den berüchtigten Piraten anschließt …

Autor

Daniel Wolf ist das Pseudonym von Christoph Lode. Der 1977 geborene Schriftsteller arbeitete zunächst u.a. als Musiklehrer, in einer Chemiefabrik und in einer psychiatrischen Klinik, bevor er sich ganz dem Schreiben widmete. Mit den historischen Romanen um die Händlerfamilie Fleury, »Das Salz der Erde«, »Das Licht der Welt«, »Das Gold des Meeres« und »Die Gabe des Himmels«, gelang ihm der Sprung auf die Bestsellerlisten. Der Beginn der Friesensaga, »Im Zeichen des Löwen«, erreichte Platz eins der Bestsellerliste. Der Autor lebt in Speyer.

Weitere Informationen zu Christoph Lode unter:
https://www.facebook.com/DanielWolfAutor
und
https://twitter.com/ObiWan_Kelodi

Daniel Wolf

Im Bann des Adlers

Historischer Roman

GOLDMANN

MIX
Papier aus verantwortungsvollen Quellen
FSC® C014496
FSC www.fsc.org

Penguin Random House Verlagsgruppe FSC® N001967

3. Auflage
Originalausgabe August 2022

Dieses Werk wurde vermittelt durch die
Literarische Agentur Thomas Schlück GmbH, 30161 Hannover.
Gestaltung des Umschlags und der Umschlaginnenseiten:
UNO Werbeagentur, München
Umschlagmotiv: Schiff: © Miniatur aus der Aeneid von Virgil
mit Kommentar von Servius, Manuskript 493, Folio 99, verso, Pergament, 1469 /
De Agostini Picture Library / M. Seemuller / Bridgeman Images
Papierstruktur: FinePic®, München
Redaktion: Eva Wagner
BH · Herstellung: ik
Satz: Uhl + Massopust, Aalen
Druck und Bindung: GGP Media GmbH, Pößneck
Printed in Germany
ISBN: 978-3-442-49238-1

www.goldmann-verlag.de

Dramatis Personae

Das * kennzeichnet eine historische Person.

Warfstede

Folkmar Janns Osinga, ein Schiffszimmermann
Jann Wilken Osinga, Folkmars Vater
Jorien Folkmars, Folkmars Mutter
Abbe Wilken Osinga, Folkmars Onkel
Folkmar Peters, Folkmars Großvater
Etta Janns, Folkmars Schwester
Bent Olrichs, Ettas Gemahl

Gert Ulfferts, ein Händler
Almuth Gerts, seine Tochter

Yneke Egers, der Vogt
Cord Hanneken, ein Krieger
Bruder Erasmus, der Vikar
Marten Ruthers, ein Schiffszimmermann
Jeltke Tiden, ein Schiffszimmermann
Harke Clausen, ein Schiffszimmermann
Graleff Lubben, ein Bauer

Marienhafe

Ocko I.*, das Oberhaupt der Familie **tom Brok**, ein Häuptling
Foelke Kampana*, seine Gemahlin
Keno II.*, ihr Sohn
Widzelt*, Ockos Bastard

Almer*, der Kaplan der Familie tom Brok
Udolf, Kenos Diener
Meister Rabanus, ein Wundarzt und Marterknecht
Meister Bolt, ein Schiffszimmermann

Eme Gottfriedsen, ein Bogenschütze
Aelryck, ein gefangener Schieringer
Hayka, Widzelts Gemahlin
Maye, ihre Tochter

Westergo und Ostergo

Juw Juwinga*, ein Vetkoper
Jarges Coppen*, ein Schieringer
Heemstra Omken, ein Schieringer
Bruder Conradus, ein Zisterzienser
Bruder Winoldus, ein Klausner
Apke Sirks, ein Schieringer
Zweymer Nanken, ein Schieringer
Benken, ein Schieringer

Seeräuber und Söldner

Gödeke Michels*, ein Hauptmann der Likedeeler
Johann Störtebeker*, ein Hauptmann der Likedeeler
Hennig Wichmann*, ein Hauptmann der Likedeeler
Magister Wigbold*, ein Hauptmann der Likedeeler
Otto von Tyne*, ein Likedeeler
Klaus Scheld*, ein Likedeeler
Welpe, ein Likedeeler und der Schiffsjunge der *Seetiger*
Gernot, ein Likedeeler und Schiffszimmermann

Diverse Mächtige und Würdenträger

Albrecht I. von Bayern*, Herzog von Bayern-Straubing und Graf von Holland
Volkmar Allena*, ein Häuptling
Hisko Abdena*, ein Häuptling
Edo Wiemken*, ein Häuptling
Kanke Kanken*, ein Häuptling
Hayo Erkesna*, ein Häuptling
Olde Reent*, ein Häuptling
Focko Ukena*, ein Vogt

Sonstige

Tiard Sibenga, ein Häuptling
Stirp Popken, ein Torfstecher
Ludgher Popken, ein Torfstecher, Stirps Bruder
Popke, ihr Vater
Pieter von Dordrecht, ein holländischer Ritter
Egghert Schoeff*, ein Danziger Kaufmann

Im Anhang befindet sich ein Glossar der friesischen und maritimen Begriffe.

Prolog

Warfstede, 1386

Almuth reckte den Hals, doch der Bucklige war nirgends zu sehen.

Sie stand auf dem The, dem staubigen Platz vor dem Schankhaus, wo Händler in der Morgensonne Bier, Sommergemüse und Messerklingen feilboten. Sie spähte zum Steinhaus, dessen feuerrote Mauern die Reetdächer ringsum überragten. Es stank nach Fisch, Dung und Torfrauch. In jedem Marschdorf, das sie mit ihrem Vater besuchte, stank es nach Fisch, Dung und Torfrauch.

Almuth Gerts war erst vierzehn Jahre alt, doch sie hatte schon viele Missgestaltete gesehen. Sie kauerten in Kirchhöfen und finsteren Ecken – bemitleidenswerte Gestalten, die um Almosen betteln mussten, weil sie von ihren Familien fortgejagt worden waren. Wen Gott mit lahmen Gliedern, Zwergenwuchs oder Blindheit geschlagen hatte, der war kaum besser dran als ein Aussätziger und zu einem elenden Dasein in Schmutz und Einsamkeit verurteilt. Noch nie hatte Almuth von einem Verwachsenen gehört, der kostbare Kleider trug und in einer steinernen Burg wohnte.

Aber das war längst nicht alles, was man sich über den Buckligen von Warfstede erzählte. Abbe Wilken Osinga, so sagte man, sei trotz seiner Missbildungen ein reicher Mann und stehe dem Kirchspiel als Richter vor. Eine der vielen wundersamen Geschichten, die sie über die Familie Osinga gehört hatte.

All das kitzelte ihre Neugier. Sie wollte dieses ungewöhnliche Geschöpf unbedingt sehen.

»Hör auf zu träumen und hilf mir«, sagte ihr Vater.

Gert Ulfferts handelte mit Friesensalz und reiste im Sommer von Marktflecken zu Marktflecken, während Almuths Mutter zu Hause Hof und Vieh hegte. Die Familie lebte zwei Tagesmärsche entfernt in der Landsgemeinde Östringen. Eben mühte sich Gert mit einem Fass ab. Almuth half ihm, es vom Ackerschlitten zu heben. Ihr Vater war einigermaßen erfolgreich als Kaufmann, doch für einen Gehilfen reichte das Geld nicht, sodass Almuth mit anpacken musste.

Der Morgen verlief zäh. Gelegentlich verkaufte Gert etwas, aber die Kunden standen nicht gerade Schlange vor ihrem Tisch mit der Feinwaage und dem Rechenbrett. Er war nicht der Einzige, der Friesensalz anbot. Ein einheimischer Torfstecher hielt ebenfalls welches feil, und die meisten Dorfbewohner gaben ihm den Vorzug. Gert beklagte murrend sein Pech.

»Darf ich mich ein wenig umschauen?«, fragte Almuth, als sie die Langeweile nicht mehr ertrug.

Ihr Vater kniff die Augen gegen die blendende Sonne zusammen und beäugte neidvoll seinen Konkurrenten, der soeben ein ganzes Fass verkaufte und dafür einen Beutel Silber bekam. »Sieh zuerst nach dem Pferd. Und sei gegen Mittag wieder da.«

Lächelnd küsste sie ihn auf die Wange.

»Bring dich nicht wieder in Schwierigkeiten, hörst du?«, rief er ihr nach, als sie über den The eilte.

Immerzu machte er sich Sorgen um ihr Wohlergehen. Gleichwohl gewährte er ihr reichlich Freiheiten, gutmütig, wie er war, weshalb Almuth die Handelsfahrten mit ihm stets genoss.

Sie ging zum Schankhaus, wo sie am vergangenen Abend untergekommen waren, betrat den Stall und überzeugte sich davon, dass das Pferd sauberes Wasser und genügend Futter hatte. Als sie wieder ins Freie trat, sah sie, dass sich ein wohlhabender Marschbauer in einem feinen Rock für Gerts Salz interessierte. Sogleich scharwenzelte ihr Vater um den Mann herum und biederte sich unterwürfig an, wie immer, wenn er es mit reichen und wichtigen Personen zu tun bekam. Almuth seufzte in sich hinein. Sie liebte ihren Vater. Dieser Wesenszug jedoch ging ihr beträchtlich auf die Nerven.

Sie schlenderte zum Fluss, der irgendwo in der Geest entsprang, durch das Marschland mäanderte und bei Warfstede ins Meer strömte. Das plätschernde Wasser trieb eine Sägemühle an, in der soeben mehrere Männer einen Balken zuschnitten. Die Zimmerleute grüßten einen Schiffer, der seinen mit Torfballen beladenen Kahn gemächlich den Fluss entlangsteuerte.

Almuth folgte dem von vertrockneten Pferdeäpfeln bedeckten Weg und gelangte zum See, der zwischen dem Dorf und dem Deich in der Sonne glitzerte, gesäumt von blühendem Röhricht. Bei den Anlegestegen, wo eine Kogge und zwei Fischerboote vertäut waren, blieb sie stehen und ließ den Blick umherschweifen.

Warfstede war ein erstaunlicher Ort. Kleiner als Esens, der Hauptort der Landsgemeinde Harlingerland, aber fortschrittlicher. Sie kannte keinen anderen Hafen, der auf der Landseite des Deichs lag, wodurch die ankernden Schiffe vor den Launen der Westsee geschützt waren. Folglich war das Siel so breit, dass eine Kogge hindurchpasste. Gerade standen die mächtigen Schleusentore offen, denn es herrschte Ebbe, sodass der aufgestaute Fluss ins Watt abfließen konnte.

Am Seeufer lag die berühmte Lastadie, der größte Schiffsbauplatz von Harlingerland, möglicherweise von ganz Ostfriesland. Unter der Leitung von Abbe Wilkens Bruder Jann fertigte die Familie Osinga Koggen, Schniggen und andere Hochseeschiffe, die im Dienste der Hanse bis nach Bergen und Gotland segelten. Dutzende Männer verrichteten zwischen den Werkhütten ihr Tagwerk. Lehrknechte krümmten Bretter über den rauchenden Feuergruben. In den Spantenskeletten, die wie die Rippenkäfige gestrandeter Wale auf den Hellingen lagen, arbeiteten Zimmerleute und schlugen Planken an.

All das war zweifellos interessant. Nicht so interessant jedoch wie der mysteriöse Bucklige. Almuth wandte sich um und betrachtete abermals das Steinhaus.

Das Heim der Familie Osinga stand auf einer lang gezogenen Warf, einem Erdhügel, den man einst zum Schutz vor Sturmfluten aufgeschüttet hatte. Neben der benachbarten Kirche war es das einzige Steingebäude weit und breit. Ein Hirte, der ihnen am Vortag den Weg nach Warfstede gewiesen hatte, hatte es mit einem Leuchtfeuer verglichen. Das war nicht übertrieben, fand Almuth. Die roten Ziegel, aus denen die mächtigen Außenwände bestanden, leuchteten derart kräftig im eintönigen Marschland, dass man das turmhohe Steinhaus gewiss vom Meer aus sehen konnte.

Hier also wohnte der Bucklige, wenn die Geschichten der Wahrheit entsprachen.

Sie hatte gehört, der Redjeve zu Warfstede werde noch immer von den freien Männern gewählt – was sie beinahe so bemerkenswert fand wie den Umstand, dass ein Verwachsener über andere zu Gericht saß. In ihrer Heimat hatten die reichsten Familien dieses hohe Amt in ihren jeweiligen Kirchspielen schon vor Generationen an sich gerissen, und stets vererbte es der Vater an den erstgeborenen Sohn. Außerdem nannte man sich schon lange nicht mehr Redjeve – die führenden Männer in den Bauernschaften bevorzugten den glanzvolleren Titel »Häuptling«, und sie gebärdeten sich wie deutsche Edelleute. Der mächtigste von ihnen war Edo Wiemken, der über ganz Östringen sowie über das benachbarte Rüstringen herrschte. Die geringeren Häuptlinge schuldeten ihm Gehorsam, und wer sich seinen Zorn zuzog, wurde grausam bestraft. Almuth hatte gehört, er habe einen seiner Feinde mit einem dünnen Hanfseil durchsägen lassen. Ein Schauder überlief sie, wenn sie sich diese schreckliche Art zu sterben vorstellte.

Edo Wiemken war freilich nicht so mächtig wie Ocko tom Brok, der Häuptling der Landsgemeinde Brokmerland, der bereits das Auricherland unterworfen hatte und in weiteren Landsgemeinden nach der Herrschaft griff. Ganz Ostfriesland fürchtete die Machtgier der Familie tom Brok. Almuths Vater sagte, es sei nur eine Frage der Zeit, bis es zwischen Ocko und Edo Wiemken zum Krieg komme. Almuth sorgte sich deswegen nicht sonderlich. Seit sie denken konnte, bekämpften die verschiedenen Häuptlinge einander. Sie kannte nichts anderes als Zwist und Fehde.

Warfstede schien die endlosen Rivalitäten zwischen den Mächtigen bisher unbeschadet überstanden zu haben. Nirgends sah sie abgebrannte Höfe oder verwüstete Felder. Erdwälle mit Palisaden und Wachtürmen schützten das Dorf, die Menschen gingen unbeschwert ihrer Arbeit nach. Almuth fragte sich, ob dies Abbe Wilkens Verdienst war. Es hieß, er sei ein weiser Mann, dessen ganzes Streben dem Gedeihen des Kirchspiels gelte. War es ihm gelungen, Warfstede aus den Kämpfen um die Vorherrschaft in Ostfriesland herauszuhalten?

Wenn er nur endlich auftauchen würde! Doch auf der Leiter, die am höher gelegenen Eingang des Steinhauses lehnte, zeigte sich lediglich eine Magd, die mit einem Korb in der Hand hinunterkletterte und der gackernden Hühnerschar eine Handvoll Körner hinwarf.

»Kann ich dir helfen?«

Almuth fuhr erschrocken herum. Vor ihr stand einer der größten Männer, die sie je gesehen hatte. Er überragte sie um mehr als eine Haupteslänge und war breit gebaut, besonders an den Schultern. Dabei schien er nur wenige Jahre älter zu sein als sie, siebzehn vielleicht.

»Ich bin Folkmar Janns«, stellte er sich lächelnd vor. »Du bist nicht von hier, richtig?«

»Ich komme aus Jever. Ich bin mit meinem Vater auf dem Markt.« Sie konnte nicht anders, als den jungen Mann ausgiebig zu mustern. Er hatte warme Augen und dichtes blondes Haar, das viele Wirbel bildete. Ein Beitel und anderes Zimmermannswerkzeug hingen an seinem abgewetzten Ledergürtel.

Er schaute sie abwartend an.

»Ich heiße Almuth Gerts«, beeilte sie sich zu sagen. Sie spürte, dass ihr Gesicht heiß wurde. Bei Gott, manchmal war sie schrecklich langsam.

»Almuth«, wiederholte er, als hätte er diesen Namen noch nie gehört. »Suchst du jemanden?«

»Stimmt es, dass ein Buckliger im Steinhaus wohnt?«

»Oh ja. Aber er ist nicht mehr der Jüngste. Er kommt nur noch selten heraus – die Leiter macht ihm zu schaffen.«

»Ist er wirklich Redjeve?«

Folkmar nickte. »An Ostern ist er von einer großen Mehrheit wiedergewählt worden.«

»Wie kommt es, dass so viele ihn akzeptieren?«

»Obwohl er ein Krüppel ist?«, ergänzte der junge Mann.

Almuth verspürte einen Anflug von Verlegenheit. »Verwachsenen ist es doch eigentlich nicht erlaubt, Richter zu werden.«

Das Lächeln verschwand aus den braunen Augen. »Das ist eine unheimliche Geschichte …«

»Erzähl sie mir«, bat Almuth.

»Nun, ihm werden Zauberkräfte nachgesagt. Es heißt, der Bucklige praktiziere schwarze Magie und verfluche jeden, der sich seinen Wünschen verweigert.«

»Ist das wirklich wahr?«

»Schwer zu sagen. Ich bin nur ein Zimmermann – ich verstehe nichts von solchen Dingen. Aber es ist wohl am besten, auf der Hut zu sein.«

Sie wusste nicht, was sie von alldem halten sollte. Konnte ein Mann weise und gerecht und zugleich mit bösen Mächten im Bunde sein? Andererseits hatte sie gehört, körperliche Missbildungen wären Gottes Strafe für schwere Sünden. Und schädliche Hexerei gegen andere zu gebrauchen war zweifellos sündhaft. Sie betrachtete das Steinhaus, das ihr auf einmal düster und bedrohlich erschien.

Das Lächeln kehrte zurück. »Wenn du möchtest, führe ich dich herum und zeige dir alles«, schlug Folkmar vor.

Die Lust, den unheimlichen Buckligen zu sehen, war ihr gründlich vergangen. »Gern«, sagte sie erleichtert. Ihr gefiel die Aussicht, Zeit mit diesem freundlichen jungen Mann zu verbringen. »Aber ich will dich nicht von der Arbeit abhalten.«

»Tust du nicht. Ich bin seit dem Morgengrauen auf den Beinen und wollte ohnehin gerade eine Pause machen.«

Sie gingen am See entlang. Wind kam auf und trieb seinen Schabernack mit Almuths Haar, das sie offen trug, wie es sich für eine Jungfrau geziemte. Es war üppig und leuchtend wie das Herdfeuer. Kupferfarbene und kastanienbraune Strähnen fielen ihr wild auf Wangen, Hals und Schultern, kitzelten ihr das Gesicht, wenn die Böen damit spielten. Nicht nur ihre Augen waren dunkel, auch die Lider waren es. Überhaupt hatte ihre Haut einen kräftigen olivfarbenen Ton, sodass manche Leute dachten, sie käme aus einem fernen Land. Dabei war sie Friesin durch und durch. Mitunter ärgerte sie sich über ihre Nase, die sie für zu groß geraten hielt.

Vielfältige Gerüche bestürmten eben diese Nase, als Almuth und Folkmar die Lastadie erreichten: nach Pech, Rauch und Kiefernharz, und die warme Luft summte vom emsigen Lärm der Hämmer und Sägen. Ein Zimmermann stand auf einem aufgebockten Baumstamm und spaltete das Holz der Länge nach, indem er es präzise mit der Axt bearbeitete. Folkmar winkte den Männern, sie riefen ihm fröhliche

Grüße und Scherzworte zu. Offenbar war er bei Gesellen und Lehrknechten gleichermaßen beliebt.

»Arbeitest du schon lange hier?«, erkundigte sich Almuth.

»Ich glaube, ich war sechs oder sieben, als mir mein Vater beigebracht hat, wie man einen Nagel einschlägt. In ein paar Jahren werde ich meinen Meister machen, so Gott will.«

»Die Familie Osinga muss sehr reich sein, wenn sie sich all das leisten kann«, sagte sie mit Blick auf die riesigen Holzstapel, die Schuppen voller Baumaterial und die Werkhütten, die ein kleines Dorf bildeten.

»Es ist umgekehrt«, erklärte Folkmar. »Die Lastadie hat die Familie Osinga reich gemacht. Nimm zum Beispiel diese beiden Schiffe.«

Sie blieben an einem Steg stehen. Die Kogge, die im Wasser lag, wirkte nahezu fertig, soweit Almuth das beurteilen konnte. Zwei Männer saßen mit gespreizten Beinen auf der Rah, befestigten ein Tau an dem ausladenden Rundholz und warfen das Seilende hinunter auf das fünfzehn Klafter tiefer gelegene Deck, wo andere Zimmerleute es aufnahmen und an der Reling festzurrten.

»Sie ist für den Lübecker Kaufmann Thomas Morkerke von der angesehenen Zirkelgesellschaft bestimmt«, fuhr Folkmar fort. »Er hat sechs Koggen bei uns bestellt und zahlt für jede tausend Mark.«

Almuth schwieg beeindruckt. Insgesamt sechstausend Mark – eine unvorstellbare Menge Geld. Nun verstand sie, warum sich die Familie Osinga eine moderne Sägemühle, ein gewaltiges Siel und imposante Befestigungsanlagen leisten konnte.

»Weißt du, wie viel Material man braucht, um solch eine Kogge zu bauen?«

»Ich verstehe nicht viel von Schiffen«, gestand Almuth.

»Zwölfhundert Holznägel, zweitausend Eisennägel und viertausend Kalfatklammern. Das Holz zu beschaffen, ist am schwierigsten. In Friesland wächst nicht genug, es muss aus den Bergen an der Weser hergebracht werden und dann erst einmal lange ablagern, bevor es verarbeitet werden kann.«

Folkmar deutete auf die verschiedenen Teile der Kogge und sprach über Klinker- und Kraweelbeplankung, über Mast und Wegerung, über Schoten und Wanten. Almuth verstand allenfalls die Hälfte seiner Ausführungen, doch das machte nichts. Er sprach derart begeistert über seine Arbeit, dass sie ihm gern zuhörte.

»Du liebst Schiffe, richtig?«, stellte sie fest.

»Schiffe zu bauen, ist mein Leben«, antwortete er mit einem Ernst, der sie anrührte. »Ich möchte nichts anderes machen. Komm. Ich zeig dir das Siel.«

Wenig später standen sie auf dem Deich, der das Land vom Meer schied. Schafe weideten auf den grasbewachsenen Hängen um den hölzernen Wachturm, auf dem ein Krieger stand. Almuth blickte hinaus aufs glitzernde Watt jenseits der Salzwiesen. Die See war beinahe bis zu den Inseln zurückgewichen. Nur der Priel, die Verlängerung des Flusses, führte noch Wasser und schlängelte sich gleißend wie eine Spur aus Gemmen durch den silbrigen Schlick. Almuth fühlte sich klein angesichts dieser Weiten. Wie alle Friesen liebte sie das Meer und fürchtete es zugleich. Es hatte ihrem Volk Reichtum und fruchtbare Böden, aber auch Sturmfluten und Verwüstung gebracht. Ohne den Goldenen Ring – das Bollwerk aus Deichen, das ganz Friesland abschirmte – wäre Leben im Marschland kaum möglich. *Gott schuf das Meer, der Mensch die Küste,* lautete eine alte Redensart.

»Ein solches Siel habe ich noch nie gesehen«, sagte sie beeindruckt.

»In Westfriesland und Holland gibt es ähnlich große Siele, aber in Ostfriesland dürfte unseres einzigartig sein«, erklärte Folkmar nicht ohne Stolz. »Mein Urgroßvater hat es gebaut. Sein Vorbild war das legendäre Schlicker Siel, dessen Tore angeblich aus Kupfer waren.«

»Dein Urgroßvater?« Almuth runzelte die Stirn. Hatte sie etwas nicht mitbekommen?

Folkmar war plötzlich verstummt, er starrte aufs Meer hinaus. Schiffe erschienen im dunstigen Seegatt zwischen den Inseln Langeoog und Baltrum. Erst zwei, dann vier, dann eine ganze Flotte, die vor dem Nordwestwind segelte.

Wenig später erreichten die Koggen und Schniggen, nunmehr zwanzig an der Zahl, die flachen Gewässer südlich der Inseln. Das Flaggschiff trug ein Zeichen auf dem Rahsegel. Almuth konnte erkennen, dass es sich um einen Adler handelte.

Das Wappen der Familie tom Brok.

»Herr, steh uns bei«, flüsterte Folkmar.

Sie waren nicht mehr allein auf dem Deich. Die Zimmerleute hatten die Flotte ebenfalls erblickt und erklommen in Scharen die Böschung. Bewaffnete eilten zum Turm, stiegen die Leiter hinauf und drängten sich an der Brüstung. Dutzende Blicke waren auf die Schiffe gerichtet, deren Mannschaften gerade die Segel fierten und die Anker ausbrachten. Kaum jemand sprach.

Auch Almuth verspürte Beklemmung in sich aufsteigen. Sie wusste, sie sollte zu ihrem Vater gehen, so schnell wie möglich. Die Neugier war jedoch stärker als die Angst. Sie wollte erfahren, was hier vor sich ging.

Von den Schiffen wurden Boote zu Wasser gelassen. Krieger stiegen hinein und ruderten zum Watt. Es mussten Hunderte sein – eine furchteinflößende Streitmacht.

»Platz dem Redjeve!«, rief jemand.

Da sah Almuth den Buckligen.

Abbe Wilken Osinga kam den Weg entlang, und tatsächlich: Er trug ein feines Gewand und ein vornehmes Barett. Zwischen den Schulterblättern wölbte sich ein Buckel, Beine und Rücken waren krumm, und das Gehen bereitete ihm sichtlich Mühe, weshalb er sich auf einen Krückstock stützte. Bei ihm waren mehrere Bewaffnete, die das Löwenwappen der Familie Osinga auf den Röcken trugen, sowie sein Bruder Jann Wilken, den Almuth am vergangenen Abend mit anderen Schiffszimmerleuten im Schankhaus gesehen hatte.

Dieser Mann war kein böser Zauberer, das erkannte sie auf einen Blick. Die Menschen von Warfstede folgten ihm, weil er eine natürliche Autorität ausstrahlte. Jeder in seiner Nähe, vom Kriegsknecht bis zum Meister, behandelte ihn voller Ehrerbietung.

»Lass mich dir helfen, Onkel.« Folkmar ging ihm entgegen und reichte ihm die Hand.

Onkel? Almuth durchfuhr es heiß und kalt. Natürlich, Folkmars Vatername lautete »Janns«. Er war Jann Wilkens Sohn – und ebenfalls ein Osinga. Mit seiner Geschichte, Abbe Wilken sei ein Hexer, hatte er sie auf den Arm genommen, um ihr die dummen Fragen heimzuzahlen. Sie schämte sich in Grund und Boden. Sie hatte sich kräftig blamiert. Alles wegen ihrer siebenmal verfluchten Neugier!

Dank Folkmars Hilfe gelang es Abbe, den Deich zu erklimmen.

Die Männer machten ihm Platz, sodass er das Geschehen auf dem Watt beobachten konnte. Almuth wollte sich bei Folkmar entschuldigen, dass sie seinen Onkel einen Buckligen genannt hatte. Doch seine ganze Aufmerksamkeit galt dem Kriegsvolk, das sich um die Banner mit dem schwarzen Adlerwappen scharte und zur Küste marschierte.

Abbe kniff die Augen zu Schlitzen zusammen. Er war ein alter Mann, um sein Sehvermögen stand es offenbar nicht mehr allzu gut, denn er erkundigte sich bei seinem Bruder: »Ist er dabei?«

»Ganz vorn«, antwortete Jann.

Er deutete auf einen Krieger, der nach der Art der deutschen Ritter einen Plattenharnisch trug und seinen Mannen vorausschritt. Almuth vermutete, dass der Gerüstete kein Geringerer als der gefürchtete Eroberer Ocko tom Brok war.

»Alle Krieger zu mir! Bemannt den Deich!«, rief Abbe mit donnernder Stimme.

»Das ist ein Kampf, den wir nicht gewinnen können«, sagte Jann, und das war das Letzte, was Almuth hörte, ehe das Chaos losbrach.

Männer brüllten und rempelten einander an, als sie die landseitige Böschung hinabeilten und dort auf Scharen von Dorfbewohnern trafen, die nicht verstanden, was vor sich ging. Almuth fühlte Panik in sich aufsteigen, bis sie plötzlich eine kräftige Hand auf dem Rücken spürte.

»Ich bringe dich zum Dorf zurück«, sagte Folkmar Janns Osinga.

Dank seiner Statur war es ihm ein Leichtes, sich einen Weg durch die Menschenmenge zu bahnen, sodass Almuth wohlbehalten zur Lastadie gelangte. Weitere Dorfbewohner kamen ihnen entgegen, und die Kriegsknechte der Familie Osinga hatten alle Hände voll zu tun, die Leute davon abzuhalten, auf den Deich zu steigen.

»Almuth!«, hörte sie Gert rufen.

Er stand auf dem Weg, das Gesicht rot und verschwitzt, Panik in den Augen.

»Vater!«

Er stürzte zu ihr, ergriff ihre Hände. »Stimmt es, dass Ocko tom Brok hier ist?« Ohne ihre Antwort abzuwarten, keuchte er atemlos: »Die Osinga sind ihm nicht gewachsen, das gibt ein Blutbad. Wir müssen fort von hier.«

Sie schaute Folkmar an, der bei ihnen stand und ratlos wirkte. Bevor sie ihm danken oder sich wenigstens von ihm verabschieden konnte, zerrte ihr Vater sie fort. Folkmar runzelte die Stirn, dann wandte er sich ab und verschwand zwischen den Werkhütten.

Der The wirkte seltsam verwaist, weil das ganze Dorfvolk, so schien es, zum Deich eilte. Almuth holte rasch das Pferd aus dem Stall, spannte es vor den Ackerschlitten und half ihrem Vater, die Handelsware aufzuladen.

Wenig später zogen sie durch das Tor. Oben auf dem Geestrücken blickte sich Almuth ein letztes Mal nach Warfstede um und schickte ein Stoßgebet zum Himmel, während Windböen ihr Haar peitschten.

Herr, bitte schütze Folkmar Janns.

Sie glaubte, dass sie ihn niemals wiedersehen würde.

Sie irrte sich.

ERSTES BUCH

TOM BROK

November 1390 bis Oktober 1391

Kapitel eins

Warfstede

Folkmar Janns erwachte in seiner Kammer. Wie war er hierhergekommen? Er konnte sich nicht erinnern. Ihm dröhnte der Schädel, als würde man den Knochen beharrlich mit der stumpfen Seite eines Zimmermannsbeils bearbeiten.

Er rieb sich das teigige Gesicht und schälte sich umständlich aus der Daunendecke. Als er einen Fuß auf den Boden stellte und aufstehen wollte, drehte sich alles. Brechreiz stieg ihm die Kehle hinauf. Stöhnend sank er zurück ins Kissen.

Nach und nach kehrte die Erinnerung an den gestrigen Abend zurück, wie die Planken eines Schiffswracks, die stückweise ans Ufer trieben. Sie hatten gefeiert, er und sein Vater und die anderen Zimmerleute. Seine Ernennung zum Meister war der freudige Anlass gewesen, und sie hatten ihn mit reichlich Bier begossen. Bier aus Hamburg, würzig, süffig und stärker als die dünne Gerstenbrühe, die es gewöhnlich in Warfstede gab. Normalerweise vertrug Folkmar einiges, doch bei Gott und allen Märtyrern, die an Kopf und Magen scheußliche Qualen erlitten hatten: Diesmal hatte er es gründlich übertrieben.

Er blieb eine Weile mit geschlossenen Augen liegen, ehe er einen neuen Versuch unternahm aufzustehen. Mühsam quälte er sich aus dem Bett und schwankte zur Schüssel, um sich etwas Wasser ins Gesicht zu spritzen. Nachdem er sich angezogen hatte – eine Aufgabe, die heldenhafte Überwindung und eine halbe Ewigkeit erforderte –, verließ er die Wohnkammer im Obergeschoss des Steinhauses und stieg die Treppe hinab zur Halle.

Es war fast Mittag. Man hatte ihn gnädigerweise ausschlafen lassen. Sein Onkel Abbe Wilken, das Oberhaupt der Sippe, war nicht anwesend. Offenbar hatte er das Haus verlassen, was er nur noch höchst selten tat. Dafür weilten einige andere Mitglieder der Familie Osinga in dem Gewölbesaal. Folkmar überragte sie alle, ebenso die nicht gerade schmächtige Wache an der Tür. Er war der größte Mann des Dorfes. Er kam nach Wilke Tammen, seinem Großvater väterlicherseits, der Jahre vor Folkmars Geburt bei einer Sturmflut ertrunken war. Die Familie sprach nicht oft über Wilke – er musste ein grausamer und herrischer Mann gewesen sein. Glücklicherweise hatte Folkmar nur seine Statur geerbt, nicht das Temperament. Gelassenheit zeichnete sein Wesen aus. Kaum je brachte ihn etwas aus der Ruhe. Nicht einmal ein scheußlicher Kater.

Seine Mutter Jorien und seine jüngere Schwester Etta kümmerten sich gerade um Folkmar Peters, seinen anderen Großvater. Sie versuchten, ihn dazu zu bringen, seine Buttermilch zu trinken.

»Ich bin nicht durstig«, verkündete er mit einer Stimme, die wie knarrende Takelage klang.

»Du trinkst zu wenig«, sagte Jorien. »Das ist nicht gut für dich.«

»Wann öffnen endlich die Häfen?«

»Du musst dich noch etwas gedulden. Man hat sie gerade erst geschlossen«, erklärte Etta.

Der Greis runzelte die Stirn. »Das kann nicht stimmen.«

»Wir haben vergangene Woche Martini gefeiert, weißt du nicht mehr? Die Häfen öffnen erst Ende Februar wieder. Nun trink deine Buttermilch.«

Der alte Folkmar rührte den Becher nicht an. Er hatte seinen Enkel erblickt. »Geht's zur Arbeit?«

Der junge Folkmar bejahte einsilbig.

»Du solltest endlich deinen Meister machen. Es wäre höchste Zeit.«

»Ich hab ihn schon gemacht. Gestern war die letzte Prüfung. Du hast mir sogar zugeschaut.«

Der alte Folkmar nickte, obwohl er sich vermutlich nicht erinnerte. »Gut, gut«, brummte er zufrieden. »Das werden wir feiern.«

Etta musste grinsen. Sie sah aus wie ein jüngeres Ebenbild ihrer Mutter. Die gleichen grünbraunen Augen, die gleichen dichten Brauen, das gleiche glatte Haar, das sie züchtig unter einer Haube verbarg. »Ich schätze, einige von uns haben vom Feiern erst mal genug. Nicht wahr, Bruderherz?«

Grunzend griff Folkmar nach der Kanne und goss Buttermilch in einen Becher. Er hatte einen höllischen Durst und leerte das Trinkgefäß auf einen Zug.

»Du warst so betrunken, dass Bent und drei andere dich tragen mussten«, sagte Jorien halb verärgert, halb belustigt. »Sie haben dich kaum die Leiter raufgekriegt. Dabei haben sie einen Höllenlärm veranstaltet, von dem das ganze Haus aufgewacht ist.«

»Nur einer hat friedlich weitergeschlafen – du«, feixte Etta.

Er ließ den Spott über sich ergehen und zog die große Schale zu sich. Es machte ihm nichts aus, dass die restliche Hafergrütze vom Morgenbrot längst kalt war. Hauptsache, er bekam etwas in den Magen, der sich anfühlte, als würde ein ätzendes alchemistisches Gebräu darin herumschwappen.

»Wann öffnen die Häfen?«, fragte sein Großvater.

»Deine Milch. *Bitte.*« Jorien schob ihm abermals den Becher hin. Folkmar sah ihr an, dass sie kurz davor war, die Geduld zu verlieren.

»Ich kümmere mich um ihn«, bot er kauend an.

»Du bist ein Engel«, seufzte Etta. »Eine Pause täte uns gut. Zumal wir Arbeit zu tun haben.«

Die beiden Frauen zogen sich ans andere Ende des Tisches zurück und widmeten sich der Kladde, in der die Einnahmen der Familie aus Handel und Pacht vermerkt wurden. Sowohl Jorien als auch Etta waren fähige Kauffrauen, die Geschäfte waren bei ihnen in guten Händen. Folkmar bewunderte sie dafür, wie selbstverständlich sie Bücher, Listen und Schreibwerkzeug handhabten. Die Welt der Schrift war seine nicht. Er konnte lediglich simple Texte in friesischer Sprache lesen und schreiben. Das Lateinische, in dem Urkunden und andere wichtige Dokumente abgefasst waren, verstand er gar nicht. Ein Schiffszimmermann kam ohne derartige Kenntnisse aus. Alles, was er für seine Arbeit wissen musste, hatte er im Kopf.

Folkmar nahm sich Zeit für seinen Großvater und brachte ihn schließlich dazu, die Buttermilch zu trinken. Es stand nicht gut um den alten Mann. Folkmar Peters hatte fast achtzig Sommer erlebt, mehr als jeder andere Mensch in Warfstede. Das Alter trübte seinen Verstand. Oft wusste er nicht, welches Jahr gerade war, geschweige denn, welcher Monat und welcher Wochentag. Meist fiel das nicht auf. Folkmar Peters war eine schweigsame Natur, mitunter sprach er stundenlang kaum ein Wort. Wenn er sich doch einmal an einem Gespräch beteiligte, fragte er immerzu dasselbe, was die Geduld seiner Angehörigen strapazierte.

Heute war er für seine Verhältnisse geradezu redselig. Als er ausgetrunken hatte, fragte er: »Geht's zur Arbeit?«

»Es wird Zeit. Ist immerhin schon Mittag«, antwortete Folkmar.

»Ich komme mit.«

»Das geht leider nicht.«

»Aber wir müssen die Schiffe fertigstellen. Die Hanse braucht sie, um den Dänenkönig zu bezwingen.«

Die Hanse hatte Dänemark bereits vor zwanzig Jahren bezwungen. Doch Folkmar hatte es aufgegeben, ihm dies zu erklären. Sein Großvater lebte in der Vergangenheit, als er ein angesehener Meister gewesen war und begehrte Koggen gebaut hatte. Das war freilich nicht mehr möglich. Er war derart verwirrt, dass er sich auf der Lastadie bereits mehrfach in Gefahr gebracht hatte. Man musste ihn von Werkzeug, Taljen und schwerem Baumaterial fernhalten.

Es brach Folkmar das Herz, mit anzusehen, wie sein großes Vorbild geistig verfiel. Aber tun konnte man nichts. Gegen dieses Leiden gab es kein Heilmittel. So hoffte die Familie, Gott werde dem alten Mann alsbald einen sanften und würdevollen Tod gewähren.

»Wir haben genug Leute, um die Kriegsschiffe zu bauen«, sagte Folkmar. »Bleib du lieber hier und ruh dich aus. Das hast du dir verdient. Kann ich mich darauf verlassen, dass du tun wirst, was Jorien und Etta sagen?«

Sein Großvater versprach, auf die Frauen zu hören.

Folkmar stürzte die restliche Buttermilch hinunter und stand auf. »Wo steckt eigentlich Abbe?«

»Er sieht im Dorf nach dem Rechten«, antwortete seine Mutter. »Heute früh war ein Bote aus Marienhafe da und hat den neuen Vogt angekündigt.«

Folkmar horchte auf. »Also ist es endlich so weit?«

»Er will vor Einbruch der Nacht da sein.«

»Wer ist es?«

»Ein Yneke Egers aus Brokmerland.«

Der Name sagte ihm nichts. Jorien und Etta offenbar auch nicht.

Nun, man würde sehen. Folkmar zog einen dicken Wollumhang an, öffnete die Tür und stieg die Leiter hinab.

Der kalte Wind half Folkmar, einen klaren Kopf zu bekommen. Dank seiner robusten Natur schüttelte er Schmerz und Übelkeit rasch ab. Auf dem Weg zur Lastadie dachte er darüber nach, was die Ankunft des neuen Vogtes für Warfstede bedeuten mochte.

Seit jenem Sommertag vor gut vier Jahren, als Ockos übermächtige Streitmacht an der Küste gelandet war und Warfstede sich dem Eroberer kampflos gebeugt hatte, waren die Osinga nicht mehr die Herren des Kirchspiels. Sie mochten noch immer die reichste Sippe sein, die politische Macht aber gehörte nunmehr den tom Brok. Die Landsgemeinde, deren Aufgabe es eigentlich war, Angriffe auf Harlingerland abzuwehren, hatte sie weiland im Stich gelassen. Die anderen Redjeven und Häuptlinge waren untereinander zerstritten und unfähig, sich einem äußeren Feind geschlossen entgegenzustellen. Damals hatte Folkmar jegliches Vertrauen in die Landsgemeinde verloren. Die Friesische Freiheit, das verheißungsvolle Ideal der Sieben Seelande, existierte nur noch auf dem Pergament verstaubter Urkunden. In Wahrheit lag sie endgültig am Boden. Jede Familie war auf sich gestellt und musste zusehen, wie sie sich in dem von Fehden zerrissenen Ostfriesland behauptete.

Wenigstens hatten sich die tom Brok bislang als maßvolle Herren erwiesen. Ocko war es hauptsächlich darum gegangen, den geschützten Hafen und die Lastadie an sich zu bringen – beides nutzte er seitdem regelmäßig. Darüber hinaus musste Warfstede einige Bewaffnete stellen, wenn er in den Krieg zog, und die Bauern mussten den zehnten Teil ihrer Erzeugnisse abgeben. Im Gegenzug schützte Ocko sie vor Feinden. Der Vogt, der das Kirchspiel in seinem Namen verwaltet hatte, war ein vernünftiger Mann gewesen, der sich darauf beschränkt hatte, die Abgaben einzutreiben und Recht zu sprechen. Darüber hinaus hatte er die Bauernschaft in Ruhe gelassen.

Leider war er vor einigen Wochen gestorben. Was für ein Mann war sein Nachfolger? Würde dieser Yneke Egers ebenso moderat und umgänglich sein? Oder würde er Warfstedes Eigenständigkeit weiter beschneiden? *Abwarten,* entschied Folkmar. Es war nicht seine Art, sich verrückt zu machen. Heute Abend würde er Yneke Egers kennenlernen und in Erfahrung bringen, mit wem sie es zu tun hatten.

Die Böen bliesen ihm scharf ins Gesicht, als er sich den Werkhütten näherte. Soeben ruderten mehrere Zimmerleute ein neues Schiff durch das offene Siel. Es war eine Schnigge, ein leichter Küstenfahrer mit Schratsegel, Stagfock und schlankem Rumpf, der schneller war als die hochbordigen und rahgetakelten Koggen, da er höher am Wind fahren konnte. Folkmar hatte mit Hand angelegt, als sie die Schnigge vor einigen Tagen fertiggestellt hatten. Nun, da günstiges Wetter herrschte, konnten sie den Segler auf dem offenen Meer gründlich trimmen.

Auf der Lastadie arbeiteten fünfundsiebzig Zimmerleute, Lehrknechte und Tagelöhner an neuen Schiffen. In der kalten Novemberluft vermaßen sie Holz, fertigten Planken und richteten Spanten auf. Folkmar fand seinen Vater an einer Helling, wo eine Kogge gebaut wurde. Obwohl Jann Wilken ein alter Mann von siebenundfünfzig Jahren war, dachte er nicht daran, sich zur Ruhe zu setzen. Jeden Tag weilte er von früh bis spät auf der Lastadie, plante neue Aufträge und gab sein immenses Wissen geduldig an die Gesellen weiter, die ihn wie einen Propheten der Handwerkskunst verehrten. Mitunter griff er selbst zum Werkzeug, denn er liebte es, Holz zu formen und das Beste aus einem Schiff herauszuholen.

Heute begnügte Jann sich damit, neben der Erdrampe zu stehen und die Arbeit zu beaufsichtigen, die Arme hinter dem Rücken verschränkt, den Blick konzentriert auf den Rumpf gerichtet. Der war fast fertig, mehrere Zimmerleute befestigten soeben eine der letzten Planken am Spantenskelett. Die Kogge wurde kraweelbeplankt. Dabei setzte man die Bretter Kante auf Kante statt überlappend wie bei der herkömmlichen Klinkerbeplankung. Ein auf diese Weise konstruierter Schiffskörper war elastisch und überaus stabil, sodass die Zimmerleute größere und seetüchtigere Koggen bauen konnten. Holz sparten sie außerdem.

Folkmars Vater hatte die Vollkraweelbauweise vor vielen Jahren eingeführt. Dieser Neuerung verdankte die Lastadie ihren Ruhm und die Familie ihren Reichtum.

»Auferstanden von den Toten?«, begrüßte Jann seinen Sohn. Unter der Gugel, die das wettergegerbte Gesicht mit der schiefen Nase einrahmte, lugte graues Haar hervor.

»Kann ich noch nicht sagen«, brummte Folkmar. »Fühl mich eher wie ein Wiedergänger, der vorübergehend dem Grab entstiegen ist.«

Sein Vater klopfte ihm lachend auf den Rücken. »Ich hoffe, wir müssen dir keinen Pflock ins Herz stoßen.«

»Jede Stunde ein großer Krug mit kaltem Wasser und erfrischenden Kräutern dürfte fürs Erste genügen.«

»Das sollte sich machen lassen. Kannst du arbeiten?«

»Haben mich ein paar Humpen Bier je davon abgehalten?«

Bent Olrichs streckte den Kopf über die Plankenwand, kletterte flink aus der Rumpfschale und kam grinsend auf sie zu. »Na, du Trunkenbold, wie fühlt man sich als frischgebackener Meister?«

»Frag mich das noch mal, wenn mein Schädel zu dröhnen aufgehört hat«, erwiderte Folkmar.

»Geschieht dir recht. Beim Klabautermann, hast du gestern zugelangt!«

»Ihr zwei habt euch auch nicht gerade zurückgehalten.«

»Da sprichst du ein wahres Wort.« Jann verzog den Mund und rieb sich die von Falten zerfurchte Stirn.

Bent waren die Nachwirkungen des nächtlichen Zechgelages ebenfalls anzusehen. Tatsächlich wirkten sämtliche Gesellen und Meister, die Folkmar bislang gesehen hatte, müde und verkatert, weshalb die Arbeit auf der Lastadie heute recht gemächlich vonstattenging.

»Halb so schlimm«, sagte Jann, als hätte er Folkmars Gedanken gelesen. »Wir liegen gut in der Zeit und können es uns leisten, mal einen Tag kürzerzutreten.«

Folkmar betrachtete die Kogge, an deren Planung er mitgewirkt hatte. Spätestens nächste Woche würden sie das Schiff vom Stapel lassen und alsbald den Mast setzen. Es war für Ocko tom Brok bestimmt. Dessen Expansionsdrang kannte keine Grenzen. In den letzten Jahren hatte er sich in ganz Ostfriesland weitere Gebiete angeeignet – mit Politik, mit Gold, mit Waffengewalt. Er bekämpfte seine Rivalen zu Lande und zu Wasser, sodass er ständig neue Kriegsschiffe brauchte. Die Familie Osinga musste sie ihm bauen. Damit war niemand glücklich, aber wenigstens zahlte Ocko gut für ihre Arbeit.

Die Zimmerleute hatten Schwierigkeiten, die schwere Planke anzubringen. Als Bent dies nicht von sich aus bemerkte, weil er lieber mit Folkmar scherzen wollte, wies Jann ihn mit einer Handbewegung darauf hin. Leichte Ungeduld lag in der Geste. Folkmars Vater schätzte es nicht, wenn die Zimmerleute Eigeninitiative vermissen ließen.

Das Lächeln verschwand aus Bents Gesicht. Beflissen kletterte er an der Rumpfwand empor und ging den anderen zur Hand.

»Ein liebenswerter Bursche und ein brauchbarer Geselle«, murmelte Jann, »aber ein Meister steckt nicht in ihm.«

»Das wird. Gib ihm Zeit«, sagte Folkmar. Der neunzehnjährige Bent war Ettas Gefährte aus Kindertagen, die beiden hatten voriges Jahr geheiratet. Ein großer Denker und ein ambitionierter Handwerker war er gewiss nicht, doch er machte Etta glücklich, und das war für Folkmar Grund genug, ihn in Schutz zu nehmen.

Er wies mit einem Nicken auf zwei lange Bretter, die im feuchten Gras lagen. »Was ist mit diesen Planken?«

»Sie sind unbrauchbar – die Tagelöhner haben sie zu stark gekrümmt«, erklärte sein Vater. »Vielleicht können wir sie zusägen und für die Aufbauten verwenden.« Er dachte kurz nach. »Mit dem restlichen Holz sollten wir über den Winter kommen, aber spätestens im März, April brauchen wir neues.«

»Mutter will im Frühjahr nach Bremen fahren.«

»Sie soll das endlich Etta machen lassen«, murrte Jann. »Sie ist nicht mehr die Jüngste und verträgt Schiffsreisen schlecht.«

Folkmar verkniff sich ein Lächeln. Schiffsreisen machten seiner Mutter nicht das Geringste aus. In Wahrheit ertrug sein Vater es nicht, länger als ein, zwei Tage von ihr getrennt zu sein. »Die beiden sollen das untereinander regeln. Wir tun gut daran, uns da nicht einzumischen.«

»Das würde uns schlecht bekommen, nicht wahr?« Sein Vater rieb sich lächelnd die Nase.

»Ich muss etwas mit dir bereden«, sagte Folkmar. »Gehen wir ein paar Schritte.«

Sie ließen den Lärm der Lastadie hinter sich und stiegen am Siel auf den Deich. Die Schnigge hatte längst die Segel gesetzt und fuhr mit raumem Wind den Inseln entgegen. Folkmar dachte daran, wie er vor fast viereinhalb Jahren hier gestanden und die Landeflotte der tom Brok beobachtet hatte. Dieses Mädchen mit dem unglaublichen Haar war bei ihm gewesen, wie war gleich ihr Name? *Almuth,* erinnerte er sich. Sie hatten in der heißen Sonne geschwitzt und den gleißenden Priel betrachtet, daneben die flatternden Adlerbanner über den Lanzenspitzen des Kriegsvolks, das Warfstede die Freiheit nehmen würde.

Heute sah das Meer gänzlich anders aus. Das Watt, die See, der Horizont, alles war ein Einerlei aus Grautönen, als hätte die winterliche Kälte jegliche Farben abgetötet. Bald würde die Flut kommen, und Folkmar betete flüchtig, dass der Wind nicht gleichzeitig stärker würde oder gar auf Nordwest drehte, sodass eine Sturmflut die Folge wäre. Folkmar war erst einundzwanzig Jahre alt, doch er hatte bereits mehrere Flutkatastrophen miterlebt. Keine so verheerend wie die Grote Mandrenke von 1362, als der Deich gebrochen und sein Großvater in den eindringenden Wassermassen ertrunken war wie viele, viele andere – aber alle furchteinflößend und zerstörerisch für Land, Mensch und Tier.

»Wir müssen über die Lastadie sprechen. Über ihre Zukunft«, begann er. »Ich denke, wir müssen einiges verändern.«

Jann nickte nur, eine stumme Aufforderung an Folkmar weiterzusprechen. Er war kein kleiner Mann, doch während er neben seinem Sohn auf dem Deich entlanggging, wirkte er so. Neben Folkmar wirkte jeder normale Mann klein.

»Seit ein, zwei Jahren sehe ich immer öfter Holke vor unserer Küste. Offenbar schaffen sich mehr und mehr hansische Kaufherren welche an. Verständlich, die Holk ist größer als die Kogge und kann mehr Fracht aufnehmen. Besser geeignet für Langfahrten ist sie obendrein. Sie ist das Schiff der Zukunft. Wir müssen uns alsbald darauf einstellen, Holke zu bauen, wenn wir nicht den Anschluss verlieren wollen.«

»Wir können keine Holk bauen«, wandte Jann ein. »Sie passt nicht …«

»… durchs Siel, ich weiß. Darauf will ich hinaus. Wir müssen die Lastadie umbauen.«

»Was schwebt dir vor?«

»Wir verlegen den Schiffsbauplatz ins Deichvorland, wenigstens teilweise«, führte Folkmar seine Überlegungen aus. »Am Siel schütten wir eine neue Warf auf und statten sie mit mehreren hoch gelegenen Hellingen aus. Wenn wir die Rumpfschalen dort bauen, wären sie beim Aufplanken vor der Brandung geschützt. Beim Stapellauf können sie direkt in den Priel gleiten. Den verbreitern wir, damit die ankernden Holke die Hafenzufahrt nicht versperren.«

»Sie würden jeweils ein bis zwei Jahre im Priel liegen, bis sie fertiggestellt sind«, gab sein Vater zu bedenken. »Währenddessen wären sie der stürmischen See schutzlos ausgeliefert.«

»Das ist ein Risiko, das wir eingehen müssen. Alle anderen Lastadien in Ostfriesland leben damit. Vielleicht können wir es verringern, indem wir den Mast vor dem Stapellauf setzen, sodass sich die Liegezeit im Wasser verkürzt.«

»Du willst den Mast setzen, während das Schiff noch auf der Helling liegt? Das haben wir noch nie so gemacht.«

»›Das haben wir noch nie so gemacht‹?«, wiederholte Folkmar spöttisch. »Ich hoffe, das ist nicht dein Ernst. Du hast dich stets für den Fortschritt starkgemacht und gegen Beharrungskräfte gekämpft. Dieser Einwand ist deiner unwürdig.«

Sein Vater nahm die Kritik mit Humor, er lachte kurz und trocken auf. »Das muss das Alter sein. Das Neue wirkt furchteinflößend, die Tradition dagegen beruhigend. Aber das ist es nicht allein. Ich habe tatsächlich Zweifel, ob das umsetzbar wäre. Durch den Mast wird das Schiff um einiges schwerer – vielleicht *zu* schwer für den Stapellauf.«

»Das Problem sollten wir in den Griff bekommen, wenn wir die Hellingen etwas steiler anlegen.«

Jann dachte darüber nach. Dabei rieb er sich den Unterarm. Unter dem Ärmel des Wollgewands verbarg sich eine sternförmige Narbe, die manchmal juckte. Sie stammte von einer Säureverätzung, die er vor vielen Jahren erlitten hatte. Er behauptete steif und fest, wenn sie zu kribbeln anfing, stehe ein Wetterumschwung bevor.

»Wird's einen Sturm geben?«, fragte Folkmar.

»Wie?« Jann starrte ihn verwirrt an. Dann begriff er die Frage. »Nein, keine Angst. Wahrscheinlich wird's in der Nacht nur weiter abkühlen.« Er ließ die Hände sinken. »Mit steileren Hellingen könnte es gehen. Gleichwohl erscheint mir das Vorhaben sehr aufwendig. Wäre es nicht einfacher, das Siel zu verbreitern, sodass eine Holk hindurchpasst? Dann könnte die Lastadie bleiben, wo sie ist.«

Diese Möglichkeit hatte Folkmar bereits in Erwägung gezogen. »Das Siel ist bereits sehr breit und dadurch eine Schwachstelle im Deich. Wenn wir es noch breiter machen, riskieren wir, dass es bei einer Sturmflut bricht. Eine neue Warf im Deichvorland ist sicherer. Den Aufwand dürfen wir nicht scheuen. Die Kosten auch nicht«, fügte er hinzu.

»Die Kosten«, wiederholte sein Vater. »Darauf wollte ich gerade zu sprechen kommen.« Seine Augen blitzten. Dieses Gespräch bereitete ihm einiges Vergnügen. »Du weißt, dass ich das tun muss. Es ist das Vorrecht der Alten, immerzu mit Bedenken um sich zu werfen.«

»Nur zu«, sagte Folkmar mit schmalem Lächeln.

»Viele Männer müssten viele Wagenladungen Klei aus der Marsch für deine Warf heranschaffen. Das ist teuer«, sagte Jann. »Und langwierig, da sie nur bei Niedrigwasser arbeiten könnten.«

»Dann dauert es eben mehrere Monate, bis der neue Bauplatz fertig ist. Das macht nichts. Und was die Kosten angeht – wenn unsere Familie eines im Überfluss hat, dann ist es Gold. In einem neuen Bauplatz für Holke wäre es gut angelegt.«

Jann blieb stehen. Sie waren so weit gegangen, dass das Dorf kaum noch zu sehen war. Nur das Steinhaus lag klar erkennbar wie ein roter Klotz auf der Linie zwischen grauem Himmel und blassgrünem Land. »Gehen wir zurück. Wenn ich die Gesellen zu lange unbeaufsichtigt lasse, stellen sie Unfug an.«

»Also – was sagst du?«, fragte Folkmar nach einer Weile.

»Du hast dir das gründlich überlegt, was?«, stellte sein Vater fest.

Er nickte. »Aber ich wollte mit meinem Vorschlag warten, bis ich Meister bin.«

Jann runzelte fragend die Stirn.

»Einem Gesellen steht es nicht zu, den Meistern zu sagen, wie sie die Lastadie zu führen haben«, erklärte Folkmar.

»Du bist ein Osinga. Eines Tages wirst du die Lastadie erben. Es ist dein gutes Recht, uns zu sagen, wie du dir die Zukunft des Unternehmens vorstellst.«

Dessen war Folkmar sich bewusst. Er wollte jedoch keine Privilegien in Anspruch nehmen, die anderen Gesellen – die nicht das Glück hatten, im Steinhaus geboren zu sein – verwehrt waren. Die Schiffszimmerleute sollten ihn wegen seines Talents respektieren, nicht wegen seines Namens. »Ist das ein Ja?«

»Mich hast du überzeugt«, antwortete sein Vater. »Aber ich entscheide das nicht allein. Dein Onkel und deine Mutter haben ein Wort mitzureden. Ich bespreche es alsbald mit ihnen, einverstanden?«

Folkmar lächelte. Die Unterredung der drei Familienoberhäupter war lediglich eine Formalität, die Sache so gut wie entschieden. Abbe und Jorien ließen Jann stets freie Hand, wenn es darum ging, die Lastadie auszubauen.

Vielleicht, dachte er, *bauen wir schon nächsten Sommer eine Holk.*

Kapitel zwei

»In Christi Namen heißen wir dich willkommen in unserem Haus, ehrenwerter Yneke«, begrüßte Abbe den neuen Vogt von Warfstede.

»Habt Dank für die Gastfreundschaft«, sagte Yneke Egers, während vier seiner Kriegsleute die Leiter erklommen. Die Männer – allesamt erfahrene Recken, wie Folkmar anhand der vernarbten Gesichter erkannte – reichten ihre Wehrgehenke dem Wächter, der die Eingangstür des Steinhauses schloss und den frostigen Wind aussperrte.

Einer der Kämpfer war auf auffällige Weise gezeichnet. Ein Feuermal umgab sein rechtes Auge. Der handtellergroße Fleck war rot und grob sternförmig. Die Form erinnerte Folkmar an eine Nesselqualle, die von der Brandung angespült worden war und tot am Strand lag. Das derart missgestaltete Antlitz zog nicht wenige erschrockene Blicke auf sich, die der Mann mit grimmiger Miene von sich abprallen ließ.

Yneke selbst wirkte nicht wie ein Krieger. Er war ein kleiner Mann von schlankem Wuchs, mit ranken Schultern und feingliedrigen Händen, die gut zu einem Buchmaler oder Musiker gepasst hätten. Seine Körperhaltung war gerade, beinahe steif, doch er bewegte sich geschmeidig, als er den Männern der Familie Osinga der Reihe nach die Hand reichte und sie mit eigentümlich sonorer Stimme begrüßte. Das schmale und bartlose Gesicht lief am Kinn spitz zu, die Nase dagegen war gerundet. Das dunkle, in der Mitte gescheitelte Haar hatte er sich hinter die Ohren gestrichen, sodass es glatt wie eine Haube am Schädel anlag.

Ein Diener nahm ihm den Mantel aus Otterfell und das teure Samtbarett ab, ehe Yneke sich am flackernden Kamin niederließ. Abbe, Jann, Jorien, Etta und Bent setzten sich zu ihm. Folkmar half seinem Großvater auf die Bank.

»Ist das Enne Rycken Hylkena?«, fragte der alte Mann misstrauisch.

»Enne ist seit dreißig Jahren tot. Das ist Yneke Egers, der neue Vogt.«

»Wir brauchen keinen Vogt. Warfstede kommt allein zurecht.«

»Die Zeiten haben sich geändert, Großvater.«

Währenddessen kredenzte Abbe den Willkommenstrunk. Dabei blickte er zum Krieger mit dem Feuermal, der im Gegensatz zu seinen Waffenbrüdern nicht zum Tisch der Dienstboten gegangen war, sondern hinter Yneke an der Wand stand, halb im Schatten verborgen.

»Möchte sich dein Mann nicht zum Gesinde setzen?«

»Cord zieht es vor, stets in meiner Nähe zu weilen«, erklärte Yneke.

»Du hast in unserem Haus nichts zu befürchten.«

»Das mag sein, aber ich fühle mich wohler so.«

Unbehagliche Stille folgte den Worten.

»Bring Cord einen Humpen Bier«, wies Abbe die Magd an und befahl den Dienern, das Essen aufzutragen.

Der Haushalt hatte am Vortag geschlachtet. Es gab gebratenes Schwein mit gedünstetem Wurzelgemüse für die Familie und ihren hohen Gast sowie Schwarzsauer – eine dicke Suppe aus Schweineblut, Fleischresten und Essig – für Gesinde und Kriegsvolk, dazu reichlich Bier aus Hamburg und Wein aus Köln. Folkmar mied den Alkohol und trank stattdessen Brunnenwasser, in das er getrocknete Minze rieb.

»Hattest du eine angenehme Reise?«, erkundigte sich seine Mutter bei Yneke.

»Wir sind zügig geritten und haben uns kaum eine Rast gegönnt. Die Straßen sind unsicher in diesen Zeiten. Ockos Feinde lauern überall.«

Anders als seine Krieger, die die Suppe verschlangen, als hätten sie seit Tagen nichts gegessen, speiste der Vogt mit Genuss. Bedächtig löste er ein Stück Fleisch vom Knochen, schob es sich in den Mund und kaute lange, ehe er es mit einem Schluck Wein hinunterspülte.

»Ich hörte, dass neuer Zwist mit Volkmar Allena droht«, sagte Abbe.

»Allena ist zweifellos Ockos mächtigster Feind«, entgegnete Yneke, »doch er ist nicht der einzige. Da wären außerdem die Abdena aus Emden. Die Kankena zu Wittmund. Und natürlich Edo Wiemken im Osten. Noch verhalten sie sich ruhig, aber das wird nicht so bleiben. Sie sind machtgierig und blicken neidvoll auf Ockos Erfolge. Früher oder später wird er sie in die Schranken weisen müssen.«

»Steht zu befürchten, dass sich Hisko Abdena, Kanke Kanken und Edo Wiemken mit Volkmar Allena zusammentun und ein Bündnis gegen die tom Brok schmieden?«, fragte Jann.

»Vielleicht. Aber das sollte uns nicht beunruhigen. Ocko ist der Einzige, der führungsstark genug ist, um die zerstrittenen Häuptlinge zu einen – zumal er die Unterstützung des Grafen von Holland genießt. Andere Allianzen sind stets kurzlebig und brüchig, da die Beteiligten nur das eigene Wohl im Sinn haben. An Ostfriesland und an die leidgeprüften Menschen in Marsch und Geest verschwenden Allena und die anderen Emporkömmlinge keinen Gedanken.«

Abbe hob den Weinkelch. »Auf Ocko. Möge es ihm gelingen, den Frieden zu wahren.«

Ein unbeteiligter Beobachter hätte diese Worte womöglich für unterwürfige Schmeichelei gehalten. Folkmar aber kannte seinen Onkel besser. Es war Abbe damals nicht leichtgefallen, sich Ocko zu unterwerfen. Doch um Warfstede eine sichere militärische Niederlage und viel Blutvergießen zu ersparen, hatte er die Zähne zusammengebissen, seinen Stolz geschluckt und mit einem Federstrich all seine politische Macht an Ocko abgetreten.

In den viereinhalb Jahren, die seitdem vergangen waren, hatte Abbe die tom Brok genau beobachtet. Dabei war er zu dem Schluss gekommen, dass sie von allen Sippen, die nach der Macht strebten, das kleinste Übel waren. »Allein Ocko hat die Kraft, die Familienfehden zu beenden«, pflegte er zu sagen. »Der Preis dafür wäre freilich ein geeintes Ostfriesland unter seiner Herrschaft, aber vielleicht sollten wir ihn zahlen. Tot ist die Friesische Freiheit so oder so.«

Was das betraf, war Folkmar zwiegespalten. Einerseits wünschte er sich, dass Warfstede seine Unabhängigkeit zurückerlangen würde, damit die Bewohner des Kirchspiels keinen Tribut mehr zahlen und für fremde Herren in den Krieg ziehen mussten. Andererseits war ihm bewusst, dass dies schwerlich umzusetzen wäre. Warfstede war umgeben von machtgierigen Häuptlingen, die Jahr für Jahr ihr Kriegsvolk aussandten, um neues Land zu erobern. Würden die tom Brok das Kirchspiel freigeben, stünden sogleich andere parat, um es an sich zu reißen. Schlimmere, so wie Edo Wiemken.

Bei einer weiteren Kanne Wein sprach man über Politik, Handel, den Aufstieg der Hanse, die von Lübeck und Hamburg aus zunehmend Einfluss nahm auf die Königreiche des Nordens. Folkmar hielt sich bei der Unterhaltung zurück, damit er Yneke Egers beobachten konnte. Der war ein ganz anderer Mann als sein Vorgänger. Folkmar konnte nicht behaupten, dass Yneke ihm sonderlich sympathisch wäre. Zu kühl, zu misstrauisch gab sich der neue Vogt am Tisch der Familie. Gleichwohl konnte Folkmar dieses Verhalten nachvollziehen. Yneke wusste, dass er nicht unter Freunden weilte, mochten seine Gastgeber ihn noch so respektvoll behandeln. Die Osinga waren Vasallen Ockos, und er die rechte Hand ihres Herrn.

Davon abgesehen wirkte Yneke Egers höflich und vernünftig. Im Gespräch deutete er an, er werde sein Amt in der gewohnten Weise fortführen und nur wenig verändern.

»Und was wirst du verändern?«, hakte Jann nach. Er ließ sich nie mit Floskeln und vagen Auskünften abspeisen.

Bevor Yneke antworten konnte, knarzte der alte Folkmar: »Ist das Enne Rycken Hylkena?«

Yneke starrte ihn an. »Wieso hält er mich für einen anderen? Ist der Tattergreis schwachsinnig?«

Diese Bemerkung missfiel dem jungen Folkmar beträchtlich. »Das Alter hat sein Gedächtnis getrübt«, erklärte er kühl. »Mitunter verwechselt er Menschen.«

»Er soll damit aufhören«, verlangte Yneke.

Der alte Folkmar dachte nicht daran. »Wieso habt ihr Enne Rycken ins Steinhaus eingeladen? Das ist doch ein übler Geselle.«

Ynekes Lippen schmolzen zu einer dünnen Linie zusammen. Abbe wechselte einen Blick mit Jorien. Sie stand auf und legte ihrem Vater die Hände auf die Schultern.

»Du bist müde. Bringen wir dich ins Bett.«

Der Alte warf Yneke einen letzten argwöhnischen Blick zu, ehe Jorien ihn nach oben führte.

Abbe brach das unangenehme Schweigen. »Noch etwas Wein?«, fragte er den hohen Gast.

»Danke«, lehnte Yneke ab. »Ich werde ebenfalls zu Bett gehen – es war ein langer Tag. Habt Dank für die Gastfreundschaft«, sagte er in die Runde und erhob sich.

Unaufgefordert verließ Cord Hanneken seinen Posten am Kamin. Der Krieger erschien Folkmar wie ein Hund, der seinem Herrn in den Tod folgen würde. Ein riesiger, bissiger, fanatischer Hund.

»Wir haben das Haus deines Vorgängers für dich vorbereitet«, sagte Jann. »Ich bringe dich hin.«

»Es ist das neben der Schänke, richtig?«, meinte Yneke in einem seltsamen Tonfall.

Jann runzelte die Stirn. »Stimmt damit etwas nicht?«

»Es ist zu klein für meine Bedürfnisse. Aber für die Übergangszeit wird es ausreichen.«

»Was meinst du mit Übergangszeit?«, fragte Abbe.

»Bis ich mit meinen Dienern und Kriegsleuten ins Steinhaus ziehe«, erklärte der Vogt.

Schockiertes Schweigen erfüllte die Halle.

Folkmar war der Erste, der die Fassung zurückerlangte. »Und was ist mit uns?«

»Ihr werdet ausziehen«, erwiderte Yneke ungerührt.

»Das muss ein Irrtum sein«, mischte sich Abbe ein. »Wir Osinga haben das Steinhaus erbaut und leben seit Generationen darin. Niemand hat das Recht, uns zu vertreiben. Ist das mit Ocko abgesprochen?«

»Ich habe freie Hand, was die Auslegung meines Amtes betrifft.«

»Du hast versprochen, nur wenig zu verändern« – Folkmar wurde mit jedem Wort lauter – »und deine erste Amtshandlung ist, uns das Dach über dem Kopf wegzunehmen?«

»Ihr könnt Gott danken, dass Ocko euch das Steinhaus gelassen hat, als er weiland Warfstede besetzte«, hielt Yneke dagegen. »Ich an seiner Stelle hätte es niedergerissen.«

Es dauerte lange, bis Folkmar wütend wurde. Aber wenn es geschah, dann jäh und ungestüm. »Willst du uns demütigen? Geht es dir darum?« Unwillkürlich ballte er die Rechte zur Faust. »Ich rate dir, das noch einmal zu überdenken!«

Yneke wich einen Schritt zurück. Sofort war Cord zur Stelle und baute sich neben ihm auf. Sein Blick war drohend, das Feuermal schien zu glühen.

Abbe, Jann, Etta und Bent, sie alle redeten auf Yneke ein, versuchten, ihn umzustimmen. Vergeblich. Mit einer herrischen Geste brachte er sie zum Schweigen.

»Ich bin der Vogt von Warfstede – euer Herr und Meister«, sagte Yneke schneidend. »Mir und niemandem sonst steht das Steinhaus zu. Und ich allein darf Kriegsvolk befehligen. Ihr werdet sämtliche Söldlinge entlassen.«

»Du nimmst uns jeglichen Schutz?«, fragte Abbe, dessen Stimme vor Empörung zitterte. »Mit welchem Recht?«

»Das Privileg, Krieger in den Dienst zu nehmen, haftet am Steinhaus. Nur der Bewohner darf es in Anspruch nehmen.«

»Unsinn! Viele reiche Marschleute beschäftigen Kämpfer zum Schutz von Haus und Hof, selbst wenn sie nur …«

»Kein Steinhaus, kein Kriegsvolk«, schnitt Yneke Abbe das Wort ab. »Fügt euch, oder ihr werdet Ockos Kerker kennenlernen.«

»Das wagst du nicht!«

»Ich rate dir, mich nicht herauszufordern, Missgeburt. Ein Wort von mir, und übermorgen habe ich zweihundert Mann, die euch zermalmen und die Überlebenden in Ketten nach Marienhafe schleifen. Wie lange wirst du in einem feuchten und kalten Kellerloch überstehen, bevor Fieber und Schmerzen deinen verkrüppelten Leib zugrunde richten? Eine Woche? Zwei?«

Abbe sagte nichts mehr. Folkmar ertrug es kaum, die Furcht in seinen Augen zu sehen.

Yneke blickte die schweigenden Familienmitglieder der Reihe nach an, und seine Mundwinkel zuckten vor Genugtuung. »Morgen fangt ihr an, das Steinhaus zu räumen. Ihr habt drei Tage.«

Almuth strich sich eine Locke aus dem Gesicht und blickte zum Steinhaus hinüber. Als sie das letzte Mal hier gestanden hatte, war sie ein vierzehnjähriges Mädchen gewesen, den Kopf voller kindischer Ideen und törichter Gedanken. Wie einfach das Leben damals doch gewesen war …

Sie nahm einen tiefen Atemzug und hob die Kiste mit ihren Habseligkeiten vom Ackerschlitten.

Es war ein windiger Morgen wenige Tage vor dem ersten Advent. Böen pfiffen um das Schankhaus, kalte Luft drang durch die Ritzen in Holz und Reet. Drinnen traf sie ihren Vater, der sich die Hände rieb.

»Ich habe mit dem Wirt gesprochen«, sagte Gert Ulfferts. »Er hat eine Kammer für uns, in der wir wohnen können, bis wir eine Bleibe gefunden haben.«

Almuth folgte ihm durch den Schankraum, in dem so früh am Tag niemand saß. Ein junges Mädchen streute gerade frische Binsen aus und beachtete die beiden Neuankömmlinge nicht. Almuth wurde schmerzlich bewusst, wie sehr sie sich über ein freundliches Wort oder ein Lächeln gefreut hätte. Es war lange her, dass man sie angelächelt hatte.

Nach dem Tod ihrer Mutter vor zwei Jahren war Gert einer bleischweren, lähmenden Trauer anheimgefallen. In jener Zeit hatte er einige ungünstige geschäftliche Entschcidungen getroffen und nicht nur viel Geld verloren, sondern obendrein mächtige Männer gegen sich aufgebracht – darunter keinen Geringeren als Edo Wiemken, den Häuptling von Östringen. Diesmal hatte ihn alles Schmeicheln und Buckeln nicht retten können. Es war ihnen nichts anderes übrig geblieben, als den kläglichen Rest ihres Besitzes zu verkaufen und Jever Hals über Kopf zu verlassen.

Almuth blieb in der Tür stehen und betrachtete die enge und finstere Kammer. Stroh verstopfte den einzigen Fensterschlitz. Trotzdem zog es. »Haben wir richtig entschieden, Vater?«, fragte sie leise.

Gert verzog das rote Gesicht zu einem Lächeln. Seine aufgesetzte Zuversicht zerrte an ihren Nerven. »Warfstede ist der richtige Ort für einen Neuanfang, du wirst sehen.«

»Die tom Brok beherrschen das Kirchspiel. Wäre es nicht klüger gewesen, in einen Ort zu ziehen, der frei ist?«

»Papperlapapp! Früher oder später werden die tom Brok ganz Ostfriesland beherrschen. Wir tun gut daran, uns mit ihnen zu arrangieren. In Warfstede mit seinem Sielhafen und der Lastadie kann ein Mann gutes Geld verdienen.«

»Wir kennen hier niemanden.«

»Das wird nicht so bleiben. Wenn Gert Ulfferts eines kann, dann, Freunde zu gewinnen«, verkündete ihr Vater.

Wenn er nicht gerade damit beschäftigt ist, sich neue Feinde zu schaffen, dachte Almuth bedrückt. »Holen wir die restlichen Sachen.«

Sie öffnete die Eingangstür, die eine kräftige Bö ihr beinahe aus den Händen riss, und trat auf den The. Der Wind bauschte ihr Haar auf, während sie den Blick über die Hütten, die Viehgatter, die fremden Gesichter schweifen ließ.

Dies also war ihre neue Heimat.

Würde sie sich in Warfstede je zu Hause fühlen?

»Wie war gleich dein Name?«

Der Vogt von Warfstede, der in der Halle des Steinhauses saß, schaute sie nicht an. Er war in ein gesiegeltes Dokument vertieft. Bei ihm hockte der Krieger, der sie am Morgen einbestellt hatte. Cord Hanneken hieß der Mann. Er löffelte Milchbrei. Es war schwer, ihn nicht anzustarren. Das Feuermal in dem zerknautschten Gesicht erinnerte Almuth an eine eingetrocknete Blutlache.

»Gert Ulfferts«, stellte sich ihr Vater vor. »Ihr wolltet mich kennenlernen.«

»Ah richtig. Der Händler.« Yneke Egers legte das Pergament auf den Tisch und hob den Kopf. »Das ist dein Weib?«

»Aber keineswegs. Sie wäre viel zu jung für mich. Und viel zu hübsch für einen solch hässlichen Kerl, nicht wahr?« Gert lachte gekünstelt. »Meine Tochter Almuth.«

Ynekes Blick blieb länger an ihr haften, als ihr lieb war. Endlich wandte er sich wieder ihrem Vater zu.

»Du willst dich also in Warfstede niederlassen.«

»Wenn Ihr erlaubt.«

»Womit handelst du?«

»Werkzeug, Friesensalz, Goldschmuck aus Emden – eben alles, was die Menschen begehren.«

»Woher kommst du?«

»Aus Jever im Östringerland.«

»Also war Edo Wiemken dein Häuptling«, stellte der Vogt fest.

»Das ist richtig«, entgegnete Gert nervös.

»Wieso habt ihr Östringen verlassen?«

»Ocko ist ein gerechterer Herr als Edo. Die tom Brok lassen das Land gedeihen. Ich will meinen Beitrag leisten und vom aufblühenden Handel profitieren.« Derartige Halbwahrheiten gingen Gert seit jeher leicht über die Lippen, und die Rückschläge der vergangenen Jahre hatten seinen Hang zur Katzbuckelei verschlimmert.

Die Schmeichelei zeigte Wirkung.

»Wir können geschäftstüchtige Kaufleute gut gebrauchen«, sagte Yneke. »Sei willkommen in Warfstede.«

»Habt Dank, Herr. Gott segne Euch.« Gert verneigte sich und streifte Almuth mit dem Ellbogen. Sie knickste widerwillig.

»Habt ihr eine Unterkunft?«, fragte der Vogt.

»Ich hatte gehofft, Ihr könntet uns helfen, ein Haus zu finden. Aber nur wenn es keine Umstände macht. Für den Anfang genügt uns ein bescheidenes Dach über dem Kopf.«

»Ich werde sehen, was ich tun kann«, versprach Yneke. »Setzt euch und trinkt einen Becher Wein mit mir«, forderte der Vogt sie auf.

Gert überschlug sich schier dabei, der Einladung nachzukommen. Almuth dagegen konnte sich eine angenehmere Beschäftigung vorstellen, als ihrem Vater bei seiner Liebedienerei zuzuschauen.

»Ich fühle mich nicht wohl«, sagte sie. »Darf ich mich zurückziehen?«

»Du wirst doch nicht krank?«, fragte Gert besorgt.

»Ich brauche nur etwas frische Luft.«

»Gewiss. Geh nur. Ich plaudere derweil ein wenig mit Yneke.«

Sie ließ Gert mit seinem neuen Freund und Gönner allein. Während sie zur Tür ging, spürte sie, wie Ynekes Blick ihr folgte. Auf der Leiter fröstelte sie, und das lag nur zum Teil am kalten Wind.

Als sie die Warf hinabstieg und sich dabei den Umhang enger um die Schultern zog, erblickte sie einen hünenhaften Mann, der an den Anlegern vorbeischritt und dem Segelmacher, der auf einer der beiden Koggen werkelte, einen Gruß zurief. Die breiten Schultern, das blonde Haar, das Werkzeug am Gürtel – der junge Mann kam ihr vage bekannt vor.

Er blieb stehen und musterte sie erst stirnrunzelnd, dann lächelnd.

»Wenn du wieder den Buckligen suchst, bist du hier falsch«, sagte er. »Abbe Wilken wohnt nicht mehr im Steinhaus. Er ist vorige Woche umgezogen.«

Die Erinnerung traf Almuth wie ein Blitz. »Folkmar Janns?«

Er breitete die Arme aus und deutete eine spöttische Verneigung an. »Zu deinen Diensten. Almuth, richtig?«

»Du hast ein gutes Gedächtnis.«

»Jenen Tag werde ich wohl nie vergessen.«

Sie ging ihm einige Schritte entgegen. Seit ihrer ersten Begegnung war er noch ein wenig größer und stärker geworden, falls das überhaupt möglich war. Seine Augen waren hingegen noch genauso warm wie damals.

»Bist du wieder mit deinem Vater auf dem Markt?«, erkundigte er sich.

Almuth schüttelte den Kopf. »Ich komme gerade vom Vogt – mein Vater ist noch bei ihm. Wir sind nach Warfstede gezogen«, erklärte sie.

Folkmar hob eine Augenbraue. »Wie das?«

»Lange Geschichte.«

Einige Augenblicke lang standen sie einander schweigend gegenüber.

»Ich war eben bei der Sägemühle, den Gesellen helfen. Ich sollte allmählich zur Lastadie zurückgehen«, meinte er schließlich. Doch entgegen seiner Ankündigung bewegte er sich nicht vom Fleck.

»Ich komme ein paar Schritte mit, wenn es dich nicht stört«, schlug Almuth zögernd vor.

»Gar nicht.« Er lächelte.

Sie gingen am See entlang, und Almuth fühlte sich plötzlich um vier Jahre in der Zeit zurückversetzt. Sie konnte sich nicht recht erklären, weshalb, doch Folkmar war ihr so vertraut, als würde sie ihn schon lange kennen. Sie spürte, dass nichts Unfreundliches, Arglistiges oder Bösartiges an ihm war, und auf ihr Gespür für andere Menschen konnte sie sich verlassen.

»Darf ich dich etwas fragen?«

»Immer.«

»Wie lebt es sich in Warfstede, seit ihr Vasallen der tom Brok seid?«

»Es könnte schlimmer sein«, antwortete er vage. Er schien noch etwas sagen zu wollen, entschied sich jedoch dagegen und fragte stattdessen: »Was habt ihr bei Yneke Egers gemacht?«

»Er hat uns einbestellt, um uns auszufragen.«

»Haben ihn eure Antworten zufriedengestellt?«

»Offenbar – er hat uns erlaubt hierzubleiben. Was ist er für ein Mann?«

Diesmal bemühte sich Folkmar nicht um eine diplomatische Antwort. »Ein unangenehmer«, sagte er rundheraus. »Sei auf der Hut, wenn du mit ihm zu tun hast.«

»Inwiefern unangenehm?«

»Er hat uns ohne Not das Steinhaus weggenommen und gedroht, Abbe, mich und die anderen …« Er schüttelte den Kopf und schwieg. Vielleicht dachte er, dass er bereits zu viel gesagt hatte. Immerhin kannte er Almuth kaum.

»Wo wohnt ihr jetzt?«

»In dem Haus, das dem alten Vogt gehört hat.«

Sie kamen zu den Hellingen, wo eine halb fertige Kogge lag. Ein auf der Bordwand balancierender Zimmermann brüllte Folkmars Namen.

»Wo bleibst du? Wir brauchen dich!«

»Die Arbeit ruft«, sagte Folkmar.

»Unüberhörbar.« Almuth grinste.

»Ich schätze, wir werden uns nun öfter sehen.«

»Kann schon sein.«

Mit einem Lächeln auf den Lippen schritt Folkmar zu dem Schiff, ergriff ein herabhängendes Tau und kletterte behände den Rumpf hinauf.

Almuth ging zurück, der kräftige Nordwestwind schob sie regelrecht den Pfad entlang. Dank der Begegnung mit Folkmar hatte sich ihre Laune gebessert, sie fühlte sich nicht mehr ganz so einsam an diesem fremden Ort. Doch was er über den Vogt gesagt hatte, machte ihr Sorgen. Männer wie Yneke Egers waren der Anlass für ihre Flucht aus Östringen gewesen.

Waren sie vom Regen in die Traufe geraten?

Kapitel drei

Marienhafe

Foelke Kampana war derart in die Arbeit vertieft, dass sie das Getöse erst wahrnahm, als die Magd murmelte: »Beim heiligen Jakob, was ist denn da draußen los?«

Gebell, Hufgetrappel, zotiges Gelächter. Foelke legte den Stickrahmen ab und trat ans Fenster. Die Männer waren von der Jagd zurück. Im Vorhof des Steinhauses tummelten sich Hunde, Pferde, schmutzige Gestalten – durch das Butzenglas nur verschwommen erkennbar, als wären sie von grünlichem Wasser umgeben.

»Schau, ob du in der Küche behilflich sein kannst«, schickte Foelke die Magd fort.

Wenig später kam Ocko herein – groß, massig, im rotwangigen Gesicht ein breites, glückliches Grinsen, dazu von oben bis unten mit Schlamm, Blut und Schweiß besudelt. Schwer atmend und mit stampfenden Schritten stürmte er die Kammer regelrecht und warf die Tür ins Schloss. Nichts an ihm war dezent, maßvoll, zurückhaltend. Er war Ocko tom Brok, Häuptling Ocko, immerzu hungrig nach Macht, Gold und Lust, und was er haben wollte, das nahm er sich.

»Ich brauch dich, Weib«, grunzte er. Mit ungeduldigen Handgriffen streifte er die Beinlinge ab. Sein steifes Glied sprang Foelke geradezu an.

Sie war ihm zu Diensten. Rücklings legte sie sich auf die Bettstatt, hob die Röcke und spreizte die Schenkel. Sogleich war er über ihr, spuckte sich in die Hand und befeuchtete ihre Scham, ehe er sie bei den Gesäßbacken packte und mit einem Ruck in sie eindrang. Foelke schrie leise auf, doch sie ertrug den Schmerz stoisch, wie sie ihn immer ertrug, wenn er erregt von Jagd oder Kampf zu ihr kam und sie ungestüm liebte.

Mitunter nahm er sich Zeit für sie, sodass sie durchaus Lust empfand und den Akt genoss, wenngleich sie kaum je den Höhepunkt erklomm. Heute nicht, heute interessierte ihn nur das eigene Vergnügen. Foelke aber kannte Mittel und Wege, den Vorgang abzukürzen. Sie legte ihm eine Hand auf den Nacken, krallte die andere in sein Haar, stöhnte lüstern und keuchte ihm verdorbene Geheimnisse ins Ohr, während er stieß und stieß. Das machte ihn rasend vor Erregung, und alsbald ergoss er sich schnaufend in sie.

»Du bist ein Geschenk Gottes, Frau«, sagte er, als er schließlich neben ihr lag. »Du weißt einen Mann wahrlich zu befriedigen.«

»Hast du die Jagd genossen, mein Liebster?«

»Wir haben einen Zwölfender bis zum Hochmoor verfolgt, aber das Biest ist uns entwischt. Dafür haben die Männer eine prachtvolle Bache geschossen. Hab ihr mit dem Spieß den Rest gegeben.«

Er erzählte von der wilden Hatz durch die Heide, von sirrenden Bogensehnen und prallvollen Jagdtaschen, und er lachte dröhnend, wenn er ihr schilderte, wie einer seiner Kumpane in den Schlamm gefallen war oder vor einem kläffenden Fuchs Reißaus genommen hatte. In jenem Moment war er wieder so unbeschwert wie damals, als sie ihn kennengelernt hatte.

Vor zwölf, dreizehn Jahren war das gewesen. Ocko war gerade aus Neapel heimgekehrt, wo Königin Johanna ihn zum Dank für seine Dienste zum Ritter geschlagen hatte – sehr zum Verdruss der Friesen, die rein gar nichts von feudalen Anwandlungen hielten. Damals schon hatte Ocko sich nicht um die Meinung seiner Landsleute geschert. Foelke hatte ihn für seinen Wagemut und seine Manneskraft bewundert, er sie für ihre Schönheit und ihren Reichtum, und alsbald hatten sie geheiratet. Elf Jahre waren sie nun vermählt. Elf weitgehend glückliche Jahre, denn Foelke hatte gelernt, Ocko zu lieben und ihn in ihrem Sinne zu lenken, wenn es sein musste.

Ocko bückte sich nach den Beinlingen und zog sich an. »Ich habe die Hausbedienten angewiesen, ein Festmahl vorzubereiten. Volkmar Allena ist eben in Marienhafe eingetroffen. Er wird heute Abend mit uns speisen.«

Foelke setzte sich auf. Vorbei war die Unbeschwertheit, vorbei die

Erinnerung an glücklichere Zeiten. Ockos Worte holten sie harsch in die Gegenwart zurück, in die bedrückende Welt der Politik und Intrigen und Kriege, die ihr Gemahl seit Jahren führte, unter anderem gegen Allena, den größten Feind ihrer Sippe. Aus Italien hatte Ocko die Idee mitgebracht, er könne Herrscher von ganz Ostfriesland werden, ein Fürst wie der Graf von Holland. Damals hatte Foelke diese kühne Vision bestaunt. Heute wünschte sie sich mitunter, Ocko würde sich mit weniger zufriedengeben.

»Was will Allena?«

»Verhandeln, schätze ich. Ich wünsche, dass du zugegen bist. Sorge dafür, dass auch Widzelt und Keno da sind. Vor allem Keno. Der Junge muss endlich lernen, wie Politik gemacht wird.«

Mehr bekam sie nicht aus ihm heraus. Kaum hatte er Schuhe und Gürtel angelegt, schritt er von dannen und brüllte nach dem Diener.

Foelke ordnete ihre Röcke und legte den Mantel aus Eichhornfell an, ehe sie ebenfalls das Gemach verließ und zum Erdgeschoss hinabstieg.

Volkmar Allena in Marienhafe! Das konnte nur bedeuten, dass sich die Rivalität zwischen den beiden Häuptlingen zugespitzt hatte. Vermutlich fühlte sich Allena von Ockos jüngsten Eroberungen in Norderland und Harlingerland bedroht und wollte Grenzen und Einflusssphären neu verhandeln. Denkbar waren zwei Resultate: dauerhafter Frieden – oder ein noch härterer Machtkampf.

Weder Keno noch Widzelt weilten in der Halle. Sie trat in den Vorhof, wo ihr von der Kapelle Almer entgegenkam, der spindeldürre, hochstirnige und totenbleiche Kaplan der Familie.

»Hast du meinen Sohn gesehen?«

»Ich glaube, er wollte mit Widzelt zum Deich gehen«, antwortete der Kleriker.

Foelke presste die Lippen zusammen, während sie durch das Tor ging. Sie mochte es nicht, wenn Keno Zeit mit dem Bastard verbrachte. Widzelt war ein schlechter Einfluss, mehr noch: Sie hielt ihn für gefährlich. Eilends schritt sie durch die Kälte, vorbei an den Reethütten, Ställen und Scheunen, vorbei an der Marienkirche, die das Dorf wie ein rostroter steinerner Gigant beherrschte. Die Menschen auf den schlammigen Wegen grüßten sie mal freundlich, mal furchtsam. Als Ockos Weib genoss sie beträchtliche Macht, und sie scheute sich nicht, sie zu gebrauchen.

Marienhafe lag im Nordwesten von Brokmerland, auf einem Geestrücken, der in die Marsch ragte. Der Marktflecken war zwar kleiner als Aurich, aber bedeutender, da er auch als Hafen und Gerichtsstätte diente, und lag außerdem weit entfernt von den umkämpften Gebieten im Süden und Osten. Deshalb weilte die Familie tom Brok zumeist hier, obwohl ihre Burgen in Aurich und Oldeborg standen.

Ein Deich schied das Dorf von der Knickmarsch und der Leybucht. Eine Treppe war in die Böschung eingelassen, Foelke stieg die Stufen aus feuchten Holzbalken hinab. Im Hafenbecken und auf dem Tief, das sich stahlgrau durch das Watt schlängelte und Marienhafe mit dem Meer verband, wiegten sich Koggen und Schniggen im Wind. Seeleute und reichlich Kriegsvolk arbeiteten auf den Schiffen und machten sie winterfest. Foelke blickte sich um und entdeckte Keno und Widzelt auf der Wiese.

Die beiden fochten mit Schwertern.

Keno war zehn und zart für sein Alter, Widzelt dagegen ein erwachsener Mann von einunddreißig Jahren. Ocko hatte ihn als junger Spross gezeugt. Der Bastard kannte seine Mutter nicht, Foelke auch nicht, und sie verspürte kein Verlangen, das zu ändern. Dass Widzelt weitaus größer, stärker und erfahrener als sein Gegner war, hatte selbstredend zur Folge, dass Keno bei dem Übungskampf nicht den Hauch einer Chance hatte – zumal Widzelt nicht daran dachte, sich zurückzuhalten. Gerade als Foelke die Wiese überquerte, versetzte der Bastard ihrem Jungen einen hinterhältigen Hieb mit dem Schwertknauf, der Keno zu Boden schleuderte. Widzelt, der Foelke nicht gesehen hatte, verzog die Lippen zu einem gehässigen Grinsen.

»Sofort aufhören!«, rief sie.

Das Grinsen verschwand so schnell, wie es gekommen war. Der Bastard gab sich bestürzt und half Keno auf. Der blutete an der Stirn und bemühte sich mannhaft, den Schmerz zu überspielen, indem er Widzelt wütend abschüttelte.

»Das war ein mieser Trick«, protestierte der Junge mit dem Schwert in der Hand.

»Ein Versehen. Jetzt hab dich nicht so.«

»Du hast ihn verletzt«, fuhr Foelke den Bastard an. »Schau – er blutet.«

»Das ist doch nur ein Kratzer«, verteidigte sich Widzelt. »Er wird es überleben.«

Er war ein drahtiger Mann, der stets feine Beinlinge und Wämser mit silbernen Knöpfen trug. Die eng anliegende Kleidung betonte seine athletische Statur und war so gewählt, dass sie zu seinen blauen Augen und dem kurzen, an der Seite gescheitelten Haar passte. Er sah gut aus, musste Foelke widerwillig zugeben. Der markante Kiefer, die klassisch geformte Nase und der angenehm geschwungene Mund hatten gewiss schon so manche Frau betört.

»Sei in Zukunft vorsichtiger, wenn du mit ihm übst«, sagte sie unwirsch. »Er ist noch ein Kind.«

»Mutter!«, empörte sich Keno.

»Mit zehn Jahren ist er bereits ein halber Mann«, widersprach Widzelt, »und ein freier Friese muss sich an der Waffe üben, je früher, desto besser. Dass es dabei manchmal zu Unfällen kommt, bleibt nicht aus. So lernt er, Schmerz zu ertragen.«

Foelke war wahrlich nicht auf den Mund gefallen. Widzelt aber schaffte es regelmäßig, sie im Wortgefecht zu schlagen. Vor allem wenn es um Keno ging. Der Junge war ihr Augenstern, ihr größter Schatz – und die Schwachstelle im Harnisch ihrer Seele.

»Für heute hast du genug mit dem Schwert herumgefuchtelt. Wir gehen zum Haus«, befahl sie ihrem Sohn. »Und du ziehst saubere Sachen an«, sagte sie mit Blick auf die Grasflecken an Widzelts Beinlingen. »Dein Vater würde es nicht gutheißen, wenn du beim Mahl mit Volkmar Allena wie ein Latrinenputzer aussiehst.«

Der Bastard war sichtlich überrascht. »Allena ist hier?«

Foelke gab ihm keine Antwort. Mit ihrem Sohn im Schlepptau schritt sie zum Dorf zurück.

»Du musst damit aufhören«, murrte Keno. »Ich bin kein Kind mehr. Außerdem hat Widzelt recht. Ich muss kämpfen lernen. Er ist ein guter Lehrer und kann mir vieles beibringen.«

»Er ist nicht dein Freund. Nimm dich vor ihm in Acht.«

»Natürlich ist er mein Freund«, sagte der Junge, als sie den Deich hinaufgingen. »Er macht Schifffahrten mit mir. Er reitet mit mir aus, wofür Vater nie Zeit hat.«

»Er spielt ein falsches Spiel. In Wirklichkeit hasst er dich.«

»Das ist nicht wahr!«

»Oh doch. Du stehst zwischen ihm und der Macht im Hause tom Brok. Er wird daher nichts unversucht lassen, um dich zu behindern.«

»Aber ich bin Vaters Erbe und er nur ein Bastard. Nicht einmal der König kann daran etwas ändern.«

Foelke unterdrückte ein Seufzen. Es gab reichlich Mittel und Wege für einen illegitimen Sohn, seinen ehelich geborenen Halbbruder auszustechen, und einige waren derart schrecklich, dass sie nicht darüber nachdenken wollte. Keno war noch zu jung, um das zu verstehen. Einstweilen konnte sie nichts anderes tun, als ihn nach Kräften zu beschützen.

Die Platzwunde hatte inzwischen zu bluten aufgehört. In ihrem Gemach versorgte Foelke den Schnitt mit einem Pflaster aus Leinen, Honig und zerstampften Weidenblättern und sorgte dafür, dass Keno sich gründlich wusch. Während er im Zuber stand und sich mit lauwarmem Wasser und italienischer Seife abrieb, fragte er sie zu Volkmar Allena aus.

»Warum hasst er Vater so sehr?«

»Nun, dein Vater ist ein mächtiger und angesehener Mann in Ostfriesland. Allena neidet ihm den Erfolg«, antwortete Foelke.

»Will er auch Häuptling von Ostfriesland werden?«

»Ich denke schon. Aber das wird er nicht schaffen. Allein dein Vater hat das Zeug dazu.«

»Vater sollte ihn erschlagen«, erklärte Keno grimmig.

»Jetzt wird er erst einmal mit ihm reden. Vielleicht können sie sich ja einigen.«

»Wie denn? Nur einer kann Häuptling von Ostfriesland werden. Es kann ja auch nur einen König geben.«

Foelke lächelte. Keno war ein aufgeweckter Junge. Er hatte den Kern der Sache erkannt.

»Wenn Vater gegen Volkmar Allena in den Krieg zieht, werde ich mit ihm reiten«, verkündete er.

»Damit warten wir noch ein paar Jahre.«

»Ich kann kämpfen!«

»Oh ja, das habe ich gesehen. Jetzt zieh dich an. Deine besten Beinlinge, das Brokatwams und das Barett mit der Pfauenfeder. Unser Gast soll sehen, dass du ein würdiger Erbe deines Vaters bist.«

Und Widzelt, dachte sie, *darf das gerne auch zur Kenntnis nehmen.*

Ocko bemühte sich um gute Stimmung. Torffeuer in beiden Kaminen der Halle sorgten für behagliche Wärme, Kerzen für goldenes Licht. Die Mägde trugen immer neue Köstlichkeiten auf. Den Anfang machten getrocknetes Schweinefleisch, Rübeneintopf und gefüllte Schafsmägen, später würden Wurstpastete und süß eingelegte Früchte das Festmahl abrunden. Ein Diener ging mit der Kanne herum und stellte sicher, dass die polierten Silberkelche nie leer wurden.

Volkmar Allena jedoch rührte die Speisen kaum an. Er war ein wortkarger Mann von vielleicht vierzig Jahren, dessen langes, knochiges, faltenzerfurchtes Gesicht wie geschaffen dafür war, eine sauertöpfische Miene zur Schau zu tragen. Ocko, Foelke und Kaplan Almer bemühten sich redlich, mit ihm zu plaudern, während Keno den Häuptling von Osterhusen neugierig musterte. Widzelt weilte nicht bei ihnen. Der Bastard musste an der langen Tafel bei den Kriegsleuten und Dienern sitzen, was Foelke nicht wenig Genugtuung verschaffte.

»Koste den Blauen Burgunder«, sagte Ocko. »Er ist vorzüglich.«

»Hab Dank«, lehnte Allena ab und hielt sich an seinem Becher mit Brunnenwasser fest. »Aus mir wird kein Weintrinker mehr.«

»Ich habe auch Bier da.« Als der Gast schmallippig nickte, winkte Ocko einen Diener herbei, der sogleich einen schaumgekrönten Krug brachte.

»Das ist kein friesisches Bier«, stellte Allena nach einem Schluck fest.

»Ich kaufe nur noch welches aus Hamburg«, erklärte Ocko.

»Die Hamburger überschwemmen ganz Ostfriesland mit ihrem Gerstensaft. Das ist nicht gut«, erwiderte der Häuptling von Osterhusen. »Sie treiben die einheimischen Brauereien in den Ruin.«

»Du übertreibst. Es wird immer Abnehmer für friesisches Bier geben.«

»Nicht wenn die Hamburger so weitermachen. Sie nennen sich das ›Brauhaus der Hanse‹. Sie planen, alle Konkurrenten im Bierhandel zu verdrängen, damit sie in den Häfen von Ost- und Westsee den Preis diktieren können.«

»Mag sein. Aber was willst du dagegen tun? Die Hanse ist übermächtig.«

»Nicht so mächtig, dass sie mich zwingen kann, ihr mein Geld zu geben.«

»Du kaufst also kein Bier aus Hamburg mehr.«

»Aus Bremen auch nicht«, sagte Allena.

»Eine ehrenwerte Geste, aber wirkungslos«, hielt Ocko dagegen. »Du bist nur ein einzelner Mann – die Hanse kommt ohne dein Silber aus. Zumal du andere hansische Waren kaufst wie wir alle. Holz, Pelze, Schwerter.«

»Die gibt es aber nicht in Ostfriesland. Daher schade ich keinen Landsleuten, wenn ich sie woanders kaufe.«

Das Gespräch entwickelte sich in eine unangenehme Richtung. Foelke spürte, dass Ocko genug hatte von Allenas subtilen Sticheleien.

»Wohingegen ich dazu beitrage, die hiesigen Brauereien zugrunde zu richten, nicht wahr?« Ihr Gemahl sprach leise, doch in seiner Stimme lag eine unüberhörbare Schärfe. »Obendrein bin ich der nützliche Narr der Hanse, der die Pfeffersäcke mit seiner Gedankenlosigkeit noch reicher und mächtiger macht.«

»Das wollte ich damit nicht sagen«, verteidigte sich Allena.

»Was willst du denn sagen?«

Der Häuptling von Osterhusen starrte Ocko an, die knochigen Finger krampften sich um den Krug. »Dass ich genug habe von diesem müßigen Geschwätz. Ich bin nicht hergekommen, um deinen Wein zu preisen und deine Köche zu loben. Reden wir über Politik. Über die Tyrannei, mit der du das Volk knechtest.«

In der Halle hätte man eine Torfkrume fallen hören können, so still war es plötzlich. Foelke spannte sich innerlich an. *Er fällt mit der Tür ins Haus*. Ein riskanter Zug, der zu einem raschen Ende der Verhandlungen führen konnte … oder auch nicht. Ocko schätzte Direktheit und ehrliche Worte. *Hör zu und lerne,* forderte sie ihren Sohn mit einem Blick auf. Es machte sie stolz zu sehen, dass Keno der Unterredung aufmerksam lauschte.

»›Tyrannei‹«, wiederholte ihr Gemahl freundlich. »Das ist ein hartes Wort.«

»Wie soll man es sonst nennen, wenn ein Mann danach strebt, sich über die führenden Sippen zu erheben, um Fürst aller Ostfriesen zu werden?«, polterte Allena.

Ocko machte nicht den Fehler, die Intelligenz seines Gastes zu beleidigen, indem er den Vorwurf abstritt. »Nenn es Weisheit«, schlug er vor. »Ich allein bin stark genug, das zerrissene Land zu einen und die Familienfehden zu beenden, auf dass kein friesisches Blut mehr die Erde benetzen wird.«

»Von allen Häuptlingen hast du das meiste Friesenblut vergossen!«, empörte sich Allena. »Und wenn wir eines ganz sicher nicht brauchen, dann einen Alleinherrscher, der die Eigenständigkeit der Landsgemeinden zerstören will. Das wäre ein Frevel an allem, woran wir Friesen glauben.«

»Woran glauben wir denn? An die Freiheit, die Selbstverwaltung der Bauernschaften und Kirchspiele? Wer das noch immer tut, ist ein Träumer und ein Gimpel. Die Friesische Freiheit liegt zuckend am Boden. Wenn wir die Stürme der Veränderung überstehen wollen, brauchen wir etwas Neues, Besseres.«

»Die Freiheit ist tot, weil du sie ermordet hast, als du dich in Italien zum Ritter hast schlagen lassen und die Pest der Adelsherrschaft nach Ostfriesland holtest. Und damit nicht genug – du hast dich dem Grafen von Holland unterworfen und dein Land einem ausländischen Machthaber ausgeliefert. Kein Wunder, dass das Volk in Marsch und Geest dich hasst.«

»Das Volk hasst mich keineswegs«, widersprach Ocko. »Es liebt mich dafür, dass ich es vor der Willkür der geringeren Häuptlinge beschütze. Und ich habe mich niemandem unterworfen. Graf Albrecht ist mein Verbündeter, mehr nicht.«

»Ach, so nennt man das also, wenn man seinen Besitz einem fremden Fürsten schenkt und ihn als Lehen zurückerhält«, höhnte Allena. »Du bist Albrechts Knecht, gib es zu!«

»Ich warne dich«, sagte Ocko kühl. »Ich dulde nicht, dass man mich beleidigt. Sag endlich, was du willst, statt meine Zeit zu verschwenden.«

»Hör auf, nach neuem Land und weiteren Burgen zu greifen«, forderte Allena rundheraus. »Begnüg dich mit dem, was du hast.«

Nun wurde auch Ocko wütend. »Ein Allena hat mir nicht vorzuschreiben, was ich tun und lassen soll.«

»Ich schreibe dir nichts vor. Ich ersuche dich im Namen des Friedens, mich und die anderen freien Häuptlinge von Norderland, Harlingerland und Emsigerland nicht länger zu bedrohen.«

»Als ginge es euch um Frieden.« Ocko lachte kurz und höhnisch auf. »In Wahrheit neidet ihr mir meine Macht und fürchtet um eure schwache Stellung. Ein Gegenvorschlag: Schließ dich mir an. Hilf mir, das Land zu einen, und ich werde mich erkenntlich zeigen.«

»Du willst mich kaufen?« Allenas Stimme zitterte.

»Ich biete dir eine Allianz und die Ernennung zu meinem Statthalter für das Emsigerland an. Gemeinsam wird es uns ein Leichtes sein, die Feinde Ostfrieslands zu bezwingen.«

»Dein Vasall soll ich werden?«

»Du wärst reicher und mächtiger als zuvor.«

»Und doch nur ein Diener.«

»Ein Freund.«

»Ich brauche deine Freundschaft nicht«, wies Allena das Angebot harsch zurück. »Ich habe bereits mit den Abdena von Emden und anderen großen Sippen einen Bund geschlossen. Eine Liga der Ebenbürtigen. Keiner maßt sich an, der anderen Herr zu sein.«

Ocko stellte jene Frage, die auch Foelke umtrieb: »Was ist mit Edo Wiemken – macht er mit bei eurem kleinen Komplott?«

Allena enthielt ihnen die Antwort vor. »Wir sind stärker als du. Wir können Brokmerland und Aurich von mehreren Seiten in die Zange nehmen.«

»›Eine Liga der Ebenbürtigen‹ – nur ein Narr nähme euch das ab«, sagte Ocko. »Ein jeder von euch wartet doch nur auf eine Gelegenheit, den anderen den Dolch in den Rücken zu stoßen und sich zum alleinigen Herrn aufzuschwingen.«

Sein Gast ließ den Hohn von sich abprallen. »Tu, was wir verlangen, oder wir werden dich und deine Familie vernichten.«

Nun geriet auch Foelke in Rage. »Wir haben dich in unser Haus eingeladen und das Brot mit dir geteilt, und du wagst es, uns zu drohen?«

»Nun weißt du, wie sich das friesische Volk fühlt, wenn es von deinem Gemahl bedrängt wird«, erwiderte Allena dreist.

»Es reicht«, sagte Ocko. »Wer solche Reden schwingt, ist in meinem Haus nicht willkommen. Verschwinde und lass dich hier nicht mehr blicken.«

»Oh, du wirst mich alsbald wiedersehen«, kündigte der Häuptling von Osterhusen an. »Aber beim nächsten Mal komme ich nicht mit einem Friedensangebot, sondern mit dem Schwert in der Hand. Du wirst es bereuen, dass du mich abgewiesen hast.«

Damit war alles gesagt. Volkmar Allena rauschte mit seinem Kriegsvolk im Schlepptau aus der Halle. Die Familie stand am Fenster und beobachtete, wie sich die Männer in die Sättel schwangen, eilends die Pferde antrieben und in die Nacht verschwanden.

»Sorgt euch nicht«, brach Ocko das Schweigen, ohne sein Weib, seinen Sohn und seinen Bastard anzublicken. »Allena wird es nicht gelingen, Marienhafe anzugreifen. Er wird im Süden zuschlagen.«

»Er wird versuchen, Eure Burgen in Aurich und Oldeborg zu treffen«, mutmaßte Almer, der, obwohl Kleriker, einigen politischen und militärischen Sachverstand vorweisen konnte und seinen Herrn daher in solchen Fragen beriet.

Ocko nickte nachdenklich. »Ich werde gleich morgen nach Aurich aufbrechen und über den Winter sämtliche verfügbaren Kräfte zusammenziehen. Nach der Schneeschmelze werde ich Allena und seine Bundesgenossen zum Kampf stellen.« Seine Augen glitzerten siegessicher. »Ich werde sie zerschmettern wie weiland bei Loppersum.«

Er spielte auf seinen ersten kriegerischen Zusammenstoß mit Allena und anderen Häuptlingen im Jahre 1379 an. Damals hatte er den Feind im Handstreich bezwungen und seinen Aufstieg zum mächtigsten Mann Ostfrieslands eingeleitet. Foelke bezweifelte, dass es ihm gelingen würde, diesen mühelosen Triumph zu wiederholen.

»Loppersum ist lange her«, wandte sie ein. »Allena und die anderen haben dazugelernt. Noch einmal werden sie sich nicht so leicht überrumpeln lassen.«

»Das mag sein. Aber auch ich bin stärker als vor elf Jahren. Obendrein kann ich auf Graf Albrechts Unterstützung zählen.«

»Albrecht ist weit weg. Bist du sicher, dass er dir helfen wird, wenn dich die vereinigten Häuptlinge bedrängen?«

»Verzagtes Weibergeschwätz«, kanzelte er sie ab, wie es mitunter seine Art war. »Was versteht eine Frau schon vom Krieg? Ob mit oder ohne Albrecht, ich werde die Häuptlinge schlagen und ihre Burgen eine nach der anderen an mich bringen.«

Das bestätigte jenen Verdacht, den Foelke hegte, seit Ocko das erste Wort an Allena gerichtet hatte: Er war niemals ernsthaft an Frieden interessiert gewesen. Er wollte die Entscheidung, er wollte den Krieg. Für einen kurzen Moment durchzuckte sie Angst – Angst um ihn. Eines Tages würde ihm sein Machtstreben zum Verhängnis werden. Rasch schob sie diese unwillkommenen Gefühle fort. Sie war die Gemahlin eines Eroberers. Sie durfte sich nicht von Verzagtheit leiten lassen.

»Ich werde mit dir ziehen und an deiner Seite in die Schlacht reiten«, bot Widzelt voller Eifer ein.

»Du wirst in Marienhafe bleiben und die Familie schützen«, erwiderte sein Vater abwesend.

»Ich bin ein Krieger!«, protestierte der Bastard. »Mein Platz ist in deiner Streitmacht.«

Ocko schaute ihn an, als hätte er erst jetzt bemerkt, dass Widzelt bei ihm stand. Sein Mienenspiel war wenig freundlich. Er duldete seinen illegitimen Sohn in seinem Haus und sorgte dafür, dass es ihm an nichts mangelte. Doch er hasste es, wenn Widzelt Ansprüche stellte. »Eines Bastards Platz ist bei den Knechten und Hunden«, sagte er kalt, »und ganz gewiss nicht an meiner Seite. Du tust, was man dir sagt, oder du wirst erfahren, wie sich ein Leben ohne ein Schwert am Gürtel, ohne ein hübsches Wams am Leib und ohne ein Dach über dem Kopf anfühlt.«

Einige Diener feixten, manch ein Krieger lachte grunzend. Widzelt lief rot an ob der Demütigung. Er wirbelte herum, stieß eine Magd zur Seite und stolzierte aus dem Saal.

Recht so, dachte Foelke. Widzelt war sich seiner Sache zu sicher, und für einen Bastard nahm er den Mund ganz schön voll.

Ocko tat gut daran, ihn zurechtzustutzen.

Der Bastard ließ sich für den Rest des Tages nicht mehr blicken. Ocko beschloss, sich an seinem vorerst letzten Abend in Marienhafe ganz der Familie zu widmen. Keno überredete ihn zu einer Partie Wurfzabel. Foelke machte mit ihrer Stickarbeit weiter und schaute ihren beiden Männern beim Spielen zu.

»Ha! Schon wieder hab ich einen Stein von dir geschlagen«, triumphierte ihr Sohn.

»Du hast unverschämtes Glück, Junge«, brummte Ocko lächelnd.

»Das ist kein Glück – das ist Können!«

»Wohl wahr. Beim Wurfzabel macht dir keiner was vor.«

»Gewonnen!«, jubelte Keno wenig später.

Ocko lachte gutmütig. Dann blickte er den Jungen mit gespieltem Ernst an. »Ich fordere Revanche.«

Auch die zweite Partie ging an Keno, ebenso die dritte. Ocko ließ ihn stets unauffällig gewinnen, was seinen eigenen Spielspaß jedoch keineswegs verminderte. Lachend klopfte er sich auf den Schenkel, wenn der Junge seine Steine hinauswarf, kniff ihm in die Wange und lobte sein Geschick.

»Beim Wurfzabel zeigt sich, ob ein Mann strategisch denken kann. Aus dir wird einmal ein hervorragender Feldherr.«

Keno strahlte den Vater an. Diskret zwinkerte Ocko Foelke zu. Ihr floss das Herz über.

Trotz der beklemmenden Umstände war die Stimmung am Tisch gelöst. Die beiden kicherten unentwegt und alberten herum. Niemand sprach über den drohenden Krieg. Auch das war Ocko: ein liebender Vater, ein angenehmer Gefährte, ein treusorgender Ehemann, der alles für seine Familie tun würde. Als sich die beiden wieder dem Spiel widmeten, betrachtete Foelke ihren Gemahl von der Seite.

Plötzlich kehrte die Angst zurück und fuhr ihr krampfartig in den Magen. *Morgen schon muss er fort.*

Sie würde es nicht ertragen, Ocko zu verlieren.

Kapitel vier

Warfstede

Gibt es einen Heiligen, den wir anrufen können?«, fragte Bent in der Dunkelheit.

»Was für ein Heiliger soll das sein?«, brummte Jann missmutig. »Der Patron der zu klein geratenen Häuser und der drangvollen Enge?«

»Ich bin mir ziemlich sicher, dass solch ein Patron nicht existiert«, sagte Etta.

»Nun, da wäre die heilige Martha von Bethanien, die den Drachen von Tarascon bezwungen hat«, bemerkte Jorien. »Sie ist die Patronin der Häuslichkeit und der Hausfrauen.«

Stille erfüllte die Schlafkammer, als die Familie darüber nachdachte.

»Nicht ganz das, was wir suchen«, meinte Folkmar.

»Wofür Heilige zuständig sind, richtet sich nach der Art ihres Martyriums«, erklärte Bent. »Zum Beispiel der heilige Alban. Die Vandalen haben ihm den Kopf abgeschlagen, weswegen man ihn bei Halsschmerzen anruft. Oder der heilige Kuno, der dreimal von einem Felsen geworfen wurde und der daher bei Gliederschmerzen hilfreich ist. Oder die heilige Augusta. Gerädert, Rückenpein. Oder …«

»Wir haben's begriffen«, knurrte Jann.

»Vielleicht«, fuhr Bent fort, »finden wir einen Märtyrer, der im Gedränge zerquetscht wurde.«

»Unsinn. Es gibt keine Veranlassung, die Heiligen zu bemühen«, sagte Abbe. »Das Haus mag klein sein, aber wenigstens haben wir ein Dach über dem Kopf, ein warmes Herdfeuer und trockene Betten …«

»Betten! Dass ich nicht lache«, schnaubte Bent.

»Viele Menschen sind schlechter dran«, entgegnete Abbe merklich gereizt. »Dafür sollten wir dankbar sein. Jetzt seid ruhig, damit wir schlafen können.«

Knapp drei Wochen war es her, dass Yneke Egers sie aus dem Steinhaus vertrieben hatte, doch die Familie hatte sich noch immer nicht an die neuen Umstände gewöhnt. Das Haus, in dem sie seitdem lebten, hatte dem verstorbenen Vogt gehört. Der war ein genügsamer Mann gewesen – ein Diener, ein Pferdeknecht und eine entsprechend beschaffene Wohnstatt hatten ihm ausgereicht. Für eine große Sippe mit Gesinde hingegen war das Haus zu klein.

Besonders in den Nächten machte die Enge den Osinga zu schaffen. In der Schlafkammer gab es Platz für gerade einmal zwei Betten. Etta und Jorien teilten sich das eine, Abbe und der alte Folkmar das andere. Die übrigen Familienmitglieder schliefen auf dem Boden, ebenso die Diener, die im vorderen Raum bei der Herdstelle nächtigten. Ein Knecht – der jüngste von allen – musste gar mit dem Stall vorliebnehmen: eine Zumutung im Winter.

Der junge Folkmar und Abbe nahmen die Situation stoisch hin. Die anderen dagegen beklagten sich pausenlos und schwelgten in Rachefantasien.

»Wenn Yneke nicht der Günstling der tom Brok wäre, würde ich ihn an meinem Ackerschlitten festbinden und ihn über die Salzwiesen schleifen, bis er um Gnade wimmert«, verkündete Bent.

»Überleg mal, was du da redest«, sagte Etta. »Wenn er nicht der Günstling der tom Brok wäre, hätte er uns gar nicht erst das Steinhaus wegnehmen können.«

»Ruhe!«, rief Abbc.

Endlich hielten alle den Mund. Still war es in der Kammer dennoch nicht. Der Wind pfiff um das Reetdach und rüttelte an den Fensterläden wie ein nächtlicher Besucher, der ängstlich Einlass begehrte. Der alte Folkmar grummelte im Schlaf. Bent stieß sich beim Herumwälzen das Knie an und stöhnte vernehmlich auf. So dauerte es eine Weile, bis dem jungen Folkmar endlich die Augen zufielen.

Eine lange Nachtruhe war ihm nicht vergönnt. Bereits nach wenigen Stunden knuffte ihn jemand. Er blinzelte schlaftrunken. Licht flammte auf, als Abbe bei der Tür einen Kienspan anzündete. Jorien war ebenfalls auf den Beinen und weckte die Familie.

»Großvater ist ausgebüxt«, erklärte sie.

Etta rieb sich die Augen. »Schon wieder?«

Sogleich war Folkmar hellwach und zog sich an. Dies war der folgenschwerste Nachteil der neuen Unterkunft: Sie konnten nicht mehr richtig auf das älteste Familienmitglied aufpassen. Im Steinhaus hatten sie bei Einbruch der Dunkelheit die Leiter heraufgezogen und einen Wächter am einzigen Ausgang postiert. Das hatte den alten Folkmar daran gehindert, nachts hinauszuschlüpfen. Nun gab es keine Leiter und keinen Wächter mehr. Der Alte hatte rasch verstanden, sich diesen Umstand zunutze zu machen. Dabei stellte er sich erstaunlich geschickt an für einen verwirrten Greis. Zum nunmehr zweiten Mal war es ihm gelungen, unbemerkt aus dem Bett zu gleiten, aus der Schlafkammer zu schleichen und über die liegenden Körper im vorderen Raum zu steigen, ohne jemanden zu wecken.

»Hat er wenigstens etwas angezogen?«, fragte Folkmar.

Vorige Woche war sein Großvater halb nackt in die Nacht entschwunden. Ein Wunder, dass er sich nicht den Tod geholt hatte.

»Seine Kleider sind weg, die Schuhe auch«, antwortete Abbe.

Er gab brennende Fackeln an die Familienmitglieder aus. Jann weckte derweil die Bediensteten, damit sie bei der Suche halfen. Draußen teilten sie sich auf. Etta, Bent und Jorien nahmen sich das Dorf vor, die Diener das Acker- und Weideland innerhalb des Schutzwalls. Folkmar und Jann marschierten zur Lastadie.

Zwischen dem ersten und dem zweiten Advent hatte es stark abgekühlt. Der See war noch nicht gefroren, wohl aber der Marschboden, sodass sie über verkrusteten Schlamm schritten. Eine dünne Schneeschicht hatte Wiesen und Dächer verharscht. Der Wind schüttelte Eiskristalle aus dem Schilf – es sah aus, als würden Rauchfetzen vom Röhricht wehen.

Kaum hatten sie die ersten Werkhütten passiert, vernahm Folkmar leises Klopfen.

»Das ist er«, sagte sein Vater erleichtert.

Sie eilten zum Steg, wo das Schiff für Ocko tom Brok lag. Wenige Tage nach dem Stapellauf hatten sie den Mast gesetzt und mit den Aufbauten angefangen. Das Hämmern kam aus dem Rumpf.

Vorsichtig, um nicht auf der Kruste aus Eis und Schnee auszurutschen, stiegen Folkmar und Jann die Laufplanke hinauf und traten durch die Relingspforte auf das Deck. Achtern, wo ein Kastell mit Kajüten für das Schiffsvolk, einem Unterstand für die Rudergänger und einer erhöhten Plattform für den Steuermann entstehen würde, fehlten die Decksplanken, sodass der Frachtraum offen lag. An einer Querverstrebung hing eine Laterne, das schummrige Licht schuf ein Raster aus Schatten zwischen den Spanten und Wrangen. Der alte Mann stand breitbeinig über dem Kielschwein, schwang einen Zimmermannshammer und bearbeitete einen tragenden Balken.

Folkmar und Jann kletterten zu ihm hinunter.

»Endlich«, brummte der Alte. »Hab schon gedacht, ich müsste die ganze Arbeit allein machen. Keiner will mehr früh aufstehen.«

Folkmar streckte die Rechte aus. »Gib mir den Hammer, bevor du etwas kaputt machst.«

»Kaputt? Hier wurde schlampig gearbeitet! Wenn der Balken das Spill tragen soll, müsst ihr ihn ausbauen und neu setzen.«

Mit dem Balken war alles in Ordnung, Folkmar aber widersprach ihm nicht. Seit sein Großvater nicht mehr auf der Lastadie arbeiten konnte, sah er ständig Fehler an den Schiffen. Dahinter verbarg sich der Wunsch, gebraucht zu werden.

»Wir machen es nachher.« Als der alte Mann den Hammer sinken ließ, nahm Folkmar ihm das Werkzeug aus der Hand. »Gehen wir zum Haus zurück. Es ist bitterkalt.«

»Ein guter Zimmermann scheut den Winter nicht. Er arbeitet auch bei Eis und Schnee. Ihr müsst euch ranhalten, wenn das Schiff rechtzeitig für den Krieg gegen den Dänenkönig fertig werden soll.«

»Du hast recht, die Zeit drängt«, sagte Folkmar freundlich. »Ab jetzt lassen wir die Zimmerleute in Schichten arbeiten, damit wir schneller vorankommen.«

Dies besänftigte den betagten Meister, sodass sie ihn überreden konnten, das Schiff zu verlassen und mit ihnen zum Dorf zurückzukehren.

Inzwischen dämmerte der neue Tag, die Nacht wich nach Westen zurück. Graues Licht kroch über das Marschland und legte Hütten, Bäume, Zäune frei. Abbe hatte Rübensuppe warm gemacht. Während der Alte eine Schale davon aß und die klammen Zehen dem Herdfeuer entgegenstreckte, schwärmten die Mägde aus und sammelten die restlichen Familienmitglieder wieder ein.

Groß war die Erleichterung, dass der alte Folkmar gesund und munter zurück war. Allein Jorien konnte ihren Ärger nicht zügeln und überhäufte ihren Vater mit Vorwürfen. Der gab sich kleinlaut und zog sich kurz darauf ins Bett zurück. Der nächtliche Ausflug hatte ihn derart erschöpft, dass er alsbald einschlief.

»Das geht so nicht weiter«, sagte Jorien, als sich die Familie am Tisch versammelte. »Wir müssen etwas unternehmen.«

»Wir können ihn schwerlich festbinden«, wandte Etta ein.

»Wir könnten den Schlüssel verstecken, damit er die Haustür nicht mehr aufbekommt«, schlug Bent vor.

Bisher hing der Schlüssel gut sichtbar an einem Haken im vorderen Raum, wenn sich die ganze Familie drinnen aufhielt.

Jorien schüttelte den Kopf. »Wenn er den Schlüssel nicht findet, bringt er es fertig, durch ein Fenster zu steigen. Die Gefahr, dass er sich dabei verletzt, ist zu groß. Da ist es mir lieber, er geht zur Tür hinaus.«

Folkmar teilte ihre Bedenken. Anders als die Hütten der einfachen Bauern hatte ihr Haus nicht nur Schlitze in den Wänden, die bei Kälte mit Moos oder Torf abgedichtet werden konnten, sondern richtige Fenster mit Läden und Butzenglasscheiben. Ein junger und einigermaßen beweglicher Mensch konnte leicht eines öffnen und sich hindurchzwängen. Ein gebrechlicher wie sein Großvater hingegen lief Gefahr, in der schmalen Öffnung stecken zu bleiben oder beim Hinausklettern zu stürzen. »Es läuft darauf hinaus, dass wir ihn nicht mehr aus den Augen lassen dürfen. Ein Diener muss Tag und Nacht auf ihn aufpassen.«

»Dann wird's noch enger in der Schlafkammer«, protestierte Bent.

»Über die Sache mit dem Aufpasser haben wir schon gesprochen«, ergänzte Etta. »Die Diener müssen für ihre eigentlichen Aufgaben ausgeschlafen sein. Sie können nicht die ganze Nacht an Großvaters Bett wachen.«

»Der Enge können wir entgegenwirken, indem wir einen weiteren Knecht in den Stall ausquartieren und Großvater im vorderen Raum schlafen lassen«, regte Folkmar an.

»Er kann nicht auf dem Boden nächtigen wie die Diener«, widersprach seine Mutter. »Das wäre Gift für seinen Rücken.«

»Wir machen es folgendermaßen«, erklärte Abbe. »Wir räumen vorn um, sodass Platz für eine einfache Bettstatt entsteht. Dafür muss die große Truhe weichen – sei's drum. Wir schaffen sie auf den Dachboden. Zwei Diener passen Tag und Nacht auf Großvater auf. Wir stellen sie von allen anderen Aufgaben frei, damit sie abwechselnd wachen und schlafen können.«

»Dann fehlen sie uns im Warenspeicher«, sagte Jorien. »Etta und ich haben schon jetzt zu wenig Helfer.« Früher hatte das Kriegsvolk im Handelsgeschäft ausgeholfen. Seit die Söldlinge fort waren, kamen die Bediensteten kaum mit der Arbeit nach.

»Es geht nicht anders«, entschied Abbe. »Großvater geht vor.«

»Jesus am Kreuz, wenn wenigstens der verdammte Platzmangel nicht wäre!«, fluchte Etta. »Noch eine Nacht wie die letzte, und ich laufe Gefahr, jemanden zu erschlagen.« Folkmar entging nicht, dass ihr Blick dabei ihren Gemahl Bent streifte. »Können Vater und du nicht woanders hinziehen?«

Jorien schüttelte den Kopf. »Wohin denn? Alle Häuser, die wir besitzen, haben wir Hofleuten und Pächtern überlassen. Wir können sie nicht mitten im Winter vor die Tür setzen.«

»Nicht alle Häuser«, widersprach Jann. »Die Hütte beim Gottesacker steht leer. Dort könnten wir unterkommen.«

»Das geht leider nicht«, sagte Abbe. Mit einer tiefen Falte zwischen den Brauen, den Krückstock quer über die Knie gelegt, blickte er in die Runde. »Als ihr fort wart, war Yneke Egers da.«

»Der ist aber früh auf den Beinen«, bemerkte Bent säuerlich. »Was wollte er?«

»Gert Ulfferts – der Händler, der kürzlich hergezogen ist – braucht ein Haus«, erklärte Abbe. »Yneke hat mich aufgefordert, ihm eines zu beschaffen.«

Das rief bei der Familie einigen Ärger hervor.

»Was geht uns das an?«, empörte sich Etta. »Wenn Yneke will, dass der Neuling ein Haus bekommt, soll er ihm selbst eins suchen!«

»Yneke hat sich deswegen an uns gewandt, weil er sich noch nicht gut genug in Warfstede auskennt«, erläuterte Abbe.

»Das wird ja immer besser«, sagte Jorien. »Erst nimmt er uns das Steinhaus weg, und jetzt will er, dass wir ihm helfen. Was bildet sich der Kerl eigentlich ein?«

»Wenn wir dem Vogt nicht entgegenkommen, handeln wir uns Ärger ein.« Abbe wirkte müde und resigniert. »Außerdem kann Gert Ulfferts nichts für unseren Zwist mit Yneke. Ich finde, wir sollten ihm die Hütte am Gottesacker vermieten.«

Als sich neuer Protest regte, hob Abbe die Hand. Ruhe kehrte ein.

»Die Hütte ist klein und schlicht und steht obendrein außerhalb des Walls – nicht standesgemäß, mit anderen Worten«, sagte er. »Wenn Jann und Jorien dort einzögen, gäbe es Gerede. Dass die reichste Sippe des Kirchspiels nicht mehr im Steinhaus wohnt, ist wahrlich schlimm genug. Diese Schmach dürfen wir nicht vergrößern. Gert Ulfferts soll sie bekommen. Für unsere missliche Lage wird sich eine andere Lösung finden.«

»Abbe sollte mit dem Gesinde hierbleiben«, schlug Folkmar vor. »Also brauchen wir zwei weitere Häuser. Eines für Etta und Bent sowie eines für Jorien, Jann, Großvater und mich. Das sollte mit etwas Geduld zu machen sein. Für uns vier würde sich Großvaters altes Haus bei der Lastadie eignen. Für euch beide«, wandte er sich an seine Schwester und seinen Schwager, »finden wir sicher ein anderes. Wir bitten die Hofleute, die in den beiden Häusern wohnen, sich etwas Neues zu suchen. Dafür geben wir ihnen ausreichend Zeit – sagen wir: bis zum Frühjahr. So lange müssen wir uns eben zusammenraufen. Schaffen wir das?«

»Ich schätze, uns bleibt nichts anderes übrig«, meinte sein Vater.

»Schön, dass das geklärt ist.« Abbe stemmte den Krückstock auf den Boden und richtete sich ächzend auf. »Und jetzt machen wir Gert Ulfferts unsere Aufwartung und begrüßen ihn in Warfstede, wie es sich gehört.«

Nur fünf Familienmitglieder verließen das Haus. Jorien blieb, um auf ihren Vater aufzupassen. Als die anderen ins Freie traten, verabschiedete sich Jann von ihnen. Er wollte zur Lastadie und die Zimmerleute für das Tagwerk einteilen. So gingen nur Folkmar, Abbe, Etta und Bent zum Dorfkrug, wo Gert Ulfferts eine Kammer gemietet hatte.

Der Händler und seine Tochter saßen gerade beim Morgenbrot. Als Abbe sich ihm vorstellte und ihn im Namen der Familie begrüßte, überschlug Gert sich schier vor Liebenswürdigkeit.

»Setzt euch. Setzt euch. Kann ich euch etwas anbieten? Wirt! Vier Krüge Fastenbier für die Familie Osinga!«

»Wir übernehmen das Bier und das Morgenmahl«, sagte Abbe. »Sei unser Gast, Gert.«

»Habt Dank. Ihr seid wahrlich großzügig.«

Für Folkmars Geschmack war der Händler ein wenig *zu* freundlich. Es fehlte nur noch, dass er vor Abbe katzbuckelte. Daher hielt Folkmar sich zurück, als man miteinander zu plaudern begann. Er interessierte sich ohnehin mehr für Gerts Tochter Almuth, die wie er kaum etwas sagte. Er bezweifelte, dass Schüchternheit der Grund dafür war. Offenbar zog sie es vor, Fremde erst einmal zu beobachten, wenn sie eine ganze Gruppe davon antraf.

»Du bist Kaufmann, nicht wahr?«, erkundigte sich Etta.

»Hauptsächlich für Torfsalz«, bestätigte Gert. »Aber ich handle auch mit Gold, Werkzeug und Kleinodien.«

»Hast du Kontakte nach Emden?«, fragte Abbe interessiert.

»Ich kenne dort einige Goldschmiede. Aber meine Partner wohnen in ganz Ostfriesland, einige sogar in Oldenburg und Holland. Ich hörte, die Familie Osinga treibt Handel mit den Beginen zu Bremen.«

»Die grauen Schwestern beliefern uns mit Holz für den Schiffsbau«, erklärte Etta.

»Die Familie betreibt einen Verlag, dem die Lastadie zuarbeitet, richtig?«

»So war es früher. Inzwischen gehört auch die Lastadie der Familie.«

»Interessant«, schmeichelte Gert. »Erzähl mir mehr.«

Folkmar war der Einzige, der bemerkte, dass Almuth bei diesen Worten mit den Augen rollte. *Dieses Haar,* dachte er. Vom Scheitel, der genau in der Kopfmitte verlief, wallte es in üppigen Wellen über Schläfen, Wangen und Ohren, rot, orange und bernsteinfarben wie die Abendsonne auf dem Watt. Ihr Gesicht verschwand beinahe ganz darin, wenn man es von der Seite betrachtete. Nur die Nasenspitze war dann noch zu sehen. *Und was für eine hübsche Nase das ist.*

In diesem Moment erwiderte Almuth seinen Blick, und über ihre Züge huschte ein Ausdruck, der ein Lächeln sein mochte oder etwas ganz anderes – Spott vielleicht, gepaart mit Ärger. Rasch schaute er weg. Was fiel ihm ein, sie so anzustarren? Sie musste ihn für aufdringlich halten.

»Yneke Egers hat uns gebeten, dir zu helfen«, sagte Abbe gerade. »Wir haben ein Haus, das du mieten kannst.«

Gert Ulfferts strahlte, diesmal wirkte die Freude nicht gespielt. »Das würdet Ihr für mich tun? Ich weiß nicht, wie ich Euch danken soll. Der heilige Magnus segne Euch!«

»Es ist nichts Besonderes«, dämpfte Abbe Gerts Erwartungen. »Eine Reethütte außerhalb des Walls mit einem verwilderten Gemüsegarten. Doch sie sollte groß genug sein, dass du mit deiner Tochter darin wohnen und dein Geschäft betreiben kannst.«

»Selbst die schäbigste Reethütte ist besser als die finstere Kammer, in der wir seit unserer Ankunft hausen. Nicht wahr, mein Kind?«, wandte sich der Händler an Almuth, ohne eine Antwort zu erwarten. »Wann kann ich das Haus sehen?«

»Wir können sogleich hingehen.«

Sie leerten die Becher und verließen das Schankhaus. Almuth trug ein Gewand und einen Umhang, doch Folkmar, der schräg hinter ihr ging, konnte sehen, dass sich unter der dicken Wolle weibliche Formen verbargen. Sie war sehr viel kleiner als er und zart gebaut, gleichwohl erblickte er geschwungene Hüften.

Etta löste ihren Schal vom Hals und drückte ihn Folkmar in die Hand. »Halt ihn am besten straff gespannt unters Kinn«, raunte sie ihm zu.

»Wozu?«

»Damit du deine Augen auffangen kannst, wenn sie dir aus dem Kopf fallen.«

»Ich weiß nicht, was du meinst«, grunzte er.

»Natürlich nicht.« Sie stieß ihn mit dem Ellbogen an. Niemand konnte schmutziger grinsen als sein Schwesterherz.

Das Haus hatte einen einzigen länglichen Raum, begrenzt von Wänden aus Flechtwerk und Lehm. Paarweise angeordnete Holzstützen trugen das Reetdach. Die wenigen Fensterschlitze hatte man mit

Stroh zugestopft. Abbe Wilken zündete einen Kienspan an, bevor er Almuth und ihren Vater hineinführte.

»Wie gesagt, es ist schlicht. Aber es ist alles da, was man braucht.« Abbe wies mit dem Gehstock auf die von Steinen eingefasste Herdstelle, die Bettgestelle und den klobigen Tisch.

»Wir nehmen es«, sagte Gert.

»Bist du sicher, dass es groß genug für euch ist?«

»Für Almuth und mich genügt es allemal. Für die Handelsware baue ich einen Speicher, auf der Parzelle ist ja genug Platz.«

Almuth betrachtete die Spinnweben an den Dachbalken und das vertrocknete Laub auf dem Boden. Das Haus war kleiner und weniger komfortabel als jenes in Jever, in dem sie aufgewachsen war und das Gert an seine Gläubiger verloren hatte. Doch sie stimmte ihrem Vater zu. Es war besser als die muffige Kammer im Schankhaus, in der man immerzu fror. Wenn sie erst sauber gemacht und aufgeräumt hatten, würde es hier drin recht wohnlich sein.

Abbe und Gert wurden sich schnell handelseinig, was den Mietzins betraf. Man besiegelte das Geschäft mit einem Handschlag, sodann verabschiedete sich die Familie Osinga. Allein Folkmar Janns blieb noch. Er schaute sich um und klopfte gegen eine Holzstütze.

»Hier wurde lange nichts gemacht. Der eine oder andere Balken sollte ausgetauscht werden. Lasst es mich wissen, wenn ihr dabei Hilfe braucht.«

»Darauf komme ich gern zurück. Ich hole unsere Sachen«, sagte Gert zu Almuth.

»Ich komme gleich nach!«, rief sie, als er nach draußen trat.

Die Tür fiel zu, und sie war allein mit Folkmar.

»Ich muss meinem Vater helfen.«

»Gewiss.«

Doch statt Gert zu folgen, blieb sie stehen, als hätte sie Wurzeln geschlagen. Was war nur los mit ihr? Folkmar und sie blickten einander an.

»Nun hast du den Buckligen also endlich kennengelernt«, brach er das Schweigen.

»Das wird mir noch ewig nachhängen, was?« Almuth verzog das Gesicht.

»Hältst du ihn immer noch für monströs?«

»Ich habe nie gesagt, er wäre …«, setzte sie zu einer wütenden Rechtfertigung an und verstummte, als Folkmar zu grinsen anfing.

Er hatte sie schon wieder auf den Arm genommen, und es ärgerte sie beträchtlich, dass sie um ein Haar darauf hereingefallen wäre. Sie war doch sonst nicht so unbedarft. Folkmar Janns aber hatte etwas an sich, das sie aus dem Gleichgewicht brachte. Der riesige, freundliche, unerschütterliche Folkmar. Nur einmal war es ihr gelungen, seine Gelassenheit ins Wanken zu bringen: vorhin beim Morgenbrot, als sie ihn herausfordernd angelächelt hatte. Da war er tatsächlich rot geworden, wenigstens ein bisschen. Sie klammerte sich an diesen kleinen Erfolg. »Ich muss jetzt wirklich gehen.«

Er begleitete sie hinaus. Almuth schloss die Tür und klappte den einfachen Holzriegel vor.

»Etta ist deine Schwester, richtig?«, sagte sie, als sie am windschiefen Zaun des Friedhofs entlanggingen.

»Ist das so offensichtlich?«

»Ihr habt die gleichen Augen. Sie ist klug und nett – ich mag sie. Und Bent …?«

»Ettas Mann. Mitunter etwas einfältig, aber eine Seele von Mensch.«

Plaudernd traten sie durch das Tor in der Wallanlage und schlenderten zum The. Es war wie immer, wenn sie aufeinandertrafen: Es fühlte sich an, als würden sie sich schon lange kennen.

Ihr Vater hatte einstweilen das Pferd vor den Ackerschlitten gespannt. Gerade schleppte er eine Kiste aus dem Schankhaus. »Wo bleibst du denn?«, rief er ihr zu.

»Wenn ihr Hilfe beim Einrichten und Umbauen braucht …«, begann Folkmar.

»… kommen wir auf dich zu.«

Er verabschiedete sich mit einem Lächeln. Almuth blickte ihm nach und fragte sich, wie es sich anfühlen mochte, ihn zu küssen. Nicht dass sie reichhaltige Vergleichsmöglichkeiten gehabt hätte. Ihre Erfahrung auf diesem Gebiet war überschaubar.

Ob er schon viele Frauen geküsst hatte?

»Almuth!«, rief Gert.

Da, es fing schon wieder an. Folkmar verwirrte ihr so den Kopf und das Herz, dass sie darüber alles andere vergaß. Schluss damit! Was sie jetzt brauchte, war praktische Arbeit.

Sie eilte zu ihrem Vater und half ihm, ihre Habe auf den Ackerschlitten zu laden.

Kapitel fünf

»Sei so gut und hilf mir.« Mit der Rechten stützte sich Abbe auf den Krückstock, mit der Linken hakte er sich bei Folkmar unter. Gemeinsam stiegen sie die Warf hinauf.

»Macht dir wieder die Kälte zu schaffen?«

»Diesen Winter ist es besonders schlimm.« Abbe blieb stehen, verschnaufte, biss die Zähne zusammen. »Bringen wir's hinter uns.«

Schneeflocken, dünn wie Staubflusen, umwirbelten sie. Die Welt bestand nur noch aus Schattierungen von Weiß. Sogar das Steinhaus wirkte an jenem Morgen mehr grau als rot. Folkmar erklomm die Leiter und schlug mit der flachen Hand gegen die Tür, die sogleich geöffnet wurde. Ein Krieger winkte sie herein.

Folkmar beugte sich nach unten und nahm den Krückstock entgegen, damit sein Onkel beide Hände frei hatte. Abbe schaute zur offenen Tür auf, nahm einen tiefen Atemzug und bekreuzigte sich. Dann kämpfte er sich die Leiter empor, indem er den rechten Fuß auf eine eisverkrustete Sprosse setzte und umständlich den anderen nachzog, ehe er sich das nächste Querholz vornahm.

»Ein Glück, dass wir nicht mehr im Steinhaus wohnen«, schnaufte er grimmig. »Stell dir vor, ich müsste das jeden Tag machen.«

Folkmar lachte, während er sich auf die Türschwelle kniete und die Hand ausstreckte. Abbe ergriff sie und bewältigte keuchend das letzte Drittel der Leiter.

Aus der Halle drangen feixende Stimmen.

»Beim heiligen Georg, das kann man ja nicht mit ansehen«, sagte Cord Hanneken. »Das nächste Mal stecken wir ihn in einen Korb und ziehen ihn mit dem Seil rauf.«

»Zu anstrengend. Der Buckel ist doch gewiss so schwer wie ein Mühlstein«, meinte ein anderer Krieger. »Wir stellen unten ein Katapult auf, setzen ihn auf den Wurfarm und schießen ihn rein.«

»Und wie soll er wieder runterkommen?«, rief ein dritter.

»Er soll springen«, sagte Cord. »Seine Leute werden schon dafür sorgen, dass er weich landet. Können ihm ja einen Karren voller Pferdemist hinstellen.«

Abbes Miene wurde starr, und er tat, als würde er die Schmähungen nicht hören. Folkmar dagegen spürte Zorn in sich aufsteigen. Mit zusammengebissenen Zähnen reichte er seinem Onkel den Gehstock, als er über die Türschwelle trat.

»Habt acht, Zwergenkönig Alberich kommt uns besuchen«, höhnte Cord. »Bringt eure Schätze in Sicherheit, bevor er seine Tarnkappe aufsetzt und euch das Gold aus den Taschen stibitzt.«

»Ich finde, in dem Pelzmantel sieht der Bucklige eher aus wie ein zu groß geratenes Eichhorn, das krumm auf einem Ast hockt«, widersprach einer seiner Kumpane.

»Kommt beides hin. Vielleicht war sein Vater ein Zwerg, der's mit einem Hörnchen getrieben hat.«

Die Krieger johlten.

Folkmar hatte genug. »Yneke!«, rief er. »Lässt du es deinen Leuten durchgehen, dass sie sich wie Dreckschweine benehmen?«

Der Vogt saß am flackernden Kamin, verspeiste sein Morgenbrot und blätterte dabei in einem ledergebundenen Buch. Er war offenbar so in seine Lektüre vertieft, dass er das Gelächter nicht mitbekommen hatte. Jetzt hob er den Kopf, seine Augenbrauen rückten zusammen und warfen eine strenge Falte auf. »Lasst meinen Gast in Ruhe!«

Augenblicklich waren die Krieger still.

»Dein Mann soll sich bei Abbe für die Schmähungen entschuldigen«, verlangte Folkmar.

Yneke warf Cord einen stechenden Blick zu. »Worauf wartest du?«

Cord lümmelte auf einer Bank und machte keine Anstalten, eine dem Vorgang angemessene Haltung einzunehmen. »Verzeih«, grunzte er. »Hab nur Spaß gemacht.«

Einstweilen gab sich Folkmar damit zufrieden. Er hielt es jedoch für ausgemacht, dass er dem Kerl in nicht allzu ferner Zukunft Manieren beibringen musste.

»Setzt euch zu mir«, sagte Yneke im Befehlston. Der Vogt ließ sie bei jeder Gelegenheit spüren, dass er sich nicht um ihre Stellung im

Kirchspiel scherte. Für ihn waren die Osinga Untertanen der tom Brok, mehr nicht.

Folkmar ließ seinen Onkel vorausgehen. Die Krieger auf den Bänken belauerten jeden ihrer Schritte.

Yneke streifte ihn mit einem Blick, der nicht eben herzlich war. »Es wäre nicht nötig gewesen, dass du einen Leibwächter mitbringst«, sagte er zu Abbe, als sie sich setzten.

»Offenbar doch, wenn ich damit rechnen muss, in deinem Haus beschimpft und beleidigt zu werden.«

»Das ist doch nur albernes Gerede. Harmlos. Ich hätte dich nicht für so dünnhäutig gehalten.«

Abbe ließ die Angelegenheit auf sich beruhen. »Folkmar ist der Erbe der Familie. Eines Tages wird *er* mit dir über Steuern und Abgaben sprechen. Er will sich frühzeitig mit dieser Aufgabe vertraut machen.«

Yneke bot ihnen nichts zu essen und zu trinken an. Er kam gleich zur Sache, indem er Abbe das Buch hinschob und mit dem Zeigefinger auf die aufgeschlagene Seite tippte. »Es gibt Ungereimtheiten, die wir klären müssen. Der Zehnt und die übrigen Abgaben waren zu Michaelis fällig. Inzwischen haben wir Dezember, aber einige Grundbesitzer haben noch immer nicht bezahlt. Außerdem verrichten viele keinerlei Dienste an Wall und Graben.«

»Nun, wir und andere Familien des Marschlandes zahlen das Freiengeld, sodass wir von den Instandhaltungsarbeiten an den Wallanlagen befreit sind …«

»Das weiß ich. Aber manche zahlen weder das Freiengeld noch leisten sie Hofdienste. Unter meinem Vorgänger gab es offenbar einigen Schlendrian.«

»Das hat nichts mit Nachlässigkeit zu tun«, widersprach Abbe. »Dein Vorgänger entschied in Absprache mit uns, die wir das Kirchspiel gut kennen, hier und da Milde walten zu lassen. Wenn ein Grundbesitzer von Abgaben und Diensten befreit wurde, hatte das stets einen guten Grund. Etwa wenn ein Bauer im Vorjahr eine Missernte erlitten hat. Dann wurde für ihn der Zehnt ausgesetzt, bis er sich erholt hat.«

»Beim Zehnt darf es keine Ausnahmen geben.« Yneke Stimme

gewann an Schärfe. »Die Bauern sind verpflichtet, das Kriegsvolk mit Nahrung, Torf, Viehfutter und dergleichen zu versorgen. Nur so können wir Vögte das Land schützen.«

»Das ist mir bekannt. In manchen Fällen aber kann es sinnvoll sein …«

»Außerdem wird man unnötige Milde einem Vogt als Schwäche auslegen«, fiel Yneke Abbe ins Wort. »So etwas spricht sich herum, woraufhin andere nach Ausflüchten suchen werden, sich um den Zehnt zu drücken. Wie mir scheint, ist genau das in Warfstede geschehen.«

»Dein Vorgänger hat andere Erfahrungen gemacht. Milde ist ein Zeichen für Weisheit. Wenn du gütig bist, wird man dich im Kirchspiel achten und schätzen.«

»Ich bin nicht hier, um Freunde zu gewinnen, sondern um Ockos gerechte Herrschaft durchzusetzen. Die Schlamperei endet hier und heute.« Yneke zog das Buch zu sich und warf einen Blick hinein. »Cord! Bring Graleff Lubben her.«

Cord Hanneken und zwei weitere Krieger erhoben sich träge von den Bänken, öffneten die Tür und stiegen hinaus ins Schneetreiben.

»Sei nachsichtig mit Graleff«, sagte Abbe. »Sein Erstgeborener ist im Frühjahr beim Austernsammeln im Priel ertrunken. Der Gram um den Sohn hat Graleff beinahe um den Verstand gebracht. Er hat den Hof vernachlässigt und zu wenig Ernte eingefahren, um den Zehnt entrichten zu können.«

»Keine Ausnahmen«, wiederholte Yneke. »Er zahlt wie alle anderen.«

Wenig später geleiteten die Krieger Graleff Lubben in die Halle. Cord gab ihm einen Stoß, sodass der dürre Mann ihrem Tisch entgegenstolperte. Schneeflocken schmolzen auf seiner schmutzstarrenden Gugel.

»Du bist mir den Zehnt schuldig«, sagte Yneke. »Ein Schwein und ein halbes Malter Korn. Oder acht Schilling Silber. Da ich weder ein Schwein noch einen Sack mit Gerste sehe, gehe ich davon aus, dass du das Geld gebracht hast.«

Der Bauer schielte flehend zu Abbe und Folkmar. »Es war doch abgemacht, dass ich erst nächstes Jahr zahlen muss.«

»Deine Mauscheleien mit meinem Vorgänger sind nicht von Belang. Also – hast du das Geld?«

»Woher soll ich acht Schilling nehmen? Herr, ich bitte Euch …«

»Cord«, sagte Yneke nur.

Der Krieger zog ein armlanges Stück Tau, in das er Knoten gebunden hatte, hinter dem Gürtel hervor. Mit einer blitzschnellen Bewegung schlug er es Graleff durchs Gesicht. Schreiend stürzte der Bauer zu Boden.

»Aufhören!«, rief Abbe. Doch Cord drosch weiter mit dem Tau auf Graleff ein. Der hatte sich auf den Bauch gerollt und schützte den Kopf mit den Händen, wimmernd, blutend.

»Pfeif deinen Mann zurück – sofort!«, schnauzte Folkmar den Vogt an.

»Nein. Wer das Gesetz missachtet, trägt die Folgen.«

Mit einem Fluch auf den Lippen sprang Folkmar auf, um zu Graleff zu eilen. Doch ehe er dem Bauern zu Hilfe kommen konnte, waren Cords Waffenbrüder zur Stelle und bedrohten ihn mit den blanken Schwertern. Der kalte Glanz in ihren Augen ließ keine Fragen offen: Die Männer waren begierig, sein Blut zu vergießen. Folkmar hatte keine andere Wahl, als einen Schritt zurückzuweichen.

»Genug«, sagte der Vogt, und Cord ließ von Graleff ab. »Wirst du zahlen?«

Der Bauer wollte etwas sagen, doch aus seinem Mund kamen lediglich Blut, Speichel und unartikulierte Laute.

»Ich kann dich nicht hören.«

»Werde … zahlen«, krächzte Graleff.

»Du hast Zeit bis Sonnenuntergang«, erklärte Yneke. »Solltest du deine Schulden bei Ocko bis dann nicht beglichen haben, bist du des Todes.« Er machte eine Handbewegung. Zwei Krieger zerrten Graleff auf die Füße und schoben den taumelnden Mann zur Tür.

Cord verdrehte das blutverschmierte Tau in den Händen, dass die Hanffasern knirschten, und blickte Folkmar dabei geradewegs in die Augen.

»So viel zu Milde«, sagte Yneke Egers. »In Zukunft werden die Dinge auf meine Weise getan.«

Zwei Tage nach dem Vorfall im Steinhaus wurde es plötzlich wärmer. Der Schnee schmolz über Nacht, es regnete in Strömen. Der Fluss schwoll an und überschwemmte die ufernahen Wiesen, sodass die Warfen wie Inseln aus den bleigrauen Wasserflächen ragten und die Bauern der Knickmarsch nur noch mit dem Ruderboot zu ihren Nachbarn gelangten. Nach dem zweiten Advent ließ der Regen nach. Es blieb jedoch mild, und kräftige Böen fegten über das Land.

An jenem Morgen stemmte sich Folkmar gegen den Nordwestwind und stieg auf den Deich. Seit einigen Stunden herrschte Ebbe. Die Sieltore standen weit offen, der Fluss zwängte sich rauschend hindurch und beförderte ungeheure Wassermassen hinaus ins Watt, sodass der Priel in Küstennähe beinahe doppelt so breit war wie an einem gewöhnlichen Wintertag.

Er folgte der Wattrinne mit dem Blick. Weit draußen verschmolz der mäandernde Wasserlauf mit dem Meer, das in ein, zwei Stunden bis zu den Inseln zurückweichen würde, ehe die Flut einsetzte und der ewige Zyklus der Gezeiten aufs Neue begann. Obwohl die See weit entfernt war, konnte Folkmar erkennen, dass sie brodelte wie ein Hexenkessel. Dort draußen waren die Böen noch weitaus stärker als an Land. Wolken walzten über den Himmel, weiße, graue, schwarze, sie prallten gegeneinander, verwuchsen, wechselten ständig die Form, ohne in der Bewegung innezuhalten. Ein Sturm zog auf – ein heftiger, Folkmar spürte es. Ganz ohne die magische Narbe seines Vaters.

Er spürte noch etwas anderes: ein unangenehmes Ziehen im Magen. Heute früh hatte es wieder nur ein paar Streifen Stockfisch gegeben, nicht annähernd genug, um den Hunger zu lindern, der ihn seit nunmehr anderthalb Wochen peinigte. Er sehnte das Ende der Fastenzeit herbei, jeden Tag mehr. In den Nächten träumte er vom Weihnachtsfest und dem üppigen Schmaus, mit dem seine Familie Jesu Geburt feiern würde.

Folkmar zwang sich, nicht mehr an reifen Käse, Blutwurst, dicke Buttermilch und fetttriefenden Gänsebraten zu denken. Seine Arbeit erforderte einen klaren Verstand. Er ließ den Blick über die Salzwiesen beiderseits des Flusses gleiten. Sein Onkel und seine Mutter hatten dem Vorhaben, die Lastadie teilweise ins Deichvorland zu verlegen, ohne langes Zögern zugestimmt. Sie verstanden, dass das Unternehmen nur dann eine Zukunft hatte, wenn sie imstande waren, neben den bewährten Koggen die größeren Holke zu bauen. Nun galt es, einen geeigneten Ort für die neue Warf auszuwählen. Dicht am Priel, so viel stand fest, damit die Schiffe beim Stapellauf in die Wattrinne gleiten konnten. Doch wo genau? Folkmar stieg den Deich an der Tidenseite hinab – kein leichtes Unterfangen bei diesen Böen – und schritt zu dem Streifen aus gelbem Gras, wo die Salzwiese ins Watt und der Fluss in den Priel überging.

Hier, entschied er.

Da die neue Warf aus Gründen der Sicherheit mit dem Deich verbunden sein musste, würden aufwendige Erdarbeiten nötig sein. Der künstliche Hügel würde am Ende gewiss so mächtig sein wie jener, auf dem das Steinhaus stand. Folkmar hatte angespitzte Pflöcke mitgebracht, um die Stelle abzustecken. Er beließ sie in seinem Beutel. Wenn der Sturm erst richtig tobte, würden die aufgepeitschten Flutwellen sie fortspülen. Er würde den Bauplatz später markieren.

Ihn traf eine Bö, die so kräftig war, dass sie ihn beinahe von den Füßen riss. Er kehrte dem Watt den Rücken, kämpfte sich den Deich hinauf und ging zur Lastadie.

Dort hatte man die Arbeit längst eingestellt. Zimmerleute, Lehrknechte und Tagelöhne schleppten Stützhölzer zu den Hellingen, zerrten an armdicken Tauen und machten die Schiffe sturmfest, während Jann die Männer brüllend zur Eile antrieb.

»Wo soll ich mit anpacken?« Folkmar musste schreien, um den heulenden Wind zu übertönen.

»Wir sind so gut wie fertig«, antwortete sein Vater. »Geh nach Hause. Ich komme gleich nach.«

Kaum hatte Folkmar die letzte Werkhütte hinter sich gelassen, dröhnte blechern die Sturmglocke.

Almuth hatte schon viele Stürme erlebt, aber noch keinen so nah bei der Küste. Jedes Mal wenn die Böen derart heftig am Dach rüttelten, dass die Stützpfeiler zitterten, fragte sie sich, ob Warfstede den tosenden Elementen standhalten würde. In Jever, das auf einem Geestrücken lag, waren sie vor Sturmfluten sicher gewesen. Hier jedoch würde das Meer sofort alles überschwemmen und ihr Haus verschlingen, sollte der Deich brechen.

Stumm bat sie den heiligen Petrus um Beistand.

Ihr Vater war noch nervöser als sie. Unruhig marschierte er im Haus umher, befingerte sein Festgewand, das Essgeschirr und das Rechenbrett und dachte laut darüber nach, wo er seine Habe verstauen könnte, damit sie vor dem Sturm sicher war, nur um den jeweiligen Gegenstand kurz darauf liegen zu lassen und sich dem nächsten zuzuwenden. Dabei rief er ganze zehn Heilige an, ständig einen anderen.

Almuth konnte es bald nicht mehr mit ansehen. Seit dem Tod ihrer Mutter war Gert nicht mehr er selbst, und der aufreibende Umzug hatte ihn noch ängstlicher gemacht. Sie musste ihre eigene Furcht bezwingen und die Führung übernehmen, wenn sie den Sturm unbeschadet überstehen wollten.

Behutsam nahm sie ihrem Vater das Rechenbrett aus der Hand. »Hier ist es nicht sicher«, entschied sie. »Wir suchen Schutz in der Kirche.«

»Gut. Bestens«, murmelte er fahrig. »Lass mich nur rasch einige Sachen zusammensuchen.«

»Das übernehme ich. Du schaust, ob alle Fenster zugestopft sind.«

Dieser Aufgabe war er gewachsen. Almuth packte derweil ihre wichtigste Habe in einen Sack.

»Das Pferd!«, fuhr Gert plötzlich zu ihr herum.

»Wir nehmen es natürlich mit.«

Wenig später verließen sie die Hütte. Der Wind war inzwischen so stark, dass Gert es kaum schaffte, die Tür zu schließen. Zweimal wurde sie ihm aus den Händen gerissen und knallte gegen die Lehmwand. Mit dem Pferd hatten sie Glück, es nahm die Orkanböen erstaunlich gelassen. Almuth band es los und führte es am Zügel.

Gemeinsam mit vielen anderen Dorfbewohnern gingen sie zur Kirche. Obwohl der Weg keine hundert Schritte weit war, gerieten sie mehrmals in Gefahr. Der Wind riss Schilf von den Reetdächern, winzige spitzige Stücke, die durch die Luft wirbelten und höllisch schmerzten, wenn man sie ins Gesicht bekam. Äste und abgebrochene Latten fegten über die Wege. Eine alte Frau wurde von einem Stück Holz getroffen und musste danach von den Männern getragen werden.

Endlich erklommen sie die Warf. Gert hämmerte mit der Faust gegen das Kirchenportal. Erasmus, der Vikar, öffnete einen Flügel und betrachtete die Gruppe mit kritischer Miene.

»Bringt die Verletzte rein«, beschied er. »Das Pferd bleibt draußen.«

»Aber …«

»Keine Pferde in meinem Gotteshaus!«, schmetterte der Vikar ihren Protest ab.

Almuth band die Stute im Windschatten der Kirche an einer jungen Birke an, streichelte ihr die Mähne und redete ihr gut zu, ehe sie den anderen ins Innere folgte.

Das Kirchenschiff war nicht so voll, wie sie erwartet hatte. Mehrere Dutzend Familien lagerten mit Kind und Kegel auf dem Steinboden, aber keinesfalls das ganze Dorf. Almuth hielt vergeblich nach Folkmar Janns Ausschau. Offenbar zogen es die Osinga vor, in den eigenen vier Wänden auszuharren. Vermutlich waren die Alteingesessenen ganz andere Stürme gewohnt, sodass nur die Unerfahrenen, die Ängstlichen oder jene mit wenig stabilen Hütten es für nötig hielten, in der Kirche Schutz zu suchen.

Sie fanden eine Stelle im Querhaus, wo sie es sich mit ihren Decken bequem machten. Erasmus legte die richtige Mischung aus Strenge und Freundlichkeit an den Tag, sodass es ihm gelang, für Ordnung zu sorgen und die aufgeregten Dorfbewohner zu beruhigen. Im Chor breitete er ein großes Tuch aus, auf das die Leute die mitgebrachten Speisen legten. Anschließend saß man beim Mahl zusammen und teilte sich Brot, Käse und Bier.

Die Sturmböen brausten um die Kirche, verfingen sich an Simsen und Mauervorsprüngen und verursachten beklemmende Geräusche, die Almuth an die Klagelaute Sterbender erinnerten. Sie war beileibe nicht die Einzige, die sich ängstigte. Als Unruhe um sich griff, schritt Erasmus durch die Reihen und stimmte ein frommes Lied an. Immer mehr Menschen sangen mit, und bald schmetterten hundert Kehlen die hoffnungsvolle Melodie. Der Gesang war derart laut, dass er sogar das Heulen des Windes übertönte. Almuth spürte, wie die Furcht nachließ. In der Kirche waren sie sicher vor den Gewalten der Natur. Gott hielt schützend Seine Hand über sie.

Allein Gert ließ sich kaum beruhigen. Als die Nacht hereinbrach und die Dunkelheit bedrohlich gegen die Bleiglasfenster drückte, ging er wie getrieben auf und ab. »Heiliger Petrus, bitte schütze mein Haus. Ich weiß nicht, was sonst aus uns werden soll. Und das Pferd! Ohne das Pferd bin ich ruiniert …«

Almuth wusste, dass Worte allein seine Furcht nicht lindern würden. Sie streifte die Decke ab und ging zu Vater Erasmus, der soeben nach der Verletzten sah. Man hatte ihre Kopfwunde mit einem Leinentuch verbunden. Die alte Bäuerin war bei Bewusstsein und schlürfte etwas Bier.

»Sprecht einen Blutsegen, wenn sich die Wunde wieder öffnet«, wies der Vikar ihre Söhne an, ehe er sich Almuth zuwandte. »Was gibt es, mein Kind?«

»Mein Vater sorgt sich sehr um sein Pferd. Können wir es nicht doch in die Kirche holen?«

»Ein Tier hat in einem Tempel Gottes nichts zu suchen«, erklärte der Vikar streng.

»Aber wenn es zu Schaden kommt, kann mein Vater im Frühjahr keinen Handel treiben, und wir müssen hungern. Bitte. Ich binde es im Vorraum an, wo es niemanden stört.«

Endlich ließ sich der Kleriker erweichen. »Na schön – ausnahmsweise. Aber lass dich von niemandem sehen. Sonst kommen die anderen womöglich auf die Idee, ihre Schafe und Schweine herzubringen.«

Da nur im Chorraum Kerzen brannten, war es Almuth ein Leichtes, unbemerkt das Portal zu öffnen und hinauszuschlüpfen. Draußen umfing sie ein ohrenbetäubendes Heulen und Brausen. Stockfinster war es obendrein, und sie dachte einen Augenblick, sie wäre in einen Höllenschlund geraten. Taumelnd, stolpernd, von Böen gebeutelt kämpfte sie sich voran. Standen die Hütten unterhalb der Warf noch? Oder war der gesamte The dem Erdboden gleichgemacht worden? Almuth vermochte es nicht zu sagen, sie konnte allenfalls eine Armlänge weit sehen. Trotz allem würde sie es hören, wenn Wassermassen durch das Dorf rauschten, oder? Doch da war nichts. Wie es schien, hielt der Deich – bis jetzt.

Stumm dankte sie den Heiligen, als sie das Pferd fand. Es war unversehrt, aber völlig verängstigt, sodass es wieherte und bockte, als sie es losband.

»Ruhig!«, rief sie. »Ich bring dich in Sicherheit.«

Vielleicht war es der Klang ihrer Stimme, der bewirkte, dass sich die Stute einigermaßen beruhigte. Almuth führte sie in die Kirche und war gottfroh, als sie das Portal hinter sich schließen konnte. Sie band das Pferd im Eingangsbereich an und streichelte es, bis es zu schnauben aufhörte. Dann ging sie zu ihrem Vater.

»Wo warst du denn?«, rief er.

»Ich habe das Pferd reingebracht«, antwortete sie.

»Aber der Vikar …«

»Er hat es mir erlaubt. Sag es niemandem, in Ordnung?«

Erleichtert drückte er sie an sich. »Was würde ich nur ohne dich anfangen?«

Das frage ich mich auch, dachte Almuth.

Endlich kam Gert zur Ruhe. Er legte sich hin und schlief sofort ein, völlig erschöpft von all der Aufregung.

Almuth dachte, dass sie in dieser Nacht gewiss keinen Schlaf finden würde. Doch kaum hatte sie sich hingesetzt und die Decke um den Körper geschlungen, fielen auch ihr die Augen zu. Verstörende Nachtmahre suchten sie heim. Sie träumte von Ungeheuern, die sich am Meeresgrund regten und die See in Aufruhr versetzten. Aus den brodelnden Wolken kündete Gott mit dröhnender Stimme eine zweite Sintflut an, um die sündige Menschheit zu strafen.

Kapitel sechs

Ein Raunen weckte sie. Benommen und frierend setzte sie sich auf und erblickte ihren Vater, der kniend und mit gefalteten Händen betete. Auch die anderen Menschen beteten, hundert Seelen dankten dem Herrn, dass der Sturm vorüber war. Erst jetzt bemerkte Almuth, dass das Heulen aufgehört hatte. Trübes Morgenlicht fächerte durch die Fenster und zersplitterte im Buntglas in hundert Farben.

»Es ist überstanden«, sagte Gert strahlend, als das letzte *Amen* verklungen war. »Der heilige Petrus sei gepriesen!«

Während sie ihre Habseligkeiten in den Sack stopften, kam Vater Erasmus zu ihnen.

»Bringt das Pferd weg, bevor die anderen es hier sehen.« Freundlich, aber bestimmt schob er sie zum Eingangsraum.

Mehrere Pferdeäpfel lagen um die Stute herum auf dem Boden.

»Das habe ich nun von meiner Nachgiebigkeit«, murrte der Vikar. Er drückte Almuth einen Reisigbesen in die Hand. »Mach das weg.«

Rasch fegte sie die Pferdeäpfel nach draußen. Dann banden sie die Stute los und stiegen die Warf hinab.

Wind zerrte an ihren Kleidern, kühl und kräftig, aber längst nicht mehr so stark wie in der Nacht. Schweigend durchquerten sie das Dorf. Es hatte keine Sturmflut gegeben, Warfstede stand noch. An vielen Häusern aber hatten die Orkanböen Schäden angerichtet. Dächer waren abgedeckt, Zäune zerstört, Bretterverschläge umgedrückt worden. Äste und gesplittertes Holz lagen auf den Wegen, trieben im Fluss. Blasse und übernächtigte Menschen besahen ihre verwüsteten Gärten und fingen entlaufenes Vieh ein. Vogt Yneke schritt über den The, gefolgt von Cord Hanneken und anderen Kriegsknechten. Er schaute sich um und befahl den Männern, da zu helfen, wo die Not am größten war.

Auch der Wall rings um das Dorf hatte gelitten. Da das Tor noch verschlossen war und sich weit und breit kein Wächter fand, der es hätte öffnen können, stiegen Almuth und ihr Vater kurzerhand durch eine Bresche in der Palisade.

Ihr Haus war noch da. Gert blies die Backen auf, atmete zischend aus und bekreuzigte sich.

Sie ließen das Pferd im Garten und öffneten die schief im Eingang hängende Tür. Einer der beiden Lederriemen, die sie mit dem Rahmen verbanden, war gerissen, sodass ihnen das Türblatt beinahe entgegenfiel.

Drinnen herrschte ein Durcheinander, als wäre eine plündernde Horde über die Einrichtung hergefallen. Der Wind hatte die Fensterschlitze freigelegt und an einer Stelle das Reet abgetragen, sodass ein Loch im Dach klaffte. Der Tisch war umgestürzt, ebenso das Regal, und das Essgeschirr lag verstreut auf dem Boden. Alles war voller Schilf. Als Gert prüfend an einem tragenden Balken rüttelte, knarrte die ganze Konstruktion bedenklich.

»Das Holz hat sich gelockert. Aber das kriegen wir wieder hin.«

Sie machten sich sogleich an die Arbeit. Während Almuth aufräumte und den Unrat zusammenkehrte, holte Gert sein Werkzeug, stieg auf den Tisch und machte sich am Dachgebälk zu schaffen. Obwohl er zwei Stunden lang emsig werkelte, konnte Almuth keinen nennenswerten Fortschritt beobachten. Dafür gab es reichlich Genörgel und Verwünschungen.

»Du neunmal verfluchter Nagel, willst du wohl endlich …! Na warte, dir geb ich … Arrrrh, mein Daumen! Auch das noch. Bei allen gehörnten Teufeln der Hölle, tut das weh!«

Almuth eilte zu ihm, mit ihrer Hilfe setzte er sich auf die Tischkante und pustete auf seinen Daumen.

»Hast du dich verletzt?«

»Es geht schon. Es schmerzt nur ein wenig.«

Sie sah die Tränen in seinen Augen. »Lass mich weitermachen. Ruh dich derweil aus.«

»Nichts da. Ich schaffe das schon.«

Almuth seufzte in sich hinein. In ihrem Vater steckte einfach kein Handwerker. Aber weil er das nicht einsehen wollte, würde es eine Ewigkeit dauern, bis das Dach repariert war. Sie beschloss, ihm etwas Wasser zu holen, damit er seinen Daumen kühlen konnte.

Als sie mit dem Eimer in der Hand die Hütte verließ, stand plötzlich Folkmar Janns vor ihr.

»Dem heiligen Magnus sei Dank, du bist wohlauf.« Er lächelte sie an, und für einen Augenblick vergaß sie alle Sorgen.

»Wart ihr über Nacht in der Kirche?«, erkundigte er sich.

Almuth nickte. »Dort erschien es uns am sichersten. Wieso seid ihr nicht in die Kirche gekommen?«

»Mein Vater hat gespürt, dass der Sturm nicht so schlimm werden würde. Also sind wir zu Hause geblieben. Im Gotteshaus ist nicht genug Platz für alle Dorfbewohner. Wir wollten ihn jenen überlassen, die den Schutz dringender benötigen als wir.«

»Dein Vater kann so etwas spüren?«

»Er hat diese alte Narbe. Er behauptet, sie würde ihm ermöglichen, das Wetter vorherzusagen.«

Almuth runzelte die Stirn. Nahm Folkmar sie schon wieder auf den Arm? »So etwas habe ich noch nie gehört.«

Plötzlich wirkte sein Lächeln verlegen. »Wenn das Wetter verrücktspielt, fängt die Narbe an zu kribbeln. Das bedeutet, dass es über Nacht sehr kalt wird. Oder sehr heiß.«

»Wenn das Kribbeln beides bedeuten kann, ist das aber keine sehr nützliche Art der Wettervorhersage. Kann er sich nicht entscheiden, ob es heiß *oder* kalt werden wird?«

»Im Winter kann man wohl davon ausgehen, dass es eher nicht heiß wird, oder?«

Almuth spürte, dass sie errötete. Das kam davon, wenn man drauflosplapperte, ohne nachzudenken. Sie rechnete es Folkmar hoch an, dass er diese günstige Gelegenheit, sie zu verspotten, ungenutzt verstreichen ließ.

»Das Kribbeln kann auch heißen, dass ein ungewöhnlich starker Sturm aufzieht«, fuhr er fort. »Gestern aber hat die Narbe nicht gekribbelt, und siehe da: Es war alles halb so schlimm. Alle haben die Nacht überlebt, es gab nur zwei Verletzte, soweit ich weiß. Eine alte Frau und ein leichtsinniger Fischer, die von herumfliegenden Holzstücken getroffen wurden.«

»Drei Verletzte«, korrigiert Almuth ihn. »Meinen Vater hat es auch erwischt.«

Folkmars Lächeln schwand. »Wie schlimm ist es? Ist er am Kopf getroffen worden wie die anderen?«

»Am Daumen. Von einem Hammer.«

Die Verwirrung in seinem Gesicht war unbezahlbar.

»Er hat sich draufgeschlagen«, erklärte sie grinsend. »Als er versuchte, das Dach zu flicken. Er wird es überleben.«

Folkmar ging hinein und musste dabei den Kopf einziehen. Türen von normaler Höhe waren zu niedrig für ihn. »Ich habe befürchtet, dass euch beim ersten Sturm das Dach wegfliegen wird. Wir hätten das Reet und das Gebälk schon letzten Sommer ausbessern müssen. Tut mir leid, dass ihr nun Ärger damit habt. Braucht ihr Hilfe?«

Bevor Almuth antworten konnte, kam Gert auf sie zu.

»Dich schickt der Himmel!«, begrüßte er ihren Besucher überschwänglich. »Ein tüchtiger Zimmermann ist genau das, was wir jetzt brauchen.«

Almuth verzog den Mund. Auf einmal konnte er Hilfe annehmen. Aber Folkmar war ja auch ein Osinga, mit denen Gert unbedingt Freundschaft schließen wollte. Da war scin Stolz plötzlich zweitrangig.

Folkmar besah die Sturmschäden und rieb sich dabei das Genick. »Das ist ein Stück Arbeit. Aber wenn wir uns ranhalten, schaffen wir es bis heute Abend. Ich hole nur rasch mein Werkzeug.«

Wenig später kam er mit einem Handkarren voller Holz und Reet zurück. Almuth hatte derweil eine Leiter aufgetrieben. Folkmar stieg hinauf und begann mit der Arbeit. Gert, der sich nützlich machen wollte, reichte ihm Werkzeug und Bretter hinauf, aber wie üblich tat er dies so umständlich, dass er keine Hilfe war. Einmal hantierte er derart ungeschickt mit dem Holz, dass er beinahe die Leiter umstieß. Almuth an Folkmars Stelle hätte einen Wutanfall bekommen. Nicht so der gelassene Folkmar. Er glitt zu Boden und sagte:

»Mir fällt gerade ein, dass mein Vater noch Leute sucht, die ihm helfen, die Sturmschäden im Dorf zu beseitigen. Wärst du so freundlich, dich bei ihm zu melden?«

Das ließ Gert sich nicht zweimal sagen. »Dein Vater kann auf mich zählen!« Er warf sich den Umhang über und eilte davon.

Almuth war nicht wenig beeindruckt. Folkmar war es gelungen, Gert loszuwerden, ohne dass ihr Vater dabei das Gesicht verlor. Das erforderte Feingefühl und Menschenkenntnis. »Es spricht für dich, dass du so geduldig mit ihm bist. Ich hätte ihn längst erschlagen.«

»Dein Vater ist kein übler Kerl. Er ist nur etwas übereifrig.«

»Er kann einen in den Wahnsinn treiben.«

Folkmar lächelte. »Welcher Vater kann das nicht?«

»Deiner auch?«

»Es vergeht kaum eine Woche, ohne dass wir uns bei der Arbeit anbrüllen.«

Almuth konnte sich schwerlich vorstellen, dass Folkmar irgendwen anschrie. »Ich hatte immer den Eindruck, dass ihr euch gut versteht.«

»Bei Vätern und Söhnen schließt das eine das andere nicht aus.« Er stieg wieder auf die Leiter. »Gibst du mir bitte das Brett da?«

Sie kletterte auf den Tisch, reichte ihm Holz, Nägel, Werkzeug und packte mit an, wenn er eine helfende Hand benötigte. Sie ergänzten einander gut, fließend griffen ihre Bewegungen ineinander. Sie arbeiteten zusammen, als hätten sie nie etwas anderes getan. Zuerst drinnen, als Folkmar das Gebälk verstärkte; später draußen, als er neues Reet auf den Dachlatten verteilte. Dabei plauderten sie über Gott, die Welt und Warfstede, sodass die Zeit nur so dahinflog. Plötzlich war es Nachmittag und das Loch im Dach verschwunden.

»Hab Dank«, sagte Almuth, als er von der Leiter stieg. »Ohne deine Hilfe wäre das nie so schnell gegangen. Du bist gewiss hungrig von der vielen Arbeit. Ich mache dir etwas zu essen.«

»Da sage ich nicht Nein.«

Sie schürte das Feuer und wärmte die Hafergrütze im Kessel auf. Folkmar nahm sich Zeit für das Essen und kratzte die Schale aus. Als Almuth ihm einen Nachschlag anbot, lehnte er lächelnd ab.

»Ich muss gehen. Es gibt gewiss noch andere, die meine Hilfe brauchen.«

Sie stand in der Tür und blickte ihm nach, wie er zum Dorf schritt.

Er war geschickt, doch er prahlte nicht mit seinem Können. Er war stark, doch er schaute nicht auf Schwächere herab. Er war hilfsbereit, doch er erwartete keine Gegenleistung.

Einen Mann wie Folkmar Janns hatte sie noch nie getroffen.

Hör auf damit. Er ist ein Osinga, und du bist nur ein Habenichts.

Almuth schüttelte den Kopf und ging hinein.

Einige Tage später feierte das Kirchspiel den dritten Advent. Beim Gottesdienst dankte das Dorfvolk inbrünstig dem Herrn, dass Er ihnen eine Sturmflut erspart hatte. Sämtliche Bewohner Warfstedes waren zur Messe gekommen, außerdem zahlreiche Bauern aus dem Umland. Die Kirche konnte derartige Menschenmassen nicht aufnehmen, sodass viele Leute draußen auf der Warf stehen mussten. Sie lauschten den Gesängen, die durch das offene Portal ins Freie drangen und sich mit dem unermüdlichen Säuseln des Westwindes vermischten.

Die Reichen freilich weilten allesamt drinnen, von dicken Mauern und robusten Bleiglasscheiben vor den Elementen geschützt. Die vorderen Reihen im violett geschmückten Chor standen seit jeher den führenden Sippen des Marschlandes zu, den angesehenen Handwerksmeistern und den grundbesitzenden Bauernhändlern mit ihren Familien.

Yneke beanspruchte den besten Platz nahe beim Altar. Dem feierlichen Anlass entsprechend hatte er sein Festgewand angelegt, bestehend aus einer eng auf den Oberkörper geschneiderten Schecke in grüner Farbe, altroten Beinlingen aus weicher Wolle sowie feinen Kalbslederschuhen, deren Schnäbel der Diener mit Flachs ausgestopft hatte, damit sie elegant emporstanden. Das Samtbarett hatte er natürlich abgenommen und hielt es in den Händen.

Eben begann Erasmus mit der Predigt. Yneke beherrschte das Lateinische nicht, er konnte daher nur raten, wovon die Rede war. Vermutlich bat der Vikar gerade die Heiligen, Warfstede auch künftig vor dem Blanken Hans zu schützen. Doch selbst wenn Yneke imstande gewesen wäre, Erasmus zu verstehen, hätte er von der Predigt nicht allzu viel mitbekommen. Er war mit seinen Gedanken woanders.

Almuth Gerts stand weit hinter ihm, verborgen in der Menge, denn ihr Vater gehörte nicht zu den Oberen des Kirchspiels. Beim Hereinkommen hatte Yneke sie kurz gesehen, seitdem nicht mehr. Er musste sich zwingen, sich nicht nach ihr umzuschauen. Mit solch einem Benehmen würde er sich vor dem ganzen Dorf zum Gespött machen. *Also reiß dich zusammen!*

Starr hielt er den Blick auf den Altar gerichtet. Seit ihrer ersten Begegnung musste er immerzu an Almuth denken. Die Maid faszinierte ihn. Ihretwegen hatte er Fantasien, die überaus erregend waren … und beschämend. Denn es fiel ihm nicht schwer, sich vorzustellen, was sein Vater zu alldem gesagt hätte: *Jetzt hat er es zum Vogt gebracht, der Herr allein weiß, wie – und was macht der kleine Trottel? Verliebt sich in die Tochter eines armen Schluckers, in eine Schlampe ohne Namen, ohne Land, ohne Geld, statt sich ein Weib zu suchen, das ihn voranbringen könnte. Eine angesehene Häuptlingstochter oder wenigstens die Schwester eines reichen Marschmannes, die einen Batzen Silber mit in die Ehe einbringt. Aber das wäre ja zu viel verlangt, dafür müsste unser Yneke ja seinen Verstand benutzen …*

Yneke biss die Zähne zusammen und zerknautschte das Barett, als Zorn in ihm aufstieg, wie immer, wenn er an seinen Vater dachte. Das alte Scheusal war tot, seit Jahren schon, Gott sei Dank. Aber das hielt ihn nicht davon ab, seinen Erstgeborenen zu demütigen. In Momenten wie diesem vernahm Yneke die gehässige Stimme derart deutlich, als stünde der Alte direkt neben ihm. Nicht zum ersten Mal fragte er sich, ob ein Geist ihn heimsuchte. Seinem Vater wäre es zuzutrauen, dem Fegefeuer zu entrinnen, nur um Yneke mit bösartigem Raunen zu plagen.

Schlussendlich tat er den Gedanken als Unsinn ab. Er befand sich in einem Gotteshaus, auf geweihtem Grund. Ein Geist hätte hier keine Macht. Nein, die Stimme sprach nicht aus dem Totenreich zu ihm, sie befand sich in seinem Kopf. Es war eine verzerrte Erinnerung, die ein Eigenleben entwickelt hatte. Ein Echo all jener Schmähungen, die sein Vater ihm zugefügt hatte, als er ein beeinflussbarer Knabe gewesen war. Er tat gut daran, es zu ignorieren.

Das war leichter gesagt als getan. Die galligen Worte entbehrten nicht einer gewissen Wahrheit. Als Vogt zu Warfstede war er der mächtigste Mann des Kirchspiels, er gehörte zum Kreis der angesehensten Personen Harlingerlands. Es wäre vernünftig, ja geboten, dass er eine Frau von Stand heiratete. Eine Frau, die einer großen Sippe entstammte, die ihm helfen würde, seinen Einfluss und seinen Wohlstand zu mehren. Almuth Gerts wäre kaum die Richtige für ihn.

Aber bei Gott, die Maid war schön!

Er zweifelte nicht daran, dass sich unter dem schlichten Wollgewand ein herrlicher Körper verbarg. Samtweiche Haut, üppige Kurven, die er mit Händen und Zunge erforschen wollte. Almuth in seinem Bett, das würde ihm ungekannte Wonnen bescheren. Gefühle der Lust, die nicht einmal die geschickteste Dirne entfachen konnte. Jede Nacht, wenn er wollte. War das in diesem tristen, kurzen Erdendasein nicht viel mehr wert als Reichtum und Macht?

Yneke war zwiegespalten. Die Vorstellung, dass man sich das Maul über ihn zerriss, weil er um eine Frau von niedriger Abkunft warb, erschien ihm unerträglich.

Nun, Gert Ulfferts' Position im Kirchspiel war ja nicht in Stein gemeißelt. Der Mann mochte ein Speichellecker sein, aber er war zweifellos ein ehrgeiziger Speichellecker. Die geborene Krämerseele – Männer wie er fielen immer auf die Füße. Gert würde hart arbeiten und letztendlich aufsteigen. Alsbald würde er Land, Diener und ein vorzeigbares Haus sein Eigen nennen. Dann könnte Yneke um Almuths Hand anhalten, ohne sich zu blamieren.

Das würde allerdings eine Weile dauern. Ein Jammer. Er wollte nicht jahrelang auf Almuth warten, er wollte sie jetzt. Aber er würde sich in Geduld üben. Er war kein Trottel, wie sein Vater behauptete. Er handelte stets vernünftig und überlegt.

Und geduldig zu sein hieß ja nicht, dass er untätig sein musste. Einstweilen würde er den Boden für die Saat bereiten. Im neuen Jahr, wenn die Fastenzeit und die Raunächte endlich überstanden waren, würde er Gert und Almuth zum Nachtmahl ins Steinhaus einladen. Um Almuth besser kennenzulernen, um ihr näherzukommen. *Wer weiß?*, dachte er, und die Erregung fuhr ihm kribbelnd in den Bauch. *Vielleicht lässt sie mich die Frucht schon vor der Ernte kosten, wenn ich ihr höchste Diskretion zusichere …*

Als Bewegung in die Gemeinde kam und jemand ihn sachte mit der Schulter streifte, kehrte er ins Hier und Jetzt zurück. Der Wortgottesdienst war längst zu Ende und die Eucharistiefeier in vollem Gange. Bruder Erasmus hatte bereits die Gaben bereitet und das Hochgebet gesprochen, Yneke hatte nichts davon mitbekommen. Die Umstehenden waren im Begriff, seine Zerstreutheit auszunutzen und sich vorzudrängeln.

Er kniff die Lippen zusammen. Er war der Vogt – er und kein anderer würde als Erster die heilige Kommunion empfangen. Mit bösen

Blicken und dem Einsatz des Ellenbogens verschaffte er seinem Vorrecht Geltung und trat zum Altar, wo er niederkniete, woraufhin ihm Erasmus die Hostie auf die Zunge legte. Er ließ sich Zeit mit dem Aufstehen, damit die Osinga und die anderen Wichtigtuer gar nicht erst auf die Idee kamen, er würde sich ihretwegen beeilen. Gemessenen Schritts ging er zum Rand des Altarraumes, wo er sich aufbaute, die Hände im Rücken verschränkt, und das Dorfvolk betrachtete wie ein Schäfer seine Herde.

Von hier aus konnte er unauffällig zu Almuth spähen, die sich soeben in die Schlange der Gläubigen einreihte. Obwohl er noch immer den Geschmack der Hostie im Mund hatte, überfielen ihn höchst unkeusche Gedanken.

Diese Brüste, diese Lippen, dieses Haar – Herr im Himmel, steh mir bei!

Kapitel sieben

Nach dem vierten Advent kühlte es rasch ab. Am Weihnachtsfest schneite es tagelang, sodass der Schnee bald knietief auf den Wegen und Reetdächern lag. Die geduckten Grassodenhütten der armen Hirten und Muschelsammler verschwanden beinahe darin und wirkten wie kleine weiße Hügel. Der Wind, der über den Deich fegte, verwirbelte die Eiskristalle und zerfetzte den Rauch der Torffeuer.

In den Raunächten wurde es noch einmal kälter. Der Schnee verharschte in den Frostböen und glitzerte mal blau, mal silbrig, wenn die Sonne für einen Augenblick zwischen den Wolkenmassen aufblitzte. Der See gefror. Eisplatten lösten sich in der Flussströmung, verkeilten sich im Siel und erstarrten zu scharfkantigen Gebilden. Folkmar stieg morgens und abends auf die Schleuse und zerstieß das Eis mit einer Lanze, damit sich die Sieltore richtig öffnen und schließen konnten.

Niemand arbeitete im Freien. Bauern, Fischer und Zimmerleute drängten sich um die Herdfeuer, drehten die Handspindel, erzählten Geschichten und sahen gelegentlich nach dem Vieh. Kaum einer wagte sich vor die Tür, schon gar nicht bei Dunkelheit, schon gar nicht in der Neujahrsnacht, wenn der sagenhafte König Robolius mit seiner Geistermeute auf den heulenden Winden ritt und Jagd machte auf die Sündhaften, die Törichten, die Respektlosen.

Erst am Morgen des Dreikönigstages, als die unheilvollen Raunächte endlich ausgestanden waren, erwachte Warfstede zu neuem Leben. Fröhliche Menschen stapften durch den Schnee, erklommen die Warf und hörten in der Kirche die Messe. Anschließend strömte das Dorfvolk ins Freie, zum Tor hinaus. Bauern, Schäfer und Torfstecher aus dem Hinterland, die beim ersten Licht des Tages aufgebrochen waren, kamen mit ihren Familien, ihren Pferden, ihren Ackerschlitten aus der nebelverhangenen Geest. Gemeinsam zog man zur

Knickmarsch, wo sich weite Eisfelder unter der blassen Sonne ausdehnten. Sogleich schwärmten die Schiffszimmerleute aus und hämmerten Pflöcke in den Schnee, um eine Bahn abzustecken. Wie jedes Jahr an Dreikönig würden sich Marsch und Geest im Klootschießen miteinander messen. Es war eine alte Tradition, und das Kirchspiel beging sie mit einem fröhlichen Fest.

Man hackte Löcher in den gefrorenen Boden, entzündete Torf und Reisig, briet Fisch und Schweinefleisch, schenkte Bier und Würzwein aus. Trotz der klirrenden Kälte war die Stimmung ausgelassen. Folkmar, sein Vater Jann und sein Schwager Bent bahnten sich einen Weg durch das Gedränge und gesellten sich zu den übrigen Männern der Marschauswahl. Auf der anderen Seite der abgesteckten Bahn strömten die Spieler der Geest zusammen. Die beiden Gruppen riefen einander gutmütigen Spott und großspurige Herausforderungen zu.

»Wir werden euch schlagen wie im letzten Jahr und wie im Jahr davor!«, rief ein hagerer Torfstecher, der für die Geest antrat.

»Wenn alle so dünne Arme haben wie du, seh ich schwarz für euch!«, hielt Bent dagegen.

Yneke Egers und sein Schatten Cord Hanneken lösten sich aus der Menge. Der Vogt wechselte ein paar Worte mit Bruder Erasmus, ehe er vom Schmied die beiden mit Blei ausgegossenen Klootkugeln aus Apfelholz erhielt.

»Habt ihr gehört?«, raunte Jann Sohn und Schwiegersohn zu. »Yneke wirft für die Marsch.«

»Wer hat den denn eingeladen?«, fragte Bent.

»Er hat sich selbst eingeladen. Behauptet, er wäre einer der besten Werfer von Brokmerland.«

Erasmus zeichnete das Kreuz in die Luft und segnete die Klootkugeln.

»*Eala Frya Fresena* – Heil, freie Friesen!«, rief Yneke den traditionellen Gruß der Sieben Seelande, der längst zu einer leeren Floskel verkommen war. »An Epiphanias ziehen wir aus, um das Klootschießen zwischen Marsch und Geest auszutragen. Einhundertundzwei starke und geschickte Männer sind zusammengekommen, einundfünfzig auf jeder Seite, um im edlen Wettstreit ihre Kräfte zu messen.

Mögen die Heiligen Magnus und Jakob unsere Wurfarme segnen, auf dass die Besseren den Sieg davontragen – zum Ruhme Gottes, zum Ruhme Warfstedes, zum Ruhme der noblen Familie tom Brok!«

In den Vorjahren hatte es an dieser Stelle stets donnernden Jubel gegeben. Diesmal nicht. So manchem Marschmann stieß es übel auf, dass Yneke behauptete, das traditionelle Klootschießen finde zu Ehren der tom Brok statt. Dass der Vogt nicht nur Magnus, den Patron von Harlingerland, sondern auch Jakob, den Schutzheiligen von Brokmerland, angerufen hatte, missfiel den stolzen Bauern außerdem. Ynekes unnötige Härte gegenüber säumigen Steuerzahlern und seine wachsende Unbeliebtheit im Kirchspiel taten ihr Übriges. Zwar wagte es niemand, seinen Unmut offen kundzutun, doch Begeisterung für den Wettkampf kam auch keine auf.

»Zweimal in Folge haben die Mannen der Geest gesiegt«, rief Bruder Erasmus, der seit vielen Jahren das Klootschießen leitete und allerorten als unbestechlicher Obmann geschätzt wurde. »Daher darf diesmal die Auswahl der Marsch beginnen. Dem ältesten Wettkämpfer gebührt der erste Wurf.«

Jann trat vor und nahm die Kugel an sich. Er war wahrlich kein junger Mann mehr, doch Folkmar wusste, dass Erfahrung und Konzentration beim Klootschießen ebenso viel zählten wie Kraft und Gewandtheit. Blicke aus mehreren Hundert Augenpaaren ruhten auf Jann, als er zur Wurfbahn schritt und einige Klafter vor dem Absprungbrett stehen blieb. Er wog die schwere Kugel in der Hand und starrte in die Ferne, wo dünne Schneeflocken wie eine geisterhafte Tänzerschar über das Eis wirbelten. Plötzlich rannte er los und wurde mit jedem Schritt schneller, bis er das Absprungbrett erreichte, wo er derart heftig auftrat, dass der Fuß auf dem Holz knallte. Er schnellte in die Luft und ließ im Flug kraftvoll den Wurfarm kreisen. Der Kloot schoss davon. Jann landete, sank dabei in die Hocke und stützte sich mit den Händen ab.

Weit vor ihm landete die Kugel mit einem dumpfen Schlag und rollte weiter. Bruder Erasmus eilte mit geraffter Kutte schlitternd über das Eis und prüfte, ob der Wurf den Regeln entsprach. Das war der Fall, der Kloot lag innerhalb der abgesteckten Bahn. Erasmus markierte die Stelle mit einer Fahne, sodass alle sehen konnten, dass Jann einen herausragenden Wurf über mehr als vierzig Klafter geschafft hatte. Damit gelang ihm, was Yneke mit seiner Rede nicht vermocht hatte: Begeisterung griff um sich. Die Dorfbewohner brüllten Janns Namen, die Männer der Marschauswahl droschen ihm lachend auf die Schulter.

Auch der erste Mann der Geest schleuderte die Kugel über vierzig Klafter weit. Von nun an warfen die beiden Mannschaften abwechselnd. Der nächste Wettkämpfer in der Reihe nahm den Kloot jeweils da auf, wo er zuletzt gelandet war. Bruder Erasmus trug das Absprungbrett und legte es den Männern hin.

So bewegten sich die Kontrahenten und die Zuschauer der Wurfbahn entlang über die Eisflächen der Altmarsch. Es war ein buntes, lärmendes, fröhliches Treiben. Man ließ sich Zeit und machte immer wieder Pausen, um sich mit Bier, Buttermilch und gebratenem Fleisch zu stärken, sodass es alsbald auf Mittag zuging.

Das massive, gleichförmige Grau am Himmel brach auf. Die Sonne zeigte sich und wärmte das Volk. Eis und Schnee gleißten derart hell, dass einige Wettkämpfer Schwierigkeiten beim Zielen bekamen. Manches Mal landete die Kugel außerhalb der Markierung, und Erasmus erklärte den Wurf für ungültig. Daher fiel mal die Geest, mal die Marsch zurück, was stets zu freudigem Jubel auf der einen, zu empörtem Geschrei auf der anderen Seite führte. Wenig später jedoch waren die Mannschaften wieder ungefähr gleichauf. Es war ein ausgewogenes Kräftemessen.

Folkmar hatte der Ehrgeiz gepackt.

»Die nächsten drei Werfer der Geest sind schwach«, sagte er, als die Reihe an Bent war. »Wenn du dich anstrengst, kannst du für uns einen Vorsprung herausschlagen, den sie so bald nicht aufholen.«

Bent nickte und leckte sich die trockene Oberlippe. Unter den anfeuernden Rufen der Familie nahm er Anlauf, federte auf dem Absprungbrett in die Höhe und warf. Dabei verzog er leicht, sodass er zwei, drei Klafter verschenkte. Der Wurf war ordentlich, aber nicht außergewöhnlich.

»Die siebenmal verfluchte Sonne hat mich geblendet«, murrte er, während sie zu Bruder Erasmus aufschlossen.

»Hauptsache, der Wurf ist gültig«, munterte Folkmar ihn auf.

Tatsächlich war der darauffolgende Spieler der Geest ausnehmend schwach, sodass die Marsch plötzlich ein gutes Stück vorn lag. Folkmar, der den nächsten Zug machen würde, hob den Kloot auf und schloss die behandschuhte Faust um die schwere Kugel.

»Zeig's ihnen!«, hörte er Abbe rufen. Auch die anderen Mitglieder der Familie feuerten ihn an.

Als Folkmar ihnen zuwinkte, erblickte er Gert Ulfferts und dessen Tochter in der vordersten Reihe. Almuth lächelte ihn an. Wärme durchströmte ihn und vertrieb auf einen Schlag jegliche Kälte. Plötzlich fühlte er sich unbesiegbar. Lässig warf er die Kugel hoch, fing sie auf und brachte sich in Position. Er nahm mehrere Atemzüge, bis jegliche Aufregung verschwunden war. Tiefe Ruhe erfüllte ihn.

Sodann sprintete er los, sprang ab und ließ den Wurfarm mit aller Kraft nach vorn schnellen. Der Kloot schoss hoch in die Luft, als wäre er von einer Bombarde abgefeuert worden. Hunderte Menschen verfolgten die Flugbahn mit angehaltenem Atem. Die Kugel sank dem Horizont entgegen und verschwand im Gleißen über dem Eis.

»Ungültig, würde ich sagen«, meinte jemand in der Stille.

Bruder Erasmus setzte sich mit wehender Fahne in Bewegung. Weit vom Absprungbrett entfernt suchte er das Eis ab. Schließlich stellte er die Fahne auf und rief: »Einundfünfzig Klafter!«

Der Jubel war ohrenbetäubend. Folkmar hatte den besten Wurf des Tages, ja der letzten zwei Jahre geschafft. Brüllende Männer umringten ihn, kniffen ihm in die Wangen, zerzausten ihm das Haar.

Allein Yneke Egers gratulierte ihm nicht zu seinem Erfolg. Der Vogt stand abseits der Menge, vermied jeglichen Blick in Folkmars Richtung und befahl schließlich Cord Hanneken, ihm einen heißen Würzwein zu bringen.

Während der Krieger davonstampfte, machte der nächste gegnerische Werfer seinen Zug. Die voller Wut geschleuderte Kugel landete außerhalb der Markierung.

»Ungültig!«, rief Bruder Erasmus.

Die Männer der Geest gerieten darüber in solchen Zorn, dass sie den Unglücksraben herumschubsten und ihn beinahe verprügelt hätten. Erasmus hieß die aufgebrachten Bauern und Torfstecher mit strenger Stimme, von dem armen Teufel abzulassen. Die Geestauswahl gehorchte widerwillig, und sie stierten die Marschleute daraufhin feindselig an.

Nun war die Reihe an Yneke. Der gab sich siegesgewiss.

»Wenn ich so weit werfe wie Folkmar, ist die Sache entschieden. Das holen die nie mehr ein«, verkündete der Vogt, während die beiden Gruppen Bruder Erasmus zur Fahne folgten.

»Was Folkmar geschafft hat, schafft kein anderer«, widersprach ein Schiffszimmermann. »Das war ein Wurf für die Ewigkeit.«

»Das jetzt nicht gerade«, sagte Folkmar. »Ein Hirte aus der Geest hat im vorletzten Jahr genauso weit geworfen.«

»Aber der Kerl war so groß und stark wie du«, bemerkte ein anderer Zimmermann, ein rothaariger Bursche namens Jeltke Tiden, und ein verächtlicher Blick, der Yneke galt, vervollständigte den Satz: … *und kein Schwächling wie der da.*

Erasmus hob derweil die Kugel auf. Yneke riss sie ihm aus der Hand. Sein Gesicht, das Kinn und die Wangenknochen wirkten noch schmaler und spitzer als sonst.

»In Marienhafe war ich einer der besten Werfer. Viermal in Folge habe ich die Marschauswahl zum Sieg geführt«, prahlte er. »Was Folkmar kann, kann ich schon lange.«

Er hielt nach Cord Hanneken Ausschau. Offenbar ersehnte er einen Schluck Wein, um sich vor dem Wurf die kalten Hände zu wärmen. Oder um die Nerven zu beruhigen. Doch der Krieger war nirgends zu sehen.

»Dann zeigt uns mal Euer Können«, sagte einer der Zimmerleute.

Yneke zog das Barett vom Kopf und drückte es dem Zimmermann ungefragt vor die Brust, ehe er Aufstellung bezog. Folkmar glaubte zu sehen, dass der Vogt dabei kurz zu Almuth spähte. Verständlich. Die Anwesenheit einer schönen Frau bei einem Wettkampf spornte jeden Mann an. Vermutlich sogar einen kalten Fisch wie Yneke.

»Tretet zurück«, forderte Erasmus die anderen Werfer auf. Man hörte kaum auf ihn. Die Männer standen in einem Halbkreis hinter dem Vogt, die dicht gedrängten Leiber strahlten Hitze ab.

Yneke nahm Anlauf, geriet einige Schritte vor dem Absprungbrett ins Straucheln und erwischte die Holzplatte nicht richtig. Als er darum kämpfte, nicht zu stürzen, entglitt der Kloot seiner Hand, plumpste wenige Klafter vor ihm auf das Eis und kullerte über die Markierung.

Die Geestauswahl antwortete mit Schmährufen auf den Fehlschlag. Auch unter den Marschleuten gab es manchen, der mit Spott nicht sparte.

»Wenn so der beste Klootschießer von Marienhafe wirft, würde ich allzu gern den schlechtesten sehen«, höhnte Jeltke Tiden. »Der muss wahrlich eine Augenweide sein.«

Ynekes Wangen glühten. »Ich bin ausgerutscht. Ich wiederhole den Wurf.«

»Der Wurf ist ungültig«, entschied Erasmus. »Die Regeln erlauben keine Wiederholung.«

Der Vogt starrte ihn an. »Und wenn mir einer das Bein gestellt hat – darf ich dann wiederholen?«

»Hat man Euch denn das Bein gestellt?«, fragte der Vikar.

»Als ich loslief, hat mir jemand von hinten gegen das Bein getreten, sodass ich gestolpert bin«, behauptete Yneke. »Einer aus der Geest muss das gewesen sein.«

Bei der gegnerischen Mannschaft erhob sich wütendes Geschrei. Ein Torfstecher bezichtigte Yneke gar der Lüge. »Keiner von uns war auch nur in seiner Nähe!«, schrie der Mann.

»Zügelt euch!«, donnerte Erasmus, und sogleich verstummte der Lärm. »Hat einer von euch gesehen, dass man Yneke ein Bein gestellt hat?«, fragte er in die Runde.

»Da war nichts«, antwortete einer der Geestleute, die sich direkt hinter dem Vogt aufgehalten hatten.

»Hat man ihn anderweitig behindert?«

»Ach was! Er ist auf dem Eis ausgerutscht.«

Erasmus wandte sich an die Marschauswahl. »Habt ihr etwas gesehen?«

Folkmar befürchtete, der eine oder andere aus seiner Mannschaft würde der Versuchung, sich einen Vorteil gegenüber ihren Kontrahenten zu verschaffen, nicht widerstehen können. Doch niemand tischte dem Vikar Lügen auf. Mehrere Leute schüttelten den Kopf. Jeltke sagte:

»Ich hab alles genau beobachtet. Yneke ist ausgerutscht. Die Geestleute hatten damit nichts zu tun, sie haben sich an die Regeln gehalten.«

Erasmus nickte. »Damit ist es entschieden. Der Wurf ist ungültig. Der nächste Werfer für die Geest ist an der Reihe.«

»Das nehme ich nicht hin«, erklärte Yneke.

Der Vikar schaute ihm in die Augen. »Bei allem Respekt, aber ich als Obmann habe in der Sache das letzte Wort.« Er gab der Geestauswahl das Zeichen, den Kloot aufzunehmen und den nächsten Wurf zu machen, als der Vogt einen abrupten Schritt auf ihn zuging.

»Hast du vergessen, wer dein Herr ist?« Ynekes Stimme zischte kalt und scharf wie eine Frostbö in einer Eisspalte.

Erasmus bewies einmal mehr unerschütterliche Integrität. Der schlanke Vikar mit der silbergrauen Tonsur wich keinen Fingerbreit zurück und hielt Ynekes bohrendem Blick stand. Ruhig sagte er:

»Keineswegs. Mein einziger Herr ist der Allmächtige im Himmel, Dessen Schaffen in der Heiligen Schrift gepriesen wird. Ihm allein ordne ich mich in Demut unter. Ihr solltet dasselbe tun und meine Entscheidung akzeptieren.«

»Lass mich noch einmal werfen«, verlangte Yneke.

»Nein.«

»Du neunmalkluger Pfaffe! Ich werde dich lehren, dich einem Amtmann der tom Brok zu widersetzen …«

Als Folkmar sah, dass Yneke die Rechte zur Faust ballte, schob er sich rasch an Jann und Bent vorbei, trat neben Erasmus und hielt schützend den Arm vor dessen Oberkörper. »Tritt zurück und lass die Geestleute ihren nächsten Zug machen.«

»Halt du dich da raus!«, fauchte Yneke ihn an.

»Wer unseren Vikar angreift, greift ganz Warfstede an«, sagte Folkmar, »und wenn er zehnmal ein Knecht der tom Brok ist.«

»Du wagst es, mich einen Knecht zu nennen? Ausgerechnet du, der Sohn eines Bastards, der Neffe eines Krüppels? Ich habe von Anfang an gewusst, dass du ein Unruhestifter bist. Ein Aufwiegler, der es nicht erträgt, dass man seine Familie entmachtet hat.«

Folkmars ganze Aufmerksamkeit galt dem Vogt, der mit wutbleichem Gesicht vor ihm stand. Beiläufig bekam er mit, dass hundert Männer sie anstarrten, schweigend, gespannt, erschrocken.

»Wir alle täten gut daran, uns zu beruhigen.« Erasmus drückte Folkmars Arm nach unten. »Lasst uns mit dem Wettkampf fortfahren und diesen Freudentag genießen.«

In diesem Moment packte Yneke den Geistlichen am Kuttenkragen. Folkmar griff seinerseits nach Ynekes Arm.

»Lass ihn los.«

»Sonst – was? Wirst du mich schlagen?«

»Ich habe nicht die Absicht, mich mit dir zu schlagen. Ich appelliere an deinen Anstand.«

»Was weiß ein ungehobelter Klotz wie du schon von Anstand?« Der Vogt ließ jedoch von Erasmus ab und spuckte aus.

Er hat's begriffen, dachte Folkmar und drehte sich zur Seite, um sich zu vergewissern, dass Bruder Erasmus wohlauf war.

Aus dem Augenwinkel bemerkte er eine blitzschnelle Bewegung. Ehe er ausweichen konnte, traf ihn Ynekes Hand an Wange und Nase.

»Das ist für deine Unverschämtheit!«

Folkmars Kopf flog zur Seite. Für einen derart schmächtigen Mann konnte Yneke erstaunlich hart zuschlagen. Folkmar holte zischend Luft, Tränen verschleierten ihm die Sicht. Bevor er begriff, was er tat, hatte er die Faust geballt und sie dem Vogt ins Gesicht gerammt.

Yneke war seiner Kraft in keiner Weise gewachsen. Die Wucht des Hiebes riss ihn von den Füßen. Stöhnend fiel er auf den Rücken und rutschte zwei, drei Schritte über das Eis, ehe er reglos liegen blieb.

»Herr Jesus am Kreuz!«, keuchte jemand.

Folkmar blinzelte die Tränen weg. Er hatte den Vogt nicht angreifen wollen. Es war einfach geschehen, durch den jähen Schmerz hatte er sich vergessen. Er wollte Yneke aufhelfen, doch der schlug seine ausgestreckte Hand weg.

»Wag es nicht, mich anzufassen!«

Wo der Hieb ihn getroffen hatte, schwoll die Wange an. Benommen, wie er war, gelang es Yneke nicht aufzustehen. Er hockte auf dem Hintern und stierte ins Nichts.

Nicht wenige Wettkämpfer aus beiden Mannschaften machten keinen Hehl aus ihrer Erheiterung. Die Zuschauer feixten. Der Zimmermann, der noch immer Ynekes Barett hielt, grinste breit und wollte es dem benebelten Vogt mit großer Dramatik auf den Kopf setzen. Der riss ihm den Hut aus den Händen und zog ihn auf, leider falsch herum, sodass die Straußenfeder nach vorn abstand, was den Anblick noch grotesker machte.

In diesem Moment kam Cord Hanneken zurück. Mit zwei Kriegern im Schlepptau bahnte er sich einen Weg durchs Gedränge, indem er rücksichtslos Männer zur Seite stieß. Er schaute von Folkmar zu seinem Herrn und erfasste augenblicklich, was geschehen war. In der Hand hielt er das berüchtigte Schiffstau, mit dem in den vergangenen Wochen manch ein armer Bauer Bekanntschaft gemacht hatte.

Neben Folkmar bauten sich Jann, Bent und Jeltke auf. Mehrere Zimmerleute aus der Marsch sowie einige Bauern aus der Geest traten zu ihnen und starrten Cord drohend an. Der knetete mit den Fingern das Tau. Die beiden Söldlinge legten die Hände auf die Schwertknäufe.

»Hilf mir schon auf, verdammt noch eins!«, krächzte Yneke.

Cord tat, wie ihm geheißen. Als der Krieger ihn losließ, taumelte Yneke und wäre beinahe wieder hingefallen. Mehrere Leute lachten ihn aus und riefen hämische Scherzworte auf seine Kosten. Der Vogt bemerkte, dass er das Barett falsch herum aufhatte, drehte es richtig und feuerte einen glutheißen Blick auf Folkmar ab.

»Das wirst du mir büßen!«, zischte er und rauschte mit gesenktem Blick davon. Cord und die Krieger folgten ihm.

»Bist du in Ordnung?« Jann legte Folkmar eine Hand auf die Schulter und musterte ihn besorgt.

»Es geht schon wieder. Aber zuschlagen kann er, das muss man ihm lassen.«

»Dass du zurückgeschlagen hast, war verständlich. Aber nicht klug.«

»Nein«, stimmte Folkmar seinem Vater zu. »Klug war es nicht.«

»Lasst uns endlich weitermachen«, rief Jeltke. »Wir wollen die Geest schlagen, und dieser jämmerliche Wurf wird uns nicht dran hindern!«

Der Männer der Marsch jubelten.

»Seid euch da mal nicht so sicher«, rief der hagere Torfstecher aus der gegnerischen Auswahl. »Bevor ihr wisst, wie euch geschieht, haben wir den Rückstand aufgeholt und euch abermals bezwungen!«

Nun jubelten die Männer der Geest. Aus der feindseligen Stimmung zwischen den beiden Gruppen war unversehens wieder ein freundschaftlicher Wettstreit geworden. Der hässliche Vorfall hatte die Männer daran erinnert, dass sie aller Rivalität zum Trotz zusammenstehen mussten, wenn es darauf ankam. Man scherzte, lachte und trank miteinander, während die Mannschaften abwechselnd ihre Würfe machten.

Als schließlich der Abend dämmerte und das Eis rotgolden im schwindenden Sonnenlicht gloste, siegte die Marsch. Sie siegte zum ersten Mal seit drei Jahren, sie siegte so knapp wie noch nie. Am Ende lagen keine zehn Klafter zwischen den beiden Kugeln. Es war nicht wichtig. Die Verlierer gratulierten den Gewinnern. Man schüttelte Hände, man freute sich gemeinsam auf den nächsten Wettkampf in einem Jahr.

Man versammelte sich an den Feuern, teilte Bier und Brot und Fleisch und feierte einträchtig in die Nacht.

Almuths Vater nutzte das Fest, um Kontakte zu knüpfen. Er ging von Feuer zu Feuer, stellte sich Bauern und Viehzüchtern vor und nötigte ihnen Gespräche auf. *Was baust du an? Pferdebohnen, sehr gut, sehr gut. Lass uns Geschäfte machen. Ich kann dir helfen, deine Feldfrüchte im ganzen Land zu verkaufen. Wittmund! Aurich! Emden!*

So ging das den ganzen Abend. Doch sein Charme verfing nicht. Die schweigsamen Geestleute fanden den Fremden aufdringlich, die wohlhabenden Marschbauern fuhren selbst zu den Märkten und brauchten keinen Zwischenhändler. Gert überspielte seine wachsende Verzweiflung mit schriller Fröhlichkeit. Der süß gewürzte Wein, den er trank, tat sein Übriges. Almuth riet ihm, es ruhiger anzugehen, doch wie üblich hörte er nicht auf sie.

Schließlich hielt sie es nicht mehr aus. Sie überließ ihn sich selbst, zog sich den Umhang enger um die Schultern und schlenderte über die Festwiese.

Sie erblickte Folkmar Janns, der mit seiner Familie und einigen Schiffszimmerleuten am Feuer stand und gerade über einen Scherz lachte. Er hielt einen Bierkrug, der in seiner Hand geradezu winzig wirkte. Sollte sie ihn ansprechen? Nein, auf keinen Fall. Wenn sie in diese traute Runde hineinplatzte, wäre sie nicht besser als ihr Vater. Almuth hatte nicht die geringste Lust, sich zu blamieren.

Als sie gerade weitergehen wollte, wurde Folkmar auf sie aufmerksam. Lächelnd kam er auf sie zu.

»Genießt du das Fest?«

Sie wollte nicht lügen. Anstelle einer Antwort sagte sie: »Glückwunsch zu eurem Sieg.«

Er winkte bescheiden ab. »Es war derart knapp, dass man kaum von einem Sieg sprechen kann. Hätte stattdessen die Geest gewonnen, dann wäre es genauso verdient gewesen.«

»Dein Wurf war beeindruckend«, rutschte es ihr heraus, und sie zuckte innerlich zusammen. Wieder einer dieser Sätze, die in ihr das Verlangen weckten, sich mit der flachen Hand gegen die Stirn zu schlagen. Gewiss, sie mochte Folkmar. Aber musste sie es ihm derart offensichtlich zeigen?

Dass er nur dastand, sie anlächelte und kein Wort sagte, machte es noch peinlicher.

Sie räusperte sich. »Hast du keine Angst?«

»Wovor?«

»Du hast Yneke gedemütigt. Das wird er nicht auf sich sitzen lassen.«

»Wenn er klug ist, sieht er vielleicht ein, dass auch ein Vogt es sich nicht leisten kann, das halbe Kirchspiel gegen sich aufzubringen.«

»Glaubst du das wirklich?«

»Wenn ich Yneke wäre, würde ich den Vorfall zum Anlass nehmen, mein Verhalten zu überdenken.«

Du gütiger, großherziger, gutgläubiger Mann, dachte Almuth. Nach ihrer Erfahrung lernten Menschen wie Yneke keine Demut, wenn ihnen ihre Grenzen aufgezeigt wurden. Im Gegenteil, die Schmach ließ sie in aller Regel noch herrischer, noch unerbittlicher, noch grausamer werden. Oder hatte Folkmar das nur gesagt, damit sie sich nicht sorgte? »Hoffen wir, dass du recht hast. Sei in jedem Fall auf der Hut, ja?«

Just in diesem Moment erklang laute Musik. Zwei junge Männer stimmten mit Trommel und Sackpfeife eine fröhliche Weise an, ein dritter schmetterte ein Seemannslied dazu. An ein Gespräch war nicht mehr zu denken. Doch Folkmar wollte ohnehin nicht mehr über Yneke reden.

»Möchtest du tanzen?«

Almuth war überrumpelt. Während sie noch überlegte, ob es angebracht wäre, ergriff er ihre Hände und zog sie mit sich. Schon wirbelten sie über das nasse Gras und den schmelzenden Schnee, vorbei an den Feuern, vorbei an Bänken, Kesseln und Bierfässern, umgeben von anderen Paaren, die sich an dem ausgelassenen Reigen beteiligten. Flüchtig sah Almuth Etta und Bent, Jorien und Jann und viele andere, ganz am Rand stand ein missbilligend dreinblickender Bruder Erasmus, der offenbar gerade beschloss, dieses zügellose Treiben bei der nächsten Predigt zu verdammen.

Almuth musste lachen. Es war ein warmer, ungeformter Laut, der ganz plötzlich aus der Tiefe ihrer Kehle heraufrollte. Nie hätte sie gedacht, dass ein solch großer Mann wie Folkmar imstande sein könnte, sich derart leichtfüßig zu bewegen. Geschmeidig wiegten sie sich im Takt der Trommel, mal hielt er sie bei den Händen, mal bei der Taille, er warf sie hoch und fing sie wieder auf, stets fühlte sie sich sicher, eins mit ihm und gleichzeitig frei. Sie verschmolz mit der Musik, sie vergaß ihren Vater, Yneke, die Prügelei, es gab nur noch Folkmar und Almuth, Almuth und Folkmar, solange die Trommel stampfte und die Sackpfeife plärrte.

Kapitel acht

Ein dumpfes Pochen. Folkmar schlief noch, als er es vernahm. Es stahl sich in seinen Traum, wo es zum Klang der Trommel wurde, die die Sackpfeife begleitete.

Ein dumpfes, energisches Pochen.

Almuth. Das war sein erster Gedanke, als er zu sich kam. *Almuth.* Wie sie getanzt hatten bis spät in die Nacht. Wie sie beieinandersaßen, redeten, die Sterne betrachteten. Wie er sie schließlich nach Hause brachte, irgendwann in tiefster Dunkelheit. Er lächelte schlaftrunken.

Ein dumpfes, energisches, wütendes Pochen. Jemand schlug mit der Faust gegen die Haustür.

»Was ist denn da los?«, grunzte Bent.

»Ich geh schon.« Folkmar rieb sich das Gesicht und stand auf.

Es war bereits Tag, trübes Licht zwängte sich durch die Ritzen in den Fensterläden. Als er noch dabei war, sich anzuziehen, rief jemand:

»In Ockos Namen, macht auf!«

Nun kamen auch die übrigen Familienmitglieder zu sich.

»Es gibt Ärger. Zieht euch an«, sagte Folkmar, ehe er den Gürtel um die Hüfte schlang und in den vorderen Raum trat.

Sein Großvater saß aufrecht im Bett, das man nachts bei der Herdstelle aufstellte. Die Diener waren ebenfalls erwacht und schauten furchtsam drein. Lediglich der junge Knecht, der eigentlich auf den Alten hätte aufpassen sollen, kauerte zusammengesunken da und schnarchte vernehmlich, obwohl die Haustür schier unter den Fausthieben erzitterte.

»Enne Ryckens Mordbrenner!«, krächzte der alte Folkmar. »Sie wollen Jorien entehren und meine Schätze stehlen. Gib mir die Axt – ich werde sie aufhalten!«

»Hab keine Angst. Enne ist lange tot.« Gleichwohl war der junge Folkmar für einen Augenblick versucht, selbst nach der Spaltaxt zu greifen. Stattdessen brachte er seinen Großvater dazu, sich wieder hinzulegen.

»Zum letzten Mal«, rief Yneke Egers, »öffnet die Tür, oder wir brechen sie auf!«

Folkmar vergewisserte sich, dass sämtliche Familienmitglieder vollständig angekleidet waren, ehe er den Riegel betätigte. Die Tür wurde aufgestoßen, und der Vogt stolzierte ins Haus, gefolgt von Cord Hanneken und weiteren Kriegern, gerüstet mit Schwertern und nietenbesetzten Lederwämsern.

»Enne Rycken Hylkena, ich hab's gewusst«, krähte der alte Folkmar. »Die Axt, schnell!«

»Bring den Tattergreis zum Schweigen«, bellte Yneke. Unter seinem Auge prangte ein pflaumenfarbener Bluterguss.

Folkmar rüttelte den Diener an der Schulter. Der schreckte aus dem Tiefschlaf auf, sprang auf die Füße und versuchte, den Alten daran zu hindern, das Bett zu verlassen, was zu einer umständlichen Rangelei zwischen ihnen führte.

»Was hat das zu bedeuten?«, fragte Abbe, der soeben aus der Schlafkammer trat, gefolgt von den anderen.

»Die fortgesetzte Aufsässigkeit und Illoyalität der Familie Osinga hat hier und heute ein Ende«, erklärte Yneke. »Ich werde nicht zulassen, dass in Warfstede eine Keimzelle der Rebellion gedeiht.«

»Rebellion? So ein Unsinn«, erwiderte Abbe ungehalten. »Niemand hat vor, gegen die tom Brok zu rebellieren. Wir haben Ocko die Treue geschworen, und diesen Eid achten wir seit Jahren.«

»Hier geht es nicht um gebrochene Eide und Rebellion – sondern um den Vorfall gestern, richtig?«, sagte Folkmar zu Yneke.

Der Vogt ging mit keinem Wort auf seine demütigende Niederlage beim Klootschießen ein. »Ihr verbreitet Unruhe im Kirchspiel und stört den Frieden, den zu schützen meine Pflicht ist.«

»Wann haben wir Unruhe verbreitet? Wann den Frieden gestört?«, verlangte Abbe zu wissen. »Das sind ungeheuerliche Behauptungen, die jeder Grundlage entbehren.«

Auch Jorien, Jann und Etta protestierten lautstark gegen die Vorwürfe.

»Schweigt!«, schnitt Yneke ihnen das Wort ab. »Da von euch keine

Einsicht zu erwarten ist, muss ich andere Saiten aufziehen. Folkmar Janns wird als Geisel der tom Brok nach Marienhafe gehen. Nur so ist gewährleistet, dass ihr nicht der Versuchung erliegt, neuen Aufruhr zu schüren.«

Schockierte Stille erfüllte das Haus bis in den letzten Winkel. Folkmar wollte den Vogt am Kragen packen, ihn anbrüllen, ihn schütteln für diese himmelschreiende Ungerechtigkeit. Doch damit würde er alles nur noch schlimmer machen. Er ballte die Rechte zur Faust, biss die Zähne zusammen, hielt den Mund.

»Wie lange soll er in Marienhafe bleiben?«, fragte Abbe leise und gepresst, als hätte der unterdrückte Zorn seiner Stimme jegliche Kraft geraubt.

»So lange, wie Ocko und ich es für richtig halten.«

»Das ist überzogen und unnötig grausam«, sagte Jann. »Schädlich ist es obendrein. Wir brauchen Folkmar auf der Lastadie. Ohne ihn hat das Unternehmen keine Zukunft. Das kann doch nicht in Ockos Sinn sein!«

Yneke war taub für den Protest. »Er geht nach Marienhafe«, beharrte er. »Pack deine Habe«, befahl er Folkmar. »Nur so viel, wie du tragen kannst. Du hast eine Stunde.«

»Warte«, beeilte sich Abbe zu sagen. »Folkmar hätte dich nicht angreifen dürfen. Das war falsch und ungehörig. Folkmar, bitte Yneke um Verzeihung.«

Folkmar knirschte mit den Zähnen. Yneke hatte *ihn* angegriffen, nicht umgekehrt. Er würde nicht für etwas um Verzeihung bitten, das er nicht getan hatte. Doch zu viel stand auf dem Spiel. Er nahm einen tiefen Atemzug und schluckte seinen Stolz, es fiel ihm unendlich schwer. »Was ich getan habe, war nicht recht. Bitte entschuldige meine Unbeherrschtheit.«

Abbe forderte ihn mit einer unauffälligen Handbewegung auf, die Demutsgeste auszubauen.

»Du hast mein Wort, dass sich dergleichen nicht wiederholen wird«, presste Folkmar hervor.

»Das genügt nicht«, sagte Yneke. »Der niederträchtige Angriff auf einen Vogt muss bestraft werden. Es bleibt dabei: Du gehst noch heute als Geisel nach Marienhafe.«

Das Chaos brach los, als die Familie ihren Zorn nicht länger zügeln konnte. Jann, Jorien, Etta, Bent, sie alle schrien durcheinander, bedrängten den Vogt, machten ihrer Bitterkeit Luft.

Yneke wich einen Schritt zurück, seine Lippen bildeten eine dünne Linie, schmal wie eine Messerklinge. Cord und ein weiterer Krieger bauten sich schützend neben ihm auf. Ihre Mienen ließen keinen Zweifel daran, dass sie die Schwerter ziehen würden, sollte jemand ihrem Herrn zu nahe kommen.

»Donner und Blitz – seid still!«, rief Abbe. »Mit Geschrei erreichen wir nichts. Verlasst das Haus, damit ich in Ruhe mit Yneke sprechen kann. Geht, na los!«

Folkmar half dem Diener, seinem Großvater Schuhe und ein warmes Gewand anzuziehen. Als das getan war, folgten sie den anderen nach draußen. Abbe schloss energisch die Tür hinter ihnen.

Sie warteten in der Kälte. Aus dem Haus drangen gedämpfte Stimmen, die zu leise waren, als dass Folkmar verstanden hätte, was sein Onkel mit Yneke beredete.

Die Kirchenglocke schlug zur Terz. Kurz darauf öffnete sich die Tür, Yneke und seine Mannen verließen das Haus. Ohne die Osinga eines Blickes zu würdigen, stolzierte der Vogt von dannen.

Folkmar war der Erste, der hineinging. Abbe saß am brennenden Feuer, hatte die Krücke quer über die Knie gelegt und starrte ins Nichts.

»Konntest du es ihm ausreden?«, fragte Jann.

Sämtliche Familienmitglieder und Diener, so erschien es Folkmar, hielten den Atem an, als sie auf Abbes Antwort warteten. Der strich selbstvergessen mit den Fingerkuppen über den Gehstock. Schließlich sagte er:

»Folkmar muss nicht nach Marienhafe gehen.«

Bent lachte erleichtert. Folkmar atmete auf. Gerade als er seinem Onkel danken wollte, sagte dieser:

»Yneke ist mit einer anderen Geisel einverstanden.«

»Was soll das heißen?«

»Er lässt mich an deiner Stelle gehen«, erklärte Abbe.

Folkmar verschlug es die Sprache. Schauder durchliefen ihn, abwechselnd heiße und kalte. »Nein«, sagte er. »Das akzeptiere ich nicht. Ich will nicht, dass du das für mich tust.«

Abbe lächelte traurig. »Ich bin nur ein Krüppel. Auf mich kann Warfstede am ehesten verzichten.«

»So ein Unsinn!«, brauste Jann auf, und der Zorn färbte seine Wangen rot. »Ohne dich wäre Warfstede nicht da, wo es heute ist. Wir brauchen dich genauso sehr wie Folkmar.«

»Hab Dank, Bruder. Ich weiß deine freundlichen Worte zu schätzen. Aber es ist entschieden. Sowie ich meine Habe gepackt habe, gehe ich als Geisel nach Marienhafe.«

Die Wellen brachen sich am Strand, flockend und weiß wie geschlagene Sahne. Der Nordwestwind wehte Folkmar feine Gischt ins Gesicht. Er merkte es kaum, obwohl die Tröpfchen eiskalt waren. Breitbeinig und mit vor der Brust verschränkten Armen stand er da und starrte aufs Meer hinaus.

Abbes unbewegtes Gesicht, die Tränen von Mutter und Schwester, die nagenden Schuldgefühle, all das hatte er nicht mehr ertragen. So war er aus dem Dorf geflohen, um allein zu sein, wenigstens für eine Weile. Die Gewissensbisse hatte das freilich nicht gelindert, sie quälten ihn schlimmer denn je.

Ich bin so ein Narr. Wieso konnte ich mich nicht beherrschen? Welcher Teufel hat mich geritten, dass ich Yneke schlagen musste?

Nun musste ein anderer die Folgen tragen, ausgerechnet der alte, weise, sanftmütige Abbe. Folkmar konnte sich nicht erinnern, sich je so elend und machtlos gefühlt zu haben. Er kniff die Lippen zusammen. Ein Fehler nur. Ein einziger Fehler genügte, und alles brach zusammen. So war das Leben unter Yneke Egers.

Ich hätte ihn totschlagen sollen! Es wäre besser für uns alle gewesen.

Er bemerkte, dass jemand neben ihn trat.

»Ich habe gehört, was passiert ist«, murmelte Almuth. Mehr sagte sie nicht, und dafür war er ihr dankbar. Stattdessen blickte sie ihn voller Mitgefühl an.

Dann legte sie den Kopf an seine Schulter und umschlang ihn mit den Armen.

Yneke Egers und Cord Hanneken saßen bereits auf dem Schlittenbock, als Folkmar seinem Onkel auf die Ladefläche half. Jorien reichte Abbe einige Kissen und Decken.

»Damit du es unterwegs bequem hast.«

»Hab Dank.«

Halb Warfstede war gekommen, um das Oberhaupt der Familie Osinga zu verabschieden. Noch immer strömten Menschen zum The, wo der Pferdeschlitten stand, umgeben von Kriegsvolk. Viele schüttelten den Kopf, manch einer ballte die Fäuste, doch protestiert wurde allenfalls halbherzig.

»Du wirst uns fehlen!«, riefen sie.

»Der heilige Magnus schütze dich!«

»Glück auf deinem Weg – komm bald zurück!«

Abbe lächelte den Leuten zu. Folkmar jedoch sah die Traurigkeit in seinen Augen.

Die Krieger schlossen den Kreis um den Schlitten, sodass die Osinga gezwungen waren zurückzutreten.

»Schreib uns, so oft du kannst«, rief Jorien.

»Das mache ich«, versprach Abbe. »Sorgt euch nicht um mich. Ocko ist ein Ehrenmann. In seinem Haus wird es mir an nichts mangeln.«

»Auf nach Marienhafe«, befahl Yneke. Cord ließ die Leine schnalzen. Der Schlitten setzte sich in Bewegung. Sie winkten Abbe. Das ganze Dorf winkte Abbe.

»*Ich* sollte auf diesem Schlitten sitzen«, wisperte Folkmar. Ein Klumpen wie eine geballte Faust saß ihm in der Kehle. Er konnte kaum sprechen.

Almuth nahm seine Hand.

Der Schlitten glitt durch das Tor, flankiert von den Kriegern. Abbe Wilken Osinga verließ Warfstede, und niemand wusste, ob er je zurückkehren würde.

»Bei allen Dämonen, Yneke, was bringst du uns denn da?«, fragte Widzelt zwischen zwei Bissen. »Da vergeht einem ja der Appetit.«

Die Familie tom Brok saß gerade beim Nachtmahl, als der Vogt von Warfstede hereinkam. Hinter ihm schlurfte eine erbarmungswürdige Gestalt in die Halle. Ein Verwachsener mit einem Buckel zwischen den Schultern und krummen Beinen, sodass er sich auf eine Krücke stützen musste. Gleichwohl bemerkte Foelke, dass der Krüppel vornehme Kleidung trug, was seine Erscheinung seltsam widersprüchlich machte. Keno hatte aufgehört zu essen und starrte den Missgestalteten mit einer Mischung aus Furcht und morbider Faszination an.

»Das ist Abbe Wilken, das Oberhaupt der Familie Osinga«, erklärte Yneke Egers. »Ich habe ihn gefangen genommen und aus Warfstede fortgebracht, um das Wohlverhalten seiner Familie zu gewährleisten.«

Foelke erinnerte sich, dass sie von Abbe Wilken, dem buckligen Redjeve zu Warfstede, gehört hatte. Eine Kuriosität, um die sich abenteuerliche Geschichten rankten. Allerdings war das Jahre her, zuletzt war es still um ihn gewesen.

»Die Osinga sind doch stets treue Vasallen gewesen«, merkte sie an.

»In letzter Zeit gab es Vorfälle, die daran zweifeln lassen«, sagte Yneke.

»Was ist mit deinem Gesicht?«, wollte Widzelt wissen. »Hat der Bucklige dich angegriffen?«

»Er nicht, aber sein Neffe.«

Der Bastard biss von der Gänsekeule ab und fragte mit vollem Mund: »Was sollen wir mit dem Krüppel anstellen?«

»Ich ersuche Euch, ihn aufzunehmen und als Geisel in Eurem Haus festzuhalten«, antwortete Yneke.

»Ich will nicht, dass diese Kreatur bei uns wohnt, Mutter«, raunte Keno Foelke zu.

»Ich will das auch nicht«, schnappte Widzelt, der verteufelt gute

Ohren hatte. »Nimm ihn wieder mit und such dir einen anderen, der ihn durchfüttert.«

»Bei allem Respekt«, sagte Yneke zögernd, »aber es ist auch in Eurem Interesse, Abbe Wilken als Geisel aufzunehmen. Solange wir ihn in Marienhafe sicher wissen, wird seine Familie es nicht wagen, gegen Ocko aufzubegehren.«

»Du hast völlig recht«, kam Foelke ihm zu Hilfe, bevor der Bastard den Einwand abschmettern konnte. »So verfährt mein Gemahl mit unbotmäßigen Sippen. Wenn er hier wäre, würde er dein entschiedenes Durchgreifen begrüßen. Die Geisel bleibt hier«, entschied sie.

Keno verzog das Gesicht. Widzelt starrte Foelke unwillig an, fügte sich ihr jedoch.

»Bei wem schwört ihr in Harlingerland?«, sprach er den Buckligen an.

»Beim heiligen Magnus, dem Schutzpatron der Landsgemeinde«, antwortete Abbe Wilken. Foelke war überrascht, wie angenehm seine Stimme klang.

»Schwöre beim heiligen Magnus, dass du dieses Haus nur verlassen wirst, wenn wir es dir gestatten. Dass du all unseren Anweisungen Folge leisten und dass du niemals versuchen wirst, uns zu schaden«, befahl Widzelt.

Abbe nahm die Krücke in die linke Hand und hob die rechte. »Ich schwöre es.«

»Wenn du den Eid verletzt, bist du des Todes«, belehrte Widzelt ihn. »Nun setz dich zum Gesinde. Man wird dir zu essen geben.« Lächelnd wandte er sich Yneke zu. »Du speist natürlich mit uns«, lud er den Vogt an ihre Tafel ein.

Eben noch abweisend und mürrisch, plötzlich die Freundlichkeit in Person. Dass Widzelt mir nichts, dir nichts eine Maske aufsetzen konnte, wenn es ihm opportun erschien, fand Foelke abstoßender als Abbes Verwachsungen. Der Bastard war so falsch wie ein lombardischer Wucherer.

Nach dem Nachtmahl, als sich Keno und Widzelt in ihre Kammern zurückzogen und Yneke zum Gastquartier ging, rief Foelke den Buckligen zu sich.

»Du darfst dich im Haus frei bewegen«, erklärte sie ihm. »Ebenso auf dem Hof. Das Tor zu durchqueren ist dir verboten. Besuch darfst du keinen empfangen.«

»Aber meiner Familie zu schreiben ist mir gestattet?«

»Nein. Eine Geisel darf keinerlei Kontakt zur Außenwelt unterhalten. So wünscht es Ocko.«

In seinem Gesicht zuckte ein Muskel, doch er protestierte nicht.

Es war Foelkes Absicht gewesen, ihm in der Halle eine Bettstatt herrichten zu lassen. Nun entschied sie sich dagegen. Sie wollte ihm nicht zumuten, beim Gesinde zu schlafen. Abbe Wilken gehörte trotz allem einer angesehenen Sippe an. »Ich zeige dir dein Quartier.«

Er folgte ihr die Treppe hinauf, ein Diener trug die Kiste mit seiner Habe. Sie musste langsam gehen, damit er Schritt halten konnte. Die Mägde, an denen sie vorbeikamen, grinsten hämisch, tuschelten oder verzogen das Gesicht. Abbe tat, als würde er all das nicht bemerken. Wie er den Spott und den Abscheu an sich abperlen ließ, nötigte ihr einige Bewunderung ab.

Sie betraten eine kleine Kammer, die seit Jahren nicht bewohnt und infolgedessen recht staubig war. Zwischen dem Gerümpel stand ein einfaches Bett.

»Hier kannst du schlafen. Morgen lasse ich die Kammer aufräumen, damit sie wohnlicher ist.«

»Hab Dank.« Das war alles, was Abbe sagte, und er sagte es freundlich, frei von jedem Vorwurf. Demütig nahm er sein Schicksal hin.

Ein seltsames Geschöpf, dachte Foelke, als sie dem Buckligen eine angenehme Nachtruhe wünschte und zu ihrem Gemach schritt.

Kapitel neun

Yneke hatte vorgehabt, Abbe Wilken abzuliefern und gleich am nächsten Morgen nach Warfstede zurückzukehren. Doch einige Tage später weilte er noch immer in Marienhafe. Widzelt hatte ihn gebeten, zu bleiben und eine Weile die Gastfreundschaft der Familie tom Brok zu genießen. Yneke hatte es nicht gewagt, die Einladung auszuschlagen. Wenngleich ein Bastard, war Widzelt Ockos ältester Sohn. Yneke tat gut daran, sich mit diesem Mann gut zu stellen.

Fortan speiste er jeden Morgen, jeden Mittag und jeden Abend mit den tom Brok, und Widzelt lobte ihn für seine Treue, für sein entschlossenes Durchgreifen in Warfstede. Damit nicht genug, suchte Ockos Erstgeborener außerhalb der Mahlzeiten ständig seine Nähe. So auch am Morgen, als Yneke nach seinem Pferd sah. Plötzlich kam Widzelt ins Stallgebäude und schickte den Knecht fort.

»Auf ein Wort«, begrüßte er seinen Gast.

Yneke begnügte sich mit einem knappen Lächeln. Trotz allem war ihm der Bastard suspekt.

»Es gibt etwas, das mir Sorge bereitet«, begann Widzelt. »Ich möchte deinen Rat hören.«

»Ich will Euch helfen, wenn ich es vermag.« Dass Yneke einen Bastard mit »Ihr« und »Herr« anreden musste, während der ihn wie einen Untergebenen behandeln durfte, nagte beträchtlich an ihm. Er wollte den Stall verlassen, doch Widzelt legte ihm die Hand auf den Arm.

»Wir reden hier, wo wir ungestört sind.«

»Was bedrückt Euch?«

»Wie du sicher weißt, hat Volkmar Allena ein Bündnis mit den Abdena zu Emden geschlossen. Mein Vater weilt gerade in Aurich, um gegen seine Feinde zum Krieg zu rüsten. Glaubst du, er kann sie schlagen?«

Wollte er ihn mit dieser Frage auf die Probe stellen? »Ocko hat die

Allena und die Abdena schon einmal besiegt. Es wird ihm wieder gelingen«, antwortete Yneke.

»Es sind ja nicht nur die Abdena, die Allena folgen. Er hat weitere große Sippen um sich geschart.«

»Ich bin davon überzeugt, dass Euer Vater über sie triumphieren wird.« Das war nicht gelogen. Yneke hatte grenzenloses Vertrauen in Ockos militärische Fähigkeiten. Deshalb hatte er ihm einst Gefolgschaft geschworen.

»Und wenn nicht?«, erwiderte der Bastard leise. Vielleicht war es nur Einbildung, doch Yneke glaubte Furcht und Schmerz in Widzelts Augen zu sehen. »Was, wenn er sich diesmal übernommen hat? Düstere Nachtmahre plagen mich. Nacht für Nacht träume ich, dass mein Vater auf dem Schlachtfeld erschlagen wird.«

Yneke fühlte sich zunehmend unwohl. Er verstand nichts von Träumen, und einen furchtsamen Mann zu trösten war nicht seine Stärke. »Vielleicht versucht Satan, Euch zu verwirren«, sagte er unbeholfen. »Es könnte hilfreich sein, mit Bruder Almer über Eure Befürchtungen zu sprechen.«

»Das habe ich bereits getan. Er rät mir, die Heiligen um Beistand zu bitten.«

»Nun, das kann sicher nicht schaden.« Yneke unternahm einen neuen Versuch, sich zu entfernen. Diesmal schob sich der Bastard geschmeidig zwischen ihn und die Tür.

»Ich brauche aber keine Heiligen. Meine Befürchtungen sind weltlicher Natur, und sie erfordern eine handfeste Antwort. Erbitterte Schlachten stehen meinem Vater bevor. Ich halte es daher nicht für ausgeschlossen, dass er das Jahr nicht überleben wird. Nur ein dummer Mann würde für diesen Fall keine Vorkehrungen treffen. Ich aber bin Realist durch und durch. Und du bist das auch, wenn ich mich nicht täusche.« Ein gewinnendes Lächeln untermalte diese Worte.

»Von welchen Vorkehrungen sprechen wir?«, fragte Yneke. Obwohl sich ein Teil von ihm dagegen wehrte, fühlte er sich geschmeichelt, dass Widzelt ihn an seinen geheimsten Gedanken teilhaben ließ.

»Keno ist noch ein Kind und nicht in der Lage, die Familie zu führen«, erklärte Widzelt. »Bleibt Foelke. Aber sie ist zum einen eine

Frau und zum anderen charakterlich kaum für eine solche Aufgabe geeignet.«

Yneke teilte diese Ansicht. Foelkes herrische Art und ihre Neigung, jedes Gespräch an sich zu reißen, missfielen ihm. Das Weib hatte offenbar vergessen, wo sein Platz war.

»Also wird die Bürde, die Sippe anzuführen und sie zu schützen, auf meinen Schultern lasten«, fuhr der Bastard fort. »Dafür brauche ich fähige Gefährten. Kann ich auf deine Freundschaft zählen?«

»Meine Treue gehört allein Ocko«, wandte Yneke ein.

»Gewiss«, entgegnete Widzelt verständnisvoll. »Ein Vasalleneid ist heilig. Ich bin der Letzte, der einen Mann auffordern würde, ihn zu brechen. Sollte mein Vater den Krieg überleben – was wir alle hoffen wollen! –, wird alles beim Alten bleiben. Sollten aber unsere Gebete ungehört verhallen, sodass ich gezwungen bin, die Zügel in die Hand zu nehmen, will ich fähige, verlässliche Männer um mich haben. Ich verlange nicht, dass du mir Gefolgschaft schwörst!«, beteuerte er. »Deine Loyalität genügt mir vollauf.«

Als Yneke noch immer zögerte, fuhr Widzelt fort: »Du fragst dich vermutlich: ›Was nutzt es mir, wenn ich dem Bastard die Freundschaft antrage?‹« Er wehrte Ynekes Protest ab, indem er lächelnd die Hand hob. »Es ist keine Schande, so zu denken. Im Gegenteil, ich schätze Männer mit einem gesunden Ehrgeiz.«

Er blickte Yneke in die Augen. »Um deine Frage zu beantworten: Wenn ich Ocko dereinst beerbe, darfst du Warfstede behalten und kannst obendrein mit weiteren einträglichen Vogteien rechnen – sofern du mir hier und jetzt deine Unterstützung zusicherst.«

Yneke ließ das Angebot auf sich wirken. Da es erst greifen würde, wenn Ocko nicht mehr unter den Lebenden weilte, würde er in keiner Weise seinen Treueeid verletzen, wenn er es annähme. Tatsächlich konnte er nur Vorteile darin erkennen. Widzelt war zweifellos klug und zielstrebig. Einen solchen Mann zum Verbündeten zu haben würde sich in jedem Fall bezahlt machen.

»Ist das ein Ja?«, hakte der Bastard nach, als hätte er seine Gedanken gelesen.

Yneke streckte die Rechte aus. »Betrachtet mich hiermit als Euren Freund.«

Lächelnd ergriff Widzelt die dargebotene Hand. »Schluss mit der förmlichen Anrede. Freunde duzen einander. Es ist noch früh, aber darf ich dich dennoch auf einen Becher vom besten Wein einladen, zur Feier des Tages?«

»Dazu sage ich nicht Nein.«

»Das dachte ich mir.« Widzelt klopfte seinem neuen Bundesgenossen auf die Schulter. »Ein Realist, ein unbestechlicher Amtmann und ein Genießer obendrein – du bist wahrlich ein Mann nach meinem Geschmack, Freund Yneke.«

Foelke beobachtete seit Tagen, dass zwischen Widzelt und Yneke irgendetwas im Gange war. Als sie von der Beichte kam und die Halle durchquerte, steckten die beiden schon wieder die Köpfe zusammen. Mit Cord Hanneken und weiteren Kriegern saßen sie plaudernd am Feuer, labten sich an dampfendem Würzwein und lachten über einen Scherz, den einer gemacht hatte.

Foelke gab vor, es nicht zu bemerken, und schritt zu ihrem Gemach. *Er schart Verbündete um sich*, dachte sie. Seit Ocko fort war, arbeitete der Bastard unermüdlich daran, seinen Einfluss im Hause tom Brok auszubauen, indem er die Vögte der unterworfenen Kirchspiele und die Hauptleute des Kriegsvolks mit Schmeicheleien und Versprechungen umgarnte. Diese Männer waren mehrheitlich kampferprobte Veteranen – sie betrachteten den fähigen Schwertkämpfer Widzelt seiner niedrigen Abkunft zum Trotz als einen der ihren und waren daher empfänglich für seine Einflüsterungen. Seine gewisperten Unterredungen mit Yneke waren nur der neueste Feldzug in diesem heimlichen Krieg der Worte und Intrigen.

Foelke wusste nicht, was die beiden Männer besprochen hatten, doch sie zweifelte nicht daran, dass der Bastard versuchte, Yneke auf seine Seite zu ziehen. Widzelt war charmant, redegewandt, der geborene Anführer – und gerade deshalb eine ernst zu nehmende Gefahr für Keno und sie.

»Bring mir Papier und Tinte«, befahl sie der Magd, als sie ihre Kammer betrat. Kurz darauf saß sie am Fenster und schrieb im trüben Licht des Wintermorgens einen Brief.

FOELKE KAMPANA AN OCKO TOM BROK
MARIENHAFE IN BROKMERLAND
ANNO DOMINI 1391 IM JANUAR

Geliebter, deine Gemahlin in Marienhafe entbietet dir ihre Gebete.

Du sollst wissen, dass wir in Gedanken bei dir weilen und den heiligen Jakob an jedem neuen Morgen bitten, schützend seine Hand über dich zu halten. Leider ist das Zusammenleben in deinem Haus vergiftet. Dein Bastard mäßigt sich keineswegs und ordnet sich nicht unter, wie du es ihm befohlen hast. Seine Arroganz ist uns eine Last. Schlimmer noch, seine unbotmäßige Gier nach Einfluss wird von Tag zu Tag größer. Er nutzt die Abwesenheit seines Vaters und Gebieters, um Verdruss zu säen und um unserem Sohn und Erben zu schaden. Ich bitte dich, Geliebter, komm nach Marienhafe und verweise Widzelt auf seinen Platz, auf dass seine arglistigen Machenschaften aufhören und wieder Friede in diesem Haus einkehrt.

Es grüßt dich Keno, der dich über alle Maßen liebt. Bete für ihn ebenso wie für mich.

Deine Gemahlin in Christo.

Foelke blies die Tinte trocken, faltete das Blatt und legte es ins Schmuckkästchen. Nun hieß es warten.

Bereits am frühen Nachmittag ergab sich eine günstige Gelegenheit. Es hörte auf zu schneien, die Sonne kam heraus. Widzelt, Yneke und Cord schwangen sich sogleich auf die Pferde und ritten unter fröhlichem Geschrei aus. Foelke barg den Brief im Ärmel, als sie die Treppe hinuntereilte. Auf dem Hof rief sie einen Krieger zu sich, den sie als schnellen und zuverlässigen Reiter kannte.

»Begib dich nach Aurich und überbringe dies meinem Gemahl.« Foelke reichte ihm das gesiegelte Pergament. »Brich sofort auf, damit du noch vor Einbruch der Dunkelheit bei ihm bist.«

»Ihr habt mein Wort, dass ich reiten werde, als säße mir der Teufel im Nacken, Herrin«, versprach der Mann grinsend.

Sie gab ihm einen blitzenden Dreiling und stellte ihm ein weiteres Silberstück in Aussicht, wenn es ihm gelang, die Nachricht zügig zu überbringen. Wenig später saß der Krieger im Sattel, gehüllt in Pelz, Wolle und Leder, und jagte durch das Hoftor, dass weißbraune Schneeklumpen von den Pferdehufen flogen.

Trotz der Sonne fror Foelke. Als sie hineinging, sah sie den Buckligen in einer Fensternische hocken, krumm und garstig wie ein Wasserspeier. Er schaute sie an, sie schaute ihn an. Er senkte hastig den Blick und vertiefte sich in das Büchlein, das auf seinen knotigen Knien lag.

Schon am nächsten Tag kehrte der Reiter zurück. Im Gepäck hatte er einen Brief. Foelke zog sich in ihre Kammer zurück, schickte die Magd weg und brach das Siegel. Es war rot wie das eines Fürsten und zeigte das Wappentier der Familie, den Adler, mit drei Kronen. Ocko hatte die Nachricht selbst geschrieben, seine geschwungene, selbstbewusste Handschrift war unverkennbar.

OCKO I. AN FOELKE KAMPANA
AURICH IN AURICHERLAND
ANNO DOMINI 1391 IM JANUAR

Meine Geliebte und – vor Gott – meine treue Ehefrau!

Mein Herz ist schwer, denn ich kann nicht glücklich sein ohne dich. Deine Gebete trösten mich. Alsbald, so es Gott gefällt, werde ich heimkehren und dich in die Arme schließen.

Noch aber zwingt mich die Pflicht, in Aurich zu bleiben. Sorge dich nicht wegen Widzelt. Gewiss, er mag ehrgeizig, großspurig und hochmütig sein. Doch hege ich keinen Zweifel an seiner Treue zu mir. Er verdankt mir alles, und das weiß er. Niemals würde er zu deinem oder zu Kenos Schaden handeln. Er fürchtet meinen Zorn zu sehr.

Sei stark und entbiete unserem Sohn meinen liebevollen Gruß. Bleibt selig und gesund mit Gottes Hilfe.

Dein treuer Gemahl.

Niedergeschmettert warf Foelke den Brief zu Boden. Ocko hatte nichts verstanden, nichts! Er glaubte offenbar, die läppische Ermahnung kurz vor seiner Abreise habe genügt, den Bastard für alle Zeiten in die Schranken zu weisen. Für ihn war Widzelt noch immer eine Art Lausejunge, schelmisch und ungezogen, aber harmlos. Für seine Machtgier und Skrupellosigkeit war Ocko blind.

Foelke war auf sich gestellt. Sie allein musste Keno schützen und dem Bastard die Stirn bieten.

Nach dem Nachtmahl ging sie zur Gästekammer. Yneke packte gerade seine Habe. Er war ausnahmsweise allein. Cord Hanneken saß noch in der Halle und trank mit den Kriegern.

»Du willst wirklich morgen schon abreisen?«

»Ich habe Eure Gastfreundschaft sehr genossen. Aber nun muss ich zurück nach Warfstede. Wenn ich der Vogtei zu lange fernbleibe, gedeihen Ungehorsam und Verbrechen.«

»Ocko hat recht getan, dich mit dieser Aufgabe zu betrauen.« Foelke lächelte. »Dein Pflichtgefühl sucht seinesgleichen.«

»Ich will lediglich meinen Beitrag zu einem geeinten Ostfriesland leisten.« Yneke zog das Schwert zwei Handbreit aus der Scheide, betrachtete prüfend die Klinge, schob es wieder in die Lederhülle und legte das Wehrgehenk auf den Tisch.

»Du bist überaus bescheiden. Lass dir gesagt sein, dass Keno und ich große Stücke auf dich halten.«

Yneke bemühte sich redlich zu lächeln, brachte jedoch nicht mehr als ein dürftiges Zucken der Mundwinkel zustande. Dieser verkniffene Mann lächelte nicht oft. Wahrscheinlich hatten seine Gesichtsmuskeln schon vor Jahren vergessen, wie das ging. »Habt Dank. Eure freundlichen Worte ehren mich.«

Draußen auf dem Gang trieben sich zwei Knechte herum. Foelke schloss die Tür. Sie konnte es nicht beweisen, doch sie ging davon aus, dass Widzelt einige Diener dafür bezahlte, ihr nachzuspionieren.

»Du hast viel Zeit mit meines Mannes Bastard verbracht«, stellte sie fest.

Ynekes Haltung wurde noch ein wenig steifer, falls das überhaupt möglich war. »Widzelt war sehr gastfreundlich. Er hat dafür gesorgt, dass mir die Zeit in Marienhafe nicht lang wurde.«

»Worüber habt ihr gesprochen?«, fragte sie rundheraus.

»Dies und das. Die Jagd. Den Deichbau.«

»Er ist eine Schlange. Er trachtet nach der Macht in diesem Haus – eine Macht, die ihm nicht zusteht. Du solltest vor ihm auf der Hut sein.«

»Habt Dank für die Warnung«, sagte Yneke nur.

»Hat er versucht, dich zu umgarnen? Dir irgendwelche Versprechungen gemacht?«

»Sorgt Euch nicht. Meine Loyalität gehört allein Ocko. Ihr habt mein Wort.«

Sprach er die Wahrheit? Foelke hatte eine gute Menschenkenntnis. Normalerweise spürte sie es, wenn man sie belog. Dieser Mann jedoch glich einem polierten Harnisch, an dem sämtliche Fragen, jegliche forschenden Blicke wirkungslos abglitten.

»Ocko ist ein großzügiger Mann«, sagte sie. »Wer sich durch unverbrüchliche Treue hervortut, kann mit seiner Dankbarkeit rechnen.«

Yneke nickte. »Ich freue mich, einem solchen Mann dienen zu dürfen.«

»Ich wünsche dir eine angenehme Nachtruhe«, verabschiedete sie sich.

Während Foelke zu ihrer Kammer ging, dachte sie, dass sie getan hatte, was sie konnte. Sie wurde das Gefühl nicht los, dass es dennoch zu wenig war.

Warfstede

»Kannst du ihm nicht absagen?«, fragte Almuth, als sie den schneebedeckten Weg entlangstapften.

»Unmöglich«, antwortete ihr Vater. »Und schon gar nicht so kurzfristig. Ich kann doch den Vogt nicht vor den Kopf stoßen.«

Doch, kannst du! Oder hast du Angst vor ihm?, hätte sie beinahe erwidert, verkniff es sich aber. Natürlich hatte Gert Angst vor Yneke Egers. Das ganze Kirchspiel hatte Angst vor ihm, seit der Sache mit Abbe Wilken mehr denn je. Daher bemühte sie sich, mit ihrem Vater nicht allzu streng ins Gericht zu gehen. Als Händler, der in Warfstede Fuß fassen wollte, war Gert auf gute Beziehungen zum lokalen Machthaber angewiesen. »Weswegen hat er uns überhaupt eingeladen?«, fragte sie mürrisch.

»Das hat er nicht gesagt. Ich nehme an, dass er mich – uns – besser kennenlernen will. Schließlich sind wir noch immer Neulinge in seiner Vogtei. Mach nicht so ein Gesicht. Es wird bestimmt ein angenehmer Abend«, versuchte er sie aufzumuntern.

Was das betraf, hatte Almuth gewichtige Zweifel. Sie fühlte sich unwohl in Ynekes Gegenwart. Immerzu glotzte er sie an. Seine Blicke weckten in ihr das Bedürfnis, sich gründlich zu waschen.

Am Steinhaus brannte eine Fackel, sodass das wuchtige Gebäude trotz der Dunkelheit teilweise zu sehen war. Ein Wächter begrüßte sie mit einem Nicken, als sie die Warf heraufkamen.

»Geht hinein. Der Herr erwartet euch.«

Drinnen kam ihnen ein lächelnder Yneke entgegen. Er hieß einen Diener, ihnen die Mäntel abzunehmen. Gert dankte dem Vogt ehrerbietig für die Einladung. Dabei holte er eine Schachtel hervor.

»Ein Gast, der weiß, was sich gehört, kommt niemals mit leeren Händen. Hier, für Euch. Als Zeichen unserer Freundschaft.«

Yneke nahm die Schachtel entgegen. »Was ist es?«

»Öffnet es!«, drängte Gert ihn eifrig.

Der Vogt schob den Deckel auf, und eine silberne Gürtelschnalle kam zum Vorschein.

»Gefällt sie Euch?«

»Ein schönes Stück«, lobte Yneke. »Hab Dank, Freund Gert.«

Almuths Vater strahlte über das ganze Gesicht.

Sie setzten sich ans Feuer, wo der Vogt ihnen kräftigen Südwein kredenzte. Almuth nippte nur an ihrem Kelch. Ihr Instinkt sagte ihr, dass sie gut daran tat, einen klaren Kopf zu behalten.

Wenig später trugen die Mägde den ersten Gang des Nachtmahls auf, gekochte Eier in Senfsoße mit frischem Brot. Almuth lief das Wasser im Mund zusammen. Es war lange her, dass sie derart gut gegessen hatte. Natürlich lobte ihr Vater die Speisen über alle Maßen.

»Köstlich! Ganz vorzüglich! Ihr wisst wahrlich, wie man genießt. Es ehrt uns außerordentlich, dass Ihr uns an Eurer Tafel bewirtet.«

»Ich freue mich, dass wir uns endlich näher kennenlernen können«, entgegnete Yneke. »Sag – wie läuft das Geschäft?«

»Ich kann nicht klagen. Gewiss, es ist harte Arbeit, die mir alles abverlangt. Aber ich knüpfe ständig neue Kontakte, und die Einnahmen steigen von Woche zu Woche«, antwortete Gert.

Der Vogt lauschte seinen Geschichten mit freundlichem Interesse und gab ihm hier und da wohlmeinende Ratschläge. Almuth schaute sich derweil unauffällig um. War diese Halle genauso düster und ungemütlich gewesen, als die Osinga darin gewohnt hatten? Sie konnte es sich schwerlich vorstellen.

Nachdem sie den zweiten Gang verspeist hatten – Fischsuppe mit Dill – und auf den dritten warteten, richtete Yneke das Wort an sie.

»Du bist so still. Gewiss langweilen wir dich mit unserem Gerede von Handel und Märkten. Lasst uns von anderen Dingen sprechen«, schlug er lächelnd vor. »Hast du dich in der neuen Heimat gut eingelebt?«

»Ich fühle mich wohl in Warfstede«, antwortete sie.

»Das freut mich zu hören. Es ist wahrlich ein hübscher Flecken in Harlingerland.«

»Mit fröhlichen, hilfsbereiten Menschen, die gerne feiern. Das Klootschießen gefällt mir besonders gut.« Diese kleine Provokation konnte sie sich nicht verkneifen.

Sie verfehlte ihre Wirkung nicht. Ynekes Lächeln gefror. Gert warf ihr einen warnenden Blick zu.

»Leider sind nicht alle Bewohner des Kirchspiels fröhlich und hilfsbereit«, sagte der Vogt. »Einige haben nichts als Zwietracht und Verdruss im Sinn. Aber ich habe sie in die Schranken gewiesen, und wir wollen uns heute Abend nicht mit ihnen befassen.«

Yneke begann, sich nach ihrem Leben in Jever zu erkundigen, nach ihren Vorlieben und Interessen. Welche Farbe trägst du am liebsten? Wie verbringst du deine Sonntage? Kannst du reiten? Die Fragen nahmen kein Ende, und obwohl er überaus höflich war, fühlte Almuth sich alsbald bedrängt. Ihre Antworten fielen immer knapper aus, bis sie nur noch aus »Ja«, »Nein« und einzelnen Worten bestanden.

Gert, der sichtlich angetan war, dass der Vogt sich für seine Tochter interessierte, fühlte sich bemüßigt, sie zu ermahnen.

»Antworte Yneke bitte in ganzen Sätzen, wie es sich gehört.«

»Schon gut«, beruhigte der Vogt ihren Vater. »Der Fehler liegt bei mir. Ich war allzu neugierig. Bitte entschuldige«, wandte er sich an Almuth. »Gestatte mir nur eine letzte Frage: Möchtest du mit mir ausreiten, sobald das Wetter milder geworden ist?«

Stille sank herab. Gert konnte sich nicht entscheiden, ob er vor Begeisterung in die Hände klatschen oder seine Tochter beschwörend anstarren sollte. In seinem Blick stand die flehende Bitte, die Einladung um Himmels willen anzunehmen.

»Na, was sagst du?«, hakte Yneke nach.

»Euer Angebot ehrt mich«, antwortete Almuth und schaute ihn dabei nicht an. »Aber ich kann nicht mit Euch ausreiten. Es wäre nicht geziemend.«

»Almuth ...«, begann ihr Vater, doch der Vogt forderte ihn mit einer Geste auf, dies ihm zu überlassen.

»Du hast mein Wort, dass nichts Unschickliches zwischen uns geschehen würde, sodass es keinen Anlass für unangenehmes Gerede gäbe.«

»Trotzdem möchte ich nicht. Bitte respektiert das«, erwiderte Almuth höflich, aber bestimmt.

»Ist das dein letztes Wort?«

»Ja.«

»Nun gut. So sei es.« Yneke war beleidigt und machte kein Geheimnis daraus.

Gert schwitzte. Schweigend verzehrten sie den Käse, dem glücklicherweise kein weiterer Gang folgte.

Als sie das Essen endlich hinter sich gebracht hatten, komplimentierte der Vogt sie zügig hinaus. Draußen war Almuth, als könnte sie zum ersten Mal seit einer Stunde richtig atmen. Ihr Vater sagte kein Wort, als sie das nächtliche Dorf durchquerten. Zorn strahlte wie Hitze von ihm ab.

»Wie konntest du nur!«, zischte er kurz vor ihrem Haus.

»Was hätte ich denn tun sollen? Ich mag diesen Mann nicht. Ich möchte mit ihm keine halbe Stunde verbringen. Geschweige denn einen ganzen Sonntag.«

»Du hast den Vogt beleidigt!«

»Er wird es überleben.«

»Und wir? Werden wir es auch überleben, wenn sein Zorn über uns kommt?«

Almuth sah die Furcht in seinem Gesicht und schluckte eine bissige Erwiderung herunter. Mit ihm zu streiten würde alles nur noch schlimmer machen. In ihrer Lage mussten sie zusammenstehen, auch wenn es ihr gerade schwerfiel, ihren Vater als Verbündeten zu betrachten.

Gert riss die Haustür auf und stampfte hinein. Im Dunkeln suchte er nach der Zunderbüchse. Dabei stieß er sich das Knie an. Eine Schimpftirade war die Folge. Derweil ertastete Almuth die Zunderbüchse auf dem Tisch. Als der Kienspan endlich brannte, hatte er sich bereits beruhigt. Zusammengesunken saß er da und bot ein Bild des Elends.

Almuth zog den Hocker heran, setzte sich ihm gegenüber und ergriff seine Hände. »Ja, es ist nicht ausgeschlossen, dass Yneke sich für die Zurückweisung rächen wird. So ist er: ein kleinlicher, boshafter, nachtragender Mann. Genau aus diesem Grund will ich nichts mit ihm zu tun haben. Das verstehst du doch, oder?«

»Natürlich verstehe ich dich.« Gert schaute sie zerknirscht an. »Dein Vater hat sich wieder einmal wie ein Narr benommen. Kannst du mir verzeihen?«

Sie beugte sich vor und küsste ihn auf die Wange. »Es gibt nichts zu verzeihen.«

»Was machen wir jetzt?«, fragte er ratlos.

»Abwarten und der Dinge harren, die da kommen. Es wird schon nicht so schlimm werden. Vielleicht hat Yneke die Sache bereits morgen vergessen. Lass uns schlafen, es ist spät.«

Wenig später kroch Almuth unter die Decken. Sie starrte in die Finsternis und lauschte ihrem Vater, der ebenfalls keinen Schlaf fand und sich unruhig auf der Bettstatt wälzte. Tatsächlich glaubte sie keinen Augenblick, dass Yneke die Sache alsbald vergessen würde. Ein Mann wie der Vogt akzeptierte kein Nein. Er würde es wieder versuchen, würde sie mit neuen Einladungen und Angeboten bedrängen. Vermutlich musste sie sehr viel deutlicher werden, damit er ein für alle Mal begriff, dass es aussichtslos war.

Almuth machte sich auf anstrengende Wochen voller unangenehmer Begegnungen gefasst.

Kapitel zehn

»Wo ist Marten?«, fragte Folkmar am frühen Morgen, als Bent und er an der Helling standen. Eben ging über der Marsch die blass glühende Sonne auf. Der Atem der Männer dampfte in der Kälte.

»Hab ihn nicht gesehen«, antwortete sein Schwager, der noch nicht richtig wach war.

Folkmar verzog den Mund. Er hatte Marten am gestrigen Abend ausdrücklich gesagt, dass er ihn heute brauchte. Aber so war das mit Marten Ruthers: Der Bursche hatte die Arbeit nicht erfunden. Nachdem er im vergangenen Jahr mit Ach und Krach die Gesellenprüfung bestanden hatte, war Folkmar dagegen gewesen, ihn anzustellen. Sein Vater jedoch, dessen Herz so groß wie Langeoog war, hatte entschieden, dem jungen Zimmermann eine Chance zu geben. Marten dankte es ihm mit Unzuverlässigkeit und schlampiger Arbeit.

»Er wird schon noch auftauchen.« Bent hauchte sich in die Hände. »Lass uns anfangen. Vom Rumstehen kriege ich Frostbeulen.«

Sie schüttelten den frischen Schnee vom Segeltuch. Unter der Plane kam ein Ewer zum Vorschein, ein einmastiges Segelboot, das sie in den vergangenen Monaten gebaut hatten. Es war für einen Bauernhändler aus dem benachbarten Duvelslond bestimmt und so gut wie fertig. Heute wollten sie letzte Hand anlegen.

Folkmar stieg ins Boot, testete die Ruderpinne und prüfte, ob die Rumpfplanken innen ausreichend abgedichtet waren. »Das Ruder klemmt ein bisschen, da stimmt was nicht. Am besten bauen wir es noch einmal aus. Auch bei der Kalfaterung müssen wir hier und da nacharbeiten.«

In einer Werkhütte verrührte Bent Pech aus Birkenrinde mit Tierhaaren. Mit Pinseln verteilten sie die klebrige Kalfatmasse auf der Wegerung und strichen sie mit Spachteln in die Plankenzwischenräume. Sie hatten bereits eine halbe Stunde gearbeitet, als Marten Ruthers sie endlich beehrte.

In aller Gemütsruhe schlenderte der Geselle über die Lastadie. Marten war neunzehn Jahre alt, hellblond, gut gebaut, ein Frauenschwarm, der mit seinem Lächeln die Herzen zum Schmelzen brachte. Eben biss er von einem Brotkanten ab und grüßte munter die Zimmerleute, die bereits seit dem Morgengrauen schufteten.

»Du kommst zu spät«, sagte Folkmar.

»Tut mir leid.«

Folkmar schaute ihn abwartend an.

»Was?«, fragte Marten kauend.

»Willst du mir nicht erklären, was dich aufgehalten hat?«

»Hab verschlafen.«

»Das ist alles?«

»Ich hab doch gesagt, dass es mir leidtut.«

Folkmar nahm einen tiefen Atemzug. Es war ein schöner Morgen, er hatte keine Lust, sich zu ärgern. »Nimm das Ruder ab und sorg dafür, dass es nicht mehr klemmt«, wies er den Gesellen an.

Während Marten sich mit Zange und Beitel an die Arbeit machte, verbesserten Folkmar und Bent weiter die Kalfaterung. Wenig später erschien Yneke auf der Lastadie. Wie üblich trottete Cord wie ein Hund hinter ihm her.

»Was will der denn hier?«, brummte Bent.

Die beiden Männer gingen zu einem Anleger, wo Jann sie empfing. Zu dritt begutachteten sie die halb fertige Kogge, die für Ocko tom Brok bestimmt war.

Der Vogt erblickte Folkmar und gönnte ihm einen gifttriefenden Blick, wie immer, wenn sie sich begegneten. Auch Cord stierte in seine Richtung und knetete dabei mit den Fingern sein bevorzugtes Quälinstrument, das kurze Schiffstau. Folkmar ignorierte die beiden und konzentrierte sich auf die Arbeit.

Ein lautes Knirschen, gefolgt von einem derben Fluch, ließ ihn auffahren. Mit dem Pinsel in der Hand eilte er zu Marten. »Was machst du denn da?«

Der Geselle fuhrwerkte am Ruder, in dem eine tiefe Schramme klaffte. »Bin abgerutscht.«

»Dafür nimmt man ja auch nicht den Beitel, sondern die Zange!«

»Hab ich versucht, aber das ging nicht.«

»Hast du denn gar nichts gelernt?« Folkmar schob Marten zur Seite, legte den Pinsel hin, nahm die Zange vom Werkzeuggürtel und entfernte den Bolzen, der den Ruderzapfen in der gabelförmigen Öse hielt. Er musste die Zange mehrmals hin und her ruckeln, doch schließlich glitt der Eisenstift heraus. »So geht das.«

Marten runzelte missgelaunt die Stirn und leckte sich die Lippen. Fehlte nur noch, dass er ausspuckte. Folkmar hatte genug. Hier war eine Ermahnung angebracht.

»Willst du mich wohl anschauen, wenn ich mit dir rede? Es dauert Tage, ein neues Ruder herzustellen. Wenn du es kaputt machst, verdirbst du obendrein teures Holz. Noch so ein unnötiger Fehler, und ich ziehe dir den Schaden vom Lohn ab, verstanden?«

Die Zimmerleute an den benachbarten Hellingen reckten die Köpfe. Auch Jann, Yneke und Cord schauten her.

»Verstanden«, murmelte Marten.

»Ständig muss man dir auf die Finger schauen«, fuhr Folkmar fort. »Das geht so nicht weiter. Wenn das nicht besser wird, kannst du nicht mehr für uns arbeiten.«

Der Geselle riss die Augen auf. »Ich werde mich in Zukunft anstrengen, versprochen.«

»Gut. Jetzt sieh zu, dass du das Ruder ausbaust. Dann hobelst du vorsichtig die Schramme aus dem Holz, das sieht ja scheußlich aus.«

Marten sagte kein Wort mehr und tat, wie ihm geheißen.

Als Folkmar den Pinsel aufhob und zum Heck zurückging, nickte sein Schwager ihm zu. *Endlich*, sagte Bents Blick. *Das war längst überfällig.*

Schweigend arbeiteten sie weiter. Als Folkmar das nächste Mal den Kopf hob, waren Yneke und Cord verschwunden.

Am Freitagmorgen nach Lichtmess war es noch immer klirrend kalt. Rasch kaufte Almuth auf dem The vier fette Kabeljaue. Während sie die Fische in ihrem Korb verstaute, spähte sie zum Steinhaus, zur Zehntscheune, hielt Ausschau nach Yneke.

Sie musste dem Vogt zugutehalten, dass er keinen Versuch unternommen hatte, ihr die Zurückweisung heimzuzahlen. Im Gegenteil: Er half ihrem Vater, in Warfstede Fuß zu fassen, indem er Gert mit Bauern und Viehzüchtern zusammenbrachte. Den Vorfall beim Nachtmahl erwähnte er mit keinem Wort.

Gleichwohl fühlte sich Almuth von ihm bedrängt. Immer wenn sie ihm begegnete – und seit zwei Wochen begegnete sie ihm verdächtig oft –, wollte er sie in ein Gespräch verwickeln. Dabei gab er sich ausnehmend freundlich. Unangenehm war es trotzdem. Dass sie ihm die kalte Schulter zeigte, schreckte ihn nicht ab. Wenigstens hatte er seine Einladung nicht erneuert. Aber wahrscheinlich war das nur eine Frage der Zeit.

Yneke war nirgends zu sehen. Almuth nahm den Korb in beide Hände und eilte über den zertrampelten und festgefrorenen Schnee nach Hause. Nach dem Aufenthalt im Freien kam es ihr drinnen recht warm vor, aber das täuschte. Um Torf zu sparen, ließen sie das Herdfeuer stets nur wenige Stunden brennen. Tagsüber musste man in der Hütte einen Umhang tragen, um die Kälte auszuhalten. Nachts war man gut beraten, unter sämtlichen verfügbaren Decken und Fellen zu schlafen.

Ihr Vater saß am Tisch, ein grobes Wolltuch um die Schultern gelegt, und hantierte mit dem Rechenbrett. Vor ihm stapelten sich Pfennige sowie Dreilinge und andere höherwertige Münzen aus Hamburg und Lübeck. Zwischen den Silberstücken lag ein einzelner verirrter Gulden.

»Was machst du?«, fragte Almuth, während sie die Fische aus dem Korb nahm.

Gert zuckte zusammen. Offenbar hatte er sie nicht hereinkommen gehört. »Oh. Du bist schon zurück.« Er lächelte, als hätte sie ihn bei einer Peinlichkeit ertappt.

Almuth holte das Messer und nahm die Kabeljaue aus. »Schau. Sind sie nicht herrlich? Wenn wir sie uns einteilen, werden sie uns drei Tage lang satt machen.«

»Wie viel hast du ausgegeben?«

»Das Übliche.«

Als er nicht lockerließ, nannte sie ihm den Preis für die Fische, woraufhin er die Stirn runzelte.

»Nicht gerade billig. Hast du nicht versucht zu handeln?«

»Natürlich habe ich gehandelt. Du kennst mich doch. Noch billiger hätte ich sie nicht bekommen. Was ist denn los?«, fragte sie besorgt. »Wird das Geld knapp?«

Er verwehrte ihr eine Antwort. Stattdessen schob er die Münzen mit der Hand in die Schatulle und schloss das Kästchen ab.

Almuth ließ es vorerst auf sich beruhen. Sie warf das Gekröse in den Eimer, setzte eine Salzlake an und legte die gewaschenen Fische darin ein, damit sie sie später über dem Torffeuer räuchern konnte. Gert hockte derweil zusammengesunken auf der Bank und stierte ins Nichts.

Almuth setzte sich zu ihm. »Nun sag schon – was ist los?«

»Das Geld reicht noch für ein paar Wochen. Vielleicht für zwei, drei Monate, wenn wir äußerst sparsam sind. Spätestens zu Himmelfahrt aber dürfte der letzte Pfennig ausgegeben sein.«

Almuth dachte an die kostbare Gürtelschnalle, die er Yneke geschenkt hatte. Geld für überflüssige Devotionalien zu verschleudern, während die Existenznot drohte – so etwas konnte nur ihrem Vater einfallen. Hätte ein billigeres Geschenk es nicht auch getan? *Verschüttete Milch*, sagte sie sich. *Es hilft uns nicht weiter, wenn ich ihm deswegen Vorwürfe mache.*

Sie holte tief Luft. »Drei Monate. Das ist ausreichend Zeit für dich, neues Geld zu verdienen.«

Gert rang mit sich, er konnte sie nicht anschauen. »Das ist es ja. Niemand will mit mir Geschäfte machen«, murmelte er kaum hörbar.

Beim Nachtmahl mit Yneke hatte das erheblich anders geklungen. Gewiss, an jenem Abend hatte er dick aufgetragen, um den Vogt zu beeindrucken. Doch Almuth hätte nicht gedacht, dass die Kluft zwischen Prahlerei und Wirklichkeit derart tief war. Die Misserfolge, von denen er sprach, hatte er samt und sonders vor ihr geheim gehalten. »Was ist mit den Kontakten, die Yneke dir vermittelt hat?«

»Eine nette Geste von ihm. Aber diese Männer brauchen keine Hilfe bei ihren Geschäften.«

»Vielleicht liegt es an der Jahreszeit. Im Winter laufen die Geschäfte immer bescheiden«, gab sie zu bedenken.

»So schwierig wie jetzt war es noch nie. Wir sind jetzt schon seit zwei Monaten in Warfstede, und sowohl Yneke als auch die Osinga haben uns geholfen. Beste Voraussetzungen für einen Neuanfang also. Und doch will es mir nicht gelingen, neue Handelskontakte zu knüpfen.« Er schüttelte den Kopf. »Ich weiß nicht, was ich falsch mache.«

So offen hatte er noch nie mit ihr über seine Nöte gesprochen. Almuth war froh, dass er sich ihr anvertraute, wenngleich das bedeutete, dass auch sie es mit der Angst zu tun bekam. »Was ist mit dem Land, das du vorige Woche gekauft hast?«

»Es wird frühestens im Juni, Juli Gewinn abwerfen, wenn es lange genug trocken ist, dass ich den Torf stechen lassen und daraus Salz gewinnen kann.«

»Verpachte es so lange.«

»Das werde ich. Ich habe einen Schäfer an der Hand, der es im Frühjahr haben will, als Weide für seine Herde. Aber die paar Pfennige, die er uns zahlen wird, machen den Hammel nicht fett.« Gerts Schultern hoben und senkten sich, als er einen tiefen Atemzug nahm. »Das nächste halbe Jahr wird hart, so viel steht fest. Vielleicht muss ich mich damit abfinden, dass ich nicht mehr als Kaufmann arbeiten kann. Vielleicht sollte ich mich nach einer anderen Arbeit umsehen. Ich habe gehört, Jann Wilken sucht Gehilfen, die den Schiffszimmerleuten zur Hand gehen.«

Du mit deinen zwei linken Händen würdest dort keinen Tag überstehen. Doch das konnte sie ihm unmöglich sagen. »Ich habe gesehen, was die Tagelöhner auf der Lastadie machen müssen. Von früh bis spät Balken schleppen und in den Feuergruben schuften. Das wäre unter deiner Würde.«

»Da hast du vermutlich recht«, meinte er.

»*Ich* kann mir Arbeit suchen«, schlug Almuth vor. »Ich kann Vieh hüten oder bei einer wohlhabenden Familie als Magd anfangen.«

»Nein!« Plötzlich sprach Gert nicht mehr leise und tonlos, sondern laut und entschieden. »Nein, das kommt nicht infrage. Früher oder später wird das Geschäft in Schwung kommen, und dann brauche ich dich als meine Handelsgehilfin.«

Sie hatte ihn in seiner Ehre als Mann und Vater gekränkt, erkannte Almuth. Der Gedanke, sie könnte ihre kleine Familie ernähren, während er nutzlos herumsaß, war ihm unerträglich. Sie zwang sich zu einem zuversichtlichen Lächeln. »Warten wir also darauf, dass das Geschäft in Schwung kommt. Du bist ein guter Kaufmann – es wird dir schon noch gelingen, neue Handelspartner zu finden. Einstweilen halten wir das Geld zusammen und schnallen die Gürtel enger.«

Er drückte ihre Hand und lächelte ebenfalls. »Was täte ich nur ohne dich und dein unerschütterliches Vertrauen in die Zukunft?«

Am Abend jedoch, als bedrückende Schwärze das Haus umhüllte und das Torffeuer kaum noch gegen die herankriechende Kälte ankam, war von Almuths Zuversicht nicht mehr viel übrig. In Wittmund, Esens und anderen bedeutenden Marktflecken hatte sie gesehen, was jenen blühte, die nicht mehr in der Lage waren, mit der eigenen Hände Arbeit für sich zu sorgen. Sie kauerten in Kirchhöfen und Kreuzgängen und hofften, dass Mildtätige ihnen einen schimmeligen Kanten Brot hinwarfen. Verhärmte, stinkende, schmutzstarrende Gestalten, die oftmals jämmerlich erfroren, wenn der Winter kam. Junge Frauen wie sie lebten meist länger – sofern sie willens waren, halb nackt und mit aufreizend bemalten Gesichtern auf der Gasse zu stehen und ihre Körper flanierenden Hurenböcken feilzubieten.

Almuth dachte lange an jene Frauen.

Beim Nachtmahl bekam sie kaum einen Bissen herunter.

Kapitel elf

Am Sonntag wurde es wärmer. Das Eis taute, im ganzen Dorf triefte das Schmelzwasser in den Schlamm. Der Wind drehte auf West und wehte milde Luft heran, sodass die Bewohner des Kirchspiels zum ersten Mal seit Wochen ohne Gugel auf dem Kopf und ohne mehrere Lagen Kleidung am Körper aus dem Haus gehen konnten. Jahre später sollte Folkmar sich erinnern, dass dieser Winter der letzte einigermaßen milde des ausgehenden Jahrhunderts gewesen war.

Er machte sich das günstige Wetter zunutze. Als am Montagmorgen das Meer vom Festland zurückwich und sich das Siel öffnete, schob er den fertigen Ewer ins Wasser und hisste das Segel. Er wollte hinausfahren zum Seegatt zwischen Langeoog und Baltrum, um Mast und Takelage zu trimmen. Außerdem brauchte er Zeit für sich. Seit Abbe fort war, herrschte gedrückte Stimmung im Haus, und ihn zwickte nach wie vor das schlechte Gewissen.

Ein erfahrener und kräftiger Seemann wie er konnte einen Ewer allein steuern. Er stand am Heck, bediente die Ruderpinne und ließ sich vom abfließenden Wasser hinaus in den Priel tragen. Im Gegensatz zu einer schwerfälligen Kogge konnte ein Ewer leicht am halben Wind segeln, sodass das Boot alsbald Fahrt aufnahm.

Folkmar ließ die Salzwiese hinter sich und genoss es, wie die frischen Böen seinen Umhang aufbauschten und ihm das Haar zerzausten. Das Meer draußen bei den Inseln war grün wie Kupferpatina. Mehrere Dörfler streiften im Watt umher, das in Ufernähe schmierig und weich war, weiter draußen hingegen sandig und fest. Sie sammelten den wohlschmeckenden Queller und durchsuchten die Netze, die mit Pflöcken am bloßliegenden Meeresgrund befestigt waren, nach Fischen, Austern und essbaren Krustentieren. Harke Clausens Weib schwang einen Stock und wehrte schimpfend eine gierige Silbermöwe ab, die ihr ihre Funde streitig machen wollte.

Folkmar entdeckte Almuth, die barfuß und mit dem Korb in der Hand am Priel entlangschlenderte. Ein Lächeln umspielte seine Lippen. Plötzlich war ihm ganz und gar nicht mehr nach Alleinsein zumute. Er rief ihren Namen.

»Wie ist die Ausbeute?«, fragte er, als sie sich zu ihm umdrehte.

»Bisher nur Wattwürmer.«

»Du verpasst also nichts, wenn du mit mir zu den Inseln rausfährst.«

»Wie lange dauert das?«

»Spätestens bei Einbruch der Dunkelheit bringe ich dich zurück.«

Sie zog die Nase kraus. »Ich weiß nicht …«

Folkmar steuerte den Ewer so nah zum Rand der Wattrinne, wie es gerade noch möglich war, ohne dass der Kiel den Grund berührte. »Komm schon!«, rief er grinsend. »Das wird ein Abenteuer!«

Almuth hob ihr Gewand und watete durch das flache Wasser. Folkmar streckte ihr eine Hand entgegen, sodass sie ins Boot klettern konnte.

»Aber wirklich nur bis zum Abend«, sagte sie.

»Großes Ehrenwort.«

Er gab ihr einen Lappen, mit dem sie sich trocken rieb. Anschließend zog sie die Schuhe an, die sie im Korb aufbewahrte. Dabei betrachtete er sie hingerissen. Ihr Haar und der Wind verhielten sich wie zwei alte Freunde, die sich nach langer Zeit wiedersahen und nun ausgelassen miteinander tanzten.

»Das ist doch das Boot, an dem du den ganzen Winter über gearbeitet hast«, stellte Almuth fest.

Er nickte. »Ich will es gründlich trimmen, bevor Ende der Woche der Käufer kommt, um es abzuholen.«

»Was ist das, ›trimmen‹?«

»Der Mast und die Takelage müssen so eingestellt werden, dass das Segel günstig auf den Wind anspricht und dass die Krängung möglichst gering ausfällt. Von Krängung spricht man, wenn sich ein Boot im Wasser zur Seite neigt«, erklärte er. »Krängt es zu stark, kann es kentern.« Folkmar erklärte ihr die Feinheiten des Riggtrimms, indem er auf bestimmte Teile der Takelage deutete und erläuterte, was er damit zu tun gedachte.

Nach einer Weile hielt er abrupt inne. »Langweile ich dich?«

»Noch nicht.« Almuth lächelte. »Aber wenn ich anfange zu gähnen, könnte das ein Hinweis sein.«

»So weit lasse ich es nicht kommen«, versprach er.

Gegen Mittag erreichten sie das Seegatt, eine breite Rinne zwischen den Inseln, die stets genug Wasser führte, sodass sie sogar bei Ebbe von schwer beladenen Koggen und Holken befahren werden konnte. Hier draußen herrschten kräftige Gezeitenströmungen, die ein geschickter Segler ausnutzen konnte, um auch bei ungünstigen Winden voranzukommen: ideale Bedingungen für einen gründlichen Riggtrimm. Während Folkmar Leinen festzurrte und den Mast ausrichtete, ging Almuth ihm zur Hand. Obwohl sie nie zuvor auf einem Schiff gearbeitet hatte, verstand sie seine Anweisungen stets auf Anhieb und führte sie geschickt aus.

Nach einigen Stunden machten sie eine Pause. Folkmar holte das Segel ein, und sie teilten sich ein Mahl aus Brot, Käse und getrocknetem Obst.

»Bist du zufrieden mit dem Trimm?« Almuth nahm sich noch eine Dörrpflaume.

»Noch nicht ganz«, antwortete Folkmar kauend und spülte den Bissen mit einem Schluck Wasser hinunter. »Wenn wir das Vorstag etwas fieren, können wir mehr Mastfall erreichen und den Schwerpunkt des Segels verlagern, sodass der Kahn nur so über die Wellen hüpft, wenn er hart am Wind fährt.«

»Ich glaube, ich habe gerade allenfalls ein Drittel verstanden.«

»Soll ich es dir erklären?«

Almuth erwiderte sein Grinsen. »Ich kann damit leben, unwissend zu bleiben.« Sie nahm sich einen Becher und füllte ihn am Wasserfass. »Du kannst es nicht ertragen, wenn ein Schiff nicht perfekt ist, richtig?«

»Mein Vater und mein Großvater haben mich gelehrt, dass ein Zimmermann stets danach streben muss, sein Bestes zu geben. Außerdem können Menschen zu Schaden kommen, wenn ich nicht sorgfältig arbeite. Ich könnte nicht damit leben, dass ein Seemann verletzt wird oder ertrinkt, nur weil ich mich nicht genug angestrengt habe … Warum lachst du?«

»Ich lache nicht. Ich lächle.«

»Wieso?«

»Du bist immer so ernst, wenn du von deiner Arbeit sprichst. Wie ein Priester, der das Evangelium verkündet.«

Folkmar rieb sich das Kinn. Er salbaderte also wie ein Pfaffe? Das war ihm nicht bewusst gewesen.

»Red weiter«, forderte Almuth ihn auf.

»Ich dachte, du findest mich ermüdend.«

»Ganz und gar nicht.«

»Sondern ernst.«

»Ja.«

»Und ernst ist gut?«, fragte Folkmar verwirrt.

»Ernst ist gut«, bestätigte Almuth lächelnd.

Versteh einer die Frauen. Er schüttelte den Kopf, wischte sich die Krümel vom Rock und machte mit der Arbeit weiter. Almuth half ihm bereitwillig, und eine Stunde später hatten sie das Vorstag verlängert, sodass sich der Mast leicht nach hinten neigte.

»Jetzt ist es perfekt«, verkündete Folkmar. Plötzlich fiel ihm etwas auf. Er biss sich auf die Unterlippe.

»Was ist?«, fragte Almuth, die den Schreck in seinem Gesicht gesehen hatte.

»Der Wind hat auf Südwest gedreht. Zur Küste zu segeln wird schwierig.«

»Können wir nicht mit der Flut zurückfahren?«

»Wir versuchen es. Hilf mir mit dem Segel.«

Wenig später tat Folkmar sein Möglichstes, zum Festland vorzustoßen. Unter bestimmten Umständen konnte ein Ewer gegen den Wind kreuzen, doch für das komplizierte und kräftezehrende Manöver hätte er die Unterstützung anderer Seeleute gebraucht. Das zur Küste strömende Meer half ihm nur bedingt. Er musste erschöpft aufgeben und das Boot zum Strand von Langeoog steuern, wo sie ausstiegen und den Ewer auf die Sanddüne zogen.

»Was nun?«, fragte Almuth.

»Wir müssen warten, bis der Wind dreht. Tut mir leid. Ich habe nicht bedacht, dass das passieren kann. Südwestwind ist selten zu dieser Jahreszeit.«

Sie nahm es gelassen. »Es ist nicht deine Schuld.«

Folkmar fuhr sich durch das Haar und kratzte sich am Hinterkopf.

»Wir sollten das Boot verstecken. Ich will nicht, dass die Robbenjäger es sehen.«

Die raubeinigen Bewohner Langeoogs lebten nicht nur vom Seehundfang. Sie plünderten obendrein Schiffe, die auf ihrer Insel strandeten. Schon so mancher hansische Kaufherr, dessen Kogge auf Grund gelaufen war, weil der Lotse das tückische Wattenmeer nicht kannte, war den Robbenjägern in die Hände gefallen und hatte ihnen all seine Fracht überlassen müssen.

Folkmar und Almuth holten das Segel ein, legten mit vereinten Kräften den Mast ab und tarnten den Ewer mit Gestrüpp, das sie mit dem Messer und mit dem Zimmermannsbeil im Dünental schnitten.

Almuth sagte währenddessen kaum ein Wort.

»Die Robbenjäger kennen mich – sie werden uns nichts tun«, versuchte Folkmar sie zu beruhigen. »Eine Fehde mit einer großen Sippe des Marschlandes würden sie nicht riskieren.«

»Das ist es nicht. Es wird bald dunkel, wir werden auf der Insel übernachten müssen. Mein Vater wird sich Sorgen machen, wenn ich bei Einbruch der Nacht nicht zu Hause bin.« Zögernd fügte sie hinzu: »Vielleicht sollten wir zu Fuß zurückgehen, sobald Ebbe ist.«

»Ein stundenlanger Marsch durch das Watt, und das bei Dunkelheit? Auf keinen Fall. Die Gefahr, dass wir uns verirren und von der Flut eingeholt werden, ist zu groß. Wir warten bis zum Morgen und entscheiden dann, was wir tun. Ich werde deinem Vater sagen, dass der Fehler bei mir lag, und mich bei ihm entschuldigen, wenn das etwas hilft.«

»Nun, du bist ein Osinga. Die Chancen stehen gut, dass er dir am Ende sogar dankt, dass du uns die Ehre erwiesen hast, mich zu entführen.«

Folkmar holte den Beutel mit seiner Habe aus dem Ewer und legte einen weiteren Ast über das Boot. »Warum sollte er so etwas Eigenartiges tun?«

»Das war ein Scherz. Na ja, eigentlich nicht. Es wäre ihm durchaus zuzutrauen.«

»Was wäre ihm zuzutrauen?«

Almuth blickte ihn an, in der Hand das Messer. »Fällt dir nicht auf, wie er sich dir gegenüber verhält? Oder deinem Vater gegenüber?«

»Er ist immer sehr freundlich zu uns.«

»So kann man es auch nennen … Moment – dir fällt es wirklich nicht auf, oder?« Als er nicht antwortete, schüttelte sie lächelnd den Kopf. »Du bist wahrlich zu gut für diese Welt, Folkmar Janns.«

»Dafür solltest du dankbar sein«, erwiderte er grinsend. »Oder wärst du lieber mit einem Schurken auf dieser Insel gestrandet?«

Wenig später hatten sie das Boot vollständig mit Ästen und Ranken abgedeckt, sodass es mit etwas Glück niemandem auffallen würde. Bislang hatten sie keine Menschenseele gesehen. Offenbar hatten die Robbenjäger, die weiter östlich hausten, nicht bemerkt, dass sie an Land gegangen waren.

Inzwischen dämmerte der Abend.

»Wollen wir die Inselbewohner um ein Nachtquartier bitten?«, fragte Almuth.

»Ich würde ihnen lieber aus dem Weg gehen. Jenseits der Dünen finden wir sicher eine gute Stelle zum Übernachten.«

»Es wird kalt werden, und wir haben keine Decken«, gab sie zu bedenken.

»Wir können das Segel nehmen.« Folkmar hatte es wohlweislich vom Mast gelöst. Jetzt rollte er es zusammen und schulterte es, als sie die Düne hinaufstiegen und durch den vertrockneten Steinklee streiften.

In einer Senke, wo sie einigermaßen vor dem Wind geschützt waren, schlugen sie ein einfaches Nachtlager auf.

»Lass uns ein Feuer machen«, schlug Folkmar vor.

»Und wenn uns jemand sieht?«

»Das sollten die Dünen ringsum verhindern. Aber es ist nicht so, dass wir eine Wahl hätten. Ohne ein Feuer wird das eine ungemütliche Nacht.«

»Auch wieder wahr.«

Sie gingen zum Strand zurück und sammelten Treibholz. Als das Feuer schließlich brannte, war es bereits dunkel, und sie kauerten in einer Kugel aus bernsteinfarbenem Licht inmitten der Finsternis.

»Fürchtest du dich hier draußen?«, fragte Folkmar rundheraus, während sie den restlichen Proviant aßen.

»Ich bin das gewohnt«, antwortete Almuth. »Wenn mein Vater und ich auf Handelsfahrt gehen, übernachten wir oft unter freiem Himmel.«

»Aber nicht im Winter, nehme ich an.«

»Selten, doch es kommt vor.«

»Seid ihr schon einmal Räubern oder dergleichen begegnet?«

»Einmal. Wir waren mit dem Ackerschlitten auf dem Weg nach Groningen, als plötzlich zwei Vogelfreie aus dem Gebüsch sprangen und uns bedrohten«, berichtete sie.

»Haben sie euch ausgeraubt?«

»Dazu kam es nicht. Sie waren ausgehungert und geschwächt und nicht sehr gefährlich, um ehrlich zu sein. Als einer mir zu nahe kam, zog ich das Messer und schrie ihn an, woraufhin sie erschrocken die Beine in die Hand nahmen.«

Folkmar lächelte. »Du kannst dich also verteidigen, wenn es sein muss.«

»Ich weiß mir zu helfen, ja. Was war das Gefährlichste, das dir je passiert ist?«, fragte sie.

Die Auseinandersetzung mit Yneke Egers beim Klootschießen, hätte er beinahe gesagt. Doch er wollte nicht über diese unschöne Geschichte sprechen. »Ich war noch nie wirklich in Gefahr«, antwortete er stattdessen. »Ich schätze, ich hatte bisher Glück im Leben.«

»Nicht einmal an jenem Tag, als Ocko tom Brok Warfstede besetzt hat?«

»Die Sache ging glimpflich aus. Mein Onkel hatte erkannt, dass es aussichtslos wäre, gegen Ocko zu kämpfen. Also hat er dem Kriegsvolk befohlen, die Waffen niederzulegen, sodass niemand verletzt wurde.«

»Ein kluger Mann, dein Onkel.«

»Das ist er.«

Almuth spürte offenbar, dass der Gedanke an Abbe ihn traurig stimmte. Zögernd streckte sie die Hand aus und ergriff seine.

Lange saßen sie da und blickten in die Flammen, in denen das Holz glühend zu weißer Asche zerfiel.

»Ich würde dich gerne küssen«, sagte Folkmar.

Almuth sagte nichts, doch als er sie anblickte, glaubte er ein Lächeln in ihren Augen zu sehen. Sie teilte seinen Wunsch … oder? Er beugte sich ihr entgegen, sodass sein Gesicht nah an ihrem war. Sie wich nicht zurück. Er spürte ihren Atem auf seinem Mund. Folkmar schloss die Augen und spürte, wie seine Lippen die ihren berührten. Sie schmeckten nach Salz, nach Rauch, nach süßen Früchten.

Plötzlich rückte sie von ihm weg. Er starrte sie erschrocken an.

»Bin ich zu weit gegangen?«

»Nein. Ich hätte nicht…« Sie stockte und mied seinen Blick. »Es geht mir einfach zu schnell.«

»Natürlich«, beeilte er sich zu sagen. »Das verstehe ich.«

Sie schwiegen. Das Herz galoppierte in seiner Brust wie ein gehetztes Tier. Er fühlte sich wie ein Narr, wie ein grobschlächtiger Trampel, der rein gar nichts von Frauen verstand.

Almuth lächelte ihn an. Es wirkte herzlich und warm, als gäbe es nichts, weswegen er sich schämen müsste.

»Ich wollte dich nicht bedrängen«, beteuerte er.

»Schon gut. Du hast nichts falsch gemacht. Ich sollte jetzt schlafen«, fügte sie hinzu.

Er breitete das Segel aus und faltete es zweimal, sodass sich eine einzelne Person gut damit zudecken konnte.

»Was ist mit dir?«, fragte Almuth.

»Ich halte Wache und sorge dafür, dass das Feuer nicht erlischt.« Folkmar setzte sich auf der anderen Seite der Flammen auf den Sandboden.

»Bist du sicher? Du musst doch auch müde sein.«

Das war er in der Tat. Doch er fürchtete, wenn er neben ihr schliefe, würde sie sich erst recht bedrängt fühlen. Er wollte ihr zeigen, dass sie sich in seiner Gegenwart absolut sicher fühlen konnte. Die ganze Nacht wach zu bleiben wäre hierfür ein geringer Preis. »Ich brauche nicht viel Schlaf«, erklärte er lächelnd.

»Du wirst frieren und dir einen Katarrh holen.«

»Ich habe meinen Umhang und das Feuer, das genügt.«

Sie blickte ihn lange an, und er hätte all sein Silber gegeben, um zu erfahren, was sie dachte. »Nein, ein Schurke bist du wahrlich nicht«, sagte sie leise. »Hab eine gute Nacht, Folkmar Janns.«

Sie deckte sich mit dem Segel zu und legte sich mit dem Rücken zu ihm auf die Erde. Sie musste rasch eingeschlafen sein, denn sie regte sich nicht mehr.

Folkmar betrachtete sie eine Weile, betrachtete das wilde Haar, das im Feuerschein schimmerte wie gesponnenes Kupfer. Dann legte er den Kopf in den Nacken und schaute zu den Sternen auf, zu den wenigen, die zwischen den Wolken glitzerten.

Hatte er alles falsch gemacht?

Hatte er alles richtig gemacht?

Etwas von beidem?

Die ganze Nacht grübelte er. Eine Antwort fand er nicht.

Almuth erwachte im Morgengrauen.

Gähnend setzte sie sich auf und stellte dreierlei fest:

Sie hatte tief und fest wie ein Säugling geschlafen.

Sie fror kaum, obwohl das Feuer nicht mehr brannte.

Folkmar war fort.

Sie rieb sich das Gesicht. Die Erinnerung an den gestrigen Abend kehrte zurück… an den Kuss. Sie hatte ihn genossen, und wie. Bei Gott, sie hatte sich sehnlichst gewünscht, dass Folkmar sie endlich küsste! Und doch hatte sie es plötzlich mit der Angst zu tun bekommen. Sie wusste selbst nicht recht, warum. Vielleicht weil die Standesunterschiede zwischen ihnen beträchtlich waren. Vielleicht weil sie sich vor den eigenen Gefühlen fürchtete.

Almuth verzog den Mund. All das war überaus verwirrend.

Sie widmete sich einer handfesteren Empfindung: dem Hunger, der ihr zusetzte. Ihr Proviant war gänzlich aufgebraucht. Vermutlich war Folkmar losgezogen, um etwas Essbares zu beschaffen.

Tatsächlich, just als sie die Decke abstreifte und aufstand, kam er über die Düne. Triumphierend reckte er einen Stock über den Kopf. Auf dem angespitzten Ende steckte ein Fisch.

»Guten Morgen!«, begrüßte er sie. Die durchwachte Nacht schien ihm nichts auszumachen. Und seine Fröhlichkeit wirkte nur ein kleines bisschen übertrieben. »Wie hast du geschlafen?«

»Ausgezeichnet. Hab Dank, dass du mir die Decke überlassen hast.«

»Ehrensache. Gute Neuigkeiten: Der Wind hat wieder auf West gedreht, wir können zurückfahren. Aber zuerst gönnen wir uns ein köstliches Morgenbrot.«

Sie schürten das Feuer, nahmen den Dorsch aus und brieten ihn über den Flammen. Während sie den Fisch verzehrten, plauderten sie miteinander, als wäre nichts geschehen.

Über den Kuss verlor keiner von ihnen ein Wort.

Eine Stunde später schoben sie den Ewer ins Wasser. Der Wind füllte das Segel, und sie fuhren auf dem Priel zur Küste. Eine Bäuerin, die im Watt nach Muscheln suchte, erblickte sie und rannte zum Dorf. Wenig später erschien Janns' Vater auf dem Deich. Schon von Weitem konnte Almuth erkennen, dass er nicht eben erfreut wirkte.

»Wo warst du?«, rief er, als sich der Ewer dem Siel näherte. »Wir haben uns Sorgen gemacht!«

Folkmar nahm die Ruder zu Hilfe, um das Boot gegen die Flussströmung durch die Deichschleuse zu steuern. Sein Vater balancierte auf dem offenen Fluttor, sprang und landete zwischen Folkmar und Almuth, sodass der Ewer nach Steuerbord krängte, bis Jann Wilken sein Gleichgewicht zurückerlangt hatte.

»Draußen im Seegatt hat der Wind gedreht«, erklärte Folkmar. »Wir mussten auf Langeoog übernachten.«

»Wir haben gedacht, du wärst ertrunken. Deine Mutter hat die ganze Nacht kein Auge zugetan!«, wetterte Jann Wilken. »Keiner von uns hat ein Auge zugetan. Verdammt noch eins, Junge …« Er schlang die Arme um seinen Sohn. Dabei kniff er Augen und Mund zu. Eine einzelne Träne rann ihm über die Wange und verfing sich in den weißen Bartstoppeln.

So sind sie, die Männer, dachte Almuth. *Geben sich zornig, dabei fühlen sie einfach Angst.*

Folkmar ließ ein Ruder los und klopfte seinem Vater auf den Rücken. »Es tut mir leid, dass ich euch Kummer gemacht habe.«

»Gert Ulfferts ist auch ganz krank vor Sorge. Du solltest Almuth schleunigst zu ihm zurückbringen.«

»Das habe ich vor.«

»Ich helfe dir.« Jann setzte sich neben Folkmar, und sie ruderten den Ewer zum Hafen am Steinhaus. »Geht ihr zu Gert«, sagte Folkmars Vater, als sie ausstiegen. »Ich sage derweil den anderen, dass du wohlauf bist.«

Am The trennten sich ihre Wege. Eilends schritten Almuth und

Folkmar durch das Tor. Ihr Vater saß auf einem Stuhl vor der Hütte, in seinen Pelzmantel gehüllt, in den Händen einen dampfenden Becher. Als er sie erblickte, sprang er auf, sodass etwas Würzwein aus dem Trinkgefäß schwappte. Fluchend wedelte er mit der Hand. Er stellte den Wein auf den Stuhl und drückte Almuth an sich.

»Was fällt dir ein?«, schimpfte er. »Du kannst doch nicht einfach verschwinden! Wenn du wenigstens Bescheid gesagt hättest!«

Die Schelte klang halbherzig, was sie vermutlich Folkmars Anwesenheit verdankte.

»Es ist meine Schuld«, erklärte dieser. »Ich habe deine Tochter überredet, mit mir hinaus zum Seegatt zu fahren. Wir hätten dich um Erlaubnis bitten müssen. Es wird nicht wieder vorkommen.«

Gert bemühte sich redlich, an seinem rechtschaffenen Ärger festzuhalten. Aber natürlich brachte er es nicht über sich, einen Osinga auszuschimpfen. So spaltete lediglich eine Falte seine Stirn. »Wo habt ihr die ganze Nacht gesteckt?«

Folkmar berichtete, was ihnen widerfahren war, und entschuldigte sich noch einmal.

»Ich wünsche nicht, dass sich meine Tochter nachts draußen mit einem Mann herumtreibt. Das schadet ihrem Ruf. In Zukunft bringst du sie spätestens bei Einbruch der Dunkelheit zurück.« Gert trug eine strenge Miene zur Schau, um der Ermahnung zusätzlich Gewicht zu verleihen. Dabei spürte Almuth, dass sein Unmut bereits verflogen war.

»Du hast mein Wort«, versprach Folkmar. »Ich hoffe, dass unsere Freundschaft keinen Schaden genommen hat.«

Bei dem Wort »Freundschaft« leuchteten Gerts Augen auf. Zu Almuths Erleichterung zeigte er einen Rest Selbstachtung, indem er es bei einem knappen Nicken beließ. »Auf bald, Folkmar Janns. Grüß deinen Vater von mir.«

Folkmar streifte Almuth mit einem letzten Blick, ehe er davonschritt.

Sie gingen hinein. Kaum war die Tür zugefallen, vollzog Gerts Stimmung einen dramatischen Wandel.

»Du und Folkmar Janns!« Er strahlte sie an.

Almuth hätte beinahe laut aufgestöhnt. »Zwischen uns ist nicht das Geringste vorgefallen«, beteuerte sie und glaubte es sogar – bis ihr siedend heiß der Kuss einfiel. Bei Maria Magdalena, sie hatte ihrem Vater ins Gesicht gelogen und es beinahe nicht einmal gemerkt!

»Aber er interessiert sich für dich«, erklärte Gert im Brustton der Überzeugung.

»Wir sind nur Freunde.«

»Offensichtlich mehr als das. Er begehrt dich.«

»Woher willst du das wissen?«

»Wie er dich anschaut.« Ihr Vater lächelte. »Seine Blicke sind eindeutig.«

Almuth presste die Lippen zusammen. Sie fühlte sich zu Folkmar hingezogen – warum es leugnen? Gleichwohl wollte sie dem Kuss nicht allzu viel Bedeutung beimessen. Es erschien ihr klug, sich gegen eine mögliche Enttäuschung zu wappnen. Doch mit jedem Wort, das ihr Vater sprach, wurde der Kuss größer und wichtiger, und mit ihm ihre Verwirrung.

»Stell dir vor, er würde um dich werben.« Gert rieb sich die Hände. »Du und ein Mitglied der Familie Osinga vereint im Bund der Ehe – das wäre das Beste, was uns passieren könnte. Ein ungeheurer Glücksfall!«

»Hör auf damit«, rügte sie ihn. »Von Ehe zu reden ist verfrüht und außerdem völlig unangemessen.«

»Verfrüht sicher – unangemessen keineswegs. Du wirst sehen.« Er küsste sie auf die Stirn. »Das hast du gut gemacht.«

Almuth löste sich von ihm. »Ich habe überhaupt nichts ›gemacht‹.«

Ihr Vater kicherte nur, murmelte wissend »Ja, ja« und pfiff den ganzen Morgen eine fröhliche Melodie.

Kapitel zwölf

Almuth steckte Brot, Rauchwurst und anderen Proviant in die Tasche und warf sich den Wollumhang über, ehe sie das Haus verließ. Kühle, aber keineswegs frostige Luft umfing sie. Der Schnee war größtenteils geschmolzen, der Schlamm auf den Wegen bereits getrocknet. Zwischen den Wolken zeigte sich blassblauer Himmel. Der Frühling war früh dran dieses Jahr. Ihr sollte es recht sein. Sie hatte die Nase voll vom Winter.

Vor ihr stand der Ackerschlitten. In den vergangenen Wochen hatte ihr Vater die Ärmel hochgekrempelt und sämtliche Fischer, Bauern und Viehzüchter der näheren Umgebung abgelaufen. Eine mühselige Arbeit, die sich schlussendlich jedoch gelohnt hatte. Nach zähen Verhandlungen war es ihm gelungen, preiswert Muscheln, Häute und Pökelfleisch aufzukaufen. Heute wollten sie nach Esens ziehen, wo man gutes Geld für diese Ware bezahlte. Endlich ging es mit dem Geschäft aufwärts.

Gert war eine Weile vor ihr nach draußen gegangen, um die Handelsgüter aufzuladen. Auf dem Ackerschlitten jedoch stand kein einziges Fass. Stattdessen hörte Almuth ihn vernehmlich fluchen.

Sie betrat den kleinen Speicher, der gleichzeitig als Stall diente. Gert kniete bei ihrem Pferd und hielt einen Huf in den Händen.

»Wir können nicht nach Esens reisen. Schau dir das an.«

Almuth ging neben ihm in die Hocke. Das Horn war nachgewachsen, die Hufeisen passten nicht mehr richtig. Unter diesen Umständen wäre die Stute kaum in der Lage, den schweren Ackerschlitten über die holprigen Pfade zu ziehen.

»Vor lauter Feilschen und Schachern habe ich vergessen, sie frisch beschlagen zu lassen. Verdammter Mist aber auch!«, fluchte Gert.

Almuth verzog schuldbewusst den Mund. Sie hatte ebenfalls nicht daran gedacht, dass die Hufe beschnitten und die Eisen neu angepasst werden mussten. »Ich bringe sie schnell zum Schmied. Vielleicht kann er uns gleich drannehmen.«

»Sag ihm, dass es dringend ist. Gib ihm einen zusätzlichen Pfennig, damit er sich beeilt.«

Almuth zwängte die Geldkatze hinter ihren Gürtel und führte das hinkende Pferd ins Freie.

Als sie sich dem The näherte, kam ihr ein lächelnder Yneke entgegen. Er saß im Sattel, die Straußenfeder an seinem Barett wippte. Almuth rollte innerlich die Augen. *Schon wieder!* Wie machte er das nur? Bezahlte er Leute dafür, sie zu beobachten, damit er ihr nach Belieben auflauern konnte?

Er zügelte sein Ross und versperrte ihr auf diese Weise den Weg. »Schwierigkeiten mit dem Pferd?«, erkundigte er sich freundlich.

»Es muss neu beschlagen werden. Ich bin in Eile«, fügte Almuth hinzu. »Wir wollen nach Esens zum Markt, solange das Wetter hält.«

Der Vogt betrachtete sie ausgiebig, was ihr einigen Ekel bescherte. Zog er sie gerade in Gedanken aus?

»Wenn es eilt, kann ich euch eins meiner Zugpferde leihen«, schlug er vor. »Das geht schneller.«

»Habt Dank. Aber wir kommen zurecht.« Almuth wollte diesem Mann auf keinen Fall etwas schuldig sein.

Wieder glitt sein Blick über ihren Körper. Lange, genüsslich. »Mein Angebot steht übrigens noch«, ließ er sie wissen.

Nun war es also so weit. Unverbindliche Gespräche reichten ihm nicht mehr. Er setzte fort, was er beim Nachtmahl im Steinhaus begonnen hatte.

»Am Sonntag nach der Messe satteln wir zwei Pferde und reiten in die Heide. Genießen das milde Wetter, die frische Luft. Nehmen uns Zeit, einander kennenzulernen.«

Almuth hatte genug von diesem Mann. Sie würde ihm eine Abfuhr erteilen, die ihn lehrte, sie ein für alle Mal in Ruhe zu lassen – und wenn er zehnmal der Vogt war. »Ich habe es Euch schon einmal gesagt, aber da Ihr offenbar schwer von Begriff seid, muss ich es wohl wiederholen: Ich werde nicht mit Euch ausreiten. Weder diesen Sonntag noch an irgendeinem anderen Tag. Ich bin nicht an Euch interessiert, und Eure Nachstellungen sind mir lästig. Haltet Euch bitte von mir fern.«

Das hatte gesessen. Ynekes Antlitz wurde erst rot, dann bleich. Die Lippen schmolzen zu einer schmalen Linie zusammen. »Wie kannst du es wagen, so mit mir zu sprechen!«

»Lasst mich durch«, forderte sie ihn auf.

Der Vogt bewegte sich nicht von der Stelle. »Jede andere Maid im Dorf wäre geehrt. Und würde alles dafür tun, dass ich ihr die Gunst erweise, mit mir auszureiten!«

»Dann wird es Euch ja nicht schwerfallen, eine andere Begleiterin zu finden. Viel Glück dabei.« Almuth führte die Stute vom Weg herunter, um über die Wiese beim großen Kornspeicher zum Dorfplatz zu gehen.

»Du machst einen Fehler, den du alsbald bereuen wirst!« Yneke riss sein Pferd herum und ritt davon.

Almuth wartete, bis er zwischen den Hütten verschwunden war. Sodann zerrte sie die nervöse Stute auf den Pfad zurück. Dieser Weg zum Hufschmied war erheblich kürzer. Die unerfreuliche Begegnung hatte sie schon genug Zeit gekostet.

Erst jetzt spürte Almuth, dass sie zitterte. Bei Gott! Sie hatte dem großmächtigen Vogt gehörig die Meinung gesagt, ihn harsch zurückgewiesen, ihn gedemütigt. Mitten in Warfstede, am helllichten Tag, während nicht wenige Leute zusahen. Das hatte gutgetan – und wie! Gleichzeitig bekam sie es mit der Angst zu tun. Hoffentlich hatte sie es nicht übertrieben. Yneke Egers wäre ein schrecklicher Feind.

Nun, nicht mehr zu ändern. Entscheidend war, dass die Botschaft angekommen war. Gewiss würde er sie fortan nicht mehr behelligen.

Almuth atmete tief durch und brachte das Pferd endlich zum Schmied.

Sie holten die Erde vom Geestrücken vor dem Dorf. Es war gute, feuchte, schwere Erde. Nicht allzu fruchtbar, aber das machte nichts. Es musste nur Gras darauf wachsen.

Folkmar rammte den Deichspaten in den Boden und schaufelte den hellen Sand in die Schubkarre. Als die Karre voll war, schob er sie zum Dorf, über die schlammigen Wege zur Lastadie, von dort aus über die ausgelegten Bohlen zum Siel, weiter über den Deich und zur Salzwiese. Auf dem Watt stellte er die Schubkarre ab und schaufelte die Erde auf den künstlichen Hügel, der neben dem Priel in die Höhe wuchs.

Der März war zur Hälfte vorüber, vor zwei Wochen hatten sie angefangen, die neue Warf im Deichvorland aufzuschütten. Sie konnten nur bei Ebbe arbeiten. Bretterwände bewahrten die Erde davor, von der Brandung fortgespült zu werden. Tagelöhner von der Lastadie und bezahlte Helfer aus dem Dorf stampften den Sand fest und befestigten den Hügel mit Grassoden. Es war eine zeitraubende Schinderei, und sie kamen nur langsam voran. Die Warf war erst eine bis anderthalb Ellen hoch. Folkmar schätzte, dass sie die Hellingen für die neuen Großschiffe frühestens im Sommer würden anlegen können. Doch wenn das Meer, die Heiligen und ihre Auftraggeber ihnen gewogen waren, konnten sie bereits im nächsten Herbst mit dem Bau der ersten Holk beginnen.

Er warf den Spaten in die Karre und schob sie den Deich hinauf. Auf der Lastadie traf er seinen Vater, der die Arbeiten an der Kogge beaufsichtigte. Folkmar brauchte eine Pause und wechselte ein paar Worte mit ihm.

»Sieht gut aus«, sagte er mit Blick auf das Schiff. Eben brachten die Zimmerleute unterhalb der Reling die Fenderhölzer an, die den Rumpf schützten, wenn er beim Anlegen an der Kaimauer entlangschrammte.

Sein Vater nickte zufrieden. »Wenn wir uns ranhalten, sind wir zu Himmelfahrt fertig.« Jann ließ ein schelmisches Lächeln aufblitzen. »Von der Kiellegung zur Jungfernfahrt in nur zwanzig Monaten – wenn mir vor dreißig Jahren einer gesagt hätte, dass wir das mal hinkriegen, ich hätt' ihn einen Träumer genannt.«

»Bei den Erdarbeiten geht's leider nicht ganz so zügig voran. Hält wenigstens das gute Wetter?«

Jann berührte unwillkürlich die Stelle, wo sich unter dem Ärmel die Narbe befand. »Vorerst bleibt's mild. Ich glaub nicht, dass der Winter noch mal zurückkommt. Aber warten wir mal lieber die Eisheiligen ab …«

Aufgebrachte Stimmen ließen sie herumfahren. Yneke Egers stand zwischen den Werkhütten. Cord Hanneken und zwei weitere Krieger hielten einen Gesellen fest, der sich lautstark rechtfertigte.

»Hol's der Teufel!«, fluchte Folkmar leise. Sein Vater und er eilten die Uferböschung hinauf und schoben sich an den gaffenden Zimmerleuten vorbei.

»Was ist hier los?«, rief Jann.

»Jeltke Tiden ist seinem Dienst an Wall und Graben nicht nachgekommen«, erklärte Yneke mit einer Stimme wie eine Knochensäge. »Er hat es versäumt, das Tor auszubessern, wie es seine Pflicht gewesen wäre. Nun ist meine Geduld erschöpft.«

»Ich war krank!«, keuchte der rothaarige Geselle mit glühenden Wangen. »Ich konnte die letzte Woche nicht arbeiten. Folkmar, sag's ihm!«

»Er war wirklich krank«, bestätigte Folkmar.

»Und doch ist er hier, schwingt den Hammer und trägt schwere Bretter«, sagte Yneke. »Wie passt das zusammen?«

»Es ist mein erster Tag seit dem Fieber!«, rief Jeltke.

»Das stimmt«, sagte Jann. »Gestern lag er noch im Bett.«

»Du hättest deine Dienstpflicht gegenüber deinem Herrn Ocko tom Brok erfüllen müssen, sowie du genesen warst«, wies Yneke den Gesellen zurecht. »Dass du stattdessen arbeiten gegangen bist, verstößt gegen das Gesetz. Die Strafe dafür sind zwölf Schläge.«

»Auf einen halben Tag kommt es doch nicht an«, sagte Folkmar. »Er kann den Dienst jetzt verrichten, und niemandem entsteht ein Schaden.« Als er einen Schritt nach vorn machte, befahl Yneke ihm mit einem frostklirrenden Blick, nicht näher zu kommen.

»Wage es ja nicht, mich an der Ausübung meines Amtes zu hindern. Oder deinem Onkel wird es schlecht bekommen.«

Folkmar blieb abrupt stehen. Der Vogt hatte die Familie Osinga in der Hand und nutzte das weidlich aus. Seit Abbe als Geisel in Marienhafe weilte, griff Yneke unerbittlich durch, wenn ein Bewohner des Kirchspiels seine Abgaben nicht zahlte oder mit einem Herrendienst im Verzug war.

»Ich bitte dich – lass Gnade walten«, unternahm Jann einen letzten Versuch.

Yneke ignorierte sein Flehen. »Cord!«, bellte er.

Zwei Krieger hielten Jeltke an den Armen fest. Cord schwang das Schiffstau. Der Unglückliche wimmerte vor Schmerz, als der kurze Strick ihn an den Schenkeln, an der Brust, im Gesicht traf.

»Beim heiligen Nikolaus«, zischte der Meister Harke Clausen, »so helft ihm doch!«

Folkmar biss die Zähne zusammen, ballte die Rechte zur Faust, öffnete sie wieder. Wenn er einschritt, käme es Abbe teuer zu stehen. Er konnte nichts für den armen Kerl tun.

Als das Schiffstau ein letztes Mal auf Haut und Fleisch klatschte, ließen die Krieger Jeltke los. Geschunden, blutend, halb betäubt sank er zu Boden.

»So ergeht es jedem, der sich unserem gerechten Herrn Ocko widersetzt«, verkündete Yneke, ehe er von dannen schritt, gefolgt von seinen Handlangern.

Folkmar und Jann eilten zu dem Gesellen, der sich benommen aufsetzte. Der junge Mann glotzte sie mit trüben Augen an und schien sie nicht zu erkennen.

»Warum seid ihr nicht eingeschritten?«, rief ein Zimmermann aufgebracht.

»Das war völlig überzogen«, sagte Harke. »Das hättet ihr verhindern müssen.«

»Yneke wird von Tag zu Tag schlimmer. Ihr müsst endlich etwas unternehmen!«, forderte ein Dritter.

»Uns sind die Hände gebunden«, murmelte Jann, der die Männer nicht anschauen konnte.

Folkmar half Jeltke derweil beim Aufstehen. »Bringen wir dich zu Bruder Erasmus. Er wird deine Wunden versorgen.«

Mit einem wohligen Seufzen auf den Lippen setzte Yneke sich an den Kamin. Sogleich brachte ihm ein Diener das Mittagsmahl. Er zersäbelte das scharf gewürzte Stück Wildbret und spülte den Bissen mit einem Schluck hinunter. Der Wein schmeckte nach Sieg, nach Triumph.

Jeltke Tiden auf dem Schiffsbauplatz prügeln zu lassen, war ein Test gewesen. Ein erfolgreicher Test. Fünfundsiebzig Zimmerleute hatten dabei zugeschaut, kein einziger hatte es gewagt einzuschreiten.

Nicht einmal Jann Wilken. Ynekes Macht im Kirchspiel war endgültig gefestigt.

Gleichwohl, ganz zufrieden war er nicht. Wie Folkmar Janns ihn angesehen hatte: voller Trotz, voller Zorn. Dieser Mann würde sich ihm niemals unterordnen. Obendrein war er beliebt im Dorf und bei den Zimmerleuten, er konnte andere aufwiegeln.

Wie immer, wenn er an Folkmar dachte, verkrampfte Yneke sich innerlich, als wäre ihm jäh klar geworden, dass ihm ein Hinterhalt drohte. Er wollte nicht an die Demütigung beim Klootschießen denken, er versuchte verbissen, der Erinnerung auszuweichen. Vergeblich. Die Bilder stürzten auf ihn ein, so klar und deutlich, als hätte sich der Vorfall erst vor wenigen Augenblicken zugetragen. Er spürte wieder den Schmerz des Faustschlages, die Atemnot, die Benommenheit, er lag wieder rücklings im Schnee, er hörte sie feixen, die Männer, für die seine Blamage das köstlichste Ereignis des Tages war. Die Scham stieg ihm heiß ins Gesicht. Er trank einen großen Schluck, doch der Wein verstärkte die bitteren Gefühle eher, als dass er sie verscheuchte.

Yneke hämmerte den Becher auf den Tisch. »Bring Marten Ruthers her«, befahl er Cord.

»Den Zimmermann?«

»Genau den. Aber sieh zu, dass es nicht das ganze Dorf mitkriegt.«

Genauere Anweisungen waren nicht nötig. Cord Hanneken mochte wie ein tumber Schlagetot aussehen, dabei war er gerissen wie ein alter Fuchs. Er würde Marten Ruthers abpassen, wenn gerade niemand hinsah, und ihn unauffällig herbringen. Die Jahre an Ynekes Seite, die gemeinsam ausgestandenen Kämpfe hatten ihn gelehrt, seinem Herrn jeglichen Wunsch von den Augen abzulesen. Er war mehr als ein Leibwächter. Er war ein Gefährte, ein Freund. Der einzige, den Yneke hatte.

Stimmt nicht, korrigierte er sich, als Cord das Steinhaus verließ. *Da ist noch Widzelt.* Er hatte sich bislang nicht recht an den Gedanken gewöhnt, dass er mit Ockos Bastard Freundschaft geschlossen hatte.

Er musste eine Weile warten, bis Cord mit Marten Ruthers zurückkam. Der Geselle wirkte eingeschüchtert, als er hinter dem Krieger die

Leiter heraufstieg. Vermutlich hatte er etwas ausgefressen – eine nur teilweise entrichtete Abgabe, ein schlampig ausgeführter Herrendienst, irgendwas hatten sie doch alle auf dem Kerbholz – und fürchtete eine schmerzhafte Strafe.

Yneke winkte ihn zu sich. »Wenn dich später jemand fragt, warum du im Steinhaus warst, sagst du, du hättest mir das überfällige Freiengeld gebracht.«

»Aber das habe ich längst bezahlt«, beeilte Marten sich zu sagen. »Schon im letzten Jahr.«

Yneke wechselte einen Blick mit Cord. Der Geselle war nicht der hellste Kiesel im Teich. Hoffentlich war er nicht zu dumm für die ihm zugedachte Aufgabe. »Das weiß ich. Du sollst es den Leuten ja nur sagen. Hast du das verstanden?«

»Denk schon«, antwortete Marten, obwohl er offensichtlich rein gar nichts begriff.

»Wie viel verdient ein Schiffszimmermann am Tag?«

»Im Sommer zwanzig bis zweiundzwanzig Pfennige.«

»Wie viel bekommst du?«

»Zwanzig.«

»Wieso nicht einundzwanzig oder gar zweiundzwanzig?«

»Nun, erstens, ich bin noch nicht so lange dabei …«

»Und zweitens?«, hakte Yneke nach. »Du kannst offen sprechen«, sagte er freundlicher, als der Geselle zögerte.

»Jann Wilken und Folkmar Janns können mich nicht leiden«, rückte Marten schließlich heraus.

Yneke nickte zufrieden. »Obwohl du genauso hart arbeitest wie alle anderen.«

»Ich kann nichts richtig machen.« Martens Miene verfinsterte sich. »Für alles werde ich kritisiert.«

»Das ist mir auch aufgefallen. Auf der Lastadie scheint es nicht besonders gerecht zuzugehen.«

Der Geselle schwieg. Er fürchtete offenbar, schon zu viel gesagt zu haben. Sein Blick jedoch war überaus beredt. Endlich verstand ihn jemand! Der Vogt höchstselbst schlug sich auf seine Seite! Yneke erschien es, als wäre der Mann um zwei Fingerbreit gewachsen.

»Was würdest du zu einem Zuverdienst sagen?«

»Was müsste ich dafür machen?«

Yneke öffnete die kleine Schatulle und legte eine Goldmünze auf den Tisch. »Du arbeitest weiter für die Osinga. Gleichzeitig erweist du mir den einen oder anderen Dienst – für einen Rheinischen Gulden im Monat.«

Das war viel Geld, zumal für einen sich unterbezahlt wähnenden Handwerker. Martens Augen weiteten sich.

»Was ich dir jetzt sage, darf außer uns dreien niemand je erfahren, hörst du?« Yneke sprach leise und eindringlich.

»Zu niemandem ein Wort – verstanden.« Der Geselle nickte eifrig.

»Du wirst Folkmar Janns beobachten. Mit wem trifft er sich? Was sagt er? Was sind seine Pläne? Einmal in der Woche wirst du mir berichten.«

Natürlich hielt Marten es für nötig, das Offensichtliche auszusprechen. »Ich soll ihm *nachspionieren*?«

»Niemand verlangt von dir, ihm ins Schlafgemach und auf den Donnerbalken zu folgen«, sagte Yneke, woraufhin Marten grinste. Wahrlich, ein schlichtes Gemüt. »Halt einfach die Augen offen. Unauffällig, versteht sich. Folkmar Janns ist ein Unruhestifter – ich will wissen, wenn mir Ärger ins Haus steht. Er bezahlt dich schlecht. Er behandelt dich wie Dreck. Er demütigt dich vor der ganzen Lastadie«, fügte er hinzu. »Wie lange willst du dir das noch bieten lassen?«

Er schwieg abwartend. Die Worte taten ihre Wirkung und zersetzten den letzten Rest von Loyalität, den Marten Ruthers noch für die Osinga verspürt hatte.

»Also«, sagte Yneke dann, »kommen wir ins Geschäft?«

»Ich warne Euch, wenn Ärger droht«, erklärte der Geselle und stellte klar: »Aber ich bin kein Maulwurf, der andere für Geld verpfeift.«

»Gewiss. Wir sehen uns in einer Woche. Komm nach Einbruch der Dunkelheit zu mir. Du hast dein Gold vergessen«, meinte Yneke lächelnd, als Marten Ruthers gehen wollte. »Betrachte es als Geschenk. Als Zeichen meines Vertrauens.«

Der Geselle schnappte die Münze und huschte davon.

Yneke füllte seinen Becher, trank jedoch nicht. Das Triumphgefühl wollte nicht zurückkehren. Durch die Beschäftigung mit Folkmar Janns und die Schmach beim Klootschießen kreisten seine Gedanken unaufhörlich um all die anderen Demütigungen, die er im Leben erlitten hatte, vor allem um die jüngste.

Der Korb, den Almuth ihm gegeben hatte.

Unverschämtes Weib! Ein Teil von ihm hätte Almuth gerne bestraft. Ein anderer Teil – der stärkere – schreckte jedoch davor zurück. Schließlich wollte er Zuneigung in ihr hervorrufen, keinen Hass.

Yneke drehte den Becher in den Fingern, mahlte mit den Zähnen. Diesem Problem ließ sich nicht mit Gold, Spitzeln und Machtdemonstrationen beikommen. Er musste versuchen, das Herz der Maid zu gewinnen.

Nur wie?

Leider hatte er keine Erfahrung auf diesem Gebiet. Er hatte angenommen, er habe einer Frau genug zu bieten. Geld, Macht, Ansehen. Dem war offensichtlich nicht so. Das verstand er nicht, und das machte ihn schier verrückt.

Was will Almuth Gerts?

Was zum Teufel will sie?

Kapitel dreizehn

»Ich muss mit euch reden«, sagte Folkmar.

Obwohl früh am Morgen, waren Etta und Bent bereits mit der Dienerschaft aus dem Haus gegangen. Am Tisch saßen nur noch seine Eltern und sein Großvater, der Milchbrei aß.

»Was hast du auf dem Herzen?«, fragte Jorien, die dem Alten die Essensreste vom Kittel tupfte.

Jann hob nur kurz den Kopf und widmete sich dann wieder dem Werkzeug, das aufgereiht vor ihm lag. In Gedanken war er bereits bei der Arbeit.

Seit fünf Wochen – seit der Nacht auf Langeoog – dachte Folkmar unentwegt an Almuth. Er hatte sich Zeit damit gelassen, eine Entscheidung zu treffen. Heute früh war er aufgewacht und hatte gespürt, dass der rechte Moment gekommen war. »Ich will heiraten.«

»Oha.« Sein Vater legte das Zimmermannsbeil und den Wetzstein hin. »Das sind ja Neuigkeiten.«

»Wer ist die Glückliche?« Joriens Augen glitzerten erwartungsvoll, obwohl sie sich gewiss denken konnte, wer die Glückliche war.

»Gert Ulfferts' Tochter Almuth«, antwortete Folkmar. »Ich werde um sie werben.«

»Unser Sohn ist verliebt! Ist das nicht schön?« Seine Mutter strahlte und ergriff seine Hand.

Sein Vater zeigte sich weniger begeistert. »Almuth Gerts«, meinte er stirnrunzelnd. »Hast du dir das gut überlegt?«

»Sie ist die Richtige für mich.« Tatsächlich war sie die Frau seiner Träume, doch das behielt Folkmar für sich. Schon beim Morgenbrot derart dick aufzutragen war weiß Gott nicht seine Art.

»Ich weiß nicht, mein Junge.« Jann blickte ihn zweifelnd an. »Sie mag hübsch sein …«

»Klug ist sie auch.«

»Nun gut, sie mag hübsch *und* klug sein. Aber schau dir ihren Vater an…«

»Ein freundlicher, gottesfürchtiger, rechtschaffener Mann.«

»Ein verarmter Händler, der drüben in Östringen in Ungnade gefallen ist. Der kaum ein nennenswertes Geschäft getätigt hat, seit er hier ist.«

»Das wird sich geben. Es dauert eben, bis er in Warfstede Fuß gefasst hat«, nahm Folkmar Gert in Schutz.

»Mag ja sein. Aber das ist nicht der Punkt. Du entstammst einer der reichsten und angesehensten Sippen Harlingerlands. Du wirst einmal die Lastadie erben. Du hast bessere Möglichkeiten.«

»Ich will Almuth und keine andere.«

»Warum schränkst du dich derart ein? Du hast dich verliebt – das verstehe ich. Aber Gefühle sind nicht alles. Sie sind trügerisch und flüchtig. Du musst an deine Zukunft denken, an die Familie. Eine Jungfrau aus gutem Haus kann dir und uns mehr bieten als die hübsche, aber arme Almuth«, beharrte Jann. »Eine Häuptlingstochter etwa oder die Schwester eines reichen Marschbauern…«

»Herr im Himmel, Mann, jetzt ist es aber genug«, mischte sich Jorien ein. »Hätte ich weiland so gedacht, säßen wir heute nicht hier, und das Bett würden wir ganz gewiss nicht teilen. Ich hätte dir die kalte Schulter gezeigt und standesgemäß geheiratet. Stattdessen habe ich auf mein Herz gehört und dich genommen, wenn du dich erinnerst. Habe ich es je bereut? Nein. Keinen einzigen Tag in dreiundzwanzig Jahren. Nicht schlecht, dafür dass Gefühle angeblich so trügerisch und flüchtig sind, oder? Und du? Hast du's etwa bereut?«

»Natürlich nicht…«

»Na also. Und doch willst du Folkmar und Almuth verwehren, was uns glücklich gemacht hat? Ich kann es nicht glauben!«

»Das kann man doch überhaupt nicht vergleichen«, brummte Jann.

»Und ob man das kann. Du ein Bastard, ich die Tochter eines namhaften Meisters – zwischen uns waren die Standesunterschiede sogar noch größer als zwischen Folkmar und Almuth.«

Das Stirnrunzeln vertiefte sich. Folkmars Vater mochte es nicht, an seine niedere Geburt erinnert zu werden. Jorien aber war derart in

Fahrt, dass sie auf seinen Stolz keine Rücksicht nahm und sogar noch eins draufsetzte.

»Dass sich heute keiner mehr für deine Herkunft interessiert, liegt vor allem daran, dass ich mich deiner erbarmt habe.«

»Das war unter der Gürtellinie«, beschwerte sich Jann halbherzig.

»Aber offenbar nötig. Du hast dich ganz schön verrannt.«

Er hob beide Hände. »Schon gut, schon gut. Ich gebe mich geschlagen. Du darfst um Almuth Gerts werben, wenn dies dein Wunsch ist.«

»Hab Dank, Vater.« Folkmar lächelte.

»Vergiss, was ich gesagt habe. Du hast stets gewusst, was richtig für dich ist. So wird es auch diesmal sein. Komm her, Junge.«

Jann umarmte ihn, Jorien ebenfalls. Alle drei standen sie eng umschlungen da, und jeglicher Groll war vergessen. Folkmars Großvater saß am Tisch und lächelte verschmitzt in seinen Bart. Er sagte nichts. Folkmar aber spürte, dass er verstand.

»Zu dumm, dass es so früh am Tag ist«, sagte Jann. »Sonst könnten wir jetzt auf den freudigen Anlass trinken.« Er machte eine Pause. »Ach, was soll's …«

Er ging zum Fass, hob den Deckel und füllte vier Becher mit Fastenbier.

»Am besten machen wir Nägel mit Köpfen«, erklärte er mit großem Ernst, nachdem sie getrunken hatten. »Gleich nach der Arbeit sprechen wir mit Gert Ulfferts. Einverstanden?«

Folkmar war derart überwältigt von rauschhaftem Hochgefühl, dass er lediglich nicken konnte.

In der Abenddämmerung schritten Vater und Sohn zu Gert Ulfferts' Hütte.

»Du bist so still«, bemerkte Jann auf dem Weg zum Tor.

»Tatsächlich?«, erwiderte Folkmar.

»Oh ja.«

»Nun, es gibt nichts zu sagen.«

»Bist du sicher?«

»Ja.«

Schweigend folgten sie dem Weg. Der Segelmacher kam ihnen entgegen und tippte an seine Gugel. Vater und Sohn nickten ihm zu.

»Du kannst mit mir über alles reden«, sagte Jann.

»Das weiß ich«, sagte Folkmar.

»Gut. Lass hören.«

»Was?«

»Alles.«

»Du hasst es doch, wenn andere immerzu plappern«, sagte Folkmar.

»Für deine Sorgen habe ich stets ein offenes Ohr«, erklärte Jann.

»Das freut mich zu hören.«

Vater und Sohn nickten dem Wächter zu und durchquerten das Tor. Schweigend.

»Willst du schon reden?«, brauste Jann auf.

»Worüber denn?«

»Deine Sorgen, verdammt noch eins! Deine Bedenken!«

»Ich habe keine Sorgen«, sagte Folkmar. »Auch keine Bedenken.«

»Du willst um die Hand einer Frau anhalten. Einer Frau, die du liebst. Dein ganzes Leben wird sich hier und heute ändern. Grundlegend. Das kann dich doch nicht völlig kaltlassen!«

»Das tut es nicht.«

»Na also. Nun sag – was bedrückt dich?«

Folkmar fühlte sich keineswegs bedrückt. Doch wenn sein Vater ihm unbedingt helfen wollte, würde er ihm den Gefallen tun. Er räusperte sich und sagte: »Was, wenn Almuth Nein sagt?« Das war tatsächlich die einzige Sache, die ihn nervös machte. Aber nicht sehr, wenn er ehrlich war.

»Das wird nicht geschehen. Du bist das Beste, was ihr passieren kann. Eine günstigere Partie wird Gert Ulfferts nicht finden. Und Almuth mag dich, oder?«

»Ich denke schon.«

Jann klopfte ihm auf den Rücken. »Du siehst, es gibt wahrlich keinen Grund, warum sie dich abweisen sollte.«

Folkmar nickte.

»Das ist alles?«, hakte sein Vater nach.

»Das ist alles.«

Jann schüttelte den Kopf. »Dass du so ruhig sein kannst. Als ich um die Hand deiner Mutter anhielt, war ich so aufgewühlt, dass ich in der Nacht davor kaum schlafen konnte. Aber ich schätze, du hast ein anderes Temperament. Stoisch wie dein Großvater in seinen besten Zeiten.«

In der Tat verspürte Folkmar die unerschütterliche Gewissheit, dass alles seine Richtigkeit hatte. So war sein Naturell nun einmal beschaffen. In fast allen Lebenslagen hielt er es für das Klügste, die Dinge gelassen auf sich zukommen zu lassen – so auch heute Abend.

Gleichwohl schlug sein Herz schneller, als sie sich Gert Ulfferts' Hütte näherten. Eine eigentümliche Mischung aus Anspannung und freudiger Erregung ließ seine Handflächen feucht werden. Der Geruch der regenfeuchten Reetdächer, der knospenden Birken, der Wiesen ringsherum erschien ihm intensiver denn je. Er fühlte sich lebendig wie lange nicht.

Die Fensterschlitze glühten dunkelrot in der Abenddämmerung. Jann klopfte an. Gert Ulfferts öffnete ihnen und strahlte sogleich über das pausbäckige Gesicht, sodass sein runder Kopf an eine kapitale rote Rübe erinnerte.

»Jann Wilken und Folkmar Janns, welche Überraschung! Herein mit euch. Immer herein.«

Sie traten über die Schwelle … und da war sie.

Almuth stand am Herdfeuer und schnitt Kohlblätter in den Kessel. Folkmar entging nicht, dass ihr Lächeln hauptsächlich ihm galt. Sein Herz pochte noch ein wenig schneller.

»Ich habe frisches Fastenbier geholt.« Gert rieb sich die Hände. »Trinkt ihr mit uns?«

»Da sagen wir nicht Nein«, antwortete Jann.

»Almuth, zwei Becher für unsere Gäste.«

Sie setzten sich an den Tisch, stießen miteinander an und redeten. Genauer gesagt, die Väter redeten, die Jungen hielten sich zurück. Nachdem sie eine Weile Höflichkeiten ausgetauscht hatten, sagte der Händler:

»Euer Besuch ist wahrlich eine Freude. Was verschafft mir die Ehre?«

»Folkmar hat dir etwas zu sagen«, erklärte Jann.

Plötzlich war Folkmar vollkommen ruhig, die Aufregung wich tiefer Gelassenheit. Er blickte Gert in die Augen und sagte: »Ich bitte dich um die Hand deiner Tochter.«

Gerts Gesicht bot ein interessantes Schauspiel. Zunächst war da Überraschung, dann ungläubige Freude, dann helle Begeisterung, alles innerhalb eines Augenblicks. Er öffnete den Mund und schloss ihn wieder, gerührt, ergriffen, überwältigt. Folkmar ließ ihm Zeit, sich zu fassen.

»Ich weiß nicht, was ich sagen soll«, krächzte Gert, griff nach dem Becher, benetzte seine trockene Kehle. »Dass ein Osinga um meine Tochter wirbt, ehrt mich über alle Maßen. Du machst mich zu einem glücklichen Mann, Folkmar Janns. Was soll ich sagen? Ja! Ich bin einverstanden – natürlich bin ich das.«

»Hab Dank, Freund Gert.« Folkmar wollte nicht allzu viele Worte verlieren. Die wichtigere Frage stand ihm noch bevor. Er wandte sich an Almuth. »Möchtest du meine Frau werden?«

Sie hatte sich besser im Griff als ihr Vater, sie lächelte lediglich. Es war ein glückliches Lächeln, eines, das aus dem Inneren kam, aus dem Herzen. Ein Lächeln, das sie leuchten ließ.

»Ja«, antwortete sie. »Ja, das möchte ich.«

Gert war aus dem Häuschen. Er ergriff Almuths und Folkmars Hände und gab sie über dem Tisch zusammen. Dabei plapperte er ohne Unterlass, und jedes zweite Wort war »Glück«. Welch ein Glück für ihn. Für seine Tochter. Für ihre Familien. Und die Heiligen wurden gepriesen, Magnus, Nikolaus, Andreas, allen dankte Gert und bat sie um ihren Segen für das Paar. Der Strom der Worte rauschte nur so an Folkmar vorbei, er hörte kaum die Hälfte. Für ihn war die Zeit stehen geblieben. Er konnte den Blick nicht von Almuth nehmen. Er wollte sie für immer anschauen.

»Dies ist wahrlich ein glücklicher Tag für unsere Familien«, sagte Jann schließlich. »Aber bei allem Überschwang dürfen wir nicht vergessen, dass eine Heirat zuallererst ein Vertrag ist. Es gilt einiges zu regeln, damit beide Familien in gleichem Maße von der Verbindung profitieren.«

»Gewiss«, beeilte sich Gert ihm zuzustimmen. »Du hast mein Wort, dass mir euer Wohl ebenso sehr am Herzen liegt wie das unsrige. Es soll ehrliche und gerechte Abmachungen geben, damit kein Unfriede zwischen uns diesen Freudentag trüben kann.«

»Beginnen wir mit dem Termin«, sagte Jann. »Ostern ist bereits in zehn Tagen, das schaffen wir nicht mehr. Georgi böte sich an.«

Folkmar hielt noch immer Almuths Hand. Er überließ ihr die Entscheidung.

»Je eher wir heiraten können, desto besser«, erklärte sie.

»Also Georgi.« Jann nickte. »Das lässt uns gute fünf Wochen Zeit für die Vorbereitungen. Das sollte ausreichen.«

»Ich würde einen anderen Tag vorziehen«, bemerkte Gert.

»Zwischen Ostern und Georgi gibt es aber kein hohes Kirchenfest«, gab Folkmars Vater zu bedenken. »Und die Heirat an einem normalen Tag zu feiern ist zu gewöhnlich. Das wird uns Folkmars Mutter nicht erlauben.«

»Ich meine einen *späteren* Tag. Pfingsten, Fronleichnam, besser noch später.« Gert wirkte verlegen. »Meine Tochter soll eine angemessene Mitgift bekommen. Ich werde Zeit brauchen, sie aufzubringen.«

Niemand sprach es aus, doch alle am Tisch wussten um Gerts geschäftliche Schwierigkeiten. Folkmar rechnete es seinem Vater hoch an, dass er ihm keinen *Ich habe es dir gesagt*-Blick zuwarf, sondern lediglich verständnisvoll nickte.

»Wie lange brauchst du?«, fragte Jann den Händler.

»Ich bin zuversichtlich, es in einigen Monaten zu schaffen.« Gert lächelte, und es wirkte allenfalls ein wenig gequält. »Ich habe ja jetzt einen Anreiz, mich noch mehr anzustrengen.«

»Also im Sommer?«

»Wollen wir Mariae Himmelfahrt für die Verlobung und Mariae Geburt für die Hochzeit ins Auge fassen?«, schlug Gert vor.

»Erst so spät«, murmelte Almuth, die mit dem Daumen Folkmars Handteller streichelte.

»Ein halbes Jahr vergeht im Nu, du wirst sehen«, sagte ihr Vater.

Jann war mit dem Vorschlag einverstanden. »August und September, das vereinfacht die Vorbereitungen erheblich. Georgi wäre wahrscheinlich zu knapp gewesen. Gut, dass wir anders entschieden haben.«

Folkmar nickte seinem Vater kaum merklich zu, um ihm dafür zu danken, dass er Gert ermöglicht hatte, das Gesicht zu wahren.

Der war sichtlich erleichtert. »Zur Mitgift: Meine Tochter wird vier Diemat fruchtbares Marschland und sechs Diemat Weideland in die Ehe einbringen. Dazu ein Reitpferd und eine Truhe mit Hausrat. Wäre das für dich akzeptabel?«

Janns Position war verzwickt. Würde er das Angebot annehmen, ohne zu feilschen, könnte das den Anschein erwecken, er hätte Mitleid mit dem armen Schlucker Gert, was diesen kränken würde. Er musste also versuchen, den Händler dazu zu bringen, die Mitgift aufzubessern, durfte den Bogen jedoch nicht überspannen. Niemandem wäre gedient, wenn Gert sich aus Stolz übernahm. Jann meisterte die Situation mit Fingerspitzengefühl. Er verhandelte hart, sodass Gert sich ihm ebenbürtig fühlte, ließ sich schlussendlich aber auf eine Mitgift ein, die nur geringfügig über dem ursprünglichen Angebot lag.

Gert rieb sich einmal mehr die Hände. Er glaubte – oder wollte glauben –, dass er sich geschickt geschlagen hatte. »Ich lasse es dich wissen, wenn ich die Mitgift beisammenhabe. Spätestens an Mariae Himmelfahrt aber werden wir die Verlobung feiern.«

»Darauf trinken wir«, sagte Jann lächelnd.

Die Becher stießen schwungvoll gegeneinander, sodass ein Schwall Bier auf den Tisch schwappte.

Wenig später verabschiedeten sich Vater und Sohn.

»Die Familie wird beglückt sein, wenn sie erfährt, dass uns eine Vermählung ins Haus steht«, sagte Jann an der Tür. »Habt eine geruhsame Nacht. Der heilige Magnus schütze euch.«

Folkmar führte Almuths Hand zum Mund, berührte sie mit den Lippen. Er wollte Almuth in den Armen halten, sie küssen, wollte mehr als das, viel mehr. *Noch fast sechs Monate*, dachte er.

Die Wartezeit erschien ihm unendlich lang.

Yneke weilte noch in seiner Amtsstube im Obergeschoss des Steinhauses, als Marten Ruthers ihn abends aufsuchte. Verlegen drückte sich der Schiffszimmermann vor der Tür herum. Yneke verstaute die Gerichtsprotokolle, die er eben durchgesehen hatte, sorgsam in der Truhe und ließ den Deckel zufallen.

»Komm herein und schließ die Tür. Hat dich jemand herkommen gesehen?«

»Niemand. Ich habe abgewartet, bis es dunkel ist.«

Yneke erlaubte ihm nicht, sich zu setzen. »Hast du Neuigkeiten für mich?«

Marten hielt die Mütze in beiden Händen vor dem Bauch. »Ich habe Folkmar Janns die ganze Zeit beobachtet. Unauffällig natürlich. Er arbeitet von früh bis spät. Darüber hinaus macht er nicht viel.«

»Wenn er mit euch Zimmerleuten redet – was sagt er da?«

»Es wird fast nur über die Arbeit an den Schiffen gesprochen. Und über den neuen Bauplatz im Deichvorland.«

»Was heißt ›fast nur‹? Gibt es auch andere Gespräche?«

»Klar. Über Frauen. Unsere Familien. Was man unter Männern eben so redet.«

»Politik?«

»Das kommt vor, aber das unterbindet Jann Wilken normalerweise rasch. Er findet, dass es uns zu sehr ablenkt.«

Yneke wurde ungeduldig. »Führt Folkmar Janns Schmähreden gegen mich und die tom Brok?«

»Nicht dass ich wüsste.«

»Komm schon, Mann! Irgendwas musst du doch gehört haben.«

Marten zermarterte sich das Gehirn, um Yneke etwas Brauchbares zu liefern. »Da ist eine Sache. Aber sie ist belanglos, und Ihr wisst es vermutlich schon …«

»Heraus damit!«

»Folkmar Janns will heiraten.«

»Wen?«

»Almuth, Gert Ulfferts' Tochter.«

Yneke war, als hätte man ihn geohrfeigt. Er sank schwer gegen die Stuhllehne, sodass das Holz knarrte. »Bist du sicher?«, brachte er hervor.

Marten nickte. »Er hat gestern Abend um ihre Hand angehalten. Die ganze Lastadie redet von nichts anderem.«

Yneke schwieg lange. Hundert Empfindungen durchströmten ihn, darunter Unglauben, Schmerz, Zorn. Es war ein einziges Wirrwarr, sodass er Schwierigkeiten hatte, klar zu denken. »Ein reicher Meister und eines erfolglosen Krämers Tochter – das ist überhaupt nicht standesgemäß!«

»Das sagen viele. Es scheint Folkmar nicht zu kümmern.«

Yneke rieb sich die schmerzende Stirn, die brennenden Augen. »Kam das aus heiterem Himmel, oder geht das schon länger mit den beiden?«

»Es bahnt sich wohl schon länger an«, antwortete Marten, der aussah, als wäre er am liebsten davongelaufen.

»*Wie* lange?«

»Ein paar Wochen, würde ich schätzen. Vielleicht auch Monate.«

Monate. Und er hatte nichts davon mitbekommen. Das hatte er nun von seiner Verachtung für die einfachen Dörfler und ihren Tratsch. Hätte er den Mägden und Stallknechten aufmerksamer gelauscht, dann hätte er es gewiss erfahren.

Almuth Gerts und Folkmar Janns, ausgerechnet. Er biss die Zähne zusammen, dass der Kiefer schmerzte. Die Demütigungen rissen nicht ab. Aber wenigstens wusste er jetzt, warum das Weib ihm die kalte Schulter zeigte.

Hölle und Teufel, was war er nur für ein Narr! Warum hatte er sich darauf eingelassen, Abbe Wilken als Geisel zu nehmen? Wenn er darauf bestanden hätte, dass Folkmar Janns nach Marienhafe ging, hätte der Kerl ihm nicht die Frau wegschnappen können. Yneke verspürte den Drang, jemandem Schmerz zuzufügen.

Das ahnte Marten offenbar. Er wich zurück, bis er beinahe mit dem Rücken die Tür berührte.

»Wann soll die Hochzeit stattfinden?« Yneke bemühte sich, das Zittern in seiner Stimme zu unterdrücken.

»An Mariae Geburt. Drei Wochen vorher, an Mariae Himmelfahrt, wollen sie sich verloben.«

Er hatte also noch genug Zeit. *Was die Hochzeit der beiden betrifft, ist das letzte Wort noch nicht gesprochen.* Beim heiligen Jakob, er würde nicht zulassen, dass Almuth diesen Widerling heiratete!

»Darf ich gehen?«, fragte Marten.

Yneke bejahte geistesabwesend, und der Zimmermann zog sich eilends zurück. Yneke hoffte inständig, dass der Bursche die kommenden Wochen nutzen würde, um etwas Brauchbares auszugraben. Eine Verfehlung, ein hässliches Geheimnis, eine Verstrickung in verbotene Machenschaften.

Irgendetwas, das Yneke nutzen konnte, um Folkmar Janns zu vernichten.

Kapitel vierzehn

Marienhafe

»Euer Vater hat geschrieben«, sagte Foelke, als die Familie zum Fastenmahl zusammenkam.

»Hat der Krieg begonnen?«, fragte der Bastard, während er den Diener mit der Bierkanne heranwinkte.

»Noch nicht.« Sie legte das gesiegelte Papier auf die Tafel. »Er lagert nach wie vor mit seinem Gefolge in Aurich.«

»Worauf wartet er? Der Schnee ist geschmolzen, der Heerweg frei. Er soll ins Emsigerland ziehen und die Emporkömmlinge Volkmar Allena und Hisko Abdena zerschmettern. Pass doch auf, du dummer Kerl!« Der Diener hatte etwas Fastenbier verschüttet und beinahe Widzelts Wams bekleckert. Der Bastard schlug ihn mit der Hand, sodass er den Kopf einzog und zur Küche floh.

»Ocko wird wissen, warum es angeraten ist, in Aurich auszuharren«, erwiderte Foelke kühl. »Vielleicht wartet er auf weitere Truppen.«

»Oder er wird auf seine alten Tage verzagt.«

»Dein Vater ist der mutigste Mann Ostfrieslands. Untersteh dich, schlecht von ihm zu sprechen«, wies sie den Bastard zurecht.

»Ich spreche, wie es mir gefällt«, knurrte Widzelt. »Ich lasse mir von niemandem den Mund verbieten.«

Das war Foelke nicht entgangen. Der Bastard gebärdete sich von Tag zu Tag forscher, dreister, selbstbewusster. Offenbar war er sich seiner Sache inzwischen sehr sicher. Das war besorgniserregend.

»Was schreibt Vater noch?« Keno griff nach dem Brief und überflog ihn. »Oh!«, machte er.

»Was?«, fragte Widzelt zwischen zwei Bissen.

»Almer soll nach Aurich kommen.«

Foelke wandte sich an den Kaplan, der mit ihnen speiste und angesichts dieser Neuigkeit überrascht dreinblickte. »Mein Gemahl wünscht, dass du den Kriegern beistehst«, erklärte sie, »und die Heiligen um ihren Segen für den Feldzug bittest.«

»Ich sollte ebenfalls beim Kriegsvolk sein, statt hier auf dem Allerwertesten zu sitzen wie ein welkes Weib«, warf der Bastard mürrisch ein.

»Ocko hat noch einmal klargestellt, dass du in Marienhafe bleiben sollst.« Foelke nahm Keno den Brief aus der Hand und hielt ihn Widzelt hin. »Lies selbst.«

Dass der Bastard in Marienhafe weilte, wo er ungestört seine Intrigen spinnen konnte, gefiel ihr ganz und gar nicht. Doch dass Ocko ihn erneut auf seinen Platz verwies, bereitete ihr eine grimmige Freude.

»Ich werde gleich morgen aufbrechen«, erklärte Almer, der sich mit einem dünnen Kanten Brot begnügte, wie jeden Abend seit Aschermittwoch.

»Du wirst Wochen, vielleicht Monate fort sein«, mutmaßte Foelke. »Wer unterrichtet währenddessen Keno?«

»Wir lassen den Unterricht ausfallen, und ich übe mich stattdessen mit Widzelt im Schwertkampf!«, rief ihr Sohn euphorisch aus.

»Das kommt überhaupt nicht infrage«, rügte sie ihn. »Der Unterricht ist wichtig. Dein Latein ist noch lange nicht so gut, wie es sich für einen jungen Mann aus vornehmem Haus geziemt. Wir werden einen anderen Lehrer für dich suchen.«

Almer legte die Brotscheibe hin und strich sich bedächtig die Krümel von den langen Fingern. »Dürfte ich einen Vorschlag machen?«

»Gewiss.«

»Abbe Wilken soll den jungen Herrn unterrichten.«

»Der Bucklige?« Keno riss erschrocken und angeekelt die Augen auf. »Auf keinen Fall! Mutter, sag ihm, dass das nicht geht.«

»Ich habe in den vergangenen Wochen mehrmals mit Abbe gesprochen«, fuhr der Kaplan unbeirrt fort. »Dabei konnte ich feststellen, dass er überaus gebildet ist. Seine Kenntnisse der Mathematik, der Geschichte und der lateinischen Sprache sind beachtlich. Er könnte Keno so manches lehren.«

Foelke war skeptisch, was den Vorschlag betraf, musste jedoch zugeben, dass die Geisel tatsächlich recht gelehrt wirkte. Immer wenn sie Abbe Wilken sah, las er einen der Folianten, die die Familie im Steinhaus aufbewahrte. »Wir werden sehen. Ich spreche nachher mit ihm.«

»Mutter!«, protestierte Keno.

Sie schaute sich in der Halle um. »Wo ist er überhaupt?«

»Vermutlich in seiner Kammer«, brummte Widzelt. »Es ist Wochen her, dass er das letzte Mal mit dem Gesinde gegessen hat.«

Foelke konnte es Abbe nicht verdenken. Die Hausbedienten machten sich einen Spaß daraus, ihn mit grausamem Spott zu übergießen. Auch nach fast drei Monaten, die der Bucklige nun bei ihnen wohnte, wurde es den Dienern und Kriegern nicht langweilig, ihn zu piesacken. Er selbst gab sich unauffällig. Wenn man ihn überhaupt zu Gesicht bekam, kauerte er wie ein Kobold in einem Winkel der Halle und hielt Abstand zu den anderen Bewohnern des Steinhauses. Er machte keinen Ärger und versuchte nicht zu fliehen: eine vorbildliche Geisel.

Als die Familie gegessen hatte, suchte sie Abbe in seiner Kammer auf. Es war das erste Mal seit seiner Ankunft, dass Foelke das enge Gelass betrat. Auf dem Tisch brannte ein Talglicht, von dem ein dünner Rußfaden aufstieg und mit den Schatten unter der Zimmerdecke verschmolz. Bücher umgaben die Lichtquelle. Ein besonders dickes lag aufgeschlagen vor dem Buckligen, der soeben die Seite umblätterte. Das Pergament raschelte wie trockenes Laub, wenn der Wind hineinfuhr.

»Ich würde dir gerne einen Stuhl anbieten«, sagte er, »aber ich fürchte, dies ist der einzige.«

»Was liest du?«

»Die *Catena aurea encium* des Heinrich von Herford.«

Foelke wusste nicht einmal, dass ihre Familie dieses Buch besaß. »Um was geht es darin?«

»Es behandelt diverse religiöse und wissenschaftliche Fragen. Beispielsweise erläutert der Autor, warum das Silber aus Goslar besser ist als jedes andere, das man bisher gefunden hat. Das klingt aufregender, als es ist.« Abbe lächelte verschmitzt. Die Gefangenschaft, die Einsamkeit, die tägliche Häme hatten ihn nicht gebrochen.

Sie betrachtete die wenigen persönlichen Gegenstände: das Kruzifix an der Wand, den ausgekratzten Napf mit dem Holzlöffel, die Truhe mit der Kleidung. Eine Mönchszelle war kaum karger eingerichtet, sah man von den kostbaren Büchern ab. Abbe, der einer reichen Familie entstammte, der Überfluss und Bequemlichkeit gewöhnt war, erlitt in ihrem Haus Entbehrungen und Mangel. Und doch beklagte er sich nie.

Foelke setzte sich auf die Kante des ordentlich gemachten Bettes. »Warum bist du hier?«

Eine Falte erschien zwischen Abbes Augenbrauen. »Ist das ein Scherz?«

»Beantworte meine Frage.«

»Nun, ich bin Ynekes Geisel. Ockos Geisel …«

»Das weiß ich. Warum bist *du* hier? Yneke hätte deinen Halbbruder herbringen können. Oder deinen Neffen Folkmar Janns. Damit hätte er deine Familie härter treffen können.«

»Du möchtest also wissen, warum er sich für den entbehrlichen Krüppel entschieden hat.« Abbe lächelte wieder.

Foelke verspürte einen Anflug von Scham. Sie schwieg.

»Yneke hatte in der Tat zunächst Folkmar auserkoren«, fuhr Abbe fort. »Das habe ich ihm ausgeredet und ihn gebeten, stattdessen mich zu nehmen. Der Krüppel ist nämlich wirklich entbehrlich«, fügte er hinzu.

»Du hast dich also für deinen Neffen geopfert.«

»Es war das Vernünftigste, was wir tun konnten.«

Sie kam nicht umhin, an ihm eine Reihe von Tugenden zu beobachten, die nicht eben verbreitet waren. Selbstlosigkeit. Bescheidenheit. Weisheit. Selbst körperlich gesunde Männer waren damit meist nicht im Übermaß gesegnet. »Ich habe eine Bitte. Kaplan Almer, meines Sohnes Lehrer, wird Marienhafe für längere Zeit verlassen. Ich möchte, dass du Keno an seiner Stelle unterrichtest.«

»Worin? In Latein?«

»Die freien Wissenschaften«, antwortete sie. »Aber vor allem lateinische Grammatik, ja. Traust du dir das zu?«

»Dein Sohn verabscheut mich«, stellte Abbe fest.

Kenos Blicke waren ihm also nicht entgangen. Sie fügte »gute

Beobachtungsgabe« der Liste seiner Qualitäten hinzu. »Das wird sich geben, wenn er dich besser kennt.« Sie wartete auf seine Antwort.

Zögernd nickte er. »Ich werde Keno unterrichten, wenn dies dein Wunsch ist.«

Er forderte keine Gegenleistung, kein größeres Quartier, keine Erlaubnis, das Anwesen verlassen zu dürfen. Er tat einfach, worum sie ihn bat. Aller Sympathie zum Trotz wurde sie nicht klug aus ihm. »Du fängst morgen an. Drei Stunden am Vormittag, zwei weitere vor dem Nachtmahl. Einmal in der Woche wirst du mir berichten, wie sich seine Fähigkeiten entwickeln.«

»Gewiss.«

»Eine angenehme Nacht, Abbe Wilken.« Foelke öffnete die Tür, drehte sich noch einmal zu ihm um. »Ach, in Zukunft isst du nicht mehr hier oben. Ab jetzt sitzt du bei Keno und mir.«

Die erste Lektion begann am nächsten Morgen. Pünktlich zum Glockenschlag fand sich Abbe in Kenos Kammer ein und legte die beiden Bücher auf das Schreibpult. »Christus zum Gruß, junger Herr.«

Der junge Mann grüßte nicht zurück. Er schaute feindselig drein.

»Christus zum Gruß«, wiederholte Abbe freundlich, aber mit Nachdruck. Als Keno noch immer schwieg, forderte er ihn auf: »Begrüße deinen Lehrer, wie es sich gehört.«

»Du bist nicht mein Lehrer«, erwiderte Keno trotzig.

»Doch, das bin ich. Deine Mutter hat entschieden, dass ich dich unterrichte, solange Bruder Almer fort ist. Du wirst dich ihren Wünschen fügen. Nimm Griffel und Wachstafel zur Hand und öffne das Buch *De bello Gallico*. Wir beginnen auf der ersten Seite.«

»Womit?«

Abbe unterdrückte ein Seufzen. Keno stellte sich absichtlich dumm, wie es Elfjährige mitunter taten, um die Erwachsenen zur Weißglut zu treiben. Hier war Geduld gefragt. Geduld sowie die richtige Mischung aus Feingefühl, Freundlichkeit und Strenge.

»Wie lehrt Almer dich das Lateinische?«

»Er lässt mich Schriften übersetzen.«

»Na also. Wir gehen genauso vor. Schau dir den ersten Satz an und übertrage ihn Wort für Wort ins Friesische. Kriegst du das hin?«

»Natürlich kriege ich das hin – mein Latein ist sehr gut«, sagte Keno. »Aber ich will nicht.«

»Du überschätzt deine Fähigkeiten. Deine Mutter sagt, dein Wortschatz und dein Verständnis der Grammatik hätten erhebliche Lücken. Übersetze die erste Seite, damit ich mir ein eigenes Bild machen kann.«

»Nein! Ich will nicht, dass du mich unterrichtest. Ich werde allein lernen, bis Almer zurückkommt.«

»Wie du willst.« Abbe schaute sich in der Kammer um und erblickte zwei Schwerter, die an der Wand hingen: ein echtes und reich verziertes, das Keno zu zeremoniellen Anlässen trug, sowie ein hölzernes für seine Kampfübungen. Er hob beide aus den Halterungen und nahm sie an sich.

»Was machst du da?«

»Ich konfisziere sie, da du offensichtlich nicht reif für den Umgang mit Waffen bist.«

Keno sprang auf. »Dazu hast du kein Recht!«

»Du irrst dich. Als ich heute früh mit deiner Mutter sprach, hat sie mich ermächtigt, alles zu tun, was nötig ist, um dich zum Lernen zu bringen.«

»Gib sie sofort her!«

»Du bekommst die Schwerter zurück, wenn du dich willens gezeigt hast, beim Unterricht mitzuwirken. Also, setz dich wieder hin und arbeite an deiner Übersetzung.«

»Du ekelhafter Krüppel! Du widerliches Geschöpf, du hast mir überhaupt nichts zu sagen. Her mit den Schwertern, oder du kannst was erleben!« Keno wollte ihm die Waffen wegnehmen, doch er hatte nicht damit gerechnet, dass Abbe seinen Krückstock nicht nur als Gehhilfe gebrauchen konnte. Und überaus gewandt damit war. »Au! Was fällt dir ein!« Der Junge hielt seine schmerzende Hand.

»Wage es nicht noch einmal, mich zu beleidigen. Hast du das verstanden, oder muss ich dir mit der Zuchtrute Manieren beibringen?«

»Das hat verteufelt wehgetan«, jammerte Keno. »Na warte, das sage ich meinem Vater. Wenn er hört, dass eine Geisel mich geschlagen hat, wird er …«

»Halt den Mund und setz dich hin!«, donnerte Abbe.

Der dröhnende Befehlston schüchterte den Jungen mehr ein als der Hieb mit der Krücke. Mit aufgerissenen Augen wich er zurück und plumpste auf den Sitz des Schreibpultes, den Tränen nah.

»Wie gesagt«, fuhr Abbe sanfter fort, »ich bin befugt, dich zu bestrafen. Auch dich zu züchtigen, wenn es sein muss. Aber ich hoffe, dass das nicht noch einmal nötig sein wird. Du bist doch ein kluger Junge. Zeig dich fleißig und gelehrig, wie man es von einem künftigen Herrscher erwarten kann, und wir werden bestens miteinander auskommen.«

Keno mied seinen Blick. Er riss regelrecht an den Seiten, als er in dem Buch blätterte. Er gab es auf, sich Abbe offen zu widersetzen. Stattdessen verlieh er seinem Trotz Ausdruck, indem er sich maulend und weinerlich gab. »Ich hasse Latein. Es ist stinklangweilig. Wenn ich nur daran denke, dass ich dieses Buch lesen muss, fallen mir vor Müdigkeit die Augen zu.«

»Das glaube ich nicht. Es handelt von Cäsars Feldzügen in Gallien und ist überaus fesselnd.«

»Ach ja?«, murmelte der Junge wenig überzeugt.

»Oh ja. Als ich so alt war wie du, habe ich es verschlungen. Weißt du, wer Gaius Julius Cäsar war?«

»Ein römischer Diktator.«

»Vor allem war er ein Kriegsherr«, präzisierte Abbe. »Ein Eroberer wie dein Vater.«

Damit hatte er den Jungen an der Angel. »Hatte Cäsar auch einen Feind wie Volkmar Allena?«, fragte Keno mit widerwilligem Interesse.

»Cäsar hatte zahllose Feinde. Als er in Gallien Krieg führte, hieß sein mächtigster Widersacher Vercingetorix.«

Keno musste lachen. »Was ist denn das für ein komischer Name?«

»Ein gallischer«, antwortete Abbe. »Vercingetorix war der Fürst der Arverner und ein kluger Stratege. Er führte eine gewaltige Streitmacht gegen die Römer. Cäsar spricht von achtzigtausend Mann.«

»So viele!«, staunte der Junge. »Er hatte also mehr Krieger als Kaiser Barbarossa im Dritten Kreuzzug.«

»Und sie setzten Cäsar heftig zu. Bei Gergovia wurde er geschlagen. Doch er gab nicht auf. Bei der Festung Alesia trafen Römer und

Gallier noch einmal aufeinander. Es kam zu einer blutigen Schlacht, wie niemand sie je erlebt hatte.«

»Erzähl mir von der Schlacht«, forderte Keno ihn auf.

Abbe verbarg sein Lächeln, während er die Schwerter weglegte. »Also gut. Alesia stand auf einem felsigen Hügel. Cäsar ließ einen Wall aus Gräben, Palisaden und Türmen anlegen, damit Vercingetorix nicht entkommen konnte. Allerdings traf wenig später ein zweites gallisches Heer ein, das den Eingeschlossenen zu Hilfe kam, sodass Cäsar plötzlich vom Belagerer zum Belagerten wurde. Eingezwängt zwischen der Festung und den Angreifern kämpften die bedrängten Römer um ihr Leben. Viele wurden erschlagen, doch sie streckten auch zahlreiche Gallier nieder, sodass die Wiesen und Felshänge bald mit Leichen übersät waren. Zersplitterte Lanzen und verbogene Schwerter rosteten im Herbstregen. Das Blut sammelte sich in gewaltigen Pfützen. Die Krähen fanden sich zu einem üppigen Festmahl ein.« Auch Abbe war einmal elf Jahre alt gewesen. Er wusste, dass Jungen in dem Alter nicht genug bekamen von grausigen Einzelheiten.

»Die Lage war aussichtslos. Cäsar hatte bereits den Tod vor Augen«, fuhr er fort. »Er wusste: Allein eine kühne, überaus riskante, ja verzweifelte Heldentat könnte ihn und seine Mannen noch retten.«

Er hörte auf zu erzählen.

»Was für eine Heldentat? Nun sag schon!«, drängte Keno mit leuchtenden Augen.

»Ich dachte, du findest das Buch langweilig.«

Der Junge starrte ihn unwillig an. Ganz der künftige Herrscher, hätte er sich lieber die Zunge abgebissen, als zuzugeben, dass er etwas falsch eingeschätzt hatte. Gleichwohl war die Neugierde stärker als sein Stolz. »Ich will wissen, wie es weitergeht.«

»Du willst erfahren, ob es Cäsar gelungen ist, dem sicheren Tod zu entrinnen? Ob er Vercingetorix schlagen konnte?«

»Ja!«

»Nichts leichter als das.« Abbe klopfte mit der Spitze des Krückstocks auf die aufgeschlagene Buchseite. »Übersetz den Text, und du wirst es herausfinden.«

Keno war nicht dumm. Er begriff, was gespielt wurde. Eine tiefe

Falte bildete sich zwischen seinen zarten Augenbrauen. »Versuch nicht, mich auszutricksen!«

»Ich bevorzuge den Ausdruck ›eine Kriegslist anwenden‹. In Cäsars *De bello Gallico* sind viele Kriegslisten beschrieben. Dein Vater kennt sie alle. Du solltest sie auch lernen, wenn du dereinst in seine Fußstapfen treten willst. Aber ich kann auch die Schwerter nehmen und gehen, wenn dir das lieber ist.« Abbe streckte die Hand nach den Waffen aus.

»Warte.« Keno rang mit sich und seinem Stolz und schaute ihn dabei nicht an. »Ich kann es ja mal versuchen.«

»Das ist die richtige Einstellung.« Abbe lächelte. »Also, der erste Satz lautet ›*Gallia est omnis divisa in partes tres*‹. Übersetze ihn Wort für Wort.«

»›Gallien in … in seiner Gesamtheit‹ …«, begann Keno konzentriert.

»Korrekt«, ermunterte Abbe ihn.

»›Gallien in seiner Gesamtheit … zerfällt … in der Teile drei.‹«

»Das war schon sehr gut. Nun der zweite Satz. ›*Quarum unam incolunt Belgae, aliam Aquitani, tertiam …*‹«

Kapitel fünfzehn

Warfstede

»Das Wetter ist nicht mehr das, was es mal war«, sagte manch ein Bewohner des Kirchspiels im Juli 1391.

Früher, vor zehn, zwanzig Jahren, war der Sommer stets heiß und – abgesehen von ein, zwei schwülen Gewittern – trocken gewesen. Das Leben im Dorf hatte sich draußen abgespielt, auf dem The und auf den Wiesen, am Fluss, in den Obstgärten. Niemand hatte Schuhe getragen, viele Männer lediglich eine Bruche: gebräunte, schwitzende Körper, wohin man blickte. Mittags, wenn die Sonne wie ein Schmelzofen brannte, war man ins Haus gegangen oder zur Abkühlung in den See gesprungen.

Im Jahre des Herrn 1391 konnten sich nur noch die Älteren an eine derart lange und durchgängige Hitze erinnern. Almuth, Folkmar, Etta, Bent und all die Jungen im Kirchspiel kannten hauptsächlich kühle und feuchte Sommer. Sie waren es gewohnt, dass es im Juni, Juli und August ständig nieselte, dass Nässe und Fäulnis den Holzbauten zusetzten, dass die Nächte meist frisch und ungemütlich waren. Dafür wurden die Winter immer kälter und länger. In manch einem Jahr fiel der erste Schnee bereits an Allerseelen, der letzte taute nach Ostern. Ein zugefrorener See, massive Eisplatten auf dem Watt und ständige Schneestürme waren für Folkmar und seine Altersgenossen keine Anzeichen eines besonders harten Winters, sondern Normalität. Sie kannten es nicht anders.

Wieso verschlechterte sich das Wetter derart? Diese Frage trieb die Friesen um. Manche hielten die Kälte für die Rache Gottes, der die sündigen Menschen für ihren Stolz, ihre Habgier, ihre Wollust strafte. Andere machten böses Zauberwerk verantwortlich, obwohl niemand je einen Zauberer gesehen hatte. Was immer die Ursache war, tun konnte man nichts. Stoisch, wie die Friesen waren, nahmen sie ihr Schicksal hin und wappneten sich gegen Stürme, Missernten und Hungersnöte, so gut es eben ging.

Doch auch in jenem trüben und verregneten Sommer gab es gelegentlich warme und trockene Tage. Am Sonntag nach dem Zwölfbotentag zeigte sich der Juli von seiner schönsten Seite. Die aufsteigende Sonne entflammte den Horizont und zerschmolz die Wolken mit heißen Strahlen. Als die Dorfbewohner nach der Messe aus der Kirche strömten, gleißte der Himmel gleich einer Schatzkammer voller Gold, Lapislazuli und Saphire. Das Meer, das seit dem Morgen die Priele anschwellen ließ, blitzte wie tausend Lichtsignale, während die Brandung über das Watt rollte und mit jeder Welle ein klein wenig der Küste näher kam.

Almuth und Folkmar schlenderten am See entlang, schauten den Enten zu und genossen die laue Brise, die im Röhricht raschelte. An den Sonntagen verbrachten sie oft Zeit miteinander, sofern das Wetter es zuließ. Gert war damit einverstanden. Er bestand lediglich darauf, dass sie sich stets in Sichtweite des Dorfes aufhielten, damit der Anstand gewahrt blieb.

Zwischen den jungen Birken, die östlich des Sees wuchsen, breiteten sie eine Decke aus. Almuth hatte Käse, Wildobst und einen Trinkschlauch mit Dünnbier mitgebracht. Während sie sich die Speisen teilten, betrachteten sie das gekräuselte Wasser und die Lastadie mit ihren Hellingen und Holzstapeln am gegenüberliegenden Ufer. Silbermöwen bevölkerten die Werkhütten und sprenkelten die Dächer weiß. Manchmal breitete eine die Flügel aus, stieß jäh herab und schnappte sich einen Fisch.

»Früher waren die Birken höher«, sagte Folkmar, der sich auf die Ellbogen stützte und versonnen zu den grün schimmernden Wipfeln aufblickte. »Es waren alte Bäume, hat mein Vater erzählt. Manche standen seit Generationen da.«

»Habt ihr sie gefällt, um Holz für die Schiffe zu gewinnen?«, fragte Almuth.

Er schüttelte den Kopf. »Birken eignen sich nicht für den Schiffsbau, man braucht Eichen- oder Kiefernholz. Ein Sturm hat sie umgeknickt. Der Orkan, der zur *Groten Mandrenke* führte.«

Almuth kannte viele Schauergeschichten über jene legendäre Sturmflut, die sich für alle Zeiten ins Gedächtnis der Friesen eingebrannt hatte. Folkmars Großvater väterlicherseits, der berüchtigte Wilke Tammen, war der *Groten Mandrenke* zum Opfer gefallen wie viele Tausend andere. Almuths Vater glaubte, die Flutkatastrophe von 1362 sei der Ursprung des schlechten Wetters, das die Christenheit seit Jahren plagte.

Sie schob diese Gedanken fort, sie passten nicht zu einem solch schönen Tag. Auch Folkmar kehrte zu den Birken zurück.

»In der höchsten hat mein Vater ein Baumhaus gebaut, als er ein Kind war. Später hat er sich darin mit meiner Mutter getroffen, wenn sie allein sein wollten.«

Sie lächelten einander an. Es war ein Lächeln voller Wünsche, voller Andeutungen. Keiner von ihnen sprach es aus, doch sie beide hätten viel für ein solches Versteck gegeben. Für einen Ort, der nur ihnen gehörte. Wo sie ungestört wären.

Nun, sie mussten sich gedulden, nur noch ein paar Wochen. Almuth fiel es immer schwerer.

»Habt ihr euch eigentlich in eurem neuen Heim gut eingelebt?«, wechselte sie das Thema.

Folkmar, seine Eltern, sein Großvater sowie zwei Bedienstete waren vor zwei Monaten aus dem Haus am The ausgezogen und wohnten seitdem nahe der Lastadie.

»Eigentlich ist es nicht neu, sondern alt und vertraut, zumindest für meine Mutter und meinen Großvater«, antwortete er. »Mein Großvater hat bis vor ein paar Jahren darin gewohnt. Erst als er immer gebrechlicher wurde, haben wir ihn zu uns geholt und das Haus vermietet. Der Umzug hat uns gutgetan. Etta und Bent haben endlich genug Platz für sich. Wahrscheinlich dauert es nun nicht mehr lange, bis sie ein Kind bekommen. Vater und ich haben es nicht weit zur Arbeit und können in den Pausen nach Hause gehen, um mit den anderen zu essen. Und Großvater geht es merklich besser, seit wir hierhergezogen sind.«

»Inwiefern?«

»Er fühlt sich wohl in dem Haus und findet sich dort besser zurecht. Das tut seinem Gedächtnis gut. Er redet nur noch selten von der Fehde gegen die Hylkena oder vom Krieg der Hanse gegen Dänemark. Mitunter weiß er sogar, was für einen Wochentag wir haben.«

»Das ist schön.« Es machte Almuth glücklich, das zu hören. Sie wusste, wie sehr Folkmar seinen Großvater liebte und wie sehr es ihm zu schaffen machte, dass der alte Mann zusehends abbaute. »Ich habe auch gute Nachrichten.«

»Lass hören.«

Sie steckte sich eine Himbeere in den Mund und kaute die Frucht grinsend.

»Spann mich nicht auf die Folter«, beschwerte er sich.

»Haben dich die letzten Monate nicht Langmut gelehrt?«

»Eher meine Geduld gründlich erschöpft«, gab er lächelnd zurück.

»Gleich wirst du aufatmen. Mein Vater hat bereits genug Geld für die halbe Mitgift zurückgelegt. Kommende Woche will er das Marschland kaufen, das er euch versprochen hat.«

Folkmar setzte sich auf, schaute sie an. »Das sind wahrlich gute Neuigkeiten. Also geht es aufwärts bei ihm?«

»Er hat in den letzten Monaten hart gearbeitet. Er ist zu den großen Marktflecken gereist, hat Kontakte geknüpft, billige Ware aufgekauft und dabei um jeden Pfennig gefeilscht.«

»Das habe ich mitbekommen. Aber ich war mir nicht sicher, ob seine Bemühungen, nun …« Folkmar stockte verlegen.

»… Früchte tragen«, beendete Almuth schmunzelnd den Satz. »Du brauchst kein Blatt vor den Mund zu nehmen. Niemand weiß besser als ich, wie schwer er sich anfangs getan hat. Doch inzwischen geht es besser. Viele Leute kaufen bei ihm, nicht nur im Kirchspiel, auch in den benachbarten Bauernschaften. Wenn jetzt noch das Wetter hält, kann er bald Torf stechen lassen und Salz gewinnen.«

»Glaubst du, er kann unseren Termin einhalten?«

»Er hat mir gestern sein Wort gegeben.«

»In einem Monat also sind wir verlobt«, sagte er langsam, als wollte er jedes Wort auskosten.

»Und in acht Wochen verheiratet.«

Folkmar ergriff ihre Hand, streichelte mit den schwieligen Fingern ihre Haut. »Ich kann es kaum glauben …« Er spähte zum westlichen Seeufer, wo sich einige Dörfler herumtrieben. Die Leute waren vollauf damit beschäftigt, den schönen Tag zu genießen. Niemand beobachtete sie.

Folkmar küsste Almuth.

Es war nicht ihr erster Kuss, beileibe nicht. Aber schöner als alle vorherigen, das war er.

Am nächsten Tag stiegen Folkmar und Jann in aller Frühe auf den Deich. Es war warm und trocken geblieben, soeben lugte die Sonne rot glühend über den Horizont. Die Sieltore standen weit offen, der Fluss zwängte sich sprudelnd durch die Schleuse und nährte den Priel, der wie ein Strom aus flüssigem Feuer durch das glitzernde Watt mäanderte.

Dutzende Männer schufteten bereits im Deichvorland, neue kamen hinzu und griffen nach Werkzeug, Schubkarren, Grassoden. Die Kogge für Ocko tom Brok war seit geraumer Zeit fertig, seitdem halfen viele Schiffszimmerleute beim Bau der neuen Warf mit, sodass sie in den letzten Wochen zügig vorangekommen waren. Inzwischen war der künstliche Hügel fertig, er musste nur noch hier und da befestigt werden. Mehrere Männer arbeiteten bereits an der ersten Helling und verlegten zu diesem Zweck schwere Balken, die sie anschließend mit Hobeln glätteten.

Folkmar und Jann vermaßen die Böschung und packten mit an. Währenddessen sprachen die Männer über die Kämpfe in Auricherland.

»Was meint ihr – wird Ocko seine Feinde bezwingen?«, fragte ein Zimmermann, während er einen Pflock in die Erde schlug.

»Davon kann man ausgehen«, antwortete Harke Clausen, ein bärtiger Meister, der die Tagelöhner beaufsichtigte. »Ocko ist stark. In wenigen Jahren hat er ganz Brokmerland, Auricherland, Moormerland sowie weite Teile von Norderland und Harlingerland in seine Gewalt gebracht. Er hat mehr Geld, mehr Burgen und mehr Kriegsvolk als seine Gegner. Der Sieg wird ihm gehören, bevor der Sommer zu Ende ist.«

»Auch Volkmar Allena ist stark«, gab ein Geselle zu bedenken. Es war Jeltke Tiden, der Bursche mit dem flammend roten Schopf, den Yneke Egers im vergangenen März hatte züchtigen lassen. »Und

Hisko Abdena ist reich – immerhin beherrscht er die Goldstadt Emden. Wenn jemand die tom Brok schlagen kann, dann sie.«

»Warst du überhaupt schon mal in Emden?«, warf Jann lächelnd ein. »›Goldstadt‹ ist reichlich übertrieben. Gewiss, dort leben einige Filigranschmiede, die teure Broschen und dergleichen machen. Aber der Ort ist nicht größer und reicher als Esens.«

»In Friesland gibt's keine Städte, und dafür sollten wir Gott danken«, brummte Harke. »Städte sind Kerker aus Stein und Dreck. Ein echter Friese fühlt sich da nicht wohl. Das weiß jeder, der schon mal in Bremen war.«

»Trotzdem«, beharrte Jeltke. »Allena und Abdena sind gefährliche Gegner für Ocko, zumal sie sich mit anderen Häuptlingen zusammengetan haben. Wenn sie sich auch noch mit Edo Wiemken von Östringen verbünden, können sie Ocko in die Zange nehmen.«

Und wir Harlinger säßen mittendrin, dachte Folkmar voller Unbehagen. »Ein Bündnis zwischen Allena und Wiemken ist unwahrscheinlich. Die beiden sollen sich spinnefeind sein.«

»Ich habe gestern Abend in der Schenke mit einem fahrenden Händler geredet«, sagte ein Zimmermann, der bisher geschwiegen hatte. »Er war gerade im Süden und hat gesehen, dass Ocko hart bedrängt wird. Eine Schlacht hat er bereits verloren. Nun ist er auf dem Rückzug nach Aurich, und Allena und Abdena sind ihm auf den Fersen.«

Dies führte zu einer hitzigen Diskussion. Was, wenn Ocko besiegt wurde? Wäre dies das Ende des großen Häuptlings? Was wären die Folgen für Warfstede?

»Wir werden es früh genug erfahren«, meinte Jann, der von derartigen Spekulationen nichts hielt. »Kümmert euch um eure Arbeit, statt euch die Köpfe heißzureden.« Er hatte offenbar genug von all dem Geschwätz und stieg den Deich hinab, um anderswo in Ruhe zu arbeiten.

Die Männer jedoch dachten nicht daran, mit den Mutmaßungen aufzuhören.

»Sollte Ocko fallen«, raunte Jeltke, »wird sein Spross Keno all seinen Besitz erben. Der ist mit seinen elf Jahren aber noch nicht mündig. Das heißt, die Familie tom Brok ist dann ohne Führung. Die

Vögte werden sich von Keno abwenden, sein Reich wird zerbröckeln.« Er senkte die Stimme. »Erkennt ihr die Möglichkeiten, die sich uns bieten?«

»Was meinst du damit?«, fragte Folkmar.

Der Rothaarige spähte zu einem Krieger mit dem Adler der tom Brok auf Brust und Schild, der einen Steinwurf von ihnen entfernt stand. »Wir sollten uns treffen, um über die Sache zu beraten«, sagte Jeltke leise. »Heute Nacht auf der Lastadie, wo wir ungestört reden können. Nur die jungen Männer, die sich noch nicht mit den Verhältnissen abgefunden haben.«

»Ich halte das für keine gute Idee.«

Doch niemand wollte Folkmars Warnung hören. Der Vorschlag wanderte von Gesellenmund zu Gesellenohr und machte leise die Runde auf der Baustelle. Eine Stunde später wussten zwei Dutzend Männer von dem geheimen Treffen.

Und in der Nacht, als das Dorf schlief, huschten zwei Dutzend Schemen durch die Dunkelheit.

Sie trafen sich in einem Schuppen, in dem Baumstämme ablagerten. Zwischen dem gestapelten Holz brannte eine Kerze – die einzige Lichtquelle, die sie sich gestatteten. Man verriegelte das Tor mit einem Balken, nachdem mit Marten Ruthers der letzte Geselle eingetroffen war.

Folkmar war der einzige Meister unter den Anwesenden. Die anderen führenden Zimmerleute wussten entweder nichts von der Zusammenkunft oder blieben ihr absichtlich fern.

»Ich bin zu alt für nächtliche Verschwörungen«, hatte sein Vater gesagt, als Folkmar ihn einweihte. »Ich bleibe schön zu Hause. Ihr aber solltet hingehen«, hatte er Sohn und Schwiegersohn aufgefordert. »Hört euch an, was sie bereden, und sorgt dafür, dass die Sache nicht aus dem Ruder läuft.«

Leichter gesagt als getan, dachte Folkmar, während er die Männer musterte. Viele hatten Verwandte und Freunde, die in den vergangenen Monaten von Yneke Egers bestraft worden waren, wenn sie nicht gar, wie Jeltke Tiden, die Härte des Vogts am eigenen Leib erfahren hatten. Zorn lag in der Luft. Manch einer wünschte sich einen Aufstand und würde, ohne zu zögern, zur Waffe greifen, wenn man dazu aufriefe.

Jeltke trat in die Kuppel aus weißgoldenem Licht, seine Schritte ließen die Kerze flackern. »Ihr habt es alle gehört«, begann er. »Ocko ist in Bedrängnis. Vielleicht wird es Volkmar Allena und Hisko Abdena gelingen, den eisernen Griff, in dem er Ostfriesland hält, zu brechen. Lasst uns beraten, wie wir uns das zunutze machen können.«

»Ocko ist ein Tyrann und Yneke sein Bluthund«, knurrte einer der Männer. »Sie stehen zwischen uns und der Freiheit. Ich sage: Zerren wir Yneke und seinen Schlagetot Cord Hanneken aus den Betten. Verjagen wir sie und die tom brokschen Söldlinge aus Warfstede!«

»Die Gelegenheit ist günstig«, stimmte ihm ein anderer zu. »Ockos Truppen sind im Süden gebunden. Er kann Yneke nicht beistehen.«

Einige Gesellen brummten zustimmend, doch bei Weitem nicht alle. Viele wirkten unentschlossen, ängstlich gar. Folkmar beschloss, vorerst nicht einzuschreiten.

»Auch ohne Ockos Beistand ist Yneke stark«, ergriff Bent das Wort. »Er befehligt Dutzende Kriegsleute. Er verschanzt sich im Steinhaus. Ein Angriff auf ihn gäbe ein Blutvergießen.«

»Blut ist seit jeher der Preis der Freiheit«, erwiderte der Zimmermann, der für einen Umsturz plädierte.

»Aber man sollte ihn nur zahlen, wenn man sicher sein kann, dass sich der Ertrag lohnt«, mischte sich ein weiterer Geselle ein. »Selbst wenn es uns gelänge, Yneke zu vertreiben, könnten wir das Kirchspiel nicht halten. Die tom Brok würden es im Handumdrehen zurückerobern und die Aufrührer an Leib und Leben richten.«

»Ihr wisst, wie ich zu Yneke stehe«, sagte Jeltke. »Ich wünsche ihm die Pestilenz und Schlimmeres an den Hals. Dennoch, er ist nur ein Wasserträger. Wenn wir uns gegen ihn erheben, vergeuden wir unsere Kräfte. Es reicht nicht, dem Adler die Flügel zu stutzen. Wir müssen ihm den Kopf abschlagen.«

»Was schlägst du vor?«, fragte Marten Ruthers.

»Wir schließen uns der Allianz gegen die tom Brok an und helfen Volkmar Allena und Hisko Abdena, Ocko zu vernichten. Das würde die tom Brok entscheidend schwächen, sodass sie gezwungen sind, Warfstede in die Freiheit zu entlassen.«

»Wir sollen also zum Schwert greifen und Allenas Streitmacht verstärken?«, hakte Bent nach.

»Genau das werden wir tun«, rief ein Geselle, bevor Jeltke antworten konnte. »Kämpfen wir für die Freiheit!«

»Seid leise«, übertönte Folkmar das anschwellende Stimmengewirr. »Wenn Yneke mitbekommt, was wir hier reden, werden Köpfe rollen.«

Damit hatte er die Aufmerksamkeit der Männer. Schweigend blickten sie ihn an … nein, zu ihm *auf*. Sie erwarteten, dass er sie führte. Nicht nur, weil er ein Osinga war, sondern vor allem, weil sie ihn als Freund und Handwerker schätzten.

»Ihr geht davon aus, dass Allena und Abdena stark genug sind, Ocko zu bezwingen«, sagte er in die Runde. »Das halte ich keineswegs für ausgemacht. Ocko mag ins Hintertreffen geraten sein, doch ein erfahrener Feldherr wie er ist imstande, auch in schwieriger Lage das Blatt zu wenden. Davon abgesehen sind das alles nur Gerüchte. Tatsächlich weiß keiner von uns, was zur Stunde im Süden geschieht. Wenn wir uns Volkmar Allena anschließen, laufen wir Gefahr, auf der Seite der Verlierer zu stehen«, fuhr er fort. »Und dann? Ockos Zorn wäre uns sicher. Der Erste, der ihn zu spüren bekäme, wäre mein Onkel. Abbe Wilken, den ihr alle schätzt. Ocko würde ihn kurzerhand töten. Und noch etwas: Ein Bündnis mit den Feinden der tom Brok hieße, den Teufel mit dem Beelzebub auszutreiben. Allena ist kein Freiheitskämpfer, er ist ein Häuptling wie Ocko und giert wie dieser nach Land und Macht. Wer glaubt, er würde uns im Falle seines Sieges in die Unabhängigkeit entlassen, ist ein Narr.«

Die Worte verhallten in der Stille. Folkmar blickte in betretene Gesichter.

Allein Jeltke schaute zornig drein. »Du sprichst dich also dafür aus, gar nichts zu tun?«, fauchte er. »Mit Verlaub, das ist feige!«

»Es ist besonnen«, widersprach Folkmar ruhig. »Gäbe es eine realistische Chance, die Freiheit zurückzuerlangen, wäre ich der Erste, der sie ergreifen würde. Aber so, wie die Dinge liegen, ist es besser abzuwarten.«

»Wohlgesprochen«, sagte jemand, und viele nickten. Damit war es entschieden.

»Wartet!«, zischte Jeltke, konnte jedoch nicht verhindern, dass die

Männer den Balken herunterhoben, das Tor öffneten und nacheinander in der Dunkelheit verschwanden. »Du hast mich vor allen gedemütigt«, warf er Folkmar vor.

»Ich habe heute Nacht einen Mann erlebt, der klug und redegewandt gesprochen hat, auch wenn ich seine Meinung nicht teile. Den anderen wird es ähnlich gegangen sein. Ich glaube nicht, dass dein Ansehen gelitten hat, ganz im Gegenteil.«

»Du hast mich einen Narren genannt«, sagte der Rothaarige, doch sein Furor hatte einiges von seiner Wucht verloren.

»Das hätte ich nicht tun dürfen.« Folkmar hielt ihm die Hand hin. »Nimmst du meine Entschuldigung an?«

Jeltke ergriff sie. »Dass ich dir Feigheit vorgeworfen habe, war nicht recht.«

Damit war der Zwist zwischen ihnen beigelegt. Leise verließen sie die Scheune und huschten zum Dorf zurück.

Yneke harrte in der Halle aus und vertrieb sich die Wartezeit mit einem Buch. Es musste bereits nach Mitternacht sein, als ein leises Klopfen erklang. Der Wächter öffnete die Tür, und Marten Ruthers schlüpfte herein.

»Sprich«, befahl Yneke und klappte das Buch zu.

»Sie haben entschieden, nichts zu machen.«

»Mir droht also keine Gefahr?«

»Ein paar Männer wollten Euch den Kampf ansagen, konnten sich aber nicht durchsetzen«, erklärte Marten. »Ich glaube nicht, dass Ihr einen Angriff fürchten müsst.«

Yneke verspürte eine seltsame Mischung aus Erleichterung und Enttäuschung. Ein Teil von ihm hätte die nächtliche Zusammenkunft gern zum Anlass genommen, hart durchzugreifen, um die Wurzel des Unfriedens ein für alle Mal auszureißen. »Das ist alles?«

»Es wurde darüber geredet, Volkmar Allena zu unterstützen. Auch dafür gab's keine Mehrheit. Die meisten halten es für unklug, sich gegen Ocko zu stellen.«

»Wer sind die Wortführer?«

»Nun, Jeltke Tiden natürlich. Und Folkmar Janns, wenn man so will.«

»Folkmar hat sich dafür ausgesprochen, gegen Ocko zu kämpfen?«, fragte Yneke gedehnt.

Der Geselle zögerte, biss die Zähne zusammen.

»Rede«, verlangte Yneke.

»Nein, hat er nicht«, antwortete Marten. »Er hat die anderen davon überzeugt, sich aus dem Krieg herauszuhalten und Ruhe zu bewahren.«

»Schützt du den Kerl etwa?«

»Warum sollte ich? Ich kann ihn nicht ausstehen.«

Yneke kam zum Schluss, dass er die Wahrheit sagte. »Morgen gehst du wie gehabt zur Arbeit und hältst weiter die Augen auf.«

Als der Geselle gegangen war, trommelte Yneke unzufrieden mit den Fingern auf der Tischplatte. Sollte er Jeltke Tiden bestrafen? Nein. Es war besser, wenn die Zimmerleute dachten, er wisse nichts von der Zusammenkunft. Außerdem war der Bursche harmlos. Sollte er doch seine aufrührerischen Reden schwingen, denen kaum jemand zuhörte. Die wahre Gefahr hieß Folkmar Janns.

Dessen Weste leider blütenweiß war.

So unverschämt sauber, dass es einen verrückt machen konnte.

Kapitel sechzehn

Marienhafe

Foelke empfing Abbe Wilken in ihrer Kammer. Sie saß am Fenster und arbeitete an ihrer Stickerei, während Abbe wie jeden Samstagabend vom Unterricht erzählte und dabei gelegentlich an seinem Kelch nippte. Sie hatte Minze und andere erfrischende Kräuter in den Wein gerieben. Sie wusste, dass er das mochte.

»Keno hat Fortschritte gemacht. Sein Wortschatz ist größer geworden. Beim Satzbau unterlaufen ihm weniger Fehler. Wir machen noch einen passablen Lateiner aus ihm. Allerdings ginge es schneller, wenn er eifriger lernen würde«, fügte Abbe lächelnd hinzu.

»Er interessiert sich leider mehr für Schlachtrösser und Schwerter als für Cicero und Catull«, bemerkte Foelke. »Was das betrifft, gerät er ganz nach seinem Vater.«

»Ich habe deinen Gemahl als gebildeten Mann kennengelernt, keineswegs als einen, der nur das Schwert schwingen kann.«

»Weil er einen Lehrer hatte, der nicht mit der Zuchtrute sparte. Die Gelehrsamkeit ist ihm nicht in den Schoß gefallen. Hätte man ihm seinen Willen gelassen, dann hätte er nie einen Fuß ins Studierzimmer gesetzt, sondern den ganzen Tag mit seinen Kumpanen gerauft und Wildschweine gejagt.«

»Soll ich das als Aufforderung verstehen, deinen Jungen mit der Rute anzuspornen?«, scherzte Abbe.

»Das wird nicht nötig sein. Er mag nicht der eifrigste Schüler sein, aber es ist nicht zu übersehen, dass er um einiges fleißiger lernt, seit du ihn unterrichtest.«

»Das freut mich zu hören.«

»Almer ist ein beschlagener Gelehrter und zweifellos ein gottesfürchtiger Mann«, sagte Foelke, »aber er hat wenig Geduld mit einem

Elfjährigen. Obendrein ist sein Unterricht staubtrocken. Du dagegen bist ein guter Erzähler. Du verstehst es, Keno für die antiken Autoren zu begeistern.«

Abbe lächelte. »Er scheint sich allmählich an mich zu gewöhnen. Es war wahrlich ein langer Weg.«

»An dich zu gewöhnen? Du bist zu bescheiden. Keno liebt dich.«

»Ist das nicht etwas übertrieben?«

»Du solltest ihn hören. Abbe hier, Abbe da. Er redet die ganze Zeit von dir.«

Abbes Augen glitzerten. »Er ist aber auch ein prächtiger Junge.«

Foelke legte den Stickrahmen auf den Tisch und stieß mit Abbe an. »Auf Keno.«

Sie ließen sich den Wein schmecken, während die Abendsonne durch das offene Fenster schien. Der laue Wind, der vom Meer kam, roch nach Algen, Muscheln und salzverkrustetem Holz.

»Gibt es Neuigkeiten von Ocko?«, wechselte Abbe das Thema.

Die Frage versetzte ihr einen Stich, und sie nahm einen tiefen Atemzug, ehe sie antwortete. »Unsere Feinde bedrängen ihn nach wie vor heftig. Bei Aurich soll es neue Kämpfe gegeben haben, aber ich weiß nicht, wie sie ausgegangen sind. Ocko schreibt mir seit einer Weile nicht mehr persönlich, vermutlich beansprucht die Pflicht all seine Zeit.«

»Es ist Almer, der dir schreibt?«

Sie nickte. »Seine Briefe sind leider recht vage.«

Wahrscheinlich sollte sie diese Dinge Abbe nicht erzählen. Doch bei ihren Treffen vergaß sie mitunter, dass er eine Geisel war. Sie genoss die Gespräche mit diesem freundlichen, klugen und humorvollen Mann, der sich obendrein so trefflich um ihren Sohn kümmerte. Lange hatte sie sich dagegen gewehrt, inzwischen jedoch gestand sie sich ein, dass Abbe Wilken Osinga ihr ein Freund geworden war.

Empfand er im Gegenzug dasselbe für sie? Sie ertappte sich bei dem Wunsch, dass dem so wäre. Eine Frau in ihrer Stellung hatte viele Feinde, aber nur wenige Freunde. Schon gar nicht in diesem von Intrigen vergifteten Haus.

»Dein Gemahl ist ein zäher Krieger und ein kluger Stratege«, sagte

Abbe. »Es ist nicht das erste Mal, dass seine Gegner ihm zusetzen. Er wird sie bezwingen, wie ihm dies stets gelungen ist.«

Foelke war nicht beruhigt und lächelte dennoch. Beim heiligen Arbogast, in diesen ungewissen Zeiten voller Zank, Missgunst und Krieg lechzte sie nach jedem freundlichen Wort wie eine Verdurstende nach einer Kelle Wasser.

Hegst du keinen Groll auf Ocko? Wünschst du dir nicht, dass er bei Aurich erschlagen wird?, hätte sie beinahe gefragt. Aber das würde zu weit gehen. Auf solch delikate Fragen bekäme sie von Abbe ohnehin keine ehrliche Antwort.

»Hat Graf Albrecht bereits zu den Fahnen gerufen, um seinem Vasallen Ocko zu Hilfe zu kommen?«, fragte er.

»Ich rechne täglich mit der Nachricht, dass er Ockos Streitmacht verstärkt hat«, log Foelke. In Wahrheit hatte sie seit Monaten nichts von Albrecht gehört. Der Graf von Holland war weit weg – er hatte in seinen Fürstentümern genug eigene Sorgen und keinerlei Verlangen, für die tom Brok zu kämpfen. Ihre Hilferufe ignorierte er beharrlich. Doch das musste Abbe nicht wissen.

Sie schwiegen eine Weile.

»Ich möchte dich um eine Gunst ersuchen«, sagte Abbe schließlich und wählte seine Worte mit Bedacht. »Seit einem halben Jahr bin ich nun hier. Ich sehne mich nach meiner Familie. Bitte gestatte meinem Bruder, mich zu besuchen – wenigstens für einen Tag.«

Die Antwort fiel ihr nicht leicht. »Ich fürchte, das ist nicht möglich. Du kennst die Regeln.«

»Darf ich meiner Familie stattdessen schreiben und Briefe von ihr erhalten?«

»Auch das kann ich dir nicht erlauben.«

»Eine Nachricht im Monat.« Der flehende Unterton in seiner Stimme entging ihr nicht. »Mehr nicht.«

»Nein. Es tut mir leid«, fügte Foelke hinzu und meinte es ernst.

»Das ist grausam.«

»Ich habe diese Verbote nicht erlassen. Mir sind die Hände gebunden.«

Abbe Wilken stand auf, griff nach dem Stock. »Ich danke dir für den Wein.« Plötzlich klang er förmlich und kühl. »Bitte wartet beim

Nachtmahl nicht auf mich. Ich werde es in meiner Kammer einnehmen.« Er verneigte sich, so gut es seine verwachsenen Knochen zuließen, und schlurfte ohne ein weiteres Wort davon.

Foelke fühlte sich wie eine Närrin. Seine Freundlichkeit, seine Bereitschaft, Keno zu unterrichten, die anregenden Gespräche in ihrem Gemach – all das war für ihn nur Mittel zum Zweck gewesen. Er hatte sich um sie bemüht, damit sie sich verpflichtet fühlte, ihm die Geiselhaft zu erleichtern. Wie hatte sie nur je annehmen können, er könnte in ihr eine Freundin sehen? Er war ihr Gefangener, und sie seine Wärterin. Daran würde sich nie etwas ändern, solange sie Abbe gegen seinen Willen in Marienhafe festhielten.

Aufgeregte Stimmen aus dem Vorhof bewahrten sie davor, in Trübsal zu versinken. Zwei Pferdekarren waren durch das Tor gerollt, auf den Pritschen drängten sich Kriegsleute. Die Männer waren allesamt verwundet. Foelke erblickte blutdurchweichte Verbände, unnatürlich gekrümmte Gliedmaßen, elende Gesichter. Sogleich kehrte die Angst um Ocko zurück und verdrängte jede andere Empfindung. Sie raffte die Röcke und eilte nach unten.

Inzwischen waren sämtliche Bewohner des Steinhauses und allerlei Dorfvolk auf dem Hof zusammengelaufen. Es herrschte ein aufgeregtes Durcheinander, in dem Widzelt Befehle bellte. Gesunde Männer halfen den Verletzten vom Karren, stützten sie, brachten sie ins Haus, wo die Mägde sie mit Speise und Trank versorgten.

Foelke schob sich durch das Gewühl. Als sie zu Widzelt trat, sah sie, dass Keno bei ihm war. Der Junge hatte Angst, verbarg es jedoch gekonnt. Allmählich lernte er, dass ein Mann gut daran tat, nicht jedem zu zeigen, was ihn bewegte.

»Was ist geschehen?«, verlangte sie zu wissen.

»Neue Kämpfe bei Aurich«, antwortete der Bastard. Eine Falte spaltete seine Stirn. »Die Wundärzte können die Verletzten nicht mehr alle im Heerlager versorgen. Sie haben angeordnet, dass einige nach Marienhafe gebracht werden.«

»Gibt es Nachrichten von deinem Vater?«

»Er ist auch verwundet worden.«

Die Furcht griff mit eiskalten Krallen nach ihrem Herzen. »Schwer?«

»Ich glaube nicht. Die Männer berichten, er sei nach wie vor in der

Lage, die Streitmacht zu befehligen und mit dem Kriegsvolk in den Kampf zu ziehen.«

»Wir müssen Vater helfen!«, platzte es aus Keno heraus.

»Da sprichst du ein wahres Wort, Junge«, sagte der Bastard. »Ich werde Yneke Egers und die anderen mir ergebenen Vögte um mich scharen und mit einer schlagkräftigen Truppe nach Aurich ziehen.«

Die mir ergebenen Vögte. Seine Wortwahl war entlarvend. Offenbar hatte er in den vergangenen Monaten in aller Heimlichkeit so manche Allianz geschmiedet und fühlte sich inzwischen wie der Herr im Haus. »Dein Vater hat dir klare Anweisungen geben«, wies Foelke ihn scharf in die Schranken. »Sie lauten, dass du unter allen Umständen in Marienhafe bleiben sollst.«

»Pah!«, schnaubte Widzelt. »Ich habe lange genug untätig herumgesessen. Es wird Zeit zu handeln. Und ein Weib wird mich gewiss nicht daran hindern.«

»Du widersetzt dich einem klaren Befehl!«

»Wenn ich deinen Ocko erst gerettet habe, wirst du mir dafür danken.« Der Bastard rief einen Hauptmann zu sich und nannte ihm die Namen verschiedener Vögte in Harlingerland und Norderland. »Schick berittene Boten zu ihnen. Sie sollen zu den Fahnen rufen und so schnell wie möglich mit ihrem Kriegsvolk zum Ewigen Meer ziehen. Dort werde ich mich mit ihnen treffen.«

»Zu Befehl, Herr.« Der Hauptmann schob sich durch die Menge und brüllte seinerseits nach Untergebenen.

Sie nennen ihn »Herr«, dachte Foelke. All das gefiel ihr ganz und gar nicht. Sie bezweifelte, dass es allein die Sorge um den Vater war, die Widzelt dazu trieb, nach Aurich zu ziehen. Er führte etwas im Schilde. Wollte vor Ocko den Helden spielen oder seine Stellung mit einem Sieg über Volkmar Allena festigen. Nun, es stand nicht in ihrer Macht, ihn aufzuhalten – zumal sie nicht sicher war, ob sie das überhaupt wollte. Ihr Gemahl brauchte zweifellos Hilfe, nun, da Albrecht von Holland ihn im Stich gelassen hatte. Und der Bastard war der Einzige, der imstande war, die verbliebenen Kräfte der Familie tom Brok in den Kampf zu führen.

Sie beschloss, das Beste aus dieser vertrackten Situation zu machen. »Ich begleite dich«, erklärte sie.

»Es geht aufs Schlachtfeld«, erwiderte Widzelt barsch. »Da hat ein Weib nichts verloren.«

»Keine Sorge. Ich habe nicht vor, an deiner Seite in den Kampf zu ziehen und dir den Ruhm streitig zu machen«, spottete sie. »Ich will mich lediglich vergewissern, dass Ocko am Leben ist. Sobald das geschehen ist, werde ich mich in unsere Burg in Aurich zurückziehen.«

»Gleichwohl wirst du mir auf dem Marsch hinderlich sein. Einen Klotz am Bein kann ich nicht gebrauchen.«

»Ich kann besser reiten als manch ein Krieger«, fauchte sie, »und ganz gewiss besser als du. Ich saß bereits sicher im Sattel, als du noch jedes Mal vom Schaukelpferd gefallen und flennend zu deiner Hure von Mutter gekrochen bist. Also wag es ja nicht, mich einen ›Klotz am Bein‹ zu nennen!«

Die umstehenden Diener und nicht wenige Söldlinge lachten höhnisch. Auch Keno kicherte. Widzelt kniff die Lippen zusammen. Seine Kieferknochen traten scharf hervor, er war bleich wie ein Totengräber an einem Novembermorgen. Er mochte noch so strebsam dem Vater nacheifern, für viele war und blieb er der aufgeblasene Bankert, der gern den Mund zu voll nahm.

Foelke sah, dass er die Rechte zur Faust ballte. »Nur zu – schlag mich«, forderte sie ihn auf. »Ocko wird es erfahren und dich fortjagen wie einen räudigen Hund.« Sie hielt seinem flammenden Blick stand. »Ich komme mit nach Aurich, und wenn du dich auf den Kopf stellst.«

»Mach doch, was du willst!« Er stiefelte davon und tat, als würde man ihn dringend auf der anderen Seite des Hofes brauchen.

Foelke kam nicht dazu, ihren kleinen Sieg zu genießen.

»Ich komme auch mit«, verkündete Keno und blickte sie herausfordernd an.

Sie seufzte innerlich. Verschiedene Erwiderungen lagen ihr auf der Zunge: *Das kommt gar nicht infrage* oder *Du bleibst schön hier und lernst mit Abbe Latein.* Doch damit würde sie nur erreichen, dass der Junge ihr trotzte. Sie entschied sich für eine andere Strategie. »Und wer führt das Hauswesen, wenn wir beide fort sind? Wer befehligt die Dienstboten, Wachen und Amtleute? Das ist eine Aufgabe für Ockos Erstgeborenen.«

»Ich will aber Vater beistehen«, murrte Keno.

»Du bist jetzt der Mann im Haus. Dein Vater muss sich darauf verlassen können, dass ein tom Brok in Marienhafe die Stellung hält. Das ist eine ehrenwerte Pflicht, bei der du dich beweisen kannst.«

Er war nicht gänzlich überzeugt. Aber immerhin widersetzte er sich ihr nicht länger. »Ich will tun, was Vater von mir verlangt«, meinte er schließlich halbherzig.

»So spricht ein wahrer tom Brok«, lobte sie ihn. »Wir unterweisen gleich die Hausbedienten. Geh schon einmal hinein – ich komme gleich nach.«

Foelke betrachtete die bewaffneten Reiter, die ihre Rösser durch die Menge trieben und sich am Tor drängten, ehe sie einer nach dem anderen ausritten, um die Vögte zu benachrichtigen. Morgen schon würde sie ebenfalls auf einem Pferd sitzen und dem Krieg entgegenreiten. Bei dem Gedanken verspürte sie Angst, Sehnsucht, Unruhe, Euphorie – alles auf einmal.

»Ich komme, mein Geliebter«, wisperte sie. »Bald, bald bin ich bei dir.«

Warfstede

Am Irmengardstag kam ein Eilbote nach Warfstede und überbrachte Yneke Egers den Marschbefehl. Am nächsten Morgen verließ der Vogt mit dem größten Teil des Kriegsvolks das Dorf und zog zum Ewigen Meer. Er ließ lediglich ein Dutzend Söldlinge zurück, die den Wachdienst am Tor und im Steinhaus versahen.

Kaum jemand verabschiedete den Vogt, niemand wünschte ihm Glück oder den Segen der Heiligen. Als der Trupp aus Reitern, Fußknechten und Trosswagen hinter dem Geestrücken verschwand, spuckte manch ein Dorfbewohner aus und murmelte hinter vorgehaltener Hand: »Hoffentlich wirst du erschlagen und fährst zur Hölle.«

Kaum war Yneke fort, besserte sich die Stimmung im Dorf. Die Menschen trauten sich wieder, offen zu sprechen. Bauern, die seit Monaten mit gesenktem Blick umherschlurften, schritten plötzlich erhobenen Hauptes einher und wagten gar ein Lächeln. Man schimpfte frei heraus auf die tom Brok und riss derbe Scherze auf Kosten der Herren, ohne Angst haben zu müssen, sogleich von Yneke und seinem Bluthund Cord gemaßregelt zu werden. Abends saß man vor den Häusern zusammen, genoss das Dünnbier und die letzten Sonnenstrahlen und fühlte sich wie freie Friesen.

Es war beinahe wie früher, als es noch keine Häuptlinge, keine tom Brok und keine Unterdrückung gegeben hatte.

Das Leben im Kirchspiel schlenderte geruhsam dahin wie ein Wanderer, der sich von nichts und niemandem zur Eile treiben ließ. Milde und verregnete Tage wechselten sich mit warmen und trockenen ab. Auf stockfinstere Nächte folgten sternklare. Anders als in den Sommern vergangener Jahrzehnte versiegte der Fluss nicht, sondern plätscherte munter durch die Wiesen und speiste den See. Wasserläufer tanzten auf den blitzenden Wellen. Zweimal am Tag schloss sich das Siel und staute das Wasser, zweimal am Tag öffnete es sich und entließ den Fluss hinaus ins Watt: der Herzschlag Warfstedes, der seit Generationen pulsierte. Die See war reich an Meeresfrüchten, sodass die Fischer jeden Tag hinausfuhren und mit Körben voller Butt, Dorsch und Kabeljau heimkehrten. Die Bauern brachten die Gerste ein, wenige Wochen später den Roggen. Ihre Kinder durchstreiften das hohe Gras in der Knickmarsch und sammelten Himbeeren, Brombeeren, Heidelbeeren. Auswärtige Händler kamen nach Warfstede, boten Keramik, Messerklingen und Pfeffer feil und erwarben ihrerseits Schlachtvieh, Torf und Friesensalz. Insbesondere der umtriebige Gert Ulfferts machte gute Geschäfte mit fahrenden Kaufleuten aus Bremen und Oldenburg.

Die Schiffszimmerleute reparierten Fischerboote und Flusskähne und bauten neue Ewer für Auftraggeber aus Harlingerland, Norderland und Östringen. Sie bauten sie auf der Warf im Deichvorland, um den neuen Schiffsbauplatz einzuweihen. Folkmar und Jann saßen an langen Abenden zusammen und brüteten über einem Plan für eine vollständig kraweelbeplankte Holk. Auf kraweelbeplankten Koggen gründeten Ruhm und Reichtum der Familie Osinga, doch ob sich auch die größeren Holke auf diese Weise bauen ließen, wusste niemand. Folkmar war entschlossen, diese Herausforderung zu meistern.

Wie einst sein Vater baute er ein kleines Schiffsmodell, um herauszufinden, ob seine Ideen umsetzbar waren.

Die freie Zeit verbrachte er mit Almuth. Als sie am ersten Samstag im August ihren Spaziergang am See machten, ließ sie ihn wissen, ihr Vater habe genug Geld gespart, um die restliche Mitgift aufbringen zu können.

Am nächsten Morgen sattelte Folkmar ein Pferd. Es war höchste Zeit, den Verlobungsring abzuholen, den er im Frühsommer bei einem Bremer Juwelier in Auftrag gegeben hatte. Nach der Sonntagsmesse verabschiedete er sich von seiner Familie. Almuth begleitete ihn zum Tor.

»Es wäre mir lieber, du würdest nicht allein gehen«, sagte sie, als sie die Wachtürme passierten und hinaustraten auf den Karrenpfad.

»Die Knechte sind keine guten Reiter. Sie würden mich nur aufhalten. Sorge dich nicht – ich kann auf mich aufpassen.« Folkmar klopfte auf das Schwert, das am Sattel hing.

»Versprich mir, dass du einen weiten Bogen um die Kämpfe machst.«

»Gekämpft wird im Südwesten. Ich muss nach Südosten. Dort soll alles ruhig sein.«

»Darauf würde ich mich nicht verlassen. Die Kunde von gestern kann heute schon veraltet sein. Du musst durch das Land von Edo Wiemken. Er ist genauso machtgierig und kriegslüstern wie Ocko tom Brok und Volkmar Allena.«

»Ich werde vorsichtig sein«, versprach er ihr.

Am Dorfrand, einen Steinwurf vor dem sanft ansteigenden Geestrücken, blieben sie stehen. Folkmar hielt den gescheckten Wallach am Zügel. Es fing an zu regnen. Pralle Tropfen ploppten auf die Erde und schlugen winzige Krater in den Straßenstaub.

»Verrätst du mir wenigstens, was so wichtig ist, dass du überstürzt nach Bremen musst?«, fragte Almuth.

»Mein Geheimnis. Tut mir leid«, erwiderte er lächelnd.

»Komm rasch zurück.«

Sie schaute sich um. Niemand beobachtete sie. Almuth küsste ihn. Es war kein flüchtiger, keuscher Kuss. Er spürte ihre Ungeduld, ihr Verlangen, ihre Hoffnung, der Tag ihrer Vermählung möge endlich kommen.

Es kostete ihn erhebliche Willenskraft, sich von ihr zu lösen, in den Sattel zu steigen, den Wallach anzutreiben. Er zog die Umhangkapuze tief ins Gesicht und ritt den Geestrücken hinauf. Oben auf der Anhöhe wandte er sich ein letztes Mal zu ihr um. Obwohl es inzwischen in Strömen regnete, stand sie auf dem Pfad und blickte ihm nach. Kupferfarbene Haarsträhnen klebten ihr an Hals, Stirn und Wangen.

Kapitel siebzehn

Aurich

Foelke zuckte zusammen, als das Geschoss dumpf gegen das Haus schmetterte. Die geschlossenen Fensterläden klapperten, die waldgrünen Butzenscheiben klirrten. Staub rieselte von den Dachbalken. An dieses schreckliche Geräusch würde sie sich in hundert Jahren nicht gewöhnen. Es fuhr einem durch Mark und Bein wie die Berührung eines Höllenteufels, und wenn man nicht vor Furcht erstarrte, wollte man augenblicklich die Beine in die Hand nehmen und sich im tiefsten Keller verstecken. Tatsächlich hatte sie zu Beginn der Kämpfe im Gewölbe unter dem Haupthaus Schutz gesucht. Doch die Dunkelheit, die drangvolle Enge und die stickige Luft waren kaum zu ertragen gewesen, sodass sie es trotz allem vorzog, in der Halle auszuharren.

Seit drei Tagen wurde Ocko in seiner Burg zu Aurich belagert. Tag und Nacht beschoss man sie. Volkmar Allena und dessen Verbündeten gönnten ihnen keine Rast. Inzwischen hatte Foelke gelernt, die verschiedenen Geschosse zu unterscheiden. Die Mangen, die kleineren Katapulte, schleuderten Brandsätze, die wegen des Dauerregens jedoch nicht viel Schaden anrichteten. Der Tribok, eine turmhohe Wurfmaschine, verschoss mächtige Brocken, die in hohem Bogen über die Wehrmauer flogen und schon so manches Loch in die Dächer geschlagen hatten. Die Steinkugel, die soeben das Haus getroffen hatte, stammte von der Bombarde, einer feuerspeienden Höllenmaschine, die Allenas Büchsenmeister emsig mit Schwarzpulver fütterten, damit sie ihr Zerstörungswerk verrichtete. Ihre Geschosse rasten blitzschnell heran und zerschmetterten Zinnen, Wehrgänge, Menschen. Bislang war es weder dem Tribok noch der Bombarde gelungen, die dicken Burgmauern zu brechen. Doch das war nur eine Frage der Zeit. Foelke hatte entdeckt, dass die Ziegelsteinwände des Haupthauses hier und da erste Risse aufwiesen.

Von draußen drang Geschrei herein. Offenbar versuchten die Angreifer einmal mehr, den Wall mit Leitern zu erstürmen. Ocko und seine Getreuen bereiteten ihn mit Schwertern, Speeren und Armbrüsten einen heißen Empfang. Foelke dankte Gott, dass Keno in Marienhafe weilte und dieses Grauen nicht miterleben musste. So musste sie sich nur um die verängstigten Dienstboten kümmern. Sie scharte die bleichen Männer und Frauen in der Mitte der Halle um sich und sagte mit fester Stimme:

»Habt keine Furcht. Euer Herr wird den Feind auch diesmal zurückschlagen. Lasst uns den heiligen Georg bitten, unsere mutigen Recken mit frischer Kraft zu segnen.«

Gemeinsam falteten sie die Hände und flehten den Patron der Soldaten um Beistand an. Es war nicht leicht, sich auf das Gebet zu konzentrieren. Ständig spie die Bombarde unter infernalischem Getöse Geschosse gegen die Burg. Einmal ging dabei eine Butzenscheibe zu Bruch. Glassplitter wirbelten wie Wurfmesser durch die Halle. Eine junge Magd sprang schreiend auf und floh in den Keller.

Foelke hob den Blick zur Hallendecke. *Herr, was haben wir getan, dass Du uns derart im Stich lässt? Für welche Sünden strafst Du uns?*

In der vergangenen Woche hatte das Kriegsglück ihre Familie endgültig verlassen. Als Foelke und Widzelt mit ihrem Heerhaufen in Aurich eingetroffen waren, hatte sich herausgestellt, dass Ocko sich bereits in die Burg zurückgezogen hatte, hart bedrängt von der zahlen- und kräftemäßig überlegenen Streitmacht seiner Feinde. Die Mühsal der vergangenen Monate, die erlittenen Niederlagen, die hohen Verluste setzten ihm zu und zerrütteten die Moral der verbliebenen Kämpfer. Widzelt und das halbe Dutzend Vögte, das der Bastard befehligte, waren nicht stark genug gewesen, Allena und Abdena anzugreifen. Es gelang ihnen immerhin, der Burgbesatzung eine Nachricht zukommen zulassen. Ocko schöpfte daraufhin neue Hoffnung und wagte einen Ausfall – ein schwerer Fehler, wie sich wenig später zeigte, denn weder er noch Widzelt hatten mitbekommen, dass Volkmar Allena und Hisko Abdena ihrerseits Verstärkung durch frische Truppen aus Westfriesland erhalten hatten.

An das Chaos, das daraufhin losgebrochen war, hatte Foelke nur noch verschwommene Erinnerungen, trüb wie eine blutgetränkte Pfütze, trügerisch wie ein verblassender Nachtmahr. Kämpfe überall, auf den Äckern vor dem Dorf, in den Gassen zwischen den Häusern, im Kirchhof auf den Gräbern. Brüllende Männer, steigende Schlachtrösser, blitzende Schwerter, sirrende Pfeile. Tote in den Fischteichen, in den Gemüsegärten, ein grausiger Brodem aus Mordlust, Todesangst und aufgeschlitzten Körpern.

Foelke hatte sich mit ihren Dienern in einem ausgebrannten Gehöft versteckt. Was genau auf dem Schlachtfeld geschehen war, wusste sie nicht. Ocko kam, um sie zu holen. Sie flohen in die Burg, verrammelten das Tor mit dicken Balken und bemannten den Wall, bevor die Verfolger die Festung einkreisten. Widzelt, der seinem Vater zu Hilfe geeilt war, sei von diesem getrennt worden, erfuhr sie später. Der Bastard war mit seinen Mannen tiefer in die Geest geflohen, als sich die Niederlage abzeichnete. Dort, so behauptete ein Kundschafter, harre er seitdem in einer befestigten Stellung aus, schwächer denn je und kaum imstande, den Belagerungsring zu durchbrechen.

Ihre Lage war derart verzweifelt, dass nur ein Wunder sie noch retten konnte.

Ich tue Buße für unsere Verfehlungen, betete Foelke. *Ich tue alles, was Du willst. Nur bitte hilf uns! Schick uns ein Zeichen Deiner Gunst.*

Die Kampfgeräusche wurden leiser, verstummten. Foelke öffnete die Augen. Hatte Gott sie erhört? Vorsichtig schritt sie über die Glasscherben, trat zu dem geborstenen Fenster und spähte durch die Ritzen im Fensterladen. Die Krieger auf dem Wehrgang hatten den Angriff zurückgeschlagen. Soeben stieg Ocko mit dem größten Teil der Männer die Treppe in den Burghof hinab. Just in diesem Moment feuerte die Bombarde wieder, das Geschoss krachte gegen das Haupthaus. Rasch wich Foelke von der Wand zurück.

Wenig später kam Ocko mit einigen Kämpfern in die Halle. Sie waren verschwitzt, durstig, ausgehungert und aufgekratzt von der Todesgefahr. Lärmend stürzten sie sich auf die Wasserfässer, auf die Brotreste, auf den Kessel mit der Grütze. Foelke eilte ihrem Gemahl entgegen.

»Bist du wohlauf?«

»Mir geht es gut.« Er grinste breit, beinahe wie ein Knabe, dem ein Streich gelungen war. Ein Teil von ihm genoss die Gefahr, den Rausch des Kampfes, aller Verzweiflung zum Trotz. So war Ocko tom Brok: ein leidenschaftlicher Haudegen, ein Draufgänger durch und durch. »Bei Michaels Flammenschwert, wir haben ihnen tüchtig Saures gegeben. Sie sind gerannt wie die Karnickel, Allena vorneweg.«

Volkmar Allena war aus demselben Holz geschnitzt wie Ocko. Stets focht er an vorderster Front, ohne Rücksicht auf das eigene Wohlergehen. Foelke betete täglich, ein Pfeil, ein Schwerthieb möge den Mann niederstrecken, damit der Krieg ein Ende hatte. Doch Allena überstand jedes Gefecht unbeschadet. Er hatte offenbar einen emsigen Schutzengel.

Genau wie Ocko. Die Verletzung, von der sie in Marienhafe erfahren hatte, war lediglich ein Streifschuss an der Schulter gewesen, kaum mehr als ein Kratzer. Nichts, was ihren Gemahl davon abgehalten hätte, sich wieder ins Gefecht zu stürzen. Ein Wunder angesichts der Gefahren, denen er seit Wochen die Stirn bot. Inzwischen war die Blessur weitgehend verheilt. Foelke musterte ihn von Kopf bis Fuß. Waren beim jüngsten Kampf neue Wunden hinzugekommen?

»Ich fühle mich prächtig, Weib, so glaub mir doch«, dröhnte er.

»Es wäre nicht das erste Mal, dass du mir aus Starrsinn ein Leiden verschweigst.«

»Was du Starrsinn nennst, ist in Wahrheit Stärke. Was wäre ich für ein Mann, wenn ich bei jeder Schramme zum Wundarzt laufen würde? Auslachen würde man mich.«

»Trotzdem wäre es klug, auch eine Schramme behandeln zu lassen. Der Wundbrand bringt selbst den stärksten Krieger im Nu zur Strecke.«

»Ich werde die Feldscher gewiss nicht mit jedem blauen Flecken behelligen«, schnaubte Ocko. »Sie haben in diesen Zeiten wahrlich Wichtigeres zu tun.«

Das Dröhnen der Bombarde beendete jäh ihr Wortgefecht. Ocko sank auf eine Bank und wirkte plötzlich gar nicht mehr kämpferisch, sondern tief erschöpft. Mit zitternden Fingern löste er das Wehrgehenk und ließ es achtlos zu Boden fallen.

»Bring mir einen Becher Wein«, bat er Foelke.

Sie reichte ihm den Trunk und setzte sich zu ihm. »Ich nehme dir den Harnisch ab.«

Er wehrte sie mit einer müden Handbewegung ab. »Ich muss gleich wieder hinaus.«

»Du brauchst Ruhe. Etwas Schlaf könnte nicht schaden. Wie lange bist du bereits auf den Beinen?«

»Dafür ist keine Zeit. Allena und Abdena werden auch nicht rasten. Sie werden so lange gegen die Mauer anrennen, bis die Burg fällt.«

»Es steht schlimm um uns, nicht wahr?«, fragte sie leise, damit weder Krieger noch Diener sie hörten.

Er trank einen Schluck Wein und behielt ihn lange im Mund, bevor er ihn die Kehle hinabrinnen ließ. Sein Mienenspiel hatte sich verändert, es war ernst geworden, überlegt. Nun zeigte er seine andere Seite. Es war nicht mehr Ocko, der großspurige Abenteurer, der zu ihr sprach, sondern Ocko, der abgeklärte Realist. »Ich werde die Burg allenfalls weitere drei Tage halten können«, antwortete er. »Dann wird uns der Feind in die Knie zwingen. Ich muss handeln, bevor es zu spät ist.«

»Was willst du tun?«

»Mit Allena konferieren.«

»Warum sollte er sich darauf einlassen, wenn ihm der Sieg sicher ist?«, gab Foelke zu bedenken.

»Seine Mannen sind genauso kriegsmüde wie die meinigen. Obendrein wird ihnen der Sturm auf die Burg einen hohen Blutzoll abverlangen. Das hat ihr letzter Angriff bewiesen. Wir haben sechs Mann erschlagen und acht weitere verwundet. Wenn Allena klug ist, wird er das seinem Kriegsvolk ersparen und einem Waffenstillstand zustimmen.«

»Zu welchen Bedingungen?«

»Das wird sich zeigen. Er hat sein Lager in der Schnappe aufgeschlagen. Ich werde hinübergehen und mit ihm reden.«

»Jetzt gleich?«, fragte Foelke.

Wieder schmetterte eine Kanonenkugel gegen das Gebäude. Das Getöse verschluckte Ockos Antwort. Er griff nach dem Wehrgehenk und stand auf.

Foelke erhob sich ebenso. »Es wäre klüger, ihn zu bitten, zu dir zu kommen.«

»Darauf wird er sich nicht einlassen. Ich will etwas von ihm, nicht umgekehrt.«

»Wenn du die Burg verlässt, gefährdest du dein Leben.«

»Allena ist trotz allem ein Ehrenmann. Er wird den Geleitfrieden achten.«

Foelke war sich da nicht so sicher. Diese Fehde wurde unerbittlich geführt. Die Kontrahenten setzten nicht nur Schwerter und Kriegsmaschinen gegen den verhassten Feind ein, sondern auch die nicht minder tödlichen Waffen Täuschung und Verrat. Doch wenn ihr Gemahl diese aussichtslose Schlacht beenden wollte, musste er ein Risiko eingehen.

Sie legte ihm die Hand auf die Wange. »Sei vorsichtig, Geliebter. Ich werde für dich beten.«

Er küsste sie auf die Lippen, ehe er sich an die Krieger wandte. »Bringt mir die Parlamentärsflagge!«, donnerte er.

Sie standen auf dem hastig aufgeworfenen Wall aus Erde und angespitzten Pflöcken und spähten zum Dorf, das eine Viertelmeile weit im Westen lag. Viele Gebäude Aurichs waren bei den Kämpfen zerstört worden, und von den Trümmern stieg bläulicher Rauch zum trüben Himmel auf. Die Bewohner des Marktfleckens waren geflohen. In den intakten Hütten und Schuppen hatte sich Kriegsvolk eingenistet, doch das Dorf bot nicht genug Platz für die gesamte Streitmacht. Volkmar Allenas Verbündete, die Schieringer – eine Parteiung kriegerischer Bauern aus der westfriesischen Landsgemeinde Westergo –, hausten in Zelten aus Segeltuch, die gewaltigen Pilzen gleich auf den zertrampelten Äckern standen.

Die Burg der tom Brok konnte Yneke kaum erkennen. Das feuerrote Gemäuer im Zentrum Aurichs wurde größtenteils von dicht belaubten Birken und der mächtigen Zehntscheune verdeckt. Daher blieb ihnen verborgen, was bei der belagerten Festung vor sich ging. Gelegentlich wehte der Westwind das Donnern der Bombarde heran.

»Wieso greifen sie uns nicht an?«, fragte ein anderer Vogt.

»Wir sind nicht wichtig«, antwortete Widzelt. »Allena wird all seine Kraft darauf verwenden, die Burg zu erstürmen.«

Schweigend beobachteten sie das feindliche Heerlager. Siegesgewiss waren sie von ihrem Sammelpunkt am Ewigen Meer ins Auricherland gezogen, um Ocko zu retten und Ruhm zu ernten, sieben Vögte und zweihundert Kriegsknechte. Inzwischen lagen ein Vogt und fünfzig Kämpfer tot auf den verschiedenen Schlachtfeldern um Aurich, wo die Wirklichkeit sie brutal überrascht hatte. Allena und Abdena waren stark gewesen, viel stärker als erwartet. Denn niemand hatte gewusst, dass die Häuptlinge von Osterhusen und Emden Unterstützung aus Westfriesland bekamen. Volkmar Allena hatte sich als kluger Stratege erwiesen, dem es gelungen war, ein schlagkräftiges Bündnis gegen die tom Brok zu schmieden.

So hatten sie rein gar nichts erreicht und sich obendrein blutige Nasen geholt. Allein Yneke hatte bei den Kämpfen acht Mann verloren.

Das eigenartige Wetter trug nicht dazu bei, seine Laune zu bessern. Es war nicht richtig warm, aber drückend und schwül. Ständig nieselte es, vom Wind bekam man Kopfschmerzen, und der aschgraue Himmel hing wie ein feuchtes Wolltuch über dem Land. Über den Tümpeln im nahen Moor ballten sich Mückenschwärme, die wie schwarze Nebelschwaden aussahen.

»Wie lauten deine Befehle?«, fragte Yneke.

»Wir warten ab und beten, dass Albrecht endlich seinen Arsch herbewegt, um uns zu helfen«, knurrte Widzelt.

Yneke sah den anderen Vögten an, dass sie dasselbe dachten wie er: Niemand glaubte mehr daran, dass der Graf von Holland ihnen beistehen würde.

Gerade als sie zu den Zelten zurückgehen wollten, bewegte sich etwas im Gebüsch unterhalb des Geestrückens. Cord Hanneken erschien zwischen den wuchernden Brombeerhecken. Ein Bogenschütze legte auf ihn an.

»Nicht!«, rief Yneke. »Der gehört zu mir.«

Cord war in der vergangenen Nacht aufgebrochen, um den Feind und die Burg aus der Nähe zu beobachten. Er war nicht nur ein bärenstarker Kämpfer, sondern auch ein verstohlener Kundschafter, der es verstand, sich ungesehen zwischen den feindlichen Linien zu bewegen. Die Wächter ließen ihn durch. Die Männer eilten ihm entgegen.

»Wie steht es um die Burg?«, fragte Widzelt.

Cord war schmutzig wie ein Torfstecher. Offenbar hatte er die Nacht hauptsächlich in schlammigen Pfuhlen verbracht. »Noch kann Ocko sie halten«, berichtete der Krieger, »aber der Feind setzt ihm zu. Eben hat er die weiße Flagge gehisst. Er will verhandeln und sich mit Allena in der Schnappe treffen. Man hat ihm freies Geleit zugesichert.«

Sogleich gab es unter den Vögten eine aufgeregte Diskussion, was dies für den Fortgang des Krieges bedeuten mochte. Widzelt brachte die Männer harsch zum Schweigen.

»Hat er die Burg schon verlassen?«

»Er müsste jetzt auf dem Weg sein.«

Widzelt hob die Faust zum Mund und dachte nach. »Ich brauche Freiwillige, die mit mir zum Dorf gehen«, sagte er schließlich.

»Wozu willst du dich in Gefahr begeben?«, wollte ein Vogt wissen. »Wir werden auch so erfahren, wie die Verhandlungen ausgegangen sind.«

»Ich habe dich nicht nach deiner Meinung gefragt«, wies der Bastard ihn zurecht. »Also – wer begleitet mich? Oder seid ihr allesamt Memmen ohne einen Funken Wagemut im Leib?«

Manch ein Vogt konnte Widzelt nicht in die Augen sehen. Doch die Furcht vor dem übermächtigen Feind und das Bedürfnis, in der befestigten Stellung auszuharren, waren stärker als die Scham.

Yneke erblickte eine einmalige Gelegenheit, sich hervorzutun. Er schob seine Bedenken gegen das waghalsige Vorhaben beiseite und trat vor. »Ich komme mit.«

Widzelt schaute ihm in die Augen. »So spricht ein mutiger Krieger und ein wahrer Freund. Hab Dank – das werde ich dir nicht vergessen. Ruf deine treuesten Männer. Wir treffen uns draußen vorm Wall. Mach schnell.«

Wenig später huschten sie durch die Heide: Widzelt, Yneke, Cord und fünf weitere Krieger.

»Was hast du vor?«, wollte Yneke wissen.

Der Bastard antwortete nicht. Etwa auf halber Strecke zwischen ihrem Lager und dem Dorf blieb er stehen. In einer Senke zu seinen Füßen lagen die Leichen mehrerer Schieringer, die sie erschlagen hatten, als sie tiefer in die Geest zurückgewichen waren. »Nehmt ihnen die Waffenröcke ab und zieht sie an«, befahl er.

Yneke runzelte die Stirn. »Wozu?«

»Damit ihr wie Schieringer ausseht.«

»Das ist mir klar. Was bezweckst du damit?«

Diesmal war Widzelts Blick nicht dankbar und freundschaftlich, sondern hart und unerbittlich, als er Yneke zur Seite nahm. »Ihr mischt euch unter das Kriegsvolk. Wenn mein Vater die Schnappe verlässt, stiftet ihr Verwirrung. Sobald das Durcheinander groß genug ist, pirscht ihr euch an Ocko heran und tötet ihn.«

Yneke stand da wie vom Blitz getroffen. Er war sich nicht sicher, ob er richtig gehört hatte. »Das kann nicht dein Ernst sein!«

»Sieh, wohin uns Ocko gebracht hat: an den Rand der Vernichtung.« Widzelt kam näher und blieb weniger als eine Armlänge entfernt vor ihm stehen. »Seinetwegen droht den tom Brok der Untergang. Er hat versagt – als Herrscher und als Feldherr. Er muss sterben, damit ich retten kann, was noch zu retten ist.«

»Aber bei Gott, Widzelt … er ist dein Vater! Er hat dich gezeugt, dich aufgezogen. Allein der *Gedanke*, ihn töten zu wollen, ist eine schreckliche Sünde.«

»Oh, und was für ein schöner Vater er ist. Nichts als Kälte und Häme habe ich von ihm erfahren. Seit meiner Kindheit demütigt er mich, wo er nur kann. Lässt mich bei jeder Gelegenheit spüren, dass ich minderwertig bin.«

Yneke fühlte sich Widzelt plötzlich auf eigentümliche Weise verbunden. Offenbar hatten sie beide unter einem herrischen, lieblosen Vater gelitten.

»Aber darum geht es nicht«, fuhr der Bastard fort. »Verstehst du denn nicht, Freund Yneke? Er hat dem Volk nur Leid gebracht. Unzählige Friesen mussten seinetwegen sterben. Wir müssen dem ein Ende machen.«

Ein einzelnes Wort kam Yneke in den Sinn. Leise sprach er es aus: »Tyrannenmord.«

»Richtig! Sogar der große Thomas von Aquin sagt, dass es die Pflicht rechtschaffener Männer ist, eine Schreckensherrschaft mit Gewalt zu beenden. Das Recht ist auf unserer Seite. Du und ich, Yneke – allein uns beiden obliegt es, das friesische Volk vor Ocko zu schützen.«

Yneke war, als würde der Boden unter ihm nachgeben, ihn verschlingen. »Foelkes Rache wird uns treffen. Sie wird uns jagen, uns vernichten.«

»Deshalb sollt ihr die Röcke der Schieringer tragen. Niemand wird wissen, dass wir den tödlichen Streich geführt haben. Foelke wird glauben, Volkmar Allena oder Ockos Feinde in Westfriesland hätten den Mord angeordnet.«

Er sagt »wir«, doch er meint mich, dachte Yneke. *Ich soll Ocko töten. Ich!*

Widzelt legte ihm die Hände auf die Schultern. »Ich werde ein besserer Häuptling sein. Unter meiner Herrschaft wird es Frieden geben, wird Ostfriesland gedeihen«, sagte er beschwörend. »Und du wirst der Erste sein, den ich belohnen werde. Du hast mein Wort.«

»Wie?«, fragte Yneke mit belegter Stimme. »Wie willst du mich belohnen?«

»Du wirst der erste unter meinen Vögten sein. Mein Ratgeber, mein Vertrauter, mein Marschall. Du bekommst neue Kirchspiele. Mehr Macht. Mehr Anschen. Mehr Gold für dich.«

Das war die Chance, von der Yneke sein ganzes Leben lang geträumt hatte. Er, der einfache Bauernsohn, würde aufsteigen – zu einem der mächtigsten Männer der Sieben Seelande. Er wäre Widzelts rechte Hand. Ein Herr an der Seite des Fürsten. Sein Vater wäre stolz auf ihn. Alles, was er dafür tun musste, war, den Dolch zu nehmen und die Klinge Ocko in den Rücken zu stoßen.

Ocko, den er stets verehrt hatte. Aber hatte er sich nicht in seinem Häuptling getäuscht? Widzelt sprach ein wahres Wort, wenn er sagte, dass sein Vater Ostfriesland an den Rand des Abgrunds geführt hatte. Ein Blick ringsum bestätigte das: zerstampfte Felder, verbrannte Höfe, verwesende Leichen – Blut, Elend und Tod, so weit das Auge reichte. Ja, Ocko war keine Lichtgestalt, wie Yneke immer gedacht hatte. Er war ein Schlächter, ein Tyrann. Ein unfähiger dazu.

»Ich will es tun«, flüsterte er.

»Ich wusste, dass ich auf dich zählen kann«, triumphierte Widzelt. »Du bist wahrlich ein Ehrenmann, mehr noch: ein Held! Das friesische Volk steht tief in deiner Schuld. Nun lass uns handeln. Die Zeit drängt.«

Kapitel achtzehn

Rasch zogen die Männer die Leichen aus und legten die Röcke an, die an die Kutten der Zisterziensermönche erinnerten. Sie waren schmutzig, eingerissen und blutverschmiert, aber das machte nichts. Im feindlichen Lager sah nahezu jeder Mann so aus.

»Ich bleibe hier«, sagte der Bastard. »Tut, was getan werden muss, und kehrt sogleich zu mir zurück. Wartet«, befahl er, als sie sich in Bewegung setzten, und wandte sich an Cord. »Unternimm etwas gegen das grässliche Ding da. Versteck es irgendwie. Oder willst du, dass dich jeder erkennen kann?«

Der Krieger tauchte die Hand in die Pfütze am Grund der Senke und verrieb Schlamm auf seinem Gesicht, bis das Feuermal nicht mehr zu sehen war.

»Besser«, befand Widzelt. »Los jetzt!«

Während sie zum Dorf eilten, dachte Yneke fieberhaft darüber nach, wie sie es schaffen konnten, an den Wachtposten vorbei ins Zeltlager zu kommen. Er war mit dem westfriesischen Zungenschlag nicht gut genug vertraut, um ihn glaubwürdig nachahmen zu können. Ein Schieringer, der sie in ein Gespräch verwickelte, würde rasch Verdacht schöpfen.

Das Glück war ihnen hold. Von Westen kommend zog eine größere Gruppe Schieringer durch die Geest. Die etwa fünf Dutzend Männer schlurften schweigend einher, sie wirkten wie eine Trauerprozession in ihren hellen Kitteln. Viele schleppten Säcke und Körbe, andere trieben Schweine und Gänse vor sich her. Offenbar hatten sie in der Marsch Höfe geplündert, um Proviant aufzutreiben. Ein Geistlicher des Zisterzienserordens marschierte den Söldlingen voran, gestützt auf einen Wanderstecken, den er bei jedem Schritt in den matschigen Boden rammte. Ein verschwitzter Haarkranz umgab die kahl geschorene Schädeldecke, seine Äuglein glitzerten vor Eifer.

»Verzagt nicht, ihr tapferen Recken!«, verkündete der Feldkaplan. »Ocko liegt am Boden. In wenigen Tagen schon wird der Sieg unser sein.« Offenbar wusste der ergraute Pfaffe nichts von den Verhandlungen in der Schnappe. »›Die Tugend der Geduld ist größer als Zeichen und Wunder‹, lehrt uns der heilige Gregor. Üben wir uns also in Langmut«, fuhr er munter fort. »Sobald wir im Lager sind, werde ich mich bei Häuptling Volkmar Allena dafür einsetzen, dass ihr rasten dürft. Mein Wort darauf, so wahr ich Bruder Winoldus heiße. Ihr seid meine Kinder, ich passe stets auf euch auf wie ein gütiger Vater. Nun lasst uns singen!«

Der Feldkaplan stimmte ein fröhliches Soldatenlied an. Kaum ein Krieger sang mit. Tatsächlich waren die Westfriesen derart erschöpft, dass sie kaum Notiz von der Umgebung nahmen, sodass es Yneke und den Seinen ein Leichtes war, sich der Schar unauffällig anzuschließen und mit ihr ins Lager zu marschieren.

Yneke wollte jeden Kontakt zu Schieringern vermeiden. Während sich der Trupp zerstreute, gingen die sieben Männer eilends weiter zum Dorf. In Friedenszeiten war er oft in Aurich gewesen, aber jetzt erkannte er die Siedlung kaum wieder. Der einst blühende Marktflecken war zu einem stinkenden Höllenloch verkommen, zu einer Mischung aus Trümmerfeld, Latrine und Friedhof. Kriegsvolk döste in den Hütten und lungerte zwischen den Ruinen herum. Neben dürftig verscharrten Leichen verschlangen die Männer ihr Essen, soffen ihr Dünnbier, schissen auf die Erde.

Aus dem Bodensatz aus Dreck, Gestank und Pulverdampf stieg die Burg auf. Wuchtig beherrschte sie das Dorf und ragte zwischen den niedrigen Strohhütten empor wie ein Felsblock zwischen ausgetrockneten Moosbuckeln. Sie war größer als das Steinhaus in Warfstede, sogar größer als das Heim der tom Brok in Marienhafe. Im Zentrum stand das Wohngebäude, ein schmutzig roter Quader mit verrammelten Fenstern, den kleinere Anbauten sowie ein Ringwall und ein Wassergraben umgaben. Die Mauern trugen Narben vom tagelangen Beschuss, Löcher klafften in den Dächern wie aufgerissene Münder. Auf dem Torhaus flatterte die weiße Parlamentärsflagge im Wind.

Eine Bogenschussweite die Straße herunter lag die Schnappe, das größte Gebäude im Dorf nach der Burg, ein Fachwerkhaus mit steilem Giebel und rauchendem Schlot, das einem wohlhabenden Mann gehörte. Seit einigen Tagen diente es Volkmar Allena als Hauptquartier.

Hundert und mehr Männer drängten sich um die Schnappe, ein paar Wehrbauern und Söldlinge aus Osterhusen und Emden, aber hauptsächlich Schieringer. Sie spähten durch die Butzenscheiben in der Hoffnung, etwas über die Verhandlungen zu erfahren, die im Innern stattfanden. Yneke versuchte gar nicht erst, sich einen Weg durch das Gewühl zu bahnen. Mit seinen Mannen zwängte er sich in eine Lücke zwischen zwei Bauernhäusern gegenüber der Schnappe, von wo aus sie einen guten Blick auf die Eingangstür hatten. Der Misthaufen in ihrem Rücken stank beträchtlich, doch dieser Geruch war Yneke allemal lieber als der scheußliche Brodem aus Blut und Verwesung, der wie ein unsichtbarer Nebel durch das Dorf waberte.

Sie mussten nicht lange warten. Nach kurzer Zeit flog die Tür der Schnappe auf, und ein zorniger Ocko tom Brok stürmte ins Freie, gefolgt von einer sechsköpfigen Leibwache.

»Hört her, ihr Friesen!«, donnerte er. »Es hätte hier und heute Frieden geben können. Volkmar Allena und Hisko Abdena hätten nur mein Angebot annehmen müssen. Ein maßvolles Angebot war es, ein gerechtes. Trotzdem schlugen sie es in den Wind – aus Stolz, Habgier und Torheit. Dankt euren Häuptlingen, wenn deswegen euer Blut vergossen wird!«

Allena erschien in der Tür, das Gesicht bleich vor Rage, die Augen flammend wie zwei glühende Brocken Kohle. »Ein maßvolles Angebot nennst du das?«, schrie er. »*Du* bist derjenige, der den Hals nicht voll bekommt – der auf kein Quäntchen Land und Macht verzichten will, obwohl er geschlagen am Boden liegt. Jeder Tropfen Friesenblut, der von nun an die Erde tränkt, geht auf deine Kappe!«

»Du bist ein Gernegroß und ein Narr dazu!«, schleuderte Ocko ihm entgegen. »Es war ein Fehler, auch nur daran zu denken, mit dir zu verhandeln. An einen wie dich ist jedes vernünftige Wort verschwendet. Alles, was du verstehst, ist die Sprache des Schwertes!«

Wüste Drohungen und Schmähworte flogen hin und her. *Stiftet Verwirrung*, hatte Widzelt befohlen. Aber das war nicht nötig – es geschah ohne ihr Zutun. Allenas Gefolgsleute strömten auf die

Gasse und beschimpften Ocko, dessen Leibwächter sich abmühten, die herandrängenden Männer mit Schilden und Speerschäften von ihrem Herrn fernzuhalten. Ocko wollte sich zur Burg zurückziehen, doch der Weg war versperrt, sodass er kaum vorankam.

Yneke nickte Cord zu. Sie zogen sich die Umhangkapuzen über, verbargen ihre Gesichter und mischten sich unter das tobende Kriegsvolk. Rücksichtslos stieß Cord Männer zur Seite. Der eine oder andere bekam das Schiffstau zu spüren, wenn er partout nicht weichen wollte. So arbeiteten sie sich vor zur vordersten Reihe, wo ein hitziges Handgemenge zwischen den aufgebrachten Schieringern und den schwer gerüsteten Leibwachen stattfand.

»Du Schlächter!«, beschimpfte ein Westfriese Ocko. »Verrecken sollst du!«

»Trampelt ihn nieder, den Holländerknecht!«, brüllte ein zweiter.

Bislang kamen lediglich Worte und Hände zum Einsatz, keine Waffen. Trotz allem hatte Ockos Garde die Lage unter Kontrolle. Volkmar Allena versuchte zu verhindern, dass ihm die Situation vollends entglitt.

»Ich habe ihm Geleitfrieden zugesichert«, übertönte er das Geschrei. »Lasst ihn passieren. Wer Ocko Schaden zufügt, wird an Leib und Leben bestraft!«

Die Gasse vor der Schnappe mit ihren wogenden Körpern glich einem brodelnden Hexenkessel, einem erhitzten Pulverfass … das Cord zum Explodieren brachte. Er schob sich nah an einen Leibwächter heran, in der Hand den Dolch, verborgen im weiten Ärmel der Kutte. Als der Mann ihn wegstoßen wollte, fand Cord eine Lücke zwischen den Schilden und rammte ihm die Klinge in die Seite. Gurgelnd und Blut spuckend taumelte der Krieger rückwärts, fiel zu Boden. Cord packte den neben ihm stehenden Schieringer und stieß ihn nach vorn. Ockos Leibwächter hielten ihn für den Mörder ihres Waffenbruders und drangen mit Speeren und blanken Schwertern auf ihn ein. Durchbohrt und aufgeschlitzt sank der Mann in den Dreck.

Die Menge schrie wie aus einem Mund, stimmte ein wildes Geheul an und verschmolz zu einer vielköpfigen, vielgliedrigen, rasenden Bestie. Dolche, Schwerter, Haumesser flogen aus den Lederhüllen. Äxte und Streitkolben fuhren auf die Leibgarde nieder, zerschmetterten

Schilde und Knochen. Der Schutzwall aus gepanzerten Leibern um Ocko zerbrach. Von einem Moment auf den nächsten war der selbst ernannte Fürst von Ostfriesland der hasserfüllten Meute ausgeliefert. Er zückte das Schwert, nahm dem toten Leibwächter den Schild ab und erwehrte sich seiner Haut. Den ersten Angreifer streckte er mit einem mächtigen Streich nieder. Dem zweiten spaltete er den Schädel. Dem dritten trieb er die Klinge ins Herz.

Da tat sich ein Fluchtweg auf. Als Ocko sich eben durch die Lücke zwischen den Männern zwängen und zur Burg eilen wollte, war Yneke bei ihm.

Ocko fuhr zu ihm herum, das blutige Schwert in der Hand. Er schaute ihm in die Augen, erkannte ihn trotz der Kapuze.

»Du«, sagte er nur.

Scham und Selbsthass durchzuckten Yneke, schmerzhaft wie ein Lanzenstoß. *Der Tyrann muss sterben*, sagte er sich, *für den Frieden, für Ostfriesland!* Es reichte nicht. Er war gehemmt, innerlich wie erstarrt.

Da glaubte er die hämische Stimme seines Vaters zu hören. *Feigling! Hasenfuß! Erbärmlicher Wicht!*, geiferte sie. *Tu es! Tu einmal in deinem jämmerlichen Leben etwas Mutiges!*

Yneke stieß zu.

Ocko war derart überrumpelt, dass er nichts zu seiner Verteidigung unternahm. Das Schwert schrammte am Schild vorbei, traf ihn oberhalb des Harnischs am Hals, bohrte sich unter dem Kinn ins Fleisch. Blut quoll ihm aus dem Mund, er ließ die Waffe fallen und brach in die Knie. Yneke riss die Klinge zurück und starrte sein Werk an. Röchelnd presste sich Ocko die Hand auf die Wunde, versuchte vergeblich, den Blutfluss aufzuhalten. In ungeheuren Mengen strömte ihm der Lebenssaft über Brust und Arme. Solch eine Verletzung überlebte niemand. Selbst der fähigste Chirurgus könnte nichts dagegen ausrichten. Yneke fuhr zu Cord herum. Der Krieger verstand und stieß die rangelnden Männer zur Seite, schuf eine Gasse, durch die sie sich davonmachen konnten.

Yneke und seine Gefolgsleute ließen die Schnappe, die Menschenmenge, das Geschrei hinter sich und huschten unbemerkt davon, während der sterbende Ocko tom Brok von drei Dutzend Paar Füßen in den Schlamm getrampelt wurde.

Später konnte sich Yneke kaum an den Rückweg über die Schlachtfelder erinnern. Sein Kopf war leer. Alles, was er sah, hörte und spürte, erschien ihm unwirklich, als wäre dieser Tag nichts als ein weingeschwängerter Traum.

Widzelt stieg wie ein Erdgeist aus dem Loch mit den Leichen der Schieringer auf. »Ist es getan?«

Yneke konnte nicht antworten, er nickte nur. Widzelt strahlte ihn an.

»Du bist ein großer Mann. Mutig wie kein zweiter. An meine Brust, Bruder!«

Die Umarmung war seltsam tröstlich, als wäre Widzelt tatsächlich ein großer Bruder, der ihn beschützte, zu dem er aufsehen konnte.

Der Feldherr klopfte ihm auf die Schultern, löste sich von ihm und blickte die sieben Männer an. »Ihr werdet niemals darüber sprechen, was soeben geschehen ist. Wenn euch jemand fragt, wieso wir die Stellung verlassen haben, sagt ihr, dass wir zu Ocko wollten, um ihm beizustehen. Wegen des Aufruhrs vor der Schnappe ist uns das aber nicht gelungen, sodass wir seinen tragischen Tod nicht verhindern konnten. Verstanden?«

Yneke und seine Krieger bejahten eifrig.

»Schwört, dass eure Lippen für alle Zeiten versiegelt bleiben«, verlangte Widzelt. »Schwört es beim Heil eurer unsterblichen Seele.«

Auch das taten die sieben Männer.

»Gut. Ihr habt euch eine Belohnung verdient. Später wird jeder von euch einen Gulden bekommen. Du, Freund Yneke, sogar drei. Sollte einer von euch so töricht sein, seinen Schwur zu brechen, ist er des Todes und wird zur Hölle fahren.« Der Reihe nach schaute Widzelt seinen Mitverschwörern in die Augen und stellte sicher, dass sie seine Drohung nicht vergaßen. Yneke wurde bewusst, dass dieser Mann ihn nun für den Rest seines Lebens in der Hand hatte. Seltsamerweise störte ihn dieser Gedanke nicht sonderlich.

»Zieht nun diese lächerlichen Kittel aus und geht zurück zu den anderen.«

Yneke warf den Schieringerrock in die Senke. Als Widzelt keine Anstalten machte, ihnen zu folgen, fragte er: »Was ist mit dir?«

»Ich gehe zu Volkmar Allena. Es gilt, einen Frieden auszuhandeln.«

»Allein? Das ist gefährlich.«

Doch Widzelt eilte bereits von dannen.

In der Kapelle war es still wie in einer Gruft. Und nicht nur da: überall in der Burg, ja im ganzen Dorf, so schien es. Foelke erinnerte sich vage an die Menschen, die sie in den vergangenen Stunden gesehen hatte, an die Knechte, Mägde, Krieger. Alle hielten den Kopf gesenkt, niemand sprach. Als habe Gott sie stumm gemacht, um die Friesen für das Verbrechen an ihrer Familie zu strafen.

Jemand hatte ihr erzählt, Volkmar Allena und seine Verbündeten seien im Morgengrauen abgezogen, die Schieringer auf der Flucht in den Westergo, der Krieg sei zu Ende. Wer war das gewesen – Almer? Widzelt? Sie wusste es nicht mehr, und es interessierte sie nicht.

Sie kniete an Ockos Bahre und hielt seine Hand.

Die Abendsonne strahlte durch das Buntglasfenster über dem Altar und tupfte das Leichentuch rot, grün und blau. Man hatte den verstümmelten Körper von Kopf bis Fuß abgedeckt und Foelke geraten, das Tuch nicht zu lüften. Sie hatte nicht darauf gehört. Der Anblick, der sich ihr geboten hatte, würde sie bis ans Ende ihrer Tage verfolgen.

Oh Ocko, Geliebter… warum?

Warum war er nicht bei ihr geblieben? Wieso hatte er nicht auf sie gehört und die schützende Burg verlassen?

Sie presste seine kalte Hand an ihre Wange, küsste die Finger. Schloss die Augen.

Keno wusste noch nicht, was geschehen war. Wie sollte sie dem Jungen erklären, dass der Vater ermordet worden war, in Stücke gerissen von einer rasenden Meute? Der Gedanke erfüllte sie mit Verzweiflung, mit Schrecken. Ihr fehlte die Kraft, das zu tun, und sie wusste nicht, ob sie sie je würde aufbringen können. Ihr Kopf war leer. Der Leib steif, wie gelähmt.

Irgendwann vernahm sie Schritte auf dem Steinboden. Ein Mann kniete zu ihrer Linken, ein anderer zu ihrer Rechten.

Almer bekreuzigte sich und küsste das kleine Kruzifix, das er am Hals trug.

Der andere war Widzelt. Er schaute Foelke nicht an, sein Blick galt dem verhüllten Leichnam. Eine einzelne Träne rann ihm über die Wange.

Es gab nicht viel Liebe zwischen ihnen, dachte Foelke. *Und doch weint er um den Vater.*

Der Bastard war ihr Feind, ihr Rivale um die Macht im Hause tom Brok – nun mehr denn je. Doch in diesem Augenblick fühlte sie sich Widzelt seltsam verbunden. Verbunden im gemeinsamen Schmerz. Sie öffnete den Mund, versuchte zu sprechen, doch es dauerte eine Weile, bis es ihr gelang, Worte zu formen.

»Ich will, dass seine Mörder gefunden werden.«

»Volkmar Allena hat mir sein Wort gegeben, sie aufzuspüren und an uns auszuliefern«, sagte der Bastard.

»Nein.« Eine Silbe wie ein Peitschenknall. »Allena ist ein ehrloser Lügner. Er war es, der den Mord befohlen hat.«

»Er sagt, er habe nichts damit zu tun. Die Schieringer hätten Ocko eigenmächtig angegriffen. Das hat er geschworen, bei Gott und seiner Seele.« Der Bastard zögerte. »Aber es ist möglich, dass er lügt.«

»Natürlich lügt er. Er hat deinen Vater ermordet. Du musst Ocko rächen.«

»Das kann ich nicht. Wir sind zu schwach für einen neuen Krieg gegen Allena.«

»Aus dir spricht die Feigheit!« Ein Teil von Foelke wusste, dass es ungerecht war, was sie da sagte. Doch sie wollte jemanden verletzten. Es machte den Schmerz erträglicher, wenigstens für den Moment.

Der Bastard hüllte sich in Schweigen. Almer sagte an seiner Stelle:

»Widzelt hat gestern großen Mut bewiesen. Er hat Volkmar Allena aufgesucht, obwohl er dabei riskierte, ebenfalls vom rasenden Kriegsvolk erschlagen zu werden. Es ist ihm gelungen, einen Frieden auszuhandeln, womit er unser aller Leben gerettet hat. Ich weiß, dass der Schmerz aus dir spricht. Doch dein Zorn trifft den Falschen.«

Dieses salbungsvolle, beschwichtigende Geschwätz! Was fiel ihm ein, sich mit Widzelt zu verbrüdern und mit ihr zu reden, als wäre sie ein törichtes Kind? Foelke wäre am liebsten aufgesprungen und hätte den Pfaffen mit Schlägen gezüchtigt. Sie verharrte auf den Knien, kniff die Lippen zusammen. Ein Rest von Selbstbeherrschung bewahrte sie davor, sich an Ockos Totenbett zur Närrin zu machen.

»Allena kann ich nicht strafen«, sagte Widzelt mit sanfter Stimme. »Aber die Männer, die deinen Gemahl ermordet und seinen Leichnam geschändet haben, ob nun auf Allenas Befehl oder nicht – sie kann ich zur Rechenschaft ziehen. Alle hundert, die vor der Schnappe tobten wie hundswütige Köter.«

Foelke spürte seinen Blick, er bohrte sich ihr geradezu in den Schädel.

»Ich werde sie finden und an den Haaren zu dir schleifen«, wisperte der Bastard, »jeden einzelnen, und wenn es Jahre dauert. Du hast mein Wort.«

Sie hob den Kopf, schaute Widzelt in die Augen. »Bring sie mir«, hörte sie sich sagen. »Ich will ihre Köpfe. Ich werde sie aufspießen, an den Toren und an den Häfen, damit ganz Friesland sieht, was mit unseren Feinden geschieht.«

Der Bastard nickte grimmig. »So soll es sein.«

»O Herr«, betete Almer, »gib ihm die ewige Ruhe, und das ewige Licht leuchte ihm. Lass ihn ruhen in Frieden. In Ewigkeit. Amen.«

Kapitel neunzehn

Warfstede

Bei seiner Heimkehr nach Warfstede haderte Yneke Egers mit seinem Gewissen.

Wenn er die Augen schloss, war er wieder in Aurich und sah alles in kristallklaren Bildern vor sich. Die tobende Menschenmenge vor der Schnappe. Geschrei, Gerangel, ein aufblitzender Dolch. Ocko, der plötzlich dalag, blutend, sterbend. Würde die Erinnerung daran eines Tages verblassen, verschwinden? Er hoffte es inständig.

Dass ihn einstweilen Gewissensbisse quälten, war nur natürlich. Er, Yneke Egers, würde diese Bürde mannhaft tragen. Es war der Preis, den er zahlen musste, zahlen würde. Es erhob seine Tat in den Rang eines heldischen Aktes. Bewiesen die Schuldgefühle nicht eindrucksvoll, dass er keineswegs ein schlechter Mensch war, sondern ein rechtschaffener, der in einem Gewissenskonflikt eine selbstlose Entscheidung getroffen hatte?

Ja, das tun sie, sagte er sich zehnmal, hundertmal. *Ich habe richtig gehandelt.*

Außerdem: Es war nicht wichtig, wer den Tyrannen beseitigt hatte. Entscheidend war, was *danach* passiert war. Dass Ocko erschlagen worden war, obwohl man ihm sicheres Geleit versprochen hatte, befleckte Volkmar Allenas Ehre. Sein Ansehen unter den Häuptlingen hatte beträchtlich gelitten. *Gott strafe den Eidbrecher!*, beteten die Menschen dieser Tage. Das hatte sich Widzelt zunutze gemacht. Er hatte dem zerknirschten Allena einen Frieden mit großzügigen Bedingungen abgetrotzt: Die tom Brok mussten – obwohl besiegt und geschwächt – keine Buße zahlen, keine Geiseln stellen, kein Land abtreten.

Frieden – das allein zählt, dachte Yneke. *Ein Leben habe ich genom-*

men, aber Hunderte gerettet. Es gibt wahrlich keinen Grund, sich Vorwürfe zu machen.

Sein Gewissen verstummte.

Dass es Widzelt gelungen war, den fruchtlosen Krieg zu beenden und die sicher geglaubte Niederlage abzuwenden, brachte ihm bei den Vögten und den Verbündeten reichlich Ruhm ein. Über Nacht stieg er zum neuen starken Mann im Hause tom Brok auf. Die Vormundschaft über Keno teilte er sich bereits mit Foelke. Auch bei der Klärung der Regentschaft würde man nicht an ihm vorbeikommen.

Und Yneke war sein Freund, sein wichtigster Vasall, der Erste unter den Vögten. Bald, so hatte Widzelt ihm versprochen, werde der Lohn für seine Treue fließen. Gewissermaßen als Vorschuss und als Ersatz für die Gefallenen hatte er Yneke ein Dutzend neue Kämpfer zur Seite gestellt.

An der Spitze des Kriegsvolks reitend zog er nach Warfstede ein. Man freute sich nicht über seine Heimkehr. In den Gesichtern las er Furcht und Ablehnung. Manch ein Dörfler verschwand in seiner Hütte, als der Trupp des Weges kam.

Sie hassen mich von Tag zu Tag mehr.

Nachdem er sich im Steinhaus mit Dünnbier, Brot und kaltem Fleisch gestärkt hatte, schickte er nach Marten Ruthers, der kurz darauf zu ihm kam.

»Ist etwas vorgefallen, während ich fort war?«

Der Geselle verneinte. »Im Dorf war es ruhig.«

»Was treiben die Schiffszimmerleute? Gab es noch einmal eine heimliche Zusammenkunft?«

»Nicht dass ich wüsste.«

»Was macht Folkmar Janns?«

»Der ist nicht hier«, berichtete Marten. »Vor ein paar Tagen ist er nach Bremen aufgebrochen.«

»Um was zu tun?«

»Keine Ahnung.«

»Ist er allein unterwegs?«

»Ja.«

»Wann genau hat er Warfstede verlassen?«, hakte Yneke nach.

Marten überlegte. »Am Albertstag … Nein, schon einen Tag früher.«

»Demnach am sechsten August?«

»Das müsste hinkommen.«

Yneke kam eine Idee. Prickelnde Aufregung durchströmte ihn. Wenn er es klug anstellte, konnte er sich dies zunutze machen. Vielleicht war das die Gelegenheit, auf die er schon so lange wartete. Er winkte Cord zu sich.

»Verhaftet Folkmar Janns, sowie er auftaucht. Das sollte spätestens am 14. der Fall sein – der Kerl will an Mariae Himmelfahrt seine Verlobung feiern. Passt ihn vor dem Dorf ab. Er darf keine Gelegenheit bekommen, mit jemandem zu sprechen.«

Cord zog los, um die Torwächter zu benachrichtigen.

»Was wird mit Folkmar geschehen?«, fragte Marten Ruthers.

»Überlass das mir«, sagte Yneke. »Du darfst gehen.«

Der Geselle schlich davon. Yneke stellte den Ellbogen auf den Tisch, legte das Kinn auf die Faust und dachte konzentriert nach. Für das Vorhaben brauchte er Hilfe. Widzelts Hilfe. Er musste so schnell wie möglich zurück nach Aurich.

Er rief nach dem Stallburschen und befahl dem Jungknecht, ihm ein frisches Pferd zu satteln.

Marten war die Warf hinabgestiegen. Nun stand er am Hafen und starrte auf den See hinaus, die Hand auf den Mund gepresst.

Was, bei allen gehörnten Höllendienern, führte der Vogt im Schilde? Marten mochte kein Gelehrter sein, aber er erkannte die Mordlust in den Augen eines Mannes, wenn er sie sah. Yneke wollte Folkmar ans Leder, so viel stand fest. Er würde sich nicht damit begnügen, ihn in den Kerker zu werfen.

Marten fühlte sich elend. Derart miserabel, dass er sich am liebsten vor Scham das Gesicht zerkratzt hätte.

Ja, er konnte Folkmar nicht ausstehen. Ja, er wollte ihm eins auswischen und dabei den einen oder anderen Gulden einstreichen. Aber *das* hatte er nicht gewollt. Wenn man Folkmar einsperrte, folterte, umbrachte, wäre es allein seine Schuld.

Beim heiligen Magnus, was hab ich getan?

Neben der Reue setzte ihm Furcht zu, die Angst vor Entdeckung. Wenn die Dorfbewohner herausfanden, dass er sie für den Vogt ausspioniert und Folkmar ans Messer geliefert hatte, wäre es aus mit ihm. Marten Ruthers wäre ein toter Mann. Die Schiffszimmerleute würden ihn aus seiner Hütte zerren und an Ort und Stelle zu Brei schlagen.

O Herr, was soll ich nur tun?

Doch Gott antwortete nicht – natürlich nicht. Marten war ein Verräter, ein Judas, der schlimmste aller Sünder. Auf seine Seele warteten die Hölle und unvorstellbare Qualen bis ans Ende aller Tage.

Sein Magen revoltierte. Er würgte und konnte den Brechreiz im letzten Moment unterdrücken.

Er musste versuchen wiedergutzumachen, was er angerichtet hatte. Kurz entschlossen setzte er sich in Bewegung, schritt zügig zur Warf und machte dabei einen Umweg durchs Dorf und über die Äcker, damit kein Bewohner des Steinhauses sah, wohin er ging.

Jann Wilken weilte gerade auf der neuen Warf im Deichvorland, er arbeitete an dem Ewer. Marten blieb auf der Deichböschung stehen und beobachtete den Meister aus zehn Klafter Entfernung, auf der Unterlippe kauend.

Die Zeit drängt. Und langes Zögern macht es nicht leichter. Geh hin!

Marten fasste sich ein Herz und stieg hinauf zu Jann.

Jann betastete die Narbe an seinem Unterarm. Sie juckte seit Sonnenaufgang, das Kribbeln wurde stündlich stärker. Ein Wetterumschwung stand bevor, nur welcher Art? Würde es regnen? Würde der Wind drehen? Stand ihnen womöglich ein Sturm bevor? Unwahrscheinlich im Hochsommer, aber sicher sagen konnte man es nicht. Das Wetter spielte seit Jahren verrückt, auf die alten Gesetzmäßigkeiten war kaum noch Verlass.

Jann betrachtete den Ewer. Die Helling, auf der das Segelboot lag, war steiler als die Erdrampen am Seeufer. Der Stapellauf würde somit riskanter sein. Wenn das Boot nicht richtig ins Wasser glitt, konnte es kentern, leckschlagen gar, und die Arbeit vieler Wochen wäre dahin. Plötzlich aufkommende Sturmböen würden den Stapellauf zusätzlich erschweren …

»Auf ein Wort.«

Jann fuhr erschrocken herum. Vor ihm stand Marten Ruthers.

»Was ist?«, brummte er. Er mochte es nicht, wenn sich die Leute an ihn heranschlichen und ihm derart auf die Pelle rückten.

»Ich muss mit dir sprechen – ungestört«, murmelte Marten.

»Du siehst doch, dass ich beschäftigt bin.«

»Es geht um Folkmar. Er ist in Schwierigkeiten.«

Jann runzelte die Stirn. »Er ist zurück?«

Der Geselle schüttelte den Kopf. »Der Vogt will ihn festnehmen, sobald er heimkehrt.«

Jann starrte den jungen Mann an. Er wandte sich zu den Zimmerleuten um, die mit schweren Hämmern neben dem Ewer standen und darauf warteten, die Stützbalken wegzuschlagen. »Wir verschieben den Stapellauf«, rief er. »Meldet euch bei den Meistern. Sie sollen euch andere Arbeit geben.«

Während sich die Männer zerstreuten, packte Jann Marten am Arm und führte ihn hinter den Ewer.

»Noch mal von vorn: Yneke will Folkmar verhaften?«

»Ja.«

»Wieso, bei allen Dämonen?«

»Ich glaube, er will ihm was anhängen.«

»Was? Hast du getrunken?«

»Nein! Bitte, du musst mir glauben. Folkmar ist in Gefahr.«

»Hat Yneke vom Treffen der Zimmerleute erfahren?«

»Keine Ahnung. Möglich wäre es.«

Jann wusste nicht, was er von alldem halten sollte. Marten wirkte nicht, als würde er ihm eine Lüge auftischen. Er sah ernstlich besorgt aus. Andererseits war er in der Vergangenheit nicht gerade durch übergroße Zuverlässigkeit aufgefallen. Allzu oft hatte er sich als Großsprecher hervorgetan, der gern Gerüchte verbreitete, um sich wichtigzumachen.

»Du musst ihn warnen«, sagte der Geselle beschwörend.

Jann packte ihn mit beiden Händen an den Schultern. »Woher weißt du das alles?«

Eine Regung, die er nicht recht einordnen konnte, flackerte in Martens Augen auf. Schreck? Schuldbewusstsein? »Hab zufällig gehört, wie der Vogt mit Cord Hanneken geredet hat«, antwortete der junge Zimmermann.

Jann ließ ihn los, kniff die Lippen zusammen und rieb sich die Stirn. Die Geschichte klang abenteuerlich … und dann wieder doch nicht. Yneke hasste Folkmar, und Skrupel kannte er nicht. Aber würde er wirklich so weit gehen, um Folkmar zu vernichten?

Ja, dachte Jann.

Die Furcht fraß sich wie eine Ratte durch sein Inneres. Er hakte ein letztes Mal nach, in der Hoffnung, die Geschichte würde sich doch noch als eine Lüge entpuppen. »Das ist wirklich kein schlechter Scherz?«

»Du hast mein Wort.«

Er schluckte trocken. »Geh zu meiner Frau. Sag ihr, was geschehen ist und dass ich versuche, Folkmar zu warnen.«

»Die Torwächter sollen ihn vor dem Dorf abpassen. Nimm dich vor ihnen in Acht – nicht dass sie Verdacht schöpfen«, riet Marten ihm.

Jann ließ den Gesellen stehen, eilte den Deich an der Landseite hinab und brüllte: »Bringt mir ein Pferd!«

Bei den Werkhütten trieb er einen Beutel auf, stopfte hastig etwas Geld und Reiseausrüstung hinein. Kurz darauf saß Jann im Sattel, ritt gemächlich durch das Tor und grüßte die Wachen. Kaum verbarg ihn das Gebüsch auf dem Geestrücken vor ihren Blicken, trieb er das Pferd an und jagte davon, als säßen ihm sämtliche Fürsten der Hölle im Nacken.

Friesischer Heerweg zwischen Leerhafe und Wittmund

Folkmar stieg aus dem Sattel und tränkte das Pferd an einem Bach, der neben dem Bohlenpfad plätscherte. Im Westen glühte der Himmel wie Drachenfeuer, leuchtende Farben flossen am Horizont ineinander, purpur, orange, golden, königsblau. Darunter die endlose Geest, moosgrün und heugelb, die Sandrücken weiß und violett vom Heidekraut. Die wenigen Bäume warfen lange Schatten, die wie Riesenhände über das Land griffen.

Es war nicht mehr allzu weit bis Warfstede, doch der Abend nahte. Folkmar würde die Nacht in Wittmund verbringen und den Rest des Weges ausgeruht am nächsten Morgen zurücklegen. Während der

Wallach seinen Durst stillte, zog er die Schuhe aus und kühlte seine Füße im Wasser.

Er holte den Ring hervor. Der Juwelier hatte sich selbst übertroffen. Das Gold gleißte, der winzige Rubin fing die Abendsonne auf und glitzerte wie von Zauberkraft erfüllt. In die Innenseite waren ihre Initialen graviert, *A* und *F*.

Bald, dachte er. In vier Tagen schon würde er Almuth den Ring anstecken und ihre Verlobung besiegeln. Sie würde ihn tragen als Zeichen seiner Treue. Wenige Wochen später würden sie heiraten.

Folkmar drehte den Ring in den Fingern, betrachtete das Farbenspiel am Firmament und verlor sich in Erinnerungen an Almuths Gesicht, ihr Haar, ihre Stimme. Schließlich steckte er das Kleinod zurück in die Geldkatze, schlüpfte in die Schuhe und streichelte den Wallach.

»Noch eine halbe Meile, dann hast du's geschafft für heute.«

Er stieg in den Sattel und ritt gemächlich weiter. Die Bauern verließen die Felder, als die Sonne dem Horizont entgegensank. Er war der einzige Reisende, der zu dieser späten Stunde auf dem Heerweg unterwegs war … abgesehen von einem anderen Reiter, der ihm eben von Wittmund entgegenkam. Der Mann musste es eilig haben, denn er ritt viel schneller, als es in der Abenddämmerung ratsam erschien. Vielleicht beförderte er eine wichtige Botschaft.

Folkmar runzelte die Stirn. Der Reiter kam ihm bekannt vor. War das sein Vater? Bei Gott, tatsächlich!

Jann schwenkte den Arm. »Den Heiligen sei Dank – da bist du!«, keuchte er und zügelte das Pferd. »Du darfst nicht heimkehren. Yneke hat es auf dich abgesehen.«

»Was redest du da?«

Jann war staubig, verschwitzt, zu Tode erschöpft von dem Gewaltritt, den er hinter sich hatte. Er glitt aus dem Sattel, stolperte zum Bach und schöpfte mit den Händen Wasser, das er zunächst gierig trank, ehe er sich das glühende Gesicht abwusch. Folkmar stieg ebenfalls ab und wartete, bis sein Vater zu Atem gekommen war. Der wischte sich mit dem Ärmel über Nase und Mund und blinzelte die restlichen Tropfen weg.

»Marten Ruthers hat Yneke belauscht. Er will dich bei deiner Rückkehr verhaften. Marten glaubt, dass er dir ans Leder will.«

»Das ist doch Irrsinn.« Folkmar lachte trocken auf.

»Kein Irrsinn. Der Kerl hasst dich. Ihm wäre jedes Mittel recht, um dich zu vernichten.«

»Bist du sicher, dass Marten dich nicht auf den Arm genommen hat?«

»Du hättest ihn sehen sollen. Er hatte Angst um dich. Bei Marten will das was heißen. Ich weiß nicht, was Yneke vorhat. Vielleicht hat er von der geheimen Zusammenkunft der Zimmerleute erfahren und will die Aufrührer bestrafen. Vielleicht will er dir irgendetwas anhängen.«

»Damit kommt Yneke nicht durch.«

»Wer will ihn denn daran hindern? Du musst dich verstecken«, sagte Jann. »Zumindest bis wir wissen, was Yneke im Schilde führt.«

»Aber wenn er mir etwas anhängen will, spiele ich ihm in die Hände, wenn ich fliehe. Dann sehe ich erst recht aus wie jemand, der etwas auf dem Kerbholz hat.«

»Wenn Yneke dir wirklich nach dem Leben trachtet, wird kaum jemand ihn aufhalten können. Du musst es ihm so schwer wie möglich machen, dich zu finden.«

»Ich verpasse meine Verlobung!«

»Ich fürchte, du hast gerade andere Sorgen.«

Folkmar wandte den Blick ab, schaute in die Ferne und nahm mehrere tiefe Atemzüge. »Ich kann das nicht glauben …« Er schüttelte den Kopf. Sein Gesicht fühlte sich plötzlich heiß an, der Rachen rau, wie mit Sand ausgekleidet. »Dieser hinterhältige Sauhund!«

Sein Vater blickte ihn an. Mitfühlend, verzweifelt, blass vor hilflosem Zorn.

Folkmar schluckte trocken. Einmal, zweimal. Seine Hand umklammerte den Zügel so fest, dass das Leder in die Haut schnitt. »Ich reite zum Rand des Moors, wo kaum jemand lebt. Dort finde ich sicher ein Versteck.«

»Die zerfallene Kapelle im Grenzland«, schlug Jann vor. »Die Leute glauben, dass in der Ruine Geister umgehen. Dort wird dich niemand suchen.« Er löste einen Rübensack vom Sattel. »Nimm das – Geld, Proviant, eine Decke, warme Kleidung. Damit kommst du eine Weile über die Runden.«

»Hab Dank«, brachte Folkmar mit erstickter Stimme hervor.

»Reite querfeldein. Meide Wege und Dörfer. Ich komme zur Kapelle, sobald ich mehr weiß.« Jann umarmte ihn, in seinen Augen standen Tränen. »Gott schütze dich, mein Junge. Unsere Gebete sind mit dir.«

Aurich

»Also – was ist so dringend, dass du mich aus dem Bett holen wolltest?«, fragte Widzelt, während er Grütze mit Grieben in seine Schale schaufelte.

Yneke war bereits am vergangenen Abend in Aurich eingetroffen, zu später Stunde, weswegen der Bastard sich geweigert hatte, ihn zu empfangen. Er hatte die Nacht im Gastquartier der Burg verbracht. Nun saß er mit seinen Herren beim Morgenbrot.

Foelke war totenbleich vor Trauer. Sie sprach kein Wort und rührte das Essen nicht an. Yneke vermied es, sie anzuschauen.

»Ich muss unter vier Augen mit dir sprechen.«

Wenig später verließen sie die beschädigte Burg und schritten durch das von den Kämpfen verwüstete Dorf. Überall waren Männer damit beschäftigt, zerstörte Hütten abzureißen und die Trümmer wegzuschaffen. Yneke entging nicht, dass die Krieger Widzelt voller Ehrerbietung grüßten, als sie des Weges kamen.

Er ist wahrlich der geborene Anführer, dachte er und verspürte Stolz, diesen Mann zum Freund zu haben.

Das angenehme Gefühl verflog, als sie sich der Schnappe näherten. Das imposante Fachwerkhaus ragte vor ihnen auf wie ein Mahnmal seiner Schuld. Es beherrschte den Ortskern, es war unmöglich, es nicht zu betrachten. Sein Magen zog sich zusammen. Seine Hände wurden feucht.

Widzelt streifte ihn mit einem Blick. »Gehen wir da entlang.«

Sie bogen in eine Gasse ein, die ostwärts vom Dorfplatz wegführte, sodass sie die Schnappe nicht mehr sehen mussten. Kurz darauf hatte Yneke sich wieder im Griff.

»Nun sag, Freund Yneke – was bedrückt dich?«, erkundigte sich Widzelt.

»Es geht um Folkmar Janns Osinga. Wir müssen endlich etwas gegen diesen Aufrührer unternehmen.«

»Was hat er jetzt wieder angestellt?« Der Bastard klang allenfalls mäßig interessiert.

»Er wiegelt fortwährend das Dorfvolk gegen mich auf«, log Yneke. »Es ist nur eine Frage der Zeit, bis er die Leute so weit hat, dass sie den Aufstand proben.«

»Mach ihm klar, dass die Geisel stirbt, wenn er nicht aufhört.«

»Das reicht nicht. Er muss verschwinden«, beharrte Yneke.

Widzelt hob eine Augenbraue. »Heiliger Jakob, du hasst den Kerl wirklich, was? Nun, sag deinem Bluthund Cord, er soll ihn im Priel ersäufen – und damit hat es sich.«

»So einfach ist das nicht.« Yneke wollte Folkmars guten Ruf vernichten, damit die Dörfler und insbesondere eine gewisse Maid endlich erkannten, was für ein Lump der Kerl war. Wenn er dafür behutsam das Recht beugen musste, würde er es tun. Mitunter musste ein Mann zur Notlüge greifen, um eine tiefere Wahrheit zu enthüllen. »Er ist beliebt in Warfstede. Ich brauche einen handfesten Grund, um gegen ihn vorzugehen. Andernfalls gibt es erst recht einen Aufstand. Aber bisher konnte ich ihm nichts nachweisen.«

»Häng dem Kerl irgendwas an. Das kann doch nicht so schwer sein.«

Yneke nickte. Endlich verstand Widzelt, worauf er hinauswollte. »Folkmar Janns war gerade in Bremen, als Ocko … als es vor der Schnappe zum Aufruhr kam. Allein. Wir könnten es so aussehen lassen, als wäre er am siebten August in Aurich und am Angriff auf Ocko beteiligt gewesen. Das würde genügen, um ihn wegen Mordes und Hochverrats anzuklagen.«

Widzelt blieb abrupt stehen und blickte ihn an, zu gleichen Teilen schockiert und belustigt. »Yneke, Yneke, mein lieber Freund. Was sagt man dazu?«, murmelte er, während sie weitergingen.

»Das Vorhaben ist komplex. Um es in die Tat umzusetzen, brauche ich deine Hilfe. Kann ich auf dich zählen?«

»Ich weiß nicht … Findest du das nicht etwas überzogen?«

»Es gäbe mir die Möglichkeit, ein eindrucksvolles Exempel zu statuieren«, erwiderte Yneke stur. »Alle anderen Aufrührer wären derart eingeschüchtert, dass im Kirchspiel fortan Ruhe herrscht. Das ist doch auch in deinem Sinne, oder? Ohne den schwelenden Unfrieden könnten Handel und Landwirtschaft endlich gedeihen, und die Steuern würden nur so sprudeln.«

Als Widzelt noch immer zögerte, konnte Yneke seine Unzufriedenheit nicht länger verbergen.

»Bei den Kämpfen gegen eure Feinde stand ich treu zu dir. Selbst als die Lage aussichtslos erschien und alle anderen zauderten, folgte ich dir bedingungslos. Sogar einen Mord habe ich für dich begangen!«, zischte er leise.

»Still!« Der Bastard packte ihn am Arm. »Nie wieder wirst du davon sprechen, hast du verstanden?«

Waren das Spiegelbilder seiner eigenen Gewissensbisse, die Yneke in Widzelts Augen sah? Nein, da war nichts als Zorn.

»Was ich damit sagen will, ist, dass ich viel für dich getan habe«, fuhr Yneke fort. »Ich bitte dich lediglich darum, meine unverbrüchliche Treue mit ein wenig Unterstützung zu vergelten – gewissermaßen als Anzahlung auf die Belohnung, die du mir versprochen hast.«

Widzelt atmete tief ein und aus: ein Seufzen, das sowohl Resignation als auch Unwillen zum Ausdruck brachte. »Ich schätze es nicht, wenn mich ein Untergebener mit Forderungen und Anspruchsdenken bedrängt. Dergleichen ist unverschämt. Ich allein entscheide, wann und wie ich einen Gefolgsmann belohne. Merk dir das für die Zukunft. Aber weil du ein teurer Freund bist, will ich ausnahmsweise ein Auge zudrücken.«

»Hab Dank.« Es fiel Yneke nicht leicht, sich demütig zu geben.

»Lass uns überlegen, was ich für dich tun kann«, fuhr Widzelt fort. »Dieser Folkmar war am siebten August auf Reisen, sagst du. Wohin noch mal?«

»Nach Bremen.«

»Und er war allein.«

»So ist es.«

Sie besprachen das weitere Vorgehen. Als der Plan in den Grundzügen stand, sagte Widzelt:

»Ich beschaffe dir Zeugen mit gutem Leumund, die beim Prozess versichern werden, Folkmar Janns am siebten August in Aurich gesehen zu haben. Bleibt die Landsgemeinde. Folkmar wird versuchen, seine Verurteilung vor den Sechzehn anzufechten. Kümmere dich darum.« Er zählte drei Namen auf und riet Yneke, die Richter aufzusuchen.

»Das mache ich. Hab Dank.«

»Damit sollte die Sache wasserdicht sein.« Widzelt schüttelte schmunzelnd den Kopf. »Wahrlich, Freund Yneke, du bist sehr viel skrupelloser, als ich dachte. Ich muss gestehen, dass mir dieser Zug an dir gefällt. Wenn du eine Bedrohung ausgemacht hast, fackelst du nicht lange. Gut so. Aber hüte dich davor, dein Talent zur Intrige gegen mich einzusetzen. Ich würde dich durchschauen und mit aller Härte zurückschlagen.«

»Du bist mein Herr, dem ich vor Gott die Treue geschworen habe. Ich würde dich niemals hintergehen«, versicherte Yneke.

»Das will ich dir auch geraten haben. Eins noch«, sagte Widzelt, als sie kehrtmachten, um zur Burg zurückzugehen. »Was du auch tust, fass die übrigen Osinga nicht zu hart an. Ich brauche sie noch. Sie müssen Schiffe für mich bauen.«

Warfstede

Acht Tage nach Ockos Tod hatte sich in Harlingerland herumgesprochen, was am 7. August in Aurich geschehen war. Seeleute aus Brokmerland brachten die schlimme Kunde nach Warfstede. Seitdem gab es täglich neue Gerüchte. Manche Dorfbewohner behaupteten, Ocko sei von Volkmar Allena getötet worden. Andere hielten Hisko Abdena oder Edo Wiemken für die Hintermänner der Bluttat. Eine dritte Gruppe verdächtigte Jarges Coppen, das Oberhaupt der westfriesischen Schieringer. Eine unübersichtliche Gemengelage. Niemand wusste, welche Folgen dies für Warfstede haben würde. Der Vogt konnte nichts zur Aufklärung beitragen – Yneke Egers war noch nicht heimgekehrt. Seine rechte Hand Cord Hanneken hüllte sich in Schweigen.

Almuth quälten derweil andere Sorgen. Die Angst um Folkmar brachte sie um den Schlaf. Inzwischen wusste sie, dass ihn der Ritt, von dem er nicht wiedergekehrt war, nach Bremen geführt hatte. Dort hatte er einen Ring für sie abgeholt.

Heute wäre ihre Verlobung gewesen.

Am Abend von Mariae Himmelfahrt weilte sie mit ihrem Vater bei Jann und Jorien in deren Haus bei der Lastadie. Dunkelheit sank herab. Sie saßen um ein Talglicht am kalten Herd.

»Ich will zu ihm«, sagte Jorien.

»Wir gehen erst dann zu Folkmar, wenn wir wissen, was Yneke im Schilde führt«, erwiderte Jann. »Und es sollten nur wenige zu ihm gehen. Andernfalls riskieren wir, Cord zu seinem Versteck zu führen. Am besten nur Almuth und ich.«

Jorien kommentierte dies nicht, sie war erschöpft wie sie alle, zu müde für fruchtlosen Streit. Almuth aber sah den Trotz in ihren Augen. Sie wollte ihren Sohn sehen, koste es, was es wolle. Dafür würde sie Himmel und Hölle in Bewegung setzen.

»Ich verstehe das nicht«, sagte Gert zum wiederholten Male und schüttelte matt den Kopf. »Folkmar hat sich nichts zuschulden kommen lassen. Er ist die Rechtschaffenheit in Person. Das muss ein Irrtum sein. Ein Missverständnis. Yneke würde doch keinen Unschuldigen verhaften.«

»Das glaubst auch nur du«, murmelte Almuth gereizt.

»Ja, das glaube ich«, erwiderte Gert heftig. »Er mag hart sein, herrisch gar, aber er ist trotz allem ein Mann des Gesetzes, der das Recht achtet.«

»Wenn Yneke jemanden vernichten will, schreckt er vor nichts zurück«, erwiderte Jann. »Wie er mit Abbe umgesprungen ist, hat doch gezeigt, wie skrupellos er ist. Da die Sache mit der heimlichen Zusammenkunft der Zimmerleute nicht ausreichen dürfte, um Folkmar den Prozess zu machen, wird er ihm irgendetwas in die Schuhe schieben.«

»So ein Mann ist Yneke nicht«, beharrte Gert stur auf seiner Meinung. »Ich bin sicher, die Sache wird sich aufklären, sobald er heimgekehrt ist.«

Niemand widersprach ihm. Auch Almuth hatte es aufgegeben, mit ihrem Vater wegen des Vogtes zu streiten. Er weigerte sich zu erkennen, in welcher Lage sie sich befanden. Er war derart obrigkeitshörig, dass er Ynekes wahres Gesicht nicht sehen konnte oder wollte.

Sie selbst hingegen hatte recht klare Vorstellungen davon, was gerade vor sich ging. Yneke hatte erfahren, dass Folkmar und sie heiraten wollten. Er tobte vor Eifersucht, sein Hass auf Folkmar war daraufhin ins Unermessliche gestiegen, und nun hatte er endlich einen Weg gefunden, seinen Feind und Rivalen zu beseitigen.

Aber warum erst jetzt? Der Tag unserer Verlobung stand seit Monaten fest, Yneke muss schon lange davon wissen. Musste Folkmar Warfstede verlassen, damit die Falle zuschnappen kann?

Auf diese Fragen fand sie keine Antwort, sosehr sie sich auch das Hirn zermarterte.

Sie schwiegen lange. Die unausgesprochenen Sorgen und Befürchtungen lasteten wie mühlradschwere Gewichte auf ihren Schultern.

Jemand klopfte an die Tür. Das Pochen dröhnte derart laut in der Stille, dass Almuth erschrak.

»Wer mag das sein um diese Zeit?«, fragte Jorien.

»Hoffentlich nicht Bent, der uns ruft, weil dein Vater wieder fortgelaufen ist«, brummte Jann und erhob sich schwerfällig. Bent und Etta hatten den alten Folkmar zu sich geholt, um Jorien in dieser schweren Zeit zu entlasten.

Das Klopfen wurde energischer.

»Ist ja gut, ich komm ja schon.«

Jann öffnete die Tür. Das vergehende Tageslicht war inzwischen derart schwach, dass Almuth draußen lediglich eine schwarze Gestalt stehen sah.

»Wo ist Folkmar Janns?«, hörte sie Cord Hanneken fragen.

Almuth wäre beinahe von ihrem Platz aufgesprungen, doch Jorien legte ihr die Hand aufs Bein.

»Bleib ruhig«, sagte sie leise.

»Nicht hier«, beantwortete Jann Cords Frage. »Kann ich stattdessen etwas für dich tun?«

Der Krieger drängte sich wortlos an ihm vorbei und betrat das Haus. Wachsam schaute er sich um, spähte in jeden Winkel. Mit der Rechten knetete er das Schiffstau, das hinter seinem Gürtel steckte.

Jann stellte sich unwissend. »Wieso suchst du Folkmar?«

»Spiel nicht den Dummkopf. Du weißt, warum.« Cord stierte die drei Menschen am Tisch an.

Almuth konnte spüren, wie nervös ihr Vater war. Hoffentlich machte er keine Dummheiten.

»Ich habe keine Ahnung, wovon du redest«, sagte Jann schneidend. »Erkläre dich, wenn du schon ungebeten in das Haus eines freien Mannes eindringst.«

Ein verächtlicher Blick traf ihn. Gleichwohl kam Cord der Aufforderung nach, wenn auch widerwillig. »Ich habe den Auftrag, Folkmar Janns zu verhaften. Also – wo ist er?«

»Was?« Jorien fuhr auf. »Verhaften weswegen?«

Sie war eine gute Schauspielerin, fand Almuth. Ihre Überraschung und Entrüstung wirkten echt.

Cord gab keine Antwort.

»Was wirft man unserem Sohn vor? Rede, Mann!«, bellte Jann.

Der Krieger beachtete ihn nicht und wandte sich stattdessen Almuth zu. »Heute wäre eure Verlobung gewesen, richtig?«

Sie nickte schweigend. Sie fürchtete diesen Mann, aber sie würde den Teufel tun und ihm das zeigen.

»Aber er ist nicht aufgetaucht«, bohrte Cord weiter.

»Nein«, antwortete sie.

»Wieso?«

»Das weiß ich nicht.«

»Hör mir zu«, sagte Jann schroff. »Unser Sohn wollte nach Bremen, um einen Verlobungsring für Almuth abzuholen. Warum er nicht rechtzeitig heimgekehrt ist, wissen wir nicht. Vielleicht wurde er unterwegs aufgehalten. Sicher taucht er spätestens morgen oder übermorgen auf.«

»Lüg mich nicht an!«, schnauzte Cord ihn an. »Ihr habt von der drohenden Verhaftung erfahren und ihn gewarnt, sodass er sich irgendwo verkriechen konnte.«

»Das ist Unsinn. Bevor du zur Tür hereingekommen bist, wussten wir nicht, was Folkmar blüht.«

»Vor ein paar Tagen haben dich die Torwächter gesehen, wie du das Dorf verlassen hast. Du bist Folkmar entgegengeritten, richtig?«

»Nein. Ich war in Esens, um Werkzeug zu kaufen. Hör auf mit diesen haltlosen Unterstellungen und verrate uns endlich, was überhaupt los ist.«

»Wo versteckt er sich?«

»Zum letzten Mal: Ich weiß es nicht!«, brüllte Jann.

Cord starrte ihn lange an. Dann huschte ein böses Grinsen über seine Züge, derart flüchtig, dass Almuth sich fragte, ob sie es sich nur eingebildet hatte.

»Wie du willst«, grunzte der Krieger. »Das wird deinen Sprössling auch nicht retten.«

Er stampfte davon und knallte die Tür hinter sich zu. Abermals herrschte Stille im Haus.

»Allmächtiger Gott«, brach Gert das Schweigen. »In was ist der Junge da bloß hineingeraten?«

Die ganze Zeit hatte er unter dem Tisch Almuths Hand gehalten. Sie entzog sie ihm. *Er ist in gar nichts hineingeraten!*, wollte sie ausrufen. *Böse Menschen wollen ihn zugrunde richten, wann begreifst du das endlich?* Sie ließ es. Es hatte keinen Sinn.

»Das Gute ist: Sie haben keine Ahnung, wo er sich versteckt«, murmelte Jann. »Aber damit wären die Vorteile auf unserer Seite auch schon aufgezählt.« Er ballte die Rechte zur Faust und presste sie sich gegen die Lippen.

Jorien fing leise an zu weinen. Jann eilte zu ihr und nahm sie in die Arme.

Kapitel zwanzig

Zwei Tage nach Mariae Himmelfahrt kehrte Yneke nach Warfstede zurück. Er quartierte die Zeugen, die Widzelt ihm beschafft hatte, im Dorfkrug ein und verpflichtete sie zu Stillschweigen, ehe er zum Steinhaus hinaufstieg. In der Halle ließ er sich auf die Bank fallen, streifte die Schuhe von den schmerzenden Füßen und stärkte sich mit Eintopf und Buttermilch.

Die Reise durch Harlingerland, die hinter ihm lag, war erfolgreich gewesen, aber auch anstrengend – anstrengend und kostspielig. Yneke hoffte inständig, dass das viele Silber gut angelegt war.

Es verlangte ihn danach, ein warmes Bad zu nehmen, ins Bett zu kriechen und bis morgen früh durchzuschlafen. Doch was derlei Annehmlichkeiten betraf, musste er sich in Geduld üben. Es gab viel zu tun. Er schickte nach Cord Hanneken.

»Habt ihr ihn?«

Der Krieger schüttelte den Kopf. »Folkmar Janns ist noch nicht zurückgekehrt. Niemand will ihn gesehen haben. Auch die Bauern und Hirten draußen in der Geest nicht.«

Yneke hielt es für unwahrscheinlich, dass der Kerl noch in Bremen weilte. Er hätte alles darangesetzt, rechtzeitig zu seiner Verlobung wieder in Warfstede zu sein. Die Sache war verdächtig. »Was sagt seine Familie dazu?«

»Die Osinga behaupten, nicht zu wissen, wo er steckt. Ich glaube, sie lügen. Wenn du mich fragst: Jemand hat Folkmar gewarnt, und er ist auf und davon.«

Yneke knirschte mit den Zähnen. »Marten Ruthers.«

Cord grunzte zustimmend. »Der ist übrigens auch verschwunden. Hat es mit der Angst zu tun gekriegt, schätze ich.«

»Seit wann?«

»Kurz nach deiner Abreise. Es hat ein paar Tage gedauert, bis das aufgefallen ist, weil er Jann Wilken gesagt hat, er wäre krank und könnte nicht arbeiten. Wir suchen bereits nach ihm. In den letzten Tagen ist kein Schiff ausgelaufen, und ein Pferd hat er nicht. Allzu weit kann er also nicht sein.«

Die Müdigkeit fachte den aufsteigenden Ärger in Yneke rasch zu heißem Zorn an. Er hätte am liebsten das Essgeschirr gegen die Wand geworfen. Bei dem langen Ritt durch Nieselregen und Schlamm hatte er sich an der Vorfreude gewärmt, er könnte gleich nach seiner Heimkehr kurzen Prozess mit Folkmar Janns machen. Und nun erwies sich, dass alles erheblich komplizierter als geplant war. Er dachte einen Moment nach.

»Wir warten nicht auf Folkmar Janns«, entschied er. »Lass ausrufen, dass ich morgen Gericht halte. Ich wünsche, dass das gesamte Dorfvolk erscheint.«

Es war ein trüber Morgen, als die Menschen auf den The strömten. Die Richterbank stand unter einer aufgespannten Plane für den Fall, dass es wieder zu regnen anfing. Auf dem Tisch lagen das Gesetzbuch, die Bibel und der Richterstab.

Yneke betrachtete die Menge, blickte in ängstliche, misstrauische Gesichter. Manch ein Bauer oder Zimmermann starrte ihn mit unverhohlenem Abscheu an. In der vordersten Reihe trugen Jann Wilken und die anderen Osinga versteinerte Mienen zur Schau. Ebenso Almuth Gerts. Ihr Vater dagegen trat von einem Fuß auf den anderen, Yneke konnte seine Angst auf fünf Schritte gegen den Wind riechen.

Die Leute wussten, wem dieser Prozess galt. Aber sie wussten längst nicht alles.

Beispielsweise ahnten sie nicht, dass die Krieger Marten Ruthers noch in der vergangenen Nacht aufgespürt hatten. Der flüchtige Geselle hatte sich in einer verlassenen Hütte am Rande des Hochmoors versteckt. Ein Schäfer hatte ihn gesehen und seinen Häschern den entscheidenden Hinweis gegeben. Aus seinem Vorhaben, sich nach Westfriesland abzusetzen, wurde nichts: Der Verräter trieb mit dem Gesicht nach unten in einem Schlammtümpel.

Und was Folkmar Janns blühte, davon hatte keiner hier auch nur den Hauch einer Idee.

Yneke musterte die Osinga. Marten hatte Jann Wilken gewarnt, das hatte er vor seinem Ableben gestanden. Yneke erwog, die ganze Sippe einzusperren und sie von Cord prügeln zu lassen, bis sie damit herausrückten, wo sich Folkmar versteckte. Aber er durfte den Bogen nicht überspannen. Das hatte Widzelt ihm eingeschärft.

Sollte Folkmar doch fliehen und seine erbärmliche Haut retten – es spielte keine Rolle. Yneke bekäme seine Rache so oder so.

»Ein schreckliches Verbrechen ist geschehen«, rief er. »Ein abscheuliches Unrecht, das den Herrn beleidigt und die Sieben Seelande in den Grundfesten erschüttert hat. Ocko tom Brok ist ermordet worden. Unser geliebter Häuptling ist tot, erschlagen in Aurich von niederträchtiger Hand.«

Die Worte hallten über den The. Das Rascheln der Birken im Wind war das einzige Geräusch.

»Aber die Mörder können nicht hoffen, der gerechten Strafe zu entkommen«, fuhr Yneke fort. »Man hat sie gesehen. Man kennt ihre Namen. Einer kommt aus unserer Mitte. Es ist Folkmar Janns, Jann Wilkens Erstgeborener. Er hat mitgeholfen, Ocko heimtückisch zu morden!«

Unruhe kam in die Menge. Die Leute schüttelten die Köpfe.

Almuth war totenbleich geworden.

Recht so – fürchte dich, dachte Yneke. *Das hast du nun davon, dass du dich mit diesem Kerl eingelassen hast.*

»Das ist ungeheuerlich – eine infame Lüge!«, schrie Bent Olrichs. »So etwas würde Folkmar niemals tun.« Auch andere erhoben wütend die Stimme.

»Ruhe!«, donnerte Yneke. Cord und seine Mannen traten vor, die Hände an den Waffen. Das Geschrei verstummte.

Bevor Yneke fortfahren konnte, rief Jann Wilken: »Darf ich sprechen?« Ohne die Antwort abzuwarten, traten er und Jorien Folkmars vor. Sie hielten einander an den Händen.

»Ich weiß nicht, was in Aurich geschehen ist«, erklärte Jann mit bebender Stimme. »Aber unser Sohn hat nichts mit Ockos Tod zu tun, so wahr ich hier stehe. Er ist kein Mörder. Er hegt keinen Groll gegen deinen Herrn. Außerdem weilte er in Bremen, als Ocko erschlagen wurde.«

»Zu Cord Hanneken hast du gesagt, dass niemand weiß, wo Folkmar Janns sich aufhält«, hielt Yneke dagegen. »Oder kannst du bezeugen, dass er an jenem Tag in Bremen gewesen ist?«

»Er wollte einen Ring abholen«, rief Almuth. »Einen Verlobungsring für mich. Der Juwelier wird dies bestätigen. Lasst ihn uns nach Warfstede holen und befragen.«

»Das wird nicht nötig sein. Dass er am siebten August in Aurich war, ist erwiesen.« Yneke ließ seine Zeugen vortreten. »Nennt eure Namen und berichtet, was ihr an jenem Tag beobachtet habt.«

»Heinrich Elvers«, stellte sich der erste Zeuge vor, ein stämmiger Mann mit hellen, nahezu weißen Augenbrauen, sodass sein blasses, bartloses Gesicht wie der leuchtende Vollmond wirkte. »Ich bin Händler und komme aus Brokmerland. Ich war gerade in Aurich, als Volkmar Allena den Ort besetzte. Ich versteckte mich in einer verlassenen Hütte und beschloss, dort das Ende der Kämpfe abzuwarten.«

»Warum bist du nicht geflohen?«, fragte Yneke.

»Das Kriegsvolk hatte meinen Karren und meine Ware beschlagnahmt. Ich hoffte, zumindest den Karren zurückzubekommen. Daraus wurde leider nichts«, fügte der Händler mürrisch hinzu.

»Und in Aurich hast du Folkmar Janns Osinga gesehen?«

»Als ich auf der Suche nach meinem Karren durch das Heerlager streifte, sah ich, dass sich dem Haufen mehrere Freiwillige angeschlossen hatten. Söldlinge und Abenteurer, die auf Beute aus waren. Einer von ihnen war Folkmar Janns Osinga.«

»Hast du mit ihm gesprochen? Hat er dir seinen Namen genannt?« Yneke spielte den Verwunderten.

»Nein. Aber ich war vor zwei, drei Jahren in Warfstede gewesen und erkannte ihn sofort. Einen derart großen Mann vergisst man nicht.«

»Der Kerl lügt!«, schrie Bent. »Ich habe ihn noch nie in Warfstede gesehen.«

»Warfstede ist ein wichtiger Markt und ein bedeutender Sielhafen. Jahr für Jahr besuchen uns Hunderte Fremde. Selbst ein scharfsinniger Beobachter wie Bent Olrichs kann unmöglich alle kennen, geschweige denn sich an jeden erinnern«, erwiderte Yneke sarkastisch. »Was geschah weiter?«, forderte er den Zeugen auf.

»Ich ging zu meiner Hütte zurück. Sie steht am The, sodass ich einen guten Blick auf den Aufruhr hatte, der losbrach, als Ocko die Schnappe verließ.«

»Und wieder hast du Folkmar Janns gesehen?«

Heinrich Elvers, der in Wahrheit ganz anders hieß und auch nicht aus Brokmerland stammte, nickte entschlossen. »Er mischte sich unter das tobende Kriegsvolk, getarnt mit Kapuze und Umhang wie ein Schieringer.«

»Aber du erkanntest ihn trotzdem.«

»Wie gesagt, einen derart hünenhaften Mann kann man nicht übersehen. Folkmar Janns zog das Schwert und drängte sich durch die Menge. Er war unter den Ersten, die sich auf Ocko und dessen Leibwache stürzten.«

»Hab Dank«, entließ Yneke den Händler.

»Das ist hanebüchen!«, rief Jann Wilken. »Wir wissen, dass bei dem Aufruhr hundert Männer mitgemacht haben. Es muss ein einziges Chaos gewesen sein. Dass dein Zeuge Folkmar gesehen haben will, ist schlichtweg unmöglich. Dafür müsste er schon aufs Dach der Hütte gestiegen sein. Du hast den Mann gekauft! Was hier geschieht, ist ein abgekartetes Spiel! Eine unerhörte …«

»Ruhe!«, schnitt Yneke ihm das Wort ab und rief die anderen Zeugen auf. Die beiden Männer sagten aus, ebenfalls am 7. August in Aurich gewesen zu sein. Sie bestätigten Heinrichs Augenzeugenbericht und reicherten diesen um zahlreiche Einzelheiten an, um die Glaubwürdigkeit der Geschichte zu stärken.

»Da hört ihr es, ihr Leute«, wandte sich Yneke an das Dorfvolk. »Folkmar Janns war niemals in Bremen. Nachdem er Warfstede verlassen hatte, ritt er geradewegs nach Aurich, um sein mörderisches Vorhaben auszuführen!«

»Das ist absurd!«, brüllte Jann.

»Hör auf, die Dorfgemeinschaft für dumm zu verkaufen. Ihr wisst doch schon lange, was er vorhat. Ihr wisst es spätestens seit jener Nacht, als die Schiffszimmerleute auf der Lastadie zusammenkamen, um sich gegen eure Herren zu verschwören – mit Folkmar Janns als ihrem Wortführer!«

Die Menge raunte. Viele Dorfbewohner wussten nichts von der

geheimen Zusammenkunft der Schiffsbauer. Yneke hoffte, dass sie die Anschuldigungen nun in einem neuen Licht sahen. Es war nicht damit getan, Folkmar zu verurteilen. Yneke musste dessen guten Ruf zerstören, damit außer seinen direkten Angehörigen niemand das Verlangen verspürte, für ihn Partei zu ergreifen.

»Es hat diese Versammlung gegeben«, räumte Jann ein. »Aber das war keine Verschwörung. Da haben ein paar junge Männer ihrer Wut Luft gemacht und großspurig dahergeredet – wie Burschen eben sind. Passiert ist nichts. Und Folkmar war auch nicht der Wortführer. Er hat ihnen ins Gewissen geredet und dafür gesorgt, dass sie keine Dummheiten machen.«

»Ich habe etwas anderes gehört.« Yneke holte ein Dokument hervor. »Mir wurde zur Kenntnis gebracht, dass dein Sohn gesagt hat: ›Wir schließen uns der Allianz gegen die tom Brok an‹«, lass er vor, »›und helfen Volkmar Allena und Hisko Abdena, Ocko zu vernichten. Das würde die tom Brok entscheidend schwächen, sodass sie gezwungen sind, Warfstede in die Freiheit zu entlassen.‹« Yneke blickte auf. »Das waren Folkmars Worte, und jeder, der an der Versammlung teilnahm, hat sie vernommen.«

»Du verdrehst alles!« Bent sprang vor, sein Weib Etta versuchte vergeblich, ihn zurückzuhalten. Spucke flog von seinen Lippen, als er rief: »Es war nicht Folkmar, der das gesagt hat!«

»Wer war es dann?«

Bent verstummte. Plötzlich war ihm aufgegangen, dass er im Begriff war, Jeltke Tiden ans Messer zu liefern. »Das weiß ich nicht mehr«, behauptete er lahm. »Folkmar war es jedenfalls nicht.«

Yneke spähte zu dem rothaarigen Zimmermann, der sich gerade auffällig für seine Schuhe interessierte. Plötzlich hob Jeltke den Kopf. Offenbar hatte er sich ein Herz gefasst.

»Darf ich sprechen?«

Yneke nickte. *Ein Lamm, das bereitwillig zur Schlachtbank marschiert, weil es seinen Schäfer über alles liebt*, dachte er verächtlich. Um Jeltke Tiden war es nicht schade. Der Kerl war ebenfalls ein Unruhestifter, keinen Deut besser als Folkmar. Aber heute würde er ein für alle Mal seine Lektion lernen.

»Bent sagt die Wahrheit. Nicht Folkmar hat diese Worte gesprochen«, begann der Rothaarige. »Ich war es. Es war eine große Dummheit, für die ich mich entschuldige. Bei Euch, Herr Vogt, und bei den tom Brok. Niemals wollte ich ernsthaft zur Rebellion aufrufen.«

»Du gestehst also, eine Verschwörung gegen deine Herren angezettelt zu haben?«, fragte Yneke.

»Wie gesagt, ich habe das nicht so gemeint. Es war dummes Gerede. Aufschneiderei …«

Yneke ließ ihn nicht ausreden. »Ergreift den geständigen Aufrührer.«

»Nein!«, brüllte Jeltke schrill, als die Krieger ihn packten. »Habt Ihr nicht zugehört? Das war keine Verschwörung, das war alles völlig harmlos …«

Cord brachte ihn mit einem Faustschlag zum Schweigen, und man zwang ihn auf die Knie.

»Für dein Verbrechen soll man dir die Zunge herausschneiden, auf dass du nie wieder andere zur Rebellion anstacheln kannst«, urteilte Yneke. »Aber das Gesetz der Friesen erlaubt dir, deine Schuld mit Silber zu tilgen. Zahle acht Mark, und du darfst gehen.«

»Acht Mark?«, schrie der Zimmermann. »Wo soll ich denn so viel Geld hernehmen? Habt Erbarmen, ich bitte Euch!«

»Nicht gegeben. Cord, bestrafe ihn, wie es uns die Bibel lehrt: ›Auge um Auge, Zahn um Zahn, Hand um Hand, Fuß um Fuß.‹«

»Ich zahle das Sühnegeld!«, rief Jann Wilken mit Panik in der Stimme.

Yneke ignorierte ihn. »Cord!«

Der zog ein Messer, er und der brüllende Jeltke Tiden verschwanden in einem Pulk aus Kriegern. Das Geschrei wurde schriller, ebbte kurz ab und wurde dann zu einem ekelerregenden Gurgeln.

Die Männer gaben den Verurteilten frei. Der Zimmermann kniete auf allen vieren und spuckte Blut. Cord reckte das Messer in die Höhe. Auf der Spitze steckte ein Stück Fleisch.

»Dem Recht wurde genüge getan. Schafft ihn weg«, befahl Yneke den Kriegern und wandte sich an Erasmus. »Kümmere dich um den Verletzten.«

Während der Vikar davoneilte, betrachtete der Vogt das Dorfvolk. Grauen stand in den Gesichtern. Niemand wagte zu sprechen. *Ihr*

Widerstand ist gebrochen, stellte er zufrieden fest. Sogar Folkmars Verwandte und enge Freunde waren derart eingeschüchtert, dass sie nicht mehr den Mut aufbrachten, ihn zu verteidigen.

»Letztlich ist es zweitrangig, wer bei der Verschwörung der Zimmerleute was gesagt hat«, erklärte Yneke. »Entscheidend ist: Folkmar Janns war dabei und hat das Gift der Rebellion in sich aufgesogen, sodass er den Entschluss fasste, Ocko zu ermorden. Er ist ein Aufrührer durch und durch, ein Gewalttäter, ein Feind des Friedens.«

Jann Wilken raffte einen letzten Rest Mumm zusammen und hob zum Protest an. Yneke ließ ihn nicht zu Wort kommen. Er stand auf und schrie:

»Diesem Entschluss ließ er alsbald Taten folgen. Heimlich begab er sich nach Aurich, wo er sich am 7. August im Jahre des Herrn 1391 der blutgierigen Menge anschloss und das Schwert gegen seinen Häuptling erhob. Die Zeugenaussagen beweisen dies unzweifelhaft!«

Jäh und grell blitzte die Erinnerung auf. Yneke sah wieder vor sich, wie sein Schwert Ocko in die Kehle drang, wie der tödlich Getroffene zusammenbrach. Er schloss für einen Moment die Augen, vertrieb die Bilder mit der Kraft seines Willens, verscheuchte sie wie einen lästigen Mückenschwarm.

Er öffnete die Augen, fasste sich. Die Menge starrte ihn an.

»Für solch ein Verbrechen kann es nur eine Strafe geben!«, donnerte er. »Kraft meines Amtes als Vogt und Richter zu Warfstede verurteile ich Folkmar Janns Osinga zum Tod am Galgen. Folkmar, ich fordere dich hiermit auf, dich zu stellen und deine Tat vor Gott und den Heiligen zu gestehen, sodass wenigstens deine Seele gerettet werden kann. Wer Kenntnis darüber hat, wo sich der Mörder verbirgt, möge vortreten und sprechen.«

Natürlich geschah nichts dergleichen. Abermals herrschte vollkommene Stille auf dem The.

»Da sich der Beschuldigte weigert, vor die Richterbank zu treten, sollen ihn Acht und Bann treffen«, verkündete Yneke. »Folkmar Janns Osinga verliert hiermit seine Ehre. Von diesem Tage an gilt er als vogelfrei. Ein jeder Friese ist verpflichtet, den Ausgestoßenen zu töten oder ihn als Gefangenen vor seinen Richter zu bringen, wenn er ihn erblickt. Wer Folkmar Janns Obdach gewährt, ihn mit Speise und

Trank nährt, ihm die Beichte abnimmt oder ihm anderweitig hilft, verfällt ebenfalls der Acht.«

Yneke zerbrach den Richterstab über dem Knie und warf die Stücke auf die Erde.

»Sämtliche Vögte, Redjeven und Häuptlinge Frieslands werden Kopien des Urteils mit einer präzisen Beschreibung des Täters erhalten, damit ein jedes Kirchspiel vor dem Geächteten gewarnt ist. Möge den Mörder alsbald seine Strafe ereilen, auf dass Ockos Seele Frieden finden kann.«

»Heute ist in Warfstede ein schändliches Unrecht geschehen, das in der Geschichte Harlingerlands seinesgleichen sucht«, rief Jann Wilken. »Wir werden diesen ungeheuerlichen Missbrauch von Gesetz und Amtsgewalt nicht hinnehmen. Die Landsgemeinde wird davon erfahren.«

»Es ist euer gutes Recht, bei der Versammlung der Sechzehn Klage zu erheben«, erwiderte Yneke kühl. »Ich bin jedoch zuversichtlich, dass die anderen Richter von Harlingerland mein gerechtes und nachvollziehbares Urteil bestätigen werden. Der Gerichtstag ist beendet. Geht mit Gott.«

Schweigend schlurften die Leute nach Hause. Jorien weinte. Ihre Familie nahm sie in die Mitte und führte sie vom Platz. Ynekes Blick streifte Almuth Gerts. Kurz bevor sie in der Menge verschwand, senkte sie das Haupt und tat etwas, was er nicht richtig erkennen konnte.

Yneke runzelte die Stirn. Hatte die Maid soeben vor ihm ausgespuckt?

Noch eine Stunde später zitterte Almuth vor Entsetzen und hilfloser Wut. Sie hatte Yneke einiges zugetraut – aber nicht das. Was sich eben auf dem The abgespielt hatte, war mit Abstand die hinterhältigste Niedertracht, die sie je miterlebt hatte. *Wie wird Folkmar reagieren, wenn er davon erfährt?* Sie wagte nicht, es sich vorzustellen. Er war ein gütiger, liebevoller, durch und durch aufrichtiger Mann. Möglich, dass er daran zerbrach.

Ihr Vater und sie saßen abermals mit der Familie Osinga zusammen. Etta hatte Hafergrütze auf den Tisch gestellt, doch keiner rührte das Essen an. Fassungsloses Schweigen erfüllte den Raum.

Die Menschen am Tisch zuckten zusammen, als die Haustür aufschwang. Jann kam herein.

»Und?«, fragte Jorien leise.

»Bruder Erasmus konnte die Blutung stillen. Jeltke ist sehr schwach, aber er wird leben.«

Sie atmeten auf. Die gute Nachricht riss sie aus der Erstarrung.

»Wir müssen Folkmar aufsuchen«, schlug Bent vor. »Er muss erfahren, was geschehen ist.«

»Darauf wartet Yneke doch nur«, widersprach Jann. »Ich wette, er lässt uns beobachten in der Hoffnung, dass wir so dumm sind, ihn geradewegs zu Folkmar zu führen. Nein. Wir werden warten. Eine Woche – zwei, wenn es sein muss. Wir gehen erst dann zu ihm, wenn Ynekes Leute nicht mehr so wachsam sind.«

»Aber irgendetwas müssen wir unternehmen«, sagte Almuth. »Was ist mit der Landsgemeinde, von der du gesprochen hast?«

»Die Sechzehn zu Sankt Magnus in Esens. Die Versammlung aller Redjeven und Häuptlinge – das höchste Gericht von Harlingerland«, erklärte Jann. »Dort werden wir vorsprechen und das ungerechte Urteil anfechten.«

»Hat das Aussicht auf Erfolg?«, wandte Gert zweifelnd ein. »Ein Vogt der tom Brok kann sich doch gewiss über eine Entscheidung der Sechzehn hinwegsetzen.«

»Kann er nicht – jedenfalls nicht so einfach«, erwiderte Jorien. »Zwar hat das Gremium in den letzten Jahrzehnten einigen Einfluss eingebüßt, und dass wir keinen eigenen Redjeven mehr in Esens haben, hilft unserer Sache auch nicht gerade. Gleichwohl müssen sich auch die Vögte dem Urteil der Sechzehn beugen. Ocko hat es nicht gewagt, die Landsgemeinde vollends zu entmachten – wohl aus Angst, sich damit den Zorn aller Friesen zuzuziehen. Aber leicht wird es sicher nicht, Yneke dazu zu bringen, das Urteil zurückzunehmen«, räumte Jorien ein. »Die Häuptlinge sind zerstritten. Viele fürchten die tom Brok und werden Yneke daher nicht allzu hart anfassen.«

»Wir müssen es in jedem Fall versuchen«, sagte Jann. »Jorien und ich werden außerdem so bald wie möglich nach Bremen reisen und diesen Juwelier ausfindig machen. Wenn der bezeugen kann, dass

Folkmar am Tag von Ockos Tod bei ihm war, können wir beweisen, dass der ganze Prozess nichts als Lug und Trug war.«

»Ich begleite euch«, entschied Almuth.

Es klopfte. Schlagartig verstummte das Gespräch. Ehe Bent »Wer da?« fragen konnte, wurde die Tür geöffnet, und ein Krieger mit dem schwarzen Adler auf dem Waffenrock kam herein. Almuth ballte unter dem Tisch die Fäuste, sodass sich die Fingernägel schmerzhaft in ihre Haut gruben. Augenblicklich zitterte sie vor Anspannung.

»Jann Wilken«, sagte der Krieger, »der Vogt schickt nach dir.«

Obwohl es gegen Mittag wärmer geworden war, hatte Jann eiskalte Hände, als er die Leiter erklomm. Er ahnte, was ihn im Steinhaus erwartete – welch schreckliche Wahl er würde treffen müssen.

Jahrzehnte hatte er in diesem Gebäude gewohnt, und doch fühlte er sich wie ein Fremder, als er am Türwächter vorbei in die dürftig beleuchtete Halle trat. Yneke saß betont ungezwungen am kalten Kamin, einen Fuß auf dem Boden, den anderen auf der Bank. Der Vogt musterte Jann stechend, wie ein Marder, der ein Beutetier fixierte.

»Wieso hast du geschwiegen, als ich das Dorfvolk aufgefordert habe, Folkmars Versteck preiszugeben?«, kam er ohne Umschweife zur Sache.

Jann bemühte sich um eine unerschütterliche Ausstrahlung, um eine Miene, die nicht verriet, was in ihm vorging. »Wie gesagt: Ich weiß nicht, wo er ist.«

»Lüge!«

Jann hielt Ynekes Blick stand. Er bemerkte, dass Cord Hanneken im Schatten hockte und ihn belauerte.

»Nun gut.« Der Vogt setzte sich aufrecht hin und legte die ineinander verschränkten Hände auf den Tisch. »Wenn du mir nicht verrätst, wo dein Sohn steckt, wird dein Halbbruder dafür bezahlen.«

Jann ballte die Rechte zur Faust. Die Furcht kroch ihm den Rachen hinauf und dörrte Mund, Zunge und Lippen aus.

»Du hast die Wahl: Abbe oder Folkmar«, sagte Yneke.

Jann schaffte es nicht länger, die Verzweiflung zu verbergen. »Bitte. Zwing mich nicht.«

»Abbe – oder – Folkmar.«

Jann schloss die Augen. Ihm war, als würde sich sein Inneres auflösen, und die Bruchstücke trieben in alle Richtungen davon. *Bruder oder Sohn*, dachte er. *Der alte Mann oder der junge. Das Oberhaupt der Familie oder ihre Zukunft.*

»Nun?«, fragte der Vogt.

Jann blickte ihn an. »Ich weiß nicht, wo Folkmar ist«, beharrte er.

»Wie du willst.« Ynekes Stimme war kalt wie der Nordwind. »Abbes Blut wird an deinen Händen kleben. Cord, reite nach Marienhafe und tu, was getan werden muss. Lass Abbe Wilken wissen, dass es sein geliebter Bruder war, der ihn verraten hat.«

Cord spuckte in die Binsen, als er an Jann vorbeischlurfte.

Später konnte Jann sich nicht daran erinnern, wie er das Steinhaus verlassen hatte. Er taumelte die Warf hinab, am Hafen vorbei, zur Lastadie. Hinter einer Werkhütte, wo niemand ihn sah, stützte er sich mit beiden Händen an der Bretterwand ab, ließ den Kopf auf die Brust fallen und rang um Atem.

»Vergib mir, Bruder«, flüsterte er. »Bitte vergib mir …«

Kapitel einundzwanzig

Marienhafe

Warum zögern?«, meinte der Bastard missmutig. »Cord soll uns den Krüppel vom Hals schaffen, damit wir seinen Anblick nicht länger ertragen müssen.«

»Zunächst befrage ich ihn«, sagte Foelke.

Widzelt schüttelte den Kopf. »Ich verstehe dich nicht, Weib. Zuerst verlangst du von mir, dass Ockos Mörder und all jene, die ihnen halfen, ohne Wenn und Aber gerichtet werden. Dann willst du plötzlich mit ihnen reden. Was soll er dir denn Aufschlussreiches sagen? ›Bitte tötet mich nicht‹?«

Sie legte dem Bastard die Hand auf den Rücken und schob ihn einige Schritte von Cord Hanneken weg. »Ich kann mir schwerlich vorstellen, dass Folkmar Janns derart leichtfertig Abbes Leben aufs Spiel setzen würde. Soweit ich weiß, liebt er seinen Onkel.«

»Und weiter?«, knurrte Widzelt.

»Nun, kommt dir das nicht eigenartig vor?«

»Der Herr allein weiß, was in dem Kerl vorgeht. Wer morden will, denkt selten vernünftig. Du hast Cord gehört. Dass er am siebten August in Aurich war, ist erwiesen. Man hat ihn *gesehen*, wie er auf Ocko losgegangen ist.«

»Trotzdem. Ich will hören, was Abbe dazu zu sagen hat. Ynekes Bluthund soll so lange warten.«

»Du hättest dich nicht mit der Geisel anfreunden dürfen«, rief Widzelt ihr nach, als sie zur Treppe ging. »Nun ist dein Urteilsvermögen getrübt.«

Abbe Wilken weilte wie jeden Morgen bei Keno. Der Junge war bleich, er schlief kaum und weinte viel. Abbe hatte angeboten, den Unterricht auszusetzen, bis Keno die Trauer um den Vater einigermaßen verwunden hatte. Foelke aber hatte entschieden, Abbe solle den Unterricht wie gehabt fortsetzen. Die täglichen Lektionen brachten ihren Sohn auf andere Gedanken. Zumal Abbe es verstand, seinen Gram mit tröstlichen Worten und sinnvoller Arbeit zu lindern.

Gerade übersetzte Keno einen Text von Ovid, und sein Lehrer navigierte ihn behutsam durch die Untiefen der lateinischen Grammatik. Sie waren in die Lektion vertieft und merkten nicht, dass Foelke in der Tür stand. In ihrem Herzen fochten widersprüchliche Gefühle einen erbitterten Kampf aus. Wenn die Familie Osinga wirklich etwas mit Ockos Tod zu tun hatte, musste sie bestraft werden. Die Strafe würde zuvörderst die Geisel treffen, so waren nun einmal die Regeln. Doch der Gedanke, den Schlagetot Cord Hanneken auf Abbe loszulassen und ihrem trauernden Sohn auch noch den geliebten Lehrer zu nehmen, erfüllte sie mit Widerwillen.

»Für heute hast du genug gelernt«, sagte sie beim Betreten der Kammer. »Geh hinunter, ich muss mit Abbe sprechen.«

Als Keno fort war, schloss sie die Tür.

»Was kann ich für dich tun?«, fragte Abbe freundlich, wie es seine Art war.

»Yneke Egers behauptet, Folkmar Janns sei in den Mord an Ocko verwickelt. Drei Männer bezeugen das, sie haben deinen Neffen am fraglichen Tag in Aurich gesehen. Yneke hat ihm den Prozess gemacht und ihn zum Tod am Galgen verurteilt.«

Abbe war über alle Maßen bestürzt. Mit zitternden Händen klappte er die *Ars maior* zu und griff nach dem Krückstock, den er sich quer über die Knie legte. »Das muss ein Irrtum sein. Etwas derart Schreckliches und Sinnloses würde Folkmar niemals tun.« Er machte eine Pause und fuhr mit leiser Stimme fort: »Hat man ihn bereits bestraft?«

»Er ist offenbar entkommen.« Foelke beobachtete Abbe genau, doch dessen Miene gab nichts preis. »Yneke sagt, deine Familie habe ihn gewarnt. Unten wartet Cord Hanneken. Er hat den Auftrag, dich zu töten, weil dein Bruder sich weigert, Folkmars Schlupfwinkel preiszugeben.«

Die blassen Hände krampften sich um den Stock. Davon abgesehen verbarg Abbe seine Furcht. Einmal mehr bewunderte Foelke seine Tapferkeit. Viele andere an seiner Stelle würden um Gnade flehen oder verzweifelt um ihr Leben schachern.

»Ich kann deinen Wunsch, Ockos Mörder zu strafen, wahrlich verstehen«, sagte er. »Aber ich bin sicher, mein Neffe hat nichts damit zu tun – der heilige Magnus sei mein Zeuge. Folkmar ist eine friedfertige Natur.«

»Und was ist mit den Männern, die ihn gesehen haben?«

»Yneke hasst Folkmar. Er würde alles tun, um ihn zu vernichten.«

»Sogar Zeugen kaufen?«

»Denkbar ist es. Der Mann kennt keine Skrupel.«

Abbe wirkte vollauf überzeugt von Folkmars Unschuld. *Doch was weiß er schon?* Er war seit mehr als einem halben Jahr ihr Gefangener und nicht über die Entwicklungen in Warfstede auf dem Laufenden. Was, wenn sich sein Neffe drastisch verändert hatte? Jeder Mensch trug die Saat des Bösen in sich. Zorn und Machtverlust hatten schon so manchen Mann zum Mörder werden lassen.

Was Yneke betraf: Der war ein Ehrgeizling durch und durch. Er strebte danach, bei den tom Brok im Ansehen zu steigen. Wie konnte er dieses Ziel erreichen? Nichts leichter als das: indem er einem Unschuldigen, dessen Nase ihm nicht passte, ein Verbrechen in die Schuhe schob und sich damit brüstete, einen der Mörder Ockos aufgespürt zu haben. Einen derart schäbigen Winkelzug traute Foelke ihm ohne Weiteres zu.

All das konnte stimmen – oder auch nicht. Sie fühlte sich außerstande, zu einer Einschätzung zu gelangen. Dessen ungeachtet wollte sie nicht, dass Abbe getötet wurde. Diese drakonische Maßnahme erschien ihr schlichtweg falsch, überzogen und grausam.

Sie ging zur Tür.

»Wie hast du entschieden?« Abbes Stimme zitterte kaum merklich.

»Dir wird nichts geschehen.«

Der Griff um den Gehstock lockerte sich. »Hab Dank. Gott segne dich.« Zögernd fügte er hinzu: »Folkmar ist nicht dein Feind. Bitte setz dich für ihn ein.«

Das kann und werde ich nicht tun. Dass du leben darfst, heißt nicht, dass ich Folkmar für unschuldig halte. Hier geht es allein um dich und mich. Doch Foelke sprach diesen Gedanken nicht aus. Sie stieg die Treppe hinab und trat zu Widzelt und Cord, die am Tisch saßen und mit Wasser verdünnten Wein tranken. Keno war glücklicherweise hinausgegangen, sie sah ihn im Hof bei den Pferden.

»Nun?«, fragte der Bastard ungeduldig.

»Ich wünsche nicht, dass Abbe Wilken ein Leid angetan wird.«

»Deine Wünsche sind nicht von Belang. Er wird getötet, und damit hat es sich.«

»Dein Irrtum könnte größer nicht sein. Meine Wünsche sind das Maß aller Dinge in diesem Haus. Ich führe nun die Familie, bis Keno alt genug dafür ist. Ich rate dir, mich nicht herauszufordern. Abbe wird kein Haar gekrümmt«, entschied sie.

»Was soll Yneke von uns denken? Er wird uns für uneins halten. Für schwach.«

»Dein Yneke soll seine Meinung für sich behalten. Wenn er das nicht kann, soll er sie mir ins Gesicht sagen – und dann wird er erfahren, dass ich alles bin, aber nicht schwach. Er hat die Geisel einst bei uns abgeladen, ohne sich zuvor mit uns abzusprechen. Also muss er damit leben, dass ich allein entscheide, wie mit ihr zu verfahren ist.«

Widzelt funkelte sie an, hatte ihren Argumenten jedoch nichts entgegenzusetzen. Also tat er, was er in solchen Fällen immer tat: Er gab vor, die Angelegenheit würde ihn nicht mehr interessieren. »Wie du willst«, brummte er und goss sich Wein ein. »Mir ist es gleich.«

»Richte deinem Herrn aus, dass Abbe Wilken geschont wird«, wandte sich Foelke an Cord Hanneken, der eine finstere Miene zur Schau trug. Bildete sie sich das nur ein, oder leuchtete das Feuermal stets besonders kräftig, wenn der Mann wütend war?

»Das schadet seiner Position im Kirchspiel«, protestierte der Krieger. »Wenn die Osinga erfahren, dass Ihr die Geisel schützt, werden sie erst recht versuchen, ihm und Euch zu schaden.«

»Das wird ihn hoffentlich lehren, in Zukunft mit mir Rücksprache zu halten, bevor er Dinge hinausposaunt, die er nicht entscheiden kann. Nun geh.«

Cord schnaubte missgelaunt. Er stürzte seinen Wein hinunter und stampfte davon.

Foelke trat zum Fenster und betrachtete ihren Sohn, der sich lustlos mit den Pferden beschäftigte. Hatte sie soeben einen Fehler gemacht? Zeigte sich nun, dass sie der Jagd nach Ockos Mördern nicht gewachsen war, weil sie sich zu sehr von Gefühlen leiten ließ?

War sie nicht hart genug für diese Aufgabe?

Hör auf damit. Abbe Wilken zu schützen ist eine Sache, die Mörderjagd eine völlig andere. Ich werde unsere Feinde unerbittlich verfolgen und aufs Schafott bringen. Du hast mein Wort, Ocko. Und was Folkmar Janns betrifft – er ist jetzt ein Geächteter, er wird den nächsten Winter nicht überstehen. Ob er nun etwas mit dem Mord zu tun hat oder nicht.

»Darüber wird noch einmal zu reden sein«, ließ sich Widzelt vernehmen.

Foelke wandte sich zu ihm um. »Worüber?«

»Wer die Familie führt. Graf Albrecht wird entscheiden, wer die Regentschaft übernimmt, nicht du.«

»Unser Lehnsherr wird mich wählen – mit Sicherheit keinen Bastard.«

Damit ging sie. Sein böser Blick verfolgte sie bis in ihre Kammer.

Warfstede

Jann verschränkte die Arme im Rücken, umklammerte das rechte Handgelenk mit der Linken und blickte aufs Meer hinaus. Ein paar Klafter vor ihm schwebte eine Seeschwalbe auf dem Nordwind, wandte den kleinen Kopf mit der schwarzen Haube mal hierhin, mal dorthin und hielt Ausschau nach Strandkrabben und anderem essbaren Getier. Geriffelte Wattflächen breiteten sich vor ihm aus, durchsetzt von Prielen und glitzernden Tümpeln, in denen sich die träge dahinziehenden Wolken spiegelten. Die letzte Flut hatte einen Schwarm Nesselquallen angespült. Die toten Tiere lagen verstreut am Spülsaum. Es sah aus, als hätte jemand eine Handvoll Opale verloren.

Genau hier war es, dachte Jann. *Hier stand ich, als Marten Ruthers mich warnte.* Danach hatte er innerhalb weniger Tage den Sohn und den Bruder verloren. Sein ganzes Leben war auseinandergefallen, einfach so. Abbe tot, Folkmar fort, vielleicht für immer. Der Gedanke war wie ein sperriges Stück Holz, das nicht durch die Tür passen wollte.

Jann bekam ihn nicht in seinen Kopf, sosehr er es auch versuchte. Anders als Jorien war er unfähig, Schmerz zu fühlen, zu trauern. Alles, was er empfand, war Zorn. Zorn auf Yneke und auf die himmelschreiende Ungerechtigkeit, die seiner Familie widerfahren war.

Jemand berührte ihn an der Schulter. Es war Bent. Jann hatte ihn nicht den Deich heraufkommen gehört. Sein Schwiegersohn schaute ihn besorgt an. Stand er schon länger da?

»Entschuldigung. Hast du etwas gesagt?«

Macht nichts, sagte Bent mit einer Geste. »Uns gehen demnächst die Eisennägel aus«, wiederholte er. »Wenn du einverstanden bist, gehe ich zum Schmied und bestelle fünfhundert Stück.«

»Das kann ich machen.«

»Ich wollte dir keine Arbeit aufhalsen.«

»Es macht mir nichts aus.«

Sie stiegen den Deich an der Landseite hinab, schweigend. Bent fühlte mit ihm – aber was hätte er sagen sollen? Es gab keine Worte, die das Leid hätten lindern und das Unrecht hätten aus der Welt schaffen können.

Auf der Lastadie trennten sich ihre Wege. Bent kehrte an die Arbeit zurück, Jann ging weiter zum Dorf. Als er über den The zur Schmiede schritt, erblickte er Cord Hanneken. Der Krieger schwang sich soeben aus dem Sattel, überließ das Pferd dem Stallknecht und stiefelte die Warf hinauf, nicht ohne Jann zuvor feindselig anzustarren.

Also ist er zurück von seinem Mordgeschäft. Ob Abbes Blut noch an seinen Händen klebt?

Bei dem Gedanken drehte sich ihm schier der Magen um. Hatte Cord Abbe wirklich getötet? Jann brauchte Gewissheit. Staksend, schwankend beinahe wie ein gebrechlicher Greis folgte er dem Krieger zum Steinhaus. Der Wächter bei der Leiter hielt ihn an.

»Dein Begehr?«

»Ich muss mit dem Vogt sprechen.«

Der Mann musterte ihn von Kopf bis Fuß. »Gib mir deine Waffen.«

»Das sind keine Waffen – das ist Zimmermannswerkzeug.«

»Trotzdem.«

Jann öffnete den Gürtel, in dem ein Messer, ein Beitel und ein kurzes Beil steckten, und händigte ihn dem Wächter aus, ehe er die Leiter erklomm.

Yneke saß am Kamin, Cord stand bei ihm. Obwohl die beiden nicht sonderlich laut sprachen, war nicht zu überhören, dass sie stritten. Der Krieger hob rechtfertigend beide Hände. Sein Herr gestikulierte wütend und hieb schließlich mit der Faust auf den Tisch.

»Was erlaubt sich das Weib?«, fauchte Yneke. »Allein Widzelt hat das zu entscheiden!«

Cord erwiderte etwas, was Jann nicht verstehen konnte. Schließlich wandte sich der Krieger ab, stolzierte mit grimmiger, verschlossener Miene an Jann vorbei und entschwand nach draußen. Jann trat zu Yneke.

»Verschwinde. Ich habe keine Zeit für dich.«

»Ist mein Bruder tot?«, fragte Jann unbeirrt.

»Natürlich ist er das.« Der Vogt schnitzte an seinem Gänsekiel herum und schaute ihn nicht an. »Abbe Wilken hat den Preis für eure Sturheit bezahlt. Du allein bist für seinen Tod verantwortlich.«

»Wo ist die Leiche?«

»In Marienhafe, wo sonst?«

»Wurde Abbe nach christlichem Brauch bestattet?«

»Das weiß ich nicht, und es interessiert mich auch nicht.«

»Lass mich die Leiche holen, damit wir Abbe bei seiner Mutter begraben können, wie es sein Wille war.«

»Das geht nicht«, grunzte Yneke.

»Wieso nicht?«

»Weil er schon unter der Erde ist und ich ihn bestimmt nicht für euch ausgraben lasse.«

»Ich dachte, du weißt nicht, ob man ihn bestattet hat.«

Yneke knallte das Messer auf den Tisch. »Wache! Entfernt diesen Mann!«

Jann verließ das Steinhaus, bevor man ihn hinauswerfen konnte. Draußen durchströmte ihn ein jähes Gefühl der Erleichterung, das ihn kurz und kehlig auflachen ließ. *Cord war nicht imstande, den Befehl auszuführen, warum auch immer*, dachte er, während er zum Hafen hinunterging.

Trübte die Hoffnung sein Urteilsvermögen? Jann riss sich zusammen. Bislang hatte er nichts als Mutmaßungen und Spekulationen, die auf vagen Andeutungen und Beobachtungen fußten. Er musste herausfinden, was im Haus der tom Brok geschehen war. Aber das konnte er nicht selbst tun. Er musste jemanden nach Marienhafe schicken, den man dort nicht kannte.

Seine Wahl fiel auf Harke Clausen, seit vielen Jahren ein treuer Freund der Familie Osinga. Er fand den Meister in einer Werkhütte. Harke erklärte gerade zwei Lehrknechten, wie man aus einem krumm gewachsenen Holzstück einen Spant für eine Kogge fertigte. Jann schickte die beiden Burschen weg und schloss die Tür.

»Was gibt es?«, erkundigte sich Harke. Er war ein großer, feingliedriger Mann mit geschickten Händen und einem guten Gespür für Sorgfalt und Schönheit bei der handwerklichen Arbeit. Das dichte graue Haar, das er im Pagenschnitt trug, fiel bis über die buschigen Augenbrauen und verschmolz an den Schläfen mit dem kurzen Bart.

Jann legte ihm dar, was soeben im Steinhaus geschehen war und welche Schlüsse er daraus zog. Harke teilte seine Vermutung, Abbe sei noch am Leben.

»Yneke will das anscheinend verheimlichen. Er hat wohl Angst, seine Autorität könnte Schaden nehmen.«

»Ich muss wissen, ob das wirklich so ist«, sagte Jann. »Würdest du nach Marienhafe gehen und dich unauffällig umhören?«

»Ich reite gleich los«, versprach Harke.

Vor der Werkhütte gingen sie auseinander. Jann holte tief Luft. Zum ersten Mal seit Tagen, so erschien es ihm, konnte er richtig durchatmen. Der hilflose Zorn, der seine Brust umklammert hielt wie eine eiserne Klaue, lockerte sich etwas.

Sollte er den anderen davon erzählen? *Nein*, entschied er. Das würde er erst tun, wenn es keinerlei Zweifel daran gab, dass Abbe lebte. Einstweilen wollte er die Familie nicht mit Hoffnungen aufwühlen, die sich vielleicht als falsch erweisen würden.

Eine frische Bö zerzauste sein Haar. *Eine weitere Gunst des Schicksals*, dachte Jann lächelnd. Der Wind hatte auf West gedreht, sie konnten endlich nach Bremen segeln.

Jann kehrte zum Dorf zurück, um rasch eine Mannschaft anzuheuern.

Kapitel zweiundzwanzig

Bremen

Am nächsten Morgen liefen Almuth, Jorien und Jann mit der *Nikolaus von Warfstede*, einer der beiden Koggen der Osinga, nach Bremen aus. Die Überfahrt dauerte bei derart günstigem Wind lediglich zwei Tage. Jorien wusste, zu welchem Juwelier Folkmar gegangen war: zum angesehensten der Stadt.

»Für dich ist ihm nur das Beste gut genug«, sagte sie.

Almuth lächelte, obwohl ihr mehr nach Weinen zumute war.

An der Schlachte, dem Hochseehafen an der Weser, gingen sie von Bord. Vom Kai war es nur ein kurzer Fußmarsch zur Obernstraße. Es regnete, nur wenige Menschen weilten im Freien. Ein junger Knecht mit Hakennase schob einen Handkarren voller rot-grüner Äpfel und fluchte gotteslästerlich, als das klobige Rad in einer Schlammpfütze stecken blieb. Zwei Lehrburschen, die unter einem vorspringenden Dach standen, lachten ihn aus, was den Knecht derart in Rage versetzte, dass er kurzerhand einen Apfel in die Hand nahm, die Frucht quer über die Gasse schleuderte und prompt einen der Spötter am Kopf traf. Der drohte ihm faustschüttelnd Prügel an.

Almuth und ihre Freunde schritten zu einem imposanten Anwesen gegenüber dem Rathaus. Unter dem im Wind schaukelnden Zunftzeichen, das drei mit einem Pokal verflochtene Ringe darstellte, stand ein mürrischer Hellebardier, dem der Regen auf Helm und Brustharnisch prasselte. Er musterte die drei Friesen mäßig interessiert und gelangte zur Überzeugung, dass sie weder Diebe noch Steuereintreiber waren. Während Almuth und ihre Begleiter eintraten, nieste er sich in die Hand und verrieb den Rotz am linken Ärmel.

Der Laden war schlicht eingerichtet. Schimmerndes Silber und blitzendes Gold suchte man vergeblich. Allein der Tresen aus poliertem Holz, eine mit kunstvollen Schnitzereien versehene Truhe sowie ein Wandteppich mit einer Abbildung des heiligen Ludwig als Kreuzritter verrieten den Reichtum, der hier zu Hause war. Aus den hinteren Räumen vernahm Almuth klingendes Hämmern.

Der Juwelier, ein schlanker Mann mit lichtem Haupthaar und grauem Spitzbart, sprach soeben leise mit einem Patrizier, dem er verschiedene Edelsteine zeigte. Auf dem Samtkissen lagen ein Karneol, ein Malachit und ein Lapislazuli von derart kräftigem Blau, wie Almuth es noch nie gesehen hatte. Daher überraschte es sie nicht, dass der Patrizier den Lapis wählte. Ein Beutel voller Münzen wechselte den Besitzer, und der Juwelier verabschiedete seinen vornehmen Kunden mit einer Verneigung.

Als er sich seinen neuen Besuchern zuwandte, zögerte er kurz, eine Regung huschte über seine faltigen Züge. Unbehagen? Erschrecken? Ein ungutes Gefühl stieg in Almuth auf.

»Ich muss euch leider bitten zu gehen«, sagte der Juwelier freundlich. »Ich schließe für heute.« Der Mann sprach Niederdeutsch mit vernehmlichem Akzent. Vermutlich stammte er wie viele im Goldhandel tätige Menschen aus der Lombardei.

Obwohl die Worte Jann gegolten hatten, war es Jorien, die antwortete. Sie beherrschte den hiesigen Zungenschlag am flüssigsten. »Es hat eben erst zur None geschlagen«, verlieh sie ihrer Verwunderung Ausdruck.

»Ein Notfall in der Familie.« Lächelnd wies der Juwelier zur Tür. »Bitte.«

»Wir haben ein Anliegen, das keinen Aufschub duldet«, insistierte Jorien. »Vor etwa drei Wochen war unser Sohn bei dir. Er hat sich dir gewiss vorgestellt – er heißt Folkmar Janns Osinga. Er hat einen Verlobungsring abgeholt, den du für ihn angefertigt hast.«

»Ich kenne keinen Folkmar Janns … Wie war gleich der Name?«

»Osinga«, brummte Jann.

»Ihr müsst euch irren. Euer Sohn war nicht bei mir.«

Er lügt, erkannte Almuth. *Jedes einzelne Wort, das er sagt, ist gelogen.*

»Ein Irrtum ist ausgeschlossen. Wir wissen ohne jeden Zweifel, dass er bei dir war«, sagte Jorien beschwörend. »Du musst vor Gericht bezeugen, dass du mit ihm gesprochen und ihm den Ring ausgehändigt hast. Folkmars Leben hängt davon ab.«

Obwohl der Juwelier noch immer lächelte, spürte Almuth seine wachsende Nervosität.

»Ich bedauere, dass ich euch nicht helfen kann. Nun geht.«

Jann platzte der Kragen. »Ynekes Bluthund Cord hat dich besucht, nicht wahr?«, blaffte er den Juwelier an.

Der wich erschrocken zurück. »Ich weiß nicht, wovon du sprichst. Welcher Cord?«

»Ein Kerl mit einem Feuermal um das rechte Auge. Hat er dich bedroht? Zum Schweigen gezwungen? Dich gekauft? Rede!« Als Jann ihn am Kragen packte, fing der Lombarde an zu schreien.

»Roland! Leupold! Zu Hilfe!«

Der Hellebardier stürmte herein, Regenwasser auf dem Boden verteilend. Aus dem Durchgang zur Werkstatt kam der Goldschmied, ein bärtiger Mann, der eine fleckige Lederschürze trug und eine Zange in der Hand hielt.

Jann ließ vom Juwelier ab. »Ich will eurem Herrn kein Leid zufügen«, versicherte er den drohend dreinblickenden Männern. »Wir haben nur ein paar Fragen an ihn.«

»Lasst mich in Ruhe und geht!«, schrie der Lombarde mit schriller Stimme. »Geht endlich!«

Almuth unternahm einen letzten Versuch. »Folkmar Janns ist mein Verlobter«, wandte sie sich an den Juwelier. »Schlechte Menschen werden ihn zugrunde richten, wenn du uns nicht hilfst. Bitte«, flehte sie. »Komm mit uns nach Esens und bezeuge, dass er bei dir war …«

»Hinaus!«, kreischte der Juwelier, dessen Gesicht inzwischen rot angelaufen war.

Der Hellebardier baute sich schützend vor ihm auf, packte seine Stangenwaffe mit beiden Händen und drängte die drei zur Tür, wobei ihn der Goldschmied tatkräftig mit Drohgebärden unterstützte.

»Verschwindet! Oder ich stech euch ab. Meine Hellebarde hat schon lange kein Blut mehr geschmeckt, sie ist gewiss durstig. Na, wollt ihr's drauf ankommen lassen?«

Sie verließen den Laden. Hinter ihnen fiel die Tür ins Schloss und wurde von innen verrammelt. Jann wirkte derart zornig, dass Almuth dachte, er werde einen Stein aufheben und ein Fenster einschlagen. Stattdessen wandte er sich ruckartig ab und stapfte durch den Straßenschlamm.

»Wir wenden uns trotzdem an die Landsgemeinde«, knurrte er. »Ich werd meinen Jungen raushauen, auch ohne diesen Feigling von Juwelier. Und wenn's das Letzte ist, was ich tue.«

Plötzlich war Almuth, als hätte jegliche Wärme ihren Leib verlassen. Sie fror erbärmlich, und das lag nur teilweise an dem Regen, der ihr ins Gesicht klatschte.

Warfstede

Rund hundert Faden vor der Küste ließ Jann das Segel reffen. Drei voll besetzte Ruderboote steuerten die *Nikolaus von Warfstede* an, um die Kogge zum offenen Siel zu schleppen. In einem saß Bent. Behände kletterte er an Deck.

»Harke Clausen ist aus Marienhafe zurück«, sagte er, nachdem er seine Schwiegereltern umarmt und Almuth begrüßt hatte. »Er hat mich gestern aufgesucht.«

Jorien runzelte die Stirn. »Harke war in Marienhafe? Habe ich etwas nicht mitbekommen?«

»Jann hat uns verschwiegen, dass er ihn hingeschickt hat.« Bent wandte sich mit vorwurfsvollem Ton an seinen Schwiegervater. »Du hättest uns ruhig einweihen können. Diese Sache mit Abbe geht uns schließlich alle an.«

»Abbe?«, wiederholte Jorien. »Ich verstehe gar nichts mehr. Wovon redet ihr?«

Jann unterdrückte ein Seufzen. Er brannte darauf zu erfahren, was Harke in Erfahrung gebracht hatte. Er sah jedoch ein, dass er nicht darum herumkam, sich zunächst zu erklären. »Ich habe Harke gebeten herauszufinden, ob Abbe noch lebt.«

»*Was?*«, stieß Jorien hervor.

Jann forderte Bent mit einer ungeduldigen Handbewegung auf, endlich zu berichten.

»Ja, er lebt«, sagte der junge Mann, während die Kogge träge auf das Siel zukroch. »Harke hat ihn zwar nicht gesehen – das Haus der tom Brok zu betreten war ihm zu riskant. Aber er hat mit zwei Dienern gesprochen, die Stein und Bein schwören, dass Abbe putzmunter ist. Offenbar hält Foelke Kampana schützend ihre Hand über ihn, sodass Cord unverrichteter Dinge wieder abziehen musste.«

»Foelke schützt Abbe? Wieso?«, fragte Jann.

»Das habe ich Harke auch gefragt, aber er konnte es mir leider nicht beantworten. Vielleicht hat es etwas damit zu tun, dass Abbe Keno unterrichtet.«

»Abbe unterrichtet Ockos Sohn? Das wird ja immer besser!«, rief Jorien. Sie fing an zu lachen. Es war ein warmer Laut voller Erleichterung und Freude, und die vier umarmten einander.

Jann fühlte sich so glücklich wie lange nicht. Am liebsten wäre er sofort nach Marienhafe geritten, um seinen Bruder aufzusuchen. Freilich eine törichte Idee, denn man würde ihn nicht zu Abbe vorlassen.

»Das zeigt, dass selbst Yneke nicht schalten und walten kann, wie er will«, bemerkte Almuth. »Seine Macht hat Grenzen. Vielleicht können wir uns das in Zukunft zunutze machen.«

Bent nickte. »Das war auch mein Gedanke. Vielleicht ist noch nicht alles verloren. Habt ihr eigentlich etwas erreicht?«

Jann hörte auf zu lächeln. »Leider haben wir keine guten Neuigkeiten. Ynekes Macht mag Grenzen haben, aber sie erstreckt sich immerhin bis nach Bremen.« In knappen Worten erzählte er, wie der verängstigte Juwelier sie abgewiesen hatte.

Bent verfluchte den Vogt und seinen missgestalteten Handlanger daraufhin in den tiefsten Höllenschlund.

»Wir geben trotzdem nicht auf«, erklärte Jann grimmig.

In diesem Moment erreichten sie das Siel. Jann eilte den Niedergang hinauf, löste den Steuermann ab und manövrierte die Kogge mit ruhiger Hand durch die Schleuse.

Esens

Es war lange her, dass Jann das letzte Mal Sankt Magnus betreten hatte, die Kirche in Esens, wo seit jeher die Landsgemeinde tagte. Er ließ den Blick über den Altar schweifen, die Buntglasfenster, das Kästchen mit der Reliquie. Kaum etwas hatte sich verändert. In ihrer großen Zeit hatten Abbe und er in diesem Gotteshaus manch schmähliche Niederlage erlitten, aber auch triumphale Siege errungen. Unter anderen Umständen hätten ihn die Erinnerungen lächeln lassen. Heute nicht. Jann verspürte keinerlei Frohsinn. Dafür reichlich Zorn. Und nicht wenig Verzweiflung.

Man nannte die Zusammenkunft aller Richter von Harlingerland noch immer »Versammlung der Sechzehn«, dabei war es gewiss dreißig Jahre her, dass sich zuletzt sechzehn Männer in Sankt Magnus eingefunden hatten. Das Gremium gab ein trauriges Bild ab. In jenen Kirchspielen, die die tom Brok beherrschten, übten Vögte die Gerichtsgewalt aus und hatten oftmals – wie in Abbes Fall – die alteingesessenen Redjeven verdrängt. Die Vögte kamen kaum je zu den Versammlungen, da man ihnen kein Stimmrecht gewährte. Jene Richter, die noch im Amt waren – ob sie sich nun »Häuptling« nannten oder nicht –, vernachlässigten allzu gerne ihre Pflichten gegenüber der Landsgemeinde. Jann hatte gehört, dass nur selten mehr als zehn Männer zu den Treffen kamen.

Heute waren es acht. Sie waren Janns letzte Hoffnung.

Die galt vor allem einem Mann namens Kanke Kanken. Der Häuptling von Wittmund war das Oberhaupt der Familie Kankena, der mächtigsten Sippe Harlingerlands, erbitterten Feinden der tom Brok. Nicht nur deshalb hatten die anderen Mitglieder der Sechzehn Kanke zum Enunciator gewählt, zum höchsten Richter Harlingerlands. Darüber hinaus war Kanke – obwohl erst dreißig Jahre alt – ein geschickter Anführer und ein gewinnender Redner.

Und eitel bis ins Mark.

Die schwarze Kleidung, die er trug – Schnabelschuhe, Beinlinge, ein leibbetonendes Wams –, hatte gewiss den Gegenwert eines

Schlachtrosses. Nicht gerechnet die blitzenden Ringe an seinen Fingern und den juwelenbesetzten Dolch am Gürtel.

Der nicht minder eitle, aber weniger reiche Yneke Egers hingegen war nicht zur Zusammenkunft erschienen. Er hielt es offenbar nicht für nötig, sein Urteil vor der Landsgemeinde zu verteidigen.

Er muss sich seiner Sache sehr sicher sein, dachte Jann nervös.

Kanke begrüßte die Anwesenden. Es folgte ein angestaubtes und reichlich hohl wirkendes Zeremoniell, bei dem die acht Richter bei den Gebeinen des heiligen Magnus schworen, die Friesische Freiheit zu verteidigen und für das Wohl der Landsgemeinde einzustehen. Der betagte Herr von Werdum, Olde Reent, sprach die Worte voller Eifer, obwohl er unter den Ersten gewesen war, die den Titel des Häuptlings angenommen und damit die Axt an das Prinzip der Gleichheit aller Friesen gelegt hatten. Hayo Erkesna von Erichswarfen dagegen machte keinen Hehl daraus, was er von diesem formelhaften Geschwätz hielt: Er gähnte ungeniert.

Jann musste sich lange gedulden, bis seine Klage behandelt wurde. Den ganzen Vormittag befassten sich die Richter mit anderen Angelegenheiten, etwa einer unübersichtlichen Streitigkeit zwischen zwei Bauernschaften. Während man Zeugen hörte, Urkunden studierte und debattierte, warteten Jann und seine Begleiter im Seitenschiff. Nicht nur Jorien war mit ihm nach Esens gekommen, sondern ebenso Almuth und Gert. Schweigend verfolgten sie das Geschehen, die Gesichter blass vor Anspannung.

Die Kirchenglocke hatte bereits zur Sext geschlagen, als Kanke sie endlich aufrief. Jann zwang sich, den anderen aufmunternd zuzulächeln, ehe sie zum Podest mit dem Reliquienschrein traten.

Kanke überflog mit gerunzelter Stirn den gesiegelten Brief, den Jorien ihm geschickt hatte. »Yneke Egers, der Vogt zu Warfstede, wirft deinem Sohn Folkmar Janns vor, an Ockos Ermordung beteiligt gewesen zu sein. Da der Beschuldigte nicht zum Prozess erschienen ist, hat Yneke ihn mit Acht und Bann belegt. Ihr nennt dieses Urteil ungerecht, ihr bezeichnet es gar als ›niederträchtige Intrige‹ gegen euren Sohn.«

»Das ist richtig«, bestätigte Jann. »Wir ersuchen die Landsgemeinde daher, das Urteil aufzuheben.«

»Ich habe das Gerichtsprotokoll von Yneke angefordert. Darin steht, Zeugen hätten Folkmar Janns beim Angriff auf Ocko beobachtet«, gab Kanke zu bedenken.

»Die Aussagen sind wenig glaubhaft. Der Platz vor der Schnappe war voller Menschen, als Ocko angegriffen wurde. Dass man von einer zwanzig, dreißig Klafter entfernt stehenden Hütte einen einzelnen Attentäter erkannt haben will, ist äußerst unwahrscheinlich.«

»Dein Sohn wird als sehr groß beschrieben. Er soll die meisten anderen Männer um Haupteslänge überragen.«

»Trotzdem. So wie der Ortskern von Aurich beschaffen ist, kann das kaum so gewesen sein. Außerdem spricht einiges dafür, dass Yneke die Zeugen gekauft hat.«

»Das sind ernste Vorwürfe, die du erhebst«, sagte Kanke. »Kannst du sie beweisen?«

»Wir kennen die Namen und die angeblichen Wohnorte dieser sogenannten Zeugen«, antwortete Jann. »Mein Schwiegersohn Bent Olrichs hat in den vergangenen Wochen Nachforschungen angestellt. In den fraglichen Ortschaften kennt man keine Männer, die so heißen. Ynekes Zeugen sind unauffindbar.«

»Das allein beweist gar nichts!«, rief Tiard Sibenga, der Häuptling von Westerbur. »Es kann viele Gründe haben, warum Ynekes Zeugen nicht mehr an den genannten Orten wohnen. Es sind unstete Zeiten. Vielleicht sind sie weggezogen. Oder ihr Hof ist einer lokalen Fehde zum Opfer gefallen.«

»Das hielte ich in einem Fall für möglich«, erwiderte der Enunciator. »Unter Umständen sogar in zwei Fällen. Aber in allen dreien? Noch dazu in solch kurzer Zeit? Ich stimme Jann Wilken zu: Die Angelegenheit wirkt verdächtig.«

Beflügelt von Kankes Unterstützung sagte Jann: »Davon abgesehen war Folkmar nicht in Aurich. Als Ocko ermordet wurde, weilte er gerade in Bremen, um einen Juwelier aufzusuchen.«

»Noch eine aus der Luft gegriffene Behauptung«, brauste Hayo Erkesna auf. »Kann dieser Juwelier das bezeugen?«

»Nein. Ynekes Handlanger haben ihn mit Gold und Einschüchterungen zum Schweigen gebracht«, entgegnete Jann harsch.

»Was du vermutlich auch nicht beweisen kannst, richtig?« Ohne Janns Antwort abzuwarten, sagte Hayo zu Kanke: »Man mag ja von

Yneke halten, was man will, aber was hier geschieht, ist unerhört. Dieser Mann – ein Bastard, wohlgemerkt – überzieht einen rechtschaffenen Amtsträger mit haltlosen Vorwürfen und böswilligen Unterstellungen. Du musst einschreiten!«

Mit sichtlichem Widerwillen beugte sich der Enunciator dem Einwand. »Unterlass die Mutmaßungen und halte dich an die Tatsachen«, forderte er Jann auf.

»Kannst du uns wenigstens den Ring zeigen, den dein Sohn angeblich in Bremen geholt hat?«, fragte Olde Reent.

»Wie denn? Mein Sohn ist verschwunden, seit er nach Bremen aufgebrochen ist!« Jann hatte darauf verzichtet, den Ring zu beschaffen. Zum einen wäre das zu gefährlich gewesen, Ynekes Leute saßen ihnen nach wie vor im Nacken. Zum anderen hätte er mit dem Vorzeigen des Ringes Yneke die Bestätigung geliefert, dass er mit Folkmar in Kontakt stand.

»Es gibt also keine Zeugen, keine Beweise und auch keinen Ring«, stellte Olde Reent fest. »Ich gehöre den Sechzehn seit vielen Jahren an, aber eine derart abwegige Klage ist mir noch nie untergekommen. Wir verschwenden hier unsere Zeit.«

»Ganz so ist es ja nun nicht«, widersprach Kanke. »Jann Wilken hat uns Anhaltspunkte geliefert, die darauf hindeuten, dass es beim Prozess nicht mit rechten Dingen zuging. Ich spreche mich dafür aus, die Sache zu untersuchen.«

»Für so einen Unsinn gebe ich mich nicht her!«, polterte Tiard Sibenga. »Ihr Herren, lasst uns diese unsinnige Klage abschmettern.«

Er, Olde Reent und Hayo Erkesna erzwangen eine Abstimmung. Die drei Häuptlinge machten sich dafür stark, Janns Eingabe abzuweisen. Kanke Kanken stimmte dagegen, zwei Richter folgten ihm zögerlich. Zwei weitere waren unentschlossen. Tiard, Reent und Hayo brüllten auf sie ein.

»Was gibt's da zu überlegen? Hört auf euren Verstand!«

»Seht ihr nicht, dass euch dieser Kerl zum Narren halten will?«

»Wenn ihr diesen Unfug unterstützt, kommt in Zukunft jeder Bastard daher und will seinen Herrn belangen!«

Auch Jann, Jorien und Almuth erhoben die Stimmen und appellierten an den Gerechtigkeitssinn der Unentschlossenen. Es fruchtete nichts. Die beiden Richter stimmten für Tiard, Reent und Hayo.

»Damit ist es entschieden.« Kanke gab sich keine Mühe, seinen Ärger ob des Ergebnisses zu verbergen. »Der Klage wird nicht stattgegeben.«

Rasender Zorn und würgende Verzweiflung schnürten Jann die Kehle zu. Jorien ergriff seine Hand. In ihren Augen glitzerte blanke Mordlust.

Almuth sprach aus, was sie beide dachten.

»Die Familie tom Brok muss ihre Vögte üppig bezahlen«, wandte sie sich an Tiard Sibenga, Olde Reent und Hayo Erkesna, und ihre Stimme klirrte vor Kälte. »Ynekes Geldkatze ist offenbar derart prall gefüllt, dass er nicht nur drei Zeugen kaufen kann – obendrein kann er sich die Gefolgschaft dreier Richter leisten. Sagt, wie viel Gold hat er Euch gegeben? Reicht es für ein neues Gewand? Eine Halskette für Euer Weib? Womöglich ein schönes Stück Land? Ich hoffe, Ihr erfreut Euch daran, während Folkmar Janns in der Wildnis zugrunde geht. Denn dazu habt Ihr ihn soeben verurteilt: zu einem elenden Ende in Einsamkeit.«

»Was fällt dir ein, Weib?«, fauchte Olde Reent. »Wer hat dir erlaubt, vor dieser Versammlung zu sprechen?«

»Bitte verzeiht, Ihr Herren, entschuldigt vielmals«, stammelte Gert. »Sie ist verwirrt … verängstigt … meint das nicht so. Ich hätte besser aufpassen sollen …« Er wollte Almuth wegführen. Wütend entzog sie sich seinem Griff und eilte hinaus, gefolgt von ihrem schwitzenden Vater. Bevor Jorien ihnen nachging, sagte sie zu Ynekes Fürsprechern:

»Almuth hat ein wahres Wort gesprochen. Ihr habt meinen Sohn Eurer Geldgier geopfert. Schande über Euch! Möge der Zorn der Heiligen Euch treffen.«

Das löste neuen Protest und zorniges Geschrei aus. Jann ließ die Männer brüllen. Hier war alles gesagt. Ehe er Jorien nach draußen folgte, sah er noch, dass Kanke Kanken ihm einen Blick zuwarf.

Es war ein Blick voller Bedauern.

Kapitel dreiundzwanzig

Grenzland zwischen Warfstede und Duvelslond

Ostfriesland ist wie ein Pfannkuchen, besagte eine alte Redensart, *der Rand ist das Beste.*

Der Rand, das war die dicht besiedelte Küste, die fruchtbare Marsch. Folkmar war so weit davon entfernt, wie man nur sein konnte. Die abgebrannte Kapelle stand ganz im Süden des Kirchspiels, im Grenzland – im *Ödland*, besser gesagt, denn hier gab es nichts als karge Heide, dorniges Gestrüpp und dürre Bäume, die an bleiche Knochen erinnerten, besonders im Morgengrauen, bevor die aufgehende Sonne den Nebel zerschmolz. Das Moor mit seinen Sumpfwiesen, Schlammlöchern und Mückenschwärmen war ganz nah: Bei Windstille roch Folkmar das verfaulende Holz und den gärenden Morast. Gleichwohl gab es hier Menschen, ein paar wenigstens. Sie hausten in ärmlichen, weit verstreuten Strohhütten, stachen Torf und rangen dem Boden magere Früchte ab. Um das Gemäuer, in dem er seit Wochen lagerte, machten sie einen weiten Bogen.

Folkmar konnte es ihnen nicht verdenken. Unheimliche Geschichten rankten sich um die Ruine, sie wisperten von Mord und Götzendienst. Man habe die Kapelle auf den Fundamenten eines heidnischen Tempels errichtet, sagte man. Sie sei vor Jahrhunderten plündernden Horden zum Opfer gefallen, doch Folkmars Großvater Wilke Tammen habe sie wiederaufgebaut, einzig zu dem Zweck, seinen Erzfeind Enne Rycken Hylkena mit einer List hineinzulocken und ihn zu ermorden. Was das betraf, kannte Folkmar keine Einzelheiten. Seine Familie sprach nicht gern über die blutgetränkte Vergangenheit der Sippe.

Die rußgeschwärzten Steine erzählten ihre eigene Geschichte. Ein gewaltiges Feuer hatte diese Mauern einst zum Einsturz gebracht, das sah man auf einen Blick. Regen, wuchernder Farn und der Zahn der Zeit hatten die Spuren des Verbrechens nicht zu tilgen vermocht. Wenn Folkmar die Augen schloss, glaubte er, die Schreie jener zu hören, die in den Flammen umgekommen waren. Er dachte oft an Enne Ryckens grausiges Ende, während er auf dem gesprungenen Steinboden kauerte und wartete, dass die Stunden, die Tage verstrichen. War Enne voller Angst gewesen? Oder hatte er dem Tod furchtlos in die Augen geblickt? War er verbrannt? An den Rauchschwaden erstickt? Hatte er sich womöglich das Leben genommen, um dem Schmerz zu entrinnen?

Düstere Fantasien, gewiss. Aber immer noch leichter zu ertragen als der Gedanke an sein eigenes Schicksal. Seine Zukunft erschien ihm wie ein schwarzer, bodenloser Schlund, in dem alles verschwand: seine Pläne, seine Wünsche, sein Leben mit Almuth.

Besser, er dachte nicht allzu gründlich darüber nach.

Der Wallach hatte das Gras, das in den Rissen und Fugen spross, gänzlich abgefressen. Folkmar machte den Zügel los und band das Tier an einer anderen Stelle an, wo es sich an einem Strauch laben konnte. Er selbst aß etwas Brot und Rauchwurst, ein paar Bissen nur. Seine Vorräte schwanden rasant, er musste sie sich gut einteilen.

Wo bleibt er nur?

Sein Vater hatte versprochen, er werde kommen, sobald er wusste, was Yneke im Schilde führte. Das war Wochen her, und aufgetaucht war bisher niemand. *Was hält ihn auf? Was geschieht in Warfstede?* Gewiss nichts Gutes. Folkmars Befürchtungen wurden von Tag zu Tag düsterer, und es kostete ihn alle Kraft, sich nicht der Verzweiflung zu ergeben.

Hat man Vater etwas angetan?

Jeden Morgen erwog Folkmar, sein Lager in der Ruine abzubrechen und nach Warfstede zurückzukehren, um herauszufinden, was dort vor sich ging. Um endlich Almuth wiederzusehen, seine Familie. Er verwarf den Gedanken jedes Mal. Sein Gespür sagte ihm, dass er geradewegs ins Verderben reiten würde.

Er würde warten, ausharren, er hatte keine andere Wahl. Einstweilen vertrieb er sich die Zeit, indem er Kaninchen jagte und die kargen Früchte dieses Ödlandes sammelte. Mit der Ausbeute streckte er seinen Proviant. Jeden Abend ging er zu einem nahen Bach, um sich den Schmutz von der Haut zu waschen.

Als er sich gerade aufmachen wollte, um dieses Ritual ein weiteres Mal zu pflegen, bemerkte er eine Bewegung im Augenwinkel. Er blickte zu der breiten Mauerbresche, durch die man am leichtesten in die Ruine hineinkam. Auf dem Trümmerhaufen standen drei Gestalten, schwarze Schemen im Gegenlicht der Abendsonne. Seine Hand fuhr zum Schwert.

Es waren keine Räuber aus der Wildnis, keine Schergen des Vogtes, die ihn holen kamen – sondern sein Vater, seine Mutter und Almuth. Vorsichtig stiegen sie über den Schutt. Ein Brocken löste sich und kullerte polternd über den Boden.

»Bei Gott – endlich!«

Folkmar legte die Waffe hin, ging ihnen entgegen. Umarmte Jann und Jorien, küsste Almuth, küsste sie lange. Ihre Hände gruben sich in sein Wams, klammerten sich an ihm fest, als müsste sie ihn vor dem Ertrinken retten. Ihre Augen waren rot, das Gesicht blass wie nach langer Krankheit.

»Wir konnten nicht früher kommen«, sagte Jann. »Ynekes Leute haben uns pausenlos beobachtet. Es hat Wochen gedauert, bis ihre Wachsamkeit endlich nachgelassen hat.«

»Durchs Tor zu reiten erschien uns dennoch zu riskant«, ergänzte Jorien. »Wir sind nachts mit dem Boot rausgefahren, an einem unbewohnten Küstenabschnitt westlich von Warfstede an Land gegangen und zu Fuß hergekommen. Niemand hat uns gesehen.«

»Hat sich Martens Behauptung bestätigt?« Folkmar fand kaum die Kraft, diese Frage zu stellen.

Müde und niedergeschlagen sank sein Vater auf einen quaderförmigen Mauerbrocken. »Es ist alles noch sehr viel schlimmer«, murmelte er. »Yneke hat die Lüge in die Welt gesetzt, du hättest mitgeholfen, Ocko zu ermorden. Er saß über dich zu Gericht und hat dich zum Tod verurteilt.«

Folkmar war sich nicht sicher, ob er richtig gehört hatte. »Was?«, krächzte er. Plötzlich war ihm, als würde sich der Boden unter ihm auftun. Er taumelte und wäre gefallen, wenn Almuth nicht seine Hand genommen und ihn gehalten hätte.

»Setz dich«, sagte seine Mutter leise.

Sie erzählten ihm, was in den letzten Wochen geschehen war. Alles. Ockos Ermordung. Ynekes Intrige. Der Prozess. Die gekauften Zeugen. Folkmars Verurteilung. Ihre Fahrt nach Bremen. Die erfolglose Klage bei der Landsgemeinde. Keine schreckliche Einzelheit ließen sie aus.

»Weil du nicht zum Prozess erschienen bist, hat Yneke dich mit der Acht belegt«, schloss Jann. »Du weißt, was das heißt.«

Folkmar konnte nicht antworten. Sein Kiefer und der Nacken waren steif wie ein Brett, der ganze Körper hatte sich verkrampft. Almuth drückte sanft seine Hand.

»Marten …«, begann er schließlich, suchte nach Worten, doch der Gedanke riss ab.

»… ist verschwunden«, antwortete seine Mutter. »Wir nehmen an, Yneke hat herausgefunden, dass er uns gewarnt hat, und ihn dafür bestraft.«

Er schloss die Augen, kniff sich in die Nasenwurzel, versuchte mit aller Kraft, Ordnung in seinen aufgewühlten Verstand zu bringen. Er war jetzt vogelfrei. Niemand durfte ihm helfen. Wenn man seine Eltern und Almuth bei ihm sah, drohte ihnen ebenfalls die Ächtung.

Folkmar räusperte sich und schluckte den Klumpen, der ihm wie eine geballte Faust in der Kehle saß. »Dies ist unser letztes Treffen. Ein weiteres wird es nicht geben. Die Gefahr für euch ist zu groß.«

»Und was ist mit dir?«, fragte seine Mutter.

»Sorgt euch nicht um mich. Ich komme zurecht.«

»Wir lassen dich nicht im Stich.«

»Das müsst ihr aber.« Folkmar legte alle Entschlossenheit, die er aufbringen konnte, in jene Worte. »Ihr müsst.«

Sie schwiegen lange. Der Westwind trieb Wolken über den blassblauen Himmel und pfiff leise um die verwitterten Mauern. Es klang, als würde jemand eine Messerklinge schleifen.

Folkmar nahm einen tiefen Atemzug, ehe er weitersprach. »Ich werde fortgehen. Wenn ich hierbleibe, findet Yneke mich früher oder später.«

Seine Mutter kämpfte mit den Tränen.

»Er will alle Gerichtssprengel benachrichtigen«, sagte sein Vater. »Am besten verlässt du die Sieben Seelande.«

»Wenn ich meinen Namen reinwaschen will, muss ich in Friesland bleiben.«

»Wie willst du das anstellen? Yneke genießt Widzelts Freundschaft. Er ist mächtiger denn je.«

Folkmar gab keine Antwort. Er hatte einen vagen Plan, doch wenn er den darlegte, würden sie sich nicht davon abhalten lassen, ihm zu helfen.

»Ich werde mit dir gehen«, sagte Almuth.

»Auf keinen Fall.«

»Ich habe schon versucht, es ihr auszureden«, sagte Jann. »Es ist zwecklos.«

Folkmar blickte sie an. »Du musst mich vergessen. Leb dein Leben und versuch, glücklich zu werden.«

»Das kann ich nicht ohne dich.«

»Ich werde wie ein wildes Tier in der Wildnis leben. Die Winter hier draußen sind grausam.«

»Das ist mir egal«, beharrte Almuth.

»Siehst du?«, brummte Jann.

»Ich gehe allein«, entschied Folkmar. »Jetzt genug davon.«

Als die Sonne dem Horizont entgegensank, wurde es kühl. Die Schatten griffen aus und füllten bald die gesamte Kapelle. Es gab nichts, womit sie ein Feuer hätten machen können. Also rückten sie in einer windgeschützten Ecke zusammen.

»Ihr solltet zu eurem Boot zurückkehren, bevor es vollends dunkel wird«, sagte Folkmar.

Sein Vater hatte frisches Brot mitgebracht, er zerbrach es in vier gleich große Stücke. »Wir bleiben bis morgen früh.«

Sie aßen, dankten dem heiligen Magnus für die Speise und baten ihn, seine schützende Hand über Folkmar zu halten. Sodann breitete sich Stille aus. Als sie kaum noch zu ertragen war, setzte Jorien ein Lächeln auf und fragte Almuth:

»Hat Folkmar dir eigentlich erzählt, wie Jann und Abbe damals nach Bergen gesegelt sind?«

»Lass doch die alten Geschichten«, brummte Jann gutmütig.

»Ich würde sie gerne hören«, sagte Almuth.

»Wenn ich mich recht erinnere, war es achtundfünfzig«, begann Folkmars Mutter.

»Sechsundfünfzig«, korrigierte sein Vater sie.

»Du hast recht – sechsundfünfzig. Bei Gott, fünfunddreißig Jahre ist das schon her. Wie die Zeit vergeht … Jann hatte seine erste kraweelbeplankte Kogge gebaut, die *Jorien*«, erklärte Folkmars Mutter stolz. »Als Abbe und er sie in Lübeck verkaufen wollten, tauchte plötzlich Onneke Fossen auf, der Zunftmeister der Schiffsbauer.«

»Und ein Scheusal vor dem Herrn.« Jann schüttelte den Kopf und lächelte kaum merklich.

»Erzähl du weiter, du bist schließlich der Held der Geschichte«, sagte Jorien.

»Zu viel der Ehre«, wehrte Jann ab. »Ich war nichts als ein Jungspund, der es sich und der Welt beweisen musste. Der einzige wahre Held an Bord war Wilbrand, unser Lotse, ohne den wir wahrscheinlich im Kattegat gesunken wären.« Gleichwohl fand er Gefallen daran, seine Erinnerungen mit den anderen zu teilen. »Jedenfalls machte Onneke Fossen unsere Arbeit nach Kräften schlecht. Ich wusste mir nicht anders zu helfen, als ihn herauszufordern – zu einer Wettfahrt nach Bergen, meine *Jorien* gegen Onnekes *Habicht*.«

In kargen Worten, wie es seine Art war, erzählte er von dem Abenteuer. Almuth lauschte ihm andächtig, ebenso Folkmar und Jorien, obwohl sie die Geschichte schon viele Male gehört hatten. Im Stillen dankte Folkmar seiner Mutter, dass sie den Anstoß gegeben hatte. Dies waren die letzten gemeinsamen Stunden mit seinen Lieben für lange Zeit, vielleicht für immer. Er wollte sie nicht damit verbringen, über das erlittene Unrecht, die ungewisse Zukunft nachzudenken.

Als Jann fertig war, gab Jorien eine andere Geschichte aus der ereignisreichen Vergangenheit der Familie Osinga zum Besten. Danach war Folkmar an der Reihe. Sie schwelgten gemeinsam in Erinnerungen, sie lachten über skurrile Anekdoten, sie genossen das Beisammensein, und für eine Weile vergaß Folkmar sogar, dass sie nicht in ihrem Haus bei der Lastadie waren, sondern in einer Ruine fernab von Warfstede.

Schließlich war es so finster, dass man kaum mehr drei Ellen weit sehen konnte.

»Wir sollten schlafen«, sagte Jann.

»Ja«, murmelte Folkmar.

Augenblicklich erstarb die heitere Unbeschwertheit, und die bleischwere Stille kehrte zurück. Niemand sprach ein Wort, als sie sich Schlafplätze suchten. Almuth lag bei Folkmar unter der Decke, das Gesicht in seiner Halsbeuge, und sie umschlangen einander mit den Armen. Jann atmete nach kurzer Zeit tief und gleichmäßig, für die anderen aber war es eine unruhige Nacht. Folkmar hörte seine Mutter mehrmals weinen, obwohl sie sich bemühte, es zu verbergen. Almuth drehte sich mal auf die eine, mal auf die andere Seite, immer darauf bedacht, ihm so nah wie möglich zu sein, ihn zu berühren, wenigstens seine Hand zu halten.

»Kannst du nicht schlafen?«, flüsterte er.

»Nein. Du?«

»Auch nicht. Versuch es. Du musst völlig erschöpft sein.«

»Eigentlich will ich gar nicht schlafen«, wisperte sie, aber wenig später tat sie es doch, die Müdigkeit forderte schlussendlich ihr Recht.

Er wartete, bis sich endlich auch seine Mutter nicht mehr regte. Vorsichtig stand er auf und packte leise seine Habe. Nachdem er den Wallach gesattelt und losgebunden hatte, betrachtete er die Frau, die ihm versprochen war, die er beinahe geheiratet hätte. Sie hatte einen unbeugsamen Willen. Er würde sie niemals davon abbringen, mit ihm zu gehen. Sie würde versuchen, ihm zu folgen, ihn zu finden. Sich heimlich davonzustehlen war der einzige Weg, sie zu schützen.

Der einzige. Und er brach ihm das Herz.

Er riss sich los von ihr, sagte seinen Eltern stumm »Leb wohl« und führte den Wallach aus der Ruine. Kurz darauf saß er im Sattel und ritt davon – fort von Warfstede, von seiner Heimat, vom einzigen Leben, das er kannte.

Almuth setzte sich auf, bog den schmerzenden Rücken durch, strich sich das Haar aus dem Gesicht. Sie war umgeben von Grau. Graue Steine, graues Unkraut, grauer Himmel. Es nieselte, die Tropfen waren so fein, dass man sie kaum spürte. Sie blickte zur Seite, betrachtete die kümmerlichen Reste des Proviants, die Pferdeäpfel auf dem Boden, Jann, Jorien … und begriff.

»Wieso habt ihr mich nicht geweckt?«

»Du warst so erschöpft, wir wollten dich schlafen lassen.« Mit dem

Messer bearbeitete Jann ein Stück Holz, er legte beides hin. »Er war schon fort, als ich aufwachte.«

Sie streifte die Decke ab. »Wir müssen ihn suchen.«

»Wir werden ihn nicht finden.«

»Er kann nicht weit sein. Bestimmt hat er Spuren hinterlassen.« Sie stakste zur Mauerbresche, ihre Schritte waren seltsam unsicher, als wäre der Boden weich wie Schlickwatt.

»Er will nicht gefunden werden, Almuth.« Jorien trat zu ihr, legte ihr die Hand auf den Arm, hielt sie auf. Sanft, aber bestimmt.

Wie kann er mir das antun?, hätte sie beinahe ausgerufen. Sie liebte ihn doch. Und er liebte sie. *Ja. Deshalb ist er fortgegangen.* Das war leicht zu verstehen. Aber unendlich schwer zu akzeptieren.

Sie kniff die Lippen zusammen und starrte hinaus ins Ödland. Graue Bäume, graues Gras, graue Welt. »Glaubt ihr, es wird ihm gelingen?«, wisperte sie mit einer Stimme wie brüchiges Pergament.

»Seinen Namen reinzuwaschen?«, fragte Jann.

»Ja.«

»Wenn einer es schafft, dann unser Sohn.«

Gestern hatte er das genaue Gegenteil gesagt, und sie bezweifelte, dass er seine Meinung über Nacht grundlegend geändert hatte. Dennoch schöpfte Almuth ein Quäntchen Trost aus seiner gespielten Zuversicht. Manchmal tat es gut, belogen zu werden. Wenn es nichts anderes gab, an das man sich klammern konnte.

»Lasst uns zurückgehen«, sagte Jann.

Sie packten das Bündel, befestigten es am Wanderstecken und begannen ihren langen Marsch durch den Regen.

Aurich

Am frühen Abend hörte es auf zu regnen. Die Sonne blitzte zwischen den gelbgrauen Wolken, die wie zerfaserte Knäuel aus Rohwolle am Himmel hingen. Schwüle Luft waberte über das Heideland.

Folkmar verbarg sein Pferd in einem Eichenwäldchen, zog den nassen Umhang aus und suchte sich einen geeigneten Baum, den er hinaufkletterte. Drei Klafter über dem moosigen Erdboden setzte er sich rittlings auf einen dicken Ast und beobachtete Aurich, das sich zwei Bogenschussweiten von ihm entfernt aus der Geest erhob. Der Marktflecken hatte in den Kämpfen beträchtlich gelitten: Eins von drei Häusern war vollständig zerstört. Auch die Burg der Familie tom Brok wies Schäden auf.

Folkmar betrachtete die Wimpel mit dem schwarzen Adler, die auf den Dächern und Türmen der Festung flatterten, und sein Magen verkrampfte sich. Alles Unheil, das ihm je widerfahren war, stand in Verbindung mit diesem Wappen.

Er erblickte Menschen, die Balken trugen, Handkarren voller Lehm schoben und ihre Behausungen wiederaufbauten. Kriegsvolk gab es auch, besonders auf den Wehrgängen der Burg, es erschien ihm jedoch nicht sonderlich zahlreich. Offenbar war die Streitmacht der tom Brok bereits abgezogen.

Er wertete dies als eine Gunst des Schicksals und beschloss, das verwüstete Dorf zu betreten. Das war gewagt, gefährlich gar. Wenn der hiesige Vogt bereits eine Abschrift des Urteils mit einer Beschreibung seiner Person erhalten hatte, war die Wahrscheinlichkeit hoch, dass man ihn erkannte. Doch er hatte keine Wahl. Wenn er sich gegen das erlittene Unrecht wehren, seine Unschuld beweisen und seinen Namen reinwaschen wollte, musste er herausfinden, was am 7. August in Aurich geschehen war. Wer hinter Ockos Ermordung steckte. Er wollte die Bewohner befragen. Irgendwer musste etwas gesehen haben.

Also los – auf in die Höhle des Löwen, dachte er, während er behände zu Boden glitt. Er nahm den Wallach mit für den Fall, dass er rasch würde fliehen müssen.

Er näherte sich Aurich von der Seite, die am weitesten von der Burg entfernt war, und führte das Pferd auf dem matschigen Weg zwischen den halb fertigen Häusern entlang. Er gab sich freundlich und neugierig, wie ein Reisender, der von weit her kam und die Nacht in diesem ihm fremden Ort verbringen wollte. Während er lächelnd die arbeitenden Menschen grüßte, schlug ihm das Herz bis zum Hals, und er machte sich darauf gefasst, jeden Moment Bewaffnete zu sehen, die auf ihn zurannten. Seine Anspannung legte sich etwas, als er auf dem gesamten Weg bis hin zum zentralen Platz keine

Kriegsknechte erblickte. Die Dorfbewohner beachteten ihn nicht, erschöpft widmeten sie sich ihrer Arbeit. Ein Zimmermann mit Stoppelbart, der sich eben den Schweiß von der Stirn wischte, blickte ihm gar geradewegs ins Gesicht. Folkmar zuckte innerlich zusammen. In den Augen des Mannes lag jedoch keinerlei Erkennen, kein Erschrecken, nur stumpfe Müdigkeit, ehe er den Hobel nahm und weiter den aufgebockten Balken glättete.

Als Folkmar sich jenem mehrstöckigen Fachwerkhaus näherte, das »Schnappe« genannt wurde, bot sich ihm ein absonderlicher Anblick dar.

Eine pummelige Gestalt stocherte mit einer Hellebarde nach einem aufgeblähten, wuchernden Ding, das wie eine Geschwulst zwischen zwei Kragbalken des ersten Obergeschosses klebte. Auf ihrem Kopf saß eine verbeulte Hundsgugel, vermutlich ein Überbleibsel aus dem Krieg. Das an einen Schnabel erinnernde Helmvisier war heruntergeklappt. Obwohl es warm war, trug der Mann unter der behelfsmäßigen Schutzkleidung mehrere Lagen Wolle und Leder übereinander, was seine Beweglichkeit erheblich einschränkte, sodass er steif von einem Fuß auf den anderen wankte. Er fluchte lautstark, denn wütende Wespen umschwirrten ihn, während er das Nest traktierte.

»Gewürm! Teuflische Biester! Ekelhaft und bösartig seid ihr. Aber ihr habt mich zum letzten Mal gestochen. Ich mach euch den Garaus, na wartet!«

Folkmar wahrte sicheren Abstand und beobachtete das eigenartige Schauspiel, während er den Zügel an einem Zaunpfosten festband. Ein kräftiger Hellebardenhieb löste das Nest von den Balken, das aufgeschlitzte Gebilde plumpste aufs zertrampelte Gras. Sogleich wurde der beherzte Wespenbekämpfer hart von seinen summenden Feinden bedrängt. Er ließ die Waffe los, fiel der Länge nach hin und zappelte wie eine auf dem Rücken liegende Schildkröte. Heulend versuchte er die Hundsgugel abzustreifen. Offenbar waren eine oder mehrere Wespen in den Helm geraten.

Niemand kam dem armen Kerl zu Hilfe, obwohl mindestens ein halbes Dutzend Leute gesehen haben mussten, was geschehen war. Also beschloss Folkmar einzuschreiten. Rasch ergriff er den bereitstehenden Eimer und die in einer Mauerritze steckende Fackel. Er schüttete einen Schwall stinkenden Robbentran auf das Wespennest und warf den Kienspan hinterher. Eine Stichflamme schoss empor, das Nest brannte sofort lichterloh. Sodann packte Folkmar den Gefallenen an den Achseln und zog ihn aus der Gefahrenzone. Dabei wurde er mindestens zweimal gestochen. Er ignorierte den beißenden Schmerz und machte sich am Helm des Mannes zu schaffen. Das Visier war völlig verbogen, es ließ sich nur mit Mühe hochklappen. Ein rotes, verschwitztes Gesicht und ein zum Schrei geöffneter Mund kamen zum Vorschein. Zwei Wespen ergriffen die Flucht.

»Hilf mir!«, ächzte der Mann.

Mit Folkmars Unterstützung kam er auf die Füße. Sie rannten von der Wiese zum Nachbargebäude, wo Folkmar sein Pferd angebunden hatte, und verbargen sich hinter der Hausecke.

Binnen kurzer Zeit verbrannte das Nest zu Asche. Der stinkende Rauch, der von der brennenden Tranpfütze aufstieg, vertrieb den größten Teil der Wespen. Schnaufend, als bekäme er kaum Luft, zog der kleine Mann den Helm aus, ließ das verbeulte Ding zu Boden fallen und streifte außerdem die Lederschürze, den Schal, die Handschuhe und zwei Wollmäntel ab. Wie sich zeigte, war er keineswegs pummelig, sondern schlank und drahtig. Stiche ließen seine Wange und die Nase anschwellen.

»Herzlichen Dank, ihr Feiglinge!«, schrie er über die Gasse. »Da ist man doch froh, dass man so hilfsbereite Nachbarn hat. Memmen und Hasenfüße!« Dabei schüttelte er die Faust und spuckte aus.

Die Leute, die an den Hütten gegenüber arbeiteten, schauten beleidigt drein, erwiderten aber nichts. Der Mann betastete sein Gesicht, atmete zischend ein und nahm rasch die Hand fort.

»Drück kalten Stahl drauf, das hilft.« Folkmar reichte ihm sein Messer.

Der kleine Mann presste die Klinge mit der flachen Seite auf die geschwollene Backe.

»Hab Dank … auch für die Hilfe mit dem Nest.« Er starrte voller Genugtuung zu dem schwarzen Fleck auf der Wiese. »Verdammte Viecher! Eine biblische Plage ist das. Eine Heimsuchung. Nun, kein Wunder, nach allem, was hier passiert ist. Aber denen haben wir's tüchtig gegeben. Die kommen so schnell nicht zurück.«

»Dieses schöne Haus gehört also dir?« Mit einem Nicken wies Folkmar auf die Schnappe.

»Noch«, knurrte der Wespenbekämpfer.

»›Noch‹?«

»Falls ich es nicht verkaufe, mein ich. Was ich wohl tun werde.«

»Nur wegen der Wespen?« Folkmar stellte sich dumm. »Die bist du doch jetzt los.«

Der kleine Mann musterte ihn. »Du bist nicht von hier, was?«

»Ich bin auf der Durchreise, es geht nach Emden.«

»Komm mit hinein. Ich mache uns etwas zu essen. Wenn du willst, kannst du bei mir nächtigen.«

Obwohl Folkmar sich inzwischen einigermaßen sicher war, dass sich in Aurich noch nicht herumgesprochen hatte, wer er war, wollte er kein unnötiges Risiko eingehen. Im Haus säße er in der Falle. Es wäre sicherer, rasch seine Fragen zu stellen und das Dorf sodann zügig zu verlassen. »Das Angebot ehrt mich«, antwortete er. »Aber ich muss gleich weiter. Ich will noch die eine oder andere Wegstunde hinter mich bringen, bevor es dunkel wird.«

»Dann lass mich wenigstens deinen Proviant auffüllen, um dir deine Hilfe zu vergelten.«

»Da sage ich nicht Nein.«

Der kleine Mann gab ihm das Messer zurück, nahm den Beutel mit den restlichen Vorräten an sich und verschwand im Haus. Folkmar fiel auf, dass sie einander nicht vorgestellt hatten – das hatten sie in all der Aufregung vergessen. Doch es war ihm nicht unrecht. So kam er schon nicht in die Verlegenheit, seinem neuen Bekannten einen falschen Namen nennen zu müssen.

Der Besitzer der Schnappe kam zurück und überreichte ihm einen prallvollen Beutel. »Brot, gedörrtes Fleisch, Äpfel, etwas Käse. Damit kommst du bis Emden über die Runden.«

»Du bist sehr freundlich. Tausend Dank.«

»Ich habe zu danken. Ohne dein beherztes Eingreifen hätten diese kleinen Teufel mich gewiss totgestochen.«

»Wieso haben deine Nachbarn dir nicht geholfen? Ist es in diesem Ort nicht Sitte, dass gute Christen einander beistehen?«

»Normalerweise schon. Aber hier ist einiges vorgefallen in letzter

Zeit. Die Nachbarn meiden mich«, grunzte der kleine Mann. »Und nicht nur die – halb Aurich tut das. Die Leute halten die Schnappe und ihren Besitzer für verflucht. Um ehrlich zu sein, glaube ich das inzwischen auch. Die Wespen waren gewiss erst der Anfang. Mal sehen, was als Nächstes kommt. Womöglich Heuschrecken, die meine Gärten kahlfressen. Oder ein scheußliches Leiden, das mich über Nacht befällt.«

»Sag so etwas nicht! Damit beschwört man das Unglück erst recht herauf.« Folkmar gab sich erschrocken. »Wieso glaubst du, ein Fluch würde auf dir lasten?«

»Na, wegen Ocko und was man ihm angetan hat. Das musst du doch mitgekriegt haben, wenn du nicht gerade die letzten Wochen im Moor gelebt hast.«

Endlich kommen wir zum Kern der Sache, dachte Folkmar. »Ich habe gehört, er sei ermordet worden.«

»›Ermordet‹«, schnaubte der kleine Mann. »Abgeschlachtet haben sie den armen Kerl. Zerstückelt und in den Dreck getrampelt, ihn und seine Leibwächter. Gleich hier war das, vor meiner Haustür!«

»Bei Gott!« Folkmar spielte den Bestürzten. »Aber was hat das mit dir zu tun? Du kannst doch nichts dafür, wenn vor deinem Haus ein Mord geschieht.«

»Sollte man meinen, oder? Leider hat Volkmar Allena die Schnappe beschlagnahmt, als er in Aurich einmarschiert ist. Hat sich in meiner Stube breitgemacht und mich herumkommandiert wie einen Leibeigenen. Dort hat er auch mit Ocko verhandelt. Deshalb glaubt das dumme Volk, ich hätte etwas mit dem Massaker zu tun. Was natürlich Unfug ist. Ich war und bin ein treuer Gefolgsmann der tom Brok.« Der kleine Mann litt sichtlich Schmerzen. »Teufel und Hölle, tut das weh! Kann ich noch mal dein Messer haben? Hab vergessen, mir drinnen eins zu holen.«

»Gewiss.«

Der Besitzer der Schnappe seufzte, als die Berührung des kühlen Metalls seine Pein linderte. »Wo war ich …?«

»Der Fluch.«

»Ah ja. Richtig. Ich habe nicht das Geringste mit Ockos Tod zu tun, das schwöre ich beim Heil meiner Seele. Ich will auf der Stelle zur Hölle fahren, wenn ich lüge. Aber das ändert nun einmal nichts daran, dass er vor meiner Haustür eines grausamen Todes gestorben ist. Du weißt, wie das mit Mordopfern ist. Sie können erst Frieden finden, bis ihre Mörder allesamt bestraft worden sind. Einstweilen ist ihre Seele an den Ort der Bluttat gebunden und sucht die Lebenden heim.«

»Du glaubst, dass Ockos Geist in dieser Gasse umgeht?«, fragte Folkmar leise.

Der kleine Mann trat nah zu ihm, damit seine Nachbarn nicht hören konnten, was er sagte. »In dieser Gasse und in meinem Haus. Denn dort hat Allena ihm den Geleitfrieden zugesichert, der kurz darauf so schändlich gebrochen wurde. Ein schlimmeres Verbrechen gibt es kaum. Manchmal knarren in der Stube die Dielen. Oder es riecht plötzlich schlecht – wie ein offenes Grab. Dann weiß ich: Ocko ist da und beobachtet mich. Das allein wäre schon schlimm genug. Leider ist es nicht alles. Sein ruheloser Geist lockt allerlei schädliches Gewürm an. Daher die Wespen. Die Ratten haben sich auch vermehrt, wenn mich nicht alles täuscht.«

Folkmar bekreuzigte sich. »Das ist wahrlich ein schlimmes Geschick, das dich getroffen hat.«

»Verstehst du jetzt, warum ich das Haus verkaufen will?«, erwiderte der kleine Mann düster. »Ich hoffe, ich finde einen Dummen, der es haben will …«

»Vielleicht hast du ja Glück, und Volkmar Allena bekommt seine gerechte Strafe, sodass Ockos Seele Frieden finden kann.«

Die gerötete Stirn kräuselte sich. »Wieso Volkmar Allena?«

»War er es nicht, der den Mord befohlen hat?«

»Manche sagen das. Aber ich glaube das nicht. Allena mag ein Schinder und ein Kriegstreiber sein, doch er ist ein Mann, der zu seinem Wort steht. So habe ich ihn jedenfalls erlebt. Niemals würde er auf solch niederträchtige Weise den Frieden brechen.«

»Wer steckt dann dahinter?« Folkmar bemühte sich um einen mäßig interessierten Tonfall. Für seinen neuen Bekannten war er nur ein Reisender, der sich die Rast damit vertrieb, indem er sich nach den neuesten Gerüchten erkundigte.

»Wenn du mich fragst, waren es die verdammten Schieringer«, bekam er zur Antwort. »Auf der Gasse trieben sich Dutzende Westfriesen herum. Einige waren in Ockos Nähe, als er angegriffen wurde. Man erkennt sie ja leicht an ihren Röcken.«

»Meinst du, man hat sie angeheuert, um Ocko zu ermorden?«

»Möglich. Er hatte ja mehr Todfeinde, als du und ich Finger an den Händen haben. Hisko Abdena, Edo Wiemken, die Pfeffersäcke der Hanse – die kommen alle als Hintermänner infrage. Oder die Schieringer haben auf eigene Faust gehandelt. Sie haben Ocko schließlich nie verziehen, dass er ihrem Erzfeind Albrecht von Holland den Lehnseid geschworen hat. Vielleicht haben sie die günstige Gelegenheit genutzt, um sich an ihm zu rächen. Ach, wahrscheinlich weiß allein der Teufel, was am siebten August passiert ist, und wir einfachen Friesen werden es nie erfahren.«

Das werden wir sehen, dachte Folkmar. Just im Moment erblickte er zwei Kriegsknechte in den Farben der tom Brok, die in seine Richtung schlenderten. Er entschied, dass es an der Zeit war aufzubrechen. Fürs Erste hatte er genug erfahren. »Ich muss jetzt weiter. Nochmals vielen Dank für die Wegzehrung.« Er befestigte den Beutel am Sattel und band den Wallach los.

»Ehrensache. Hier, dein Messer. Viel Glück auf deinem Weg, Freund … Wie war gleich dein Name?«

Folkmar gab vor, die Frage nicht gehört zu haben. Er winkte zum Abschied und trieb das Pferd an. Damit er den Kriegsknechten nicht begegnete, verließ er die Gasse und ritt zwischen den halb fertigen Häusern entlang, über Wiesen und verwüstete Gärten, die von Allenas Horden restlos geplündert worden waren. Das kam dem Besitzer der Schnappe offenbar seltsam vor. Folkmar spürte, wie der glücklose Wespenbekämpfer ihm nachblickte, bis er eine Bresche im schwer beschädigten Wall Aurichs fand und den Wallach hindurchlenkte.

Die Schieringer also.

Westfriesland.

Bitte, heiliger Magnus, lass mich dort die Antworten finden, die ich suche.

Wenig später jagte er über die Heide, der Marsch und der sinkenden Sonne entgegen, fort von diesem blutgetränkten Ort.

Kapitel vierundzwanzig

Warfstede

Die Dorfbewohner fütterten die Schweine. Sie feilschten mit den Händlern. Sie verrichteten ihr Tagwerk.

Folkmar war fort, doch die Leute taten, als wäre alles wie immer. Seit dieser Farce von einem Gerichtstag waren sie noch ängstlicher, noch misstrauischer, noch unterwürfiger, wenn der Vogt des Weges kam. Davon abgesehen ging das Leben in Warfstede weiter. Einfach so. Ohne Erschütterungen. Ohne empörten Protest. Es war ein Spätsommer wie jeder andere.

Almuth wollte schreien. Morgens beim Aufstehen. Abends beim Zubettgehen. Den ganzen Tag wollte sie schreien. Natürlich tat sie es nicht. Sie hielt den Mund und senkte den Blick wie alle anderen. Taubheit breitete sich in ihr aus wie ein Gift, das nach und nach alle Empfindungen abtötete. Manchmal dachte sie, dass ihr Herz schon vor Tagen zu schlagen aufgehört hatte und der Leib sich aus reiner Gewohnheit weiterbewegte, obwohl ihre Seele längst gestorben war.

Mechanisch wie eine Gliederpuppe auf dem Jahrmarkt, die von fremden Händen gesteuert wurde, half sie ihrem Vater, zählte die Ware, kaufte auf dem The ein. Heute besorgte sie Fisch. Abwesend schob sie der Frau hinter den Fässern einige Münzen hin und stopfte die Heringe in ihren Korb.

»Gott sei mit dir, Kindchen.« Die Händlerin musterte sie mitleidig. Almuth kannte diesen Blick zur Genüge. Im Dorf war sie nun Folkmar Janns' Beinaheverlobte. Beschädigte Ware. Das Liebchen des Mörders.

Niemals werden die Dorfbewohner Ynekes Lügen glauben, hatte sie nach dem Gerichtstag gedacht. *Sie kennen Folkmar. Sie wissen, dass er unschuldig ist.* Sie hatte sich geirrt. Ynekes Niedertracht hatte sich in ihre Köpfe gefressen, die Lügen der falschen Zeugen trübten ihr Urteilsvermögen. Nicht wenige hielten es für möglich, dass Folkmar etwas mit dem Mord an Ocko zu tun haben könnte, und es wurden täglich mehr. Nicht unter den Schiffszimmerleuten, auch nicht unter den Freunden der Familie Osinga. Wohl aber unter den Bauern, den Fischern, den Leuten draußen in der Marsch. Almuth sah die wachsenden Zweifel in ihren Gesichtern, hörte den Argwohn in ihren Stimmen, wenn sie hinter vorgehaltener Hand über Folkmar sprachen.

»Wer kann schon sagen, was in Aurich geschehen ist?«, raunten sie. »Ich sage ja nicht, dass Folkmar mitgemacht hat. Aber völlig ausgeschlossen ist es auch nicht. Jeder weiß, dass er kein Freund der tom Brok war …«

Jene, die ihn nach wie vor für unschuldig hielten, verteidigten ihn allenfalls halbherzig gegen dieses Gerede. Niemand wollte als Aufrührer gelten, der das Urteil des Vogts öffentlich in Zweifel zog. Sie fürchteten, so zu enden wie Jeltke Tiden.

Gut gemacht, Yneke, dachte Almuth voller Bitterkeit. *Du hast deinen Feind vernichtet und obendrein Warfstede gespalten. Ein Sieg auf ganzer Linie.* Benommen schleppte sie den Korb nach Hause.

Sie hatten Besuch. Der Vogt saß am Tisch. Gert scharwenzelte um ihn herum, bot ihm Wein und kandierte Früchte an und erkundigte sich, ob er auch bequem sitze.

»Almuth!«, rief ihr Vater erfreut. »Gut, dass du da bist. Begrüße unseren Gast und setz dich zu uns.«

»Was will der hier?«

»Sei nicht so unfreundlich! Hast du deine guten Manieren vergessen? Ihr müsst entschuldigen«, wandte Gert sich an den Vogt. »Die letzten Wochen waren aufreibend für sie. Sonst ist sie nicht so.«

Yneke sagte nichts. Er schaute sie lediglich an, in der Hand das gefiederte Samtbarett. Lächelte.

»Nun setz dich schon«, forderte Gert sie mit Nachdruck auf. »Herr Yneke bringt gute Neuigkeiten.«

Almuth dachte nicht daran, diesem Widerling Gesellschaft zu leisten. Sie drehte Yneke den Rücken zu, stellte den Korb ab und nahm die Fische aus. Das Gekröse klatschte zu ihren Füßen auf den Boden.

»Ich weiß nicht, was ich sagen soll … Bitte verzeiht! Sie benimmt sich unmöglich«, stammelte ihr Vater peinlich berührt.

»Ich nehme es nicht persönlich«, beruhigte Yneke ihn. »Wäre ich an ihrer Stelle, würde ich mich auch grämen.«

Ich gräme mich nicht!, hätte Almuth ihn am liebsten angeschrien. *Ich bin zornig und würde dir gern dieses Messer in den Wanst stoßen.*

»Wir haben dir etwas zu sagen.« Gerts Stimme gewann an Schärfe. »Schau mich an, wenn ich mit dir spreche.«

Widerwillig gehorchte sie. Sie blickte jedoch nur ihren Vater an. Den Vogt ignorierte sie.

»Yneke hat um deine Hand angehalten«, verkündete Gert.

Almuth stand da, in der Rechten das Messer, in der Linken den tropfenden Hering. Sie war unfähig zu sprechen, einen vollständigen Satz zu formulieren. »Was?«, krächzte sie.

»Ist das nicht wunderbar?«, freute sich ihr Vater, und es fehlte nur noch, dass er sich die Hände rieb. »Er ist ein wohlhabender Mann, der Ansehen und Einfluss in Harlingerland genießt. Du würdest zur ersten Frau im Kirchspiel aufsteigen und fortan mit den tom Brok verkehren.«

»Soll das heißen, du hast Ja gesagt?«, brachte sie hervor.

»Natürlich habe ich Ja gesagt. Nur ein Dummkopf würde solch ein Angebot ablehnen. Yneke ist sogar einverstanden mit der Mitgift, die ich mit der Familie O … die ich zurückgelegt habe.«

»Hast du vergessen, was er uns angetan hat?«

»Hüte deine Zunge, Kind! Er hat uns gar nichts angetan. Im Gegenteil, er hat dich davor bewahrt, einen Mörder zu heiraten.«

»Folkmar ist kein Mörder!« Sie warf den Hering auf den Tisch. Das Messer behielt sie in der Hand. »Wie kannst du diesen Unsinn nur glauben?«

»Nie wieder wirst du diesen Namen aussprechen. Nicht in meinem Haus. Hast du mich verstanden?«

Eisiges Schweigen erfüllte die Hütte. Währenddessen saß Yneke einfach da, ein Bein über das andere geschlagen, und lächelte sie an. Als Gert die quälende Stille kaum noch ertrug und nervös die Hände zu ringen begann, sagte der Vogt freundlich:

»Ich gestehe, dass mich dein Liebreiz betört hat. Schon vor Monaten. Dich zur Frau zu nehmen wird mich sehr glücklich machen. Dich auch, du hast mein Wort. Als mein Weib wird es dir an nichts mangeln.«

»Niemals«, wisperte sie. »Niemals heirate ich Euch.«

»Seid nachsichtig mit ihr. Sie ist verwirrt. Sie weiß nicht, was sie redet«, beteuerte Gert. »Wenn sie sich erst beruhigt hat, wird sie einsehen, welche Ehre Ihr uns erweist.«

Yneke nickte, als verstünde sich das von selbst. Er richtete sich auf und neigte den Kopf vor ihr. »Ich freue mich auf die Hochzeit mit dir, schöne Almuth.«

Mit diesen Worten ging er. Gert geleitete ihn zur Haustür und überschlug sich schier vor Ehrerbietung.

Als die Tür zugefallen war, konnte Almuth ihren Zorn nicht länger bändigen. »Was stimmt nicht mit dir?«, schrie sie. »Ich liebe Folkmar, und du verlangst von mir, den Mann zu heiraten, der ihm aus purer Böswilligkeit einen Mord angehängt hat? Was bist du nur für ein Vater!«

»Ich verbitte mir diesen Ton«, rügte er sie. »All mein Streben gilt deinem Wohlergehen. Außerdem habe ich dir gesagt, dass ich diesen Namen nicht mehr hören will.«

»Folkmar. Da – ich habe ihn schon wieder gesagt. Ich sage ihn, so oft ich will. Folkmar. *Folkmar!*«

Gert biss die Zähne zusammen. Seine Augen verengten sich. Furcht blitzte darin auf, aber noch etwas anderes. Wut. Er war zornig wie ein in die Enge getriebenes Tier. Seine Rechte zuckte, und für einen Augenblick dachte sie, er würde sie schlagen, zum ersten Mal in ihrem Leben.

»Ich weiß nicht, ob Folkmar etwas mit Ockos Tod zu tun hat«, sagte er gepresst. »Aber es spielt auch keine Rolle. Verstehst du denn nicht? Als Freunde der Osinga hängen wir mit drin. Diese Sache kann uns vernichten. Yneke kann uns vernichten, wenn ihm danach ist. Wir können Gott danken, dass er sich stattdessen entschieden hat, um dich zu werben. Sein Angebot anzunehmen ist der einzige Ausweg für uns. Es verheißt Sicherheit.«

»Und Wohlstand. Und Ansehen«, fügte sie hinzu. »Beides nimmst du gerne mit, nicht wahr?«

»Natürlich ist mir an Wohlstand und Ansehen gelegen! Ich bin ein Kaufmann – ohne Wohlstand und Ansehen bin ich nichts. Und du bist auch nichts. Dein Ruf hat Schaden genommen. Wenn du Yneke zurückweist, wird es noch schlimmer werden. Kein anderer Mann wird dich nehmen. Wenn ich nicht mehr bin, steht dir ein Leben in Elend und Einsamkeit bevor.«

Almuths Kopf war leer, als hätte die hilflose Wut alle Gedanken verjagt. Lange standen sie sich gegenüber. Schweigend. Bedrückt.

»Wir könnten fortgehen«, sagte sie schließlich. »Anderswo neu anfangen.«

»Das kann ich nicht.« Plötzlich wirkte ihr Vater unsagbar müde. Und alt. Ein Greis von zweiundvierzig Jahren. »Nicht schon wieder.«

»Ich kann nicht Ynekes Frau werden«, flüsterte Almuth.

Gert schaute sie nicht an, als er den Kopf schüttelte. »Du musst. Es ist entschieden.«

Er sank auf den Stuhl, griff nach seinem Wein, trank ihn aus. Füllte den Becher und leerte ihn abermals auf einen Zug. »Nächsten Monat heiratest du ihn«, murmelte er tonlos, und damit war alles gesagt.

Es blieb nicht bei diesen beiden Bechern Wein. Im Lauf des Tages trank Gert zwei große Flaschen, sodass er bereits am frühen Abend zur Bettstatt torkelte und auf der Stelle einschlief. Er schnarchte grunzend. Speichel, gelblich wie Eiter, sickerte ihm aus dem Mundwinkel.

Almuth hingegen fand keinen Schlaf. Die ganze Nacht lag sie wach, schwitzend und fröstelnd zugleich. Wenigstens war sie nicht mehr im Innern gelähmt. Die Erstarrung war von ihr abgefallen, die Zeit der Tränen vorbei. Die Aussicht, zur Ehe mit Yneke gezwungen zu werden, erfüllte sie mit einem von Ekel und Entsetzen getriebenen Tatendrang.

Sie würde dieses Scheusal nicht heiraten, in tausend Jahren nicht. Lieber würde sie wie Folkmar in der Wildnis hausen, für den Rest ihres Lebens, wenn es sein musste.

Sie musste ihren Liebsten finden, koste es, was es wolle. Musste ihm beistehen, ihm helfen, seine Unschuld zu beweisen und Yneke für den Missbrauch seiner Amtsgewalt zur Strecke zu bringen.

Wir werden ihn nicht finden, hatte Jann gesagt. Almuth glaubte das nicht, wollte es nicht glauben. Aber es war viel Zeit gegangen, seit Folkmar sich heimlich davongemacht hatte. Zeit, in der weiß Gott was geschehen sein konnte. Sie ärgerte sich, dass sie so lange tatenlos herumgesessen hatte. Hoffentlich war es nicht bereits zu spät, ihn aufzuspüren.

Genug. Sie musste handeln.

Als das erste Licht des Tages durch die Fensterschlitze kroch, zog sie sich an, stopfte weitere Kleidung, Proviant, eine Wolldecke und ein Messer in den Beutel. Ihr Vater schlief noch. Wie tot lag er da, das Gesicht rot und aufgedunsen vom Wein. Nur ein gelegentliches Schmatzen der trockenen Lippen verriet, dass er noch lebte.

Sie stahl sich hinaus, zäumte das Pferd auf und ritt durch das erwachende Dorf. Das Tor stand bereits offen, damit die Geestleute in aller Frühe ihre Ware zum Markt bringen konnten. Die beiden Wächter machten ihr keine Scherereien. Sie glotzten ihr bloß gelangweilt nach, als sie das Pferd den Sandrücken hinauftrieb.

Wenig später preschte sie durch die verblühende Heide. Sie versuchte, sich in Folkmar hineinzuversetzen, seine Gedankengänge nachzuvollziehen. *Wohin würde ich an seiner Stelle gehen? Weit fort? Nein. Er hat gesagt, er wolle in Ostfriesland bleiben, um seinen Namen reinzuwaschen.* Wahrscheinlich würde er zunächst versuchen herauszufinden, wer für Ockos Tod verantwortlich war.

Also Aurich, dachte sie. Vermutlich würde er da mit seinen Nachforschungen anfangen. Mit etwas Glück würde sie ihn dort finden. Wenigstens eine Spur von ihm.

Rauschhafte Zuversicht erfüllte sie, sodass der Tag im Nu vorüberging und ihr der mehrstündige Ritt nach Süden wie ein Katzensprung vorkam.

Sie erreichte Aurich am späten Nachmittag. Das Pferd am Zügel führend schritt sie durch den verwüsteten Marktflecken. Nirgendwo erblickte sie Folkmar. Natürlich nicht – er war ein gesuchter Geächteter, er würde kaum am helllichten Tag durch einen belebten Ort im Kernland seiner Feinde spazieren. Sie musste sich unauffällig umhören. Wenn ihr Liebster in den vergangenen Tagen hier gewesen war, musste irgendwer ihn gesehen haben.

Auf ihrem Weg zum The kam sie an der Schnappe vorbei. Im

offenen Vordereingang stand ein klein gewachsener Mann, der in einer Hand eine Schaufel und in der anderen eine tote Ratte hielt. Gerade beschimpfte er seine Nachbarn, die er »rückgratlose Dummköpfe« und »leichtgläubige Narren« nannte, ehe er den Kadaver auf die Straße warf und die Tür zuknallte. Almuth stellte sich vor, dass Folkmar vielleicht erst vor wenigen Stunden hier gestanden und sich gefragt hatte, was am 7. August im Schatten des Fachwerkhauses geschehen war.

Sie kniff die Lippen zusammen und ging weiter. Strohhütten säumten den Dorfplatz, intakte, halb fertige und völlig zerstörte. In der Mitte breitete eine Buche ihre mächtigen Äste aus. Der uralte Baum hatte die Verheerungen der Schlacht heil überstanden, sah man von einem Armbrustbolzen ab, der vier Ellen über dem Boden im Stamm steckte.

Von der Burg eilte ein Ausrufer herbei, erkennbar an der Glocke in der Hand und an dem geschlitzten Tappert in den Farben der tom Brok. Sein strammer Gang verriet Diensteifer. Der junge Mann baute sich unter der Buche auf und schlug die Glocke. Sogleich stellten die Leute die Arbeit ein und reckten neugierig die Hälse.

Der Ausrufer entrollte einen gesiegelten Bogen Papier. »Warnung und Aufruf!«, verkündete er mit kräftiger, wohlklingender Stimme. »Der ehrbare Yneke Egers, Vogt der mächtigen und tugendhaften Familie tom Brok, warnt die rechtschaffenen Christen der Sieben Seelande vor dem Mörder und Geächteten Folkmar Janns Osinga aus Warfstede zu Harlingerland. Folkmar Janns hat mitgewirkt, unseren geliebten Häuptling Ocko I. heimtückisch zu ermorden. Seiner gerechten Strafe vor Gott und dem Gesetz hat er sich durch feige Flucht entzogen. Folkmar Janns ist bösartig und hinterlistig«, fuhr der Ausrufer fort. »Vor weiteren Mordtaten und anderen Verbrechen wird er nicht zurückschrecken. Es ist bei der Strafe der Acht verboten, ihm Nahrung zu geben, ihm Unterschlupf zu gewähren oder ihm auf andere Weise zu helfen. Er ist blond, nahezu vier Ellen groß und von muskulösem Wuchs. Wer ihn erblickt, hat das Recht und die Pflicht, ihn zu töten oder ihn einem Richter auszuliefern. Gegeben am dritten Tage nach Mariae Himmelfahrt im Jahre des Herrn 1391 zu Warfstede«, schloss er und schlug das gesiegelte Papier mit Hammer und Nagel an der Buche an, direkt unter dem gefiederten Bolzenschaft, ehe er zur Burg zurückging.

Auf der Unterlippe kauend beobachtete Almuth die Leute, die über die Bekanntmachung diskutierten. Hatten sie Folkmar gesehen und ihn in der Beschreibung des Ausrufers wiedererkannt? Sie wagte nicht, jemanden zu fragen.

Zögernd schritt sie zur Buche. Sie war die Einzige, die sich für das Schriftstück interessierte. Sie hatte gehört, dass dieser Steckbrief längst in allen größeren Orten Harlingerlands aushing. Nun waren offenbar auch die benachbarten Landsgemeinden an der Reihe. Dass das so lange gedauert hatte, immerhin mehrere Wochen, lag an Bruder Erasmus, dem die Aufgabe oblag, das Dokument zu vervielfältigen. Dem Vernehmen nach hatte er sich mit der Arbeit reichlich Zeit gelassen. Ein Wutanfall Ynekes nach der letzten Sonntagsmesse war die Folge gewesen. Wie es seine Art war, hatte der Vikar die zornigen Vorwürfe gelassen abgewehrt, indem er Yneke wissen ließ, er schreibe nun einmal langsam und sorgfältig. Außerdem habe er noch viele andere Pflichten, die Vorrang hätten. Wenn dem Herrn Vogt das nicht passe, solle er den Steckbrief eben selbst kopieren. Almuth hätte ihm am liebsten die Hände geküsst.

Das hatte Folkmar etwas Zeit verschafft. Nun aber zog sich das Netz enger um ihn. Bald schon würde man in ganz Friesland seinen Namen kennen. Allenfalls in der unbewohnten Wildnis wäre er noch sicher.

Einen Augenblick lang erwog Almuth, den Steckbrief abzureißen. Aber das war nicht nur ungesetzlich, es wäre nutzlos. Jene, die die Bekanntmachung gehört hatten, würden ihren Familien, Nachbarn und Freunden davon erzählen. Spätestens am Abend würde ganz Aurich Bescheid wissen, selbst wenn sie den Steckbrief verschwinden ließe.

Ab dann wäre Folkmar in größter Gefahr – sofern er noch in der Umgebung weilte.

Sie durfte niemanden auf ihn ansprechen. Sie musste alles vermeiden, was Aufmerksamkeit auf ihn lenken würde. Wie aber sollte sie ihn unter diesen Umständen finden? Ihre Gedanken rasten. Ziellos, in hundert verschiedene Richtungen. Ohne eine Lösung zu finden.

Plötzlich vernahm sie trommelnden Hufschlag. Reiter kamen die Straße entlang, sieben an der Zahl. Sie ritten schneller, als es sich in einem Marktort gehörte. Halb getrockneter Schlamm flog von den Pferdehufen.

Yneke und sechs seiner Krieger.

Jähe Panik durchzuckte Almuth. Doch die Furcht lähmte sie nicht – diese Zeiten waren ein für alle Mal vorbei. Sie schob den Fuß in den Steigbügel, schwang sich behände in den Sattel und trieb das Pferd zum Galopp an. Entschlossen, Yneke wie einen Tölpel aussehen zu lassen. Eine Witzfigur, über die ganz Aurich lachen würde.

Sie jagte zwischen den Hütten entlang, vorbei an Gräben, Lehmhaufen und gestapeltem Bauholz. Schimpfende Menschen sprangen im letzten Moment zur Seite. Sie war eine gute Reiterin.

Die Krieger aber waren besser. Am Erdwall, der das Dorf umgab, kreisten sie Almuth ein. Kurz erwog sie, die steile Böschung hinauf- und an der beschädigten Palisade entlangzureiten, bis sie zu einer Bresche kam, durch die sie nach draußen entkommen konnte. Doch damit erreichte sie vermutlich nur, dass sie sich den Hals brechen würde.

Einen anderen Ausweg gab es nicht. Ihre Flucht war zu Ende. Sie zügelte das Pferd.

»Ich würde lügen, wenn ich sagte, ich wäre überrascht.« Yneke sprach leise. Gleichwohl war seine Stimme durchdringend wie eine gewetzte Pfeilspitze. »Ich dachte mir schon, dass du versuchen würdest zu fliehen. Tatsächlich ließ ich dich gewähren.«

»Was redet Ihr da für einen Unsinn?«, fauchte sie.

»Warum, glaubst du, haben dich die Torwächter nicht aufgehalten? Weil ich es so wollte. Sie hatten den Befehl, dich durchzulassen, damit du mich zu *ihm* führst.«

Almuth war, als würde ihre Kehle auf einen Schlag ausdörren. Das hatte sie nicht vorhergesehen. Sie fühlte sich ungeheuer naiv und berechenbar.

»Wo ist er?« Die Frage schnalzte wie ein Peitschenhieb.

»Selbst wenn ich das wüsste, würde ich es Euch niemals verraten!«

»Sucht alles ab«, befahl Yneke.

Sie nahmen Almuth in die Mitte und ritten zurück zum The. Dort schwärmten die Männer aus, nachdem sie Almuth gezwungen hatten abzusteigen. Yneke blieb im Sattel sitzen, hielt ihr Pferd am Zügel und schaute auf sie herab. Plötzlich wirkte er traurig, ja verletzt.

»Ich verstehe dich nicht. Was findest du an Folkmar Janns? Wieso liebst du einen verurteilten und geächteten Mörder?«

»Folkmar hat Ocko nicht ermordet!«, schleuderte sie ihm entgegen. Sie rief es möglichst laut, damit es alle Leute hörten, die zu ihnen herstarrten.

Yneke ging nicht darauf ein. »Ich kann dir so viel mehr bieten als er. Nun, bald wirst du das erkennen. Und dann wirst du lernen, mich zu lieben.«

Almuth verzichtete darauf, dies zu kommentieren. Sie lachte nur verächtlich und sagte gar nichts mehr.

In der beginnenden Abenddämmerung kamen die Männer nach und nach zurück. Folkmar war nicht bei ihnen, wie Almuth erleichtert feststellte.

»Irgendeine Spur von ihm?«, fragte Yneke sichtlich unzufrieden.

»Anscheinend war er vor ein paar Tagen hier«, berichtete ein Krieger. »Ein paar Leute behaupten, ihn gesehen zu haben. Aber er ist längst fort. Der Kerl, der in der Schnappe wohnt, hat wohl mit ihm gesprochen. Er sagt, Folkmar Janns wollte weiter nach Emden.«

Almuth bemerkte, dass Yneke sich bei der Erwähnung der Schnappe versteifte. Was immer ihm zusetzte, schon einen Augenblick später hatte er es abgeschüttelt.

»Emden«, wiederholte der Vogt. »Das wird eine falsche Spur sein. Folkmar Janns gab mit Sicherheit nicht sein wirkliches Ziel preis. Aber wir gehen der Sache trotzdem nach. Morgen reitest du zu Hisko Abdena und ersuchst ihn um Hilfe«, befahl er dem Krieger. »Jetzt beschaffen wir uns ein Quartier für die Nacht. Ihr bleibt abwechselnd wach und passt auf Almuth auf. Ich wünsche nicht, dass sie mir noch einmal entwischt.«

Almuth konnte sich nicht erinnern, ihren Vater je so zornig erlebt zu haben. Gert tobte mit hochrotem Kopf, als Yneke sie am nächsten Tag zu Hause ablieferte.

»Einfach davonzulaufen – was hast du dir nur dabei gedacht? Ich bin fast gestorben vor Angst um dich! Und vor Scham. Was werden die Leute sagen? ›Dummer Gert, der alte Trottel, hat seine Tochter nicht im Griff.‹ Auslachen werden sie mich. Willst du unbedingt Schande über uns bringen? Willst du das?«

Almuth verschränkte die Arme vor der Brust und starrte an ihm vorbei. Sie hatte nicht die geringste Lust, mit ihm zu reden.

»Ich habe sie dir ja wohlbehalten zurückgebracht«, versuchte Yneke ihn zu beruhigen. »Und sorge dich nicht um das Gerede. Wenn sie erst meine Frau ist, wird niemand mehr schlecht über euch sprechen.«

Dieser aufgesetzte joviale Ton! Dieses falsche Lächeln! Dass er es wagte, den freundlichen und selbstlosen Retter in der Not zu spielen, machte ihn in Almuths Augen noch verabscheuungswürdiger.

Der Wutausbruch hatte ihren Vater derart angestrengt, dass er schwitzte. Dabei stank er nach billigem Wein. Schnaufend wie ein Schwerstarbeiter wischte er sich mit dem Ärmel das gerötete Gesicht ab. »Ich hätte das gerne vermieden, aber du lässt mir keine Wahl«, krächzte er. »Bis zur Hochzeit wirst du das Haus nicht mehr verlassen.«

»Du willst mich einsperren? Das kannst du mir nicht antun!«

»Das hast du dir selbst zuzuschreiben. Wärst du nicht so eigensinnig und egoistisch, wäre das nicht notwendig. Helft Ihr mir, auf sie aufzupassen?«

Yneke nickte. »Ich schicke dir gleich zwei meiner Leute. Sie werden dafür sorgen, dass sie nicht hinausgeht.«

»Seht her, wie einig sie sich wieder einmal sind«, kommentierte Almuth höhnisch. »Zwei dicke Freunde. Ist das nicht schön?«

»Still«, zischte Gert. »Kein Wort mehr!«

In diesem Moment hasste Almuth ihren Vater beinahe so sehr wie Yneke.

Kapitel fünfundzwanzig

Kloster Ihlow

Wie soll ich nur ohne dich weitermachen, Geliebter?, dachte Foelke.

Sie kniete auf dem kühlen Steinboden inmitten wabernder Schwärze und zuckender Schatten, eine dünne Bienenwachskerze brachte etwas Licht in das Gewölbe. Die Flamme flackerte immerzu, durch Ritzen im uralten Mauerwerk drang Zugluft ein. Wenn man ganz still war, hörte man leise den Wind pfeifen. Das Säuseln klang mitunter wie die Stimme eines Kindes, wie selbstvergessener Gesang. Die Gruft lag unter dem Querschiff der Klosterkirche und war derart eng, dass kaum sechs Personen darin Platz gefunden hätten. Deshalb zog Foelke es vor, allein hinabzusteigen. Keno wollte ohnehin nie mitkommen. Er fürchtete diesen finsteren Ort.

Unter der Grabplatte, vor der sie kniete, ruhte ihr Geliebter. Ocko teilte sich den Sarg aus Backsteinen mit seinem Vater Keno I. – an dessen Seite bestattet zu werden war stets sein Wunsch gewesen. Streng genommen war es nach den Statuten der Zisterzienser verboten, auf geweihtem Boden Gräber anzulegen. Sogar die Äbte fanden ihre letzte Ruhe draußen im Kapitelsaal. Für die Familie tom Brok jedoch machte man eine Ausnahme. Dieses Privileg verdankten sie Ockos unermüdlichem Einsatz für das Kloster. Dreizehn Jahre lang hatte er Ihlow vor Feinden beschützt und mit Stiftungen gefördert.

»Ich werde dein gutes Werk fortführen. Du hast mein Wort, Geliebter«, flüsterte Foelke.

Würde sie es halten können? Sie zweifelte daran, ob ihre Kräfte ausreichten. Die Trauer hing wie ein bleischweres Gewicht an ihr, drückte sie nieder, raubte ihr mitunter jeglichen Willen und sämtliche Lebensfreude. Sie schlief schlecht. Nachtmahre voller Blut und Grauen suchten sie heim. Oft erwachte sie derart zerschlagen, dass es ihr nur mit größter Überwindung gelang, sich von der Bettstatt zu erheben, sich zu waschen, sich anzukleiden. Sie schaffte es gerade so, den Haushalt zu führen, Widzelts Unverschämtheiten abzuwehren und Keno vor dem Schrecken der ungewissen Zukunft abzuschirmen. Und selbst damit war sie nicht selten überfordert.

»Hilf mir, wenn du kannst«, wisperte sie. »Bitte die Heiligen, mir beizustehen, damit ich deine Familie durch diese schwere Zeit führen kann.«

Wie eine Antwort auf ihr Flehen zitterte die Kerzenflamme plötzlich so stark, dass sie beinahe ausging. War das ein Zeichen? Gewiss kein gutes.

Schritte hallten auf der Treppe. Foelke drehte den Kopf und sah ihren guten Freund, den Abt von Ihlow, in den Lichtschein treten.

»Seine Gnaden der Graf ist da«, meldete er mit seiner warmen Stimme, die sie an das heimelige Knistern eines Torffeuers erinnerte.

Sie erhob sich ächzend, sie fühlte sich wie eine Greisin mit krummem Rücken und steifen Gliedern. Seit Ockos Tod vor nicht einmal sieben Wochen schien sie um Jahre gealtert zu sein. Der Abt und sie verließen die Kirche und traten hinaus in den Kreuzgang. Dort lagerte Graf Albrechts Gefolge, müdes Kriegsvolk und schlammbespritzte Dienerschaft, insgesamt an die dreißig Personen, die von den Mönchen mit Dünnbier und Suppe versorgt wurden. Der Abt bahnte sich einen Weg durch das Gedränge und führte Foelke zum Kapitelsaal, wo sie Albrecht, Keno und Widzelt antraf. Der Graf hatte ihrem Sohn gerade die Hände auf die Schultern gelegt und erklärte lächelnd, Keno sei groß geworden seit ihrem letzten Treffen, er gerate ganz nach seinem Vater und werde gewiss einmal ein mächtiger Häuptling werden. Albrecht mochte den Jungen sehr. Keno war für ihn mehr als ein künftiger Vasall, eher ein geschätztes Familienmitglied, obwohl es zwischen den beiden keinerlei Blutsverwandtschaft gab. Widzelt stand daneben und trug ein Lächeln zur Schau, das der blitzende Ärger in seinen Augen Lügen strafte.

Als der Graf sie erblickte, wurde er schlagartig ernst. »Foelke, meine Liebe«, begrüßte er sie ungewohnt herzlich.

Albrecht und sie hatten nicht eben das beste Verhältnis zueinander. Frauen mit starkem Willen waren ihm suspekt, und er hatte nie einen

Hehl daraus gemacht, dass er den Einfluss, den sie auf Ocko ausgeübt hatte, für schädlich hielt. Politik, so seine Ansicht, war die Domäne des Mannes. Die Frau tat gut daran, sich herauszuhalten und sich stattdessen um den Haushalt und die Kindererziehung zu kümmern. Ihr stand also ein heikles Gespräch bevor.

Foelke verneigte sich tiefer als nötig. »Euer Gnaden. Es tut gut, Euch zu sehen.«

»Ich möchte dir mein Beileid und mein Mitgefühl aussprechen. Mit Ocko hat Ostfriesland nicht nur einen großen Mann verloren, sondern Keno und Widzelt obendrein ein strahlendes Vorbild, du einen liebenden Gemahl und ich einen treuen Gefolgsmann. Ich trauere mit euch.«

»Habt Dank, Euer Gnaden. Eure mitfühlenden Worte bedeuten uns viel.«

Sie setzten sich an den Tisch. Ein Novize brachte Wein, den sie schweigend tranken. Für einen Mann von fünfundfünfzig Jahren hatte der Graf von Holland und Herzog von Bayern-Straubing erstaunlich volles Haar, das an den Schläfen in einen sorgfältig gestutzten Bart überging, dunkel und silbrig wie ein abgegriffener Pfennig. Blau war das zweckmäßige Reisegewand, in dem ein hochgewachsener, schlanker Leib steckte. Albrecht war einer der mächtigsten Männer des Heiligen Römischen Reiches, und das spürte man. Obwohl erschöpft von der langen Reise, strahlte der Wittelsbacher eine Autorität aus, die sogar den vorlauten Widzelt zurückhaltend werden ließ.

Foelke war zu müde für höfliches Geplauder – sie wollte sogleich zur Sache kommen. »Ich danke Euch im Namen der Sippe für Euren Besuch«, brach sie das Schweigen. »Es gibt viel zu bereden. Deshalb schlage ich vor, dass wir ohne Umschweife beginnen.«

Der Graf nickte. »Ockos Nachfolge, die geregelt werden muss. Seid gewiss, dass ich in dieser schweren Zeit als euer Lehnsherr über euch wachen werde. Allein die Familie tom Brok ist imstande, Ostfriesland zu einen. Ich werde nicht zulassen, dass Feinde und Neider eure Trauer um Ocko ausnutzen werden, um euch zu schaden.«

»Wie Ihr wisst, ist mein Sohn noch zu jung, um die Sippe anzuführen. Er kann sein Erbe frühestens in drei bis fünf Jahren antreten.« *Eher in sieben bis neun, so zart, wie er ist*, dachte Foelke, sprach es aber nicht aus. Kenos Zukunft war schwierig genug, auch ohne dass sie ihn vor ihrem Fürsten kleinmachte. »Bis er Häuptling von Ostfriesland werden kann, muss ein Stellvertreter die Amtsgeschäfte führen.«

»Das sind auch meine Überlegungen«, sagte Albrecht. »Keno ist ein kluger junger Mann mit herausragenden Fähigkeiten, doch auf ihn kommt große Verantwortung zu. Wir müssen ihm ermöglichen, nach und nach in seine Aufgabe hineinzuwachsen.«

Er wählte die richtigen Worte, sodass Keno sich geschmeichelt fühlte und nicht das Gefühl bekam, man nehme ihn nicht ernst und entscheide über seinen Kopf hinweg.

»An diesem heiligen Ort ersuche ich Euch untertänig, mich mit der Regentschaft zu betrauen«, fuhr Foelke fort. »Als seine Mutter kann ich Keno am besten auf seine Pflichten als Herrscher der Friesen und Vasall Hollands vorbereiten. Zumal Ocko mich stets in seine Pläne und Absichten eingeweiht hat, sodass ich weiß, was zu tun ist.«

Dass sie derart beherzt vorpreschte, passte Widzelt nicht. Sie spürte, dass der Bastard sie mit einem wütenden Blick streifte. Vorerst jedoch mischte er sich nicht in das Gespräch ein.

Hatte sie den Bogen überspannt, was Albrecht betraf? *Nein*, stellte sie erleichtert fest. In dessen Gesicht war keinerlei Unmut zu erkennen.

»Ich kenne dich als kluge und besonnene Frau, die hohes Ansehen bei Ockos Vögten und Untertanen genießt«, erklärte der Graf. »Du sollst Kenos Vormund sein und an seiner statt Ostfriesland verwalten, bis er alt genug ist, den Titel des Häuptlings zu tragen.«

»Euer Vertrauen ehrt mich. Ich werde meine Aufgabe nach bestem Wissen und Gewissen ausführen und Euch Rechenschaft über jede bedeutende Entscheidung ablegen.«

»Findet das deine Zustimmung?«, wandte sich der Wittelsbacher an Keno.

»Ich vertraue meiner Mutter voll und ganz«, antwortete der Junge feierlich.

»Dann ist es entschieden.«

Foelke verbarg ihre Überraschung. Wie leicht das gewesen war! Sie hatte erwartet, dass Albrecht ihr nicht wenige Steine in den Weg legen würde, um ihren Einfluss zu beschneiden. Erleichterung stieg in ihr auf.

Just in diesem Moment sagte der Graf: »Eine Einschränkung muss ich jedoch vornehmen. Du wirst dir die Regentschaft mit einem Mann teilen. Eine Frau allein kann all diese Aufgaben nicht bewältigen, insbesondere die militärischen nicht. Ich werde dir einen erfahrenen Befehlshaber zur Seite stellen.«

Zu früh gefreut, dachte Foelke missmutig. Als sie noch überlegte, wie sie gegen diese Entscheidung protestieren könnte, ohne Albrecht gegen sich aufzubringen, ergriff Widzelt das Wort:

»Euer Gnaden, erlaubt Ihr mir, Euch einen Vorschlag zu unterbreiten?«

»Sprich.«

»Ernennt mich zum Befehlshaber. Ich habe schon in vielen Schlachten zu Lande und zu Wasser meinen Mann gestanden, zuletzt in Aurich, als mein Vater fiel. Die Vögte, Hauptleute und Schiffer kennen mich als erfahrenen Kämpfer. Sie achten mich. Ich kann das Kriegsvolk anführen und auf diese Weise verteidigen, was mein Vater geschaffen hat.«

Der Graf musterte ihn lange. Sein Mienenspiel gab nicht preis, was in ihm vorging. »Aber du bist nur ein Bastard«, sprach er das Offensichtliche aus.

»Das ist richtig«, räumte Widzelt ein, und es ärgerte Foelke beträchtlich, wie überzeugend er den demütigen Bittsteller spielte. Ausgerechnet er, die Hoffart in Person!

»Aber Ihr kennt meine Fähigkeiten auf dem Schlachtfeld«, fuhr er mit der richtigen Mischung aus Bescheidenheit und Selbstbewusstsein fort. »Ich wage zu behaupten, dass sie den Makel meiner niedrigen Geburt mehr als ausgleichen.« Als Albrecht noch immer zögerte, fügte Widzelt hinzu: »Falls Ihr Bedenken habt, ob die Vögte einem Bastard folgen werden, so kann ich sie aus der Welt schaffen. Als mein Vater in Aurich belagert wurde und Hilfe brauchte, konnte ich binnen kurzer Zeit ein Entsatzheer um mich scharen. Kein einziger Vogt verweigerte mir die Gefolgschaft.«

Da spricht er leider ein wahres Wort, dachte Foelke.

Der Fürst war überzeugt. »Nun gut. Ich ernenne dich zum Mitregenten. Dir obliegt ab sofort die Verantwortung für alle militärischen und strategischen Fragen.«

»Habt Dank, mein Gebieter.« Widzelt strahlte. »Ich werde mich des Vertrauens, das Ihr in mich setzt, würdig erweisen.«

Foelke konnte nicht länger an sich halten. »Bei allem Respekt, Euer Gnaden, aber ich halte diese Entscheidung für falsch. In den vergangenen Jahren ist Widzelt vor allem durch einen Mangel an Tugend und Integrität aufgefallen, sodass Ocko ihn mehrfach maßregeln musste. Er ist für diese Aufgabe nicht geeignet.«

Sie spürte augenblicklich, dass sie zu weit gegangen war. Sie hätte Albrecht nicht derart unverblümt kritisieren dürfen. Jegliche Freundlichkeit verschwand aus seinem Gesicht. *Verdammter Bastard!* Er schaffte es immer wieder, dass sie sich vergaß.

»Du hältst meine Wahl also für falsch«, wiederholte der Wittelsbacher kühl. »Was verleitet dich zu dieser gewagten Annahme?«

Sie bemühte sich um einen sachlichen Ton. »Es gibt Dinge, die Ihr nicht über Widzelt wisst. Er strebt danach, Keno auszustechen und die Macht im Hause tom Brok an sich zu reißen. Als Befehlshaber des Kriegsvolks wird er seinen Einfluss missbrauchen, um Ockos Erben zu schaden.«

»Ist das so?«, fragte Albrecht den Bastard rundheraus.

»Natürlich nicht! Eine derartige Infamie würde mir niemals einfallen – ich kenne meinen Platz. Ihr solltet nicht allzu viel auf Foelkes Worte geben. Die Trauer hat ihr Urteilsvermögen getrübt. Ihr wisst, wie wankelmütig die Frauen sein können, wenn starke Gefühle sie erschüttern.«

Du Lügenmaul! Du mieser, hinterhältiger Heuchler!, hätte sie den Bastard am liebsten beschimpft. Doch sie riss sich zusammen. Mit einem schrillen Wutausbruch überzeugte sie Albrecht gewiss nicht davon, ihren Bedenken Gehör zu schenken.

Zumal es nicht nötig war. Der Graf von Holland war ein kluger Mann, ein erfahrener Politiker. Selbst ein gerissener Ränkeschmied wie Widzelt konnte ihn nicht so einfach täuschen. »Du behauptest, deinen Platz zu kennen – aber auch mir ist zu Ohren gekommen, dass du nach Höherem strebst«, wandte er sich an den Bastard, und zwischen seinen Augenbrauen erschien eine tiefe Falte. »Dagegen ist zunächst nichts einzuwenden. Auch ein unehelich Geborener darf nach Ruhm und Reichtum trachten – sofern er es nicht übertreibt. Darum lass dir gesagt sein: Dein Aufgabengebiet ist begrenzt. Sobald Keno mündig ist, wirst du die Befehlsgewalt über das Kriegsvolk in seine Hände legen. Vergiss das nie. Wenn du deine Befugnisse überschreitest, werde ich eingreifen.«

Widzelt tat, als würde er sich die Ermahnung zu Herzen nehmen. »Sorgt Euch nicht, mein Gebieter. Ihr habt mein Wort, dass ich mich in Demut und Selbstbeschränkung übe.«

»Darauf verlasse ich mich.« Albrecht aber war noch nicht fertig mit ihm. »Ein Wort der Warnung: Ich werde Ostfriesland beobachten. Ich werde *dich* beobachten. Sollte Keno oder Foelke – Gott bewahre – etwas zustoßen, werde ich sehr genau prüfen, ob du etwas damit zu tun hast.«

Der Bastard gab sich entsetzt. »Niemals würde ich ihnen Schaden zufügen. Allein der Gedanke verbietet sich!«, beteuerte er. »Sie sind meine Familie. Ich liebe sie.«

Neuerliche Heuchelei und in ihrer schwülstigen Falschheit kaum zu ertragen. Davon abgesehen war Foelke einigermaßen zufrieden mit dem Verlauf, den die Unterredung schlussendlich genommen hatte. Es mochte ihr nicht gelungen sein, Widzelt von der Macht fernzuhalten. Dafür aber hatte Albrecht ihm deutlich seine Grenzen aufgezeigt. Vielleicht hätte sie mehr erreichen können, wenn sie hartnäckiger gewesen wäre. Dafür fehlte ihr jedoch die Kraft.

Streng blickte der Wittelsbacher sie beide an. »Ich wünsche, dass ihr harmonisch und einvernehmlich regiert. Die Vereinbarung, die wir hier und heute getroffen haben, dient dem Wohle Kenos und Ostfrieslands. Schwört beim heiligen Jakob, dass ihr sie achten werdet.«

Zuerst leistete Foelke den geforderten Eid, dann Widzelt. Bildete sie sich das nur ein, oder sprach er die Schwurformel tatsächlich mit leichtem Widerwillen in der Stimme?

»Damit wäre das geklärt.« Albrecht stemmte die Hände auf die Tischplatte und erhob sich schwerfällig. »Nun möchte ich endlich Ocko die letzte Ehre erweisen. Führ mich zu seinem Grab.«

Foelke geleitete ihn zur Kirche und stieg zum zweiten Mal an diesem Tage in die finstere Gruft hinab.

Am nächsten Morgen verließ die Familie mit ihrem Gefolge das Kloster Ihlow und machte sich auf zum nahen Aurich. Graf Albrecht begleitete sie, sodass ein beachtlicher Tross aus Menschen, Pferden, Wagen und Ackerschlitten den Karrenpfad entlangzog. Es regnete wieder einmal, und der Westwind, der die Buchen am Wegesrand schüttelte, war viel zu kalt für die Jahreszeit.

Ein Wetter wie geschaffen für Widzelts üble Laune.

Er ritt beim Kriegsvolk, dessen Gesellschaft er der seiner Familie jederzeit vorzog. Ihm war auch nicht danach, mit dem Herrn Grafen zu plaudern, sodass er sich ans hintere Ende der Gefolgschaft hatte zurückfallen lassen, kaum dass sie durch das Klostertor marschiert waren. Die raubeinigen Krieger sprachen kaum. Jene, die es taten, beschwerten sich brummend über die feuchte Kälte. Widzelt ignorierte den Regen nach Kräften. Er hüllte sich in seinen warmen Mantel aus Robbenfell und beobachtete aus dem Schatten der Kapuze heraus seinen Halbbruder, der vorn neben Albrecht ritt.

Der Erbe und sein Schirmherr. Und er, Widzelt, weit weg von beiden. Das versinnbildlichte seine Lage überaus treffend.

Ein einziger Scheißdreck ist das, dachte er.

Nun, nicht ganz. Immerhin hatte er gestern einen bedeutenden Sieg errungen. Dass es ihm gelungen war, Albrecht dazu zu bringen, ihn zum gleichberechtigten Mitregenten zu ernennen, brachte ihn seinen Zielen einen großen Schritt näher. Gleichzeitig aber waren die Hindernisse auf dem Weg zur Macht sehr viel höher geworden.

Keno war tabu.

Widzelt hatte an einen Unfall gedacht. Ein tragisches Unglück beim Reiten oder bei der Jagd. So etwas geschah ständig. Aber das kam nun nicht mehr infrage. Er durfte dem Jungen kein Haar krümmen. Albrecht würde ihm auf die Schliche kommen, und der Fürst von Holland und Bayern-Straubing war mächtig genug, ihn mir nichts, dir nichts unter dem Stiefelabsatz zu zerstampfen. Nein. Er musste einen anderen Weg finden, Keno auszustechen. Einen subtileren, der den Wittelsbacher nicht auf den Plan rief.

Widzelt musste sich unentbehrlich machen.

Albrecht liebte Keno beinahe wie einen Sohn, in erster Linie aber wünschte er stabile Verhältnisse in Ostfriesland. Die notorisch aufsässigen Westfriesen hielten ihn bereits genug auf Trab, sodass er einen weiteren Unruheherd vor seiner Haustür nicht gebrauchen konnte. Wenn es Widzelt gelang, das Reich der tom Brok im Inneren zu festigen und an den Grenzen auszubauen, würde er dem Fürsten geben, was der Fürst wollte. Gleichzeitig würde er das Kriegsvolk mit Ruhm und Beute an sich binden und wichtige Positionen im Land mit seinen Getreuen besetzen. Mit Männern wie Yneke Egers, die ihm aus der Hand fraßen. Wenn dereinst der Tag nahte, dass Keno die Herrschaft im Hause tom Brok beanspruchte, konnte Widzelt dann mit Fug und Recht sagen, er sei der geeignetere Anwärter auf den Titel des Häuptlings. Albrecht würde nicht anders können, als den starken, bewährten Widzelt dem schwachen, unerfahrenen Keno vorzuziehen.

Mit dem Jungen an der Spitze Ostfrieslands droht Euch neuerliches Chaos. Das müsst Ihr doch einsehen, Euer Gnaden!

Das Vorhaben gefiel ihm. Es würde Jahre in Anspruch nehmen, gewiss, er würde viel Geduld brauchen. Dafür aber erschien ihm die Gefahr gering, dass Albrecht ihm Steine in den Weg legen würde.

Blieb Foelke. Das Weib war schlau. Sie würde ihn durchschauen und ihn behindern, wo sie nur konnte.

Widzelt spähte zu Ockos Witwe, die einen Zelter ritt. Gramgebeugt saß sie im Sattel. Sein Instinkt sagte ihm, dass er sich ihretwegen vorerst keine Sorgen machen musste. Foelke war derart in ihrer Trauer verstrickt, dass ihr die Kraft fehlte, sich ihm entgegenzustellen. Sie interessierte sich für ihren Rachefeldzug und für sonst nichts. Das würde er ausnutzen, um sich im Kampf um die Macht einen Vorsprung vor ihr zu verschaffen.

Außerdem kann Albrecht sie nicht leiden. Sie würde es schwer haben, den Grafen für ihre Pläne zu gewinnen. Die gestrige Unterredung hatte das eindrucksvoll gezeigt.

Am besten signalisierte Widzelt ihrem Lehnsherrn sogleich, dass er eine angenehmere Gesellschaft war als das zänkische, starrsinnige, schwermütige Weib. Er gab dem Pferd die Sporen, ritt zur Spitze des Trosses und verwickelte Albrecht in ein erbauliches Gespräch über die Vorzüge verschiedener Jagdfalken.

Kapitel sechsundzwanzig

Aurich

Es klopfte.

»Ja?«, rief Foelke mit matter Stimme.

Der Bastard kam herein.

»Ich habe doch gesagt, dass ich nicht gestört werden will.« *Besonders von dir nicht*, fügte sie in Gedanken hinzu.

»Volkmar Allena ist da«, erklärte Widzelt. »Er liefert uns Gefangene aus.«

Foelke erhob sich von der Bettstatt, auf der sie es sich in den Kleidern bequem gemacht hatte, sowie sie in der Burg zu Aurich eingetroffen waren. Sie hatte nur noch schlafen wollen, lange und hoffentlich traumlos. Das war ihr nicht gelungen. Obwohl sie todmüde war, hatte sie kein Auge zugetan, wie so oft in den letzten Wochen. Nun war jeglicher Gedanke an Schlaf vergessen. Ein Gefühlssturm brauste durch sie hindurch, eine ekstatische Mischung aus Zorn, Vorfreude und Furcht vor neuem Schmerz. Während sie den Umhang überstreifte, folgte sie Widzelt nach unten.

Im Hof stand ein Käfigwagen, hinter dem Eisengitter hockten vier elende Gestalten. Volkmar Allena und seine Krieger ertrugen mit grimmigen Mienen die feindseligen Blicke der gaffenden Burgbewohner. Keno stand ganz vorn in der kleinen Menschenmenge und beschimpfte die Gefangenen.

»Mörderpack! Gottlose Teufel! Ihr habt mir den Vater genommen. Dafür werden wir euch mit glühenden Eisen martern und euch aufs Rad flechten, sodass ihr unter Höllenqualen krepiert.«

Foelke ließ ihn gewähren. Es würde ihm guttun, seinen Zorn hinauszuschreien. Wenn sie ehrlich war, hätte sie am liebsten dasselbe getan. Stattdessen trat sie zu Allena und blickte ihn unverwandt an.

All seinen Beteuerungen zum Trotz war ein Teil von ihr davon überzeugt, dass er Ockos Ermordung angeordnet hatte.

»Christus zum Gruß, ehrenwerte Foelke«, sagte der Häuptling von Osterhusen kühl.

»Sind das die Mordbuben, die am siebten August vor der Schnappe waren?«, erkundigte sie sich.

»Bauernkrieger aus Osterhusen«, antwortete er. »Sie gehörten der rasenden Meute an, die deinen Gemahl erschlagen hat. Ich übergebe sie dir, wie es mein Versprechen und die Ehre gebieten.«

»Vier Männer sind mindestens sechsundneunzig zu wenig.«

»Ich habe ja gerade erst angefangen, sie zu suchen. Die Schieringer sind während der Friedensverhandlungen geflohen. Ich nehme an, dass sie sich verstecken. Aber gemeinsam werden wir sie aufspüren und zur Strecke bringen«, versicherte Allena.

Foelke gab sich fürs Erste damit zufrieden. »Haben sie bereits gestanden?«

»Sie schweigen verstockt.«

»Das werden sie nicht mehr lange tun«, versprach Foelke den vier abgerissenen Gestalten grimmig. »Wir haben einen fähigen Mann, der sich darauf versteht, selbst die widerspenstigste Zunge zu lockern. Schafft sie in den Kerker«, befahl sie den Wachen.

Als Widzelt Foelke und den Gefangenen folgen wollte, sagte Volkmar Allena: »Auf ein Wort.«

»Was gibt es?«

»Unter vier Augen.«

Sie betraten die Kapelle, in der sich gerade niemand aufhielt. Widzelt blickte den Häuptling von Osterhusen fragend an.

Der gab sich geheimnisvoll. »Was denkst du – wer hat deinen Vater auf dem Gewissen?«

»Was soll das?«, knurrte Widzelt. Er hatte nicht die geringste Lust auf verschwörerisches Getuschel mit diesem Mann. Schon gar nicht über dieses Thema.

»Beantworte meine Frage.« Allena lächelte dünn. »Beantworte sie ehrlich.«

»Krieger aus deinem Heerhaufen haben es getan. Rachsüchtige

Schieringer oder deine Wehrbauern, die der Raserei verfallen sind, als die Meute tobte. Jeder weiß das.«

»Das dachte ich anfangs auch«, bestätigte Allena. »Ein blutgieriger Mob, der ohne Sinn und Verstand gemordet hat. Einfach weil die Männer Ocko hassten. Weil sie ihn für den gescheiterten Waffenstillstand verantwortlich machten. Dass gerade die Schieringer nicht gut auf deinen Vater zu sprechen waren, muss ich dir nicht erklären. Dass er dem Grafen von Holland – ihrem Erzfeind! – die Lehnstreue angetragen hat, war für sie ein Schlag ins Gesicht, der noch heute schmerzt.«

»Worauf willst du hinaus?«, fragte Widzelt ungeduldig.

»Inzwischen denke ich, dass mehr dahintersteckt«, fuhr der Häuptling von Osterhusen fort. »Die Bluttat vom siebten August war ein Attentat. Jemand hat Ocko gezielt aus dem Weg geräumt. Jemand, der von seinem Tod profitiert. Wer, denkst du, könnte das sein?«

»Wir werden die Gefangenen der peinlichen Befragung unterziehen. Wenn es Hintermänner gibt, werden wir sie finden.« Widzelt wollte gehen.

Allena jedoch verstellte ihm den Weg zur Tür.

»Man hat mir eine interessante Geschichte zugetragen. Es waren keine Schieringer oder Krieger aus Emsigerland, die Ocko erschlugen. Sondern Fremde, die die unverkennbaren Röcke der Schieringer trugen. Einer der Männer soll entstellt sein. Ein Feuermal im Gesicht. Er hat wohl versucht, es mit Schmutz zu tarnen. Aber der Schlamm muss in der Hitze des Gefechts abgebröckelt sein, sodass man das Mal sehen konnte. Offenbar haben Ockos Feinde Attentäter in meinen Heerhaufen eingeschleust, um den Mord mir in die Schuhe zu schieben.«

Widzelt spürte seine Mundhöhle trocken werden. Kannte Allena Cord Hanneken? Was wusste der Häuptling von Osterhusen noch? Obwohl ihm der Schreck durch Mark und Bein gefahren war, gelang es Widzelt, sich nichts anmerken zu lassen. Er lachte auf. »Ein Attentäter mit einem Feuermal? Eine abenteuerliche Geschichte. Nicht sehr glaubhaft, wenn du mich fragst. Jemand will dir einen Bären aufbinden.«

»Mag sein. Aber ich denke, dass sie zumindest ein Gran Wahrheit enthält.« Allena grinste wölfisch. »Weißt du etwas über den Entstellten? Steht er womöglich in deinen Diensten?«

»Ich verbitte mir diese Unterstellungen!«, herrschte Widzelt ihn an. »Wenn du noch einmal andeutest, ich hätte etwas mit Ockos Tod zu tun, wirst du mich kennenlernen.« Gleichzeitig nahm er sich vor, dafür zu sorgen, dass Volkmar Allena und Cord Hanneken einander niemals begegnen würden.

Die Drohung schüchterte den Häuptling von Osterhusen nicht im Mindesten ein. »Es ist eine berechtigte Frage. Immerhin bist du gleich nach Ockos Tod zum neuen starken Mann im Hause tom Brok aufgestiegen. Dass du deinem Glück nachgeholfen haben könntest, ist also keine allzu abwegige Vermutung.«

»Ich warne dich!«, zischte Widzelt. Seine Hand zuckte zum Schwertknauf, doch er hatte vergessen, sich die Waffe umzugürten, ehe er seinen Besucher begrüßt hatte.

Allena bemerkte die ins Leere gehende Handbewegung, und sein Grinsen wuchs in die Breite. »Beruhig dich. Es gibt keinen Grund für Feindseligkeiten zwischen uns«, erklärte er. »Wir sind doch vernünftige Männer. Wir können über alles reden. Ich gebe zu, als ich die Geschichte das erste Mal vernahm, zog ich in Erwägung, sie öffentlich zu machen, damit ganz Friesland begreift, dass ich nichts mit dem Mord zu tun habe …«

»Wer hat dir dieses Lügenmärchen überhaupt aufgetischt?«, fiel Widzelt ihm ins Wort.

Allena ging nicht darauf ein. »Nach reiflicher Überlegung habe ich anders entschieden«, sagte er weiter. »Ich werde sie für mich behalten … sofern du mitspielst.«

»Was willst du von mir?«, fragte Widzelt gepresst.

»Ich werde Wort halten und euch Verdächtige ausliefern, damit Foelke ihren Rachedurst an ihnen stillen kann«, antwortete der Häuptling von Osterhusen. »Aber allenfalls ein, zwei Dutzend. Gewiss keine hundert, wie das Weib fordert. Sobald das getan ist, betrachte ich meine Pflicht als erfüllt und meine Ehre als wiederhergestellt – und du wirst dies öffentlich bestätigen, sodass es jeder Friese hören kann.«

Widzelt nickte knapp. »Einverstanden.«

»Das ist noch nicht alles«, sagte Allena harsch. »Ich will dein Wort, dass du meine Gebiete fortan in Ruhe lässt. Emsigerland ist ab jetzt tabu für dich. Wenn du neues Land erobern willst, tu es anderswo. In Harlingerland oder im Osten. Ist das klar?«

»Ich schließe gewiss kein militärisches Abkommen mit dir, nur weil du dir einbildest, mich mit dieser lächerlichen Geschichte erpressen zu können.«

»Du wirst dich meinen Wünschen beugen. Oder ganz Friesland wird von dem Mann mit dem Feuermal erfahren, und ich werde dich öffentlich einen Vatermörder nennen.«

»Mach, was du willst. Niemand wird dir glauben. Das sind alles nur leere Drohungen. Beweise hast du keine.«

»Oh, ich habe Beweise. Sie sind an einem sicheren Ort.«

»Zeig sie mir!«

»Das muss ich nicht. Foelke hasst dich, sie würde mir auch so glauben. Wenn ich ihr sagte, was ich weiß, würde sich das Misstrauen binnen weniger Tage wie Gift in einem Adergeflecht ausbreiten. Das Haus tom Brok wäre gespalten. Du hättest keine ruhige Minute mehr. Foelke und Keno würden dich ohne Unterlass bedrängen. Deine Vögte würden sich von dir abwenden. Graf Albrecht auch. Er würde dir alles wegnehmen, was du so mühsam errungen hast.«

»Lächerlich!«, krächzte Widzelt.

Allenas Blick bohrte sich in seinen Schädel. »Willst du es darauf ankommen lassen? Willst du riskieren, alles zu verlieren, statt dir hier und jetzt Frieden zu erkaufen, indem du einfach tust, was ich verlange? Du hast es in der Hand, Freund Widzelt.«

Widzelt knirschte mit den Zähnen. Am liebsten hätte er diesen unverschämten Kerl aus der Kapelle gezerrt und draußen vor aller Augen mit bloßen Händen erwürgt. Doch er zügelte seine Mordlust. Allena hatte ihn leider durchschaut. Widzelt würde es *nicht* darauf ankommen lassen. Solange er nicht beurteilen konnte, was genau sein Widersacher wusste, wäre es klüger, bei diesem garstigen Spiel mitzuspielen. »Ich brauche Emsigerland nicht«, stieß er hervor. »Du kannst dieses Dreckloch behalten!«

»Sehr vernünftig von dir.« Allena nickte zufrieden. »Also haben wir eine Übereinkunft?«

»Das habe ich doch gerade gesagt.«

»Das freut mich zu hören. Halte dich daran, und niemand wird je von dem Entstellten erfahren.« Der Häuptling von Osterhusen öffnete die Tür, und das geschäftige Summen des Haushalts flutete in das Gewölbe. »Ich hoffe, du hast etwas zu essen für mich und meine Männer. Und guten Wein. Es war eine lange Reise, und wir sind durstig.«

Ohne Widzelts Antwort abzuwarten, verließ Allena die Kapelle und schritt zur Halle, als wäre er hier zu Hause.

Der Rest des Tages rauschte nur so an Foelke vorbei, verschwommen wie ein Nachtmahr, den man bereits kurz nach dem Aufwachen zu vergessen begann. Es gab ein Gastmahl für Volkmar Allena, an das sie sich schon nicht mehr richtig erinnern konnte, kaum dass der Häuptling von Osterhusen abgereist war.

Am Abend stiegen sie und Widzelt in den Kerker hinab. Keno war nicht dabei – sie hatte ihm verboten mitzukommen. Dagegen hatte er lautstark protestiert, Foelke aber war hart geblieben. Für das, was sich alsbald unter den Fundamenten der Burg abspielen würde, brauchte man ein robustes Gemüt, das ihr Sohn noch nicht hatte.

In dem spärlich beleuchteten Tunnel am Fuß der Treppe wurden sie von einem mittelgroßen Mann mit nichtssagendem Gesicht in Empfang genommen.

»Meister Rabanus«, begrüßte Foelke ihn.

»Herrin.« Er verneigte sich vor ihr. Seine Kleidung war ebenso langweilig wie seine physische Erscheinung. Ein braunes Wams, graue Beinlinge, einfache Schuhe aus Hundsleder.

Sie betraten ein geräumiges Gewölbe, der Gestank darin war kaum zu ertragen. Der ölige Rauch der Tranfunzel war hierbei noch einer der angenehmeren Gerüche, die Foelkes Nase bedrängten wie tosende Brandung ein Fluttor. Zwei Wächter passten auf die Gefangenen auf. Drei hatte man an den Wänden in Eisen gelegt. Der vierte hockte nackt auf einem Stuhl, Hände und Füße waren mit engen Reifen an das Holz gefesselt. Er schwitzte stark und schnaufte vernehmlich.

Foelke baute sich vor ihm auf. »Wer hat euch befohlen, Ocko zu ermorden?«

»Das weiß ich nicht. Ich habe mit der ganzen Sache nichts zu tun.

Ich war nur zufällig auf der Straße. Ich war nicht einmal in Ockos Nähe, als das Handgemenge losging.«

»Du lügst.«

»Nein! Ich schwöre es bei Gott und den Erzengeln. Ich war lediglich zur falschen Zeit am falschen Ort.«

Foelke nickte Rabanus zu. Der Meister öffnete eine handliche Kiste und hielt sie dem Gefangenen hin, als wäre er ein fliegender Händler, der den Inhalt seines Bauchladens präsentierte. Allerdings lagen darin weder Leckereien noch billiger Schmuck, sondern Skalpelle, Bohrer, Zangen und Sägen – Gerätschaften, deren einziger Zweck es war, zu quälen, zu verletzen, zu verstümmeln.

»Ich versichere dir, dass Meister Rabanus sein Werkzeug überaus geschickt zu handhaben weiß«, sagte Foelke. »Dies kannst du dir ersparen, indem du gestehst. Überleg dir die Antwort gut. Noch einmal werde ich dir dieses gnädige Angebot nicht unterbreiten.«

Der Mann blinzelte und schluckte mehrmals. Dabei schwitzte er noch stärker als vorher, falls das überhaupt möglich war. »Ich habe Ocko nicht ermordet«, krächzte er. »Ich bin unschuldig.«

»Erleichtere dein Gewissen!«

»Ich war es nicht. Bitte! Ihr müsst mir glauben …«

Foelke nickte, sie hatte nichts anderes erwartet. »Wie du willst. Meister Rabanus, ans Werk.«

Obwohl massive Fundamente aus Tuff und Ziegelstein und feste Türen aus Holz und Eisen den Kerker umschlossen, hörte man die Schmerzensschreie gewiss noch im Burghof.

»War es Volkmar Allena, der den Befehl gegeben hat?«, setzte Foelke das Verhör fort.

»Glaub nicht«, wimmerte der Gefangene. Tränen und Rotz vermischten sich mit dem Blut, das aus einem Dutzend Wunden sickerte.

»Also war es Hisko Abdena?«

»Kann sein …«

»Oder Edo Wiemken?«

»Ja.«

»Wer denn nun? Abdena oder Wiemken?«

»Alle beide! Bitte hört auf. Habt Erbarmen«, schluchzte der Gefangene.

»Nichts als widersprüchliches Gestammel«, kommentierte Widzelt gelangweilt. »Hier kommen wir nicht weiter. Wir vergeuden nur unseren Abend.«

»Wir verhören auch die anderen«, entschied Foelke.

So geschah es. Das Ergebnis war unbefriedigend. Unter der peinlichen Befragung, die Meister Rabanus mit großer Sorgfalt vornahm, gestanden zwar auch die übrigen drei Gefangenen mehr oder weniger eindeutig, an Ockos Ermordung beteiligt gewesen zu sein. Auf die Frage nach den Hintermännern aber gaben sie wirre und einander widersprechende Antworten. Einer bezichtige zunächst Volkmar Allena, zog diese Aussage später jedoch zurück und nannte stattdessen Edo Wiemken. Nein, der sei es nicht gewesen, erklärte der zweite, er habe seine Befehle von Hisko Abdena erhalten. Der dritte wiederum beschuldigte den höchsten Anführer der Schieringer, einen Mann namens Jarges Coppen.

Als die Wächter die blutenden und halb ohnmächtigen Kreaturen in ihre Zelle schafften, wo Rabanus ihre Wunden versorgte, damit sie nicht vor der Hinrichtung starben, gelangte Foelke zu der Erkenntnis, dass die vier Männer nicht wussten, wer sie gedungen hatte. Sie hatten Dinge gesagt, von denen sie dachten, Foelke wolle sie hören, in der Hoffnung, die Pein zu beenden.

So war das mit der Folter. Ihr Vorteil bestand darin, dass man rasch Geständnisse gewann. Leider gab es den gewichtigen Nachteil, dass ebendiese Geständnisse oftmals nicht allzu viel mit der Wahrheit zu tun hatten.

»Wir stehen ja noch ganz am Anfang«, versuchte der Bastard sie aufzumuntern. »Wir werden weitere Verdächtige verhören, und einer wird uns schon verraten, wer es gewesen ist.« Er klang, als würde er selbst nicht daran glauben.

Foelke jedoch war entschlossen, nicht aufzugeben. Sie würde weitersuchen, sie hatte keine andere Wahl. Einstweilen würde sie die Genugtuung genießen, wenigstens vier der Mörder sterben zu sehen. »Veranlasse, dass sie aufs Rad geflochten werden. Gleich morgen früh.«

Sie würde sich an ihren Todesschreien ergötzen.

Auch in dieser Nacht fand Foelke keinen Schlaf. Reglos lag sie da und grübelte. Die Finsternis lastete auf ihr wie hundert Faden Meer.

Inzwischen glaubte sie nicht mehr, dass Volkmar Allena den Mord befohlen hatte. Gewiss, der Häuptling von Osterhusen trug eine Mitschuld an Ockos Tod, und das würde sie ihm nie verzeihen. Aber der Auftraggeber war er wahrscheinlich nicht. Zu viel sprach dagegen. Etwa sein Verhalten bei den Friedensverhandlungen.

Wenn er der Mörder wäre, hätte er versucht, seines Erzfeindes Tod und unsere Schwäche auszunutzen. Allena aber war überaus defensiv, so als hätte er den Krieg verloren, nicht wir. Er interessiert sich nur dafür, seine verlorene Ehre zurückzuerlangen.

Ein neuer Gedanke stieg in ihr auf, garstig wie ein Monstrum aus der Tiefsee.

Widzelt kann es getan haben.

Der Einfall war naheliegend. Der Bastard hatte oft unter Ocko gelitten, und er gierte nach Macht. Hass und Ehrgeiz loderten heiß in ihm, das spürte sie seit vielen Jahren. Warum also kam ihr dieser Verdacht erst jetzt? Weil er schrecklich war. Schrecklich und ungeheuerlich. *Widzelt ein Brutus. Ein Vatermörder.* Sie konnte den Gedanken kaum zulassen, er bereitete ihr Übelkeit. Keno durfte davon nichts erfahren, der Junge würde daran zerbrechen.

Foelke aber musste dem Verdacht nachgehen. Und sei es nur, um ihn zu entkräften.

Zunächst musste sie herausfinden, was genau am 7. August in Aurich geschehen war. Wo hatte sich der Bastard aufgehalten, als Ocko starb? Wo war er gesehen worden? Mit wem hatte er gesprochen? Das war leichter gesagt als getan. Widzelt hatte in den vergangenen Monaten viele Verbündete um sich geschart, darunter langjährige Gefolgsleute der Familie. Foelke wusste nicht, wem sie noch trauen konnte. Sie konnte nicht einfach losziehen und sämtliche Vögte, Hauptleute und Veteranen unter den Kriegern befragen. Die Gefahr, dass irgendwer den Bastard warnte, war enorm. Mit unabsehbaren Folgen für Keno und sie.

Sie schloss die Augen. Schmerzwellen wummerten durch ihren Schädel, jeder noch so unkonzentrierte Gedanke löste neue aus. Bei Gott, war sie müde! Müde, kraftlos, verzagt. Sie quälte sich aus dem

Bett, streifte ein dünnes Gewand über und bewegte ihren bleischweren Leib zum Fenster. Setzte sich, öffnete den Laden, betrachtete die Sterne, die zwischen den Wolken leuchteten, kalt glitzernd wie Eiskristalle.

Wer war mit Widzelt in Aurich?

Welchem dieser Männer kann ich trauen?

Es dauerte lange, bis ihr ein Name einfiel.

Kapitel siebenundzwanzig

Warfstede

Am Vorabend ihrer Vermählung mit Yneke Egers dachte Almuth an den Tod.

Sie dachte an den Tod, den sie ihrem zukünftigen Gemahl wünschte. Vor allem aber dachte sie an den eigenen.

Es stand nicht in ihrer Macht, die Heirat zu verhindern. Sie konnte Yneke vielleicht das Jawort verweigern, aber das wäre allenfalls eine trotzige Geste. Der Vogt hatte vielfältige Möglichkeiten, sie zu zwingen, ihm zu geben, was er wollte.

Blieb also nur der Freitod. Der letzte Ausweg. Die Flucht des Feiglings. Die Gelegenheit wäre günstig. Ihr Vater war gerade nicht da, er trieb sich weiß Gott wo herum. Vermutlich im Dorfkrug, wo er trinken konnte, ohne den anklagenden Ausdruck in ihrem Gesicht ertragen zu müssen. Die beiden Krieger, die Yneke zu ihrer Bewachung abgestellt hatte, hockten draußen vor der Tür und würden es nicht mitbekommen, wenn sie ein Messer nahm und sich die Adern öffnete.

Tatsächlich saß sie kurz darauf am Tisch und hielt Gerts Dolch in der Hand. Er hatte ihn einst gekauft, um sich auf seinen Handelsfahrten gegen Wegelagerer verteidigen zu können. Es war eine tödliche Waffe, wie geschaffen für ihre Zwecke.

Die Kerzenflamme spiegelte sich in der polierten Klinge. Almuth prüfte die Schneide mit dem Daumen. Verteufelt scharf. Ein kurzer Schnitt links, einer rechts, vermutlich würde es nicht einmal übermäßig wehtun. Wenig später wäre alles vorbei.

Und sie käme in die Hölle. Wo sie unvorstellbare Qualen erwarteten, tausendfach schlimmer als alles, was Yneke ihr antun konnte. Endlose, ewige Pein. Verglichen damit wäre ein freudloses Menschenleben leicht zu ertragen.

Sie rammte den Dolch in die Tischplatte. Nein! Sie würde niemals Hand an sich legen. Es war nicht allein die Furcht vor der ewigen Verdammnis, die sie davon abhielt. Sie war eine Kämpferin, schon immer gewesen. Yneke würde sie nicht brechen. Sie würde ihr Schicksal annehmen und versuchen, es zu ihrem Vorteil zu wenden.

Mit Yneke Tisch und Bett zu teilen bedeutete, nah an ihm dran zu sein. Jeden Tag, jede Nacht. Was einerseits massiven Widerwillen in ihr auslöste, brachte andererseits den Vorzug mit sich, dass sie ihn genau beobachten konnte. Irgendwann würde er eine Schwäche offenbaren, einen Fehler machen, ein Geheimnis preisgeben. Mit Gottes Hilfe konnte sie sich dergleichen zunutze machen, um Folkmars Unschuld zu beweisen. Vielleicht gelang es ihr sogar, Yneke bloßzustellen und offenzulegen, dass er absichtsvoll und gegen jedes Gesetz einen ehrbaren Mann vernichtet hatte. Eine harte Strafe wäre die Folge.

Sie kniff die Lippen zusammen und fuhr sich mit der Zungenspitze über die Rückseite der Schneidezähne. Hin und her. Her und hin. War das Wunschdenken? Nicht ausgeschlossen. Das würde sie erst herausfinden, wenn sie es versuchte.

In jedem Fall tat sie gut daran, sich darauf einzustellen, dass ihr eine lange Durststrecke bevorstand, ein Leidensweg, der gewiss Jahre währte. So lange würde sie Yneke sicher ertragen müssen. Und es war keineswegs ausgemacht, dass sie währenddessen etwas erreichte. Vielleicht scheiterte sie und wäre bis an ihr Lebensende in dieser Ehe gefangen, ohne Folkmar je wiederzusehen.

Gleichwohl half ihr das Vorhaben, die Verzweiflung abzuschütteln und zum Zorn zurückzufinden. Zu einem Zorn, der ihr helfen würde, den Kampf aufzunehmen.

»Mach dich auf was gefasst, Yneke«, flüsterte sie kaum hörbar. »Mich zu heiraten wird sich als der schlimmste Fehler deines Lebens erweisen.«

Natürlich war die Familie Osinga nicht zur Hochzeit eingeladen. Das hielt Jorien Folkmars freilich nicht davon ab, eine Stunde lang bei der Sägemühle zu stehen und ungeniert die Trauung zu beobachten, die einen Steinwurf entfernt auf einer Wiese am See stattfand.

Das arme Kind, dachte sie. *Das arme, arme Kind.*

Unwillkürlich verglich sie die Zeremonie mit ihrer eigenen Eheschließung. Jann und sie hatten vor nunmehr dreiundzwanzig Sommern geheiratet – seinerzeit hatte es noch richtige Sommer gegeben –, und es war einer der schönsten Tage ihres Lebens gewesen. Rein äußerlich betrachtet waren die beiden Feste, das heutige und das lange vergangene, einander recht ähnlich. Damals wie jetzt hatte man einen mit getrockneten Blumen und immergrünen Zweigen geschmückten Brautbogen aufgestellt, durch den das Paar einem uralten ostfriesischen Brauch folgend geschritten war. Damals wie jetzt gab es Musik, Tanz und einen üppigen Schmaus für die Gäste.

Doch was die Stimmung anging, hätten die beiden Hochzeiten nicht verschiedener sein können. Anders als bei Joriens und Janns Feier stellte sich bei Almuths und Ynekes keinerlei Fröhlichkeit ein. Die Anwesenden wirkten verkrampft, daran änderte auch das muntere Fiedelspiel nichts. Wären der aufwendig verzierte Bogen und Almuths Brautkleid nicht gewesen, hätte man die Menschenansammlung mit einer Trauerfeier verwechseln können.

Tatsächlich wirkten die Gäste, als hätte man sie zur Teilnahme gezwungen – was in dem einen oder anderen Fall vermutlich sogar zutraf. Viele schütteten schon am frühen Nachmittag reichlich Bier und Wein in sich hinein. Infolgedessen wurden die Gespräche stetig stumpfer, die Scherzworte zotiger, die Nahrungsaufnahme unfeiner. Besonders Gert Ulfferts tat sich beim Trinken hervor. Mit hochrotem Kopf saß er da und klammerte sich an seinem Humpen fest.

Wenn er so weitermacht, dachte Jorien, *fällt er pünktlich zur Vesper von der Bank und steht erst morgen Mittag wieder auf.*

Almuths Gesicht war wie versteinert, bar jeglicher Regung. Doch selbst auf diese Entfernung konnte Jorien erkennen, wie sehr das arme Mädchen litt, und es brach ihr schier das Herz. Für einen kurzen Augenblick war sie gottfroh, dass ihr Sohn all das nicht mit ansehen musste.

Der Einzige, der den Tag in vollen Zügen genoss, war Yneke Egers. In seinem protzigen Festgewand stand er da und grinste wie ein Wucherer, der gerade einen fetten Zins eingestrichen hatte. Mehrmals beteuerte er, wie sehr er Almuth liebe und dass er seit ihrer ersten Begegnung ein Auge auf sie geworfen habe. Wenn Jorien sein selbstgefälliges Gesicht betrachtete, stieg Mordlust in ihr auf. Sie wollte mit diesem Kerl Dinge anstellen, die selbst dem für seinen Erfindungsreichtum berüchtigten Foltermeister der tom Brok Respekt abgenötigt hätten.

Männer, dachte sie verächtlich. Dieser Hanswurst von einem Vogt hielt sich offenbar für ein Geschenk an die Frauen und schien zu glauben, er erweise Almuth eine gewaltige Ehre, indem er sie zur Frau nahm. Jorien konnte in ihm lesen wie in einem offenen Buch. Yneke gab sich nach außen hart, stark und unerbittlich. Im Innern jedoch war er verschüchtert, von Ängsten getrieben und von Selbstzweifeln zerfressen. Das waren kleine Tyrannen wie er immer.

Ich danke dir, o Herr, dachte Jorien und hob kurz den Blick zum Himmel, *dass Du mir einen klugen, warmherzigen und ausgeglichenen Mann geschenkt hast.*

Just in diesem Moment löste sich Almuth von ihrem Angetrauten, entfernte sich von den Gästen und schritt am See entlang. Sie ging nah ans Ufer heran, sodass das Röhricht sie vor Blicken von der Festwiese verbarg, nahm den Reif aus geflochtenen Herbstblumen vom Kopf und warf ihn ins Wasser. Sodann kam sie auf die Sägemühle zu.

»Was machst du denn hier?«, fragte sie, als sie Jorien entdeckte.

»Yneke wird dich fragen, wo dein Kopfputz abgeblieben ist«, bemerkte Jorien anstelle einer Antwort.

»Ich sage ihm, eine Bö hätte ihn weggeweht.«

»Es ist fast windstill.«

»Er darf mich gern vor allen Gästen eine Lügnerin nennen, wenn er glaubt, dass das der festlichen Stimmung zuträglich ist«, erwiderte Almuth grimmig.

Jorien lächelte in sich hinein. *Sie hat sich nicht der Verzweiflung ergeben. Sie will kämpfen – gut so.* »Wohin gehst du?«

»Zu Vaters Haus. Ich muss mal«, erklärte Almuth unverblümt.

»Darf ich dich ein Stück begleiten?«

»Gewiss.«

»Wenn du möchtest, kannst du den Abort in Bents Haus benutzen.«

»Warum nicht?«, murmelte Almuth, und es klang unsagbar erschöpft.

Schweigend ging Jorien neben ihr. Was hätte sie sagen sollen? »Es ist ungeheuerlich, was man dir angetan hat! Was ist das für ein Vater, der sein Kind zur Hochzeit mit einem Scheusal zwingt? Folkmar sollte an Ynekes Stelle sein.« All das wusste Almuth längst. Leere Worthülsen würden sie nicht trösten. Nichts würde sie trösten.

Jorien sperrte die Tür auf, und sie traten ein.

»Wo sind Etta und Bent?«, fragte Almuth.

»Etta ist gestern zum Markt in Wittmund gefahren. Bent und Jann begleiten sie.«

Natürlich war die Handelsfahrt nur ein Vorwand gewesen. In Wahrheit wollte Joriens Familie nicht in Warfstede sein, wenn die Hochzeit stattfand. Allein Jorien war geblieben. Eine Ahnung hatte ihr gesagt, dass sie Almuth an diesem Tag nicht allein lassen durfte.

Die junge Frau ging zum Abort. Als sie wenig später zurückkam, blieb sie unschlüssig im Raum stehen.

»Wenn ich irgendetwas für dich tun kann …«, bot Jorien behutsam an.

»Ich möchte mich gern ein wenig hinsetzen, wenn das in Ordnung ist.«

»Natürlich.«

Jorien rückte ihr einen Stuhl zurecht, und Almuth nahm Platz. Die abweisende, streitbare Maske, die sie trug, bekam plötzlich Risse. Ihre Hände fingen zu zittern an, sie barg das Gesicht darin und weinte leise.

»Komm her.« Jorien nahm sie in die Arme, hielt sie lange fest.

»Ich fürchte mich vor der Nacht«, wisperte Almuth in ihrer Halsbeuge. »Yneke … seine Berührungen … ich kann nicht … Wie soll ich …« Sie verstummte.

Jorien rieb ihr den Rücken, bis der Strom der Tränen versiegte. »Schau mich an«, forderte sie die junge Frau sanft, aber bestimmt auf.

Almuth sah furchtbar aus. Bleich wie der Tod.

»Du bist eine starke Frau«, sagte Jorien. »Und er ein schwacher Mann. Mach dir das zunutze.«

»Wie?«

Jorien zog einen weiteren Stuhl heran, und sie führten ein kurzes, aber intensives Gespräch von Frau zu Frau.

Am Abend, als es kühl wurde, zog sich jener Teil der Gäste, der noch aufrecht gehen konnte – darunter überraschenderweise Almuths Vater –, ins Steinhaus zurück, um in der Halle weiterzufeiern. Das betrunkene Grölen der Krieger hallte herauf bis zum Schlafgemach, das Bruder Erasmus mit würzigen Kräutern ausgeräuchert hatte, damit keine bösen Geister mit ihrem schädlichen Einfluss die Hochzeitsnacht beeinträchtigten.

Yneke war bereit und willens, die Ehe zu vollziehen. Aus seinen Andeutungen las sie heraus, dass er annahm, sie freue sich ebenso sehr auf den Vorgang wie er. Er setzte sich auf die Bettkante und bedachte sie mit Blicken, die er vermutlich für leidenschaftlich hielt.

»Zieh dich aus«, forderte er sie freundlich auf.

Almuth tat es gelangweilt und ließ sich Zeit damit, die einzelnen Kleidungsstücke ordentlich gefaltet in der Truhe zu verstauen.

»Wie schön du bist«, sagte er hingerissen. »Komm her zu mir.«

»Warum entkleidest du dich nicht ebenfalls?« Almuth wollte Zeit schinden, seine Berührungen möglichst lange hinauszögern.

Er grinste lüstern. Offenbar dachte er, ihre Aufforderung wäre der Beginn eines aufregenden Liebesspiels. »Dein Wunsch ist mir Befehl, Geliebte.«

Hastig machte er sich an seinem Festgewand zu schaffen. Er hatte zwar nicht so viel getrunken wie die Gäste, doch immerhin genug, dass er sich ungeschickt anstellte. Als er die Beinlinge auszog, verhedderte er sich darin, sodass er beinahe auf den Hintern fiel. Eine lächerliche Darbietung, die Almuth unter anderen Umständen hätte schallend auflachen lassen.

»So, das wäre geschafft«, verkündete er stolz, als wäre das Abstreifen von Beinlingen eine bemerkenswerte Leistung.

Ein schwacher Mann. Almuth dachte unentwegt an Joriens Worte, klammerte sich daran fest.

»Gefällt dir, was du siehst?«

Er stand zwei Schritte von ihr entfernt und präsentierte seinen nackten Körper im Kerzenlicht. Das steife Glied stand von ihm ab wie der Klüverbaum einer Kogge. Almuth war sich sicher, dass sie nie etwas Hässlicheres gesehen hatte.

Würde ihr Joriens Ratschlag helfen, sich Yneke vom Leib zu halten? Sie hatte keine Wahl – sie musste es versuchen. Physisch war sie ihm nicht gewachsen. Worte waren die einzige Verteidigung, die sie noch hatte.

»Recht mickrig, oder?«

Er runzelte die Stirn. »Was ist mickrig?«

»Das da.« Sie deutete auf sein Gemächt.

Yneke schaute an sich herunter, als müsse er sich selbst davon überzeugen, ob an ihrer Behauptung etwas dran war. »Ich bin ein gesunder, völlig normal gebauter Mann«, sagte er gereizt. »Du hast keine Ahnung, wovon du sprichst. Hast du überhaupt schon einmal einen Mann nackt gesehen?«

»Hier und da.«

»Wann?«

»Bei ... verschiedenen Gelegenheiten«, antwortete Almuth.

»Was für ›Gelegenheiten‹ waren das?«

Als sie ihm die Antwort verweigerte, starrte er sie argwöhnisch an. »Du bist doch noch Jungfrau? Dein Vater hat mir versichert, du wärst es.«

»Ich bin so unberührt, wie eine Maid es nur sein kann. Der bloße Anblick eines nackten Mannes führt nicht zum Verlust der Jungfräulichkeit. Wie diese Dinge zusammenhängen, ist dir bekannt, oder?«, fragte sie in einem Ton, als hätte sie es mit einem unbedarften Burschen zu tun.

»Ich weiß alles über diese Dinge, was es zu wissen gibt!«

Hinter seinem Ärger war Verunsicherung zu spüren. *Ich bin auf dem richtigen Weg*, dachte Almuth.

»Jedenfalls ist mir aufgefallen, dass andere Männer, nun ja ... üppiger ausgestattet sind«, legte sie nach und gab sich peinlich berührt, als täte es ihr furchtbar leid, dass sie ihm eine solch schmerzliche Wahrheit zumuten musste.

Sein Antlitz färbte sich rot. »Welche Männer?«, fragte er leise und schneidend.

»Das ist meine Sache.«

Sie drückte sich bewusst vage aus, damit er gezwungen war, die Lücken in ihren Andeutungen selbst zu füllen. Und das tat er, sie sah es seinem Gesicht an. Gewiss gaukelte ihm seine von Scham und Unsicherheit aufgestachelte Fantasie gerade demütigende Bilder vor. Vermutlich fragte er sich, ob es Folkmar Janns war, von dem sie sprach – den sie tatsächlich niemals nackt gesehen hatte –, und welch grausamem Geschick er es verdankte, dass er im Vergleich mit seinem Erzrivalen so schlecht abschnitt.

»Ich bin absolut ausreichend ausgestattet!«, schnappte er. »Davon abgesehen hat die Manneskraft nichts mit der Größe gewisser Körperteile zu tun. So etwas Törichtes kann nur ein unwissendes Weib denken. Ausschlaggebend ist vielmehr das gesunde Gleichgewicht der Säfte. Und natürlich Geschick im Handwerk der Liebe. In dem ich ein Meister bin, wie du gleich feststellen wirst!«

»Werde ich das?«, fragte Almuth.

Wieder schaute er an sich herab. Während er gegrübelt und sich rechtfertigt hatte, war sein Glied vollständig erschlafft. Und sah nun wirklich mickrig aus. »Teufel auch! Das haben wir jetzt von deinem Gerede.«

Yneke wirkte derart zornig, dass sie fürchtete, er werde sie schlagen. Sie konnte nur hoffen, dass ihn die Liebe, die er nach eigenem Bekunden für sie empfand, davon abhielt, ihr Gewalt anzutun.

»Das macht doch nichts.« Sie versuchte, verständnisvoll zu klingen. »Wenn du die Ehe heute nicht vollziehen kannst, klappt es gewiss ein andermal.«

»Oh, ich kann und werde sie vollziehen, verlass dich drauf«, knurrte er. »Wir müssen nur die Lust wieder anfachen, die du gelöscht hast. Komm her und hilf mir. Aber sei bloß still!«

Er tat ihr nicht weh, doch er verlangte, dass sie sich zu ihm auf die Bettstatt legte. Ekel wallte jäh in ihr auf, als er ihren Körper zu streicheln begann. Sie sagte nichts mehr. Steif dazuliegen, gelangweilt dreinzublicken und gelegentlich zu gähnen, statt die Berührungen zu erwidern, hatte, wie sich zeigte, auf den selbst ernannten Meister der Liebe dieselbe Wirkung wie herabsetzende Bemerkungen zu seiner Männlichkeit.

Bei ihm regte sich nichts mehr.

Schließlich gab er auf. Derb fluchend sprang er aus dem Bett, griff nach dem Becher und stürzte den restlichen Wein hinunter. Almuth sah Zorn und Selbsthass in seinem Gesicht. Ohne sie anzuschauen, zog Yneke sich an, verließ die Kammer und riss die Tür hinter sich zu.

Sie ließ den angehaltenen Atem entweichen und schloss für einen Moment erleichtert die Augen. Sie hätte nicht gedacht, dass sie diesen Kampf für sich entscheiden würde. Es war nicht einmal besonders schwer gewesen. »*Worte aus dem Mund einer Frau können eine scharfe Waffe sein*«, hatte Jorien gesagt. »*So scharf, dass du Yneke entmannen kannst, wenn du es geschickt anstellst.*«

Hab Dank für diesen weisen Rat, meine Liebe, dachte Almuth.

Die Erleichterung hielt nicht lange vor. Heute Nacht mochte es ihr gelungen sein, Yneke abzuwehren. Doch viele weitere Nächte in diesem Bett würden folgen. Was würde sie tun, wenn sich ihre Waffe mit der Zeit abnutzte?

Sie versuchte, nicht daran zu denken.

Es war ein langer und ungeheuer anstrengender Tag gewesen. Als endlich die Anspannung von ihr abfiel, griff die Müdigkeit mit hundert Händen nach ihr. Sie löschte die Kerze und deckte sich zu. Von unten drang zotiges Gelächter herauf. Vermutlich prahlte Yneke gerade vor den Kriegern damit, wie er seine Braut tüchtig geritten hatte.

Ein Wicht von einem Mann.

Mit dem Gedanken an Folkmar schlief sie ein.

In den Wochen, die auf die Hochzeit folgten, lernte Almuth, dass Yneke imstande war, vollständig die Augen vor der Wirklichkeit zu verschließen.

Wer ihn tagsüber sah, musste den Eindruck gewinnen, er sei der glücklichste Mann auf Erden. Vom Morgenbrot bis zum Nachtmahl trug er ein seliges Grinsen zur Schau. Er scherzte mit den Dienern und hatte für jeden Dorfbewohner ein freundliches Wort übrig. Kaum je kam sein herrisches Wesen zum Vorschein.

Was sich nachts in ihrem Ehebett abspielte, schien ihn nicht im Ansatz zu belasten. Offenbar besaß er wie viele mächtige Männer die Gabe, Niederlagen weit von sich wegzuschieben, sodass er sich einreden konnte, sie hätten gar nicht stattgefunden.

Dabei war das Geschehen im Schlafgemach eine einzige Demütigung für ihn. Nachdem es ihm nicht gelungen war, die Ehe zu vollziehen, wagte er eine volle Woche lang nicht, Almuth anzurühren. Als er genug Mut gesammelt hatte, um einen neuen Annäherungsversuch zu unternehmen, erniedrigte sie ihn mit einigen wohlgesetzten Spitzen, sodass seine zerbrechliche Männlichkeit abermals vor ihren Augen zerbröckelte. Diesmal dauerte es noch länger, bis er sich von dem Rückschlag erholte. Ein getretener Hund, der seine grausame Herrin fürchtete.

Am Tage merkte man davon nichts. Ynekes Verliebtheit war ungetrübt. Er hatte Almuth endlich erobert, nur das zählte für ihn. Der schöne Schein, die makellose Fassade waren ihm offenbar wichtiger als ein glückliches Eheleben. Almuth sollte es recht sein. Solange er damit zufrieden war, dieses jämmerliche Narrenspiel aufzuführen und das Dorf und sich selbst zu täuschen, erschien ihr die Gefahr gering, dass er in Zorn geriet und versuchen würde, sie sich mit Gewalt gefügig zu machen.

Derweil mühte sie sich, sich an das Leben im Steinhaus zu gewöhnen. Wenn sie an Ynekes Seite durchhalten wollte, musste sie sich in ihrem neuen Heim zurechtfinden, sich in ihrem Alltag behaupten. Es gelang ihr nicht. Sie hasste alles an ihrem Dasein als Ynekes Weib. Seine ständige Gegenwart. Die Gespräche mit ihm beim Essen. Die Langeweile als Frau von Stand, die kaum etwas Sinnvolles zu tun hatte. Die finstere und kalte Halle. Die Diener, die nur selten mit ihr sprachen. Die Krieger, die sie lüstern anglotzten, wenn ihr Herr es nicht mitbekam.

Zorn, Furcht und Niedergeschlagenheit machten ihr zu schaffen. Sie ließ jedoch keine Verzweiflung in ihr Herz. Almuth war nicht willens, sich träge in ihr Schicksal zu fügen. Wenn sie das tat, würde sie langsam, aber sicher innerlich absterben.

Unentwegt dachte sie an ihr Vorhaben.

Als der Oktober seinem Ende entgegenstrebte, ergab sich endlich eine Gelegenheit, es in Angriff zu nehmen. Eines Nachmittags wurde Yneke zum The gerufen, um die Auseinandersetzung zwischen einem hiesigen Bauern und einem auswärtigen Händler zu schlichten. Offenbar war es zwischen den beiden Männern zu einem Handgemenge gekommen. Der Händler lag mit zerschmetterter Nase am Boden; der angetrunkene Bauer drohte, ihn totzuschlagen, und wurde mühsam von anderen gebändigt. Yneke nahm Cord Hanneken und zwei weitere Krieger mit. In der Eile vergaß er, seine Amtsstube abzusperren.

Es war ein freundlicher Tag für die Jahreszeit. Abgesehen von der Köchin weilten alle Dienstboten außer Haus, um die Tiere zu füttern oder Besorgungen zu machen. Almuth huschte die Treppe hinauf, schlüpfte in die Kammer und schloss die Tür hinter sich.

Der Fensterladen stand offen, goldenes Herbstlicht zeichnete ein längliches Trapez auf den sauber gefegten Holzboden. Almuth wusste, dass einst Abbe Wilken in diesem Raum gearbeitet hatte. Inzwischen war er vollständig von Ynekes Wesen durchdrungen. Es herrschte pedantische Ordnung. Kein Gegenstand lag da, wo er nicht hingehörte. Der Gänsekiel war parallel zur Kante des Schreibpultes ausgerichtet.

Almuth interessierte sich vor allem für die beiden Truhen an der Wand. Die linke, ein mit Nieten und Eisenbändern verstärktes Ungetüm, enthielt die Steuereinnahmen der Vogtei und war natürlich abgeschlossen. In der anderen bewahrte Yneke sämtliche Schriftstücke auf.

Almuth öffnete den schweren Deckel und betrachtete die ordentlich gestapelten Bücher, Steuerlisten und Dokumente. Des Weiteren gab es eine kleine Metallschatulle mit kompliziertem Schließmechanismus, die jedoch nicht verschlossen, weil gänzlich leer war. Sie stellte die Schatulle zur Seite. Vor ihr lag eine enorme Menge Papier und Pergament. Sie arbeitete sich durch mehrere Verträge, Briefe und Urkunden, alle in friesischer Sprache oder in Niederdeutsch gehalten, denn Yneke konnte kein Latein. Nichts davon war für ihre Zwecke interessant.

Schließlich stieß sie auf das Protokoll von Folkmars Prozess. Ihr Herz schlug schneller, und mit feuchten Fingern blätterte sie durch das Bündel Papier. Bruder Erasmus hatte alles genau mitgeschrieben, jeden Verfahrensschritt, jede Zeugenaussage. Doch sie fand nichts, was sie nicht bereits wusste. Natürlich war Yneke nicht so töricht gewesen, dem Vikar seine finsteren Absichten ins Protokoll zu diktieren. Gleichwohl war sie enttäuscht. Sie legte das Schriftstück zu den anderen bereits gelesenen und suchte weiter.

Bevor sie etwas Aufschlussreiches fand, vernahm sie Ynekes Stimme.

Sie spähte aus dem Fensterschlitz und sah ihn mit seinen Mannen die Warf heraufkommen. Rasch räumte sie alles zurück in die Truhe, klappte den Deckel zu und eilte nach unten. Als ihr Gemahl in die Halle trat, saß sie bereits am Tisch und arbeitete an ihrer Stickerei weiter.

»Das sieht hübsch aus«, kommentierte er und küsste sie auf die Stirn. Wie so oft fühlten sich seine Lippen kalt an. Wie ein Fischmaul.

Glücklicherweise sah er davon ab, ihr Gesellschaft zu leisten und sie mit seinem verkrampft freundlichen Geschwätz zu langweilen. Er ging nach oben und setzte die Arbeit fort, bei der er so jäh unterbrochen worden war.

Almuth spannte sich innerlich an. Würde er bemerken, dass jemand in der Amtsstube gewesen war? Sie hatte penibel darauf geachtet, alles wieder so hinzulegen, wie sie es vorgefunden hatte. Yneke aber hörte das Gras wachsen. Wenn auch nur ein Dokument nicht an der exakt richtigen Stelle lag, wäre sein Misstrauen geweckt.

Doch nichts geschah. Er kam nicht heruntergestürmt, um sie zur Rede zu stellen. Tatsächlich sah sie ihn bis zum Abend nicht mehr.

Erleichtert beschloss sie, bei der nächsten Gelegenheit weiterzusuchen. Sie würde sich nicht darauf beschränken, auch die restlichen Schriftstücke zu lesen. Sie würde Yneke beobachten, seine Gespräche belauschen, unauffällig die Diener aushorchen.

Irgendwann würde sie einen Beweis für Folkmars Unschuld finden. An diesen Gedanken klammerte sie sich wie eine Schiffbrüchige an eine dahintreibende Planke.

Marienhafe

Foelke schritt mit tief ins Gesicht gezogener Kapuze durch den Regen. Auf dem Deich blickte sie sich um. Das ungemütliche Wetter arbeitete für sie, kaum jemand weilte im Freien. Niemand schien ihr zu folgen oder sie zu beobachten.

Sie ließ den Hafen mit den ankernden Koggen hinter sich und ging zur Lastadie im Deichvorland. Der Schiffsbauplatz gehörte der

Familie, ein Mann namens Bolt bewirtschaftete ihn. Normalerweise arbeitet ein Dutzend Gesellen, Lehrknechte und Tagelöhner an der Feuergrube, auf der Helling oder in den Werkschuppen. Heute jedoch hatte der Meister seine Leute nach Hause geschickt, nur er selbst war da. Eben schleppte er eine Kiste mit Nägeln und Kalfatklammern, Regentropfen perlten über seine eingefettete Gugel. Er nickte Foelke zu, ehe er in einer Hütte verschwand. Ein verschwiegener, verlässlicher Mann, von dem sie nichts zu befürchten hatte.

Sie betrat den Schuppen, in dem das Bauholz ablagerte. Eme Gottfriedsen war bereits da. Der Krieger hockte auf den Eichenstämmen und stand hastig auf, als sie hereinkam. Foelke schloss die Tür.

»Hat dich jemand gesehen?«

»Nur Meister Bolt. Ich war vorsichtig.«

Seine Stimme war derart brummend und tief, dass sie Mühe hatte, ihn zu verstehen, zumal der Regen auf das Schuppendach trommelte wie mit tausend winzigen Füßen. Eme – ein Bogenschütze, der seit vielen Jahren in der Leibwache der Familie diente – fühlte sich sichtlich unwohl in seiner Haut.

»Darf ich fragen, warum wir uns hier treffen?«

»Im Steinhaus haben die Wände Ohren. Wir müssen Dinge bereden, die außer dir niemand hören darf. Nicht einmal Keno und Widzelt. Vor allem nicht Widzelt. Kann ich mich auf dich verlassen?« Foelke blickte den Mann beschwörend an.

»Ihr habt mein Wort«, versprach er.

Sie nickte. Obwohl Eme im Sommer für Widzelt gekämpft hatte, war er über jeden Verdacht erhaben. In zwölf Jahren hatte es nie auch nur den kleinsten Zweifel an seiner Treue zu Ocko und ihr gegeben. Dieser wortkarge, gedrungene Mann mit dem grauen Stoppelbart und den verhornten Händen würde sein Leben für sie geben, wenn sie ihn darum bäte. »Ich muss wissen, was am siebten August geschehen ist«, erklärte sie. »Wo wart ihr an jenem Tag?«

»In einer befestigten Stellung bei Aurich. Unsere Verluste waren hoch, die Feinde zu stark. Also verschanzten wir uns hinter Gräben und Erdwällen.«

»Widzelt war die ganze Zeit bei euch?«

»Nein. Er ist mit einigen Getreuen nach Aurich gegangen.«

»Wie ist das abgelaufen? Erzähl es mir von Anfang an«, forderte sie den Bogenschützen auf. »Jede Einzelheit ist wichtig.«

Eme dachte lange nach, wie es seine Art war. »Ynekes Mann war für uns kundschaften«, begann er schließlich. »Wie heißt er gleich? Der Kerl mit dem entstellten Gesicht.«

»Cord Hanneken.«

Eme nickte. »Er war die ganze Nacht hinter den feindlichen Linien unterwegs. Als er zurückkam, habe ich ihn erst nicht erkannt. Hätte ihn beinahe erschossen. Er berichtete von den Verhandlungen zwischen Ocko und Volkmar Allena. Daraufhin suchte Widzelt nach Männern, die mit ihm nach Aurich gehen.«

»Wozu?«

»Um Ocko beizustehen, nehm ich an.«

»Du nimmst an? Gesagt hat er das nicht?«

»Ich hab nicht alles verstanden, als Widzelt mit den Vögten sprach. Ich stand rund zehn Klafter entfernt auf meinem Posten«, erklärte Eme. »Den meisten Vögten war das wohl zu gefährlich. Nur Yneke wollte mitgehen. Mit ihm, Cord und fünf weiteren Kriegern ist Widzelt losgezogen.«

»Männer aus unserem Kriegsvolk?«

»Ynekes Leute, glaube ich.« Abermals dachte der Bogenschütze nach. »Sie waren nicht lange fort. Höchstens ein, zwei Stunden. Währenddessen kam es vor der Schnappe zum Aufruhr. Das Geschrei war bis zu unserer Stellung zu hören. Die Schieringer waren derart gewalttätig, dass sich Yneke und seine Männer zurückziehen mussten.«

»Sie waren also nicht in Ockos Nähe?«

»Das weiß ich nicht. Hab nicht mit ihnen gesprochen.«

»Was war mit Widzelt?«

»Er ist nicht mit Yneke zurückgekehrt. Als wir erfuhren, was geschehen ist, hat er sich zur Schnappe durchgeschlagen, um mit Allena zu verhandeln.«

»Ist dir bei alldem irgendetwas eigenartig vorgekommen?«, fragte Foelke.

»Eigenartig?« Eme runzelte die Stirn.

»Hältst du es für möglich, dass Widzelt oder Yneke gelogen haben?«

»Inwiefern?«

»Dass sie nicht nach Aurich gegangen sind, um Ocko zu helfen, sondern um ihn zu töten.«

Der Bogenschütze starrte sie an. Dann wandte er den Blick ab und rieb sich mit der schwieligen Hand das Kinn.

»Du kannst offen sprechen«, ermutigte sie ihn. »Niemand wird von unserer Unterredung erfahren.«

Er schluckte einmal, zweimal. »Widzelt mag ein Hitzkopf sein – aber ein Vatermörder? Nein. Das kann ich mir nicht vorstellen. Warum hat er ein Heer aufgestellt und ist Ocko zu Hilfe geeilt, wenn es seine Absicht war, ihn zu erschlagen?«

»Vielleicht war es ein spontaner Entschluss. Vielleicht hat er eine günstige Gelegenheit beim Schopf ergriffen.«

Eme zog es vor, diese Mutmaßung nicht zu kommentieren.

Foelke dachte nach. Wesentlich Neues hatte sie durch das Gespräch nicht erfahren. Sie musste weitere Nachforschungen anstellen. »Würdest du die Männer wiedererkennen, die Widzelt und Yneke begleitet haben?«

»Denk schon.«

»Wenn Yneke das nächste Mal nach Marienhafe kommt und sie bei ihm sind, versuchst du, mit ihnen ins Gespräch zu kommen. Nur mit den einfachen Kriegern. Versuch herauszufinden, ob es sich wirklich so abgespielt hat, wie Widzelt behauptet.«

Eme Gottfriedsen nickte, obwohl er ganz und gar nicht glücklich mit diesem Auftrag war.

»Warte eine halbe Stunde, ehe du zum Steinhaus zurückgehst.« Foelke öffnete die Tür und trat hinaus in den Regen.

ZWEITES BUCH

VOGELFREI

April 1392 bis Oktober 1394

Kapitel eins

Westergo

Folkmar verbarg sich in den Dünen und beobachtete das Fischerdorf in der Bucht. Er wusste nicht, wie es hieß. Es lag an der Küste der Landsgemeinde Westergo, ein, zwei Wegstunden nördlich des Marktfleckens Stavoren, der vor einigen Jahren zur Hansestadt aufgestiegen war. In seinem Rücken brandeten die blassblauen Wasser der Zuiderzee auf den langen Sandstrand. Es war ein frischer, sonniger Tag im April.

Möglicherweise der Tag, an dem er endlich Antworten fand.

Im Gebüsch zu liegen und westfriesische Dörfer zu beobachten – das war im vergangenen Herbst sein bevorzugter Zeitvertreib geworden. Stets spähte er die jeweilige Siedlung so lange aus, bis er ein Gespür für den Ort bekam und mögliche Fluchtwege ausgemacht hatte. Erst dann ging er hinein und hörte sich unauffällig bei den Bewohnern um. Bisher hatte er Glück gehabt. Niemand hatte ihn als Geächteten erkannt – obwohl in einigen Ortschaften der Steckbrief mit der Beschreibung seiner Person aushing. Offenbar rechneten die Westfriesen nicht damit, ein Vogelfreier aus dem fernen Harlingerland könnte in ihrer Heimat auftauchen. Sie hielten Folkmar für einen schmutzigen, aber harmlosen Wanderer und brachten ihm nicht mehr als die übliche Vorsicht entgegen, mit der sie allen Fremden begegneten – und die sich in der Regel rasch legte. Die meisten Bewohner des Westergos und des Ostergos waren gastfreundliche Menschen.

Viel erfahren hatte Folkmar von ihnen allerdings nicht. Um die Hintergründe von Ockos Ermordung rankten sich etliche Gerüchte, aber etwas Konkretes wusste niemand. So hatte er bisher lediglich herausgefunden, dass weiland rund ein Dutzend westfriesische Dorfhäuptlinge mit ihren Kriegern für Volkmar Allena gekämpft hatten, teils als bezahlte Söldner, teils als freiwillige Verbündete. Insgesamt also zwei- bis dreihundert Männer, die allesamt der Parteiung der Schieringer angehörten. Die meisten kamen aus dem Westergo, einige wenige aus dem Ostergo, wo eine andere Parteiung, die Vetkoper, das Sagen hatte.

Nur von zweien dieser Häuptlinge kannte er die Namen und die Wohnorte.

Eines der beiden Dörfer hatte er bereits aufgesucht – nur um zu erfahren, dass sämtliche dort ansässigen Schieringer geflohen waren, weil sie Foelke Kampanas Rache fürchteten. Wo sie sich versteckten, wollte man ihm nicht verraten. Die verbliebenen Dorfbewohner beteuerten, keine Schieringer zu sein, sondern neutrale Friesen, die sich aus allen Machtkämpfen heraushielten. Seine Fragen zu den Vorgängen am 7. August 1391 in Aurich konnten oder wollten sie ihm nicht beantworten.

Dann war der Winter gekommen, sodass er gezwungen gewesen war, seine Suche zu unterbrechen. Für insgesamt fünf Monate, in denen er nichts anderes getan hatte, als ums Überleben zu kämpfen. Er schauderte, wenn er an die knochenbrechende Kälte dachte, die kein Ende zu nehmen schien. Mehr als einmal wäre er fast erfroren. Auch der Hungertod hatte stets hinter der nächsten Ecke gelauert.

Nun aber war der lang ersehnte Frühling da. Der Schnee taute allerorten, die Tiere regten sich, die Pflanzen erwachten zu neuem Leben. Bei seinen Streifzügen durch die Friesische Seenplatte fand Folkmar endlich wieder ausreichend Nahrung. Kaum dass er zu Kräften gekommen war, hatte er sich abermals auf den Weg gemacht. Geleitet von der Hoffnung, das neue Jahr möge ihm mehr Glück bringen als das vergangene.

Folkmar öffnete den Beutel mit dem Proviant und aß etwas gedörrtes Kaninchenfleisch, während er den Blick über das Dorf schweifen ließ. Es war sehr viel kleiner als Stavoren. Ein Dutzend Reethütten, ein niedriger Sommerdeich, zwei Stege für die Fischerboote. Eben legte eine Schnigge ab, die Mannschaft ruderte mit vereinten Kräften gegen den auflandigen Wind an. Wahrscheinlich ein holländisches Handelsschiff, das Verpflegung und Trinkwasser aufgenommen hatte, bevor es seine Fahrt gen Osten fortsetzte.

Folkmar hoffte, dass es das richtige Dorf war. Er wusste nur, dass der zweite ihm namentlich bekannte Schieringer-Häuptling irgendwo an diesem Küstenabschnitt zu finden war. Heemstra Omken hieß der Mann. Vermutlich bewohnte er das einstöckige, von einem sumpfigen Graben umgebene Steinhaus am Rande der Siedlung.

Folkmar hatte seit Monaten kaum Kontakt zu anderen Menschen gehabt. Die Vorstellung, sich den Dörflern zu zeigen, mit ihnen zu sprechen, erfüllte ihn mit nervöser Unruhe. *Ruhig Blut*, sagte er sich. Inzwischen war reichlich Gras über die Ereignisse des vergangenen Jahres gewachsen. Falls es in dem Dorf einen Steckbrief gegeben hatte, war er gewiss längst vom Wind fortgerissen oder vom Regen unkenntlich gemacht worden. Das Risiko, dass man ihn erkannte, war seit dem letzten Herbst sicher erheblich gesunken. Das Gedächtnis der einfachen Leute, was solche Dinge betraf, war kurz.

Den letzten Bissen Kaninchenfleisch kauend ging er geduckt zu dem Dünental, wo sein Pferd graste. Er führte den abgemagerten Wallach zum Pfad, der sich zwischen den hellen Sandbuckeln entlangschlängelte. Er setzte ein freundliches Lächeln auf, wobei er fürchtete, dass es mehr einer Grimasse ähnelte. Es war lange her, dass er das letzte Mal gelächelt hatte. Er wusste kaum noch, wie das ging.

Seine Kleidung hatte er gewaschen, bevor er aufgebrochen war. Viel geholfen hatte das nicht. Die Monate in der Wildnis hatten Spuren hinterlassen. Der Rock war an mehreren Stellen eingerissen, das Schuhwerk löchrig, der Umhang ebenso. Er sah wie ein Bettler aus. Das ausgemergelte Gesicht unterstrich diesen Eindruck. Entsprechend misstrauisch beäugten ihn die Dorfbewohner, die sich um ihre Gemüsegärten kümmerten, Netze flickten oder Fisch ausnahmen.

Nicht beirren lassen. Du bist ein freundlicher Reisender, vor dem niemand Angst haben muss. Das versuchte er auszustrahlen. Es fiel ihm nicht leicht.

Zwischen den Hütten stand ein rauchender Backofen, er sah aus wie ein riesiger Bienenkorb. Davor plauderten zwei junge Frauen, eine hielt einen in Tücher eingewickelten Säugling auf dem Arm. Er entschied, sie anzusprechen.

»Christus zum Gruß.« Bei Gott, wie seine Stimme klang! Wie eine rostige Beißzange, die knirschte und quietschte, wenn man sie das erste Mal seit Jahren benutzte. Ein Wunder, dass die beiden Frauen nicht vor lauter Angst davonliefen. »Ist dies das Dorf von Heemstra Omken?«

Die Frauen antworteten nicht, sie starrten ihn bloß an. Ihre Gesichter waren beinahe so bleich und hager wie seines. Auch sie hatten unter dem langen Winter gelitten.

»Wer will das wissen?«, fragte eine.

»Nennt mich Heine.« In jedem Ort, den er besuchte, stellte er sich mit einem anderen Namen vor. Er spürte, dass sämtliche Bewohner der benachbarten Hütten ihn anglotzten, und ignorierte die aufsteigende Beklemmung nach Kräften.

»Und weiter?«

»Heine Riecken.«

»Woher kommst du, Heine Riecken?«, fragte die Frau mit dem Säugling, die weniger ängstliche von beiden.

»Aus Emden.«

»Das liegt im Osten, richtig?«

»In der Landsgemeinde Emsigerland. Ich bin ein Gefolgsmann der Familie Abdena.« Als Feinde der verhassten tom Brok genossen die Abdena von Emden einen guten Ruf im Westergo.

Die beiden Frauen kommentierten diese Auskunft nicht. Abermals musterten sie ihn forschend. Immerhin hatte der kurze Wortwechsel seine Stimmbänder gelockert, sodass ihm das Sprechen nun leichter fiel. Er beschloss, in die Offensive zu gehen, um weiteren Fragen zuvorzukommen.

»Gibt es hier eine Schenke, wo ich meinen Durst löschen und meinen Hunger stillen kann?«

»Vorn am Hafen. Das einzelne Haus am Deich.«

»Hab Dank.« Lächelnd fügte Folkmar hinzu: »Meine Frage – kannst du sie mir bitte beantworten?«

»Welche Frage?« Die Frau mit dem Säugling runzelte die Stirn.

»Heemstra Omken. Wohnt er hier?«

Sie nickte. »Er ist unser Häuptling.«

Bevor Folkmar sich abermals bedanken konnte, erklang ein scharfer Ruf.

»Elle! Sprich nicht mit dem Kerl. Geh sofort ins Haus!«

Die beiden Frauen wichen zurück, als hätten sie plötzlich erkannt, dass der Fremdling an einer scheußlichen Krankheit litt. Ein stämmiger Mann in einem einfachen Wollgewand trat zum Backofen und baute sich schützend vor den Frauen auf.

»Du heißt nicht Heine Riecken!«, schleuderte er Folkmar entgegen.

Folkmar durchzuckte es heiß und kalt. »Doch, das ist mein Name.«

»Lügner! Du bist der Geächtete, vor dem man uns gewarnt hat. Wie war gleich dein Name? Folkmar, richtig? Folkmar Janns.«

Ausgerechnet in diesem winzigen Nest musste er jemanden treffen, der ihn erkannte! Wie viel Pech konnte ein Mensch haben? Folkmar ließ sich seine wachsende Furcht nicht anmerken. »Du musst mich mit jemandem verwechseln.«

»Du meinst, mit einem anderen Ostfriesen, der blond ist und von den Fußsohlen bis zum Scheitel an die vier Ellen misst? Das wäre schon ein arger Zufall. Ich habe in meinem Leben noch keine fünf Männer getroffen, die so groß sind wie du, und ich komme viel herum – weswegen ich mir auch sicher bin, dass du nicht aus Emden stammst. Dein Zungenschlag klingt eher nach Harlingerland, wo man Folkmar Janns verurteilt hat.« Der Stämmige kam langsam näher, sein breites, bartloses Gesicht wirkte hart und unerbittlich. »Dazu die zerschlissene Kleidung. Du trägst ja nur noch Lumpen am Leib. Genauso sieht ein Mann aus, der sich seit Monaten in der Wildnis versteckt.«

Die beiden Frauen hatten unterdessen gespannt zugehört und sich nicht von der Stelle bewegt.

»Ich hab gesagt, ins Haus mit euch!«, wiederholte der Stämmige. Dabei war er für einen Augenblick abgelenkt.

Das machte sich Folkmar zunutze. Mit einer einzigen fließenden Bewegung, die er genau für Situationen wie diese geübt hatte, schwang er sich in den Sattel.

Im nächsten Moment brach auf dem schlammigen Weg die Hölle los.

»Ergreift ihn!«, brüllte der Stämmige.

Die Frau mit dem Säugling auf dem Arm fing an zu schreien, das schrille Geräusch dröhnte Folkmar wie Dämonengeheul in den Ohren, als er den Wallach herumriss. Die umstehenden Männer, vier oder fünf an der Zahl, die dem Geschehen bisher nur zugeschaut hatten, setzten sich in Bewegung und kamen von mehreren Seiten auf ihn zu. Es waren Fischer und Bauern, kräftig, aber unbewaffnet, wie er mit einiger Erleichterung feststellte. Der rechtschaffene Eifer in ihren Gesichtern jedoch erschreckte ihn. Diese Leute waren entschlossen, das Recht durchzusetzen. Sie würden einem Geächteten, der es gewagt hatte, in ihr Dorf zu kommen, keine Gnade gewähren.

Der Stämmige streckte die Hand nach dem Zaumzeug aus. Folkmar zog den Fuß aus dem Steigbügel und trat dem Mann vor die Brust, sodass er rücklings in den Matsch fiel.

»Haltet ihn!«, brüllte ein anderer. »Haltet den Geächteten!«

Folkmar trieb das Pferd an und galoppierte an den Hütten vorbei. Die Bauern setzten ihm nach. Von den Äckern außerhalb des Dorfes kamen ihm weitere Männer entgegen, sie mussten das Geschrei gehört haben. Einige schwenkten Äxte und Schaufeln.

Sie durften ihm nicht zu nahe kommen. Nicht einmal ein ausgeruhter und gut genährter Folkmar Janns wäre dieser wütenden Horde gewachsen. Abermals riss er den Wallach herum und preschte durch einen Gemüsegarten. Setzte über einen klapprigen Zaun hinweg und galoppierte auf die Dünen zu. Er vergeudete keine Zeit damit, sich nach den Dorfbewohnern umzuschauen. Das Gebrüll verriet ihm, dass sie immer noch viel zu nahe waren.

»Lasst ihn nicht entkommen!«

Er trieb das Pferd die Böschung hinauf und den von Gras und Disteln bewachsenen Pfad entlang. Er wäre gerne schneller geritten, doch er fürchtete, der Wallach könnte mit den Hufen im weichen Sand einsinken und straucheln. Bei Josephs Stecken, der Dünenstreifen vor dem Strand war doch allenfalls vierzig, fünfzig Klafter breit! Wieso kam ihm das auf einmal so weit vor?

Gleichwohl wurde das Geschrei leiser. Hatte er seine Verfolger abgehängt?

Er passierte den letzten Sandhügel, ritt durch das gelbliche Gras auf dem sanft abfallenden Hang und schlug dem Wallach die Fersen in die Flanken. Endlich konnte sein tierischer Gefährte zeigen, was in ihm steckte. Im Galopp jagte das Pferd den Strand entlang, dass Sandklumpen von den Hufen flogen.

Aus dem Augenwinkel sah er mehrere Gestalten zwischen den

Dünen auftauchen. Die Dorfbewohner. Doch sie waren zu weit weg, um ihn noch einzuholen. Folkmar gönnte sich ein grimmiges Lächeln.

Lebt wohl, ihr Möchtegernhenker! Jagt mich ruhig. Ihr werdet mich niemals finden.

Plötzlich vernahm er ein scharfes Pfeifen. Etwas schlug gegen seinen linken Unterschenkel, so hart, dass der Fuß samt Steigbügel nach vorn flog. Im nächsten Moment kam der Schmerz. Bohrende, beißende Pein, die sich vom Muskel nach oben fraß und zuerst das Knie erfasste, dann das gesamte Bein bis hinauf zur Hüfte.

Dann erst sah Folkmar den gefiederten Schaft, der in seiner Wade steckte. Neben dem Schienbein, eine Handbreit unter dem Knie, ragte eine blutige Eisenspitze hervor. Ein Keuchen des Entsetzens drang ihm aus der Kehle.

Der Wallach galoppierte unterdessen weiter auf der Brandungslinie aus Algen, Muscheln und Treibgut, er schien nichts gemerkt zu haben. Folkmar umklammerte mit schweißnassen Händen den Zügel. Die Dorfbewohner waren schräg hinter ihm, er konnte sie kaum noch sehen.

Wo haben die auf einmal eine Armbrust her?

Der Gedanke zerfaserte. O Gott, dieser Schmerz, er war kaum auszuhalten! Aber er musste ihn ertragen, irgendwie. Wenn er das Bewusstsein verlor, wäre das sein Tod. Er biss die Zähne zusammen und beugte sich nach vorne über den Pferdehals. Der kühle Wind ließ Tränen über seine Wangen rollen.

Abermals zerschnitt das unheilvolle Sirren die Luft. Folkmar machte sich auf neuen Schmerz gefasst, doch der zweite Bolzen verfehlte ihn. Ob die Dorfbewohner ein drittes Mal auf ihn schossen, wusste er nicht. Er hörte nichts als den Wind, der ihm in den Ohren fauchte. Vermutlich war er inzwischen außerhalb der Reichweite der Armbrust.

Gleichwohl ritt er erst langsamer, als er mindestens eine halbe Meile zurückgelegt hatte. Er schaute sich um. Der Strand war menschenleer, so weit das Auge reichte. Die Dörfler schienen ihn nicht mehr zu verfolgen.

Das war die gute Nachricht.

Die schlechte: Das linke Bein war inzwischen steif vor Schmerz.

Obwohl er nicht viel Blut verlor, fühlte er sich miserabel. Flau, benommen. Doch er wagte nicht zu rasten. Nicht hier. Er musste sein Versteck erreichen, so schnell wie möglich.

Er verließ den Strand, darauf vertrauend, dass die einsetzende Flut die Hufspuren verwischen würde. Ritt durch die Dünen, durch den schmalen Streifen Acker- und Weideland dahinter, in die dünn besiedelte Moormarsch. Dabei konzentrierte er sich auf jeden Atemzug.

Nicht ohnmächtig werden. Bloß nicht ohnmächtig werden…

Die Friesische Seenplatte verwandelte sich im Frühling in eine riesige Pfütze.

Durch das Schmelzwasser schwollen die zahllosen Gewässer an, die den Süden der Landsgemeinde Westergo wie ein verzweigtes Adergeflecht durchzogen. Bäche und Kolke, Tümpel und feuchte Moorsenken traten über die Ufer, überschwemmten die sumpfigen Wiesen und verschmolzen zu einer einzigen Wasserfläche, die in der blassen Sonne glitzerte wie ein polierter Silberspiegel. Nur Ortskundige waren imstande, die wenigen Inseln aus halbwegs festem Grund auszumachen und diese tückische Landschaft zu durchqueren. Selbst der erfahrenste Wanderer konnte nicht hoffen, dies trockenen Fußes zu tun. An vielen Stellen verbargen sich die Pfade unter schlammigem Wasser, sodass man bei jedem Schritt bis zu den Knöcheln einsank. Wer auch nur für einen Moment vom Weg abkam, lief Gefahr, den sicheren Boden unter den Füßen zu verlieren und unterzugehen, ohne jede Aussicht auf Rettung.

Überall in den Sieben Seelanden – von der Hansestadt Stavoren im äußersten Westen bis zum Lande Wursten nordöstlich der Weser – bildeten Küste und Meer, Land und Wasser keine harten Gegensätze. Trotz all der Deiche, Siele und Entwässerungsgräben, die die Ansiedlungen der Menschen vor den Elementargewalten schützten, lösten sich die Grenzen zwischen Trocken und Nass ständig auf. Bei Ebbe reckte sich das Schlickwatt bis zu den friesischen Inseln, bei Flut griff das Meer mitunter weit in die Marsch hinein.

Nirgendwo jedoch waren diese Grenzen so schwach ausgeprägt wie im Süden des Westergos. Priele und Sandbänke, Buchten und Feuchtwiesen zerfransten die Küstenlinie. Die See verlandete, das Land versumpfte in stetigem Wechsel. Weite Gegenden konnten binnen weniger Jahreszeiten vollständig ihr Gesicht verändern. Leben und Tod lagen dicht beieinander. Wo es üppiges Wachstum gab, war die stinkende Fäulnis nicht fern. Neben knospenden Moorbirken standen morsche Baumstümpfe. Abgestorbenes Holz verrottete im trüben Wasser, dazwischen schoss das Schilf in die Höhe. Fischreiche Bäche plätscherten glasklar durch gärenden Morast. Giftiger Schlamm tötete jeden Lebensfunken ab, keine zwei Schritte weiter wimmelte der Grund von Larven, Käfern und anderem Gewürm.

Der Orden der Zisterzienser bemühte sich seit fast dreihundert Jahren, diese schmatzende, gurgelnde, in grünem Zwielicht dahindämmernde Wildnis zu bändigen und das Land urbar zu machen. Die Weißen Mönche, wie sie wegen ihrer Kleidung genannt wurden, legten die Sümpfe trocken, indem sie meilenlange Rinnen zur Entwässerung gruben, die berühmten westfriesischen Grachten. Eine Sisyphusarbeit, die bislang lediglich an den Rändern der Moormarsch Früchte trug. Dort hatten sie Deiche angelegt, um dem hereinflutenden Meer neues Land abzuringen. Diese Polder mit ihren fruchtbaren Ackerböden und ihrer Nähe zu den Seehandelswegen lockten Siedler aus der kargen Geest an, woraufhin an der Küste neue Dörfer entstanden. Leider lagen viele dieser Ansiedlungen ganz oder teilweise unterhalb des Meeresspiegels, da sich der Grund durch die Entwässerungsmaßnahmen abgesenkt hatte. Das machte sie besonders anfällig für die gefährlichen Launen der Zuiderzee, jener Bucht der Westsee, die den Westergo von der Grafschaft Holland schied.

Durch einen solchen Polder ritt Folkmar. Der Deich, der das Landstück einst vor dem Meer geschützt hatte, war vor Jahren bei einer Sturmflut gebrochen. Die eindringenden Wassermassen hatten alles vernichtet, Hütten und Äcker, Menschen und Vieh. Die wenigen, die nicht ertrunken waren, hatten das Weite gesucht und ihr Dorf dem Untergang preisgegeben.

Heute gab es hier nur noch eine Wüstung.

Die See hatte sich nie völlig zurückgezogen. Aus den trüben Tümpeln ragten faulige Holzstümpfe, die kläglichen Reste der Reethütten und Kornspeicher, die einst hier gestanden hatten. Durch die Schneeschmelze waren die Pfuhle um gut einen halben Klafter angestiegen, sodass das Wasser inzwischen den ganzen Polder ausfüllte. Nur ein einziges Gebäude des verlassenen Dorfes war noch übrig, ein Bootsschuppen. Die Bretterwände versanken halb im Röhricht. Im Dach klaffte ein Loch, das morsche Holz war zerfressen von Ungeziefer. Wahrlich keine behagliche Behausung. Und doch hatte sie Folkmar im Winter das Leben gerettet.

Er war der einzige Mensch weit und breit, als er an der Landseite des Deiches entlangritt, wo das Wasser flach war. Hierher verirrte sich kaum jemand. Die Küstenbewohner fürchteten die Wüstung, sie erinnerte sie an ihre eigene Verletzlichkeit. Folkmar klammerte sich an der Mähne fest, er war kaum noch bei Bewusstsein. Er musste darauf vertrauen, dass der treue Wallach den Weg durch Wasser, Schlamm und Sumpfwiesen von allein fand.

Das Tier ließ ihn nicht im Stich, es trug ihn zum Bootsschuppen. Folkmar war zu schwach, um dem heiligen Magnus für seinen Beistand zu danken. Er musste absteigen und fürchtete sich davor.

Er richtete sich im Sattel auf, atmete tief ein und aus. Plötzlich nahm er seine Umgebung mit seltsamer Klarheit wahr. Das Schilfrohr wiegte sich im Wind, das Wasser um das Bootshaus kräuselte sich, als hätte der See Gänsehaut bekommen. Zwischen den tragenden Pfeilern des Schuppens, wo nie ein Sonnenstrahl hinkam, hatten sich einige Eisreste gehalten, dünn wie Libellenflügel.

Er biss die Zähne zusammen und schwang sich aus dem Sattel. Als er mit dem linken Fuß auf dem Boden aufkam, wurde der Schmerz so heftig, dass er aufschrie. Er taumelte nach vorn und stützte sich mit den Händen an der Schuppenwand ab. Das verletzte Bein konnte ihn nicht mehr tragen. Er fand nirgendwo Halt und fiel um.

Ihm wurde schwarz vor Augen.

Er konnte nicht lange ohnmächtig gewesen sein. Als er wieder zu sich kam, stand der Wallach an derselben Stelle und graste in aller Seelenruhe. Die Sonne zwischen den weißen Wolkenfetzen hatte sich kaum weiterbewegt.

Der Schmerz hatte etwas nachgelassen.

Es gelang ihm irgendwie, die Schuppentür aufzustoßen und ins Innere zu kriechen. Das Bootshaus stand auf der Uferböschung. Im schwarzen Wasser, das dagegenschwappte, faulte ein Ruderkahn vor sich hin. Auf dem trockenen Teil des Bodens befand sich Folkmars Lager, bestehend aus einer einfachen Bettstatt, einer Feuerstelle, einem Stapel Brennholz und diversen Säcken, Töpfen und Krügen mit seinen Vorräten.

Er legte sich auf die Decken und Felle und ruhte sich aus, indem er die Augen schloss und gleichmäßig atmete. Jedoch nicht sehr lange. Er musste den Bolzen entfernen, ob es ihm gefiel oder nicht.

Seine kluge Mutter, die in jungen Jahren eine Begine gewesen war, hatte ihn einst gelehrt, nützliche von giftigen Gewächsen zu unterscheiden und sich die Heilkraft diverser Kräuter zunutze zu machen. Nachdem er im vergangenen Herbst dieses Versteck gefunden hatte, war er losgezogen, um verschiedene Pflanzen mit schmerzstillenden und fiebersenkenden Eigenschaften zu sammeln, wissend, dass ihm ein reicher Vorrat an Arzneien das Überleben erleichtern würde. Leider hatten die allermeisten Heilkräuter den Winter nicht überstanden. Was er nicht aufgebraucht hatte, um diverse leichte Verletzungen und Anfälle von Katarrh zu behandeln, hatte er wegwerfen müssen, weil es verdorben gewesen war.

Er musste also ohne ein schmerzstillendes Mittel auskommen.

Vorsichtig untersuchte er den von dem Armbrustbolzen durchbohrten Unterschenkel. Offenbar hatte er großes Glück gehabt. Keine wichtige Ader schien verletzt zu sein, sonst würde die Wunde stärker bluten. Aber das konnte sich ändern, wenn er beim Herausziehen des Bolzens zu grob vorging.

Mit fahrigen Bewegungen wühlte er in seinen Sachen. Seine Ausrüstung bestand hauptsächlich aus Treibgut, das er am Strand gefunden hatte. Es war erstaunlich, was das Meer alles anspülte. Mit einem dünnen Seil band er das linke Bein unterhalb des Knies ab. Mit einem scharfen Messer kappte er die Eisenspitze. Er legte ein halbwegs sauberes Stück Wolltuch bereit. Sodann packte er das gefiederte Ende des Bolzens, nahm einen tiefen Atemzug und zog mit aller Kraft.

Heißer Schmerz schoss wie flüssiges Feuer durch seinen Körper. Folkmar brüllte, dass die Möwen erschrocken vom Schuppendach aufflatterten. Abermals schwanden ihm die Sinne.

Als er die Augen öffnete, fror er am ganzen Körper. War er im Begriff zu verbluten? Er stemmte die Hände auf den Boden, um sich aufzusetzen, und stellte dabei fest, dass er den Bolzen umklammert hielt. Es war ihm also zumindest gelungen, das Geschoss aus der Wunde zu ziehen. Er warf es wütend fort. Die Verletzung selbst blutete noch immer nicht allzu stark, auch dann nicht, als er das straff gebundene Seil löste. Dass er derart fror, verdankte er dem Umstand, dass er neben der Bettstatt umgekippt war und lange auf der kalten Erde gelegen hatte.

Rasch verband er den Unterschenkel mit dem Wolltuch. Dann griff er hinter sich, schichtete trockenes Holz in der Grube auf und machte mit der Zunderbüchse ein Feuer. Er zog den Pfropfen aus dem Trinkschlauch und spritzte sich kühles Wasser in den Mund. Er wünschte, er hätte Wein. Er hätte den pochenden Schmerz gerne mit Alkohol betäubt. Stattdessen aß er sich an dem restlichen Dörrfleisch satt und starrte dabei in die züngelnden Flammen.

Vermutlich suchten Heemstra Omken und dessen Kriegsvolk längst nach ihm. Er machte sich keine großen Sorgen, dass sie ihn finden könnten. Er war mehr als eine Wegstunde von dem Fischerdorf entfernt. Vermutlich ließ der Häuptling nur die nähere Umgebung durchkämmen. Selbst wenn die Häscher hierherkamen, hätten sie kaum eine Chance, ihn aufzuspüren. In der unübersichtlichen Moormarsch um die Friesische Seenplatte gab es Tausende mögliche Verstecke. Und die überschwemmten Wege machten es selbst dem besten Fährtenleser unmöglich, Spuren zu verfolgen.

Nein, hier fühlte er sich sicher. Aber dass man ihn erkannt hatte, führte möglicherweise zu Problemen. Je nachdem, für wie wichtig Heemstra Omken die Angelegenheit hielt, würde er die anderen Gerichtssprengel der Landsgemeinde darüber in Kenntnis setzen, dass der Geächtete Folkmar Janns Osinga im Westergo aufgetaucht war. Das würde seine Nachforschungen erheblich behindern.

Als wären die nicht schon kompliziert genug, dachte er bitter.

Seit seiner Ankunft im Westergo vor etwa sieben Monaten kämpfte er mit vielfältigen Schwierigkeiten. Angefangen mit den undurchsichtigen politischen Verhältnissen. Obwohl Westfriesland zu den Sieben Seelanden gehörte, obwohl Westfriesen und Ostfriesen nahezu dieselbe Sprache sprachen, ähnliche Gebräuche pflegten, nach vergleichbaren Gesetzen handelten, hatte Folkmar lange gebraucht, um das hiesige Machtgefüge zu verstehen. Es war geprägt von zwei großen Parteiungen, die erbittert um Einfluss, Ämter und Handelsprivilegien rangen. Die Schieringer auf der einen Seite – wohlhabende Landbesitzer, die sich gern als Fürsprecher der einfachen Friesen aufspielten – wurden vom Zisterzienserorden unterstützt. Ihre Widersacher, die Vetkoper, waren reiche Kaufleute, die den Beistand der Prämonstratenser genossen. Der Machtkampf der beiden Parteiungen wurde mit allen Mitteln ausgetragen, auch mit Waffengewalt. Das machte genaue Kenntnisse der westfriesischen Politik überlebenswichtig. Wer in einer Siedlung der Schieringer Sympathien für die Vetkoper erkennen ließ – oder umgekehrt –, war schnell ein toter Mann.

Oberflächlich betrachtet kontrollierten die Schieringer die Landsgemeinde Westergo, die Vetkoper den benachbarten Ostergo. Es gab jedoch auch Schieringer im Ostergo und Vetkoper im Westergo. Zu welcher Parteiung sich eine Ortschaft bekannte, erfuhr man manchmal erst, wenn man sich dort umhörte. Verschiedene Kirchspiele und einzelne Dorfhäuptlinge bezeichneten sich als neutral, was stimmen konnte oder auch nicht, weil sie eine Parteiung entgegen aller Beteuerungen heimlich unterstützten.

Zusätzlich verkompliziert wurde die Lage durch die Einflussnahme auswärtiger Machthaber. Hier waren vor allem zwei zu nennen: zum einen die tom Brok, deren Anspruch, Herren aller Friesen zu sein, ausdrücklich auch Westfriesland einschloss – wobei Folkmar nicht wusste, ob dieser Gedanke über Ockos Tod hinaus Bestand hatte. Zum anderen den Grafen von Holland, Albrecht I., der seit Langem versuchte, die Grenzen seines Fürstentums über die Zuiderzee hinaus nach Nordosten zu verschieben und die Westfriesen seiner Herrschaft zu unterwerfen. Bislang mit mäßigem Erfolg.

Eine komplexe, unübersichtliche, gefährliche Gemengelage also. Zumal für einen einzelnen Mann, der fremd war in diesem Land. Der jedes Mal, wenn er sein Gesicht zeigte, einen gewaltsamen Tod fürchten musste.

Und der nun zu allem Überfluss ein verwundeter Mann war.

Die nächsten Stunden und Tage waren entscheidend. Wenn er

Wundbrand bekam, würde er sterben. Doch selbst wenn die Verletzung sauber verheilte, würde sie ihn behindern, ihn wochenlang ans Lager fesseln. Mit diesem Bein konnte er nicht wandern, nicht reiten. Er würde seine restlichen Vorräte gut einteilen müssen, denn in nächster Zeit würde er weder imstande sein, essbare Pflanzen zu sammeln, noch, auf die Jagd zu gehen.

Er hatte gehofft, in diesem Frühling und Sommer seinem Ziel einen großen Schritt näher zu kommen. Doch wegen der Verletzung würde er viel Zeit verlieren. Folkmar knirschte mit den Zähnen und spuckte einen Klumpen Rotz ins Feuer.

Die Angst, die Einsamkeit, die ständige Verzweiflung; die Kälte, der Hunger, dieses Loch von einer Behausung; und nun die höllischen Schmerzen – all das verdankte er einem einzigen Mann.

Yneke Egers.

Folkmar hätte nicht für möglich gehalten, dass sein Hass auf den Vogt weiter wachsen könnte. Doch genau das geschah in jenem Moment, als er am Feuer saß und einer düsteren Zukunft entgegenblickte.

Eines Tages, Yneke, schwor er sich, *eines Tages wirst du für all das bezahlen …*

Kapitel zwei

Marienhafe

Trauer, sinnierte Foelke, *ist ein seltsames Ding. Sie frisst sich in unsere Herzen wie ein bösartiges Gift. Sie raubt uns jegliche Kraft. Sie macht uns mutlos und schwach. Und doch können manche von uns sie leicht abschütteln. Sie verlieren einen geliebten Menschen, sie trauern ein paar Wochen, sie kehren ins Leben zurück. Wieso vermag ich das nicht?*

Zehn Monate waren vergangen, seit man Ocko ermordet hatte. Zehn volle Monate. Die Trauer jedoch ließ nicht von ihr ab. In der vergangenen Nacht hatte sie wieder kaum geschlafen, sondern unentwegt an all das gedacht, was unwiederbringlich verloren war. Ihr ruheloser Verstand gönnte ihr keine Rast.

Wird es je leichter werden? Oder werde ich mich für den Rest meines Lebens so fühlen? Wobei »fühlen« nicht das richtige Wort war. Außer lähmender Erschöpfung fühlte sie seit Ockos Tod kaum noch etwas.

»Mutter?«, fragte Keno besorgt. »Alles in Ordnung?«

Foelke blinzelte. Sie saß mit ihrem Sohn, Almer, Abbe und dem Bastard in der Halle beim Morgenbrot, fühlte sich jedoch außerstande, dem Tischgespräch zu folgen. Wenn sie Widzelts Blick richtig deutete, hatte der Bastard eben etwas zu ihr gesagt.

»Entschuldige«, murmelte sie. »Was war das, bitte?«

Widzelt verzog den Mund. »Gestern Abend kam eine Nachricht von Volkmar Allena«, wiederholte er gereizt. »Er will uns weitere Schieringer ausliefern.«

Foelke nickte nur. Es ärgerte sie, dass Allena so lange dafür brauchte, Ockos Mörder zu fangen. Gewiss, die allermeisten von ihnen versteckten sich irgendwo in Westfriesland und waren sicher nicht leicht aufzuspüren. Gleichwohl wurde sie das Gefühl nicht los, dass sich der Häuptling von Osterhusen nicht eben ein Bein ausriss, um seinen Versprechungen Taten folgen zu lassen. Bisher hatte er ihnen lediglich sechzehn Männer übergeben. Sechzehn von hundert.

Wenn sie darüber nachdachte, wurde sie wütend. Ocko zu rächen war das Einzige, was sie davon abhielt, den Verstand zu verlieren. Sie klammerte sich an die Hoffnung, dass die Trauer sie aus ihren Klauen entlassen würde, sobald der letzte Mörder auf dem Schafott sein Leben ausgehaucht hatte, sodass ihr Geliebter endlich Frieden finden konnte.

Sie nahm sich vor, mit Allena ein ernstes Wort zu reden.

Ach, wem wollte sie etwas vormachen? Ihr früheres Durchsetzungsvermögen war dahin. Sie würde nicht die Kraft aufbringen, mit diesem unangenehmen Mann zu streiten, sich seine durchsichtigen Ausflüchte anzuhören. Sie konnte froh sein, wenn sie es schaffte, morgens aufzustehen und sich zur Halle zu schleppen.

Sie unterdrückte ein Seufzen.

Das Tischgespräch plätscherte noch eine Weile dahin, sie beteiligte sich nicht daran. Während sie an ihrem Becher nippte, spähte sie hinüber zu Widzelt. *Was hast du am siebten August in Aurich getrieben? Heraus damit!* Diese Frage quälte sie seit Monaten, sie war wie besessen davon. Leider war es Eme Gottfriedsen nicht gelungen, Hinweise zu finden, dass ihr Stiefsohn etwas mit Ockos Tod zu tun hatte. Der Bogenschütze hatte mit den fünf Kriegern gesprochen, die an jenem Tag mit Widzelt und Yneke Egers nach Aurich gegangen waren. Die Männer schworen Stein und Bein, der Bastard habe lediglich versucht, seinem bedrängten Vater zu helfen. Mehr hatte Eme nicht aus ihnen herausbekommen. Somit gab es keine einzige solide Spur, die Foelkes Verdacht untermauert hätte. Und doch konnte sie nicht davon lassen.

Hatte sie sich in eine fixe Idee verrannt? Trübte ihre Abneigung gegen den Bastard ihr Urteilsvermögen? Waren diese fruchtlosen, destruktiven Grübeleien womöglich eine Begleiterscheinung der Trauer?

Sie wusste es nicht. Sie wusste gar nichts mehr – zumindest fühlte es sich an jenem Morgen so an.

Wenig später löste sich die Runde auf, Keno ging nach oben zu seinem Unterricht. Foelke fragte sich flüchtig, warum Abbe Wilken ihm nicht folgte. Abbe war ihrem Sohn noch immer als Lehrer zu

Diensten, auch wenn Almer in Marienhafe weilte. Keno hatte darauf bestanden, und der Kaplan, dem das Unterrichten nicht allzu viel Freude bereitete, erhob keine Einwände.

Abbe drückte sich eine Weile in ihrer Nähe herum. Schließlich fasste er sich ein Herz und trat zu ihr. In der Hand hielt er einen gesiegelten Brief. Das erkaltete Wachs trug das Löwenwappen der Familie Osinga. Verlegen präsentierte er ihr die Nachricht. »Für meinen Bruder Jann. Ich möchte meine Familie wissen lassen, wie es mir geht.«

»Du darfst ihnen nicht schreiben«, erinnerte Foelke ihn müde. »Das weißt du doch.«

Er ließ sich nicht abwimmeln. »Können wir darüber nicht noch einmal reden? Ich bin nun schon so lange hier und habe euch nie irgendwelche Scherereien gemacht. Vom ersten Tag an habe ich mich, ohne zu murren, in mein Schicksal gefügt. Könnt ihr mir nicht einen kleinen Schritt entgegenkommen? Es entsteht doch niemandem ein Schaden, wenn ich meiner Familie schreibe.«

Abbe tat ihr leid. »Na schön. Ich will sehen, was ich tun kann.«

»Hab Dank.« Mit einem hoffnungsvollen Lächeln überreichte er ihr den Brief und ging nach oben zu Keno.

Foelke blieb noch eine Weile an der Tafel sitzen und starrte ins Nichts, ehe sie sich schließlich aufraffte und auf den Hof trat. Die Hausbedienten machten sich das freundliche Wetter an diesem Junimorgen zunutze und verrichteten ihr Tagwerk nach Möglichkeit im Freien. Knechte reinigten Heringsfässer und beschlugen Pferde. Mägde hängten Wäsche auf und fütterten das Federvieh. Krieger schärften ihre Klingen und übten sich im Waffenhandwerk.

Sie fand Widzelt beim Stall, wo er gerade seinen Lieblingshengst striegelte, einen herrlichen Rappen aus einem Gestüt im Ostergo. Foelke zeigte ihm Abbes Brief und legte ihm dessen Bitte dar.

»Wir sollten ihm das erlauben. Der arme Kerl leidet schwer unter der Einsamkeit. Niemand soll uns nachsagen, wir würden unsere Geisel unnötig grausam behandeln.«

»Niemand krümmt dem Buckligen ein Haar. Er darf sich frei im Haus bewegen. Er darf sogar an unserer Tafel sitzen«, erwiderte der Bastard. »Von Grausamkeit kann kaum die Rede sein.«

»Einem Mann ohne jeden Grund für lange Zeit jeglichen Kontakt zu seiner Familie zu verwehren ist unmenschlich«, widersprach Foelke.

»Das Schicksal einer Geisel ist nun einmal kein Zuckerschlecken. Er kann sich glücklich schätzen, dass es nur das ist. Andere in seiner Situation schmachten jahrelang im Kerker.«

»Widzelt…«

»Nein!«, schnitt er ihr das Wort ab. »Die Osinga sind notorische Unruhestifter. Wenn wir dem Buckligen erlauben, seinen Leuten zu schreiben, wird er uns ausspionieren und unseren Feinden helfen, Intrigen gegen uns zu spinnen.«

Sie hielt diese Befürchtungen für maßlos übertrieben. Ihrer Meinung nach waren die Osinga zahm wie Lämmer – sie würden niemals etwas tun, das Abbe Wilken gefährden könnte. Aber hier ging es nicht um Tatsachen. Dass sie Abbe beschützte, sodass Widzelts Speichellecker Yneke nicht nach Belieben mit ihm verfahren konnte, nagte nach wie vor an ihm. Er hatte Angst, vor seinen Gefolgsleuten schwach zu wirken. Daher machte er Abbe bei jeder Gelegenheit das Leben schwer.

»Du hast das nicht allein zu entscheiden«, hielt sie dagegen. »Die unterworfenen Kirchspiele zu verwalten und mit den führenden Sippen zu verhandeln fällt in meinen Aufgabenbereich.«

»Da irrst du dich«, wies er ihre Ansprüche zurück. »Die führenden Sippen an der kurzen Leine zu halten, damit sie keine Rebellion anfangen, ist eindeutig die Sache des Kriegsherrn – und damit meine.«

Also stritten sie wieder einmal über Zuständigkeiten. Das geschah andauernd. Ihre Aufgaben ließen sich längst nicht so klar voneinander trennen, wie Graf Albrecht sich dies vermutlich gedacht hatte, als er sie beide zu Verwaltern von Ockos Vermächtnis ernannt hatte. Der Bastard nutzte dieses Wirrwarr weidlich aus, indem er immer mehr Macht an sich riss. Foelke wagte es nicht, deswegen ihren Lehnsherrn um Hilfe zu bitten. Der ungeduldige Fürst brachte es womöglich fertig, ihr sämtliche Verantwortlichkeiten zu entziehen, nur um einen Zwist zu beenden, der ihm lästig war. Sie musste diese Kämpfe allein ausfechten, ob es ihr gefiel oder nicht.

Allerdings fehlte ihr die Kraft dafür. Dumpfer Schmerz wummerte zwischen ihren Schläfen. Sie war so müde, dass sie kaum noch stehen konnte. Je länger das Wortgefecht hin und her wogte, desto schwächer wurde ihre Gegenwehr. Das entging Widzelt natürlich nicht.

»Gib dich damit zufrieden, dass der Bucklige nicht getötet worden ist«, beendete er triumphierend die Diskussion. »Weitere Vergünstigungen wird es für ihn nicht geben, und damit hat es sich.«

Foelke blieb nichts anderes übrig, als klein beizugeben. Sie fürchtete, der Bastard würde seinen Unmut an Abbe auslassen und ihm etwas antun, wenn sie den Bogen überspannte. Gedemütigt schlurfte sie zur Halle zurück.

Drinnen setzte sie sich und legte den Brief vor sich auf den Tisch. *Ich sollte hinaufgehen und Abbe sagen, dass er ihn nicht absenden darf*, dachte sie. Doch ihr fehlte der Mut, sich seinem Schmerz zu stellen. *Er wird es früh genug erfahren. Spätestens beim Mittagsmahl.*

Mit dem Brief in der Hand schleppte sie sich nach oben und legte sich ins Bett. Schlaf fand sie keinen.

Einige Tage später kam Volkmar Allena nach Marienhafe. Während der Häuptling von Osterhusen aus dem Sattel stieg, schwärmten seine Krieger in den Vorhof des Steinhauses, gefolgt von einem vierrädrigen Pferdewagen, der durch den Staub rumpelte.

Allena blickte sich um. »Du bist allein? Wo ist Ockos Witwe? Sein Sohn?«

Es gefiel ihm, Widzelt daran zu erinnern, in seinen Augen sei Keno Ockos einziger legitimer Nachkomme. Widzelt ging auf derlei Provokationen nicht ein, war jedoch machtlos gegen den aufkeimenden Ärger.

»Nicht da«, antwortete er knapp. Keno hatte seine Mutter überredet, bei diesem schönen Wetter mit ihm auszureiten. Umso besser. Er wollte die Gefangenenübergabe rasch hinter sich bringen, dabei wäre ihm Foelkes hysterisches Getue nur hinderlich. Er betrachtete den Karren und die drei schmutzigen, geschundenen Gestalten in dem Eisenkäfig auf der Wagenpritsche. »Sind das alle?«

»Es sind die Letzten«, antwortete Allena.

»Was soll das heißen?«

»Weitere Schieringer werde ich nicht für euch fangen. Ihr habt neunzehn Männer bekommen, die an Ockos Ermordung beteiligt waren. Das muss genügen. Meine Schuld ist hiermit getilgt.«

»Das hast nicht du zu entscheiden.«

»Oh doch«, knurrte der Osterhusener. »Unsere Abmachung ist eindeutig. Nun wirst du deinen Teil tun. In allen Gerichtssprengeln unter deiner Kontrolle wirst du ausrufen lassen, dass Volkmar Allenas Ehre wiederhergestellt ist.«

Als Widzelt zögerte, sein Einverständnis zu geben, zischte der Hagere leise: »Denk daran, dass ich von dem Entstellten weiß. Und ich weiß noch mehr. Ich habe dich in der Hand!«

Einmal mehr hatte Widzelt keine Wahl, als seinen Zorn auf diesen Widerling zu schlucken. »Ruhig Blut«, sagte er kühl. »Du sollst bekommen, was du willst.«

»Sehr vernünftig von dir.« Allena lächelte dünn. »Deine Klugheit wird dich noch weit bringen.«

Widzelt befahl den Wachen, die Gefangenen zum Kerker zu schaffen. Sodann führte er seinen Besucher in die Halle. Liebend gern hätte er Allena zum Teufel gejagt. Die Gebote der Gastfreundschaft jedoch erforderten, dass er ihn wenigstens zu einem Becher Wein und einer einfachen Mahlzeit einlud.

»Die anderen Schieringer, die weiland vor der Schnappe waren, lässt du also ungeschoren davonkommen«, sagte Widzelt, als sie an der Tafel saßen.

»Ich halte sie größtenteils für unschuldig«, erklärte Allena. »Davon abgesehen ist es nahezu unmöglich, an sie heranzukommen. Sie verschanzen sich in ihren Dörfern oder verstecken sich in der Wildnis. Wer sie fangen wollte, müsste in Westfriesland einmarschieren und einen Krieg anfangen, den man kaum gewinnen kann.«

»Foelke wird sich damit nicht abfinden. Sie wird sie jagen bis zum letzten Mann.«

»Soll sie.« Offenbar war es Allena gleichgültig, was aus seinen einstigen Bundesgenossen wurde. Sie hatten ihren Nutzen erfüllt, nun brauchte er sie nicht mehr. »Aber sorge dich nicht. Jene, die wissen, wer wirklich hinter Ockos Ermordung steckt, weilen an einem sicheren Ort. Das Weib wird sie nicht finden. Und du auch nicht«, fügte er hinzu. »Also versuch es gar nicht erst.«

»Ich habe nichts …!«, fuhr Widzelt auf und zügelte sich im letzten Moment. Sie waren nicht allein in der Halle. Er senkte die Stimme, sein Tonfall jedoch blieb scharf. »Ich habe nichts mit Ockos Tod zu tun. Also lass diese niederträchtigen Andeutungen!«

»Gewiss.« Allena lachte kehlig. »Wir werden nicht mehr davon sprechen. Es sei denn, du missachtest unsere Übereinkunft. Dann wird die Wahrheit ans Licht kommen. Darauf sollten wir trinken, Freund Widzelt«, verkündete er, als der Diener den Wein brachte. »Auf die Wahrheit!«

Der Häuptling von Osterhusen prostete Widzelt zu und führte den Kelch an die Lippen.

Foelke und Keno kehrten am späten Nachmittag von ihrem Ausritt zurück. Die Sonne, die frische Luft und die Zeit mit ihrem Sohn hatten Foelke gutgetan. Zum ersten Mal seit langer Zeit war ihr Verstand einigermaßen klar. Es war ihr sogar gelungen, für ein paar Stunden nicht an Ocko zu denken.

Als sie von den Wiesen der Leybucht kommend zum Steinhaus ritten, passierten sie die Marienkirche, vor der zu ihrer Verwunderung der Ausrufer der Familie zum Dorfvolk sprach.

»… die drei Schieringer werden morgen aufs Rad geflochten, auf dass sie mit Blut und Schmerzen für ihr schändliches Verbrechen bezahlen«, verkündete der Mann gerade. »Dies sind die letzten Mörder unseres geliebten Häuptlings Ocko. Volkmar Allena, der rechtschaffene und gottesfürchtige Herr zu Osterhusen, hat keine Mühsal, keine Gefahr gescheut, um diese Teufel in Menschengestalt zu jagen und ihrer verdienten Strafe zuzuführen. Volkmar hat somit Wort gehalten, der Gerechtigkeit wurde Genüge getan. Die Familie tom Brok betrachtet seine Schuld als getilgt und seine Ehre als wiederhergestellt – und so sollen es alle Brokmannen halten. Nun gehet hin und betet für Ockos Seele, damit sie Frieden finden kann.«

Foelke saß wie erstarrt im Sattel. Was fiel dem Ausrufer ein, derartige Lügen zu verbreiten?

Als der Kerl vom Podest stieg, erblickte er sie und neigte ehrerbietig den Kopf. Er war sich offenbar keiner Schuld bewusst.

Auch Keno wirkte fassungslos. »›Die letzten Mörder‹?«, wiederholte er. »Was hat das zu bedeuten, Mutter? Allena hat uns noch nicht einmal zwanzig Mann ausgeliefert.«

Als sie keine Antwort gab, trieb er das Pferd durch die sich zerstreuende Menschenmenge, um den Ausrufer zur Rede zu stellen. Endlich fand sie die Sprache wieder.

»Lass ihn«, rief sie. »Das ist Widzelts Werk.«

Sie ritten zum Steinhaus, ohne Rücksicht auf die Leute in den Gassen, die ihnen mitunter erst im letzten Moment ausweichen konnten. Mit ihrem Sohn im Schlepptau rauschte Foelke in die Halle. Der Bastard hockte in einer Fensternische, einen Silberpokal in den schlanken Fingern. Er aalte sich in der Abendsonne und beäugte lüstern eine dralle Magd, die eben die Tische abwischte.

Foelke baute sich vor ihm auf, was ihm sichtlich missfiel. »Wo ist Allena?«

»Abgereist – schon vor Stunden.« Widzelt spähte an ihr vorbei und zwinkerte der Magd zu.

»Schau mich an, wenn ich mit dir rede!« Foelke schlug ihm den Weinkelch aus der Hand.

»Was fällt dir ein?«, fauchte er.

»Wieso hast du ausrufen lassen, Allenas Ehre sei wiederhergestellt? Er hat uns gerade einmal ein Fünftel der Mörder gebracht. Auch die restlichen achtzig müssen gerichtet werden, bevor der Kerl auf Vergebung hoffen kann!«

Etwas Wein war auf das teure Wams geraten, der Bastard rieb an dem Fleck herum. »Schau, was du angerichtet hast!«, murrte er und schickte einen gotteslästerlichen Fluch hinterher, bevor er sich endlich bequemte, sie anzublicken. »Ich kann ja verstehen, dass du Blut sehen willst. Wir alle wollen das. Aber hundert Hinrichtungen – bei Gott, Weib, das ist doch vollkommen realitätsfern. Nur die neunzehn Männer, die Allena uns ausgeliefert hat, waren an jenem Tag in Ockos unmittelbarer Nähe und kommen als Täter infrage. Die anderen waren viel zu weit weg. Sie auch aufs Schafott zu bringen, nur um deine Rachsucht zu stillen, wäre überzogen, schlichtweg unmenschlich. Es würde unserem Ansehen schaden.«

»Erzähl du mir nicht, was unmenschlich ist!«, schrie sie. Sie spürte, dass ihr die Tränen kamen. Sie kämpfte mit aller Kraft dagegen an.

»Du hättest das nicht allein entscheiden dürfen«, hörte sie Keno sagen. »Schon gar nicht hinter unserem Rücken. Wir sind eine Familie. Vaters Tod und die Bestrafung seiner Mörder ist genauso unsere Sache wie deine.«

»Hör auf, mich zu belehren«, kanzelte der Bastard ihn ab. »Hier geht es um mehr als um persönliche Rache. Das ist Politik. Ein Knabe, der noch mit Holzschwertern spielt, versteht davon nichts.«

Keno verstummte gekränkt und eingeschüchtert.

»Komm. Hier ist alles gesagt«, wisperte Foelke. Sie floh aus der Halle, Widzelt durfte sie auf keinen Fall weinen sehen.

Keno folgte ihr und schloss die Tür ihrer Kammer hinter sich. Foelke sank auf einen Stuhl. Es gelang ihr, die Tränen zurückzudrängen. Keno fühlte sich sichtlich unwohl in seiner Haut und wusste offenbar nicht, ob er sie trösten oder besser in Ruhe lassen sollte.

»Das lassen wir uns nicht gefallen, oder?«, fragte er schließlich.

»Nein«, krächzte sie. Sie fühlte sich von Widzelt hintergangen. Gleichwohl echoten seine Worte durch ihren Kopf.

Realitätsfern … überzogen … unmenschlich …

Hatte der Bastard womöglich recht? War es tatsächlich nichts als blindwütige Rachsucht, die sie antrieb? Ein unangenehmer Gedanke. Sie beschloss, ihren Stolz für einen Moment aus dem Zimmer zu schicken und sorgfältig ihre Motive zu ergründen.

Mag sein, dass nur die Männer in Ockos unmittelbarer Nähe als die eigentlichen Mörder infrage kommen. Als jene, die die tödlichen Streiche geführt haben. Doch auch die anderen Schieringer vor der Schnappe haben ihren Teil getan. Sie haben brüllend seinen Tod gefordert, ihn und seine Leibwächter bedrängt, ihm den Fluchtweg zur Burg abgeschnitten. Ohne ihr Zutun wäre Ocko noch am Leben. Sie müssen bestraft werden, gleichgültig, ob sie eigenmächtig oder auf Befehl gehandelt haben. Das bin ich ihm schuldig. Das bin ich Keno schuldig. Ganz Friesland soll sehen, was mit jenen geschieht, die unsere Familie angreifen.

Davon abgesehen würde sie nur dann mehr über die Hintergründe der Bluttat herausfinden, wenn sie möglichst viele Beteiligte verhörte. Irgendwer musste etwas gesehen oder gehört haben. Wenn es wirklich ein politisches Attentat gewesen war – und nicht nur ein spontaner Angriff, ausgeführt von einer rasenden Meute –, musste sie den oder die Verantwortlichen um jeden Preis finden. Ob er nun Widzelt hieß oder Volkmar Allena. Oder Hisko Abdena, Edo Wiemken, Kanke Kanken, Jarges Coppen.

Foelke kniff die Lippen zusammen, als ihr klar wurde, was sich soeben in der Halle abgespielt hatte. Wenn der Bastard ihre Rache »überzogen« nannte, tat er es in der Absicht, sie als bösartig hinzustellen, als ein hysterisches Weib, das sich allein von törichten Gefühlen leiten ließ. Und sie hätte sich beinahe ins Bockshorn jagen lassen. Immer wieder machte er sich ihre Trauer für seine hinterhältigen Attacken zunutze.

Der Teufel allein wusste, warum er Volkmar Allena so frühzeitig von dessen Schuld entbunden hatte. Wollte er sich als maßvollen Anführer darstellen, der im Gegensatz zu ihr zu vernünftigem Handeln fähig war? Fürchtete er die Feindschaft der Schieringer? Hatte der Häuptling von Osterhusen etwas gegen ihn in der Hand, wie sie schon einmal gemutmaßt hatte?

Oder versuchte Widzelt gerade zu verhindern, dass sie Beweise für seine Verwicklung in den Mord fand?

Zu viele Fragen, zu viele Rätsel. Foelke platzte schier der Kopf. Solange sie nicht mehr wusste, konnte sie nur eines tun: unerbittlich ihre Pläne weiterverfolgen. Außerdem galt es, ein Zeichen zu setzen, damit der Bastard begriff, dass er so nicht mit ihr umspringen konnte.

»Mutter?«, fragte Keno.

Sie räusperte sich, kehrte ins Hier und Jetzt zurück. »Nein«, wiederholte sie mit fester Stimme. »Natürlich lassen wir uns das nicht bieten. Wir werden alle zur Strecke bringen, die etwas mit dem Mord zu tun haben. Aber dabei können wir weder auf Widzelt noch auf Volkmar Allena zählen. Wir brauchen andere Verbündete.«

»Wir könnten Graf Albrecht um Hilfe bitten. Er könnte für uns nach den restlichen Schieringern suchen. Immerhin beansprucht er die Herrschaft über den Westergo und den Ostergo und hat Truppen vor Ort.«

»Die Truppen und die fürstliche Gewalt existieren allenfalls auf dem Papier«, widersprach Foelke. »Es ist Albrecht bisher kaum gelungen, seine Ansprüche in Westfriesland durchzusetzen. Wir brauchen einen mächtigeren Helfer. Ich denke an Juw Juwinga.«

Keno runzelte die Stirn. »Wer ist das?«

»Ein Häuptling. Er gehört der Parteiung der Vetkoper an, die mit den Schieringern verfeindet ist. Sei so gut und hol Eme Gottfriedsen.«

Während der Junge nach unten eilte, schrieb sie einen Brief, blies die Tinte trocken und siegelte das Pergament. Just in dem Moment kam Keno mit dem Bogenschützen zurück. Foelke überreichte Eme die Nachricht.

»Reite zur Landsgemeinde Ostergo. Such den Vetkoper-Häuptling Juw Juwinga auf und überbringe ihm meine Einladung nach Marienhafe.«

Abbe saß in seiner Kammer und hielt den Brief an Jann in den Händen. Betrachtete das gefaltete Pergament, das wächserne Siegel, das Löwenwappen. Er hatte noch nicht entschieden, was er damit machen würde. Dabei wusste er seit Tagen, dass er die Nachricht nicht nach Warfstede schicken durfte.

Er zweifelte nicht daran, dass Foelke ernsthaft versucht hatte, ihm zu helfen. Dass es ihr nicht gelungen war, sich gegen Widzelt durchzusetzen, lag vermutlich an der Trauer, die sie seit vielen Monaten lähmte. Und an dem Umstand, dass Abbe irgendwie zum Spielball in dem Machtkampf im Hause tom Brok geworden war.

Dieser Ort ist wahrlich von Intrigen vergiftet. Eine Schlangengrube. Ein Pfuhl voller Lügen und Komplotte.

Für ihn gab es kein Entkommen. Er musste sein Schicksal ertragen und beten, dass er nicht eines Tages zwischen die Fronten der Familienfehde geriet. Eine Besserung seiner Situation war nicht in Sicht. Sein Instinkt sagte ihm, dass es noch Jahre dauern würde, bis man ihm erlauben würde, seiner Familie zu schreiben, geschweige denn, sie zu treffen oder gar heimzukehren. Falls überhaupt je.

Er nahm einen tiefen Atemzug und rang sich zu einer Entscheidung durch.

Er setzte sich ans Schreibpult, brach das Siegel und schabte die Nachricht an seinen Bruder mit einem scharfen Messer ab, damit er das Pergament wiederverwenden konnte. Wenig später waren die letzten Buchstaben verschwunden. Als hätte er den Brief nie geschrieben.

Plötzlich fühlte er sich unsagbar einsam. Einsam und vollkommen nutzlos.

Er wusste in diesem Haus nichts mit sich anzufangen. Keno zu unterrichten war die einzige sinnvolle Beschäftigung, die es gab. Aber die Lektionen nahmen jeden Tag nur einige Stunden in Anspruch. Für den Rest des Tages plagten ihn Stumpfsinn und Langeweile. Er musste etwas unternehmen, oder er würde langsam, aber sicher den Verstand verlieren.

Lange starrte er den Pergamentbogen an. Schließlich rührte er frische Tinte an, tauchte den Gänsekiel hinein und schrieb das Wort »Chronik« in die erste Zeile.

Sollte er versuchen, ein Buch zu schreiben?

Seit er lesen konnte, hatte er in dunklen Stunden Zuflucht im geschriebenen Wort gesucht. Seit vielen Jahren träumte er davon, selbst ein Buch zu verfassen. Die Schwierigkeit der Aufgabe hatte ihn bisher davor zurückschrecken lassen. Zumal er nie recht gewusst hatte, worüber er schreiben könnte.

Nun aber hatte er sein Thema. Er hatte das Glück oder das Pech – er tendierte zu Pech –, in einer Ära großer Umwälzungen zu leben. Friesland veränderte sich gerade rasant. Und er, Abbe Wilken Osinga, war buchstäblich mittendrin. Es war an der Zeit, das Beste daraus zu machen.

Die Feder kratzte über das Pergament.

»Chronik der Sieben Seelande und der Familie tom Brok«, schrieb Abbe.

Er dachte über die einleitenden Sätze nach und hatte wenig später alles um sich herum vergessen.

Kapitel drei

Westergo

Folkmar ritt durch topfebenes Marschland. Er schätzte, dass er sich eine gute Wegstunde westlich von Leeuwarden befand. Der bedeutende Markt lag an der Middelzee, einem Meeresarm, der viele Meilen weit in das Land hineinragte und sich bei Flut mit Wasser füllte, sodass er eine natürliche Grenze zwischen dem Westergo und dem Ostergo bildete. Die Middelzee war von hier aus nicht zu sehen. Dafür erblickte er reichlich Ackerland und Viehweiden, saftig grüne Flächen zwischen den weit verstreut liegenden Dörfern.

Dies war das Land der Friesenpferde.

In nahezu jeder Siedlung gab es ein großes Gestüt. Die herrlichen Rappen grasten auf den eingezäunten Wiesen beiderseits des Karrenpfades. Folkmar hatte gehört, dass sich manch ein Anführer der Schieringer als Pferdezüchter betätigte und auf diese Weise zu Wohlstand gekommen war. Tatsächlich unterschieden sich die Schieringer kaum von den Vetkopern, die sie als Pfeffersäcke und Ausbeuter schmähten. Beide Parteiungen bestanden hauptsächlich aus einflussreichen Westfriesen.

Folkmar hoffte, dass er in dieser Hochburg der Schieringer mehr Glück haben würde als an der Küste.

Als er sich einem Dorf inmitten der Pferdekoppeln näherte, zügelte er den Wallach und ging zu Fuß weiter. Das linke Bein schmerzte nicht mehr. Die Verletzung war vollständig verheilt, dank der wochenlangen Ruhe, die er sich gezwungenermaßen gegönnt hatte. Er konnte wieder ohne Schwierigkeiten reiten, lange Strecken wandern – und schnell davonlaufen, sollte sich dies als nötig erweisen.

Dies war das erste Mal seit seiner überstürzten Flucht aus dem Fischerdorf, dass er eine besiedelte Gegend aufsuchte. Aus dem Fehler vom letzten Mal hatte er gelernt. Er würde das Dorf zunächst nicht betreten, sondern erst einmal mit einzelnen Menschen am Ortsrand sprechen.

Seine Wahl fiel auf einen älteren Mann, der gerade den Zaun einer Koppel ausbesserte. Er war die einzige Person weit und breit. Die Reethütten waren gut zweihundert Klafter entfernt.

Das ist die Stunde der Wahrheit, dachte Folkmar. Hatte Heemstra Omken die anderen Gerichtssprengel vor ihm gewarnt? Falls ja, würde er es sogleich erfahren.

Der Grauhaarige nagelte einen armdicken Birkenast an den Pfosten und ließ den Hammer ins Gras fallen. Er griff in einen Eimer und holte einen Matjes heraus, einen jungen Hering in Salzlake, die Leib- und Magenspeise der Westfriesen. Den geköpften Fisch am Schwanz haltend legte er den Kopf in den Nacken und biss genüsslich hinein.

Folkmar ließ ihn in Ruhe essen, ehe er ihn freundlich grüßte.

»Schöne Tiere.« Er wies mit einem Nicken auf die beiden Rappen jenseits des Gatters. »Deine?«

»Schön wär's!« Der Grauhaarige grinste verschmitzt. »Nein. Ich hab's leider nur zum Großknecht gebracht«, sagte er mit leichtem Lispeln. »Dafür kann ich den ganzen Tag in der Sonne verbringen und muss mich nicht wie der Herr mit Zöllnern und Marktvögten herumschlagen – das ist ja auch was wert. Und du, Wanderer – was führt dich hierher? Suchst du ein neues Pferd?«

»Ich bin mit meinem vollauf zufrieden.« Lächelnd streichelte Folkmar die Mähne des Wallachs. »Außerdem könnte ich mir so eins schwerlich leisten. Ich bin mit Reichtümern nicht gerade gesegnet, wie du dir denken kannst.«

»Du siehst tatsächlich aus, als hättest du einiges hinter dir.« Der Großknecht musterte ihn neugierig. »Eine weite Reise?«

»In der Tat.«

»Wohin soll's gehen?«

»Nach Norden zur Küste«, log Folkmar.

»Dann hast du's ja nicht mehr weit. Wenn du dich ranhältst, schaffst du das heute noch.«

Der Grauhaarige wirkte nicht im Mindesten misstrauisch. Folkmar entspannte sich etwas. »Zunächst einmal will ich ein Stündchen rasten – es war ein anstrengender Ritt. Was dagegen, wenn ich dir Gesellschaft leiste?«

Der Großknecht hatte soeben den restlichen Matjes vertilgt. »Keineswegs! Ist immer unterhaltsam, mit Fremden von weither zu plaudern.« Er hob den Eimer an. »Du bist gewiss hungrig. Auch einen?«

»Da sag ich nicht Nein.« Erfreut griff Folkmar zu. Es war lange her, dass er solch guten Fisch gegessen hatte – oder irgendeine andere derart nahrhafte und köstliche Speise.

Sein neuer Bekannter war nicht nur freundlich, sondern auch freigiebig. Aus einem Matjes wurden drei. Folkmar revanchierte sich für das köstliche Essen, indem er erfundene Geschichten von seiner Reise erzählte. Er gab sich als Händler aus, der in den Fehden der ostfriesischen Häuptlinge alles verloren hatte und in der Grafschaft Holland ein neues Leben anfangen wollte.

»Nun suche ich ein Schiff, das mich über die Zuiderzee bringt.«

»Dann reitest du besser nicht nach Norden, sondern geradewegs nach Westen«, riet ihm der Großknecht. »Harlingen hat einen Hafen, von dem ständig Schiffe nach Amsterdam und Den Haag auslaufen. Aber sag – warum willst du unbedingt nach Holland? Graf Albrecht ist ein Tyrann und ein Kriegstreiber. Wir Westfriesen können ein Lied davon singen. Bleib doch bei uns. Im Westergo kann ein Mann sein Glück machen, wenn er harte Arbeit nicht scheut. Die Schieringer sorgen dafür, dass auch die einfachen Friesen, die kein Land ihr Eigen nennen, anständige Löhne bekommen. Schau mich an. Der Herr zahlt mir so viel wie einem Handwerksmeister.«

Folkmar hatte sich den Kopf zerbrochen, wie er auf die Schieringer zu sprechen kommen könnte, ohne Misstrauen zu erregen. Dass sich der Grauhaarige nun als deren Anhänger zu erkennen gab, erleichterte die Sache erheblich. »In deinem Dorf leben also Schieringer?«

»Nicht nur in meinem. In allen Siedlungen zwischen Harlingen und der Middelzee. Sie haben diese Gegend fest im Griff. Das sieht man ja auch. Fette Weiden und gedeihende Äcker, so weit das Auge reicht. Im Dorf wirst du keinen einzigen Hungerleider treffen. Die Vetkoper haben hier nichts zu melden.«

»Es ist wahrlich ein Glück, dass ich dich getroffen habe. Ich würde nämlich gern mit einigen Schieringern sprechen. Kannst du mir helfen?«

Der Grauhaarige pulte in den Zähnen und schnippte eine Fischgräte weg. »Ich will sehen, was ich tun kann.«

»Letztes Jahr haben mehrere Schieringer-Häuptlinge in Ostfriesland gekämpft. Als Söldner für Volkmar Allena. Ich brauche ihre Namen.«

»Weshalb willst du die wissen?«, fragte der Großknecht mit einem Anflug von Argwohn.

»Mein Bruder hat sich Allena als Freiwilliger angeschlossen. Er wollte dazu beitragen, Ocko tom Brok zu stürzen. Er ist nicht aus dem Krieg heimgekehrt. Niemand weiß, was aus ihm geworden ist. Wahrscheinlich ist er gefallen, aber ich will Gewissheit haben. Als ich ihn das letzte Mal sah, hat er mir erzählt, er habe einem Söldnertrupp angehört, der hauptsächlich aus Schieringern bestand. Ich hege die Hoffnung, dass sie mir sagen können, was mit ihm passiert ist.« Folkmar war nicht glücklich damit, dass er dem freundlichen Westfriesen weitere Lügen erzählen musste. Aber nur so kam er an Antworten, ohne Verdacht zu erregen.

Der Großknecht gab sich mit dieser Erklärung zufrieden, sein Misstrauen verging. »Es tut mir leid, dass du den Bruder verloren hast. Aber ich fürchte, ich kann dir nicht helfen. Die hiesigen Schieringer haben nicht für Allena gekämpft – sie sind so klug, sich aus fremden Kriegen herauszuhalten. Soweit ich weiß, waren das Häuptlinge aus dem Norden und dem Süden. Und ein, zwei aus dem Ostergo. Ihre Namen kenne ich nicht.«

»Das ist bedauerlich«, murmelte Folkmar.

»Es dürfte ohnehin schwer sein, sie zu finden. Ich habe gehört, dass sie sich verstecken. Die tom Brok wollen ihnen nämlich an den Kragen. Aber das weißt du sicher. Zwei haben sie bereits gekriegt. Man hat sie nach Brokmerland verschleppt, um sie Ockos Witwe auszuliefern.«

Sie schwiegen. Folkmar tat dem Großknecht offenbar leid. Dem Grauhaarigen war anzusehen, dass er angestrengt überlegte, wie er ihm helfen könnte. »Am besten verschiebst du deine Fahrt nach Holland um ein paar Wochen und gehst zuerst nach Sneek«, lispelte er.

»Wieso? Was ist da?«

»Eine Zusammenkunft aller Schieringer. Sie findet jeden August statt – an Mariae Himmelfahrt, um genau zu sein. Wenn es einen Schieringer gibt, der etwas von deinem Bruder gehört hat, wirst du ihn dort finden.«

Mariae Himmelfahrt. Der Tag, an dem er sich mit Almuth verlobt hätte – wenn nicht von heute auf morgen sein ganzes Leben auseinandergefallen wäre. Folkmar biss die Zähne zusammen.

»Geht es dir gut?«, fragte der Großknecht, dem Folkmars plötzliche Gefühlsaufwallung anscheinend aufgefallen war.

»Alles bestens. Ich dachte nur gerade an meinen Bruder, das ist alles.«

Der Grauhaarige nickte mitfühlend. »Ich weiß, wie das ist. Hab einen Sohn verloren, die Vetkoper haben ihn erschlagen. Aber das ist lange her«, fügte er hastig hinzu, wie um die unwillkommene Erinnerung zu verscheuchen.

Folkmar räusperte sich. Er beschloss, alles auf eine Karte zu setzen. »Es ist viel von Ockos Ermordung die Rede. In jeder Schänke, die ich auf meiner Reise besucht habe, spricht man davon. Weißt du etwas darüber?«

Der plötzliche Themenwechsel ließ den Großknecht die Stirn runzeln. »Nicht allzu viel.«

»Stimmt es, dass die Schieringer dahinterstecken, wie viele behaupten?«

»Alles Lügen!« Der Mann wirkte aufrichtig entrüstet. »Die Schieringer konnten Ocko zwar nicht ausstehen, aber sie wären nie so weit gegangen, ihn auf offener Straße zu ermorden. Schon gar nicht, während er Geleitfrieden genoss. Zu etwas derart Frevelhaftem wären allenfalls die Vetkoper imstande.«

»Du glaubst also, Ockos Tod geht auf ihre Kappe?«

»Nein, da hast du mich falsch verstanden. Ich wollte damit nur sagen, dass sie gewissenlose Schweine sind. Aber dass sie Ocko auf dem Gewissen haben, kann ich mir schwerlich vorstellen. Ihre Häuptlinge waren doch mit Ocko befreundet, zumindest die großen: Juw Juwinga, Rienck Bockama und die anderen. Wenn du mich fragst, steckt Allena hinter dem Mord, und er versucht, ihn den Schieringern in die Schuhe zu schieben.«

Das war eine der gängigen Theorien, die im einfachen Volk die

Runde machten. Folkmar hatte sie inzwischen Dutzende Male gehört. Sie war naheliegend, und er konnte sich durchaus vorstellen, dass etwas dran war. Einen handfesten Beweis dafür suchte er bislang jedoch vergeblich.

»Hab Dank für alles. Vor allem für die Speise.« Folkmar löste den Zügel vom Zaunpfosten. »Ich werde deinen Rat beherzigen und mich in Sneek umhören.«

»Tu das. Ich wünsch dir viel Glück dabei. Und denk auch an das, was ich anfangs gesagt habe. Vergiss Holland. Bleib hier. Ein kräftiger Bursche wie du findet im Westergo immer Arbeit.«

»Ich lass es mir durch den Kopf gehen.« Folkmar stieg in den Sattel und verabschiedete sich von dem Großknecht, der sich daraufhin wieder seiner Arbeit widmete.

Sollte er zur Siedlung reiten und mit dem Dorfvolk reden? Folkmar bezweifelte, dass er dort mehr erfahren würde. Das war das ungewisse Risiko nicht wert. Er ritt auf dem Karrenpfad zurück in Richtung Süden.

Seine nächste Station hieß also Sneek. Bisher hatte er den bedeutenden Ort an der Middelzee gemieden. Doch wie es schien, würde er seine Furcht vor großen Menschenansammlungen überwinden müssen. Leider war die Gefahr für ihn nicht eben kleiner geworden. Dass der Großknecht ihn nicht erkannte hatte, war vermutlich nichts als ein günstiger Zufall gewesen. Er wollte sich nicht darauf verlassen, dass er anderswo genauso viel Glück haben würde.

Aber es war ja nicht so, dass er eine Wahl hatte.

Dass es ausgerechnet Mariae Himmelfahrt sein muss, dachte er kopfschüttelnd.

War das ein Omen?

Falls ja: ein gutes oder ein schlechtes?

Warfstede

Ich muss mit Etta Janns sprechen. Seit dem Aufstehen beherrschte dieser Wunsch Almuths Gedanken.

Zuvor jedoch musste sie das Morgenbrot hinter sich bringen, das sie mit ihrem Gemahl und ihrem Vater einnahm. Gert kam oft ins Steinhaus, um mit ihnen zu speisen. Gerade prahlte er vor einem mäßig interessierten Yneke mit seinen jüngsten geschäftlichen Triumphen.

»Die Handelsfahrt nach Oldenburg hat sich mehr als gelohnt. Sechs Gulden Reingewinn hat mir das Friesensalz eingebracht. Ist das nicht wunderbar? Nun überlege ich, was ich mit dem Gold anstellen soll. Was meinst du – soll ich weiteres Land kaufen?«

»Land kann nie schaden«, meinte Yneke geistesabwesend.

Almuth wäre zu gern mit ihrem Vater nach Oldenburg gefahren. Sie vermisste die Arbeit als seine Handelsgehilfin. Damals war das Leben aufregend gewesen. Sie war viel herumgekommen und hatte stets etwas Sinnvolles zu tun gehabt. Für ihren Gemahl den Haushalt zu führen, damit Yneke ungestört seinen zahlreichen Pflichten nachgehen konnte, erfüllte sie hingegen überhaupt nicht.

»Am besten welches, das reich an Torf ist«, sinnierte Gert. »Torf geht immer. Ich kann ihn hier vor Ort anbieten oder ihn zu Salz verarbeiten und die Hansestädte beliefern. So oder so verheißt das gute Geschäfte.« Er rieb sich die Hände. »Ich werde mich gleich nachher im Dorf umhören. Hat Harke Clausen nicht Land zu verkaufen?«

Im Gegensatz zu Almuth erfreute er sich bester Laune. Lange hatte es gedauert, doch nun hatte Gert endlich den ersehnten Erfolg als Kaufmann. Dies verdankte er hauptsächlich seinem Schwiegersohn. Yneke griff ihm unter die Arme, indem er ihm wichtige Handelskontakte, billige Arbeitskräfte und günstige Ware vermittelte. Almuth gefiel es nicht, dass sich ihr Vater derart von Yneke abhängig machte. Gert jedoch störte sich nicht daran. Er war mehr denn je der Ansicht, dass ein Mann es nur dann zu etwas bringen konnte, wenn er sich mit den Mächtigen gut stellte.

Sie ertrug sein selbstzufriedenes Geplapper nicht länger. Kaum hatte sie den letzten Löffel Grütze gegessen, stand sie auf.

»Wohin gehst du?«, wollte Yneke stirnrunzelnd wissen.

»Meine Sache.«

»Willst du wieder die Osinga besuchen?«

Als sie keine Antwort gab, blitzte Zorn in seinen Augen auf.

»Ich wünsche nicht, dass du mit ihnen Umgang pflegst. Wie oft muss ich dir das noch sagen?«

»Du solltest dich wirklich von ihnen fernhalten«, sprang Gert ihm eilends bei. »Diese Leute sind nicht unsere Freunde.«

»Unsere nicht«, stimmte sie ihm zu. »Meine schon.«

»Almuth!«, bellte Yneke.

Sie fuhr zu ihm herum. Die Diener gafften. Zunächst erwog sie, ihn vor dem gesamten Haushalt zu blamieren. Dann entschied sie sich anders. Sie ging zum Tisch zurück und beugte sich nach vorn, sodass sie ihm geradewegs in die Augen blickte. Leise und schneidend sagte sie: »Ich gehe, wohin ich will. Wenn du mir noch einmal vorschreibst, mit wem ich Umgang haben darf, wird das Folgen haben. Du hast jetzt schon nicht allzu viel Freude an unserer Ehe. Ich kann dafür sorgen, dass es noch sehr viel weniger wird – vertrau mir.«

Sie konnte das Aufflackern von Furcht in seinen Augen erkennen. Sie wusste inzwischen, welchen Ton sie anschlagen musste, um ihn einzuschüchtern. Es war nicht schwer.

Sein Adamsapfel zuckte, er schwieg. Gert wusste nicht, wohin er schauen sollte, das Unbehagen in Person.

»Mach doch, was du willst!«, fauchte Yneke schließlich. »Es ist dein Ruf, der leidet. Wer sich zu den Hunden legt, braucht sich nicht zu wundern, wenn er mit Flöhen aufwacht. Beschwer dich also nicht, wenn sich das Dorfvolk später das Maul zerreißt.«

Almuth war drauf und dran, ihm zu erläutern, dass sie längst beim schmutzigsten aller Hunde lag und sich bereits alle Flöhe eingefangen hatte, die man haben konnte. Doch sie ließ es, es war ihr die Mühe nicht wert. Sie machte auf dem Absatz kehrt, schritt zur offenen Tür und kletterte die Leiter hinab.

Sie wandte das Gesicht der Morgensonne zu und genoss für einen Moment ihren kleinen Sieg, ehe sie die Warf hinunterstieg.

Die Tür von Ettas und Bents Haus stand offen, eine Magd leerte gerade einen Eimer Schmutzwasser aus. Almuth ging hinein und begrüßte ihre Freundin, die an der Herdstelle saß und Gela stillte. Das Mädchen war Anfang des Monats zur Welt gekommen, sie war Ettas ganzer Stolz. Wie es Sitte war, hatte Gela den Namen ihrer Großmutter bekommen, die vor acht Jahren gestorben war.

»Wie schön, dass du uns besuchst.« Etta lächelte. »Möchtest du auch eine Buttermilch?«

»Da sage ich nicht Nein.«

Die junge Mutter machte Anstalten, mit dem Säugling auf dem Arm aufzustehen. Immerzu wollte sich Etta selbst um alles kümmern. Sogar jetzt, wenige Wochen nach der Entbindung, konnte sie kaum je stillsitzen. Almuth sah, dass auf dem Tisch das Hauptbuch und das Rechenbrett lagen. Offenbar half Etta Jorien nach wie vor im Handelsgeschäft. *Woher nimmt sie nur diese Kraft?*

»Bleib sitzen, ich mach das.« Almuth holte sich einen Trinkbecher und nahm sich von der Buttermilch.

»Was sagt dein werter Gemahl dazu, dass du am helllichten Tag seine Lieblingsfeinde besuchst?«

»Ich habe ihm dargelegt, dass es dem Haussegen nicht förderlich ist, wenn er mir verbietet herzukommen.«

»Ist die Botschaft angekommen?«

»Klar und deutlich.«

»Gut so.« Etta grinste grimmig. »Zeig ihm, wer die Herrin im Haus ist.«

Schweigend tranken sie die Buttermilch. Wie immer, wenn Almuth die Osinga besuchte, war eine unsichtbare Person mit im Raum, ein Geist namens Folkmar Janns, der ihnen stets über die Schulter schaute. Er beeinflusste ihre Stimmung, ihre Gespräche, wenngleich sie es meist vermieden, über ihn zu reden. Es war zu schmerzlich. Keiner von ihnen hatte in den vergangenen neun Monaten etwas von ihm gehört, es gab nicht das kleinste Lebenszeichen von ihm.

Almuths seltsame Gefühlslage an jenem Morgen hatte jedoch eine andere Ursache. Etta entging nicht, dass etwas sie beschäftigte, sie war ein einfühlsamer Mensch.

»Geht es dir gut?«

»Ich muss mit dir reden. Unter vier Augen.«

Etta schickte die Magd, die im Eingangsbereich arbeitete, hinaus und bat sie, die Tür zu schließen.

Almuth holte tief Luft. »Ich bin schwanger.«

Ihre Freundin war sichtlich überrascht. »Bist du sicher?«

Ihre Monatsblutung war bisher nur einmal ausgeblieben, doch jetzt war es das allererste Mal in ihrem Erwachsenenleben. Bisher hatte sich Almuth stets darauf verlassen können, dass die Blutung pünktlich auftrat, selbst wenn sie krank im Bett lag, selbst wenn die Zeiten hart waren.

»Ich bin sicher«, sagte sie leise.

Dabei war eine Schwangerschaft äußerst unwahrscheinlich. Wie oft hatten Yneke und sie bislang den Geschlechtsakt vollzogen? Ganze vier Mal. Das war immer noch viermal zu viel für ihren Geschmack, aber es war ihr nicht in jeder Nacht gelungen, seine Annäherungsversuche abzuwehren. Dreimal war sie nach einem Tag voller Streit, Trübsinn und Einsamkeit so müde gewesen, dass ihr beim Zubettgehen keine verächtlichen Bemerkungen eingefallen waren, um seine Lust zu dämpfen. Eilends nahm er sie, und sie ließ es teilnahmslos über sich ergehen. Wenigstens war es jeweils schnell vorbei. Das vierte Mal war am unangenehmsten. Yneke hatte gewartet, bis sie eingeschlafen war, und sie dann bestiegen. Sie wachte davon auf, dass er Spucke auf ihrer Scham verrieb und mit einem Ruck in sie eindrang. Ihr wurde übel, wenn sie nur daran dachte.

Viermal im ersten halben Jahr ihrer Ehe, öfter nicht. Von ihren Freundinnen wusste Almuth, dass die meisten Paare – eigentlich alle – sehr viel häufiger miteinander hatten schlafen müssen, bis die Frau schwanger geworden war. Bei ihr war es schneller gegangen, warum auch immer. Hatte Gott ihr große Fruchtbarkeit geschenkt, damit ein Kind ihr half, das Leben mit Yneke zu ertragen? *So muss es sein.* Sie wusste nicht, was sie davon halten sollte.

Etta schwieg lange. Schließlich lächelte sie. »Das ist wunderbar!«

»Ist es das?«, fragte Almuth.

»Natürlich«, antwortete ihre Freundin entschieden. »Ein Kind ist ein Geschenk Gottes und immer Anlass zur Freude, selbst wenn die Umstände … schwierig sind.«

Almuth konnte Ettas Zuversicht nicht teilen. »Ich weiß nicht, ob ich dieser Aufgabe gewachsen bin. Um ehrlich zu sein, schaudert mich beim Gedanken, Ynekes Kind auszutragen.« *In einer gerechten Welt wäre es Folkmars Kind*, dachte sie und war sich sicher, dass Etta gerade ähnliche Überlegungen anstellte.

»Vergiss Yneke. Betrachte es als *dein* Kind. Es braucht dich. Versuch es zu lieben, so gut du kannst.« Etta streckte die freie Hand aus und ergriff Almuths Rechte. »Ich werde dir helfen. Ich weiß ja jetzt, wie das geht mit der Schwangerschaft«, fügte sie augenzwinkernd hinzu. »Sag mir einfach, was du brauchst.«

»Hab Dank«, murmelte Almuth.

Gela hatte fertig getrunken. Das Mädchen gluckste zufrieden und wirkte müde. Etta legte die Kleine in die Wiege und sang ihr etwas vor, bis sie eingeschlafen war.

Es war ein rührender Anblick, einer, der Almuth unter anderen Umständen hätte lächeln lassen. Aber so, wie die Dinge lagen, fragte sie sich lediglich: *Werde ich auch so glücklich sein, wenn das Kind erst da ist?*

An jenem Junimorgen in Ettas Haus bezweifelte sie das.

Kapitel vier

Marienhafe

Juw Juwinga traf in der ersten Juliwoche in Marienhafe ein. Nachdem sie ihm den Willkommenstrunk kredenzt hatte, lud Foelke ihn zu einem Spaziergang in der Leybucht ein. Keno begleitete sie. Dies war eine günstige Gelegenheit, ihm zu zeigen, wie man Unterredungen mit anderen Machthabern führte.

Sie stiegen zum Hafen hinunter, wo Juws Kogge ankerte. Die Seeleute machten sich das sonnige Wetter zunutze und reinigten das Schiff. Emsig pumpten sie die Bilge aus und schrubbten das Deck. Kreischende Silbermöwen hockten auf der Rah und stießen gierig herab, wenn die Männer Essensreste über die Reling kippten.

Foelke, Keno und ihr Gast schritten über die Salzwiesen. Es herrschte Niedrigwasser. Der schmierige Schlick in Ufernähe war übersät von den geringelten Häufchen der Wattwürmer, die es hier in rauen Mengen gab. Weiter draußen durchzogen silbrige Schlieren den bloßliegenden Meeresgrund, gleißend wie geronnenes Licht. Auf dem Leysand – jener großen Sandbank, der die Bucht ihren Namen verdankte – räkelten sich Kegelrobben in der Sonne. Keno sammelte Queller und knabberte an den salzigen Stängeln, während er dem Gespräch zuhörte.

»Hab Dank, dass du so rasch gekommen bist«, sagte Foelke.

Juw erwiderte ihr Lächeln. Der mächtige Vetkoper, ein rauer, in vielen Schlachten gestählter Mann von sechzig Jahren, machte keinen Hehl aus der Schwäche, die er seit jeher für sie hegte. Als sie ihn das letzte Mal gesehen hatte – vor vielen Sommern, Keno war damals noch klein gewesen –, hatte er ihr sogar in Ockos Beisein schöne Augen gemacht. Ocko hatte es ihm durchgehen lassen und ihn lediglich scherzhaft dafür gerügt, wohl wissend, dass Juws Schäkerei nur ein harmloser Spaß unter Freunden war. Foelke machte sich keine Sorgen, dass mehr dahinterstecken könnte. Juw war seit vier Jahrzehnten verheiratet und seinem Weib treu. Sie mochte den westfriesischen Häuptling. Er war einer der wenigen Männer, die ihr selbstbewusstes Auftreten nicht als persönlichen Angriff werteten.

»Ich wäre schon früher gekommen«, sagte er mit einer Stimme wie grollende Brandung. »Aber der Wind wollte nicht so wie ich. Nun denn, jetzt bin ich da. Du brauchst also meine Hilfe gegen die Schieringer?«, kam er ohne Umschweife zur Sache, wie es seine Art war.

»Du kennst die Umstände von Ockos Tod?«

»Ich habe Verschiedenes gehört, ja.«

»Rund hundert Männer sind auf die eine oder andere Weise in den Mord verwickelt«, erklärte Foelke. »Fast alles Schieringer. Dorfhäuptlinge mit ihrem Kriegsvolk, die sich Volkmar Allena als Söldlinge angedient haben. Allena hat mir sein Wort gegeben, sie mir samt und sonders auszuliefern. Aber er hat sein Versprechen gebrochen. Gerade einmal neunzehn Gefangene hat er mir gebracht: Zweymer Nanken und dessen Männer sowie acht Bauernkrieger aus Osterhusen. Die übrigen will er laufen lassen.«

»Warum habt ihr ihn dann von seiner Schuld freigesprochen?«, fragte Juw.

Also war die Kunde von Widzelts jüngster Eigenmächtigkeit bereits bis in den Ostergo vorgedrungen. Es war eine Schande – Foelke konnte förmlich hören, wie ihre Feinde über die tom Brok lachten.

»Es ist kompliziert«, antwortete sie ausweichend, und er ließ es auf sich beruhen. Gewiss dachte er sich seinen Teil, Juw war ein kluger Mann.

»Aber du willst dich damit nicht abfinden«, stellte er fest.

»Natürlich nicht. Diese Männer haben Ockos Blut an den Händen. Sie müssen sterben.«

»Das müssen sie«, stimmte Juw ihr zu. »Und nicht nur jene, die Ocko umgebracht haben. *Alle* Schieringer, ginge es nach mir. Die verdammten Weißröcke werden von Jahr zu Jahr verschlagener und bösartiger. Sie werden ganz Friesland in einen blutigen Krieg stürzen, wenn ihnen niemand Einhalt gebietet.«

Foelke kommentierte das nicht. Die politischen Auseinandersetzungen in Westfriesland interessierten sie zurzeit nicht sonderlich. Aber dass Juw wie alle Vetkoper die Schieringer mit Inbrunst hasste, kam ihren Plänen zupass. »Also bist du bereit, mir zu helfen?«

»Was genau soll ich für dich tun?«

»Finde die Männer, die am siebten August des vergangenen Jahres vor der Schnappe tobten. Nimm sie gefangen und bring sie mir.«

»Alle achtzig.«

»Sofern das möglich ist.«

»Das wird schwierig. Teilweise verstecken sie sich. Teilweise verfügen ihre Anführer über feste Häuser, in denen man sich verschanzen kann.«

»Das ist mir bewusst. Gib dein Bestes, damit der Gerechtigkeit Genüge getan wird und unsere Feinde ihre Lektion lernen.«

Eben noch hatte Juw bluttriefende Kriegsrhetorik gebraucht, jetzt gab er sich plötzlich zurückhaltend. »Du verlangst viel. Ein hartes Vorgehen gegen mehrere Schieringer-Häuptlinge könnte die Spannungen in Westfriesland eskalieren lassen – mit unabsehbaren Folgen für meine Sippe, für die Landsgemeinde.«

Foelke kannte Juw. Sein Zögern war reine Verhandlungstaktik. Sie lächelte dünn. »Sag schon – was willst du?«

»Dieses Unternehmen ist kostspielig. Ich muss Söldlinge anheuern, Waffen kaufen, Pferde.«

»Du willst also Gold.«

Seine Augen blitzten. Juw war in erster Linie Kaufmann, er feilschte um sein Leben gern. »Gold ist immer willkommen. Ich liebe es fast so sehr wie die Frauen.«

»Hör auf zu prahlen, alter Mann. Wir wissen beide, dass du die Schürzenjagd vor vierzig Jahren aufgegeben hast. Du hast viel zu viel Angst vor deiner Hille, um anderen Frauen nachzusteigen. Aber ich will nicht so sein. Ich biete dir ein Kopfgeld. Einen Gulden pro Schieringer, den du mir bringst.«

Juw blieb stehen und wandte sich ihr zu, während er über das Angebot nachdachte. Der Westwind, der vom offenen Meer in die Bucht blies, zerrte an seinem dünnen Wams und zerzauste das volle graue Haar. »Ein Gulden pro Kopf – einverstanden. Sobald der Wind gedreht hat, kehre ich heim und spreche mit Rienck Bockama und den anderen. Wenn wir uns zusammentun, wird es ein Leichtes sein, Ockos Mörder aufzuspüren.«

»Hab Dank. Ich wusste, ich kann mich auf dich verlassen.«

Grinsend zwinkerte er ihr zu. »Ich würde alles für dich tun, meine Schöne.«

Foelke zwinkerte zurück. »Solange der Preis stimmt, nicht wahr?«

Wittmund

Jann hatte die beeindruckende Kankenaburg schon oft von außen bewundert. Heute ging er zum ersten Mal hinein.

Die Festung bestand wie fast alle wichtigen Gebäude Ostfrieslands aus rostrotem Ziegelstein, und sie beherrschte das Zentrum des Marktfleckens Wittmund. Im Schatten der Mauern floss ein schiffbares Tief, das den Wassergraben speiste und den Ort mit der nahen Harlebucht verband. Eben legte ein Flusskahn an, Männer sprangen auf den Steg, schlangen Taue um die Poller und wuchteten Fässer an Land.

Zwei Bewaffnete nahmen Jann, Bent, Harke Clausen und die anderen Männer aus Warfstede am Tor in Empfang. Ein Knecht kümmerte sich um ihre Pferde, während man sie durch den Hof zum Haupthaus führte.

»Wartet hier.« Die beiden Wächter zogen sich zurück.

Jann hatte gehört, die Burg sei früher ein Gotteshaus gewesen, das die Kankena ausgebaut hatten. Tatsächlich erinnerte der Saal, in dem sie sich aufhielten, an ein Kirchenschiff. Pfeiler trugen ein Kreuzrippengewölbe, hohe Spitzbogenfenster durchbrachen die Wände, sodass reichlich Sonnenlicht hereinflutete. Das halbrunde, von einer Kuppel überwölbte Ende der Halle musste einst die Apsis gewesen sein.

Diener brachten ihnen Dünnbier, Buttermilch, Obst und Käse, sodass sie sich stärken konnten. Jann aß nichts. Er war zu nervös.

Warfstede brauchte wieder einen eigenen Redjeven. Einen unabhängigen Richter, der sich bei der Versammlung der Sechzehn für ihre Belange einsetzte – auch gegen den Widerstand des Vogtes, wenn es sein musste. Das war die Lehre aus dem vergangenen Jahr. Jann hatte sich daher mit den führenden Köpfen des Kirchspiels zusammengetan, mit reichen Bauern, mit angesehenen Handwerkern, mit den Oberhäuptern der großen Sippen. Gemeinsam hatten die Männer überlegt, was getan werden konnte, um dieses Ziel zu erreichen. Den tom Brok das Anliegen zu unterbreiten und sie höflich zu bitten wäre aussichtslos, darin war man sich rasch einig gewesen. Warfstede brauchte einen starken Fürsprecher. Einen Unterstützer, der imstande war, Druck auszuüben.

Ihre Wahl war auf Kanke Kanken gefallen. Der Häuptling von Wittmund war der reichste und mächtigste Mann Harlingerlands. Er allein konnte den tom Brok die Stirn bieten.

»Wo bleibt er denn?«, murmelte Bent ungeduldig.

Kanke hatte sich bereit erklärt, ihnen zu helfen. Dass er die Gesandtschaft aus Warfstede nun nach Wittmund eingeladen hatte, konnte nur eines bedeuten: Es gab Neuigkeiten. Gute oder schlechte? Jann wagte keine Voraussage. Ihm blieb nichts anderes übrig, als zu hoffen und zu beten.

Hallende Schritte näherten sich.

Kanke Kanken trug wie üblich teure und gänzlich schwarze Kleidung, die seine vornehme Blässe betonte. Nach dem Austausch der üblichen Höflichkeiten fragte Jann rundheraus:

»Konntest du etwas erreichen?«

»Ich war in Marienhafe und habe mit Widzelt tom Brok gesprochen«, antwortete der Häuptling.

»Wieso nicht mit Foelke Kampana?«, erkundigte sich Harke Clausen stirnrunzelnd. »Ist sie nicht für die Verwaltung des Herrschaftsgebietes zuständig?«

»Im Grunde ja. Aber sie vernachlässigt ihre Aufgaben. Man hört, die Trauer um Ocko trübe ihr Urteilsvermögen. All ihr Streben gilt dem Rachefeldzug gegen Ockos Mörder. Das macht Widzelt sich zunutze, indem er immer mehr Macht an sich reißt.«

»Das ist eine schlimme Sache«, bemerkte Harke. In Warfstede war man gemeinhin der Ansicht, Widzelt sei gefährlicher als Foelke, zumindest für den Frieden in Ostfriesland.

»Es ist nicht zu ändern«, sagte Kanke. »Damit müssen wir uns abfinden.«

»Was also hat Widzelt gesagt?«, fragte Jann.

Der Häuptling von Wittmund blickte ihn lange an, ehe er antwortete. »Er ist nicht bereit, Warfstede Zugeständnisse zu machen. Ich konnte ihn nicht dazu bringen, euch zu erlauben, einen Redjeven zu wählen.«

Die Enttäuschung sackte Jann bleischwer in den Bauch. Die anderen machten geräuschvoll ihrem Unmut Luft.

»Andere von den tom Brok beherrschte Kirchspiele haben auch einen Redjeven!«, rief Bent. »Wieso verwehrt er uns, was er anderen gestattet?«

»Freie Friesen dürfen einen Richter wählen. So steht es im Gesetz, und das Gesetz ist heilig«, sagte Harke.

»Die tom Brok werden mehr und mehr zu Tyrannen!«, empörte sich ein reicher Bauer. »Derlei Willkür lassen wir uns nicht bieten!«

»Ich verstehe euren Zorn«, versuchte Kanke die aufgebrachten Männer zu beruhigen. »Aber ich rate euch, die Entscheidung zu akzeptieren. Widzelt ließ mich wissen, dass Abbe Wilken dafür bezahlen wird, wenn ihr hinter seinem Rücken einen Redjeven wählt.«

Das Geschrei ebbte ab. Stumm standen die Männer da, die Fäuste geballt, die Zähne zusammengebissen. Längst hielt Yneke nicht mehr an seiner Lüge fest, Cord Hanneken habe Abbe getötet. Er und Widzelt hatten mehr davon, wenn die Osinga wussten, dass die Geisel lebte. So war das Druckmittel weiterhin wirksam. Denn niemand wollte ausprobieren, ob Foelke den Gefangenen ein weiteres Mal schützen würde.

»Erlaubt er mir wenigstens, Abbe zu sehen?«, brach Jann das Schweigen.

»Abbe Wilken darf nach wie vor keinen Besuch empfangen.« Kanke blickte ihn bedauernd an. »Es tut mir leid.«

»Jeltke. Zeig es ihm«, forderte Jann den rothaarigen Schiffszimmermann auf.

Jeltke Tiden trat vor und öffnete weit den Mund, sodass Kanke den Stummel sehen konnte, der von seiner Zunge geblieben war.

»Das sind die Folgen des Unrechts, das in Warfstede herrscht«, sagte Jann. »Yneke Egers missbraucht seine Amtsgewalt, und seine Herren dulden es. Jeltke hat ein paar unbedachte Worte gesprochen, wie es junge Männer eben tun. Er hat niemandem geschadet, trotzdem ließ Yneke ihn grausam verstümmeln. Mir hat Yneke den Bruder genommen. Mit seinen Lügen hat er meinen Sohn vernichtet. Andere wurden von seinen Schergen zu Krüppeln geschlagen, weil sie fünf Pfennig Steuern nicht bezahlen konnten. Das muss aufhören!«

»Ich würde euch gerne helfen. Aber ich habe getan, was ich konnte. Ich dachte, ich könnte mehr erreichen.« Kanke mühte sich erfolglos, seine Bitterkeit zu verbergen. Die Niederlage, die er in Marienhafe erlitten hatte, musste für diesen einflussreichen Mann überaus schmerzhaft sein. Seine Arme hingen gerade an dem schlanken Oberkörper herab, als er die Männer aus Warfstede anblickte. »Ich will offen zu euch sein«, sagte er steif. »Uns stehen schwere Zeiten bevor. Dass Widzelt mich derart abgekanzelt hat und mich wie einen Feind behandelte, dem er keinen Fingerbreit entgegenkommen darf, lässt nur einen Schluss zu: Er plant einen neuen Krieg gegen Harlingerland.«

Das kam nicht sonderlich überraschend. Ein jeder der Anwesenden wusste, dass Widzelt Ockos kriegerische Natur geerbt hatte und wie sein Vater ein unter dem Adlerbanner vereinigtes Ostfriesland anstrebte. Gleichwohl war es bedrückend zu hören, dass der mächtigste Mann der Landsgemeinde diese Befürchtungen bestätigte.

»Wann wird es losgehen?«, fragte Harke.

»Dieses Jahr sicher nicht mehr. Die Kampfsaison endet ja bereits in wenigen Monaten. Wahrscheinlich wird Widzelt im nächsten Frühjahr zu den Fahnen rufen.«

Und dann werden Männer aus Warfstede, die Yneke zur Heerfolge verpflichtet sind, gegen die Kankena in den Krieg ziehen und vor diesen Mauern ihr Blut vergießen. Ein schrecklicher Gedanke. Jann schüttelte unwillkürlich den Kopf.

Niemand kommentierte Kankes Mutmaßungen. Schließlich räusperte sich Jann.

»Wenngleich ich mir ein anderes Ergebnis erhofft hatte, möchte ich dir im Namen Warfstedes für deine Fürsprache danken. Du bist ein Freund und Ehrenmann, Kanke Kanken.«

Mit diesen Worten verabschiedeten sie sich von ihrem Fürsprecher.

Ein schwerer Rückschlag für unsere Sache, dachte Jann, als sie die Pferde über die Zugbrücke führten. *Aber keine endgültige Niederlage. In dieser Angelegenheit ist das letzte Wort noch nicht gesprochen.*

Er würde weiter versuchen, den tom Brok Zugeständnisse und verbriefte Rechte abzutrotzen. Er würde kämpfen, bis Warfstede seinen Richter bekam – und wenn es Jahre dauerte. Das schwor er sich beim Verlassen der Burg.

Kapitel fünf

Warfstede

In der Nacht vom 6. auf den 7. August 1392 träumte Yneke von Ocko.

Er stand wieder vor der Schnappe, diesmal jedoch gab es kein Gedränge, keine brüllende Meute, sondern nur Ocko und ihn. Fahle Wolken rasten über den bleifarbenen Himmel. Grau waren auch die Häuserfassaden, der Straßenstaub, die dürren Buchen. Die Bäume hatten jegliches Laub verloren, das Stroh auf den Dächern verfaulte. Alles wirkte tot, verrottet, verlassen – so als wäre der gesamte Ort in eine trostlose Unterwelt hinabgesunken.

Yneke hielt das Schwert in der Hand, knetete den Knauf, seine Finger waren schweißnass.

Tu es nicht, wisperte Ocko. *Du hast mir Treue geschworen. Wenn du mich tötest, bist du ein Mörder, ein Verräter, ein Eidbrecher, schlimmer als Brutus und Judas. Deine Seele wird in der Hölle brennen!*

Yneke zauderte. Hätte das blutige Vorhaben beinahe aufgegeben und das Schwert in die Scheide geschoben. Da vernahm er seines Vaters Stimme, die vom brausenden Himmel herabschrie:

Feigling! Hasenfuß! Erbärmlicher Wicht! Tu einmal in deinem jämmerlichen Leben etwas Mutiges!

Die Schwertspitze drang Ocko in den Hals. Der Häuptling röchelte nicht, als er starb, er blutete nicht einmal. Er starrte seinen Mörder lediglich mit brechenden Augen an. Dann öffnete er den Mund, und zwischen den bleichen Lippen quollen Maden hervor. Ein faseriger, zuckender Klumpen, der in einzelne Würmer zerfiel, die ihm über das Gesicht wimmelten und auf den Brustharnisch tropften …

Yneke wachte schreiend auf.

Mit aufgerissenen Augen starrte er in die Dunkelheit, seine Finger krallten sich ins Daunenunterbett. *Ocko ist nicht da*, sagte er sich. *Es war nicht wirklich. Ich bin in Warfstede – in meinem Haus!* Gleichwohl pochte sein Herz derart wild, als wollte es sich aus dem Gefängnis des Brustkastens befreien und die Kehle hinaufzwängen. Sein Rachen fühlte sich rissig und ausgedörrt an.

Licht! Er brauchte dringend Licht. Und etwas zu trinken.

Er befreite sich aus der Bettdecke, wankte zum Tisch und hantierte ungeschickt mit der Zunderbüchse. Als die Kerze endlich brannte, füllte er seinen Becher mit Wasser und leerte ihn auf einen Zug. Anschließend atmete er tief durch. Sein Herzschlag wollte sich kaum beruhigen.

Bei der heiligen Franca, was für ein scheußlicher Nachtmahr! Wo kam der auf einmal her? Er war doch mit sich im Reinen.

Das war er – oder?

Gewiss, er hatte Gefühle der Schuld verspürt in den Wochen nach Ockos Ende. Sie waren der Preis für das Gute, das er mit seinem beherzten Handeln bewirkt hatte. Mehr noch, die Seelenpein, unter der er weiland gelitten hatte, erhob seine selbstlose Tat – sein Opfer für Friesland – in den Rang eines heroischen Aktes. Also hatte er sie mannhaft ertragen. Bis sie eines Tages verschwunden war.

Er hatte Schuld auf sich geladen. Er hatte dafür bezahlt. Warum also suchte Ocko ihn nun im Traum heim?

Sein Brustkorb fühlte sich eng an, so als wäre der Rippenkasten zwischen zwei Grabsteinen eingezwängt. Was war nur mit ihm los? Bahnte sich eine Krankheit an? Yneke kaute auf seiner Unterlippe und dachte angestrengt nach. Plötzlich wusste er die Antwort.

Morgen jährte sich Ockos Tod zum ersten Mal.

Als er sich dies vergegenwärtigte, überfluteten ihn die Schuldgefühle. Er kämpfte dagegen an – vergeblich. Sie waren zu stark.

Er beschloss, nach unten zu gehen und den Gemütsaufruhr mit Wein zu betäuben. Als er nach seiner Kleidung griff, bemerkte er, dass Almuth sich im Bett aufgesetzt hatte. Sie sah blass aus. Ungesund. Aber vielleicht war das nur das trübe Licht.

»Was ist los?«, fragte sie mit einer Stimme, die nicht eben übermäßige Wärme verströmte.

»Nur ein böser Traum. Kein Grund zur Sorge. Schlaf weiter.«

»Wenig überraschend«, murmelte sie.

»Was soll das denn nun wieder heißen?«

Ihr Blick erschien ihm wie ein greller Lichtstrahl, der bis auf den Grund seiner Seele reichte. »Dass es mich nicht verwundert, dass du schlecht träumst. Wer so viel Schuld auf sich geladen hat wie du, kann kaum hoffen, friedlich zu schlafen.«

Sie weiß es!, durchzuckte es ihn. *Sie weiß, was ich getan habe!* Er fasste sich jedoch schnell. *Unsinn. Sie hat keine Ahnung, was in Aurich passiert ist. Sie meint die Sache mit Folkmar Janns.* Beunruhigend war die Bemerkung trotzdem. Das Weib hatte ein unheilvolles Talent, ihn mit ihrer spitzen Zunge zu treffen und sein Selbstvertrauen zu erschüttern. Was das betraf, ähnelte sie auf verstörende Weise seinem Vater.

»Red keinen Unfug«, wies er sie zurecht. »Mein Gewissen ist so rein, wie es nur sein kann. Dass mich wirre Träume heimsuchen, liegt am üppigen Nachtmahl. Ich sollte weniger fettes Fleisch essen.«

Almuth sagte nichts dazu, schaute ihn bloß an. Schnaubend schlüpfte Yneke in die Beinlinge und streifte das Wams über.

Es ist gerade einmal ein Jahr her, dass ich Ostfriesland von dem Tyrannen befreit habe. Natürlich sind die Gewissensbisse noch da. Solche Dinge brauchen Zeit, redete er sich ein. *Zumal wenn man ein rechtschaffener Mann ist, der solch eine Tat nicht mit einem Schulterzucken abtun kann.*

Er musste Geduld haben. Mit sich ins Reine kommen. Irgendwann würden die Schuldgefühle gewiss verschwinden, diesmal für immer.

Ganz bestimmt.

Als er gerade die Schnabelschuhe anziehen wollte, vernahm er ein würgendes Geräusch. Almuth beugte sich über die Bettkante, das Haar fiel ihr ins Gesicht. Erbrochenes quoll aus ihrem Mund und platschte auf den Boden.

Yneke fühlte sich jäh an den Traum erinnert – er sah wieder die Maden, die der sterbende Ocko ausspuckte. Er blinzelte. »Bei Gott, Weib, was machst du denn da? Bist du krank?«

»Nicht krank«, ächzte sie. »Schwanger.«

Yneke starrte sie an, in der Hand den linken Schuh.

»Oh«, machte er.

Sneek

An Mariae Himmelfahrt versammelten sich Hunderte Schieringer in Sneek. Zwischen dem Handelsplatz an der Middelzee und der Friesischen Seenplatte erstreckte sich ein verzweigtes Geflecht aus kristallklaren Grachten und sumpfigen Altwassern voller Seerosen, eingebettet in grüne Viehweiden und fruchtbares Ackerland. Mehrere Steingebäude wuchsen inmitten der Reethütten, Ställe und Speicher empor, es waren die festungsartigen Behausungen reicher Westfriesen.

Die Schieringer waren unschwer anhand ihrer Kutten aus ungefärbter Wolle zu erkennen, die sie für diesen feierlichen Anlass angelegt hatten. Sie strömten auf dem Viehmarkt zusammen, einer weitläufigen Wiese vor den Toren, gut erreichbar über einen Karrenpfad und eine schiffbare Gracht. Ständig legten neue Kähne an, Reiter und voll besetzte Pferdekarren kamen aus allen Himmelsrichtungen.

Folkmar hatte das Geschehen seit den Morgenstunden beobachtet und versteckte sich zu diesem Zweck in einem Birkengehölz. Hier fühlte er sich sicher. Aber wenn er in dem Wäldchen ausharrte, hätte er genauso gut in seinem Bootsschuppen bleiben können. Er musste sich unters Volk mischen, wenn er Antworten finden wollte.

Mit klopfendem Herzen führte er den Wallach zum Viehmarkt.

So viele Menschen. Die Gefahr, dass irgendwer ihn erkannte, war groß. Er sagte sich, dass die Schieringer zusammengekommen waren, um wichtige Entscheidungen zu treffen. Sie hatten gewiss Besseres zu tun, als nach dem Geächteten aus Warfstede Ausschau zu halten – selbst wenn Heemstra Omken sie kurz zuvor gewarnt haben sollte. Gleichwohl hatte Folkmar die Kapuze tief ins Gesicht gezogen. Dass er an einem warmen Sommertag wie diesem einen Umhang trug, mochte seltsam anmuten. Doch ihm war es lieber, man hielt ihn für verschroben, als dass alle Welt sein Antlitz sehen konnte. Ob das etwas brachte, stand freilich auf einem anderen Blatt. Seine enorme Körpergröße, auf die in den Steckbriefen ausdrücklich hingewiesen worden war, konnte er nicht verbergen.

Sein Herzschlag beschleunigte sich. Schweißtropfen rannen ihm über den Nacken.

Hör auf damit. Du musst dich beruhigen!

Folkmar atmete tief durch. Die angeborene Gelassenheit, die ihn im vergangenen Jahr manches Mal davor bewahrt hatte, in Verzweiflung zu versinken, setzte sich schließlich durch. Wachsam, aber nicht länger panisch wie ein Lamm auf dem Weg zum Schlachter, schritt er über die belebte Wiese.

Zumindest musste er sich keine Sorgen machen, wegen seiner Kleidung aufzufallen. In dem zerschlissenen braunen Kittel unterschied er sich zwar erheblich von den Schieringern, die in ihren Röcken beinahe wie Mönche des Zisterzienserordens aussahen. Doch bei Weitem nicht jeder Mann auf dem Gelände trug eine weiße Kutte – tatsächlich nicht einmal die Hälfte. Die meisten einfachen Bediensteten der Häuptlinge waren gewöhnlich gekleidet. Die Leute aus Sneek, die Bier und Matjes verkauften, ohnehin. Abgesehen von der Kapuze unterschied Folkmar sich nicht von den zahlreichen Knechten, Fuhrleuten und Bootsschiffern, die oftmals genauso schmutzig waren wie er.

Die Menschen standen in Gruppen zusammen und begrüßten Neuankömmlinge herzlich. Offenbar waren die Schieringer eine verschworene Bruderschaft. Ihre Zusammenkunft hatte noch nicht offiziell begonnen. Folkmar nahm an, dass man warten würde, bis auch der letzte Häuptling eingetroffen war.

Er schaute sich um und fragte sich, welcher der Männer Heemstra Omken war. Leider hatte er nicht die geringste Ahnung, wie der Kerl aussah. Dafür fiel sein Blick auf einen anderen Häuptling, einen schlanken Mann mit stechenden Augen, der gerade zu mehreren Schieringern sprach. Die Männer hingen ihm an den Lippen, was Folkmar nicht verwunderte. Trotz der Entfernung konnte er spüren, dass der Schlanke über eine beeindruckende Ausstrahlung verfügte. Vermutlich war das Jarges Coppen, der Anführer der Weißröcke und der größte Feind der Vetkoper.

Hast du etwas mit dem Anschlag auf Ocko zu tun?, fragte sich Folkmar. Das lag im Bereich des Möglichen. Jarges war ein erbitterter Widersacher des Grafen von Holland und damit auch der tom Brok, denen er unterstellte, Albrecht bei der Ausdehnung seines Fürstentums über die Zuiderzee hinaus behilflich zu sein. Hatte er Ocko genug gehasst, um ihn ermorden zu lassen? Während Folkmar darüber nachdachte, erregten plötzlich zwei andere Schieringer seine Aufmerksamkeit. Die beiden Männer standen keine vier Schritte von ihm entfernt und nannten einen Namen, der ihn zusammenzucken ließ.

»Weiß man etwas von Heemstra Omken?«

»Hast du nicht gehört? Er wird nicht kommen – er liegt im Sterben.«

Folkmar beobachtete die beiden Weißröcke unauffällig. Jener, der sich nach Heemstra Omken erkundigt hatte, ein Älterer mit kahlem Schädel, wirkte ernstlich betroffen.

»Der arme Kerl. Ist er nicht gerade mal dreißig Jahre alt? Was ist geschehen? Das Marschenfieber?«

Der andere schüttelte den Kopf. »Er hat sich doch bei den Kämpfen gegen die tom Brok eine schwere Verletzung zugezogen.«

»Ich dachte, er hätte sich davon erholt.«

»Vor zwei, drei Monaten ist sie wohl wieder aufgebrochen. Ich weiß nichts Genaues. Ein Jagdunfall, meinen einige. Oder er hat sich bei der Arbeit auf dem Schiff verhoben. Jedenfalls muss es so schlimm sein, dass er seitdem ans Bett gefesselt und kaum noch bei Bewusstsein ist. Noch klammert er sich ans Leben, heißt es. Aber es kann nicht mehr lange dauern, bis es mit ihm zu Ende geht.«

Der Ältere bekreuzigte sich. Dann gingen die beiden Männer weiter. Folkmar hielt es für zu auffällig, ihnen zu folgen.

Heemstra Omken war also dem Tode nah, und das bereits seit Monaten. Das erklärte, warum niemand Folkmar erkannt hatte, seit er aus dem Küstendorf geflohen war: Der sterbende Häuptling war nicht imstande gewesen, die anderen Gerichtssprengel zu warnen. Jähe Erleichterung durchflutete ihn – ein Hochgefühl, für das er sich sogleich schämte. Er freute sich über das Leid eines Mannes, der ihm nicht das Geringste getan hatte. Folkmar verzog den Mund. Das harte Leben in der Wildnis zerrüttete seine moralischen Grundsätze.

Vergib mir, o Herr. Und schenke Heemstra Omken ein schnelles, schmerzloses Ende.

Sodann verbannte er den sterbenden Häuptling aus seinen Gedanken und schlenderte weiter über den Platz. Den Wortfetzen, die er dabei aufschnappte, entnahm er, dass die Schieringer am heutigen Tag Wahlen abhalten wollten, um einige Ämter neu zu besetzen. Außerdem wollte man Pläne schmieden, um den wachsenden Einfluss der Vetkoper zurückzudrängen.

Bewegung kam in die Menge, als sich die Weißröcke um Jarges Coppen scharten. Der Anführer der Parteiung war auf eine Holzbühne gestiegen und hielt eine Rede. Folkmar konnte nicht alles verstehen, aber es waren ohnehin nur die üblichen Floskeln. Jarges lobte seine Brüder für ihren eisernen Zusammenhalt und bat Gott im Namen aller um Beistand für die vor ihnen liegenden Aufgaben.

Folkmar schritt unterdessen zu einer Garküche am Rande der Wiese. Über einem Erdloch mit einem Torffeuer darin stand ein gusseisernes Dreibein, in dem wohlriechende Suppe blubberte. Aufgespanntes Segeltuch sorgte für Schatten. Der Wirt stemmte gerade ein Fass auf. Gäste gab es keine. Folkmar opferte eine Münze von seiner rasant schmelzenden Barschaft und kaufte eine Portion Fischeintopf und einen Becher Dünnbier. Er riskierte es, die Kapuze abzuziehen. Der Wirt ließ keinerlei Misstrauen erkennen. Beim Essen plauderte Folkmar mit ihm und spielte dabei einmal mehr den ortsfremden Wanderer.

Als er Schale und Becher geleert hatte, beschloss er, einen direkten Vorstoß zu wagen. »All diese Häuptlinge« – er machte eine Handbewegung, die die gesamte Menschenmenge einschloss – »ich habe gehört, dass sie vergangenes Jahr gegen Ocko tom Brok gekämpft haben.«

»Nicht alle«, antwortete der Wirt, der gerade einen Trinkbecher mit dem Lappen reinigte. »Nur die kleinen Dorfhäuptlinge, die sich als Söldner verdingen, um ihre Einkünfte aufzubessern.«

»Kannst du mir sagen, wie sie heißen?« Folkmar stellte sich darauf ein, wieder das Märchen von seinem gefallenen Bruder erzählen zu müssen. Doch der Wirt dachte sich offenbar nichts bei der Frage.

»Lass mich überlegen …« Er zählte einige Namen auf, darunter die beiden, die Folkmar bereits kannte. Die übrigen fünf hörte er zum ersten Mal.

»Hab Dank, das hilft mir sehr. Sind diese Männer heute hier?«

»Nur einige von ihnen. Heemstra Omken nicht, der liegt im Sterben, wenn man dem Gerede glauben kann. Apke Sirks und Zweymer Nanken wirst du auch nicht antreffen.«

»Was ist mit denen?«

»Zweymer ist vermutlich längst tot. Volkmar Allena, der starke Mann von Emsigerland, hat ihn sich gegriffen und Foelke Kampana ausgeliefert.«

»Hatte er etwas mit Ockos Ermordung zu tun?«

»Wenn du mich fragst, hatte er einfach Pech«, antwortete der Wirt. »War zur falschen Zeit am falschen Ort.«

»Und der andere?«

»Apke Sirks. Verschwunden, zusammen mit seinem Kriegsvolk. Schon kurz nach Ockos Tod. Kein Mensch weiß, wohin.«

»Versteckt er sich vor den tom Brok?«

»Möglich.«

Apke Sirks, wiederholte Folkmar im Stillen und prägte sich den Namen ein. »Schlimme Sache, das mit Ocko«, sagte er. »Was denkst du, wer ihn auf dem Gewissen hat?«

»Ich hab meine Vermutungen, aber die behalte ich schön für mich. Ein schmutziges Geschäft, die Politik. Ein falsches Wort, und plötzlich bist du deinen Kopf los.«

Du ahnst gar nicht, wie *schmutzig*, dachte Folkmar. *Wohl dem, der sich den Luxus leisten kann, Augen und Ohren vor den Machenschaften der Mächtigen zu verschließen.*

Der Wirt stellte den sauberen Becher in die Kiste und griff nach dem nächsten. »Noch ein Bier?«

Folkmar lehnte dankend ab. »Ich muss weiter. Leb wohl.« Er band den Wallach los, zog die Kapuze über und ging der Menge entgegen. Die Nervosität war Zufriedenheit gewichen. Er hatte weitere Namen in Erfahrung gebracht – nicht schlecht für den Anfang. Eine gute Ausgangslage für weitere Nachforschungen.

Jarges Coppen war fertig mit seiner Rede. Während der oberste Schieringer von der Bühne stieg, machten sich andere bereit, zu ihren Brüdern zu sprechen.

Folkmar schaute sich um. Der gelangweilte Fuhrknecht da drüben – war das ein geeigneter Kandidat für seine Fragen?

Plötzlich machte sich Unruhe auf der Wiese breit. Von irgendwoher ertönte Geschrei. Männer entfernten sich hastig von der Bühne, kamen ihm in Scharen entgegen. Bildete er sich das nur ein, oder ließ trommelnder Hufschlag die Erde beben?

Das Geschrei wurde lauter, rollte wie Donnergrollen über das Gelände. Von der Middelzee näherten sich Reiter. Der vorderste schwang ein blankes Schwert und trieb sein Ross rücksichtslos in die Menge.

»Vetkoper!«, brüllte jemand.

Folkmar glaubte, Jarges Coppen zu hören, dessen kraftvolle Stimme den Lärm übertönte. »Zu den Waffen!«, donnerte der oberste Schieringer.

Der Befehl nutzte kaum etwas, der Überraschungsangriff überrumpelte die Versammelten. Einen Herzschlag später herrschte das Chaos. Folkmar fand sich inmitten schreiender und fliehender Männer wieder, trotz seiner Größe konnte er kaum noch etwas sehen. Immer mehr Reiter strömten auf das Gelände, sie waren viele, und sie kamen nicht mehr nur von Nordosten, sondern auch von Westen, direkt aus Sneek. Hatten sich die Vetkoper in dem Ort versteckt, um zuzuschlagen, sobald die Zusammenkunft begonnen hatte? Folkmar kam nicht dazu, diesen Gedanken weiterzuverfolgen. Er musste fliehen, wenn ihm sein Leben lieb war. Die Vetkoper hieben wahllos mit Schwertern, Streitäxten und Kriegskeulen auf die Schieringer ein und spalteten manch einen Schädel, während sie von zwei Seiten auf die Menge eindrangen.

Folkmar wurde von hinten angerempelt, behielt jedoch das Gleichgewicht, denn der Mann, der gegen ihn gestoßen war, war um einiges kleiner als er und prallte geradezu von ihm ab. Der Wallach schnaubte und tänzelte nervös. Folkmar hielt den Zügel fest und wollte sich in den Sattel schwingen. Im gleichen Moment lichtete sich das Gedränge. Die Angreifer waren nur noch zehn, fünfzehn Klafter von ihm entfernt. Ein Vetkoper zu Pferd kämpfte gegen einen Schieringer, der mit einem Speer auf ihn einstach. Der Reiter blockte die Eisenspitze mit dem Schild ab und ließ gleichzeitig das Schwert hinabfahren. Der Weißrock kreischte schrill, eine Blutfontäne schoss aus einer klaffenden Wunde zwischen Schulter und Halsbeuge. Ein Stück weiter rechts hielten zwei Berittene ein aufgespanntes Fischernetz zwischen sich. Ein flüchtender Schieringer verfing sich darin, stürzte der Länge nach und zappelte fluchend in den Maschen.

Im nächsten Augenblick schloss sich die Lücke in der Menge wieder, Folkmar war plötzlich von Menschen umgeben. Die erhitzten, schwitzenden, rotgesichtigen Leiber bedrängten ihn, zwängten ihn ein, versetzten ihm schmerzhafte Stöße, während sie einander über den Haufen rannten. Es gelang ihm im letzten Moment, den Fuß aus dem Steigbügel zu ziehen. Andernfalls wäre er zu Boden gestürzt, was in diesem Gedränge den sicheren Tod bedeutet hätte.

Die Vetkoper kamen immer näher.

Der Wallach geriet in Panik, sodass es Folkmar nicht gelang, in den Sattel zu steigen. Das furchtsame Pferd wieherte schrill, ein Schieringer wurde von den in die Höhe fliegenden Vorderhufen an der Schulter getroffen und fiel brüllend vor Schmerz hin. Folkmar ließ den Zügel los, um dem Mann aufzuhelfen. Der Wallach nutzte die Gelegenheit zur Flucht.

»Dageblieben!«

Es half nichts. Der Wallach jagte davon, so schnell es in dem Durcheinander möglich war. Mehrere Männer sprangen zur Seite und machten dem panischen Tier Platz.

Abermals bekam Folkmar einen Stoß in die Rippen, diesmal so hart, dass ihm der Schmerz für einen Moment den Atem nahm. Er fiel und riss den Schieringer, den er eben gerettet hatte, mit sich zu Boden. Der erschrockene Mann glaubte, man habe ihn angegriffen. Um sich schlagend befreite er sich aus der Umklammerung und robbte rücklings von Folkmar weg, die Augen weit aufgerissen.

Das war sein Todesurteil.

Während Folkmar sich hektisch aufrappelte, galoppierte ein Vetkoper heran und ritt geradewegs über den liegenden Schieringer hinweg. Rippen und Gelenke brachen knirschend. Ein eisenbeschlagener Huf erwischte den Mann mit voller Wucht am Kopf. Der Schädel wurde tief in den Boden gestampft, dabei platzte er knackend auf, Hirnmasse und ein Schwall blassroter Flüssigkeit spritzten ins Gras. Der Vetkoper schien nicht einmal zu bemerken, was geschehen war. Er ritt einfach weiter und verfolgte andere Weißröcke.

Übelkeit stieg jäh in Folkmar auf. Er erbrach sich nur deshalb nicht, weil schlicht keine Zeit dafür war. Er musste fort von hier – so schnell wie möglich! Er warf den Kopf mal hierhin, mal dorthin, versuchte sich in dem Durcheinander zu orientieren. Da! Eine Lücke im Gedränge. Er wirbelte herum und wollte loslaufen, als ein weiterer Reiter auf ihn zukam.

Der Vetkoper hatte eine Lanze eingelegt und richtete die Spitze auf Folkmars Gesicht. Folkmar erinnerte sich, dass er sein Schwert bei sich trug. Er zog die Waffe aus der Scheide und machte sich bereit, im letzten Moment zur Seite zu springen.

Dazu kam es nicht. Der Vetkoper riss plötzlich die Lanze hoch. *Falsche Kleidung – uninteressant*, sagte sein Gesichtsausdruck, ehe er an Folkmar vorbeiritt und sich ein anderes Opfer suchte.

Folkmar nahm die Beine in die Hand und rannte über die Wiese, fort von den Angreifern.

Verschwommen nahm er wahr, dass zahlreiche Schieringer in Netzen gefangen waren und von Vetkopern fortgezerrt wurden. Andere hatten es geschafft, die Panik abzuschütteln und sich zu wehren. Überall auf dem Gelände gab es Scharmützel, die mit äußerster Brutalität geführt wurden. Aus dem Augenwinkel sah Folkmar, dass mehrere Weißröcke einen Vetkoper aus dem Sattel zerrten und den schreienden Mann regelrecht zerhackten.

Die meisten jedoch machten es wie er und flohen. Zu Fuß, zu Pferd, mit dem Boot. Folkmar hielt ein letztes Mal nach seinem Wallach Ausschau, konnte ihn jedoch nirgends entdecken. Er musste das Pferd verloren geben. Das war bitter, denn es würde seine Nachforschungen deutlich erschweren. Aber er konnte nicht nach dem Wallach suchen. Je länger er hier verweilte, desto größer die Gefahr.

Er blieb abrupt stehen. Sein Fluchtweg endete an einer Gracht. Der Kanal war zu breit, um darüberzuspringen. Kurzerhand schob Folkmar das Schwert in die Scheide und sprang ins Wasser. Es war nicht allzu tief, es reichte ihm lediglich bis zum Brustbein. Er schwamm zur anderen Seite, kletterte jedoch nicht ans Ufer, sondern ließ sich ein Stück mit der schwachen Strömung treiben, bis er zu einer Stelle kam, wo reichlich Röhricht wuchs. Er arbeitete sich durch die Seerosen davor und versteckte sich im Schilf.

Er konnte nicht gut erkennen, was auf dem Viehmarkt geschah, denn die Pflanzen versperrten ihm größtenteils die Sicht. Dafür hörte er Schreie. Das Gebrüll wollte gar nicht aufhören. Auf der Wiese musste sich Schreckliches abspielen.

Was, bei allen Teufeln der Hölle, geschieht hier?

Er schwamm ein paar Klafter stromabwärts, ohne das Röhricht zu verlassen. Hier wuchs das Schilfrohr nicht ganz so dicht. Was waren das für Kästen auf dem Karrenpfad? Käfigwagen, erkannte er. Eben sperrten drei Vetkoper einen zappelnden Schieringer hinein.

Einmal mehr konnte er sein Pech nicht fassen. Kaum zeitigten seine Nachforschungen endlich Erfolge, tauchten die Vetkoper auf und fingen einen Krieg an. Hatte sich denn alles gegen ihn verschworen? Er bezwang die Wut und versuchte, einen klaren Kopf zu bekommen. Was sollte er tun? In seinem Versteck ausharren, bis es dunkel wurde? *Das dauert zu lange.* Wenn die Vetkoper anfingen, die Umgebung abzusuchen, weil sämtliche Weißröcke tot oder geflohen waren, würden sie ihn früher oder später finden. Besser, er suchte das Weite, solange die Vetkoper noch damit beschäftigt waren, die Schieringer wie Vieh zu den Käfigwagen zu treiben.

Er kletterte die Böschung hinauf und kroch durch das hohe Schilfgras. Als sich das Röhricht lichtete, sah er, dass sich vor ihm eine Wiese erstreckte. In der Nähe weideten mehrere Kühe, die das Gemetzel auf der anderen Seite der Gracht nicht sonderlich zu beeindrucken schien. Vetkoper waren keine zu sehen. Folkmar befreite sich aus dem Umhang und wrang den durchgeweichten Stoff aus, während er sich aufrichtete. Er rollte den Umhang zusammen und lief los. Sprintete über die Wiese, einen brachliegenden Acker, einer Wallhecke entgegen. Durchquerte das Gestrüpp, hastete weiter, rannte, bis ihn die Kräfte verließen.

Niemand folgte ihm.

Er gönnte sich eine kurze Atempause, trank etwas Wasser. Dann lief er weiter.

Kapitel sechs

Marienhafe

Yneke schwitzte in der Nachmittagssonne, während er darauf wartete, dass sich der Stallbursche um ihre Pferde kümmerte. Durch die vielen kühlen und feuchten Sommer der letzten Jahre war er derartige Hitze nicht mehr gewohnt. Wann war es das letzte Mal derart warm gewesen? Irgendwann in seiner Kindheit.

Der Vorhof des Steinhauses glich einem staubigen Glutofen, und die vielen Menschen machten den Aufenthalt darin nicht eben angenehmer. Widzelt hatte seine Vögte und Hauptleute einbestellt. Wie immer, wenn Cord Hanneken nicht bei ihm war – der Krieger hielt in Warfstede die Stellung –, fühlte Yneke sich schutzlos. Daher trug er eine abweisende Miene zur Schau. Ein jeder sollte wissen, dass mit Yneke Egers nicht gut Kirschen essen war.

Focko Ukena, der bei ihm stand, ließ sich davon nicht abschrecken. Der junge Häuptlingssohn mit dem schulterlangen dunkelblonden Haar und dem gut aussehenden Gesicht war ein Söldling der tom Brok und aufgrund irgendwelcher Verdienste im vergangenen Jahr zum Hauptmann aufgestiegen. Focko galt als treuer Gefolgsmann Widzelts, Yneke war ihm schon mehrfach begegnet und mochte ihn nicht sonderlich. Für seinen Geschmack war der Bursche etwas zu selbstbewusst. Leider konnte er ihm in dem überfüllten Hof nicht aus dem Weg gehen. So plauderte er gezwungenermaßen mit Focko.

»Sieh an, wer auch da ist«, meinte der Hauptmann gerade. Er beobachtete eine Gruppe, die eben durch das Tor trat.

»Wer ist das?«

»Vetkoper. Juw Juwinga und seine Leute.«

Es ärgerte Yneke, dass Focko mehr wusste als er, und er verkniff sich die Frage, was die Westfriesen in Marienhafe trieben. Sie beantwortete sich ohnehin im nächsten Moment von selbst. Die Vetkoper führten mehrere gefesselte Schieringer herein, erkennbar an ihren ehemals weißen und nun ziemlich schmutzigen Kutten.

»Foelke macht keine halben Sachen, das muss man ihr lassen«, murmelte Focko mit einer Mischung aus Spott und widerwilligem Respekt.

Auch Yneke hatte gehört, dass Ockos Witwe im Westen hart durchgreifen ließ. Ihre Schergen machten unerbittlich Jagd auf all jene Weißröcke, die weiland für Volkmar Allena gekämpft hatten. Und nicht nur auf die. Ernst zu nehmende Gerüchte besagten, dass die Strafaktion für die Vetkoper ein willkommener Anlass war, brutal gegen *sämtliche* Schieringer vorzugehen.

Ihre Rachsucht kennt wahrlich keine Grenzen, dachte Yneke schaudernd. *Das Weib wird erst ruhen, wenn auch der Letzte, der damals vor der Schnappe herumstand, mit zerschmetterten Knochen vom Schafott getragen wird.*

»Hast du gehört, wie man sie neuerdings nennt?«, fragte Focko, den offenbar ähnliche Gedanken umtrieben. »›Quade Foelke‹«, murmelte er im Verschwörerton.

Die böse Foelke. Plump, aber treffend, fand Yneke.

Just im Moment erblickte er das grausame Weib. Foelke schritt den Vetkopern entgegen und begrüßte Juw Juwinga herzlich. *Sollte sie je herausfinden, was wir getan haben, dann gnade uns Gott*, kam es Yneke in den Sinn. Ein überaus unangenehmer Gedanke. *Sie wird es nicht herausfinden – niemals. Wir waren so vorsichtig, wie man nur sein kann. Unsere Verkleidung hat ihren Zweck erfüllt. Nicht umsonst vermutet sie Ockos Mörder unter den Weißröcken.*

Doch es half nichts, seine Laune verdüsterte sich rasant. Die Schuldgefühle, die ihn seit Anfang des Monats plagten, meldeten sich zu Wort, wieder einmal. Es gelang ihm einfach nicht, sie dauerhaft abzuschütteln. Vermutlich stand ihm ein neuer Albtraum bevor.

All diese bedrückenden Gedanken bewirkten, dass die folgenden Ereignisse an ihm vorbeirauschten, ohne dass er recht bei der Sache war. Nachdem man endlich die Pferde in den Stall und den Wagen mit den Abgaben zum Speicher gebracht hatte, ging er mit den anderen Männern in die Halle, wo Widzelt Audienz hielt. Die Vögte berichteten ihm, wie die Lage in ihren jeweiligen Kirchspielen war. Yneke musste eine Stunde warten, bis die Reihe an ihm war. In knappen Worten ließ er Widzelt wissen, Warfstede gedeihe gut, die üppigen Abgaben sprächen eine eindeutige Sprache. Sein Herr wirkte zufrieden mit ihm, zu mehr als einem Nicken und einem »Hab Dank für deine Dienste« ließ er sich jedoch nicht hinreißen.

Hoffentlich kommt das noch, dachte Yneke verdrossen. Er wartete bereits seit einem Jahr auf den versprochenen Lohn für seine Treue, und allmählich ging ihm die Geduld aus.

Der Nachmittag zog sich zäh dahin und wich dem Abend. In der Halle wurde es immer stickiger. Als der letzte Vogt fertig war mit seinem Bericht, gab Widzelt bekannt, er werde nun verschiedene Ämter besetzen. Freudige Unruhe ergriff die Männer, auch Ynekes Laune besserte sich schlagartig. War der ersehnte Moment endlich da? Würde Widzelt ihn womöglich mit einer weiteren Vogtei belehnen?

Der blätterte in einigen Dokumenten. »Mehrere Sprengel in Moormerland und Brokmerland sind frei geworden«, erklärte er den Anwesenden und verschwieg dabei, dass er selbst für diesen Umstand verantwortlich war. Die fraglichen Vögte hatten sich nicht loyal genug gezeigt, er hatte sie daher entfernt. Das war Teil seines Plans, Schlüsselpositionen mit eingeschworenen Vasallen zu besetzen. Folgerichtig verkündete er: »Jene unter euch, die im vergangenen Jahr durch herausragende Treue aufgefallen sind, sollen sie bekommen.«

Nacheinander rief er mehrere Männer auf und teilte ihnen die betreffenden Vogteien zu. Yneke musste sich beherrschen, nicht nervös auf der Unterlippe zu kauen, während er darauf wartete, dass sein Name fiel. Unter den Begünstigten war ein selbstgefällig grinsender Focko Ukena, den Widzelt zum Vogt eines großen Sprengels in Moormerland ernannte.

Focko nahm die gesiegelte Urkunde entgegen und verneigte sich elegant. »Ich danke dir hundertfach, ehrenwerter Widzelt. Dein Land ist bei mir in guten Händen. Du wirst feststellen, dass ich nicht nur ein tapferer Kriegsmann bin, sondern auch ein fähiger Verwalter und ein beschlagener Kenner der Rechte«, behauptete der Jungspund großspurig.

Dieser demonstrative Mangel an Bescheidenheit löste bei einigen im Saal Kopfschütteln und Hohngelächter aus. Auch Yneke ärgerte sich, doch weniger über Fockos Gebaren als über Widzelts unangemessene Großzügigkeit. Was hatte Focko geleistet, um dergleichen zu verdienen? Gab es etwas, von dem Yneke nichts wusste? Eifersucht brodelte in ihm. War Focko womöglich im Begriff, ihm den Rang als Widzelts Freund und Vertrautem abzulaufen?

Zu seiner Erleichterung kam die Prahlerei bei ihrem Feldherrn nicht gut an. »Beweise dich erst einmal, ehe du große Reden schwingst«, stutzte Widzelt den frischgebackenen Vogt zurecht. Schwer getroffen schlich Focko zu seinem Platz zurück. Yneke lächelte zufrieden.

Wenig später verging ihm das Lachen. Widzelt belehnte einen altgedienten Brokmann mit dem letzten verbliebenen Sprengel, weitere offene Posten gab es nicht. Die Zeremonie war zu Ende und Yneke leer ausgegangen. Wieder einmal.

Er kochte vor Wut, als das Festmahl begann. Obwohl die Diener köstliche Speisen auftrugen, brachte er kaum einen Bissen herunter. Er klammerte sich an seinem Weinpokal fest, bis sich endlich eine Gelegenheit ergab, mit seinem Herrn zu reden. Er folgte Widzelt nach draußen auf den Hof und stellte ihn in einer dunklen Ecke zur Rede.

»Auf ein Wort!«

»Herrgott, Mann! Siehst du nicht, dass ich pissen muss? Warte drinnen, bis ich fertig bin.«

Yneke ließ sich nicht abwimmeln. »Ich bin enttäuscht. Bitter enttäuscht!«

Widzelt hörte auf, an seiner Kleidung zu nesteln, und fuhr zu ihm herum. »Ach, du bist das. Sieh an. Ich vermute, du willst mir nun ausführlich darlegen, warum dem so ist.«

»Vor einem Jahr in Aurich habe ich allergrößte Opfer und Risiken auf mich genommen, um dir zu dienen«, zischte Yneke leise. »Kein anderer wollte dir beistehen, nur ich! Ich will endlich die Belohnung, die du mir versprochen hast.«

»Ich habe dich bereits belohnt«, erwiderte Widzelt ungehalten. »Zweimal sogar. Erstens: Ich habe dir geholfen, diesen Folkmar Janns loszuwerden, damit du dir das Weib angeln kannst, das du so dringend wolltest. Zweitens: Ich habe dafür gesorgt, dass dir die Freien in deinem Kirchspiel keinen Redjeven vor die Nase setzen. Gib dich damit zufrieden!«

»Das soll eine Belohnung sein? Dass Warfstede keinen unabhängigen Richter bekommt, nutzt dir unterm Strich mehr als mir. Nein, damit lasse ich mich nicht abspeisen. Ich will mehr. Führ dir vor Augen, dass du ohne mich niemals dahin gekommen wärst, wo du heute bist«, fügte Yneke hinzu – und spürte augenblicklich, dass er den Mund zu voll genommen hatte.

Widzelt packte ihn an beiden Oberarmen und zerrte ihn tiefer in die dunkle Ecke. »Was fällt dir ein, du unverschämter Kerl?«, fauchte er. »Nie wieder wirst du so mit mir reden, hast du verstanden?«

Yneke war seinem Herrn körperlich nicht gewachsen. Jäh packte ihn die Furcht. »Gewiss«, sagte er kleinlaut. »Bitte verzeih mir meine unbedachten Worte, es steht mir nicht zu.«

»Nein, tut es nicht. Davon abgesehen habe ich dir eingeschärft, dass du nicht mehr über diese Sache sprechen sollst. Schon gar nicht hier, wenn hundert Ohren zuhören könnten.« Widzelt ließ ihn los, blickte ihn lange an. Als er weitersprach, klang seine Stimme weicher. »Du musst Geduld haben, alter Freund. Ich werde dich belohnen – wenn die Zeit reif ist.«

»Ja?«

»Schon im nächsten Jahr. Ich plane einen neuen Feldzug. Gemeinsam werden wir den Rest von Harlingerland unterwerfen. Reiche Beute machen, von der du einen großzügigen Anteil bekommen wirst. Mein Wort darauf«, versprach Widzelt.

»Das klingt erfreulich«, war alles, was Yneke dazu sagte.

»Aber zu niemandem ein Wort davon. Wir werden den Kriegszug im kleinen Kreis planen und dann wie die Wölfe über die ahnungslosen Lämmer herfallen. Kann ich mich auf dich verlassen?«

»Immer.«

»Gut. Du bist ein treuer Freund, Yneke – der beste. Ich brauche dich. Nun lass mich endlich mein Wasser abschlagen, mir platzt gleich die Blase.«

Yneke trottete zur Halle zurück, die Lippen zusammengepresst. Wieder einmal war es Widzelt gelungen, ihn zu vertrösten. Und diese Geschichte mit dem Feldzug war keineswegs das große Geheimnis, als das Widzelt es darstellte und in das er ihn gnädigerweise einweihte. Halb Friesland wusste, dass er danach dürstete, die Kankena herauszufordern.

Das hätte ich ihm sagen müssen. Wieso, bei allen Dämonen, fallen mir gute Argumente immer zu spät ein? Warum nur fiel es ihm so schwer, sich gegen diesen Mann zu behaupten?

Weil du ein Wurm bist, erklärte sein Vater, der just diesen Moment wählte, um durch seinen erschöpften Verstand zu spuken. *Ein Weichling, dem die Kraft und Entschlossenheit fehlt, sich durchzusetzen!*

Yneke stieß die Tür auf, stolzierte an den schmausenden Männern vorbei zu seinem Platz und brüllte nach dem Diener. Er brauchte dringend mehr Wein.

Westergo

Folkmar lag versteckt im Röhricht und beobachtete das Kriegsvolk, das sich am anderen Ufer des kleinen Sees herumtrieb. Ein Vetkoper-Häuptling mit seinem Gefolge, vermutete er, insgesamt zehn Bewaffnete. Alle ritten sie Friesenpferde.

Folkmar war beim Jagen auf den Trupp gestoßen. Wahrscheinlich suchten die Vetkoper nach Schieringern. Ob sich Weißröcke in dieser Gegend aufhielten, wusste er nicht. Seit seiner Flucht aus Sneek vor zwei Wochen hatte er keine gesehen. Möglich war es. Die Wildnis der Friesischen Seenplatte mit ihren Sümpfen und Dickichten bot zahlreiche Verstecke. Niemand wusste das besser als er.

Leider wussten es inzwischen auch die Vetkoper. Dies war bereits das zweite Mal, dass sie in der Nähe seines Unterschlupfs auftauchten. Die Verbissenheit, mit der sie Jagd auf die Schieringer machten, erschreckte ihn. *Dies ist wahrlich ein Krieg*, dachte er. Wie sollte er unter diesen Umständen mit seiner Suche weitermachen?

Aber daran war gerade ohnehin nicht zu denken. Zu überleben, die eigene Haut zu retten hatte wieder einmal Vorrang vor allem anderen. Er behielt die Vetkoper im Auge und machte sich bereit, die Flucht zu ergreifen, sollten sie auf seine Seite des Sees kommen.

Die Krieger stiegen ab. Der Häuptling und zwei Männer blieben bei den Pferden, die anderen schwärmten aus und verschwanden im Gestrüpp. Einer ging am Ufer entlang, Speer und Schild in den Händen. Als der Krieger nur noch zehn, fünfzehn Klafter von Folkmars Versteck entfernt war, trat er kriechend den Rückzug an.

Um zu ihm zu gelangen, hätte der Vetkoper durch einen breiten Bach waten müssen. Darauf hatte er offenbar keine Lust. Er stocherte ein wenig mit dem Speer im Schilf. Dann machte er kehrt und schlurfte zu den Pferden zurück.

Folkmar blieb reglos auf dem Bauch liegen.

Nach und nach tauchten sämtliche Krieger wieder auf, offenbar hatte niemand etwas gefunden. Sie scharten sich um den Häuptling. Was gesprochen wurde, konnte Folkmar nicht verstehen, die Pflanzen ringsum raschelten zu laut im Wind. Schließlich stiegen sie in die Sättel und ritten davon.

Folkmar richtete sich auf und blickte in die Richtung, in der die Vetkoper verschwunden waren. *Sie werden wiederkommen*, sagte ihm sein Gefühl. Beim nächsten Mal würde er vielleicht nicht mit einem Schrecken davonkommen. Wenn sie seinen Unterschlupf fänden, wäre er geliefert.

Er nahm die Jagdtasche in die eine, den Speer in die andere Hand und kämpfte sich durch das Schilf. Sein Weg führte an weiteren Seen und Tümpeln vorbei, über feuchte Wiesen, durch ein Birkenwäldchen voller Totholz und Dornenranken. Eine halbe Stunde später erreichte er den überfluteten Polder. Er schritt auf dem ramponierten Deich entlang zum Bootshaus.

Drinnen rupfte er die beiden Gänse, die er gefangen hatte, nahm sie aus und briet sie über dem Feuer. Während er das Fleisch aß, dachte er nach. Es galt, eine Entscheidung zu treffen. Eine unangenehme Entscheidung, die er seit Tagen vor sich herschob.

Hier war es nicht mehr sicher. Er musste sich ein neues Versteck suchen, eines, wo ihn die umherstreifenden Vetkoper nicht fanden. Da sie inzwischen sogar die äußerst dünn besiedelte Friesische Seenplatte nach flüchtigen Schieringern absuchten, blieb ihm im Grunde nur eine Möglichkeit.

Die unbewohnte und menschenfeindliche Gegend im Südosten der Landsgemeinde.

Das Moor.

Dass sich die Vetkoper dorthin verirrten, hielt er für äußerst unwahrscheinlich. Die vom Luxusleben verwöhnten Kaufleute waren in der Marsch zu Hause, wo es kultiviertes Land, komfortable Häuser und befestigte Wege gab. Wenn Folkmar sie richtig einschätzte, würden sie das Moor meiden wie der Teufel das Weihwasser.

Dafür gab es dort andere Gefahren: wenig Nahrung. Bösartige und dämonische Kreaturen. Allerorten üblen Gestank, der das Marschenfieber auslösen konnte. Nicht umsonst nannten die Italiener die Krankheit *mal'aria*, das bedeutete »schlechte Luft«. Folkmar kannte mehrere Leute, die sich das Marschenfieber bei einer Reise durch das Hochmoor zugezogen hatten. Selbst wenn man es überlebte, litt man unter Umständen ein Leben lang an wiederkehrenden Fieberschüben, die den stärksten Mann vor Qualen wimmern ließen.

Er dachte an das Massaker vor den Toren Sneeks. An die schwertschwingenden Reiter, die in den Netzen zappelnden Schieringer, die Käfigwagen mit den eisernen Gitterstäben.

Er dachte an den armen Teufel, dessen Schädel von einem Pferdehuf zermalmt worden war.

Was war schlimmer? Die Tücken des Moores oder die Brutalität der Vetkoper?

Als er den letzten Bissen schluckte, war die Entscheidung gefallen. Er löschte das Feuer, stopfte seine Habe in die Beutel und packte so viel Proviant und Feuerholz ein, wie er tragen konnte. Nachdem er sich das Schwert umgegürtet hatte, schulterte er das schwere Bündel und trat nach draußen in den Sonnenschein.

»Du hast mir gute Dienste geleistet«, sagte er zu dem alten Schuppen. »Hab Dank für alles.«

Er kam sich ein wenig töricht vor. Hatte ihn die Einsamkeit bereits so verschroben gemacht, dass er es für sinnvoll hielt, mit Gebäuden zu reden? Trotzdem schickte er ein gemurmeltes »Leb wohl« hinterher und klopfte gegen die Tür, die zum Abschied noch einmal vernehmlich knarrte. Sodann beugte er sich leicht nach vorn, damit sich das Gepäck gleichmäßig auf Schultern und Rücken verteilte, stützte sich auf den Speer und marschierte los.

Nach Südosten, den finsteren Urwäldern entgegen.

Yneke war übler Laune, als er von Marienhafe heimkehrte. Wieso und weshalb, das erfuhr Almuth nicht, denn er gab sich wortkarg. Hatte Widzelt ihm wieder einmal die sicher geglaubte Belohnung für seine treuen Dienste vorenthalten? Als sie ihn danach fragte, wich er aus.

Gleich nach dem Nachtmahl zog er sich mit Cord Hanneken in seine Amtsstube zurück.

Almuth wartete eine Weile. Dann folgte sie den beiden Männern nach oben. Eine Magd fegte gerade mit dem Reisigbesen den Boden.

»Das hat Zeit bis morgen. Geh nach unten und hilf in der Küche.«

Als das Mädchen verschwunden war, trat Almuth zur Tür der Amtsstube und presste das Ohr gegen das Holz. Yneke wirkte aufgebracht. Leider konnte sie nur wenig verstehen. Offenbar berichtete er Cord gerade, was sich in Marienhafe zugetragen hatte. Mehrmals fiel der Name Focko Ukena.

Sie hatte gehofft, vielleicht etwas zu erfahren, was ihr half, Yneke seine Verbrechen nachzuweisen. Ein verräterisches Wort, wenigstens einen kleinen Hinweis. Doch nichts von dem, was sie hörte, war in irgendeiner Weise nützlich für ihre Zwecke.

Plötzlich verstummte Yneke, und in der Kammer herrschte Stille. Almuth runzelte die Stirn. Was war da drinnen los?

Die Tür wurde aufgerissen. Sie wich erschrocken zurück.

»Was machst du da?«, fragte Yneke.

Sie war so leise gewesen, hatte kaum ein Geräusch gemacht. Er konnte sie unmöglich durch die geschlossene Tür gehört haben. Dass er überall Feinde wähnte, verlieh ihm offenbar einen sechsten Sinn.

»Nichts. Ich wollte … ich war nur zufällig …«, stammelte sie.

»Lüg mich nicht an! Du hast doch gelauscht.«

»Was? So ein Unsinn!« Sie lachte ihn aus. »Als ob es mich kümmern würde, was ihr da drin treibt.«

Yneke glaubte ihr kein Wort. »Mach das nicht noch mal. Oder du lernst mich kennen.«

Er schlug ihr die Tür vor der Nase zu.

Almuth eilte die Treppe hinunter, die Lippen zusammengepresst.

Verdammt, verdammt, verdammt!

Westergo

Tief im Moor baute Folkmar eine Hütte.

Er baute sie aus Ästen und Grassoden. Das Dach bestand aus den Planken eines alten Boots, das halb versunken in einem trüben Tümpel gelegen hatte. Die Ritzen in den Wänden verstopfte er mit Moos. Die Hütte war schlechter als der Bootsschuppen. Kleiner, niedriger, weniger stabil. Doch sie würde ihn vor dem Regen schützen. Und im Winter hoffentlich vor der schlimmsten Kälte.

Er vermisste sein Zimmermannswerkzeug. Er musste mit einfachsten Mitteln auskommen. Ein Stein ersetzte den Hammer. Das Messer Beitel, Hobel und Handaxt. Die Äste befestigte er nicht mit Nägeln, sondern mit zähen Ranken, die er fest um das Holz schlang. Einem Sturm würde die Hütte nicht standhalten. Er hoffte, dass die umstehenden Moorbirken und das dichte Unterholz ihn vor starken Windböen schützten.

Der Unterschlupf stand auf einer Insel aus festem Grund inmitten der schlammigen Wasser, an einen gesplitterten Baumstumpf mit aufgeworfenen Wurzeln gelehnt. In dem Bruchwald schien es nie richtig hell zu werden, als sei das Sonnenlicht zu schwach, um die Glocke aus fauligen Dämpfen und kränklichem Blätterwerk zu durchdringen. Alles versank in Grau- und Brauntönen. Frühmorgens kroch Nebel dicht über den Boden, einzelne Schwaden reckten sich wie klamme Greifarme nach Bäumen und Sträuchern. Es gab nur wenige Bäche, die frisches Wasser aus der Geest heranspülten. Die meisten Tümpel standen still, stinkend und gärend wie Sickergruben. Manchmal bewegte sich etwas in den schwarzgrünen Tiefen, und Blasen zerplatzten an der Oberfläche. Folkmar wollte nicht wissen, was da unten hauste.

Es hatte lange gedauert, in diesem Urwald eine geeignete Stelle für die Hütte zu finden und sie zu bauen – zumal der größte Teil des Tages auf die Nahrungssuche entfiel. Hier draußen essbare Pflanzen und Tiere aufzuspüren war schwierig. Dabei wälzte sich im Morast allerlei Gewürm. Doch er wollte keine Kröten und Schlangen essen, so tief gesunken war er nicht.

Noch nicht.

Der Rückzug ins Moor hatte ihn viel Zeit gekostet. Zeit, die ihm nun fehlte. Er schätzte, dass ihm noch allenfalls zwei Monate für seine Suche blieben, ehe der Winter kam und ihn zwang, sich in der Hütte einzuigeln. Die musste er nutzen. Er beschloss, die Dörfer jener Häuptlinge aufzusuchen, deren Namen er in Sneek erfahren hatte.

Bleibt zu hoffen, dass die Vetkoper nicht jeden, der etwas weiß, umgebracht oder verschleppt haben.

Als die Hütte fertig war, ruhte er sich einen Tag von der anstrengenden Arbeit aus. Am nächsten Morgen dann packte er all seine Vorräte und Waffen ein und machte sich auf den Weg. Obwohl er die Gegend in den vergangenen Wochen gründlich erkundet hatte, fiel es ihm noch immer schwer, festen Untergrund und sichere Pfade zu finden. Mehr als einmal sank er bis über die Knöchel im Morast ein, und schmieriges Wasser drang ihm in die Schuhe. Dass nicht mehr passierte, war reines Glück. Folkmar kannte zahllose Geschichten von Menschen, die im Moor versunken und jämmerlich erstickt waren. Die Sümpfe waren bodenlos. Manche glaubten gar, sie seien ein Tor zur Hölle.

Es war windstill. Gelegentlich knackte es irgendwo, oder ein Vogel flatterte von den Wipfeln auf. Davon abgesehen störte kaum ein Laut das Schweigen der Ödnis.

Nach einem halbstündigen Fußmarsch wurde der Wald dichter, der Boden ein wenig trockener und zuverlässiger. Trotzdem blieb Folkmar wachsam. Im trüben Zwielicht zwischen den nebelverhangenen Birken machte er ein geisterhaftes Glühen aus, blau wie Lapislazuli.

Irrlichter. Boshafte Kobolde, die ihn in den Sumpf locken wollten, um sich an seinem qualvollen Tod zu ergötzen.

Er schluckte hart. Er durfte sich seine Angst nicht anmerken lassen. Diese Dämonen waren wie Bluthunde. Wenn sie seine Furcht witterten, würden sie niemals von ihm ablassen.

Folkmar setzte eine abweisende Miene auf, packte den Speer fester und schritt weit aus.

Mit zwei Mägden im Schlepptau schritt Almuth über den Markt. Wegen des schlechten Wetters war nicht viel los, nur ein paar Dorfbewohner boten auf dem matschigen The ihre Erzeugnisse feil. Zielstrebig ging sie zum Stand eines Milchbauern und schlüpfte unter die aufgespannte Plane aus Flachstuch, um dem Nieselregen zu entgehen, der seit dem Morgen graue Schleier um die Hütten wob.

Eine Frau mit roten Wangen begrüßte sie munter und pries fröhlich die ausliegende Ware an. »Wir haben frische Molke da. Willst du probieren?«

Almuth setzte einen hölzernen Becher an die Lippen. »Wirklich gut.«

»Sag ich doch. Für den Herrn Vogt und sein Weib nur das Beste. Darf's eine Kanne sein?«

»Ich nehm gleich zwei. Außerdem zwei Kannen Milch und vier Pfund Butter.«

»Auch von dem Käse?«, fragte die Bauersfrau, während die Mägde die Einkäufe an sich nahmen.

Almuth hatte die Frage kaum gehört. Sie stand wie erstarrt da und presste sich die Hand auf den Bauch.

»Herrin? Alles in Ordnung?«, fragte eine Magd besorgt.

»Ich weiß nicht ... Ich fühle mich eigenartig. Hoffentlich bekomme ich keine Bauchschmerzen.«

»Oder das Kind meldet sich«, krähte die Bauersfrau fidel. »Wie weit bist du?«

Natürlich wusste ganz Warfstede, dass sie schwanger war. Yneke erzählte es überall herum, um mit seiner Manneskraft zu prahlen. »Es müsste der fünfte Monat sein«, antwortete Almuth.

»Wie hat sich's denn angefühlt? Wie ein Zwicken, ein Gluckern?«

Sie spürte der seltsamen Empfindung nach. »Mehr wie ein ... Kitzeln.«

»Das war das Kind«, verkündete die Bauersfrau im Brustton der Überzeugung. »Es fängt an, sich zu bewegen. Ab jetzt hast du keine ruhige Nacht mehr. Ich muss es wissen, hab fünf von der Sorte ausgetragen, und das sechste lässt gewiss nicht mehr lang auf sich warten.«

Verwirrt bezahlte Almuth die Einkäufe und befahl den Mägden, die Kannen und das Butterfässchen zum Steinhaus zu bringen. Sodann schritt sie durch den Nieselregen.

Bisher war die Schwangerschaft etwas weitgehend Abstraktes gewesen, das – abgesehen von einer kurzen Phase der Übelkeit, die längst vorüber war – nur geringe körperliche Auswirkungen gehabt hatte. Sie hatte sich kaum anders gefühlt als vorher. Sie ahnte, dass das nun vorbei war. Das Kind bewegte sich, es lebte *in ihr*, dieser Gedanke ließ sich nun nicht mehr wegschieben. All die beklemmenden Gefühle und düsteren Fantasien, die mit der Schwangerschaft zusammenhingen, quälten sie auf einmal schlimmer denn je.

Es ist das Kind eines Scheusals. Das werde ich nie, nie, nie vergessen können. Wie soll ich solch ein Kind lieben? Aber ich muss *es lieben, es kann doch nichts dafür, dass der Vater ein Ungeheuer ist. Lieber Gott, bitte gib mir die Kraft, keine Rabenmutter zu sein!*

Da! Da war es schon wieder, ein zartes Kribbeln im Bauchraum. Als hätte das ungeborene Kind ihre Gedanken gespürt und wollte ihr sagen: *Bitte hass mich nicht.*

Sie musste daran denken, wie oft sie sich in den letzten Wochen gewünscht hatte, sie möge das Kind verlieren. Zehnmal, hundertmal hatte sie das Ende der Schwangerschaft herbeigesehnt, o Gott, was war sie nur für ein Mensch? Ihre Augen brannten. Endlich erreichte sie das Haus auf der anderen Seite des Platzes. Energisch klopfte sie gegen die Tür. »Etta! Ich bin es!«

Sie musste unbedingt mit ihrer Freundin sprechen.

Die Strohhütte stand einsam in der verblühenden Heide. Die nächste Ansiedlung war eine halbe Wegstunde entfernt. Gottesfürchtige Christen und tugendhafte Frauen taten gut daran, diesen Ort zu meiden.

Almuth war dennoch hergekommen. Niemand in Warfstede wusste davon. Yneke hatte sie erzählt, sie wolle den sonnigen Morgen nutzen, um auszureiten. Sie band das Pferd an einem Ast an und beobachtete das kleine Haus inmitten des unordentlichen Kräuter- und Gemüsegartens. Von einem Rauchloch im Strohdach stieg Qualm auf.

Was sie vorhatte, war in höchstem Maße sündhaft, unmoralisch, verboten. Wenn man ihr auf die Schliche käme, drohte ihr der Tod auf dem Schafott. Ihr gehobener Stand als Frau des Vogtes würde sie nicht vor der Strafe bewahren.

Ist das wirklich die richtige Entscheidung?

Almuth horchte in sich hinein. Bat Gott, ihr Klarheit zu schenken. Natürlich antwortete Gott nicht. Sie war auf sich gestellt.

Sie wischte sich die schweißnassen Hände am Umhang ab, biss die Zähne zusammen und durchquerte den Garten. Erst klopfte sie zögernd, dann fester. Sie musste nicht lange warten, bis die klapprige Tür geöffnet wurde. Vor ihr stand eine dürre Frau mit knochigem Gesicht. Einstmals blondes, inzwischen größtenteils graues Haar lugte unter der schmutzigen Haube hervor. Vereinzelte Stoppeln sprossen zwischen Nase und Oberlippe. Sie hielt ein Messer in der Hand und roch intensiv nach Kohl.

»Solch hoher Besuch«, sagte sie mit einer überraschend warmen Stimme, die nicht recht zu dem wenig ansprechenden Äußeren passte. »Hätte ich das gewusst, dann hätte ich ein besseres Essen als eine Suppe vorbereitet.«

Natürlich kannte die Kräuterfrau Almuth. Jeder im Kirchspiel kannte sie.

»Ich bin nicht hier, um dich um eine Mahlzeit zu bitten. Ich habe ein anderes Anliegen. Ein … heikles.«

Die Frau schaute sie lange an. Dann drehte sie sich um und ging in die Hütte zurück. Almuth wertete das als Einladung, ihr zu folgen.

»Weiß der Mann, wo du bist?«

»Nein. Und er darf es niemals erfahren.«

»Verstehe.«

Der einzige Raum der Hütte war mindestens so unordentlich wie der Garten. Auf dem Feuer stand ein Dreibein. Von den Dachbalken hingen verschiedene Kräuter, getrocknete und frische, Efeu, Petersilie, Malve und andere. Es gab eine einfache Bettstatt, einen Tisch mit zwei Hockern und einen Waschzuber voller Schmutzwasser. Überall stapelten sich Töpfe, Tiegel und weiteres Kochwerkzeug.

Die Kräuterfrau rührte im Kessel, ohne Almuth anzuschauen. »Im wievielten Monat bist du?«

»Im fünften.«

»Der Keimling ist also bereits beseelt. Du weißt, was das heißt?«

»Ja«, murmelte Almuth. Ein ungeborenes Kind galt in den ersten Lebenswochen als unbeseelt. Man nahm an, dass es sich währenddessen nicht von einer Pflanze oder einem niederen Tier unterschied. Am vierzigsten Tag bei einem Jungen und am achtzigsten bei einem Mädchen pflanzte Gott ihm jedoch die Seele ein, und das Ungeborene wurde zu einem vollwertigen menschlichen Wesen – dessen Vernichtung folglich wie Mord geahndet wurde.

Endlich drehte sich die Kräuterfrau zu ihr um, Suppe tropfte vom Löffel. »Hast du dir das gründlich überlegt?«

Nein.

Almuth schluckte. Sie würde immerzu Yneke in diesem Kind sehen. Sie konnte es nicht austragen, es nicht lieben und bemuttern, das überstieg ihre Kräfte. Lieber nahm sie Höllenqualen in Kauf. »Ja«, wisperte sie.

»Wie willst du's dem Mann erklären?«

»Ein Reitunfall. Ich sag ihm, ich sei vom Pferd gefallen und hätte es verloren.«

Wieder dieser endlos lange, bohrende Blick.

»Bitte«, hauchte Almuth.

»Nun, es ist deine Entscheidung. Du wirst deine Gründe haben. Setz dich da hin.«

Almuth zog einen Hocker unter dem Tisch hervor. Ihr Mund war plötzlich trocken, als würde sie eine Erkältung ausbrüten. Die Kräuterfrau drehte einen Eimer um, stellte sich darauf und pflückte einige Pflanzen von den Deckenbalken. Rainfarn, Gartenraute, Efeu. Zwei davon waren giftig. Sie tat die Gewächse in einen Mörser und zerrieb sie mit dem Stößel.

Das Knirschen war das einzige Geräusch in der Stille, es erschien Almuth unnatürlich laut. Laut und unangenehm.

Als würde ein Mühlstein uralte Knochen zermalmen.

Kapitel sieben

Westergo

Folkmar hatte die Orientierung verloren. Seit zwei Tagen wanderte er ziellos umher und wusste nicht mehr, wo er war. Irgendwo an der Küste. Jenseits des Sommerdeichs erstreckte sich die See. Der Winter hatte die Friesen wieder einmal sehr früh mit seinem Besuch beehrt. Folkmar schätzte, dass es gerade einmal Anfang November war. Dünne Schneeflocken rieselten vom grauen Himmel. Der Boden war gefroren, in einer nahen Flussmündung trieben Eisschollen, die sich am Strand zu scharfkantigen Gebilden verkeilten.

Folkmars Atem dampfte in der Kälte.

Die Gegend kam ihm vage bekannt vor. War das der Küstenabschnitt, über den Heemstra Omken herrschte? Sicher konnte er es nicht sagen.

Geherrscht hatte, korrigierte er sich. *Er ist gewiss längst tot. Und ich bin es auch bald, wenn kein Wunder geschieht.*

Er beschloss, fürs Erste aufzugeben und zu seinem Unterschlupf zurückzukehren. Nur in welche Richtung sollte er gehen? Wenn er geradewegs nach Osten marschierte, wo das Moor lag, riskierte er, sich in der Friesischen Seenplatte zu verirren und zu erfrieren, lange bevor er sein Versteck erreichte. Besser, er benutzte den Karrenpfad, der sich durch die Marsch schlängelte und – so hoffte er zumindest – in einem weiten Bogen um die Seen herumführte.

Als er sich nach Süden wandte, erblickte er einen Wagen.

Es war ein vierrädriger Ochsenkarren, der ihm entgegenkam. Auf der Pritsche türmten sich Fässer, gehalten von eisverkrusteten Stricken. Auf dem Bock saß ein Händler mit seinem Gehilfen.

Es wäre vernünftiger gewesen, sich im Gebüsch zu verbergen und den Wagen erst einmal zu beobachten. Doch Folkmar war zu müde, zu hungrig, zu niedergeschlagen für derartige Vorsichtsmaßnahmen. So blieb er einfach am Wegesrand stehen und ließ den Karren langsam auf sich zurollen.

Der Gehilfe erwies sich als Gehilfin. Die junge Frau, die eine Umhangkapuze über dem blonden Haar trug, war höchstens halb so alt wie der Mann neben ihr. Folkmar fühlte sich an Almuth und Gert erinnert, die einst auf dieselbe Weise durchs Land gereist waren.

Der Händler zog an der Leine. Der Wagen kam zum Stehen.

»Kann ich dir helfen, Wanderer? Sollen wir dich nach Sneek mitnehmen?«

Der Mann mit dem pausbäckigen Gesicht wirkte nicht im Mindesten ängstlich, obwohl Folkmar mit seiner schmutzstarrenden Kleidung, dem wuchernden Bart und dem Schwert am Gürtel gewiss wie ein Wegelagerer aussah. Offenbar war er wie viele fahrende Händler eine robuste Natur. Anders konnte man auf der Straße schwerlich überleben.

Folkmar entschied, ein Risiko einzugehen. Er schlug die Kapuze zurück und zeigte sein Gesicht, um zu signalisieren, dass er vertrauenswürdig war. Der Mann schien ihn nicht zu erkennen. Seine Tochter jedoch starrte argwöhnisch drein. Sie erinnerte Folkmar an eine misstrauische Katze.

»Ich will nicht nach Sneek. Aber ich würde euch gerne Essen abkaufen, wenn das möglich ist.«

»Du hast Glück. Wir haben uns in Stavoren mit Hering eingedeckt.«

Während der Händler ein Fass öffnete, holte Folkmar seine äußerst schlaff gewordene Geldkatze hervor. Er reichte dem Mann eine seiner letzten Silbermünzen und bekam dafür reichlich Fisch.

»Du bist sicher, dass du nicht nach Sneek willst? Du siehst aus wie ein Mann, der ein paar Nächte in einem warmen Bett vertragen könnte.«

Und ein Bad, schien die junge Frau mit Blicken hinzuzufügen.

»Ich komme zurecht.« Folkmar zwang sich zu einem Lächeln. »Hab Dank für den Fisch. Glück auf eurem Weg.«

Der Frachtwagen rumpelte davon. Die junge Frau hatte sich umgewandt und beobachtete Folkmar, bis die Entfernung zwischen ihnen zu groß wurde.

Er hätte sich gerne hingesetzt, um in Ruhe zu essen. Aber dafür war es ihm zu kalt, er musste in Bewegung bleiben. Heißhungrig verschlang er den Matjes, während er nach Süden wanderte. Das köstliche Essen weckte seine Lebensgeister und verschaffte ihm neue Zuversicht. Nun fühlte er sich gestärkt für den Heimweg.

Mühsame, gefahrvolle Wochen lagen hinter ihm. Er hatte mehrere Schieringer-Hochburgen im Herzen und im Westen der Landsgemeinde aufgesucht, Dörfer und Bauernschaften, die verschiedenen ihm namentlich bekannten Häuptlingen unterstanden. Dort hatte er nichts als Unglück gefunden. In zwei Siedlungen war ihm derart heftiges Misstrauen entgegengeschlagen, dass er es vorgezogen hatte, das Weite zu suchen. Ob die Leute ihn erkannt hatten oder ob die Unruhen im Land dafür verantwortlich waren, wusste er nicht.

Zwei weitere Dörfer waren wenige Wochen zuvor von den Vetkopern heimgesucht worden. Jene Schieringer, die man nicht getötet oder gefangen hatte, waren längst geflohen, sie versteckten sich weiß Gott wo.

Zumindest wusste Folkmar nun, was in Westfriesland vor sich ging. Die rachsüchtige Foelke Kampana hatte Juw Juwinga und andere mächtige Vetkoper beauftragt, Ockos Mörder aufzuspüren. Das taten die Vetkoper mit großem Eifer. Tatsächlich schossen sie weit übers Ziel hinaus und jagten die Schieringer mit Feuer und Schwert. Die wehrten sich und brandschatzten Äcker, Höfe und Dörfer ihrer Feinde. Mehr denn je spaltete der Hass die Landsgemeinden Westergo und Ostergo.

Mehr hatte Folkmar nicht in Erfahrung bringen können. Es war niederschmetternd. Dies war bereits sein zweiter Winter in Westfriesland, ohne dass er seinem Ziel näher gekommen wäre.

Er wanderte drei Tage lang, zuerst nach Süden, dann nach Osten, immer auf dem Karrenpfad. Nur wenn eine Siedlung auf seinem Weg lag, schlug er sich in die Büsche und machte einen weiten Bogen um die Zäune, Gärten und Reethütten. Er begegnete kaum jemandem. Er teilte sich den Fisch gut ein, sodass er für die gesamte Wanderung reichte.

Während er sich dem Moor näherte, sammelte er Feuerholz und erlegte einen Hasen. Er stopfte den Kadaver in die Jagdtasche und stellte sich dem letzten und gefährlichsten Abschnitt seiner Reise. Die Kälte hatte zumindest den Vorteil, dass die Sümpfe teilweise zugefroren waren. Das machte das Vorankommen leichter, er musste nicht bei jedem Schritt fürchten, im Morast zu versinken. Irrlichter waren auch keine zu sehen, und so erreichte er nach einigen Stunden Marsch seinen Unterschlupf.

Zu seiner Erleichterung stand die Hütte noch, kein Sturm hatte sie umgeweht. Er kroch hinein, warf das schwere Gepäck von sich und bereitete den Hasen zu. Es war eine Wohltat, am Feuer zu sitzen, umgeben von Wänden, die den Wind fernhielten. Langsam kehrte das Gefühl in die tauben Zehen zurück. Das gebratene Fleisch schmeckte nach Nichts, aber es füllte seinen kneifenden Magen.

Das war's, dachte er erschöpft. *Keine Wanderungen mehr.*

Die nächsten vier, fünf, sechs Monate würde er in der Hütte überwintern. Viel schlafen, die Kräfte schonen. Nur hinausgehen, wenn er Brennholz oder Essen brauchte. Diese beiden Aufgaben waren schwierig genug, wenn erst der Schnee kniehoch lag und es so kalt war, dass jeder Atemzug in der Lunge stach. Seine Suche musste er so lange unterbrechen, wieder einmal. Das war bitter, aber nicht zu ändern.

Folkmar saugte das Mark aus den Knochen und warf sie in die Flammen. Er war so müde, dass er wenig später am knisternden Feuer einschlief.

Warfstede

Als Almuth die Geburt endlich hinter sich hatte, wusste sie, dass es die richtige Entscheidung gewesen war, das Kind zu bekommen.

Lange war sie sich nicht sicher gewesen, was das betraf – nicht einmal in jenem Moment, als sie fluchtartig die Hütte der Kräuterfrau verlassen hatte. Damals hatte sie zwar das übermächtige Gefühl verspürt, dass sie etwas Falsches und Schreckliches tun würde, wenn sie das Mittel tränke, sodass sie ein paar Münzen auf den Tisch geworfen hatte und ohne ein Wort der Erklärung davongelaufen war. Die Zweifel aber, die Furcht, die kaum erträgliche Zerrissenheit zwischen Zuneigung und Abscheu für das ungeborene Kind waren geblieben.

Im Grunde bis vor wenigen Stunden.

Nun waren diese widersprüchlichen Gefühle verschwunden, restlos, als hätte es sie nie gegeben. Almuth betrachtete das winzige Menschenkind in ihren Armen und fragte sich, wie sie je etwas anderes als bedingungslose Liebe für den entzückenden kleinen Kerl hatte empfinden können. Er konnte doch nichts dafür, dass Yneke sein Vater war. Es war nicht wichtig, wer ihn gezeugt hatte. Er war *ihr* Kind. Sie vergötterte ihn, wollte ihn nie wieder loslassen.

Außer der neu erwachten Mutterliebe verspürte sie ungeheure Erschöpfung. Die Geburt hatte sich hingezogen, seit dem frühen Morgen, viele Stunden lang. Da es in Warfstede gerade keine Hebamme gab, hatten sich zwei Mägde um sie gekümmert, erfahrene Frauen und selbst Mütter von mehreren Kindern, die sich auskannten. Sie machten ihre Sache gut. Gleichwohl wäre es Almuth lieber gewesen, sie hätte Etta und Jorien um sich gehabt. Aber das hatte Yneke freilich nicht erlaubt. Ihr Herr Gemahl hatte sich übrigens seit dem Einsetzen der Wehen kein einziges Mal im Schlafgemach blicken lassen. Einer Gebärenden beizustehen hielt er für Frauensache, mit der er nichts zu tun haben wollte. Also saß er mit ihrem Vater, der diese Ansicht teilte, unten in der Halle und trank Wein.

Eine Magd öffnete das Fenster, doch die eindringende Winterluft war derart frostig, dass sie es sogleich wieder schloss. Die andere zündete ein Büschel getrockneter Kräuter an der Kerzenflamme an und räucherte den Raum aus. Der intensive Duft machte Almuth ganz benommen, linderte aber auch die Schmerzen im Unterleib. Sodann gaben ihr die Frauen Wasser zu trinken und fütterten sie mit kräftiger Grütze.

»Können wir noch etwas für Euch tun, Herrin?«

»Wir sind fürs Erste versorgt. Ihr könnt meinen Gemahl rufen, er soll endlich seinen Erben sehen.«

Kurz darauf trat Yneke ein, im Gesicht einen Ausdruck des Widerwillens. Er ekelte sich vor allem, was mit der Geburt eines Kindes zu tun hatte. Gert hingegen strahlte von einem Ohr zum anderen, sein runder Kopf war rot vom Wein.

»Ich kann es noch gar nicht fassen, was für ein hübscher Proppen, so ein süßes Kind«, brabbelte er glückselig, »dem Vater wie aus dem Gesicht geschnitten, nicht wahr? Das hast du gut gemacht, meine Liebe!«, lobte er Almuth und rieb sich die Hände.

Nun rang sich auch Yneke zu einem Lächeln durch, es wirkte höchstens ein bisschen gequält. »Eger soll er heißen – wie mein Vater. Darf ich ihn halten?«, fragte er zögernd.

Almuth gab das Kind nur ungern her. »Sei vorsichtig, du hast getrunken.«

Yneke behandelte seinen Sohn derart vorsichtig, als wäre Eger ein zerbrechliches Kleinod aus venezianischem Glas. Er hielt ihn in den ausgestreckten Händen und begutachtete ihn gründlich. Dabei schwand sein Lächeln.

»Was ist?«, fragte Almuth matt.

»Er wirkt sehr klein und leicht. Ist alles in Ordnung mit ihm?«

»Natürlich. Er ist kerngesund.«

Almuth irrte sich. Schon wenige Tage später wurde ihr Sohn krank.

Eger bekam Keuchhusten. Ohne Unterlass plagten ihn Fieber, Schleimfluss und Atemnot. Almuth fürchtete um sein Leben und kämpfte mit allen Mitteln gegen die Krankheit. Nichts half. Ihr Sohn wurde von Tag zu Tag schwächer.

Yneke ließ aus Wittmund einen Medicus kommen. Doch auch der gelehrte Arzt vermochte das Kind nicht zu kurieren. Eger war noch zu klein, um ihn zur Ader zu lassen und auf diese Weise die krankhaften Säfte auszuleiten. Also beschränkte sich der Arzt auf den Ratschlag, man solle regelmäßig das Schlafgemach, wo die Krippe stand, mit wohltuenden Kräutern ausräuchern, um ungesunde Miasmen unschädlich zu machen. Das tat Almuth ohnehin jeden Tag, es nutzte rein gar nichts. Der Medicus strich ein üppiges Honorar ein und ging. Yneke zuckte ratlos mit den Schultern und unternahm nichts weiter.

Almuth war auf sich gestellt. Yneke zeigte kein Interesse an seinem Sohn. Vermutlich hatte er Angst, Eger könnte alsbald sterben, sodass er es vorzog, keine väterlichen Gefühle aufkommen zu lassen. Almuth als Mutter hatte diese bequeme Möglichkeit nicht. Sie allein war für den kleinen Wurm verantwortlich.

Yneke mied nicht nur Eger. Auch ihr ging er aus dem Weg. Wie viele Männer glaubte er, eine Wöchnerin sei unrein, besonders empfänglich für teuflische Einflüsterungen. Deshalb schlief Almuth einstweilen beim Gesinde. Ihr Herr Gemahl hatte ihr klargemacht, sie dürfe erst in die eheliche Schlafkammer zurückkehren, wenn Bruder Erasmus die Aussegnung vollzogen habe. Frühestens vierzig Tage nach der Niederkunft also. Ihr machte das nicht das Geringste aus. Jede Nacht, die sie nicht mit Yneke das Bett teilen musste, war eine gute Nacht. Selbst wenn sie bei den Dienern und Mägden schlafen musste.

Zwei Wochen verstrichen, ein Monat. Eger klammerte sich ans Leben, aber besser ging es ihm nicht. Almuth schlief jede Nacht nur wenige Stunden, wenn überhaupt. Sie war mit ihren Kräften am Ende.

Eines Morgens erschien ihr das Steinhaus wie eine finstere Gruft, und sie fürchtete, den Verstand zu verlieren, wenn sie nicht sofort etwas anderes zu sehen bekam. Sie packte Eger dick ein, presste ihren Sohn an sich und eilte durch Frost und Schnee.

Wenig später saß sie bei Etta am Tisch. Ihre Freundin wusste, wie es um Eger stand. Sie küsste Almuth die Stirn und umarmte sie lange, ehe sie ihr eine Buttermilch hinstellte, das Feuer schürte und sich zu ihr setzte. Beide Frauen stillten ihre Kinder. Gela trank gierig, das sieben Monate alte Mädchen strotzte nur so vor Gesundheit und Lebenskraft, was leisen Neid in Almuth aufsteigen ließ. Eger nämlich hustete wieder einmal so heftig, dass er kaum trinken konnte. Sie wischte ihm den Rotz von der winzigen Nase und unternahm einen neuen Versuch. Vergeblich. Vom Husten wurde er ganz rot im Gesicht. Er fing an zu weinen.

Auch Almuth kamen die Tränen. Sie wollte sich zusammenreißen, aber es ging nicht. Es war einfach alles zu viel.

»Der Arme, er tut mir so leid. Und du auch«, sagte Etta.

»Ich weiß nicht, was ich noch tun soll.«

»Ich kenne ein gutes Mittel. Gewiss hilft es ihm.« Als Gela satt war, legte Etta sie in die Krippe, ordnete ihre Kleidung und trat zum Herd. Sie warf einen Torfballen in die Glut. Das aufflackernde Feuer linderte die Kälte, die an diesem eisigen Februartag von allen Seiten ins Haus gekrochen kam wie ein verstohlener Einbrecher. Sodann schnitt sie Gemüse.

Almuth wusste ihre Bemühungen zu schätzen, hatte jedoch wenig Hoffnung, dass Etta etwas ausrichten würde. In jedem Fall tat es gut, hier zu sein. Zum ersten Mal seit der Geburt fühlte sie sich nicht allein gelassen mit ihren Sorgen. Das spürte auch Eger, er beruhigte sich etwas. Sie tupfte ihm die Tränen ab und betrachtete das zerknautschte Gesichtchen. Sie machte sich nichts vor. Nur drei von vier Kindern erlebten den ersten Geburtstag, noch weniger erreichten das Erwachsenenalter. Almuth klammerte sich an die Hoffnung, Eger möge zu diesen Glücklichen gehören. Aber wie wahrscheinlich war das? Der Keuchhusten war eine böse Krankheit, an der Jahr für Jahr viele Kinder im Kirchspiel starben.

Der Gedanke ließ sie hart schlucken. Sie würde es nicht ertragen, ihn zu verlieren. Sie würde ihr Leben für ihn geben, wenn sie damit seines retten könnte.

Ein würziger Duft erfüllte den Raum. Etta hatte Lauch gekocht. Sie goss den Sud ab und reichte Almuth einen dampfenden Becher.

»Trink das vor dem Stillen. Lauchsud, vermischt mit Muttermilch, ist ein wirksames Mittel gegen Keuchhusten.«

»Tausend Dank.« Dieses Mittel kannte Almuth tatsächlich noch nicht, sie schöpfte neue Hoffnung. Sie nippte an der heißen Flüssigkeit, und nachdem sie den Becher geleert hatte, gab sie Eger noch einmal die Brust. Nun trank er ohne Schwierigkeiten, als hätte bereits der intensive Lauchgeruch die Hustenkrämpfe gelindert.

»Siehst du?«, meinte Etta lächelnd.

»Ich hätte schon viel früher zu dir kommen sollen.« Almuth nahm einen tiefen Atemzug.

Sie musste zuversichtlich sein. Was Eger jetzt am meisten brauchte, war eine starke Mutter. Sie würde dafür kämpfen, ihn gesund zu machen. Ihr war bewusst, dass das all ihre Kräfte binden würde. Währenddessen würde sie vermutlich kaum die Zeit finden, nach Beweisen für Folkmars Unschuld zu suchen – zumal diese Aufgabe sehr viel schwieriger geworden war, seit Yneke sie beim Lauschen erwischt hatte.

Es fühlte sich an, als würde sie Folkmar und die Osinga im Stich lassen.

Aber Egers Wohlergehen hatte Vorrang.

Kapitel acht

Westergo

Müde und schwitzend schleppte sich Folkmar durchs Moor. Alle hundert Schritte musste er stehen bleiben, um zu verschnaufen. Er konnte sich nicht erinnern, wann er das letzte Mal derart erschöpft gewesen war. Wieso strömte ihm aus allen Poren der Schweiß? So warm war es doch gar nicht.

Er wischte sich das Gesicht ab, stützte sich auf den Speer und suchte sich einen Weg durch das Labyrinth aus trübem Morast, feuchten Grasbuckeln und faulendem Holz. Der Schnee war längst getaut, nur an besonders dunklen Stellen lagen noch vereinzelte weiße Fladen. Dafür waren die Irrlichter besonders lebhaft. Mehrmals erblickte Folkmar blaues Glühen im Gehölz.

Nicht verwirren lassen, mahnte er sich. Doch das war leichter gesagt als getan. Seine Gedanken wälzten sich träge wie fette Würmer hinter den pochenden Schläfen.

Seit einigen Wochen wich der lange Winter endlich einem zaghaften Frühling. Folkmar hatte die Sonnentage genutzt, um reichlich zu jagen, zu fischen und essbare Pflanzen zu sammeln. Als er seine Vorräte aufgefrischt hatte, war er losgezogen. Er hatte seine Suche im Norden der Landsgemeinde fortsetzen wollen, an der Küste des Wattenmeeres, wo Apke Sirks' Dorf lag. Dass der Häuptling verschwunden war, mochte ein Hinweis sein, dass er etwas mit Ockos Ermordung zu tun hatte. Folkmar wollte ihn finden und hegte die Hoffnung, dass das Dorfvolk wusste, wo er sich versteckte.

Schon im vergangenen Herbst hatte er versucht, dorthin zu gelangen, doch vergeblich. Die Vetkoper hatten sämtliche Wege um ihre Hochburg Leeuwarden abgeriegelt, was eine Reise in den Norden zu gefährlich machte.

Inzwischen schien sich die Lage im Westergo beruhigt zu haben. Bei seiner Wanderung war Folkmar nur vereinzelten Vetkopern begegnet, möglicherweise schwiegen seit dem Winteranfang die Waffen. Gleichwohl hatte er abermals auf halber Strecke umkehren müssen, weil er fürchtete, vor Erschöpfung zusammenzubrechen, wenn er weiterging.

Was war nur los mit ihm? Hatte der harte Winter ihn derart geschwächt, dass ihn bereits ein dreitägiger Fußmarsch überforderte?

Er erreichte eine einzelne und kerzengerade Moorbirke, eine wichtige Wegmarke bei seinen Streifzügen durch die Sümpfe. Nicht mehr weit bis zu seiner Hütte. Er erwog, sich einen Moment hinzusetzen, entschied sich jedoch dagegen, aus Angst, nicht mehr aufstehen zu können, wenn er es täte.

Weiter, weiter. Die paar Schritte schaffte er auch noch.

Blitze flackerten vor seinen Augen, es sah aus wie zerplatzende Sterne. Er taumelte seitwärts, vernahm einen schmatzenden Laut und spürte nasse Kälte seinen linken Unterschenkel umschließen. Er war vom Weg abgekommen und in einen Schlammpfuhl getreten! Panik durchzuckte ihn. Er sackte auf die Knie, ließ den Speer fallen und krallte beide Hände ins feuchte Gras. Der Morast saugte an ihm wie ein gewaltiger Blutegel. Es gelang ihm, das Bein zu befreien.

Keuchend lag er auf dem Bauch.

Das Glühen da drüben zwischen den Bäumen schien zu flimmern. Wahrscheinlich lachte das Irrlicht über sein Missgeschick.

Du kriegst mich nicht! Folkmar rappelte sich auf und schlurfte mehr torkelnd als gehend weiter. Als er endlich seine Hütte erblickte, dankte er sämtlichen Heiligen, die ihm einfielen.

Er kroch hinein und schaffte es gerade noch, seine Habe abzulegen und die primitive Tür zu schließen, ehe er wegdämmerte.

Er musste lange geschlafen haben. Als er aufwachte, war es stockdunkel. Kein einziger Lichtstrahl zwängte sich durch die Ritzen in der Bretterdecke. Die Kleider klebten ihm wie eine zweite Haut am Körper. Sein Mundraum fühlte sich an, als hätte er grob gemahlene Kiesel gegessen. Ihm war so heiß, dass er fürchtete, von innen heraus zu verbrennen.

Er tastete nach der Trinkflasche, sie zu öffnen überstieg beinahe seine Kräfte. Er leerte sie bis auf den letzten Tropfen und hatte währenddessen den Gedanken, dass das Wasser verdampfte, bevor es den Magen erreichte.

Obwohl sein Kopf glühte, waren seine Gedanken seltsam klar. Er wusste nun, was ihm fehlte. Dies war keine gewöhnliche Erschöpfung, keine Schwäche durch Unterernährung.

Er litt am Marschenfieber.

An die Tage, die auf diese Erkenntnis folgten, konnte er sich später kaum erinnern.

Er schlief. Er wachte. Er schwitzte. Er schleppte sich zum Bach, um zu trinken. Manchmal blieb er entkräftet liegen und schlief im Uferschlamm. Um zitternd am ganzen Leib aufzuwachen. Der Schüttelfrost ging alsbald in heftige Krämpfe über. Wenn sie endlich nachließen, schmerzte ihm nahezu jeder Muskel.

Er versuchte zu essen und brachte kaum einen Bissen hinunter. Das, was doch in seinen Magen gelangte, erbrach er meist kurz darauf.

In seinen klaren Momenten begriff er, dass er handeln musste. Andernfalls würde er sterben.

Er musste irgendwie das Fieber senken. Dafür brauchte er Kräuter. Mädesüß, Schlüsselblume, Holunderblüten. Gab es die im Moor, im April? Er konnte sich nicht erinnern. Er musste die Heilpflanzen suchen, er hatte keine Wahl.

Staksend, stolpernd, schwankend ging er los. Er wollte zum Rand des Bruchwaldes. Dort hatte er schon einmal nützliche Kräuter gefunden.

Es musste geregnet haben, der Bach war stark angeschwollen. In seinem Zustand traute er sich nicht zu, das rauschende Wasser zu durchwaten. Folkmar machte einen Umweg, schlurfte an der einzelnen Moorbirke vorbei, fand irgendwie einen halbwegs trockenen Pfad durch den tückischen Schlamm. Ständig musste er Pausen einlegen, weil er völlig außer Atem war.

Er hatte Mühe, sich zu orientieren. Alles verschwamm vor seinen Augen, sein Verstand arbeitete nicht richtig. Nach einer Weile musste er sich eingestehen, dass er sich verirrt hatte.

Dieser Teil des Waldes kam ihm nicht bekannt vor. Er versuchte, zurückzugehen bis zur letzten prägnanten Wegmarke. Doch das machte alles nur noch schlimmer. Er setzte sich auf einen abgestorbenen Baum und bemühte sich, seine wirren Gedanken zu ordnen.

Wenn er wenigstens nicht solche Kopfschmerzen hätte. Er trank kühles Wasser. Das half ein wenig.

Da vorn wurde es heller. Hatte er trotz allem den Waldrand gefunden? Er setzte sich in Bewegung – und tatsächlich: Bäume und Unterholz lichteten sich.

Er vernahm Männerstimmen. Vetkoper! Schlussendlich hatten sie ihn gefunden. Er versuchte gar nicht erst davonzulaufen. Er wäre viel zu langsam und wollte nicht noch einmal riskieren, in den Sumpf zu geraten. Stattdessen schlüpfte er ins Gebüsch und hoffte, dass die knospenden Zweige ihn ausreichend tarnten. Er machte sich klein, verhielt sich still.

Die Stimmen klangen nicht nach raubeinigem Kriegsvolk. Was er zunächst für Alarmrufe gehalten hatte, war Gesang. Am Waldrand gaben mehrere Menschen ein Lied zum Besten.

Folkmar schlich näher heran, ohne die Deckung zu verlassen.

Jenseits des Bruchwaldes erstreckten sich sumpfige Wiesen. Ein Dutzend Männer waren damit beschäftigt, in der Erde zu graben. Dabei sangen sie. Sie trugen weiße Kittel. Schieringer, die sich wie er in der Wildnis versteckten? Folkmar schaute genauer hin. Nein. Das waren Laienbrüder des Zisterzienserordens. Sie legten eine Gracht an, um das Land zu entwässern und urbar zu machen.

Folkmar beobachtete sie. Offenbar gab es in der Nähe ein Kloster. Seltsam, dass er bei seinen Streifzügen nie darauf gestoßen war. Aber dies war eine unübersichtliche Gegend. Vermutlich dauerte es Jahre, bis man jeden Winkel kannte.

Was sollte er tun? Verschwinden oder hierbleiben? Er entschied sich dafür, eine Weile im Gebüsch zu verharren. Das Herumirren war überaus anstrengend gewesen, er brauchte eine Rast. Als er wieder Durst bekam, griff er zur Trinkflasche am Gürtel. Sie war nicht da. Er musste sie an dem toten Baum vergessen haben.

Schöner Mist!

Und nun? Sollte er aus der Gracht trinken? Das braune Sumpfwasser am Grund des Grabens erschien ihm nicht vertrauenerweckend.

Möglicherweise würde es die Krankheit verschlimmern. Er musste die Mönche um Hilfe bitten, es ging nicht anders.

Der Gesang verstummte augenblicklich, als er aus dem Gestrüpp stolperte. Zwölf Männer starrten ihn an, in den Händen Hacken und Deichspaten. Folkmar räusperte sich und leckte sich die spröden Lippen. Bevor er die rechten Worte fand, trat einer der Zisterzienser vor und sprach ihn an.

»Du siehst nicht gut aus, Freund. Können wir etwas für dich tun?«

»Wasser«, krächzte Folkmar. Bei Gott, wie seine Stimme klang! Wie das Knurren eines Raubtiers. Er räusperte sich noch einmal und sagte: »Ich brauche nur etwas Wasser.«

Der Mönch reichte ihm eine Lederflasche. Folkmar riss den Pfropfen heraus und trank so schnell, dass ihm der Inhalt teilweise in den Bart rann. Die unerträgliche Hitze in Kopf und Rachen wurde kaum geringer.

»Du brauchst Hilfe«, sagte der Mönch mit den freundlichen Augen. »Komm mit mir. Ich bringe dich ins Infirmarium. Der Heiler wird sich um dich kümmern.«

»Nicht nötig«, wehrte Folkmar schwach ab.

Dass ihn bisher keiner der Brüder als Geächteten erkannt hatte, war reines Glück, das er nicht strapazieren wollte. Er musste von hier verschwinden, bevor die Männer auf die Idee kamen, ihn zu ergreifen.

Als er zum Gebüsch zurückwich, verließen ihn die Kräfte. Die Beine gaben nach, er brach zusammen. Der Mönch mit der Trinkflasche und mehrere seiner Brüder eilten zu ihm, umringten ihn, redeten durcheinander. Er konnte kein Wort verstehen, ihm war, als würde ihn dichter Nebel einhüllen.

Nein!, wollte er ausrufen, als die weißgewandeten Männer ihn hochhoben, *lasst mich!* Er brachte nur ein Krächzen zustande, bevor ihm die Sinne schwanden.

Als Folkmar erwachte, schlug er um sich, ehe seine Augen richtig offen waren. Diese verdammten Betbrüder! Sie würden ihn nicht fortschleppen und einsperren. Er würde sich mit aller Kraft wehren und sie einen nach dem anderen niederstrecken, wenn es sein musste, mochten sie hundertmal Kirchenmänner sein. Er würde sein Leben teuer verkaufen …

Die wilden Bewegungen lösten heftigen Schwindel aus. Plötzlich drehte sich alles. Der Mageninhalt quoll ihm die Speiseröhre hinauf. Er schaffte es gerade noch, sich zur Seite zu drehen, ehe das Erbrochene auf den Boden plätscherte. Viel mehr als Wasser und Galle kam nicht.

Als er wieder auf dem Rücken lag und keuchend atmete, stellte er fest, dass es niemanden gab, den er abwehren musste. Keiner hielt ihn fest. Er war allein.

Über ihm spannte sich eine weiße Gewölbedecke. Durch ein doppeltes Spitzbogenfenster schien die Sonne herein. Er lag auf einer gepolsterten Pritsche – in einem herrlichen sauberen Bett mit Leinendecke und Daunenkissen.

Er war nackt. Nackt und sehr schwach. Ein klebriger Schweißfilm bedeckte seine Haut. Ihm war heiß, obwohl ein frischer Luftzug durch den Raum strich.

Nach einer Weile begriff er, was geschehen war. Man hatte ihn zum Kloster gebracht, als er bewusstlos gewesen war. Dies musste das Infirmarium sein, von dem der Mönch gesprochen hatte.

Wo sind meine Sachen?

Er schaute sich um, konnte sie jedoch nirgends entdecken. Alles war weg – seine Kleidung, die Waffen, der Proviant. Er stellte fest, dass es drei weitere Betten in dem Raum gab. Niemand lag darin. Neben seinem stand ein kleiner Tisch mit einer Flasche darauf. Er entkorkte sie. Darin war klares Wasser, von dem er zunächst vorsichtig, dann gierig trank.

Mit der Flasche in den zitternden Händen dachte er nach. Der Zisterzienserorden besaß große Gebiete in Friesland, besiedeltes Land, dem die jeweiligen Äbte als Gerichtsherren vorstanden. Mit einiger Wahrscheinlichkeit hatte auch dieses Kloster Ynekes Warnung vor dem Geächteten Folkmar Janns Osinga erhalten. Noch kümmerten sich die Mönche fürsorglich um ihn, den armen Hilfsbedürftigen. Doch wenn ihnen erst klar wurde, wer da in ihrem Infirmarium lag, wäre es gewiss vorbei mit der Nächstenliebe. Sie würden ihn an Yneke ausliefern oder ihm gleich an Ort und Stelle den Prozess machen.

Er musste hier weg.

Folkmar versuchte aufzustehen … mit dem Ergebnis, dass er beinahe das Bewusstsein verlor. Bei Gott, war er schwach! Er fühlte sich wie ein Methusalem von hundert Jahren. Er sank zurück ins Kissen. *Verdammtes Moor, verdammtes Marschenfieber, du hast mir den Rest gegeben.* Abermals griff er nach der Flasche und verbarg sie unter der Decke. Er würde sich nicht in sein Schicksal fügen. Sollten die Mönche Anstalten machen, ihn zu ergreifen, würde er ihnen das Gefäß, ohne zu zögern, überbraten.

Das Nachdenken strengte ihn derart an, dass ihm die Augen zufielen. Halb sitzend, halb liegend dämmerte er weg.

Er schlief tief und traumlos – bis Schritte ihn weckten.

Ein einzelner Zisterzienser betrat das Infirmarium. Es war jener Mönch, der ihm Hilfe angeboten hatte. Der hagere, grauhaarige Mann wirkte asketisch und bewegte sich mit einer Eleganz, die Folkmar draußen im Moor nicht aufgefallen war.

»Ah, du bist wach. Das trifft sich gut. Nun kann ich mich dir endlich vorstellen. Ich bin Bruder Conradus«, sagte er freundlich.

Er erwartete offenbar, dass der Fremdling im Bett ebenfalls seinen Namen preisgeben würde. Folkmar tat ihm den Gefallen nicht. »Wo sind meine Sachen?«

»Wir verwahren sie für dich. Du wirst sie natürlich zurückbekommen. Hab keine Furcht. Bei uns bist du sicher. Du darfst bleiben, bis du genesen bist. Es scheint dir ja bereits besser zu gehen«, fügte Conradus mit wissendem Lächeln hinzu.

Folkmar schaute stirnrunzelnd zu der Stelle, die der Mönch betrachtete. Er musste unruhig geschlafen und weiß Gott was mit der Flasche angestellt haben. Dabei war sie irgendwie zwischen seine Oberschenkel geraten und stand nunmehr aufrecht, sodass sich die Bettdecke am denkbar peinlichsten Ort wölbte. »Es ist nicht … Das täuscht … Ich habe nur …«, stammelte er verlegen.

»Einem Gottesmann ist nichts Menschliches fremd«, erklärte Conradus salbungsvoll.

Umständlich zerrte Folkmar die vermaledeite Flasche unter der Decke hervor und stellte sie geräuschvoll auf den Tisch. Er räusperte sich. »Ich darf also jederzeit gehen?«

»Natürlich. Du bist unser Gast, kein Gefangener. Aber ich rate dir dringend, unsere Hilfe anzunehmen. Das Marschenfieber setzt dir zu. Jede Anstrengung könnte dein Tod sein.« Der Mönch blickte Folkmar gütig an. »Der Heiler sieht gleich nach dir, er braut dir gerade einen Trunk gegen das Fieber. Brauchst du einstweilen etwas?«

»Danke, nein.«

»Ruh dich aus. Wenn du mich sprechen willst, ruf einfach nach mir. Ich bin meist im Nebenraum oder draußen im Garten.« Conradus verließ den Raum durch die einzige Tür.

Folkmar starrte zur Gewölbedecke und dachte über die Begegnung nach. *Bei uns bist du sicher*, hatte Conradus gesagt. Freundliche Worte, um ihn zu beruhigen. Diese Wirkung erzielten sie nicht, Folkmar fühlte sich noch immer angespannt. *Will er mir damit sagen, dass sie wissen, wer ich bin, es sie aber nicht kümmert? Oder will er mich in Sicherheit wiegen, bis Bewaffnete da sind, die mich in einen Käfigwagen stecken?*

Er fand keine Antworten auf diese Fragen. Sein Verstand war immer noch zu träge für konzentriertes Nachdenken. Nun, ihm blieb ohnehin nichts anderes übrig, als der Dinge zu harren, die da kamen. Er war viel zu schwach, um irgendetwas zu unternehmen.

Er schloss die Augen und wartete auf den Heiler.

Folkmar öffnete blinzelnd die Augen. Wo war er? Er konnte sich nur mit größter Mühe konzentrieren. Im Kloster der Zisterzienser, richtig. Man hatte ihm Arznei gegeben. Einen Kräutertrunk, der ihn derart müde gemacht hatte, dass er kurz nach dem letzten Schluck eingenickt war. Wie lange hatte er geschlafen? Er vermochte es nicht einzuschätzen, doch er erinnerte sich verschwommen, dass er mehrmals für eine kurze Zeit wach gewesen war, um zu essen, zu trinken, den Nachttopf zu benutzen, jeweils mit der Hilfe eines Mönchs. Er hatte gewiss zwei, drei Tage geruht. Sein ganzer Körper war nämlich steif wie eine Schiffsplanke.

Er schlug die Decke zurück und setzte sich auf die Bettkante. Trotz der Schmerzen in den Gliedern, trotz der Schwäche in den Muskeln fühlte er sich besser. Das Fieber war zurückgegangen. Und man hatte ihn gewaschen – ein herrliches Gefühl. Dass er sich das letzte Mal so sauber gefühlt hatte, war fast ein Jahr her.

Auch seine Kleider hatte man gereinigt. Sie lagen in einer Kiste neben dem Bett, zusammen mit dem Rest seiner Habe. Sogar das Schwert war da. Er wollte sich nicht noch einmal hinlegen, er brauchte dringend etwas Bewegung. Als er nach Bruche und Rock griff, um sich anzuziehen, stellte er fest, dass die Mönche die Sachen geflickt hatten.

Das würden sie nicht tun, wenn sie mir etwas Böses wollten. Das Schwert hätten sie mir schon gar nicht zurückgegeben.

Trotzdem gelang es ihm nicht vollends, sich zu entspannen. In den vergangenen Monaten war ihm das Misstrauen zur zweiten Natur geworden. Er wollte vorsichtig bleiben, bis er die Motive der Mönche besser kannte.

Wenig später verließ er das Infirmarium, trat auf wackligen Beinen hinaus auf den Gang. Schwindel stieg ihm wie kräftiger Wein in den Kopf, und er stützte sich stets mit einer Hand an der Wand ab.

»Bruder Conradus?«

Die Frage hallte in der Stille. Im benachbarten Skriptorium hielt sich gerade kein Mönch auf. Auch das Refektorium war menschenleer.

Aus dem Innenhof drangen Stimmen. Folkmar spähte durch einen Fensterschlitz, der auf den Kreuzgang wies.

Auf dem runden Platz inmitten des Kräutergartens standen Bruder Conradus und der Abt. Sie redeten gerade mit mehreren Kriegsknechten, deren Anführer die Daumen hinter den nietenbesetzten Gürtel gehakt hatte. Obwohl Folkmar nicht verstehen konnte, was die Männer sprachen, war ihm sonnenklar, warum die Bewaffneten hier waren.

Ruckartig fuhr er herum. Dabei wurde das Schwindelgefühl so stark, dass er beinahe das Gleichgewicht verlor. Er fing sich rechtzeitig und schlurfte, so schnell es ging, zum Infirmarium zurück. Dort zog er hastig die Schuhe an, gürtete sich das Schwert um und stopfte seine Habe in den Beutel.

Er trat ans Doppelfenster. Darunter erstreckte sich ein steiler Grashang, der in den Obstgarten des Klosters auslief. Unter normalen Umständen wäre er, ohne zu zögern, hinausgeklettert. Aber so schwach und wackelig, wie er war, würde er sich möglicherweise verletzen. Fieberhaft überlegte er, ob es einen anderen Weg hinaus gäbe, der es ihm ermöglichte, unbemerkt an den Kriegsknechten vorbeizukommen. Wenn er sich doch nur schon früher in dem Kloster umgeschaut hätte!

»Eine herrliche Aussicht, nicht wahr?«

Er fuhr herum, im Eingang stand Bruder Conradus. Folkmar zog umständlich das Schwert, sogar dafür war er zu schwach. Die Klinge zitterte, als er sie auf den Zisterzienser richtete. Der hob erschrocken die Hände.

»Was machst du denn da?«

»Lass mich gehen!«

»Du bist noch sehr schwach. Schau dich an. Du kannst kaum stehen. Steck das Schwert weg.«

»Komm nicht näher!« Folkmar spähte auf den Korridor, konnte jedoch nur ein kurzes Stück sehen. Er erwartete, dass jeden Moment die Bewaffneten hereinstürmen würden.

Conradus blieb, wo er war, nahm jedoch die Arme herunter. »Niemand will dir etwas tun. Wovor hast du Angst?«

»Die Krieger – weshalb sind sie hier?«

»Welche …? Ach so, du meinst die Knechte des Mutterklosters. Der Abt hat sie angefordert, damit sie einige kostbare Codices abholen und in die Stadt bringen. Einen Bruder damit zu betrauen erschien ihm zu riskant, dies sind gefährliche Zeiten.« Conradus runzelte die Stirn. »Hast du etwa gedacht, sie seien deinetwegen hier?«

Folkmar schwieg. Das Schwert wurde ihm schwer, er ließ es sinken.

»Ich wollte die Bücher gerade holen. Als ich Geräusche aus dem Infirmarium hörte, beschloss ich, zunächst nach dir zu sehen. Die Anwesenheit der Waffenknechte hat nichts mit dir zu tun. Komm, ich beweise es dir.«

Folkmar schob das Schwert in die Scheide und folgte dem Mönch zögernd. Conradus ging ins Skriptorium, holte drei schwere Codices aus einer Truhe und trug sie hinaus in den Hof. Durch den Fensterschlitz beobachtete Folkmar, wie die Krieger die Handschriften in Ledertaschen steckten und vom Abt Instruktionen bekamen, ehe sie zu den Pferden gingen, die draußen beim Tor angebunden waren.

Conradus kam zurück. »Siehst du?«, meinte er lächelnd. »Dir droht keine Gefahr.«

Folkmar fühlte sich plötzlich sehr schwach. »Ich sollte mich hinsetzen«, murmelte er.

»Gewiss. Bringen wir dich zum Bett.«

Tatsächlich fühlte sich Folkmar derart benommen, dass er sich der Länge nach auf der Schlafstatt ausstreckte. Conradus half ihm, das Wehrgehenk abzunehmen, und zog ihm die Schuhe aus. Anschließend flößte der Mönch seinem Schützling etwas Wasser ein.

»Wieso fürchtest du dich so vor uns?«

»Ich habe meine Gründe«, krächzte Folkmar.

»Wer bist du?«

Sie wissen es nicht!, durchzuckte es ihn. *Sie wissen nicht, wer ich bin!* Möglicherweise war das Kloster zu unbedeutend und zu abgelegen, als dass Yneke Egers es für nötig gehalten hätte, ihm eine Abschrift des Steckbriefes zu schicken. Oder die Nachricht war unterwegs verloren gegangen, so etwas geschah andauernd. Was auch immer die Gründe waren, dass Conradus und seine Brüder noch nichts von ihm gehört hatten: Folkmar verspürte ungeheure Erleichterung.

»Willst du es mir nicht endlich sagen?«, hakte Conradus freundlich nach. »Indem wir dich herbrachten und pflegten, haben wir dir Vertrauen entgegengebracht. Es wäre schön, wenn du uns etwas davon zurückgeben würdest.«

»Nenn mich Ubbe. Ubbe Sybeken.« Folkmar fühlte ich schäbig, weil er Conradus anlog. Doch er wollte sein Glück nicht ausreizen, indem er seinen echten Namen preisgab.

»Ubbe Sybeken«, wiederholte der Mönch lächelnd. »Hab Dank für deine Offenheit.«

Folkmar fühlte sich bemüßigt, eine Erklärung anzufügen. »Ich mag wie ein Verbrecher ausgesehen haben, als wir uns das erste Mal trafen. Aber ich bin keiner. Ich lebe schon lange in der Wildnis. Ich … hatte viel Pech.«

»Und reichlich schlechte Erfahrungen mit den Autoritäten hast du offenbar auch gemacht«, ergänzte Conradus. »Sei beruhigt. Hielte ich dich für einen Verbrecher, dann hätte ich dich nicht hergebracht. Ich habe in meinem Leben schon viele Räuber und Mörder getroffen –

ich erkenne einen Galgenvogel, wenn ich einen sehe. Bei dir spürte ich, dass du eine ehrliche Haut bist, als wir uns draußen an der Gracht begegnet sind.«

Folkmar dachte, dass sein Leben erheblich einfacher wäre, wenn alle Friesen eine solch gute Menschenkenntnis wie Bruder Conradus hätten.

Plötzlich durchliefen heiße und kalte Schauer seinen Leib wie rasant an- und abschwellende Gezeiten. Sein Mund, der Rachen, der ganze Kopf fühlte sich heiß an.

Auch sein Wohltäter bemerkte, dass etwas nicht mit ihm stimmte. Conradus legte ihm die Hand auf die Stirn und verzog das Gesicht. »Du glühst! Das haben wir jetzt von der ganzen Aufregung, sie hat das Fieber zurückgebracht. Ich hole rasch den Heiler.«

Die dünnen Schuhsohlen klatschten auf dem Steinboden. Folkmar schloss die Augen, ihm war elend zumute. Gleichzeitig fühlte er sich zum ersten Mal seit Tagen frei von Furcht – entspannt, geborgen. Er genoss es, dass er in diesem weichen Bett liegen durfte statt auf dem harten Waldboden in seinem finsteren Unterschlupf inmitten der stinkenden Moorwasser.

Alles wird gut, sagte er sich, und mit diesem Gedanken schlief er ein.

Warfstede

Almuth stand am Fenster der Schlafkammer und hielt ihren Sohn im Arm. Sie streichelte den Flaum auf seinem Köpfchen und küsste ihm die Stirn. Eger gluckste munter. Vielleicht war es Gottes Güte, vielleicht Ettas Arznei, aber der scheußliche Keuchhusten, der dem kleinen Kerl die ersten Lebensmonate zur Hölle gemacht hatte, war endlich verschwunden. Das Fieber ebenfalls. Ausgestanden war die Krankheit gleichwohl nicht. Eger wirkte noch immer schwach, er schlief und aß zu wenig. Almuth wagte kaum, ihn auch nur einen Moment aus den Augen zu lassen. Nachts stand sie mehrmals auf und sah nach ihm – wenn sie nicht ohnehin von seinem Wimmern geweckt wurde.

Noch nie im Leben war sie derart müde gewesen.

Yneke war ihr nach wie vor keine Hilfe. Er war in seine Amtsstube ausgewandert und schlief seit Wochen auf dem Boden neben dem Schreibpult, damit er Egers nächtliches Geschrei nicht ertragen musste.

Bald ist er weg, dachte Almuth. *Für lange Zeit. Vielleicht für immer.*

Auf dem The tummelte sich reichlich Kriegsvolk, Yneke war mittendrin und verteilte Befehle. Die Gerüchte der vergangenen anderthalb Jahre, sie hatten sich endlich bestätigt. Ostfriesland stand ein neuer Krieg bevor. Widzelt tom Brok war entschlossen, die Eroberungspolitik seines Vaters fortzusetzen. Anfang Mai hatte er seine Vögte zu den Fahnen gerufen, die Streitmacht würde sich bei Esens sammeln. Er wollte Wittmund angreifen, die Kankena entmachten und in Harlingerland weitere Gebiete an sich bringen.

Wie üblich unterstützte Yneke seinen Herrn voller Eifer. Er hoffte auf reiche Kriegsbeute. Widzelt hatte ihm wohl sein Wort gegeben, ihn großzügig am Raubgut zu beteiligen. *Wie ein Esel, dem man eine Mohrrübe vors Maul hält, damit er brav losmarschiert*, dachte Almuth. Dabei hatte Widzelt bereits bewiesen, dass seine Versprechungen nicht allzu viel wert waren. Auch Yneke wusste das, aber er war zu schwach, seine Wünsche durchzusetzen. Also hatte er sich eingeredet, diesmal würde alles anders und besser sein. *Du armer Tropf.*

Jemand stieß ins Horn. Die Fußknechte griffen nach Schilden und Lanzen. Yneke, Cord und andere stiegen in die Sättel. Dabei blickte Yneke zum Steinhaus auf und hielt nach seiner Gemahlin Ausschau. Almuth wich vom Fenster zurück. Ihr Abschied war äußerst knapp und kühl ausgefallen. Irgendwelche wehmütigen Blicke seinerseits würde sie nicht ertragen.

Sie drückte Eger an sich und wartete.

Sie vernahm das Stampfen von Füßen und Hufen, es wurde stetig leiser. Als sie wieder ans Fenster trat, zog der Trupp bereits zum offenen Tor. Wenig später verschwanden die Krieger hinter dem Geestrücken vor dem Dorf.

Almuth kämpfte gegen den Wunsch an, Yneke möge in den bevorstehenden Schlachten von einem Pfeil oder Schwert niedergestreckt werden. Obwohl sie ihm ein solch blutiges Ende von Herzen gönnte, wäre es für ihre Pläne überaus schädlich. Fiele Yneke im Kampf, würde er sein Wissen um die Intrige gegen Folkmar mit ins Grab nehmen. Fortan wäre es nahezu unmöglich, dessen Unschuld zu beweisen.

Das ist es ohnehin, wisperte eine Stimme in ihren Gedanken. *Oder hast du in den letzten Monaten irgendetwas für Folkmar unternommen, geschweige denn erreicht?*

Nein, hatte sie nicht. Die Sorge um Eger beanspruchte nach wie vor all ihre Kräfte. Aber sie schwor sich, ihre Suche nach Hinweisen fortzusetzen, sobald der Junge kräftig genug war, dass er sie nicht mehr jeden Moment des Tages brauchte.

Dafür musste Yneke am Leben bleiben.

»Wir sollten für ihn beten«, sagte sie zu ihrem Sohn.

Wenn man wollte, konnte man die Falte zwischen Egers Augenbrauen für einen Ausdruck kindlicher Skepsis halten.

»Hast ja recht.« Almuth streichelte ihm den Hinterkopf. »Man muss es nicht übertreiben.«

Kapitel neun

Westergo

Folkmar trug das letzte der vier Schreibpulte ins Skriptorium und stellte es so auf, dass man beim Arbeiten genug Licht haben würde. Sodann strich er mit den Händen über Flächen und Kanten und prüfte, ob es irgendwo Unebenheiten gab. Er fand keine, er war mit seinem Werk zufrieden. Bruder Conradus ebenfalls.

»Hervorragende Arbeit«, lobte der Mönch. »Tausend Dank.«

Folkmar winkte bescheiden ab. »Ich habe zu danken.«

Die Schreibpulte zu reparieren war das Mindeste, was er tun konnte. Drei volle Monate hatte es gedauert, das hartnäckige Marschenfieber abzuschütteln und wieder zu Kräften zu kommen. Währenddessen hatten Conradus und seine Brüder ihn gepflegt und genährt, ohne je einen Lohn für ihre Bemühungen zu verlangen. Folkmar vergalt ihnen die selbstlose Hilfe, indem er anfallende Zimmermannsarbeiten übernahm und sich um kaputte Türen, morsche Dachbalken und wurmzerfressene Bettgestelle kümmerte.

Das Zisterzienserkloster am Rande des Moors war klein, es beherbergte gerade einmal sechs Mönche und vierzehn Laienbrüder, die mit der Instandhaltung der Anlage heillos überfordert waren. Die Schreibpulte etwa hätten schon vor Jahren repariert werden müssen. Das war jedoch nicht geschehen, mit der Folge, dass vor einigen Wochen eines zusammengebrochen war. Der Mönch, der gerade daran saß, war auf den Steiß gefallen, Tinte war über das Manuskript gelaufen und hatte die Arbeit vieler Monate vernichtet. Daraufhin hatte sich Folkmar der altersschwachen Möbel angenommen und das brüchige Holz ausgetauscht, damit sich solch schmerzhafte und teure Unfälle nicht wiederholten.

Ein Lächeln umspielte seine Lippen, als er die Pulte betrachtete.

Die Sonne schien durch die hohen Spitzbogenfenster, das polierte Holz glänzte. Wie gut es tat, endlich wieder mit Beitel und Hobel zu arbeiten. Wenn er in der Werkstatt weilte, umgeben vom würzigen Duft der Sägespäne, das Zimmermannswerkzeug in der Hand, das Klopfen des Hammers im Ohr, vergaß er für eine Weile das Elend, das sein Leben geworden war.

»Du hast dir eine Pause verdient, Ubbe Sybeken«, holte Bruder Conradus ihn ins Hier und Jetzt zurück. »Lass uns einen Spaziergang machen.«

Sie verließen das Kloster auf dem grasbewachsenen Geestrücken und schritten durch den Obstgarten vor den Mauern. Es ging bereits auf den Abend zu, doch die Sonne war an diesem Julitag noch immer kraftvoll und glitzerte wie verstreute Goldbröckchen in den Kronen der Apfelbäume. Ein Laienbruder stand auf einer Leiter, sägte einen abgestorbenen Ast ab und summte dabei ein Lied. Folkmar ärgerte sich, dass er das schöne und trockene Wetter nicht für seine Suche hatte nutzen können. Aber sein Zustand hatte es nicht zugelassen. Noch vor ein, zwei Wochen war er zu schwach für lange Wanderungen und das harte Leben in der Wildnis gewesen.

»Wie geht es dir?«, erkundigte sich Conradus, der mit im Rücken verschränkten Armen neben ihm herschlenderte.

»So gut wie lange nicht. Ich denke, die Krankheit ist bezwungen – sofern man das beim Marschenfieber überhaupt sagen kann.«

Der Mönch nickte stirnrunzelnd. »Es ist eine tückische Seuche. Manch einer, der sich genesen glaubte, wird Jahre später von neuerlichen Fieberschüben heimgesucht, die mitunter schlimmer sind als die anfänglichen. Aber du bist ein kräftiger Bursche«, fügte er aufmunternd hinzu. »Wenn einer dieses Leiden vollends abschütteln kann, dann du.«

Und wenn nicht, werde ich lernen müssen, damit zu leben… wie mit so vielem, dachte Folkmar. Er fügte das Marschenfieber der Liste von Qualen hinzu, die er Yneke Egers verdankte – und die er seinem Peiniger eines Tages heimzahlen würde. Mit Zins und Zinseszins.

»Was hast du nun vor?«, fragte Conradus, als sie das Ende des Apfelhaines erreichten und über eine duftende Blumenwiese schritten.

»Das weiß ich noch nicht«, log Folkmar.

Er hatte den Mönchen nichts von seinen Plänen erzählt, und er rechnete es ihnen hoch an, dass sie ihn nie mit Fragen zu seiner Herkunft, seiner Vergangenheit und seinen Absichten bedrängten. Sie respektierten es, dass er es vorzog, zu diesen Dingen zu schweigen. Sie hätten ihm ohnehin nicht helfen können. Mit einigen vorsichtigen Fragen hier und da hatte er schon früh herausgefunden, dass Conradus und seine Brüder kaum etwas über Ockos Tod und die Verhältnisse in Ostfriesland wussten. Sie wollten lediglich Gottes Werk verrichten und hielten sich aus jeglichen Fehden und Machtkämpfen heraus.

»Hast du schon einmal darüber nachgedacht, bei uns zu bleiben?«, schlug Conradus vor. »Du könntest als Laienbruder in den *Ordo Cisterciensis* eintreten. Mit deinen handwerklichen Fähigkeiten könntest du viel Gutes tun, etwa indem du uns hilfst, die Moore trockenzulegen und dieses Land für künftige Generationen urbar zu machen.«

»Das Angebot ehrt mich. Aber ich muss bald weiterziehen.«

Der Mönch schwieg einen Moment, ehe er weitersprach. »Es ist kein Geheimnis, dass wir ein armes Kloster sind. Die wurmstichigen Schreibpulte sprechen eine eindeutige Sprache. Schlimmer noch, es ist ein sterbendes Kloster. Es hat sich nie richtig von der Pestilenz des Jahres 1350 erholt. Damals sind zwei Drittel der Bewohner gestorben, und es ist den Äbten nie gelungen, die gelichteten Reihen wieder aufzufüllen. Wenn sich dies nicht in den nächsten fünf Jahren ändert, wenn die älteren Brüder nach und nach wegsterben und wir keinen Ersatz für sie finden, werden wir gezwungen sein, das Kloster aufzugeben. Du siehst, wir brauchen dringend Novizen. Wir brauchen dich.«

In dem neuerlichen Schweigen, das auf diesen Appell folgte, fragte Folkmar sich, ob dies der wahre Grund gewesen war, warum die Mönche ihn so bereitwillig aufgepäppelt hatten. Waren sie gar nicht so selbstlos, wie sie zu sein vorgaben? Hofften sie, er würde sich nun verpflichtet fühlen, sich ihnen anzuschließen? *Selbst wenn das so sein sollte, macht das die Hilfe, die ich von ihnen bekam, nicht weniger wert*, sagte er sich. *Es ist ihr gutes Recht, für den Orden zu werben.*

»Ihr würdet keine Freude an mir haben.« Folkmar lächelte. »Ich bin für das Klosterleben nicht geschaffen. Ich wäre vermutlich ein schlechter Laienbruder.«

»Das glaube ich nicht. Du bist gütig, hilfsbereit und geduldig. Ideale Voraussetzungen für die geistliche Arbeit.«

»Aber mein Weg ist ein anderer. Bitte versteh das.«

Auch jetzt wollte Conradus nicht wissen, wohin sein Weg denn nun führe, obwohl er sich diese Frage zweifellos stellte. Der freundliche Mönch respektierte die Grenzen anderer in einem Ausmaß, das Folkmar so noch nie erlebt hatte. Er fragte lediglich: »Das ist dein letztes Wort?«

»Ja.«

Conradus machte keinen Hehl aus seiner Enttäuschung. »Das betrübt mich. Aber es bleibt mir wohl nichts anderes übrig, als deine Wahl zu respektieren. Wann wirst du uns verlassen?«

»Morgen. Ich bin euch lange genug zur Last gefallen.« Obwohl Folkmar den erholsamen Aufenthalt in dem Kloster genossen hatte, wollte er so bald wie möglich seine Suche fortsetzen. Er hatte schon zu viel Zeit verloren.

»Morgen schon? Du kannst gerne noch einige Tage bleiben. Du bist keine Last, im Gegenteil. Wir haben dich sehr gerne hier. Aber ich sehe schon – auch was das betrifft, werde ich dich nicht umstimmen können. Dann iss ein letztes Mal mit uns, Freund Ubbe, und sprich mit uns das Nachtgebet.«

So geschah es. Folkmar vermied es, den anderen Mönchen von seiner bevorstehenden Abreise zu erzählen, damit das letzte gemeinsame Nachtmahl nicht von Traurigkeit überschattet wurde. Auch Conradus verschwieg, dass ihr Gast sie am nächsten Morgen verlassen würde, und so verlebte Folkmar einen angenehmen Abend im Kreise jener Männer, die ihm das Leben gerettet hatten und in den vergangenen Monaten seine Freunde geworden waren. Nach der Komplet, dem letzten Stundengebet des Tages, zog er sich mit den Mönchen ins Dormitorium zurück, wo er schlief, seit er nicht mehr auf die Betreuung des Heilers angewiesen war.

Er wartete, bis sämtliche Männer gleichmäßig atmeten oder vernehmlich schnarchten. Dann zog er leise die Kiste mit seiner Habe unter der Bettstatt hervor und stahl sich hinaus.

Er hatte beschlossen, schon jetzt zu gehen. Nach allem, was die Zisterzienser für ihn getan hatten, war es gewiss nicht die feine Art, ohne jede Erklärung im Dunkel der Nacht zu verschwinden. Aber ihm grauste vor einem tränenreichen Abschied im Morgengrauen. Außerdem befürchtete er, dass Conradus ihn noch einmal mit der Bitte bestürmen würde, er solle doch bleiben. Möglicherweise würde er sogar seine Zurückhaltung aufgeben und ihm allerlei lästige Fragen stellen: *Wieso musst du so dringend fort? Wohin willst du? Heißt du wirklich Ubbe Sybeken?* Es wäre für alle Beteiligten das Beste, diese unangenehme Situation zu vermeiden.

Im Infirmarium zog er sich an und schlang sich das Wehrgehenk um die Hüfte. Er warf seine Sachen aus dem Fenster, kletterte hindurch und landete weich auf der Böschung. Einen Beutel schulterte er, den anderen befestigte er am Speer. Sodann durchquerte er den Obstgarten.

Es war eine sternklare Sommernacht, der Mond schien hell. An dem Mäuerchen, das das Gelände begrenzte, wandte Folkmar sich noch einmal um. Er glaubte, am Doppelfenster des Infirmariums eine Gestalt stehen zu sehen. Bruder Conradus, der aufgestanden war, um ihn zu verabschieden?

Folkmar hob die Hand. »Hab Dank für alles«, murmelte er, ehe er über die niedrige Mauer stieg und dem Kloster für immer den Rücken kehrte.

Seine Hütte war in sich zusammengefallen. Wahrscheinlich stürmische Böen, die im Spätfrühling durch das Moor gefegt waren und die nicht übermäßig stabile Konstruktion umgerissen hatten. Folkmar brauchte mehrere Tage, um sie wiederaufzubauen. Währenddessen schlief er unter freiem Himmel auf dem feuchten Boden und wünschte sich manches Mal die Behaglichkeit des Klosters zurück.

Er jagte, er fischte, er sammelte Beeren, Wurzeln, Kräuter. Als seine Beutel mit geräuchertem Fleisch und anderem Proviant gefüllt waren, verließ er das Moor, um endlich da weiterzumachen, wo er im Frühjahr aufgehört hatte.

Das war leichter gesagt als getan. Wie sich herausstellte, hatten die Waffen nur im Winter geschwiegen. Abermals herrschten im Westergo kriegsähnliche Unruhen. Vetkoper jagten Schieringer, die Weißröcke rächten sich mit Hinterhalten und erbarmungslosen Angriffen auf Dörfer und Gutshöfe ihrer Feinde. Folkmar mied Siedlungen und Karrenpfade, um nicht zwischen die Fronten zu geraten. Mehrmals musste er vor mordlüsternen Horden fliehen und sich tagelang verstecken.

Der Weg in den Norden, wo Apke Sirks' Dorf lag, war ihm nach wie vor versperrt. Zwischen Leeuwarden und Harlingen wimmelte es von Vetkopern, die jeden Reisenden überprüften. Also suchte er zuerst nach weiteren Schieringer-Häuptlingen, die vor zwei Jahren mit Volkmar Allena in Ostfriesland gewesen waren und deren Namen er noch nicht kannte. Mit seinen Fragen erntete er nichts als Schweigen, Misstrauen, offenen Hass. In einem Dorf, dessen Strohhütten sich um eine Wehrkirche drängten wie ängstliche Verurteilte um ein Schafott, hielt man ihn gar für einen Kundschafter der Vetkoper. Die Schwerter flogen aus den Scheiden, ehe er sich erklären konnte. Mit knapper Not gelang ihm die Flucht.

All das dauerte Wochen. Als der Sommer dem Herbst wich, war er so klug wie zuvor.

An einem stürmischen Tag unternahm er einen neuen Versuch, in den Norden zu gelangen. Der heftige Regen und der kalte Wind vertrieben die Vetkoper von den Weiden und Karrenpfaden, sodass er im Schutz der windgepeitschten Wallhecken ins küstennahe Marschland vorstoßen konnte. Niemand bemerkte ihn, niemand hielt ihn auf, und in einem leer stehenden Schuppen im Brachland wartete er das Ende des Sturms ab.

Zwei Tage später verließ er seinen Unterschlupf und watete durch den schier endlosen Schlamm. Er konnte das Meer noch nicht sehen, wohl aber riechen. Der stramme Nordwestwind wehte den unverkennbaren Duft des Watts heran, die Luft roch nach Salz und Algen, Muscheln und Queller. Der Himmel war gleichförmig grau, so weit das Auge reichte. Die Wolkendecke schien derart niedrig zu hängen, dass Folkmar dachte, er könnte sie berühren, wenn er nur den Speer in die Höhe reckte.

Er stieß auf ein Tief, das vom Regen der letzten Tage stark angeschwollen war. Er folgte dem Wasserlauf und erblickte alsbald ein Dorf am Seedeich. Der Sielhafen erinnerte ihn schmerzlich an Warfstede, wenngleich er wesentlich kleiner als sein Heimatort war.

Befestigungsanlagen gab es kaum welche, nur ein einzelner Turm aus Balken und Weidengeflecht wachte über die Gegend. Auf einer Wurt inmitten der weit verstreuten Reethütten stand ein einstöckiges Steinhaus.

Wenn er sich nicht verirrt hatte, musste dies der Ort sein, über den einst Apke Sirks geherrscht hatte.

»Freund oder Feind?«, rief der Turmwächter, als Folkmar sich dem Dorf näherte.

»Freund!«

Der Mann stierte argwöhnisch von der Brüstung herab, schien jedoch zum Schluss zu kommen, dass ein einzelner Wanderer keine Gefahr darstellte. »Geh weiter. Aber mach keinen Ärger.«

Folkmar erreichte eine Art Tor, das den Weg überspannte. Zunächst hatte er angenommen, der mehr als zwei Klafter hohe und ebenso breite Spitzbogen bestehe aus mächtigen Hölzern. Nun sah er, dass es sich um riesenhafte Gebeine handelte – um den Kieferknochen eines Blauwals. Beeindruckt betrachtete er das Gebilde, ehe er das Dorf betrat.

Kaum Menschen weilten im Freien, nur ein paar Fischer, die Netze flickten oder an ihren Booten werkelten. Folkmar machte sich keine großen Sorgen, man könnte ihn erkennen. Die Menschen des Westergos hatten inzwischen andere Sorgen, als sich vor einem geächteten Ostfriesen zu fürchten. Vermutlich war längst Gras über die Sache gewachsen. Gleichwohl ließ er die Kapuze auf und behielt die Umgebung im Auge. Die letzten Monate hatten ihn gelehrt, dass Schieringer-Dörfer gefährliche Orte waren, wo bereits ein allzu neugieriger Blick in die falsche Richtung Mordlust hervorrufen konnte.

Die Männer vor den Hütten musterten ihn misstrauisch. Folkmar spürte, dass er von diesen grimmigen Gesellen nichts erfahren würde. Also ging er weiter, bis er zu dem kleinen Stausee vor dem geschlossenen Siel kam. Das nahe Steinhaus wirkte ungepflegt. Im Walmdach klafften Löcher, Unkraut wucherte unter den Fenstern empor. Auf der Wurt weideten Schafe. Folkmar runzelte die Stirn, als ein junger Bursche durch die offene Haustür ins Freie trat, ein Friesenpferd am Zügel führend. Offenbar nutzte man die verlassene Häuptlingsburg als Stall.

Bei den Anlegern stand ein Schankhaus, der aufsteigende Rauch verhieß Behaglichkeit und eine warme Mahlzeit. Zögernd trat Folkmar ein. Obwohl es auf den Abend zuging, war er der einzige Gast. Eine dralle Brünette schnitt eben Grünkohl in den Kessel über dem Torffeuer. Er setzte sich, legte einen stumpfen Heller auf den Tisch und bestellte eine Portion. Als die Wirtin ihm wenig später das Essen brachte, lächelte sie. Von Misstrauen keine Spur, offenbar war sie an Fremde gewöhnt. Tatsächlich wirkte das Lächeln kokett.

Er tauchte den Löffel in den Eintopf. Sie machte keine Anstalten, ihre Arbeit fortzusetzen. Offenbar wollte sie ihm beim Essen zuschauen. Er beschloss, ihre Neugierde auszunutzen.

»Ich habe einige Fragen an dich.«

»Immer heraus damit.«

Es war nicht zu übersehen, dass sie sich zu ihm hingezogen fühlte, all dem Schmutz und der schlichten Kleidung zum Trotz – und er sich zu ihr, wenn er ehrlich war. Sie hatte herrliche Kurven und geizte nicht mit ihren Reizen, als sie die Hände auf der Stuhllehne abstützte und sich ihm entgegenbeugte. Es war lange her, dass er derartige Gefühle verspürt hatte. So lange, dass er angenommen hatte, sie wären verkümmert, abgestorben gar.

Er räusperte sich. »Apke Sirks war euer Häuptling, richtig?«

Sie nickte. War das Unzufriedenheit in ihren Augen? Enttäuschung darüber, dass er so etwas Unpersönliches fragte?

»Ich habe gehört, er sei verschwunden.«

»Er und alle seine Krieger, ja. Schon vor über zwei Jahren, im Krieg gegen Ocko tom Brok.«

»Was ist passiert?«

Sie runzelte nicht argwöhnisch die Stirn. Sie fragte nicht: »Warum willst du das wissen?« Sie antwortete einfach, so gut sie konnte. Die reinste Wohltat nach all dem Schweigen und dem Misstrauen, das er in letzter Zeit erfahren hatte.

»Das weiß niemand. Sie sind nie aus dem Osten zurückgekehrt, kein Einziger von ihnen.«

»Für mich klingt das, als wären sie gefallen.«

»Sind sie nicht. Nach dem Ende der Kämpfe sind sie gesehen worden.«

»Von wem?«

»Männer aus dem Nachbarort, die mit ihnen im Krieg waren.«

»Und kurz danach sind sie verschwunden.«

»Wie vom Erdboden verschluckt.« Unaufgefordert setzte sich die Wirtin an seinen Tisch. »Möchtest du ein Bier zu deinem Eintopf?« Offenbar hoffte sie, dass er das Thema wechselte.

»Der Eintopf genügt, hab Dank. Habt ihr eine Vermutung, wohin Apke und seine Mannen gegangen sind?«

Das Lächeln schwand. »Ich hab dir doch gesagt, niemand hier weiß, was aus ihnen geworden ist.«

»Hat denn keiner von euch versucht, sie zu finden? Was ist mit Apkes Haushalt? Mit seiner Familie? Mit den Familien seiner Krieger?«

»Die sind auch fort. Allesamt.«

Folkmar starrte die Wirtin verblüfft an. »Wie das?«

»Eines Morgens ist ein Schiff vor der Küste aufgetaucht. Krieger sind an Land gekommen. Sie haben Apkes Weib, seine Gefolgschaft und deren Familien an Bord gebracht.«

»Wie ging das vonstatten? Haben sie die Leute gewaltsam überwältigt und als Gefangene verschleppt?«

»Es ist friedlich abgelaufen. Zunächst haben sich alle im Steinhaus versammelt, es gab eine längere Unterredung. Anschließend sind sie freiwillig mitgegangen.«

»Sie haben einfach so ihre Heimat verlassen und ihren Besitz aufgegeben? Wieso?«, fragte Folkmar ungläubig.

»Das kann ich dir nicht sagen. Es ging sehr schnell, und wer Fragen stellte, bekam Ärger mit den fremden Kriegern. Bei der nächsten Flut stach das Schiff in See. Wir haben es nie wiedergesehen.«

»Wann war das?«

»Vor ziemlich genau zwei Jahren.«

»War das Schiff beflaggt? Trugen die Krieger irgendwelche Wappen?«

Die Wirtin schüttelte den Kopf. »So wie sie redeten, würde ich schätzen, dass sie aus Ostfriesland kamen. Wie du, nicht wahr?« Als er das nicht kommentierte, fügte sie hinzu: »Mehr kann ich dir nicht sagen.«

Eine überaus seltsame Geschichte. Folkmar wusste nicht, was er davon halten sollte. Aber wie es schien, war er endlich auf etwas gestoßen. Auf eine Art Spur.

Die Wirtin blickte ihm in die Augen. Der Zug um die vollen Lippen war entweder verführerisch oder spöttisch, das ließ sich nicht eindeutig sagen. »Du interessierst dich wirklich sehr für unseren verschwundenen Häuptling, was?«

Jetzt geht es los. Folkmar wappnete sich für die misstrauischen Fragen. Er nickte.

»*Wie* sehr?«

Er hatte sie falsch eingeschätzt. Sie wollte nicht seine Motive ergründen, sie war auf ein Geschäft aus. Er tastete in seiner Geldkatze herum und legte einen Pfennig auf den Tisch. Schweigend lächelte sie ihn an. Er holte einen zweiten Pfennig hervor.

Sie griff nach den Silberstücken und barg sie in der Faust. »Es gibt jemanden, der mehr wissen könnte. Bruder Winoldus.«

»Wer ist das?«

»Ein Priester, er gehört zu den Weißen Mönchen. Im Krieg war er Feldkaplan für die Schieringer. Und Apkes Beichtvater. Wenn einer weiß, wohin Apke verschwunden ist, dann er.«

Aufregung erfasste Folkmar. »Ist er hier?«

Sie verneinte. »Er kam aus einem Kloster an der Middelzee, aber da ist er nicht mehr. Ich habe gehört, dass er den Orden verlassen hat, um sich in die Wildnis zurückzuziehen.«

»Wo finde ich ihn?«

»Keine Ahnung.« Die Wirtin amüsierte sich über seine Neugier. »Wirst ihn wohl suchen müssen.«

Folkmar fielen keine weiteren Fragen ein, er musste erst einmal über das Gehörte nachgrübeln. Das tat er am besten beim Essen. Als er sich schweigend seinem Eintopf widmete, zog sich die Frau zur Herdstelle zurück. Während sie drei andere Männer bewirtete, die zwischenzeitlich hereingekommen waren, schaute sie immer wieder zu ihm her.

Bruder Winoldus, Feldkaplan der Schieringer, Apkes Beichtvater … Sollte er zu Conradus zurückkehren und ihn zu Winoldus befragen? Nein, die Mühe konnte er sich sparen. Conradus und seine Brüder lebten derart abgeschieden, dass sie kaum etwas über die Geschehnisse im Westergo wussten. Er erreichte sicher mehr, wenn er sich in Herbergen und Marktflecken nach dem Einsiedler umhörte. Er ahnte, dass ihm eine weitere langwierige und gefährliche Suche bevorstand – mit ungewissem Ergebnis. Allein der Gedanke machte ihn müde.

Inzwischen war es dunkel geworden. Nachdem er aufgegessen hatte, trat er zur Wirtin.

»Ich brauche einen Platz zum Schlafen.«

Sie blickte ihn durchdringend an. »Es gibt zwei Möglichkeiten. Erstens, der Nebenraum, da liegen Strohsäcke …«

»Und die zweite Möglichkeit?«

Sie beugte sich ihm entgegen, brachte ihren Mund nah an sein Ohr. Sie roch nach Asche, Sellerie, Bier, Schweiß und Meer. »Meine Schlafkammer unter dem Dach«, raunte sie ihm zu.

Sein Glied wurde augenblicklich hart, beinahe schmerzhaft presste sich die Eichel gegen die Bruche. Es verlangte ihn danach, sich mit dieser Frau im Bett zu wälzen und seine Sorgen mit Lust zu betäuben, wenigstens für eine Nacht. Doch das wäre Verrat – Verrat an Almuth, die er noch immer liebte. Die er jeden Tag vermisste, dass es ihm das Herz zerriss.

Er wich einen Schritt zurück und kämpfte gegen die Erregung an. »Ich nehme den Nebenraum«, sagte er mit rauer Stimme.

Der Glanz ihrer dunklen Augen wurde kalt. »Macht einen Heller für die Nacht.«

Er hielt ihr die Münze hin, sie riss ihm das Geldstück aus der Hand und rauschte davon. Obwohl Folkmar sich sagte, dass er die richtige Entscheidung getroffen hatte, fühlte er sich närrisch. Und enttäuscht, absurderweise. Er trug seine Habe in den Nebenraum und machte es sich auf den Strohsäcken bequem. Es dauerte lange, bis die Erregung abkühlte. Dann schlief er ein.

Als er am nächsten Morgen in die Schankstube schlurfte, war die Wirtin bereits auf den Beinen. Sie behandelte ihn wie Luft und dachte nicht daran, ihm Essen anzubieten. Folkmar zerrte einen Streifen geräuchertes Fleisch aus seinem Beutel und schlang es hastig herunter.

Hier hielt ihn nichts mehr.

Wenig später durchquerte er den Torbogen aus Walbein und begann seine Suche nach dem Klausner.

Kapitel zehn

Die Vetkoper waren zurück.

Auf seinem Weg nach Süden erblickte Folkmar überall Bewaffnete. Sie standen hellebardenbewehrt auf Kreuzungen, ritten die Pfade ab, hielten ganze Dörfer besetzt. Unter diesen Umständen kam er nur äußerst langsam voran. So würde er den Klausner nie finden. Er versteckte sich am Tag und wanderte in der Nacht. Trotzdem wäre er zweimal beinahe einem Vetkoper-Trupp in die Arme gelaufen. In beiden Fällen warf er sich der Länge nach ins Gras und entging durch pures Glück der Entdeckung.

Er brauchte über eine Woche, um die gedachte Linie zwischen Leeuwarden und Harlingen zu überqueren. In der Ferne erblickte er das Dorf, wo er im vergangenen Jahr mit dem Großknecht Matjes gegessen hatte. Die Friesenpferde, die es hier einst zuhauf gegeben hatte, waren fort. Von den Hütten am Ortsrand standen nur noch schwarze Stümpfe. Menschen sah er nur vereinzelte. Folkmar schluckte. Was immer hier geschehen war, er hoffte, dass sein redseliger Freund es wohlbehalten überstanden hatte.

Im Herzen der Landsgemeinde gab es weniger Vetkoper, hier hatten die Schieringer die Oberhand zurückgewonnen. Für Folkmar machte das keinen großen Unterschied, er musste trotzdem höllisch aufpassen, wohin er ging und mit wem er sprach. Zwar konnte er nun bei seinen Wanderungen größere Strecken in kürzerer Zeit zurücklegen, da die Schieringer nicht jede Brücke, jede Furt und jede Wegkreuzung abriegelten. In den Dörfern jedoch war die Gefahr größer als im Norden. Die Schieringer verhielten sich wie in die Enge getriebene Raubtiere. Wenn sie sich bedroht fühlten, fackelten sie nicht lange. Vor allem ein Fremder wie Folkmar musste mit Angriffen rechnen. Als er sich etwa einem Weiler in der Moormarsch näherte, pfiffen ihm plötzlich die Armbrustbolzen um die Ohren. Ein Geschoss streifte ihn am Arm und riss ihm den Umhang auf. Gottes Hilfe allein bewahrte ihn davor, verletzt oder getötet zu werden, während er sich rasch ins Gebüsch zurückzog.

Trotz all dieser Hindernisse und Rückschläge gelang es ihm, sich ins Umland von Sneek durchzuschlagen und sich nach dem Klausner umzuhören. Der Name Winoldus war dem einen oder anderen Schieringer geläufig, aber die meisten hielten den Feldkaplan für tot. Nur ein Mann bestätigte die Geschichte der Wirtin, er sei Einsiedler geworden. Wo Winoldus sich aufhielt, konnte er Folkmar jedoch nicht sagen.

Folkmar entschied, dass es aussichtsreicher war, sämtliche Einsiedler in der Gegend zu besuchen. Irgendwann würde er schon den richtigen finden. Leider stellte sich alsbald heraus, dass es deren in Westfriesland – genau wie in Ostfriesland – zahlreiche gab. Beinahe jedes Kloster, jede einigermaßen bedeutende Kirche, jedes größere Dorf rühmte sich eines Klausners oder Reklusen. Die heiligen Männer und Frauen hausten in abgeschiedenen Hütten, in überdachten Erdlöchern oder zugemauerten Alkoven und wurden vom einfachen Volk durchgefüttert.

Bevor er diese Sisyphusarbeit in Angriff nehmen konnte, fing es an zu schneien. Das tat es vier Tage lang ohne Unterbrechung, bis der Schnee das Land schließlich knietief bedeckte. Danach wurde es so kalt, dass Folkmar fürchtete, die Zehen an den Frost zu verlieren, wenn er sich noch länger im Freien herumtrieb. Auf dem schnellsten Weg kehrte er zum Moor zurück.

Wenn der Boden gefroren und die Wasserflächen vereist waren, konnte man die Sümpfe recht mühelos durchqueren. Das war aber noch nicht der Fall, und die weißen Massen verhüllten zudem die wenigen verlässlichen Wege, sodass Folkmar besonders vorsichtig sein musste. Schritt für Schritt arbeitete er sich voran, den Grund mit dem Speerschaft prüfend. Als er nach vielen Stunden endlich sein Versteck erreichte, war er derart erschöpft und durchgefroren, dass er sich kaum noch auf den Beinen halten konnte. Die Nacht kroch von allen Seiten heran, das knochenbleiche Restlicht zog sich geschlagen in die dürren Baumkronen zurück. Bevor Folkmar sich in seiner Hütte verkriechen konnte, musste er sich durch eine gewaltige Schneewehe vor dem Eingang wühlen. Drinnen schaffte er es gerade noch, ein Feuer anzuzünden und die mageren Reste seines Proviants zu essen, ehe er wegdämmerte.

Er erwachte im Morgengrauen. Das Feuer hatte die Eiseskälte aus seinen Gliedern vertrieben, dafür knurrte ihm erbärmlich der Magen. Nur mit dem Speer bewaffnet zog er los. Er wanderte durch die weißgraue Landschaft, bis er zu einem Bach kam, dessen munteres Plätschern und Gurgeln seltsam fehl am Platz wirkte in der allgegenwärtigen Stille. Im Gestrüpp am Ufer stöberte er einen Biber auf und erlegte das Tier, bevor es zu seinem Bau fliehen konnte. Dem heiligen Magnus für diesen glücklichen Fund dankend stopfte er den Kadaver in den Beutel und bediente sich großzügig an der Biberburg. Die Äste, die die Decke bildeten, waren einigermaßen trocken, sie würden gutes Feuerholz abgeben.

Er briet seinen Fang. Das Fleisch, das Fett und die köstliche Kelle ernährten ihn mehrere Tage. Währenddessen kühlte es weiter ab. Der Schnee verharschte, das Moor gefror. Folkmar gestand sich ein, dass dies kein verfrühter Kälteeinbruch war, dem ein milderer Restherbst folgen würde. Dies war der Winter, und er hatte seine eisigen Krallen ins Land geschlagen, um es für viele, viele Wochen festzuhalten.

Es war sein dritter Winter fernab der Heimat.

Sein dritter Winter voller Einsamkeit und Furcht, Hunger und Stumpfsinn.

Seine Suche nach dem Klausner war vorerst zu Ende. Erst im nächsten Frühjahr würde er sie fortsetzen können – sofern er die nächsten Monate überlebte. *Nicht verzagen*, sagte er sich. *Du hast es schon zweimal geschafft. Du wirst es auch diesmal schaffen.*

Aber die Mutlosigkeit. Sie wuchs wie ein Geschwür in seiner Seele, wurde mit jedem Rückschlag, mit jeder Verzögerung größer. Folkmar kauerte in seiner Höhle aus Gras und Schnee und Ästen, starrte in die Flammen.

Was, wenn ihm eines Tages einfach die Kraft ausging?

Brüllende, stinkende, schlammbespritzte Krieger bevölkerten die Halle des Steinhauses. Die Stimmung war übermütig, die Luft schwer und heiß wie fettiger Qualm. Almuth stand auf der Treppe zum Obergeschoss, Eger auf dem Arm, und beobachtete das lärmende Treiben. Der Anblick erfüllte sie mit Ekel. Diese Männer hatten die letzten Monate damit verbracht, zu morden, zu rauben und zu schänden, aber sie benahmen sich, als kämen sie gerade von einem heiteren Fest.

Und ihr Herr Gemahl mittendrin. Eben riss Yneke einen Witz, die Umstehenden blökten vor Lachen. Er klopfte seinem Schatten Cord Hanneken jovial auf die Schulter, bahnte sich einen Weg durchs Gedränge und kam strahlend auf sie zu. Wie es schien, hatte er den Feldzug ohne einen Kratzer überstanden. Almuth wusste nicht, ob sie deswegen erleichtert oder enttäuscht sein sollte.

»Wie schön du bist, Liebste. Gott, was hab ich dich vermisst!« Er drückte ihr einen feuchten Kuss auf den Mund, nahm ihr Eger aus den Händen und hielt ihn hoch in die Luft. »Bist du groß geworden!«, rief Yneke aus. »Und schwer! Prächtig schaust du aus, kleiner Mann. Ein richtiger Proppen.«

Eger runzelte die Stirn, so viel väterliche Zuneigung verwirrte ihn sichtlich.

»Sei vorsichtig. Er ist immer noch recht schwach.« Almuth erlöste ihren Sohn, indem sie ihn wieder an sich drückte. Sein Gesichtchen entspannte sich augenblicklich.

»Ach was! Er hat sich gut erholt, das sieht man auf einen Blick.« Yneke blickte ihr tief in die Augen. »Und du – wie ist es dir ergangen?«

Bestens – wie immer, wenn du fort bist, hätte sie beinahe gesagt. »Ich kann nicht klagen«, meinte sie stattdessen.

»Das freut mich zu hören. Auch mir war das Glück hold. Wir haben mehrere Siege errungen und weitere Kirchspiele erobert.«

»Also ist der Krieg zu Ende?«

»Nur die diesjährige Kampfsaison. Den Winter über werden wir uns neu formieren, damit wir im kommenden Frühjahr mit frischer Kraft losschlagen können.«

Die stumpfen militärischen Phrasen ließen Almuth vermuten, dass der Feldzug längst nicht so erfolgreich verlaufen war, wie Widzelt es sich erhofft hatte. Wahrscheinlich war es ihm nicht gelungen, die Kankena zu bezwingen und das wichtige Wittmund einzunehmen. Das hielt Yneke freilich nicht davon ab, mit seinem Heldenmut in der Schlacht zu prahlen. Während sie beim Nachtmahl saßen – es gab gebratenen Hammel –, musste Almuth endlose Kriegsgeschichten über sich ergehen lassen. Wie die tapferen Recken dieses und jenes Dorf erobert hatten. Wie sie in einen Hinterhalt geraten waren. Wie sie selbst einen Hinterhalt gelegt hatten. Yneke rühmte sich, eigenhändig ein Dutzend Feinde erschlagen zu haben, allesamt gestählte Veteranen, gefürchtete Söldner und riesenhafte Wehrbauern mit Pranken wie Ruderblätter.

Das Beste hob er sich bis zum Schluss auf. Als die Diener die abgenagten Knochen abräumten, um Platz für die Nachspeise zu schaffen, schleiften zwei Krieger auf sein Geheiß eine schwere Truhe heran. Yneke klappte den Deckel auf. Schimmernde Münzen und glänzendes Silbergeschirr kamen zum Vorschein.

»Mein Anteil an der Kriegsbeute. Der verdiente Lohn für meine Treue. Ich habe mehr bekommen als alle anderen Vögte.«

Almuth war in der Tat beeindruckt – doch weniger der Schätze wegen, sondern mehr aufgrund des Umstands, dass Widzelt schlussendlich Wort gehalten hatte, statt seinen loyalen Gefolgsmann ein weiteres Mal zu vertrösten.

Yneke fischte eine hübsche Halskette aus der Kiste. »Für dich, Geliebte.«

Sie tat ihm den Gefallen und hob das Haar, damit er ihr die silberne Kette anlegen konnte, brachte es jedoch nicht über sich, ihm zu danken. Das Schmuckstück war Raubgut, Yneke oder ein anderer Krieger hatte es irgendeinem armen Teufel weggenommen, vermutlich mit Gewalt. So etwas würde sie nicht tragen. Sie würde die Kette einem Armenspital spenden.

Yneke bemerkte ihren Mangel an Enthusiasmus nicht, er hatte bereits einiges getrunken und wirkte entschlossen, diese Tätigkeit fortzusetzen.

Almuth überließ die grölenden Männer ihrem Zechgelage und trug den müden Eger nach oben. Sie legte ihren Sohn in die Krippe und sang ihm etwas vor, bis er einschlief. Sodann ging sie ins Bett und nickte wenig später ein, dem Lärm aus der Halle zum Trotz.

Sie wachte auf, als Yneke zu ihr unter die Decke kroch. Er war nackt, er stank nach Wein und Bratfett.

»Du hast mir gefehlt. Ich hab dir bestimmt auch gefehlt, oder?«, lallte er. »Sag es. Sag, dass du mich vermisst hast.«

Währenddessen küsste er ihren Hals und knetete grob ihre Brüste. Almuth lag stocksteif da und überlegte, wie sie diesen Annäherungsversuch abwehren könnte. Irgendein böser Spruch, der seine Lust schlagartig abkühlen würde. Doch sie war so müde, dass ihr keine hämische Attacke auf seine Männlichkeit einfiel.

In diesem Moment vernahm sie ein Wimmern. Eger! Mühsam befreite sie sich aus den lüsternen Händen, die sich wie Tentakel an ihr festgesaugt hatten, und federte hoch.

»Nicht doch! Bleib da, Weib«, maulte Yneke.

»Dem Jungen geht es schlecht.«

»Das ist nichts. Er beruhigt sich gewiss gleich wieder.«

Almuth tastete sich durch die Finsternis, hob Eger aus der Krippe. Er weinte herzzerreißend, als sie ihn an sich drückte.

»Schsch, es ist gut, mein Schatz. Ich bin ja da.«

Dann erst bemerkte sie, dass der kleine Kerl förmlich glühte. Das Fieber war zurück, schlimmer als je zuvor.

Kapitel elf

Marienhafe

Kaum waren die Raunächte vorüber, tauchte Volkmar Allena in Marienhafe auf.

»Was will er hier?«, murmelte Foelke, während der Osterhusener und seine Mannen aus den Sätteln stiegen.

»Das musst du schon ihn fragen«, antwortete Widzelt. »Ich habe ihn nicht eingeladen.«

»Danke, ich verzichte. Dieser Mann ist mir nicht willkommen. Gehen wir, Keno. Dein Halbbruder soll sich allein um seinen Gast kümmern.«

Das Weib und der Knabe empfahlen sich – was Widzelt nicht unrecht war. Er zog es vor, dass seine lieben Verwandten nichts von dem mitbekamen, was er mit Allena beredete. Zumal ihm ein weiteres unerfreuliches Gespräch bevorstand, er konnte es riechen. Der Kerl gab sich überaus jovial, das war immer verdächtig.

»Ich habe von deinen Erfolgen in Harlingerland gehört«, sagte Allena, als sie in der Halle saßen. »Meine Glückwünsche.«

Widzelt dankte ihm schmallippig.

»Du musst doch inzwischen die gesamte Landsgemeinde in deiner Gewalt haben, oder?«

»Nicht ganz.«

»Trotzen dir die Kankena etwa noch?«

Was für eine dumme Frage. Natürlich wusste Allena, dass es Widzelt bisher nicht gelungen war, die mächtigste Sippe von Harlingerland niederzuwerfen. Der unverschämte Kerl wollte sich an seinem Misserfolg weiden. Statt zu antworten, erkundigte sich Widzelt:

»Was verschafft mir die Ehre deines Besuchs?«

»Ein neues Jahr ist angebrochen. Eine neue Ära unserer Freundschaft. Ich dachte, es ist an der Zeit, unser Bündnis zu festigen.«

»Wir haben kein Bündnis«, stellte Widzelt klar.

»Wohl aber Abmachungen.« Allena lächelte. »Übereinkommen zum gegenseitigen Gedeihen. Ich will sicherstellen, dass wir noch mehr davon haben. Lass uns zu diesem Zweck eine eindeutige Grenze zwischen deinem und meinem Gebiet festlegen.«

»Die haben wir bereits: die Moormarsch zwischen Brokmerland und Emsigerland.«

»So eindeutig ist sie nicht. Ich möchte, dass du schwörst, diese Grenze niemals mit deinem Kriegsvolk zu überschreiten.«

»Meinetwegen.« Mit spöttischem Pathos hob Widzelt die Rechte. »Ich schwöre es bei der Ehre meines Hauses.«

Allena nickte zufrieden. »Und nun reden wir über die Gebiete westlich dieser Grenze, die einst dein Vater an sich gerissen hat. Du wirst sie mir zurückgeben.«

»Was?«

»Du hast richtig gehört.«

»Das sind doch nur ein paar Hufen Land«, erwiderte Widzelt missgelaunt. »Eine Handvoll Äcker und Höfe, ein, zwei winzige Dörfer – kaum der Rede wert.«

»Trotzdem gebühren sie mir, dem Häuptling von Emsigerland.«

»Du bist nicht der Häuptling von Emsigerland, jedenfalls nicht der einzige. Hisko Abdena von Emden ist auch noch da.«

Sein Gast ging darauf nicht ein. »Muss ich dich daran erinnern, dass ich Dinge weiß, die dich vernichten würden, kämen sie ans Licht?«, zischte er leise.

»Deine erpresserischen Drohungen beeindrucken mich nicht.«

»Das sollten sie aber. Das Land, Widzelt. Gib es mir. Oder du wirst fallen – tief und hart.«

Einmal mehr musste Widzelt diesem Mann geben, was er verlangte, er hatte keine Wahl. Kurz darauf bekräftigte er die Gebietsabtretung mit seiner Unterschrift unter einen Vertrag, den Allena vorbereitet hatte.

»Das ist das letzte Zugeständnis, das ich dir mache«, fauchte Widzelt, während er den Siegelring in das heiße Wachs drückte. »Weitere wird es nicht geben!«

»Keine Sorge. Ich bin zufrieden.«

Widzelt glaubte ihm kein Wort. Früher oder später würde dieser Kerl mit neuen Forderungen ankommen. Was konnte er dagegen tun? Allenas Ruf vernichten, ihn als Lügenmaul brandmarken? Ihn bekriegen? Ihn ermorden lassen? All das wäre fruchtlos. Der Osterhusener hatte ihm klargemacht, er werde sein Wissen über die Umstände von Ockos Tod hinausposaunen, sollte Widzelt gegen ihn vorgehen. Nein, ihm waren die Hände gebunden. Wohl oder übel musste er die Kröten schlucken, die Allena ihm in schöner Regelmäßigkeit hinhielt.

Der ließ die Urkunde in seinem Beutel verschwinden. »Es ist immer ein Genuss, mit dir zu verhandeln«, sagte er süffisant. »Ich kann mich wahrlich glücklich schätzen, einen solch großzügigen Freund zu haben.«

Der Schieringer schlug schreiend um sich, während man ihn in die Marterkammer zerrte, sodass sich einer der Wächter gezwungen sah, ihm den Schwertknauf gegen die Stirn zu hämmern. Sodann schnallten sie den Benommenen auf dem Stuhl fest.

Er war einer von drei Weißröcken, die Juws Leute im November hergebracht hatten, bevor die Häfen schlossen. Zwei waren bereits hingerichtet worden. Der dritte hatte die letzten Wochen im Kerker geschmachtet. Almer hatte Foelke gebeten, mit der peinlichen Befragung zu warten, bis der Advent und die Weihnachtszeit vorbei waren.

Ein Wächter schüttete dem Schieringer kaltes Wasser ins Gesicht, er schreckte keuchend auf.

»Rabanus«, sagte Foelke.

Der Meister tat sein Bestes. Gleichwohl war die Befragung unergiebig. Außer vagen Gerüchten, widersprüchlichen Spekulationen und durchsichtigen Versuchen, seine Haut zu retten, hatte der Gemarterte nichts zu bieten. Als er schließlich das Bewusstsein verlor, hatte Foelke keinen einzigen ernst zu nehmenden Hinweis auf die Hintermänner des Attentats erfahren.

»Soll ich ihn verarzten?«, erkundigte sich Rabanus. »Andernfalls besteht die Gefahr, dass er verblutet.«

Sie fühlte sich unsagbar müde und beschloss, den restlichen Tag im Bett zu verbringen. Ohne die Frage zu beantworten, verließ sie den Keller. Als sie Widzelts Stimme aus der Halle vernahm, ging sie rasch weiter nach oben. Sie hatte keine Lust auf einen belehrenden Vortrag und auf den Zank, der unweigerlich folgen würde. Der Bastard war der Ansicht, sie solle die Schieringer endlich in Ruhe lassen und Juw Juwinga zurückpfeifen. Sie stritten andauernd deswegen. Auch diesem Scheusal Volkmar Allena wollte sie nicht begegnen. Leider war es ihr nicht vergönnt, unbemerkt in ihrer Kammer zu verschwinden. Keno kam aus der Halle, ihren Namen rufend. Auf der Treppe holte er sie ein.

»Etwas Ungeheuerliches ist geschehen!«, verkündete er empört.

»Was ist los?«

»Widzelt hat sich eine neue Torheit geleistet. Er hat Volkmar Allena unsere Gebiete in Emsigerland überlassen – einfach so!«

Foelke runzelte die Stirn. »Bist du sicher?«

»Er hat es selbst zugegeben. Zunächst wollte er es mir verschweigen. Aber ich habe gespürt, dass etwas im Busch ist – Allena hat beim Morgenbrot ständig Andeutungen gemacht. Also habe ich ihn ausgefragt, bis er es mir gesagt hat«, erklärte Keno voller Stolz, dass er seinem Halbbruder auf die Schliche gekommen war.

»Was hat Allena ihm dafür gegeben?«, fragte Foelke, während sie die Treppe hinaufgingen.

»Nichts … glaube ich.«

»Das kann doch nicht sein. Warum sollte Widzelt sich auf so etwas einlassen?«

»Er behauptet, es würde dem Frieden dienen und die freundschaftlichen Bande zwischen ihm und Allena stärken. Aber ich glaube vielmehr, Allena hat ihn gehörig über den Tisch gezogen!«

Das glaubte Foelke auch. Es war nicht das erste Mal, dass der Bastard ohne jede Not zugelassen hatte, von Allena übervorteilt zu werden. Was lief zwischen den beiden? *Aber mir vorwerfen, ich würde mit dem Rachefeldzug unser Ansehen beschädigen*, dachte sie säuerlich. *Was er treibt, ist viel schlimmer. Er gibt uns der Lächerlichkeit preis.*

»Du musst etwas unternehmen«, forderte Keno.

Ja, vermutlich musste sie das. Aber was? Widzelt dazu zu bringen, das Geschenk zurückzufordern, oder Allena zu bitten, auf die Gebiete zu verzichten, wäre ein heikles und schwieriges Unterfangen. Und obendrein kaum der Mühe wert. Wenn sie sich richtig erinnerte, handelte es sich bei dem fraglichen Land um ein paar ärmliche Bauernschaften, die keine nennenswerten Steuern abwarfen. *Es geht ums Prinzip.* Gleichzeitig spürte sie, dass die Angelegenheit über ihre Kräfte ging.

»Mutter?«, hakte Keno nach.

»Ich kümmere mich darum«, log sie.

»Wann?«

»Morgen. Wenn ich ausgeruht bin.«

Sie ließ ihren Sohn stehen, schloss sich in ihrer Kammer ein und hasste sich selbst.

Im Unterricht war Keno nicht bei der Sache.

Als Abbe ihn auf einige grammatische Fehler in seiner Seneca-Übersetzung hinwies, hörte der Junge kaum zu. Er gab einsilbige Antworten und spähte ständig zur Tür, als wäre er lieber woanders.

»Wir sind noch nicht fertig. Gib dir etwas Mühe, Keno. Eine Stunde musst du dich schon noch konzentrieren.«

»Es geht nicht«, gestand der Dreizehnjährige. »Ich ärgere mich zu sehr, um mich für Latein begeistern zu können.«

Abbe wusste aus Erfahrung, dass er den Jungen nicht zur Arbeit zwingen konnte, wenn seinem Schützling heftige Gefühle zusetzten. Hier half nur Feingefühl. Er klappte das Buch zu. »Möchtest du mir erzählen, was dich beschäftigt?«

Keno haderte lange mit sich. »Es ist Mutter«, sagte er schließlich. »Es wird immer schlimmer mit ihr! Sie ist nur noch müde, niedergeschlagen und verbittert. Ich erkenne sie kaum wieder. Ich weiß ja, dass sie um meinen Vater trauert, das habe ich auch getan. Aber das muss doch irgendwann einmal aufhören. Wie lange trauert denn ein Mensch, wenn er jemanden verloren hat?«

»Das ist sehr verschieden«, antwortete Abbe. »Es hängt vom jeweiligen Temperament ab. Manche überwinden die Trauer bereits nach wenigen Wochen, andere brauchen Jahre. Hier gibt es kein Richtig oder Falsch.«

Keno war derart aufgewühlt, dass er aufstand und seinen *Donatus* und das Schreibzeug aufs Bett warf. Getrieben ging er in der Kammer umher. »In ihrem Fall schon. Sie ist Foelke Kampana, das Oberhaupt der Familie tom Brok – sie kann es sich nicht leisten, jahrelang in Trauer zu versinken. Sie muss mein Erbe verwalten. Sie muss meinen Bruder in die Schranken weisen. Aber sie vernachlässigt ihre Pflichten! Sie interessiert sich nur noch für ihre Rache.«

Die Erwähnung Widzelts ließ Abbe aufhorchen. Dass Kenos Bruder mehr und mehr Macht anhäufen konnte, weil Foelke ihm kampflos das Feld überließ, war ihm natürlich nicht entgangen. »Ist etwas Konkretes vorgefallen?«

»Mein törichter Bruder hat sich wieder einmal von Volkmar Allena am Nasenring durch die Arena zerren lassen. Hat ihm Land überschrieben, ohne etwas dafür zu verlangen – der Teufel allein weiß, warum. Und was hat Mutter dagegen unternommen? Nichts! Es ist mein Erbe, das vor die Hunde geht, aber sie lässt mich einfach im Stich.«

Abbe fand es in höchstem Maße eigenartig, dass Widzelt dem Häuptling von Osterhusen – nicht eben ein Freund der Familie tom Brok – Land schenkte. Aber die Hintergründe würde er vermutlich nicht aufklären können. Niemand würde eine Geisel in die Einzelheiten der tom brokschen Politik einweihen.

»Sag mir, was ich tun soll«, bat ihn ein verzweifelter Keno.

Abbe überlegte sich seine Worte gut. »Ich glaube, es bringt nichts, deine Mutter zu bedrängen. Gib ihr Zeit, die Trauer zu überwinden. Eines Tages wird sie wieder ganz die Alte sein. Einstweilen musst du versuchen, dich gegen deinen Halbbruder zu behaupten.«

»Aber ich bin Widzelt nicht gewachsen! Er ist viel älter als ich. Und stärker … und gemeiner.«

»Das wird nicht so bleiben. Du hast in den letzten Jahren enorme Fortschritte gemacht. Du bist kein Kind mehr – du bist klüger und kräftiger geworden. Es wird nicht mehr allzu lange dauern, bis du Widzelt übertriffst.«

»Glaubst du?«

»Ja.« Abbe lächelte.

Doch Keno ließ sich nicht aufmuntern. »Können wir den Unterricht für heute beenden? Ich will ausreiten, um auf andere Gedanken zu kommen.«

»Ausnahmsweise.« Abbe ergriff den Gehstock, klemmte sich seine Utensilien unter den Arm und ließ den Jungen allein.

In seiner Kammer dachte er lange über das Gespräch nach. Was sich seit einiger Zeit in diesem Haus abspielte, war überaus gefährlich – nicht nur für Keno, auch für Warfstede und die anderen unterworfenen Gebiete. Widzelt war grausam und unberechenbar. Sollte es ihm gelingen, Foelke und Keno – das kleinere Übel! – auszustechen, standen Friesland schlimme Zeiten bevor. Leider konnte Abbe bei alldem nur zuschauen. Dass er mit Foelke redete, um auf sie einzuwirken, verbot sich aus hundert Gründen.

Er seufzte.

Was fing er nun mit diesem angebrochenen Morgen an? Er beschloss, an seiner Familienchronik zu arbeiten – zumindest so lange, bis die winterliche Witterung die Rückenschmerzen so schlimm werden ließ, dass er sich hinlegen musste. Er griff nach dem Gänsekiel und nahm sich den Pergamentstapel vor.

Als er das bisher Geschriebene überflog, kam ihm eine Idee. Konnte er mittels der Chronik subtil Einfluss auf den Lauf der Dinge nehmen? *Das ist Wunschdenken*, sagte er sich. *Was kann ein Buch schon ausrichten?*

Nun, mitunter sehr viel. Die Bibel etwa hatte die Welt verändert und ganze Reiche zum Einsturz gebracht.

Abbe schüttelte den Kopf. *Nun hör schon auf. Du wirst dein Machwerk doch wohl nicht mit dem Buch der Bücher vergleichen. Das wäre Blasphemie.*

Und doch, der Gedanke ließ ihn nicht los. Es war ja keineswegs nötig, dass er mit seinen Worten Friesland in den Grundfesten erschütterte. Es genügte vollauf, wenn sie Foelke behutsam in die richtige Richtung schubsten.

Ließ sich das bewerkstelligen?

Abbe strich sich mit der Feder über das Kinn, starrte ins Nichts. Schließlich fing er an zu schreiben.

An Lichtmess hatte Almuth zum ersten Mal die Hoffnung, dass der Winter nicht bis in alle Ewigkeit weitergehen würde. Gewiss, es war noch immer dunkel und kalt, und es würde vermutlich noch viele Wochen dunkel und kalt bleiben, wenn dieser Winter so hart sein würde wie die letzten, was leider zu befürchten war. Aber es gab endlich wieder Licht in Warfstede, Licht und Helligkeit. Beim Gottesdienst weihte Bruder Erasmus die Kerzen, von denen die Menschen nachmittags viele anzündeten, um ihre Häuser vor Brand und Blitz zu schützen. Außerdem hingen Laternen an den Hütten, in Zäunen und Mauerritzen steckten brennende Fackeln, auf dem The loderte ein großes Feuer. Als der Tag dem Abend wich, erstrahlte Warfstede in vielfältigem Glanz. Almuth betrachtete das Lichtermeer von ihrer Kammer aus, und ihr ging das Herz auf.

Vielleicht will Gott mir zeigen, dass ich hoffen darf. Dass wir es überstanden haben, wenn der Winter vorbei ist.

Sie wickelte ihren munter glucksenden Sohn in mehrere Lagen Wolle ein, warf sich den Umhang über und trug Eger nach unten.

»Wohin gehst du?«, wollte Yneke wissen, als sie die Halle durchquerte.

»Jemanden besuchen.«

Natürlich konnte er sich denken, dass sie die Osinga meinte. Er ließ sie gewähren, diesen Kampf hatte sie ein für alle Mal gewonnen. »Sei zum Nachtmahl wieder da. Vergiss nicht, dass dein Vater kommt«, meinte er lediglich.

Ihre Freunde weilten nicht in Ettas und Bents Heim am Dorfplatz, sondern in Janns und Joriens Haus bei der Lastadie, wo die Familie mehr Platz hatte. Man erwartete sie bereits und hieß sie freudig willkommen. Brennende Kerzen erfüllten den lang gezogenen Raum mit warmem, goldenem Licht.

Almuth hielt nach Etta Ausschau, die sie als Einzige nicht begrüßt hatte. Ihre Freundin saß am Tisch und vollbrachte das Kunststück, eine zappelnde Gela zu füttern und gleichzeitig ihren Großvater zu überzeugen, seine Grütze aufzuessen. Der alte Folkmar schien einen seiner schlechteren Tage zu haben. Er wirkte mürrisch und erkundigte sich brummend nach einem bestimmten Schiff, das er vor vielen Jahren gebaut hatte, statt zu tun, worum Etta ihn bat.

»Ich würde ihr wirklich gern helfen«, sagte Jorien, die Almuths Blick bemerkt hatte, »aber Gela lässt sich gerade nur von ihr füttern, und mein Vater ist wieder mal nicht gut auf mich zu sprechen.«

»Was ist passiert?«

»Ach, das Übliche«, entgegnete Jorien resigniert. »Sag mir lieber, wie es dem kleinen Mann geht. Darf ich ihn nehmen?«

Almuth reichte ihr Eger, der sogleich anfing zu strahlen. Er fühlte sich ausgesprochen wohl bei Jorien, was nicht überraschend war, hatte sie doch maßgeblich dazu beigetragen, ihm das Leben zu retten.

»Es geht ihm sehr viel besser«, ließ Almuth sie wissen.

Zwei Monate lang hatte sie gegen das Fieber und den neuerlichen Keuchhusten gekämpft, und ohne Jorien und Etta hätte sie diesen Kampf verloren. Die beiden Frauen kümmerten sich jeden Tag um Eger und sie, obwohl sie wahrlich genug zu tun hatten – Jorien mit ihrem gebrechlichen Vater, Etta mit ihrer quirligen Tochter, beide mit dem Handelsgeschäft. Sie machten Eger heilsame Trünke und kühlende Wickel. Sie betreuten den Jungen, wenn Almuth dringend benötigten Schlaf nachholen musste. Sie sprachen Worte des Trostes in Stunden der Verzweiflung.

»Ich weiß nicht, was ich ohne euch anfangen würde«, sagte Almuth.

»Du kannst immer auf uns zählen.« Jorien drückte Eger an sich und streichelte ihm den Rücken. »Der Husten ist weg, oder?«

»Das Fieber auch. Hoffen wir, dass es nicht noch einmal zurückkommt.«

»Deshalb müssen wir dafür sorgen, dass er rasch zu Kräften kommt. Er hat Gewicht verloren und wirkt sehr blass. Aber es sollte nicht schwer sein, ihn aufzupäppeln.« Jorien zählte eine Reihe von Speisen und Kräutern auf, die ihrer Erfahrung nach geeignet waren, ein kränkliches Kind zu kräftigen. Almuth hatte gelernt, Joriens Heilkunst zu vertrauen, und prägte sich die Ratschläge gut ein.

Bent trat zu ihnen. »Da ihr gerade vom Essen redet – bleibst du zum Nachtmahl? Ich brate uns Fisch, dazu gibt es Grünkohl und Rüben.«

Dass Bent kochte, ergab sich aus dem Umstand, dass sämtliche Dienstboten, beginnend mit Lichtmess, drei Tage lang nicht arbeiten mussten. Zum Glück für die Familie war er ein brauchbarer Koch.

Almuth schüttelte den Kopf. »Ich esse im Steinhaus.«

Sie blieb noch eine Weile und plauderte mit ihren Freunden. Dann ging sie zurück.

»Da bist du ja endlich«, sagte Yneke, der mit ihrem Vater am Feuer saß. »Mir knurrt schon der Magen.«

»Die Küche ist ganze fünf Klafter von dir entfernt. Hätte es dich umgebracht, hineinzugehen und dir etwas zu essen zu holen?«

»Den Tisch zu decken ist keine Arbeit für einen Mann. Und schon gar nicht für den Vogt.«

Wortlos drückte sie ihm Eger in die Hände und holte zwei Platten, zwei Becher mit Dünnbier und etwas Brot, Käse und Rauchwurst aus der Küche.

»Gibt es nichts Warmes?«, fragte er missmutig. Er hasste Lichtmess und die Folgetage, wenn er ohne die Dienerschaft auskommen musste.

»Wenn du eine warme Mahlzeit willst, musst du dir eine kochen. Mir reicht eine kalte.«

Er stierte sie böse an. »Nimm schon das Kind weg, damit ich essen kann!«

Sie tat ihm den Gefallen, Eger wollte ohnehin nicht länger von Yneke gehalten werden. »›Das Kind‹ ist übrigens dein Sohn.«

»Das weiß ich!«

»Ach ja? Ich habe vielmehr das Gefühl, es sei wieder einmal nötig, dich daran zu erinnern.«

»Almuth! Was ist denn das für ein Ton?«, rügte ihr Vater sie. »Heute ist ein Festtag, wir wollen freundlich zueinander sein.«

»Von den Osinga habe ich alle Freundlichkeit bekommen, die ich brauche. Und wenn dir mein Ton nicht gefällt, steht es dir frei zu gehen. Ich zwinge niemanden, mit Eger und mir zu essen.«

Gert lief rot an, sagte aber nichts mehr. Auch Yneke sagte nichts mehr. Sie aßen schweigend, und so endete Lichtmess im Steinhaus zu Warfstede.

Kapitel zwölf

Marienhafe

Als die Häfen am 22. Februar öffneten, war der Winter noch lange nicht vorbei. Noch im März trieben Eisschollen in der Leybucht und verkeilten sich an den Sandbänken zu scharfkantigen Wällen. Der kaum je nachlassende Nordwestwind peitschte die bleigrauen Wasser, sodass bei Flut mannshohe Brecher gegen die Deiche rollten. Mitunter spritzte halb gefrorene Gischt bis zur Marienkirche und klatschte gegen den Glockenturm. Bei diesem Wetter wagte sich kaum ein Schiff aufs Meer hinaus. Nur die Fischer stiegen jeden Morgen in ihre Boote und kreuzten stur gegen den Wind, um zu den Fanggründen draußen bei den Inseln zu gelangen. Manch einer kehrte nie zurück.

Die Kälte, der Eisregen und die Sturmböen zwangen Widzelt, länger im Winterquartier auszuharren, als ihm lieb war. Seine Gereiztheit stieg von Tag zu Tag, er machte allen Bewohnern des Steinhauses das Leben zur Hölle. Foelke schlug drei Kreuze, als endlich Tauwetter einsetzte. Der Bastard brannte darauf, seinen Feldzug fortzusetzen, und ließ eilends die Schiffe mit Waffen, Proviant und Ausrüstung beladen. Kaum hatte der Wind auf Südwest gedreht, stach er mit dem Kriegsvolk in See.

Auch im Westergo und im Ostergo brachte der Frühling neue Kämpfe. Die Vetkoper griffen ein Dorf der Schieringer an und machten reichlich Gefangene, darunter Männer, die als Söldlinge für Volkmar Allena gekämpft hatten. Juw Juwinga ließ die fünf Weißröcke in Eisen legen, sperrte sie in den Frachtraum seiner Kogge und übergab sie einige Tage später Foelke.

Meister Rabanus nahm sich der Todgeweihten an und praktizierte einmal mehr seine blutige Kunst. Der erste Gemarterte schrie derart, dass man es gewiss in ganz Marienhafe hörte. Foelke schoss derweil die immergleichen Fragen auf ihn ab.

»Wo warst du, als Ocko starb? Was hast du gesehen? Hast du geholfen, ihn zu morden? Wer hat euch gedungen? Namen! Ich will Namen!«

Sie bekam nichts als Gestammel, das immer wirrer wurde, je härter der Meister den Gefangenen traktierte. Als der Kerl schließlich das Bewusstsein verlor, war Foelke so klug wie zuvor.

»Schafft den Nächsten her«, befahl sie den Wächtern.

Es war ein junger Mann, den die Krieger auf den Stuhl schnallten. Hellblond, bartlos, höchstens neunzehn Jahre alt. Mit aufgerissenen Augen betrachtete er den blutüberströmten Körper, den Rabanus gerade zusammenflickte.

»Ich sage alles, was ich weiß, wenn Ihr mich schont«, flehte er Foelke an.

»Ich schachere nicht mit Mördern. Du wirst der peinlichen Befragung unterzogen wie die anderen Weißröcke.«

»Aber ich habe nichts mit Ockos Tod zu tun!«

»Das sagen sie alle. Rabanus.«

»Ich weiß, wer ihn umgebracht hat!«, schrie der Jüngling.

»Wer?«, fragte Foelke müde. Sie erwartete, dass der Kerl einen der üblichen Namen nennen würde – Volkmar Allena oder Edo Wiemken etwa –, freilich ohne seine Anschuldigungen mit irgendeinem Beweis zu untermauern. Umso überraschter war sie, als er ihr einen völlig neuen Verdächtigen präsentierte.

»Apke Sirks! Apke hat's getan!«

Foelke hatte diesen Namen nie zuvor gehört. Mit einer Handbewegung gebot sie Rabanus Einhalt. »Wer ist das?«

»Einer unserer Häuptlinge. Er lieh sein Schwert Volkmar Allena. Er war mit seinen Männern vor der Schnappe – ich habe gesehen, wie sie Ocko angriffen.« Die Worte sprudelten nur so aus ihm heraus.

»Hast du auch gesehen, wie sie ihn erschlugen?«

»Nein. Aber sie müssen es gewesen sein.«

»Was macht dich so sicher?«

»Sie sind kurz nach Ockos Tod verschwunden.«

»Das sind fast alle Schieringer. Alle außer Zweymer Nanken, den

Allena gefangen gesetzt hat. Ihr seid Hals über Kopf geflohen, als euch klar wurde, was ihr getan habt.«

»Apke Sirks ist aber nicht wie wir anderen in den Westergo zurückgekehrt. Seit über zwei Jahren hat niemand ihn gesehen, nicht einmal die Leute aus seinem Dorf. Es ist, als hätte der Erdboden ihn verschluckt.«

»Vielleicht versteckt er sich in der Wildnis.«

»Das wüsste ich. Ich komme aus dem Nachbardorf, ich kenne die Gegend gut«, erklärte der Jüngling, der immer wieder zu Rabanus schielte. »Und dann ist da noch die Sache mit dem Schiff.«

Foelke runzelte die Stirn. »Was für ein Schiff?«

»Es hat Apkes Dorf angelaufen, einige Wochen nach Ockos Tod. Die Besatzung nahm Apkes gesamte Gefolgschaft an Bord und brachte sie fort.«

»Wohin?«

»Das weiß niemand.«

Sie ließ diese seltsame Geschichte auf sich wirken. Sodann schickte sie die beiden Wächter hinaus. Sie musste dem Jüngling einige delikate Fragen stellen. Rabanus vertraute sie, was das betraf, deshalb durfte er bleiben. »Wer hat Apke Sirks beauftragt?«

»Ich glaube, er hat auf eigene Faust gehandelt.«

»Wie kommst du zu dieser Einschätzung?«

»Es sah nicht aus wie ein Auftragsmord. Wie hätte man die Sache denn planen sollen? Niemand wusste, dass Ocko die Burg verlassen würde. Er ist ganz plötzlich vor der Schnappe aufgetaucht und hat eine Unterredung mit Allena verlangt. Ich glaube, dass es ein spontaner Angriff war.«

»Apke hat Ocko also gezürnt?«

»Ich habe nicht mit ihm darüber gesprochen, aber ich nehme es an. Viele Schieringer hassten Ocko. Ich nicht«, beteuerte der Jüngling hastig. »Ich hatte nie etwas gegen Ocko. Ich musste gegen ihn kämpfen, weil mein Häuptling es mir befahl.«

»Apke kann den Befehl gehabt haben, bei der erstbesten Gelegenheit zuzuschlagen. Vielleicht hat er die Gunst der Stunde genutzt. Die Geschichte mit dem Schiff beweist doch, dass er mächtige Helfer hat. Könnte Widzelt den Mord befohlen haben?«

»Ockos Bastard?« Der Jüngling starrte sie an, gleichermaßen verblüfft wie erschrocken.

»Hast du irgendetwas gesehen oder gehört, das darauf hindeutet?«

»Gar nichts.«

»Rabanus, fang an«, befahl Foelke. »Wir wollen sehen, ob er unter der peinlichen Befragung bei seinen Aussagen bleibt.«

»Das könnt ihr nicht tun!«, schrie der Jüngling. »Ich habe die Wahrheit gesagt – ich schwöre es! Bitte, habt Erbarmen. Ich bin unschuldig. Unschuldig!«

»Du warst an jenem Tag vor der Schnappe. Du hast geholfen, Ocko zu bedrängen, ihm den Fluchtweg abzuschneiden«, sagte Foelke. »Ohne dich wäre der Anschlag gescheitert. Also bist du schuldig.«

Der Gefangene war weiß wie ein Leichentuch, er schwitzte aus allen Poren. »Ihr seid wahrlich Quade Foelke«, wisperte er.

Sie blickte ihn mitleidslos an. »Ihr habt mich zu Quade Foelke gemacht.«

»Nein! Neeein! Aaaar …« Schreie der Qual füllten den Keller, als der Meister mit seinem Werk begann.

Zwischen all dem Wimmern und Jammern wiederholte der Kerl seine Geschichte. Der verschwundene Häuptling, das geheimnisvolle Schiff, keine Hinweise auf Widzelt, er blieb dabei, Wort für Wort. Endlich hatte Foelke eine Spur.

Es galt, Apke Sirks zu finden.

Sie betrachtete den blutenden und schluchzenden Jüngling, der zusammengesunken im Stuhl hing, und rief die Wächter. »Sowie der Meister seine Wunden verbunden hat, soll er ihn zurück in die Zelle bringen.«

»Machen wir sogleich mit dem Nächsten weiter?«, erkundigte sich Rabanus, während er sich an der Wasserschale die Hände reinigte.

»Für heute ist es genug. Die anderen nehmen wir uns morgen vor.« Sie bezahlte den Meister für seine Dienste und ging nach oben zur Halle, wo Juw sich am Fastenbier gütlich tat.

Sie hatte einen neuen Auftrag für den alten Freund.

Westergo

Folkmar watete durch Sumpfschlamm und Moorwasser, legte die Jagdbeute auf den festen Grund vor seiner Hütte und machte Feuer. Überall triefte und tropfte es, als der Schnee taute und das Schmelzwasser in die Tümpel rann.

Er hatte einen weiteren Winter überlebt, mit viel Glück, Zähigkeit und der Hilfe der Heiligen. Es war ein langer Winter gewesen, wieder einmal, er hatte irgendwann aufgehört, die kalten und finsteren Tage zu zählen. Er schätzte, dass es inzwischen März war, vielleicht gar schon April.

Er spürte seine Lebensgeister erwachen.

Er zog dem Tier das Fell ab, zerlegte es und briet das Fleisch. Das wenige, das er nicht verwerten konnte, warf er weg. Den Rest wickelte er ins Fell ein und verstaute es in seinem Beutel. Es war genug Wegzehrung für mehrere Tage, das reichte für den Anfang.

Es war höchste Zeit, dass er seine Suche nach dem Klausner fortsetzte.

Folkmar packte seine Habe, verschloss die Hütte und tarnte sie mit reichlich Zweigen. Dann schulterte er die Beutel, griff nach Schwert und Speer und brach einmal mehr zu einer langen Wanderung durch den Westergo auf.

Hellarwolde

Widzelt ging von Raum zu Raum, bis er eine Kammer fand, die einigermaßen trocken war. »Hier kommt das Bett hin«, befahl er.

Während die Diener seine persönliche Habe hereintrugen, wärmte er sich am Feuer in der Halle. Der Kamin war verstopft, aber das machte nichts, der Rauch zog durch eines der zahlreichen Löcher im Dach ab.

Die Flotte war der Küste folgend nach Osten gesegelt und ankerte seit dem Morgen in der Harlebucht. Wenn er durch die Fensterschlitze schaute, konnte er die flaggenbewehrten Masten der Koggen und Schniggen draußen im Watt sehen. Die Harlinger Vögte hatten ihn mit ihren Mannen am Strand erwartet, die beiden Heerhaufen waren an Land zu einer schlagkräftigen Streitmacht verschmolzen und wenige Stunden später in Hellarwolde einmarschiert. Soeben schlugen die Krieger auf der Brache vor dem Küstenort ein Lager auf. Widzelt zog es vor, im Steinhaus zu nächtigen. Obwohl seit Jahren verlassen und entsprechend heruntergekommen, war die alte Häuptlingsburg am Deich ein angenehmeres Quartier als ein Zelt.

Das Kirchspiel zu Hellarwolde lag im äußersten Osten Harlingerlands, an der Grenze der Landsgemeinde Östringen, über die Edo Wiemken gebot. Die führerlosen und schlecht bewaffneten Bewohner, hauptsächlich Bauern und Fischer, hatten sich ihm ohne jede Gegenwehr ergeben. Die Oberhäupter der wichtigsten Sippen würden ihm morgen die Treue schwören. Diese mühelose Eroberung erfüllte Widzelt mit Zuversicht für den weiteren Feldzug. Vom strategisch günstig gelegenen Hellarwolde aus würde er nach Westen vorstoßen, um weitere Küstenabschnitte an sich zu bringen. Sein Ziel war es, die Kankena zu schwächen, ehe er gegen Wittmund zog und einen neuen Versuch unternahm, den Ort zu besetzen.

Zeit für die Lagebesprechung. Als er gerade die Vögte und Hauptleute zu sich rufen wollte, kam ein schnaufender und schlammbespritzter Mann in die Halle. Er gehörte zur Leibwache der Familie und war Widzelt treu ergeben. Der Krieger hatte einen anstrengenden Ritt hinter sich. Widzelt sorgte dafür, dass er einen Becher Fastenbier bekam.

»Was führt dich her?«

»Eine vertrauliche Nachricht von Meister Rabanus.«

Der Krieger zog einen zerknitterten Brief hinter dem Gürtel hervor und setzte sich mit seinem Bier auf die Bank. Stirnrunzelnd faltete Widzelt das fleckige Papier auseinander. Er bezahlte Rabanus dafür, dass der ihn über wichtige Vorgänge in der Marterkammer unterrichtete. Wenn Foelke bei ihren Verhören etwas herausfand, das ihm gefährlich werden könnte, wollte er das wissen.

Dass der Meister einen berittenen Boten zu ihm schickte, konnte nichts Gutes bedeuten. Und tatsächlich – die knappe Nachricht hatte es in sich. Foelke verdächtigte ihn und hatte einen gefangenen Schieringer zu ihm befragt. Widzelt kniff die Lippen zusammen.

Wie lange geht das schon? Was weiß sie?

Kaum etwas, wie es schien. Rabanus schrieb weiter, Foelke suche einen gewissen Apke Sirks, den sie für den Attentäter hielt, für einen Auftragsmörder, der möglicherweise für Widzelt arbeitete. Der Mann sei verschwunden, spurlos. Der Name sagte Widzelt nichts. Vermutlich nur einer von vielen Schieringern, die nach dem Krieg untergetaucht waren. Wobei er sich auf diese seltsame Geschichte mit dem Schiff keinen Reim machen konnte.

Sie tappte also im Dunkeln. Aber das musste nicht so bleiben. Wenn sie weiterhin so penetrant herumschnüffelte, kam sie womöglich der Wahrheit näher. Volkmar Allena war das schließlich auch gelungen. Wenn sie herausfand, dass Cord Hanneken vor der Schnappe gewesen war, wäre er in Schwierigkeiten. Sonderlich wahrscheinlich war das allerdings nicht. Wie hatte Allena sich ausgedrückt? *Ich habe Beweise. Sie sind an einem sicheren Ort.* Widzelt deutete diese Bemerkung so, dass der Osterhusener die Person, die Cord gesehen hatte, irgendwo versteckt hielt und beschützte.

Ihm kam ein unschöner Gedanke. Dieser Apke Sirks – war er derjenige? War er deswegen untergetaucht? Gewährte Allena ihm Zuflucht? Hatte Allena das Schiff gesandt, um Apkes Gefolgschaft in Sicherheit zu bringen?

Widzelt schluckte hart. Das passte. Das passte viel zu gut für seinen Geschmack. Es machte diese Angelegenheit plötzlich sehr viel gefährlicher. Wenn es dem Weib gelang, Apke Sirks aufzuspüren, wäre er geliefert.

Er musste handeln.

Sollte er den Feldzug abbrechen, um Foelke zuvorzukommen und selbst nach dem verschwundenen Häuptling zu suchen? Zu auffällig. Er liefe Gefahr, schlafende Hunde zu wecken und alles noch schlimmer zu machen. Er entschied sich für eine andere Vorgehensweise.

Er rief nach dem Diener und ließ sich Papier und Schreibzeug bringen. Rasch verfasste er eine Nachricht an Rabanus und befahl dem Boten, sie so schnell wie möglich nach Marienhafe zu bringen.

Kapitel dreizehn

Marienhafe

Foelke musste lange auf Nachricht von Juw Juwinga warten. Erst im Juli, fünf Tage nach Peter und Paul, sah sie den Vetkoper wieder. Vorsichtig wie ein Späher im Feindesland tastete sich seine Kogge durch den Nebel, der über der Leybucht lag. Sie eilte zu den Anlegern. Die Besatzung war bereits damit beschäftigt, die Fracht zu löschen. Seeleute schafften Fässer voller Fisch, Butter und Pökelfleisch an Land. Juw war in erster Linie ein Kaufmann, der seine Fahrten nach Ostfriesland nutzte, um Handel zu treiben.

Die Laufplanke knarrte, als der Häuptling von Bord ging, lachend, die Arme weit ausgebreitet. »Meine Schöne!« Er drückte Foelke an sich. »Gib einem alten Mann einen Kuss.«

Sie tat ihm den Gefallen, ihre Lippen streiften seine weiß gestoppelte Wange.

»Darauf freue ich mich, seit wir in Leeuwarden den Anker gehievt haben«, dröhnte er. In seinen Augen blitzte Lüsternheit auf, die gespielt sein mochte, oder auch nicht. »Bei Gott! Seit unserer letzten Begegnung bist du noch liebreizender geworden. Wie machst du das nur? Habt ihr in Brokmerland einen Jungbrunnen?«

»Ein Jungbrunnen in Brokmerland? Was redest du da wieder für einen Unsinn!«, gab Foelke zurück. »Er steht natürlich in Auricherland. Aber mach dir keine Hoffnungen. Sein Wasser wirkt nur bei Ostfriesen.«

Sie wusste, dass seine Komplimente nichts als freundliche Lügen waren. Jeden Morgen, wenn sie in den Spiegel blickte, stellte sie fest, dass die Falten in ihrem Gesicht ein wenig tiefer, die Schatten unter den Augen dunkler geworden waren. Trauer und Schlaflosigkeit hatten ihren Liebreiz längst zerstört. Sie nahm es gleichgültig hin. Sie würde nie wieder lieben. Ob sie für Männer begehrenswert war oder nicht, war nicht mehr von Belang.

Er lachte gutmütig. »Wir Vetkoper brauchen keinen Jungbrunnen. Wir jagen Schieringer, das hält uns frisch.«

»Hast du mir welche gebracht?«

»Und ob. Schafft die Gefangenen von Bord!«, rief er den Männern an Deck zu. »Herrgott, wieso dauert das so lange? Muss ich euch Beine machen?«

»Deine Leute wirken müde«, sagte Foelke.

»Sie sind müde«, bestätigte Juw und wurde ernst. »Ich bin es auch. Die Überfahrt hat uns alles abverlangt. Zwei Tage lang Nordwind, der uns beinahe auf die Inseln geworfen hat. Dazu kalt wie im Vorfrühling. Und jetzt dieser Nebel – im Juli! Beim heiligen Petrus, was ist das nur für ein verrücktes Wetter? Ich sage dir, die Prediger haben recht. Gott straft uns für Ockos Tod mit einem ewigen Winter, der erst aufhören wird, wenn dein Gemahl gerächt ist. Na endlich«, knurrte er, als zwei Krieger die Gefangenen die Laufplanke hinabführten. Die fünf Männer machten winzige Schritte, die Fuß- und Handschellen klirrten, die Gesichter waren bar jeder Hoffnung.

»Schau sie dir an«, sagte Juw mit grimmigem Lächeln. »Schmutzig und stinkend wie Schlachtvieh. Übergib sie schleunigst dem Henker, damit Gott sieht, dass wir guten Willens sind. Ich will auf meine alten Tage noch einmal einen Sommer erleben, der den Namen verdient.«

»Ich kann mich darauf verlassen, dass das ausnahmslos Weißröcke sind, die damals vor der Schnappe waren?«

»Zweifelst du etwa an meinem Wort?« Der Vetkoper gab sich entrüstet.

»Es wäre nicht das erste Mal, dass sich ein armer Teufel, der noch nie im Leben in Aurich gewesen ist, unter die Gefangenen verirrt hat. Ich will nur sichergehen, dass sich dieses *Versehen* nicht wiederholt.« Es war Foelke durchaus bewusst, dass die Strafaktion gegen Ockos Mörder für die Vetkoper ein Vorwand war, die verhassten Schieringer mit Stumpf und Stiel auszurotten. Mitunter konnte Juw der Versuchung nicht widerstehen, im Zuge dessen das Nützliche mit dem Lukrativen zu verbinden und ihr Gefangene zu verkaufen, die rein gar nichts mit Ockos Tod zu tun hatten.

»Ein einmaliger Missgriff – der obendrein nicht mir unterlaufen ist, sondern meinen Untergebenen«, rechtfertigte er sich. »Ich habe sie dafür bestraft. Es wird nicht noch einmal vorkommen.«

»Nun, die Verhöre werden es erweisen. So lange musst du eben auf dein Gold warten.«

Sie gingen zum Dorf hinauf.

»Sprechen wir über die andere Sache«, sagte Foelke. »Hast du etwas herausgefunden?«

»Ich habe Leute ausgesandt, die sich umhörten«, antwortete Juw. »Die Geschichte stimmt. Apke Sirks ist tatsächlich verschwunden. Niemand scheint zu wissen, wohin.«

»Irgendeine Spur muss es doch geben.«

»Leider nicht. Da war jemand sehr vorsichtig. Und sehr gründlich.«

»Kannst du mir wenigstens etwas über dieses geheimnisvolle Schiff sagen?«

»Die Leute in Apkes Dorf sind überaus verschlossen. Das macht es schwer, Antworten zu bekommen«, gestand der Vetkoper. »Das Schiff war da, so viel steht fest. Aber wer es geschickt hat und wohin es gesegelt ist, bleibt ein Geheimnis.«

»Such weiter«, sagte sie enttäuscht.

»Das werde ich. Aber auch meine Möglichkeiten sind begrenzt.« Juw machte eine kurze Pause. »Wenn ich dir einen Rat geben darf: Die Sache ist Zeitverschwendung. Apke Sirks hat sich abgesetzt, weil er deine Rache fürchtet. Mehr steckt nicht dahinter. Verhöre und strafe die Schieringer, die ich dir bringe. Das ist aussichtsreicher.«

»Ich bezahle dich für deine Hilfe, nicht für ungebetene Ratschläge«, sagte Foelke im Vorhof des Steinhauses. Sie wandte sich an die Türwächter. »Bringt die Gefangenen in den Kerker und sagt Meister Rabanus, dass es neue Arbeit für ihn gibt.«

Sie ließ Juw stehen und ging hinein.

Widzelt verließ das Zelt und trat in das lärmende Gewimmel des Heerlagers.

Das Kriegsvolk hatte sich auf einer verwilderten Weide an der Landseite des Deichs breitgemacht. Der Wind stand günstig, sodass der Gestank der Latrinengräben nach Südosten abzog, wo er niemanden störte. Hunderte Männer hockten an den Kochfeuern, löffelten Erbsensuppe oder ruhten sich von den Anstrengungen der vergangenen Wochen aus.

Widzelt war überaus zufrieden mit sich. Der heilige Georg liebte ihn, der Feldzug war ein einziger Erfolg. Bisher hatte es keine große Schlacht gegeben, die seinen Mannen reichlich Opfer abverlangte, nur hier und da kleine Scharmützel gegen unbedeutende Dorfhäuptlinge und Söldnertruppen der Kankena, die seinen Vormarsch nicht hatten aufhalten können. Burg um Burg, Dorf um Dorf hatte er an sich gebracht. Dabei waren sie stetig nach Westen gezogen, immer an der Küste entlang, damit sie sich bei harter Gegenwehr rasch auf die Schiffe zurückziehen konnten. Inzwischen war die gesamte Harlebucht in seiner Hand und Wittmund vom Meer abgeschnitten. Die Vögte und Hauptleute drängten ihn daher, endlich gegen Kanke Kanken zu ziehen, die Gelegenheit sei günstig. Widzelt aber hatte andere Pläne. Im Westen der Landsgemeinde gab es weitere Gebiete, die ihn reizten. Duvelslond etwa, ein kleines Kirchspiel bei Warfstede, führerlos und schwach wie Hellarwolde. Diese überreifen Früchte wollte er pflücken, ehe ihm die Kankena zuvorkamen.

Er schickte nach den Vögten. Der eifrige Yneke Egers tauchte wie üblich als Erster auf. Während sie auf die anderen warteten, meldeten die Wachen, ein Bote aus Marienhafe sei gekommen, mit einer Botschaft für den Heerführer.

»Bringt ihn her.«

Es war derselbe Krieger, der ihm auch die letzte Nachricht gebracht hatte. Widzelt zog sich mit dem Brief ins Zelt zurück und öffnete ihn mit feuchten Fingern. Dieser Sache mit Apke Sirks verdankte er einige schlaflose Nächte, hoffentlich gab es gute Nachrichten. Was Rabanus schrieb, beruhigte ihn einigermaßen. Bisher sei es Foelke nicht gelungen, den verschwundenen Häuptling zu finden. Nun aber habe Juw Juwinga ihr neue Gefangene gebracht, Rabanus habe den Auftrag erhalten, sie alsbald der peinlichen Befragung zu unterziehen.

Das war die Nachricht, auf die Widzelt seit Monaten wartete.

Er schlug die Zeltplane zur Seite und trat ins Freie. Inzwischen waren sämtliche Vögte eingetroffen.

»Was ist geschehen?«, erkundigte sich Yneke Egers.

»Ich muss für einige Tage nach Marienhafe – allein«, antwortete Widzelt knapp. »Ihr bleibt derweil hier, das Kriegsvolk kann etwas Ruhe gebrauchen. Das Kommando hat Yneke.«

Der Vogt zu Warfstede hatte eine schmale Brust, es war ein interessanter Anblick, sie vor Stolz schwellen zu sehen.

Die anderen warteten offenbar auf eine Erklärung für die überraschende Abreise ihres Feldherrn. Widzelt enthielt sie ihnen vor.

»Bring mir ein ausgeruhtes und schnelles Pferd«, befahl er dem Diener.

Marienhafe

Das ausgeruhte und schnelle Pferd trug ihn in nur zwölf Stunden nach Brokmerland. Es dämmerte bereits, als er Marienhafe erreichte. Im Westen versank die Sonne in roten, violetten und blassgoldenen Nebelschlieren. Müde betrat er das Steinhaus.

Foelke, Keno, Juw Juwinga und der Bucklige saßen gerade beim Nachtmahl.

»Was machst du denn hier?«

Immer diese penetranten Fragen und der gereizte Ton. Er ärgerte sich schon wieder maßlos über das Weib. Gleichwohl gab er sich freundlich, er durfte keinen Verdacht erregen. »Das Heer rastet gerade an der Harlebucht«, antwortete er, als er sich zu ihnen setzte. »Ich nutze die Gelegenheit, um hier nach dem Rechten zu sehen.«

»Wie verläuft der Feldzug?«, fragte sein Halbbruder.

Widzelt nahm sich von den Speisen und berichtete von seinen

Erfolgen. Als Kenos Neugierde gestillt war, erkundigte er sich, was während seiner Abwesenheit in Marienhafe geschehen war.

»Nicht allzu viel«, sagte Foelke. »Juw hat neue Gefangene gebracht.«

Er sah ihr an, dass sie sich gegen einen verärgerten Kommentar wappnete. Er ließ ihre Streitlust ins Leere laufen, indem er gleichmütig fragte: »Hast du sie bereits verhört?«

»Nur einen.«

»Und?«

»Unergiebig.«

Er nickte müde, leerte seinen Becher und stand auf. »Entschuldigt mich. Es war ein anstrengender Ritt. Wir reden morgen weiter.«

Er zog sich in seine Kammer zurück und trotzte dem Verlangen nach Schlaf, obwohl sein Körper nach Ruhe gierte. Als er sicher war, dass sämtliche Bewohner des Steinhauses in den Betten lagen, ging er in den Keller. Er schickte den Wächter weg, nahm den Schlüssel vom Haken und sperrte die Zelle auf, wo die Schieringer zusammengepfercht waren. Das Knarren der Tür ließ die auf dem Boden liegenden Männer aufschrecken. Einen zerrte er auf die Füße.

»Mitkommen.«

Er verschloss die Zelle, stieß den Gefangenen in die Marterkammer und wies auf den blutbefleckten Stuhl. »Setz dich da hin.« Dabei zog er das Schwert. »Wenn du Dummheiten machst, bist du des Todes.«

Der Schieringer gehorchte. Er war etwa dreißig Jahre alt, schmutzig, verhärmt und geschunden, aber recht gut aussehend. Markante Züge, wache Augen, schwarzes Haar. Falls er sich fürchtete, verbarg er es gut.

»Weißt du, wer ich bin?«

Der Gefangene nickte.

»Hast du Familie?«

»Ein Weib, drei Kinder und einen Vater, der nicht mehr arbeiten kann.«

»Ich nehme an, du willst sie gut versorgt wissen?«

Der Mann runzelte die Stirn.

»Es ist so: In spätestens drei Tagen stirbst du auf dem Schafott«, erklärte Widzelt. »Nichts und niemand kann das verhindern. Selbst ich nicht. Aber ich kann dir anderweitig helfen. Erstens, ich kann dir die Folter ersparen und dir ein leichtes Ende verschaffen – durch das Schwert statt durch das Rad. Zweitens, ich kann dafür sorgen, dass dein Tod nicht völlig sinnlos ist. Ich werde deiner Familie einen Beutel Gold zukommen lassen, sodass sie sorgenfrei leben kann … sofern du im Gegenzug mir hilfst. Ist das ein Angebot?«

»Was muss ich tun?«, fragte der Schieringer.

»Morgen wird Foelke die Verhöre fortsetzen. Du wirst dich freiwillig melden und den Mord an Ocko tom Brok gestehen.«

Die schmutzigen Hände krallten sich um die Armlehnen. »Aber ich habe Ocko nicht getötet.«

»Es spielt keine Rolle, ob du es warst oder nicht. Du sollst es gestehen, das ist alles.«

»Wieso?«

Widzelt gab ihm keine Antwort. »Wirst du es tun?«, fragte er schneidend. »Ja oder nein?«

»Ich kann nicht«, murmelte der Gefangene mit zitternder Stimme. »Es wäre falsch.«

»Gott weiß, dass du es nicht getan hast. Er wird dich schon nicht dafür bestrafen.«

»Wohl aber für den Meineid, den ich leisten muss, um das falsche Geständnis zu bekräftigen. Und was ist mit der Beichte, die man mir vor der Hinrichtung abnehmen wird? Da werde ich auch lügen müssen. So viele Sünden unmittelbar vor meinem Tod – die Hölle wäre mir sicher!«

Widzelt schaute ihn freundlich an. »Wie heißt du?«

»Aelryck«, antwortete der Schieringer zögernd.

»Hör mir gut zu, Aelryck. Du hast die Wahl. Entweder du fährst morgen zur Hölle – oder du wirst dafür verantwortlich sein, dass deine Familie die Hölle auf Erden erlebt. Wenn du dich weigerst, mir zu gehorchen, werde ich sie aufsuchen. Deinen alten, nutzlosen Vater werde ich eigenhändig in der Pferdetränke ersäufen, während meine Männer dein Weib und die Kinder herumreichen und sich mit ihnen vergnügen, bis sie blutend und wimmernd im Dreck liegen. Dann zünden wir die Hütte an und verrammeln die Tür. Während sie bei lebendigem Leib verbrennen, werde ich in die Feuersbrunst hineinrufen: ›Aelryck hat das getan. Aelryck, der zu feige war, euch zu schützen!‹ Sie werden deinen Namen verfluchen, und es wird das Letzte sein, was sie tun, bevor sie diese Welt verlassen. Willst du das, Aelryck? Soll das dein Vermächtnis sein?«

»Verschont meine Familie«, wisperte der Schieringer, »ich bitte Euch.«

»Du hast es in der Hand. Nimm mein Angebot an, und es wird ihnen an nichts mangeln.«

Aelryck schluckte mehrfach, sein Blick irrlichterte umher. Schweißtropfen glitzerten wie winzige Diamantsplitter auf seiner zerfurchten Stirn.

»Nun?«

»Ich … ich will es tun«, krächzte der Gefangene.

»Das freut mich zu hören. Also – pass gut auf. Dies sind die Worte, die du morgen sagen wirst …«

Kapitel vierzehn

Nach dem Morgenbrot stieg Foelke mit Meister Rabanus in die Marterkammer hinab. Dass der Bastard sie begleitete, passte ihr ganz und gar nicht. Sie sah jedoch keine Möglichkeit, ihn wegzuschicken, ohne sein Misstrauen zu wecken. Sie beschloss, heute nur einen Schieringer zu verhören. Die übrigen würde sie sich vornehmen, sobald Widzelt abgereist war. So viel Geduld musste sie aufbringen. Er hatte sicher nicht vor, seinen Feldzug länger als einige Tage zu unterbrechen.

Der Wächter schloss die Zelle auf. Vier bange Gesichter starrten sie an. Als der Wächter den erstbesten Schieringer packen wollte, stand ein anderer auf.

»Nehmt mich«, erklärte der schwarzhaarige Mann. »Ich habe etwas Wichtiges zu sagen.«

Sie führten ihn in die Marterkammer, und der Wächter wollte ihn auf den Stuhl schnallen.

»Das wird nicht nötig sein. Ich möchte mein Gewissen erleichtern und gestehen.«

Foelke spürte, wie ihr Herz einen Schlag aussetzte, um sodann regelrecht davonzugaloppieren. »Ich bin ganz Ohr.«

Der Schieringer sank auf die Knie und beugte demütig das Haupt. »Zunächst habe ich eine Bitte. Zeigt Milde und verzichtet auf die peinliche Befragung. Gewährt mir einen schnellen Tod durch das Schwert.«

»Nein. Du wirst behandelt wie alle anderen.«

»Bitte«, wandte sich der Schwarzhaarige mit flehend emporgereckten Händen an Widzelt. »Ich verlange nicht viel. Dafür bekommt Ihr Antworten auf all Eure Fragen.«

Der Bastard seufzte gelangweilt. »Meinetwegen.«

»Widzelt, nein!«, sagte Foelke. »Wir schachern nicht mit diesen Leuten…«

»Ach, gib ihm doch, was er will, was ist denn dabei?«, fiel er ihr ins Wort. »Hauptsache, er gesteht. Hast du nicht allmählich genug von all dem Blut? Ich an deiner Stelle könnte das schon lange nicht mehr ertragen.«

Sie hatte tatsächlich genug. Seit Monaten, wenn sie ehrlich war. Mitunter fürchtete sie, den Verstand zu verlieren, wenn sie auch nur eine weitere Minute zusehen musste, wie ein Mensch gefoltert wurde. Die peinliche Befragung war ein widerwärtiges Geschäft mit schrecklichen Auswirkungen auch für jene, die es betrieben. Sie hatte sich dabei in Quade Foelke verwandelt, in ein Monster. Der aufgestaute Selbstekel, den sie in den vergangenen drei Jahren mal besser, mal schlechter hatte unterdrücken können, überkam sie plötzlich mit aller Macht.

»Du kannst alldem ein Ende machen – jetzt und auf der Stelle«, sagte der Bastard ungewohnt freundlich.

Foelke schloss kurz die Augen. Bei Gott, war sie müde! Sie wollte nur noch, dass es aufhörte. Sie nahm einen tiefen Atemzug und blickte den Gefangenen an. »Rede.«

»Ich habe Euer Wort, dass ich durch das Schwert sterben werde und mir zuvor kein Leid angetan wird?«

»Ja.«

Der Schieringer schwieg lange. Schließlich erklärte er leise und stockend, mit belegter Stimme, als würde ihm ein schweres Fieber zusetzen: »Ich war am siebten August einundneunzig in Aurich vor jenem Haus, das als ›Schnappe‹ bekannt ist. Als Ocko ins Freie trat, machte ich mir den losbrechenden Tumult zunutze, um ihn anzugreifen. Im Gedränge zog ich das Schwert und stieß es ihm in die Kehle.«

Foelke spürte, wie sich ihre Augen mit Tränen füllten. »Warum? Warum hast du das getan?«

»Ocko war der Feind aller Friesen.« Der Schieringer hielt den Blick gesenkt, als er diese Worte sprach. »Er hat die Ideale der Friesischen Freiheit verraten. Der Tyrann musste sterben.«

Foelke fühlte Wut in sich aufsteigen – einen schwarzen, rasenden, blindwütigen Zorn, der jeden vernünftigen Gedanken auslöschte und sie sogar die bleischwere Müdigkeit vergessen ließ. »Du Teufel«, krächzte sie. »Niederträchtiger Mörder. Du kleines, verkommenes

Stück Dreck! Du hast meinem Jungen den Vater genommen. Mir den Mann. Ich werde dir die Augen aus dem Kopf reißen!«

Sie wollte sich auf ihn stürzen. Widzelt hielt sie fest.

»Lass mich! Ich bring ihn eigenhändig um!«

»Du hast versprochen, ihm kein Leid zuzufügen.«

Der Bastard zerrte sie von dem Gefangenen fort. Sie gab die Gegenwehr auf, als der Zorn urplötzlich von ihr wich und die Erschöpfung zurückkehrte, schlimmer als zuvor. Widzelt ließ von ihr ab. Foelke biss die Zähne zusammen, straffte ihre Haltung, drängte die Tränen zurück. Es dauerte eine Weile, bis sie sich imstande fühlte, mit fester Stimme zu sprechen.

»Schwörst du, dass dein Geständnis der Wahrheit entspricht? Dass sich alles genau so zugetragen hat, wie du sagst?«

»Ich schwöre es«, flüsterte der Schieringer.

»Du willst zur Hölle fahren, wenn du gelogen hast.«

»Ich will zur Hölle fahren, wenn ich gelogen habe«, wiederholte er leise.

»Wie heißt du?« Foelke spürte sogleich, dass diese Frage ein Fehler war. »Nein, sag es nicht«, ruderte sie rasch zurück. »Ich will es nicht wissen. Niemand soll deinen Namen erfahren. Er soll in Vergessenheit geraten, für alle Zeiten im Dunkel versinken, damit sich niemand je an Ockos Mörder erinnern wird. Allein Satan soll dich kennen.«

Noch während sie diese Worte sprach, wurde ihr klar: Es war vorbei. Ihre fast dreijährige Suche: zu Ende. Schlagartig. Einfach so. Sie konnte es kaum begreifen.

»Schafft ihn zum The. Der Henker soll ihn richten«, befahl sie.

Die Wächter führten den Schieringer aus der Kammer. Sie mussten ihn stützen, denn er zitterte so sehr, dass er kaum gehen konnte.

»Was ist mit den anderen?«, wollte der Bastard wissen.

»Welche anderen?«, fragte sie dumpf.

»Die restlichen Schieringer im Kerker.«

Ihr erster Impuls war, die Männer freizulassen. Doch es war nur der Selbstekel, der ihr diesen Gedanken eingab. Davon durfte sie sich nicht leiten lassen. »Wir werden sie vor die Wahl stellen. Wenn sie bereitwillig gestehen, dass sie am Angriff auf Ocko beteiligt waren, gewähre ich ihnen einen raschen Tod durch das Schwert. Wenn sie sich weigern, werden wir uns die Geständnisse mittels der peinlichen Befragung holen und sie anschließend aufs Rad flechten lassen.«

»Ist das wirklich nötig?«

»Es gilt, ein Zeichen zu setzen«, erwiderte sie scharf. »Daran hat sich nichts geändert.«

Der Bastard seufzte. »Du hast sie gehört«, wandte er sich an Rabanus.

»Nimm du die Befragung vor«, befahl Foelke dem Meister. »Ich erwarte dich in der Halle.«

»Sehr wohl.« Der kleine Mann vollzog einen Bückling und folgte den Wachen zur Zelle.

Foelke wollte nach oben gehen, fühlte sich jedoch außerstande, auch nur einen Schritt zu tun. Widzelt blickte sie mitfühlend an und nahm sie in den Arm. Sie ließ es geschehen.

Ockos Mörder starb im Nebel.

Der Dunst war am frühen Morgen aus der Bucht heraufgekrochen und hüllte inzwischen das ganze Dorf ein. Zäh wie geronnene Milch hingen die weißen Schwaden in den Gassen, als der Vikar dem Todgeweihten die Beichte abnahm. Nicht viele Dorfbewohner waren da. Außer Foelke, Keno, Widzelt und Juw lediglich ein paar Fischer, die an jenem klammen Morgen nichts Besseres zu tun hatten. Alle anderen blieben im Trockenen und zogen es vor, Garn zu spinnen oder Butter zu stoßen. Das grausige Spektakel vor der Marienkirche reizte sie nicht mehr. Die vielen Hinrichtungen in den letzten Jahren hatten die Leute abgestumpft.

Der schwarzhaarige Schieringer kniete auf dem Schafott, die Handflächen wie zum Gebet aneinandergelegt. »Ich habe mich an den Geboten des Herrn und an den Gesetzen der Friesen versündigt«, rief er mit brechender Stimme. »Ich bereue mein Verbrechen mit ganzer Seele und bitte die Familie tom Brok um Vergebung.«

Foelke betrachtete die elende Gestalt, die mit den Tränen kämpfte. Noch immer konnte sie es kaum fassen. Sie hatte den Bastard verdächtigt, Volkmar Allena, fast alle bedeutenden ostfriesischen Häuptlinge, sie hatte sich auf der Spur einer schrecklichen, weitgespannten Verschwörung gewähnt … nur um am Ende herauszufinden, dass die

Wahrheit geradezu banal war. Ein Einzeltäter, der seinem Hass freien Lauf gelassen hatte, als die Gelegenheit günstig gewesen war. Mehr steckte nicht dahinter. Kein dunkler Plan ihrer Feinde. Kein niederträchtiges Komplett gegen ihre Familie.

Widzelt ist unschuldig.

Etwas in ihr sperrte sich gegen diesen Gedanken. Sie erkannte, dass ein Teil von ihr *gehofft* hatte, er könnte der Mörder sein. Sie hatte eine greifbare Person gebraucht, auf die sie all ihren Zorn, ihre Rachegedanken richten konnte, da war ihr Widzelt gerade recht gekommen.

War das nicht abartig? Sie musste sofort damit aufhören, wenn ihr etwas an ihrer geistigen Gesundheit lag. Der Bastard mochte ein ehrgeiziger, machtgieriger, skrupelloser Widerling sein. Ein Vatermörder aber war er nicht.

Und Apke Sirks? Eine durch und durch rätselhafte Geschichte, doch letztlich nur eine weitere falsche Fährte. Sie hätte auf Juw hören sollen, auf seine ebenso simple wie plausible Erklärung für Apkes Verschwinden. Der Häuptling war vor ihrer Rache geflohen. Das war das ganze Geheimnis. Mit dem Mord hatte er nichts zu tun.

Foelke holte tief Luft, ließ den Atem langsam entweichen. Vermutlich würde sie lange brauchen, um den letzten Rest von Misstrauen abzuschütteln, um zu akzeptieren, dass es genau so gewesen war und nicht anders. Der erste Schritt aber war getan.

Der Henker blickte sie an. Sie nickte ihm zu.

Der maskierte Mann schwang das Schwert. Keno zuckte zusammen.

Der Henker griff in den Korb, hielt den bluttriefenden Schädel an den Haaren und präsentierte ihn der kleinen Menschenmenge.

Ocko tom Brok war gerächt. Seine Seele konnte endlich Frieden finden.

Foelke konnte Frieden finden.

Sie gingen zum Steinhaus zurück.

Der Nebel blieb. Tagelang war es windstill in der Leybucht, sodass keine Brise die Schwaden vertrieb. Die Julisonne glühte wie ein Irrlicht im Dunst.

Und nun?, fragte sich Foelke.

Jahrelang hatte die Jagd nach Ockos Mörder ihr Leben beherrscht. Jetzt, da er endlich gefunden war, wusste sie nichts mit sich anzufangen. Sie las, ohne den Inhalt des Buches zu erfassen. Sie starrte aus dem Fenster, ohne die Umgebung wahrzunehmen. Sie lauschte Juws Prahlereien, ohne ihm wirklich zuzuhören.

Das Leben im Steinhaus ging derweil seinen Gang, als wäre nichts geschehen. Die Diener taten ihre Arbeit. Keno lernte Latein. Foelke wanderte ziellos durch das Gebäude. Sie fühlte sich wie gefangen in einer geisterhaften Zwischenwelt, wie eine Fremde im eigenen Leben.

Sie wartete, doch sie wusste nicht, worauf.

Sie hatte Keno vernachlässigt in letzter Zeit, das Gewissen zwickte sie beträchtlich. Sie wollte ihn sehen, mit ihm reden, ihm sagen, dass sie ihn liebte. Just als sie vor seiner Kammer stand, flog die Tür auf, und er kam ihr entgegen. Foelke war, als sähe sie ihn zum ersten Mal seit vielen Monaten. Wie prächtig er gedieh! Er war enorm gewachsen im vergangenen Jahr. Obwohl erst vierzehn, überragte er sie bereits um Haupteslänge. Die Muskeln an seinen Armen konnten sich sehen lassen.

Er wird seinem Vater immer ähnlicher.

Er verabschiedete sich fröhlich von Abbe Wilken und stieß beinahe mit ihr zusammen. »Was machst du denn hier?«

Anstelle einer Antwort schloss sie ihn in die Arme. Keno musste lachen.

»Wofür ist das?«

»Einfach so.«

Er blickte sie halb spöttisch, halb besorgt an. »Geht es dir gut, Mutter?«

»Ja«, log sie und zwang sich zu einem Lächeln.

Sie sprachen nie über die Hinrichtung. Sie spürte, dass es ihn danach verlangte, die Vergangenheit hinter sich zu lassen. Sie konnte es ihm nicht verdenken. Er war jung. Er wollte das Leben genießen, statt in Trauer und Zorn zu verharren wie seine melancholische Mutter.

»Wir sind früher fertig geworden«, erklärte er. »Ich werde mit meinen Freunden ausreiten.«

»Bei diesem Wetter?«

»Das bisschen Nebel schreckt uns nicht.« Er küsste sie auf die Wange, eilte die Treppe hinab und rief nach seinem Diener Udolf.

Foelke betrat die Kammer und hob eine Augenbraue.

»Er macht gute Fortschritte«, rechtfertigte sich Abbe lächelnd und wies auf ein eng beschriebenes Blatt Papier. »Schau dir seine Übersetzung von Vergil an – nahezu fehlerfrei. Ich kenne Kleriker, deren Latein schlechter ist. Daher lasse ich die Leine gerade etwas länger.«

Foelke hatte keine Einwände. Wenn Keno dereinst sein Erbe antreten würde, musste er nicht nur schreiben und parlieren können, sondern auch reiten und kämpfen. Den rechten Umgang mit Schlachtross und Schwert lernte er aber nur, wenn er mit seinen Gefährten loszog und sich draußen vor den schützenden Mauern des Steinhauses bewährte.

Sie wollte nicht allein sein. Sie beschloss daher, Abbe Gesellschaft zu leisten, und rief einen Diener. »Für dich auch etwas Wein?«

»Ein Becher kann nicht schaden.«

Der Diener stellte den Wein auf den Tisch. Foelke streute Gewürznelken in ihren, Abbe verdünnte seinen mit Brunnenwasser. Obwohl sie beide sorgsam darauf achteten, dass ihre Gespräche stets an der Oberfläche blieben, genoss sie das Zusammensein mit ihm.

»Kommst du mit der Chronik voran?«, erkundigte sie sich.

Er blickte sie an, ein seltsames Glitzern in den Augen. »Möchtest du das Manuskript sehen?«

»Gern.«

Er schlurfte zu seiner Kammer und kam mit einem Bündel Pergamentbogen zurück. »Ich kann jeden Tag allenfalls eine Stunde daran arbeiten. Mehr lässt mein Rücken nicht zu. Aber sieh selbst.«

Sie blätterte in den Seiten, die er mit seiner eleganten Handschrift gefüllt hatte. Die Chronik der Familie tom Brok reichte weit zurück und begann mit dem Ursprung des friesischen Volkes, das der Sage nach von Friso, einem entfernten Nachkommen Noahs, abstammte. Es folgten einige Seiten, die Foelke bereits kannte. Sie handelten von Keno Hilmerisna, ihrem Ahnherren, der nach der verheerenden Pestilenz Mitte des Jahrhunderts zum Häuptling aufgestiegen war. Danach hatte Abbe aufgehört, chronologisch zu arbeiten.

»Ockos Leben fehlt vollständig.« Foelke blickte ihn stirnrunzelnd an. »Nach Keno Hilmerisna geht es direkt mit Widzelt weiter.« Ihr kam ein ärgerlicher Gedanke. »Zwingt der Bastard dich, über ihn zu schreiben?«

»Widzelt weiß nichts von der Chronik. Er zieht es vor, jegliche Begegnung mit mir zu vermeiden. Gerade geschieht sehr viel. Ich schreibe es auf, bevor es mir entgleiten kann«, erklärte Abbe mit schiefem Lächeln. »Ich fürchte, mein Gedächtnis ist nicht mehr das, was es einmal war. Die Taten deines Gemahls – Gott hab ihn selig – ergänze ich, wenn ruhigere Zeiten angebrochen sind.«

»Ruhigere Zeiten«, dachte Foelke. *Darauf warten wir Friesen seit fünfzig Jahren.*

Widzelt kam in der Chronik gut weg. Abbe hatte all seine Siege und Eroberungen präzise aufgelistet, nicht einmal die jüngsten an der Harlebucht fehlten. Der Bastard wirkte wie ein Mann der Tat, wie ein zupackender Herrscher, der keine Gefahr scheute, wenn es galt, Friesland zu einen. Das bereitete Foelke nicht wenig Sorge. In den vergangenen drei Jahren hatte der Bastard emsig seine Macht vermehrt, seinen Einfluss gefestigt. Die Hauptleute, Schiffer und Vögte verehrten ihn als triumphalen Feldherrn und fraßen ihm aus der Hand.

Mein Junge wird es dereinst schwer haben, sich gegen ihn zu behaupten.

Was hatte Abbe über Keno und sie geschrieben? Sie blätterte weiter. »Uns erwähnst du gar nicht«, bemerkte sie kühl.

»Doch. Da.«

Bei der fraglichen Stelle handelte es sich um einen einzigen Absatz, in dem Abbe in mageren Worten darlegte, dass Foelke Widzelt dabei unterstützte, Kenos Erbe zu verwalten.

»Das muss ausführlicher werden. Es gibt noch mehr zu berichten.«

»Gewiss«, räumte Abbe verlegen ein. »Ich werde auch über deine Suche nach Ockos Mörder schreiben.«

»Und über die anderen Dinge, die ich in den vergangenen Jahren geleistet habe«, verlangte sie.

Er griff zur Wachstafel. »Sag mir rasch, welche das sind, damit ich mir Notizen machen kann.«

»Nun …«, begann sie, doch ihr fiel nichts ein. Es war beschämend. Sie widerstand dem Drang, ihren Ärger über diesen Umstand an

Abbe auszulassen. Er war nur der Überbringer der schlechten Kunde, der Fehler lag allein bei ihr.

Die jahrelange Trauer hatte sie krank gemacht, krank an der Seele, am Gemüt. Sie hatte sich allein für ihre Rache interessiert und Widzelt das Feld überlassen, zum Schaden ihres Sohnes. Die Chronik verdeutlichte das schonungslos: Keno und sie verkamen darin zu einer Fußnote der ostfriesischen Geschichte.

An Ockos Grab hatte sie sich geschworen, sein Werk fortzusetzen. Dabei hatte sie offenbar alles falsch gemacht, was man falsch machen konnte.

Abbe ließ die Wachstafel sinken. »Ist dir nicht wohl?«, fragte er, als sich das Schweigen in die Länge zog.

Es dauerte einen Moment, bis sie eine Ausrede parat hatte. »Mich plagen Kopfschmerzen. Ich hätte zu so früher Stunde keinen Wein trinken sollen. Ich werde ein wenig ruhen.«

»Gewiss.« Er stand auf, griff nach dem Gehstock und den Pergamenten.

»Die Chronik lass hier. Ich möchte sie nachher gründlich studieren.«

Abbe wünschte ihr gute Besserung. Ehe sich die Tür hinter ihm schloss, runzelte Foelke die Stirn. Hatte der Kerl eben listig gegrinst?

Kloster Ihlow

Foelke kniete an Ockos Grab unter den Klosterfundamenten und bat ihren Geliebten um Verzeihung.

Ich wollte dich rächen, damit du Frieden finden kannst. Dabei habe ich das Gedeihen der Familie, das Wohl unseres Sohnes aus den Augen verloren. Bitte vergib mir.

In den vergangenen Tagen hatte sie gründlich über ihre Versäumnisse nachgedacht, die Abbes Aufzeichnungen schonungslos offenlegten. Sie war hart mit sich ins Gericht gegangen, hatte sich keine Ausrede, keine Selbsttäuschung gestattet. Schließlich war es ihr gelungen, den Selbsthass zu überwinden und einen Entschluss zu fassen.

Es war an der Zeit aufzuwachen, ins Leben zurückzukehren. Sich daran zu erinnern, wer sie war: nicht Quade Foelke. Nicht böse, verbittert und rachsüchtig, sondern klug, zielstrebig und erfahren. Sie war Foelke Kampana, die mächtigste Frau Ostfrieslands. Vom heutigen Tage an würde sich einiges ändern. Sie würde Widzelt die Stirn bieten, seinen Einfluss zurückdrängen und den Bastard beharrlich an Kenos Ansprüche erinnern.

Das werde ich tun. Du hast mein Wort, Geliebter.

Sie küsste die Grabplatte. Dann ging sie nach oben, dem blassen Sonnenlicht entgegen. Sie fühlte sich leicht, befreit, erneuert.

Erstaunlich, was ein halb fertiges und obendrein nicht sehr schmeichelhaftes Buch bewirken kann, dachte sie mit grimmigem Lächeln.

Heute Nacht würde sie gut schlafen, zum ersten Mal seit langer Zeit.

Marienhafe

Als sich der Nebel auflöste, hielt endlich der Sommer in Brokmerland Einzug. Es war ein milder und windiger, ein hellblauer und blassgrüner Sommer, die Tage klar wie Kristalle, die Nächte glitzernd wie Silberstücke.

Abbe wartete und beobachtete.

Widzelt kehrte nach Harlingerland zurück. Juw Juwinga segelte davon. Foelke lachte wieder, jeden Tag ein bisschen mehr.

Eine Woche nach ihrer Reise zu Ockos Grab hielt er den richtigen Moment für gekommen. Er fasste sich ein Herz und suchte sie auf.

Foelke saß gerade an einer Stickarbeit, als Abbe hereinkam.

»Störe ich?«

»Keineswegs. Um ehrlich zu sein, habe ich ohnehin keine rechte Lust zu sticken.« Sie legte Garn und Nadel weg. »Setz dich.«

Er ließ sich auf einem Hocker nieder und legte die Krücke quer über die Knie, wie es seine Art war. Sein Gesicht war ernst. »Ich möchte dich um etwas bitten«, brach er sein Schweigen. »Begnadige Folkmar Janns.«

Das kam unerwartet. Foelke legte die Stirn in Falten.

»Du hast Ockos Mörder gefunden«, erklärte Abbe. »Folkmars Unschuld ist damit bewiesen. Das Todesurteil gegen ihn hat keine Grundlage mehr.«

»Seit seiner Flucht sind drei Winter vergangen«, sagte sie behutsam. »Du weißt, was das heißt.«

Er nickte. »Er ist wahrscheinlich tot. Trotzdem hat er ein Recht darauf, dass sein Name von allen Vorwürfen reingewaschen wird. Ich bitte dich, heb das Urteil und die Ächtung auf.«

Nun war es Foelke, die lange schwieg. Schließlich sagte sie: »Das kann ich nicht tun.«

Eine Furche erschien zwischen seinen Brauen. »Was hält dich davon ab?«

»Zweifel an Folkmars Unschuld.«

»Ockos Mörder hat gestanden! Wie kannst du da noch zweifeln?«

»Schuldig ist nicht allein das Scheusal, das Ocko erschlagen hat. Auch all die anderen, die sich an dem Tumult beteiligten, sind für seinen Tod verantwortlich.«

Abbe starrte sie an. »Ich dachte, du hättest deinen Irrtum eingesehen, was das betrifft.«

»Meinen Irrtum? Hast du etwa angenommen, ich würde das harte Vorgehen gegen diese Männer bereuen? Nein. Sie haben Ocko angegriffen und ihm den Fluchtweg abgeschnitten. Ihr Tod auf dem Schafott war und ist gerechtfertigt.«

»Du wirst also auch die restlichen jagen?«

Allzu viele waren das nicht mehr: außer Apke Sirks und dessen Mannen schätzungsweise ein knappes Dutzend Verdächtige. Sie hatte sich damit abgefunden, Apke niemals zu finden, vermutlich hatte er sich nach England oder Skandinavien abgesetzt. Die anderen aber ließ sie suchen, wenngleich sie ihren Rachefeldzug nicht mehr mit derselben Besessenheit betrieb wie in den Jahren zuvor. Ihre übrigen Aufgaben – insbesondere der Machtkampf gegen den Bastard – hatten von nun an Vorrang.

»Niemand, der einen tom Brok angreift, darf mit Milde rechnen«, beantwortete sie Abbes Frage. »Das müssen unsere Feinde ein für alle Mal begreifen.«

»Aber Folkmar Janns…« Abbe war derart aufgewühlt, dass er Mühe hatte, die rechten Worte zu finden. »Ich würde meine Hand ins Feuer legen, dass er Ocko nicht angegriffen hat!«

»Ich weiß – ich erinnere mich an unser Gespräch. Leider habe ich nichts als dein Wort, dass Folkmar unschuldig ist. Dein Gefühl. Das ist zu wenig. Yneke hat *Beweise* geliefert, dass er unter den Angreifern war. Er hat *Zeugen* beigebracht.«

»Gefälschte Beweise! Gekaufte Zeugen!«

»Auch das sind nur Vermutungen. Nichts davon kannst du belegen.«

»Du musst Yneke auf den Zahn fühlen, und die Wahrheit wird ans Licht kommen!«

»Das ist bereits geschehen. Deine Familie hat weiland gegen das Urteil geklagt. Die Sechzehn haben den Schuldspruch bestätigt.«

»Haben sie das?«, krächzte Abbe.

»Ja.«

»Wieso sagst du mir das erst jetzt?«, fuhr er sie an.

»Zum einen ist es nicht meine Aufgabe, eine Geisel auf dem Laufenden zu halten. Zum anderen wirst du hoffentlich verstehen, dass ich in den letzten Jahren andere Sorgen hatte als deines Neffen Leumund. Erinnere dich, wo dein Platz ist, Abbe Wilken!«, wies sie ihn zurecht.

Er verstummte. Mit grauem Gesicht saß er da, als wäre all seine Lebenskraft im Boden versickert.

Ihn derart niedergeschmettert zu sehen ließ Mitleid in ihr aufsteigen. »Sollten wider Erwarten Beweise für Folkmars Unschuld auftauchen, werde ich ihn selbstverständlich begnadigen«, sagte sie freundlicher. »Einstweilen kann ich nichts für ihn tun.«

Er nickte schwach, stand auf und schlurfte aus der Kammer.

Sie starrte die geschlossene Tür an. Sie wünschte, dieses Gespräch hätte nicht stattgefunden. Jegliche Sympathie, die er noch für sie empfunden hatte, war nun mit Sicherheit erloschen. Das machte sie trauriger, als sie sich eingestehen wollte.

Es war nicht zu ändern.

Sie fand sich damit ab, dass es in ihrem Leben keinen Platz für Freundschaften gab. Diese Lektion hatte sie ein für alle Mal gelernt.

Kapitel fünfzehn

Leeuwarden

Heiliger Magnus, bitte hilf mir, betete Folkmar.

Lebte er noch? War er bereits tot? An manchen Tagen – und heute war ein solcher – hatte er Schwierigkeiten, diese Frage zu beantworten. Müde schleppte er sich dahin, die Glieder schwer, der ganze Körper taub vor Kälte, Hunger und Erschöpfung. Nebel hüllte ihn ein, so zäh und dicht, dass er kaum fünf Schritte weit blicken konnte. Vielleicht war er in der vergangenen Nacht gestorben, ohne es zu merken, und hinübergeglitten in ein graues, trübes, trostloses Jenseits.

Sein Magen knurrte wie ein gereizter Straßenköter und verkrampfte sich. Folkmar blieb abrupt stehen und atmete scharf ein. Wenigstens war der nagende Schmerz ein verlässliches Anzeichen dafür, dass noch Leben in ihm steckte. Er biss die Zähne zusammen und schlurfte weiter, den Bogen als Wanderstecken benutzend. Trotz des Nebels wusste er recht genau, wo er sich befand. Im Westen, etwa eine halbe Wegstunde entfernt, lag der Marktort Leeuwarden mit seinem natürlichen Hafen an der Middelzee. Der Kirchturm, normalerweise meilenweit zu sehen, verschwand im weißen Dunst wie alles andere. Folkmar marschierte durch die Moormarsch, auf der Suche nach dem Karrenpfad, der von Leeuwarden kommend durch die Landsgemeinde Ostergo führte. Schlammiger Grund saugte an seinen Schuhen. Kaltes Wasser drang durch das löchrige Leder.

Es kann nicht mehr weit sein.

Trotzdem musste er zunächst etwas zu essen auftreiben, sonst würde er sein Ziel womöglich nicht erreichen. Ihn verließen allmählich die Kräfte. Er hatte Tierspuren gesehen. Ein Wildwechsel, hoffentlich.

Magnus, ich bitte dich – es ist ernst.

Kurz darauf stieß er auf einen kleinen Tümpel, in den er beinahe hineinstolperte, so plötzlich tauchte die Wasserstelle aus dem Nebel auf. Am matschigen Ufer erblickte er weitere Abdrücke von Hufen und Krallen. »Hab Dank, Magnus!«, murmelte Folkmar und verbarg sich hinter einem reifverhangenen Wacholder. Er streifte das Schwert und die Beutel mit seiner Habe ab, zog die Bogensehne auf und legte einen Pfeil ein. Den Bogen hatte er selbst gemacht, mit den einfachen Mitteln, die ihm zur Verfügung standen. So war das klobige Gerät mehr ein Werkzeug denn eine Waffe. Gleichwohl leistete es ihm brauchbare Dienste. Mit dem Speer war er zwar besser zurechtgekommen, aber der war ihm vor einer Weile abhandengekommen, als er wieder einmal vor misstrauischen Dörflern hatte fliehen müssen.

Er hüllte sich in die Decke aus Häuten, Fellen und Stoffresten und wartete. Die Zeit verstrich. Der Nebel lichtete sich etwas. Nichts geschah.

Er legte den Bogen hin, wühlte im Beutel und holte den Ring hervor. Drehte ihn in den klammen Fingern, betrachtete die eingravierten Initialen. *A für Almuth. Almuth Gerts*, murmelte er stumm. Er erinnerte sich kaum noch an ihr Gesicht. Dachte sie manchmal an ihn? Wie es ihr wohl ging?

Sie lebt ihr Leben. Hat geheiratet, Kinder bekommen und dich vergessen. Das war es, was du wolltest. Nicht wahr?

Er kniff die gesprungenen Lippen zusammen. Der Gedanke war schmerzlich. Schmerz lenkte ihn ab, trübte seine Wachsamkeit. Er steckte den Ring weg und verbot sich jede weitere Erinnerung an Almuth, seine Familie, Warfstede.

Das gelang nur mäßig gut. Er musste an Yneke Egers denken, wie so oft, wenn sein Verstand nichts Besseres zu tun hatte. *Ob er noch immer nach mir suchen lässt? Ob er nach wie vor hofft, er könnte mich eines Tages an den Galgen bringen?* Folkmar konnte sich das schwerlich vorstellen. Mehr als drei Jahre waren vergangen, seit der Vogt ihn geächtet hatte, seit er aus Ostfriesland fortgegangen war. Vermutlich hielt Yneke ihn längst für tot… und in gewisser Weise war er das. Folkmar Janns Osinga – der geschickte Handwerker, der erfahrene Schiffsbauer, der geachtete Meister –, dieser Folkmar existierte nicht mehr, er war irgendwann im Ödland gestorben. Die Kreatur, die im

Gebüsch saß, war lediglich die leere Hülle eines Mannes, mehr Tier als Mensch. Eine stupide Bestie, die sich an neun von zehn Tagen allein für Essen, Wasser und einen sicheren Schlafplatz interessierte.

Vermutlich halten alle *mich für tot. Almuth. Vater. Mutter. Abbe. Großvater. Etta. Bent. Einfach alle …*

Er verzog den Mund. Er musste wirklich mit der Grübelei aufhören, das machte alles nur noch schlimmer. Stattdessen dachte er an die Aufgabe, die vor ihm lag. Die er in Angriff nehmen würde, sobald er etwas Fleisch im Magen hatte.

Den Karrenpfad finden. Mit dem Klausner sprechen.

Dies war der letzte Versuch. Sollte er sich als Fehlschlag erweisen wie all die anderen Bestrebungen, Bruder Winoldus aufzuspüren, würde er aufgeben. In der Bucht vor Leeuwarden hatte er englische Schiffe gesehen. Auf einem würde er anheuern, um in der Fremde ein neues Leben anzufangen.

Drei Jahre in der Wildnis waren mehr als genug.

Mit schmerzendem Magen beobachtete er das Wasserloch, eine graue Fläche inmitten der weißen Schwaden. Plötzlich bewegte sich etwas. Mehrere Kaninchen näherten sich dem Tümpel. Folkmar hielt den Atem an, als er den Bogen spannte. Der Pfeil flog von der Sehne und durchbohrte eines der Tiere. Die übrigen ergriffen die Flucht.

Er ging um den Wacholder herum und hob die Jagdbeute auf. Das Kaninchen war dürr, es bestand fast nur aus Fell und Knochen und würde ihn kaum satt machen. Er zog den Pfeil heraus, steckte das Tier in den Beutel und löste die Sehne vom Bogen. Seit die Tage immer kürzer und kälter und die Nächte immer länger und dunkler wurden, fiel es ihm zunehmend schwer, Nahrung zu finden. Seit dem Sommer war er beträchtlich abgemagert.

Sollte er sich ein Versteck suchen, wo er ein Feuer machen konnte, ohne Angst haben zu müssen, dass man ihn entdeckte? Ihn graute vor der Aussicht, abermals durch die Kälte zu irren. Er musste *jetzt* essen. Er entschied, dass er das riskieren konnte. Es war lange her, dass jemand ihn erkannt hatte. Außerdem schützte ihn der Nebel vor Blicken.

Folkmar nahm seine Ausrüstung auf und ging zu einem Baum, dessen Umrisse er im Dunst erahnte. Es handelte sich um eine dürre

Buche, eine von mehreren, deren Blätter kränklich braun waren. Er fand einige halbwegs trockene Zweige und machte Feuer. Nachdem er das gebratene Fleisch gegessen und sich aufgewärmt hatte, fühlte er sich kräftiger. Der Hunger war noch da – es wäre weitaus mehr nötig gewesen als ein mageres Kaninchen, ihn zu stillen –, doch sein Bauch zwickte nicht mehr. Folkmar widerstand der Versuchung, auch das Mark auszusaugen. Er würde sich die Knochen für später aufsparen. Er löschte das Feuer, indem er auf die ersterbenden Flammen urinierte, und zog weiter.

Inzwischen wusste er etwas mehr über Bruder Winoldus. Der Einsiedler sei ein Bote des Herrn, hatte man ihm ehrfürchtig zugeraunt. Er vernehme Gottes Stimme und habe Visionen vom himmlischen Jerusalem. Folkmar gab darauf nicht allzu viel, er hielt das für das übliche verklärte Mythengespinst, das sich um viele Klausner und Reklusen rankte. Entscheidend war etwas anderes: Winoldus hatte sich weiland von den Schieringern losgesagt, weil er sie für Ockos Tod mitverantwortlich machte. Deshalb war es so schwierig gewesen, Spuren des Geistlichen zu finden. Er weilte schon lange nicht mehr im Westergo, er war bereits vor drei Jahren in den Ostergo gegangen. Angeblich wohnte er in der Umgebung von Leeuwarden.

Bitte, o Herr, mach, dass es stimmt, betete Folkmar. *Lass mich dieses eine Mal Glück haben.*

Zumindest dauerte es nicht lange, bis er auf den Karrenpfad stieß. Der schnurgerade Weg, bestehend aus zwei parallel im Gras verlaufenden Furchen, war im Herbst für Wagen kaum befahrbar. Daran änderten auch die Bohlen nichts, mit denen man hier und da den weichen Boden befestigt hatte. Früher oder später würde ein schwer beladenes Fuhrwerk stecken bleiben. Erst im Winter, wenn der Schlamm hart gefroren war, konnte man ihn wieder nutzen, um Torf, Rüben und Schweinehälften nach Leeuwarden zu karren. Einem Fußgänger hingegen ermöglichte der Weg einen einigermaßen bequemen Marsch. Allerdings wusste Folkmar nicht, in welche Richtung er gehen sollte. Zwar war die Sicht inzwischen besser, eine Klause aber konnte er nirgends ausmachen. Aufs Geratewohl marschierte er nach Westen – auf Leeuwarden zu.

Sein Gespür ließ ihn nicht im Stich. Nach kurzer Wanderung erblickte er eine Hütte am Wegesrand.

Wobei die Bezeichnung »Hütte« zu viel der Ehre war. Der Bretterkasten war etwa mannshoch, ebenso breit und tief. Es gab keine Tür und kein Fenster, nur eine Art Luke. Die Klause verströmte einen infernalischen Gestank, der mit jedem Schritt, den Folkmar näher heranging, schlimmer wurde. Was der Quell der üblen Dünste war, konnte er sich denken. Der Einsiedler hatte sich vor drei Jahren in der Klause einschließen lassen und war seitdem kein einziges Mal hinausgegangen. Auch nicht, um Blase und Darm zu entleeren.

Mit anderen Worten: Weil er der Überzeugung war, der Herr liebe ihn über alle Maßen, würde er bis an sein Lebensende in der Scheiße sitzen. Für Folkmar sagte das einiges über den Zustand der Welt und des Menschen Rolle im göttlichen Plan aus.

Du wirst zynisch. Keine gute Entwicklung.

Er hielt den Atem an und klappte die Luke auf.

Er erahnte eine Gestalt, die in der Finsternis hockte und womöglich noch wüster aussah als er selbst.

»›*Pater noster … qui es in caelis … sanctificetur nomen tuum … adveniat regnum tuum …*‹« Die Stimme klang wie das Knarren einer verrosteten Türangel. Immer wieder unterbrach der Klausner sich, um keuchend zu husten, was den Rosenkranz in seinen Händen rasseln ließ. »Heiliger Gregor, offenbare … dich mir!«

»Christus zum Gruß«, sagte Folkmar nasal. Bei Gott! Wenn dieser Gestank das Markenzeichen von Heiligkeit war, wollte er nicht wissen, wie ein Erzengel roch.

»›*Fiat voluntas tua … sicut in caelo … et in terra*‹«, deklamierte der Einsiedler stockend. »Bitte, heiliger Gregor … erhöre mich!«

»Zum Gruß«, wiederholte Folkmar vernehmlich, und das Murmeln verstummte. Abermals erklang ein Husten, lauter als zuvor, und diesmal war Schleim mit im Spiel. Der Klausner spuckte aus. Ein Augenpaar erschien in der rechteckigen Öffnung, umgeben von reichlich Schmutz und Haaren. Die Augen selbst wirkten fiebrig.

»Heiliger Gregor?«, wisperte der Klausner. Folkmar runzelte die Stirn. »Tag um Tag, Stunde um Stunde habe ich dich angerufen, und endlich bist du da«, krächzte der Einsiedler verzückt. »Geliebter

Freund! Lehrer! Seelenverwandter! Sprich zu mir. Lass mich an deiner Weisheit teilhaben.«

Er ist verrückt, dachte Folkmar. *Auch das noch.* »Ich enttäusche dich nur ungern, aber ich bin kein Heiliger. Mein Name ist Folkmar Janns.« Vermutlich wäre es klüger gewesen, einen falschen Namen zu nennen, etwa Ubbe Sybeken, den er oft zu diesem Zweck gebrauchte. Es widerstrebte ihm jedoch, einen heiligen Mann zu belügen. Selbst wenn der heilige Mann stank wie eine Sickergrube.

»Folkmar Janns«, wiederholte der Klausner, es klang maßlos enttäuscht. »Nicht Gregor der Große?«

»Nein.«

Schweigen. Lustlos erkundigte sich der Einsiedler: »Willst du Gottes Wort lauschen?«

»Ich habe einige Fragen an dich.«

»Keine Fragen«, lautete die mürrische Antwort. »Ich verkünde nur, was der Herr mir eingibt. Wenn du Sein Wort nicht hören willst, verschwinde.«

Folkmar hatte knochenbrechende Mühen auf sich genommen, um hierherzukommen. Er würde sich nicht abwimmeln lassen wie ein lästiger Hausierer. Er brachte das Gesicht so nah an die Öffnung heran, dass die Stirn die Holzkante berührte. »Ich weiß, dass du als Feldkaplan in Aurich warst, als Ocko tom Brok ermordet wurde. Ich muss wissen, was am siebten August 1391 geschehen ist, Bruder Winoldus.«

»Diesen Namen habe ich abgelegt, schon vor langer Zeit. Dem Leben als Kleriker habe ich entsagt. Vergangenheit und Zukunft sind bedeutungslos. Für mich zählt allein die Gegenwart in Gottes Liebe.«

»Das ist schön für dich. Über mich aber hat die Vergangenheit große Macht. Sie hält mich gefangen, und ich kann ihr nicht entrinnen. Es sei denn, du hilfst mir.«

»›Vor der Sünde fürchte Gottes Gerechtigkeit, nach der Sünde hoffe auf Gottes Barmherzigkeit‹«, zitierte der Einsiedler den heiligen Gregor.

Es kostete Folkmar große Kraft, seinen Ärger auf diesen Mann und seine Weltentrücktheit zu zügeln. »Ich brauche keine Barmherzigkeit, sondern Antworten. Wer hat Ocko getötet? Ich weiß, dass es Schieringer waren, die den tödlichen Streich ausführten – aber wer gab ihnen den Befehl? Was hat Apke Sirks damit zu tun? Wer hat das Schiff gesandt, dass sein gesamtes Gefolge fortgebracht hat?«

»Wieso musst du das wissen?«

»Um ein großes Unrecht aus der Welt zu schaffen.«

Der Klausner musterte ihn schweigend, abwartend.

»Man verdächtigt mich, etwas mit dem Mord zu tun zu haben«, erklärte Folkmar widerstrebend. »Ich kann meine Unschuld nur beweisen, indem ich die wahren Täter entlarve. Apke Sirks weiß etwas. Ich muss ihn finden.« Hoffentlich geriet es ihm nicht zum Verhängnis, dass er sich diesem Verrückten anvertraute.

»Bist du denn unschuldig?«

»So unschuldig, wie ein Mann nur sein kann. Ich war an jenem Tag nicht einmal in Aurich.«

»Und doch nennt man dich einen Mörder.«

»Das Werk niederträchtiger Menschen, die mich vernichten wollen.«

Abermals zitierte der Klausner den Kirchenlehrer Gregor: »›Nimm das Wohlwollen hinweg, und du entfernst die Sonne aus der Welt, du machst den Verkehr unter den Menschen unmöglich.‹«

»Da sprichst du ein wahres Wort. Ich brauche deine Hilfe – bitte«, wiederholte Folkmar eindringlich sein Anliegen. »Wenn du also etwas über Apke weißt, sag es mir. Jeder kleine Hinweis ist willkommen. Wo ist er? Was ist aus seinen Kriegern geworden? Was hat es mit dem Schiff auf sich?«

Der Einsiedler dachte lange nach. »Dies sind weltliche Belange, die mich nichts angehen«, sagte er schließlich. »Ich kann dir nicht helfen.«

Eine klauenartige Hand, schwarz vor Schmutz wie ein Schürhaken, griff durch die Öffnung nach draußen und knallte die Luke zu. Folkmar stand da wie vom Donner gerührt. Er konnte nicht glauben, dass dieser Mann ihn ohne jede Not im Stich ließ. Er hämmerte mit der Faust gegen das Holz, dass die ganze Klause wackelte.

»Rede mit mir! Ohne deine Hilfe kann mich nur noch ein Wunder retten!«

»›Die Tugend der Geduld ist größer als Zeichen und Wunder‹, lehrt uns der heilige Gregor«, erklang dumpf die Stimme des Einsiedlers.

»Was soll das nun wieder heißen?«

»Geh deines Weges. Wenn du wirklich unschuldig bist, wird Gott dich eines Tages retten. Vielleicht schon morgen. Vielleicht erst in einem Jahr. Übe dich in Langmut.«

Folkmar war versucht, die Klause zu zertrümmern und den Bewohner am Bart ins Freie zu zerren. Doch so schnell, wie der Zorn gekommen war, wich er Kummer. Schwärzeste Verzweiflung raubte ihm jegliche Kraft. Er sank auf die Knie, presste die Lippen zusammen, spürte die Augen brennen.

»Bitte«, flehte er, die Tränen erstickten beinahe seine Stimme. »Sag, was ich für dich tun kann. Ich tue alles – wenn du mir nur hilfst.«

Der Klausner fing wieder an zu beten. *»Pater noster, qui es in caelis, sanctificetur nomen tuum …«*

Folkmar wusste nicht, wie lange er auf der feuchten Erde kauerte. Irgendwann griff er nach Bogen und Beutel und stand schwerfällig auf, alles tat ihm weh. *Auf nach Leeuwarden*, sagte er sich, *ein Schiff besteigen und fort aus Friesland, für immer.* Das hätte er schon längst tun sollen. Es hätte ihm unendlich viel Mühsal und Enttäuschung erspart.

Als er gerade gehen wollte, wurde die Luke geöffnet.

»Sag, Folkmar Janns«, krächzte der Klausner, »hast du vielleicht etwas zu essen für mich? Es ist gewiss zwei Tage her, dass mir die braven Christen Leeuwardens das letzte Mal die Ehre erwiesen, und der Hunger macht mir doch recht ordentlich zu schaffen.«

Folkmar schob ihm die Reste des Kaninchens durch die Öffnung.

»Markknochen!«, rief der Einsiedler erfreut. »Ich kann mich nicht erinnern, wann ich das letzte Mal welche hatte. Hab Dank und Gottes Segen für dich, freundlicher Fremder.«

Folkmar lauschte, wie der heilige Mann die Knochen auslutschte und dabei immer wieder von Hustenkrämpfen geschüttelt wurde. Schließlich war ein wohliges Seufzen zu hören.

»Tritt näher, mein neugieriger Freund«, forderte der Klausner seinen Wohltäter auf, und plötzlich war nicht mehr die Rede davon, irdische Belange würden ihn nichts angehen. Die köstliche Speise hatte ihn zugänglich gemacht und obendrein den Husten gelindert. »Ich vermag dir nicht zu helfen«, raunte er Folkmar durch die Öffnung zu. »Ich weiß nicht, was an jenem finsteren und verfluchten Tag in Aurich geschehen ist und wer Ocko das Leben genommen hat. Aber es ist möglich, dass Apke es weiß.«

Folkmar schlug das Herz bis zum Halse. »Wo ist er?«

»Volkmar Allena hat damals nur rund ein Dutzend Schieringer an Foelke Kampana ausgeliefert – Zweymer Nanken und dessen Männer«, erklärte der Klausner, statt die Frage zu beantworten. »Die armen Teufel waren ein Bauernopfer, mit dem Allena seine angeschlagene Ehre wiederherstellen wollte.«

All das war Folkmar längst bekannt. Doch vermutlich war es am besten, den Klausner einfach reden zu lassen, nun, da er endlich reden wollte.

»Die anderen ließ er laufen, sie sind sofort in den Westergo zurückgekehrt.«

»Apke nicht«, sagte Folkmar.

»Apke nicht«, bestätigte der Klausner im Verschwörerton. »Der ist mit Allena nach Emsigerland gegangen in der Hoffnung, dort vor Foelkes Nachstellungen sicher zu sein. Ein böses Weib, diese Foelke. Nachtragend und blutrünstig wie ein Dämon in Frauengestalt. Aber auch schön, sagt man. Schön und klug …«

»Ist Apke immer noch in Emsigerland?«, hakte Folkmar rasch nach, damit sich der Klausner nicht in Nebensächlichkeiten verlor.

»Das nehme ich an. Allena hat ihm Land gegeben. Ein abgelegenes Fleckchen Erde, wo er sich verkriechen kann. Apkes Weib, seine Gefolgsleute und deren Familien müssten auch dort sein.«

»Also war es Allena, der sie mit dem Schiff aus dem Westergo fortbringen ließ?«

»Das hast du richtig erkannt, mein scharfsinniger Freund. Emsigerland, ein kleines Dorf ganz im Osten. Da musst du hingehen. Da liegen die Antworten auf deine Fragen.«

Abermals presste Folkmar das Gesicht gegen die Öffnung, obwohl ihm der Höllengestank schier den Atem raubte. »Wieso glaubst du, dass Apke mehr über Ockos Ermordung weiß?«

»Er hat … Andeutungen gemacht, bevor er fortging.«

»Aber mehr hat er dir nicht gesagt?«

»Bedauerlicherweise nicht.«

»Wieso nicht? Du warst doch sein Vertrauter, sein Beichtvater gar.«

Der Klausner seufzte. »Es gab Streit zwischen uns. Ein schlimmes, schlimmes Zerwürfnis. Ich warf ihm und den anderen Häuptlingen vor, Ockos Tod mitverschuldet und damit Gottes Zorn über uns gebracht zu haben. Seinen Beteuerungen, er habe damit nichts zu tun, schenkte ich keinen Glauben, sodass er sich enttäuscht von mir abwandte. Als ich endlich einsah, dass er vermutlich die Wahrheit sprach, war es bereits zu spät. Apke wollte nichts mehr mit mir zu schaffen haben. Kurz darauf legte ich meine Ämter nieder und zog mich von der Welt zurück, um Gott und den heiligen Gregor zu bitten, die Westfriesen nicht allzu hart zu strafen.«

»Ich dachte, du hättest erkannt, dass die Schieringer nichts mit Ockos Tod zu tun hatten.«

»Sie haben ihn wahrscheinlich nicht erschlagen. Aber sie haben ihn angegriffen und ihn behindert, sodass er nicht vor seinen Mördern fliehen konnte. So mit einem Mann umzuspringen, dem man freies Geleit zugesichert hatte, ist ein unverzeihlicher Frevel. Beinahe so schlimm wie eine Verletzung des Gastrechts!«

»Wie finde ich Apkes Versteck?«, fragte Folkmar.

»Ich will es dir sagen. Aber zuerst musst du schwören, Stillschweigen zu wahren und mit niemandem darüber zu sprechen – vor allem nicht mit den tom Brok und ihren Schergen.«

»Die tom Brok sind nicht meine Freunde. Ich werde ihnen bestimmt nichts verraten.«

»Schwöre es!«, krächzte der Klausner. »Schwöre, alles, was ich dir jetzt sagen werde, für dich zu behalten, oder du sollst verdammt sein.«

»Ich schwöre es«, erklärte Folkmar mit erhobener Rechten.

»Schwöre, dass der heilige Gregor dich mit einem gleißenden Blitz zerschmettern soll, wenn du dein Wort brichst.«

Folkmar leistete auch diesen Eid.

»Schwöre, dass die Heerscharen der Hölle heraufsteigen und dich bei lebendigem Leib zerfetzen sollen, wenn …«

»Zwei Schwüre genügen«, unterbrach Folkmar ihn. »Nun sag es endlich.«

Der Einsiedler starrte ihn mit seinen fiebrigen Augen durchdringend an. »Geh nach Osterhusen, aber mach einen weiten Bogen um das Dorf. Im Osten stößt du auf einen kleinen Bach, der in die Ems mündet. Folge ihm zur Quelle.«

»Und dort liegt das Landstück, wo Apke sich versteckt?«

»Ja.«

»Bist du jemals dort gewesen?«

»Ich habe dir doch gesagt, dass Apke und ich uns entzweit haben.«

»Du kannst also nicht sicher sagen, dass er sich dort aufhält.«

»Dir wird wohl nichts anderes übrig bleiben, als meinen Worten zu vertrauen«, entgegnete der Klausner mürrisch. »Nun lass mich ruhen, ich bin müde. Geh, mein leidgeprüfter Freund. Der heilige Gregor sei mit dir.«

»Du musst mir auch etwas versprechen. Verrate niemandem, dass ich bei dir war. Du hast mich nie gesehen.«

Folkmar bekam keine Antwort. Die schmutzige Klaue schloss die Klappe.

Er starrte die Luke an. Dann entfernte er sich zwanzig Schritte von dem stinkenden Kasten und nahm einen tiefen Atemzug.

All das war überaus vage. Vielleicht nichts als Humbug. Hirngespinste eines Fieberkranken, den Einsamkeit und Elend um den Verstand gebracht hatten. Lohnte es sich, dafür nach Ostfriesland zurückzukehren und sich vielfältigen Gefahren auszusetzen?

Ja, entschied er. Er musste diesem Hinweis nachgehen. Er konnte diese Chance nicht ungenutzt verstreichen lassen – und wenn es ihn das Leben kostete.

Er schulterte den Beutel. Zum ersten Mal seit langer Zeit verspürte er so etwas wie Hoffnung.

Alles, was es dafür gebraucht hatte, waren ein paar Markknochen.

DRITTES BUCH

FEUERMAL

November 1394 bis Mai 1395

Kapitel eins

Emsigerland

Folkmar blieb stehen, um Atem zu schöpfen. Dabei betrachtete er das Schneefeld, das sich vor ihm ausbreitete. Der Bach war unter den weißen Massen kaum zu erkennen. Kein Wunder, dass er den schmalen Wasserlauf erst nach tagelanger Suche gefunden hatte.

Er war mit seinen Kräften so gut wie am Ende, wieder einmal. Um von Leeuwarden nach Emsigerland zu kommen, benötigte man normalerweise vier Tage, wenn man ein gutes Pferd sein Eigen nannte und die Wege nicht überschwemmt waren. Höchstens acht, wenn man zu Fuß ging. Folkmar jedoch hatte einen ganzen Monat gebraucht. Ein Geächteter, der Ansiedlungen und Karrenpfade meiden musste und den größten Teil des Tages mit der Suche nach Essen und Feuerholz beschäftigt war, kam nur langsam voran. Zumal es ständig geschneit hatte. Er konnte den genauen Tag allenfalls schätzen, doch er vermutete, dass die ersten Schneeflocken bereits Anfang November gefallen waren. Seitdem hatte es kaum je aufgehört. Jeder neue Winter fing ein paar Tage früher an als der vorherige.

Wenn das so weitergeht, dachte er verdrossen, *frieren wir uns bald von Januar bis Dezember die Ärsche ab.*

Schnee sammelte sich auf seiner Kapuze und auf den Schultern, während er sich umschaute. Er hatte den Rat des Klausners befolgt und einen Bogen um Osterhusen gemacht, wo die Allenaburg stand. Der Ort war nicht zu sehen, auch kein anderes Dorf oder Gehöft. Dies war Niemandsland, eine unbewohnte Gegend nahe der Grenze zu Moormerland.

Hoffentlich nicht völlig unbewohnt. Folkmar biss die Zähne zusammen und setzte müde einen Schritt vor den anderen, dem vereisten Bach folgend. Die Ems verlief zwei Wegstunden entfernt im Süden, und die ersten Ausläufer des Hochmoors waren nicht fern. Dort lag, so Gott wollte, das Ziel seiner langen Wanderung.

Er entdeckte nirgendwo Fußspuren oder andere Hinweise auf menschliches Leben. Hatte der verrückte Klausner Unsinn erzählt? Waren Apke Sirks und seine Leute nach all den Jahren überhaupt noch hier?

Er erreichte ein Wäldchen, das sich bis zum Geestrücken im Norden erstreckte. Folkmar verspürte kein großes Verlangen, im schwindenden Licht des späten Nachmittags hineinzugehen. Wie es schien, hatte er jedoch keine Wahl. Der Bach verschwand im Unterholz.

Das Waldstück war größer, als es zunächst den Anschein gehabt hatte. Dürre Moorbirken standen dicht an dicht wie riesige Gitterstäbe, dazwischen wuchsen vereinzelte Erlen. Bald umgab ihn trübes Zwielicht. Schnee, Himmel und Baumstämme verschmolzen zu einem weißen Einerlei.

Da! Dünne Rauchfahnen über den weißen Wipfeln, kaum zu erkennen im rieselnden Schnee. Folkmar verzog die gesprungenen Lippen zu einem Lächeln. Wenig später erreichte er den Waldrand. Der Bach führte zu einem eisbedeckten Teich unter den aufsteigenden Böschungen. Verschneites Acker- und Weideland umgab den Tümpel, begrenzt von Wallhecken und schiefen Zäunen. In einiger Entfernung lag ein kleines Dorf. Da kein Wind ging, stieg der Rauch der Herdfeuer schnurgerade auf, sodass es aussah, als wären die Strohdächer mit Fäden an der massiven Wolkendecke befestigt.

Folkmar vernahm Geräusche. Ein Klopfen, ein Krachen. Zwanzig, dreißig Klafter von ihm entfernt erblickte er die einzige Person, die an diesem frostigen Nachmittag im Freien weilte. Ein Mann bearbeitete einen gefällten Baum mit der Axt.

Der Holzfäller wirkte kaum weniger verwildert als er selbst. Wucherndes Haupthaar unter der Lederkappe. Ein Bart, der fast das gesamte Gesicht bedeckte. Ein Umhang aus Fellen, grobe Handschuhe, zerschlissene Fußlappen. Eben trennte der Mann mit drei kraftvollen Hieben einen Ast vom Stamm ab. Als er das Holzstück auf den Haufen warf, sah Folkmar, dass er hinkte.

Ein gebrochener Knochen, der schlecht zusammengewachsen ist. Vielleicht eine alte Kriegsverletzung.

Er murmelte ein Stoßgebet und näherte sich dem Holzfäller. »Christus zum Gruß.«

Der Mann erschrak so sehr, dass er zwei Schritte zurücktaumelte. Er erlangte festen Stand, packte die Axt mit beiden Händen und wirkte augenblicklich kampfbereit.

»Hab keine Furcht. Ich komme in Frieden.«

Dampfender Atem drang aus der Spalte im Bart. »Wer bist du?«

»Nur ein Wanderer.« Folkmar hob beide Unterarme und präsentierte die bloßen Handflächen.

»Ein Wanderer, so. Was verschlägt dich in diese abgelegene Gegend?« Der Holzfäller sprach die Zunge der Westfriesen.

»Ich habe Rauch aufsteigen gesehen. Mich verlangt es nach einem wärmenden Feuer, nach freundlicher Gesellschaft und nach einem Quartier für die Nacht, wenn das möglich ist.«

Der Holzfäller stierte ihn argwöhnisch an. »Das erklärt nicht, was du hier treibst.«

»Ich komme von Rheiderland und bin auf dem Weg nach Norden.«

»Wieso nimmst du nicht den Karrenpfad bei Osterhusen?«

»Das habe ich. Aber im Schneetreiben bin ich vom Weg abgekommen.«

Der Mann schien ihm endlich zu glauben. »Geh zum Dorfkrug – das große Gebäude da. Für einen Heller bekommst du eine warme Mahlzeit und ein Lager für die Nacht.«

»Hab Dank.« Während der Holzfäller abermals die Axt schwang, ging Folkmar zum Dorf.

Die Hütten, ein Dutzend an der Zahl, umstanden einen Platz mit einem Backofen, um den herum der Schnee geschmolzen war. Der Dorfkrug war das mit Abstand größte Gebäude. Das lang gezogene Haus erinnerte ihn an das Heim seines Großvaters, wenngleich es sehr viel einfacher wirkte.

Er pochte gegen die Tür, sodass Eiskristalle vom Sturz rieselten, und trat ein. Männer kauerten um ein Torffeuer unter den rußschwarzen Dachbalken. Augenblicklich verstummten die Gespräche, ein Dutzend Augenpaare musterten den Fremdling durch den wabernden Qualm und das rote Glühen. Die Männer waren gekleidet wie

Bauern und Torfstecher, doch die äußere Erscheinung vermochte Folkmar nicht zu täuschen. An den Tischen saßen Krieger: überall vernarbte Gesichter und Hände.

Er nickte ihnen zu, suchte sich einen freien Platz und zog den Umhang aus.

»Hört auf, so zu glotzen. Ihr macht dem armen Kerl ja Angst.« Ein bärtiger Mann mit groben Gesichtszügen trat an seinen Tisch. »Entschuldige. Fremde verirren sich nicht oft zu uns, schon gar nicht im Winter. Aber du kannst darauf zählen, dass wir die Gebote der Gastfreundschaft achten. Was darf's sein?«, fragte er mit westfriesischem Zungenschlag.

Der Wirt war schlicht gekleidet wie die anderen und ebenso verhärmt. Seine Stimme aber klang befehlsgewohnt. Es fiel Folkmar nicht schwer, sich vorzustellen, dass dieser Mann einst ein Häuptling gewesen war. *Häuptling Apke Sirks aus dem Westergo.*

»Etwas zu essen und ein Quartier für die Nacht.« Folkmar legte einen Hälbling hin, den der Wirt an sich nahm.

»Du kannst hier schlafen. Ich mach dir nachher Strohsäcke zurecht. Zu essen gibt's Grütze.«

Als er den Haferbrei brachte und einen Becher mit Dünnbier dazustellte, bemerkte Folkmar, dass ihm an der Linken der kleine Finger fehlte.

»Eine Kriegsverletzung?«

»Ist beim Holzhacken passiert«, lautete die knappe Antwort, und Folkmar beschloss, alle weiteren Fragen auf den nächsten Tag zu verschieben. Zunächst musste er essen und ruhen – beides hatte er dringend nötig.

Später, als die anderen Gäste gegangen waren, machte er es sich nah der Glut auf den Strohsäcken bequem. Der Wirt, seine Frau und ihr erwachsener Sohn zogen sich in den angrenzenden Raum zurück. *Bleib wachsam, dieser Ort könnte gefährlich sein*, sagte er sich, doch es blieb bei dem Vorsatz. Folkmar war derart erschöpft, dass er sofort einnickte und bis zum nächsten Morgen tief und traumlos schlief.

Geräusche weckten ihn. Der Sohn trug Torfballen herein und stapelte sie neben der Feuerstelle. Die Tür ließ er offen stehen, sodass blasses Licht und kalte Luft hereinströmten. Der Wirt werkelte hinter der Theke aus Fässern und einem quer liegenden Brett.

»Ich kann dir Brot, Käse und Buttermilch anbieten. Wenn du was Warmes haben willst, musst du dich gedulden.«

»Brot und Käse genügen«, brummte Folkmar, streifte die Decke ab und setzte sich an die Theke.

Der Wirt musterte ihn, während er aß – ob misstrauisch oder neugierig, war schwer zu sagen. »Hab gehört, du kommst aus Rheiderland und willst nach Norden.« Wie es schien, hatte er mit dem hinkenden Holzfäller gesprochen. Vermutlich wusste längst das ganze Dorf von dem Fremden im Krug.

Folkmar nickte schweigend. *Lass ihn kommen.*

»Ungewöhnliche Zeit zum Reisen«, bemerkte der Wirt. »Hast du keine Angst, dir da draußen den Tod zu holen?«

»Jeden Tag. Aber manchmal hat man keine Wahl.«

Der Wirt sprach leise mit seinem Sohn, der daraufhin den Krug verließ und die Tür hinter sich schloss. »Was willst du im Norden?«, fragte der Wirt, während er Feuer machte.

»Das wird sich zeigen. Zunächst habe ich hier etwas zu tun.«

»In meinem Dorf?«

»Mein Dorf« – so sprach ein Häuptling.

»Ja«, antwortete Folkmar.

Der Torfbrocken fing Feuer. Der Wirt kehrte hinter die Theke zurück. »Wenn du mir sagst, was du brauchst, kann ich dir gewiss helfen.«

Folkmar war bewusst, dass dieser Mann darauf brannte herauszufinden, mit wem er es zu tun hatte und ob der verwahrloste Fremdling eine Gefahr darstellte. Diese Leute versteckten sich seit Jahren vor der Welt und lebten gewiss in Angst vor Entdeckung – ein Zustand, den er bestens nachfühlen konnte. Offenheit war das Gebot der Stunde, auch wenn damit erhebliche Risiken einhergingen. So erreichte er am ehesten, dass das Misstrauen schwand. Außerdem hatte er keine Geduld mehr für Versteckspiele. Er würde seine Fragen stellen und hoffen, dass er die ersehnten Antworten bekam.

»Ich suche die Mörder Ocko tom Broks«, sagte Folkmar rundheraus. »Die *wahren* Mörder. Ich weiß, dass es nicht die Schieringer waren, wie alle Welt behauptet – jedenfalls nicht allein. Es steckt mehr dahinter.«

Der Wirt stellte ein Dreibein auf die Theke, gab Gerstenkörner hinein und schnitt Rüben. »Und du glaubst, die Mörder hier zu finden?«

»Ich *weiß*, dass sie nicht hier sind. Ihr seid genauso unschuldig wie die allermeisten armen Teufel, die Quade Foelke aufs Schafott gebracht hat. Aber man hat mir gesagt, dass ihr mehr über die Mörder wisst.«

»Wer hat das gesagt?«

»Bruder Winoldus. Der Beichtvater von Apke Sirks.« Als Folkmar den Namen des Häuptlings aussprach, blickte er dem Wirt in die Augen.

Der hielt dem Blick stand. Er zuckte nicht zusammen, wirkte nicht erschrocken, nicht überrascht. Im Gegenteil, er gab sich gleichmütig, beinahe gelangweilt. »Bruder Winoldus … der Name sagt mir nichts.« Er nahm die nächste Rübe aus dem Sack, schälte und zerkleinerte sie, warf die Stücke in den Topf.

»Ich weiß, dass ihr Schieringer seid«, bohrte Folkmar weiter. »Euer westfriesischer Zungenschlag ist nicht zu überhören.«

»Wir sind Westfriesen, das ist richtig. Volkmar Allena hat uns einst geholt, damit wir für ihn diese Ödnis urbar machen. Aber Schieringer? Nein. Mit denen haben wir nichts zu tun. Wir sind einfache Bauern und Handwerker.«

»Ihr seid Krieger. Die Narben verraten euch.«

»Jeder Friese ist ein Krieger. So war es schon immer – so wird es immer sein.«

Folkmar beugte sich vor. »Hab keine Furcht, Apke«, sagte er leise. »Euer Geheimnis ist bei mir sicher. Du hast mein Wort. Aber ich brauche Antworten, ich bitte dich!«

»Ich weiß nicht, warum man dich hergeschickt hat. Hier wirst du nicht finden, was du suchst.«

Folkmar beschloss, es fürs Erste gut sein zu lassen. Es würde lange dauern, in diesen massiven Wall aus Furcht und Misstrauen eine Bresche zu schlagen. Er aß den letzten Bissen. »Ich danke dir für die Auskünfte. Ist es mir gestattet, mich im Dorf umzusehen?«

»Du darfst gehen, wohin du willst. Aber ich rate dir, die Leute nicht mit deinen eigenartigen Fragen zu behelligen. Damit machst du dir hier keine Freunde.«

Folkmar warf sich den Umhang über und verließ den Dorfkrug.

Der Fremdling trieb sich den ganzen Tag im Dorf herum. Er sprach mit einigen Leuten, doch soweit Apke es mitbekam, verschonte er sie mit seinen Fragen. Tatsächlich gab er sich überaus freundlich. Benken, der sich seit Tagen mit einem löchrigen Dach herumärgerte, bot er sogar an, ihm beim Reparieren zu helfen. Seinen Namen jedoch verriet er niemandem.

Später verschwand er im Wald, um zwei Stunden später mit einem erlegten Frischling zurückzukehren. Er nahm das Tier im Dorfkrug aus und bot Apke das Gekröse an, wenn er dafür das Fleisch über dem Feuer braten und räuchern durfte. Ein zäher Bursche, dieser Fremde, ein guter Jäger und ein Überlebenskünstler. Apke fand ihn durchaus sympathisch.

Gleichwohl durfte er kein Risiko eingehen.

Er war für seine Männer und deren Familien verantwortlich. Er hatte geschworen, sie vor allen Feinden zu schützen. Vor den Vetkopern, vor den tom Brok, vor allen anderen, die tagaus, tagein ihre undurchsichtigen Intrigen spannen. Apke wollte dem Fremdling gerne glauben, wenn er sagte, er führe nichts Böses im Schilde. Aber es ließ sich nun einmal nicht ausschließen, dass er log. Dass er gekommen war, um sie auszuspionieren.

Apke sprach mit seinem Sohn, mit Benken, mit anderen treuen Freunden. Sie warteten die Nacht ab. Als der Fremdling schlief, öffnete Apke die Hintertür des Wohnbereichs und ließ seine Leute herein. Sie hatten Waffen mitgebracht. Schwerter, Äxte und Speere, die seit jenem unseligen Feldzug gegen Ocko Staub ansetzten, die heute zum ersten Mal seit Jahren wieder menschliches Blut trinken würden. Apke zündete einen Kienspan an und stieß die Tür zum Schankraum auf. Die Männer stürmten hinein, hasteten zur Feuerstelle und hoben die Waffen zum Schlag.

Der Fremdling war verschwunden.

»Hölle und Dämonen!« Apke zerwühlte die Strohsäcke und kam

sich sogleich wie ein Tölpel vor. Der Fremdling verbarg sich gewiss nicht darunter. »Er kann nicht weit sein. Sucht alles ab.«

Die Männer strömten hinaus in die Kälte und schwärmten aus.

Folkmar kauerte am Waldrand im Unterholz und beobachtete die Lichter, die wie Glühwürmchen durch das Dorf schwebten. Ferne Stimmen hallten heran, der fallende Schnee dämpfte jedes Geräusch. Er hatte gewusst, dass es so kommen würde – in den vergangenen Jahren hatte er einen sechsten Sinn für drohende Gefahren entwickelt. Also hatte er sich davongestohlen, kaum dass er allein im Schankraum gewesen war, um sich hier zu verstecken.

Warum?, dachte er voller Bitterkeit. *Ich wollte nur mit euch reden. Wir stehen auf derselben Seite, verdammt noch mal!*

Apke und seine Leute durchsuchten jede Hütte, jeden Stall, jede Scheune. Als sie nichts fanden, nahmen sie sich in Zweier- und Dreiergruppen die Umgebung vor. Folkmar machte sich keine Sorgen, dass sie ihn finden würden. Es schneite derart stark, dass seine Fußspuren bei Tagesanbruch nicht mehr zu sehen sein würden. Trotzdem konnte er hier nicht bleiben.

Er schlüpfte durchs Geäst, den Bogen in der einen Hand, die Beutel mit seiner Habe in der anderen.

Wider Erwarten hatte der verrückte Klausner nichts als die Wahrheit gesagt. Apke Sirks weilte in Emsigerland, und Folkmar hatte sogar mit ihm gesprochen.

Doch wie es schien, nutzte ihm das rein gar nichts.

Kapitel zwei

Warfstede

Die Hütten wirkten wie in Wolle eingepackt, so dick lag der Schnee auf den Dächern. Mit Eger auf dem Arm war es eine Herausforderung, das Steinhaus zu verlassen, gleichwohl eine, die Almuth schon oft gemeistert hatte. Sie drückte den Jungen an sich und hielt sich mit der freien Hand an der Leiter fest. Als sie unten angekommen war, quengelte er. Sie setzte ihn ab, und er watschelte neben ihr her. Dabei klammerte er sich an ihrer Hand fest. Obwohl fast zwei Jahre alt, tat ihr Sohn sich noch immer schwer mit dem Laufen. Ebenso mit dem Sprechen.

Die Flanke der Warf war rutschig von Schnee und Eis. Sie entschied sich daher für den längeren, aber leichteren Weg den Pfad entlang, vorbei am Hafen und an der Sägemühle. Nebelschwaden wallten über dem Fluss, sodass sie ihn lediglich plätschern hören, nicht aber sehen konnte. Auf dem The hatte Eger genug vom Laufen. Sie nahm ihn wieder auf den Arm und klopfte an Bent Olrichs Tür.

Etta bat sie lächelnd herein. »Fällt dir schon wieder die Decke auf den Kopf?«

»Das kann man wohl sagen.«

»Ihr könnt mit uns essen, wenn du möchtest.«

Etta half Almuth, Eger auszuziehen, was einige Zeit in Anspruch nahm. Den Keuchhusten hatte der Junge zwar überwunden, aber seine körperliche Verfassung war nicht die beste. Wenn Almuth nicht aufpasste, bekam er sofort einen Schnupfen. Daher hüllte sie ihn stets in mehrere Lagen Wolle, wenn sie bei dieser Kälte das Haus verließen.

»Ist Bent nicht da?«

»Hast du nicht gehört? Er ist heute früh mit meinem Vater, Harke Clausen und anderen nach Marienhafe geritten.«

Sie setzten sich ans Herdfeuer. Eine Magd schnitt Kohlblätter in den dampfenden Kessel. Gela saß auf einer Decke und spielte mit einem Kreisel, was Eger derart faszinierte, dass er versuchte, ihr den Kreisel wegzunehmen. Das wehrte Gela resolut ab, woraufhin sich der Junge an den Rand der Decke setzte und es vorzog, ihr aus sicherer Entfernung zuzuschauen.

»Marienhafe? Bei diesem Wetter?«, fragte Almuth. »Was tun sie dort?«

»Sich noch einmal dafür starkmachen, dass wir einen eigenen Redjeve bekommen. Sie wollen mit Foelke Kampana sprechen. Mein Vater glaubt, sie vielleicht umstimmen zu können.«

Die Osinga nahmen ihr gegenüber kein Blatt vor den Mund. Sie ließen Almuth an ihren Plänen teilhaben und schimpften ungehemmt auf Yneke, wenn ihnen danach war. Sie konnten sich darauf verlassen, dass Almuth dichthielt.

Was das Vorhaben betraf, hatte sie indes erhebliche Zweifel. Jann Wilken hatte schon einmal versucht, Warfstede einen unabhängigen Richter zu verschaffen – und war gescheitert.

»Warum sollte Foelke ihnen Gehör schenken?«

»Sie versucht endlich, sich gegen Widzelt zu behaupten. Mein Vater hält die Gelegenheit für günstig, es noch einmal zu versuchen – zumal Foelke die Regierungsgeschäfte gerade mehr oder weniger allein führt und Widzelt ihr nicht hineinreden kann.«

Auch Almuth hatte das Gerücht vernommen, Foelke habe die Trauer überwunden und daraufhin den Entschluss gefasst, ihren Teil der Macht im Hause tom Brok zu beanspruchen. Aber erstens war das nur Gerede, das stimmen konnte oder auch nicht, und zweitens sah Almuth nicht, weshalb derartige Veränderungen Foelke veranlassen sollten, Warfstede einen unabhängigen Richter zuzugestehen. Allen Machtkämpfen zum Trotz hatten Ockos Witwe und Ockos Bastard ähnliche Interessen, und die beinhalteten sicher nicht eine stärkere Eigenständigkeit der unterworfenen Gebiete.

Gleichwohl wünschte Almuth Jann Wilken viel Erfolg. Sollte er wider Erwarten etwas erreichen, würde Yneke toben vor Zorn. Allein das war für sie Grund genug, das Anliegen zu unterstützen.

»Hast du etwas von Yneke gehört?«, erkundigte sich Etta. »Warum ist die Streitmacht noch nicht zurückgekehrt? Die Kampfsaison ist doch längst zu Ende.«

Yneke lag seit geraumer Zeit mit dem Heer vor Wittmund. Widzelt hatte einen neuen Versuch unternommen, die Kankena zu bezwingen. Ob dem Unternehmen Erfolg beschieden war, wusste Almuth nicht. Ebenso wenig konnte sie Ettas Frage beantworten, wieso sich das Kriegsvolk nicht ins Winterquartier zurückgezogen hatte, obwohl es seit Wochen schneite. Ihr Herr Gemahl hielt es nicht für nötig, sie zu benachrichtigen. »Das kann ich dir leider nicht sagen.«

»Es wird schon seinen Grund haben. Ah schau, das Essen ist fertig«, sagte Etta munter. »Schluss mit Krieg und Politik! Das verdirbt uns nur den Appetit.«

Während sie den Eintopf aßen und die Kinder fütterten, plauderten sie über Gott und die Welt. Almuth wäre gern bis zum Abend geblieben, doch sie sah das Hauptbuch und das Schreibzeug auf der Bank liegen. Sie wollte ihre Freundin nicht über Gebühr von der Arbeit abhalten. Sie stand auf und begann mit der mühevollen Aufgabe, den unwilligen Eger anzuziehen.

»Besuch uns bald wieder«, sagte Etta an der Tür. »Du weißt, du bist immer bei uns willkommen.«

Almuth entging das Mitleid nicht, das über ihre Züge huschte. Wenn sie bei den Osinga weilte, fühlte sie sich mitunter wie ein Kriegsflüchtling, der Asyl vor Verfolgung suchte. *Sie meint es nur gut*, sagte sie sich auf dem Rückweg.

Und sie floh ja tatsächlich. Vor ihrem Mann, ihrer Ehe, ihrem Leben. Über drei Jahre war es nun her, dass sie Yneke geheiratet hatte, aber sie konnte sich noch immer nicht damit abfinden. Sie *weigerte* sich, sich damit abzufinden. Lediglich eine dumpfe Gewöhnung war eingetreten. Abstumpfung. Yneke und sie lebten nebeneinander her und verzichteten darauf, sich gegenseitig den Alltag zur Hölle zu machen. Meistens jedenfalls. Es kostete einfach zu viel Kraft, ständig zu streiten. Gäbe es Eger nicht, dann hätte dieses triste Dasein sie längst um den Verstand gebracht. Ihr ganzes Streben galt seinem Wohlergehen. Seinetwegen stand sie morgens auf, erduldete den geisttötenden Trott an Ynekes Seite Tag für Tag.

Zurzeit war das Leben im Steinhaus erträglicher. Sie genoss jede Stunde ohne Yneke in vollen Zügen. Nachdem sie Eger die dicke Winterkleidung ausgezogen hatte, setzte sie sich mit ihrem Sohn an den prasselnden Kamin. Lächelnd schaute sie zu, wie er tapsig mit Kreisel und Ball spielte.

Du bist ein Geschenk Gottes, kleiner Mann. Mein Liebling, mein Schatz. Ein Wunder.

Sie vergaß völlig die Zeit. Nach dem Nachtmahl brachte sie Eger ins Bett und sang ihm etwas vor, bis er endlich einschlief. Sie selbst war noch nicht müde. Wie sollte sie die letzten Stunden des Tages nutzen? Sollte sie noch einmal hinüber zur Amtsstube gehen und sie durchsuchen? Das hatte sie bereits getan, kurz nachdem Yneke in den Krieg gezogen war. Die Wahrscheinlichkeit, beim zweiten Anlauf etwas zu finden, was sie beim ersten Mal übersehen hatte, erschien ihr gering. Nicht der Mühe wert.

Überhaupt suchte sie nur noch selten nach Beweisen für Folkmars Unschuld oder Ynekes Niedertracht. Es erschien ihr so fruchtlos. Spätestens seit er sie beim Lauschen ertappt hatte, war Yneke geradezu krankhaft vorsichtig. Er machte keine Fehler, hinterließ keine verräterischen Spuren.

Almuth seufzte.

Sie setzte sich an Egers Bettchen und arbeitete im Kerzenschein an ihrer Stickerei weiter. Nach einer Weile bekam sie Kopfschmerzen. Die Luft in der Schlafkammer war schlecht, wie so oft im Winter. Oftmals zog der Rauch aus der Halle nicht richtig ab und drang durch die verrußten Deckenbalken ins Obergeschoss. Sie vergewisserte sich, dass Eger gut zugedeckt war, und öffnete das Fenster. Die Kerzenflamme zitterte wie ein frierender Jungvogel, erlosch. Die frostige Luft war wohltuend, Almuth atmete tief ein und aus. Es war bereits so dunkel, dass sie die Häuser um den The kaum noch erkennen konnte. Lediglich die Schenke war erleuchtet, leise Flötenmusik drang zu ihr herauf. Dafür waren die Sterne umso deutlicher zu erkennen. Keine Wolke verhüllte den endlosen Teppich aus winzigen Lichtern, der sich am Himmel wölbte.

Sie dachte an Folkmar Janns. Noch immer dachte sie jeden Tag an ihn, besonders wenn sie allein war. Sie wärmte sich an diesen Gedanken wie an einem heimeligen Torffeuer. Gleichzeitig waren es bange, sorgenvolle, mitunter verzweifelte Gedanken.

Wo bist du? Was tust du gerade? Geht es dir gut?

Dies war Folkmars vierter Winter in der Wildnis. Kaum jemand konnte da draußen so lange überleben. Die meisten Geächteten starben nach wenigen Monaten. Sie verhungerten, erfroren oder fielen wilden Tieren, einer Krankheit oder anderen Vogelfreien zum Opfer.

Folkmar aber war außergewöhnlich zäh und findig. Wenn einer es schaffen konnte, dann er, nicht wahr? Das sagte sie sich wieder und wieder.

Die Angst um ihn blieb.

O Herr, ich bitte dich, lass mich wissen, ob er wohlauf ist. Schick mir ein Zeichen. Wetterleuchten, eine Sternschnuppe, irgendetwas!

Sie beobachtete den Himmel. Nichts geschah. Almuth kniff die Lippen zusammen, schloss das Fenster und ging zu Bett.

Emsigerland

Der außergewöhnlich zähe und findige Folkmar kauerte zwischen Büschen und Schneeverwehungen und beobachtete den eisbedeckten Tümpel am Fuß der Böschung. Er fühlte sich zerschlagen und gereizt. Er fror wie ein frisch geschlüpftes Küken, trotz all der Wolle, Häute und Felle, die er übereinander trug. Dass er seit Stunden still in den Sträuchern hockte und sich kaum bewegte, machte es nicht besser.

Dabei hat der Winter erst angefangen. Es ist gerade einmal so kalt, dass stehendes Wasser gefriert. In den nächsten Wochen wird es gewiss noch sehr viel kälter werden. Wenn er das überstehen wollte, brauchte er alsbald eine Unterkunft, wo er vor den skalpellscharfen Frostböen geschützt wäre. Er presste die Hände auf den Mund, hauchte hinein. Sobald es ihm endlich gelungen war zu tun, weswegen er in diese von Gott verlassene Gegend gekommen war, würde er weiterziehen und einen geeigneten Schlupfwinkel suchen. So etwas wie die letzten Tage wollte er nicht noch einmal erleben.

Nachdem er vor den Schieringern geflohen war, hatte er sich nach Süden aufgemacht, zur Ems, der natürlichen Grenze zwischen Emsigerland und Rheiderland. Niemand hatte ihn verfolgt, seine Spuren waren binnen kurzer Zeit unter dem Neuschnee verschwunden. Fernab der Marschdörfer verkroch er sich am Altwasser im Röhricht und schlug ein Loch ins Eis, damit er fischen konnte. Trockene Brotreste dienten ihm als Köder, der morsche Rumpf eines vergessenen Ruderkahns als Schlafplatz. Obwohl er sich Nacht für Nacht in Kleidung und Decke einmummte, kroch ihm der Frost in die Glieder, sodass er kaum Schlaf fand. Wenigstens plagte ihn nicht der Hunger. Er fing reichlich Aale und briet sie über dem Feuer. Ihr fettes Fleisch füllte seinen Magen und ließ ihn die Kälte ertragen.

In seinem Versteck hatte er gewartet, vier Tage lang, in der Hoffnung, dass die Westfriesen ihre Suche nach ihm aufgaben, dass ihre Wachsamkeit nachließ. Schließlich war er zu dem verborgenen Dorf zurückgekehrt, um einen neuen Versuch zu wagen, Antworten zu bekommen.

Diesmal würde er geschickter vorgehen.

Die Quelle unterhalb des sanft aufsteigenden Geestrückens versorgte das Dorf mit Wasser, darauf wiesen die Fußspuren um den Teich hin. Folkmar spürte seine Glieder kaum noch. Er bewegte Hände und Füße, um die Taubheit aus den Muskeln zu vertreiben. Er kannte Männer, die ihre Zehen verloren hatten, weil sie so leichtsinnig gewesen waren, bei Eis und Schnee zur See zu fahren. An Tagen wie diesem dachte er oft an jene armen zehenlosen Teufel.

Er spähte zum Dorf, das still dahindämmerte wie ein Tier im Winterschlaf. Wäre der aufsteigende Rauch der Herdfeuer nicht gewesen, dann hätte es nahezu verlassen gewirkt. Nur ein einzelner Mann weilte im Freien, ein Wachtposten, der sich an seiner Hellebarde festklammerte, von einem Fuß auf den anderen trat und aussah, als wäre er lieber im wärmenden Fegefeuer als draußen in der ostfriesischen Kälte.

Immer wieder ließ der Posten den Blick umherschweifen, insbesondere den Waldrand beobachtete er. Die Westfriesen rechneten offenbar mit seiner Rückkehr. *Nicht zu ändern*, dachte Folkmar. Solange er sich in dem Gebüsch auf dem Sandrücken verbarg, fühlte er sich einigermaßen sicher vor Entdeckung.

Gegen Mittag wurde er endlich für seine Geduld belohnt. Die Sonne kam heraus, der Schnee gleißte. Er kniff die Augen zu Schlitzen zusammen und erblickte einen zweiten Mann, der auf den Dorfplatz getreten war, auf den Schultern ein Joch mit zwei Eimern. Er wechselte ein paar Worte mit dem Wachtposten, schüttelte lächelnd den Kopf und überquerte die Weide.

Folkmar biss die Zähne zusammen. Hektisch bewegte er Hände und Füße, gerade jetzt konnte er keine tauben Glieder gebrauchen. Als das nicht recht half, ging er in die Hocke und wippte auf und ab. Endlich kehrte das Gefühl in die Beine zurück. Mit den Händen machte er schnelle Greifbewegungen, bis auch die Finger wieder einsatzfähig waren.

Inzwischen hatte der Mann den Tümpel erreicht. Er war grauhaarig und trug einen zerschlissenen Umhang, der linke Unterarm endete an einem Stumpf. Gleichwohl handhabte er das Tragjoch geschickt, als er die Eimer am Ufer abstellte. Folkmar erinnerte sich, bei seinem Aufenthalt im Dorf mit ihm geredet zu haben. Es war der Kerl mit dem Loch im Dach. Wie hieß er gleich? Benken.

Mit einem Stein zerbrach der Einarmige das Eis und tauchte einen Eimer ins Wasser. Währenddessen schlüpfte Folkmar aus seinem Versteck und schlich mit gezogenem Schwert die Böschung hinab. Die Sträucher auf der Böschung verbargen ihn vor Blicken aus dem Dorf.

Der Einarmige hörte das Knirschen seiner Schritte und fuhr herum, den tropfenden Eimer in der Hand, die Augen aufgerissen.

»Tu, was ich sage, und dir wird kein Leid geschehen.«

Benken öffnete den Mund.

»Still, oder du bist ein toter Mann!«, zischte Folkmar. »Stell den Eimer hin und komm mit.« Er bekräftigte die Aufforderung, indem er die ausgestreckte Schwertklinge zweimal zur Seite zucken ließ. »Da rauf.«

Zwischen dem Dorf und der Quelle verlief eine hohe Wallhecke, die wahrscheinlich verhinderte, dass der Wachtposten sie sehen konnte. Folkmar aber wollte kein Risiko eingehen und führte Benken in das Gebüsch auf dem Geestrücken. Der hatte den ersten Schreck rasch überwunden. Er wirkte ruhig. Sein Gesicht war eine zerklüftete Landschaft aus Falten, Narben und Bartstoppeln. Zwei wache Augen musterten Folkmar.

»Sieh an. Ich dachte nicht, dass du zurückkommen würdest. Hielt dich für harmlos. Hätte ich mal auf Apke gehört.«

»Beantworte meine Fragen, und ich lass dich gehen.«

»Die anderen wissen, dass ich nur Wasser holen will. Wenn ich zu lange fortbleibe, werden sie mich suchen.«

»Dann sollten wir rasch zur Sache kommen. Wer hat Ocko ermordet?«

»Das weiß ich nicht.«

»Aber du weißt *etwas.*«

Der Einarmige hüllte sich in Schweigen. Offenbar wollte er Zeit schinden.

»Es ist so, Benken: Ich bin nicht gekommen, um euch zu schaden. Ich will lediglich Antworten. Da ihr nicht willens wart, mit mir zu reden, bin ich gezwungen, dich mit dem Schwert zu bedrohen. Das gefällt mir nicht. Aber das wird mich nicht daran hindern, das Schwert zu benutzen, wenn es sein muss. Was ist am siebten August 1391 in Aurich geschehen? Ich weiß, dass ihr etwas gesehen habt.« Folkmar richtete die Klinge auf Benkens Brust.

»Du kennst unser Versteck. Was hindert dich daran, zu Quade Foelke zu laufen, uns zu verraten und eine fette Belohnung einzustreichen?«

»Wie gesagt, ich will euch nichts Böses. Mir liegt auch nichts an Foelkes Gold. Euer Geheimnis ist bei mir sicher – das habe ich Bruder Winoldus geschworen.«

»Ockos Mörder waren keine Schieringer«, erklärte Benken zögernd. »Aber das weißt du sicher schon.«

»Sondern?«

»Fremde, die unsere Röcke trugen, um den Verdacht auf uns zu lenken.«

Geschichten wie diese hatte Folkmar in den letzten drei Jahren viele gehört. Wilde Märchen von verkleideten Verschwörern, so glaubhaft wie Seemannsgarn. »Woher willst du wissen, dass es Fremde waren?«, fragte er ungeduldig.

»Ich habe sie nie zuvor gesehen. Sie müssen plötzlich aufgetaucht sein und sich vor der Schnappe unter das Volk gemischt haben.«

»Willst du behaupten, du kennst alle Schieringer, die weiland für Volkmar Allena gekämpft haben?«

»Mehr oder weniger. So viele waren es nicht, und wir haben mehrere Monate miteinander verbracht. Irgendwann kennt man sich. Zumindest vom Sehen.«

Das ging Folkmar alles zu langsam. Er drückte ein paar Zweige nach unten, damit er einen Blick auf das Dorf erhaschen konnte. Noch schien der Posten Benken nicht zu vermissen. Aber das würde gewiss nicht mehr lange so bleiben. Er ließ die Zweige los, sie schnellten hoch und versprühten feinen Schnee. »Kannst du mir diese Fremden beschreiben?«

»Schwierig. Allerweltsgesichter. Außerdem sind sie genauso plötzlich verschwunden, wie sie aufgetaucht waren. Nur einer ist mir aufgefallen. Na ja, nicht mir, Apke und zwei anderen. Sie haben uns nachher von ihm erzählt. Ein Kerl mit einem Feuermal im Gesicht. Er hatte es mit Schlamm abgedeckt, aber im Gedränge ist wohl der Dreck abgefallen, sodass man es sehen konnte.«

Folkmar fühlte sich, als hätte er soeben einen brutalen Faustschlag gegen den Schädel abbekommen. Er brauchte einen Moment, bis er die Fassung zurückerlangte. »Wie sah das Feuermal aus?« Er bemerkte, dass er beinahe schrie, und senkte die Stimme. »Beschreib es mir so genau wie möglich!«

»Es war rot und umgab das rechte Auge. Von der Form her hat Apke es mit einer toten Nesselqualle verglichen.«

Eine Nesselqualle. Folkmar hatte denselben Vergleich gezogen, damals im Steinhaus, als er Cord Hanneken das erste Mal gesehen hatte. Denn es musste Cord sein. Dass es in Friesland noch einen zweiten derart gezeichneten Krieger gab, war schlichtweg unmöglich.

Tausend Fragen und Mutmaßungen dröhnten in seinem Schädel. Er blinzelte benommen. Es gelang ihm, den wichtigsten Gedanken zu packen.

Wo Cord ist, ist Yneke nicht weit.

»Ihr müsst auch einen anderen Mann gesehen haben«, krächzte er. »Schmächtig wie ein Jüngling. Spitzes Kinn, vornehme Hände. Kein Bart, dunkles Haar, in der Mitte gescheitelt. Steife Haltung, als hätte er ein Brett unter dem Wams.«

Benken schüttelte den Kopf. »Nein.«

Folkmar schnellte einen Schritt nach vorn, packte den Westfriesen mit der Linken am Kragen. »Er muss da gewesen sein!«

»Ich habe diesen Mann nicht gesehen. Ich schwöre es!« Zum ersten Mal wirkte Benken verängstigt.

Folkmar ließ ihn nicht los. »Was ist dann geschehen? Hat der Entstellte Ocko getötet?«

»Er hat den Tumult angezettelt. Ob er auch Ocko erschlagen hat, wissen wir nicht. Apke hält es für möglich.«

»Ihr habt also nicht gesehen, wie er ermordet wurde?«

»Doch. Aber es war ein einziges Durcheinander, und es ging sehr schnell. Wir haben nur gesehen, dass es einer der verkleideten Fremden war – nicht, welcher.«

Es war also ein Attentat, und Cord und Yneke sind darin verwickelt. Haben es womöglich ausgeführt. Und es mir in die Schuhe geschoben. Bei Gott! Yneke war noch weitaus bösartiger, als er je für möglich gehalten hätte. »Wie ging es weiter? Nach Ockos Tod, meine ich – was habt ihr unternommen?«

»Wir ahnten, dass man uns für die Bluttat verantwortlich machen würde. Schließlich waren wir ganz in Ockos Nähe gewesen, als es geschah. Ein paar von uns wollten die Mörder finden, aber der Häuptling war dagegen. Er ordnete an, dass wir so schnell wie möglich verschwinden.«

»Doch dazu kam es nicht, weil Volkmar Allena euch gefangen setzte.«

»Ja«, antwortete Benken knapp.

Folkmar hatte noch viele weitere Fragen, etwa, warum Allena sich dagegen entschieden hatte, Apke und dessen Männer an die tom Brok auszuliefern. Wieso versteckte er sie stattdessen hier? Doch ihm lief dic Zeit davon.

»Es tut mir leid«, sagte er.

Der Westfriese blickte verwirrt drein. »Was …?« Mit einer blitzschnellen Bewegung knallte Folkmar ihm den Schwertknauf gegen die Schläfe.

Er legte den Bewusstlosen vorsichtig in den Schnee. *Er wird es überleben.* Er schob den Einarmigen unter den Strauch, damit er vor dem kalten Wind geschützt war. Benken war ein zäher Bursche, so schnell würde er nicht erfrieren. Vermutlich würde er in spätestens einer halben Stunde aufwachen mit nichts als tauben Gliedern und brummenden Kopfschmerzen, sofern ihn seine Freunde nicht längst gefunden und ins Warme gebracht hatten.

Folkmar spähte ein letztes Mal zum Dorf. Der Wächter hatte seinen Posten verlassen und marschierte über die Weide. Folkmar schlüpfte geduckt durch das Gebüsch. Als sich das Strauchwerk lichtete, nahm er die Beine in die Hand.

Es dauerte nicht lange, bis der Wächter den Bewusstlosen fand. Wenig später waren Folkmar die Schieringer auf den Fersen. Er konnte sie nicht sehen, wohl aber ihr Geschrei in der Ferne hören. Der tiefe Schnee machte es ihnen leicht, seine Spuren zu verfolgen. Er floh schnurstracks nach Osten, gönnte sich keine Rast, marschierte über die endlose Heide, bis ihm die Kräfte schwanden. Er glaubte zu hören, dass die Verfolger langsam näher kamen. Er verdoppelte seine Anstrengungen, holte alles aus sich heraus. Irgendwann fühlte sich jeder Muskel im Leib an, als stünde er in Flammen. Jeder Atemzug stach schmerzhaft in der Brust, das Blut rauschte ihm in den Ohren. Nur der Gedanke an den sicheren Tod hielt ihn davon ab, sich der Länge nach in den Schnee fallen zu lassen und sich seinem Schicksal zu ergeben.

Schließlich sank der Abend herab. Die Dunkelheit rettete ihn. Offenbar hatten Apke und seine Mannen in der Hitze des Gefechts vergessen, Fackeln und Laternen mitzunehmen. Als sie seine Spuren nicht mehr erkennen konnten, gaben sie auf. Ihre Stimmen wurden leiser und verstummten schließlich.

Folkmar sank auf den kalten Boden. Atmete tief ein und aus, bis sich sein Herzschlag beruhigte. Trank etwas Wasser. Aß geräucherten Aal. Er kämpfte dagegen an, nicht an Ort und Stelle einzuschlafen, und zwang sich weiterzugehen, den Abstand zwischen sich und den Schieringern weiter zu vergrößern für den Fall, dass sie morgen die Jagd nach ihm fortsetzten.

Stumpf stolperte er durch die Nacht, immer weiter nach Osten. War das schon Moormerland? In der Finsternis konnte er keinerlei Wegmarken erkennen. Als ihn endgültig die Kraft verließ, verkroch er sich im Gebüsch. In einer Kuhle zwischen kahlen Sträuchern und mannshohen Schneeverwehungen wollte er die Nacht verbringen.

Er musste nachdenken. Es gelang ihm nur mit äußerster Mühe. Endlich hatte er einen Hinweis gefunden, einen spektakulären, einen unfassbaren. Reichte das aus, um seine Unschuld zu beweisen? Bislang hatte er nichts als die Aussage eines Schieringers, der sich furchtsam vor der Welt versteckte. Er brauchte mehr.

Zunächst aber musste er dem Winter trotzen. Er beschloss, am nächsten Morgen weiter nach Osten zu ziehen. Im kargen und dünn besiedelten Herzen der Landsgemeinde Moormerland würde er sich ein Versteck suchen. Während er auf mildere Tage wartete, würde er Pläne schmieden.

Etwas fiel auf sein Augenlid, leicht wie eine Feder, er blinzelte es weg. Es fing an zu schneien, erst schwach, dann immer kräftiger. Ein Lächeln ließ seine rauen Lippen zucken. Die Heiligen waren mit ihm. Der Neuschnee würde seine Spuren bedecken.

Er brach einige Zweige von den Büschen, klopfte den Schnee ab und schichtete sie in der Kuhle auf. Es dauerte lange, bis sie brannten, er musste die Feuersteine hundertmal und öfter gegeneinanderschlagen. Endlich loderten die Flammen hoch, er fütterte sie ständig mit neuen Zweigen, damit die dicken Schneeflocken sie nicht löschten.

Er hüllte sich in Umhang und Decke, wärmte sich an seinem Feuer und schlief wenig später ein.

Kapitel drei

Marienhafe

»Habt Dank, dass Ihr uns anhört«, sagte Jann im Steinhaus zu Marienhafe.

Zwei Tage hatte man sie warten lassen, bis Foelke Kampana endlich bereit gewesen war, sie zu empfangen: ihn, Bent Olrichs, Harke Clausen und zwei weitere angesehene Männer aus Warfstede. Ihre Gastgeberin saß an der Stirnseite der Halle, daneben ihr Sohn und Ockos Erbe, der inzwischen fast fünfzehnjährige Keno. Jann konnte nicht anders, als Foelke einen Moment zu betrachten – jene Frau, die ohne jedes Erbarmen an die hundert Männer aufs Schafott gebracht hatte. Das hatte ihr den Namen »Quade Foelke« eingebracht, aber wie ein Monster sah sie nicht aus. In den nunmehr einundsechzig Wintern seines Lebens hatte er gelernt, Menschen einzuschätzen, und er spürte, dass diese Frau klug und vernünftig war. Zweifellos auch hart und grausam, wenn es sein musste, aber nicht unberechenbar und bösartig wie ihr Mitregent Widzelt.

Mit dieser Person konnte man reden. Ob sie ihrem Anliegen stattgeben würde, stand freilich auf einem anderen Blatt.

Zu seiner Überraschung war es nicht Foelke, die antwortete, sondern Keno. »Ich habe stets ein offenes Ohr für meine Untertanen«, erklärte der junge Mann. »Also lass uns ohne Umschweife zur Sache kommen, Jann Wilken. Was führt euch zu mir?«

Meine Untertanen. Keno sprach wie ein Fürst, nicht wie ein Halbwüchsiger, der sein Erbe noch nicht angetreten hatte – und der obendrein im Begriff war, gegen seinen mächtigen Halbbruder ins Hintertreffen zu geraten. Jann konnte sich denken, was hier gespielt wurde. Nach Jahren der Untätigkeit sah Kenos Mutter ihre Felle davonschwimmen. Um verlorenen Boden gutzumachen, bereitete sie Keno auf seine künftige Rolle als Haupt der Familie und Herr von Ostfriesland vor, indem sie ihm Aufgaben übertrug, an denen er wachsen konnte – etwa diese Unterredung mit der Gesandtschaft aus Warfstede. Das machte Jann nervös. Ein junger Bursche, der sich beweisen wollte, konnte ein schwerer Gegner sein.

Er räusperte sich. »Die freien Friesen von Warfstede wünschen sich einen Redjeven, der vor der Versammlung der Sechzehn für sie spricht. Wir ersuchen Euch um die Erlaubnis, eine Wahl abzuhalten und einen ehrbaren Mann aus unserer Mitte zum Richter zu ernennen.«

»Ich weiß von euren Wünschen – mein Halbbruder hat mir davon berichtet. Das Ansinnen hat ihn weiland sehr erbost«, sagte Keno. »Auch mich habt ihr verärgert. Ihr hättet damit zu mir oder zu meiner Mutter kommen müssen, statt Kanke Kanken zu Widzelt zu schicken. Die tom Brok sind eure Herren, nicht die Kankena zu Wittmund!«

Jann gab sich demütig. »Es war ein Fehler, Euch zu übergehen. Das sehe ich nun. Bitte vergebt mir. Auch war es nicht unsere Absicht, Euch zu verärgern. Wir bitten Euch lediglich darum, dass das Landrecht von Harlingerland geachtet wird – jenes Gesetz, das es seit jeher den freien Männern der Landsgemeinde gestattet, einen Richter zu wählen.«

»Ihr habt bereits einen Richter: Yneke Egers, euer Vogt.«

Yneke war Widzelts Mann, aber das hieß nicht zwangsläufig, dass Keno und Foelke ihn ablehnten. Selbst Almuth konnte nicht einschätzen, wie die beiden zu ihrem Gemahl standen. Unter diesen Umständen war es ratsam, nicht allzu schlecht über ihren Vogt zu sprechen. »Yneke ist ein fähiger Verwalter, der es versteht, den Wohlstand des Kirchspiels zu mehren. Aber auch ein verdienter Mann wie er macht Fehler – gerade wenn er Gericht hält. Das musste meine Familie schmerzhaft erfahren.«

»Du spielst darauf an, dass er deinen Sohn zum Tode verurteilt und geächtet hat.«

»Ein schrecklicher Fehler. Folkmar Janns hat nichts, aber auch gar nichts mit dem Mord an Eurem Vater zu tun. Ihr müsst mir glauben.«

Keno wechselte einen Blick mit seiner Mutter, sagte jedoch nichts dazu. Die Männer aus Warfstede schwiegen voller Anspannung …

zumindest die meisten. Nur Bent konnte wieder einmal den Mund nicht halten.

»Folkmar ist unschuldig!«, platzte er heraus. »Was damals passiert ist, ist ungeheuerlich. Yneke hat ihm ein Verbrechen angehängt, um sich an ihm zu rächen. Ihr müsst das rückgängig machen, ihn begnadigen …«

»Bent!«, fiel Jann ihm scharf ins Wort. Er hatte im Vorfeld beschlossen, nur dann über seinen Sohn zu sprechen, wenn es sich nicht vermeiden ließ. Er versprach sich nichts davon, Folkmars Fall noch einmal aufzurollen. Tatsächlich befürchtete er gar, dies könnte ihrem eigentlichen Anliegen schaden. Leider hatte Bent nicht so weit gedacht.

Foelke ergriff das Wort. »Es steht nicht in unserer Macht zu beurteilen, ob Folkmar Janns unschuldig ist oder nicht. Wir verlassen uns darauf, dass Yneke das richtige Urteil gefunden hat, und werden es gewiss nicht ohne jeden handfesten Gegenbeweis anzweifeln. Also lasst uns beim Thema bleiben.«

Bent schlich wie ein getretener Hund zurück zu den anderen. Jann atmete innerlich auf. Dies war glimpflich ausgegangen.

»Wir ernennen nur die besten Männer zu unseren Vögten«, nahm Keno das ursprüngliche Gespräch wieder auf. »Gleichwohl sind auch die Klügsten nicht vor Irrtümern gefeit. Nur Gott ist unfehlbar, wir Sterblichen sind es nicht. Wenn einer unserer Vögte ein ungerechtes Urteil fällt, hat ein freier Friese daher immer die Möglichkeit, es vor dem höchsten Gericht seiner Landsgemeinde anzufechten. Und so ist es in eurem Fall ja auch geschehen. Dass die Sechzehn zu Esens eure Klage abgewiesen haben, müsst ihr akzeptieren.«

»Wir würden es akzeptieren, wenn wir von vornherein eine wirkliche Chance gehabt hätten. Aber wir standen auf verlorenem Posten. Hätten wir dagegen einen unabhängigen Richter gehabt, der uns als Mitglied der Sechzehn vertritt, hätte es vielleicht anders ausgesehen. Womöglich wäre es gar nicht erst zu dem ungerechten Urteil gekommen – weil unser Redjeve schon frühzeitig auf Yneke hätte einwirken können.«

Jann wusste, dass er gerade größtenteils Unsinn erzählte. Folkmar verdankte seine Verurteilung massenhaften Lügen, niederträchtigen

Intrigen, falschen Zeugen und gekauften Richtern. Dagegen wäre auch ein unabhängiger Redjeve machtlos gewesen. Aber darum ging es hier nicht. Sondern um ein Zeichen gegen die Willkür. Um den Stolz der Menschen von Warfstede. Dafür kämpfte er, wenn er schon nichts für seinen Sohn tun konnte.

Keno blickte ihn durchdringend an. *Er macht eine gute Figur*, dachte Jann. *Wie er sich gibt, wirkt er um einiges älter und reifer als vierzehn. Abbe hat ihn wahrlich vieles gelehrt.*

»Nehmen wir einmal an, ich würde eurem Ersuchen stattgeben«, sagte der junge Mann. »Der Redjeve, der fortan Warfstede vertritt, wäre natürlich ein Osinga, nicht wahr?«

»Nein«, antwortete Jann wahrheitsgemäß. »Wir streben nicht nach diesem Amt.«

»Deine Sippe hatte es fünfzig Jahre lang inne, bevor ihr meinem Vater die Treue geschworen habt. Ich kann schwerlich glauben, dass ihr es nicht mehr haben wollt.«

»Die Zeiten haben sich geändert. Es gibt in der Familie Osinga nur noch drei erwachsene Männer. Mein Schwiegervater Folkmar Peters ist alt und nicht mehr Herr seiner Sinne. Bent Olrichs und ich kommen auch nicht infrage. Zum einen kennen wir das Gesetz nicht gut genug, zum anderen hegen wir keinerlei Ehrgeiz, ein solches Amt auszuüben. Wir wollen Schiffe bauen, sonst nichts. Der einzige Osinga, der geeignet wäre, befindet sich als Geisel in diesem Haus. Womit sichergestellt sein dürfte, dass ein vom Vogt unabhängiger Redjeve seine Amtsgewalt nicht missbrauchen wird, um den tom Brok zu schaden. Wir Ihr wisst, lieben die Menschen Warfstedes Abbe Wilken. Unser Richter würde daher niemals etwas tun, was Abbes Wohlergehen gefährden könnte.«

»Wofür also braucht ihr einen Redjeven, wenn es euch nicht darum geht, unseren Einfluss in Warfstede zu schmälern?«, fragte Keno rundheraus.

»Wir wollen eine unabhängige Instanz, die uns anhört, wenn wir uns ungerecht behandelt fühlen«, meldete sich Harke Clausen zu Wort. »Der Vogt hält natürlich weiter die Gerichtsgewalt im Kirchspiel, aber unser Redjeve vertritt uns in Esens, wenn es Zweifel an der Weisheit von Ynekes Entscheidungen gibt. Wir erhoffen uns davon mehr Gerechtigkeit und Frieden im Kirchspiel, was gewiss auch in Eurem Sinne ist. Im Übrigen spricht Jann Wilken die Wahrheit, wenn er sagt, dass der Richter kein Osinga sein wird. Ich werde mich zur Wahl stellen und, so Gott will, die Mehrheit der Stimmen bekommen.«

»Und du bist …?«, fragte Keno.

»Harke Clausen, Schiffszimmermann, Meister und freier Friese.« Harke blickte dem jungen tom Brok unerschrocken in die Augen. »Ich weise Euch darauf hin, dass wir keine ungehörigen Sonderrechte für uns fordern. In Harlingerland gibt es mehrere Kirchspiele unter Eurer Herrschaft, die einen Vogt *und* einen gewählten Redjeven haben.«

»Dabei handelt es sich um Ausnahmen. In den allermeisten Sprengeln gibt es nur einen Vogt, und es hat sich gezeigt, dass das vollauf genügt.«

»Aber es gibt diese Ausnahmen«, beharrte Harke. »Und die fraglichen Kirchspiele sind Euch treu ergeben. Es besteht also kein Grund zur Befürchtung, dass ein unabhängiger Redjeve Rebellion und Unfrieden schüren würde. Die Gerechtigkeit gebietet, dass Ihr Warfstede zugesteht, was andere längst dürfen.«

Wohlgesprochen, dachte Jann. Der besonnene, willensstarke und wortgewandte Harke hatte einmal mehr bewiesen, dass er der richtige Mann für das Richteramt wäre.

Keno dachte lange über das Gehörte nach. Er beugte sich zu seiner Mutter hinüber und beriet sich leise mit ihr. Schließlich wandte er sich wieder an die Gesandtschaft aus Warfstede.

»Im Namen meiner Mutter erlaube ich euch, einen Redjeven zu wählen. Zunächst für ein Jahr. Dann werden wir den Nutzen der Entscheidung prüfen. Erweist sie sich als schädlich, werden wir unsere Erlaubnis zurückziehen. Yneke Egers' richterliche Befugnisse werden in keiner Weise vermindert. Der Redjeve hat allein die Aufgabe, für Warfstede an der Versammlung der Sechzehn teilzunehmen und dort etwaige Klagen gegen Ynekes Urteile zu unterstützen.«

Jann hatte sich auf einen harten Kampf eingestellt, sodass es ihn maßlos überraschte, wie einfach es schlussendlich gewesen war. Ein freudiges Lachen rollte seine Kehle hinauf. »Habt Dank, junger Herr

Keno. Eine weise und großmütige Entscheidung, die Euch die Menschen von Warfstede niemals vergessen werden. Wir werden Euer Vertrauen nicht enttäuschen – Ihr habt mein Wort.«

Die Männer aus Warfstede verliehen ihrer Dankbarkeit Ausdruck, indem sie sich verneigten. Keno nickte nur, ganz der ernsthafte Herrscher, der vor Geringeren keine Gefühle zeigte. In seinen Augen aber glaubte Jann Freude zu erkennen – Freude darüber, dass er diese seine Untertanen glücklich gemacht hatte. Foelke hingegen verbarg ihre Zufriedenheit nicht. Sie wirkte überaus stolz auf ihren Sohn, der diese Aufgabe mit Bravour gemeistert hatte.

»Ich werde Yneke Egers über die Veränderungen in Warfstede in Kenntnis setzen. Ihr dürft euch zurückziehen«, beendete Keno die Audienz.

»Eines noch.« Jann beschloss, alles auf eine Karte zu setzen. »Abbe Wilken ist seit fast vier Jahren Euer Gefangener. Er hat genug gelitten. *Wir alle* haben genug gelitten. Gebt ihn frei, ich bitte Euch.«

Der junge tom Brok runzelte die Stirn. »Du hast gerade einen Redjeven von mir bekommen. Das sollte dir genügen. Und doch forderst du mehr.«

»Wir Osinga haben in den letzten vier Jahren bewiesen, dass wir treue Untertanen sind. Wir zahlen pünktlich unsere Abgaben, achten das Gesetz und leisten Ynekes Anweisungen Folge. Es ist wahrlich nicht nötig, Abbe noch länger von seiner Familie fernzuhalten.«

»Ihr wart treu, *weil* Abbe unsere Geisel ist. Außerdem hast du selbst betont, dass durch seine Anwesenheit in meinem Haus sichergestellt ist, dass euer Redjeve seine Amtsgewalt nicht zu unserem Schaden gebrauchen wird. Nein, Jann Wilken. Diese Bitte kann ich dir nicht gewähren.«

Jann sagte sich, dass der junge tom Brok vermutlich nicht anders konnte, als so zu handeln. Abbe freizulassen wäre ein Affront gegen Yneke und damit auch gegen Widzelt, und diesen Zwist konnte er sich nicht leisten. Nicht nachdem er sich gerade erst gegen seinen Halbbruder gestellt hatte, indem er Warfstede einen Redjeven gewährte. Gleichwohl schmerzte die Enttäuschung. »Dann erlaubt uns wenigstens, ihn zu sehen.«

»Bei Gott, Mann!«, brauste Keno auf. »Ihr Osinga wisst nie, wann es genug ist, nicht wahr?« Doch er zügelte sich. Abermals steckten Foelke und er die Köpfe zusammen.

»Na schön.« Keno seufzte schicksalsergeben wie ein an Lebensjahren reicher Herrscher, den nichts mehr aus der Ruhe brachte. »Du darfst ihn sehen. Aber nur du. Und nur für kurze Zeit – unter meiner Aufsicht.«

Jann verneigte sich. »Ihr seid überaus gütig.«

Foelke bestand darauf, dass zwei Wachen mitgingen, als Keno Jann nach oben führte. Die beiden Krieger beäugten ihn in einer Weise, die keinen Zweifel daran ließ, dass sie ihn niederstrecken würden, sollte er so töricht sein, den jungen Mann auch nur falsch anzuschauen.

»Mein Halbbruder darf davon nichts erfahren. Ich verlasse mich darauf, dass du Stillschweigen über das Treffen wahrst.«

»Ihr habt mein Wort«, versprach Jann.

Keno klopfte an eine Tür, und sie betraten eine winzige Kammer. Abbe kauerte am Schreibpult und las mit gerunzelter Stirn ein Pergament. Er hob den Kopf, und seine Augen weiteten sich vor Überraschung.

»Ihr habt Zeit bis zum Glockenschlag.« Keno und die Wachen blieben an der Tür stehen, während Jann langsam auf seinen Bruder zuging.

Abbe legte den Gänsekiel weg und kletterte umständlich vom Hocker. Sie blickten einander an.

»Du bist alt geworden«, brach Abbe das Schweigen.

»Du auch.«

Gleichzeitig fingen sie an zu lächeln. Im nächsten Moment lagen sie sich in den Armen.

»Bei Gott, Bruder! Ich kann es nicht glauben …«

»Du fehlst uns so sehr!«

Jann erschien es, als wolle Abbe ihn nie mehr loslassen, beinahe verzweifelt klammerte sich sein Bruder an ihm fest. Schließlich tat er es doch. Er wischte sich die Tränen ab.

»Was machst du in Marienhafe?«

»Keno und ich hatten wichtige Dinge zu bereden. Er erlaubt uns, einen Redjeven zu wählen.«

»Wirklich? Das sind gute Neuigkeiten.«

»Am liebsten würden wir dich wählen«, sagte Jann. »Aber du betätigst dich jetzt ja lieber als Lehrer.«

»Nun, was soll ich sagen?« Abbe grinste schief. »Irgendwer muss der Jugend etwas Anständiges beibringen, nicht wahr? Aber ihr findet gewiss einen anderen.«

Jann überlegte, worüber sie sprechen konnten, wenn Keno zuhörte. Alle heiklen Themen – Folkmars Schicksal, Almuths Ehe mit Yneke – vermied er besser. »Wie geht es dir?«, fragte er schlicht.

»Ich kann nicht klagen. Wenn ich nicht gerade dabei bin, meinem gelehrigen Schüler die Feinheiten der Rhetorik und Dialektik nahezubringen, lese und schreibe ich viel. Im Grunde mache ich also dasselbe, was ich auch zu Hause den lieben langen Tag getrieben habe.« Abbes Augen aber sagten etwas anderes. Sie sprachen von Langeweile, Einsamkeit und Verlorenheit. »Erzähl mir von der Familie«, wechselte er das Thema. »Wie ist es euch ergangen in den letzten Jahren?«

»Alle sind wohlauf… abgesehen vom alten Folkmar, aber das ist nun einmal der Lauf der Dinge.«

»Er lebt also noch?«

»Er klammert sich mit einer Verbissenheit ans Leben, die es im Kirchspiel kein zweites Mal gibt. Wenn nur sein Geist Schritt halten könnte…«

»Und die anderen?«

»Gesund und munter. Etta und Bent haben eine Tochter. Gela wird nächsten Sommer drei.«

Der Schmerz verschwand aus Abbes Blick, seine Augen leuchteten auf. »Erzähl mir alles von ihr!«

Das tat Jann. Dabei verging die Zeit im Nu. Als die Glocken der Marienkirche zur None schlugen, kam es Jann so vor, als wären gerade erst wenige Augenblicke vergangen, seit er seinen Bruder in die Arme geschlossen hatte. Keno gab ihnen mit einem Räuspern zu verstehen, dass das Treffen zu Ende war.

»Gib uns noch eine halbe Stunde«, flehte Abbe.

»Nein«, sagte Keno freundlich, aber bestimmt. »Du musst jetzt gehen«, forderte er Jann auf.

Sie umarmten einander zum Abschied. Abbe konnte die Tränen nicht zurückhalten. Jann war das Herz schwer, als Keno hinter ihm die Tür schloss. Die Wachen nahmen ihn in die Mitte und geleiteten ihn nach unten.

»Yneke und Widzelt werden zürnen, wenn sie von unserer Einigung erfahren«, sagte Jann auf der Treppe. »Wenn sie Anstalten machen, ihre Wut an Abbe auszulassen, müsst Ihr ihn beschützen.«

»Ich will tun, was ich kann«, versprach Keno. »Aber der beste Schutz für Abbe ist nach wie vor eure unverbrüchliche Treue zu mir und meiner Familie.«

Heißt: Haltet den Mund und begehrt nicht auf, übersetzte Jann Kenos Worte für sich. Er rang sich ein gebrummtes »Habt Dank« ab.

Am Morgen nach Janns Besuch konnte sich Abbe kaum aufs Unterrichten konzentrieren. Fahrig blätterte er im Traktat *Ars loquendi et tacendi* des Rechtsgelehrten Albertanus von Brescia, das die Kunst der Rhetorik abhandelte. Als er die gesuchte Stelle auch im dritten Anlauf nicht fand, legte er das Buch weg und räusperte sich.

»Hast du die fünf Techniken zur Vorbereitung auf eine Ansprache gelernt?«

»Schon vor Monaten.« Keno runzelte die Stirn. »Weißt du das nicht mehr?«

»Wiederhol sie.«

»Muss das sein?«

»Tu, was ich sage.«

Der Vierzehnjährige stöhnte leise. »Erstens, *inventio*, die Stoffsammlung«, begann er. »Der Redner erkundet die gegnerischen Behauptungen und sucht nach Ansätzen zur Widerlegung …«

Während Keno gelangweilt die rhetorischen Techniken herunterbetete, wanderte Abbe innerlich endgültig auf und davon. Das Treffen mit Jann, so schön es gewesen war, hatte alles nur noch schlimmer gemacht. Die Einsamkeit drohte ihn zu erdrücken. Dabei hatte er sich doch mit seinem Schicksal arrangiert. Die schlaflosen Nächte, die quälende Sinnlosigkeit, die herzzerreißende Sehnsucht nach Warfstede – fing das jetzt alles von vorn an?

Seine Gedanken kreisten unentwegt um die Frage, ob der gestrige

Besuch eine einmalige Ausnahme gewesen war – oder ob er hoffen durfte, Jann oder ein anderes Familienmitglied alsbald wiederzusehen. Er wagte nicht, Foelke darum zu bitten. Die vergangenen Jahre hatten ihn gelehrt, dass das zu einer weiteren Enttäuschung führen würde. Sich in Geduld und Demut zu üben und nichts vom Leben zu erwarten war klüger, weil weit weniger schmerzhaft.

Er bemerkte, dass Keno ihn anblickte. Offenbar war der Junge soeben fertig geworden.

»Sehr gut, bestens«, murmelte Abbe zerstreut. »*Inventio*, *dispositio*, *elocutio*, *memoria* und *actio* dienen der sorgfältigen Vorbereitung auf eine Rede, die die Zuhörer gleichermaßen überzeugt und erfreut«, fasste er zusammen. »Hast du Fragen hierzu?«

»Nein.«

»Ausgezeichnet. Dann lass uns heute ausnahmsweise früher Schluss machen. Das hast du dir verdient.«

Zu seiner Überraschung stürmte Keno nicht sogleich zur Tür, wie er es üblicherweise am Ende der Lektion tat. Er blieb sitzen und musterte seinen Lehrer. Vermutlich spürte er, dass Abbe elend zumute war. Er war ein einfühlsamer junger Mann.

»Isst du heute Abend mit uns?«, fragte er unvermittelt.

»Wir haben doch darüber gesprochen – ich ziehe es vor, in meiner Kammer zu speisen.«

»Wird dir das nicht allmählich langweilig?«

Und wie, dachte Abbe. Doch seit Foelke sich geweigert hatte, Folkmar zu begnadigen, zog er es vor, ihr aus dem Weg zu gehen. Er war es leid, den pflegeleichten Gast zu spielen, wenn er rein gar nichts für seine Freundlichkeit bekam. Beinahe hätte er sogar sämtliche Lehreraufgaben hingeworfen. Aber damit hätte er den Falschen bestraft. Und sich obendrein vollends der hirnzersetzenden Langeweile ausgeliefert. »Es ist für uns alle am besten so.«

»Für mich nicht«, widersprach Keno. »Ich hätte dich gern dabei. Mit dir ist das Tischgespräch merklich interessanter.«

»Ich fühle mich geschmeichelt. Aber es bleibt dabei.«

Der Junge ließ nicht locker. Nach kurzem Schweigen sagte er: »Ich glaube, Mutter hätte Folkmar Janns gerne begnadigt. Aber sie hatte keine Wahl, so wie die Dinge liegen.«

»Gute Absichten allein nutzen niemandem, wenn ihnen keine Taten folgen.«

»Versuch, sie zu verstehen. Sie kann nicht einfach tun, was das Herz ihr sagt. Sie muss das Gesetz berücksichtigen. Die Politik. Die Wirkung ihrer Entscheidungen auf Freund und Feind.«

»Ich verstehe deine Mutter sehr gut«, meinte Abbe leise. »Und wer versteht mich?«

»Ich verstehe dich.«

»Das freut mich zu hören. Bedeutet das, dass du Folkmars Begnadigung erwirken wirst? Meine Freilassung?«

»Nein, und das weißt du«, antwortete Keno.

»Na also. Dann gibt es nichts mehr zu sagen. Weder hier noch bei Tisch.«

Abbe hatte erwartet, dass sein Schüler nun zerknirscht davonschleichen würde. Dem war nicht so. Keno stand auf und schaute ungehalten auf ihn herab.

»Du jämmerlicher kleiner Mann. Sitzt Abend für Abend in deiner Kammer und suhlst dich im Selbstmitleid. Weil wir alle solche Monster sind, die dich furchtbar ungerecht behandeln. Ja, das Leben einer Geisel ist hart. Aber es könnte schlimmer sein. Wenn meine Mutter, der du so sehr zürnst, dich nicht beschützt hätte, wärst du längst tot. Also zeig ein wenig Dankbarkeit.«

Abbe legte sich eine scharfe Erwiderung zurecht. Keno ließ ihn nicht zu Wort kommen.

»Und was das Nachtmahl betrifft: Von nun an wirst du wieder daran teilnehmen. Dies ist wohlgemerkt keine Bitte. Ich befehle es dir – als dein künftiger Häuptling.«

Das selbstbewusste Auftreten seines Schützlings überrumpelte Abbe derart, dass ihm die Replik im Hals stecken blieb.

»Nun geh, damit ich mich umziehen kann.« Mit stechendem Blick fügte Keno hinzu: »Wir sehen uns später.«

Abbe zog die Tür zu, blieb draußen auf dem Gang stehen und versuchte zu begreifen, was soeben geschehen war. Die Antwort war ebenso simpel wie beschämend: Der Bengel hatte ihn im Wortgefecht geschlagen. Ihn, Abbe Wilken Osinga, den abgebrühten Rhetoriker mit der gewandten Zunge, den Veteranen zahlloser Rededuelle.

Blinzelnd betrachtete er den *Albertanus* in seiner Hand, *Die Kunst des Redens und des Schweigens*. Dieses Buch brauchte er künftig nicht mehr zum Unterricht mitzubringen. Mit seinen knapp fünfzehn Jahren wusste der Junge bereits genug über Rhetorik. Ihm noch mehr beizubringen wäre unverantwortlicher Leichtsinn.

»Einen ›jämmerlichen kleinen Mann‹ hat er mich genannt, ist das zu fassen?« Schnaubend und kopfschüttelnd watschelte Abbe zu seiner Kammer.

Osterhusen

Volkmar Allena schickte sämtliche Dienstleute hinaus, ehe er die Schieringer in der Burghalle empfing.

»Ich habe euch doch klar und deutlich gesagt, dass ihr euch niemals hier blicken lassen sollt!«, fuhr er die beiden Männer an.

»Wir wären nicht gekommen, wenn es nicht wichtig wäre«, erklärte Apke Sirks. »Ein Fremder ist in unserem Dorf aufgetaucht und hat herumgeschnüffelt.«

»Was für ein Fremder?«

»Ein großer Kerl – beinahe ein Riese. Seinen Namen hat er uns nicht verraten.«

»Geht es etwas genauer?«

Apke beschrieb den Fremden, so präzise er konnte. Der Häuptling von Osterhusen runzelte die Stirn. Ihm war, als hätte er eine ähnliche Beschreibung schon einmal irgendwo gelesen. Vor Jahren, in einem Steckbrief? Die dunkle Erinnerung entglitt ihm, ehe er sie ans Licht zerren konnte. »Was heißt ›herumgeschnüffelt‹?«, fragte er unwirsch.

»Er interessierte sich für Ockos Ermordung – für die Attentäter, die Hintermänner. Er wusste, wer wir sind. Offenbar hat er mit Winoldus gesprochen. Dabei beteuerte er, unser Geheimnis sei bei ihm sicher.«

Also kann ihn nicht Widzelt geschickt haben, dachte Volkmar Allena. »Was habt ihr mit ihm gemacht?«

»Wir haben ihm natürlich nichts gesagt«, antwortete Apke stoisch, wie es seine Art war. »Als er nicht aufhörte mit seinen Fragen, beschloss ich einzuschreiten. Aber er hatte den Braten gerochen und war geflohen. Ein paar Tage später kam er zurück und lauerte Benken auf.«

Der Häuptling von Osterhusen schaute den Einarmigen an. »Das bist du, nehme ich an.«

Der nickte schweigend.

»Der Fremde hat Benken mit dem Schwert bedroht und ihn gezwungen, ihm alles zu sagen, was er über Ockos Ermordung weiß. Die als Schieringer verkleideten Attentäter, der Kerl mit dem Feuermal und all das. Erzähl ihm, was dann passiert ist«, forderte Apke den Einarmigen auf.

»Als er von dem Feuermal hörte, wirkte er sehr bestürzt – als würde er den Entstellten kennen.«

Damit hatte der mysteriöse Fremdling ihm etwas voraus. Volkmar Allena hatte bis jetzt nicht herausgefunden, wer der Mann mit dem Feuermal war. Dass der Entstellte mit Widzelt in Verbindung stand, war lediglich eine Vermutung. Zugegebenermaßen eine sehr wahrscheinliche Vermutung, das legte Widzelts Reaktion auf Allenas Drohungen nahe. »Und weiter?«

»Er erkundigte sich nach einem anderen Attentäter, den aber keiner von uns gesehen hat«, antwortete Benken. »Einem schmächtigen Mann mit spitzem Kinn und in der Mitte gescheiteltem Haar.«

Auch diese Beschreibung sagte dem Häuptling von Osterhusen nichts. »Hat der Fremde auch nach mir gefragt?«

»Er hat Euch erwähnt. Er weiß, dass Ihr uns versteckt habt, statt uns an die tom Brok auszuliefern. Anschließend hat er mich niedergeschlagen und ist abgehauen.«

»Im Dunkeln und im Schneetreiben haben wir leider seine Spur verloren«, schloss Apke.

»Das ist eine üble Geschichte«, knurrte Volkmar Allena.

Die beiden Schieringer widersprachen ihm nicht.

Allena setzte sich ans Kaminfeuer und forderte seine Besucher nicht auf, ebenfalls Platz zu nehmen. Er musste nachdenken. Welche Auswirkungen hatte der Vorfall auf seine Pläne? Dass auch andere herauszufinden versuchten, wer hinter Ockos Tod steckte, überraschte ihn nicht. War der Fremde womöglich ein Spion von Foelke? Das konnte er sich schwerlich vorstellen. Wenn Ockos Witwe von Apke Sirks wüsste, dann hätte sie ihn und dessen Männer längst gefangen nehmen und zu ihrem Folterkeller schaffen lassen. Außerdem hatten seine Spione in Marienhafe gemeldet, Foelkes Rachefeldzug sei zu Ende. Sie glaubte offenbar, dass es keine Hintermänner gab – dass Ocko einem rasenden Mob zum Opfer gefallen war und sein Tod keinen politischen Hintergrund hatte. Wie es schien, war sie all ihren Bemühungen zum Trotz nie auf Apke und dessen Verschwinden gestoßen.

Also arbeitete der Fremde für eine andere Macht. Für Edo Wiemken, Kanke Kanken, den Grafen von Holland oder irgendeine andere Person, die ein Interesse daran haben könnte, Ockos Tod aufzuklären. Es lohnte sich nicht, sich darüber den Kopf zu zerbrechen, es gab schlicht zu viele Möglichkeiten. Wichtiger war ohnehin dies: Angenommen, der Fremde konnte die Wahrheit vollends aufklären und Beweise für Widzelts Täterschaft finden – wäre das in irgendeiner Weise nachteilig für Volkmar Allena?

Kaum. Zwar verlöre er ein Druckmittel gegen die tom Brok, sollte Widzelt darüber stürzen. Andererseits würde ein derartiger Vorfall die tom Brok so sehr schwächen, dass er gewiss einen Weg finden würde, infolgedessen seine Macht zu vermehren. So oder so, Volkmar Allena würde gewinnen.

Blieb die Frage: Sollte er Widzelt warnen, dass Schwierigkeiten im Anmarsch waren? Er könnte sich sein Wissen gut bezahlen lassen.

Nein. Bezahlung ist nicht alles. Manchmal ist Genugtuung wertvoller.

Der Bastard Widzelt war ein Emporkömmling, der sich anmaßte zu glauben, mit den ostfriesischen Häuptlingen auf einer Stufe zu stehen. Seinen Niedergang zu beobachten würde Volkmar trefflich unterhalten.

Falls es überhaupt dazu kommt. Wahrscheinlich passiert gar nichts. Harren wir also der Dinge, die da kommen.

»Was machen wir jetzt?«, unterbrach Apke seine Gedankengänge.

»Ihr kehrt in euer Dorf zurück.«

»Und weiter?«

»Nichts weiter. Wenn ihr noch einmal in Osterhusen auftaucht, lernt ihr mich kennen.«

Mit verwirrten Mienen trollten sich die beiden Schieringer. *Schafe*, dachte Volkmar Allena. *Aber durchaus nützliche Schafe.*

Kapitel vier

Moormerland

Zwei Tage lang wanderte Folkmar durch den wirbelnden Schnee. Er fing ein Kaninchen und teilte sich das magere Fleisch gut ein. Nachts schlief er unter ausladenden Hecken und erwachte am nächsten Morgen durchgefroren und halb unter Schneemassen begraben.

Am dritten Tag hörte es auf zu schneien. Die Wolken verzogen sich. Es war ein klarer und sonniger Wintermorgen, wie er ihn lange nicht erlebt hatte. Auf einem Sandrücken blieb er stehen und betrachtete das Land, das sich vor ihm ausbreitete. Sein Blick reichte weit.

Er hatte den Rand des ausgedehnten Sumpfgebiets erreicht, dem die Landsgemeinde Moormerland ihren Namen verdankte. Im Norden und im Westen erstreckte sich die Geest, die er in den vergangenen Tagen durchquert hatte. Die Altmarsch an den Ufern der Ems, ein, zwei Wegstunden entfernt, glühte blendend hell, als würden dort tausend Feuer lodern. Die Knickmarsch, wie das Geestrandgebiet auch genannt wurde, hatte sich im Lauf der Jahrhunderte durch Landentwässerung und Torfabbau abgesenkt, sodass sie tiefer lag als das küstennahe Ackerland, mitunter gar unter dem Meeresspiegel. Das hatte zur Folge, dass sie im Herbst und Winter vollständig überschwemmt wurde. Jetzt waren die Wassermassen freilich gefroren. Folkmar erblickte in der Ferne riesige Eisflächen, gewaltige Spiegel, die im Licht der aufsteigenden Sonne blitzten.

Er nahm einen tiefen Atemzug, während er sich an dem Naturspektakel erfreute, und genoss es, wie die kalte Luft seine Kehle hinabströmte, die Lunge füllte wie ein belebendes Elixier. Die ihm eigene Gelassenheit, die ihm in den vergangenen Monaten so manches Mal abhandengekommen war, kehrte zurück. In diesem Moment wusste er: Welche Hindernisse und Prüfungen auch vor ihm lagen, er würde sich ihnen stellen, er würde sie meistern.

Er hatte lange über seine nächsten Schritte nachgedacht, und inzwischen stand sein Plan in den Grundzügen fest: Er würde nach Warfstede gehen, Cord Hanneken stellen und ihn vor Zeugen zu einem Geständnis zwingen. Das würde er im Frühling in Angriff nehmen, wenn das Wetter nicht mehr derart erbittert gegen ihn arbeitete. Überwintern würde er in Moormerland. Die Landsgemeinde stand unter der Herrschaft der tom Brok, was ihm einige Bauchschmerzen bereitete. In Östringen oder Rüstringen wäre er wahrscheinlich sicherer gewesen. Doch seine Vorräte reichten nicht aus für eine derart lange Wanderung. Seine Kräfte auch nicht.

Nun, er würde das Beste daraus machen, wie immer. Wenn er in den letzten Jahren eines gelernt hatte, dann, sich zu verstecken. Er würde mit dem Land verschmelzen und sich vor unwillkommenen Blicken verbergen. Dies war eine gute Gegend. Im Gestrüpp jenseits der Äcker und Weiden gab es Hasen, Rebhühner und anderes essbares Getier. In den Bächen und Kolken lebten Aale und fette Hechte. Hier ließ sich Hunger und Kälte trotzen.

Sein Magen knurrte wie ein angriffslustiger Lindwurm. Das Kaninchenfleisch war aufgebraucht. Doch bevor er etwas zu essen auftrieb, musste er eine Unterkunft finden. Ein derart klarer Himmel verhieß eine bitterkalte Nacht. Mit geschultertem Bogen, von dem der speckige Lederbeutel baumelte, streifte er durch die verschneite Heide, das Moor stets in Sichtweite, bis er auf einige zerfallene Mauern stieß. Möglicherweise ein alter Hof, den die Siedler aufgegeben hatten, als ihnen klar geworden war, dass auf dem sauren Boden kaum Feldfrüchte gediehen.

Folkmar zog das Schwert und näherte sich dem Gemäuer geduckt. Abgelegene Ruinen wie diese waren manchmal bewohnt. Er war beileibe nicht der einzige Geächtete in Ostfriesland, und andere Vogelfreie waren nicht selten mordlustige Kreaturen, die ihren Schlupfwinkel bis zum Letzten verteidigten.

Vorsichtig lugte er durch ein Loch in der Wand aus rissigen Ziegelsteinen. Das Gehöft wirkte verlassen. Er durchsuchte den rechteckigen Raum, spähte hinter Schutthaufen, stocherte mit dem Bogen im wuchernden Brombeergeäst. Erst als er sicher war, dass hier keine bösen Überraschungen lauerten, steckte er das Schwert weg.

Im Norden und Osten waren die Wände eingestürzt, im Süden und Westen dagegen weitgehend intakt. Dort gab es zudem einen Rest des Daches, der einigermaßen stabil aussah. Ein geeignetes Versteck für seine Zwecke. Folkmar legte seine Habe ab und richtete sich in einer Ecke ein. Er fand sogar etwas Holz, mit dem er ein Feuer machen konnte.

Anschließend erkundete er die Umgebung. In der Ferne entdeckte er einige strohgedeckte Katen, von denen Rauch aufstieg. Menschen waren keine zu sehen. Dafür stieß er auf einen Karrenpfad, dem er nach Westen folgte, in Richtung der Knickmarsch.

Nach einer Wegstunde erblickte er ein kleines Dorf, das zwischen zwei Geestrücken kauerte. Ein Dutzend Hütten mit Dächern aus Grassoden umstanden den The, eine mächtige Zehntscheune beherrschte die Ansiedlung. Die Kapelle daneben wirkte vergleichsweise winzig, wie das Beiboot einer hochbordigen Kogge.

Sollte er dort Proviant kaufen oder lieber auf der Jagd sein Glück zu versuchen? Sein Magen vertrat in dieser Frage eine entschiedene Meinung und tat sie kund, indem er sich schmerzhaft zusammenzog.

Verstohlen, jede mögliche Deckung ausnutzend, näherte er sich dem Dorf. Auf dem Sandrücken legte er sich flach auf den Bauch. Mehrere Bauern nutzten das schöne Wetter, um auf dem The Ware zu tauschen. Torf gegen Getreide, Wintergemüse gegen Pökelfleisch. Das Wasser lief ihm im Mund zusammen, als er die üppige Nahrung sah. Er geiferte wie ein halb verhungerter Straßenköter.

Sollte er hinuntergehen und mit den Bauern handeln? Von seinem Geld war noch ein einziger Gulden übrig. Für die Goldmünze bekäme er gewiss genug Essen, dass es für den ganzen Winter reichte.

In diesem Moment erblickte er Kriegsvolk vor der Zehntscheune. Zwei Männer mit Speeren. Unter den dicken Wollmänteln trugen sie Waffenröcke, auf denen der Adler der tom Brok die schwarzen Schwingen spreizte.

Sowie er auf den Dorfplatz trat, würden sie ihn sehen. Würden sie ihn erkennen? Unwahrscheinlich nach all der Zeit, aber nicht völlig ausgeschlossen. Er dachte daran, wie viel Glück er in Apke Sirks' Dorf gehabt hatte. Das Schicksal noch einmal herauszufordern erschien ihm leichtsinnig. Mit Sicherheit kannte die Geduld seiner Schutzengel Grenzen.

Also kein Gespräch mit den Dörflern, kein Einkauf an den Marktständen. Wie eine Katze, die sich an eine ahnungslose Maus heranpirschte, robbte er die Böschung hinab und verbarg sich hinter einer Hütte. Als er sicher war, dass niemand in seine Richtung schaute, huschte er geduckt zu einem Karren, nahm zwei Kohlköpfe und eine Handvoll Rüben von der Pritsche und stopfte sie in den Beutel, ehe er kehrtmachte und so verstohlen ging, wie er gekommen war.

Er versuchte, nicht daran zu denken, dass vermutlich gerade sämtliche Schutzengel missbilligend auf ihn herabschauten.

Das gestohlene Essen nährte ihn drei Tage lang. Währenddessen ging er jagen und eisfischen – mit bescheidenem Erfolg. Diese Gegend war nicht so reich an Tieren, wie er zunächst gedacht hatte. Vermutlich zogen auch die Geestleute jeden Morgen mit Bogen und Angel los und ließen ihm kaum etwas übrig. Gelegentlich fing er ein Kaninchen oder einen Aal, wenn er Glück hatte. Das bisschen Fleisch machte kaum die Kraft wett, die das stundenlange Lauern in der Kälte verbrauchte.

Alsbald kehrte der Hunger zurück und peinigte ihn so schlimm wie lange nicht.

Am späten Nachmittag, als das Tageslicht zu schwinden begann, schlich er zu den Strohhütten jenseits des Karrenpfades. Er verbarg sich im schneeverhangenen Gesträuch und beobachtete die Bewohner. Es waren zwei Familien, Bauern oder Torfstecher, die etwas Vieh hielten. Er hörte die beiden Männer von den Schweinen sprechen, die sie alsbald schlachten würden.

Folkmar spähte zum Stall. Das niedrige Gebäude hatte Wände aus Lehm und Weidengeflecht sowie eine klapprige Tür. Dort einzudringen und ein Ferkel zu stehlen wäre ein Leichtes. Bei diesem Gedanken zwickte ihn das Gewissen. Das wäre etwas völlig anderes, als Gemüse von einem Karren zu stibitzen. Diese Leute hatten selbst nicht viel.

Doch ein Gewissen konnten sich nur jene leisten, die satt und zufrieden in der warmen Stube saßen und wussten, dass sie auch morgen satt und zufrieden sein würden. Folkmar hingegen war derart hungrig, dass ihm bereits die Kräfte schwanden.

Er wartete bis Einbruch der Dunkelheit. Die Leute zogen sich in die größere der beiden Hütten zurück und verrammelten die Tür. Obwohl sie die wenigen Fensterschlitze mit Stroh verstopft hatten, erahnte Folkmar rötlichen Feuerschein im Innern.

Er hastete zum Stall. Die schiefe Tür verursachte kaum ein Geräusch, als er sie öffnete, sie war nur mit zwei Lederriemen am Rahmen befestigt. Als sich seine Augen an die Dunkelheit gewöhnt hatten, sah er eine Sau mit einem halben Dutzend Ferkeln hinter einer hüfthohen Bretterwand.

Nun galt es, beherzt zu handeln.

Er ergriff eins der Ferkel und brach dem Tier mit seinen mächtigen Händen das Genick. Die Sau grunzte zornig. Er betete, dass man das tierische Gezeter nicht in der Wohnhütte hörte, als er mit dem Kadaver unter dem Arm aus dem Stall huschte. Sein Herz hämmerte gegen den Brustkasten, in den Ohren rauschte ihm das Blut. Die Angst vor Entdeckung, aber auch jähes Triumphgefühl verliehen ihm frische Kraft, und er rannte über die schneebedeckten Wiesen.

Er vernahm kein Geschrei, keine stampfenden Schritte. Niemand verfolgte ihn.

In seinem Versteck sank er erschöpft zu Boden. Als sich sein Atem beruhigte, fing er an zu lachen. Es war ein knarzender, polternder Laut, der tief aus dem Bauch kam. Bei Gott, was für eine tollkühne Tat!

Er weidete das Ferkel aus und fing das herausströmende Blut in seiner Schale auf. Er wollte keinen Tropfen vergeuden, Blut war eine kräftige Speise. Sodann zerschnitt er das Fleisch in gleich große Stücke. Bei dieser Kälte würde es lange halten und ihn gewiss eine Woche ernähren. Ein Stück briet er über dem Feuer. Als er den ersten Bissen kaute, schloss er vor Wonne die Augen.

Folkmar wollte Fleisch in sich hineinstopfen, bis er platzte. Doch er zwang sich, kein weiteres Stück zu braten, sondern sich mit einer Portion zufriedenzugeben und den Rest aufzuheben. Während er ins ersterbende Feuer starrte, eingehüllt in Dunkelheit und seine Flickendecke, meldete sich sein Gewissen zurück. Er kannte die Lebensumstände der Menschen, die er bestohlen hatte. Unter den Hofleuten seiner Familie waren etliche Geestbauern, die jeden Tag in der Nachfolge Adams schufteten und doch nie genug auf dem Tisch hatten. Der Verlust eines Schweines stellte für diese Menschen eine Katastrophe dar. Seinetwegen würden sie hungern.

Folkmar biss sich auf die Unterlippe. Bei allen gerechten Heiligen, was war nur aus ihm geworden?

Er kramte in seinem Beutel, nahm den verbliebenen Gulden aus der schlaffen Geldkatze und legte ihn auf einen Ziegelstein, der aus den zerstörten Wänden herausgebrochen war. Anschließend setzte er das Messer an, drückte die Klinge mit beiden Händen gegen den Stein, wippte sie hin und her und spaltete das Gold. Eine Hälfte der Münze spaltete er noch einmal.

Er wusste nicht, wie viel ein Ferkel gerade auf dem Markt kostete. Vermutlich weniger als einen Viertel Gulden. Doch als er versuchte, den kleinen Brocken Edelmetall noch einmal zu zerteilen, rutschte ihm das Messer ab, und er verletzte sich beinahe. Er ließ es gut sein, barg den Goldsplitter in der Faust und trat hinaus in die Nacht.

Die Strohhütten lagen dunkel und still. Leise schaute er sich um und fand einen Eimer mit einer dicken Eisschicht am Boden. Folkmar drehte ihn um, stellte ihn vor die Pforte des Schweinestalls und legte den viertel Gulden darauf.

Von einem nahen Strauch riss er ein Bündel Zweige ab, mit denen er auf dem Rückweg seine Spuren verwischte, so gut es ging. Der heilige Petrus war mit ihm. Als er bei seinem Versteck ankam, schneite es wieder. Bald würden seine Spuren nicht mehr zu sehen sein.

Neben der warmen Asche legte er sich hin, deckte sich zu und schlief wenig später ein.

Folkmar schlief so gut wie lange nicht. Als er aufwachte, war es bereits taghell. Er fühlte sich kräftig und ausgeruht.

Es schneite nicht mehr. Eine graue Wolkendecke überspannte das Land. Es verlangte ihn danach, einen neuen Fleischbrocken zu braten. Zuerst aber musste er etwas nachprüfen. Er verließ die Ruine und pirschte sich an das Gehöft heran. Dabei ging er nicht den direkten

Weg, sondern schlug einen weiten Bogen und schritt so oft wie möglich über gefrorene Schneeflächen, um es den Bauern zu erschweren, seine Spuren zum Versteck zu verfolgen. Einen Steinwurf von den Strohhütten entfernt lagen mehrere Granitfindlinge. Es gab diese riesigen Steine überall in der Geest. Niemand wusste, woher sie kamen. Folkmar verbarg sich hinter einem mannshohen Brocken und beobachtete den Hof.

Der Morgen war bereits fortgeschritten, die Bewohner mussten das Gold längst entdeckt haben. Hatte der Fund sie verwirrt? Geängstigt? Erfreut? Folkmar vermochte es nicht einzuschätzen. Das Leben auf dem Gehöft ging seinen Gang. Die Kinder tollten im Schnee herum, bis eine Frau sie ermahnte, ins Haus zu kommen und ihr bei der Arbeit zu helfen. Ein Mann von etwa dreißig Jahren fegte die Wege zwischen den Hütten und dem Stall frei. Ein zweiter Mann, der dem ersten ähnlich sah, schob einen vollen Handkarren heran. Er kam von einem Schuppen hinter den Wohngebäuden, den Folkmar gestern nicht gesehen hatte. Neben dem niedrigen Gebäude lag ein Torfstich.

Er beobachtete die Leute eine Weile. Waren es freundliche Menschen? *Gute* Menschen? *Ja*, entschied er. Sie lachten viel, kümmerten sich umeinander und behandelten die Kinder liebevoll. Folkmar wurde plötzlich bewusst, dass er lächelte. Ein Gefühl erfüllte seine Brust, so mächtig und intensiv wie der Hunger, der ihm die vergangenen Tage zugesetzt hatte. Eine andere Art von Hunger: die Sehnsucht nach menschlicher Gesellschaft. Wie lange war es her, dass er das letzte Mal ohne Furcht, Anspannung und Hintergedanken mit jemandem gesprochen hatte? Monate. Im Zisterzienserkloster mit Bruder Conradus. Er wusste schon gar nicht mehr, wie man das anstellte, unbeschwert plaudern.

Zu gerne hätte er sich den Torfstechern zu erkennen gegeben. *Christus zum Gruß. Habt keine Furcht, ich komme in Frieden. Alles, was ich suche, ist ein freundliches Wort.*

Aber das war zu gefährlich. Er ging bereits ein hohes Risiko ein, wenn er noch länger hier verweilte. Er riss sich los und schlurfte zu seinem Versteck zurück.

Dort machte er Feuer und briet ein Stück Fleisch.

Kapitel fünf

Warfstede

An einem totenbleichen Dezembertag kam Yneke mit dem Kriegsvolk zurück. Schneeflocken wirbelten um die Reetdächer, dünn wie Daunen, die von einem löchrigen Kissen aufstoben.

Yneke war müde, übellaunig und wortkarg. Almuth bekam lediglich aus ihm heraus, dass er bis vor wenigen Tagen gegen die hervorragend gerüsteten Söldner der Kankena gekämpft hatte. Offenbar hatte Widzelt seine Streitmacht wieder und wieder gegen die Burg zu Wittmund anrennen lassen, selbst dann noch, als die klirrende Kälte den Mannen schlimmer zugesetzt hatte als die feindlichen Pfeile, weil er sich partout kein Scheitern eingestehen wollte. Beträchtliche Verluste waren die Folge gewesen. Allein Yneke verlor sechs Krieger, bis sein Herr endlich einsah, dass sie die Belagerung abbrechen und sich ins Winterquartier zurückziehen mussten.

Er ließ sich einen Becher mit Fastenbier bringen und hieß den Diener, im Kamin Torf nachzulegen. Mit ihnen am Tisch saß Cord Hanneken, der ihm nie, nie, nie von der Seite wich, nicht einmal beim Willkommenstrunk mit der Gemahlin. Vermutlich musste Almuth dankbar sein, dass der Kerl nicht auch noch bei ihnen im Ehebett lag. *Wieso ist* er *nicht in Wittmund gefallen?*, dachte sie verdrossen.

Yneke stierte Eger an. »Wie hast du den Jungen denn schon wieder angezogen? Er sieht ja aus wie ein fetter Zwerg.«

»Wenn ich ihn nicht warm anziehe, bekommt er den Katarrh.«

»Du verhätschelst ihn. Deinetwegen wird er zum Weichling. Er muss lernen, der Kälte zu trotzen, wie es sich für einen friesischen Mann gehört.«

»›Mann‹? Dir ist schon aufgefallen, dass er noch Windeln trägt, oder?«

Kopfschüttelnd murmelte Yneke etwas Abfälliges und widmete sich wieder seinem Getränk. Er ließ nach wie vor keinerlei Interesse an seinem Sohn erkennen. Almuth konnte sich nicht erinnern, dass er je mit Eger gespielt hätte. »Wenn er alt genug ist, lehre ich ihn, wie man reitet und ein Schwert schwingt«, hatte er einmal gesagt. Einstweilen wollte er nichts mit dem Kind zu tun haben.

Sie zog sich mit Eger in eine Ecke der Halle zurück und vertrieb sich die Zeit bis zum Nachtmahl, das sie schweigend einnahmen. Anschließend gingen sie zu Bett. Kaum hatten sie das Licht gelöscht, fing Yneke an, mit klammen Fingern an ihr herumzufummeln.

»Was wird das?«

»Ein Heerlager ist ein trostloser Ort. Ich habe dich vermisst.«

Glücklicherweise hatte Almuth ein wirksames Mittel zum Abkühlen seiner Lust parat. »Ich habe vergessen, dir zu sagen, dass ein Bote da war. Keno tom Brok hat ihn geschickt. Er lässt dich wissen, dass die freien Männer von Warfstede einen Redjeven wählen dürfen.«

Seine Hand verharrte auf ihrem Bauch. »Was sagst du da?«

»Er hat mir nur diese knappe Auskunft gegeben. Aber ich habe eine gesiegelte Nachricht für dich bekommen. Ich nehme an, dass sie ausführlichere Erklärungen enthält.«

Yneke fuhr im Bett auf. »Keno kann so etwas nicht entscheiden. Er ist noch nicht mündig!«

»Wieso liest du nicht einfach den Brief?« Almuth glitt aus dem Bett, machte Licht und suchte ihm die Nachricht heraus.

»Jetzt benutzt der Bengel schon Ockos Siegel.« Schnaubend öffnete Yneke das Dokument. Eine tiefe Falte spaltete seine Stirn, als er es studierte.

»Was steht drin?«, erkundigte sich Almuth.

Anstelle einer Antwort schlüpfte er in den Rock, nahm die Kerze an sich und rauschte aus dem Zimmer. Sie hörte die Tür der Amtsstube knarren. Zufrieden mit sich kroch Almuth unter die Bettdecke und schloss die Augen. Wie sie Yneke kannte, hatte der Zorn sein Verlangen gründlich abgetötet. Zumindest in dieser Nacht würde er sie in Ruhe lassen.

Tatsächlich konnte sie bis zum Morgen durchschlafen, ohne dass er sie noch einmal behelligte.

Marienhafe

An Mariae Empfängnis kehrte Widzelt unter großem Gepränge heim. Flatternde Banner, schnaubende Rösser und quäkende Fanfaren füllten den Hafen, die Gassen, den Vorhof des Steinhauses. Das jubelnde Dorfvolk mochte sich davon blenden lassen, Foelke jedoch schaute genauer hin. Sie sah die zahlreichen Verwundeten, die bleierne Erschöpfung in den schmutzigen Gesichtern. Sie konnte spüren, wie sehr sich das ausgelaugte Kriegsvolk nach der Ruhe des Winterquartiers sehnte.

Beim Nachtmahl brüstete sich der Bastard mit seinen Eroberungen. »In Harlingerland habe ich weitere Gebiete unterworfen«, berichtete er der schweigenden Familie. »Darunter zwei Kirchspiele, die sich mir kampflos ergeben haben: Duvelslond im Westen und Hellarwolde im Osten. Die Harlinger zu bezwingen ist beinahe *zu* einfach. Dieses Volk scheint keinen Funken Kampfgeist in sich zu tragen.«

Sein wölfisches Grinsen galt Abbe Wilken, der neuerdings wieder mit ihnen speiste, weil Keno dies so wünschte. Dass Abbe sich nicht mehr den ganzen Tag in seiner Kammer verkroch, erfüllte Foelke mit Erleichterung. Sie hatte befürchtet, er wäre unrettbar in Schwermut versunken. Allerdings sprach er bei Tisch fast nur mit Keno. Ihr gegenüber gab er sich einsilbig und kühl.

An diesem Abend hüllte er sich gänzlich in Schweigen. Von Widzelt ließ er sich nicht reizen. Lächelnd ließ er die Provokation von sich abperlen.

»Das Gebiet, das wir beherrschen, ist so groß wie nie zuvor«, triumphierte der Bastard. »Ich habe Dinge vollbracht, an denen Vater gescheitert ist. Er wäre stolz auf mich.«

Sag etwas!, forderte Foelke ihren Sohn mit einem Blick auf. Keno aber schwieg. Wie üblich ließ er sich von seinem großspurigen Halbbruder einschüchtern. Das Treffen mit der Gesandtschaft aus Warfstede, bei dem er Reife, Selbstsicherheit und rhetorisches Geschick bewiesen hatte – es schien, als hätte es nie stattgefunden.

Foelke seufzte innerlich. Somit fiel ihr die Aufgabe zu, dieser unerträglichen Angeberei einen Dämpfer zu versetzen. »Was ist mit den Kankena?«

Der Bastard schluckte den Köder. »Ich habe sie in die Schranken gewiesen, dass ihnen Hören und Sehen vergangen ist«, prahlte er. »Wie blökende Schafe habe ich sie vor mir hergetrieben und ihnen reichlich Land genommen.«

»Also hast du Wittmund endlich erobert?«

Er nahm sich einen Nachschlag von der Fastenspeise und tat, als hätte er die Frage nicht gehört.

»Hast du den Ort eingenommen?«, bohrte sie gnadenlos weiter. »Wenn wir diesen wichtigen Marktflecken nicht kontrollieren, ist das Umland wertlos.«

»So gut wie«, antwortete er ausweichend und versuchte vom Thema abzulenken. »Nach der Fastenzeit werde ich ein Festmahl ausrichten. Na, was haltet ihr davon? Ganz Marienhafe soll an meinem Triumph teilhaben.«

Foelke ließ nicht locker. »Die Burg hast du also noch immer nicht erobert.«

Er streifte sie mit einem gereizten Blick. »Und wenn schon. Sollen sich die Kankena doch darin einigeln. Entscheidend ist, dass ich das Kirchspiel besetzt halte.«

»Die Gerichtsgewalt und alle wichtigen Rechte haften an der Burg. Ohne sie ist es nicht möglich, das Kirchspiel zu beherrschen.«

Er presste die vollen Lippen derart fest zusammen, dass jegliche Farbe daraus wich. Foelke streute mit Genuss Salz in die Wunde.

»Mit anderen Worten, deine Siege in Harlingerland sind gar nicht so glanzvoll, wie du uns glauben machen willst. Böse Zungen könnten gar von einer Niederlage sprechen. Von einer *erneuten* Niederlage gegen die Kankena.«

»Keine Niederlage«, fauchte der Bastard, »nur eine Kampfpause! Zu der mich Kanke Kanken gezwungen hat, weil er sich wie eine Ratte in einem Loch verkriecht, statt auf dem Feld seinen Mann zu stehen. Aber das hält er nicht ewig durch. Im neuen Jahr räuchere ich ihn und seine feige Sippschaft aus und nehme mir ihre Burg, ihr Land und all ihr Gold.«

»Die Burg, das Land und das Gold gehören Keno, wenn die Kankena bezwungen sind«, sagte Foelke. »Ich muss dich sicher nicht daran erinnern, dass du nur sein Vormund bist. Ein Verweser, der sein Amt aufgeben wird, sobald dein Bruder alt genug ist, sein Erbe anzutreten.«

Widzelts Rechte umklammerte den Becher mit dem Fastenbier, sodass es aussah, als wolle er das Trinkgefäß zerdrücken. »Du musst mich an gar nichts erinnern. Mein Gedächtnis arbeitet ausgezeichnet. Aber ich bin mehr als ein Landverweser – ich bin ein Feldherr! Ich allein schaffe das Reich, das Keno einmal beherrschen wird.«

Hauptsächlich hat dein Vater es geschaffen, wollte Foelke widersprechen. Der Bastard ließ sie jedoch nicht zu Wort kommen.

»In Duvelslond habe ich eine interessante Geschichte gehört. Einst hat ein gewisser Enne Rycken Hylkena über das Kirchspiel geherrscht. Enne war ein großer Mann, der die Macht und den Reichtum seiner Familie innerhalb weniger Jahre enorm vermehrt hatte. Er war einer der Ersten, die den Titel des Häuptlings trugen. Vielleicht sogar *der* Erste.«

Foelke gefiel es nicht, in welche Richtung sich das Tischgespräch bewegte. »Was willst du uns damit sagen? Hast du vor, dich zum Häuptling aufzuschwingen? Das steht einem Bastard nicht zu.«

Seine Miene verfinsterte sich. Ihre Direktheit hatte ihn aus der Fassung gebracht. Sie konnte ihm ansehen, dass er verbissen nach einer Parade für diese Attacke suchte.

Zu ihrer Überraschung nutzte Abbe die einsetzende Stille, um sich zu Wort zu melden. »Ich habe Enne Rycken gekannt«, sagte er mit sanfter Stimme. »Jegliche Bewunderung für ihn ist unangebracht. Er war ein grausamer und verbitterter Mann, den ein früher und schrecklicher Tod ereilt hat.«

Widzelt stierte ihn an. »Ich weiß, wie Enne gestorben ist. Er ist bei lebendigem Leib verbrannt, nicht wahr? Kein anderer als dein Vater war es, der ihm eine heimtückische Falle gestellt und ihn feige ermordet hat. Das wahre Scheusal ist also Wilke Tammen Osinga, nicht Enne Rycken Hylkena.«

Abbe stritt das nicht ab. »Ja, mein Vater war ein Monster. Gott hat ihn für seine Verbrechen bestraft.«

Foelke glaubte, alten Schmerz in diesen Worten zu hören. Abbe war wahrlich ein außergewöhnliches Geschöpf. Er schreckte nicht davor zurück, der Wahrheit ins Gesicht zu blicken, selbst wenn dieses Gesicht eine hässliche Fratze darstellte. Das erforderte eine ganz besondere Art von Mut.

»Aber auch Enne hat schreckliche Verbrechen begangen«, fuhr Abbe fort. »Der Weg, den er wählte, hätte so oder so ins Verderben geführt, auch ohne meines Vaters Zutun. Ich rate daher entschieden davon ab, ihm nachzueifern.«

Auf Widzelts Wangen erschienen rote Flecken. »Ein Krüppel hat kaum das Recht, mir Ratschläge zu erteilen.«

»Verzeiht.« Abbe lächelte freundlich. »Es steht mir in der Tat nicht zu, den weisen und mächtigen Widzelt zu belehren. Es wird nicht wieder vorkommen.«

Der Bastard wirkte unschlüssig, ob Abbes Erwiderung als Demutsgeste oder als Spott zu werten wäre. Er beschloss daher, ihn zu ignorieren. »Ich riskiere Tag für Tag auf dem Feld mein Leben, um unsere Macht zu mehren«, ätzte er. »Und was ist der Dank? Hohn, Kritik und ermüdende Debatten. Ich werde die Fastenzeit nutzen, um in mich zu gehen: ob es sich lohnt, für diese Familie weiterhin den Kopf hinzuhalten.«

»Ich bin erstaunt.« Foelke verspürte das Verlangen nachzutreten. »Haben wir dich gezwungen, für uns in den Krieg zu ziehen?«

Der Bastard richtete den Zeigefinger auf sie und setzte zu einer zornigen Replik an, entschied dann aber, dass sie die Mühe nicht wert war. Er ruckte den Stuhl zurück und rauschte aus dem Saal.

Abbe wirkte, als würde er ein heiteres Bühnenstück verfolgen. Foelke dagegen war nicht nach Lächeln zumute. Sie beobachtete ihren Sohn, der Widzelt stirnrunzelnd nachblickte. Während des Gesprächs hatte Keno kein Wort gesagt – dabei war es um seine Zukunft gegangen.

Wahrlich, er musste endlich lernen, sich gegen den Bastard zu behaupten.

Am nächsten Morgen machte Widzelt sich in der Halle breit. Von einem Diener ließ er sich alle Urkunden bringen, die die Kanzlei in den vergangenen Monaten ausgefertigt hatte, um sich einen Überblick zu verschaffen, was während seiner Abwesenheit geschehen war. Kaum hatte er das erste Dokument gelesen, fing er an, sich zu langweilen. Der trockene und wenig ruhmreiche Alltag eines Herrschers, bestehend aus Gerichtstagen, Verhandlungen und reichlich Schreibarbeit, war ihm zuwider. Er füllte seinen Becher mit Fastenbier und leerte ihn in wenigen Zügen. Als er das Trinkgefäß ein zweites Mal ausgetrunken hatte, war gerade erst die fünfte Stunde angebrochen.

Lustlos blätterte er in den Papieren und Pergamenten. Es dauerte nicht lange, bis er auf das heikelste Dokument stieß.

»Was zum Teufel ist das?«

Foelke stellte sich dumm und ließ sich das Schriftstück zeigen. »Ein Privilegienbrief für das Kirchspiel Warfstede. Die Kopie davon, genauer gesagt. Das Original befindet sich in der Kirche zu Warfstede.«

»Du hast Keno erlaubt, eigenmächtig mit den Osinga zu verhandeln? Bist du von allen guten Geistern verlassen?«

»Keno wird bald fünfzehn. Es ist höchste Zeit, dass er Regierungsaufgaben übernimmt, damit er die nötigen Kenntnisse erwirbt. Aber ich kann dich beruhigen, es geschah keineswegs eigenmächtig. Ich war die ganze Zeit zugegen. Er hat die Entscheidung mit mir abgesprochen.«

»Umso unverständlicher, dass er den Osinga gestattet hat, einen Redjeven zu wählen!«

»Er hat es nicht den Osinga gestattet, sondern allen freien Männern des Kirchspiels.«

»Wortklauberei! Die Osinga haben das angezettelt und die anderen aufgestachelt.«

»Natürlich haben sie das«, stimmte Foelke ihm gelassen zu. »Sie sind die mächtigste Sippe dort und führen seit jeher die anderen Familien an.«

»Ihr hättet sie zurechtstutzen müssen, statt ihnen ohne Not noch mehr Macht nachzuwerfen!«, ereiferte sich der Bastard. »Sie werden diese törichte Entscheidung als Aufforderung verstehen, Yneke Egers Scherereien zu machen. Was ist nur in euch gefahren?«

Abbe Wilken verfolgte das Wortgefecht sichtlich interessiert. Er kauerte in einer Fensternische, auf den Knien die Ledermappe mit seiner Chronik. Seit er wieder mit ihnen speiste, saß er jeden Tag in der Halle, vermutlich war ihm seine Kammer zu dunkel und zu eng geworden. *Ich hätte ihm raten sollen, sich zurückzuziehen. Diese Sache könnte unangenehm für ihn werden*, dachte Foelke. Nun war es zu spät.

»Die Entscheidung ist keineswegs töricht«, widersprach sie dem Bastard. »Wir hatten gute Gründe …«

Wie es der Zufall wollte, kam just in dem Moment Keno herein. Er hatte sich den ganzen Morgen um sein Pferd gekümmert und wollte zu seiner Kammer, um sich zu waschen.

»Aber das soll Keno dir selbst erklären«, beendete Foelke ihren Satz und rief den Jungen her.

»Worum geht es?«, erkundigte er sich.

Widzelt hielt den Privilegienbrief hoch. »Was hast du dazu zu sagen?«

Keno erfasste augenblicklich den Kern der Sache. Foelke hatte am vergangenen Abend ein ernstes Wort mit ihm geredet und ihm eingeschärft, seinem Halbbruder die Stirn zu bieten. Das hatte er sich offenbar zu Herzen genommen. Selbstbewusst erklärte er: »Dass die freien Männer eines Kirchspiels einen unabhängigen Richter wählen dürfen, ist nach wie vor geltendes Recht in Harlingerland. Mein Vater hat aus gutem Grund darauf verzichtet, dieses Gesetz abzuschaffen.«

»Aber er hat sich darüber hinweggesetzt! Wo es ihm möglich war, hat er die gewählten Richter entmachtet und ihre Aufgaben den Vögten übertragen. Dieser lächerliche Absatz im Harlinger Landrecht ist veraltet und das Pergament nicht wert, auf dem er steht!«

Keno ging nicht auf die Tirade ein. »Daher sah ich keinen Grund, das Ersuchen abzulehnen«, fuhr er fort. »Wir sind keine Tyrannen – unsere Herrschaft ist gerecht. Davon abgesehen steigern derartige Entscheidungen unsere Beliebtheit und sichern uns den Rückhalt in den beherrschten Gebieten. Das ist ebenso viel wert wie politische und militärische Macht, wenn nicht mehr.«

»Wohlgesprochen«, lobte Foelke und dachte gleichzeitig: *Vor allem wird es Keno mehr Rückhalt verschaffen. Die Menschen Warfstedes werden nicht vergessen, dass sie dieses Privileg ihm verdanken und nicht Widzelt.*

»Begreifst du nicht, was du angerichtet hast?«, keifte der Bastard.

»Du hast einen Präzedenzfall geschaffen. Wenn die anderen Sprengel davon hören, werden sie dasselbe fordern.«

»Das werden wir sehen. Wenn dem so ist, sollte uns das nicht schrecken. Wie gesagt, nur Tyrannen fürchten das Recht.«

»Ihr werdet diese Entscheidung zurücknehmen.«

»Damit würden wir uns blamieren«, sagte Foelke. »Ganz Ostfriesland würde über die wankelmütigen tom Brok lachen. Keno hat richtig gehandelt – die Entscheidung ist unumstößlich.«

Diesem Argument musste er sich beugen – der Bastard fürchtete nichts mehr als den Spott seiner mächtigen Nachbarn –, was jedoch nicht hieß, dass er die Waffen streckte. »Du hättest vorab meine Zustimmung einholen müssen.«

»Hätte ich nicht. Für die Verwaltung des Landes bin ich zuständig. So hat es Graf Albrecht verfügt.«

»Er hat auch verfügt, dass wir harmonisch und einvernehmlich regieren sollen. Dazu gehört, dass wir derart folgenreiche Entscheidungen gemeinsam treffen!«

»Du meinst, Entscheidungen wie jene, in Harlingerland Krieg zu führen? Du hast mich niemals gefragt, ob ich das für sinnvoll halte. Auch meine Meinung zu den unnötigen Verlusten, die du in Wittmund erlitten hast, kümmert dich einen Dreck.«

»Das sind militärische Angelegenheiten, die allein in meiner Verantwortung liegen!«, brüllte Widzelt.

»Und was ist mit den Zugeständnissen, die du Volkmar Allena gemacht hast? Das ist mein Bereich, doch nichts davon hast du mit mir abgesprochen. Trotzdem ließ ich dir damals deinen Willen, und jetzt wirst du mir meinen lassen. Nein? Das möchtest du nicht? Gut, wenn dir das lieber ist, stelle ich einige Nachforschungen an und finde heraus, warum du Allena derart brav aus der Hand frisst«, drohte Foelke. »Ich bin sicher, dass sich da eine garstige Geschichte verbirgt, die dich nicht gut aussehen lässt, sollte sie ans Licht kommen.«

Tatsächlich hatte sie diese Nachforschungen bereits unternommen, leider ohne Erfolg. Was immer das Geheimnis war, das Widzelt und Allena teilten, sie hüteten es gut. Aber das konnte der Bastard nicht wissen. So verfehlte die Drohung ihre Wirkung nicht. Endlich hielt er den Mund und begnügte sich damit, sie feindselig anzufunkeln.

Damit ging auch diese Runde an sie.

Doch sie freute sich zu früh. Als sie gerade Keno nach oben begleiten wollte, rief Widzelt quer durch die Halle:

»Du – komm her!«

Er meinte Abbe. Der erhob sich gehorsam von seinem Platz und watschelte zu ihm.

»Was schreibst du da eigentlich immer?«

»Das?« Abbe betrachtete die Ledermappe, als sähe er sie zum ersten Mal. »Ein Buch. Eine Chronik, um genau zu sein.«

»Was du nicht sagst. Zeig her.« Widzelt blätterte in den losen Seiten. »Sieh an, ich komme auch darin vor.«

»Nun, das liegt bei einer Chronik der Familie tom Brok in der Natur der …«

Widzelt schlug ihm mit der Mappe ins Gesicht. Abbe taumelte ächzend rückwärts, Foelke und Keno schrien erschrocken auf. Der Bastard schlug noch einmal zu, Pergamente segelten durch die Luft und verteilten sich auf dem Boden.

»Was machst du denn da? Bist du von Sinnen?«, rief Keno.

»Ich strafe die Geisel für die Unverschämtheiten seiner Familie! Das wird die Osinga lehren, sich in Demut zu üben!«

Abbe riss beide Hände hoch, um sein Gesicht zu schützen. Dabei ließ er den Krückstock fallen, sodass er das Gleichgewicht verlor und hinfiel. Widzelt drosch weiter mit der Mappe auf ihn ein.

»Du buckliger Zwerg! Ekelhafter Krüppel! Du widerst mich an! Na, wie schmeckt dir das? Darf's ein Nachschlag sein?«

Keno stieß ihn zurück und stellte sich schützend vor Abbe. »Hör sofort auf!«

»Geh mir aus dem Weg.«

»Die Osinga haben nichts Unrechtes getan. Abbe zu bestrafen ist falsch.«

»Du bist wohl auch versessen auf ein paar Schläge, was?«, fauchte der Bastard.

Foelke stockte der Atem. Sie sah die Furcht in Kenos Augen. Ihr Junge jedoch hielt Widzelts zornigem Blick stand und wich nicht zurück.

»Nur zu. Schlag mich. Graf Albrecht wird davon erfahren.«

»Na und? Ich habe keine Angst vor ihm. Dein geliebter Lehnsherr interessiert sich einen Dreck für dich und deine Mutter.«

Entgegen dieser großspurigen Drohung wagte der Bastard es nicht, die Hand gegen Keno zu erheben. Für einen Moment, der Foelke endlos lang vorkam, starrten die Halbbrüder einander an. Dann warf Widzelt das zerfledderte Manuskript auf den Boden und spuckte aus.

»Bei Satans Hörnern!«, zischte er. »In der gesamten Christenheit dürfte es keine Geisel geben, die von ihren Herren so behütet und gehätschelt wird wie der Bucklige. Ein Edo Wiemken oder ein Hisko Abdena hätte längst kurzen Prozess mit ihm gemacht.«

Er stolzierte hinaus und knallte die Tür zu. Derweil half Keno seinem Lehrer auf.

»Bist du verletzt?«

»Es geht schon. Hab Dank, mein Junge«, krächzte Abbe.

»Du blutest aus der Nase!«

»Nicht so schlimm …«

»Ich bringe dich nach oben, damit du dich hinlegen kannst. Später wird der Wundarzt nach dir sehen.«

Der Schreck saß Foelke derart im Leib, dass sie nichts anderes tun konnte, als zuzuschauen, wie die beiden zur Treppe gingen. Sie nahm mehrere tiefe Atemzüge. Das brach den Bann. Sie sammelte die verstreuten Manuskriptseiten auf und legte sie in die Mappe. Das half ihr, die Bestürzung abzuschütteln. Stolz stellte sich ein – Stolz auf Keno.

Mein mutiger und rechtschaffener Junge! Nicht nur, dass er dem Bastard die Stirn geboten hat – obendrein beschützt er Abbe, wie er es Jann Wilken versprochen hat.

Doch sie machte sich nichts vor. Physisch war Keno seinem Halbbruder nicht gewachsen. Hätte Widzelt wirklich zugeschlagen, dann wäre Keno kaum imstande gewesen, sich zu wehren – und das lag nicht allein am Altersunterschied. Das musste sich ändern. Dringend.

In ihrem Kopf nahm eine Idee Form an.

Yneke stand am Fensterschlitz und beobachtete das Geschehen auf dem The. Zorn brodelte wie Gift in ihm, dass ihm der Magen schmerzte. Das Dorfvolk besaß die Dreistigkeit, unter seinen Augen einen Richter zu wählen, und er konnte nicht das Geringste dagegen tun.

Es war der zweite Sonntag im Dezember, am Morgen hatte das Kirchspiel die Adventsmesse gefeiert. Daher weilten viele Menschen im Dorf und konnten an der Wahl teilnehmen oder wenigstens zuschauen, wenn sie kein Stimmrecht hatten. So drängten sich trotz des Schneetreibens Hunderte Menschen auf dem Platz und lauschten Jann Wilken Osinga und Bruder Erasmus, die die Prozedur leiteten.

»Wir werden den Redjeven zunächst für ein Jahr wählen«, erklärte Jann Wilken gerade. »Er wird in der Versammlung der Sechzehn zu Esens für uns sprechen und uns unterstützen, wenn wir mit den Entscheidungen des Vogtes hadern.«

Ynekes Zorn galt nicht allein den Osinga, Foelke und Keno. Nur ihnen die Schuld an dieser Demütigung zu geben wäre zu kurz gedacht. Auch Widzelt hatte einen Anteil daran. Er war zu schwach, um den kleinlichen Machtkampf im Hause tom Brok für sich zu entscheiden. Ockos Witwe und Ockos Erben auszuschalten konnte er sich nicht erlauben, denn das liefe auf eine Konfrontation mit deren Schutzherrn hinaus, dem Grafen von Holland, dem er erst recht nicht gewachsen wäre. Also blieb Widzelt nichts anderes übrig, als Foelke und Keno dann und wann erniedrigende Zugeständnisse zu machen, damit sie Ruhe gaben.

Und wer war der Leidtragende? Yneke Egers.

»Jeder freie und grundbesitzende Mann, der heute anwesend ist, darf sich zur Wahl stellen«, rief Jann Wilken dem Volk zu. »Wer möchte sich bei den Menschen des Kirchspiels für dieses hohe Amt bewerben?«

Der Meister Harke Clausen und zwei reiche Bauern traten vor. Erasmus bestätigte der Menge, dass alle drei Kandidaten rechtschaffene und gottesfürchtige Männer waren.

Anschließend bat Jann die Frauen, die Unfreien und die Minderjährigen, sich in die Gärten und auf die Warf zurückzuziehen, damit nur noch die wahlberechtigten Männer den Platz bevölkerten. »Tretet zu jenem Kandidaten, für den ihr stimmen wollt. Wer mehr als die Hälfte aller Stimmen auf sich vereint, wird der neue Redjeve zu Warfstede. Nun lasst uns wählen!«, rief Jann freudig aus.

Die Bauchschmerzen schossen empor wie eine Stichflamme. Yneke ertrug es nicht länger, er knallte den Fensterladen zu. Almuth, die mit Eger am Feuer saß, verbarg ihre Schadenfreude nur schlecht.

»Kein Wort, Weib. Sonst ...«

»Sonst was?«, fragte sie herausfordernd.

Er ließ sich nicht zu einer Antwort herab. Als er zur Amtsstube hinaufstieg, war ihm, als würde er seines Vaters Stimme hören.

Natürlich schmähte ihn der Alte für sein Versagen.

Harke Clausen bekam auf Anhieb zwei Drittel der Stimmen, sodass keine Stichwahl nötig war. Jann war unter den Ersten, die ihm gratulierten. Jubel aus vielen Kehlen brandete über den Dorfplatz, und es dauerte eine Weile, bis Harke sich Gehör verschaffen konnte.

»Ihr lieben Leute, ihr Handwerker, ihr Fischer, ihr Bauern aus Marsch und Geest – ich danke euch für das Vertrauen. Ihr habt mein Wort, dass ich euch ein besonnener und gerechter Redjeve sein werde. Stets werde ich ein offenes Ohr für eure Nöte haben und mich in Esens entschieden für eure Belange einsetzen.«

Abermals jubelte man ihm zu.

»Die Menschen von Warfstede haben heute eine weise Wahl getroffen«, sagte Jann. »Aber genug der Worte. Lasst uns feiern!«

Das ließ sich das Dorfvolk nicht zweimal sagen, zumal es immer stärker schneite und man auf dem The bereits bis zu den Waden im Schnee versank. Lärmend strömten die Leute zum Krug. Bald war das Gebäude brechend voll, und der Wirt kam kaum mit dem Ausschank nach. Ständig mussten seine Burschen in den Keller laufen und frische Fässer mit Hamburger Fastenbier heraufholen.

Jann stand mit Harke, Bent und anderen Schiffszimmerleuten zusammen. Sie scherzten und lachten und stießen schwungvoll miteinander an, sodass der Gerstensaft aus den Bechern schwappte und die gehackten Binsen auf dem Boden bald in einer Pfütze schwammen. Es war lange her, dass Jann sich derart unbeschwert gefühlt hatte – Jahre. Er spähte aus einem Fenster, das auf das Steinhaus wies.

Schaust du uns zu, Yneke?

Heute, am 13. Dezember im Jahre des Herrn 1394, hatten sie sich ein Stück Unabhängigkeit zurückgeholt. Mit einem Mal sah die Zukunft nicht mehr ganz so düster aus.

Kapitel sechs

Moormerland

Folkmar stieß das Messer in den Fleischbrocken und holte ihn aus der Glut. Der letzte Rest des Ferkels. Es hatte zwei Wochen gehalten. Er biss einmal hinein, zweimal, dreimal, weg war es. Im Gegensatz zum Hunger: Der hatte sich nicht wesentlich verringert.

In seinem Magen rumorte es schmerzhaft, sodass er in jener Nacht keinen Schlaf fand. Schließlich gab er es auf, gürtete sich das Schwert um und trat hinaus in die Finsternis.

Vorsichtig näherte er sich dem Hof der Torfstecher und verbarg sich hinter dem mächtigen Granitfindling. Erst als er sicher war, dass sich bei den Hütten nichts regte, schlich er zum Stall.

Der Eimer lag neben dem Gebäude im Schnee. Folkmar stellte ihn gut sichtbar hin, legte die zweite viertel Goldmünze auf den Eimerboden und öffnete die klapprige Tür. Drinnen schnappte er sich ein Ferkel, das empört quiekte und zappelte, sodass er es nur mit Mühe festhalten konnte.

»Wer da?«

Folkmar fuhr herum. Das Ferkel entwischte ihm, plumpste zu Boden und flitzte zur Tür hinaus. Dort standen zwei Männer. Es waren die Torfstecher, denen der Hof gehörte. Beide hielten Spaltäxte in den Händen, der jüngere von beiden außerdem einen flackernden Kienspan.

Folkmar wich unwillkürlich einen Schritt zurück, sodass er mit dem Gesäß gegen den Schweinekoben stieß. Alles in ihm schrie danach zu fliehen. Doch der einzige Weg nach draußen führte durch die Tür, die die beiden Männer blockierten. Seine Hand fuhr zum Schwertgriff. Die Torfstecher spannten Schultern und Arme an.

»Wer bist du, dass du es wagst, uns zu berauben?«, knurrte der Jüngere, dessen blondes Haar genau in der Mitte gescheitelt war und die Ohren bedeckte wie eine dicke Wollmütze.

Folkmar brachte kein Wort heraus. Seine Kehle fühlte sich eng an, als hätte man ihm einen Galgenstrick um den Hals gelegt.

»Rede!«

»Wir wissen, dass du es warst, der das Schwein genommen und das Gold hingelegt hat«, sagte der Ältere. Sein Haar war ebenfalls blond wie Strandhafer, fiel ihm aber bis über die Schultern. Außerdem hatte er einen kurzen Bart, der Kinn und Wangen bedeckte. Davon abgesehen ähnelte er dem anderen: das gleiche breite Gesicht, die gleichen blauen Augen, der gleiche gedrungene Körperbau. »Jetzt wolltest du noch ein Schwein nehmen, nicht wahr?« Er öffnete die Hand und präsentierte den Goldsplitter.

»Zieh dein Schwert, und du bist tot, ehe du den ersten Streich führen kannst!«, drohte der andere. »Ich frage dich ein letztes Mal: Wer bist du?«

Folkmar nahm die Hand vom Schwertknauf. Er erwog, die Männer einfach über den Haufen zu rennen. Er war wesentlich größer und vermutlich auch stärker als sie, trotz des Hungers. Aber wenn sie ihn mit ihren Äxten verletzten, stand ihm ein qualvoller Tod in der Wildnis bevor.

»Ein armer …«, begann er krächzend. Er hatte seine Stimme seit nahezu drei Wochen nicht gebraucht, sie verweigerte ihm den Dienst wie eine eingerostete Kneifzange. Er räusperte sich und fing von vorn an. »Ein armer Mann. Ich habe alles verloren. Ich lebe in der Wildnis.«

»Und doch hast du Gold«, sagte der ältere Torfstecher.

»Der letzte Rest meiner Ersparnisse.«

»Dein Name«, forderte der Jüngere.

»Ubbe Sybeken.« Dieser Name hatte ihm Glück gebracht, damals bei den Zisterziensern.

»Ubbe Sybeken«, wiederholte der Ältere und senkte die Spaltaxt. »Ich bin Stirp Popken. Das ist mein Bruder Ludgher. Nun sag, Ubbe – warum hast du das Ferkel gestohlen? Quält dich der Hunger?«

»Ich habe es nicht gestohlen«, widersprach Folkmar. »Ich hab's bezahlt.«

Stirp Popken nickte. »Aber du bist in den Stall eingebrochen und hast es dir genommen, ohne uns zu fragen. Und nun wolltest du es wieder tun. Warum hast du nicht an unsere Tür geklopft und gefragt, ob du ein Schwein kaufen kannst?«

Folkmar starrte die Männer an. Gewiss hatten sie ihn längst durchschaut. Gleichwohl machten sie keine Anstalten, ihn anzugreifen oder fortzujagen.

»Was du getan hast, war nicht recht«, sagte Stirp freundlich und beinahe so, als rede er mit einem Kind. »Notwendig war es auch nicht. Für diesen Goldbrocken kannst du reichlich Essen bekommen. Möchtest du uns Essen abkaufen?«

»Ja.«

»Stirp … nein«, sagte Ludgher, ohne Folkmar aus den Augen zu lassen.

»Er soll haben, was er will.« Stirp schlug die Axt in den Hackblock neben der Tür und verschwand in der Dunkelheit.

Ludgher verzog unwillig den Mund, hielt seinen Bruder jedoch nicht auf. Er stierte Folkmar an, seine Finger kneteten den Schaft der Axt. »Ich hab für Ocko tom Brok gekämpft«, meinte er. »Ich weiß, wie man einen Mann tötet.«

Kurz darauf vernahm Folkmar Stirps Stimme: »Komm ins Freie.«

Ludgher wich ein paar Schritte zurück, sodass Folkmar den Stall verlassen konnte. Am Rande des Fackelscheins standen verschlafene Gestalten. Zwei Frauen, ein Greis, mehrere Kinder. Alle glotzten sie ihn an.

Stirp trat vor, in den Händen einen Rübensack. »Ich hab dir Brot, Fleisch, Würste, Kohl, Eier und etwas Salz hineingetan. Außerdem zwei Ballen Torf. Bist du mit dem Handel einverstanden?«

Nickend nahm Folkmar den prallvollen Sack entgegen. »Ich danke euch«, murmelte er.

Plötzlich konnte er die Blicke aus derart vielen Augen nicht mehr ertragen. Ihm war, als bohrten sie sich ihm in den Schädel. Die Panik, die er eben mühsam unterdrückt hatte, holte ihn ein und traf ihn mit der Wucht eines Lanzenstoßes. Er presste den Sack an sich und wirbelte herum. Stirp sagte noch etwas zu ihm, er hörte es schon nicht mehr. Hals über Kopf rannte er davon.

In der Ruine lehnte er sich schwer atmend gegen die Mauer. Es dauerte eine Weile, bis er wieder klar denken konnte. Bei Gott, was war nur in ihn gefahren? Er hatte jegliche Vorsicht vergessen. War geradewegs zu seinem Versteck gelaufen, ohne unterwegs Deckung zu suchen und seine Spuren zu verwischen. Wenn die Torfstecher ihm gefolgt waren, wussten sie nun, wo er hauste. Vermutlich hatte er sich soeben gewaltige Scherereien eingehandelt.

Es war nicht mehr zu ändern. Und mitten in der Nacht weiterzuziehen, um ein neues Versteck zu suchen, kam nicht infrage. Er musste wenigstens bis zum ersten Licht des neuen Tages hierbleiben und der Dinge harren, die da kamen.

Mit zitternden Händen öffnete er den Sack. Als er die Speisen sah, waren seine Sorgen schlagartig vergessen. Was für ein Schatz! Er lachte grunzend auf, griff nach einer Rauchwurst, biss hinein. Der köstliche Geschmack explodierte regelrecht in seinem Mund.

Tränen rannen ihm über die Wangen und gefroren in seinem Bart, während er auf dem kalten Boden kauerte und sich zum ersten Mal seit Tagen satt aß.

Warfstede

»Heute vor 1394 Jahren ward Christus, unser Herr und Erlöser, zu Bethlehem geboren«, verkündete Yneke. »Diesen Freudentag wollen wir mit erlesenen Speisen feiern. Jeder Kriegsmann, jeder Knecht, jede Magd soll außerdem einen Becher Südwein bekommen!«

Jubelnd priesen die Dienstleute seine Großzügigkeit. Auch Almuth musste zugeben, dass Yneke sich überaus generös zeigte. Auf den Tischen in der Halle türmten sich dampfendes Gemüse, frisches Brot, eingelegte Früchte und Fleisch, Fleisch und noch mehr Fleisch, ganze Berge davon, gebraten und gekocht. Der blutrote, dickflüssige Wein, den das Gesinde gierig hinunterstürzte, stammte aus Frankreich und war entsprechend teuer gewesen.

Auch Almuth trank davon. Sie würde diesen Abend nur mit reichlich Alkohol ertragen. Früher hatte sie Weihnachten geliebt. Doch seit sie das Bett mit Yneke teilte, hasste sie dieses und alle anderen

Hochfeste, die sie zwangen, endlose Stunden neben ihm zu sitzen und seinem pompösen Geschwätz zuzuhören. Widzelt hier, Widzelt da, ist er nicht ein brillanter Stratege, ein heldenhafter Eroberer, ein würdiger Nachfolger Ockos? Für Yneke gab es nur dieses eine Thema, Almuth konnte es nicht mehr hören.

»Habt ihr nicht in Wittmund eine Niederlage erlitten?« Sie konnte sich diese Bemerkung nicht verkneifen.

Er ließ sich davon nicht provozieren. »Was Wittmund betrifft, ist das letzte Wort noch nicht gesprochen. Im neuen Jahr werden wir abermals gegen die Kankena ziehen, mit frischer Kraft und mehr Kriegsvolk. Dann wird ihre Burg fallen. Ebenso der Rest von Harlingerland, den Widzelt noch nicht beherrscht.«

Die Familie saß an einer reich gedeckten Tafel nah beim Kamin, das prasselnde Feuer ließ die Bienenwachskerzen auf dem Tisch schwitzen und das Silbergeschirr gleißen. Bruder Erasmus leistete ihnen Gesellschaft, nicht jedoch Cord Hanneken. Almuth hatte durchgesetzt, dass der Krieger wenigstens am Weihnachtsabend mit den Dienstleuten speisen musste. Ein unbedeutender, im Grunde kleinlicher Sieg, den sie dennoch auskostete. Am Christfest gab es nicht viel, was ihr Herz erfreute.

Wenigstens verschonte Yneke sie mit seiner üblen Laune und seinen notorischen Klagen über die faulen, aufsässigen Dorfbewohner, mit denen er die Familie üblicherweise langweilte. Heute zeigte er sich von seiner angenehmen Seite und plauderte munter mit Erasmus und Gert.

»Hat Widzelt schon entschieden, wer die Vogtei Duvelslond bekommen wird?«, erkundigte sich Almuths Vater, der Eger auf dem Schoß wiegte.

»Im neuen Jahr soll die Entscheidung fallen«, antwortete Yneke. »Ich bin zuversichtlich, dass er mich auswählen wird. Ich unterstütze Widzelt seit Jahren mit reichlich Gold und Kriegsvolk. Das muss er honorieren.«

»Duvelslond ist eine aufblühende Bauernschaft. Auch das Hinterland gedeiht«, bemerkte Gert. »Das Kirchspiel wird dir üppige Abgaben einbringen.«

Almuth entging nicht, dass in Ynekes Augen die Gier aufblitzte. Er übte sich jedoch in Bescheidenheit und Geduld. »Jetzt warten wir erst einmal ab, wen Widzelt zum Vogt ernennt.«

Almuth hoffte inständig, die Wahl möge auf ihn fallen. Als Vogt von Duvelslond würde Yneke regelmäßig ins benachbarte Kirchspiel reisen müssen, um dort Recht zu sprechen und Steuern einzutreiben. Das hieße, sie würde das Steinhaus jeden Monat einige Tage für sich haben. Eine himmlische Vorstellung.

Das Tischgespräch drehte sich wieder um Widzelt und dessen Feldzüge. Almuths Vater tunkte derweil Brot in die Soße und fütterte Eger. Etwas Bratfett tropfte auf seinen Rock. Gert trug ein Festgewand aus teurem flandrischem Tuch, dazu Schuhe aus weichem Wildleder und eine blitzende Halskette, die ein Goldschmied aus Emden für ihn gefertigt hatte. Das Handelsgeschäft gedieh, er gehörte inzwischen zu den reichsten Männern des Kirchspiels.

Lächelnd wischte Gert den Fleck weg. Er schalt Eger nicht für das Missgeschick. Er vergötterte seinen Enkel und konnte ihm partout nicht böse sein. »Magst du noch mehr?« Er hielt dem Jungen den Brotkanten hin.

Eger kniff die Lippen zusammen und schüttelte das Köpfchen.

»Das dachte ich mir. Du hast ja auch tüchtig zugelangt. Recht so. Ein Junge, der eifrig isst, wird einmal ein großer, starker Mann. Möchtest du nun deine Geschenke sehen?«

Strahlend klatschte Eger in die Hände. Gert winkte einen Diener heran, der eine kleine Kiste auf den Tisch stellte.

»Schau, was ich für dich habe.« Gert holte einen winzigen Schlüssel hervor, öffnete die Kiste und holte verschiedene Spielzeuge heraus, die er Eger der Reihe nach zeigte. Einen bunten Lederball. Einen geschnitzten Kreisel. Drei bemalte Holzfiguren, die einen friesischen Krieger, einen bärtigen Bischof und einen grimmigen Seeräuber darstellten. Eger betrachtete die Spielsachen mit offenem Mund, als hätte man ihm soeben Zugang zur königlichen Schatzkammer gewährt.

Gert lachte leutselig. »Na, wie gefallen dir deine Geschenke?«

Yneke gefielen sie nicht, so viel war sicher. »Fünf Spielsachen auf einmal«, sagte er ungehalten. »Der Ball allein hätte es auch getan. Du verwöhnst den Jungen und wirfst obendrein dein Geld zum Fenster hinaus.«

Jedes Jahr dasselbe, dachte Almuth. Sie machte keinen Hehl aus ihrem Ärger. »Es ist sein Geld. Er kann damit anstellen, was er will.«

»Zumal ich wahrlich genug davon habe«, meinte Gert versöhnlich. »Lass mich deinem Sohn doch eine Freude machen. Schau, wie glücklich er ist. Geht dir da nicht das Herz auf?«

»Alle Welt verhätschelt ihn«, murrte Yneke. »Damit tut ihr ihm keinen Gefallen. Nicht wahr?«, wandte er sich an Bruder Erasmus. »Die Kirche sagt doch auch, dass ein Kind vor allem eine strenge Hand braucht, keine Affenliebe, die es verzärtelt.«

Almuth schaute den Kleriker an. Sie kannte Erasmus als einen integeren Mann, der sich eine eigene, mitunter unbequeme Meinung leistete. Auch jetzt enttäuschte er sie nicht.

»Unsere heilige Mutter Kirche sähe es natürlich lieber, wenn ein reicher Kaufmann sein Geld den Armen geben würde, statt davon teuren Tand zu kaufen«, erklärte er mit gutmütigem Lächeln. »Aber ich denke, am Weihnachtsabend ist dies eine lässliche Sünde. Die Geschenke dienen ja dem gottgefälligen Zweck, uns an die Gaben der Heiligen Drei Könige zu erinnern. Zumal Gert dafür bekannt ist, dass er den Armen reichlich gibt.«

»Es ist noch keine drei Wochen her, dass ich Sankt Magnus zu Esens zwölf Gulden für eine üppige Armenspeisung gespendet habe«, fügte Almuths Vater stolz hinzu.

Erasmus nickte. »Ein löblicher Akt der Mildtätigkeit.«

Yneke war üblicherweise von Leuten umgeben, die ihm eifrig nach dem Mund redeten. Dass er mit seinen Ansichten allein dastand, erlebte er selten, und es missfiel ihm sichtlich. »Was ist mit den Auswirkungen auf den Jungen?« Er blickte den Vikar stechend an. »Ihr werdet mir recht geben, dass übertriebene Zuneigung einem Kind schadet.«

»Ach, hör doch auf«, kam Gert dem Geistlichen zuvor. »So kann nur ein Mann reden, der selbst nicht genug Zuneigung von seinem Vater erfahren hat. Liebe ist die herrlichste Sache auf Erden. Wie kann zu viel davon verderblich sein? Schädlich für Eger ist allein deine Missgunst. Ich lasse mir jedenfalls von niemandem verbieten, ihn zu beschenken. Nicht wahr, mein Augenstern?« Zur Bekräftigung seiner Worte kniff er dem Jungen zärtlich in die Wange.

Das hatte gesessen. Yneke kochte vor Wut, immerhin tat er es schweigend. Almuth lächelte ihren Vater an. Gert mochte unterwürfig und liebedienerisch sein, wenn er mit den Mächtigen zu tun hatte. Doch wenn Egers Wohlergehen auf dem Spiel stand, vergaß er jeglichen Opportunismus und stellte sich schützend wie ein streitbarer Recke vor seinen Enkel. Dafür liebte sie ihn.

Der Abend ging seinen trägen Gang. Alsbald waren die Dienstleute derart vollgefressen und betrunken, dass sie an den Tischen einschliefen. Bruder Erasmus dankte Yneke für das köstliche Mahl und entschwand. Auch Gert verabschiedete sich wenig später, nicht ohne Eger noch einmal zu herzen.

Damit war das Fest endlich vorbei. Als Almuth kurz darauf zu Yneke unter die Bettdecke schlüpfte, befürchtete sie, er könnte zum ersten Mal seit Wochen einen Versuch unternehmen, mit ihr zu schlafen. Nicht weil ihm die Fleischeslust zusetzte, wohlgemerkt, sondern um die Machtverhältnisse geradezurücken. Immerhin hatte sein Stolz heute Abend einen empfindlichen Dämpfer erlitten. Sie wappnete sich gegen grobe Berührungen, die die Botschaft vermittelten: *Sieh her. Ich bin dein Herr und Meister. Ich bin stärker als dein Vater und dieser impertinente Pfaffe. Ich nehme mir, was ich will!*

Doch dazu kam es nicht. Yneke war derart betrunken, dass er sogleich wegdämmerte. Sein Schlaf war unruhig. Bald wälzte er sich von einer Seite auf die andere und stöhnte gelegentlich auf. Albträume, wieder einmal.

Almuth gönnte sie ihm von Herzen.

Kapitel sieben

Yneke erwachte mit einem Schrei auf den Lippen, schwer atmend, verschwitzt. Ockos totenbleiches Gesicht stand ihm vor Augen, es starrte ihn anklagend an, und er glaubte, noch immer das bluttriefende Schwert in der Hand zu halten. Er blinzelte die grausigen Bilder weg und begriff, dass er nicht in Aurich war, sondern in seiner Schlafkammer. Almuth neben ihm schlummerte tief und fest und ahnte nichts von seiner Seelenpein.

Diese verdammten Albträume! Es gelang ihm einfach nicht, sie zu bezwingen. Dabei hatte er einiges versucht: Gebete, Schlafmittel, gesunde Ernährung. Sie plagten ihn das ganze Jahr über, aber an Weihnachten, in der Karwoche und um Ockos Todestag herum waren sie besonders schlimm.

Ein Viereck aus einer dünnen grauen Linie umrandete den Fensterladen. Es war früh am Morgen. Yneke wusste, dass es ihm nicht gelingen würde, noch einmal einzuschlafen. Eine Weile lag er reglos da und starrte ins Nichts.

Die Träume wurzelten in den Schuldgefühlen, die ihm nach wie vor zusetzten, so viel stand fest. Wenn er sie abschütteln wollte, musste er sich also mit der Ursache befassen. Ob es ihm gefiel oder nicht.

Er quälte sich aus dem Bett, zog sich leise an und verließ die Kammer.

»Ich möchte beichten.«

»Jetzt?«, nuschelte ein verschlafener und verkaterter Bruder Erasmus. »Es ist sehr früh. Die Sonne ist noch nicht aufgegangen …«

»Es geht um mein Seelenheil. Das sollte wichtiger sein als der Sonnenstand!«

Seufzend bat Erasmus Yneke herein. Sie durchquerten den Wohnbereich bei der Sakristei und betraten die eiskalte Kirche. Der Vikar nahm auf dem Beichtstuhl Platz, Yneke kniete daneben.

»Was bedrückt dich, mein Sohn?« Nur bei der Beichte wagte Erasmus es, den Vogt zu duzen.

»Alles, was ich gleich sagen werde, ist nur für deine Ohren bestimmt. Du musst mir schwören, niemandem davon zu erzählen.«

»Solch ein Schwur ist nicht nötig. Das Beichtgeheimnis verbietet mir, das Gehörte weiterzutragen. Verletze ich es, sind mir harte Kirchenstrafen sicher.«

»Sie werden dir milde vorkommen, verglichen mit meiner Rache. Also achte das Beichtgeheimnis, wenn dir etwas an deiner Gesundheit liegt.«

Der Vikar ließ die Drohung unkommentiert. Yneke räusperte sich.

»Ich habe einen Mann getötet.«

»Nun, im Krieg ist dies unvermeidlich. Gleichwohl ist es gut, dass du deswegen Reue verspürst und Buße tun willst.«

»Es war nicht im Krieg ... jedenfalls nicht im letzten«, stellte Yneke klar. »Es ist bereits 1391 geschehen. Und es war kein Feind, den ich erschlug.«

»Sondern ein Freund?«, fragte Erasmus, nun nicht mehr schlaftrunken.

Yneke zögerte die Antwort lange hinaus. Schließlich gab er sich einen Ruck. »Es war der Herr, dem ich Treue geschworen hatte. Ocko tom Brok.«

Der Vikar schwieg. Er schwieg lange. Als er endlich sprach, zitterte seine Stimme. »Warum hast du das getan?«

»Ocko war ein Tyrann, der den Friesen nichts als Leid gebracht hat. Er musste sterben.«

»Mord ist eine schreckliche Sünde. Eine der schlimmsten, die ein Mensch begehen kann«, stellte Erasmus fest.

»Das ist mir bewusst. Ich habe mein Seelenheil geopfert, um Friesland zu retten.«

»Das ist keine Rechtfertigung. Denk an das Leid, das *du* verursacht hast. Hundert Menschen sind deinetwegen hingerichtet worden. Hundert Unschuldige.«

Die Worte fuhren Yneke eiskalt in den Magen. An all die toten

Schieringer hatte er noch gar nicht gedacht. Er hoffte inständig, dass sie nicht auch anfingen, ihn in seinen Träumen heimzusuchen.

»Und dann ist da noch Folkmar Janns Osinga. Du hast deine Sünde verschlimmert, indem du falsches Zeugnis abgelegt und ihn für dein Verbrechen bestraft hast.« Erasmus' Stimme wurde mit jedem Wort lauter und schriller. Als ihm auffiel, dass er im Begriff war zu schreien, zügelte er sich. »Warum, Yneke?«

»Ich hatte meine Gründe. Gute Gründe«, knurrte der Vogt, dem missfiel, in welche Richtung sich das Beichtgespräch entwickelte. »Was muss ich tun, um meine Schuld zu tilgen?«

Der Vikar atmete schnaufend ein und aus. »Das wird schwer werden. Eine Herkulesaufgabe. Deine Schuld ist gewaltig. Zunächst einmal musst du deine Taten bereuen.«

»Das tue ich«, log Yneke.

Erasmus war anzusehen, dass er ihm nicht glaubte. »Auf die Reue folgt die Sühne. Du musst für deine Sünden Buße tun. Andernfalls ist deine Seele unrettbar verloren.«

»Sag mir, wie.«

»Zunächst einmal musst du Ockos Familie das Wergeld zahlen. Ich nehme an, das ist noch nicht geschehen?«

»Natürlich nicht! Wenn Quade … Wenn Foelke Kampana wüsste, was ich getan habe, wäre ich ein toter Mann. Auf keinen Fall zahle ich ihr für Ocko das Wergeld.«

»Mit deiner Reue ist es also nicht weit her«, rügte Erasmus ihn.

»Ich brauche keine Strafpredigt. Sondern einen Rat, wie ich meine Seele retten kann, damit meine Albträume aufhören.«

»Wenn du dich außerstande siehst, dein Verbrechen zu sühnen, musst du wenigstens den Schaden wiedergutmachen. Begnadige Folkmar Janns.«

»Das kommt nicht infrage. Der Kerl ist ein Aufrührer der schlimmsten Sorte, er hat die härteste Strafe verdient. Davon abgesehen käme eine Begnadigung reichlich spät. Er ist vermutlich längst tot.«

»Also lastet ein weiteres Menschenleben auf deinem Gewissen.«

»Unfug! Was Folkmar Janns betrifft, ist mein Gewissen rein. Gottverdammt, es muss doch etwas geben, das ich tun kann, ohne mich selbst ans Messer zu liefern …«

Der Geistliche hob die Hand. »Nicht auch noch den Namen des Herrn beschmutzen«, sagte er streng. »Du hast wahrlich bereits genug Sünden begangen.«

»Verzeih. Es ist mir so herausgerutscht. Aus mir spricht eben die Verzweiflung. Also – was kann ich tun?«

Erasmus dachte lange nach. »Eine Möglichkeit gäbe es. Stifte ein Sühnekreuz. Auf diese Weise könntest du Buße tun und dafür sorgen, dass die Seele des Gemordeten endlich Frieden finden kann.«

»Wo müsste ich es aufstellen?«

»Am Ort des Verbrechens. In Aurich, vor der Schnappe.«

Nun war es Yneke, der nachdachte. Wenn er das Sühnekreuz bei Nacht und Nebel hinbrachte, würde niemand je herausfinden, wer es gestiftet hatte. Er könnte seine Seele retten und müsste nicht fürchten, dass Foelke ihm auf die Schliche kam.

»Es muss aus Stein sein, damit es lange hält. Dein Name gehört darauf, ebenso der Name des Opfers«, sagte der Vikar, als hätte er Ynekes Gedanken gelesen. »Und natürlich die genaue Natur des Verbrechens.«

Yneke sprang auf. »Hast du mir nicht zugehört?«, schrie er. »Wenn Foelke das Sühnekreuz sieht, bin ich geliefert!«

Erasmus ließ sich nicht aus der Ruhe bringen. »Du musst entscheiden, was dir wichtiger ist: dein Wohl im Diesseits oder das Heil deiner unsterblichen Seele. Ich empfehle dir dringend, das Sühnekreuz zu stiften«, fügte er hinzu. »Nur so kannst du der Hölle entrinnen.«

»Ich bin hergekommen, weil ich deine Hilfe brauche. Doch statt mir Trost zu spenden, verhöhnst du mich in einem fort.«

Yneke hatte genug von diesem Pfaffen und seinen absurden Ratschlägen. Er stürmte hinaus.

Am Dreikönigstag fand wie jedes Jahr das Klootschießen zwischen Marsch und Geest statt. Während Almuth den Werfern zuschaute, dachte sie daran, wie sie das erste Mal den Wettkampf besucht hatte. Sie hatte lebhafte Erinnerungen an jenen Tag, vor allem an die Auseinandersetzung zwischen Folkmar und Yneke.

Damals hat alles angefangen. Ynekes Hass, seine Rachegedanken. Das ganze Unheil.

Manchmal wünschte sie sich, sie könnte in der Zeit zurückreisen, um zu verhindern, dass Folkmar den Vogt schlug. Aber vermutlich würde das nichts ändern. Wären die beiden nicht beim Klootschießen aneinandergeraten, dann wäre es bei einer anderen Gelegenheit passiert. Folkmars ausgeprägter Gerechtigkeitssinn und sein Bedürfnis, Schwächeren zu helfen, hätten früher oder später in jedem Fall zu einer Konfrontation mit Yneke geführt.

Wir folgen alle nur unserem Schicksal, das uns vorbestimmt ist, dachte Almuth resigniert. *Wir sind wie Gliederpuppen, wir zappeln an Fäden, die höhere Mächte in den Händen halten.*

Der 6. Januar 1391 hatte das Klootschießen zu Warfstede für immer verändert. Es war längst kein ausgelassenes Volksfest mehr. Ynekes Gegenwart tötete jegliche Unbeschwertheit ab. Niemand wagte es, besser zu werfen als er. Die Mitglieder beider Mannschaften fürchteten, sich seinen Zorn zuzuziehen, wenn sie es täten. So verkam der Wettkampf zu einer Posse. Jahr für Jahr gewann die Auswahl der Marsch haushoch, doch außer Yneke freute sich niemand darüber.

Allein Eger konnte sich für das Klootschießen begeistern. Er war noch zu klein, um die gedrückte Stimmung der Menschen um ihn herum zu erfassen. Er erfreute sich an dem gleißenden Eis, an dem bunten Wimpel in Erasmus' Händen, an dem emsig hin und her flitzenden Vikar. Wenn Yneke ein besonders weiter Wurf gelang, lachte er glücklich auf. Eger liebte seinen Vater, und es brach Almuth das Herz, dass seine Liebe kaum erwidert wurde.

»Der Werfer, der als nächster an der Reihe ist, nimmt den Kloot da auf, wo er nach dem letzten Wurf liegen geblieben ist«, erklärte sie ihrem Sohn die Regeln. »Wenn er geworfen hat, ist die andere Gruppe dran. Am Ende gewinnt die Mannschaft, die auf der abgesteckten Piste weiter gekommen ist.«

Es gab eine Pause. Die Werfer stärkten sich an den Torffeuern mit Braten und Bier. Als Almuth etwas zu essen besorgen wollte, sah sie, dass Erasmus ihren Gemahl zur Seite genommen hatte. Die beiden stritten offenbar.

Obwohl sie näher heranging, konnte sie nicht verstehen, worüber Erasmus und Yneke sprachen, die Menschenmenge war zu laut. Eben warf ihr Gemahl wütend die Hände in die Luft. Der Vikar bedrängte ihn weiter und holte ein Blatt Papier hervor. Als Yneke es ihm aus der Hand riss, konnte Almuth für einen kurzen Moment eine Zeichnung sehen. Yneke faltete das Papier rasch und ließ es unter dem Pelzmantel verschwinden. Anschließend, so wirkte es, machte er dem Geistlichen Vorwürfe. Dabei schob er ihn noch weiter von der Menge weg. Offenbar wollte er sicherstellen, dass ihnen wirklich niemand zuhörte.

Ein paar Augenblicke später war die Auseinandersetzung zu Ende. Yneke schüttelte entschieden den Kopf. Erasmus wandte sich daraufhin brüsk ab und ging mit versteinerter Miene zu den Feuern zurück. Kurz darauf mischte sich auch Yneke wieder unters Volk.

Almuth schaute sich um. Niemand außer ihr schien den Streit zwischen Vogt und Vikar bemerkt zu haben. Yneke stand bei Cord Hanneken und lachte mit den Kriegern, als wäre nichts geschehen.

Eger fing an zu quengeln, und sie sorgte dafür, dass er endlich etwas zu essen bekam. Während er auf einer gebratenen Wurst kaute, nahm sie ihn an der Hand und ging zu Bruder Erasmus, der an der Piste stand und darauf wartete, dass der Wettkampf weiterging. Er war derart in Gedanken versunken, dass er sie erst bemerkte, als sie ihn ansprach.

»Verzeih. Ich bin heute nicht ganz bei der Sache.« Sein Lächeln wirkte aufgesetzt. »Was kann ich für dich tun?«

»Was war das eben?«

»Was meinst du?«

»Euer Streit mit Yneke – worum ging es?«

»Das kann ich dir leider nicht sagen. Es unterliegt dem Beichtgeheimnis.«

»Oh.« Damit hatte Almuth nun wahrlich nicht gerechnet. »Darf ich wenigstens erfahren, was das für eine Zeichnung ist, die Ihr meinem Mann gegeben habt?«

In Erasmus' Gesicht arbeitete es. Seine Augenlider zuckten, die Wangen färbten sich rot, er kniff die Lippen zusammen, sodass sie bleich wurden. Sie konnte spüren, dass ein ungeheurer Zwiespalt in ihm wütete. Doch er hüllte sich in Schweigen.

Schließlich beendeten die Werfer ihre Pause und nahmen Aufstellung. Erasmus stürmte davon und wedelte mit der Fahne, was Eger ein vergnügtes Kichern entlockte.

Am Abend nach dem Klootschießen schloss Yneke sich in der Amtsstube ein. Er holte das quadratische Papierstück hervor und betrachtete es im Kerzenschein.

Hol dich der Teufel, Erasmus! Der Pfaffe saß ihm wie eine Zecke im Nacken und schien entschlossen, ihn mit dem Sühnekreuz zu plagen, bis ihn die Schuldgefühle überwältigten. Sogar eine Zeichnung hatte er davon angefertigt, obendrein eine erstaunlich detailreiche. Yneke hatte nicht gewusst, dass an Erasmus ein Künstler verloren gegangen war.

Am besten wäre es, er würde die Skizze verbrennen. Er wollte das Papier an die Kerzenflamme halten, doch etwas ließ ihn zögern. Was er da in der Hand hielt, war die Rettung seiner Seele. Die einzige, die es gab. Gewiss, er sah keine Möglichkeit, das Sühnekreuz aufzustellen, ohne sich Foelkes Rache zuzuziehen. Aber die Verhältnisse konnten sich ändern. Widzelt könnte den Machtkampf im Hause tom Brok für sich entscheiden und Foelke und Keno beseitigen, sodass niemand mehr da wäre, der ein Interesse daran hätte, Yneke für seine Tat zu strafen. Vielleicht mussten nur einige Jahre vergehen, bis er das Sühnekreuz gefahrlos würde aufstellen können.

Er öffnete die Truhe und holte die kleine Metallschatulle hervor, die er einst angeschafft hatte, um besonders wertvolle Dinge sicher aufzubewahren. Er legte die gefaltete Zeichnung hinein, verschloss die Schatulle und verstaute sie in der Holzkiste.

Ihn durchströmte das wohlige Gefühl, kluge Vorkehrungen getroffen zu haben. In jener Nacht schlief er tief und traumlos.

Zwei Tage später hatte Almuth das Steinhaus weitgehend für sich allein. Yneke trieb sich im Dorf herum und ging seinen Geschäften nach. Die meisten Diener waren auf dem Markt, im Lagerraum oder beim Vieh. Sie bat eine Magd, auf Eger aufzupassen, und ging hinauf zur Amtsstube.

Die Tür war nicht abgeschlossen, der Raum wie üblich pedantisch aufgeräumt. Falls Yneke die mysteriöse Zeichnung aufgehoben hatte, bewahrte er sie wahrscheinlich in dieser Kammer auf.

Im vergangenen Jahr war es Almuth schwergefallen, die Hoffnung nicht aufzugeben, doch noch Beweise für Folkmars Unschuld zu finden. Wie lange war es her, dass sie das letzte Mal etwas in dieser

Angelegenheit unternommen hatte? Gewiss viele Monate, und gebracht hatte es nicht das Geringste. Ynekes Streit mit Bruder Erasmus und die Zeichnung aber hatten ihre Neugier geweckt. Ihr Gemahl hütete offensichtlich ein Geheimnis, das ihn derart beunruhigte, dass er sogar zur Beichte gegangen war. Dabei beichtete er normalerweise selten. Allenfalls zu Ostern oder vor einem Kriegszug.

Almuth suchte das Schreibpult ab, blätterte durch die ordentlich gestapelten Papiere und Pergamente. Keine Zeichnung. Sie musste in der Truhe sein. Leider war die schwere Kiste verschlossen. Den Schlüssel konnte sie nicht finden, er lag weder in der Schublade des Schreibpultes noch woanders. Yneke musste ihn mitgenommen haben.

Sie fluchte leise.

Nun, hier und heute konnte sie nichts mehr ausrichten. Sie würde es später noch einmal versuchen, in der Hoffnung, die Truhe einmal unverschlossen vorzufinden.

Als sie den Raum verließ, stieß sie beinahe mit Yneke zusammen.

»Was machst du in meiner Amtsstube?«, fragte er freundlich.

Sie wusste inzwischen, dass er ein Talent dafür hatte, plötzlich aufzutauchen, wenn man am wenigsten damit rechnete. Daher erschreckte sie die überraschende Begegnung nicht sonderlich – zumal sie sich in weiser Voraussicht eine Ausrede zurechtgelegt hatte. »Ich brauche die Rechnung des Gewürzhändlers. Aber die Truhe ist abgeschlossen.«

»Wofür brauchst du sie?«

»Ich glaube, er hat uns zu viel berechnet. Das will ich nachprüfen.«

Er blickte ihr in die Augen, der Moment dehnte sich schier endlos aus. »Ich hole sie dir«, sagte er schließlich.

Er betrat die Kammer, löste den Schlüssel vom Gürtel und öffnete die Truhe. Als er die Dokumente durchsuchte, sah Almuth flüchtig die kleine Schatulle und wusste augenblicklich, dass darin die Zeichnung enthalten war. Yneke ließ den Truhendeckel zufallen und reichte ihr die Rechnung.

»Hab Dank.« Sie ging. Er schaute ihr nach.

Einige Tage später versuchte sie es noch einmal. Tatsächlich war die Truhe diesmal nicht verschlossen.

Die Metallschatulle aber war verschwunden.

Kapitel acht

Moormerland

Folkmar trug den Reisig in die Ruine, entfernte die Schneereste, indem er die Birken- und Buchenzweige gegen die Mauer schlug, und schichtete das dürre Holz in der Aschegrube auf. Wenig später flackerte in seinem Versteck ein Feuer auf, an dem er seine gefühllosen Gliedmaßen wärmte.

Der Rübensack, den er von den Torfstechern bekommen hatte, war so gut wie leer. Er holte den letzten Rest Essen heraus, eine halbe Wurst, die er versonnen betrachtete, bevor er sie aß. Er kaute jeden Bissen so lange wie möglich und kostete den rauchigen Geschmack aus. Vier Wochen hatten die Vorräte gehalten. Vier Wochen, in denen er in seinem Schlupfwinkel wie ein Fürst gelebt hatte. Zum ersten Mal seit langer Zeit fühlte er sich gesund und kräftig.

Nun aber würde der Hunger zurückkehren. In wenigen Stunden schon würde sein Magen zu knurren anfangen und ihn daran erinnern, wie es war, Not und Mangel zu leiden. Die Aussicht ängstigte ihn mehr, als es ein mordgieriger Feind mit einem blanken Schwert in der Hand vermocht hätte. Folkmar schätzte, dass der Januar gerade einmal zur Hälfte vorüber war. Der Winter war noch lang. Er musste etwas zu essen auftreiben, wenn er die vielen eisigen Tage und endlosen Nächte, die ihm dräuten, überstehen wollte.

Warum hast du nicht an unsere Tür geklopft, wenn du Gold hast?, hatte der Torfstecher ihn gefragt. Wie war gleich sein Name gewesen?

Stirp. Stirp Popken.

Seit seiner kopflosen Flucht vor den Torfstechern war er mehrmals zu ihrem Hof zurückgekehrt und hatte sie heimlich beobachtet – Stirp, dessen Bruder Ludgher, ihre Familien. Niemals waren sie auch nur in die Nähe seines Verstecks gekommen, obwohl sie sich gewiss denken konnten, wo er sich aufhielt. Das sprach dafür, dass er es mit wohlmeinenden Menschen zu tun hatte.

Sollte er das Angebot annehmen? Sollte er mit seinem Gold zu ihnen gehen und ihnen neues Essen abkaufen? Der Gedanke war verlockend. Das Wasser lief ihm im Mund zusammen, wenn er sich vorstellte, abermals einen Sack prallvoll mit Brot, Würsten und Gemüse zu seinem Versteck zu tragen. Und bei Gott, er sehnte sich nach Gesellschaft, nach dem Klang menschlicher Stimmen.

Aber die Angst, die Angst. Was, wenn sie ihn erkannten? Wenn sie ihn überwältigten und den tom brokschen Häschern auslieferten? *Unwahrscheinlich. Wenn sie dir Böses wollten, hätten sie im vergangenen Monat reichlich Gelegenheit dazu gehabt.*

Folkmar saß am Feuer, bis die letzten Flammen erstarben. Die Wärme war in seine Glieder zurückgekehrt, das machte ihn zuversichtlich. Er beschloss, es zu wagen. Er konnte nur überleben, wenn er riskierte, anderen Menschen Vertrauen zu schenken.

Er schloss die Hand um die verbliebenen zwei Viertel des Guldens und schritt über die schneebedeckte Heide zur Wohnstatt der Torfstecher. Diesmal ohne zu schleichen, ohne sich zu verstecken.

Das Herz schlug ihm bis zum Hals, als er auf das Hofgelände trat. Eine Frau weilte im Freien, sie zerstieß mit einem Stock das Eis im Wasserfass und hielt in der Bewegung inne. Zwei kleine Kinder verbargen sich hinter ihr. Drei Augenpaare starrten ihn an. Ihm wurde bewusst, wie er aussah: schmutzig bis zu den Haarspitzen, verwahrlost wie ein Eremit, gekleidet in einen zerschlissenen Kittel aus Fell und Flicken. Gewiss bot er einen furchterregenden Anblick. Sein Gesicht wurde heiß vor Scham.

Er nahm einen tiefen Atemzug und klopfte an die Tür.

Stirp Popken öffnete ihm. Er lächelte. »Ubbe Sybeken, nicht wahr? Es freut mich, dich wohlauf zu sehen.«

Er *freute* sich. Folkmar wurde warm ums Herz. Auch er versuchte sich an einem Lächeln. Das war so ungewohnt, dass es ihm nicht recht gelang. Vermutlich verzerrte sich sein Gesicht gerade zur Fratze.

Überraschenderweise ergriff Stirp nicht die Flucht. »Was kann ich für dich tun, Ubbe?«

Freude, Furcht und Aufregung veranstalteten in seinem Kopf einen derartigen Tumult, dass Folkmar wieder einmal kein Wort herausbekam.

»Möchtest du Vorräte kaufen?«, half ihm der Torfstecher.

»Ja«, krächzte Folkmar. Bei allen Heiligen, er sah nicht nur aus wie eine wilde Bestie, er klang auch so! Rasch öffnete er die Hand und zeigte Stirp sein Gold.

»Warum kommst du nicht herein? Iss mit uns. Wir haben gestern geschlachtet, es gibt frisches Schweinefleisch.«

Das ließ er sich nicht zweimal sagen. Doch gerade als er über die Schwelle treten wollte, erschien Ludgher neben Stirp.

»Das ist keine gute Idee«, sagte der jüngere Torfstecher.

»Wir sind Christen. Wir achten die Gebote der Gastfreundlichkeit«, widersprach Stirp.

»Wir kennen ihn doch gar nicht.«

»Wir wissen, dass er ein ehrbarer Mann ist.«

»Ein ehrbarer Viehdieb, meinst du wohl.«

»Er hat uns bezahlt. Obwohl es einfacher für ihn gewesen wäre, auf Nimmerwiedersehen zu verschwinden. Komm herein«, forderte Stirp den Besucher mit Nachdruck auf. Ludgher verzog das Gesicht, als Folkmar eintrat, fügte sich jedoch seinem älteren Bruder.

Kurz darauf saß Folkmar an dem grob gefertigten Holztisch, der den vorderen Teil der Hütte beherrschte. Ein prasselndes Herdfeuer färbte Wände, Gesichter und Dachbalken rot. Die ganze Familie war zusammengekommen. Stirp stellte ihm die beiden Frauen vor, die Kinder, die Großeltern. Folkmar lächelte, bis sich seine Gesichtszüge verkrampften. Die Namen rauschten nur so an ihm vorbei, er konnte sich kaum einen merken. In seinem Kopf wirbelte alles durcheinander.

Schließlich stellten die Frauen ein dampfendes Dreibein auf den Tisch, es roch köstlich. Die Männer stießen mit den Messern hinein, zogen gesottene Fleischstücke heraus und zerteilten sie für die anderen. Folkmar bekam eine Haxe, dazu einen Becher Dünnbier. Gierig machte er sich über beides her, sodass ihm Fleischbrühe und Gerstensaft auf den Kittel tropften. Niemand nahm ihm den Mangel an Tischsitten übel, Stirp lachte gar und klopfte ihm auf den Rücken.

»So ist es recht, Freund Ubbe. Iss dich satt.«

Eine richtige Hütte. Eine Bank, ein Tisch, Essgeschirr – zum ersten Mal seit seiner Zeit bei den Zisterziensern fühlte Folkmar sich wie ein Mensch, nicht wie ein wildes Tier.

»Du wohnst draußen in der Ruine, richtig?«, fragte Stirp nach dem Essen.

»So ist es«, antwortete Folkmar zögernd. Endlich konnte er wieder richtig sprechen. Es hatte eine Weile gedauert, bis es nicht mehr klang wie ein bedrohliches Knurren, wenn er den Mund aufmachte.

»Was hat dich dahin verschlagen?«

»Ich hab alles verloren. In den Fehden der Häuptlinge.« Was in gewisser Weise sogar der Wahrheit entsprach. »Kriegsvolk hat meinen Hof niedergebrannt und mein Weib erschlagen. Ich bin geflohen, bevor sie auch mich töten konnten.«

»Wo war das?«, fragte Ludgher, der sich noch immer argwöhnisch gab.

Folkmar erinnerte sich, dass der jüngere Torfstecher gesagt hatte, er habe für Ocko gekämpft. Am besten gestaltete er seine Geschichte so vage wie möglich. »Harlingerland.«

»Stedesdorf?«

»Weiter nördlich.« Er trank von seinem Bier und ließ sich Zeit damit. Ludgher hörte auf, ihn auszufragen, nahm jedoch nicht den Blick von ihm.

»In der Ruine muss es kalt und unbehaglich sein«, sagte Stirp. »Gefährlich ist es obendrein.«

Folkmar stellte den Humpen ab. »Wieso?«

»Das Haus hat Eelke Jarrigs gehört. Der arme Kerl hat dasselbe erlitten wie du. Schon vor Jahren. Volkmar Allenas Mannen haben seine Familie umgebracht und alles niedergebrannt. Eelke selbst ist kurz drauf verschwunden. Niemand weiß, wohin. Einige sagen, er habe sich an einer alten Buche aufgehängt. Seitdem soll sein Geist in der Ruine umgehen.«

»Thialdt Onnen hat ihn getroffen«, brummte Stirps und Ludghers Großvater, der krumm wie eine Bodenwrange am Tisch hockte. »Eines Abends, als sie in der Heide Eier sammeln war, stand Eelke plötzlich vor ihr. Sie schwört, dass sie die Strickmale an seinem Hals gesehen hat. Ist er dir auch erschienen, Ubbe Sybeken?«

Folkmar rieselte ein Schauder über den Rücken. »Ich hab keinen Geist gesehen.«

Stirp bemerkte, dass die Kinder sich ängstigten. »Genug davon. Dieses Gemäuer ist keine anständige Wohnstatt für einen freigeborenen Mann. Wieso schläfst du nicht bei uns im Stall, bis es wärmer ist?«

Als Ludgher die Stirn runzelte und ihn davon abbringen wollte, hob der ältere Torfstecher die Hand.

»Wir lassen einen friesischen Bruder nicht erfrieren«, erklärte er entschieden. »Es ist ein bescheidenes Quartier«, wandte er sich an Folkmar, »du wirst bei den Schweinen schlafen. Aber besser als die Ruine ist es allemal. Also – was sagst du?«

Folkmar konnte sein Glück kaum fassen. Dieser Mann war kein gewöhnlicher Torfstecher – er war ein barmherziger Samariter, den die Heiligen gesandt haben mussten. »Ich will keine Almosen. Ich werde euch eure Freundlichkeit mit Arbeit vergelten«, versprach er. »Und sobald es warm genug ist, werde ich weiterziehen und euch nicht länger zur Last fallen.«

Stirp lächelte. »Sei willkommen in unserem Heim.«

Sie besiegelten die Abmachung, indem sie einander die Hände schüttelten. Wenig später holte Folkmar seine Habe, kehrte der Ruine im Heideland den Rücken und wohnte fortan im Schweinestall der gütigen Torfstecher.

Warfstede

Waffen lagen auf den Tischen. Äxte, Speere, Schwerter, Dutzende davon. Außerdem Schilde, Helme und einige wenige Kettenhemden. Die flackernden Kienspäne ließen das Metall ölig glänzen.

Yneke nahm einen Dolch in die Hand und prüfte die Schneide mit dem Daumen. Die Ausrüstung des Kriegsvolks hatte im letzten Feldzug beträchtlich gelitten. Kaum eine Streitaxt, die nicht stumpf, kaum ein Schwert, das nicht schartig gewesen war. Er hatte den Winter genutzt, um alles zum Klingenschmied bringen und ausbessern zu lassen. Der Mann hatte sorgfältig gearbeitet. Sämtliche Waffen waren messerscharf, frei von Rost, hervorragend ausbalanciert.

War ja auch teuer genug, dachte er mürrisch.

Es war ein harter Winter gewesen, dafür ein recht kurzer, verglichen mit den vorherigen. Bereits zwei Wochen nach Lichtmess waren Schnee und Eis größtenteils geschmolzen. Der Westwind trug milde Luft heran, die Sonne schien ungewöhnlich oft. Yneke stellte sich darauf ein, dass Widzelt alsbald zu den Fahnen rufen würde, um einen neuen Sturm auf die Festung der Kankena zu unternehmen.

Früher hatte er am Vorabend eines Waffenganges nie übermäßig viel Furcht verspürt. Im Kampf verletzt zu werden oder zu fallen, wenn Gott dies wünschte, war das Los des Kriegers; Yneke hatte sich bereits in jungen Jahren damit abgefunden. Diesmal jedoch war es anders. Der Gedanke, vor der Kankenaburg zu sterben, ohne für seine Sünden Buße getan zu haben, brachte ihn so manche Nacht um den Schlaf. Ein verirrter Pfeil genügte, und er würde geradewegs zur Hölle fahren.

Das war alles Erasmus' Schuld. Der penetrante Pfaffe und sein siebenmal verfluchtes Sühnekreuz gingen Yneke seit Wochen im Kopf herum, es war beinahe wie dämonische Besessenheit, wie eine Krankheit des Geistes. *Deinetwegen habe ich meinen Mut verloren. Verdammt sollst du sein, Erasmus!*

Er war fast so weit, in drei Gottesnamen das Sühnekreuz aufzustellen, wenn nur endlich die quälenden Ängste aufhörten. Er musste es ja nicht vor die Schnappe pflanzen, wo es alle Welt sehen würde. Konnte er es nicht irgendwo im Ödland platzieren, weit entfernt von Höfen, Dörfern und Karrenpfaden?

Nein, konnte er nicht. Erasmus hatte ihm unmissverständlich klargemacht, dass es da stehen musste, wo Ockos Blut den Boden getränkt hatte. Andernfalls wäre das verdammte Ding so nutzlos wie ein einbeiniger Eilbote.

Yneke stand da, in der Hand den Dolch, und war so klug wie vor sechs Wochen.

Und wenn er guten Willen demonstrierte? Er konnte ja schon einmal anfangen, das Sühnekreuz aus dem Stein hauen zu lassen. Nur eine Art Rohling natürlich, ohne irgendwelche Inschriften. Das würde Gott sehen, wie Er bekanntlich alles sah, und sich sagen: *Yneke ist auf dem rechten Weg. Er zeigt Reue. Er soll den Krieg überleben, damit er den Pfad der Buße weitergehen kann.*

Yneke war kein Doktor der Theologie, aber er hatte den Verdacht, dass es ganz so einfach nicht war. Gleichwohl würde es sicher nicht schaden, ein Sühnekreuz anfertigen zu lassen. Was er dann damit anstellte, würde die Zukunft erweisen.

Er rief Cord Hanneken zu sich.

»Reite nach Esens und such einen Steinmetz«, raunte er dem Freund zu. »Er soll ein Kreuz für mich machen. Drei Ellen hoch, anderthalb breit. So schnell wie möglich.«

Der treue Cord fragte nicht nach, wofür sein Herr das Kreuz brauchte – eine der vielen Qualitäten, die Yneke an ihm schätzte. Er wollte lediglich wissen: »Was soll damit geschehen, wenn es fertig ist?«

»Er soll es herbringen. Der Auftrag ist vertraulich. Zu niemandem ein Wort, verstanden? Bezahl den Steinmetz extra, damit er den Mund hält.«

Cord bekam einen Beutel mit Silber und brach sogleich auf.

Marienhafe

Am 22. Februar – nachdem die Häfen der Westsee fünfzehn Wochen lang geschlossen gewesen waren – begann die Schifffahrtssaison. Widzelt konnte trotzdem nicht mit seiner Flotte auslaufen. Der Wind war zu stark, das Meer zu unruhig. Er musste weitere sieben Tage warten, bis das Wetter endlich zuließ, dass er mit dem Kriegsvolk die Koggen bemannen und in See stechen konnte, um seinen Feldzug fortzusetzen.

Foelke stand mit Keno am Kai und schaute zu, wie die Schiffe eines nach dem anderen ablegten und davonsegelten. Das Hafenbecken lag an der Tidenseite des Deichs, dahinter erstreckte sich das Watt, das die Leybucht ausfüllte wie ein Teppich aus ungefärbter Wolle. Freilich nur bei Ebbe. Jetzt war das Wasser auf dem höchsten Stand und vom Meeresgrund folglich nichts zu sehen. Der Anblick der stahlgrauen Wellen hatte schon so manchen unbedarften Schiffer getäuscht, wovon diverse Wracks in der näheren Umgebung zeugten. In der gesamten Bucht war die See allenfalls anderthalb Klafter tief – zu seicht für voll beladene Koggen. Lediglich eine schmale Fahrrinne verband den Hafen mit dem offenen Meer. Diese nicht zu verfehlen verlangte selbst erfahrenen Lotsen einiges ab. Daher konnten nur Eingeweihte Marienhafe anlaufen, weshalb der Ort noch nie von feindlichen Schiffen angegriffen worden war.

»Das werde ich dir nie verzeihen«, sagte Keno.

»Widzelt wird sich in Wittmund abermals eine blutige Nase holen«, erwiderte Foelke. »Spätestens wenn er gedemütigt heimkehrt, wirst du mir danken.«

Der Junge war so zornig, dass er sie nicht anschauen konnte. Steif stand er da, die Hand um den Knauf des Schwertes an seinem Gürtel gekrampft. Der stramme Südostwind blies ihm das Haar ins Gesicht. »Was macht dich so sicher, dass er wieder verlieren wird?«, fragte er missmutig.

»Es ist eine Sache, den Feind auf dem Feld zu schlagen, aber eine völlig andere, eine Festung einzunehmen. Widzelt hat dafür zu wenig Männer, zu wenig Kriegsmaschinen und vor allem zu wenig Geduld. Dass er sich schon zweimal aus Wittmund zurückziehen musste, hat das hinreichend bewiesen. So wird auch dieser Kriegszug enden. Zumal der Feind den Winter über gewiss nicht untätig war. Vermutlich hat Kanke Kanken seine Burg befestigt und neue Söldlinge angeworben. Du weißt, wie reich er ist.«

»Eine Frau versteht nichts von der Kriegskunst.«

Foelke seufzte innerlich. Das war eine von Widzelts Phrasen, die Keno allzu gern nachplapperte, wenn er sie ärgern wollte. Sie verzichtete darauf, ihn zurechtzuweisen. Das würde alles nur noch schlimmer machen. »Eine Frau versteht umso mehr davon, ein Kind großzuziehen. Du bist zu jung, um im Krieg zu kämpfen. Vertrau deiner Mutter.«

»Ich bin kein Kind mehr!«, brauste er auf. »Ich bin fünfzehn Jahre alt. Ein Mann! Man wird mich nie respektieren, wenn du mir immerzu verbietest, mich in der Schlacht zu beweisen. Wahrscheinlich lacht das Kriegsvolk hinter meinem Rücken über mich und nennt mich ›Muttersöhnchen‹«, fügte er düster hinzu.

»Niemand lacht über dich. Man schätzt und achtet dich als Ockos Erstgeborenen, der einmal das Haus tom Brok führen wird. Aber du kannst dein Erbe nur antreten, wenn du lebst – nicht wenn du lange vor deiner Zeit im Kampf fällst, weil du nicht bereit dafür warst.«

»Ich bin bereit!«, widersprach Keno heftig.

»Du wirst deinen Mann stehen. Bald«, sagte Foelke. »Wenn du gelernt hast, wie.«

»Bitte sag mir nicht, dass ich hierbleiben muss, um bei Abbe Wilken Grammatik zu pauken. Latein und Rhetorik helfen mir bestimmt nicht, in der Schlacht zu bestehen.«

»Ich möchte tatsächlich, dass du weiter Unterricht nimmst«, bestätigte sie. »Aber nicht bei Abbe Wilken.«

Der Junge blickte sie argwöhnisch an. »Bei wem dann?«

»Komm. Ich will dir jemanden vorstellen.«

Sie erklommen den Deich und kehrten zum Steinhaus zurück. Eine ruhige, beinahe schläfrige Stimmung erfüllte das Gebäude, nun, da Widzelt endlich fort war. Foelke dankte dem heiligen Jakob, dass sie den Bastard fürs Erste los war – nicht nur, weil sie dessen Großspurigkeit keine Woche länger ertragen hätte. Sie würde Widzelts Abwesenheit nutzen, um ihre Pläne voranzutreiben. Einen hatte sie bereits im alten Jahr in Gang gesetzt, indem sie Graf Albrecht heimlich einen Brief gesandt hatte. Vor einigen Tagen war Albrechts Antwort eingetroffen. Der Überbringer der Nachricht, der gleichzeitig der Gegenstand des Briefwechsels war, saß in der Halle. Als Foelke und Keno hereinkamen, erhob er sich schwerfällig.

»Christus zum Gruß, ehrenwerter Pieter. Seid willkommen in meinem Haus«, begrüßte sie ihn. »Ich hoffe, es hat Euch nicht allzu viele Unannehmlichkeiten bereitet, für einige Tage in einem Hospiz unterzukommen. Leider zwangen mich gewisse Umstände zu dieser ungastlichen Maßnahme.«

Ihr Gast verneigte sich, so gut es seine Rüstung zuließ. »Einfache Unterkünfte schrecken einen Kriegsmann nicht«, beruhigte er sie. »Zumal mich Seine Gnaden darauf hingewiesen haben, dass ich bei der Anreise diskret vorgehen muss.«

Tatsächlich war es nicht ganz einfach gewesen, Pieters Ankunft vor Widzelt geheim zu halten. Dass es ihr dennoch gelungen war, erfüllte Foelke mit leisem Triumphgefühl. Noch hielt der Bastard nicht alle Fäden in der Hand. Sie besaß nach wie vor einigen Einfluss in Marienhafe.

Pieter neigte vor ihrem Sohn das Haupt. »Junger Herr.«

»Wer ist das?«, fragte Keno mürrisch.

»Pieter von Dordrecht. Er wird dich unterweisen.«

Ihr Sohn betrachtete den jungen Mann, der vom Hals an abwärts in Eisen gekleidet war. Lediglich den Helm hatte er abgenommen, sodass sein Kopf – verglichen mit dem im Plattenharnisch steckenden und so ungeheuer massig wirkenden Körper – eigentümlich klein aussah. Pieter hatte rotbraunes, in der Mitte gescheiteltes Haar. Es fiel ihm unvorteilhaft auf die hohe Stirn, die, begrenzt von zwei dünnen Augenbrauen, in ein schmales Gesicht mit einer seltsam spitzen Nase überging. Eine Schönheit war er wahrlich nicht, aber sie hatte ihn nicht angeworben, damit er ihren Sohn mit seinem Aussehen beeindruckte. Pieters Stärke war die Kampfkunst, und darin war er unübertroffen, wie Albrecht ihr versichert hatte.

»Ein Ritter«, stellte Keno fest.

Foelke nickte. »Ein Lehnsmann des Grafen von Holland. In den nächsten Monaten dient er uns.«

»Ein Ritter in unserem Haus – das widerspricht allem, woran wir freien Friesen glauben. Ritter sind verhasst in den Sieben Seelanden. Wenn die anderen Sippen davon erfahren, werden wir bei ihnen im Ansehen sinken.«

»Auch dein Vater hat sich zum Ritter schlagen lassen, damals in Neapel«, erinnerte sie ihn. »Es hat ihm nicht geschadet.«

»Es hat ihm sehr wohl geschadet. Viele unserer Landsleute haben ihm das bis zu seinem Tod vorgehalten. Das war mit ein Grund dafür, dass Vater in ganz Ostfriesland unbeliebt war und überall Feinde hatte.«

Kluger Junge, dachte Foelke mit einer Mischung aus Stolz und Unmut. Was das Verständnis politischer Zusammenhänge betraf, war er wahrlich reif für sein Alter. Ärgerlich nur, dass er sein Wissen ausgerechnet jetzt ins Gefecht führen musste. Seufzend gab sie sich geschlagen. »Es verlangt ja niemand von dir, auch ein Ritter zu werden. Pieter wird dich lediglich an Schwert und Lanze ausbilden. Er ist ein Meister seines Fachs.«

»Ich bin bereits ein guter Schwertkämpfer. Ich brauche keine Lektionen von einem Ritter.«

»Du bist gut«, bestätigte sie und meinte es ernst. »Aber wenn du dereinst Männer in die Schlacht führen willst, musst du noch besser werden. Besser als Widzelt, damit du ihm die Stirn bieten kannst, sollte es hart auf hart kommen.«

Keno sagte nichts mehr. Sein Gesicht drückte Trotz und Unwillen aus.

Pieter hatte dem Wortgefecht schweigend beigewohnt. Nun meldete er sich zu Wort. »Wenn Ihr erlaubt, übernehme ich.«

»Ich bitte darum«, sagte Foelke ungeduldig. »Vielleicht könnt Ihr ihn umstimmen. Ich bin seinem Starrsinn ja offenbar nicht gewachsen.«

Pieter setzte den Helm auf, klappte das Visier hoch und trat in die Mitte der Halle, wo er das Schwert zog. Es war ein Langes Schwert, eine mächtige Klinge, die der Kämpfer mit beiden Händen führte. »Ich fordere Euch zum Zweikampf.«

Keno hob eine Augenbraue. »Wie bitte?«

»Ihr sagt, Ihr seid ein guter Schwertkämpfer. Beweist es. Oder waren das nur leere Worte?«

Der Junge erbleichte vor Wut. Mit zusammengekniffenen Lippen riss er das Schwert aus der Scheide, stellte sich Pieter gegenüber auf und machte sich bereit zum Gefecht. Der Ritter klappte das Helmvisier herunter.

Keno machte einen eleganten Ausfallschritt und schwang das Schwert. Pieter bewegte sich blitzschnell, der schweren Rüstung zum Trotz. Einen Wimpernschlag später lag Keno auf dem Boden. Unverletzt, aber stöhnend.

»Vor uns liegt viel Arbeit, junger Herr.« Der Ritter hielt ihm die gepanzerte Hand hin.

»Hör auf Pieter und tu, was er sagt«, befahl Foelke dem benommenen Jungen.

Der Marschbefehl traf am 2. März ein. Der Eilbote aus Marienhafe ließ Yneke wissen, er solle mit seinem Kriegsvolk zur Harlebucht ziehen und sich dort mit Widzelts Streitmacht vereinigen. Vielleicht war es ein Fingerzeig Gottes, vielleicht nur ein Zufall, dass wenige Stunden nach dem Eilboten auch der Steinmetz aus Esens in Warfstede auftauchte. Er stellte den Karren am Hafen ab, auf der Pritsche lag das Steinkreuz, mit Segeltuch und Stricken umwickelt.

»Wo soll's hin?«, erkundigte er sich.

»Ins Steinhaus«, antwortete Yneke.

»Da rauf? Es ist ganz schön schwer.«

»Dann strengst du dich besser an.«

Ein halbes Dutzend Seilzüge und doppelt so viele Männer waren nötig, das steinerne Ungetüm in die Halle und von dort aus hinauf zur Amtsstube zu schaffen. Der Vorgang dauerte volle zwei Stunden und wurde begleitet von einem nicht sehr christlich klingenden Chor aus Gestöhne, Gegrunze und Verwünschungen. Schließlich war es getan. Hinter den schwitzenden Steinmetzgehilfen und Kriegsknechten drängten sich glotzende Diener.

»Habt ihr nichts zu tun?«, scheuchte Yneke sie weg.

»Das ist ein Sühnekreuz, richtig?«, meinte der Steinmetz, als sie endlich allein waren.

»So ist es.«

»Soll ich gleich die Inschrift anbringen?«

»Keine Inschrift.«

»Aber dann ist es kein richtiges Sühnekreuz.«

»Ich will dich nicht länger aufhalten. Deinen Lohn hast du ja bereits bekommen.«

Der Mann schlurfte davon. Dabei brummte er, ein Sühnekreuz ohne Inschrift, noch dazu eins, das im Haus steht, das habe er noch nie gehört.

Yneke betrachtete das nahezu mannshohe Kreuz, das in einer Ecke stand. »Siehst du?«, murmelte er, an den höchsten aller Richter gewandt. »Ich bemühe mich.«

Eines Tages, wenn die Zeit reif war, würde er es fertigstellen lassen und nach Aurich bringen. Spätestens, wenn er ein alter Mann war und nichts mehr zu verlieren hatte.

Er ging hinunter, um mit der Familie das Nachtmahl einzunehmen. Natürlich konnte Almuth es nicht lassen, ihn zu verhören.

»Wofür brauchst du ein Sühnekreuz?«

»Ich habe im Krieg Menschen getötet. Das war notwendig. Gleichwohl befleckt es meine Seele. Ich will Buße tun.«

Sie runzelte die Stirn. »Braucht ein Sühnekreuz nicht …«

»… eine Inschrift«, fiel er ihr ungeduldig ins Wort. »Ja, natürlich. Ich werde sie beizeiten anbringen lassen.«

»Warum wartest du damit? Du ziehst morgen in den Krieg. Die Heiligen mögen es verhüten, aber vielleicht stößt dir etwas zu. Wäre es nicht klüger, *jetzt* Buße zu tun, damit du reinen Gewissens der Gefahr ins Auge blicken kannst?«

Du wünschst dir doch, dass mir etwas zustößt und ich zur Hölle fahre. Doch das sprach er nicht aus. Dies war sein letzter Abend zu Hause, wahrscheinlich für Monate, er wollte ihn nicht mit Zank vergiften. »Ich habe meine Gründe«, sagte er freundlich, aber bestimmt. »Nun lasst uns nicht mehr davon sprechen – dieses Gerede macht dem Jungen Angst.«

»Hast du Angst?«, fragte Almuth ihren Sohn.

»Nein«, piepste Eger.

»Siehst du? Es macht ihm nichts aus.«

»Trotzdem. Ich will in Ruhe essen.«

Sie bedrängte ihn nicht länger. Ihrer Miene aber war anzusehen, dass sie ihn für einen Lügner hielt.

Kapitel neun

Moormerland

Hast du schon mal Torf gestochen?«, fragte Stirp, als sie das Haus verließen.

»Noch nie«, antwortete Folkmar.

»Es ist harte Arbeit, die einiges Können erfordert. Aber du bist geschickt. Du wirst es rasch lernen.«

Sie schritten zum Torfstich hinter den Hütten. Ihr Atem dampfte, es war kalt an jenem Morgen, doch längst nicht mehr so eisig wie noch vor wenigen Wochen. Der Schnee war größtenteils getaut, lediglich im Schatten der Granitfindlinge lag noch welcher. Jeder Schritt, den man auf dem feuchten Boden tat, schmatzte, in den Fußspuren sammelte sich schlammiges Wasser.

Folkmar hatte wie Stirp einen eisernen Spaten geschultert. Er machte sich auf dem Hof nützlich, wo er konnte, indem er das Vieh fütterte, den Stall ausmistete und Reparaturarbeiten übernahm. Die Torfstecher wussten seinen Fleiß, seine Körperkraft und seine Freundlichkeit zu schätzen und ließen ihn zum Dank mit ihnen speisen und den Brunnen benutzen. Stirp hatte ihm außerdem ein altes Wollgewand und sein Rasiermesser geliehen. Folkmar fühlte sich so sauber wie seit vielen Monaten nicht.

Sogar mit Ludgher verstand er sich allmählich. Der jüngere Torfstecher hatte eingesehen, dass von Folkmar keine Gefahr drohte, und sein Misstrauen war merklich geschwunden. Ludgher begleitete sie nicht zum Torfstich. Er war beim ersten Licht des Tages mit Pferd und Ackerschlitten losgezogen, um im Dorf einzukaufen.

»Normalerweise braucht man fünf Männer, um Torf zu stechen«, sagte Stirp. »Aber da es hier nur Ludgher und mich gibt, teilen wir die Arbeit, so gut es geht, auf. Manchmal packen die Frauen und die älteren Kinder mit an.« Er lächelte Folkmar an. »Ein dritter Mann ist jedenfalls sehr willkommen, zumal ein Kraftprotz wie du. Siehst du die oberste Schicht? Das ist die Bunkerde. Man muss sie abtragen, um an den Torf darunter zu kommen. Versuch es.«

An der Grubenkante stieß Folkmar den Spaten in den Boden und befolgte Stirps Anweisungen.

»Gut so. Jetzt stichst du den Torf mit dem Spaten in gleich große Stücke. Es ist wichtig, präzise zu arbeiten. Sonst können wir sie nachher nicht richtig stapeln.«

Er tat, wie ihm geheißen. Stirp sprang in die Grube, löste mit seinem Spaten ein Stück waagrecht aus der Torfwand und setzte es auf ein Brett.

»Anschließend nehmen wir die Forke, heben die Torfbrocken auf den Karren und bringen sie da hinüber, wo wir sie zum Trocknen aufhäufen«, erklärte er. »›Schlag‹ nennt man den Torfstapel. Hast du alles verstanden?«

Folkmar nickte. »Wir können anfangen.«

Stirp lachte freundlich auf. »Langsam. Im März kann man keinen Torf stechen. Der Boden ist noch viel zu nass. Das geht frühestens im Mai. Eher im Juni oder Juli, wenn der Sommer so feucht wird wie der letzte.«

»Warum sind wir dann hier?«

»Ich wollte dir schon einmal alles zeigen.« Stirp legte das rechteckige Stück zurück auf die Torfwand. »Damit du sofort mit anpacken kannst, wenn es so weit ist.«

»Im Sommer werde ich nicht mehr hier sein. Wir haben doch abgemacht, dass ich weiterziehe, sobald es warm genug ist.« Folkmar blutete das Herz bei dem Gedanken, dass er bald fortgehen würde. Stirp war ihm ein Freund geworden. Er hatte nicht mehr daran geglaubt, noch einmal einen Freund zu finden.

»Du kannst gerne länger bleiben.«

»Ich will euch nicht zur Last fallen.«

»Du fällst niemandem zur Last«, widersprach Stirp lächelnd. »Du arbeitest so hart, dass du dir deinen Platz auf meinem Hof redlich verdient hast. Bleib, Ubbe Sybeken. So lange du möchtest. Hilf uns beim Torfstechen.«

Folkmar wandte den Blick ab, seine Augen brannten. Stirps Freundlichkeit rührte ihn tief. *Ich kann nicht. Ich muss doch nach Warfstede.* Gleichzeitig gestand er sich ein, dass sein Tatendrang nachgelassen hatte, seit er bei den Torfstechern lebte. Die vergangenen Jahre waren ungeheuer strapaziös gewesen. Die letzten Wochen hatten nicht im Ansatz ausgereicht, die Erschöpfung zu lindern. Hatte die Wanderung nach Warfstede nicht noch ein paar Monate Zeit? Cord Hanneken konnte er doch auch im Sommer stellen. Einstweilen würde er die Gastfreundschaft dieser gutherzigen Menschen genießen und vollends zu Kräften kommen. Denn nur ein gesunder und wohlgenährter Folkmar würde dem Schlagetot Cord gewachsen sein, so viel stand fest.

»Also – was sagst du?«, fragte Stirp.

»Ich helf euch beim Torfstechen.« Folkmar spürte, dass ihm die Stimme versagte. »Du … du wirst das nicht bereuen. Du hast mein Wort.«

»Natürlich werd ich das nicht bereuen.« Stirp warf den Spaten auf das feuchte Gras und kletterte behände aus der Grube. »Aber jetzt haben wir genug geplaudert. Hol den Eimer mit den Bucheckern, die Schweine haben Hunger.«

Nachdem Folkmar das Vieh gefüttert und einige andere Arbeiten erledigt hatte, gab es Essen. Die Familie kam am Herdfeuer zusammen und stärkte sich mit Rübeneintopf. Anschließend blieb Folkmar mit Stirp und dessen Vater Popke am Tisch sitzen. Sie plauderten über dies und das, während sie das kräftige Mahl verdauten.

»Hab heute früh Thialdt Onnen getroffen«, sagte Popke. »Sie hatte die Tage mit einem Händler aus Wittmund zu tun. Der hat erzählt, dort hätte es im vergangenen Herbst heftige Kämpfe gegeben.«

»Wittmund – kommst du nicht von da?«, fragte Stirp.

»Aus der Gegend«, antwortete Folkmar bewusst vage. Er schaute den Alten an. »Wer hat gekämpft?«

»Die tom Brok gegen die Kankena. Aber Ockos Bastard konnte den Ort nicht einnehmen. Musste sich zurückziehen, als es zu kalt wurde. Geschieht ihm recht, wenn ihr mich fragt. Der Kerl wird mir langsam zu mächtig.«

Es behagte Folkmar nicht, dass sie über Politik redeten. Das konnte heikel für ihn werden. Aber da ein abrupter Themenwechsel seinerseits zu auffällig gewesen wäre, beschloss er, mit dem Strom zu schwimmen. Vielleicht konnte er auf diese Weise etwas über die derzeitigen Machtverhältnisse in Ostfriesland in Erfahrung bringen. »Widzelt hat Ocko also beerbt?«, fragte er.

»Das weißt du nicht?«, wunderte sich Popke. »Schon vor Jahren. Wie lange hast du denn da draußen in der Wildnis gelebt?«

»Länger, als mir lieb war.«

Sowohl Stirp als auch sein Vater waren einfühlsame Männer. Sie spürten, dass Folkmar darüber nicht sprechen wollte, und vertieften die Sache nicht.

»Widzelt hat Ocko nicht in dem Sinn beerbt«, sagte Stirp. »Ockos Erbe ist immer noch Keno. Doch solange der Junge unmündig ist, regiert Widzelt an seiner statt. Zusammen mit Kenos Mutter, mit der er sich die Macht teilt.«

»Haben sich die tom Brok inzwischen weitere Teile Harlingerlands einverleibt?«

»Anzunehmen«, antwortete Popke. »Widzelt hat da weitergemacht, wo Ocko – Gott hab ihn selig – aufgehört hat. Krieg führen, erobern, unterwerfen. So geht das Jahr für Jahr. Die tom Brok werden erst dann zufrieden sein, wenn ihnen ganz Ostfriesland gehört. Das war's dann endgültig mit der Friesischen Freiheit.«

»Das wird aber nicht passieren«, widersprach Stirp. »Wenn es stimmt, was Thialdt Onnen sagt, kann Widzelt ja nicht einmal Kanke Kanken bezwingen. Dann ist er Edo Wiemken erst recht nicht gewachsen.«

»Edo Wiemken herrscht also immer noch über den Osten?«, fragte Folkmar.

Der Torfstecher nickte. »Und man hört, dass er von Jahr zu Jahr mächtiger wird. Nein. Ein geeintes Ostfriesland unter dem Banner der tom Brok wird es so bald nicht geben. Ist die Frage, ob das gut ist. Viele rivalisierende Häuptlinge heißt: ständig neue Fehden, unter denen vor allem der kleine Mann leidet.«

Popke wollte vehement widersprechen, sein Sohn aber klopfte mit den Fingerknöcheln auf den Tisch. »Sosehr ich es genieße, mit euch zu plaudern, aber wir haben einiges zu tun. Ans Werk, Freunde, so lange es noch hell ist.«

Die drei Männer erhoben sich schwerfällig und griffen nach dem Werkzeug.

Am Nachmittag tätigte Folkmar verschiedene Reparaturen. Der Winter war hart gewesen, die Schneemassen und der stürmische Nordwind hatten am Zaun und an den Hüttendächern einige Schäden verursacht. Die Aussicht, dass er für die nächsten Monate eine sichere Bleibe haben würde – beinahe so etwas wie ein Zuhause –, beflügelte ihn derart, dass ihm die Arbeit leicht von der Hand ging. Bald saßen die lockeren Zaunpfosten wieder fest in der Erde, am frühen Abend waren auch die Strohdächer geflickt. Stirp wunderte sich nicht darüber, dass er so gekonnt mit Beil, Säge und Hammer umgehen konnte – er hatte den Brüdern erzählt, er sei früher Zimmermann gewesen.

Nach Einbruch der Dunkelheit mistete er den Schweinekoben aus. Als er gerade frisches Stroh ausstreute, vernahm er von draußen Stimmen. Ludgher war heimgekehrt, er redete mit Stirp. Das Gespräch gewann an Lautstärke, offenbar stritten die Brüder. Folkmar seufzte. Vermutlich hatte der jüngere Torfstecher etwas daran auszusetzen, dass Stirp ihm erlaubt hatte, bis zum Sommer zu bleiben.

»Heiliger Magnus, was muss ich noch alles tun, damit der Bursche mir endlich vertraut?«, brummte Folkmar, stellte die Forke in den Misteimer und spähte zur Tür hinaus.

Der Zank war überaus hitzig. Soeben packte Stirp seinen Bruder bei den Schultern und redete auf ihn ein. Die übrigen Familienmitglieder waren ins Freie getreten, Ludghers Frau hielt einen brennenden Kienspan in der Hand.

Folkmar sog scharf den Atem ein und wich abrupt von der Stalltür zurück. Es war nicht der Streit, der ihn erschreckte. Ludgher hatte Männer aus dem Dorf mitgebracht. Vier Bewaffnete, die beim Ackerschlitten standen. Einer hielt einen knurrenden Hund an der Leine. Auf ihren Wämsern prangte ein Wappen, das Folkmar nicht kannte: ein silberfarbener Löwe unter einer Ährenkrone.

»Er ist ein Geächteter – wir dürfen ihn nicht beherbergen!«, rief Ludgher aufgebracht.

»Schrei mich nicht an. Du erschreckst die Kinder«, hielt Stirp dagegen und nahm Folkmar in Schutz. »Wir wissen doch gar nicht, ob er überhaupt der ist, den sie suchen.«

Besonnene Worte, die nicht das Geringste bewirken würden. Folkmar musste augenblicklich handeln, oder er wäre verloren. Dieses Ausmaß an Pech machte ihn fassungslos. Ausgerechnet in diesem entlegenen Winkel, der abgeschiedener kaum sein konnte, erinnerte man sich nach all den Jahren an den Geächteten Folkmar Janns Osinga, erkannte ihn prompt und meldete ihn pflichtschuldig der Obrigkeit. Rasch stopfte er seine Habe in den Beutel, griff nach dem Wehrgehenk und schlüpfte ins Freie. Der Fackelschein reichte kaum bis zum Stall, doch seine Hoffnung, die Dunkelheit würde ihn verbergen, zerschlug sich.

»Im Namen Focko Ukenas, stehen bleiben!«, brüllte einer der Kriegsknechte.

Folkmar sprintete los. Aufgebrachtes Geschrei erklang. Der Hund kläffte aggressiv. Ein Pfeil sirrte durch die Luft, verfehlte ihn knapp.

Er hastete in die Heide, schlug Haken wie ein Kaninchen auf der Flucht, rannte mit voller Kraft, sodass ihm bald die kalte Luft in der Kehle brannte. Die Krieger waren allenfalls einen Steinwurf hinter ihm. Trotz der Finsternis konnte er sie nicht abschütteln, der verdammte Köter heftete sich an seine Fährte. Weitere Pfeile umschwirrten ihn wie bösartige Hornissen, einer riss ihm den Ärmel auf.

Ich muss zum Bach!

Er lief noch schneller, die Lunge pumpte wie ein stark beanspruchter Blasebalg, der Brustkasten fühlte sich an, als würde er jeden Moment bersten. Fielen die Kriegsknechte zurück? Er glaubte, dass das Hundegebell leiser wurde, sicher konnte er es jedoch nicht sagen. Er hielt sich ostwärts, rannte dem Hochmoor entgegen.

Wo war der verfluchte Bach? Obwohl er die Gegend gut kannte, fiel es ihm in der Dunkelheit schwer, sich zurechtzufinden.

Der Wasserlauf tauchte so plötzlich vor ihm auf, dass er beinahe hineingefallen wäre. Ein schwarzer Graben, kaum zu erkennen. Er schlitterte die Böschung hinab, stieg in das eiskalte Wasser und watete entgegen der Strömung. Die Kälte ließ seine Füße taub werden und kroch die Schenkel hinauf, bis er bald am ganzen Körper fror. Er fühlte seine Kräfte schwinden.

Das muss genug sein, entschied er und kletterte aus dem Bach. Oberhalb der Grasböschung blieb er stehen, stemmte die Hände auf die Schenkel und schöpfte keuchend Atem. Er vernahm Gebell und Stimmen, sie klangen fern. Wie es schien, hatte er die Verfolger abgeschüttelt.

Müde taumelte er durch die Nacht, durch die ersten Ausläufer des Moores, das sich totenstill vor ihm ausbreitete.

Erst als er nichts mehr von seinen Häschern hörte, erlaubte er sich eine Rast. An einer Kiefer sank er zu Boden, lehnte sich mit dem Rücken an den Stamm, schloss die Augen. Bei allen Erzengeln, war das knapp gewesen.

Als sich sein Atem schließlich beruhigte, krochen ihm Wut und Verzweiflung die Kehle hinauf. Trocken schluchzte er auf, übermannt vom Schmerz. Das war also der Lohn, den er bekam, wenn er anderen vertraute. Nichts als Verrat brachte ihm das ein. Verrat und bittere Enttäuschung.

Nie wieder. Töricht zu glauben, es gäbe so etwas wie Freundschaft für ihn. Er war allein, auf sich gestellt.

Mit diesem Gedanken schlief er ein. Frierend, erschöpft, von Gott verlassen wie der schäbigste aller Heiden.

Er schlief nicht lange. Als er aufwachte, war es noch immer stockfinster. Beinahe jeder Muskel im Leib war taub und steif vor Kälte. Er musste aufstehen und sich bewegen, andernfalls würde er erfrieren. Denn ein Feuer zu machen wagte er nicht.

Stöhnend und ächzend zog er sich am Baumstamm hoch. Sodann stampfte er mit den Füßen auf und ließ die Arme kreisen wie Windmühlenflügel. Unendlich langsam kehrte das Gefühl in die Glieder zurück.

Obwohl Wut, Furcht und Verzweiflung wie Mehltau auf seinem Gemüt lagen, zwang er sich, seine Lage gründlich zu durchdenken. Dass man ihn beinahe gefasst hatte, war seine eigene Schuld. Er hatte sich von der Bequemlichkeit einlullen lassen, statt unmittelbar nach der Schneeschmelze seiner Wege zu gehen. Diesen Fehler würde er nicht wiederholen. Von nun an würde er seine Pläne kompromisslos vorantreiben. Ohne jedes Zaudern.

Er würde auf dem schnellsten Weg nach Warfstede gehen. Was würde ihn dort erwarten? Schwer zu beurteilen. Wären die Umstände andere, hätte er wohl davon ausgehen können, dass Yneke Egers ihn für tot hielte. Nun aber musste er damit rechnen, dass dieser Focko Ukena – vermutlich der hiesige Vogt – Yneke warnte. Im günstigsten Fall führte dies dazu, dass dessen Kriegsvolk überaus wachsam sein würde. Im schlechtesten würde Yneke zur neuerlichen Jagd auf Folkmar blasen.

Also war Eile geboten. Er musste es schaffen, an Cord Hanneken heranzukommen, ehe Ukenas Nachricht nach Warfstede gelangte. Dafür blieben ihm höchstens einige Tage, wenn er Glück hatte.

Er nahm seine Habseligkeiten auf und marschierte los.

Harlingerland

Folkmar kam nur langsam voran. Immer wieder musste er den Marsch unterbrechen, um zu jagen, Feuerholz zu sammeln und das Fleisch zu braten. Die Ausbeute war mager, ihn plagte fortwährend der Hunger. Nach drei Tagen erblickte er in der Ferne Wittmund. Mehrere Rauchsäulen standen wie titanische Racheengel über dem Marktflecken. Er vernahm grollenden Kanonendonner und sah ein Heerlager auf der Brache am Ortsrand. Wer gegen wen focht, konnte er nicht ermitteln, vermutlich einmal mehr die tom Brok gegen die Kankena.

Er machte einen weiten Bogen um das belagerte Dorf. Nach einem weiteren Tag erreichte er das Kirchspiel zu Warfstede.

Er verließ den Pfad und pirschte querfeldein durch die dünn besiedelte Geest. Er sah keinerlei Krieger und überhaupt nur wenige Menschen. Wenn doch einmal ein Bauer oder ein Hirte auftauchte, schlug er sich rasch in die Büsche. Es fiel ihm nicht schwer, Verstecke und Schleichwege zu finden. In dieser Gegend kannte er jeden Grashalm.

Zumal sie sich kaum verändert hatte. Alles war noch genauso wie vor dreieinhalb Jahren, als er geflohen war. Hundert widersprüchliche

Gefühle brausten durch seine Brust, Freude und Schmerz, Sehnsucht und Zorn. *Reiß dich zusammen, du brauchst einen klaren Kopf.* Es gelang ihm kaum.

Er arbeitete sich bis zum Rand der Geest vor und folgte dem breiten Sandrücken, der tief in die Marsch hineinragte. Inzwischen dämmerte der Abend. Abseits des Weges verbarg er sich in den Sträuchern und beobachtete Warfstede. Das geliebte, wunderschöne, schmerzlich vermisste Warfstede. Sein Herz pochte so heftig, dass er es bis in die Fingerkuppen spürte.

Er hielt nach Almuth Ausschau, nach seinen Eltern, seiner Schwester. Natürlich sah er sie nicht, er war viel zu weit weg. Außerdem verdeckte der schützende Erdwall den größten Teil der Ortschaft. Tatsächlich konnte er nur die Kirche, das Steinhaus und einen kleinen Bereich des Dorfplatzes erkennen. Dahinter die Masten der Schiffe, die im Hafen lagen.

Angespannt kaute er auf der Unterlippe.

Er hatte den Eindruck, dass nur wenige Krieger in Warfstede weilten. Einer am Tor, ein paar auf den Türmen, keine auf den Wehrgängen. Was hatte das zu bedeuten? Entweder hatte Yneke Fockos Warnung noch nicht erreicht. Oder der Vogt war gar nicht da. Weil er gerade in Wittmund kämpfte.

Letzteres erschien Folkmar wahrscheinlicher. Unter diesen Umständen hatte es keinen Sinn, in das Dorf einzudringen. Das wäre ein unnötiges Risiko, nicht nur für ihn selbst, auch für seine Familie. Sollte er stattdessen nach Wittmund zurückkehren und Cord in der Nähe des Heerlagers auflauern? Nein, zu gefährlich. Dort wimmelte es gewiss von Wachen.

Er musste sich einen neuen Plan zurechtlegen. Folkmar wartete, bis es dunkel war. Dann verließ er sein Versteck und zog sich ins Heideland zurück.

Der friesische Heerweg war ein Netz halbwegs befestigter Straßen, das sich bis nach Oldenburg ausdehnte. Er verband Esens mit Marienhafe im Südwesten, Wittmund im Südosten und Aurich im Süden. Warfstede war nicht an den Heerweg angeschlossen. Es gab lediglich einen schmalen Karrenpfad, der nach Esens führte und der im Herbst oder in einem besonders nassen Frühling kaum benutzbar war, jedenfalls nicht für Wagen und Pferde.

Der diesjährige Vorfrühling war recht trocken. Daher nahm Folkmar an, dass Yneke mit seinem Kriegsvolk nicht per Schiff nach Wittmund gelangt war, sondern auf dem Landweg, denn das ging unter normalen Umständen schneller. Folglich würde er auf demselben Weg heimkehren, wenn die Kämpfe zu Ende waren. Folkmar musste also nur lange genug an dem Karrenpfad oder an dem nach Wittmund führenden Abschnitt des friesischen Heerweges warten – irgendwann würden Yneke und Cord an ihm vorbeimarschieren.

Leider war weder die eine noch die andere Wegstrecke für einen Hinterhalt geeignet. Die Gegend zwischen Esens und Wittmund war für ostfriesische Verhältnisse dicht besiedelt. Wenn er sich dort wochen- oder gar monatelang herumtrieb, würde er auffallen. Ähnliches galt für das Marsch- und Heideland zwischen Esens und der Küste. Dort lebten zwar weniger Menschen als im Westen Harlingerlands, doch die Nähe zu Warfstede erschien Folkmar zu gefährlich. Früher oder später würde jemand ihn sehen und erkennen. Er konnte schließlich nicht die ganze Zeit wie ein Engerling in einem Erdloch hocken, während er auf die Heimkehr der Krieger wartete.

Davon abgesehen würde er kaum an Cord herankommen, wenn dieser in einem waffenstarrenden Pulk aus dreißig, vierzig Männern ritt. Folkmar entschied sich deshalb für eine andere Vorgehensweise.

Er verließ das Kirchspiel zu Warfstede und marschierte die Nacht hindurch, sodass er am nächsten Morgen den äußersten Süden des benachbarten Sprengels erreichte. Dieser Teil von Duvelslond war nahezu menschenleer, das Hochmoor nicht fern. Über die grasigen Sandbuckel schlängelte sich jener Abschnitt des Heerwegs, der nach Norderland und Brokmerland führte. Auch die mit Steinen und Bohlen befestigte Straße nach Aurich befand sich in Sichtweite, sie mäanderte durch die Geest wie ein achtlos hingeworfenes Schiffstau.

Früher war Cord alle zwei, drei Monate in Ynekes Auftrag zu den tom Brok geritten. Wenn er das immer noch tat, wäre es nur eine Frage der Zeit, bis er hier durchkommen würde, denn kürzere Wege nach Marienhafe und Aurich gab es nicht. Wenn Folkmar Glück hatte, würde er allein reiten.

Die Gunst der Heiligen war mit ihm. Als er ein Versteck suchte, fand er am Wegesrand einen zerstörten Frachtkarren, von dem nur noch die Wagenpritsche erhalten war. Er schleifte das großflächige Holzstück zu einer teilweise mit Schmelzwasser gefüllten Mulde, wo er ein Ende in den weichen Boden trieb und das andere mit zwei dicken Buchenästen abstützte. Auf diese Weise schuf er ein einfaches Dach, das ihn vor Schnee und Regen schützen würde. Er tarnte es mit Zweigen, Moosklumpen und Dornenranken. Nun hatte er einen Unterschlupf, von dem aus er die Straßen beobachten konnte, ohne dass Reisende auf dem Heerweg ihn sehen würden.

Er schöpfte etwas Wasser aus der Pfütze am Grund der Senke. Es war einigermaßen sauber und trinkbar. Hier konnte er ausharren.

Er kroch unter die Wagenpritsche, legte sich auf den Rücken und schloss die müden Augen. Nun hieß es warten. Und beten, dass Cord nicht in Wittmund fiel.

Kapitel zehn

Warfstede

Nach seiner Heimkehr schlief Yneke zweimal zwölf Stunden ohne Unterbrechung. Als er am Abend des nächsten Tages aufwachte, leerte er erst einmal seine Blase. Trotz der langen Bettruhe fühlte er sich noch immer zerschlagen wie ein geschundener Leibeigener. Zwei Monate Kampf in Wittmund hatten ihm alles abverlangt. Er würde die nächsten Tage nichts anderes tun, als sich auszuruhen.

Er schüttelte sein Glied aus, kleidete sich an und stellte den Nachttopf vor die Tür, damit die Magd ihn ausleerte. Sodann ging er hinunter und aß mit Frau und Kind das Nachtmahl. Almuth erkundigte sich nicht nach dem Feldzug, sie war wie üblich vollauf mit Eger beschäftigt. Yneke war das nicht unrecht. Der Angriff auf Wittmund war ein Fehlschlag gewesen. Auch im nunmehr dritten Anlauf hatten sie es nicht geschafft, die Kankenaburg einzunehmen. Einen vierten Versuch würde es nicht geben, zumindest nicht in den nächsten Jahren. Widzelt hatte endlich eingesehen, dass er die Herren von Wittmund nicht unterwerfen konnte, und zähneknirschend einen Waffenstillstand mit Kanke Kanken vereinbart.

Über all das wollte Yneke nicht sprechen. Er wollte das blutige Scheitern vor den Burgmauern so schnell wie möglich vergessen. Außerdem ärgerte er sich über Widzelt. Statt sich in neue Abenteuer zu stürzen, hätte sein Herr gut daran getan, erst einmal die Gebiete, die sie im vergangenen Jahr erobert hatten, in sein Reich einzugliedern, sprich: sie unter seinen verdienten Gefolgsleuten aufzuteilen. Er hatte fünf Monate Zeit gehabt, Yneke mit der neuen Vogtei Duvelslond zu belehnen. Passiert war nichts.

Offenbar hatte Almuth gerade etwas zu ihm gesagt.

»Entschuldige. Ich war mit den Gedanken woanders.«

»Eine Nachricht für dich ist gekommen. Von Focko Ukena«, wiederholte sie.

»Wann?«

»Vor einigen Wochen. Ich habe sie in die Amtsstube gelegt.«

Yneke runzelte die Stirn. Focko und er hatten nicht viel füreinander übrig und beschränkten jeglichen Kontakt auf das unvermeidliche Minimum. In Wittmund war Focko nicht gewesen. Widzelt hatte nur die Harlinger Vögte sowie einige aus Brokmerland und Norderland zu den Fahnen gerufen, damit das tom broksche Kernland während des Feldzuges nicht schutzlos war. Wieso, bei allen Kreisen der Hölle, sandte der Kerl ihm einen Brief?

Gleich nach dem Essen ging er hinauf, brach das Siegel und las die knappen Zeilen. Sein Misstrauen verwandelte sich in Ärger, dann in Zorn, gepaart mit reichlich Fassungslosigkeit. Focko schrieb, in seiner Vogtei sei ein Geächteter namens Ubbe Sybeken gesehen worden, der Mann ähnele Folkmar Janns Osinga, dessen Beschreibung Yneke einst seinem Vorgänger geschickt habe. Leider habe sich der Geächtete der Festnahme durch Flucht entzogen. Focko ließ Yneke wissen, er suche weiter nach Ubbe Sybeken alias Folkmar Janns und werde ihn benachrichtigen, sobald der verurteilte Mörder gefasst sei.

Yneke knirschte mit den Zähnen. Er hatte angenommen, Folkmar Janns wäre längst tot. Dieser Teufel von einem Mann war einfach nicht kleinzukriegen.

Was sollte er nun mit dieser unerfreulichen Neuigkeit anfangen? Focko bei der Jagd nach dem Geächteten zu helfen wäre vergeudete Zeit, verschwendete Kraft. Folkmar Janns hatte Moormerland gewiss längst verlassen, in den Weiten der friesischen Wildnis würden sie ihn niemals finden. Dort gab es tausend mal tausend Verstecke, er könnte überall und nirgendwo sein.

Sollte er noch einmal die Familie Osinga befragen? Nein, die wussten vermutlich auch nicht, dass Folkmar noch lebte, und er würde es ihnen gewiss nicht verraten. Zumal es dann auch sein Weib erfahren würde, und das war das Letzte, was er wollte.

Ihm blieb nichts anderes übrig, als wachsam zu sein und die Augen offen zu halten für den unwahrscheinlichen Fall, dass der Kerl so dumm war, sich im Kirchspiel blicken zu lassen.

Verdammte Osinga! Machten nichts als Ärger, selbst wenn sie eigentlich längst tot waren.

Auch am nächsten Tag schlief Yneke lange. Almuth nutzte die Gelegenheit, schlich am frühen Morgen in die Amtsstube und suchte den Brief.

Yneke bekam ständig Nachrichten: Abschriften wichtiger Urkunden, Bekanntmachungen aus anderen Gerichtssprengeln, schriftliche Befehle aus Marienhafe. Die allermeisten waren uninteressante Amtssachen. Fockos Brief jedoch hatte Almuth neugierig gemacht.

Kurz nachdem die Botschaft eingetroffen war, hatte sie sich damit ins Schlafgemach zurückgezogen und versucht, sie zu öffnen. Vergeblich. Das Siegel mit Fockos Wappen haftete fest an dem gefalteten Brief. Beim Ablösen hätte sie Wachs und Papier beschädigt, Yneke wären die verräterischen Spuren sofort aufgefallen. Also hatte sie die Nachricht liegen gelassen und darauf gewartet, dass ihr Gemahl heimkehrte und das Siegel brach.

Sie hoffte, dass er am gestrigen Abend derart müde gewesen war, dass er vergessen hatte, den Brief nach der Lektüre wegzuschließen. Tatsächlich stand die Truhe offen. Allerdings war die Nachricht nicht darin. Auch auf dem Schreibpult lag sie nicht.

Almuth entdeckte einen Brocken Siegelwachs auf dem Boden und schaute sich suchend in der Kammer um. Ihr Blick fiel auf eine Schale auf dem Fenstersims. Es sah Yneke nicht ähnlich, benutztes Essgeschirr herumstehen zu lassen. Stirnrunzelnd nahm sie den Napf in die Hand.

Er enthielt Asche. Überreste verbrannten Papiers.

Sie zerbiss eine Verwünschung zwischen den Zähnen.

Marienhafe

Foelke erklomm eilends den Glockenturm der Marienkirche. An einem Rundbogenfenster hoch über den Reethütten blieb sie stehen und blickte hinaus in die grauen Regenschleier, betrachtete die Koggen draußen in der Leybucht. Widzelts Flotte, kein Zweifel, der schwarze Adler auf den Rahsegeln war deutlich zu erkennen. Es war erst Anfang Mai, vor zwei Tagen hatte das Kirchspiel Kreuzauffindung gefeiert. Sie hatte frühestens im Spätsommer mit seiner Rückkehr gerechnet.

Gefährdete das ihre Pläne?

Sie erwog, zu Pieter zu eilen und den Ritter zu bitten, irgendwo außerhalb des Dorfes unterzukommen, bis sie die Situation besser einschätzen konnte. Doch alles in ihr sperrte sich gegen dieses unwürdige Versteckspiel. Schluss damit! Es war auch ihr Haus, sie konnte tun und lassen, was sie wollte. Früher oder später würde Widzelt ohnehin von Pieter erfahren. Schließlich hatte die gesamte Dienerschaft gesehen, wie er Keno an den Waffen unterwies.

Wenig später stand sie mit ihrem Sohn und den Kriegsleuten im strömenden Regen am Kai, während die Koggen in den Hafen einliefen. Erschöpfte Krieger schlurften über die Laufplanken an Land. Nennenswerte Kriegsbeute schien es keine zu geben. Stattdessen hatte die Streitmacht schwere Verluste erlitten. Einer von vier Männern fehlte oder war verwundet. Obwohl Foelke mit dergleichen gerechnet hatte, packte sie der Zorn.

Als der Bastard mit Kaplan Almer im Schlepptau von Bord ging, ignorierte er sie und Keno und wollte ohne ein Wort des Grußes zum Dorf gehen. Foelke aber holte ihn ein und stellte ihn zur Rede.

»Was ist passiert?«

»Lass mich in Ruhe«, grunzte er, ohne seinen Gang zu verlangsamen.

»Das Kriegsvolk ist in einem desolaten Zustand. Wir haben ein Recht darauf zu erfahren, was in Wittmund geschehen ist. Es ist dir wieder nicht gelungen, die Burg zu erstürmen«, mutmaßte sie, als er sich in Schweigen hüllte. »Dein großartiges Vorhaben, die Kankena auszuräuchern – es hat uns eine weitere Niederlage eingebracht, nicht wahr? Und unsere Männer haben den Preis dafür bezahlt.«

»Lass die Männer aus dem Spiel! Sie können nichts dafür, dass …«

»… ihr Feldherr an Hoffart und Hybris leidet?«, beendete sie seinen Satz.

Widzelt blieb ruckartig stehen. Der Regen perlte ihm über das Gesicht, das nasse Barett lag schlaff wie ein Pfannkuchen auf seinem

Haar. »Bei Gott, Weib, ich habe dein ständiges Gezeter satt. Du bist schlimmer als Xanthippe. Undankbar, boshaft, impertinent. Wie hat Ocko dich nur ertragen?«

Keno trat vor, die Rechte am Schwertknauf, eine Falte zwischen den Brauen. »Hüte deine Zunge. Ein Bastard hat sich demütig zu zeigen, wenn er mit Foelke Kampana spricht.«

Foelke ging das Herz auf. Die täglichen Lektionen bei Pieter taten ihrem Jungen wahrlich gut, sein Selbstbewusstsein gedieh prächtig. Widzelt hingegen starrte seinen Halbbruder beinahe erschrocken an. Dass Keno, der stets vor ihm gekuscht hatte, plötzlich beherzt die Stimme gegen ihn erhob, überrumpelte ihn derart, dass er sich nicht anders zu helfen wusste, als jäh auf dem Absatz herumzufahren und schimpfend davonzustolzieren.

»Verstehst du nun, warum ich nicht wollte, dass du mit ihm in den Krieg ziehst?«, fragte Foelke, während sie zum Steinhaus schritten.

»Er ist ein Prahlhans, der sich fortwährend selbst überschätzt.« Keno blickte sie von der Seite an. »Vergib mir die zornigen Worte, Mutter. Es war unüberlegt von mir, deine Weisheit infrage zu stellen.«

Sie lächelte. »Ein Kind wird zornig, wenn man es belehrt. Ein Mann aber weiß klugen Rat zu schätzen. Und ein *großer* Mann ist imstande, einen Fehler einzugestehen.«

Bei diesen Worten platzte Keno schier vor Stolz.

Zwei Stunden später saß Foelke mit Keno, Almer, Pieter und Abbe Wilken beim Nachtmahl. Als sie schon dachte, sie würden ohne den Bastard speisen, kam er plötzlich die Treppe herunter, offensichtlich betrunken.

Er knallte den Weinkelch auf den Tisch und stierte Pieter an. »Wer ist das?«

»Pieter von Dordrecht, ein Ritter des Grafen von Holland«, stellte Foelke den Schwertmeister vor.

»Zum Wohle, Pieter von Dordrecht.« Widzelt prostete ihm halb ironisch, halb gelangweilt zu. »Ich trinke auf deinen Herrn, der auch meiner ist.«

Falls Pieter es missfiel, von einem Bastard geduzt zu werden, so ließ er es sich nicht anmerken. Er hob seinerseits den Becher.

»Was verschlägt dich nach Marienhafe?«, erkundigte sich Widzelt mit schwerer Stimme.

Pieter spähte unauffällig zu Foelke, die ihm zunickte. »Ich unterweise Keno in der Kunst des Schwertkampfes«, antwortete der Ritter.

Der Bastard fing an zu lachen.

»Was ist daran so lustig?«, fragte Foelke ungehalten.

»Ich habe bereits alles versucht. Bei dem Jungen ist Hopfen und Malz verloren. Aus ihm wird nie ein Krieger. Aber versuch ruhig dein Glück, Pieter von Dordrecht.«

Kenos Gesicht verfinsterte sich. Pieter kam seiner zornigen Erwiderung zuvor.

»Tatsächlich macht Keno rasch Fortschritte. Es ist eine Freude, ihn zu unterweisen. Er ist ein Naturtalent.«

Widzelt starrte Pieter mit kleinen Augen an. »Ist das so?«

»Oh ja. Morgen früh steht die nächste Lektion an. Schaut uns zu und überzeugt Euch selbst.«

»Ich will nicht, dass ein Ritter Keno ausbildet«, knurrte der Bastard. »Das ist unserer Familie unwürdig. Morgen kehrst du zu deinem Herrn zurück«, befahl er dem Holländer.

»Pieter bleibt«, sagte Foelke mit Nachdruck. »Ich habe ihn eingeladen – ich allein entscheide, wann er geht.«

»Unverschämtes Weib! Trotzt du mir schon wieder!«

»Es geht dich nichts an, wer Keno unterrichtet. Das ist meine Sache.«

»Ich bin sein gottverdammter Vormund!«

»Und ich seine Mutter. Pieter wird Keno ausbilden, und wenn du dich auf den Kopf stellst«, beendete sie den Disput und ging sogleich zum Gegenangriff über. »Sprechen wir lieber über die herrenlosen Kirchspiele in Harlingerland. Deine Vögte wollen wissen, wer sie bekommt. Während du fort warst, um Ruhm und Ehre nachzujagen, haben sie ständig Briefe geschickt. Vor allem Focko Ukena war lästig. Gleich zweimal hat er seinen Boten gesandt und sich erkundigt, ob er auf einen Lohn für seine treuen Dienste hoffen darf.«

»Focko«, wiederholte Widzelt und verzog das Gesicht, als wäre das kein Name, sondern ein garstiges Schimpfwort. »Was erlaubt sich dieser Wicht? Belohnt werden nur die, die für mich gekämpft haben.

Wer faul auf dem Arsch sitzt, kann froh sein, dass ich ihm nicht mit Anlauf hineintrete.«

»Es ist nicht Fockos Schuld, dass er nicht kämpfen musste. Schließlich hast du ihm ausdrücklich befohlen, in Moormerland zu bleiben. Jedenfalls macht er sich Hoffnungen auf ein weiteres Kirchspiel, warum auch immer. Du solltest ihm bald antworten. Überhaupt wüsste ich es zu schätzen, du würdest deine eigenen Geschäfte regeln, statt dich immerzu in meine Angelegenheiten einzumischen«, setzte Foelke nach.

Der Bastard schnaubte und schüttete sich einen Schluck Wein in die Kehle. So war das mit ihm: kämpfen, erobern, Beute machen – das gefiel ihm. Das Land zu *verwalten* hingegen langweilte ihn, weshalb er seine Pflichten als Verweser allzu gern vernachlässigte, sehr zum Ärger seiner Gefolgsleute. Früher war Foelke mitunter eingesprungen und hatte die Verwaltungsaufgaben für ihn erledigt, so gut sie das als Frau und trauernde Witwe vermochte. Es war ihr ein Anliegen gewesen, das Reich der tom Brok und damit Ockos Vermächtnis vor Schaden zu bewahren. Inzwischen tat sie das nicht mehr. Sollte der Bastard doch auf die Nase fallen und seine Vögte gegen sich aufbringen – ihr sollte es recht sein.

Widzelt stellte den Kelch hin. Plötzlich wirkte er überraschend klar, als wäre es ihm kraft seines Willens gelungen, den Wein in seinem Blut zu neutralisieren. »Du hast recht«, sagte er zu ihrer Überraschung. »Nächste Woche bestelle ich die Vögte ein und kümmere mich um die Sache.« Mit verschlagener Miene blickte er in die Runde. »Es ist ohnehin an der Zeit, dass ich meine Vasallen um mich schare. Ich muss ihnen eine gewichtige Entscheidung mitteilen.«

»Was für eine Entscheidung?« Foelke verspürte eine ungute Vorahnung in sich aufsteigen.

»Ich bin der mächtigste Mann Ostfrieslands. Ich beherrsche mehr Land als Volkmar Allena und Edo Wiemken. Ganz gewiss mehr als dieser Wurm Kanke Kanken. Mein Reich erstreckt sich von der Harlebucht bis zur Ems …«

»*Kenos* Reich«, korrigierte sie ihn scharf, doch der Bastard redete einfach weiter.

»Darum gebührt mir ein Titel, der meiner Macht angemessen ist. Fortan wird man mich ›Häuptling‹ nennen.«

Schlagartig herrschte Schweigen am Tisch, als wäre ein Sargdeckel zugefallen.

»Das wagst du nicht!«, keuchte Keno.

»Natürlich wagt er das nicht«, kam Foelke ihrem Sohn zu Hilfe. »Wenn sich ein Bastard mit derartigen Würden schmückt, wird ganz Friesland über uns lachen.«

»Man fürchtet mich!«, fauchte Widzelt. »Niemand wird sich erdreisten, mich zu verspotten. So wie es niemand gewagt hat, Enne Rycken Hylkena zu verhöhnen.«

»Wer?« Sie brauchte einen Moment, um sich zu erinnern, von wem er sprach. »Dieser Räuber und Mörder, der vor Jahrzehnten Duvelslond unsicher gemacht hat? Eiferst du ihm etwa nach?« Sie spürte, dass sie ins Schwarze getroffen hatte. Natürlich konnte er das nicht zugeben.

»Ich eifere niemandem nach. Ich studiere lediglich die Historie. Enne Ryckens Leben lehrt uns eine überaus wichtige Lektion.«

»Und welche Lektion wäre das?«

»Dass ein Mann sich nehmen muss, was ihm zusteht. Dass er nicht warten darf, bis es ihm geschenkt wird. Enne hatte das begriffen. Und ob du es glaubst oder nicht: Es brachte ihm kein Hohngelächter ein, sondern Macht, Reichtum und Ansehen.«

»Hast du vergessen, wie dein großes Vorbild endete?« Foelke wandte sich an Abbe Wilken. »Würdest du ihn bitte daran erinnern?«

Wie üblich lächelte Abbe freundlich. »Widzelt hat klargestellt, dass ein Krüppel nicht das Recht hat, ihm Ratschläge zu erteilen. Ich respektiere seine Wünsche.«

Der Bastard tat, als wäre Abbe Luft, und stierte Foelke an. »Ich habe keineswegs vergessen, wie Enne starb. Er ist jämmerlich verbrannt. Na und? Er war trotzdem ein großer Mann. Davon abgesehen hält auch sein Tod eine Lektion für uns bereit.«

»Nämlich?«

»Traue niemandem. Vergiss nie, dass deine Feinde zur schlimmsten Niedertracht fähig sind. Strecke sie nieder, ehe sie dich in die Falle locken können.«

»Willst du mir drohen?«, fragte Foelke kalt.

»Das würde mir niemals einfallen.« Widzelts Mundwinkel zuckten. »Ich *liebe* meine Familie.«

Sie hatte genug von diesem trunkenen Irrsinn. »Du kannst dich aufplustern, wie du willst, aber du wirst dich nicht zum Häuptling aufschwingen. Tust du es trotzdem, wird das Folgen haben.«

»Ach ja? Welche denn, meine Liebe?«

»Ich werde Graf Albrecht benachrichtigen, dass du gegen die Vereinbarung verstößt, die wir einst mit ihm getroffen haben.«

»Weil ich mich ›Häuptling‹ nenne? Lachhaft!«

»Du hast geschworen, dir die Macht mit meiner Mutter zu teilen, bis ich mündig bin«, mischte sich Keno ein. »Wenn du einen Titel annimmst, der allein mir zusteht, brichst du deinen Eid. Albrecht wird dich dafür strafen!«

»Glaubst du ernsthaft, dein Lehnsherr wird *deswegen* etwas unternehmen? Du musst noch viel lernen«, höhnte der Bastard. »Für den Herzog von Bayern-Straubing und den Grafen von Holland ist dergleichen eine Lappalie, für die er keinen Finger krumm machen wird – wie ihn überhaupt das allermeiste, was in Ostfriesland geschieht, nicht im Geringsten kümmert. Aber lauft ruhig zu ihm, wenn ihr unbedingt eure und seine Zeit verschwenden wollt.«

»Ich warne dich ein letztes Mal«, sagte Foelke.

»Zur Kenntnis genommen«, bellte Widzelt.

Das eisige Schweigen an der Tafel zog sich in die Länge und pflanzte sich im Saal fort wie die Ringe auf einer Wasserfläche, nachdem man einen Stein hineingeworfen hatte. Sämtliche Diener und Krieger an den Tischen glotzten erschrocken.

Kaplan Almer räusperte sich verlegen. »Lasst uns dem Herrn danken für die Gaben, die Er uns an diesem Freudentag beschert hat.« Er faltete die Hände und ratterte ein Tischgebet herunter.

Niemand sprach ihm nach.

Kapitel elf

Duvelslond

Folkmar schlug die Augen auf, sein Herz raste. Er war gerannt, überall glühendes Zwielicht, Schatten hatten ihn gehetzt, Schatten mit scharfen Klingen, mit grausamen Absichten. Benommen tastete er nach seinem neuen Speer, kroch unter der Wagenpritsche hervor zum Rand der Mulde und blinzelte ins trübe Licht des beginnenden Tages.

Da war niemand. Keine waffenstarrenden Schatten. Kein Mensch, kein Raubtier weit und breit. Nichts als Wollgras, Heidekraut und dürre Buchen. Das einzige Geräusch verursachte der Wind, der sachte das Land streichelte.

Er rieb sich das Gesicht.

Nur ein Albtraum, wieder einmal. Seit seiner Flucht vom Hof der Torfstecher plagten ihn ständig Nachtmahre. Wenigstens verblassten sie meist kurz nach dem Aufwachen, wie auch dieser. Der Herzschlag beruhigte sich, die unbestimmte Furcht in der Brust wich einem anderen Gefühl.

Hunger. Sein unermüdlicher Begleiter in der Einöde.

Er stand auf, ging zurück zu seinem Unterschlupf und wühlte im Beutel. Der war leer, eigentlich wusste er das. Dessen ungeachtet klammerte er sich an die Hoffnung, eine letzte essbare Wurzel, ein Rest gebratenen Fleisches könnte in einer Falte versteckt sein. Dem war nicht so. Grunzend gürtete er sich das Schwert um, nahm den Speer in die Rechte und stieg aus der Senke.

Er weilte nun seit über zwei Monaten in dieser Gegend, das Wasser am Grund der Mulde war längst versickert. Doch in der Nähe entsprang ein Bach. An der Quelle stillte er seinen Durst und füllte die Schweinsblase. Anschließend ging er auf die Jagd.

Zwei Monate, aber kein Cord Hanneken weit und breit. Auch

kein Yneke Egers. Andere Menschen sah er andauernd, etwa Reisende auf dem Weg nach Aurich, Esens oder Marienhafe – Eilboten, die wichtige Nachrichten beförderten, sowie Hirten, die ihre Schafe in dieser Gegend weiden ließen. Meist versteckte Folkmar sich vor ihnen. Manchmal aber nahm er seinen Mut zusammen und sprach sie an, um Felle, Häute und Sehnen gegen Brot, Obst und Gemüse einzutauschen. Dabei verhielt er sich äußerst wachsam, damit er beim kleinsten Anzeichen von Gefahr fliehen konnte. Bisher hatte es dazu keine Veranlassung gegeben. Dass der Geächtete Folkmar Janns Osinga vor Focko Ukenas Bütteln geflohen war, hatte sich offenbar noch nicht herumgesprochen. Oder man hatte ihn schlichtweg nicht erkannt.

Die Kämpfe um Wittmund waren inzwischen zu Ende – das hatte er von einem fahrenden Händler erfahren. Der Sieger hieß Kanke Kanken, der Verlierer Widzelt tom Brok. Heimkehrendes Kriegsvolk hatte Folkmar keines gesehen, aber das musste nichts heißen. Vermutlich war der Hauptteil des Heeres auf dem Seeweg gekommen und gegangen, Bombarden und andere Kriegsmaschinen ließen sich leichter mit Schiffen als mit Karren transportieren. Und Yneke würde mit seinen Mannen ohnehin nicht durch das Kirchspiel zu Duvelslond marschieren. Sowohl Wittmund als auch Warfstede lagen östlich von hier, sodass es keinen Grund für sie gab, diese Gegend zu durchqueren, wenn sie nach Hause wollten.

Folkmar würde sich in Geduld üben. Irgendwann, das wusste er, würde der Herr seine Ausdauer belohnen.

Bei Sonnenaufgang erlegte er einen Jungeber. Er schleppte den Kadaver zu seinem Versteck, wo er ihn ausnahm und einen Brocken Fleisch in der Glut briet. Als sein Hunger fürs Erste gestillt war, zerlegte er den Tierkörper. Kein Stück wurde verschwendet. Das Fleisch räucherte er über dem Feuer, Fell und Innereien würde er bei den Hirten gegen Milch und Käse eintauschen.

So verging der Morgen. Zur Mittagszeit, als er nahe dem Karrenpfad nach Löwenzahn suchte, erblickte er eine Viertelmeile entfernt Reisende auf dem Weg. Es war eine größere Gruppe, sie kam von Osten. Folkmar eilte zu seinem Versteck, trat das Feuer aus und stopfte das Fleisch in die Beutel. Bewaffnet mit Speer und Schwert legte er sich am Rand der Mulde auf den Bauch und spähte durch das Wollgras.

Die Gruppe bestand aus mehreren Reitern und Fußgängern, die zwei Pferdewagen flankierten. Die Berittenen hielten Lanzen in den Händen und trugen Rundschilde auf den Rücken. Vermutlich ein Handelszug mit bewaffnetem Geleitschutz.

Nein – als der Tross näher kam, sah Folkmar den schwarzen Adler auf den Waffenröcken und Schabracken. Jähe Panik galoppierte in seiner Brust. Suchte der Trupp nach ihm?

Wozu dann die Wagen und die unbewaffneten Fußgänger? *Das hat nichts mit mir zu tun.* Wahrscheinlich ein Würdenträger, der mit seinem Gefolge nach Marienhafe reiste. Folkmar machte sich so klein wie möglich und rührte sich nicht vom Fleck, bis die Gruppe nahezu in der Ferne verschwunden war.

Als er gerade darüber nachdachte, ob er ein neues Feuer anzünden könnte, tauchte eine zweite Gruppe auf. Sie ähnelte der ersten – Reiter, Wagen, Bewaffnete –, nur dass sie von Süden kam. Wieder versteckte er sich. Keine Stunde später zog eine dritte an ihm vorbei. Alles Vögte auf dem Weg nach Marienhafe. Wie es schien, hielten die tom Brok eine wichtige Zusammenkunft ab.

Das heißt, dass früher oder später auch Yneke und Cord hier durchkommen werden.

Der Gedanke ließ jähe Erregung durch seine Brust brausen. Endlich! Die Vernunft dämpfte jedoch seinen Tatendrang. Yneke würde wie die anderen Vögte mit einer wehrhaften Eskorte reisen. Wie sollte Folkmar unter diesen Umständen an Cord herankommen? Davon abgesehen fühlte er sich hier nicht mehr sicher. Wenn für den Rest des Tages ständig bewaffnete Gruppen den Karrenpfad entlangzogen, war die Gefahr groß, dass man ihn entdeckte. Er tat also gut daran, ruhigere Gefilde aufzusuchen. Zumindest für die nächsten Tage.

Er wartete, bis auch die dritte Gruppe verschwunden war. Dann raffte er seine Sachen zusammen und machte sich auf zum Moor.

Almuth war vor Jahren mit ihrem Vater in Marienhafe gewesen, doch sie erkannte den verschlafenen Ort von einst kaum wieder. Im Hafen drängten sich bauchige Koggen, schlanke Schniggen und kleinere Segelboote. In den Gassen um die Kirche herrschte ein lärmendes Gedränge aus Kriegsknechten, Seeleuten und fliegenden Händlern, die brüllend Dünnbier, Zuckergebäck und geräucherten Fisch feilboten. Die Herberge war derart überfüllt, dass sie beim Gesinde im großen Schlafraum unterkommen mussten, was Yneke überhaupt nicht behagte.

»Widzelt hätte mich in sein Haus einladen müssen«, murrte er, während sie ihre Habe in das Gebäude trugen. »Das wäre zumindest der Ansatz einer Entschädigung dafür gewesen, dass er mich monatelang vertröstet hat.«

Seine Laune besserte sich, als sie wenig später zum Steinhaus kamen. Kaum hatten sie die Halle betreten, waren Weib und Kind Luft für ihn. Jovial begrüßte er die anderen Vögte, plauderte mal mit diesem, mal mit jenem und verzog sich schließlich mit Focko Ukena in eine Ecke, wo die beiden verschwörerisch die Köpfe zusammensteckten. Dabei konnte er den Mann nicht einmal leiden.

Almuth setzte sich mit Eger in eine Fensternische und beobachtete das eitle Treiben. Sie fühlte sich fehl am Platz. Diese Männer mit ihren gefiederten Baretten, eng anliegenden Beinlingen und juwelenbesetzten Schwertern erschienen ihr wie Gockel, die sich aufplusterten, um Rivalen einzuschüchtern. Widzelt war der schlimmste von allen. Breitbeinig schritt er einher, drosch seinen Unterlingen gönnerhaft auf die Schultern und lachte lauthals, am liebsten über seine eigenen Scherze. Almuth fürchtete diesen Mann und seine Arroganz, seine Machtgier, seine Kriegstreiberei. Die Vögte jedoch scharwenzelten freudestrahlend um ihren Herrn und bekamen gar nicht genug von seinem Glanz.

Auch Foelke Kampana war da. Sie und Keno tom Brok sprachen eben mit einigen Würdenträgern. Es war das erste Mal, dass Almuth die mächtigste Frau Ostfrieslands sah, und sie konnte es sich nicht verkneifen, sie eingehend zu beobachten. Die Männer in Foelkes Umgebung gaben sich überaus höflich und wirkten dabei angespannt, als fürchteten sie, beim ersten unbedachten Wort auf dem Schafott zu landen wie all jene, die etwas mit Ockos Ermordung zu tun hatten.

»Quade Foelke« nennt ihr sie, dachte Almuth verächtlich. *Ihr messt mit zweierlei Maß und merkt es nicht einmal.*

Wäre nicht Foelke die treibende Kraft hinter dem Rachefeldzug gegen Ockos Mörder gewesen, sondern Widzelt, Keno oder irgendein anderer Mann, dann hätte man ihn für seine Stärke gepriesen. *Seht her*, würden die Friesen sagen, *er ist ein Mann der Tat, er schützt seine Familie und straft seine Feinde mit allen Mitteln. Recht so!* Tatsächlich hatten Widzelt tom Brok, Edo Wiemken, Volkmar Allena und all die anderen Kriegsherren jeweils weit mehr Menschen auf dem Gewissen als Foelke. Jahr für Jahr schlachteten sie ihre Gegner zu Dutzenden ab, und es krähte kein Hahn danach. Im Gegenteil, sie galten als »ruhmreich«. Besaß aber eine Frau die Frechheit, sich derselben Methoden zu bedienen, nannte man sie »böse« und schmähte ihren Namen bei jeder Gelegenheit – selbstverständlich nur, wenn sie gerade nicht hinhörte.

Männer! Die meisten sind Heuchler, Pharisäer und Dummköpfe.

Almuth gab nicht allzu viel auf das Gerede, Ockos Witwe sei kalt, grausam und gnadenlos. Sie wusste, dass Foelke auch andere Seiten hatte. Immerhin hatte sie gegen Widzelts Widerstand darauf hingewirkt, dass Warfstede einen Redjeven wählen durfte. Und einiges deutete darauf hin, dass sie Abbe Wilken vor Yneke beschützte.

Abbe – wo steckte er eigentlich? Als Yneke entschieden hatte, Almuth solle ihn nach Marienhafe begleiten, war sie in der Hoffnung mitgegangen, sie könne sich im Gewühl davonstehlen und ein paar Worte mit Abbe wechseln. Leider war er nirgends zu sehen. Sie konnte es ihm nicht verdenken. Hielte er sich in der Halle auf, würde man ihn unentwegt verspotten und grausame Scherze mit ihm treiben. Vermutlich weilte er vernünftigerweise in seiner Kammer.

Nervöse Stille breitete sich aus, als die Mitglieder der Familie tom Brok an der Stirnseite Platz nahmen. Widzelt rief verschiedene Vögte auf und belehnte sie mit Land und Pfründen. Die Männer dankten ihm mit Bücklingen und wortreichen Lobpreisungen seiner Großzügigkeit. Yneke bekam die ersehnte Vogtei Duvelslond mit allen Rechten und Einkünften, die an dem Kirchspiel hafteten. Strahlend wie ein Ablasshändler unter reuigen Sündern verneigte er sich derart tief vor seinem Gönner, dass ihm beinahe der Hut vom Kopf rutschte.

Die Hälfte der Vögte ging leer aus. Die meisten von ihnen nahmen dies klaglos hin, bei einigen jedoch regte sich Unmut. Focko Ukena wagte gar, vorzutreten und sich zu beschweren.

»Bitte hör mich an.« Er trug das Wappen seiner Familie auf dem Mantel, den silbernen, ährenbekränzten Löwen. Es wirkte pompös angesichts der Tatsache, dass die Ukenas eine ziemlich unbedeutende Sippe waren.

»Was kann ich für dich tun, Focko?«, fragte Widzelt mit einem gefährlichen Unterton in der Stimme.

»Ich bin – bei allem Respekt – mit deiner Entscheidung nicht einverstanden. Ich bin dir seit Jahren treu ergeben und leiste gute Arbeit in Moormerland. Obwohl meine Vogtei in einem kargen Gebiet liegt, erwirtschaftet sie beachtliche Abgaben, die ich stets pünktlich zahle. Ich mache ödes Land urbar, hole neue Siedler in die Landsgemeinde und mehre auf diese Weise den Ruhm und den Reichtum der Familie tom Brok. Ich bin der Ansicht, ich habe einen Lohn für meinen Einsatz verdient.«

Dieses dreiste Anspruchsdenken machte nicht nur Almuth sprachlos. In der Halle war es so still, dass man eine Stecknadel hätte fallen hören. Focko ließ sich davon nicht beirren. Er blickte seinem Herrn selbstbewusst in die Augen.

»Heute habe ich jene belohnt, die in diesem und im letzten Jahr für mich gekämpft haben«, erklärte Widzelt. »Wenn ich mich recht erinnere, trifft das auf dich nicht zu. Also übe dich in Bescheidenheit und lass den Männern den Vortritt, die ihr Leben für mich riskiert haben.«

»Mit Verlaub, das ist nicht gerecht«, widersprach Focko. »Zum einen ist es nicht meine Schuld, dass du nur die Vögte aus dem Norden zu den Fahnen gerufen hast. Zum anderen ist Kriegsdienst nicht alles. Ein Kirchspiel klug zu verwalten trägt mindestens so viel zum Gedeihen Ostfrieslands bei wie die Teilnahme an einem …«

»Genug«, fiel Widzelt ihm scharf ins Wort. »Akzeptier meine Entscheidung. Oder wir werden darüber sprechen, ob sich ein Mann für das Amt des Vogtes eignet, wenn er nicht nur unersättlich ist, sondern auch frech.«

Die Drohung kam an. Focko verneigte sich steif und zog sich ohne ein weiteres Wort zurück. Einsichtig wirkte der junge Vogt jedoch nicht. Almuth sah ihm an, dass er tief gekränkt war. Sie spähte zu ihrem Gemahl, der keinen Hehl aus seiner Schadenfreude machte.

Was für eine Schlangengrube dieses Haus doch ist. Sie drückte Eger an sich. Hoffentlich konnte sie ihren Jungen so lange wie möglich vor dieser Welt beschützen.

Widzelt erhob sich von seinem Platz und blickte herrisch drein. »Die Familie tom Brok beherrscht die Landsgemeinden Brokmerland, Auricherland, Norderland, Moormerland und den größten Teil von Harlingerland«, verkündete er. »Niemals zuvor war unser Reich so groß, unser Reichtum so immens, unsere Macht so gewaltig. Das verdanken wir euch, unseren treuen Gefolgsleuten und Dienstmannen!«

Die Vögte jubelten. Sogar Focko rang sich zu einem knappen Applaus durch.

»Wie weiland mein Vater widme ich mein Leben der Aufgabe, dieses Reich zu schützen«, fuhr Widzelt fort. »Wie mein Vater strebe ich danach, Ostfriesland unter dem Adlerbanner zu vereinen. Daher ist es Gottes Wille und der Wunsch aller Friesen, dass ich meines Vaters Titel annehme. Vom heutigen Tage an werdet ihr mich ›Häuptling‹ nennen – Häuptling Widzelt tom Brok!«

Der Wunsch aller Friesen? Wohl kaum, dachte Almuth. Allein in diesem Saal waren einige, die – nach ihren Mienen zu urteilen – von dieser großspurigen Ankündigung nicht allzu viel hielten. Die meisten jedoch stimmten neues Freudengeschrei an, unter ihnen Yneke.

»Lang lebe Häuptling Widzelt!«, brüllten die Männer begeistert.

Es war nur ein Titel, trotzdem fühlte Almuth Beklemmung in sich aufsteigen. Dass der rücksichtslose und selbstherrliche Widzelt ohne jede Scham die Ellbogen ausfuhr, verhieß nichts Gutes – weder für Warfstede noch für Ostfriesland als Ganzes. *Foelke wird es nicht hinnehmen, dass er sich derart dreist über sie erhebt.* Doch Ockos Witwe saß mit versteinertem Gesicht da und schwieg, ebenso Ockos Erbe.

Vermutlich fühlten sie sich machtlos, weil nicht zu übersehen war, dass die große Mehrheit der Würdenträger auf Widzelts Seite stand.

Nach diesem feudalen Spektakel, das die freien Friesen früherer Zeiten hätte schaudern lassen, begann das Bankett. Diener rückten Tische und Bänke in die Mitte der Halle und wiesen den Vögten die Plätze zu, deren Position an der langen Tafel sich danach richtete, wie hoch der jeweilige Gefolgsmann in Widzelts Gunst stand. Yneke, Almuth und Eger saßen in seiner unmittelbaren Nähe. Focko hingegen wurde am anderen Ende des Saales platziert. Sein Gesichtsausdruck ließ keinen Zweifel daran, was er davon hielt.

Die Gastgeber geizten nicht mit Prunk und Luxus. Das polierte Silber blitzte, das Glas glühte waldgrün im Kerzenschein. Auf den Platten türmten sich Fleisch, Pastete und frisches Brot, in den Töpfen dampfte die Suppe. Feigen und anderes exotisches Obst verhießen eine süße Nachspeise. All das spülte man mit teurem Wein hinunter.

Das Tischgespräch drehte sich um die Piraten, die seit einiger Zeit die Ostsee unsicher machten. Widzelt brachte seine unverhohlene Bewunderung für die räuberische Horde zum Ausdruck.

»Man tut ihnen unrecht, wenn man sie als ›Piraten‹ bezeichnet. Die Vitalienbrüder sind zuvörderst Söldner, die im schwedisch-dänischen Krieg gekämpft und sich vor Stockholm als beherzte Blockadebrecher hervorgetan haben. Ihre Anführer entstammen mecklenburgischen Rittergeschlechtern. Nun sollen sich zweitausend von ihnen auf Gotland festgesetzt haben. Zweitausend! Manch ein Fürst befehligt keine derart starke Streitmacht.«

»Sie haben Visby zu ihrem Stützpunkt ausgebaut und überfallen von dort aus Kauffahrer der Hanse. Das macht sie für mich zu Piraten«, widersprach Foelke.

»Geschieht der Hanse recht, wenn du mich fragst. Die Pfeffersäcke werden von Jahr zu Jahr gieriger, fetter und selbstherrlicher. Dass die Vitalienbrüder sie zurechtstutzen, kann für uns nur von Vorteil sein.«

»Inwiefern?«, fragte ein älterer Vogt, der nicht so unterwürfig wirkte wie die anderen. »Wenn der Ostseehandel darbt, leidet auch Friesland. Viele von uns machen Geschäfte mit Lübeck, Wismar und Stralsund.«

Widzelt erfreute sich bester Laune und ließ ihm die Widerworte durchgehen. »Ich glaube nicht, dass wir Friesen die Vitalienbrüder fürchten müssen. Sie haben es hauptsächlich auf Schiffe aus Lübeck und Hamburg abgesehen. Die Hanse hingegen hat sich schon oft in unsere Angelegenheiten eingemischt. Soll sie sich ruhig mit den Vitalienbrüdern herumschlagen. Derweil haben wir freie Hand.«

»Die Piraten mögen stark sein, die Hanse aber ist stärker«, meldete sich der junge Keno zu Wort. »Zumal sie mit dem Deutschen Orden verbündet ist. Die Mönchsritter werden es nicht zulassen, dass vor ihrer Haustür eine neue Seemacht entsteht. Je dreister sich die Vitalienbrüder gebärden, desto wahrscheinlicher ist es, dass die Hanse und der Orden sich zusammentun und Visby angreifen.«

»Wohl gesprochen«, lobte Foelke den politischen Sachverstand ihres Sohnes.

Widzelt dagegen hatte keine Freude an dem Einwand. Das Lächeln verschwand aus seinem Gesicht. »Mein kleiner Bruder. Gerade einmal fünfzehn Winter hat er erlebt. Er hat Friesland noch nie verlassen, geschweige denn je in einer Schlacht gefochten – und doch ist er eine Kapazität für militärische Fragen«, ätzte er. »Wahrlich, Keno, du solltest der Hanse deine Dienste anbieten. Mit deiner Hilfe werden sie die Vitalienbrüder gewiss bezwingen.«

Yneke lachte pflichtschuldig über Widzelts Sarkasmus. Keno aber ließ sich nicht provozieren.

»Die Piraten haben sich so viele Feinde gemacht, da ist es nur eine Frage der Zeit, bis man sie aus der Ostsee vertreiben wird«, sagte der junge Mann gelassen. »Wenn es so weit ist, werden sie in die Westsee ausweichen, und dann werden sie uns plagen. Ihr räuberisches Treiben gutzuheißen ist also unangebracht. Es wäre sinnvoller, wir würden uns auf diese Bedrohung vorbereiten.«

Daraufhin gab es Streit. Widzelt nannte seinen Halbbruder einen Grünschnabel, der von Politik nicht die geringste Ahnung habe. Keno wehrte sich und bekam vehemente Unterstützung von seiner Mutter. Alle anderen spürten, dass es bei diesem Zwist um mehr ging als um Piraten, und hielten sich daher tunlichst heraus.

Wahrlich eine Schlangengrube. Almuth konnte es kaum erwarten, Marienhafe zu verlassen.

Folkmar biss von einem Streifen Wildschweinfleisch ab und hob gelegentlich den Kopf, um über den Rand der Mulde zu spähen. Weit und breit keine Menschenseele. Seit dem Morgengrauen, als er zum Heerweg zurückgegangen war, hatte er keinen einzigen reisenden Vogt gesehen. Vermutlich waren sämtliche Harlinger Gefolgsleute der tom Brok spätestens seit dem gestrigen Abend in Marienhafe und würden sich erst dann wieder auf der Straße blicken lassen, wenn sie heimkehrten.

Folkmar spülte den letzten Bissen mit einem Schluck Wasser herunter. Er hatte es nicht lange im Hochmoor ausgehalten, nur zwei Nächte, zwei unangenehme dazu. Er hatte keinen Unterschlupf gefunden und folglich im feuchten Gras schlafen müssen, umgeben von stinkenden Tümpeln, verrottendem Holz und unheimlichen Geräuschen. Entsprechend müde war er nun. Todmüde und gleichzeitig aufgewühlt wie ein Krieger vor der Schlacht.

Da er nicht abschätzen konnte, wann die Vögte zurückkehren würden, blieb ihm nichts anderes übrig, als so lange in seinem Versteck auszuharren. Sobald die erste Gruppe in der Ferne auftauchte, würde er sich abermals ins Moor zurückziehen. Er dachte, dass er es riskieren konnte, einstweilen etwas Schlaf nachzuholen. Die Sonne war vor gerade einmal zwei, drei Stunden aufgegangen. Selbst wenn die Versammlung in Marienhafe – oder was immer dort stattfand – bereits zu Ende war, würden die Vögte Duvelslond frühestens am späten Nachmittag durchqueren.

Er kroch unter die Wagenpritsche und legte die Waffen griffbereit neben sich. Er schlief unruhig, wenn überhaupt. Der Gedanke, dass Cord jeden Moment auf dem Heerweg auftauchen könnte, versetzte ihn in quälende Unruhe. Jedes Vogelpfeifen, jedes Rascheln der Sträucher im Wind ließ ihn aufschrecken. Zehnmal, zwanzigmal robbte er zum Rand der Senke und beobachtete den dunstigen Horizont. Manchmal sah er einen Schäfer mit seiner Herde, einen einsamen Reiter, einen Wanderer, der die Straße entlangmarschierte – aber keinen Vogt mit einer bewaffneten Eskorte. Der Morgen verging, der Mittag, der Nachmittag, ohne dass etwas geschah.

Vielleicht geht das Treffen länger. Mehrere Tage sind nicht ungewöhnlich bei solchen Versammlungen.

Er aß etwas Fleisch, trank das restliche Wasser. Als er gerade zum Bach gehen wollte, um frisches zu holen, erblickte er im Westen eine größere Gruppe. Rasch ließ er sich zurück in die Mulde gleiten. Obwohl ihn die rot glühende Abendsonne blendete, konnte er Reiter, Lanzenschäfte und einen Pferdewagen erkennen. Zweifellos ein Vogt mit seinem Gefolge. Gewiss der erste von mehreren. Er würde abwarten, bis der Trupp gen Osten entschwunden war, und sich dann zum Moor aufmachen.

Als die Reisenden nur noch hundert Klafter von ihm entfernt waren, konnte er den Mann erkennen, der an der Spitze ritt. Es war Yneke Egers. Der bullige Kerl neben ihm kein anderer als Cord Hanneken. Sogar das Feuermal konnte Folkmar sehen.

Sein Herz pochte so heftig, dass er das Wummern noch im Kieferknochen spürte. Cord hier, nur eine gute Bogenschussweite entfernt – und doch unerreichbar für ihn. Es war kaum zu ertragen. Er biss sich so heftig auf die Unterlippe, dass er Blut schmeckte.

Da erblickte er die Frau, die neben dem Fuhrknecht auf dem Wagen saß.

Ihm stockte der Atem, seine Finger krallten sich ins Gras. Er kniff die Augen zu, öffnete sie wieder. Almuth war noch immer da, er hatte sie sich nicht eingebildet. Sie war noch genauso schön wie damals, als er sie verlassen hatte.

Was hatte das zu bedeuten? Wieso zog sie mit Yneke durchs Land? War er besessen von einem bösartigen Dämon, der ihn mit grausamen Trugbildern quälte?

Der Tross zog an ihm vorbei. Der Hufschlag der Pferde ließ die Erde leicht erzittern. Folkmar machte sich so klein wie möglich. Er konnte den Blick nicht von Almuth nehmen. Erst jetzt fiel ihm auf, dass zwischen ihr und dem Fuhrknecht ein Kind saß. Ein dunkelhaariger Junge von zwei, zweieinhalb Jahren, der sich müde an ihr festklammerte.

Folkmar stierte zu Yneke, schaute zurück zu Almuth, zu dem Kind. Bei der heiligen Jungfrau Maria, war das möglich …?

Abermals schloss er die Augen. Der Schmerz, der ihn durchzuckte, war so intensiv, als hätte man ihn mit dem Speer durchbohrt und verblutend liegen gelassen. Plötzlich wollte er Almuth gegenüberstehen, sich ihr zu erkennen geben, mit ihr sprechen. Er wusste, das war leichtsinnig, töricht, einfach verrückt, doch der Wunsch war übermächtig.

Er wartete, bis der Tross rund zweihundert Klafter entfernt war. Dann nahm er all seine Habe auf und folgte ihm in sicherem Abstand.

Kapitel zwölf

In der Abenddämmerung steuerte die Gruppe ein einsames Gehöft an, bestehend aus einer strohgedeckten Hütte, einer Scheune und einem Kornspeicher auf mannshohen Stelzen. Das Anwesen erinnerte Folkmar ungut an den Hof der Torfstecher. Auch hier gab es riesige Granitbrocken, die wie die Spielzeugbälle eines urzeitlichen Riesen in der Landschaft lagen. Hinter einem dieser Findlinge verbarg er sich und beobachtete, wie Yneke die Bewohner ansprach und herrisch ein Nachtquartier verlangte. Esens mit seinen behaglichen Herbergen war nicht mehr allzu fern, doch offenbar wollte er sich und seinen Leuten nicht zumuten, die restlichen ein, zwei Wegstunden in der beginnenden Dunkelheit zurückzulegen. Die Bauern gehorchten eingeschüchtert. Sie zogen sich mit ihren Kindern und Alten in die Scheune zurück und überließen Yneke, Almuth und dem Jungen das Wohnhaus.

Die drei schliefen also unter einem Dach, in einem Bett. Falls es noch eines Beweises bedurft hatte, dass Almuth und Yneke verheiratet waren und ein gemeinsames Kind hatten: Hier war er. Folkmar knirschte mit den Zähnen. *Warum? Wie kann das sein?*

Es war ein lauer, trockener, sternklarer Abend. Die Diener und Kriegsleute, unter ihnen Cord, lagerten unter freiem Himmel. Auf dem brachliegenden Feld unterhalb der Scheune zündeten sie ein Torffeuer an, ließen den Trinkschlauch herumgehen und schäkerten mit den Mägden.

Folkmar pirschte sich näher heran und duckte sich hinter einem Haufen Steine, die die Bauern ausgegraben hatten, um neues Ackerland zu gewinnen. Das Verlangen, Almuth aus der Nähe zu sehen, quälte ihn wie eine offene Wunde. Doch ins Bauernhaus einzudringen wäre Selbstmord.

Stattdessen beobachtete er das Kriegsvolk. Er war nah genug

herangekommen, dass er die Stimmen der Männer verstehen konnte. Er hörte heraus, dass Widzelt Yneke mit der Vogtei Duvelslond belehnt hatte. Offenbar wollte Yneke am nächsten Morgen einen Abstecher zum Hauptort des Kirchspiels machen. Während die Männer Bier tranken, sprachen sie darüber, was diese neue Entwicklung für ihre Zukunft bedeutete.

»Mehr Arbeit für uns, aber auch volle Schatullen«, erklärte Cord den anderen. »In Duvelslond gibt's einige reiche Bauern, der Zehnt wird nur so sprudeln. Das kommt auch uns zugute. Der Herr hat angekündigt, dass er uns ab Michaelis mehr Sold zahlen will.«

»Das sind treffliche Nachrichten«, brummte ein älterer Krieger mit ordentlich getrimmtem Vollbart und hob den Schlauch. »Auf Yneke, der heilige Jakob segne ihn!«

Die Männer tranken auf ihren großzügigen Vogt.

»Mehr Sold ist aber nicht alles«, sagte Cord, als der Schlauch bei ihm angekommen war. »Der Herr braucht tüchtige Männer, die ihm in Duvelslond zur Hand gehen. Gerichtsbüttel und so weiter. Also strengt euch an. Wer fleißig ist, kann auf einen gut bezahlten Posten mit einem eigenen Stück Land hoffen.«

Ein junger Söldling, dessen Stimme unpassend weich und melodisch klang, als wäre er ein geübter Sänger, nickte eifrig. »Zwei Kirchspiele zu verwalten ist gewiss nicht leicht. Könnte mir vorstellen, dass dem Herrn die Arbeit alsbald über den Kopf wächst. Wer weiß, vielleicht braucht er einen Stellvertreter.«

»Falls ja, wählt er bestimmt nicht dich aus, du Pferdefurz«, spottete der ältere Krieger. »Für diesen Posten kommt allein Cord infrage. Also mach dir keine Hoffnungen.«

Mehrere Männer brummten zustimmend. Cord selbst hüllte sich in Schweigen und trank einen großen Schluck Bier. Plötzlich stand er auf und entfernte sich vom Lagerplatz. Dabei kam er Folkmar entgegen. Als Folkmar bereits fürchtete, der Krieger würde ihn hinter dem Geröllhaufen entdecken, ging der abrupt nach rechts und blieb an einem Granitfindling stehen. In der Dunkelheit war er kaum noch zu erkennen. Ein Plätschern verriet, was Cord an dem Feldbrocken tat.

Da war sie, die Gelegenheit, auf die Folkmar seit Wochen wartete. Er musste sie nur beherzt beim Schopf ergreifen. Er nahm einen tiefen Atemzug. Pirschte sich lautlos an Cord heran, zog im Gehen den Dolch und hielt die Klinge dem Krieger von hinten an die Kehle. Der Mann wurde augenblicklich steif wie eine Schiffsplanke.

»Mitkommen«, flüsterte Folkmar ihm ins Ohr. »Ein Laut, und du stirbst.«

Cord wehrte sich nicht, als Folkmar ihn am Arm packte und vom Gehöft wegführte, ohne den Dolch von seinem Hals zu nehmen. Sie gingen nach Süden, den Moorausläufern entgegen. Als das Lagerfeuer nur noch ein glühender Punkt in der Nacht war, presste Folkmar dem Krieger die Speerspitze in den Rücken und schob sich den Dolch in den Stiefel.

»Da entlang.«

Cord erkannte seine Stimme. »Du«, knurrte er.

»Halt den Mund. Gib mir deine Waffen.«

Der Krieger legte das Wehrgehenk samt Schwert und Nierendolch ab. Folkmar nahm es in die freie Hand und forderte Cord zum Weitergehen auf.

In dieser Gegend kannte er sich aus, er war in den vergangenen Wochen oft zum Jagen hier gewesen. Er wählte einen Weg, auf dem selbst ein fähiger Fährtenleser Schwierigkeiten hätte, ihren Spuren zu folgen. Sie marschierten über steinigen Grund, durch ein Bachbett, über morastige Wiesen. Endlich erreichten sie das Moor. Der Hof war längst nicht mehr zu sehen. Um die gefährlichen Stellen, die es hier zuhauf gab, – tückische Sumpflöcher, in denen ein Mann vollständig versinken konnte – machten sie einen Bogen, was in der Finsternis nicht immer leicht zu bewerkstelligen war.

»Man sucht gewiss bereits nach mir«, sagte Cord.

»Hier draußen wird dich niemand finden.« Folkmar trieb seinen Gefangenen an, indem er ihn leicht mit dem Speer anstieß.

Hochmoor

Sie waren etwa eine halbe Meile ins Moor vorgestoßen, als Folkmar den Speer in den Boden rammte und Cord befahl, stehen zu bleiben.

»Zieh deinen Rock aus.«

Ohne Cord aus den Augen zu lassen, zerschnitt Folkmar den Waffenrock in Streifen. Anschließend hieß er den halb nackten Krieger, sich auf einen umgestürzten Baumstamm zu setzen. Mit den Stoffstreifen band er ihm jeweils die Hände und die Füße zusammen. Armselige Fesseln, aber besser als nichts.

»Was willst du von mir?«, blaffte Cord.

Folkmar betrachtete den Mann, den er beinahe so sehr verabscheute wie den Vogt. »Ist Almuth mit Yneke verheiratet?« Er brauchte absolute Gewissheit, was das betraf.

»Oh ja.« Ein dünnes Lächeln klaffte in dem groben Gesicht. »Als du abgehauen warst, konnte sie es nicht abwarten, sich einem richtigen Mann an den Hals zu werfen.«

Folkmar ließ die Faust vorschnellen. Cords Schädel flog in den Nacken. Er stöhnte.

»Beantworte meine Fragen und erspar uns beiden das dumme Geschwätz. Der Junge – ist er ihr Sohn?«

Cord zog geräuschvoll die Nase hoch und bejahte grunzend. »Er heißt Eger.«

Eger. Der Name echote in Folkmars Kopf. Hätten Almuth und er einen Sohn bekommen, würde er Jann heißen. Jann Folkmars. Der Gedanke war kaum zu ertragen, er schob ihn entschlossen fort. Cord sollte nicht sehen, wie sehr ihm dies zusetzte. »Was ist am siebten August einundneunzig in Aurich geschehen? Ich weiß, dass ihr etwas mit Ockos Tod zu tun habt. Habt ihr ihn umgebracht?«

Cord stierte ihn stumpf und trotzig an.

»Antworte!«

Als Ynekes Leibwächter noch immer schwieg, ohrfeigte Folkmar ihn mit dem Handrücken. Dabei wurde er derart wütend, dass er die Beherrschung verlor. Er traktierte Cord mit Faustschlägen, bis der Krieger auf den schlammigen Boden fiel.

»Ihr dreckigen Schweinehunde! Ihr Halunken, verkommenes Lumpenpack! Ihr habt mein Leben zerstört mit euren Lügen! Rede, oder ich brech dir alle Knochen und ertränk dich im nächsten Sumpfloch wie einen hundswütigen Köter!«

Noch ein Faustschlag, so hart diesmal, dass Cords Hinterkopf einen Zoll in den weichen Boden getrieben wurde. Folkmar ließ von ihm ab und zügelte sich. Hatte er Cord in seiner Raserei umgebracht? Nein, der Krieger regte sich stöhnend.

»Brauchst du noch mehr?«

»Nur zu, du Schwächling«, krächzte Cord. »Zeig, was du kannst … wenn du Manns genug bist.«

Folkmar packte ihn an den Armen und schleifte ihn zu einem Schlammtümpel. Er hatte noch nie einen Mann gefoltert, alles in ihm sträubte sich gegen einen solch barbarischen Akt. Doch er hatte keine Wahl. Anders würde er niemals Antworten bekommen.

Er presste Cord die Hand auf den Hinterkopf, stellte ihm das Knie auf den Rücken und tauchte sein Gesicht in den Morast. Zählte zwanzig Herzschläge und zog Cords Kopf an den Haaren aus der Schlammbrühe.

»Rede!«

Der Krieger keuchte und spuckte, aber er antwortete nicht. Folkmar tauchte ihn abermals unter. Diesmal zählte er dreißig Herzschläge. Cord zappelte unter ihm wie ein Fisch auf dem Trockenen.

»Rede!«

Nichts. Auf ein Neues. Vierzig Herzschläge. Cord wehrte sich so heftig, dass Folkmar all seine Kraft aufwenden musste, um ihn festzuhalten.

»Rede!«

Cord wollte etwas sagen, es gelang ihm nicht. Er erbrach einen Schwall Wasser. »Genug!«, japste er. »Hab … hab Erbarmen.«

Die Furcht vor einem qualvollen Erstickungstod hatte Cords Widerstand gebrochen, schneller, als es selbst die härtesten Schläge vermocht hätten. *Zum Glück.* Obwohl Folkmar diesen Mann verabscheute, fand er es entsetzlich, ihn derart zu peinigen.

Er zerrte Cord vom Tümpel weg und stellte ihm den Fuß auf die Brust.

»Nicht! … keine Luft.«

Folkmar ließ den Fuß, wo er war. »Was habt ihr in Aurich getrieben? Wer hat Ocko ermordet? Warum wurde er ermordet? Sag mir alles.«

Cord verzog das Gesicht zu einer Grimasse.

»Wenn du weiterhin schweigst, töte ich dich. Wenn du redest, kannst du vielleicht dein jämmerliches Leben retten. Die Wahl liegt bei dir.«

Cord nahm ihm die Drohung ab. »Ich … hab ihn nicht …« Er verstummte. Folkmar hob für einen kurzen Moment den Fuß, sodass der Krieger Luft holen konnte. »Ich hab ihn nicht ermordet«, begann er von Neuem. »Aber ich kann dir sagen, wer's getan hat.«

Folkmar zog den Speer aus dem Boden und hielt Cord die Spitze an die Kehle. »War es Yneke?«

»Versprich mir, dass mein Leben geschont wird.«

»Die tom Brok werden entscheiden, was mit dir geschieht. Wenn du Ocko wirklich nicht getötet hast, werde ich mich für dich einsetzen.«

»Das reicht mir nicht.«

»Mehr kann ich dir nicht anbieten.« Er drückte die Speerspitze gegen die weiche Stelle zwischen Kinn und Adamsapfel. Cord schluckte unwillkürlich.

»Schwör es! Schwöre, dass du bei den tom Brok ein gutes Wort für mich einlegen wirst. Sie sollen mich laufen lassen, wenn ich ihnen alles sage.«

»Ich werde mein Möglichstes versuchen. Du hast mein Wort.«

Cord haderte lange mit sich, ob er sich auf den Handel einlassen sollte oder ob ein schneller Tod hier und jetzt nicht vorzuziehen wäre. Folkmar ließ ihm die Zeit.

»Yneke hat Ocko erschlagen«, sagte der Krieger schließlich. »Yneke allein.«

»Aber du hast ihm geholfen. Man hat dich gesehen.«

»Ich habe nur die Leute vor der Schnappe aufgestachelt. Den Tumult angeheizt. Den tödlichen Streich hat Yneke geführt.«

Obwohl Folkmar seit Wochen ahnte, dass es auf diese Antwort hinauslief, wallte ungeheurer Zorn in ihm auf. *Hast mir einen Mord in die Schuhe geschoben, den du selbst begangen hast. Du Sauhund. Du Scheusal. Du verkommenes Stück Dreck. Wie niederträchtig kann man sein? Aber ich werde dich zu Fall bringen. Bei Gott, das werde ich.* »Warum hat er das getan?«

»Widzelt hat's ihm befohlen.«

»Um die Macht im Hause tom Brok an sich zu reißen, nehme ich an.«

»Ja.«

»Foelke und Keno wissen also nicht, dass er und Yneke Ocko auf dem Gewissen haben.«

»Sie glauben, ein Schieringer hätte ihn im Zorn erschlagen.« Cord sprach nun deutlicher. Er hatte sich überraschend schnell von der Folter erholt. Der Mann musste zäh wie ein Auerochse sein.

»Euer Plan ist also aufgegangen. Ynekes Intrige gegen mich – war das ein Alleingang von ihm, oder hat Widzelt ihm geholfen?«

»Weiß ich nicht genau.«

Folkmar trat Cord in die Rippen. »Denk noch mal nach.«

»Du Scheißkerl!«, keuchte der Krieger. »Der Teufel soll dich holen!« Er schnaufte eine Weile. Dann krächzte er: »Ich glaub, er hat ihm geholfen. Die falschen Zeugen – das war wahrscheinlich Widzelts Werk.«

»Ynekes Lohn dafür, dass er sich in Aurich die Hände schmutzig gemacht hat, was? Sucht Yneke noch nach mir?«

»Jetzt mit Sicherheit wieder. Er wird sich denken können, dass du mich verschleppt hast.«

»Er weiß also, dass ich noch lebe?«

»Er hat neulich eine Nachricht bekommen, dass du in Moormerland gesehen worden bist.«

»Und die tom Brok? Suchen die auch nach mir?«

»Glaub nicht. Foelkes Rachefeldzug ist zu Ende. Es sei denn, Yneke bittet sie jetzt um Hilfe.«

»Wie wahrscheinlich ist das?«

»Nicht wahrscheinlich. Yneke ist Widzelts Mann. Von Foelke hält er sich fern, wenn er kann.«

Folkmar hatte weitere Fragen, zahllose. »Lebt Abbe noch?« und »Hält man ihn nach wie vor in Marienhafe fest?« waren nur zwei davon. Doch mit einem Mal fühlte er sich unsagbar erschöpft. Er sank auf einen Baumstumpf. Seine Gedanken wirbelten durcheinander, verknoteten sich, rissen ab, es war einfach alles zu viel.

Er atmete mehrmals tief ein und aus. Am besten zerlegte er alles in einzelne Schritte. Was wären die nächsten? Cord an einen sicheren Ort schaffen. Die Nacht überstehen. Cord auf dem schnellsten Weg nach Marienhafe bringen, damit er Foelke sagte, was er wusste.

Dann, so Gott will, ist meine Unschuld bewiesen, meine Ehre wiederhergestellt.

Cord sprang auf und griff ihn an.

Es musste ihm gelungen sein, die provisorischen Fesseln zu lösen, zumindest an den Händen, während Folkmar mit seiner Verwirrung gerungen hatte. Der Krieger ging ihm an die Kehle, warf sich mit seinem ganzen Gewicht gegen ihn, sodass Folkmar vom Baumstumpf stürzte, den Speer verlor und unter dem schweren Körper begraben wurde. Sie rangelten, Cord bekam seinen Dolch zu fassen. Folkmar trat ihm in den Bauch, bevor er zustechen konnte. Der Krieger rollte über den Boden, verlor dabei den Dolch, holte ihn sich hastig zurück und durchtrennte mit einem geübten Schnitt die Fußfessel.

Folkmar hatte sich derweil aufgerappelt und das Schwert gezogen. Cord griff ihn nicht an. Er wirbelte herum und rannte davon.

»Yneke!«, brüllte er. »Ich bin hier. Hier!«

Folkmar setzte ihm nach, sie hetzten durch das Moor. Cord konnte allenfalls zehn, fünfzehn Schritte vor ihm sein, dennoch konnte er ihn nicht sehen, so finster war es. Zum Glück brüllte er die ganze Zeit.

»Hab ihn gefunden. Den Geächteten … Folkmar Janns!«

»Bleib stehen, du Narr!«, keuchte Folkmar zwischen zwei Atemzügen. »Du kennst dich hier nicht aus. Du wirst dich umbringen …«

Wie eine Antwort auf seine Warnung erklang ein Schrei, gefolgt von einem Platschen. *Bitte nicht.* Er wollte zu Cord eilen, zwang sich jedoch, langsam zu gehen, damit er nicht selbst in das Sumpfloch fiel. Seine Füße sanken bereits tief in den morastigen Boden ein.

»Hilfe!«, erklang es aus der Dunkelheit. »So hilf mir doch!«

Folkmar blieb abrupt stehen. Vor ihm erstreckte sich eine schwarze Fläche, die er vermutlich für eine Lichtung zwischen den Buchen gehalten hätte, wären da nicht die Sterne gewesen, die sich auf dem Wasser spiegelten. Undeutlich konnte er erkennen, dass Cord einige Schritte vom festen Grund entfernt mit den Armen ruderte.

»Keine hastigen Bewegungen! Damit machst du alles nur noch schlimmer. Ich helfe dir.«

Er machte sich an einem nahen Baum zu schaffen. Dessen Äste waren entweder zu kurz oder so dick, dass er es nicht schaffte, einen abzubrechen. Er versuchte es am nächsten Baum. Als er endlich einen brauchbaren Ast in den Händen hielt, war Cord bereits derart tief gesunken, dass nur noch sein Gesicht zu sehen war: ein ovaler Fleck, geringfügig heller als das umgebende Wasser. Folkmar legte sich auf den Bauch und hielt ihm den Ast hin.

Cord ruderte abermals mit den Armen. Die Bewegungen waren hektisch, ungeschickt, kraftlos. Offenbar hatte der Kerl bereits reichlich Wasser eingeatmet, sodass ihm allmählich die Sinne schwanden.

»Nimm ihn schon, verdammt!«

Als Cord den Ast endlich ertastete, versank er vollends. Es ging derart schnell, als hätte ihn etwas an den Füßen gepackt und in die Tiefe gezogen. Die Hände ließen den Ast los und verschwanden ebenfalls in dem schwarzen Höllenloch.

»Nein, verflucht!« Folkmar schlug mehrmals mit der Faust ins flache Uferwasser, dass es aufspritzte. »Nein, nein, nein!«

Es half nichts, kein noch so zorniger Protest konnte Cord retten. Der Krieger war ertrunken, und mit ihm Folkmars einzige Chance, seinen Namen reinzuwaschen. Er weinte vor Wut, Bitterkeit und Verzweiflung.

Er durfte hier nicht bleiben, musste fort, so schnell wie möglich. Im nächtlichen Moor trugen Geräusche weit. Möglicherweise hatte Ynekes Suchtrupp Cords Geschrei gehört und war bereits auf dem Weg hierher.

Mit tauben Gliedern rappelte er sich auf, stolperte los und floh einmal mehr in die Dunkelheit.

Yneke war müde von der durchwachten Nacht. Ihm schmerzte der Rücken, seine Beine waren schwer wie aufgequollenes Holz. Doch er war viel zu unruhig, um sich hinzusetzen. Wie getrieben ging er vor der Strohhütte umher. Die Bauern beäugten ihn, während sie ihrem Tagwerk nachgingen.

Ein falsches Wort, dachte er gereizt, *und ich lass euch auspeitschen.*

Er hielt Cords Schiffstau in den Händen und verdrehte den kurzen Strick, dass die Fasern knirschten. Sie hatten es bei dem Granitbrocken gefunden, wo Cord Wasser gelassen hatte, bevor er verschwunden war.

Der Morgen war bereits weit fortgeschritten, als der letzte Krieger zurückkam. Müde glitt der Mann aus dem Sattel. An seinen Schuhen und an den Beinlingen klebte Schlamm.

Yneke ging ihm eilends entgegen. »Und?«

»Es gibt Spuren, die ins Moor führen. Frische Spuren von zwei Personen. Leider verlieren sie sich nach einer Weile.«

Der Krieger mit dem kurzen grauen Vollbart schaute ihn betreten an. Yneke spürte Enttäuschung und Zorn in sich aufwallen, unterdrückte die Regung jedoch. Der Mann diente ihm schon lange, er kannte ihn als gewissenhaft. Ein guter Fährtenleser war er obendrein. Wenn er die Spur nicht verfolgen konnte, vermochte es niemand.

Yneke scharte die Kriegsleute um sich. »Einer von euch muss etwas gesehen haben«, sagte er in die Runde. »Irgendetwas! Denkt nach. Jede Einzelheit kann wichtig sein.«

Schweigen.

Zögernd trat ein junger Krieger vor, er hielt einen Beutel in den Händen. »Ich hab das gefunden.«

»Wann?«

»In der Nacht, als wir die Umgebung abgesucht haben.«

»Und damit kommst du erst jetzt zu mir?«

Furcht leuchtete in den hellen Augen auf. »Ich hielt es nicht für wichtig.«

»Gib her!« Yneke riss ihm den Beutel aus den Händen. Es war ein aus Fellstücken zusammengenähter Sack, der unangenehm roch. Darin befanden sich geräucherte Fleischbrocken und andere tierische Bestandteile. »Was ist das?«

»Wildschwein, würde ich sagen.«

Yneke unterdrückte ein Stöhnen. Diese Begriffsstutzigkeit konnte einen zur Weißglut treiben. *Sie sind genauso müde wie du. Hab Geduld mit ihnen.* »Was das zu bedeuten hat, meine ich.«

»Das Fleisch gehört dem Wegelagerer, schätze ich«, mutmaßte der Krieger mit dem Vollbart. »Er hat es verloren, als er Cord verschleppte.«

Ein Wegelagerer, der seinen Leibwächter entführt hatte – das war in der Tat die beste Erklärung für Cords Verschwinden. Sonderlich logisch war sie gleichwohl nicht. Warum sollte ein Räuber so etwas tun? Cord besaß keine Reichtümer, die sich zu stehlen lohnten. Er hatte auch keine wohlhabende Familie, die ein üppiges Lösegeld für ihn zahlen würde.

Es sei denn … *Folkmar Janns.* Yneke kniff die Lippen zu einer schmalen Linie zusammen, als er den Blick über das nahe Moor schweifen ließ. Konnte das sein? Unwahrscheinlich, aber nicht völlig abwegig. Möglicherweise war Folkmar alias Ubbe Sybeken aus Moormerland geflohen und hatte sich nach Harlingerland durchgeschlagen, um ihnen aufzulauern. Aber warum? Nur um Yneke zu schaden? Diese Erklärung für Cords Verschwinden war zu dünn. Es musste mehr dahinterstecken.

Was, wenn er herausgefunden hat, dass wir Ocko getötet haben? Wenn er Cord entführt hat, um die Wahrheit ans Licht zu bringen? Dieser Gedanke erfüllte ihn mit Schrecken.

Beruhige dich! Wie hätte er das herausfinden sollen? Wir waren überaus vorsichtig, haben unsere Spuren verwischt. Nicht einmal die mächtige Foelke ist uns auf die Schliche gekommen. Dass es stattdessen ein einzelner Geächteter geschafft haben soll, ist undenkbar.

Das sagte er sich so oft, bis sein Herz endlich zu rasen aufhörte. Vollends beruhigt war er gleichwohl nicht. Er musste so bald wie möglich mit Widzelt darüber sprechen, damit sie für den Fall der Fälle Vorsorge treffen konnten.

Yneke ließ den angehaltenen Atem entweichen.

Und Cord? Für den konnte er nichts mehr tun. Das Hochmoor im Herzen der Geest war viel zu groß, viel zu unübersichtlich, um es zu durchkämmen. Er musste hoffen und beten, dass Cord es schaffte, seinen Entführer zu überwältigen und den Heimweg zu finden.

Yneke wurde das Herz schwer. Cord war der einzige Freund, den er je gehabt hatte. Und nun musste er ihn im Stich lassen.

Er spuckte aus. »Sattelt die Pferde und macht den Wagen fertig. Wir brechen auf.«

Wenig später setzte sich der Tross in Bewegung. Yneke ritt neben dem Wagen, auf dem sein Weib und sein Junge saßen. War das ein Lächeln um Almuths Mund?

»Was gibt's da zu grinsen?«, fuhr er sie an.

»Ich grinse nicht.«

»Ich habe es gesehen. Du freust dich, dass Cord etwas zugestoßen ist, nicht wahr? Du konntest ihn nie leiden.«

Sie wandte ihm das Gesicht zu, es war so starr und ausdruckslos wie das Antlitz einer grob gefertigten Statue. »Keineswegs. Mein Herz hat gejauchzt bei seinem Anblick, und ich bekam nie genug von seiner freundlichen Gegenwart. Oh Cord, ich werde die erbaulichen Gespräche mit dir vermissen! Meine Gebete sind mit dir.«

»Herrgott, Weib, hoffentlich erstickst du eines Tages an deiner Bosheit!« Yneke gab dem Pferd die Sporen und preschte voraus.

Hochmoor

Folkmar schrak auf, war schlagartig hellwach. Er lag auf einem Fleckchen Gras, auf einer halbwegs trockenen Wiese inmitten der stinkenden Schlammtümpel und mäandernden Fehne. Er war die ganze Nacht durchmarschiert und schließlich vor Erschöpfung zusammengebrochen. Die Sonne stand hoch am Himmel. Er hatte bis zum Nachmittag geschlafen.

Ein voller Tag war vergangen, seit er das letzte Mal etwas gegessen hatte. Trotzdem verspürte er keinen Hunger. Ihm war speiübel zumute.

Er entfaltete die steifen Glieder und sammelte die wenigen Habseligkeiten ein, die ihm geblieben waren. Schwert, Speer, Trinkflasche. In der Nacht war er tiefer ins Moor geflohen, fort von Cords nassem Grab, fort von dem Bauernhof, obwohl alles in ihm danach geschrien hatte, Almuth noch einmal zu sehen. Niemand hatte ihn verfolgt, so schien es. Doch hier konnte er nicht bleiben. Er musste weiterziehen – nur wohin?

Moormerland hatte ihm kein Glück gebracht. In Harlingerland würde man nach ihm suchen, ebenso in jeder anderen Gegend, die unter der Knute der tom Brok stand. Blieb der Osten.

In den Landsgemeinden Östringen und Rüstringen herrschte noch immer Edo Wiemken, wie er dank Stirp Popken wusste. Der Häuptling war ein Feind der tom Brok, einer ihrer mächtigsten Rivalen um die Vormachtstellung in Ostfriesland. Das machte ihn nicht notwendigerweise zu Folkmars Freund, auch Wiemkens Büttel würden nicht eben freundlich mit ihm umspringen, wenn sie herausfanden, dass er geächtet war. Ynekes Häscher jedoch würden es nicht wagen, die Grenze Östringens zu überqueren, und das verminderte die akute Gefahr für Folkmar erheblich.

Den Speer als Wanderstecken benutzend und vor jedem Schritt den Boden prüfend suchte er sich einen Weg durch das schwüle, trügerische, stechmückenverseuchte Sumpfland.

Er versuchte seine Gedanken zu ordnen, sie auf die Zukunft zu richten. Es fiel ihm unendlich schwer. Was sollte er nun anfangen? Mit Cord Hanneken waren all seine Pläne gestorben. Dass er endlich Ockos Mörder kannte, nutzte ihm nicht das Geringste. Die Täter waren dieselben Männer, die ihn vernichten wollten, dieselben, die alle Macht in seiner Heimat in den Händen hielten. Es würde ihm niemals gelingen, ihre Verbrechen zu beweisen, geschweige denn, sie zur Strecke zu bringen und den eigenen Namen reinzuwaschen. Widzelt und Yneke waren Giganten, er nur ein armer Tropf, dessen einzige Chance auf Rettung soeben im Moor versunken war.

Sollte er seine Erkenntnisse an die zahlreichen Feinde der tom Brok verkaufen, in der Hoffnung, dass sie ihm im Gegenzug halfen? Ein verlockender Gedanke, oberflächlich betrachtet. Tatsächlich aber kaum durchführbar. Er kannte die genauen Machtverhältnisse nicht, somit konnte er nicht beurteilen, was Häuptlinge wie Edo Wiemken, Kanke Kanken oder Volkmar Allena mit diesem Wissen anfangen würden. Das Risiko, dass sie einem zerlumpten Geächteten nicht glaubten und ihn geradewegs an die tom Brok auslieferten, um sich irgendeinen Vorteil zu verschaffen, war schlichtweg zu groß.

Sollte er zur Küste gehen, auf einem Schiff anheuern und Friesland verlassen?

Vielleicht.

Vielleicht war es endlich, endlich an der Zeit, sich damit abzufinden, dass er sein altes Leben nicht zurückbekommen würde. Dass er anderswo ein neues anfangen musste. In England, in Norwegen, egal wo. Hauptsache, weit, weit weg von Yneke und Widzelt und ihrer Niedertracht.

Er war noch nicht bereit, diese Entscheidung zu treffen. Er würde sich nach Östringen durchschlagen und dann noch einmal über alles nachdenken. Wenn er ausgeruht wäre. Wenn sein Verstand wieder richtig arbeitete.

Als der Abend dämmerte, ließ er das Moor hinter sich und schlurfte durch unbewohntes Heideland. Unter einem ausladenden Wacholder sank er ins Gras und trank etwas Wasser. Noch immer verspürte er keinerlei Hunger. Allein beim Gedanken an Essen kehrte die Übelkeit zurück.

Er holte den Ring hervor. Glücklicherweise bewahrte er ihn seit einer Weile nicht mehr in dem Beutel auf – in dem Sack, den er in der letzten Nacht irgendwo vergessen hatte –, sondern trug ihn an einer Schnur um den Hals. Er betrachtete den Goldreif, den Rubin, die Initialen. Seltsamerweise wirkte der Ring noch immer so neu und makellos wie damals, als er ihn in Bremen abgeholt hatte. Obwohl sein Besitzer seit Jahren wie eine Ratte im Dreck hauste.

Almuth.

Almuth.

Almuth …

Der Name echote durch seinen Schädel wie ein ferner Hilferuf.

Er konnte nicht glauben, dass sie Yneke freiwillig geheiratet hatte, wie Cord behauptete. *Wollte* es nicht glauben. Man musste sie gezwungen haben, wie auch immer. Bei Gott, wenn er ihr nur hätte mitteilen können, dass er lebte!

Und dann? Das hätte ihr Los nur noch schwerer gemacht.

Folkmar vermochte sich nicht vorzustellen, was sie an Ynekes Seite erdulden musste.

Sie haben ein Kind. Einen Sohn. Eger heißt er.

Er schloss die Augen. Er weinte nicht. Er konnte es nicht, die Leere in ihm ließ es nicht zu.

Mit einer jähen Handbewegung steckte er den Ring zurück in den Kragen. Er stellte das stumpfe Ende des Speers auf den Boden, stemmte sich ächzend hoch und marschierte weiter. Setzte mechanisch einen Fuß vor den anderen wie ein Pilger, der stumpf und starrsinnig voranschritt, weil er noch nicht gemerkt hatte, dass er längst gestorben war und bereits durch die Unterwelt schlurfte.

Kapitel dreizehn

Den Haag

Sie erreichten die holländische Küste bei Flut. Das Schiffsvolk brachte den Anker aus und vertäute die Kogge an der Landungsbrücke, die vom Sandstrand aus weit ins Meer ragte. Zwei Matrosen öffneten die Relingspforte und schoben eine Laufplanke hindurch, und Foelke ging von Bord, gefolgt von Keno, Pieter und vier Leibwachen.

Der Bastard hatte sich nicht herabgelassen, sie zu begleiten. Offenbar hielt er es nicht für nötig, sein unziemliches Verhalten vor ihrem Lehnsherrn zu verteidigen. *Er muss sich seiner Sache sehr sicher sein.* Foelke war deswegen gleichermaßen wütend wie besorgt.

Der Hafen war klein und schlicht. Es gab keine Kais, nicht einmal ein Leuchtfeuer, nur diesen Anlegesteg aus gebleichtem, silbrigem Holz sowie einen weiteren, an dem mehrere Fischerboote dümpelten. Menschen waren keine zu sehen. Gleichwohl musste man ihre Ankunft bemerkt haben. Zwei Hellebardiere in den Farben der Grafschaft Holland erschienen auf der Landungsbrücke und nahmen sie in Empfang. Foelke erklärte ihr Begehr, und man führte sie durch das raschelnde Dünengras zum niedrigen Sommerdeich.

Sie erklommen die Böschung.

Vor ihnen lag Den Haag.

Der Rittersaal – das Grafenschloss – stand an einem weiten Platz im Zentrum der Siedlung. Er war das einzige Steingebäude am Ort und wirkte wie eine Kathedrale mit seinen spitzen Türmen, scharfen Mauervorsprüngen und verschnörkelten Giebeln. Wie ein Tempel des Herrn überragte es die benachbarten Herbergen, Werkstätten und Stallungen um ein Vielfaches.

Graf Albrecht empfing sie im großen Saal, der fast das gesamte

Gebäude ausfüllte. Für Foelke hatte er nur ein knappes Nicken übrig. Ihren Sohn hingegen begrüßte er freudig.

»Schaut ihn an, den jungen Herrn Keno, wie groß er geworden ist! Du bist wahrlich zu einem stattlichen Burschen gereift. Dein Vater wäre stolz auf dich. Wie geht seine Ausbildung voran?«, erkundigte er sich.

»Er macht gute Fortschritte mit Schwert und Schild«, berichtete Pieter. »Bald kann er auf dem Schlachtfeld seinen Mann stehen.«

»Das freut mich zu hören. Wieso kommst du nicht nach Den Haag und lebst eine Weile an meinem Hof?«, wandte sich der Wittelsbacher an Keno. »Hier könnten wir deine Fähigkeiten verfeinern und dich mit Männern zusammenbringen, deren Freundschaft dir später einmal nutzen würde.«

Keno war sichtlich angetan von diesem Vorschlag. Foelke musste seine Begeisterung dämpfen.

»Die Einladung ehrt uns, Euer Gnaden. Aber unter den gegenwärtigen Umständen ist es ratsam, dass Keno in Brokmerland bleibt und sich auf seine Aufgaben als Häuptling vorbereitet. Vielleicht kommen wir später auf Euer großzügiges Angebot zurück.«

Zu ihrer Erleichterung war Albrecht nicht gekränkt. »Was führt euch zu mir?«, fragte der Graf, während ein Diener vier Kelche mit Wein und Wasser füllte.

»Leider bringen wir Euch schlechte Neuigkeiten«, erklärte Foelke. »Widzelt hält sich nicht an unsere Absprachen. Er beansprucht mehr Macht, als ihm zusteht. Etwa erdreistet er sich, den Titel eines Häuptlings zu tragen.«

»Häuptling«, wiederholte Albrecht, und es lag Geringschätzung darin. »Ich habe nie recht verstanden, was es damit auf sich hat. Entspricht das einem Grafen, einem Herzog?«

»Man kann einen Häuptling nicht mit den Fürsten des Heiligen Römischen Reiches vergleichen – die Adelsherrschaft ist uns Friesen fremd«, erklärte Keno. »So nennen wir einen Grundherrn, der reich und mächtig genug ist, die Gerichtsgewalt auszuüben und Männer in die Schlacht zu führen. Davon abgesehen genießt er nicht mehr Rechte als alle anderen freien Friesen.«

»Also ein *primus inter pares* – ein Erster unter Gleichen.«

»Das trifft es gut, Euer Gnaden.«

»Wenn Widzelt als Häuptling keine Privilegien erhält, die über seine bisherigen hinausgehen, stellt sich die Frage, warum ihr mich mit dieser Lappalie behelligt«, sagte Albrecht ungehalten.

Foelke und Keno waren schockiert.

»Das ist keineswegs eine Lappalie«, widersprach Foelke, als sie sich gefasst hatte. »Ihr müsst ihm diese Anmaßung untersagen.«

»Wieso? ›Häuptling‹ – das ist nur ein Wort. Soll er sich so nennen, wenn es ihm gefällt. Er hat sich ja nicht zum Fürsten ausgerufen, sodass ich einschreiten müsste, um die gerechte Herrschaft wiederherzustellen.«

»Widzelt greift nach der Macht! Er will Keno sein Erbe streitig machen.«

»Du siehst Gespenster. Als wir im Jahre 1391 zusammensaßen, hat er geschworen, Kenos Ansprüche zu respektieren und sich zurückzuziehen, sobald der Junge mündig ist. Diesen Eid wird er achten, ob er sich nun Häuptling nennt oder nicht.«

»Bei allem Respekt, Euer Gnaden, aber ich glaube, Ihr unterschätzt seine Machtgier. Ich bitte Euch inständig, ihn in die Schranken zu weisen und …«

»Na schön, na schön«, fiel Albrecht ihr ins Wort. »Ich sehe, du wirst mir keine Ruhe lassen. Wenn euch diese Angelegenheit so sehr ängstigt, werde ich Widzelt einen Brief schreiben und ihn auffordern, jenen seltsamen Titel niederzulegen.«

»Einen Brief«, echote Foelke. Das würde nicht das Geringste bewirken. Widzelt würde ein wenig vor Albrecht zu Kreuze kriechen, sodann über den fürstlichen Befehl lachen – und Häuptling bleiben.

Doch der Wittelsbacher gestattete keinen Protest gegen die Entscheidung. »Genug davon«, sagte er. »Sprechen wir nun über dich. Auch du hast deine Befugnisse überschritten, und nicht zu knapp.«

Sie runzelte die Stirn. »Euer Gnaden?«

»Ich ließ dich gewähren, als du die Schieringer zu Dutzenden aufs Schafott gebracht hast. Ich wollte dir deine Rache zugestehen, obwohl ich deine Methoden überzogen fand, gelinde gesagt. Aber die Vetkoper aufzustacheln ging zu weit. Ist dir klar, was du angerichtet hast? Deinetwegen tobt im Westergo ein Krieg!«

»Schieringer und Vetkoper bekämpfen einander, seit ich denken kann«, rechtfertigte sie sich. »Dass die Gewalt wieder aufflammt, wenn ich Ockos Mörder der Gerechtigkeit zuführe, war nicht zu vermeiden. Hätte ich deswegen auf die Strafaktion verzichten sollen? Dann hätte die Familie tom Brok genauso gut abdanken können, denn ganz Friesland hätte uns für Schwächlinge gehalten.«

»Du hast absichtlich Öl ins Feuer gegossen«, grollte Albrecht. »Das war kein notwendiges Übel und schon gar kein Zeichen von Stärke, sondern schlichtweg töricht!«

Foelke hatte sich vorgenommen, demütig aufzutreten, um es sich nicht vollends mit ihrem Lehnsherrn zu verscherzen. Nun aber war ihre Geduld erschöpft. Albrecht ließ sie nicht nur schmählich im Stich. Er stellte es obendrein so dar, als wäre nicht Widzelt das Problem, sondern sie. »Würdet Ihr das auch sagen, wenn ich ein Mann wäre?«, erwiderte sie schneidend.

»Was soll das denn heißen?«

»Ich werde das Gefühl nicht los, dass Ihr mein Vorgehen vor allem deshalb missbilligt, weil ich eine Frau bin …«

»Mutter«, warnte Keno leise, doch sie ließ sich nicht bremsen.

»Hätte Ocko oder irgendein anderer Euch treu ergebener Mann derart durchgegriffen, dann wäre ihm Eure Anerkennung sicher gewesen. Ihr hättet ihn für seine Tatkraft gelobt. Aber dass sich eine Frau erfrecht, die Feinde ihrer Familie zu bekämpfen, statt artig Stickarbeiten zu machen, darf nicht sein, richtig? Es stellt die heilige Ordnung der Welt auf den Kopf.«

»Völliger Unsinn! Darum geht es nicht!«

»Davon abgesehen«, setzte sie nach, »kommt Eure Kritik reichlich spät. Wenn es derart schädlich war, dass ich die Vetkoper auf Ockos Mörder angesetzt habe, warum habt Ihr fast drei Jahre gewartet, mir das zu sagen? Warum seid Ihr nicht frühzeitig eingeschritten? Liegt es womöglich daran, dass Euch die Unruhen im Westergo insgeheim ganz gut gefallen? Wenn der Landstrich im Chaos versinkt, ist er alsbald geschwächt, sodass Ihr ihn Euch endlich einverleiben könnt. Aber das könnt Ihr natürlich nicht zugeben. Ihr seid schließlich kein Usurpator, sondern der gütige und gerechte Graf Albrecht, der Freund aller Friesen. Also lieber das böse Weib schelten und für alles verantwortlich machen – statt ihm zu danken, dass es Euch dem ersehnten Ziel näher gebracht hat.«

Schweigen sank herab wie ein Henkersbeil. Pieter stand erstarrt da, als hätte er die Medusa mit dem Schlangenhaar erblickt. Was soeben geschehen war, schien den schlachtengestählten Ritter mehr zu erschrecken als eine heranstürmende Feindeshorde.

»Noch nie hat eine Frau es gewagt, solch unverschämte Worte an mich zu richten«, sagte Albrecht mit frostklirrender Stimme. »All das Gerede über dich trifft zu – du bist wahrlich Quade Foelke. Du kannst von Glück sagen, dass ich große Stücke auf Keno halte. Andernfalls würde ich euch zum Teufel jagen und das Lehnsverhältnis hier und jetzt aufkündigen. Man wird euch eine Kammer herrichten. Ihr dürft die Nacht in meinem Haus verbringen, aber morgen früh steigt ihr auf euer Schiff und verschwindet. Ich will euch für lange Zeit nicht mehr sehen.«

Der Graf empfahl sich ohne ein Wort des Abschieds.

»Das war nicht klug«, sagte Keno, als man sie zu ihrer Kammer führte.

»Klug vielleicht nicht – aber notwendig. Ich musste ihn spüren lassen, dass er so nicht mit uns umspringen kann.«

»Er ist unser Schirmherr. Es ist nicht gut, wenn er uns zürnt. Er wird uns nie wieder helfen.«

»Weil seine Unterstützung bisher ja im Übermaß geflossen ist«, meinte Foelke gallig. »Sag – was hat es uns gebracht, dass wir ihm Gefolgschaft geschworen haben?«

Darauf wusste Keno keine Antwort. »Trotzdem solltest du dich bei ihm entschuldigen, ehe wir abreisen. Die Feindschaft eines Fürsten ist das Letzte, was wir jetzt brauchen.«

»Ach, das ist nicht zu befürchten. Du hast ihn doch gehört. Er schätzt dich und will dich an der Spitze Ostfrieslands sehen. Allerdings wirst du da allein hinkommen müssen. Wir sind auf uns gestellt und können nicht auf ihn zählen. Das ist heute endgültig klar geworden.«

Gleichwohl musste Foelke ihrem Sohn recht geben. Eine Entschuldigung für die harschen Worte wäre vernünftig. Vielleicht konnte sie sich morgen dazu durchringen.

Jetzt war sie dafür zu wütend.

Sie betraten das Schlafgemach, wo sie ungestört waren. Widzelt verriegelte die Tür.

»Sprich«, forderte er seinen Besucher auf.

»Cord Hanneken ist verschwunden«, berichtete Yneke. »Vor ein paar Tagen, als wir heimkehrten. Alles deutet daraufhin, dass er verschleppt wurde.«

Widzelt runzelte die Stirn. »Wegelagerer?«

»Es könnte Folkmar Janns gewesen sein.«

»Folkmar Janns? Lächerlich. Der Kerl muss doch seit Jahren tot sein.«

»Ich glaube, er lebt. Fockos Leute haben ihn – oder jemanden, der ihm ähnlich sieht – in Moormerland gesehen. Leider ist er ihnen entwischt. Möglicherweise hat er sich nach Harlingerland durchgeschlagen und Cord entführt.«

»Warum hätte er das tun sollen?«

»Vielleicht ist er uns auf die Schliche gekommen und sucht nach Beweisen.«

Widzelt knirschte mit den Zähnen. Das war leider eine Möglichkeit, mit der sie rechnen mussten. Allena hatte schließlich auch das eine oder andere herausgefunden. Er verfluchte Focko. Der Mann war ein Maulheld, der versagte, wenn es darauf ankam.

»Versteh mich nicht falsch – ich möchte keine Panik schüren«, sagte Yneke. »Vielleicht gibt es eine harmlose Erklärung für Cords Verschwinden. Vielleicht hat er sich aus irgendwelchen Gründen ins Moor gewagt und ist ersoffen. Aber wir sollten uns wappnen für den Fall, dass Folkmar Janns dahintersteckt.«

»Ich werde die Vögte alarmieren. Sie sollen die Augen offen halten.«

»Wir sollten außerdem die Steckbriefe erneuern, damit auch das Volk gewarnt ist.«

»Keine Steckbriefe. Wir müssen das diskret handhaben. Wenn Foelke mitkriegt, dass wir den Kerl suchen, wird sie Fragen stellen – und womöglich wieder anfangen herumzuschnüffeln.«

»Wenn du die Vögte auf ihn ansetzt, wird sie das in jedem Fall erfahren«, gab Yneke zu bedenken.

»Lass das meine Sorge sein«, sagte Widzelt, als sein Besucher skeptisch dreinblickte. Selbstverständlich würde er nur die ihm treu ergebenen Vögte benachrichtigen und die Männer obendrein zu strikter Geheimhaltung verpflichten. Jene, die zu Foelke standen, würde er im Glauben lassen, Folkmar Janns sei längst tot. Dass es deren noch immer einige gab, musste Yneke nicht wissen. »Der Kerl wird es nicht schaffen, uns zu schaden«, versuchte er den Freund zu beruhigen. »Wenn alle Stricke reißen, haben wir immer noch die Geisel, mit der wir ihn gefügig machen können.«

Yneke wirkte nicht überzeugt. »Wie denn, wenn Foelke den Buckligen schützt?«

»Folkmar Janns weiß nicht, dass sie das tut.«

»Das mag sein. Aber dass ich nicht über meine Geisel verfügen kann, wie ich will, ist kein Zustand«, murrte Yneke. »Unternimm endlich etwas dagegen.«

In den vergangenen Jahren hatte Widzelt gelegentlich erwogen, den Buckligen bei Nacht und Nebel wegschaffen zu lassen, um ihn Foelke zu entziehen. Er hatte sich stets dagegen entschieden. Deswegen den Machtkampf mit ihr und Keno eskalieren zu lassen, das war ihm die Sache nicht wert. Es gab wahrlich wichtigere Schlachtfelder, die all seine Kraft erforderten. »Vorsicht«, warnte er scharf. »Ohne dich und deinen kleinlichen Hass auf die Osinga hätten wir weder das Problem mit Folkmar Janns noch jenes mit Abbe Wilken. Also lass gefälligst die Vorwürfe.«

Wie üblich hatte die Rüge die gewünschte Wirkung. Yneke verstummte eingeschüchtert. Er dankte ihm knapp für die Audienz und trollte sich.

Widzelt ließ sich auf einen Stuhl fallen und griff nach der Weinkanne. An Tagen wie diesem fühlte er sich unendlich müde. Der Weg zur Herrschaft war gepflastert mit Scherereien, ständig tauchten neue auf und machten ihm das Leben schwer. Er wünschte, er hätte Yneke damals nicht geholfen bei dieser überflüssigen Intrige gegen die Osinga. Es hätte ihm einigen Ärger erspart. Leider brauchte er Yneke und musste ihm bisweilen ein paar Brocken hinwerfen, um ihn bei Laune zu halten.

War es Enne Rycken Hylkena bei seinem Aufstieg zum Häuptling weiland ähnlich ergangen? *Ich wette, Enne musste sich nicht den ganzen Tag mit lästigen Unterlingen und deren kleinkarierten Ambitionen herumschlagen.*

Er trank. Er schaute aus dem Fenster. Er betrachtete die Leybucht, die glitzernde See.

Heiliger Petrus, bitte lass ein Unwetter aufkommen, damit Foelke und Keno vor Holland kentern und ersaufen.

Petrus geruhte ihn nicht zu erhören. Strahlender Sonnenschein, kaum eine Wolke am Himmel. Der Wind stöhnte lustlos wie eine Hure am Ende einer langen Nacht.

Widzelt verzog den Mund und füllte den Becher bis zum Rand.

VIERTES BUCH

ISEBRAND

September 1395 bis Februar 1396

Kapitel eins

Östringen

Heute war Folkmars Glückstag.

Die Brandung hatte einen beschädigten Ewer auf den Strand geworfen. Das Fischerboot musste während der letzten Ebbe havariert sein, das anlaufende Wasser hatte es an Land gespült. Das geschah nicht eben selten in der Jadebucht. Tückische Untiefen, unberechenbare Strömungen und schwer erkennbare Sandbänke machten das Wattenmeer vor dieser Küste zu einer gefährlichen Falle für unerfahrene Seeleute.

Folkmar zerrte den Handkarren durch den Dünensand, ließ ihn auf der Salzwiese stehen und näherte sich dem Ewer mit gezogenem Schwert. Er hatte das Wrack entdeckt. Nach dem Strandrecht hatte er Anspruch auf jegliche Fracht, die es enthielt. Die Christenpflicht jedoch gebot, dass er sich zunächst um etwaige Überlebende kümmerte. Er warf einen Blick hinein.

Für den Fischer war dies kein Glückstag.

An seiner Schläfe klaffte eine Platzwunde. Vermutlich hatte er sich am Mastbaum den Kopf angeschlagen und war daraufhin ertrunken. Die Leiche lag mit dem Gesicht nach unten im Wasser, das in den leckgeschlagenen Rumpf eingedrungen war. Folkmar bekreuzigte sich. Sodann steckte er das Schwert weg und durchsuchte das Wrack. Die Ausbeute war mager. Mehrere abgenutzte Taue, zerrissenes Segeltuch, ein paar Angelschnüre und -haken. Immerhin ein Korb voller Fisch, der ihn einige Tage ernähren würde. Er holte den Karren und lud alles hinein. Der Fischer war ein großer Mann gewesen. Folkmar zog der Leiche Rock, Bruche und Gugel aus. Später würde er die Kleidung im Fluss waschen. Sie war recht neu und sollte ihm einigermaßen passen.

Zu guter Letzt brach er einige Planken aus dem Rumpf, indem er von innen dagegentrat, bis sie sich von den Spanten lösten. Nachdem er das Holz auf den Karren geworfen hatte, betrachtete er den Toten. Noch war er allein auf dem Strand, aber das würde nicht ewig so bleiben. Im nahen Marschland wohnten Bauern. Sobald sie das havarierte Boot erblickten, würden sie die Fracht beanspruchen. Folkmar täte gut daran, rasch zu verschwinden. Doch er wollte die Leiche nicht einfach so liegen lassen. Der namenlose Fischer hatte ihn mit Nahrung, Kleidung und nützlichem Strandgut versorgt – Folkmar war ihm etwas schuldig. Er versteckte den Karren im hohen Strandhafer, schulterte die Leiche und schleppte sie zu den Dünen. Mit einem kurzen Plankenstück grub er ein Loch, legte den Toten hinein und bedeckte ihn mit hellem Sand.

Ich sollte ein Gebet sprechen. Aber zu wem sollte er beten? Gott und die Heiligen hatten ihn längst verlassen. »Ruhe in Frieden, unbekannter Freund«, brummte er lediglich und bekreuzigte sich noch einmal, ehe er sich abwandte und den Karren durch die Dünen schob.

Der Himmel spannte sich wie eine niedrige Kellerdecke über das Land, schwer und bleigrau. Die Fransen seiner zerschlissenen Kleidung flatterten im Westwind. Hinter ihm eroberte das Meer den letzten Streifen Watt und rollte schäumend auf die Salzwiese zu. Es war kalt für Mitte September. Vermutlich stand ihm abermals ein früher Winter bevor. Folkmar betrachtete seine Funde. Mit den Tauen konnte er nicht viel anfangen. Vielleicht konnte er sie gegen Essen und Torf eintauschen – sofern er jemanden fand, der mit ihm handeln wollte. Von den Bewohnern der Gegend hielt er sich fern. Die Erfahrung mit Stirp und Ludgher Popken hatte ihn gelehrt, Kontakte zu Einheimischen zu vermeiden. Egal wie gastfreundlich sie sich verhielten – früher oder später würden sie ihn verraten. Mit Händlern oder Pilgern auf der Durchreise Tauschgeschäfte zu machen war ungefährlicher.

Er schob den Karren über den niedrigen Sommerdeich, durch die brachliegenden Äcker, zu einem Geestrücken, der bis auf eine halbe Meile an die Küste herankam. Der von Gestrüpp überwucherte Sandbuckel verbarg ihn vor den Blicken der Bauern, die in der Nähe arbeiteten. So gelangte er unbehelligt ins dünn besiedelte Heideland. Es fing an zu regnen, schwere Tropfen ploppten auf seine Gugel, auf den

Kittel aus Lederstücken. Mit hochgezogenen Schultern schob er den Karren zu seinem Versteck.

Nach seiner Flucht aus Harlingerland hatte er sich nach Östringen durchgeschlagen, wo er sich vor Ynekes Nachstellungen sicher glaubte. Seit vier Monaten hauste er in den Überresten einer uralten Festung, zwischen grasbewachsenen Erdwällen und Gräben voller Dornenranken. Abbe hatte ihm vor vielen Jahren erzählt, dass einst die Nordmänner über Ostfriesland geherrscht hätten: blutrünstige Gesellen, die auf Drachenschiffen über das Meer gekommen waren. Vor über fünfhundert Jahren sei das gewesen. Hatten die Nordmänner die Festung in der Geest erbaut und darin gehaust, bis die Friesen sie schließlich vertrieben hatten? Es war nur eine Vermutung. Einen Beweis dafür fand er nicht, so gründlich er das Gelände auch absuchte. Letztlich kümmerte es ihn nicht. Entscheidend war, dass die alte Festung fernab jeglicher Höfe und Karrenpfade lag. Hier ließ man ihn in Ruhe. Die Erdwälle schützten ihn obendrein vor stürmischen Böen.

An einer Stelle, wo der Ringwall gut erhalten war, hatte er aus Steinen, Ästen und Treibgut eine einfache Hütte gebaut, deren Rückseite am Grasbuckel lehnte. Vor dem Verschlag stellte er den Karren ab, trug den Korb hinein und nahm die Fische aus. Während sie über dem Torffeuer räucherten, arbeitete er die Schiffsplanken in Wände und Decke der Hütte ein, um sie stabiler zu machen und abzudichten.

Inzwischen regnete es in Strömen, Erde und Himmel verschmolzen zu einem grauen Einerlei. Rasch schlüpfte er hinein, zog die durchweichten Kleider aus und hängte sie zum Trocknen auf. Nackt setzte er sich ans Feuer. Monoton trommelte der Regen auf die Planken. Folkmar flickte seine Schuhe mit den Angelschnüren und zog anschließend den Wetzstein über die Schwertklinge.

So verbrachte er jeden Tag von früh bis spät. Arbeiten, bis ihn Erschöpfung überkam, bis ihm die Augen zufielen und er traumlos schlief. Immerzu in Bewegung bleiben, die Hände beschäftigt halten, damit der Verstand dumpf dahindämmern konnte. Auf keinen Fall innehalten und denken. Wenn er anfing zu denken, sprang ihn die Verzweiflung aus der Finsternis an und rang ihn nieder.

Foelke beobachtete Keno und Pieter, die auf der Salzwiese fochten. Der kalte Wind zerrte an ihrem Wollmantel und trug mal das silbrige Klirren der Schwerter, mal das spöttische Krächzen der Möwen heran. Das Meer kroch allmählich in die Leybucht zurück und brandete schäumend über das Watt.

Keno wich schrittweise zurück und parierte die kraftvollen Hiebe des Langen Schwertes, das Pieter mit beiden Händen schwang. Er geriet zunehmend in die Defensive, kaum noch gelang es ihm, selbst einen Streich gegen seinen Gegner zu führen. Foelke presste die Hände auf Nase und Mund. Sie hatte das schon so oft gesehen. Alsbald würde Keno einen Fehler machen, entweder weil ihm die Kräfte schwanden oder weil er die Geduld verlor. Pieter würde ihn niederstrecken, und er würde mit rotem Gesicht im Gras liegen, weinend vor Zorn.

Freilich, der Junge hatte dazugelernt in den letzten Monaten, war mit jeder Woche ein klein wenig schneller, geschickter, sicherer geworden. Bei den Übungsgefechten merkte man davon freilich leider wenig. Wenn Pieter spürte, dass Kenos Fähigkeiten gestiegen waren, traktierte er ihn sogleich mit härteren Lektionen. Er hielt nichts davon, einen Schüler zu schonen. Foelkes Bitte, ihren Sohn nicht zu entmutigen, hatte er abgeschmettert.

»Im Feld nimmt auch niemand auf ihn Rücksicht«, hatte der Ritter lapidar erklärt. »Wenn er im Kampf gegen mich scheitert, lernt er. Wenn er gegen einen echten Gegner scheitert, ist er tot.«

Und der Junge scheiterte, er scheiterte jeden einzelnen Tag. Der Wundarzt, der all die Beulen, Blutergüsse und Blessuren verarztete, die Keno dabei erlitt, verdiente sich eine goldene Nase. Vermutlich hantierte der Knochenflicker demnächst mit einem diamantenen Skalpell, schlüpfte nach getaner Arbeit in ein Brokatgewand und ritt auf einem kastilischen Hengst nach Hause. Wenn Keno ihr eines Abends das Wehrgehenk vor die Füße geworfen und verkündet hätte, er werde nie wieder ein Schwert in die Hand nehmen, hätte sie das sogar verstanden. Doch der Junge tat nichts dergleichen. Er biss die

Zähne zusammen und ertrug den Schmerz. Unter Tränen, mitunter brüllend vor Wut, doch er ertrug es. Jeden Tag lernte er Angriff und Verteidigung, Beinarbeit, die Vorzüge verschiedener Handwaffen, den richtigen Einsatz des Schildes. Keno war grimmig entschlossen, ein fähiger Krieger zu werden. Besser als Widzelt, besser als sein Vater. Besser als jeder andere Mann in den Sieben Seelanden.

Pieter war es zu verdanken, dass die täglichen Niederlagen ihn nicht demoralisierten. Der Holländer war ein harter Lehrer, aber kein sadistischer. Er verhöhnte den Jungen nicht, wenn er am Boden lag, sondern half ihm auf, legte ihm sachlich seinen Fehler dar, lobte seine Fortschritte und ermutigte ihn, es noch einmal zu versuchen. Das war ein fruchtbarer Boden, auf dem Kenos Selbstbewusstsein prächtig gedieh.

Foelke hielt den Atem an, als ihr Sohn Anlauf nahm und brüllend auf den Ritter zustürmte, um ihn zu rammen. *Das kann nicht gut gehen!* Doch erstaunlicherweise glückte das Manöver. Pieter hieb ihm hart auf den Schild, was Keno nicht aufhielt. Der Schild prallte auf den Plattenharnisch, der Ritter taumelte rückwärts.

»Gut!«, dröhnte seine Stimme unter dem Helm.

Hätte Pieter gewollt, wäre er just zum Angriff übergegangen, und Keno hätte kurz darauf wieder im Gras gelegen. Es würde noch Jahre dauern, bis er seinem Meister gewachsen wäre. Pieter aber ließ das Schwert sinken und signalisierte damit, dass er eine Pause machen wollte.

Der Ritter klappte das Helmvisier hoch. Seine spitze Nase war etwas gerötet, davon abgesehen wirkte er kaum erschöpft. Keno hingegen schnaufte und schwitzte. Und strahlte über das ganze Gesicht.

»Erklär mir, warum der Angriff gelungen ist«, forderte Pieter ihn auf.

Keno wischte sich den Schweiß aus den Augen. »Das Lange Schwert«, sagte er. »Damit hält man den Gegner auf Distanz. Kommt der Angreifer nah heran, kann man es nicht mehr richtig schwingen.«

Der Ritter nickte zufrieden. »Jede Waffe hat Vor- und Nachteile. Mache dir beides zunutze.«

Der Junge grinste. »Fast hätte ich dich umgeworfen. Dann hättest du dagelegen in deiner Rüstung und gestrampelt wie ein fetter Mistkäfer.«

»Träum weiter«, gab Pieter gutmütig zurück. »Trink etwas und stärk dich, damit wir fortfahren können.«

Während der Ritter das Schwert in den Boden rammte und an den Helmverschlüssen herumfummelte, ging Keno zum Tisch am Rand der Wiese und ließ sich auf den Stuhl fallen.

»Hast du gesehen, wie ich ihn zurückgestoßen habe?«

Foelke lächelte. »Das hast du gut gemacht.«

Ihr Sohn setzte den Humpen so schwungvoll an die Lippen, dass ihm Dünnbier auf das Wams troff. Anschließend biss er von der Wurst ab. »Das war das erste Mal, dass ich ihn geschlagen habe!«, frohlockte er kauend.

Sie brachte es nicht übers Herz, ihm zu sagen, dass Pieter ihm diesen kleinen Triumph geschenkt hatte. »Nennen wir es ein Patt.«

»Ein Patt? Hätte er die Lektion nicht abgebrochen, dann hätte ich ihn zu Fall gebracht. Er wäre hilflos gewesen. In einem echten Kampf hätte ich ihn mit dem Misericordia töten können.«

»Nicht übermütig werden«, mahnte sie ihn freundlich. »Du musst noch viel lernen, bis du einen solch erfahrenen Kämpfer bezwingen kannst.«

Das wollte Keno nicht hören. »Immerzu musst du mich kritisieren. Kannst du nicht einfach zugeben, dass ich gut geworden bin?« Mit mürrischer Miene stopfte er Unmengen von Essen in sich hinein, wie es nur ein Fünfzehnjähriger vermochte.

Es tat ihr leid, dass sie ihm seinen Erfolg madiggemacht hatte. »Du bist gut«, lobte sie und fügte in Gedanken hinzu: *Für dein Alter.*

Er war beträchtlich gewachsen im letzten halben Jahr. Seine Schultern waren breiter geworden, die Muskeln an Armen und Beinen merklich geschwollen. Foelke beobachtete mit Stolz, wie er zu einem stattlichen jungen Mann reifte. Und doch … sein Gesicht wies noch immer weiche kindliche Züge auf, und er zeigte wenig Interesse am anderen Geschlecht. Das machte ihr Sorgen. Ocko war schon als Vierzehnjähriger eifrig den Mägden nachgestiegen und hatte einen Bastard gezeugt.

Es wird noch lange dauern, bis er seinem Halbbruder gewachsen ist. Hoffentlich ist Widzelt nicht bereits zu stark, wenn Keno endlich so weit ist, sein Erbe einzufordern.

Sie beschloss, diese bedrückenden Gedanken für sich zu behalten. Niemandem wäre damit gedient, wenn sie ihren Sohn unter Druck setzte.

Als die Glocke der Marienkirche zur Sext rief, setzte Pieter den Helm auf und befahl seinem Schüler, sich für die nächste Lektion bereit zu machen. Beflügelt von seinem Erfolg griff Keno den Ritter ungestüm an. Der parierte die Streiche mühelos, entwaffnete ihn und schickte ihn mit einem Tritt in die Kniekehle zu Boden.

»Wo lag der Fehler?« Er hielt dem stöhnenden Jungen die Hand hin.

»Du Mistkerl hast mich ausgetrickst!«

»Wo lag der Fehler?«, wiederholte Pieter streng.

Keno schlug die dargebotene Hand weg, rappelte sich auf und funkelte den Ritter an. »Dass ich drauf reingefallen bin«, antwortete er widerwillig.

»Das bist du. Aber dem lag ein anderer Fehler zugrunde. Ein weitaus schlimmerer.« Als der Junge verstockt schwieg, erklärte Pieter: »Wir machen erst weiter, wenn du ehrlich geantwortet hast.«

Keno mied Foelkes Blick, er starrte zu Boden und spuckte aus. Schließlich hob er den Kopf und blickte seinem Meister in die Augen. »Ich war übermütig.«

Der Ritter nickte. »Übermut hat mehr junge Recken das Leben gekostet als alle Schwerter zusammen. Lass dir das eine Lehre sein. Nun reiß dich zusammen und zeig, was du kannst.«

Abermals hallte das Klirren der Waffen über die Salzwiese. Foelke hatte sich bereits abgewandt und stieg den Deich hinauf, hauptsächlich um ihren Gesichtsausdruck zu verbergen.

Das Lächeln in den Augen hätte Keno ihr nie verziehen.

Warfstede

Yneke veranlasste, dass der Bote Speise und Trank bekam, und zog sich mit dem Brief in seine Amtsstube zurück. Auf dem Schreibpult türmte sich die Arbeit. Es war der Abend vor Michaelis. Der Zehnt war fällig; es galt, einen Stapel Listen und Pachtverträge durchzusehen. Widzelts Nachricht aber hatte Vorrang. Er brach das Siegel und las die Zeilen im Kerzenlicht.

Keine Spur von Folkmar Janns, schrieb der Häuptling. In den vier Monaten seit Cords Verschwinden habe kein einziger seiner Vögte den Geächteten gesehen oder etwas von ihm gehört. Für Widzelt lag der Fall klar: *Focko hat sich geirrt. Der Kerl, den seine Leute in Moormerland gejagt haben, war nicht unser Mann. Wir haben uns umsonst gesorgt.*

Yneke war sich da nicht so sicher. Er glaubte nach wie vor, dass sein alter Feind lebte. Gleichwohl war das eine gute Nachricht. *Wenn es sich wirklich so zugetragen hat, wie wir befürchteten, wäre längst etwas geschehen. Folkmar Janns hätte versucht, uns bloßzustellen. Aber passiert ist rein gar nichts. Also hat Cord entweder kein Wort preisgegeben und dafür mit dem Leben bezahlt – oder Folkmar hat nichts mit seinem Verschwinden zu tun.*

So oder so, die Gefahr war gebannt. Yneke lächelte unwillkürlich. Dieser Geschichte verdankte er manch schlaflose Nacht. Nun konnte er endlich aufatmen und nach vorn schauen.

Er verbrannte den Brief.

Sodann nahm er sich die Liste mit den fälligen Abgaben vor. Falten zerfurchten seine Stirn. An Michaelis versuchten die Dörfler stets, ihn zu betrügen. *Sollen sie.* Es war ohnehin an der Zeit, wieder einmal durchzugreifen.

»Almuth.« Jorien lächelte nicht, als sie ihren Gast begrüßte. »Was führt dich her?«

Es war einer jener tristen Vormittage gewesen, Almuth hatte die Düsternis des Steinhauses nicht mehr ertragen. »Ich habe Eger gerade die Schiffe auf den Hellingen gezeigt und dachte, ich schaue bei euch vorbei.«

»Herein mit dir.« Normalerweise war Jorien die Herzlichkeit in Person. Heute aber wirkte sie zerstreut und bedrückt.

Almuth folgte ihrer Freundin zur Herdstelle. »Komme ich ungelegen?«

»Ach, mein Vater ist mal wieder ausgerissen. Jann sucht ihn gerade.«

Sie setzten sich an den Tisch. Jorien füllte zwei Becher mit frischer

Buttermilch. Almuth nahm Eger auf den Schoß und gab ihm etwas von der Milch.

»Ich dachte, ein Knecht passt auf ihn auf.«

»Nachts vor allem. Tagsüber haben wir abwechselnd ein Auge auf ihn. Aber wir haben ja noch etwas anderes zu tun. Auch die Diener können ihn nicht ununterbrochen betreuen.«

»Sie bringen ihn bestimmt bald zurück.«

»Sicher. Und anschließend versprechen alle, in Zukunft besser aufzupassen. Das geht ein paar Wochen gut, sodass wir nachlässig werden und er kurz darauf wieder ausbüxt.« Ein harter Zug umgab Joriens Mund, die Augen lagen tief in den Höhlen. Die vergangenen Jahre hatten ihr merklich zugesetzt. »Es wird von Monat zu Monat schlimmer mit Vater«, sagte sie müde. »Er hat kaum noch klare Momente.«

»Wie alt ist er inzwischen?«

»Zweiundachtzig. Vielleicht gar schon dreiundachtzig.«

»Gott muss ihn wahrlich lieben.« Es war noch nicht lange her, da hatte Almuth gedacht, nur Personen aus der Bibel wären je so alt geworden.

»Ich bezweifle, dass es ein Segen ist, so lange zu leben. Schau dir an, was das Alter aus ihm gemacht hat: einen Tattergreis, der sich kaum an den Namen seiner Tochter erinnern kann. Manchmal denke ich, es wäre besser, er würde sterben.« Jorien riss die Augen auf und presste sich die Hand auf den Mund. »Beim heiligen Magnus! Ich weiß schon nicht mehr, was ich rede. Bitte vergiss, was ich gerade gesagt habe.«

Almuth streckte die freie Hand aus und drückte Joriens Linke auf dem Tisch. »Mach dir keine Gedanken. Ich weiß, du meinst es nicht so.«

Ihre Freundin kämpfte die Tränen zurück. »Lass uns über etwas anderes reden, ja? Zum Beispiel über den kleinen Mann. Wie macht er sich?«

»Das Sprechen klappt immer besser. Jeden Tag lernt er neue Wörter.« Almuth streichelte Eger die Wange. »Zeig Jorien, was ich dir vorhin beigebracht habe.«

»Las-taa-die!« Der Junge sprach das schwierige Wort fehlerfrei aus und strahlte stolz.

Sie hatten etwa eine halbe Stunde geplaudert, als die Tür knarrte und Jann einen mürrischen Folkmar Peters nach Hause brachte. Jorien eilte den beiden entgegen.

»Wo hast du wieder gesteckt?«

»Er ist hinaus ins Watt, um Schiffe zu beobachten«, antwortete Jann anstelle des Alten. »Er kann von Glück sagen, dass wir ihn fanden, ehe die Flut einsetzte.«

Jorien war erleichtert und wütend zugleich. »Ins Watt? Bist du denn von allen guten Geistern verlassen? Du hättest ertrinken können.«

»Ich kenn mich da draußen aus«, sagte Folkmar Peters missgelaunt. »Wär schon rechtzeitig zurückgegangen.«

Sie setzten ihn an den Tisch. Jann nickte Almuth wortlos zu und nahm sich von der Buttermilch. Jorien zog ihrem Vater die schlammverklebten Schuhe aus und schimpfte dabei ohne Unterlass.

»Wo ist Folkmar Janns?«, brummte der Alte.

»Fort. Schon lange«, antwortete Jann.

»Der Junge könnte mich mal wieder besuchen. Oder hat er mich vergessen?«

Jann knallte den leeren Becher auf den Tisch. »Er kommt nicht mehr. Begreif das endlich!«

Die harschen Worte ließen Almuth innerlich zusammenzucken. Sie sprachen nie darüber, doch sie war stets davon ausgegangen, Jann hoffe wie sie, Folkmar eines Tages wiederzusehen. Dass dem offensichtlich nicht so war, empfand sie als bestürzend.

»Was redest du da?«, knarzte Folkmar Peters. »Der Junge hat mir doch erst vorige Woche geholfen, die neue Kogge aufzutakeln.«

Jann biss die Zähne zusammen, dass der Kieferknochen scharf hervortrat. Jäh wandte er sich ab und stiefelte zur Tür. »Ich bin auf der Lastadie.«

»Las-taa-die!«, krähte Eger begeistert.

»Nur zu«, murmelte Jorien säuerlich. »Lass mich ruhig mit ihm allein.« Sie warf die schmutzigen Schuhe in die Ecke.

»Kann ich dir behilflich sein?«, fragte Almuth verlegen.

»Nichts da. So weit kommt es noch, dass ich meine Gäste einspanne.« Jorien zwang sich zu einem Lächeln. »Noch etwas Buttermilch?«

Almuth wollte ihrer Freundin nicht zur Last fallen, Jorien hatte wahrlich genug zu tun. »Ich sollte zurückgehen. Es war schön, dich zu sehen.«

»Besuch uns bald wieder. Und bitte entschuldige dieses Durcheinander.«

Kaum hatten Almuth und Eger das Haus verlassen, zerbrach drinnen etwas mit lautem Klirren, und Jorien fing von Neuem an zu schimpfen. *Erzengel Michael, bitte schenke ihnen Kraft für diese Prüfung*, betete Almuth.

Der Besuch bei den Osinga hatte sie ratlos und traurig gestimmt. Am liebsten hätte sie einen langen Spaziergang am Meer gemacht, um auf andere Gedanken zu kommen. Der Nieselregen jedoch ließ es vernünftiger erscheinen, zum Steinhaus zurückzugehen.

Eger hatte andere Pläne. Als sie zur Warf kamen, sagte er: »Will Vater!« Dabei zerrte er an ihrer Hand.

»Na gut. Aber nur kurz. Sonst erkältest du dich.«

Sie eilten zum The und stellten sich beim Vordach der Schänke unter. Yneke saß unter einem aufgespannten Segeltuch und trieb den Zehnten ein. Gert ging ihm zur Hand, indem er emsig über die Abgaben Buch führte. In einer langen Reihe rückten Bauern, Fischer und Handwerker vor und lieferten Vieh, Torf und Feldfrüchte ab. Almuth nahm Eger auf den Arm, damit er das Geschehen beobachten konnte.

Soeben stellte Jeltke Tiden einen Käfig mit einem einzelnen Huhn auf den Tisch.

»Der Zehnt beträgt drei Hühner«, sagte Yneke. »Wo sind die anderen zwei?«

»Der Fuchs hat sie geholt«, antwortete Bent Olrichs, der für den stummen Schiffszimmermann sprach. »Die halbe Brut hat er gerissen, vorige Woche war das. Jeltke kann nur dieses eine Huhn entbehren.«

Yneke blickte die beiden Männer unwillig an. »Es interessiert mich nicht, wie viel er entbehren kann. Gesetz ist Gesetz. Wenn du nicht genug Hühner hast, gibst du mir eben Geld«, sagte er zu Jeltke.

»Geld hat er aber keins.«

»Ein Huhn entspricht zwei Pfennigen. Das bisschen Silber wird er ja wohl haben.«

»Er muss drei Kinder und seine alte Mutter ernähren. Da bleibt am Ende der Woche nichts übrig.«

»Du willst mir also weismachen, er hätte keine vier Pfennig? Ich dachte, ihr Osinga bezahlt die Schiffsbauer gut.«

»Das tun wir, aber er kann trotzdem kaum etwas zurücklegen. Vorschlag: Er zahlt jetzt ein Huhn und liefert die restlichen ab, sobald er kann«, versuchte Bent zu vermitteln.

Yneke wollte davon nichts hören. »Der Zehnt wird zu Michaelis entrichtet – und nicht, wenn es den Herrschaften genehm ist. Nachher kommen meine Männer zu seinem Haus und beschlagnahmen Vorräte im Wert von vier Pfennig. Und gnade ihm Gott, wenn sie irgendwo Geld finden.«

Bent wollte protestieren, doch Yneke machte eine abweisende Handbewegung. »Genug. Es ist entschieden.«

Eger verstand nicht, was sich auf dem Platz abspielte. Dass sein Vater derart grob mit den Dorfbewohnern umsprang, verwirrte ihn sichtlich. *Wenn du wüsstest, wozu er alles fähig ist.* Almuth sprach den Gedanken nicht aus. Sie hatte sich vorgenommen, vor ihrem Sohn niemals schlecht über Yneke zu reden.

Just in diesem Moment stand ihr Gemahl auf und ließ Bent und Jeltke stehen. Gert schaute betreten drein, während er die Schriftstücke zusammenraffte. Wie üblich hatte er die ganze Zeit den Mund gehalten und nichts unternommen, um dem notleidenden Zimmermann beizustehen.

Mit ausgreifenden Schritten kam Yneke auf Almuth zu. »Den ganzen Tag nichts als Ausflüchte und Lügen, ich ertrage es nicht mehr. Lasst uns essen.«

Wenig später saß die Familie beim Mittagsmahl zusammen. Yneke beklagte sich unentwegt über seine Hintersassen, die er durch die Bank für faul und verschlagen hielt.

»Nicht alle sind so«, brach Gert halbherzig eine Lanze für das Dorfvolk. »Die meisten mühen sich ehrlich, die Abgaben pünktlich zu bezahlen.«

»›Ehrlich‹«, wiederholte Yneke verächtlich. »Lügner sind sie, allesamt. Jeltke Tiden ist einer der schlimmsten.«

»Bent sagt die Wahrheit«, nahm Almuth den Zimmermann in

Schutz. »Mehrere Leute haben mir erzählt, dass sie die toten Hühner gesehen haben.«

»Mag ja sein. Trotzdem hintergeht er mich. Ich würde einen Gulden wetten, dass wir nachher Silber finden, das er vor mir versteckt. So ist es jedes Mal.«

In bedrücktem Schweigen verzehrten sie die Hafergrütze. Almuth kam kaum zum Essen, sie musste Eger füttern. Sie fasste sich ein Herz.

»Weißt du, warum die Dorfbewohner Abgaben hinterziehen? Weil du zu hart zu ihnen bist.«

»So ein Unfug!«, gab Yneke zurück. »Ich muss hart sein, weil sie mich ständig betrügen.«

Gert schüttelte kaum merklich den Kopf. Almuth ignorierte die Warnung. In den letzten Monaten war eine Idee in ihr gereift. Gott allein wusste, ob sie je imstande sein würde, Folkmar zu helfen. Aber das hieß nicht, dass sie für alle Zeiten zur Untätigkeit verdammt war. Einstweilen konnte sie versuchen, mäßigend auf Yneke einzuwirken und sich für das leidgeprüfte Dorfvolk einzusetzen – und sei es nur, damit sie sich nicht länger machtlos fühlte.

Der rechte Moment hierfür war nun gekommen.

»Sie hintergehen dich, weil sie sich von dir gedemütigt und ungerecht behandelt fühlen«, widersprach sie. »Wenn du dich gelegentlich nachsichtiger zeigen würdest, gäbe es weniger Betrug. Fang mit Jeltke Tiden an, und du wirst sehen, dass ich recht habe.«

»Weniger Verbrechen durch Nachsicht – so etwas kann nur einem Weib einfallen.« Yneke rammte den Löffel in den Brei. »Das ist naiv!«

»Milde ist also naiv? Waren Jesus und die Heiligen demnach naiv? Heilige Muttergottes, es geht doch nur um vier Pfennige. Das bisschen Silber ist es nicht wert, dass du dich wie ein Tyrann aufführst. Sag doch auch mal was!«, forderte Almuth ihren Vater auf.

Gert sah aus, als würde er sich am liebsten in Luft auflösen. Wider Erwarten fand er ein Quäntchen Mut in sich und rang sich ausnahmsweise dazu durch, sie zu unterstützen. »Du tust dir keinen Gefallen, wenn du Jeltke bis zum Letzten auspresst. Damit bringst du die Zimmerleute gegen dich auf.«

»Du weißt, wie einflussreich die Schiffsbauer sind«, setzte Almuth nach. »Sie können das ganze Kirchspiel gegen dich aufwiegeln, wenn sie wollen.«

Damit traf sie einen wunden Punkt. Yneke fürchtete nichts mehr als Aufruhr und Rebellion. Seit Cord verschwunden war, mehr denn je. Ohne seinen treuen Leibwächter fühlte er sich schutzlos.

Er knallte den Löffel auf den Tisch. »Na schön. Ich soll also Milde walten lassen. Wie zum Teufel soll ich das anstellen?«

Als Eger satt war, glitt er von der Bank, um mit der Katze zu spielen. Endlich konnte auch Almuth etwas essen. »Erlass Jeltke die Schulden«, sagte sie, während sie ihre Schale füllte. »Oder stunde sie ihm wenigstens, wie Bent vorgeschlagen hat.«

»Das lässt mich schwach aussehen. Das wird das Dorfvolk verleiten, mich noch häufiger zu betrügen.«

Immer dieselbe Leier. Aber wenigstens war er willens, ihr zuzuhören. Leider stand ihm wieder einmal sein ungeheurer Stolz im Weg. Nun war Fingerspitzengefühl gefragt.

»Niemand verlangt von dir, über vorsätzlichen Betrug hinwegzusehen. Es geht um Fälle wie Jeltke Tiden. Hintersassen, die unverschuldet in eine Notlage geraten sind. Hier ist Milde keine Schwäche, sondern Stärke. Sie lässt dich großzügig und weise aussehen. Nicht wahr?«, wandte Almuth sich an ihren Vater.

»Milde ist der Boden, auf dem Treue gedeiht«, erklärte Gert leutselig. »Wenn du Jeltke schonst, macht das bei den Schiffsbauern die Runde. Du würdest bei einer mächtigen Gruppe im Ansehen steigen.«

»Einem allseits geschätzten Vogt Abgaben vorzuenthalten überlegt man sich zweimal«, fügte Almuth hinzu.

Eine tiefe Falte spaltete Ynekes Stirn, als er darüber nachdachte. »Ich gewähre dem Kerl einen Aufschub«, sagte er schließlich. »Er soll mir die verdammten Hühner geben, wenn er kann. Ich bin ja kein Unmensch«, brummte er und aß die restliche Grütze.

Almuth lächelte in sich hinein. Es war nur ein kleiner Sieg, gewiss. Und doch war der Tag plötzlich weit weniger trostlos.

Kapitel zwei

Östringen

Der Sturm fegte über das Land wie eine rasende Heerschar, die nicht einmal der Erzengel Michael mit dem Flammenschwert hätte aufhalten können. Orkanböen peitschten die Heide, fällten uralte Bäume und rissen das Stroh von den Dächern. Schwaden aus scharfkantigen Eiskristallen wirbelten in den Moorsenken wie zornige Gespenster.

Folkmar kauerte am erloschenen Feuer, er hatte alle verfügbaren Decken und Felle um sich geschlungen und schlotterte dennoch am ganzen Körper. Die Hütte schwankte und knarrte wie ein Schiff in Seenot. Dass sie überhaupt noch stand, verdankte er allein der Tatsache, dass er sie in weiser Voraussicht leeseits des Erdwalls errichtet hatte. Wenn der Wind drehte, wäre er verloren. Die Kälte griff von allen Seiten mit scharfen Krallen nach ihm und saugte ihm das letzte bisschen Wärme aus den Gliedern. So ging das seit zwei Wochen. Dabei war es gerade einmal Mitte November, wenn er die Tage richtig gezählt hatte. Wie kalt würde es erst in der Adventszeit werden, im Januar, im Februar?

Die Sturmböen heulten um die Hütte, rissen mal einen Ast fort, mal eine Schiffsplanke, sodass noch mehr Schneeflocken in das Versteck eindrangen. Manchmal war Folkmar, als würde der Wind zu ihm sprechen, mit neckender, hämischer Stimme.

Ich kriege dich, alter Freund. Früher oder später bist du fällig. Und wenn ich dich nicht erwische, erledigt dich mein Bruder, der Frost.

Folkmar legte Reisig auf die Asche und wedelte mit einem Plankenstück. Unter dem Nest aus Birkenzweigen glühte es schwach, doch es gelang ihm nicht, das Feuer anzufachen, sosehr er auch wedelte und schimpfte. Zu allem Überfluss war ihm der Torf ausgegangen. Auch das Brennholz schwand bei dieser Kälte schneller, als er neues beschaffen konnte. In den letzten Wochen hatte sich alles gegen ihn verschworen. Er hatte kaum Treibgut gefunden, das er eintauschen konnte. Die Jagd war unergiebig gewesen. Seine Vorräte waren längst aufgebraucht. Wellen der Schwäche rollten durch seinen Körper. Mitunter war der Hunger derart lähmend, dass er kaum vom Schlaflager aufstehen konnte.

Fluchend warf er die Planke fort. Im selben Moment erzitterte die Hütte, als würden Feinde den Verschlag mit einer Ramme bearbeiten. In einer Wand erschien ein Loch, groß wie ein Karrenrad. Draußen höhnte der Sturm. Völlig sinnlos zu versuchen, die Wand zu reparieren. Er konnte nur hier sitzen und hoffen, dass ihm nicht alles über dem Kopf zusammenbrach. Folkmar zog sich die schmutzige Wolldecke enger um die Schultern und machte sich so klein wie möglich.

Zäh verging die Zeit. War es Morgen oder Abend? Schwer zu sagen. Die Welt vor dem Loch in der Wand war eine einzige graue, trübe, schlierige Brühe. Irgendwann holte er den Ring hervor, betrachtete das Schmuckstück an der faserigen Kordel. Kaute dabei auf der Lippe.

Er konnte nicht länger warten. Sowie der Sturm überstanden war, galt es, eine Entscheidung zu treffen.

Warfstede

Gestern schon hatte die Narbe gejuckt wie ein besonders gemeiner Mückenstich. Deshalb überraschte es Jann nicht, dass die heulenden Böen, die ihn im Morgengrauen aus dem Schlaf gerissen hatten, im Lauf des Tages immer stärker wurden. Über dem Meer hatte sich ein Orkan zusammengebraut, und er kam stetig näher.

Jann stand auf dem Wachturm am Deich. Der Wind zerzauste ihm das graue Haar, während er nach Osten spähte. Jenseits der Harlebucht, vor der Küste Östringens, brodelte die See wie ein Hexenkessel, wenn ihn seine alten Augen nicht täuschten. Sie hatten nicht mehr viel Zeit. Sein Rücken protestierte, als er die Leiter hinabkletterte. Er biss die Zähne zusammen. Rasch schritt er zur Lastadie und befahl den Zimmerleuten, die Arbeit einzustellen.

»Räumt Werkzeug und Material in die Hütten. Sichert die Schiffe. Macht schnell!«

Er sorgte sich besonders um eine Kogge, an der sie seit dem Frühjahr arbeiteten. Das Spantenskelett lag auf einer der neuen Hellingen im Deichvorland. Vorige Woche hatten sie begonnen, die Planken anzuschlagen. Der halb fertige Rumpf war beinahe so groß wie ein Kirchenschiff und bot dem Wind daher viel Angriffsfläche. Das teure Schiff zu verlieren würde sie hart treffen.

Jann scharte ein Dutzend Männer um sich, und sie stützten das Spantenskelett mit mächtigen Holzblöcken ab, die sie unter die Kimm schoben. Zusätzlich spannten sie Taue auf und befestigten die dicken Hanfstränge an eisernen Haken im Boden. Es war eine mühsame Arbeit, denn der Wind war binnen einer Stunde derart stark geworden, dass er jede Bewegung erschwerte. Hinzu kam die schneidende Kälte. Bald spürte Jann seine Hände nicht mehr und riss sich den tauben Daumen an einem herausstehenden Holzsplitter auf.

Es war nichts da, mit dem er die verletzte Hand hätte verbinden können. Also schob er sie in die Achselhöhle und zwängte sie zwischen Arm und Brustkorb ein. Er trat ein paar Schritte zurück und betrachtete ihr Werk. Sie hatten gut gearbeitet. Dank der schweren Holzblöcke und der straff gespannten Taue lag der Rumpf sicher wie ein Fels auf der Erdrampe. Wenn es nicht gerade zu einer Sturmflut kam, würde die halb fertige Kogge den Orkan überstehen.

»Geht nach Hause und bleibt da, bis die Sturmglocke Entwarnung gibt«, rief er den Männern zu.

Sie stemmten sich gegen den Wind und stolperten den Deich hinab. Am Seeufer trennten sich ihre Wege. Während die Zimmerleute zum Dorf eilten, sah Jann ein letztes Mal auf der Lastadie nach dem Rechten und vergewisserte sich, dass auch die übrigen Schiffe ausreichend gesichert waren.

Als er gerade zu seinem Haus gehen wollte, vernahm er ein Knarren, das ihm durch Mark und Bein ging. Das Geräusch kam von einem alten Lagerschuppen, der kaum noch genutzt wurde, weil die löchrigen Holzwände nur noch von rostigen Nägeln zusammengehalten wurden. Jann hatte bisher nicht die Zeit gefunden, ihn abreißen oder wenigstens ausbessern zu lassen.

Die Sturmböen zerrten an dem baufälligen Gebäude wie hungrige Bettler am Rock eines geizigen Krämers. Ein morsches Brett hatte sich an einer Seite vom tragenden Balken gelöst und schlug klappernd gegen die Wand. Jann war unschlüssig. Sollte er das Brett befestigen, damit es niemanden verletzen konnte? Dazu würde er eine Leiter aufstellen müssen, die Stelle befand sich hoch über dem Boden. Ein Ding der Unmöglichkeit bei diesem Wind.

Just in diesem Moment löste sich das Holzstück gänzlich und wirbelte durch die Luft. Jann sah es auf sich zufliegen und war doch nicht imstande auszuweichen. Wie angewurzelt verharrte er an Ort und Stelle. Erst im allerletzten Augenblick duckte er sich. Zu spät. Das Brett traf ihn am Kopf.

Jann verspürte keinen Schmerz, nur dumpfe Benommenheit. Er kippte um, schlug der Länge nach auf dem gefrorenen Boden auf. Schwärze verschlang ihn.

Östringen

Folkmar erwachte aus wirren Träumen.

Er konnte sich nicht erinnern, sich zum Schlafen hingelegt zu haben. Er musste einfach weggedämmert sein, wie das dieser Tage oft geschah. In der Hütte war es derart kalt, dass er am ganzen Körper zitterte, all der Decken, Felle und Kleidungsstücke zum Trotz.

Die Hütte! Sie stand noch, stellte er fest, als er sich schwerfällig aufsetzte. Vielleicht gab es droben im Himmel doch noch einen Heiligen, der auf ihn aufpasste. Allerdings hatte sie beträchtlich gelitten. Mehrere Löcher klafften in den Wänden, das Dach war größtenteils verschwunden. Ein dünner Flaum aus Schnee bedeckte seine Habe.

Der Wind fegte noch immer über die Heide, hatte über Nacht jedoch einiges an Kraft verloren. Das Schlimmste war überstanden. Folkmar war derart schwach, dass es ihm kaum gelang, sich das Schwert umzugürten. Blitze zuckten vor seinen Augen. Bei Gott, war er hungrig! Und durstig. Als er etwas trinken wollte, stellte er fest, dass das Wasser im Eimer zu einem harten Block gefroren war.

Er trat hinaus in die Kälte und aß etwas Schnee, während er sich vorankämpfte und den Karren schob. Als er den lang gezogenen Sandrücken erreichte, spähte er zu den Höfen in der Ferne. Einige der Strohhütten waren stark beschädigt. Auf einer lag eine entwurzelte Erle.

Er hatte keine Wahl. Er musste seine Scheu vor anderen Menschen aufgeben, wenn er nicht verhungern wollte. Doch mit den Bauern der Geest zu handeln erschien ihm wenig aussichtsreich. Diese Leute hatten selbst kaum genug zum Leben. Er musste sein Glück im Marschland versuchen.

Gegen Mittag erreichte er die Küste. Auch hier hatte der Orkan gewütet. Abgedeckte Bauernhäuser, zerstörte Zäune, umgeknickte Bäume, so weit das Auge reichte. Der Deich aber wies keine Schäden auf. Eine Sturmflut war Östringen erspart geblieben.

Folkmar ging zu dem Dorf, das er bei seinen Streifzügen am Strand erblickt hatte. Es war klein – eine Kirche und allenfalls zwei Dutzend Häuser –, aber es gab einen Hafen. Die Chancen standen gut, dass er dort Nahrung und Torf auftreiben konnte.

Einen Steinwurf von der Siedlung entfernt versteckte er den Karren in einer wild wuchernden Wallhecke und beobachtete die Reethütten. Sie waren stabiler gebaut als die strohgedeckten Kotten im Hinterland und hatten dem Sturm getrotzt. Mehrere Menschen weilten im Freien, besahen sich die wenigen Schäden an den Gebäuden und sammelten abgerissene Äste und anderen Unrat auf. Ein Bach querte den The und führte zu einem primitiven Siel, das nur aus einer schmalen Röhre im Deich bestand. Der Hafen lag jenseits der Salzwiese. Es handelte sich lediglich um zwei Holzstege, die ins Watt hinausragten. Die Fischerboote an den Anlegern waren trockengefallen, seit einigen Stunden herrschte Ebbe.

Der Anblick der Kähne erinnerte Folkmar an sein Vorhaben, Friesland zu verlassen und in der Fremde ein neues Leben anzufangen. Nach Cord Hannekens Tod war die Hoffnungslosigkeit derart lähmend gewesen, dass ihm der Mut gefehlt hatte, einen Hafen aufzusuchen und auf einem Schiff anzuheuern. So hatte er es vor sich hergeschoben, monatelang, und nun war es zu spät. Im Winter würde kein Hochseeschiff gen England oder Dänemark auslaufen.

Vielleicht im nächsten Jahr.

Er wandte sich wieder dem Dorf zu. Vor der Kirche erblickte er einen Vikar. Der Geistliche sprach gerade mit zwei Bewaffneten. Konnte er es wagen, die Siedlung zu betreten? *Du musst, oder der Winter wird dich vernichten.* Dennoch brachte er es nicht über sich, sein Versteck hinter der eisverkrusteten Hecke aufzugeben. Das Herz schlug ihm bis zum Hals.

Gegenüber der Kirche stand der Dorfkrug, das einzige zweistöckige Gebäude im Ort. Eben schwang die Tür auf, ein in Pelze gehüllter Mann schritt zu einem Schneehaufen hinter der Schenke. Er griff mit beiden Händen in die weiße Masse hinein. Der Haufen entpuppte sich als ein Frachtwagen, der zum Vorschein kam, als der Mann die Abdeckplane herunterzog. Fässer standen auf der Pritsche.

Ein Wink des Schicksals.

Folkmar gab sich einen Ruck und setzte sich in Bewegung. Die Umstände waren auf seiner Seite. Um zu dem Frachtwagen zu gelangen, musste er nicht den The überqueren, ihn würde also kaum jemand sehen. Außerdem hatten die sturmgebeutelten Dorfbewohner gerade andere Sorgen, als einen Fremden misstrauisch zu beäugen – zumal die Gugel und der dichte Bart sein Antlitz derart gründlich verbargen, dass ihn niemand erkennen würde.

»Christus zum Gruß. Bist du ein Händler?«

Der in Eichhornpelz gekleidete Mann fuhr herum und prallte rücklings gegen den Wagen, sodass Schnee von der Pritsche rieselte. »Jesus und Maria! Hast du mich erschreckt!«

»Verzeih.« Folkmar setzte ein Lächeln auf. Hoffentlich beruhigte sich der Mann rasch. Wenn er weiterhin derart die Stimme erhob, würde das halbe Dorf auf den hünenhaften Fremdling aufmerksam werden. Er fühlte sich wie ein Trampel. Er hatte wieder einmal völlig verlernt, wie man auf Menschen zuging. »Ich habe deinen Frachtkarren gesehen und mich gefragt, ob du mir Proviant und Torf verkaufen würdest.«

Der Wagenbesitzer starrte ihn misstrauisch an, wenigstens schrie er nicht mehr herum. »Ich bin in der Tat ein Händler. Und wer bist du?«

»Ein Reisender.«

»Bei diesem Wetter? Sehr leichtsinnig. Du musst einen guten Schutzengel haben.«

Folkmar wollte die Angelegenheit so schnell wie möglich hinter sich bringen. »Der Sturm hat mich überrascht. Hast du Essen und Torf? Ich zahle gut.« Er holte den Ring hervor.

»Lass mich das sehen.« Der Händler begutachtete das Schmuckstück mit ausdrucksloser Miene.

»Pures Gold«, sagte Folkmar.

»Aber schlampig verarbeitet.«

»Du täuschst dich. Einer der besten Goldschmiede Bremens hat ihn gemacht.«

Der Händler verzog den Mund. »Was bedeuten die Buchstaben?«

Ein Stich durchzuckte Folkmar. Er hüllte sich in Schweigen.

»Das ist ein Verlobungsring, richtig? Warum verkaufst du ihn?«

Anstelle einer Antwort fragte Folkmar: »Wie viel bekomme ich dafür?«

»So viel Essen und Torf, wie du tragen kannst. Einverstanden?«

Er nickte. Der Händler kletterte auf die Wagenpritsche und öffnete die Fässer. »Das Fass da ist leer. Da kannst du alles hineintun.«

Folkmar stopfte Torf, Rüben und Kohlköpfe in den Behälter. Derweil schloss der Händler eine Holzschatulle auf. Sie enthielt abgegriffene Silberpfennige.

Achtlos warf er den Ring hinein und ließ den Deckel zufallen.

Warfstede

Jann erwachte blinzelnd. Da war eine Gewölbedecke hoch über ihm. Trübes Regenbogenlicht, das durch Buntglasfenster fiel.

Kirche, dachte er. *Ich bin in der Kirche.*

Sein Kopf fühlte sich eigenartig an. Trug er eine zu enge Gugel? Und der Geschmack, der ihm im Rachen klebte … widerwärtig. Als hätte er verdorbene Milch getrunken.

Ein Gesicht erschien in seinem Blickfeld.

»Er ist wach!«, rief Jorien.

Gestalten strömten herbei. Bruder Erasmus, Bent, Etta mit Gela auf dem Arm, Folkmar Peters, ein halbes Dutzend Zimmerleute. Sie strahlten ihn an, als er sich aufsetzte. Schmerz blitzte hinter der Stirn auf. Jann betastete seinen Schädel, um den ein Verband lag.

»Was ist geschehen?«, krächzte er.

»Ein Stück Holz hat dich am Kopf getroffen«, erklärte Erasmus. »Danke deinem Schöpfer, dass Jorien dich rechtzeitig gefunden hat. Andernfalls wärst du womöglich verblutet. Lass mich den Verband sehen. Das sieht gut aus … kein frisches Blut.«

Allmählich kehrte die Erinnerung zurück. Der Sturm. Sein Rundgang über die Lastadie. Das lockere Brett. »Dieser mistige Schuppen«, brummte er, »ich hätte ihn schon vor Jahren abreißen sollen. Das kommt davon, wenn man wichtige Arbeit aufschiebt. Habt ihr was zu trinken da?«

Bent reichte ihm einen Krug mit Wasser. »Hast du auch Hunger?«

»Ich könnte einen Bissen vertragen.« Man brachte ihm einen Kanten Brot und einen Brocken Käse. »Wie lange war ich weg?«, erkundigte er sich kauend.

»Fast zwei Tage«, antwortete Erasmus. »Die Ohnmacht war so tief, dass ich Zweifel hatte, ob du je wieder zu dir kommen würdest. Aber Jorien hat nie die Hoffnung aufgegeben. Sie hat ununterbrochen an deinem Lager gewacht und für dich gebetet. Du kannst dich glücklich schätzen, ein solch treues und starkes Weib an der Seite zu haben.«

Jorien sah tief erschöpft aus. Sie musste ungeheure Ängste ausgestanden haben. »Sei in Zukunft vorsichtiger, ja? Du musst nicht immer der Letzte sein, der die Lastadie verlässt, wenn Gefahr droht.«

Plötzlich verspürte Jann eine Traurigkeit, von der er nicht recht wusste, wo sie herkam. Er drückte Joriens Hand. Dann räusperte er sich. »Ist der Sturm vorüber?«

»Noch nicht ganz«, antwortete Bent. »Aber der Wind ist längst nicht mehr so kräftig wie gestern. Die meisten Leute sind bereits in ihre Häuser zurückgekehrt.« Er machte eine Geste, die die halbleere Kirche umfasste.

»Können wir auch gehen?«, fragte Jorien den Vikar.

»Jann muss sich schonen.«

»Das kann ich auch zu Hause«, sagte Jann.

Erasmus blickte ihn stirnrunzelnd an. »Fühlst du dich kräftig genug, aufzustehen und eine längere Strecke zurückzulegen?«

Die ganze Familie schaute zu, wie Jann zum Altar und wieder zurück schlurfte. Dabei war ihm etwas schwindelig zumute, und ihm brummte der Schädel wie nach einem Zechgelage. Aber das war zu verschmerzen.

Der Geistliche war nicht überzeugt von seiner Darbietung. »Zu deinem Haus zu gehen ist etwas anderes – zumal bei diesem Wind.«

»Ich schaffe das schon.« Jann wollte die kalte Kirche so schnell wie möglich verlassen. Er sehnte sich nach den eigenen vier Wänden, nach seinem behaglichen Bett.

»Wie du willst. Aber keine Arbeit an den Schiffen!«, ermahnte Erasmus ihn streng. »Für drei Tage, mindestens.«

Draußen stemmten sie sich gegen den Wind, der noch immer scharf von Nordosten blies. Jorien hakte sich bei Jann unter, ein Diener stützte den alten Folkmar, der sich in die Tage der *Groten Mandrenke* zurückversetzt fühlte und mahnend mit dem Stock wedelte. Als sie zur Lastadie kamen, wäre Jann am liebsten von Schiff zu Schiff gegangen, um eine Bestandsaufnahme der Sturmschäden zu machen. Jorien wollte davon nichts hören und zerrte ihn zu ihrem Haus, das den Orkan weitgehend unversehrt überstanden hatte, wie er erleichtert feststellte. Der Wind hatte lediglich einen Fensterladen abgerissen, den Gemüsegarten verwüstet und etwas Reet vom Dach abgetragen. Nichts, was er nicht in ein, zwei Tagen reparieren konnte.

»Das kann Bent machen«, sagte Jorien. »Du hörst brav auf Bruder Erasmus und ruhst dich aus.«

Tatsächlich hatte ihn der Marsch einige Kraft gekostet. Drinnen ging er geradewegs zum Bett und legte sich hin. Trotz der Erschöpfung fand er keinen Schlaf. Unruhe quälte ihn, sein Herz war schwer.

Schließlich stand er auf und schlurfte zu einer Ecke, wo sie allerlei Gerümpel aufbewahrten. Er räumte einen kaputten Stuhl und eine mottenzerfressene Decke zur Seite und legte eine Truhe frei, deren Deckelscharniere quietschten. Darin lag das Modell, das sein Sohn einst angefangen hatte. Jann stellte das Miniaturschiff auf den Tisch. Mit dem Modell hatte Folkmar beweisen wollen, dass man auch eine Holk vollständig kraweelbeplankt bauen konnte. Über den Rumpf war er nie hinausgekommen, der Mast und die Aufbauten fehlten. Dennoch konnte man erkennen, mit welcher Kunstfertigkeit gearbeitet worden war.

Diesmal hatte ich Glück, dachte Jann. *Beim nächsten Mal vielleicht nicht. Und selbst wenn ich alle weiteren Stürme, Unfälle und Krankheiten überstehe – wie lange werde ich noch leben? Ich bin ein alter Mann. Ich habe allenfalls noch drei Jahre. Fünf, wenn der Herr mir gewogen ist. Und dann? Wer wird die Lastadie weiterführen, wenn ich nicht mehr bin? Bent gewiss nicht. Er ist ein lieber Junge, aber ihm fehlt das Format. Allein Folkmar hat das nötige Können, die Persönlichkeit.*

Wo bist du, mein Sohn? Noch in Friesland oder längst woanders? Hoffentlich geht es dir gut …

Nein! Aufhören! Was hatte er neulich zu seinem Schwiegervater gesagt? *Er kommt nicht mehr. Begreif das endlich.* Wie sollte dem Alten das gelingen, wenn Jann es selbst nicht zuwege brachte?

Folkmar ist tot.

Tot.

Stumm formte er die Worte mit den Lippen. Er musste sich endlich damit abfinden. Dieses ständige Hoffen und Beten, obwohl er im Grunde seines Herzens wusste, dass es vergeblich war – es würde ihn noch um den Verstand bringen.

Jann schloss die Augen.

Jorien legte ihm von hinten die Arme um die Schultern, vergrub das Gesicht in seinem Haar und hielt ihn fest.

Östringen

Die klobigen Räder holperten über Eisplatten und gefrorenen Ackerboden, als Folkmar den Handkarren zum Deich schob. Warme Rübensuppe schwappte in seinem Bauch. Das Essen aus dem Dorf hatte wahre Wunder bewirkt. Er fühlte seine Kräfte zurückkehren.

Nun, da der Hunger fürs Erste gebändigt war, galt es, die Hütte zu flicken und winterfest zu machen. Er brauchte Bretter und Balken. Die fand er am ehesten am Strand. Beim Sturm waren gewiss Schiffsplanken angespült worden.

Der Wind ließ seine Augen tränen, die Wangen taub werden. So nah an der Küste waren die Böen noch immer scharf wie gewetzte Klingen. Er schob den Karren durch die Dünen zu jener Stelle, wo er vor rund zwei Monaten das havarierte Fischerboot gefunden hatte. Das war inzwischen verschwunden. Vermutlich hatten die Küstenbewohner das Wrack ausgeschlachtet, oder das stürmische Meer hatte es verschlungen.

Vielleicht hatte er noch einmal Glück. Er suchte den Strand ab, doch die Ausbeute war mager. Ein paar gesplitterte Planken, ein Korb, ein Fassdeckel, das war alles. Derweil erreichte das Meer seinen höchsten Stand. Windgepeitschte Wogen walzten über den hellen Sand, eiskalte Gischt spritzte Folkmar ins Gesicht. Die bleigraue See mit ihren scharfkantigen Wellenkämmen erschien ihm wie ein Rachen voller Reißzähne.

Als er gerade aufgeben wollte, erblickte er ein Schiff. Es kam von Nordosten und näherte sich der Bucht. Es war eine Schnigge, ein schlanker Segler, der nur wenig Fracht aufnehmen konnte, dafür aber um einiges schneller und wendiger war als die größeren Koggen. Ein unerwarteter Anblick. Die Schifffahrtssaison war bereits vorüber. Nur Leichtsinnige und Lebensmüde wagten sich jetzt noch aufs Meer hinaus.

Folkmar erklomm eine Düne, um besser sehen zu können. Wenig überraschend wurde das Schiff heftig von den Wellen gebeutelt. Es segelte nicht unter hansischer Flagge. Möglicherweise kam es von weit her und hatte die Schließung der Häfen an Martini verpasst. Daraufhin war es in den Sturm geraten und kämpfte seitdem dagegen an, vom auflandigen Wind auf die Küste geworfen zu werden.

Diesen Kampf würde die Schnigge verlieren. Sie näherte sich dem Festland viel zu schnell.

Nein, die sind nicht von hier, dachte Folkmar. Ostfriesische Seeleute wussten um die vielfältigen Gefahren, die im Wattenmeer lauerten. Sie hätten versucht, die Sturmböen auf dem offenen Meer abzuwettern. Dass die Schnigge in die Jadebucht geraten war und unaufhaltsam auf den Strand zuschoss, sprach dafür, dass das Schiffsvolk die hiesigen Strömungen und Windverhältnisse nicht kannte. Navigationsfehler und Panik an Bord hatten gewiss ihr Übriges getan.

»Heiliger Christopher, hilf ihnen«, murmelte Folkmar.

Verzweifelt versuchte die Mannschaft, das Schratsegel zu fieren. Ein gefährliches Unterfangen bei diesem Seegang. Der Matrose, der rittlings auf der Gaffel hockte und sich an den Reffbändseln zu schaffen machte, stürzte ins Meer und verschwand auf Nimmerwiedersehen in den Fluten. Seine Gefährten konnten nichts für ihn tun. Kurz darauf riss die Gaffel ab, das schwere Rundholz krachte auf das Deck. Folkmar glaubte, Schreie im Wind zu hören. Obwohl die Seeleute eilends die Riemen ausfuhren und mit aller Kraft gegen den Wind anruderten, war die Schnigge den Naturgewalten hilflos ausgeliefert.

Ein Wellental tat sich auf. Der Bug sackte hinein und war nicht mehr zu sehen, während sich das Achterschiff aufbäumte wie ein panisches Pferd. Wider Erwarten kenterte die Schnigge nicht. Der Bug spaltete die Woge, das Heck sank herab. Wasser flutete schäumend über das Deck.

Die Höllenfahrt ging weiter. Taumelnd ritt die Schnigge auf der Brandung, schoss durch das flache Wasser in Ufernähe. Der geringe Tiefgang bewirkte, dass sie erst wenige Klafter vor dem Strand auf Grund lief. Folkmar hörte gequältes Holz knarren, als sich der Kiel im Wattschlick festfraß. Riemen brachen. Taue rissen schnappend, die übrigen verhedderten sich am Vorsteven oder schabten straff gespannt über die Reling. Das Schiff ruckte ein letztes Mal und lag dann still.

Es gehört mir – so will es das Strandrecht, durchzuckte es Folkmar. Kein sehr freundlicher Gedanke. Obendrein ein unsinniger. Immerhin hatte der Großteil des Schiffsvolks die Havarie überlebt. An Deck regten sich die Seeleute. Folkmar duckte sich hinter dem Dünenkamm.

Ein Mann kletterte benommen über die Reling, ließ sich ins Wasser fallen und watete schwerfällig durch die Brandung zum Strand. Wo er zusammenbrach und mit dem Gesicht voran in den Sand plumpste.

Kapitel drei

Marienhafe

Foelke, Keno und Pieter folgten dem Bastard zum Hafen, wo soeben drei Schniggen angelegt hatten. An die hundert Männer tummelten sich am Kai und vertäuten die Schiffe am Turm der Marienkirche. Es waren bärtige, raubeinige, vernarbte Gesellen. Ein jeder besaß ein Schwert, eine Axt, einen Dolch. Viele trugen Harnische unterschiedlicher Machart. Ihre Wämser und Schilde waren schmucklos, es gab nirgendwo Wappen oder andere Erkennungszeichen, auch nicht auf den Gaffelsegeln. Auf dem Rumpf der größten Schnigge stand in roten ungelenken Lettern »Marienknecht«.

»Was sind das für Leute?«, wollte Foelke wissen.

»Söldner«, antwortete Widzelt einsilbig.

»Hast du sie angeheuert?«

»Sieht ganz so aus.«

Der Bastard war offensichtlich nicht gewillt, ihr eine genauere Auskunft zu geben. Für Foelke Grund genug, auf einer Erklärung zu bestehen. »Wofür brauchst du neue Kriegsleute? Wir haben Frieden.«

»Das wird nicht so bleiben. Unsere Feinde neiden mir meinen Aufstieg zum Häuptling. Vermutlich arbeiten Kanke Kanken und Edo Wiemken bereits eifrig gegen mich.«

»›Aufstieg zum Häuptling‹«, sagte sie verächtlich. »Du hast dir diesen Titel *erschlichen*. Gegen jedes Recht. Was dir entgegenschlägt, ist kein Neid, sondern berechtigter Zorn auf einen Emporkömmling, der seinen Platz vergessen hat. Wenn man uns deswegen angreift, ist es allein deine Schuld.«

»Halt den Mund, Weib«, knurrte der Bastard.

Unter anderen Umständen hätte Keno ihm eine derartige Respektlosigkeit nicht durchgehen lassen. Seine Aufmerksamkeit wurde jedoch vollständig von den fremden Söldnern beansprucht.

»Das sind keine Friesen«, stellte er fest. »Woher kommen sie?«

»Aus der Ostsee«, klärte Widzelt ihn auf.

Keno starrte ihn an. »Hast du etwa *Vitalienbrüder* in deine Dienste genommen?«

»So heißen sie nicht mehr. Sie nennen sich jetzt ›Likedeeler‹.«

»Vollkommen egal, wie sie sich nennen. Es sind Seeräuber. Piraten. Halsabschneider der übelsten Sorte! Was fällt dir ein, derartiges Gesindel nach Marienhafe einzuladen?«

»Bei Gott, Junge, in welcher Welt lebst du? Natürlich sind es Halsabschneider. Alle unsere Söldner sind Halsabschneider – übles Gesindel obendrein. Oder hast du gedacht, für uns kämpften feine Herrschaften, die die Lateinschule besucht haben und sich nach jedem Bissen den Mund abtupfen?«

»Ich dachte, sie hätten sich in Visby eingenistet und würden die Hanse ausplündern«, bemerkte Foelke. »Wie hast du sie dazu gebracht, diese Goldgrube aufzugeben?«

»Ich bezweifle, dass mein werter Bruder etwas damit zu tun hat«, sagte Keno. »Vermutlich hat sich die Hanse mit dem Deutschen Orden zusammengetan und sie von Gotland verjagt. Jetzt machen sie sich in der Westsee breit, und er hat die Gunst der Stunde genutzt.«

»Die mächtige Hanse und der rechtschaffene Deutsche Orden, die die verkommenen Vitalienbrüder vertreiben – ich weiß, du bist ganz vernarrt in diesen Gedanken«, spottete der Bastard. »Leider liegst du falsch. Die Vitalienbrüder sitzen noch immer auf Gotland und haben bisher allen Attacken der Hanse getrotzt.«

»Wieso sind sie dann hier?« Foelke musste sich zügeln, ihn nicht anzuschreien. »Verrate uns endlich, was das zu bedeuten hat!«

»Die Vitalienbrüder sind zweitausend Mann stark. Die meisten von ihnen sind nach wie vor in Visby«, ließ Widzelt sich endlich zu einer Erklärung herab. »Eine kleine Gruppe hat sich von ihnen losgesagt, es gab wohl Meinungsverschiedenheiten unter den Hauptleuten. Als ich erfuhr, dass sie in der Westsee ihr Glück suchen wollen, nahm ich mit ihnen Kontakt auf.«

»Das hättest du mit mir absprechen müssen. Wir entscheiden solche Dinge gemeinsam – als gleichberechtigte Regenten!«

Widzelt lächelte wölfisch. »Meine Liebe, wir beide sind alles, aber ganz gewiss nicht gleichberechtigt.«

Er wollte, dass sie die Beherrschung verlor und sich vor Keno und Pieter zur Närrin machte. Diesen Gefallen würde sie ihm nicht tun. »Wenn wir Piraten beherbergen, ziehen wir uns den Unmut der Hanse zu«, sagte sie betont ruhig. »Wir sind aber auf gute Handelsbeziehungen angewiesen.«

»Wir haben wahrlich genug Feinde«, stimmte Keno ihr zu. »Wir brauchen keinen weiteren.«

Widzelt winkte verächtlich ab. »Die Feldzüge gegen die Kankena haben gezeigt, dass wir nicht stark genug sind. Die Likedeeler verschaffen uns einen entscheidenden Vorteil in den Kriegen, die da kommen. Das ist wichtiger als die Befindlichkeiten der Pfeffersäcke im fernen Hamburg.«

Sie unterbrachen das Streitgespräch, als ein Likedeeler den Deich heraufkam. Es war der wohl größte Mann, den Foelke je gesehen hatte. Wie Pieter trug er ein Langes Schwert auf dem Rücken. Der wuchernde Vollbart, das verfilzte Haupthaar und der fassartige Brustkorb verliehen ihm das Aussehen eines Riesen aus Sagen und Legenden, der von den Bergen herabgestiegen war, um die Menschen das Fürchten zu lehren.

»Wer von euch ist Widzelt tom Brok?« Seine Stimme dröhnte derart, dass sie mühelos das Hafengetöse übertönte.

Widzelt trat lächelnd vor. »Johann?«

In der Masse der Barthaare klaffte ein Grinsen. Die Schneidezähne waren gewaltig wie alles an diesem Mann. »So nennt man mich, seit mich der Pfaffe ins Taufbecken getunkt hat. Du bist also der Bastard, vor dem halb Friesland zittert. Wie ein Eroberer siehst du ja nicht aus. Eher wie ein Verseschmied, der die Laute zupft. Aber mir soll's recht sein, solange du genug Gold hast, um mich zu bezahlen.«

Das freche Auftreten des Seeräubers missfiel Widzelt spürbar. Sein Lächeln erstarb. »Ihr seid spät dran. Außerdem hast du mir vier Schiffe versprochen.«

»Vor Dänemark hatten wir schlechten Wind. Das hat uns zwei

Wochen gekostet. Und dann sind wir in einen Sturm geraten. Dabei haben wir eine Schnigge verloren. Warum hast du uns nicht gewarnt, dass der Wind vor Friesland launisch ist wie ein unbefriedigtes Weib?«

»Weil ich annahm, ich hätte es mit fähigem Schiffsvolk zu tun. Wenn ich gewusst hätte, dass ihr der Westsee nicht gewachsen seid, hätte ich mich nach Seeleuten umgesehen, die ihr Handwerk verstehen.«

Die Spalte im Bart schloss sich, und der Riese stierte Widzelt an. Foelke ertappte sich bei dem Wunsch, er möge dem Bastard mit einem Hieb seiner gewaltigen Faust den Schädel zertrümmern.

Stattdessen fing er an zu lachen. Es klang wie eine abgehende Lawine polternder Felsbrocken. »Da ist aber einer schnell eingeschnappt. Ich mach doch nur Spaß. Verstehst du Spaß, Freund Widzelt?«

Der machte keine Anstalten, in das Gelächter einzustimmen. »Nicht wenn man mir vier Schiffe verspricht, aber nur drei liefert.«

»Vielleicht taucht die *Seetiger* ja noch auf«, erklärte Johann munter.

»Ich dachte, sie wäre gesunken.«

»Gesehen hat's keiner. So weiß allein der Klabautermann, was aus ihr geworden ist. Wir müssen beten und abwarten. Derweil vertreiben wir uns die Zeit mit Bier und Huren und danken dem lieben Gott, dass wir dem Sturm entronnen sind.«

Erst jetzt nahm der Riese Notiz von den anderen. Schlagartig verlor er das Interesse an Widzelt. Er drosch dem Bastard jovial auf die Schulter, ging auf Foelke zu und musterte sie auf eine Weise, die sie anzüglich fand.

»Du musst Foelke Kampana sein. Bei Annas üppigen Locken, du bist genauso schön, wie man sich erzählt. Ich führe diesen Haufen von Dieben und Mördern, die *Marienknecht* ist mein Schiff.« Der hünenhafte Mann verneigte sich vor ihr, und sie war sich nicht sicher, ob er es ernst meinte oder sie verspottete. »Johann Störtebeker, Schiffer, Krieger, Ehrenmann – zu deinen Diensten.«

Die Seeleute der havarierten Schnigge begruben ihre Toten am Strand. Drei arme Seelen waren von der herabfallenden Gaffel erschlagen worden, wie Folkmar herausgefunden hatte. Er beobachtete das Schiffsvolk seit zwei Tagen von seinem Versteck in den Dünen aus.

Die Schnigge lag leckgeschlagen und schwer beschädigt im Watt. Die Männer – knapp dreißig an der Zahl – hatten lediglich die Gaffel, das Tauwerk und das zerfetzte Schratsegel an Deck gehievt, aber keinen ernsthaften Versuch unternommen, die Schäden zu beheben. Stattdessen hatten sie am Strand ein Lager errichtet.

Der Wind hatte endlich nachgelassen. Von den Feuerstellen zwischen den einfachen Zelten stieg dünner Rauch auf, wenn die Seeleute Fisch brieten. Meist hockten sie da, soffen Bier aus zwei Fässern und starrten Löcher in die Luft. Mehrmals am Tag gab es Streit, der mitunter in Gerangel ausartete. Dem Anführer, einem schlanken schwarzhaarigen Mann mit einem Ritterschwert am Gürtel, war es bisher gelungen, Schlimmeres zu verhindern, indem er die Streithähne trennte und sie harsch zurechtwies. Der wortgewandte Schiffer genoss sichtlich hohes Ansehen bei seinen Leuten, doch auch er konnte nicht verhindern, dass die Moral der Truppe stetig sank. Die Seeleute wussten nicht, wo sie waren. Sie verfluchten ihr Schicksal. Folkmar spürte die Verzweiflung, die im Lager grassierte.

Er war nicht der Einzige, der die Gestrandeten beobachtete. Die Bewohner des Hafenortes hatten sehr wohl bemerkt, dass ein Schiff an ihrer Küste havariert war. Diese fette Beute wollten sie sich nicht entgehen lassen. Jenseits des Deiches, im Schutz der Bäume und Wallhecken, rotteten sie sich zusammen. Stämmige Marschleute, gut und gerne drei Dutzend, und alle bewaffnet.

Sollte er die Seeleute warnen? *Nein*, entschied Folkmar. Diese Sache ging ihn nichts an. Wenn es zwischen den Gestrandeten und den Küstenbewohnern zum Scharmützel kam, wollte er nicht zwischen die Fronten geraten. Davon abgesehen wirkten die Seeleute durchaus wehrhaft. Ein jeder besaß ein Schwert, eine Axt, eine Armbrust. In einem Fass bei den Zelten standen Piken und Hellebarden. Eine Wache auf dem Dünenkamm fünfzehn Klafter von ihm entfernt beobachtete die Gegend. Allerdings hatte der Mann die Marschleute bislang nicht bemerkt.

Der Schiffsjunge, der mit untergeschlagenen Beinen am Feuer saß, schob sich eine Maultrommel in den Mund. Sogleich versammelten sich mehrere Seeleute um ihn und lauschten dem summenden, jaulenden, treibenden Klang, der sich mit dem Gesang des Windes zu einer eigentümlichen Melodie verband. Zum ersten Mal seit zwei Tagen sah Folkmar die Männer lächeln. Der eine oder andere wippte gar mit dem Fuß im Takt.

Auch der Wachtposten erfreute sich an der Musik. Während er selbstvergessen der Maultrommel zuhörte, wandte er dem Marschland den Rücken zu.

Diese günstige Gelegenheit ließen sich die Bauern nicht entgehen. Der bewaffnete Haufen schwärmte über das Brachland, einige Männer hielten Bogen in den Händen, die Pfeile eingenockt. Folkmar legte sich bäuchlings ins hohe Gras. Sein Herz pochte so heftig, dass ihm war, als würde der Sand unter ihm vibrieren. Die Seeleute ahnten von nichts. Ihnen drohte ein Blutbad!

Der Wachtposten wäre das erste Opfer, wenn Folkmar nichts unternahm. Eben legte ein Bauer mit dem Bogen auf ihn an. Folkmar vergaß seinen Vorsatz, sich aus der Angelegenheit herauszuhalten.

»Hey!«, brüllte er.

Der Schiffsjunge hörte auf zu spielen. Die Seeleute reckten die Hälse. Der Wächter spähte in seine Richtung. Das rettete ihm das Leben. Aus dem Augenwinkel sah er die Marschleute auf den Deich zulaufen und zog instinktiv den Kopf ein. Der Pfeil sauste über ihn hinweg. Vor Schreck ließ er die Pike fallen, bevor er die Beine in die Hand nahm und die Sandböschung hinabschlitterte.

»Wir werden angegriffen!«, schrie er mit schriller Stimme.

Weitere Pfeile sirrten über den Deich und verfehlten ihn allesamt.

Das Schiffsvolk geriet nicht in Panik. Sie reagierten wie ein kampferprobter Kriegstrupp. Der Anführer zog das Schwert und bellte Befehle. Die Männer griffen nach ihren Waffen, luden die Armbrüste, suchten Deckung.

Die Marschleute erschienen auf dem Deich und bildeten zwei waffenstarrende Reihen.

»Nach dem Strandrecht gehört dieses Wrack uns«, rief ein stämmiger Bauer mit kahlem Schädel, der einen zerbeulten Brustharnisch trug. »Überlasst es uns mitsamt der Fracht und all eurer Habe, oder ihr seid des Todes!«

Der schwarzhaarige Schiffer lachte sie aus. Es war ein grimmiger, furchteinflößender Laut. »Was seid ihr doch für ein jämmerlicher Haufen«, höhnte er. »Viehtreiber und Schweinehirten, die noch nie ein Schlachtfeld gesehen haben. Eure Furcht stinkt zwanzig Klafter gegen den Wind. Oder ist das die Laufscheiße, die euch an den Schenkeln runterläuft? Na los, holt euch die *Seetiger*, wenn ihr glaubt, ihr könnt es mit den Likedeelern aufnehmen!«

Hinter ihm bauten sich die Seeleute auf und bleckten die gelben Zähne. Wer einen Schild hatte, hämmerte mit der Waffe darauf. Damit hatten die Marschleute nicht gerechnet. Dies waren keine Pfeffersäcke, die alles tun würden, um ihr Leben zu retten. Sie hatten es mit erfahrenem Kriegsvolk zu tun.

Es folgte eine erbärmliche Darbietung.

Auf dem Deich brach ein Streit aus. Mehrere Männer umringten den kahlköpfigen Bauer und machten ihm Vorwürfe.

»Ich dachte, wir würden kämpfen!«, rief der Schiffer. »Worauf wartet ihr? Oder steht euch die Pisse bis zum Rand in den Schuhen, sodass ihr nicht mehr laufen könnt?«

Der Kahlschädel brachte die übrigen Bauern zornig zum Schweigen. »Ich hole mir jetzt das verdammte Schiff. Muss ich allein gehen, oder sind hier noch andere Männer mit Eiern zwischen den Beinen?«

Nur etwa die Hälfte der Marschleute wollte mitkommen. Die übrigen traten den Rückzug an.

»Feiglinge! Hol euch der Teufel!« Der Kahlschädel spuckte aus, nahm die Axt in beide Hände und marschierte durch die Dünen.

Da der Wind günstig stand, konnte Folkmar verstehen, was der Schiffer zu seinen Leuten sagte.

»Lasst sie am Leben. Aber erteilt ihnen eine Lektion, die sie nicht vergessen.«

»Wir sollten sie bis auf den letzten Mann niedermachen«, widersprach ein Matrose. »Sonst kommen mehr von ihnen.«

»Wenn wir sie abschlachten, haben wir spätestens morgen ihren Fürsten am Hals oder wer immer dieses gottverlassene Land beherrscht. Ihr tut, was ich sage.«

Das Schiffsvolk zog den Bauern entgegen. Was sich daraufhin am Fuß der Dünen abspielte, war kein Gefecht, mehr eine Prügelei. Eine sehr einseitige Prügelei – die Marschleute hatten nicht den Hauch einer Chance. Die Likedeeler versetzten ihnen Tritte und Kinnhaken, rammten Axtschäfte in Magengruben, zertrümmerten Nasenbeine mit Schildbuckeln. Wehgeschrei hallte über den Strand. Bauer um Bauer sank stöhnend zu Boden und hielt sich das blutende Gesicht.

Nach wenigen Augenblicken war es vorbei. Humpelnd ergriffen die Möchtegernplünderer die Flucht. Wer noch gehen konnte, stützte einen Benommenen. Das Hohngelächter der Likedeeler verfolgte sie.

Auch für Folkmar war es Zeit zu verschwinden. Die Seeleute würden sich fragen, wer sie gewarnt hatte. Gewiss würden sie die Umgebung absuchen. Er robbte durch Sand und Schnee, kroch zum Deich, hastete geduckt die Landseite hinab.

Die Likedeeler. Das hieß so viel wie »die Gleichteiler«. Was bedeutete das? Wer waren sie? Furchterregende Krieger, so viel stand fest.

Er hatte noch nicht entschieden, ob es klug war, sich ihnen zu zeigen. Aber wenn er es tat, war höchste Vorsicht angeraten.

Am nächsten Morgen kehrte Folkmar zum Strand zurück. Die Likedeeler hatten aus dem gestrigen Vorfall gelernt und nunmehr zwei Wachen aufgestellt, die das Marschland im Auge behielten. Folkmar musste den Deich eine Viertelmeile nördlich der Schnigge überqueren, um ihren wachsamen Blicken zu entgehen. Vorsichtig arbeitete er sich durch die Dünen voran, mal geduckt, mal kriechend. Einen Steinwurf vom Lager entfernt verbarg er sich im Strandhafer. Er öffnete seinen Beutel und kaute gekochte Rübenstücke, während er die Gestrandeten beobachtete.

Die Likedeeler umstanden das Wrack, der Anführer und zwei weitere weilten an Deck. Es herrschte Flut, die Brandung näherte sich dem Achterschiff. Offenbar stritten die Männer schon wieder. Der Wind wehte einige Gesprächsfetzen heran.

»…Warnung Gottes… Ostsee nicht…«

»…Gotland… gutes Leben… Gold und Huren… sollten umkehren.«

»…*Seetiger* völlig hinüber… Schiff abschreiben…«

»…Störtebeker… Wichmann… Teufel geholt.«

»Donner und Blitz, hört auf zu jammern!« Der Schiffer war der Einzige, den Folkmar gut verstand. Seine befehlsgewohnte Stimme übertönte das Brausen von Wind und Wellen. »Ihr benehmt euch wie ein Haufen heulender Weiber. Wir haben einstimmig entschieden, Gotland zu verlassen. Und jetzt wollt ihr davon auf einmal nichts mehr wissen? Was seid ihr nur für eine verzagte, wankelmütige Truppe!«

Die Männer redeten aufgebracht durcheinander.

»…Sturm… böses Omen!«

»…verloren ohne Schiff… Narr… verblendet!«

»Ruhe!«, brachte der Schiffer sie zum Schweigen. »Es war richtig, in die Westsee zu segeln. Dazu stehe ich. Hier können wir fette Beute machen, ohne dass uns fortwährend der Deutsche Orden im Nacken sitzt. Das Gold wird nur so in unsere Schatullen prasseln. Und sobald wir die *Seetiger* wieder flottgemacht haben, werden wir auch die anderen finden.«

»Wie sollen wir das anstellen?«, rief ein Seemann. Die übrigen Worte zerfetzte der Wind. »…Leck… Rumpf und Takelage… Schiffszimmermann… tot!«

Sieh an, dachte Folkmar.

»Wir werden einen Weg finden«, erwiderte der Schiffer. »Wir finden immer einen Weg. Denkt an Stockholm vor zwei Jahren, als wir mit den Schiffen im Eis festsaßen. Die Lage war aussichtslos. Verzweifelt. Wir hatten den sicheren Tod vor Augen. Und doch konnten wir uns befreien, die Dänen bezwingen und den Schweden das versprochene Korn liefern. Weil wir zusammenhielten. Weil wir unser Bestes gaben. Und weil wir uns verdammt noch mal nicht von ein paar Rückschlägen entmutigen ließen!«

Ein Seemann sagte etwas, das Folkmar nur teilweise verstand.

»…zu Fuß gehen … im Westen … kann nicht weit sein.«

»Auf keinen Fall«, widersprach der Schiffer. »Wenn wir die *Seetiger* zurücklassen, kommt das Bauernpack und schlachtet sie aus, bis nichts mehr von ihr übrig ist. Das lasse ich nicht zu. Genug der Worte. An die Arbeit!«

Die Männer kletterten an Deck und trugen Werkzeug, Holz und Tauwerk zusammen.

Folkmar dachte über das Gehörte nach. Die Likedeeler, wie sich die Männer nannten, waren ganz offensichtlich Piraten und Glücksritter. Die Suche nach Reichtümern hatte sie nach Friesland geführt, das Ziel ihrer Fahrt lag im Westen. *Emden?*, mutmaßte er. Es spielte keine Rolle. Fürs Erste saßen sie hier fest.

Seit nunmehr drei Tagen beobachtete er sie. Währenddessen war etwas Eigenartiges geschehen: Er entwickelte Sympathien für die raubeinigen Seeleute. Vor allem für den charismatischen Schiffer, der seine Leute mit verschmitztem Witz und packenden Ansprachen bei der Stange hielt. Verrückt. Er kannte die Männer ja gar nicht. Sie ahnten nichts von seiner Existenz. Und doch wünschte er sich nichts mehr, als mit ihnen zu reden, bei ihnen am Feuer zu sitzen, ihren Geschichten zu lauschen, in der einen Hand einen Becher Bier, in der anderen einen gebratenen Fisch.

Bei Gott, wie lange war es her, dass er mit einem menschlichen Wesen gesprochen hatte, das ihm nichts verkaufen wollte? Eine Ewigkeit. Er war derart einsam, dass er sich ganz stumpf und taub im Innern fühlte.

Folkmar haderte mit sich. Wenn er sich den Likedeelern zeigte, begab er sich in Gefahr. Sie waren Krieger und Seeräuber, ein Menschenleben galt ihnen nicht viel. Blindwütige Mörder jedoch waren sie nicht. Das hatte der Vorfall mit dem Marschvolk bewiesen. Und anders als bei den Einheimischen musste er nicht fürchten, dass sie ihn erkannten. Diese Männer kamen von weit her, sie hatten gewiss noch nie etwas von einem Geächteten namens Folkmar Janns Osinga gehört. Wenn er sie richtig einschätzte, standen obendrein die Chancen gut, dass sie ebenfalls Ausgestoßene waren. Vogelfreie, Heimatlose und verurteilte Verbrecher wie er. Was also hätte er zu verlieren? Im schlimmsten Fall würden sie ihn fortjagen.

Er atmete tief ein und aus. Dann stand er auf und schritt über den Strand.

Er kam bis auf einen Steinwurf an die Schnigge heran, als man ihn erblickte. Zwei Seeleute, die eben ein Fass zum Lager schleppten, warnten ihre Gefährten mit einem Ruf.

»Was willst du?«, bellte einer der Fassträger.

»Mit euch reden.«

Die Männer auf der Schnigge starrten ihn wenig freundlich an. Manch einer griff zur Waffe.

»Wer bist du?«, rief der Schiffer.

»Der, der euch vor dem Marschvolk gewarnt hat.«

»Komm her.«

Folkmar ging näher an das Wrack heran. Als er nur noch fünf Klafter entfernt war, befahl ihm der Schiffer, stehen zu bleiben.

»Warum hast du uns gewarnt?«

»Ich wollte nicht mit ansehen, wie sie euch abschlachten.«

»Woher wusstest du von dem Angriff? Hast du uns beobachtet?«

»Euch und das Marschvolk.«

»Wohnst du an dieser Küste?«

»Im Hinterland.«

»Wie ein Bauer siehst du nicht aus. Eher wie ein Bettler.«

»Ein Bettler mit einem Schwert«, meinte ein Matrose.

»Ich bin weder das eine noch das andere.«

»Sondern?«

»Schiffszimmermann«, antwortete Folkmar.

Der Schiffer und ein älterer Seemann wechselten Blicke.

»Kannst du uns sagen, wo wir sind?«

»An der Küste der ostfriesischen Landsgemeinde Östringen. Zwischen Bant und Wangerland.«

Keine dieser Ortsangaben schien den Piraten etwas zu sagen.

»Wie weit ist es bis …«, begann ein junger Matrose. Der Schiffer hob ruckartig die Hand, der Bursche verstummte.

»Ich kann euch helfen, die Schnigge wieder seetüchtig zu machen«, sagte Folkmar.

»Glaub ihm kein Wort!«, mischte sich einer der Fassträger ein. »Herrgott, Gödeke, merkst du nicht, was hier läuft? Die Bauern haben ihn geschickt, damit er herumschnüffelt. Wahrscheinlich lauern sie schon wieder im Gebüsch und warten auf den rechten Moment, um uns fertigzumachen.«

Der Seemann – ein schlaksiger Kerl mit einem blinden Auge und einer Narbe, die seine linke Gesichtshälfte spaltete – stiefelte auf Folkmar zu.

»Was wird das, Otto?«, fragte der Schiffer schneidend.

Der lange Seemann gab keine Antwort. Er blieb dicht vor Folkmar stehen. »Zieh das Wehrgehenk aus und gib es mir.«

»Nein.«

Der Blick wurde bohrender. »Dann hoch mit den Flossen. Na los!«

Folkmar tat, wie ihm geheißen. »Ich habe nichts mit dem Marschvolk zu schaffen. Ich komme als Freund.«

»Das freut mich zu hören.« Otto grinste. Er ließ den Kopf vorschnellen. Folkmar war, als hätte ein Hammer seine Nase getroffen. Schmerz explodierte hinter seiner Stirn, füllte den Schädel aus.

Seine Welt wurde schwarz.

Kapitel vier

Bau-wau-bau-didldidldidl-bau-didldidldidl-bau-wau-bau-wau …

Folkmar regte sich stöhnend. Bei Luzifers Hörnern, was war das für ein fürchterliches Geräusch? Dröhnte ihm der Kopf von dem Schlag, den er abbekommen hatte?

Bau-didldidldidl-bau-didldidldidl …

Nein – wenngleich sich sein Schädel anfühlte, als wäre ein Wespenschwarm darin gefangen. Das Summen und Wummern kam von einem Punkt schräg über ihm.

Bau-wau-bau-wau …

Er blinzelte. Versuchte, sich zu bewegen. Ohne Erfolg. Stricke fesselten seine Glieder, er lag im kalten Sand. Die Likedeeler hatten ihn zu ihrem Lager geschleift und eingeschnürt wie einen Tuchballen. Ihn schmerzte die Nase, jeder Atemzug war eine Qual.

Neben ihm hockte der Schiffsjunge im Schneidersitz und spielte die Maultrommel.

Bau-wau …

»Hör auf, bitte«, stöhnte er.

Der Bursche nahm die Maultrommel aus dem Mund und starrte ihn ablehnend an. »Gefällt's dir etwa nicht?«

»Mir platzt gleich der Kopf.«

Plötzlich hatte er eine Messerspitze an der Kehle. Folkmar erstarrte.

»Otto hat recht«, zischte der Schiffsjunge. »Wir sollten dich abstechen und deinen Kadaver am Deich aufpflocken, damit jeder ihn sehen kann!«

»Welpe! Nimm sofort das Messer weg!«

Der Junge gehorchte, hörte jedoch nicht auf, Folkmar mordlüstern anzuschauen. Der Schiffer scheuchte den Halbwüchsigen weg und ging in die Hocke.

»Ich entschuldige mich für Otto, dass er dich niedergeschlagen hat«, sagte er durchaus freundlich. »Er übertreibt es gern.«

»Es sei ihm verziehen – solange er davon absieht, mich umzubringen«, grunzte Folkmar.

»Ich fürchte, er ist nicht der Einzige aus meiner Mannschaft, der dich tot sehen will«, sagte der Schiffer.

»Du auch?«

»Ich bin noch unschlüssig.« Der Kapitän der *Seetiger* zog eine Kiste heran und setzte sich. »Ich schlage vor, wir fangen noch einmal von vorn an…«

»Ohne die Fesseln?« Folkmar spannte die Muskeln an, sodass die Stricke knirschten. Seine Kräfte würden nicht ausreichen, sie zu zerreißen.

»Nein«, beschied der Schiffer. »Wie heißt du?« Als Folkmar schwieg, fragte der schwarzhaarige Mann: »Weißt du, wer ich bin?«

»Sollte ich?«

»Gottfried Michaelsen. Aber du kannst mich ›Gödeke Michels‹ nennen wie alle anderen, das geht leichter über die Lippen. Ich befehlige diese Schar. Falls man von ›befehligen‹ sprechen kann. Meist machen sie einfach, was sie wollen.« Er schaute Folkmar erwartungsvoll an.

»Gödeke Michels… Nie gehört.«

Der Schiffer seufzte. »Da arbeitet man jahrelang an seinem Ruf, aber kaum wechselt man das Meer, ist alles dahin. Nun gut. Jetzt kennst du meinen Namen. Wie lautet deiner?«

Ubbe Sybeken, hätte Folkmar beinahe gesagt, benommen, wie er war. Aber der Name war verbrannt. Er brauchte einen neuen. »Isebrand.«

Inzwischen war das halbe Schiffsvolk zu ihnen gekommen. Die Männer gafften Folkmar an, einige gelangweilt, andere offen feindselig.

»Worauf warten wir?«, knurrte der einäugige Otto. »Bringen wir's endlich hinter uns und machen ihn kalt.«

»Ich rede noch mit ihm«, sagte Gödeke schneidend.

»Wozu? Wir können es uns nicht leisten, einen Gefangenen durchzufüttern.«

Gödeke legte die Unterarme auf die abgespreizten Knie, beugte sich vor und verschränkte die Hände. Er war ein gut aussehender Mann mit elegant geformten Zügen und einem prägnanten Kiefer unter dem dunklen Bartschatten. Der einzige Makel in dem ebenmäßigen Gesicht war die leicht schiefe Nase, die offenbar einmal gebrochen gewesen war. Er trug Beinlinge, kniehohe, breitkrempige Stiefel und ein dünnes, helles Wams. Die Kälte schien ihm nichts auszumachen.

»Isebrand«, wiederholte er. »Du bist also Schiffszimmermann.«

»Und Meister.«

Gödeke hob eine Augenbraue. »Ein Meister sogar. Beweise es.«

»Bindet mich los«, verlangte Folkmar.

»Nein.«

»Gefesselt kann ich nicht arbeiten. Herr im Himmel, ich bin unbewaffnet, und ihr seid ... wie viele? Fünfzehn? Fürchtet ihr ernsthaft, ich könnte euch gefährlich werden?«

Gödeke machte keine Anstalten, die Fesseln zu lösen. »Wie würdest du die *Seetiger* wieder seetüchtig machen?«

Folkmar starrte den Schiffer wütend an. Dies war ein Test. Er hatte keine Wahl, als sich darauf einzulassen. »Kommt darauf an. Habt ihr genug Holz, Tauwerk und Segeltuch, um die beschädigten Schiffsteile auszutauschen?«

»Ja.«

»Ist der Rumpf leckgeschlagen, und wenn ja, wo?«

»Am Kielboden.«

»Der ist kraweelbeplankt, nehme ich an.«

Gödeke nickte.

»Gut. Das macht es einfacher, das Leck zu flicken. Wobei ›einfach‹ kaum der richtige Ausdruck ist. Ohne Trockendock und Helling zu arbeiten wird eine Schinderei. Ist der Rumpf ansonsten unversehrt? Euer Glück«, sagte Folkmar, als die Männer bejahten. »Geklinkerte Planken auszuwechseln, ist verteufelt schwere Arbeit, zumal unter diesen Bedingungen.« Er spürte den Schmerz nicht mehr und vergaß die Todesgefahr, in der er schwebte. Es war ein Genuss, über das Handwerk zu sprechen, sich nicht mehr wie ein Wilder zu fühlen, sondern wie ein Zimmermann, ein Meister seines Fachs. »Wie sieht es mit Werkzeug aus? Habt ihr Äxte, Beitel, Dachsbeile? Einen Hobel? Ausreichend Nägel, hölzerne wie eiserne?«

»Alles da«, antwortete Gödeke.

»Pech für die Kalfaterung?«

»Ein halbes Fass dürfte noch übrig sein.«

»Vielleicht reicht das. Wenn nicht, improvisieren wir mit Fett und dergleichen. Ist der Mast gebrochen?«

»Nein.«

»Noch solide im Kielschwein verankert?«

»Sieht so aus.«

»Dann können wir die Gaffel hochziehen und auftakeln, sobald das Leck geschlossen ist ...«

»Das reicht«, unterbrach Gödeke ihn und wandte sich an die Seeleute. »Was meint ihr – ist er Schiffszimmermann, oder lügt er uns was vor?«

»Er versteht einiges von Schiffen«, gab Otto widerwillig zu. »Aber das heißt noch lange nicht, dass wir ihm vertrauen können.«

»Otto spricht ein wahres Wort. Du siehst nicht gerade ehrbar aus, Freund Isebrand«, bemerkte Gödeke. »Was macht ein Schiffszimmermann – ein Meister – allein hier draußen, schmutzig, ausgehungert und zerlumpt?«

Folkmar betrachtete die grimmigen, von Kampf und Entbehrungen gezeichneten Gesichter und verließ sich auf seinen Instinkt, der ihm riet, so nah wie möglich an der Wahrheit zu bleiben. »Ich hatte Ärger mit dem Gesetz.«

»Hast du jemanden umgebracht?«

»Ich habe mir mächtige Leute zum Feind gemacht und alles verloren.«

»Welche Leute?«

»Einen Vogt und dessen Herrn.«

»Und nun wartet zu Hause der Galgen auf dich, weshalb du dich in der Wildnis versteckst«, mutmaßte Gödeke.

»So ist es.«

Folkmar spürte, dass er den richtigen Ton getroffen hatte. Machtvolle Feinde, eine ungerechte Strafe, Ächtung, Flucht – vermutlich hatten nicht wenige dieser Männer etwas ganz Ähnliches erlebt. Ihr Misstrauen schien nachzulassen.

»Was hast du ausgefressen?«, hakte Gödeke nach. »Ging's um Gold? Ein Weib?«

»Das ist allein meine Sache und geht keinen was an.«

Diese Antwort respektierte der Schiffer. »Was willst du dafür, dass du uns hilfst?«

»Ein warmes Feuer jeden Abend, einen sicheren Schlafplatz und genug zu essen, dass ich den Winter überstehe.«

»Das ist nicht viel«, sagte Gödeke.

»Mehr brauche ich nicht. Wenn ich darüber hinaus etwas Gesellschaft habe, ohne dass man mir allzu viele Fragen stellt, will ich zufrieden sein.«

»Meinetwegen kannst du bleiben. Aber ich entscheide das nicht allein.« Gödeke stand auf.

»Du bist der Schiffer«, sagte Folkmar.

»Ich bin nur der Erste unter Gleichen. Wir Likedeeler treffen alle wichtigen Entscheidungen gemeinsam.« Gödeke schaute in die Runde. »Also – was meint ihr? Soll Isebrand der Schiffsbauer eine Chance bekommen?«

»Mir soll's recht sein, wenn wir dafür die *Seetiger* zurückkriegen«, meinte ein älterer Matrose, der damit die Gedanken der Mehrheit auf den Punkt brachte. Nur Otto und zwei andere sprachen sich gegen Folkmar aus.

»Das ist ein Fehler, und wir werden ihn bereuen.« Der Einäugige spuckte aus und stiefelte missmutig davon.

»Welpe, binde ihn los«, befahl Gödeke.

Der Schiffsjunge tat, wie ihm geheißen. Folkmar stand auf, bewegte die tauben Glieder und rieb sich die wunden Handgelenke. »Hab Dank.«

»Oh, freu dich nicht zu früh«, erklärte Gödeke grinsend. »Klaus!«

Ein Pirat trat vor, in den Händen eiserne Fußschellen.

»Was soll das?«, fuhr Folkmar den Schiffer an.

»Eine Vorsichtsmaßnahme, bis du dir unser Vertrauen verdient hast.«

»Wenn ihr mich in Eisen legt, kann ich nicht arbeiten!«

»Doch, kannst du. Die Hände bleiben frei.«

»Stillhalten«, sagte der Likedeeler namens Klaus, während er Folkmar die Kette anlegte.

»Du bist in guter Gesellschaft«, sagte Gödeke. »Zuletzt trug ein stinkreicher Pfeffersack aus Wismar die Fußschelle. Er war eine Weile unser … Gast. Wie hieß er gleich?«

»Cuntzlein«, antwortete Welpe.

»Richtig. Der feiste, schwitzende, pausbäckige Cuntzlein. Das war vielleicht einer. Hat einen schönen Aufstand gemacht, wisst ihr noch?«

»Saß zwei Wochen lang flennend im Frachtraum und hat immerzu diesen Heiligen angerufen, den kein Mensch kennt.« Klaus klopfte sich den Sand von den Knien. »Hatte angeblich elf Kinder, von denen er uns dauernd erzählen wollte. Das Weib nicht zu vergessen.«

»O Gott, das Weib!«, lachte Gödeke und ahmte den Kaufmann mit Fistelstimme nach: »›Der Schlag wird meine Agata treffen, wenn ich nicht heimkehre! Wer ernährt dann die Kinder?‹ Wahrlich, das war ein sauer verdientes Lösegeld.«

Die Männer feixten.

»Spaß beiseite.« Gödeke blickte Folkmar in die Augen. »Mach das Schiff seeklar, und alles ist gut. Mach irgendwelche Dummheiten, und ich schneide dir eigenhändig die Kehle durch. Haben wir uns verstanden?«

Folkmar begutachtete das Leck. Der Schaden war erheblich. Auf einer Länge von drei Klaftern waren mehrere Bodenplanken eingedrückt, sodass sie ausgetauscht werden mussten. Eine dünne Schicht aus Schlick, Meer- und Bilgewasser bedeckte die Stelle.

»Und?«, fragte Gödeke.

»Ihr könnt von Glück sagen, dass der Kiel die Havarie überstanden hat. Auch an den Spanten habe ich keine Schäden gefunden.«

»Heißt?«

»Schwierig, aber machbar«, antwortete Folkmar. »Wo sind das Werkzeug und das Material, von dem du gesprochen hast?«

»Wir haben es an Land gebracht, um es vor dem eindringenden Wasser zu schützen.«

Folkmar nickte. Anders als eine Kogge hatte eine Schnigge kein richtiges Deck, auf dem man Tauwerk und dergleichen halbwegs trocken lagern konnte. Der flache Rumpf war nach oben offen, und anstelle von Decksplanken gab es lediglich paarweise aufgereihte Ruderbänke. Sämtliche Fracht an Bord lag daher im Kielraum.

»Bist du fertig?«, fragte Gödeke.

»Fürs Erste, ja.«

»Gehen wir von Bord.«

»Wie denn mit der Fußfessel?«

»Du bist doch auch raufgekommen.«

»Weil Otto mir geholfen hat.«

»Otto!«, rief Gödeke. »Beweg deinen Arsch her.«

»Du könntest mir das Ding auch einfach abnehmen«, brummte Folkmar. »Ich werde dich schon nicht anfallen und erwürgen.«

Der Schiffer dachte nicht daran. Er starrte in das graue Zwielicht am Heck, in dem es rumorte. »Was treibst du denn da?«

Otto von Tyne kam zu ihnen, indem er über die Bodenwrangen stieg. »Nichts«, erklärte er halb trotzig, halb schuldbewusst.

»Hast du wieder Brot und Fisch hingestellt?«

»Kann schon sein.«

»Ich hab dir gesagt, dass du das lassen sollst! Wir müssen uns den Proviant gut einteilen. Wer weiß, wie lange wir hier festsitzen.«

»Auf zwei Bissen soll's uns nicht ankommen, wenn wir dafür den Klabautermann besänftigen können.«

»Heilige Jungfrau Maria, sei mir gnädig«, seufzte Gödeke.

»Für dich mag das nur Aberglaube sein, aber ich weiß, dass es den Klabautermann gibt«, meinte Otto beleidigt. »Er wacht über uns, oder er plagt uns. Wir haben die Wahl. Hätten wir uns bei der Überfahrt ein bisschen besser um ihn gekümmert, wären wir jetzt nicht hier, und Martin und die anderen wären noch am Leben.«

»Du glaubst, der Klabautermann hat uns den Sturm beschert?«

»Wer sonst?«

»Gott? Der Teufel? Der verdammte Winter?«

»Der Klabautermann war's«, beharrte Otto. »Und damit er uns künftig in Ruhe lässt, geb ich ihm zu essen. Was ist schon dabei?«

»Hilf Isebrand von Bord«, befahl Gödeke, bevor er sich behände über die Reling schwang.

Ottos Begeisterung, dass er dem ungeliebten Gast zur Hand gehen musste, hielt sich in Grenzen. »Was machst du denn da? So geht das nicht«, murrte er.

»Natürlich geht es nicht. Ich kann die Füße kaum bewegen. Steig auf die Ruderbank und reich mir die Hand, damit ich mich hochziehen kann.«

»Bei Olafs Axt, bist du schwer! Fließt in deinen Adern Riesenblut?«

»Nicht loslassen, verdammt!«

»Ich kann dich nicht mehr halten.«

Folkmar gelang es irgendwie, sich auf die Ruderbank zu ziehen. Er richtete sich auf.

»Siehst du?«, meinte Otto. »War doch nicht so schwer. Den Rest kriegst du allein hin.«

Die kurze Kette klirrte, als Folkmar auf der Ruderbank zur Reling watschelte und fluchend versuchte, einen Fuß auf die Bordwand zu heben.

»Das kann man ja nicht mit ansehen.« Otto versetzte ihm einen Stoß, sodass er über das Schiffsgeländer kippte und in den Sand fiel. Der Schmerz in der Nase jaulte auf. Folkmar stöhnte.

Otto landete leichtfüßig neben ihm und lachte meckernd. Folkmar richtete sich auf und schlurfte mit Trippelschritten zu Gödeke, der am Strand auf ihn wartete.

»Kannst du damit arbeiten?«

Folkmar betrachtete die Baumstämme, das übrige Material und die Kiste mit dem Werkzeug. »Das Leck kann ich schließen. Ob das Tauwerk ausreicht, um vollständig aufzuriggen, kann ich noch nicht sagen. Zur Not müssen wir die Schnigge zum nächsten Hafen rudern und uns dort mit dem nötigen Material eindecken. In jedem Fall ist es harte Arbeit, die ich nicht allein machen kann. Ihr müsst alle mit anpacken.«

Gödeke nickte. »Es ist nicht so, dass wir etwas anderes zu tun hätten.«

»Es wird lange dauern. Wo immer ihr hinwollt, eure Ankunft wird sich um mehrere Wochen verzögern.«

Der Schiffer tat ihm nicht den Gefallen, ihm zu verraten, wo ihr Zielhafen lag. »Wir sind nicht in Eile«, sagte er nur. »Morgen fangen wir an. Jetzt essen wir erst einmal und lernen uns kennen.«

Kapitel fünf

Sie setzten sich zu den anderen ans Feuer. Der Likedeeler namens Klaus Scheld, der Folkmar die Fußschelle angelegt hatte, hatte in einem bauchigen Dreibein einen wohlriechenden Eintopf aus Kohl, Rüben und Salzhering gekocht. Während er das Essen verteilte, erzählte er eine Geschichte, die bei den Männern auf wenig Gegenliebe stieß.

»Verschon uns mit deinen Märchen!«

»Haben wir schon tausendmal gehört!«

»Habt ihr nicht«, hielt Klaus dagegen. »Außerdem ist es kein Märchen. Es ist wirklich passiert. Also, es war ein sonniger Morgen, als der Kaiser mit seiner Gemahlin Elisabeth von Pommern ausritt, um …«

»Halt dein Maul, oder ich stopf's dir mit deiner eigenen Gugel«, drohte Otto. »Jetzt gib das Essen her.«

»Klaus will uns weismachen, er hätte als Kind den Kaiser gesehen«, erklärte Gödeke Folkmar. »Wahrscheinlich ist das erfunden. Aber das hält ihn nicht davon ab, den Kaiser zu vergöttern. Karl hier, Karl da, so geht das von morgens bis abends. Nur damit du gewarnt bist.«

»Es ist keineswegs erfunden«, widersprach Klaus gekränkt. »Fünfundsiebzig war das, als Karl IV. Lübeck besucht hat. Ich kann's beweisen. Als er die Breite Straße entlangzog, warf er frisch geschlagene Pfennige in die Menge. Einen hab ich gefangen. Hab ihn immer noch. Wollt ihr ihn sehen?«

»Nein!«, riefen die Männer wie aus einem Mund.

Grummelnd ging Klaus mit der Schöpfkelle herum und füllte ihre Näpfe. Folkmar machte sich heißhungrig über seine Portion her. Er hatte nichts gegessen, seit Otto ihn am Strand niedergeschlagen hatte. Klaus mochte ein Schwätzer sein, aber kochen konnte er. Der Eintopf schmeckte fantastisch. Während sie aßen, forderte Gödeke ihn auf, von Ostfriesland zu erzählen.

»Was wollt ihr wissen?«, fragte Folkmar kauend.

»Wer beherrscht dieses Land? Wem geht man besser aus dem Weg? Was muss ein Mann beachten, wenn er hier sein Glück machen will?«

»Einst waren wir Friesen frei und nur dem König untertan. Wir haben uns selbst regiert und Männer aus unserer Mitte zu Richtern und Heerführern gewählt. Aber das war einmal. Von der Friesischen Freiheit ist nicht mehr viel übrig. Inzwischen werden wir von Häuptlingen beherrscht. Es gibt Dutzende von ihnen. Die meisten von ihnen kontrollieren nur ein Dorf oder ein Kirchspiel, aber einige wenige sind sehr mächtig. Edo Wiemken etwa oder Widzelt tom Brok.«

Folkmar entging nicht, dass einige Seeleute aufhorchten. Der Name tom Brok war ihnen offenbar geläufig.

»Die Häuptlinge sind machtgierige Kriegstreiber, die sich seit Jahrzehnten gegenseitig bekämpfen. Wenn ihr klug seid, haltet ihr euch von ihnen fern.« Nun war es an ihm, Fragen zu stellen. »Ihr kommt von der Ostsee, richtig?«

Gödeke nickte. »Dort sind wir jahrelang zur See gefahren, und viele von uns stammen von da. Otto etwa ist gebürtiger Mecklenburger, Klaus Lübecker, Welpe Rostocker. Ich bin in Ruschvitz auf Rügen aufgewachsen, als Sohn stolzer, aber armer Bauern.«

»Wieso habt ihr die Ostsee verlassen?«

»Lange Geschichte. Wo soll ich anfangen …? Hast du von Herzog Albrecht, der Schwarzen Margarethe und dem schwedischen Thronfolgekrieg gehört?«

»Meinst du den Grafen von Holland und Herzog von Bayern?«

»Nein, einen anderen Albrecht. Den Fürsten von Mecklenburg.«

Folkmar schüttelte den Kopf. »Ich lebe seit Jahren in der Wildnis. Gehen wir davon aus, dass ich so gut wie nichts darüber weiß, was draußen in der Welt geschieht.«

»Vor ein paar Jahren wollte Margarethe, die Königin von Dänemark, Schweden unter ihre Kontrolle bringen«, erklärte Gödeke. »Albrecht, der nicht nur Herzog von Mecklenburg ist, sondern auch König von Schweden, hatte verständlicherweise etwas dagegen. Als er Margarethe und ihre Streitmacht zur Schlacht stellte, wurde er vernichtend besiegt. Daraufhin musste er abdanken und den Thron Margarethes Großneffen Erich überlassen. Geschlagen geben wollte er sich jedoch nicht. Albrecht heuerte Freibeuter an und ermächtigte sie mit Kaperbriefen, dänische Schiffe aufzubringen und Stockholm, das ihm nach wie vor die Treue hielt, mit Lebensmitteln zu versorgen.«

Gödeke leerte seinen Becher und bat Welpe, ihm und Folkmar Bier nachzuschenken.

»Wie du dir sicher denken kannst, gehörten wir zu diesen Kaperfahrern«, fuhr der Kapitän der *Seetiger* fort. »›Vitalienbrüder‹ nannten wir uns. Wir waren einfache Matrosen und Söldner, ein jeder von uns. Jahrelang segelten wir in Albrechts Diensten über die Ostsee und machten den Dänen das Leben schwer. Unsere Schiffer und Hauptleute waren verarmte mecklenburgische Adlige, die ihre leeren Schatullen füllten, indem sie die Beute aus den Kaperfahrten in Rostock und Wismar zu Geld machten.«

»Erzähl ihm, wie wir nach Stockholm durchgebrochen sind«, sagte Klaus.

Gödekes Augen leuchteten im Feuerschein. »Im vorletzten Winter war das. Die Mecklenburger hielten Stockholm besetzt. Die Schwarze Margarethe belagerte die Stadt und wollte sie mit einer Seeblockade aushungern. Aber sie hatte die Rechnung ohne den Wirt gemacht. Mit acht Koggen und Schniggen stachen wir in See, jedes Schiff bis zur Reling voll mit Proviant. Es war eine Höllenfahrt. Die Ostsee war vereist, es gab nur ein paar enge Fahrrinnen, und die Dänen saßen uns im Nacken. Es fehlte nicht viel, und wir wären allesamt erfroren, ersoffen oder abgeschlachtet worden. Doch allen Widrigkeiten zum Trotz schüttelten wir die Dänen ab, boten der knochenbrechenden Kälte die Stirn und liefen in den Hafen von Stockholm ein. Die halb verhungerten Schweden und Mecklenburger rissen uns die Fässer nur so aus den Händen und feierten uns als Helden. An jenem Tag stiegen die mutigsten von uns zu Schiffern auf. Ich bekam die *Seetiger* und befehligte erstmals eine eigene Mannschaft.«

Die Männer schwiegen, als sie in Erinnerungen schwelgten, schrecklichen wie ruhmreichen. Gödeke benetzte seine Kehle mit einem Schluck Dünnbier und räusperte sich.

»So ging das zwei Jahre lang. Kaperfahrten, Raubzüge, Kämpfe gegen die Dänen. Im vergangenen Frühjahr dann eroberten wir Gotland. Sven Sture, Arnd Stuke, Nikolaus Milies und die anderen Hauptleute beschlossen, Visby zu unserem Stützpunkt auszubauen.

Ein paar Monate später schlossen Dänemark und Mecklenburg Frieden. Albrecht ließ uns fallen, und wir waren von heute auf morgen arbeitslos. An die zweitausend Männer, die nur den Krieg kennen, die plötzlich nichts mehr zu tun haben und auf einer Insel festsitzen – du kannst dir vorstellen, wie es in Visby zuging. Unzufriedenheit und Hunger griffen um sich, ständig gab es Raufhändel mit Verletzten und Toten. Die Hauptleute griffen hart durch. *Zu* hart, wenn du mich fragst. Sie fingen an, sich wie Könige aufzuführen, obwohl es die einfachen Schiffer und Seeleute waren, die die Vitalienbrüder groß gemacht hatten.«

»›Als Adam grub und Eva spann, wo war da der Edelmann?‹«, zitierte Otto ein altes Sprichwort, und mehrere Männer nickten grimmig.

»Wir verlegten uns darauf, von Gotland aus Handelsschiffe zu überfallen«, erzählte Gödeke weiter. »Die Beute war üppig – der Ärger, den wir uns damit einhandelten, leider auch. Die Hanse war nie gut auf uns zu sprechen gewesen. Nun hasste sie uns. Die Pfeffersäcke heuerten erfahrene Söldner an, die Jagd auf uns machten. Viel konnten sie uns nicht anhaben, wir hatten die schnelleren Schiffe und konnten uns jederzeit in den befestigten Hafen von Visby zurückziehen. Aber einigen von uns dämmerte, dass das der Anfang vom Ende war. Auch der Deutsche Orden zürnt den Vitalienbrüdern. Früher oder später wird er sich mit der Hanse zusammentun und unseren Stützpunkt auf Gotland vernichten. Außerdem hatten wir genug von den feudalen Allüren unserer Hauptleute. Wir wollten uns nicht länger wie Lakaien herumkommandieren lassen. Wir sagten uns von unseren adligen Herren los, kehrten Gotland den Rücken und segelten in die Westsee: freie Männer, die tun und lassen können, was sie wollen. Die nur dem Wind und ihrem Gewissen gehorchen müssen.« Gödeke grinste. »Beantwortet das deine Frage?«

Es beantwortet einige *Fragen*, dachte Folkmar, *aber bei Weitem nicht alle.* »Was hat es mit der Bezeichnung ›Likedeeler‹ auf sich?«

»Die Vitalienbrüder, das sind Sven, Arnd, Nikolaus und ihre Leute. Für uns hat der Name ausgedient. Als wir der Freiheit entgegensegelten, wurde uns klar, dass ein neuer her muss. Die Likedeeler, das steht für Gleichheit und Zusammenhalt. Beute, die wir machen, teilen wir zu gleichen Teilen auf. Niemand wird bevorzugt, egal ob er ein Bauernsohn oder ein Adelsspross ist. Wir haben einander Treue bis zum Tod geschworen. Wir halten regelmäßig Rat, jeder darf sprechen, jeder wird gehört. Und das Allerwichtigste: Der Hauptmann wird von allen gewählt, damit der klügste, wagemutigste und angesehenste Mann das Schiffsvolk führt, nicht der reichste, vornehmste und aufgeblasenste.«

Folkmar staunte nicht schlecht. An Bord herrschte üblicherweise eine autoritäre Hierarchie. Er hatte noch nie von einer seefahrenden Truppe gehört, die derart viel Wert auf Gleichberechtigung legte wie die Likedeeler. Was Gödeke da schilderte, ähnelte auffallend dem verlorenen Ideal der Friesischen Freiheit.

»Nur eine Sache haben wir beibehalten«, sagte der Schiffer. »Brüder sind wir geblieben. Brüder sind wir mehr denn je. Otto, Klaus, Welpe und alle anderen, die mit uns am Feuer sitzen, sind die besten Gefährten, die ein Mann sich wünschen kann.«

»Darauf trinken wir!«, brüllte Klaus, und sie stießen schwungvoll miteinander an.

Folkmar prostete niemand zu. Er fühlte sich ausgeschlossen. *Sei nicht töricht. Du kennst diese Männer keinen Tag.* »Was wollt ihr tun, nun, da ihr in der Westsee seid?«, fragte er, als die Likedeeler getrunken hatten.

»Das waren genug Fragen und Geschichten für einen Abend«, erwiderte Gödeke. »Es ist spät, wir gehen schlafen. Vor uns liegt harte Arbeit.«

Zwei Seeleute lösten die Wachen auf dem Deich ab. Die übrigen krochen in die Zelte. Folkmar machte es sich an der Feuerstelle bequem, deckte sich mit dem Mantel zu und wärmte sich an der Restglut. Es gab niemanden, der auf ihn aufpasste. Wenn er gewollt hätte, hätte er sich eine Waffe holen und die Männer im Schlaf töten können.

»Komm ja nicht auf dumme Ideen«, sagte Otto, als hätte er seine Gedanken gelesen. Folkmar konnte ihn nicht sehen, doch der Seemann musste ganz in der Nähe weilen. »Ich hab ein Auge auf dich, Neuling«, murmelte Otto schläfrig. »Ein falsches Zucken, und du bist fällig …«

Folkmar betrachtete die Baumstämme, die er zu Planken für den Kielboden verarbeiten wollte. Man hatte bereits Äste und Rinde entfernt und das Holz geglättet. Es war gute, ausreichend abgelagerte Eiche, bestens geeignet für seine Zwecke. Aber konnte er es überhaupt noch? Es war eine Ewigkeit her, dass er das letzte Mal ein Zimmermannsbeil geschwungen, ein Schiff gebaut hatte. Was, wenn er all das verlernt hatte? Wenn seine Fertigkeiten, sein handwerkliches Geschick, sein Gespür für Holz den einsamen Jahren in der Wildnis zum Opfer gefallen waren?

Er kniff die Lippen zusammen. Es gab nur einen Weg, es herauszufinden.

Er stieg auf den Stamm, stellte die Füße so weit auseinander, wie die Kette es zuließ, und holte mit dem Beil aus. Das Werkzeug traf präzise die vorgesehene Stelle, die scharfe Klinge fraß sich tief ins Holz. Auch die nächsten Schläge saßen. Entlang der Fasern klaffte ein Spalt auf. Mit einem Lächeln im Gesicht rammte er einen Keil hinein.

Es war alles noch da und fühlte sich ganz natürlich an. Als hätte er nie aufgehört, mit Holz zu arbeiten. Wie gut das tat! Endlich wieder Werkzeug gebrauchen, Material formen, das tun, was er am besten konnte. Ein Hochgefühl breitete sich in ihm aus, und er schwang das Beil mit Eifer.

Die Arbeit hätte ihm noch mehr Freude gemacht, wenn Klaus Scheld nicht die ganze Zeit geredet hätte.

Nach einem schnellen Morgenbrot hatten Gödeke und Folkmar die Seeleute in verschiedene Gruppen eingeteilt. Jene ohne handwerkliche Erfahrung – die große Mehrheit also – bekamen die Aufgabe, die zerfetzte Takelage von Mast und Gaffel zu lösen. Jene mit zumindest geringen Kenntnissen der Schiffsbaukunst entfernten die beschädigten Planken.

Und dann war da noch Klaus. Der Lübecker hatte in jungen Jahren als Tagelöhner für einen Baumeister gearbeitet und besaß einiges handwerkliches Geschick. Folkmar hatte ihm daher erklärt, wie man Planken herstellte, damit Klaus ihn bei dieser langwierigen Arbeit unterstützen konnte. Nun stand der Seemann breitbeinig über einem Eichenstamm und spaltete ihn mit dem Beil. Das machte er gut. Leider plapperte er dabei ohne Unterlass.

»Karl ist zweifellos der beste Kaiser, den das Reich je hatte. Weise, gütig und gerecht wie Salomon aus der Bibel. Schon damals hab ich das gespürt, als ich ihn mit seinem Weib Elisabeth auf der Breiten Straße gesehen habe. Wenn ich in Schwierigkeiten stecke, frage ich mich deshalb immer: ›Was würde Karl an meiner Stelle tun?‹ Auch als wir hier gestrandet sind, hab ich mich das gefragt. Die Antwort liegt auf der Hand. Karl hätte sich nicht erschüttern lassen. Er hätte die Ruhe bewahrt und darauf vertraut, dass Gott ihm schon helfen wird. Genau das hab ich getan, und siehe da: Kurz darauf bist du aufgetaucht.«

So ging das seit einer Stunde. Soweit Folkmar es beurteilen konnte, hatte Klaus den Kaiser lediglich ein einziges Mal gesehen, vor vielen Jahren, von Weitem und nur für wenige Augenblicke. Trotzdem sprach er von Karl wie von einem engen Freund, der ihm mit Rat und Tat zur Seite stand. Dieser Unsinn war längst nicht mehr amüsant. Folkmar hätte sich am liebsten die Ohren zugehalten.

Er trieb das Beil tief ins Holz. Während er am Griff ruckelte, knurrte er: »Karl IV. ist tot.«

»Wie meinen?«

»Er ist vor siebzehn, achtzehn Jahren gestorben. Auf dem Thron sitzt längst ein anderer. Sein Sohn Wenzel.«

Klaus hielt mitten in der Bewegung inne, ließ die Axt sinken und schaute Folkmar an. »Das kann nicht sein. Du musst dich irren.«

»Wie alt war Karl, als du ihn in Lübeck gesehen hast?«

»Sechzig, schätze ich.«

»Na also. Das war vor zwanzig Jahren. Demnach wäre er heute achtzig. Wie viele Menschen kennst du, die so alt sind?«

»Keinen, aber das heißt doch nichts. Es gibt welche, die noch viel älter werden. Der Doge von Venedig war über fünfundneunzig, als er die Plünderung Konstantinopels anordnete. Methusalem, Henochs Sohn, ist sogar 969 Jahre alt geworden!«

»Karl ist tot«, beharrte Folkmar.

Klaus schwang weiter das Beil und tat, als hätte das Gespräch nicht stattgefunden. »Jedenfalls hat mir der Kaiser schon oft geholfen. Als wir einmal heftig von dänischen Kriegsschiffen bedrängt wurden, habe ich mich daran erinnert, wie Karl das Massaker von Crécy überlebt hat. Er zog sich rechtzeitig vom Schlachtfeld zurück, musst du wissen. Dadurch entging er dem tödlichen Pfeilhagel. ›Das müssen wir genauso machen‹, hab ich mir gedacht und zu Gödeke gesagt: ›Hör zu, wir müssen schauen, dass wir hier wegkommen wie weiland Karl in Crécy‹, hab ich gesagt, ›lass uns sofort das Segel anbrassen und zusätzlich Riemen einsetzen …‹«

Folkmar gab es auf. Da war nichts zu machen. Vielleicht konnte er nachher Wachs auftreiben und sich die Ohren verstopfen.

Als er eine Pause von Schelds Redeschwall brauchte, hieb er die Axt in den Stamm und schlurfte mit klirrender Fußschelle zu Gödeke, der bei der *Seetiger* stand, die Hände in die Seiten gestemmt, während die Matrosen eine geborstene Planke über die Reling wuchteten.

»Brauchst du die noch, oder können wir sie nachher verfeuern?«

»Hebt sie auf. Holz ist Mangelware in Friesland und zu kostbar, um es zu verbrennen. Wie geht es bei euch voran?«

»Langsam. Der Schlick und das kalte Wasser erschweren die Arbeit. Es wird Tage dauern, die Planken auszubauen.«

»Und Wochen, die neuen einzusetzen. Wie gesagt, wir brauchen einen langen Atem.« Folkmar betrachtete den Anker, der im Watt steckte. Erst jetzt fiel ihm auf, wie mächtig das eiserne Gebilde war.

»Langbein«, sagte Gödeke grinsend.

Folkmar schaute ihn stirnrunzelnd an.

»So heißt der Anker«, erklärte der Schiffer. »Er hat König Olav gehört, wir haben ihn in Bergen erbeutet. Ein prächtiges Stück, was?«

»Das kann man wohl sagen.« Folkmar wagte einen neuen Versuch, mehr über die Absichten der Likedeeler herauszufinden. »Werdet ihr neue Raubzüge unternehmen, wenn euer Schiff wieder seetüchtig ist? Oder habt ihr andere Pläne für die Zukunft?«

»Jetzt sehen wir erst einmal zu, dass wir die *Seetiger* flottmachen. Dann suchen wir die anderen.«

Das war bereits der zweite Hinweis, dass es weitere Likedeeler gab. »Welche anderen?«

»Ganz schön viele Fragen für einen Neuling.« Gödeke schaute Folkmar mit blitzenden Augen an. »Hast du nicht einen Stamm zu spalten?«

Kapitel sechs

Marienhafe

Die Tür schwang auf, und Keno taumelte herein.

Foelke sprang auf. »Bei Gott, Junge, was ist passiert?«

Er blutete aus der Nase, das linke Auge schwoll ihm zu. »Hab mich geprügelt.«

»Mit wem?« Sie legte das Buch weg, ergriff einen Lappen und benetzte ihn mit Wasser.

»Drei Likedeelern.«

»Setz dich aufs Bett.« Sie wischte ihm das Blut ab und tupfte ihm das Auge, woraufhin er zusammenzuckte.

»Sie benehmen sich wie gottlose Barbaren«, klagte er. »Missachten die Fastenzeit, trinken schon am frühen Morgen Wein und belästigen das Gesinde. Und Widzelt lässt sie einfach gewähren!«

Obwohl der Bastard die Likedeeler in der leer stehenden Burg Upgant außerhalb des Dorfes einquartiert hatte, lungerten Störtebeker und seine treuesten Kumpane die meiste Zeit im Steinhaus herum, wo es erheblich behaglicher war als in dem halb zerfallenen Gemäuer draußen in den Feldern. Foelke war machtlos dagegen. Widzelt umgab sich offenbar gern mit den saufenden, hurenden und prahlenden Piraten und machte keine Anstalten, sie wegzuschicken.

»Haben sie dich angegriffen?«

»Sie wollten eine Magd schänden! Ich musste einschreiten. So kam es zum Raufhändel«, erklärte Keno missmutig.

Nie hatte Foelke ihn mehr geliebt als in diesem Moment. Edler, mutiger, selbstloser Keno! Er hatte ein Unrecht gesehen und sofort eingegriffen, ohne Rücksicht auf sein persönliches Wohlergehen. Alles in ihr schrie danach, hinunterzustürmen und die unverschämten Piraten zur Rede zu stellen. Doch wenn sie das täte, würde sie Kenos

Autorität als Mann und Erbe für alle Zeiten zerstören. Er musste selbst für sich einstehen.

»Das darf Widzelt diesem Gesindel nicht durchgehen lassen«, sagte sie. »Geh zu ihm. Fordere, dass er die drei Schurken bestraft.«

»Die Notzucht konnte ich ja verhindern.«

»Trotzdem. So etwas dulden wir nicht in unserem Haus.«

Keno presste sich den kühlen Lappen auf das verletzte Auge und senkte den Blick.

»Was ist?«, fragte sie.

»Widzelt hört doch ohnehin nicht auf mich«, murmelte er.

»Dann musst du ihn zwingen.«

»Wie denn?«

»Indem du dich gegen ihn behauptest. So kann das nicht weitergehen! Du musst endlich lernen, dich durchzusetzen.«

»Ich bin Widzelt nicht gewachsen«, sagte Keno bekümmert. »Er ist gerissener und erfahrener als ich – und obendrein der bessere Schwertkämpfer.«

»Ach was«, hielt Foelke dagegen. »Du hast in den letzten Monaten enorme Fortschritte gemacht. Du kannst dem Bastard längst das Wasser reichen.«

»Meinst du?«

»Ja. Pieter sagt das auch«, log sie.

Er schüttelte den Kopf. »Gegen die Piraten hatte ich keine Chance.«

»Das waren ja auch drei gegen einen. Im Zweikampf Mann gegen Mann kannst du es mit jedem aufnehmen.«

Keno schwieg lange. Dann legte er den Lappen weg. »Du hast recht. Es ist meine Pflicht als Hausherr, die Dienerschaft vor dieser Horde zu beschützen. Verzeih meine Verzagtheit. Ich werde Widzelt zwingen einzuschreiten.«

Er richtete sich auf, straffte seine Haltung und schritt zur Tür.

Kurz darauf betraten sie die Halle. Keno ging voraus, das Schwert am Gürtel, Foelke und Pieter folgten ihm auf dem Fuß. Ihnen bot sich ein unwürdiges Schauspiel. Ein gutes Dutzend Likedeeler lümmelte sich an der Tafel, unter ihnen Johann Störtebeker und die beiden anderen Hauptleute Hennig Wichmann und Magister Wigbold.

Sie schlemmten und zechten, als wäre dies der Weihnachtsabend und kein Vormittag in der Adventszeit, in der der gottesfürchtige Christ Maß zu halten hatte. Daher überraschte es Foelke nicht, dass Almer nicht zugegen war. Vermutlich verkroch sich der Kaplan wie so oft in letzter Zeit in der Kapelle und betete für bessere Zeiten. Der Bastard hingegen saß bei den Piraten und erfreute sich bester Laune.

Keno baute sich vor der Tafel auf und rief mit fester Stimme: »Schämt ihr euch nicht?«

»Was können wir für dich tun, junger Herr?«, erkundigte sich Störtebeker mit spöttischer Ehrerbietung.

»Es ist Fastenzeit, aber ihr sauft ungeniert Franzosenwein, stopft Fleisch in euch hinein und labt euch an Zuckergebäck. Mit eurem gottlosen Verhalten beschmutzt ihr dieses Haus. Verlasst es auf der Stelle und geht zu der Unterkunft, die man euch zugewiesen hat.«

Störtebeker betrachtete die Gänsekeule in seiner Faust und riss bestürzt die Augen auf. »Beim Schlangenkelch des heiligen Johannes, der junge Herr hat recht! Das ist wirklich Fleisch. Und das da in meinem Becher: Rebensaft! Was haben wir nur getan? Der Herr wird uns mit Feuer und Schwefel strafen. Rasch, Männer, lasst uns gehen, bevor uns der mächtige Keno mit Schlägen aus dem Haus treibt.«

Die Likedeeler blieben sitzen. Sie schwiegen. Und fingen plötzlich alle an zu lachen. Brüllend klopften sie sich auf die Schenkel, Speichel flog von ihren Mündern, die Tafel schien zu beben. Widzelt, der an der Stirnseite saß, lächelte dünn. Keno stand stocksteif da, bleich vor Wut, seine Rechte krampfte sich um den Schwertknauf. *Gut so*, dachte Foelke. *Zorn ist nützlich. Zorn gibt ihm Kraft.*

Ihr Junge hieb derart fest mit der Faust auf den Tisch, dass das Essgeschirr klirrte. Das Gelächter ebbte ab, die Likedeeler kicherten nur noch. Manch einer wischte sich eine Träne ab.

»Ich wusste nicht, dass du unter die Pfaffen gegangen bist«, spottete Störtebeker. »Aber ich muss sagen, du gibst einen guten Betbruder ab. Das war eine gelungene Predigt. Ich fühle mich richtig sündhaft. Gibt es noch mehr Verfehlungen unsererseits, die du anprangern willst?«

»Drei deiner Leute wollten einer Magd Gewalt antun.«

»Das ist ein ernster Vorwurf«, mischte der Bastard sich ein. »Kannst du ihn beweisen?«

»Ich habe die Männer gesehen. Es waren der, der und jener.« Keno deutete auf drei Likedeeler am Tisch. »Liefere sie mir aus, damit ich sie angemessen bestrafen kann«, verlangte er von Störtebeker.

»Eins verstehe ich nicht«, erwiderte der hünenhafte Freibeuter. »Du sagst, sie *wollten* ihr Gewalt antun. Haben sie oder haben sie nicht?«

Der Junge wirkte verunsichert. »Ich habe es verhindert.«

»Es ist also nichts passiert. Wofür willst du sie dann bestrafen?«

»Sie haben mich angegriffen!«

»Ach, deshalb das blaue Auge«, meinte Widzelt. »Ich hatte mich schon gefragt… Sie haben dir ja ganz schön zugesetzt. Dein Unterricht war offenbar für die Katz.«

»Soll ich ihm helfen?«, raunte Pieter Foelke zu.

»Auf keinen Fall. Er muss das allein durchstehen.«

Störtebeker wandte sich an die Beschuldigten. »Habt ihr den jungen Herrn geprügelt?«

Die drei Piraten schüttelten brummend die Köpfe.

»Sie lügen!«, sagte Keno.

»Lügt ihr?«, fragte Störtebeker.

Die drei Piraten schüttelten brummend die Köpfe.

»Ihr Wort steht also gegen deins«, stellte Widzelt fest. »Und nun?«

»Ich hoffe, mein Wort hat für dich mehr Gewicht als das dieser Halunken!«, rief Keno.

»›Halunken‹ nennt er uns.« Störtebeker gab sich betrübt. »Ich bin tief getroffen.«

Widzelt seufzte. »Na schön, Bruder. Ich will dir glauben.« Er machte eine gelangweilte Handbewegung, die den drei Missetätern galt. »Entschuldigt euch bei Keno.«

»Ich will keine Entschuldigung! Ich verlange, dass sie bestraft werden. Anschließend wirst du dieses Pack fortjagen. Sie sind hier nicht mehr willkommen.«

»Und wenn ich mich weigere?«

»Deine Wünsche sind nicht von Belang.«

Recht so, dachte Foelke. *Nicht lockerlassen!*

Widzelt stierte Keno an. »Was willst du damit sagen?«

»Dass du dir in diesem Haus zu viel herausgenommen hast«, entgegnete der Junge. »Damit ist jetzt Schluss. Du bist nur ein Bastard, der vergessen hat, wo sein Platz ist. Ab heute gebe ich die Befehle.«

Widzelt fing an zu lachen. »Sagt ein Jungspund, der sich noch nicht einmal den Bart schaben muss.«

»Das reicht«, sagte Keno. »Steh auf und zieh dein Schwert.«

»Wozu?«

»Wir klären ein für alle Mal, wer die Sippe anführt.«

»Forderst du mich heraus?«

Der Junge nickte grimmig. »Ein Zweikampf mit den Waffen unserer Wahl.«

»Bis zum Tod?«, fragte der Bastard gedehnt.

Foelke sandte ein Stoßgebet zum Himmel, dass ihr Sohn nicht über das Ziel hinausschoss.

»Trotz allem sind wir Brüder«, sagte Keno. »Dass wir uns gegenseitig umbringen, ist unangebracht. Wir kämpfen, bis der erste Tropfen Blut fließt. Derjenige, der ihn vergießt, wird sich dem anderen beugen.«

Foelke atmete auf.

»Mit dem allergrößten Vergnügen. Wenn du dir unbedingt die Demütigung deines Lebens abholen willst, werde ich sie dir gewiss nicht verwehren.« Widzelt nahm das Wehrgehenk von der Stuhllehne und trat in die Saalmitte.

Brüllend vor Begeisterung sprangen die Likedeeler von den Bänken auf und bildeten einen Halbkreis um die Kontrahenten, die sich mit blanken Schwertern gegenüberstanden.

»Worauf wartest du, kleiner Bruder?«, zischte der Bastard. »Greif an! Oder hat dich bereits der Mut verlassen?«

»Denk daran, was ich dich gelehrt habe!«, rief Pieter.

Keno ließ sich nicht reizen, nicht zu einer unbedachten Bewegung verleiten. Er belauerte Widzelt, während die Halbbrüder einander langsam umkreisten, und wartete auf den rechten Moment.

»Na los, du großer Krieger«, stichelte Widzelt. »Zeig, was du kannst. Ich will endlich sehen, was dir dein holländischer Freund beigebracht hat.«

Keno machte einen Ausfallschritt, täuschte einen Angriff an. Widzelt wich mühelos aus, der Junge setzte sogleich nach und ließ die Klinge blitzschnell durch die Luft zischen. Der Bastard parierte den

Streich im letzten Moment. Er bewegte sich nicht ganz so elegant und katzengleich wie sonst. Hatten der kräftige Wein und das schwere Mahl ihn träge gemacht?

Foelke hielt den Atem an, ihre Hände waren feucht. Sie widerstand dem Drang, sich zu bekreuzigen. *Heiliger Georg, ich bitte dich, führe ihn zum Sieg.*

Widzelt war die Lust am Spotten vergangen. Der geschickt vorgetragene Angriff bewies ihm, dass er Keno ernst nehmen musste. Er verbarg es gut, doch Foelke konnte spüren, dass er nervös wurde. Er war sich seiner Sache zu sicher gewesen. Nun aber musste *er* eine Demütigung fürchten.

»Das soll ein Duell sein?«, dröhnte Störtebeker. »Das ganze Lauern und Herumschleichen kann man ja nicht mit ansehen. Kämpft endlich wie Männer!«

Nun war es der Bastard, der angriff. Mit gebleckten Zähnen schwang er das Schwert und zwang Keno zu parieren, Schritt um Schritt zurückzuweichen. Der verteidigte sich gekonnt, geriet jedoch zunehmend in die Defensive. Es gelang ihm nicht mehr, Widzelt zu attackieren. Die kraftvollen und zugleich präzisen Streiche drängten ihn in eine Ecke des Saales. Es fehlte nicht mehr viel, dass er mit dem Rücken zur Wand stand.

Als Keno erkannte, was ihm blühte, versuchte er verzweifelt, das Blatt zu wenden. Er wich zur Seite aus, um den Bastard ins Leere laufen zu lassen. Der aber sah die Bewegung voraus und stellte Keno ein Bein. Mit einem Keuchen auf den Lippen stolperte der Junge.

Das besiegelte seine Niederlage.

Widzelt trat ihm in den Hintern. Unter dem Johlen der Freibeuter fiel Keno der Länge nach auf den Bauch, seine Klinge schlitterte über den Boden. Der Bastard sprang zu ihm, stellte sich breitbeinig über ihm auf, richtete die Schwertspitze auf seinen Kopf.

Und stach zu.

Foelke schlug die Hände vor den Mund. Sie konnte kaum hinsehen.

Widzelt schonte den Jungen. Er ritzte ihm lediglich die Wange. Dann wischte er die Klinge ab und hielt den Zeigefinger in die Höhe.

»Das erste Blut«, rief er. »Der Sieg ist mein!«

Die Piraten jubelten, tranken auf sein Wohl, droschen ihm auf die

Schultern. Foelke eilte zu Keno und half ihm beim Aufstehen. Der Junge zitterte, in seinen Augen schwammen Tränen.

»Untersteh dich zu weinen!«, raunte sie ihm zu. »Damit machst du alles nur noch schlimmer.«

»Fast hätte ich ihn gehabt«, wisperte er. »Wieso konnte er parieren? Der Teufel muss seine Hand geführt haben!«

»Du!« Der Bastard stolzierte Pieter entgegen. »Du wirst auch gegen mich kämpfen!«

»Das halte ich nicht für angebracht«, erwiderte der Ritter gelassen.

»Also ein Feigling und ein Hasenfuß! Der gerne mit Fünfzehnjährigen auf dem Übungsplatz tänzelt, aber sich in die Hose scheißt, wenn ein echter Kampf ansteht!«

Foelke spürte, dass der Ritter wütend wurde.

»Ich habe schon viele echte Kämpfe bestritten. Zuletzt in Graf Albrechts Diensten gegen die Westfriesen.«

»Ach, die Westfriesen«, höhnte Widzelt. »Allesamt Schafficker, die ein Schwert nicht von einem Krückstock unterscheiden können. Gegen einen kampfgestählten Brokmann hast du nicht den Hauch einer Chance ohne deinen Helm und deine protzige Rüstung.«

»Ich habe Eure Bewegungen studiert«, sagte Pieter. »Sie sind unsicher und unpräzise. Ich brauche keine Rüstung, um Euch zu schlagen.«

»Beweise es.«

»Nicht!«, zischte Foelke, doch der in seiner Ehre gekränkte Ritter zog das Lange Schwert.

»Bis zum ersten Blut?«, fragte Pieter.

Anstelle einer Antwort griff der Bastard sogleich an. Klirrend und funkensprühend prallten die Schwerter aufeinander, brüllend feuerten die Likedeeler Widzelt an. Es war ein ausgeglichener Kampf. Hier maßen sich zwei Männer, die bereits in vielen Schlachten gefochten hatten, die wussten, dass eine falsche Bewegung den Tod bedeuten konnte, die sich daher keinen Leichtsinn erlaubten. Ewig, so erschien es Foelke, wogte das Duell hin und her, ohne dass einer der beiden im Vorteil war. In schnellem Wechsel folgte Angriff auf Parade. Mal wich der eine zurück, mal der andere.

Plötzlich griff Widzelt nach einem Becher auf dem Tisch und schüttete Pieter einen Schwall Rotwein ins Gesicht. Rasch wischte sich der Ritter den Rebensaft aus den Augen, für einen Wimpernschlag jedoch war er blind. Länger brauchte der Bastard nicht. Er entwaffnete seinen Gegner und rammte ihm den Schwertknauf ins Gesicht. Als Pieter zurücktaumelte, setzte Widzelt nach und stieß zu.

»Nein!«, schrie Keno.

Die Schwertspitze traf Pieter unterhalb des Kinns, grub sich tief ins Fleisch und trat am Hinterkopf aus. Blut quoll ihm aus dem Mund, während er Widzelt mit geweiteten Augen anstarrte. Der riss die Klinge zurück. Der Ritter brach in die Knie, kippte nach vorn und zuckte noch einmal, ehe er sein Leben aushauchte.

»Ich allein bin der Herr in diesem Haus!«, schrie der Bastard. »Ich bin Widzelt tom Brok, der Häuptling von Ostfriesland! Ein jeder, der es wagt, mich herauszufordern, ist des Todes und wird so jämmerlich krepieren wie dieser törichte Rittersmann.«

Er spuckte auf die Leiche.

Östringen

»Welpe ist zurück!«, rief der Wachtposten.

Sogleich ließen die Likedeeler alles stehen und liegen und strömten dem Deich entgegen. Folkmar stellte den Hobel auf die halb fertige Planke, um sich ihnen anzuschließen.

Klaus drückte ihm das Zimmermannsbeil gegen die Brust. »Du nicht, Neuling.«

»Was ist denn dabei, wenn ich höre, was er zu sagen hat?«

»Befehl vom Käpt'n, tut mir leid.«

Eben schlitterte Welpe in einer kleinen Schneelawine den Deich hinab. In einem Dünental umringten ihn die Likedeeler und bestürmten ihn mit Fragen. Der Schiffsjunge war vor zwei Wochen aufgebrochen, um die anderen Freibeuter zu suchen, von denen Gödeke und seine Gefährten im Sturm getrennt worden waren. Folkmar hatte bislang lediglich in Erfahrung bringen können, dass es neben der *Seetiger* drei weitere Schniggen gab. Eine hieß *Marienknecht*, sie gehörte einem Mann namens Johann. Mehr wusste er nicht. Die Likedeeler vertrauten ihm noch immer nicht genug, um ihn in ihre Pläne einzuweihen.

Klaus hielt ausnahmsweise einmal den Mund und reckte den Kopf, um zu hören, was Welpe sagte. Der Wind blies kräftig über den Strand, Folkmar konnte nur wenig verstehen. Offenbar hatte der Schiffsjunge die anderen Mannschaften aufgespürt. Sie hatten den Sturm heil überstanden. Das löste große Freude bei den Männern aus. Lachend umarmten sie den Burschen.

»Hast du Johann und den anderen gesagt, wo wir sind?«, fragte Gödeke.

Welpes Antwort verstand Folkmar allenfalls zur Hälfte. Der Junge hatte den übrigen Hauptleuten offenbar ausgerichtet, dass man zu ihnen stoßen werde, sobald die *Seetiger* einsatzbereit war. Wo man sich treffen wollte, hörte Folkmar nicht.

Die Likedeeler kehrten zum Schiff zurück. Die Stimmung war so gut wie nie, mit neuem Eifer nahmen die Männer die Arbeit wieder auf. Folkmar begrüßte das. Obwohl sie seit Wochen jeden Tag von früh bis spät schufteten, kamen sie nur langsam voran. Wenn er die Seeleute nicht ständig überwachte, machten sie Fehler, die sie Zeit und Material kosteten. Darüber hinaus erschwerten die Kälte, der Wind und der ständige Schneeregen die Arbeiten an der Schnigge. Bisher hatten sie erst eine einzige neue Planke eingebaut. Es war eine elende Schinderei gewesen. Damit sie das lange Brett an den Spanten befestigen konnten, hatten sie Löcher ins Watt unter dem Kiel graben müssen. Kaum waren sie damit fertig gewesen, hatte die Flut eingesetzt, und die Gruben waren mit frischem Schlick und eiskaltem Wasser vollgelaufen. Folkmar zweifelte zunehmend daran, dass es möglich war, ein havariertes Schiff ohne Helling, Trockendock und ausgebildete Arbeiter zu reparieren, zumal im tiefsten Winter.

Gödeke aber weigerte sich nach wie vor beharrlich, die *Seetiger* abzuschreiben. Folkmar hatte also keine Wahl, als weiter sein Bestes zu versuchen. Er hauchte sich in die tauben Hände, griff nach dem Hobel und glättete die aufgebockte Planke.

Nach einer Weile brachte ihm der Schiffer einen dampfenden Becher. »Otto hat Würzwein gemacht. Beste Arznei gegen die Scheißkälte.«

Dankbar nahm Folkmar das Gefäß entgegen und labte sich an dem heißen Trunk.

Gödeke schaute ihn spöttisch lächelnd an. »Und, noch Fragen?«

»Zu was?«

»Was Welpe berichtet hat. Es war nicht zu übersehen, wie du die Ohren gespitzt hast.«

»Ich kann dich beruhigen. Man hat kaum etwas verstanden.«

»Stimmt«, bestätigte Klaus und fuchtelte mit der Hand in der Luft herum. »Der Wind. Viel zu laut.«

»Und was *hast* du verstanden?«, fragte Gödeke.

»Nichts, was ich nicht schon weiß«, log Folkmar.

Der Schiffer blickte ihn durchdringend an. »Wenn ich dir einen Rat geben darf: Kümmere dich um deine Arbeit und halte deine Nase aus unseren Angelegenheiten heraus. Allzu große Neugier ist ungesund.«

Mit diesen Worten schritt er davon.

»Ginge es nach mir, dürftest du alles wissen«, meinte Klaus, während er den letzten verbliebenen Eichenstamm mit dem Beil traktierte. »Ich finde, du bist in Ordnung. Aber die anderen sind leider sehr misstrauisch, da kann man nichts machen. Vor allem Gödeke. Ich schätze, das liegt an dem ganzen Verdruss, der uns auf Gotland zugesetzt hat. Seitdem vertraut er nur noch Johann. Ich wünschte, er würde auf meinen Rat hören und sein Herz für andere öffnen. So wie der Kaiser. Wäre Karl je ein großer Herrscher geworden, wenn er nie jemandem vertraut hätte ...?«

Der schneidende Wind ließ Folkmars Augen tränen, als er Gödeke nachblickte. Er machte sich nichts vor. Für die Likedeeler war er nur ein notwendiges Übel, ein Werkzeug, auf das sie angewiesen waren, zumindest eine Zeit lang. Was würden sie tun, wenn das Schiff fertig war und sie ihn nicht mehr brauchten?

Dich töten.

Folkmar kniff die Lippen zusammen. Ein törichter Gedanke. Warum sollten sie das tun? Es genügte völlig, wenn sie ihn fortjagten oder an diesem Strand zurückließen.

Und doch – ohne die Fußschelle würde er sich erheblich wohler fühlen. Solange die Kette ihn behinderte, war er den Piraten hilflos ausgeliefert.

Er musste zusehen, dass er das siebenmal verfluchte Ding so bald wie möglich loswurde.

Kapitel sieben

Warfstede

Möchtest du noch eine Buttermilch?«, fragte Almuth.

Folkmar Peters schüttelte den Kopf, verschmitzt lächelnd. Heute war einer seiner besseren Tage. Der Alte war es zufrieden, am Herd zu sitzen und den Flammen zuzuschauen. Almuth setzte sich zu Gela und spielte mit dem Mädchen.

Etta hatte sie gebeten, auf ihren Großvater und ihre Tochter aufzupassen, damit sie und Jorien einen Warenspeicher aufräumen konnten. Almuth griff den beiden gerne unter die Arme. Es war eine willkommene Gelegenheit, der Langeweile im Steinhaus zu entrinnen. Eger hatte sie bei ihrem Vater gelassen. Gert hatte im Winter nicht allzu viel zu tun und freute sich, wenn er seinen Enkel für sich hatte.

Gegen Mittag kamen Etta und Jorien mit den Dienern zurück. Die Frauen schwatzten munter. Mehrere Stunden ungestört arbeiten zu können, hatte ihnen sichtlich gutgetan.

Etta nahm Gela auf den Arm. »Wie haben sie sich geführt?«

»Zwei Engel hätten nicht anständiger sein können«, antwortete Almuth lächelnd.

»Engel, ja?«, meinte Jorien. »Seltsam, dass ich diese Seite kaum je zu sehen bekomme. Wir wollen keine Namen nennen, aber wenn ich auf sie aufpasse, benimmt sich zumindest einer eher wie ein Teufelchen.« Dabei streifte sie den alten Folkmar mit einem Blick, der gleichermaßen liebevoll wie gereizt war. Sie wies die Magd an, den Tisch zu decken. »Isst du mit uns?«

»Ich muss meinen Vater erlösen. Eger tanzt ihm sicher schon auf der Nase herum.«

»Ja, dein Junge hält ihn ordentlich auf Trab«, meinte Etta grinsend. »Habt ihr sie gesehen?«

»Sie sind mit dem Pony auf der Koppel. Hab Dank für alles.« Etta küsste Almuth auf die Wange und brachte sie zur Tür.

Sie trat hinaus in den grauen Februartag und schritt über den verharschten Schnee, der in den vergangenen Monaten kaum je getaut war. Der schier endlose Winter hielt die Zimmerleute nicht davon ab, emsig an neuen Schiffen zu werkeln. Als sie die Lastadie passierte, erblickte sie reichlich pausbäckige Gesichter, die nicht selten lächelten. Trotz der harten Arbeit nahmen sich die Männer stets Zeit für ein freundliches Wort oder einen kecken Scherz. Auch im Dorf begegneten ihr mehrheitlich zufriedene Menschen, die gelassen ihr Tagwerk verrichteten. Die Stimmung in Warfstede war merklich besser geworden, seit Yneke eingesehen hatte, dass er mit Nachsicht mehr erreichte als mit Härte. Almuth machte sich nichts vor, er war noch lange kein guter Vogt. Was das betraf, lag noch ein weiter Weg vor ihm. Doch die Dinge entwickelten sich in die richtige Richtung, er sah nicht mehr überall Aufrührer und Feinde. Das ließ sie hoffen.

Sie überquerte den The und ging zu der kleinen Pferdekoppel neben dem Schuppen, der ihrem Vater als Warenlager diente. Zu ihrer Überraschung war Yneke bei Gert und Eger. Er hielt das englische Pony, das Eger von ihm zu Weihnachten bekommen hatte, an der Leine und führte es langsam im Kreis. Der Junge saß im Sattel und wirkte nicht glücklich.

Das kann nicht sein Ernst sein! Almuth ging schneller, riss das klapprige Zauntor auf.

»Ich glaube, das ist keine gute Idee«, sagte Gert gerade. »Wenn du mich fragst, ist der Junge noch zu klein.«

»Mit drei Jahren ist er alt genug«, gab Yneke zurück. »Ich habe reiten gelernt, kaum dass ich laufen konnte.« Er trieb das Pony mit einem Schnalzen an, schneller zu gehen.

Eger fing an zu weinen und kippte langsam zur Seite.

»Halt dich am Sattelhorn fest. Füße in die Steigbügel. Beim heiligen Georg, Junge, sei doch nicht so ungeschickt!«

Almuth kam gerade rechtzeitig, um ihren fallenden Sohn aufzufangen. Eger klammerte sich schluchzend an ihr fest. »Bist du von Sinnen?«, fuhr sie Yneke an. »Er hätte sich verletzen können!«

»Ich hatte alles im Griff.«

»Oh ja, das habe ich gesehen. Wieso hast du überhaupt mit diesem Unsinn angefangen? Wir waren uns doch einig, dass wir warten.«

»Du hast das über meinen Kopf hinweg entschieden«, sagte Yneke säuerlich. »Einig waren wir uns keineswegs.«

»Wenn Eger in ein, zwei Jahren reiten lernt, ist das früh genug.«

»Er darf nicht reiten, er darf nicht schwimmen, er darf nicht mit zur Jagd. Ein Wunder, dass du ihm erlaubst, das Haus zu verlassen. Deinetwegen verweichlicht er.«

»Er ist *drei Jahre* alt. Natürlich darf er nicht mit zur Jagd!«

»Das leidige Thema«, rief Yneke. »Ich habe es so satt!«

Almuth wollte nicht, dass Eger sie streiten sah. Sie küsste ihn auf die Stirn, setzte ihn ab und winkte den am Zaun wartenden Stallburschen herbei. »Bring den Jungen zum Steinhaus.«

»Gewiss, Herrin.« Der junge Knecht nahm Eger bei der Hand und führte ihn weg.

»Jetzt hört auf zu streiten und vertragt euch«, sagte Gert, dem stets unwohl zumute war, wenn seine Tochter und sein Schwiegersohn zankten.

»Ab heute lernt der Junge reiten«, entschied Yneke, ohne Gert zu beachten, »und damit hat es sich.«

Almuth war nach Schreien zumute. Die Dinge hatten sich so gut entwickelt seit dem letzten September. Yneke hatte sich sichtlich bemüht, mit den Dorfbewohnern nachsichtig zu sein und zu Hause nicht immerzu schlechte Stimmung zu verbreiten. Sogar das Weihnachtsfest war einigermaßen erträglich gewesen. Doch auf jeden Schritt nach vorn folgten unweigerlich zwei zurück, er konnte einfach nicht aus seiner Haut.

»Nein«, sagte sie. »Ich will, dass das Pony wegkommt.«

»Es hat zwei Gulden gekostet!«

»Das ist mir egal. Verkauf es.«

Die Dörfler und Kriegsleute auf dem The spitzten neugierig die Ohren. Ynekes Antlitz nahm einen Ausdruck an, den sie kannte und fürchtete. Sein Mund wurde klein wie eine Dörrpflaume, die Augen verengten sich zu Schlitzen, der Kieferknochen trat scharf hervor. Sie hatte es gewagt, ihm in der Öffentlichkeit Widerworte zu geben. Das konnte er nicht auf sich sitzen lassen. Instinktiv wich sie einen Schritt zurück – zu spät. Seine Hand schnellte vor und traf sie hart an der Wange.

Es war das erste Mal in ihrer Ehe, dass er sie schlug.

Für einen Moment wurde ihr schwarz vor Augen. Als sie wieder klar sehen konnte, stellte sie fest, dass sie auf dem Boden lag.

»Was fällt dir ein, Weib!«, zischte Yneke.

Gert stand da wie erstarrt, er hatte beide Hände gehoben, den Mund zu einem stummen Schrei geöffnet. Erst jetzt verspürte Almuth Schmerz. Sengend heiß wummerte er durch ihren Schädel … und mit der Pein kam der Zorn. Jähe, wilde Wut, eine Urgewalt, die sich plötzlich Bahn brach.

»Du bist ein lausiger Vater. Und ein Scheusal dazu. Wäre ich doch nur damals mit Folkmar in die Wildnis geflohen, statt dich zu heiraten.«

»Schweig still!«

Almuth rappelte sich auf. »Ich lasse mir von dir nicht den Mund verbieten. Alle Welt soll wissen, was du bist. Was du getan hast. Hört her!«, rief sie. »Folkmar Janns hat nicht das Geringste mit Ockos Ermordung zu tun. Yneke hat ihm das in die Schuhe geschoben. Aus kleinlichem Hass. Weil er Angst vor ihm hat. Weil …«

Weiter kam sie nicht. Yneke ging auf sie los und traktierte sie mit Schlägen. Seine Hand traf sie an der Wange, am Ohr, am Mund. Sie wollte ihn wegstoßen, zurückschlagen, doch er war stärker als sie, und der Zorn verlieh ihm zusätzliche Kraft. Abermals stürzte sie zu Boden.

»Du dreckige Lügnerin! Undankbares Weib! Ich werde dich lehren, mir zu gehorchen …«

»Aufhören!«

Plötzlich war ihr Vater zur Stelle. Er packte Yneke am Arm und zerrte ihn von ihr weg. In seinem verschwitzten Gesicht rangen Wut und Panik miteinander. Er, der ewig unterwürfige Gert Ulfferts, rangelte mit dem Vogt, mit einer Autorität, einer Respektsperson. Almuth konnte nicht ermessen, wie viel Überwindung ihn das gekostet haben musste.

»Wehe dir!«, kreischte er mit schriller Stimme. »Wenn du noch einmal meine Tochter schlägst, bekommst du es mit mir zu tun!«

»Du hast mir gerade noch gefehlt, alter Mann. Nimm sofort die Hände weg!«

Als Gert nicht von ihm abließ, drückte Yneke ihn gegen die Schuppenwand, presste ihm die Hand aufs Gesicht und hämmerte seinen Kopf mehrmals gegen den Eckbalken. Es gab ein widerwärtiges Geräusch, ein trockenes Knacken, ein fleischiges Schmatzen. Gert erschlaffte und sackte zu Boden wie eine Marionette, der man die Fäden durchtrennt hatte. Yneke wich jäh einen Schritt zurück.

»Vater!« Benommen vor Schmerz und Schwindel gelangte Almuth auf die Füße, taumelte zu ihm.

Gert regte sich nicht mehr. Ein dünnes Rinnsal Blut sickerte ihm aus einem Nasenloch. Stumpfe Augen starrten ins Nichts.

»Du hast ihn umgebracht«, wisperte sie.

»Das wollte ich nicht.« Ynekes Stimme klang seltsam tonlos. »Es war ein Versehen … ein Unfall.«

Sie konnte nicht weinen, nicht sprechen, nicht schreien. Sie schaute Yneke an, und ihre Kehle fühlte sich an wie eine enge, rostige Röhre.

Immer mehr Menschen liefen vor der Pferdekoppel zusammen, begafften die Leiche, tuschelnd, die Köpfe schüttelnd. Yneke brüllte nach seinen Kriegern und hieß die Männer, das Dorfvolk wegzuscheuchen. Die Leute ließen sich kaum vertreiben, ihre Blicke waren anklagend.

Schließlich schob sich Bruder Erasmus durch die Menge. Der Vikar sank neben Gert in die Hocke, untersuchte den Toten kurz und bekreuzigte sich. »Was ist hier vorgefallen?«

»Er hat ihn ermordet!«, schrie Almuth.

Das Dorfvolk zischte wie aus einem Munde wie eine wütende Katze.

»Stimmt das?«, fragte Erasmus scharf.

»Natürlich nicht!«, antwortete Yneke. »Sie weiß nicht, was sie redet.«

Der Geistliche starrte ihn durchdringend an, ehe er sich Almuth zuwandte und der totenbleichen Frau aufhalf. »Platz da«, befahl er den Leuten und führte sie zur Kirche.

Weitere Krieger eilten herbei.

»Geht nach Hause, oder ihr lernt mich kennen!«, rief Yneke, und endlich zerstreute sich die Menge.

Er betrachtete Gert, die Scheune, das Pony, das stoisch dastand, als wäre dies ein Nachmittag wie jeder andere. Was war eben geschehen? Alles war so schnell gegangen, ihr Streit, Almuths Geschrei, sein Wutausbruch, er konnte sich nur verschwommen erinnern. Er blinzelte. Trotz der Kälte brach ihm der Schweiß aus.

Erasmus kam zurück, packte ihn am Arm und zerrte ihn von den Kriegern weg. Yneke war außerstande, sich dagegen zu wehren. Seit wann war dieser hagere, graue Mann derart kräftig?

»Was hast du getan?« Als Yneke ihm die Antwort verweigerte, zischte der Vikar: »Almuth sagt, ihr hättet euch geprügelt, du und Gert, und dabei hättest du seinen Kopf gegen die Schuppenwand geschlagen, bis er tot zusammenbrach. Ist das richtig?«

»Ja … nein! Ich meine, das kann man so nicht …«

»Hast du seinen Kopf gegen den Schuppen geschlagen oder nicht?«

»Habe ich«, gestand Yneke und schluckte. »Aber ich wollte ihn doch nicht töten. Das war ein tragisches Missgeschick. Was kann ich denn dafür, dass er stirbt, wenn man ihn einmal etwas härter anfasst?«

»Ein Missgeschick«, wiederholte der Vikar und schüttelte fassungslos den Kopf. »Du glaubst das wirklich, was? Bei Gott, Yneke. Bei Gott im Himmel …«

Yneke wollte sich abwenden, doch Erasmus' Hand schnellte vor, hielt ihn fest. Nun, da er allmählich wieder klar denken konnte, begann er sich über dieses unverschämte Verhalten zu ärgern.

»Loslassen. Sofort.«

Erasmus dachte nicht daran. »Du musst alles dafür tun, den Mord zu sühnen. Buße musst du tun, hörst du?«

»Es war kein Mord.«

»Es war Mord! Und dir droht die ewige Verdammnis, wenn du nicht exakt das tust, was ich sage. Du musst aufrichtig bereuen. Keine Ausflüchte mehr! Lass dir etwas einfallen, wie du dich Gott, der Welt und deiner Ehefrau gegenüber bußfertig zeigen kannst.« Der Vikar senkte die Stimme, es gelang ihm nur mit großer Kraftanstrengung. »Und wenn du schon dabei bist, sühne auch dein anderes Verbrechen, das weitaus schlimmere. Stell endlich das Kreuz auf!«

Yneke riss sich los. »Ich werde es aufstellen, wenn die Zeit reif ist.«

»Die rechte Zeit dafür ist *jetzt*!«

»Das entscheide ich, und ich allein. Genug«, erstickte Yneke Erasmus' Protest. »Kein Wort mehr!«

Er ließ den Geistlichen stehen und befahl den Kriegern, die Leiche fortzuschaffen. »Und bring einer das Pony zurück in den Stall!«

Almuth kniete auf dem kalten Steinboden. Andere Menschen waren in der Kirche – Dorfbewohner, Dienstboten, Freunde –, sie nahm sie kaum wahr. Ihr Blick ruhte auf der Leiche. War das wirklich ihr Vater da auf der Bahre? Für kurze Augenblicke dachte sie, es wäre ein anderer Mann, jemand, den sie kaum kannte. Dessen Tod sie nichts anging. Und dann fragte sie sich, warum sie überhaupt hier kniete. Warum sie nicht einfach aufstand und ging.

Einst hatte sie ihren Vater geliebt. In den letzten Jahren hatte sie ihn meist gehasst. Dass er sich derart liebevoll um Eger kümmerte, gekümmert *hatte*, war der einzige Grund, warum ihre Zuneigung zu ihm nicht vollends erloschen war. Wie sollte sie ihrem Sohn begreiflich machen, dass sein Großvater nicht mehr da war? Dass sein eigener Vater ihn umgebracht hatte?

Sie schluckte. Ihr Gesicht fühlte sich heiß und aufgequollen an. Würde sie je imstande sein, um Gert Ulfferts zu weinen? Wo Trauer hätte sein sollten, war nichts als Ratlosigkeit. Und Zorn.

»Geben wir Almuth etwas Zeit allein.«

Freundlich, aber bestimmt schickte Bruder Erasmus die Leute hinaus. Dröhnend schloss sich das Kirchenportal. Seine Schritte hallten in der Stille, als er zurückkam. Neben ihr sank er auf die Knie, die Hände gefaltet.

»Ich will, das Yneke dafür bezahlt«, sagte Almuth.

»Ich habe ihn aufgefordert, Buße zu tun. Doch ich fürchte, er weigert sich.«

Sie starrte den Geistlichen an. »Er kommt also wieder einmal ungeschoren davon?«

Erasmus dachte lange nach. »Ich möchte dir einen Vorschlag machen. Wende dich an unseren Redjeven. Harke Clausen soll Yneke anklagen, damit die Sechzehn zu Esens ihn für sein Verbrechen zur Rechenschaft ziehen.«

»Weil das ja beim letzten Mal so gut geklappt hat.«

»Diesmal ist die Situation eine andere. Und ich werde dir helfen, so gut ich kann.«

Sie schwiegen lange.

»Ich werde nicht ins Steinhaus zurückkehren«, sagte Almuth.

»Was ist mit Eger?«

»Ich werde ihn natürlich zu mir holen.«

»Wo wollt ihr wohnen? In deines Vaters Haus?«

»Auf keinen Fall.« Sie würde es nicht ertragen, auch nur eine einzige Nacht dort zu verbringen. »Ich werde eine andere Möglichkeit finden.«

»Yneke ist trotz allem dein Ehemann vor Gott und dem Gesetz«, sagte Erasmus behutsam. »Irgendwann musst du zu ihm zurückgehen.«

Scheiß auf das Gesetz! Scheiß auf Gott! Ein letzter Rest von Selbstkontrolle hielt sie davon ab, diesen Gedanken auszusprechen, sie war immerhin in einer Kirche. Doch ihr Gesichtsausdruck war offenbar aussagekräftig genug.

Der Vikar seufzte. »Ich werde mit den Osinga reden. Gewiss könnt ihr eine Weile bei Jann Wilken unterkommen.«

»Habt Dank«, wisperte sie.

Ihr Blick kehrte zu Gert zurück. *Hättest du mich nicht zur Ehe mit Yneke gezwungen, dann wärst du noch am Leben.*

Und damit kamen die Tränen, und sie kamen reichlich.

Kapitel acht

Östringen

Es war eine elende Schinderei gewesen. Fast drei Monate lang hatten sie an der *Seetiger* gearbeitet. Jeden Tag standen sie stundenlang im eiskalten Wasser, rissen sich die klammen Hände an gesplittertem Holz auf, zogen sich Fieber, entzündete Kehlen und verkrampfte Rückenmuskeln zu. Manches Mal hatte Folkmar gedacht, es wäre nicht zu schaffen. Er hatte die Geduld verloren und wütend alles hingeworfen – und doch am nächsten Morgen weitergemacht. Er war Schiffsbauer, er hatte diesen Männern sein Wort gegeben. Ein Scheitern kam nicht infrage.

Und er hatte es geschafft. Eben hatte er den letzten Nagel eingeschlagen.

»Das sieht gut aus«, lobte Gödeke, als Folkmar ihm den geflickten Rumpf zeigte.

»Das Leck konnten wir schließen und die Planken abdichten. Aber es ist nur eine behelfsmäßige Kalfaterung. Das Pech hat nicht ausgereicht für eine gründliche. Ihr solltet alsbald eine Lastadie ansteuern und es richtig machen lassen.«

Gödeke schaute zur Gaffel auf. »Das Rigg wirkt nicht gerade vertrauenerweckend.«

»Damit bin ich auch nicht zufrieden«, bestätigte Folkmar. »Aber es ging nicht anders. Wie du weißt, hatten wir nicht genug Tauwerk, um alle Leinen und Wanten zu erneuern.«

»Können wir überhaupt das Segel bedienen?«

»Ihr könnt es aufziehen und streichen, aber es anzubrassen wird schwierig. Wenn der Wind ungünstig steht, werdet ihr rudern müssen.«

»Halb so schlimm. Wir sind es gewohnt, tagelang zu rudern, wenn es sein muss. Wir müssen es ja nur bis zum nächsten Schiffsbauplatz schaffen. Bleibt die Frage: Wie bringen wir die *Seetiger* zurück ins Wasser?«

Darüber hatte Folkmar lange nachgedacht. »Das wird der schwierigste Teil.«

Gödeke verzog den Mund. »Ich wusste, dass du das sagen würdest.«

»Wir müssen den Rumpf untertunneln, damit wir Balken unter den Kielboden schieben können. Wir nehmen die Reste von den Baumstämmen, sie sollten die *Seetiger* tragen können. Danach heben wir unter dem Rumpf ein Loch aus, das gerade groß genug ist, dass das Schiff hineinpasst. Es muss nicht sonderlich tief sein, zwei, drei Ellen sollten reichen.«

»Die *Seetiger* liegt dann also auf den Balken über dem Loch.«

Folkmar nickte. »Wenn das getan ist, legen wir einen Graben an, der das Loch mit dem Priel verbindet. Bei Flut füllt er sich. Wir schlagen die Balken weg, das Schiff schwimmt, und wir können es zum Priel staken.«

»Das wird ein langer Graben. Der Priel ist … wie weit weg? Fünfzehn Klafter?«

»Würde ich schätzen, ja.«

»Wir können nur bei Ebbe arbeiten«, gab Gödeke zu bedenken. »Wir haben also nur ein paar Stunden. Und nur wenige Schaufeln und Hacken.«

»Wir müssen mit allem graben, was wir haben. Eimern, Plankenresten … Essgeschirr, wenn es sein muss.«

»Der Grund unter der obersten Wattschicht ist gefroren. Das ist nicht zu schaffen.«

»Wir *müssen* es schaffen«, sagte Folkmar. »Einen anderen Weg gibt es nicht.«

»Wir könnten uns Ochsen leihen und die *Seetiger* zum Priel ziehen.«

»Ihr habt die Bauern geprügelt und mit blutigen Köpfen nach Hause geschickt. Kein Mensch weit und breit wird euch einen Ochsen leihen. Außerdem brauchst du dafür Rundhölzer unter dem Kiel. Wo willst du die hernehmen? Die restliche Eiche eignet sich dafür nicht.«

Gödeke rieb sich die Nase. »Na schön. Wir machen es so, wie du sagst. Die Männer werden *begeistert* sein, wenn sie das hören«, seufzte er. »Hab Dank für alles, was du für uns getan hast. Wir stehen in deiner Schuld.«

Mehrere Seeleute, die mit ihnen an Bord waren, kamen näher. Sie starrten Folkmar grimmig an.

»Wir mögen es nicht, in jemandes Schuld zu stehen«, knurrte Otto.

»Zum Glück kann man Schulden ganz leicht abtragen«, sagte ein anderer.

»Worauf wartest du?«, wandte sich Otto an Gödeke. »Du hast es uns versprochen!«

»Tut mir leid, Freund Isebrand. Aber wir wussten beide, wie die Sache ausgehen wird, nicht wahr?« Gödekes Hand wanderte zum Schwert.

Die Likedeeler schlossen den Kreis um ihn. Folkmar spannte seine Muskeln an. Machte sich bereit, sein Leben teuer zu verkaufen.

Die Hand griff am Schwert vorbei. Gödeke zog einen Schlüssel hinter dem Gürtel hervor, bückte sich und entfernte die Fußschelle. »Was schaust du mich denn so an?« Der Schiffer gab sich schockiert. »Hast du etwa gedacht, wir wollten dir etwas antun? Ich bin gekränkt. Tief getroffen.«

Die Likedeeler brüllten vor Heiterkeit. Gödeke richtete sich auf und fiel in das Gelächter ein.

»Beim heiligen Severin, du solltest dein Gesicht sehen. Hier, kannst du behalten – als Andenken.« Er drückte Folkmar die Fußschelle in die Hand.

Feixend gingen die Männer von Bord.

Folkmar setzte sich auf eine Ruderbank und rieb sich die wunden Knöchel. Schließlich schnaubte er durch die Nase.

»Elende Mistkerle, allesamt«, murmelte er grinsend.

Die Ebbe setzte im Morgengrauen ein. Kaum war das Meer ein paar Schritte vom Strand zurückgewichen, machten sich die Männer an die Arbeit. Jeder musste mit anpacken, vom Schiffsjungen bis zum Kapitän. Gödeke trieb sie mit rauen Kommandos zur Eile an.

Sie schufteten in zwei Gruppen. Die kleinere untertunnelte die

Seetiger und grub vier enge Kriechgänge rechtwinklig zum Kiel, durch die sie die Balken schoben. Es handelte sich um das Holz, das übrig geblieben war, als sie die neuen Planken im Spaltverfahren hergestellt hatten. Der Verschnitt war zwar lang genug, aber nicht sonderlich dick. Folkmar hoffte, dass die Bretter die Schnigge tragen würden.

Die zweite Gruppe legte den Graben an. Mit Schaufeln, allerlei improvisiertem Werkzeug und den bloßen Händen trugen sie das teilweise gefrorene Watt ab. Schließlich lagen die Tragebalken. Folkmar war nicht wohl zumute, als er daraufhin mit Klaus, Otto und sechs anderen unter der *Seetiger* herumkroch und das Loch aushob. Wenn auch nur ein Holz brach, würde die Schnigge sie allesamt zerquetschen.

Die Balken hielten, und sie stellten das Loch fertig. Folkmar atmete erleichtert auf, als er hinauskletterte. Der Morgen war bereits weit fortgeschritten. Jene Stellen seines Körpers, die nicht taub vor Kälte waren, schmerzten. Er war mit seinen Kräften am Ende. Ein Blick in die Gesichter ringsum verriet ihm, dass es seinen Gefährten nicht besser erging. Doch an eine Pause war nicht zu denken.

»In spätestens zwei Stunden kommt die Flut. Helfen wir den anderen.«

»Wir sind zu langsam«, klagte Gödeke, der mit einer Schaufel in den Händen im Graben stand. »Schau dir das an. Das reicht nicht.«

»Wir müssen schneller graben. Und nicht ganz so tief.«

»Dann riskieren wir, dass die *Seetiger* abermals auf Grund läuft.«

»Das müssen wir in Kauf nehmen.«

Gödeke gab den Befehl an die murrenden Männer weiter. Folkmar und die anderen bewaffneten sich mit Plankenstücken und gingen ihnen zur Hand. Ausgerechnet heute war der Wind besonders schneidend. Er pfiff ihnen um die Ohren, als wollte er sie für ihr fruchtloses Treiben verspotten. Folkmar schuftete mechanisch und gönnte sich keinen Moment Ruhe. Er fürchtete, erschöpft zusammenzubrechen, wenn er innehielte. Gelegentlich trank er einen Schluck Wasser, das war alles. Dann hackte er weiter auf den gefrorenen Schlick ein.

Gegen Mittag rief jemand: »Die Flut!«

Folkmar hob den Kopf. Das Wasser war bereits weit vorgedrungen. Keine Bogenschussweite vom Priel entfernt überschwemmte es das Watt. Ihnen blieb keine halbe Stunde mehr.

»Macht schneller, ihr faulen Hunde!«, brüllte Gödeke derart laut, dass Folkmar sich fragte, woher er die Kraft für dieses Geschrei nahm. »Grabt, oder ich tret euch in die Ärsche und zieh euch die verlausten Ohren lang!«

Sie stöhnten, sie schimpften, sie verfluchten ihren Schiffer in den tiefsten Kreis der Hölle – doch sie gruben. Gerade als der Priel vollzulaufen begann, machten sie den Durchbruch. Sogleich füllte sich der Graben mit Wasser.

»Schafft eure Habe an Bord!«, befahl Gödeke.

In Windeseile brachen sie das Lager ab. Folkmar, Otto, Klaus und drei weitere Likedeeler griffen sich Äxte und postierten sich backbords und steuerbords. Als die Grube unter dem Kiel bis zum Rand vollgelaufen war und das Meerwasser bereits gegen ihre Füße schwappte, hieben sie auf die Balken ein. Der erste brach mit lautem Knall. Als auch der zweite nachgab, konnten die restlichen das Gewicht nicht mehr tragen und barsten auf einen Schlag. Folkmar wäre beinahe von der heftig krängenden Schnigge am Kopf getroffen worden, er ließ sich rechtzeitig nach hinten kippen und fiel der Länge nach ins Wasser.

»Jemand verletzt?«, rief er.

»Bei uns nicht!«, brüllte Otto von der anderen Seite.

Folkmar half einem benommenen Klaus auf, und sie kletterten an Bord. Die Likedeeler fuhren die Riemen aus und stakten die *Seetiger* den Wassergraben entlang. Gödeke stand am Ruder und bewegte die Pinne, wenn ihm der Lotse vom Bug minimale Kurskorrekturen zurief.

Das gesamte Schiffsvolk, so schien es, hielt den Atem an. Der Graben war an den flachsten Stellen keine zwei Ellen tief. Das mochte gerade so ausreichen – oder auch nicht.

Ein Ruck durchlief die Schnigge. Die Mannschaft stöhnte kollektiv auf. Planken ächzten gequält.

Wenn sie sich im Graben festfrisst, kriegen wir sie nie wieder frei, dachte Folkmar. *Hilf uns, heiliger Christophorus!*

Der Patron der Seefahrer war ihnen gewogen. Das Schiff schrammte über den Grund, blieb jedoch niemals hängen. Der Rumpf hielt der Belastung stand. Schließlich glitt es in den Priel, wo es ausreichend Wasser unter dem Kiel hatte. Das Schiffsvolk jubelte nicht, dafür waren sie zu müde. Mit letzter Kraft ruderten die Likedeeler die Schnigge hinaus in die Bucht, wo Gödeke den Anker ausbringen ließ.

Zu Tode erschöpfte Männer sanken auf den Bänken zusammen.

Gödeke ging herum, verteilte Bier und Essensreste vom Vortag. Er setzte sich zu Folkmar, und sie stießen miteinander an.

»Was hast du jetzt vor?«

»Schlafen«, antwortete Folkmar. »Zwei Tage lang.«

»Und danach?«

Darüber hatte er noch nicht nachgedacht. In den vergangenen drei Monaten war keine Zeit gewesen für Zukunftspläne. Doch die Vorstellung, von den Likedeelern Abschied zu nehmen, ließ ihm das Herz schwer werden. Er würde nicht so weit gehen, sie als seine Freunde zu bezeichnen. Aber er hatte ihre Gesellschaft zu schätzen gelernt, die rauen Scherzworte bei der Arbeit, die gemeinsamen Mahlzeiten, die behaglichen Abende am Feuer. »Mal sehen«, brummte er.

»Wieso kommst du nicht mit uns?«, schlug Gödeke vor. »Wir könnten einen tüchtigen Schiffszimmermann wie dich gebrauchen.«

»Ich weiß ja nicht einmal, wohin ihr wollt.«

Endlich rückte der Schiffer mit der Sprache heraus. »Wir wollen nach Marienhafe. Widzelt tom Brok hat uns angeheuert, wir werden als Söldner in seine Dienste treten.«

Das hatte Folkmar nicht kommen sehen. Nur mit Mühe konnte er seine Überraschung verbergen.

»Wäre das was für dich?«

»Darüber muss ich nachdenken.«

»Tu das. Ich hole uns noch Bier.« Gödeke nahm ihm den leeren Becher aus der Hand und ging zum Achterschiff, wo der Proviant lagerte.

Es fiel Folkmar schwer, seine Gedanken zu ordnen, was nicht allein an der bleiernen Erschöpfung lag. Kribbelnde Nervosität durchströmte ihn, ließ sein Herz heftig pochen, die Hände feucht werden. Marienhafe. Die Höhle des Löwen. Würde man ihn dort erkennen? Weder Widzelt tom Brok noch Foelke Kampana hatten ihn je mit eigenen Augen gesehen, sie kannten allenfalls den Steckbrief – der mittlerweile viereinhalb Jahre alt war. Außerdem würde niemand damit rechnen, dass er bei den Likedeelern weilte. Er wäre nur ein Söldner unter vielen, eine unauffällige Gestalt in einer gesichtslosen Menge.

War das womöglich der Wink des Schicksals, auf den er seit so langer Zeit wartete? Mithilfe der Likedeeler den tom Brok nahe zu kommen bot ihm vielleicht eine Möglichkeit, Foelke und Keno zu beweisen, dass er nichts mit Ockos Tod zu tun hatte, dass Widzelt hinter dem Mord steckte. Aber wie? Er wusste es nicht. Noch nicht. Er würde die Antwort nur finden, wenn er seine Angst überwand.

Ob Abbe noch in Marienhafe ist? Eigentlich hatte Yneke schon lange keinen Grund mehr, ihn dort festzuhalten. Dem Vogt aber war zuzutrauen, dass er Abbe aus purer Grausamkeit die Heimkehr verweigerte. *Wenn er noch dort ist, könnte ich mit ihm Kontakt aufnehmen. Ich hätte endlich einen Verbündeten.*

Er presste sich die Hand auf die Stirn. Sein Schädel war heiß, die Gedanken rasten. War er im Begriff, eine gefährliche Narretei zu begehen, weil er sich von törichten Hoffnungen leiten ließ? Er nahm die Hand herunter und blickte zur Küste. Ein tristes Einerlei aus Grautönen. Wenn er Gödekes Angebot ausschlug, würde er dorthin zurückkehren müssen. Er würde wieder in der alten Festung hausen, Tag für Tag ums Überleben kämpfen und langsam, aber sicher den Verstand verlieren.

Nein.

Er konnte nicht zurück. Er würde die Einsamkeit nicht mehr ertragen, nun, da er von der süßen Frucht der Kameradschaft gekostet hatte. Lieber würde er in Marienhafe scheitern, auffliegen, sterben.

Gödeke kam zurück und reichte ihm den Becher. »Und, fertig mit Denken?«

»Ich komme mit … unter einer Bedingung.«

»Die wäre?«

»Ich bin Schiffszimmermann, kein Freibeuter. Und erst recht kein Söldner. Ich werde mich um dieses Schiff kümmern, als wäre es mein eigenes. Bei euren Raubzügen aber werde ich nicht mitmachen. Und ich werde auch nicht für Widzelt tom Brok kämpfen.«

»Ein jeder neue Likedeeler muss seinen Gefährten Treue schwören«, sagte Gödeke. »Der Schwur beinhaltet, dass du das Schiff und die Mannschaft mit deinem Leben verteidigst, wenn es sein muss.«

»Sollten wir angegriffen werden, werde ich kämpfen«, stellte Folkmar klar. »Davon abgesehen werde ich nicht zur Waffe greifen. Dafür verlange ich auch keinen Anteil an der Beute.«

»Also sollen wir dich für deine Dienste bezahlen wie einen Lohnsklaven, oder was?«, spottete der Schiffer.

»Ich will überhaupt kein Geld von euch.« *Denn daran wird so oder so Blut kleben*, dachte Folkmar. »Gebt mir einen Schlafplatz, genug zu essen und euren Respekt, und ich werde zufrieden sein.«

»Du bist ein seltsamer Kauz, Isebrand.«

Folkmar lächelte nur. »Sind das annehmbare Bedingungen für dich?«

Gödeke schaute ihn an. Schließlich nickte er. »Ich werde nichts von dir verlangen, was gegen dein Gewissen geht. Du hast mein Wort. Nun denn.« Müde lächelnd streckte er die Rechte aus. »Sei willkommen an Bord der *Seetiger* … Bruder.«

Kapitel neun

Esens

Ungute Erinnerungen setzten Almuth zu, als sie Sankt Magnus betrat. Mit einem Gefühl der Enge in der Brust betrachtete sie die Männer beim Reliquienschrein. Für sie war diese Kirche kein heiliger Ort, wo Recht gesprochen wurde, sondern ein Natternnest, in dem das Gift der Lüge schwärte.

Diesmal ist es anders. Sie wusste starke Fürsprecher an ihrer Seite. Neben Jann Wilken und Jorien Folkmars waren Bruder Erasmus und Harke Clausen mit ihr nach Esens gekommen. Als Harkes Amtszeit abgelaufen war, hatte Keno tom Brok den freien Männern Warfstedes erlaubt, fortan jedes Jahr einen Redjeven zu küren, woraufhin Harke von einer überwältigenden Mehrheit wiedergewählt worden war. *Er ist gut, aber ist er gut genug?* Konnte Harke etwas gegen die unter den Sechzehn grassierende Bestechlichkeit ausrichten? Almuth spähte zu Tiard Sibenga, Olde Reent und Hayo Erkesna, jenen Richtern, die weiland bei der Intrige gegen Folkmar Janns eine unrühmliche Rolle gespielt hatten. *Hat Yneke sie auch diesmal gekauft?*

Sie kniff die Lippen zusammen. Sie konnte nichts anderes tun, als auf Gott zu vertrauen und diesen Männern einen harten Kampf zu liefern.

Kanke Kanken, der Enunciator, eröffnete die Zusammenkunft mit förmlichen Worten und kam sogleich zur Sache. »Almuth Gerts beschuldigt Yneke Egers, den Vogt zu Warfstede, im Zorn ihren Vater Gert Ulfferts erschlagen zu haben. Sie fordert das Gericht auf, Yneke für die Mordtat zu strafen«, trug er aus der Klageschrift vor.

Unter den Richtern machte sich Unruhe breit. Einige reagierten empört.

»Was ist das für ein Weib, das den eigenen Ehemann einen Mörder nennt?«, ereiferte sich Tiard Sibenga.

»Mäßige dich«, rief Kanke ihn zur Ordnung. »Bevor wir die Angelegenheit beurteilen, wollen wir hören, was genau am sechzehnten Februar vorgefallen ist. Wieso ist Yneke nicht hier, um seine Sicht der Dinge darzulegen?«

»Ich habe ihn über die Klage in Kenntnis gesetzt, um ihm die Möglichkeit zu geben, sich zu verteidigen«, erklärte Harke. »Er zieht es vor, davon keinen Gebrauch zu machen. Ich werte das als Schuldeingeständnis.«

»Also hat er Almuth bereits das Blutgeld für den Erschlagenen gezahlt, wie es das Gesetz vorsieht?«

»Er weigert sich, für sein Verbrechen Buße zu tun. Auch das Sühnegeld, das der Landsgemeinde zusteht, will er nicht freiwillig hergeben.«

»Dann ist sein Fernbleiben kein Schuldeingeständnis!«, versetzte Olde Reent.

Hayo Erkesna nickte grimmig. »Wahrscheinlich ist ihm seine Zeit zu schade, sich mit einer weiteren infamen, aber letztlich aussichtslosen Klage zu befassen.«

Oder er ist nicht Manns genug, mir unter die Augen zu treten und der Mutter seines Sohnes vor Zeugen ins Gesicht zu lügen. Wenigstens hatte Almuth nun eine Antwort auf ihre Frage: Yneke hatte die drei Richter auch diesmal bestochen. Ihr Verhalten sprach eine eindeutige Sprache.

»Letztlich ist es nicht von Belang, dass Yneke nicht hier ist. Wir werden auch so zu einem gerechten Urteil kommen.« Kanke machte keinen Hehl daraus, dass er Gefallen an der Sache fand. Die Klage eröffnete ihm eine willkommene Gelegenheit, den tom Brok einen Schlag zu versetzen. »Almuth Gerts, du hast das Wort.«

Sie trat vor und berichtete, wie es zum Streit zwischen ihr und Yneke gekommen war. »Yneke schlug mich, sodass ich zu Boden fiel. Um mich zu schützen, ging mein Vater dazwischen. Yneke schlug seinen Kopf gegen die Schuppenwand, bis er tot zusammenbrach.«

»Gibt es dafür Zeugen?«

»Mehrere Dorfbewohner haben alles gesehen. Bruder Erasmus hat wenige Stunden nach der Tat mit ihnen gesprochen und ihre Aussagen niedergeschrieben.« Harke gab Kanke ein Pergament, das dieser gründlich las, ehe er es an die anderen Richter weiterreichte.

»Bauern, Torfstecher und andere Unfreie«, kommentierte Tiard verächtlich. »Diese Leute würden alles sagen, um ihren Herrn in den Schmutz zu ziehen.«

»Alles Lügen, wenn ihr mich fragt«, stimmte Olde Reent ihm zu.

»Sämtliche Zeugen sind ehrbare und gottesfürchtige Mitglieder meiner Gemeinde«, widersprach Erasmus gelassen. »Obendrein haben sie beim Heil ihrer Seelen geschworen, die Wahrheit zu sagen.«

Eine hitzige Debatte begann. Harke und Kanke sprachen sich dafür aus, Yneke zur Rechenschaft zu ziehen. Tiard Sibenga, Hayo Erkesna und Olde Reent hielten erbittert dagegen. Die übrigen vier Richter zeigten sich unentschlossen. Almuth konnte spüren, dass sie fürchteten, sich den Zorn der tom Brok zuzuziehen, wenn sie deren Vogt belangten.

Harke machte seine Sache gut. In einer eindringlichen Rede forderte er, das Gesetz müsse auch für hochrangige Amtsträger gelten. Scharfzüngig entkräftete er die fadenscheinigen Argumente seiner Gegner. Sodann nahm er die Unentschlossenen ins Gebet, erinnerte sie an ihren Amtseid und ermutigte sie, ein Zeichen gegen die Willkür zu setzen.

Schließlich beendete Kanke den Disput. »Alles ist gesagt – lasst uns abstimmen. Wer folgt Harke und mir?«

Vier Richter traten zu ihnen. Nur Tiard, Hayo und Olde Reent stimmten gegen Ynekes Verurteilung.

»Der Vorgang ist eine Schande!«, attackierte Tiard den Enunciator. »Du hast dieses Gremium zum Werkzeug deiner Rachegelüste gemacht. Mit Gerechtigkeit hat das Urteil nichts zu tun.«

Kanke ignorierte ihn. »Es ist entschieden«, verkündete er. »Um den Mord an Gert Ulfferts zu sühnen, soll Yneke Egers der Landsgemeinde fünfundvierzig Mark Silber zahlen. Almuth Gerts soll zur Linderung ihres Verlustes ein Blutgeld von siebenundzwanzig Mark bekommen. Darüber hinaus wird sie Gerts gesamten Besitz erben, Yneke soll nichts davon bekommen.«

»Er kann sich also freikaufen?«, rief Almuth. »Ich bin damit nicht einverstanden. Ich fordere eine härtere Strafe.«

Sie glaubte, in Kankes Augen Verständnis für ihr Begehr zu erkennen. Gleichwohl belehrte er sie: »Das Gesetz ist eindeutig. Ein Verbrechen an Leib und Leben wird mit Buß- und Blutgeld gesühnt. Härtere Strafen gibt es nur, wenn sich der Verurteilte zu zahlen weigert.«

»Für Folkmar Janns galt dieser Grundsatz nicht. Er wurde sofort zum Tode verurteilt und geächtet.«

Damit löste Almuth einen kleinen Aufruhr aus.

»Das eine mit dem anderen zu vergleichen ist ungeheuerlich!«, schrie Tiard. »Was erlaubt sich das Weib?«

Während Kanke die Männer aufforderte, die Stimmen zu senken, raunte Harke Almuth zu: »Ich rate dir, das Urteil zu akzeptieren.«

»Es ist blanker Hohn und ein Schlag in mein Gesicht.«

»Das ist es«, gestand der Redjeve ein. »Aber mehr werden wir nicht erreichen.«

Almuth konnte nicht antworten. Zorn und Schmerz hielten ihre Kehle umklammert wie zwei würgende Klauen.

»Kann ich Kanke sagen, dass du einverstanden bist?«, fragte Harke behutsam.

Es gelang ihr lediglich, ein einziges Mal zu nicken. Knapp, kaum erkennbar für die anderen Menschen in der Kirche. Harke trat vor. Sie konnte nicht verstehen, was er zu den Männern sagte, das Blut rauschte ihr in den Ohren.

Jorien drückte ihre Hand. »Ich weiß, es fühlt sich nicht so an, aber dies ist ein Sieg. *Dein* Sieg.«

Wahrscheinlich hat sie recht.

Aber das linderte weder die Enttäuschung noch das Gefühl, betrogen worden zu sein. Almuth ertrug diesen Ort nicht länger. Wortlos verließ sie die Kirche, machte sich auf den Weg zur Herberge, wo Etta wartete, denn sie sehnte sich nach Eger und wollte nichts mehr, als ihren Jungen an sich zu drücken.

»Schau an, was der Wind hereingeweht hat«, meinte Yneke missgelaunt, als er in die Halle trat. »Schon zurück aus Esens?«

»Die Sechzehn haben zügig ein Urteil gefunden«, sagte Harke Clausen. »Bruder Erasmus hat Euch eine Kopie angefertigt.«

Der Vikar öffnete das Futteral. Yneke riss ihm das Schriftstück aus der Hand, brach das Siegel und las es mit wachsender Wut. »Richtet euren Freunden aus, dass ich weder das Blut- noch das Sühnegeld zahlen werde.«

»Das Urteil ist bindend. Wenn Ihr Euch weigert, seid Ihr des Todes.«

»Und wer soll die Todesstrafe vollstrecken? Etwa die Landsgemeinde, dieser zahnlose Tiger? Ein gelungener Scherz, wirklich«, höhnte Yneke.

Natürlich wusste auch Harke, dass die Sechzehn zu Esens weder willens noch imstande waren, einen Vogt an den Galgen zu bringen. Daher wiederholte er seine leere Drohung nicht. »Derart das Recht mit Füßen zu treten wird Euer Ansehen zerstören«, sagte er stattdessen. »Die Menschen des Kirchspiels werden Euch für einen Tyrannen halten.«

»Das tun sie ohnehin.«

»Ich werde die Familie tom Brok benachrichtigen und ihnen mitteilen, dass Ihr für Euer Amt ungeeignet seid.«

»Nur zu. Widzelt wird dich auslachen.«

»Du hast einen Mann getötet!«, donnerte Bruder Erasmus. »Tu Buße, wie es das Gesetz verlangt, oder deine Seele ist verloren, und deine restlichen Tage auf Erden werden trostlos sein!«

Yneke hasste es, wenn der Vikar ihn außerhalb der Beichte duzte, und dass ihm dessen Worte Furcht einflößten, hasste er noch mehr. Da half nur, einen Gegenangriff vorzutragen.

»Halt dich heraus, Pfaffe! Deine Aufgabe ist es, mit mir gemeinsam das Kirchspiel zu führen. Stattdessen fällst du mir niederträchtig in den Rücken. Kümmere dich lieber darum, dass Frau und Kind zu mir zurückkehren.«

Ärgerlicherweise ließ sich der Kleriker nicht einschüchtern. »Du tust gut daran, dich von ihr fernzuhalten. Einstweilen unternimmst du alles in deiner Macht Stehende, um dein Verbrechen zu sühnen. Zahl das Blutgeld, stifte einen Altar für den Gemordeten, fleh Almuth auf Knien um Verzeihung an. Dann, und nur dann kannst du hoffen, dass sie zurückkommt.«

»Zum letzten Mal: Es war kein Mord!«, schrie Yneke. »Es war ein Unfall!«

»Vollkommen uneinsichtig«, stellte Erasmus fest. »Betrüblich. Ich werde Gott bitten, dir Weisheit und Reue einzugeben.« Er blickte Harke an.

Der nickte, und die beiden Männer verließen das Steinhaus.

Das Urteil ließen sie auf dem Tisch liegen.

Yneke starrte das Pergament lange an. Schließlich ergriff er es und stürmte nach oben. In seiner Amtsstube warf er es in die Truhe, ließ den Deckel zufallen und drehte den Schlüssel im Schloss herum.

FÜNFTES BUCH

LIKEDEELER

März 1396 bis April 1397

Kapitel eins

Marienhafe

In der Einfahrt der Leybucht befahl Gödeke, die Riemen einzuholen und den Anker auszubringen. Die erschöpften Männer füllten ihre Becher an den Wasserfässern und holten Proviant hervor.

»Warum rudern wir nicht weiter?« Marienhafe konnte nicht mehr fern sein. Folkmar erblickte bereits den mächtigen Kirchturm, der wie ein grauer Zacken aus der dunstigen Küstenlinie aufragte.

»Diese Gewässer sind tückisch«, antwortete Gödeke. »Johann hat uns vor Untiefen gewarnt. Wir sollen hier warten.«

Folkmar wusste inzwischen, dass es neben Gödeke drei weitere Hauptleute gab. Ein jeder befehligte jeweils eine Schnigge und rund dreißig Likedeeler. Johann Störtebeker war einer von ihnen, er war Gödekes engster Freund. Ihm unterstand die *Marienknecht*.

Folkmar erhob sich von der Ruderbank, lockerte die verspannten Muskeln und aß ein paar Brocken Fisch. Die Leybucht war neben dem Dollart und dem Jadebusen eine der größten Baien Ostfrieslands. Es gab sie schon lange, doch die *Grote Mandrenke* von 1362 hatte sie erheblich vergrößert. Seitdem hatte auch das einstmals im Landesinneren gelegene Marienhafe einen schiffbaren Zugang zum offenen Meer. Kristallklare See, in der sich die Wolken spiegelten, umgab die *Seetiger*. Das Wasser war nicht tief. Folkmar konnte Langbein sehen, der Anker hatte sich allenfalls anderthalb Klafter unter der Wasseroberfläche in den Schlick gegraben.

Während sie warteten, wich das Meer weiter vom Land zurück. Vor ihnen durchstießen Sandbänke die sanften Wellen. Klaus und Otto diskutierten derweil das Zustandekommen der Gezeiten.

»Zum letzten Mal – ein Monster ist dafür verantwortlich«, beharrte Klaus. »Ein riesiges Ungeheuer, das draußen in der Tiefsee sitzt. Eine

Art Schlange oder Kröte. Es atmet ein und aus, so kommt es zu Ebbe und Flut. Das ist doch vollkommen logisch.«

»Logisch nennst du das? Ich habe noch nie solch einen Unfug gehört«, hielt Otto dagegen. »Jeder Seemann, der was im Kopf hat, weiß, dass der Mond die Gezeiten macht.«

»Der Mond? Lachhaft. Der Mond ist mindestens ... tausend Seemeilen entfernt. Wie kann etwas, das so weit weg ist, das Meer beeinflussen? Na? Erklär mir das mal.«

»Das muss man nicht erklären. Das weiß man einfach. Richtig, Isebrand?«

»Es ist der Mond«, meinte Folkmar beiläufig. Er interessierte sich mehr für das Ruderboot, das sich ihnen näherte, als für den Zank der beiden Likedeeler.

»Hast du gehört? Er sagt es auch«, triumphierte Otto.

»Na und? Isebrand ist nur ein Zimmermann. Was weiß er schon?«, brummte Klaus. »Bei solch wichtigen Fragen sollte man sich an die Autoritäten halten. Kaiser Karl zum Beispiel ...«

»Wehe dir!« Otto packte Klaus am Kragen. »Noch eine von deinen sterbenslangweiligen Karlgeschichten, und ich werf dich über Bord!«

In diesem Moment rief Gödeke freudig: »Wigbold ist da!«

Die Männer sprangen von den Bänken auf und drängten sich an der Reling. Das Ruderboot stieß mit hohlem Pochen gegen den Rumpf der *Seetiger*, und ein Mann kletterte flink wie ein Eichhörnchen am Schanzkleid empor. Gödeke reichte ihm die Hand und hievte ihn regelrecht an Bord. Die Likedeeler begrüßten den Neuankömmling mit großem Hallo.

»Das ist Magister Wigbold, ein Schiffer und Hauptmann wie ich. Er befehligt die *Trialogus*. Das ist Isebrand, unser neuer Schiffszimmermann«, stellte Gödeke sie einander vor.

»Er ist wirklich Magister«, beteuerte Klaus, obwohl Folkmar dies zu keinem Zeitpunkt in Zweifel gezogen hatte. »Er hat in Rostock die Sieben Freien Künste studiert. Oder war es in Oxford? Jedenfalls ist er klüger als wir alle.«

»Was in deinem Fall nicht besonders schwer ist«, grunzte Otto.

Wigbold war ein kleiner, feingliedriger Mann mit einem Allerweltsgesicht. Das Auffälligste an ihm war seine Kleidung: Unter dem

Wollmantel trug er ein teures schwarzes Samtgewand, und auf seinem Haupt saß ein dazu passendes Barett. Waffen führte er keine mit sich. Tatsächlich hatte Folkmar Schwierigkeiten, sich vorzustellen, dass dieser Gelehrte ein Schiff befehligte und Krieger in die Schlacht führte.

Wigbold musterte ihn gründlich. »Hat er das in den Statuten vorgeschriebene *iuramentum* zur gegenseitigen Treue geschworen?«

»Vor drei Tagen«, antwortete Gödeke, der im Gegensatz zu Folkmar keine Schwierigkeiten hatte, Wigbolds hochgestochene Redeweise zu verstehen. »Wir verdanken ihm viel. Er ist unser Bruder.«

»Dann soll er auch mein *confrater* vor Gott und dem Klabautermann sein.« Der Magister ergriff Folkmars Rechte, sein Händedruck war erstaunlich kräftig. »Ich komplimentiere euch zum Portus«, erklärte er dem Schiffsvolk. »Die anderen erwarten euch bereits und werden jauchzen, wenn sie euch endlich wiedersehen.«

»Wieso hat man die Fahrrinne nicht markiert, sodass sie auch bei Hochwasser zu erkennen ist?«, fragte Gödeke, während die Männer Langbein heraufhievten und auf den Ruderbänken Platz nahmen.

»Widzelt fürchtet eine Invasion vom Meer aus. Nur seine Bundesgenossen und ein kleiner Kreis von Eingeweihten sollen Marienhafe anlaufen können. Aber es gibt ein verborgenes *indicium*. Wer es korrekt zu deuten vermag, kann sicher durch die Untiefen navigieren. Erblickst du das hohe Bauwerk an der Küste, die Marienkirche?«

»Ein wahrlich riesiges Gotteshaus und daher kaum zu übersehen.«

»Das Dach des Kirchenschiffes ist auf der einen Seite mit Schiefer ornamentiert, auf der anderen Seite mit Kupfer«, erklärte der Magister. »Wenn du bei der Einfahrt in die Leybucht die graue Materie des Schiefers erspähen kannst, läufst du Gefahr, auf dem Leysand zu havarieren – das ist die Sandbank, die da vorn dräut.«

»Aber wenn ich die kupferne Seite sehe, bin ich in Sicherheit?«

»*Nullo modo!* Dann näherst du dich dem nicht minder infernalischen Kopersand, der dort drüben deinen Rumpf zerschmettern will. Lotse dergestalt, dass du nur den Kirchturm erkennen kannst, er muss das Dach zur Gänze verdecken. Nur dann segelst du formvollendet in der Fahrrinne und hast auch bei Ebbe genug Wasser unter dem Kiel.«

Gödeke rieb sich lächelnd das Kinn. »Das ist in der Tat raffiniert.«

»Ist er nicht ein kluger Kopf, unser Wigbold?«, rief Klaus. »Er ist beinahe so weise wie der Kaiser. Wahrlich, wir können von Glück sagen, dass er unser Bruder ist!«

Wigbold lotste sie sicher in den Hafen. Am Kai erwarteten sie bereits Dutzende Likedeeler, die ihnen halfen, die *Seetiger* am Turm der Marienkirche zu vertäuen. Als Folkmar und seine neuen Gefährten von Bord gingen, fanden sie sich sogleich in einem Pulk aus fröhlich lärmenden Männern wieder, die sie herzlich begrüßten.

Endlich lernte Folkmar die anderen Hauptleute kennen. Hennig Wichmann war ein Koloss von einem Mann, mit Beinen wie Baumstümpfen, einem freundlichen Pausbackengesicht und einem mächtigen Schmerbauch, unter dem das Wehrgehenk beinahe verschwand. Er redete nicht viel. Er legte Gödeke lediglich die feiste Hand auf die Schulter, nickte lächelnd und dankte den Heiligen für seine Rettung.

Johann Störtebeker dagegen packte den lange vermissten Freund mit seinen Prankenhänden, hob ihn hoch, als wöge Gödeke nicht mehr als eine Strohpuppe, und drückte ihn an seine breite Brust. »Du alter Pirat!«, dröhnte er. »Hast dir ja ganz schön Zeit gelassen. Erholt siehst du aus. Ihr habt's euch gut gehen lassen in Östringen, was?«

»Das kannst du glauben, alter Freund«, feixte Gödeke, als der Riese ihn wieder auf die Füße stellte. »Wir haben unsere Zehen am heimeligen Kaminfeuer gewärmt, uns die Bäuche mit Spanferkel vollgeschlagen und die weichen Federbetten mit den schönsten Dirnen geteilt.«

Johann lachte, dass man es gewiss bis ans andere Ende des Dorfes hörte. »Erstaunlich, was an so einem einsamen Strand im Nirgendwo alles geboten wird! Silberne Pisspötte hattet ihr wohl auch, was?«

»Wo denkst du hin? Aus Gold waren sie!«

Gödeke machte Folkmar mit den beiden Hauptleuten bekannt. Als Folkmar Johann Störtebeker die Hand schüttelte, musste er zum ersten Mal in seinem erwachsenen Leben zu einem anderen aufsehen. Der rothaarige Schiffer war tatsächlich ein paar Zoll größer als er und um einiges breiter.

»Es wird dich nicht überraschen zu hören, dass Johann unser bester Kämpfer ist«, sagte Gödeke. »Vermutlich gibt es an den Küsten der Ost- und Westsee keinen mächtigeren Krieger. Wenn er das Lange

Schwert schwingt, laufen die Feinde wie die Hasen – wenn sie schlau sind. Wenn nicht, fallen sie wie die Fliegen.«

»Erinnert ihr euch an Visby, wie ich's den Dänen gezeigt habe?« Johanns Augen glitzerten grimmig. »Das war ein Spaß. Eines Tages werden sie die Gasse umbenennen. In die ›Rote Gasse‹.«

»Johann war schon immer ein Goliath, ein Herkules, ein Samson. Aber seit er die *reliquia* des heiligen Vincentius bei sich trägt, ist er unverwundbar«, erklärte Wigbold.

»Zeig sie ihm«, forderte Gödeke den Freund auf.

Johann griff in den Wamskragen und zog ein Lederband hervor, an dem ein in Silber eingefasster Knochen baumelte. »Hat ein Lübecker Pfeffersack in Lissabon gekauft. Genutzt hat's ihm nichts. Als wir mit ihm fertig waren, taugte er nur noch als Futter für die Fische. Gott liebt Reliquienhändler eben nicht.« Der Likedeeler lachte grollend. »Mich liebt Er dafür umso mehr. Der heilige Vincentius schützt mich. Seit ich seinen kleinen Finger am Hals trage, hat mich kein Pfeil und kein Schwert auch nur gestreift.« Er verlor das Interesse an Folkmar und wandte sich wieder Gödeke zu. »Es ist gut, dass du da bist. Ohne dich zu zechen und zu huren ist nur halb so schön.«

»Wie ist es euch in Marienhafe ergangen?«, erkundigte sich Gödeke.

»Ich kann nicht klagen. Widzelt ist ein Maulheld und ein Gernegroß, doch bis jetzt hat er Wort gehalten. Hat uns für den Winter ein halbwegs behagliches Quartier gegeben. Wir dürfen den Hafen nutzen und nach Belieben rausfahren, solange wir bereitstehen, wenn er uns braucht.«

»Seit unserer Ankunft gab's aber keine Kämpfe«, sagte Hennig. »Kaperfahrten haben wir auch keine unternommen.«

Johann nickte. »Allmählich wird's langweilig. Das Nichtstun macht uns fett und faul. Schau Hennig an. Wird von Tag zu Tag dicker. Wenn er seine Massen in Bewegung setzt, sieht es aus, als würde ein Fass den Weg entlangrollen. Wird Zeit, dass der Frühling kommt.«

Während die Hauptleute plauderten, bemühte sich Folkmar, mit der Menschenmenge zu verschmelzen. Nervös spähte er zu den Kriegsknechten auf dem Deich. Was hatte ihn nur geritten, die Likedeeler nach Marienhafe zu begleiten? Das war eine unfassbar törichte Idee gewesen.

»Widzelt will dich treffen«, sagte Johann. »Du solltest ihm deine Aufwartung machen.«

»Kommt, Männer«, rief Gödeke. »Lernen wir unseren neuen Lohnherrn kennen!«

Folkmar erstarrte innerlich. Er durfte Widzelt nicht gegenübertreten. Er brauchte eine Ausrede, die es ihm ermöglichte, der Zusammenkunft fernzubleiben, ohne dass die Likedeeler misstrauisch wurden. Doch die Panik trübte seinen Verstand, ihm fiel nichts ein.

»Es ist besser, wenn du allein gehst«, sagte Johann. »Widzelt will sich ungestört mit dir unterhalten. Die Männer sollen derweil ihr Quartier beziehen.«

Folkmar atmete auf, als sich Gödeke mit Johann und Wigbold entfernte. Diese Klippe hatte er noch einmal umschifft. Blieb die Frage, wie es von hier an weitergehen sollte. *Vielleicht sollte ich dieses wahnwitzige Vorhaben einfach aufgeben und mich bei Nacht und Nebel davonstehlen.*

»Ich zeige euch, wo wir wohnen«, wandte sich Hennig an die Mannen der *Seetiger*. »Glaubt's oder glaubt's nicht, aber wir hausen in einer waschechten Burg. Meine Herren, mir nach, wenn ich bitten darf …«

Bei der »Burg«, die Hennig vollmundig angekündigt hatte, handelte es sich um ein halb zerfallenes Gemäuer inmitten einer Ansammlung von Zelten und ärmlichen Hütten. Wenigstens lag Upgant, wie die alte Festung hieß, ein gutes Stück außerhalb des Dorfes, sodass Folkmar sich einigermaßen entspannte. Dass er hier draußen jemandem begegnete, der ihn erkannte, erschien ihm unwahrscheinlich.

»Besonders behaglich kommt's mir hier aber nicht vor«, murrte Otto, als sie das Zeltlager durchquerten. Der tauende Boden war derart schlammig, dass man bis zu den Knöcheln darin versank, wenn man nicht aufpasste. Es stank nach Rauch, Exkrementen und schmutziger Wäsche.

»Behaglicher als an Bord der *Seetiger* ist es allemal, oder?«, entgegnete Hennig. »Jeder von uns hat ein Dach über dem Kopf und eine richtige Bettstatt. Es gibt Latrinen und genug Torf zum Verfeuern, sodass niemand frieren muss.«

Mit einem Nicken wies Otto auf das heruntergekommene Steingebäude. »Wer darf da drin schlafen? Sicher wieder nur die Schiffer, die Lotsen und die Bootsleute, oder?«

»Wir alle. Auch die Schiffsjungen. Aber in der Burg ist nicht genug Platz für hundertdreißig Mann, sodass wir uns wochenweise abwechseln müssen.«

Folkmar nahm dies mit gelindem Erstaunen zur Kenntnis. Als Gödeke von den Idealen der Likedeeler gesprochen hatte, waren dies nicht nur schöne Worte gewesen. Sie nahmen den Gleichheitsgedanken sehr ernst und teilten alles miteinander.

»Wann kommen wir dran?«, wollte Otto wissen.

»Sofort«, antwortete Hennig. »Ihr habt reichlich Entbehrungen hinter euch, sodass wir entschieden haben, euch die Burg für eine Weile zu überlassen, damit ihr euch erholen könnt.«

Das Schiffsvolk der *Seetiger* folgte Hennig zum Haupthaus. In einem finsteren Gewölbekeller verstauten sie die Fässer mit dem restlichen Proviant. Sodann bezogen sie die oberirdisch gelegenen Kammern. Sie boten mehr Komfort als die Zelte und Hütten, aber nicht viel. Vor der Ankunft der Piraten hatte Upgant jahrelang leer gestanden. Die Ziegelsteinwände bröckelten. Im Reetdach klafften Löcher. Durch die mit Moos verstopften Fensterschlitze drang frostige Luft herein und ließ die Kienspäne flackern. Der Rauch des Kaminfeuers hingegen zog nur schlecht ab, sodass manch ein Likedeeler husten musste wie ein lungenkranker Bergmann.

»Widzelt hat uns erlaubt, die Burg auszubessern«, sagte Hennig. »Darum kümmern wir uns, sobald frisches Silber reingekommen ist. Jetzt macht es euch erst einmal bequem. Ich sorge dafür, dass ihr was zu beißen bekommt.«

Wenig später saßen die Männer an den klobigen Tischen und löffelten dampfende Kohlsuppe.

»Gibt es in Marienhafe einen Schiffsbauplatz?«, erkundigte sich Folkmar. »Die *Seetiger* muss gründlich überholt werden.«

»Im Deichvorland gibt es eine Lastadie«, antwortete Hennig. »Sie gehört der Familie tom Brok, wir dürfen sie nutzen. Sprich mit Meister Bolt.«

»Mach ich.« Sobald Gödeke zu ihnen gestoßen war, würde Folkmar veranlassen, dass die *Seetiger* aufs Trockendock gelegt wurde, damit er die Kalfaterung und die Takelage ausbessern konnte. Gleichzeitig würde er tun, weshalb er gekommen war: sich heimlich umhören, beobachten, Nachforschungen anstellen. Herausfinden, ob Abbe noch in Marienhafe weilte, nach Möglichkeit mit ihm sprechen. In der Hoffnung, mit seiner Hilfe einen Weg zu finden, seine Unschuld zu beweisen.

Eine zähe, mühsame, vielleicht aussichtslose Aufgabe. Aber wenn ihn die einsamen Jahre in der Wildnis eines gelehrt hatten, dann war es Geduld.

Geduld und einen langen Atem.

Foelke stieß den Fensterladen auf, ließ Licht und Luft und den Duft der knospenden Birken herein. »Schau, was für ein herrliches Wetter! Wieso reitest du nicht mit deinen Freunden aus?«

»Mir ist nicht danach«, murmelte Keno. Wie üblich lag er auf dem Bett und starrte an die Zimmerdecke.

»Du könntest jagen gehen, Frischlinge schießen.«

»Ich habe Kopfschmerzen. Bitte lass mich.« Er drehte sich mit dem Gesicht zur Wand.

Seufzend setzte sie sich auf die Bettkante. »Das geht so nicht weiter. Du kannst dich nicht ewig verkriechen. Du wirst mir noch krank.« *Wenn du das nicht bereits bist*, dachte sie bekümmert. *Krank an Herz und Seele.* Sie streichelte ihm das Bein. »Lass uns ein paar Schritte gehen. Ein kleiner Spaziergang auf dem Deich. Mir zuliebe.«

»Was soll das bringen?«

»Die frische Luft vertreibt die düsteren Gedanken.«

Der Junge lachte bitter auf. »Das hat doch alles keinen Sinn.«

»Keno …«

Er setzte sich auf und starrte sie böse an. Er sah schrecklich aus, bleich wie ein lebender Toter. Und er roch übel. Wann hatte er sich das letzte Mal gewaschen, die Kleider gewechselt?

»Diese ›düsteren Gedanken‹«, schnappte er. »Ist dir schon einmal in den Sinn gekommen, dass sie womöglich gerechtfertigt sind?«

»Ich verstehe deinen Schmerz, deine Trauer. Wirklich. Aber willst du dich deswegen für den Rest deines Lebens verstecken? Was wäre damit gewonnen?«

»*Du* hast gesagt, ich soll ihn herausfordern!«, fauchte er. »Deinetwegen hat er mich gedemütigt. Deinetwegen ist Pieter tot. All das ist deine Schuld!«

»Du hast recht«, gestand Foelke. »Das hätte ich nicht tun dürfen. Es war verfrüht … ein Fehler. Ich bitte dich, mir zu verzeihen. Kannst du das tun?«

Er gab keine Antwort.

»Ich schätze, ich verdiene deine Vergebung nicht. Nun, es ist deine Entscheidung. Ich werde dich nie wieder zu etwas drängen.«

Der jähe Zornesausbruch endete so plötzlich, wie er begonnen hatte. Keno kniff die Lippen zusammen, senkte den Blick und wirkte unendlich niedergeschlagen.

»Sag mir, was ich tun kann, damit du dich besser fühlst.«

»Du kannst nichts tun. Niemand kann das«, antwortete er leise. »Widzelt hat mir mein Erbe genommen. Alle Welt weiß nun, dass ich nicht das Zeug dazu habe, in Vaters Fußstapfen zu treten.«

»Das ist Unsinn. Auch dein Vater hat schwere Niederlagen erlitten und sich davon erholt. Du kannst das auch. Und was dein Erbe betrifft, ist das letzte Wort noch nicht gesprochen.«

Schweigend zuckte er mit den Schultern.

Foelke atmete tief ein und aus. Sie würde ihn nicht aufmuntern können, die Niedergeschlagenheit erdrückte ihn schier. Zeit für drastische Maßnahmen. »Marienhafe ist kein guter Ort mehr für dich«, sagte sie. »Was hältst du davon, für eine Weile fortzugehen?«

»Wohin?

»Nach Holland. Graf Albrecht hat angeboten, dich an seinem Hof in Den Haag aufzunehmen, weißt du noch?«

Abermals verfinsterte sich Kenos Miene. »Du hast bereits mit ihm gesprochen?«

Sie bestritt das nicht. »Wie gesagt, ich werde dich zu nichts zwingen. Es ist nur ein Angebot – denk darüber nach. Dort kannst du dich erholen, die Vergangenheit hinter dir lassen. Albrecht kann dich vieles lehren. Politik. Kriegskunst. Höfische Gepflogenheiten.«

Ein neuerlicher Wutanfall blieb aus. Er dachte tatsächlich über den Vorschlag nach. Vermutlich erschien ihm die Aussicht, seinem Halbbruder und diesem Haus mit seinen bösen Erinnerungen für einige

Zeit zu entkommen, überaus verlockend. »Muss ich allein nach Holland reisen?«

»Ich muss hierbleiben und ein Auge auf Widzelt haben. Aber es spricht nichts dagegen, dass du einige Bedienstete mitnimmst.«

»Abbe Wilken soll mich begleiten.«

»Das wird dein Bruder nicht erlauben«, sagte Foelke bedauernd. »Was hältst du davon, stattdessen einen Diener oder einen Leibwächter auszuwählen?«

In Kenos Augen leuchtete zum ersten Mal seit Monaten neuer Lebensmut auf. »Ich brauche nur einen Diener. Man soll nicht denken, ich könnte mich nicht selbst verteidigen. Ich werde Udolf mitnehmen.«

»Eine gute Wahl.« Udolf war ein fleißiger und wohlerzogener junger Mann, Keno verstand sich seit jeher blendend mit ihm.

»Ich sage ihm Bescheid, damit wir gleich morgen aufbrechen können.« Er glitt vom Bett und eilte aus der Kammer.

Foelke lächelte traurig. Es tat gut, ihren Jungen so voller Tatendrang zu sehen. Sie durfte nur nicht daran denken, dass sie viele Wochen oder gar Monate von ihm getrennt sein würde. Es würde ihr das Herz brechen.

Aber sie konnte sich an diesem Morgen keine Sentimentalitäten leisten. Ihr stand ein weiteres unangenehmes Gespräch bevor, und dafür brauchte sie einen klaren Kopf.

Yneke Egers, den sie nach Marienhafe einbestellt hatte, war eben eingetroffen. Er saß bei Widzelt in der Halle und sprang hastig auf, als sie den Raum betrat.

»Christus zum Gruß, ehrenwerte Foelke.« Er gab sich gelassen und wirkte doch schuldbewusst wie ein Knabe, den man mit der Hand im Honigtopf erwischt hatte.

Sie erwiderte den Gruß nicht. »Mir ist zu Ohren gekommen, dass du deinen Schwiegervater getötet hast«, kam sie sogleich zur Sache. »Und dass du dich weigerst, dein Verbrechen zu sühnen, wie es das Gesetz vorschreibt. Was hast du dazu zu sagen?«

»Es war ein Unfall, kein Verbrechen«, rechtfertigte er sich. »Gert Ulfferts ist selbst schuld, dass …«

»Erspar mir deine Ausflüchte«, fiel sie ihm ins Wort. »Du hast seinen Kopf gegen eine Schuppenwand geschlagen, dafür gibt es Zeugen.« Harke Clausen, der Redjeven zu Warfstede, hatte ihr mehrere Dokumente geschickt, die den schändlichen Vorfall detailliert schilderten, darunter das Urteil der Sechzehn von Harlingerland.

Yneke biss die Zähne zusammen und spähte zu Widzelt. Von dem kam keine Hilfe. Sie hatte dem Bastard unmissverständlich klargemacht, dass es ihrem Ansehen schaden würde, wenn sie den gewalttätigen Vogt nicht hier und heute zur Rechenschaft zogen.

»Die Familie tom Brok braucht keine Statthalter, die das Gesetz verhöhnen, wie es ihnen gerade passt«, fuhr sie fort. »Zahle die geforderten Geldbeträge an die Landsgemeinde und an Gert Ulfferts' Tochter. Tu darüber hinaus Buße vor Gott, um Reue zu zeigen. Oder wir ernennen einen geeigneteren Mann zum Vogt für Warfstede und Duvelslond.«

Der unverschämte Kerl glaubte tatsächlich immer noch, sich irgendwie herauswinden zu können. Foelke sah ihm an, dass er nach neuen Ausreden suchte. Der Bastard aber hatte keine Geduld mehr mit ihm.

»Bei Gott, Yneke. Sei ein Mann und zahl das Geld!«, machte er diesem unwürdigen Schauspiel ein Ende.

Das hatte den gewünschten Effekt. Yneke verneigte sich steif. »Sehr wohl.«

»Du darfst dich zurückziehen«, sagte Foelke.

Der Vogt verließ das Steinhaus in einem Tempo, das selbst dem geschwindesten Eilboten zur Ehre gereicht hätte.

Folkmar zog die Kapuze auf, kaum dass er Upgant verlassen hatte. Er folgte dem Weg, der schnurgerade durch die Äcker und Weiden führte, und näherte sich Marienhafe mit heftig klopfendem Herzen. Die beiden Wächter am Ortszugang hatten gesehen, woher er kam, und ließen den Likedeeler ungehindert passieren.

Er beruhigte sich etwas. Gleichwohl mied er das Steinhaus der tom Brok – sich dort zu zeigen erschien ihm vorerst zu riskant. Er schlüpfte durch die Gassen zum Marktplatz. Am Portal der Marienkirche hingen verschiedene Bekanntmachungen für den schriftkundigen Teil des Dorfvolkes, darunter sein Steckbrief. Das Papier war seit Jahren Wind und Regen ausgesetzt, es war zerrissen, die Schrift kaum noch zu entziffern. Rost von den Nägeln und zerlaufene Tinte bildeten braune Schlieren um einzelne Worte.

Es müsste schon mit dem Teufel zugehen, wenn mich hier einer erkennt. Aber das hast du auch im hintersten Moormerland gedacht. Also wachsam bleiben.

Er schlenderte an den Marktständen entlang und tat, als interessiere er sich für die ausliegende Ware. Weder Händler noch Dorfbewohner beäugten ihn misstrauisch, soweit er das beurteilen konnte.

»Hey du! Großer Mann! Bist du nicht einer von den Likedeelern, die draußen in dem alten Gemäuer hausen?«

Ein Klingenschmied mit schwarzem Vollbart und fröhlichen Augen rief ihm das zu. Er winkte Folkmar zu seinem Tisch, auf dem allerlei Messer und Waffen lagen.

»Schau her. Erstklassige Ware. Ein Krieger wie du braucht doch gewiss eine schöne Klinge aus Schwedenstahl, wenn er für Herrn Widzelt in den Krieg ziehen will.«

Folkmar ergriff ein Breitschwert und schwang es, sodass es pfeifend eine auf der Seite liegende Acht beschrieb. »Liegt gut in der Hand.«

»Und so scharf, dass es Schädel spaltet, als wären es rohe Eier. Willst du's haben? Ich mach dir einen guten Preis.«

»Ich denk drüber nach.«

»Denk nicht zu lang. Man reißt mir die Ware nur so aus den Händen«, prahlte der Schmied, obwohl Folkmar der einzige Marktbesucher an seinem Stand war.

Der Mann war offensichtlich in Plauderstimmung, das wollte Folkmar sich zunutze machen. Er redete eine Weile mit dem Klingenschmied, lauschte seinem Werkstattlatein und revanchierte sich mit einem nicht sonderlich wahrheitsgetreuen Bericht von der abenteuerlichen Überfahrt der *Seetiger*.

»Du hast wahrlich viel erlebt.« Der Schmied rieb sich die Hände und wirkte dadurch ein klein wenig wie Gert Ulfferts. »Aber auch in Marienhafe wird's dir nicht langweilig werden. Häuptling Widzelt ist ein mächtiger Kriegsherr, den es nach neuen Eroberungen verlangt. Im Moment haben wir Frieden, aber das wird nicht so bleiben. Spätestens im Sommer wird's wieder losgehen, und dann heißt's Beute und Abenteuer für dich und deine Brüder.« Grinsend drosch er Folkmar auf die Schulter.

»Ich kann's kaum erwarten. Was anderes – hab neulich eine eigenartige Geschichte gehört: Widzelt würde im Steinhaus eine absonderliche Kreatur beherbergen. Einen Verwachsenen mit Buckel und krummen Beinen. Sag – ist da was dran?«

»Da hast du richtig gehört. Abbe Wilken heißt der Bucklige, er ist eine Geisel aus Harlingerland, glaub ich. Aber eine mit Privilegien, er gehört wohl einer reichen Familie an. Er unterrichtet sogar den jungen Keno.«

Folkmar verspürte eine seltsame Mischung aus Euphorie und Bestürzung. *Über fünf Jahre sind seit dem unseligen Klootschießen vergangen, und sie halten Abbe noch immer fest. Wahrscheinlich meinetwegen. Yneke fürchtet mich nach wie vor und braucht ein Druckmittel gegen meine Familie.*

Er schob die Schuldgefühle fort, sie brachten ihn nicht weiter. Er hatte einen Verbündeten in Marienhafe, das war im Moment wichtiger als alles andere. Einen lieben Verwandten, einen überaus klugen dazu. Das war die beste Neuigkeit seit langer, langer Zeit. Zumal es Abbe offenbar gelungen war, nah an die Familie tom Brok heranzukommen. Das eröffnete Möglichkeiten.

Er spielte den Sensationslüsternen. »Kann man den Buckligen sehen?«

»Schwierig. Er darf das Haus nicht verlassen. Aber wenn du Glück hast, zeigt er sich mal am Fenster.«

»Hab Dank für die Auskunft. Ich muss jetzt weiter – bis bald!«

Mit ausgreifenden Schritten überquerte Folkmar den Platz. Er musste mit Abbe Kontakt aufnehmen, so schnell wie möglich. Auch wenn das bedeutete, dass er dafür in die Höhle des Löwen eindringen musste.

Als er auf den breiten Weg zwischen Steinhaus und Hafen trat, wäre er beinahe mit einem Reiter zusammengeprallt. »Aus dem Weg, Kerl!«, schnauzte ihn der Krieger im Sattel an.

Hastig wich Folkmar vor dem Trupp zurück, der die Gasse entlangpreschte und dabei keinerlei Rücksicht auf Fußgänger nahm.

Einer der Reiter war Yneke Egers.

Folkmar stolperte fast über die eigenen Füße, während er sich zwischen den Hütten verbarg. *Jetzt ist alles aus!*

Yneke jedoch schaute nicht in seine Richtung. Er schaute stur geradeaus, während er sein Pferd antrieb, das Gesicht bleich und verkniffen. Erst als die Männer bereits außer Sicht waren, begriff Folkmar, dass er soeben haarscharf der Entdeckung entgangen war. Durch pures Glück.

Er stieß den angehaltenen Atem aus. Yneke weilte recht oft in Marienhafe, das durfte er nie vergessen. Die Beinahebegegnung war eine Warnung gewesen, die er vermutlich einem tüchtigen Schutzengel verdankte.

Er wischte sich die schweißnassen Hände am Rock ab und wartete eine Weile in der dunklen Ecke. Als sein Herz endlich zu rasen aufhörte, stieg er zum Hafen hinab, um Meister Bolt seine Aufwartung zu machen.

Kapitel zwei

Warfstede

Ist das Etta?«, brummte Folkmar Peters beim Morgenbrot.

Jorien seufzte. »Du weißt doch, wie Etta aussieht. Das ist Almuth Gerts.«

»Und der Junge?«

»Eger, ihr Sohn.«

»Was machen sie hier?«, fragte der Alte zum dritten Mal.

»Sie wohnen bei uns«, antwortete Jann mit einem letzten Rest Geduld, während er der Magd das Dreibein abnahm und den dampfenden Topf auf den Tisch stellte.

Das taten Almuth und Eger seit nunmehr vier Wochen. Almuth war nach Gerts Tod – nach seiner *Ermordung* – nicht ins Steinhaus zurückgekehrt. Allein der Gedanke, mit Yneke wieder Tisch und Bett zu teilen, bereitete ihr körperliche Übelkeit. Sie brauchte Zeit, um zu trauern. Um Klarheit zu erlangen, wie es weitergehen sollte. Jorien und Jann hatten sie bereitwillig aufgenommen. Almuth war ihnen unendlich dankbar und schämte sich gleichzeitig. Sie hasste es, anderen zur Last zu fallen. Aber wo hätte sie sonst hingehen sollen? Ohne die Osinga wäre sie auf sich gestellt.

Ihre Freunde waren vollkommene Gastgeber. Sie vermittelten ihr zu keinem Zeitpunkt das Gefühl, ihnen lästig zu sein. Sie bemühte sich, ihnen die Freundlichkeit zurückzuzahlen, indem sie sich um den alten Folkmar kümmerte, damit Jorien durchatmen konnte. Das klappte mal besser, mal schlechter. Der zerknitterte Methusalem mochte sie, und er vergötterte Eger. Meist ließ er es zu, dass sie ihm beim Essen, Waschen und Ankleiden half. Dann wieder erkannte er sie nicht, verwechselte sie gar mit Etta oder begegnete ihr voller Argwohn.

Heute stand ihnen kein guter Tag bevor, seit dem Aufstehen war der Alte verwirrt und mürrisch. Sie versuchte daher gar nicht erst, ihm den Milchbrei anzureichen. Jorien und sie wechselten einen stummen Blick, woraufhin sich Jorien zu ihrem Vater setzte und ihm den Napf füllte.

Schweigend verzehrten sie die Grütze. Als sie gerade dabei waren, die Schalen auszukratzen, klopfte es an der Tür.

Jann runzelte die Stirn. »Wer mag das sein, so früh am Morgen?« Während er zur Haustür schritt, klopfte es noch einmal, energischer. Er spähte aus einem Fenster. »Es ist Yneke.« Ihm blieb nichts anderes übrig, als die Tür zu öffnen.

»Christus zum Gruß. Darf ich eintreten?« Yneke hatte zwei Kriegsknechte mitgebracht.

»Gewiss.«

Almuth schlug das Herz bis zum Hals. Alles in ihr verkrampfte sich.

»Vater!« Eger sprang auf und stürmte Yneke entgegen.

Yneke nahm ihn lächelnd auf den Arm. Spielte den liebenden Vater, es war widerwärtig. »Bei Gott, wie groß du geworden bist! Ein kleiner Riese. Bald kann ich dich nicht mehr hochheben.«

Die Krieger blieben bei der Tür stehen, während Yneke zum Tisch trat. Dort setzte er Eger ab. Der Junge klammerte sich an seinem Bein fest.

»Auf ein Wort«, sagte er zu Almuth.

»Was willst du?«

»Dich bitten, nach Hause zu kommen.«

»Dafür war es nötig, zwei Kriegsleute mitzubringen?«

Yneke sagte nichts dazu. Jorien und Jann taten das einzig Sinnvolle und hielten sich heraus. Schweigend verfolgten sie das Wortgefecht.

»Ich komme nicht zurück«, sagte Almuth.

Jegliche Freundlichkeit verschwand aus seiner Stimme. »Du willst Jann Wilken also ewig zur Last fallen? Glaubst du, er hat nichts Besseres zu tun, als euch durchzufüttern?«

»Almuth darf so lange bei uns bleiben, wie sie möchte«, brummte Jann.

Yneke ignorierte ihn. »Du bist die erste Frau im Dorf«, sagte er schneidend. »Dein Verhalten ist deines Standes unwürdig. Ganz Warfstede redet über dich.«

»Nur darum geht es, nicht wahr?«, hielt Almuth dagegen. »Das Gerede der Leute. Dein guter Ruf könnte Schaden nehmen. Das ist deine einzige Sorge.«

»Ich will meine Familie zurück! Meinen Sohn, den du mir seit Wochen vorenthältst!«

Als ob du dich je um Eger geschert hättest, hätte sie beinahe gesagt, zügelte sich jedoch. Für ihren Sohn war all das bereits schwer genug. Sie wollte es ihm nicht noch schwerer machen, indem sie Yneke derart hässliche Worte an den Kopf warf, so wahr sie auch sein mochten.

Eger war ein empfindsames Kind, er spürte die Spannungen zwischen ihnen und fing an zu weinen.

»Schau ihn dir an.« Yneke machte keinen Hehl aus seinem Triumph. »Wie er *leidet*.«

Am liebsten hätte Almuth Eger genommen und wäre geflohen, tausend Meilen weit fort. Aber sie war in Warfstede gefangen, für alle Zeiten. Sie drückte den schluchzenden Jungen an sich. »Alles wird gut, mein Schatz«, flüsterte sie.

»Komm nach Hause«, sagte Yneke noch einmal, und es klang sanfter.

»Wie stellst du dir das vor, nach allem, was du getan hast? Soll ich so tun, als wäre nichts passiert?«

»Ich hasse mich dafür. Wenn ich könnte, würde ich es ungeschehen machen.« Er zog einen Lederbeutel hinter dem Gürtel hervor. »Das ist für dich.«

»Was soll das sein?«

»Das Wergeld für deinen Vater. Die Sühne hat die Landsgemeinde bereits erhalten. Mit Bruder Erasmus habe ich vereinbart, dass ich außerdem einen Altar stiften werde, damit Gerts Seele Frieden finden kann.« Yneke ließ die Münzen klimpern. »Nun nimm es schon.«

Sie riss ihm den Beutel aus der Hand. Er schaute sie erwartungsvoll an.

»Also verzeihst du mir?«

»Wie bitte?«

»Ich habe mein Verbrechen gebüßt. Das ist das, was du wolltest, oder?«

Er glaubt tatsächlich, dass nun alles gut ist. Almuth konnte nicht anders, als fassungslos den Kopf zu schütteln. »Geh und komm nicht wieder.«

Der scharfe Ton kehrte zurück. »Ist das dein letztes Wort?«

Sie blickte ihn an, schwieg.

»Ich habe es im Guten versucht, aber das ist dir wieder einmal nicht genug. Nun, wie du willst. Alles, was jetzt geschieht, hast du dir selbst zuzuschreiben. Bringt sie zum Steinhaus.«

Als sich die Kriegsknechte in Bewegung setzten, griff Jann nach dem Zimmermannsbeil.

»Almuth ist mein Gast. Sie untersteht meinem Schutz. Niemand wird sie und den Jungen anrühren.«

»Du wagst es, dich mir zu widersetzen? Nimm sofort die Axt herunter, oder Abbe Wilken wird es schlecht ergehen!«

Die Krieger bauten sich neben Yneke auf, die vier Männer stierten einander an. Jann machte keine Anstalten zurückzuweichen. Die Luft knisterte schier vor Anspannung.

Almuth begriff, dass sie allein verhindern konnte, dass die Situation eskalierte. »Hab Dank, Jann, aber du musst mich nicht schützen. Ich gehe mit ihm.«

»Bist du sicher?«

»Ja. Nehmt die Hände weg«, befahl sie, als die Krieger sie packen wollten. »Wir gehen freiwillig mit.«

»Es freut mich, dass du zur Vernunft gekommen bist«, sagte Yneke.

Jann folgte ihnen nach draußen und blickte ihnen nach, als sie zum Dorf schritten. Keiner sprach ein Wort. Wenigstens hatte Eger aufgehört zu weinen.

»Das war das letzte Mal, dass du mit einem Osinga gesprochen hast«, erklärte Yneke, als sie im Steinhaus waren.

»Du kannst mir nicht verbieten, meine Freunde aufzusuchen.«

»Sie verabscheuen mich und lassen keine Gelegenheit aus, dich gegen mich aufzustacheln. In Zukunft wirst du dich von ihnen fernhalten.«

Almuth lachte kurz und bitter auf. »Du glaubst das wirklich, oder?

Dass ich dir zürne, weil man mich ›aufgestachelt‹ hat. Dass das etwas mit dir zu tun haben könnte – dieser Gedanke kommt dir nicht einmal.«

Yneke ließ sich nicht zu einer Antwort herab. Er trat zum Tisch und goss Wein in einen Becher.

»Ich gehe, wohin es mir passt«, sagte sie. »Du kannst mich nicht hier einsperren.«

Er winkte den Türwächter her. »Ab jetzt wird mein Weib das Haus nur noch in meiner Begleitung verlassen. Habt ein Auge auf sie. Wenn sie ohne meine Erlaubnis durch diese Tür gehen will oder sich anderweitig meinen Wünschen widersetzt, sperrt ihr sie ins Schlafgemach.«

Der Krieger baute sich vor der Tür auf und stierte Almuth drohend an.

Marienhafe

»Was für ein Mann er ist, willst du wissen? Da merkt man, dass du nicht von hier bist. In Brokmerland kennt jedes Kind Widzelt tom Brok«, sagte der Wirt, während er die Schöpfkelle in den Kessel tauchte und die Schale mit Rübeneintopf füllte. »Was soll ich dir sagen? Er ist großspurig und herrschsüchtig wie sein Vater. Dass er sich zum Häuptling aufgeschwungen hat, war eine Dummheit. Aber ein brauchbarer Feldherr ist er, das muss man ihm lassen. Und ein Teufel mit dem Schwert. Ihr Likedeeler tut gut daran, ihm zu gehorchen, wenn euch was an eurem Leben liegt.«

Folkmar tauchte den Löffel in die Schale und pustete auf die Brühe. »Stimmt es, dass Widzelt und Foelke verfeindet sind?«

»Freunde sind sie jedenfalls keine. Aber wer weiß das schon so genau? Aus den Angelegenheiten der Mächtigen hält man sich besser heraus.«

Folkmar aß zunächst den Eintopf, bevor er weiterfragte. Er durfte nicht allzu neugierig wirken. »Ich habe gehört, Keno hat Marienhafe verlassen«, bemerkte er beiläufig.

»Hab ich auch gehört. Er soll nach Holland gegangen sein, an den Hof des Grafen.«

»Weißt du, warum?«

»Nein, und es geht mich auch nichts an«, antwortete der Wirt kurz angebunden, und Folkmar beschloss, es gut sein zu lassen. Er legte einen Hälbling auf die Theke und verließ die Schenke.

Es hatte aufgehört zu nieseln. Frustriert stapfte er die schlammige Gasse entlang, Schweine und Gänse machten ihm grunzend und schnatternd Platz. Ein unergiebiges Gespräch, wieder einmal. Die Bauern, Handwerker und Schankwirte, die er in den vergangenen Wochen ausgefragt hatte, hatten ihm lediglich erzählt, was er längst wusste. Dabei mussten sie doch irgendetwas aufgeschnappt haben. Hinweise auf Schwachstellen im hiesigen Machtgefüge, die er sich zunutze machen könnte. Wenigstens einen Anhaltspunkt, wo er weiterforschen könnte. Aber da war nichts. Halbwahrheiten, vage Gerüchte, oberflächliche Vermutungen über die Vorgänge im Hause tom Brok, mehr war bei diesen Leuten nicht zu holen.

Es war ein fruchtloses Stochern im Nebel.

Vielleicht lag es an ihm. Vielleicht war er *zu* vorsichtig. Er redete nie zweimal mit der gleichen Person. Stets hielt er die Gespräche kurz und unverbindlich. Das machte es schwer, die wirklich wichtigen Fragen zu stellen und nützliche Geheimnisse in Erfahrung zu bringen, so es denn welche gab.

Eine Sache immerhin wusste er inzwischen: Niemand in Marienhafe erkannte ihn. Man hielt ihn für einen einfachen Likedeeler, für ein Mannschaftsmitglied der *Seetiger*, sodass er gefahrlos sein Gesicht zeigen konnte. Das machte vieles leichter. Widzelt und Foelke freilich mied er nach wie vor. Marienhafe war nicht viel größer als Warfstede, man begegnete den hohen Herrschaften ständig, wenn man nicht aufpasste – sei es in den Gassen, auf dem The oder am Hafen. Wenn Folkmar sie erblickte, sah er zu, dass er den Kopf einzog und sich unauffällig davonstahl.

Irgendwann jedoch würde er sich der Gefahr stellen müssen. Als er das Steinhaus passierte, blickte er zu den moosgrünen Butzenscheiben im oberen Stockwerk auf. Wenn es einen Beweis für Ynekes Verbrechen gab, lag er hier verborgen, hinter diesen Mauern. Eines Tages, so hoffte er, würde er den Mut aufbringen, um hineinzugehen und mit Abbe Kontakt aufzunehmen.

Heute jedoch hatte er etwas anderes zu tun. Die *Seetiger* war endlich fertig und klar zum Auslaufen. Bevor er essen gegangen war, hatte er einen Lehrburschen mit der freudigen Nachricht zu Gödeke geschickt.

Folkmar verließ das Dorf und ging zur Lastadie. Meister Bolt und seine Gesellen, die ihm in den letzten Wochen manches Mal geholfen hatten, werkelten gerade an einem Fischerboot. Seit dem späten Vormittag herrschte Flut. Die *Seetiger* dümpelte träge auf den blassblauen Wellen. Gödeke war bereits da, er hatte die anderen Hauptleute mitgebracht. Die vier Männer standen auf dem Anleger und betrachteten das Schiff.

Just als Folkmar auf den Steg trat, kletterte ein fünfter Mann über die Reling. Es war Gödeke, unverkennbar. Folkmar runzelte die Stirn. Wer war dann die Person, die er von Weitem für den Schiffer gehalten hatte?

Der Mann drehte sich zu ihm um. Es war Widzelt.

Folkmars Herz setzte einen Schlag aus. Er konnte schwerlich kehrtmachen und fortlaufen. Ihm blieb nur die Flucht nach vorn. Er setzte eine unverfängliche Miene auf, als er zu der Gruppe trat.

»Das ist Isebrand, unser tüchtiger Schiffszimmermann«, stellte Gödeke ihn vor. »Er war es, der die *Seetiger* wieder flottgemacht hat.«

Widzelt musterte Folkmar mit gerunzelter Stirn. »Isebrand ... Sind wir uns schon mal begegnet?«

»Nicht dass ich wüsste, Herr.«

»Du kommst mir aber bekannt vor. Vielleicht von den großen Lastadien in Greetsiel oder Emden?«

»Möglich. Ich war früher viel auf Wanderschaft, hab für verschiedene Lohnherren gearbeitet.«

»Auch in Warfstede für Meister Jann?«

Folkmar war, als hätte man ihm eine Würgschlinge um den Hals gelegt. Er fing an zu schwitzen. Vermutlich war er totenbleich. Seine Hände zitterten, er hakte rasch die Daumen hinter den Gürtel. »Das Vergnügen hatte ich bisher nicht.«

»Aber du kennst Jann Wilken?«

»Nicht persönlich«, sagte Folkmar. »Aber der Name ist mir natürlich geläufig. Jeder Schiffsbauer kennt Meister Jann.«

Widzelts Blick schien bis auf den Grund seiner Seele zu dringen. Folkmar dachte, dass diesen Augen gewiss keine Lüge verborgen blieb. *Gleich zieht er das Schwert und ruft seine Männer.*

»Nun, es fällt mir bestimmt wieder ein«, meinte Widzelt. Das Schwert blieb in der Scheide. Er wandte sich dem Schiff zu.

»Ich habe mir alles angeschaut«, sagte Gödeke zufrieden. »Ich glaube, so gründlich ist die *Seetiger* noch nie überholt worden. Gute Arbeit«, lobte er.

Folkmar nickte nur. Bei Gott, der Schweißfluss wurde immer schlimmer. Hoffentlich sah niemand die dunklen Flecken in seinen Achselhöhlen.

»Also können wir morgen endlich auslaufen?«, fragte Johann.

»Morgen laufen wir aus, sofern der Wind mitspielt«, antwortete Gödeke, und Störtebeker packte ihn lachend bei den Schultern.

»Endlich wieder Schiffe aufbringen und die Pfeffersäcke das Fürchten lehren! Hast du das nicht auch vermisst, alter Freund?«

»Und ob.«

»Nur damit keine Missverständnisse entstehen«, wandte sich Gödeke an Widzelt. »Wir dürfen *jedes* Schiff aufbringen, nicht nur die deiner Feinde.«

»Alle Schiffe, auch hansische«, bestätigte der Häuptling. »Die Beute dürft ihr in Marienhafe verkaufen. Ein Drittel des Erlöses geht an mich. Im Gegenzug gewähre ich euch Schutz und Unterkunft.«

»Ein Drittel ist ganz schön happig«, beschwerte sich Johann. »Sagen wir ein Viertel.«

»Ein Drittel – so war es abgemacht«, beharrte Widzelt. »Das ist ein annehmbarer Preis dafür, dass ich euch den einzigen Markt weit und breit zur Verfügung stelle, wo ihr das Raubgut verkaufen könnt, ohne Scherereien fürchten zu müssen. Außerdem kämpft ihr für mich, wenn ich es befehle. Aber bis es so weit ist, könnt ihr nach Belieben euren Geschäften nachgehen.«

»Hast du keine Angst, die Hanse könnte dir auf die Schliche kommen?«, fragte Hennig Wichmann.

»Ich fürchte die Hanse nicht.« Widzelt lächelte dünn. »Das Wattenmeer mit seinen Prielen und Buchten ist unübersichtlich, kaum ein Lotse aus Hamburg oder Bremen kennt sich hier aus. Wenn ihr es geschickt anstellt, könnt ihr zuschlagen und wieder verschwinden, bevor die Pfeffersäcke überhaupt begreifen, wie ihnen geschieht. Wenn euch ein Friedeschiff verfolgt, lockt es in die Leybucht. Der Kopersand und der Leysand werden ihm den Garaus machen, schneller, als der Lotse ›Steuer hart Backbord!‹ brüllen kann.«

»Die Hanse wird uns schon nicht erwischen«, sagte Gödeke grinsend. »Und was deinen Anteil an der Beute betrifft: Ein Drittel geht in Ordnung. Wir Likedeeler stehen zu unserem Wort.«

Johann verzog das Gesicht, doch er fügte sich dem Freund.

»Meine Herren«, erklärte Widzelt, »ich freue mich auf unsere Zusammenarbeit. Dieses Bündnis wird uns reich machen.« Er klopfte Gödeke auf den Arm und empfahl sich.

Folkmar blinzelte, als wäre er gerade aus einem bösen Traum erwacht. Erstaunlicherweise lebte er noch. Niemand schickte sich an, ihn aufs Rad zu flechten. Bei allen Heiligen, die sich für Geächtete zuständig fühlten – er brauchte dringend etwas zu trinken!

Gödeke konnte kaum den Blick von der *Seetiger* nehmen. Seine Augen glitzerten. »Wahrlich, du bist eine Schönheit, die ihresgleichen sucht. Und sie wollten dich am Strand zurücklassen. Narren ohne ein Herz in der Brust!« Er drosch Folkmar auf den Rücken. »Du hast was gut bei mir.«

»Gödeke hat gesagt, du wirst morgen nicht mitkommen«, dröhnte Johann. »Hab ich das richtig verstanden?«

Folkmars Mund war derart trocken, dass er nur mit Mühe sprechen konnte. »Hast du.«

»Wieso, wenn ich fragen darf?«

»Ich hab's nicht so mit Raubzügen und Kaperfahrten.«

»Was gibt's daran auszusetzen? Willst du denn nicht reich werden?«

»Er hat seine Grundsätze«, erläuterte Gödeke.

Johann starrte Folkmar an, als hätte der den Verstand verloren. »Was denn für Grundsätze?«

»Du musst nur wissen, dass es welche gibt, in Ordnung? Belassen wir es dabei.«

»Hältst du dich für was Besseres?«

»Nein.«

»Will ich dir auch geraten haben«, grollte Johann. »Wir Likedeeler sind nämlich alle gleich.«

»Kann dir doch egal sein, ob er morgen mitkommt oder nicht«, mischte sich Gödeke ein. »Dich hat nur zu kümmern, dass er Wort hält und die Schiffe repariert, wenn sie unterwegs was abbekommen. Und das wird er, richtig?«

»Natürlich«, sagte Folkmar.

»Na also. Jetzt lass ihn schon in Ruhe. Herrgott, immer suchst du Ärger! Wenigstens die eigenen Leute könntest du mit deiner Streitsucht verschonen.«

Johann wandte sich kopfschüttelnd ab. »Da willst du einem Mann zu Gold verhelfen, und er kommt dir mit *Grundsätzen*. Beim Klabautermann! Sachen gibt's, die kannst du dir nicht ausdenken …«

Kapitel drei

Die Likedeeler liefen mit der Flut aus. Als sie fort waren, ging Folkmar zur Lastadie und half, das Fischerboot zu bauen. Meister Bolt hatte angeboten, ihm dann und wann Arbeit zu geben. Er zahlte nicht gerade üppig, aber das machte Folkmar nichts aus. Ein paar Silberstücke pro Woche reichten ihm, um über die Runden zu kommen, bis seine Brüder zurückkehrten. Wieder als Schiffszimmermann arbeiten zu können war ihm im Grunde Lohn genug.

Während er in der Mittagspause mit den Gesellen Schwarzsauer aß, dachte er über seine Begegnung mit Widzelt nach. Der Häuptling hätte ihn fast erkannt – aber eben nur fast. Es war so gekommen, wie Folkmar gehofft hatte: Selbst wenn Widzelt davon überzeugt war, dass Folkmar nach all der Zeit noch lebte und eine Gefahr für ihn und Yneke darstellte, kam ihm schlichtweg nicht in den Sinn, er könnte mit den weit gereisten Likedeelern in Marienhafe auftauchen. Allenfalls ein kleiner Teil von Widzelt schien sich zu wundern, dass der Zimmermann der *Seetiger* dem Kerl aus dem Steckbrief ähnelte, den er vor Jahren gelesen hatte. Der weitaus größere Teil aber tat die Sache als einen kuriosen Zufall ab, der es nicht wert war, dass ein wichtiger, viel beschäftigter Mann wie er länger als ein paar Herzschläge darüber nachdachte.

Selbstsucht macht blind, dachte Folkmar. *Seit jeher die Achillesferse der Mächtigen.*

Das war ein Zeichen. Ein Wink des Schicksals, dass die Zeit reif war, mehr zu riskieren. Die nervöse Aufregung, die ihm seit gestern zusetzte, verwandelte sich in vibrierenden Tatendrang.

Er sehnte den nächsten Morgen herbei.

Kurz nach Sonnenaufgang stand Folkmar vor dem Steinhaus. Gott war mit ihm, es nieselte wieder. Niemand würde sich fragen, warum er eine Kapuze trug. Er nahm einen tiefen Atemzug und trat durch das Hoftor.

Für den Fall, dass man zu wissen begehrte, was er hier trieb, hatte er sich eine Geschichte zurechtgelegt. Ob die ihn retten würde, wenn es hart auf hart kam, stand freilich auf einem anderen Blatt. Seine größte Sorge war, Foelke zu begegnen. Er verließ sich besser nicht darauf, dass auch sie ihn nicht erkennen würde. So viel Glück wie bei Widzelt hatte er gewiss kein zweites Mal.

Obwohl früh am Morgen, herrschte bereits ein reges Kommen und Gehen im Vorhof. Lieferanten stellten ihre Karren ab, Knechte trugen die Ware hinein. Mägde holten Wasser am Brunnen und entleerten Pisspötte an der Sickergrube. Ein spindeldürrer Kaplan schritt zur Kapelle, den Oberkörper nach vorn gebeugt, die Hände im Rücken verschränkt. Die beiden Torwächter nahmen daher keine große Notiz von Folkmar.

Zielstrebig, als wüsste er genau, wohin er gehen musste, schritt er zum Eingang des Steinhauses und trat durch die offene Tür. In der Halle räumte ein Diener gerade das schmutzige Essgeschirr ab. Ein paar Kriegsknechte ließen sich Zeit mit dem Morgenbrot, sie saßen breitbeinig auf den Bänken und kratzten ihre Näpfe aus.

Widzelt und Foelke waren nicht zugegen.

Abbe auch nicht.

Im trüben Licht erblickte er einen Treppenaufgang, vermutlich führten die Stufen zu den herrschaftlichen Wohnkammern. Es erschien ihm wahrscheinlich, dass auch sein Onkel im Obergeschoss untergebracht war. Eine Geisel von Stand würde man kaum beim Gesinde nächtigen lassen. Er nahm seinen Mut zusammen und erklomm die Treppe.

»Halt!« Ein Wächter verstellte ihm den Weg. »Wer bist du?«

»Ich gehöre zu Gödekes Leuten«, sagte Folkmar seinen Spruch auf. »Ich such nur was für den Hauptmann.«

»Die Likedeeler sind doch gestern auf Raubfahrt gegangen. Wieso bist du noch hier?«

»Einer muss auf unsere Habe aufpassen.«

Der Wächter musterte ihn stirnrunzelnd. »Hier oben hast du nichts verloren. Wenn du zum Häuptling willst, warte in der Halle.«

»Ich will nicht zum Häuptling. Der Hauptmann vermisst seinen Dolch. Hat mich gebeten, ihn zu suchen. In unserem Quartier ist er nicht. Also dachte ich, ich schau im Steinhaus, vielleicht hat er ihn beim letzten Zechgelage hier vergessen. Hast du ihn gesehen? Ein schönes Stück. Vergoldeter Griff, ein Edelstein im Knauf.«

Anstelle einer Antwort schnaubte der Wächter verächtlich. »Einer deiner Brüder wird ihn sich unter den Nagel gerissen haben.«

»Wir Likedeeler bestehlen einander nicht!«, entrüstete sich Folkmar.

»Wie du meinst. Nun, Michels hat den Dolch gewiss nicht in den Räumen der Familie verloren. Such woanders, na los.«

Folkmar machte kehrt, drückte sich in der Halle herum und spähte unter Tische und Bänke für den Fall, dass der Wächter ihn beobachtete. Nach einer Weile kam Widzelt die Treppe herunter, setzte sich an den kalten Kamin und kommandierte die Diener herum. Folkmar drehte ihm den Rücken zu und tat, als würde er die Fensternischen absuchen.

Aus dem Augenwinkel sah er Foelke in die Halle treten. Obwohl es acht oder neun Jahre her war, dass er sie das erste und einzige Mal gesehen hatte, erkannte er sie sofort. Sie war noch immer eine attraktive Frau, wenngleich ein verbissener Zug um Mund und Augen lag, der damals, als sie mit Ocko Warfstede besucht hatte, nicht da gewesen war. Er senkte rasch den Blick und gab vor, sich müde die Augen zu reiben. Foelke beachtete weder ihn noch Widzelt. Zügig durchquerte sie den Saal und entschwand nach draußen. Folkmar ließ den angehaltenen Atem entweichen.

Nach wie vor kein Abbe.

Er konnte nicht noch länger hier verweilen, seine Geschichte war ausgereizt. Er zog die Umhangkapuze über und huschte hinaus in den Regen.

Nach diesem Fehlschlag ließ Folkmar einige Tage verstreichen. Nachdem ihm der Morgen kein Glück gebracht hatte, unternahm er den nächsten Versuch am Abend. Als er sich dem Steinhaus näherte, sah er, dass der Krieger, der ihm den Zutritt zum Obergeschoss verwehrt hatte, nun am Hoftor Wache schob. Folkmar wollte sich umdrehen und verschwinden, doch just in dem Moment erblickte ihn der Mann. So blieb ihm nichts anderes übrig, als hinzugehen.

»Ich sag dir doch, der Dolch ist nicht hier. Oder jemand hat ihn eingesteckt und rückt ihn nicht raus. So würd ich's jedenfalls machen, wenn ich der glückliche Finder wäre«, fügte der Wächter grinsend hinzu.

»Ich hab den Dolch, er war unters Bett gerutscht.«

»Was also willst du schon wieder hier?«

»Das Dach der Burg Upgant ist undicht«, antwortete Folkmar. »Für die Reparatur brauch ich Nägel.«

»Geh zum Markt. Da gibt's welche.«

»Die taugen nichts. Kann ich mal mit eurem Schmied reden?«

»Meinetwegen. Aber halt ihn nicht von der Arbeit ab. Sonst krieg der arme Kerl Ärger mit der Herrin.«

Folkmar schritt zur Schmiede bei den Stallungen. Als er sah, dass der Torwächter ihn nicht beobachtete, änderte er die Marschrichtung. Auch die anderen Krieger, Handwerker und Dienstboten im Vorhof beachteten den unauffällig gekleideten Likedeeler nicht, der sich verhielt, als würde er jeden Tag im Steinhaus ein und aus gehen.

Er trat durch die offene Tür. Die Halle war nahezu menschenleer. In der angrenzenden Küche bereiteten die Mägde das Nachtmahl zu, Geschirr klapperte, Bratfett zischte. Eine einzige Person saß am Tisch.

Abbe tauchte den Gänsekiel in die Tinte und beschrieb ein Pergament.

»Psst!«, machte Folkmar.

Abbe blickte auf. Ihm fielen beinahe die Augen aus dem Kopf. »Was? … Wie …? Das kann doch nicht …«

»Wo können wir ungestört reden?«, flüsterte Folkmar.

Sein Onkel fasste sich erstaunlich schnell. »Hier? Gar nicht. Bald gibt es zu essen, dann wimmelt es in der Halle von Menschen.« Er kniff die Lippen zusammen. »Komm mit.« Er vergaß das Schreibzeug und führte Folkmar zur Treppe. »Warte hier«, sagte er und humpelte eilends voraus.

»Die Luft ist rein!«, zischte er einen Augenblick später.

Folkmar schloss zu ihm auf. Im Obergeschoss folgten sie einem Gang, in dem ein Kienspan vor sich hin rußte, und schlüpften in ein enges Gelass. Abbe schob den Riegel vor und warf sich Folkmar geradezu an die Brust.

»Mein Junge! Mein lieber, lieber Junge! Ich dachte eben, mir wäre ein Geist erschienen. Aber du bist es. Du bist es wirklich!«

Auch Folkmar kamen die Tränen.

»Bleib besser weg vom Fenster«, krächzte Abbe, während er sich das Gesicht abwischte. »Wir setzen uns auf die Bettkante.«

Sie schwiegen lange, überwältigt von der Wiedersehensfreude.

Folkmar räusperte sich. »Hier also hält man dich fest?«

»Hier wohne ich. Aber ich darf mich im gesamten Anwesen frei bewegen.«

»Darfst du Besuch empfangen?«

»Normalerweise nicht. Auch keine Briefe nach Hause schreiben.«

Abbe wirkte resigniert, müde, von Gram gebeugt. Seit er Warfstede verlassen hatte, schien er um mehr als eine Dekade gealtert zu sein. Es mussten zermürbende Jahre gewesen sein. Das Leuchten in seinen Augen verriet jedoch, dass es ihren Feinden nicht gelungen war, ihn zu brechen.

Schließlich fragte er: »Warum?«

Nur ein einzelnes Wort, doch es enthielt unzählige Fragen. »Wie kann es sein, dass du lebst?« und »Was machst du hier?« waren nur zwei davon.

»Wo soll ich anfangen …?«

»Der Prozess gegen dich, die Verurteilung und deine Flucht – all das weiß ich. Was geschah danach?«

»Das Wichtigste zuerst: Ich habe nichts mit Ockos Tod zu tun. Yneke hat mir das in die Schuhe geschoben.«

Abbe nickte. »Das dachte ich mir.«

»Ich habe mich versteckt«, fuhr Folkmar fort. »Von der Hand in den Mund gelebt, mich mehr schlecht als recht durchgeschlagen. Nach Beweisen für meine Unschuld gesucht. Letzten Winter traf ich die Likedeeler. Ich schloss mich ihnen an.«

»Wieso denn das?«

»Sehnsucht nach Kameradschaft. Die Aussicht auf regelmäßige Mahlzeiten. Die Hoffnung, dass sie mir helfen können.«

»Es war sehr leichtsinnig von dir, nach Marienhafe zu kommen«, rügte Abbe ihn, als wäre Folkmar noch immer ein Jüngling, der den Rat seines weisen Onkels brauchte. »Was, wenn man dich erkennt?«

»Ich glaube, das Risiko ist gering. Sogar Widzelt hält mich für einen Likedeeler.«

»Du bist ihm begegnet?«

»Einmal.«

Abbe sog scharf die Luft ein. »Du bewegst dich auf dünnem Eis. Hast du auch Foelke getroffen?«

»Bisher nicht.« Es gab so viele Dinge zu klären, und die Zeit drängte. Folkmar musste sich auf die wichtigsten Fragen beschränken. »Wie geht es der Familie?«

»Ich weiß kaum etwas. Wie gesagt, wir haben seit Jahren fast keinen Kontakt. Nur einmal durfte mich dein Vater besuchen. Damals waren alle wohlauf. Abgesehen von deinem Großvater, dessen Verstand sich zusehends trübt. Aber das Treffen ist schon fast anderthalb Jahre her. Wer weiß, wie es ihnen seitdem ergangen ist …«

»Hast du etwas von Almuth gehört?«, fragte Folkmar.

»Nichts.« Sein Onkel schüttelte bedauernd den Kopf.

»Sie hat Yneke geheiratet. Sie haben einen Sohn, Eger.«

»Was?«, flüsterte Abbe.

»Ich nehme an, man hat sie zur Ehe gezwungen. Ich hatte gehofft, du könntest mir mehr sagen.«

»Bei Gott, mein Junge. Ich vermag mir nicht vorzustellen, wie es dir damit geht.«

Folkmar biss die Zähne zusammen, starrte zu Boden.

»Woher weißt du das mit Almuth und Yneke?«, fragte Abbe nach einer Weile.

»Ich habe sie einmal zusammen gesehen.« Er wollte das nicht weiter ausführen, es war zu schmerzhaft.

Abbe respektierte sein Schweigen. Er reckte den Kopf, spähte aus dem Fenster. »Wir haben nicht mehr viel Zeit. Gibt es etwas, was ich für dich tun kann?«

»Kannst du mir helfen, meinen Namen reinzuwaschen?«

»Ich werde alles tun, was in meiner Macht steht. Aber ich fürchte, es ist nicht viel. Meine Möglichkeiten sind begrenzt, wie du dir denken kannst.«

»Hör mir gut zu«, sagte Folkmar mit Nachdruck. »Ich weiß, wer Ocko ermordet hat. Widzelt hat das Attentat befohlen, Yneke hat es ausgeführt.«

Sein Onkel erbleichte. »Bist du sicher?«

»Ohne jeden Zweifel.«

Es dauerte einen Moment, bis Abbe die Fassung zurückerlangte. »Was soll ich sagen? Der Gedanke, Widzelt könnte dahinterstecken, ist mir auch schon gekommen. Er ist ja wahrlich naheliegend. Aber Yneke – bei allen Teufeln der Hölle, dieser Mann …!« Seine Stimme verhallte, er schüttelte den Kopf. »Wie hast du das herausgefunden?«

»Lange Geschichte. Die Kurzfassung: Ich habe Cord Hanneken entführt und verhört. Er hat mir alles erzählt. Leider kann er es nicht bezeugen – er ist tot.«

»Hast du ihn …?«

»Es war ein Unfall – er ist im Moor ertrunken, als er fliehen wollte. Kannst du mit diesem Wissen etwas anfangen?«, fragte Folkmar mit mühsam beherrschter Ungeduld.

»In dem Sinne, dass ich dir helfen könnte, die Wahrheit ans Licht zu bringen? Ich wüsste nicht, wie.«

»Ich habe gehört, du unterrichtest Foelkes Sohn.«

»Das ist richtig.«

»Du genießt offenbar ihr Vertrauen«, fuhr Folkmar fort. »Sprich mit ihr. Sie soll Yneke festnehmen und ihn zwingen, alles zu gestehen.«

»Ich fürchte, das ist nicht so einfach«, erwiderte Abbe. »Unser Verhältnis ist … schwierig.«

»Inwiefern?«

»Einerseits beschützt sie mich vor Yneke. Andererseits lässt sie sich von mir nichts sagen. Ich habe versucht, sie von deiner Unschuld zu überzeugen. Vergeblich. Sie will dich erst begnadigen, wenn es dafür handfeste Beweise gibt.«

»Hat sie Widzelt denn nie verdächtigt?«

»Das wird sie gewiss getan haben, aber inzwischen hat sie wohl damit aufgehört. Ein Schieringer hat das Attentat gestanden. Frag mich nicht, wieso. Vermutlich, um die Folterqualen zu beenden.«

»Was genau befürchtest du? Dass sie dir nicht glauben würde?«

»Davon müssen wir ausgehen«, bestätigte Abbe. »Wir Osinga sind keine Freunde der tom Brok. Sie würde annehmen, dass wir sie und Widzelt gegeneinander ausspielen wollen. Das würde weder dir noch mir gut bekommen.«

»Was ist mit Keno?«

»Er hält sich in Den Haag auf. Ich habe keine Möglichkeit, mit ihm in Kontakt zu treten.«

»Was also tun wir?«

»Wir müssen unsere Anschuldigungen mit Beweisen untermauern, die wir Foelke vorlegen können«, antwortete Abbe.

Ich habe Beweise – zumindest Zeugen, dachte Folkmar. *Apke Sirks kann bestätigen, dass Cord Hanneken in das Attentat verwickelt war. Foelke könnte diese Spur zu Yneke und Widzelt weiterverfolgen.* Aber dafür müsste er Apke und Foelke irgendwie zusammenbringen, und das war nicht durchführbar. Apke fürchtete Foelkes Rachsucht und würde sich niemals auf ein Treffen mit ihr einlassen. Und dann war da noch die Kleinigkeit, dass Apkes Mannen versucht hatten, Folkmar zu töten.

Folkmar ballte die Rechte zur Faust, dass sich die Fingernägel tief ins Fleisch gruben. Jeder Ansatz führte nach wenigen Schritten in eine Sackgasse, es war zum Verrücktwerden!

»Lass uns diese Beweise suchen«, sagte Abbe. »Einstweilen üben wir uns in Geduld. Etwas anderes bleibt uns nicht übrig.« Er blickte seinen Neffen voller Mitgefühl an. »Du hast dir vermutlich mehr Hilfe von mir erhofft.«

»Allein dass ich mit dir reden kann, hilft mir bereits ungemein.« Folkmar zwang sich zu einem Lächeln. »Außerdem warte ich schon so lange, da kommt es auf ein paar Monate mehr nicht an. Wichtiger ist, dass wir sorgfältig und geschickt vorgehen.«

»Das tun wir.« Abbe griff nach dem Gehstock. »Du musst jetzt gehen. Ich zeige dir, wie du ungesehen hinauskommst.«

Sie verließen die Kammer und huschten zu einer anderen Treppe am Ende des Ganges.

»Von nun an treffen wir uns regelmäßig«, sagte Abbe, während sie die finstere Stiege hinabgingen. »Zwischen der Kapelle und der Hofmauer gibt es eine schmale Spalte. Da geht nie jemand hin. Wenn du mich sehen willst, deponierst du dort eine Münze. Steck sie am besten in eine Mauerritze – so, dass ich sie leicht finde. Ich werde jeden Tag nachsehen. Das ist das Zeichen, dass wir uns am darauffolgenden Morgen hinter der Kapelle treffen, kurz nach Sonnenaufgang. Das ist ein guter Zeitpunkt.«

Folkmar nickte. »Geschäftiges Treiben im Hof, aber Widzelt und Foelke sind noch nicht unten.«

»Unter normalen Umständen sollte es nicht allzu schwer sein, in den Vorhof zu gelangen. Du hast ja gesehen, dass das Steinhaus nicht sonderlich stark bewacht wird – die tom Brok fühlen sich in Marienhafe sehr sicher. Komm trotzdem nicht zu oft, das würde Verdacht erregen. Und leg dir jedes Mal eine glaubhafte Ausrede für deinen Besuch zurecht.«

»Was ist mit dir? Kannst du dich einfach so davonstehlen?«

»Ich gehöre hier längst zum Mobiliar. Die Diener nehmen mich kaum noch wahr – zumal am Morgen, wenn sie müde sind und sich um das Morgenbrot und um die Lieferanten kümmern müssen. Aber ich werde nur kommen, wenn es sicher ist. Wundere dich also nicht, wenn ich einmal nicht auftauche. Niemand darf uns zusammen sehen!«

Sie standen vor einer schmalen, mit eisernen Bändern verstärkten Pforte. Abbe drehte den Türknopf.

»Ach, was bin ich froh«, sagte er zum Abschied. »All die Jahre war das Leben grau und trostlos. Jetzt gibt es plötzlich wieder Hoffnung für uns. Ich wünschte, deine Eltern und deine Schwester könnten erfahren, dass du lebst. Sie würden jubilieren vor Glück.«

»Und sich sogleich in Gefahr bringen, weil sie es nicht lassen könnten, mir zu helfen«, erwiderte Folkmar. »Nein. Kein Wort zu ihnen. Dies ist allein unser Kampf.«

»Sorge dich nicht«, beruhigte Abbe ihn. »Selbst wenn ich ihnen schreiben dürfte, würde ich Stillschweigen wahren, was dich betrifft.«

Damit gingen sie auseinander. Folkmar öffnete die Tür einen Spalt. Als er auf der anderen Seite niemanden erblickte, schlüpfte er in die Stallungen und trat von dort aus ins Freie. Obwohl sich seine Hoffnung auf eine baldige Rettung zerschlagen hatte, hatte ihn das Wiedersehen mit Abbe beflügelt. Er fühlte sich so zuversichtlich wie seit Jahren nicht.

Nicht übermütig werden. Er durfte jetzt keinen Fehler machen. Er sprach den Schmied an und bekam für eine Silbermünze einen Lederbeutel voller Nägel. Den zeigte er dem misstrauisch dreinblickenden Torwächter.

»Für die paar Nägel warst du eine Stunde in der Schmiede? Was hast du denn die ganze Zeit getrieben?«

»Auf dich gehört und den Schmied erst behelligt, als er mit der Arbeit fertig war. Frag ihn, wenn du mir nicht glaubst.«

»Lass mich das sehen.« Der Wächter klemmte den Hellebardenschaft in die Armbeuge, damit er den Beutel öffnen konnte.

»Was hoffst du zu finden? Widzelts Reichtümer, die ich aus der Schatzkammer gestohlen habe?«

»Bei euch Piraten weiß man nie.« Er gab Folkmar die Nägel zurück, spuckte aus und ließ sich zu keinem weiteren Kommentar herab.

Folkmar warf den Beutel in die Luft, fing ihn wieder auf und schlenderte von dannen.

Kapitel vier

Auf den verregneten April folgte ein nasser Mai, der übergangslos in einen feuchten Juni triefte. Die Sonne schien derart selten, dass man schwerlich von »Frühsommer« sprechen konnte. Vom Meer fegte ein steifer Westwind heran, peitschende Regenschleier verschmierten das saftige Grün des Marschlandes zu trübem Grau.

Dem rauen Wetter zum Trotz genoss Folkmar das geruhsame Leben in der menschenleeren Burg. Er hatte ein Dach über dem Kopf und genug zu essen – endlich konnte er sich von den Entbehrungen der vergangenen Jahre erholen. Er quartierte sich in der am wenigsten zugigen Ecke ein und vertrieb sich die Zeit, indem er die Löcher im Reetdach flickte und den Kamin reinigte. Mehrmals in der Woche ging er zur Lastadie und verdiente sich ein paar Münzen mit Zimmermannsarbeiten an Flusskähnen und Fischerbooten. Meister Bolt war so zufrieden mit ihm, dass er ihn eines Abends zur Seite nahm, um ihm ein Angebot zu machen.

»Ich weiß, du gehörst zu den Likedeelern, aber wenn du meine ehrliche Meinung hören willst: Das hat keine Zukunft. Ein guter Zimmermann wie du hat Besseres verdient. Willst du nicht bei mir anfangen? Du könntest es zu was bringen.«

Folkmar gab sich geschmeichelt. »Hab Dank, aber ich fühl mich ganz wohl bei den Likedeelern.«

»Das Angebot steht – denk einfach in Ruhe drüber nach, ja? Und wenn du einstweilen mal Lust auf einen Humpen Bier und einen gemütlichen Plausch hast, klopf einfach an meine Tür. Bist immer willkommen.«

So zogen die Wochen ins Land. Zweimal gelang es Folkmar, sich mit Abbe zu treffen. Sie schmiedeten Pläne und verwarfen sie wieder. Die rechte Idee, wie sie es schaffen könnten, Folkmars Unschuld zu beweisen – sie fehlte nach wie vor. Vergeudet war die gemeinsame

Zeit gleichwohl nicht. Sie erzählten einander, was in den letzten fünf Jahren geschehen war, sammelten Beobachtungen, diskutierten die politischen Verhältnisse. Erfreuten sich an der Gegenwart des jeweils anderen und spendeten einander Zuversicht.

Einige Tage nach Bonifatius versiegte der Regen, die Sonne gewann rasch an Kraft. Alsbald lag unerträgliche Schwüle wie eine Daunendecke über der Leybucht. Die feuchtwarme Luft kroch in die Mauern der Burg Upgant, Folkmar schwitzte Tag und Nacht. Aus dem trocknenden Schlamm stiegen stinkende Miasmen auf. Sie riefen einen alten Feind: Das Marschenfieber erschien prompt. Eines Morgens erwachte Folkmar, weil er erbärmlich fror. Schüttelfrost ließ ihn am ganzen Leib zittern, als wäre er von bösartigen Dämonen besessen. Auf die Krämpfe folgte hohes Fieber, er fürchtete, innerlich zu verbrennen. Seit Jahren hatte ihn nicht mehr ein derart höllischer Durst gequält. Er war jedoch zu schwach, aufzustehen und zum Brunnen zu gehen. Sein Körper sonderte übel riechende Säfte ab, die ins Bettzeug sickerten.

Glücklicherweise erwartete Meister Bolt ihn auf der Lastadie. Als Folkmar nicht zur Arbeit erschien, schickte der Schiffsbauer einen Lehrknecht zur Burg, der den Kranken fand und ihn sogleich mit Wasser versorgte. Bolt veranlasste daraufhin, dass Folkmar zu seinem Haus gebracht wurde, wo er heilsame Kräutertrünke sowie einen Aderlass bekam.

Das Fieber klang ab. Wie es der Natur des Marschenfiebers entsprach, flammte es am dritten Tage von Neuem auf, um in der Nacht darauf gänzlich zu verschwinden.

Folkmar hatte überlebt. Aber er war geschwächt und brauchte mehrere Tage, um sich vollends aus dem Griff der Krankheit zu befreien. So wurde es Mitte Juni, bis er sich wieder imstande fühlte zu arbeiten. Als er sich morgens auf der Lastadie einfand, erblickte er vier wohlbekannte Schniggen, die mit prall gefüllten Segeln in die Bucht einliefen. Mit einem Lächeln auf den Lippen eilte er zum Kai und schaute zu, wie die *Seetiger*, die *Marienknecht*, die *Katapult* und die *Trialogus* die tückische Fahrrinne entlangmanövrierten.

Wenig später wimmelte es am Hafen von brüllenden Seeleuten, die an Tauen zerrten und Fässer die Laufplanken hinabrollten. Gödeke und Johann ließen Hennig und Wigbold die Befehle geben und begrüßten Folkmar mit lärmender Fröhlichkeit.

»Du siehst beschissen aus, wenn ich das so sagen darf!«, dröhnte der Schiffer der *Marienknecht* munter.

»Ich war ein paar Tage krank.« Die Likedeeler kommentierten das nicht, Mitgefühl war nicht ihre Stärke. »Seid ihr betrunken?«, fragte Folkmar.

»Nicht zu knapp!« Johann hielt ihm den Schlauch hin. »Hier, trink.«

Folkmar spritzte sich einen Schluck Südwein in den Mund und wunderte sich über den erlesenen Geschmack. »Burgundisch?«

»Gott allein weiß, wo die Brühe herkommt, aber sie ist köstlich, was? Und teuer«, brummte der Riese zufrieden. »Jedes Fässchen davon bringt uns gut und gern einen blitzenden Gulden ein.«

»Wir haben in der Deutschen Bucht die Kogge eines Weinhändlers aufgebracht und sie um ihre Fracht erleichtert«, erklärte Gödeke grinsend. »Dutzende Fässer mit dem besten Rebensaft. Die *Seetiger* ist so schwer beladen, dass wir sie kaum noch manövrieren können. Schau sie dir an. Liegt fett wie ein Blauwal im Wasser.«

»Die anderen Schiffe auch«, sagte Johann. »Die Pfeffersäcke sind uns nur so ins Netz gegangen. Wir haben Pelze aus Nowgorod und Hering aus Schonen erbeutet. Und Gold. Reichlich Gold«, fügte er mit glitzernden Augen hinzu. »Na, bereust du es, dass du hiergeblieben bist?«

Folkmar verkniff sich die Frage, was aus den Kaufleuten geworden war, nachdem die Likedeeler sie um ihre Habe gebracht hatten. Es ging ihn nichts an. Dass es beim Entern der Handelsschiffe den einen oder anderen Kampf gegeben hatte, stand außer Frage. Er erblickte mehrere Verletzte, die unter Schmerzen die Laufplanken hinabschlichen. »Wie steht es um die Schiffe?«, erkundigte er sich. »Haben sie Schäden davongetragen?«

»Geringfügige«, antwortete Gödeke. »Hier und da ein gerissenes Tau, eine eingedrückte Planke. Ein bisschen was haben wir schon auf Helgoland geflickt.«

Folkmar runzelte die Stirn. »Helgoland? Was habt ihr denn dort getrieben?«

»Die Insel wird unser Sommerquartier. Sie liegt günstig an der Flandernroute, beinahe jeden Tag kommen voll beladene Koggen vorbei. Otto ist mit zwei Dutzend Brüdern dageblieben, sie bauen Anleger, Unterkünfte und Zisternen. Ich zeige dir die Schäden nachher. Jetzt gehen wir erst einmal zu Widzelt und überreichen ihm seinen Anteil an der Beute.«

»Er wird's nicht bereuen, dass er uns angeheuert hat.« Johann kraulte sich grinsend den Bart.

Als sich raues Gelächter und laute Stimmen dem Steinhaus näherten, legte Abbe den Gänsekiel weg. »Das werden die Likedeeler sein.« Er blies die Tinte trocken und klappte die Familienchronik zu, um sich zurückzuziehen.

Foelke konnte es ihm nicht verdenken. Die Piraten ließen keine Gelegenheit aus, grausamen Schabernack mit ihm zu treiben, wenn er das Pech hatte, ihnen zu begegnen. Leider war er zu langsam mit seinem Gehstock und dem unhandlichen Manuskript unter dem Arm. Ehe er die Treppe erreichte, platzten die Hauptleute der Likedeeler in die Halle, stinkend nach Wein, Schweißfüßen und ungewaschenen Achselhöhlen.

»Wo willst du denn hin, Buckelzwerg?«, grölte Störtebeker quer durch den Saal. »Wir haben dich vermisst – bleib und feiere mit uns! Schau mal, ich hab geübt. Ich kann jetzt laufen wie du.« Absurd überzeichnet ahmte der Riese Abbes schlurfenden Gang nach, indem er den Rücken krümmte, einen Fuß nachzog und dabei Grunzlaute von sich gab.

Abbe würdigte den Spott nicht mit einer Reaktion. Unter Störtebekers Hohngelächter entfernte er sich.

»Hör auf damit – du machst dich zum Narren«, ermahnte Gödeke Michels seinen Kumpan. Der schwarzhaarige Schiffer war einer der wenigen Likedeeler, die so etwas wie Anstand hatten. Die anderen, fand Foelke, waren allesamt schlimmer als eine Horde barbarischer Götzendiener. Ausgenommen vielleicht dieser seltsame Magister, der immerzu gelehrt daherredete.

Sie blieb in der Fensternische sitzen und beobachtete das Geschehen aus sicherer Entfernung. Widzelt begrüßte die Hauptleute lächelnd.

»Ich habe gehört, dass man kaum noch vom Hafen zum Dorf kommt. Der Kai und der Weg, alles voller Fässer. Ihr müsst reiche Beute gemacht haben.«

»Wir haben die Hanse tüchtig gemolken«, prahlte Störtebeker. »Manch ein Pfeffersack wird gerade am Armenspital anklopfen und schluchzend einen Teller Suppe verlangen.«

Der Bastard blickte die Männer lauernd an. »Ich hoffe, ihr habt unsere Abmachung nicht vergessen.«

»Wie gesagt, wir Likedeeler stehen zu unserem Wort.« Michels gab Wichmann ein Handzeichen. Der feiste Schiffer trat vor, stellte vor Widzelt eine Schatulle ab und klappte den Deckel auf. Foelke konnte erkennen, dass sie reichlich Edelmetall enthielt.

»Nicht schlecht für den Anfang, was?« Michels lächelte schelmisch. »Und das ist längst nicht alles. Wenn wir erst den Schonenhering und die übrige Handelsware verkauft haben, bekommst du gewiss noch einmal so viel Gold von uns.«

»Ich verlasse mich darauf, dass es dabei ehrlich zugeht. Sollte mir zu Ohren kommen, dass ihr Geld, das mir gehört, unterschlagt, werdet ihr einen weniger freundlichen Widzelt kennenlernen. Nun geht feiern. Das habt ihr euch verdient. Anschließend ruht ihr euch aus. Ich habe einen Auftrag für euch.«

»Welcher Art?«, erkundigte sich Magister Wigbold, der als Einziger der vier nüchtern wirkte.

»Ein alter Feind meiner Familie glaubt, er könnte mich herausfordern. Wir werden ihm eine Lektion erteilen.«

»Ist die Spekulation gestattet, dass es gegen deinen Rivalen Volkmar Allena geht?«

»Edo Wiemken«, korrigierte der Bastard ihn. »Mehr dazu später.«

Lärmend entfernten sich die Likedeeler. Während ein Diener die Schatulle fortbrachte, sagte Foelke:

»Ich bin entsetzt.«

»Weswegen diesmal?«, meinte der Bastard säuerlich.

»Seeräuber in Upgant, Kaperschiffe im Hafen und jetzt das. Du verwandelst Marienhafe in ein Piratennest!«

»Wäre man weniger verbittert und kleingeistig, könnte man statt ›Piratennest‹ auch ›Goldgrube‹ sagen. Denn wir werden alsbald derart reich sein, dass man denken könnte, die Hühner würden Gulden statt Eier legen.«

»Das glaubst auch nur du«, hielt sie dagegen. »Das räuberische Treiben deiner Likedeeler wird uns teuer zu stehen kommen. Der Handel, von dem wir stets trefflich profitiert haben, wird darben. Wenn uns nicht die Hanse vorher den Krieg erklärt.«

Der Bastard griff nach der Karaffe und goss Wein in einen Becher. »Die Hanse hat keine Ahnung, wo die Likedeeler sich verstecken. Und scheiß auf den Handel. Wenn wir mit den Pfeffersäcken Geschäfte machen, werden wir jedes Mal über den Tisch gezogen. Wir haben mehr davon, ihre Koggen auszuplündern.«

»Deine unersättliche Gier wird dereinst unser Untergang sein.«

»Eher deine weibische Verzagtheit.« Er nippte an dem Trinkgefäß und verzog das Gesicht. »Was ist das bloß für eine Pissbrühe? Diener! Bring mir anderen Wein. Genießbaren diesmal. Ich kann dich beruhigen«, wandte er sich an Foelke. »Fürs Erste ist Schluss mit den Kaperfahrten. Ich habe andere Aufgaben für die Likedeeler.«

»Das habe ich mitbekommen. Was hat Edo Wiemken angestellt?«

»Vor zwei Tagen ist er in Harlingerland eingefallen und hat Hellarwolde geplündert. Ob er Land erobern oder nur Beute machen will, kann ich noch nicht sagen. So oder so werde ich ihn aufhalten, ehe er ins Landesinnere vorstoßen kann. Die Vögte haben bereits den Befehl erhalten, mit ihrem Kriegsvolk zur Harlebucht zu ziehen.«

»Edo ist stark. Bist du sicher, dass du ihn bezwingen kannst?«

»So stark auch wieder nicht. Dank der Likedeeler habe ich mehr Männer und mehr Schiffe als er. Und das weiß er nicht – ihm steht also eine böse Überraschung bevor. Das sollte ein kurzer Kriegszug werden.«

»Das sagst du jedes Mal.«

»Diesmal stimmt es. Diener!« Der Bastard schleuderte den Becher durch den Saal. »Bei Jakobs haarigen Eiern! Wo bleibt der verdammte Wein?«

Folkmar nutzte das warme Wetter, um die Schiffe zu warten. Der einzige andere Zimmermann der Likedeeler, ein Mann von der *Katapult*, ging ihm dabei zur Hand. Gernot zeichnete sich nicht durch übermäßigen Eifer aus, aber er ordnete sich ihm bereitwillig unter, sodass die Arbeiten rasch vorangingen. Drei Tage nach der Heimkehr der Likedeeler schlug Folkmar den letzten Nagel ein.

An jenem Nachmittag zeigte sich die Leybucht von ihrer schönsten Seite. Das Meer hatte sich weit vom Land zurückgezogen wie ein schüchterner Verehrer, der seine Auserwählte lieber aus sicherer Entfernung anschmachtete. Jenseits der Dünen, auf denen sich der Strandhafer im lauen Westwind wiegte, glitzerte das Watt in der Sonne. Priele durchzogen den bloßliegenden Meeresgrund wie Goldadern eine Felswand. Koggen und Schniggen dümpelten verschlafen im Hafen. Fischerboote warteten darauf, dass der Wind drehte und sie zu den Inseln Bant und Borkum trug, wo die See reich an Dorsch und Kabeljau war.

Folkmar traf die Hauptleute am Kai und führte sie auf den Schiffen herum. Die Männer zeigten sich zufrieden mit den Reparaturen.

»Du hast in Östringen wahrlich einen nützlichen Fund getan«, brummte Hennig jovial. »Ich wünschte, unser Gernot wäre auch nur halb so tüchtig.«

Der Kritisierte stand daneben, pulte sich in den Zähnen herum und scherte sich kein bisschen um die wenig schmeichelhaften Worte.

»Unser Isebrand ist ein Geschenk des Himmels.« Gödeke lächelte. »Obwohl er zunächst eher wie ein Abgesandter des Teufels wirkte. Du hättest ihn sehen sollen, wie er am Strand auftauchte. Stinkend, zerlumpt, schwarz vor Dreck – zum Fürchten! Wir können von Glück sagen, dass die Männer ihn nicht vor lauter Angst abgestochen haben.«

»Wäre ein herber Verlust gewesen«, meinte Hennig.

»Wahrhaftig!« Gödeke hieb Folkmar auf die Schulter. »Lasst uns einen Schluck trinken.«

Sie gingen an Bord der *Seetiger*. Der Schiffer stemmte ein Fass des erbeuteten Südweines auf, und sie machten es sich auf den Ruderbänken bequem.

»Hast du schon gehört?«, wandte sich Gödeke an Folkmar. »Sobald der Wind gedreht hat, stechen wir wieder in See.«

»Wohin soll's gehen?«

»In den Krieg«, brummte Johann. »Und diesmal kommst du mit, ob's dir passt oder nicht.«

»Edo Wiemken hat die *provincia* Harlingerland attackiert«, erläuterte Wigbold. »Widzelt will die dreiste Invasion parieren und wünscht unsere Unterstützung.«

»Widzelt rechnet mit Kämpfen zur See«, sagte Gödeke. »Es sind also Schäden an den Schiffen zu erwarten. Schwerere diesmal. Wir brauchen dich an Bord.«

Folkmar nickte. »Ich komme mit. Aber ich kämpfe nur, wenn die *Seetiger* angegriffen wird.«

»Ah, jetzt verstehe ich das mit diesen Grundsätzen«, knurrte Johann. »Das ist nur ein schöneres Wort für Feigheit, was?«

»Wie du meinst«, erwiderte Folkmar gelassen. Störtebekers Provokationen ließ man am besten ins Leere laufen.

»Isebrand ist alles, aber nicht feige«, kam Gödeke ihm zu Hilfe. »In Östringen ist er einen halben Tag lang unter der *Seetiger* herumgekrochen, obwohl der Rumpf jederzeit hätte herunterkommen können. Wenn er nicht kämpfen will, ist das seine Sache. Wigbold kämpft auch nicht und leistet uns trotzdem gute Dienste. Oder hast du vergessen, wie er so lange auf die Hamburger Pfeffersäcke eingeredet hat, bis sie uns ihre Kogge übergeben haben, ohne dass wir einen einzigen Pfeil abschießen mussten?«

»Mitunter ist das *verbum* mächtiger als der *gladius*«, konstatierte der Magister bescheiden. »Außerdem bitte ich daran zu erinnern, dass wir uns der hehren Idee verschworen haben, ein jeder möge seine Stärken nach eigenem Wissen und Gewissen einbringen. Niemand wird zu etwas gezwungen. Andernfalls hätten wir auch auf Gotland verharren können.«

»Ich kann die Pfeffersäcke verstehen«, grunzte Johann. »Dein Gelehrtengeschwätz macht einen dermaßen weich in der Birne, dass man sogleich kapitulieren und sich kopfüber ins Meer stürzen will. Noch jemand Wein?«

Alle vier Männer meldeten sich. Johann füllte die Becher am Fass.

»Was hast du eigentlich da am Gürtel?«, fragte Gödeke.

Mit einem spitzbübischen Grinsen zog Johann den fraglichen Gegenstand hervor. Schellen klingelten, als er ihn herumzeigte. »Eine Narrenkappe. Hab ich beim Schneider machen lassen.«

»Was willst du mit einer Narrenkappe?«

»Die schenk ich meinem buckligen Freund. Damit er für uns den Hofnarren spielen kann, wenn wir mit Widzelt zechen. Er bekommt auch ein Zepter mit Puppenkopf, aber das ist noch nicht fertig. Das wird ein herrlicher Spaß!«

»Wie viel hat das Ding gekostet?«

»Vier Schilling.«

»Du hast vier Schilling ausgegeben, nur um einen dämlichen Witz zu machen? Du bist und bleibst ein Kindskopf.«

»Was sind schon vier Schilling? Ich hab mehr als genug Silber. Und ich kann's ausgeben, wofür ich will«, verteidigte sich Johann trotzig. »Stell dir doch mal vor, wie der Bucklige durch die Halle wackelt und Possen reißt, dass die Schellen klingeln. Das ist bestimmt ganz drollig anzuschauen …«

Folkmar riss ihm die Narrenkappe aus der Hand.

»Was soll denn das?«

»Lass den Buckligen in Ruhe.«

»Was geht's dich an? Du kennst den Kerl doch gar nicht.«

»Ich hatte mal einen lieben Verwandten, der mit krummen Knochen geschlagen war«, sagte Folkmar. »Er litt sein Leben lang unter Hohlköpfen wie dir, die sich über ihn lustig machten. Dabei war er weiß Gott genug gestraft.« Sich derart zu entblößen war nicht eben klug. Doch die Vorstellung, Johann würde seine gehässigen Späße mit Abbe treiben, war Folkmar unerträglich.

»Gib die verdammte Kappe her«, blaffte der Riese.

»Erst versprichst du mir, den Buckligen in Frieden zu lassen.«

»Du hast mir überhaupt nichts zu sagen!«

Folkmar warf die Narrenkappe über die Reling.

»Du dreimal verfluchter Hurensohn, das wirst du mir büßen!« Johann packte ihn am Kragen. Folkmar schlug die Prankenhände zur Seite und befreite sich aus dem Griff, woraufhin der Likedeeler rot anlief. »Ich reiß dir den Kopf ab!« Er hob die gewaltige Faust zum Schlag.

»Schluss damit«, ging Gödeke dazwischen. »Ich weiß eine unterhaltsame Schlägerei zu schätzen wie jeder Seemann. Aber wenn ihr euch am Vorabend eines Feldzugs gegenseitig die Knochen brecht, ist das schlecht fürs Geschäft. Also reißt euch zusammen, verdammt noch eins!«

»Er will doch sowieso nicht kämpfen. Und mir bricht dieser Wicht gewiss nicht die Knochen!«

»Schau dich an. Der große Johann Störtebeker benimmt sich wie ein Kind, dem man das Spielzeug weggenommen hat. Sei ein Mann und lass gut sein. Trink lieber deinen Wein.«

Gödeke war vermutlich der einzige Mensch auf Gottes weiter Erde, der Johann kontrollieren konnte. Finster dreinblickend pflanzte sich der Riese auf die Ruderbank, der Becher wirkte winzig in seiner Pranke. Er schlürfte einen Schluck und grummelte:

»Aber die vier Schilling, die muss er mir ersetzen.«

Gödeke ruckte mit dem Kopf. Folkmar schnürte seine Börse auf und drückte Johann einige Silberstücke in die Hand. Der schloss die Faust um die Münzen und stierte ihn missvergnügt an.

»Du kannst von Glück sagen, dass wir dich brauchen. Wärst du eine nutzlose Landratte, ich würde dich im Hafenbecken ersäufen.«

Gödeke legte Folkmar die Hand auf den Rücken und schob ihn von den anderen weg. »Das war töricht!«, zischte er. »Johann hat schon aus geringeren Anlässen getötet. Mach das nie wieder, wenn dir was am Leben liegt.« Er blickte Folkmar in die Augen. »Diese Geschichte mit dem lieben Verwandten …«

»Die volle Wahrheit.« Folkmar wusste nicht zu sagen, ob der Schiffer ihm glaubte oder nicht.

»Also spielst du den Beschützer der Buckligen und den Verteidiger der Verwachsenen.«

»Wenn du so willst.«

Gödeke schüttelte den Kopf. »Du gibst mir Rätsel auf, Isebrand aus Östringen. Bist du ein Heiliger oder schlichtweg ein Narr? Nun, der Krieg wird es erweisen. Im Krieg zeigt jeder sein wahres Gesicht.«

Er ging zu den anderen zurück. Die Likedeeler tranken, plauderten und scherzten, als wäre nichts geschehen.

In der Abenddämmerung ging Folkmar zum Steinhaus. Die Wächter hatten sich inzwischen an den freundlichen Likedeeler gewöhnt, der für Meister Bolt arbeitete und gelegentlich vorbeikam, um sich Werkzeug zu leihen, Waffen zum Schärfen vorbeizubringen oder mit den

Dienstboten einen Schwatz zu halten. Sie ließen ihn passieren, ohne sich nach seinem Begehr zu erkundigen.

Unauffällig schlüpfte Folkmar hinter die Kapelle und deponierte einen abgegriffenen Heller in einer bröckeligen Mauerfuge. Sodann besuchte er seinen Freund, den Schmied, und plauderte ein wenig mit ihm, ehe er sich verabschiedete.

»Du schon wieder«, brummte der Wächter, als er sich am nächsten Morgen abermals dem Tor näherte.

»Ist der Kaplan schon auf den Beinen?«

»Was willst du von ihm?«

»Ich würde gern beichten.«

»Sieh an, ein Seeräuber, der um seine Seele fürchtet. Wer hätte gedacht, dass es so was gibt? Aber der Krieg hat noch jeden Mann zu Gott geführt, was? Schau in der Kapelle nach. Wie ich Almer kenne, rutscht er seit Mitternacht auf den Knien rum und bittet die Heiligen um einen Waffensegen.«

Folkmar überquerte den Vorhof, wo lärmende Geschäftigkeit herrschte, obwohl eben erst die Sonne aufging. Der gesamte Haushalt war mit den Vorbereitungen des Feldzugs beschäftigt. Pferde wurden beschlagen, Waffen verladen, Proviant verstaut. Hauptleute kommandierten die Krieger herum, Krieger die Dienstboten, Dienstboten die Stallburschen.

Abbe erwartete ihn bereits hinter der Kapelle. Er umarmte Folkmar.

»Du bist gekommen, um dich zu verabschieden, richtig?«

»Ja. Wir stechen nachher in See.«

»Kannst du nicht hierbleiben?«

»Diesmal nicht. Die Schiffer haben klargestellt, dass sie mich brauchen. Es gibt keinen Grund zur Sorge«, sagte Folkmar lächelnd. »Ich gehöre nicht zur kämpfenden Truppe, mir kann nichts geschehen.«

»Ich wünschte, ich könnte das glauben. Aber im Krieg gibt es keine Sicherheit, für niemanden. Schon gar nicht für jene, die sich unbeteiligt wähnen. Pfeile und Kanonenkugeln nehmen keine Rücksicht auf…«

Folkmar legte seinem verängstigten Verwandten die Hände auf die Schultern. »Ich kann auf mich aufpassen, Onkel. In den letzten Jahren habe ich weit Schlimmeres überlebt: Hunger, Krankheit und mordlüsterne Vetkoper. Ich werde auch das überstehen.«

Seine stoische Gelassenheit bewirkte immerhin, dass Abbe zu zittern aufhörte. Er wischte sich mit dem Ärmel das Gesicht ab.

»Versprich mir, dass du so vorsichtig bist, wie du nur kannst. Wenn sie sich an Land gegenseitig umbringen, bleibst du auf dem Schiff. Dich nach all den Jahren wiederzusehen, nur um dich kurz darauf an einen törichten Krieg zu verlieren, wäre ein allzu grausames Geschick.«

»Du hast mein Wort.«

»Und hüte dich vor Yneke. Er wird gewiss mit Widzelt marschieren. Er darf dich nicht sehen!«

»Das versteht sich von selbst.«

Abbe schlang abermals die Arme um ihn. »Der heilige Magnus sei mit dir, mein Junge. Ich werde für dich beten.«

Einige Stunden später stach die Flotte in See.

Der Morgen war grau und trüb und windig, Wolkenmassen walzten wie Schlammlawinen über den Himmel. Kriegsvolk stand in langen Reihen auf dem Kai und marschierte über die Laufplanken an Bord der Koggen und Schniggen. Auf jeden Likedeeler kamen zwei Krieger und Seeleute der tom Brok. Außerdem verfügte Widzelt über reichlich Schlachtrösser, Saumtiere, Karren und Kriegsgerät.

Eine beeindruckende Streitmacht, befand Folkmar, der seinen Brüdern half, Proviant und Waffen unter den Ruderbänken zu verstauen. Ob sie stark genug war, Edo Wiemken zu schlagen, vermochte niemand zu sagen. Widzelt hielt sich bedeckt, was die Vorgänge im Kriegsgebiet betraf. Nicht einmal Gödeke und die anderen Hauptleute wussten genau, was sie dort erwartete.

Die schlanken Schniggen waren schneller beladen und bemannt als die bauchigen Koggen, die jeweils hundert Menschen und so viel Fracht wie achtzig Pferdefuhrwerke aufnehmen konnten. Als die Schiffe der Likedeeler klar zum Auslaufen waren, baute sich Gödeke am Vorsteven auf und brüllte:

»Anker klarieren! Ruder mittschiffs! Alle Mann kräftig in die Riemen legen!«

Sie ruderten die Schniggen aus dem Hafenbecken, zuerst die *Seeti-*

ger, dann die *Marienknecht*, die *Trialogus* und zu guter Letzt die *Katapult*. Draußen in der Bucht, zwischen dem Leysand und dem Kopersand, hissten sie die Segel. Die Takelage ächzte unter dem Ansturm der Windböen, und die Schiffe nahmen Fahrt auf.

»Riemen einholen!«, befahl Gödeke. »Ruder Kurs Westnordwest!«

»West-Nordwest liegt an«, bestätigte der Steuermann.

»Zittere, Edo Wiemken«, schrie Klaus Scheld, »die Likedeeler kommen!«

Übermut ergriff die Männer, sie scherzten, lachten und prahlten … und vergaßen alsbald, dass sie einem ungewissen Schicksal entgegensegelten.

Warfstede

Eger schluchzte, als sein Vater sich von ihm verabschiedete.

»Hör auf damit«, sagte Yneke. »Ein friesischer Mann weint nicht.« Er streifte Almuth mit einem Blick, der überaus beredt war: *Das kommt davon, wenn man ihn verhätschelt.*

»Er hat eben Angst um dich. Ist das so schwer zu verstehen?«, bemerkte sie.

Ynekes verkniffene Miene wurde eine Spur weicher. »Mir wird schon nichts zustoßen. Es ist ja nur ein kurzer Feldzug. Im Nu werden wir siegen, und dann hast du deinen Vater wieder.«

Eger schaute zu Boden. Er schämte sich seiner Tränen.

»Gewiss werden wir reiche Beute machen. Soll ich dir etwas mitbringen? Einen Glücksbringer oder ein hübsches Kruzifix, vor dem du deine Gebete sprechen kannst?«

»Ja!«, rief der Junge begeistert aus.

»Siehst du? Es gibt wahrlich keinen Grund zu weinen.« Yneke strich ihm über den Kopf. Für seine Gemahlin hatte er nur ein knappes Nicken übrig. »Gehab dich wohl.«

Es wäre Almuths Aufgabe gewesen, ihm nun den Segen der Heiligen zu wünschen, ihn wissen zu lassen, sie werde jeden Tag für ihn beten. Sie tat weder das eine noch das andere. Schweigend legte sie

Eger von hinten die Hände auf die Schultern, während Yneke die Leiter hinabstieg.

Der Wächter schloss die Tür und schob den Riegel vor. Eger stürmte zur Fensternische und stellte sich auf die Zehenspitzen. Gemeinsam beobachteten sie, wie Yneke in den Sattel stieg, umgeben von Bewaffneten. Unter dem flatternden Adlerbanner zog das Kriegsvolk los. Egers Augen leuchteten vor Bewunderung. Er hielt seinen Vater für einen großen Krieger, ja für einen strahlenden Helden.

Kurz war Almuth versucht, ihm die Wahrheit zu sagen. *Warum, glaubst du, verlassen wir seit Monaten kaum das Haus? Weil dein Vater uns gefangen hält. Dein geliebter Vater, der einst ohne jedes Zögern seine Macht missbraucht hat, um einen Unschuldigen zu vernichten. Im Übrigen ist dein Großvater nicht durch einen Unfall gestorben. Kein anderer als dein Vater hat ihn ermordet. Na, bewunderst du ihn immer noch?*

Natürlich tat sie es nicht. Wie Hunderte Male zuvor schluckte sie ihren Hass herunter, hielt den Mund. Eger war noch zu klein, er brauchte die Illusion, sein Vater sei ein liebender, gütiger, rechtschaffener Mann. Er würde die Wahrheit früh genug herausfinden.

Sie strich ihrem Jungen über das Haar.

Wie wirst du dann über deinen Helden urteilen?

Kapitel fünf

Harlebucht

Sie ließen die Schiffe in der Bucht trockenfallen. Sodann begannen die Männer mit der mühevollen Aufgabe, Pferde, Ausrüstung und Kriegsgerät abzuladen und über das Watt zur Küste zu schaffen. Jenseits des Deiches standen Dutzende Zelte, darüber bunte Banner, die schlaff von den Stangen hingen: das Lager der Vögte aus Harlingerland und Auricherland. Dorthin krochen lange Schlangen aus Menschen, Tieren und Karren.

»Ich brauche vier Freiwillige für die Wache«, übertönte Gödeke das emsige Getöse.

Folkmar war der Erste, der sich meldete. Die anderen Männer der *Seetiger* hingegen zögerten. Sie fürchteten, zu kurz zu kommen, wenn sie auf den Schiffen blieben, statt in die Schlacht zu ziehen.

»Ein jeder Likedeeler erhält den gleichen Anteil an der Beute, ob er nun kämpft oder wacht – so haben wir's uns geschworen, so werden wir's halten, der Klabautermann sei mein Zeuge«, zerstreute Gödeke ihre Bedenken, woraufhin sich drei weitere Freiwillige fanden. Der Schiffer scharte die Wachen bei der Ruderpinne um sich. »Wenn die Flut kommt, rudert ihr hinaus und ankert im Seegatt. Sollten feindliche Schiffe auftauchen, flieht ihr aufs offene Meer. Riskiert unter keinen Umständen einen Kampf. Wigbold hat das Kommando, während Johann, Hennig und ich an Land sind. Wünscht uns Glück«, sagte er grinsend, ehe er sich behände über die Reling schwang.

Folkmar spähte zum Heerlager auf dem Festland, und das Unbehagen kroch ihm wie ein abstoßendes Insekt den Nacken herauf. *Wir sind zu weit weg – Yneke kann mich unmöglich erkennen.* Gleichwohl zog er es vor, in den Kielraum hinabzusteigen und den anderen die Proviantfässer hinaufzureichen.

Widzelt schwenkte den Arm, und die Reiter zügelten die Pferde. Das Fußvolk, das in losen Kolonnen durch das Deichhinterland marschierte, schloss zügig zu ihnen auf. *Fast sechshundert Mann unter Waffen – die größte Streitmacht, die er je aufgestellt hat.* Es erfüllte Yneke mit Stolz, Teil dieser waffenstarrenden Macht zu sein. *Bleibt zu hoffen, dass die Likedeeler so gut sind, wie sie behaupten.* Sie brauchten dringend einen Sieg gegen Edo Wiemken, nicht nur aus strategischen Gründen. Die Niederlagen gegen die Kankena in den vergangenen Jahren hatten die Moral des Kriegsvolks spürbar beschädigt.

Yneke wandte den Blick nach Osten. Hellarwolde war noch eine halbe Meile entfernt, bislang konnte er lediglich vereinzelte Gebäude zwischen den Birken und Wallhecken ausmachen. Das Steinhaus am Deich war ausgebrannt, die kleine Kirche schwer beschädigt: unübersehbare Anzeichen, dass der Häuptling von Östringen und Rüstringen den Küstenort geplündert hatte. Ob sich der Feind noch immer dort aufhielt, wusste niemand. Es gab keine aktuellen Nachrichten aus Hellarwolde. Vermutlich war der hiesige Vogt tot.

»Wir warten auf die Kundschafter.« Widzelt stieg aus dem Sattel, reichte den Helm einem Diener und spritzte sich mit der Schweinsblase roten Wein in den Mund.

Einer der Späher, die die Umgebung erkundeten, stieß am frühen Nachmittag zu ihnen. Eine Staubwolke kündigte ihn schon von Weitem an.

»Der Feind lagert an einem Tief eine halbe Wegstunde von hier«, meldete der verschwitzte Reiter. »Er ist offenbar gerade erst angekommen. Die Stellung ist nur schwach befestigt.«

»Wie viele Krieger hat Wiemken?«, wollte Widzelt wissen.

»Ich kam nicht nah genug heran, um das präzise zu schätzen. Aber erheblich weniger als wir.«

»Ihr habt es gehört«, wandte sich der Feldherr an die Vögte und Hauptleute. »Es gilt zu verhindern, dass er ins Landesinnere vorstößt.

Zerschmettern wir diese Plage aus dem Osten mit einem entschlossenen Streich!«

Als der Jubel verklungen war, teilte Widzelt den Heerhaufen in verschiedene Gruppen auf. Er selbst würde die Reiter in die Schlacht führen und den Feind mit den Likedeelern in die Zange nehmen. Yneke fiel die Aufgabe zu, die Nachhut zu befehligen und Wiemken die Flucht abzuschneiden.

Auf dem rissigen Schlamm des Karrenpfades marschierten sie südwärts. Es hatte seit einer Woche nicht geregnet, der allgegenwärtige Staub erschwerte das Atmen. Obwohl dichte Wolken die Sonne verhüllten, war es unerträglich drückend, als wäre die Sommerhitze für alle Zeiten unter dem aschgrauen Himmelsgewölbe gefangen. *Eine ähnliche Stimmung wie weiland bei der Schlacht um Aurich.* Ein törichter Gedanke, den Yneke sich rasch verbot. Er übte sich in Zuversicht für die kommenden Kämpfe und nährte seinen Zorn auf den unverschämten Feind, der so dreist in Harlingerland eingefallen war.

Widzelt brüllte einen Befehl, der Heerwurm kam zum Stehen. Als sich die Staubschwaden lichteten, erblickte Yneke drei, vier Bogenschussweiten vor ihnen ein Zeltlager an einem Wassergraben. Männer verstärkten die dürftigen Gräben und Erdwälle hastig mit Barrikaden aus Karren und angespitzten Pflöcken.

Widzelt riss das Schwert aus der Scheide. »Alle Reiter mir nach. Likedeeler nach rechts. Zum Angriff – für Friesland!«

»Für Friesland! Für Häuptling Widzelt!«, brüllten die einheimischen Krieger wie aus einem Mund.

»Für Gold und Ruhm!«, schrien die Likedeeler.

Die Schlacht begann.

Yneke führte seine Einheit von der Straße weg über das Brachland. Er war der einzige Berittene, seine Mannen waren allesamt leicht bewaffnete Fußkämpfer, achtzig an der Zahl. Auf einer alten Warf, die sich wie ein heidnischer Grabhügel aus Gras und Unkraut wölbte, bezogen sie Stellung. Yneke blieb im Sattel sitzen, von hier oben hatte er einen ausgezeichneten Blick auf das Geschehen.

Er runzelte die Stirn. Im feindlichen Lager war kein einziges Pferd zu sehen. Setzte Wiemken neuerdings auf gut ausgebildete Fußtruppen, sodass er auf eine teure Kavallerie verzichten konnte? Diese moderne Strategie fand zunehmend Verbreitung. Besonders in Ostfriesland mit seinen vielen Sümpfen, Gewässern und feuchten Marschen war sie von Vorteil. Allerdings passte sie nicht recht zu einem Eroberungs- oder Beutezug, der schnelle, bewegliche Truppen erforderte.

Was hat Wiemken vor? Yneke spürte Nervosität in sich aufsteigen. Er blickte zu seinem Häuptling.

Nach der gescheiterten Belagerung von Wittmund hatten Widzelts Rivalen gehöhnt, seine Begabung für den Krieg habe ihn verlassen, er könne nur noch verlieren. Nun bewies er Freund und Feind, dass er nichts von seinem taktischen Gespür eingebüßt hatte. Er ließ den Östringern keine Zeit, ihre Verteidigungsanlagen auszubauen. Mit brutaler Entschlossenheit trug er den Angriff vor. Er scheute dabei weder Verwundung noch Tod, mit seinen treuesten Veteranen ritt er an der Spitze. Die Likedeeler stürmten über die Wiesen heran, angeführt von Gödeke Michels und Johann Störtebeker, der mit dem Langen Schwert in einer Hand, dem wehenden Haar und dem aufgerissenen Mund einmal mehr wie ein rachsüchtiger Riese aus Sagen und Legenden wirkte.

Pfeile und Armbrustbolzen rasten den Kriegern entgegen, manch einer stürzte getroffen ins Gras. Doch der todbringende Hagel vermochte den Angriff nicht aufzuhalten. Die Reiter durchbrachen die Barrikaden, drangen ins Lager ein und hieben mit Schwertern, Äxten, Streitkolben nach links, nach rechts. Die Verteidiger wurden kurz darauf obendrein von den Likedeelern bedrängt, die wie fressgierige Ameisen durch die Gräben schwärmten. Störtebeker stand breitbeinig auf dem Erdwall, erschlug mit einem einzigen Schwung des Schwertes zwei Feinde gleichzeitig und hielt einen dritten auf Abstand. Sein viehisches Gebrüll übertönte den Schlachtenlärm.

Nur ein einziger Mann war ihm ebenbürtig. Widzelt trieb das Pferd durch das Heerlager, das Tier mit den Schenkeln lenkend, während er tödliche Streiche austeilte und jeden gegen ihn gerichteten Angriff mit dem Schild abwehrte. Spielerische Leichtigkeit zeichnete seine Bewegungen aus, selbst hartgesottene Veteranen waren ihm nicht gewachsen und stürzten unter ihm in den Staub. *Ein Dämon in Menschengestalt, ein Gott des Schwertes*, dachte Yneke. Dass er sich manchmal über Widzelt ärgerte, erschien ihm mit einem Mal kleinlich. Er war stolz, diesem Mann dienen zu dürfen. Die Nervosität wich wildem Tatendrang. Er brannte darauf, endlich in den Kampf einzugreifen, um seine Treue zu beweisen.

Doch auch Edo Wiemken war ein fähiger Feldherr. Trotz der Entfernung konnte Yneke ihn sehen. Der untersetzte Häuptling begnügte sich wie die meisten friesischen Krieger mit leichter Schutzkleidung, einer Lederkappe und einem hölzernen Schild. Brüllend, die Streitaxt schwenkend, scharte er seine Kämpfer um sich, brachte Ordnung ins Chaos und organisierte die Gegenwehr. Rasch schüttelten die Östringer Panik und Verwirrung ab und schlossen die Reihen. Heftige Kämpfe bei den Verteidigungsanlagen und auf dem Platz im Herzen des Lagers waren die Folge. Störtebeker wurde von vier Feinden bedrängt, sie setzten ihm mit Hellebarden zu, sodass er mit dem Schwert nicht an sie herankam. Michels und zwei weitere Likedeeler eilten ihm zu Hilfe und drängten die Hellebardiere zurück.

Widzelt versuchte, Wiemken zum Zweikampf zu stellen. Es gelang ihm nicht. Er steckte im Getümmel fest, umgeben von einer wogenden Masse aus Reitern und Fußtruppen, Freund und Feind, kämpfend ineinander verkeilt auf dem engen Raum zwischen den Zelten.

Yneke richtete sich in den Steigbügeln auf, um besser zu sehen. Sein Leib schien zu vibrieren, Schweißströme rannen ihm den Nacken hinab, ließen den Waffenrock am Rücken kleben wie ein feuchtes Handtuch. *Ich könnte das Gefecht zu unseren Gunsten entscheiden. Warum ruft er mich nicht?*

Just im Moment gelang es den Likedeelern, an mehreren Stellen durchzubrechen. Mit wildem Triumphgeschrei stießen sie ins Lager vor, setzten den zurückweichenden Verteidigern nach und entlasteten so die Flanken des keilförmigen Reitertrupps. Sogleich nutzte Widzelt die neu gewonnene Bewegungsfreiheit, um mit frischem Schwung anzugreifen. Der massive Block der Berittenen löste sich aus der feindlichen Umklammerung und fächerte auf. Männer wurden niedergeritten, Zelte umgerissen, als sie sich auf breiter Linie gegen die Östringer warfen.

Endlich konnte Widzelt die zahlenmäßige Überlegenheit seiner Truppen wirkungsvoll einsetzen. Viele Östringer mussten sich plötzlich gegen zwei Gegner wehren. Ein Dutzend und mehr fielen bereits im ersten Ansturm. Das ließ Wiemken keine andere Wahl, als den Rückzug zu befehlen. Dies geschah erstaunlich geordnet – ein weiterer Beweis für seine herausragenden Fähigkeiten. In geschlossener Formation wichen die Krieger zurück und erreichten alsbald die Südseite des Lagers, wo sie die Beine in die Hand nahmen. Widzelt verfolgte sie mehr schlecht als recht – es gab zu viele Zelte und andere Hindernisse für die Reiter.

Er führte das Horn an die Lippen und stieß hinein.

Das war Ynekes Signal. Eilends führte er seine Kämpfer die Warf hinab, befahl ihnen brüllend, den Fliehenden den Weg abzuschneiden, sie zwischen Lager und Wassergraben in die Enge zu treiben. Achtzig Männer rannten über die Wiese, Yneke ritt vorneweg.

Während Widzelt sich von der einen Seite und Yneke von der anderen näherten, hasteten die Östringer am Wasser entlang. Am Röhricht, wo das Schilfgras mehr als hüfthoch wuchs, hoben sie lange Stangen auf. Sie nahmen Anlauf, sprinteten los, rammten die Pultstöcke in den Grund des Grabens, klammerten sich mit beiden Händen an den Stangen fest und wurden vom eigenen Schwung über das moosgrüne Wasser getragen. Die Geschicktesten unter ihnen kletterten in der Bewegung an ihrem Stock empor, sodass sie mühelos das andere Ufer erreichten, wo sie leichtfüßig aufkamen, die Stange fallen ließen und wie der Teufel rannten. Die weniger Geschickten sprangen zu kurz oder rutschten ab, sie platschten ins Wasser und mussten zur Böschung waten. Doch alle konnten sich im Nu in Sicherheit bringen – das kühne Manöver nahm nur wenig Zeit in Anspruch. Als Yneke endlich den Graben erreichte, konnte er nur hilflos zusehen, wie zweihundert Östringer auf und davon rannten. Kaum einer der Pfeile, die seine Männer ihnen nachschossen, fand sein Ziel. Kurz darauf erreichten die Fliehenden die Wildnis der Geest. Zwischen den Moorbirken und mannshohen Büschen erschienen Gestalten, die Pferde an den Zügeln führten. Die Östringer schwangen sich in die Sättel und verschwanden kurz darauf in den Weiten des Heidelands.

Yneke biss die Zähne zusammen und machte sich auf eine scharfe Rüge gefasst, als Widzelt zu ihm aufschloss. Doch der Häuptling sah ein, dass ihn keine Schuld traf.

»Was sagt man dazu?«, grunzte er. »Wiemken ist gewiefter, als ich dachte. Nun, soll er fliehen. Wir kriegen ihn schon noch.«

Sie zogen mit ihren Kriegern zum Lager. Dort waren die Likedeeler bereits emsig mit Plündern beschäftigt. Sie streiften zwischen den ramponierten Zelten und qualmenden Herdfeuern umher, versetzten den Sterbenden den Gnadenstoß und nahmen den Toten Waffen und andere Wertgegenstände ab. Alles warfen sie auf einen Haufen, damit sie die Beute später aufteilen konnten.

Widzelt ordnete an, die Verwundeten zu versorgen. Anschließend hieß er Vögte und Hauptleute, das Kriegsvolk auf den Wiesen zu versammeln.

»Ihr habt gut gekämpft und den Feind in die Flucht geschlagen«, rief er seiner Streitmacht zu. »Dieser Sieg ist euer Sieg!«

Hunderte Männer schwenkten jubelnd die Waffen.

»Erfreut euch an der Beute. Gönnt euch eine Rast. Ab morgen jagen wir die Feiglinge und strafen sie für ihren dreisten Angriff auf Harlingerland. Tod allen Östringern!«

»Tod den Östringern!«, brüllten die Männer voller Eifer.

Kapitel sechs

Grenzland zwischen Harlingerland und Östringen

Yneke duckte sich hinter der Hecke und spähte durchs Geäst. Rücken und Glieder taten ihm weh, als hätte man ihn mit Stockhieben gezüchtigt. Die Augen brannten und tränten. Das Bauerndorf – Hütten, Menschen, Vieh – verschwamm zu einem verwaschenen Wirrwarr.

Reiß dich zusammen!

Das war leichter gesagt als getan. Seit nunmehr zwei Wochen jagten sie den Feind, der sich ein zermürbendes Versteckspiel mit ihnen lieferte. Edo Wiemken scheute die Feldschlacht gegen das überlegene Heer. Er schlug aus dem Hinterhalt zu, floh, sobald die Gegenwehr einsetzte, und verschanzte sich in leicht zu verteidigenden Dörfern, Kirchen, Waldstücken. Jedes Mal hatten Widzelts Mannen die Östringer nach harten Kämpfen vertrieben. Doch die vielen Scharmützel, der Schlafmangel, die schier endlosen Gewaltmärsche durch schwieriges Gelände hatten sie ausgelaugt. Inzwischen brachte Yneke selbst eine simple Aufgabe wie das Auskundschaften einer kleinen Hofgemeinschaft an den Rand des Zusammenbruchs. Am liebsten hätte er Helm, Schild und Wehrgehenk von sich geworfen und sich zwischen den Brombeersträuchern zum Schlafen hingelegt. Seine Männer empfanden dasselbe, das Verlangen nach Ruhe war mit harten Linien in ihre hageren Gesichter eingemeißelt. Doch er konnte sie nicht schonen. Widzelt erwartete seine Meldung.

Er kniff die Lippen zusammen und ließ den Blick über die ärmlichen Strohhütten gleiten. Wenn ihn seine ermatteten Sinne nicht täuschten, drohte ihnen in dem Weiler keine Gefahr. Er sah keinen einzigen Bewaffneten – nur Bauern, die Kühe molken, Feldfrüchte zum Speicher karrten und die Kufen eines Ackerschlittens einfetteten.

»Langsam vorrücken.«

Yneke drückte die Dornenranken zur Seite und führte den zehnköpfigen Trupp durch das hohe Gras jenseits des Viehgatters. Sie gingen geduckt, die Schilde erhoben. Eine Bäuerin schrie auf, als sie die Kämpfer erblickte. Sie packte ihre Kinder an den Händen und hastete zu ihrer Hütte. Auch die restlichen Dorfbewohner suchten eilends Schutz.

Rasch besetzte Yneke die Ortszugänge und den kleinen Platz mit dem Ziehbrunnen, wo sich die beiden schlammigen Wege kreuzten. Die restlichen Männer ließ er die Zehntscheune und den winzigen Dorfkrug durchsuchen.

»Da ist niemand«, meldete ein Krieger.

Das war sein letztes mögliches Versteck. Wenn Wiemken hier nicht ist, kann das nur eines bedeuten: Er ist abgezogen. Wahrscheinlich weil er genauso erschöpft ist wie wir. Yneke gestattete sich keine Erleichterung. Wenn er es täte, würde die Erschöpfung ihn an Ort und Stelle überwältigen. Mit zitternder Hand löste er das Horn vom Gürtel und blies es.

Wenig später rückte Widzelt in das Dorf ein. Sein Heerhaufen war in den letzten Wochen merklich geschrumpft. Mehrere Dutzend Männer waren gefallen, noch einmal so viele verwundet, man hatte sie zum Lager an der Harlebucht gebracht. Der größte Teil des Blutzolls entfiel auf einheimische Söldner und Wehrbauern, die Likedeeler hingegen hatten bislang kaum Verluste erlitten. Obendrein wirkten sie beinahe so frisch wie am ersten Tag und erfreuten sich bester Laune.

Der Teufel muss sie schützen, dachte Yneke verdrossen, während er Meldung machte.

Ein Ferkel flitzte an ihm vorbei. Störtebeker verfolgte es mit langen Schritten, schnappte es am Brunnen und klemmte sich das zappelnde Tier unter den Arm. Ein breites Grinsen spaltete seinen Bart.

»Worauf wartet ihr?«, dröhnte er. »Lasst uns das Vieh zusammentreiben und die Bauern aus den Hütten scheuchen, sie haben gewiss Silber unter den Herdstellen vergraben. Und führt mir ihre Frauen vor. Die zwei schönsten gehören mir!«

»Den Leuten wird kein Haar gekrümmt«, dämpfte Widzelt seine

Gier. »Habt ihr vergessen, dass das meine Untertanen sind? Wir kommen als Befreier, nicht als Plünderer. Hände weg von dem Schwein!«

Störtebeker setzte das Ferkel auf den Boden. Seine Männer und er wirkten nicht glücklich. »Du hast uns reiche Beute versprochen«, murrte er.

»Und ihr werdet sie bekommen.«

»Nicht wenn du uns immerzu zurückpfeifst.«

»Bei jedem Misthaufen, den wir einnehmen, heißt es: ›Lasst die Leute in Ruhe! Finger weg! Rührt dies und das nicht an!‹«, mischte sich ein anderer Likedeeler ein. »So kommen wir nie auf unsere Kosten.«

»Bald werdet ihr Beute machen«, versicherte Widzelt den Piraten, während er Helm und Wehrgehenk dem Diener gab.

»Bald?« Michels trat neben Störtebeker, eine scharfe Furche zwischen den Augenbrauen. Die Likedeeler lernten gerade jene Lektion, die früher oder später jedem Vasallen Widzelts blühte: Seine vollmundigen Versprechungen waren mit Vorsicht zu genießen. »Wir haben Wiemken über die Grenze getrieben«, sagte der schwarzhaarige Schiffer. »Der Kriegszug ist vorbei.«

»Folgt mir.« Widzelt führte Vögte und Hauptleute in die Zehntscheune, wo sie reden konnten, ohne dass die Dorfbewohner und Hunderte Krieger mithörten. »Wir werden an der Grenze nicht haltmachen«, erklärte er den Männern. »Unser Sieg hat bewiesen, dass wir stärker sind als der Feind. Es ist an der Zeit, den Krieg nach Östringen zu tragen. Wir werden Wiemkens Heimat verwüsten, ihm reichlich Land entreißen und ihm seine Schätze nehmen.«

»Das heißt, wir dürfen seine Dörfer plündern?«, hakte Michels nach.

»Sobald wir die Grenze überschritten haben, dürft ihr nach Lust und Laune rauben, schänden und brandschatzen«, versprach Widzelt.

Die Likedeeler brummten zufrieden. Yneke und die anderen Vögte hingegen kommentierten das Vorhaben nicht. Sie waren schlichtweg zu erschöpft, um Begeisterung für den Beutezug aufbringen zu können.

»Wir bleiben zwei Tage hier. Ruht euch aus und bringt die Ausrüstung in Ordnung«, befahl Widzelt. »Übermorgen dann kehrt die Hälfte von euch zur Harlebucht zurück«, wandte er sich an die Likedeeler. »Ihr bemannt die Schiffe und segelt zum Jadebusen, damit wir Wiemken in die Zange nehmen können. Sind damit alle einverstanden?«

»Irgendetwas stimmt nicht«, meldete sich Yneke zu Wort.

Widzelt blickte ihn stirnrunzelnd an. »Was meinst du?«

»Wiemken hat rein gar nichts mit dem Angriff auf Harlingerland gewonnen. Er hatte zu wenig Männer, um all die Dörfer und Bauernschaften, die er besetzte, halten zu können. Stets musste er sich zurückziehen. Wieso? Schlechte Planung? Ein erfahrener Feldherr wie er macht solch einen grundlegenden Fehler nicht.«

»Er konnte nicht wissen, dass ich eine derart große Streitmacht aufstelle. Er wird mich unterschätzt haben.«

»Oder er war nur auf schnelle Beute aus und hatte nie vor, die besetzten Gebiete zu halten«, bemerkte ein Vogt.

Beide Argumente überzeugten Yneke nicht recht. *Die Sache mit den Pultstöcken und den versteckten Pferden … sie deutet darauf hin, dass es ihm von Anfang an darum ging, uns auf Trab zu halten und uns zu zermürben. Gleichzeitig schenkte er uns Siege, die ihn nicht viel kosteten. Warum, beim heiligen Georg?* Der Gedanke war wie ein glitschiger Fisch – er entglitt ihm, ehe er ihn packen und genauer in Augenschein nehmen konnte. Er war unsagbar müde, sein Verstand arbeitete nicht mehr richtig.

»Worauf willst du hinaus?«, fragte Widzelt. »Dass er eine Falle vorbereitet hat?«

Yneke unterdrückte ein Gähnen und versuchte mit mäßigem Erfolg, sich zu konzentrieren. »Vielleicht will er uns zu einem leichtsinnigen Manöver verleiten. Uns nach Östringen locken, um uns mit allen verfügbaren Kräften in die Mangel zu nehmen.«

Einige Vögte waren geneigt, diese Möglichkeit in Betracht zu ziehen. »Wir sollten uns darauf einstellen, jenseits der Grenze auf härtere Gegenwehr zu stoßen«, wandte einer ein. »Wiemken wird sicher nur mit einem kleinen Teil seiner Krieger in Harlingerland eingefallen sein.«

»Unter diesen Umständen wäre es unklug, die Kräfte aufzusplitten«, bemerkte ein anderer.

Es missfiel Widzelt, dass sich Widerstand gegen seine Pläne formierte. Doch er wusste die beutegierigen Likedeeler auf seiner

Seite und sah daher keine Veranlassung, das Vorhaben aufzugeben. Immerhin wischte er die vorgebrachten Bedenken nicht einfach vom Tisch, wie er es in der Vergangenheit oft getan hatte.

»Ich behalte eure Warnung im Hinterkopf. Wenn wir nach Osten vorstoßen, tun wir das mit der gebotenen Vorsicht. Wir werden uns rasch bewegen und nirgendwo länger als nötig verharren, sodass der Feind uns nicht zu fassen bekommt«, beschwichtigte er die zweifelnden Vögte. »Es bleibt aber dabei, dass ein Teil der Likedeeler in die Jadebucht segelt. Wenn sie Wiemkens Küsten angreifen, bleibt ihm keine andere Wahl, als Kriegsvolk aus dem Kernland abzuziehen. So verhindern wir am ehesten, dass er an einem Ort Kräfte bündelt und gegen uns in die Schlacht wirft.«

Die Vögte ließen es damit gut sein. Sie waren schlichtweg zu erschöpft für eine ausufernde Debatte über die Risiken des Beutezugs. Die Männer gingen auseinander.

Yneke blieb als Einziger in der Zehntscheune. Er machte es sich im Stroh bequem und nestelte mit kraftlosen Fingern am Wehrgehenk. Ehe es ihm gelang, den Schwertgurt abzustreifen, schlief er ein.

Harlebucht

Die Schiffe dümpelten wie schlafende Wale im Seegatt. Es regnete, Dunst stieg von den schäumenden Wellen auf, sodass es aussah, als ruhten die Inseln Spiekeroog und Wangerooge auf einem Kissen aus Gischt und Nebel. Folkmar und die anderen Wachen der *Seetiger* kauerten unter einer aufgespannten Plane. Wigbold war vor einer Weile von der *Trialogus* herübergerudert, im Gepäck eine Flasche Wein, die sie gemeinsam leerten.

Nun hielt der Magister mit spitzen Fingern einen Queller und inspizierte den grünen Stängel mit einer Mischung aus mildem Ekel und wissenschaftlicher Neugier. »Dieses Gewächs ähnelt ungut dem Wattwurm«, befand er.

»Aber es schmeckt köstlich«, sagte Folkmar. »Nun versuch es schon.«

»Um der Wahrheit die Ehre zu geben, es riecht auch wie ein Wattwurm.«

»Lass dich davon nicht abschrecken. Ich esse Queller, seit ich Zähne habe. Er ist völlig unschädlich, du bekommst allenfalls Durst davon. Vertrau mir.«

»Ich weiß nicht …«

»Was bist du für ein Mann der Wissenschaft, wenn du nicht ab und an etwas Neues versuchst?«

Damit packte er Wigbold bei seiner Gelehrtenehre. »Nun denn – *fortes fortuna adiuvat*«, erklärte der Magister grimmig und biss hinein. Vier Augenpaare betrachteten ihn gespannt, während er den Queller mit nachdenklicher Miene kaute. »Recht salzig, aber durchaus schmackhaft«, urteilte er. »Eine angenehme Mischung aus Meeresfrucht und Wurzelgemüse.«

Das überzeugte die anderen, es auch zu versuchen. Folkmar verteilte Queller, den er bei Ebbe gesammelt hatte, und die Likedeeler genossen die fremde Speise.

»Geht gut zum Wein«, brummte einer und genehmigte sich sogleich einen tüchtigen Schluck.

»Wir bekommen Besuch.« Ein anderer wies über die Reling.

Vom Watt, schwer zu erkennen in den Regenschleiern, näherten sich ihnen mehrere Ruderkähne. Sie sprangen auf.

»Freund oder Feind?«, fragte Wigbold.

»Schwer zu sagen«, murmelte Folkmar. Für die Flucht aufs offene Meer war es zu spät. Die Boote würden sie erreichen, bevor sie das Segel hissen konnten, zumal der Wind nicht eben günstig war.

»Zu den Waffen!« Der Magister rief denselben Befehl den anderen Schiffen zu.

Mit der Ruhe war es schlagartig vorbei. Mit Spießen und Armbrüsten in den Händen duckten sich die Männer hinter der Reling und machten sich bereit, die *Seetiger* zu verteidigen. Glücklicherweise kam kurz darauf die Entwarnung.

»Das sind unsere!«, rief eine Wache von der benachbarten *Marienknecht*.

Im nächsten Moment konnte auch Folkmar erkennen, dass die Ruderkähne voller Likedeeler waren. Einer stand und schwenkte den Arm.

»Hey-ho, ihr Faulpelze, ihr krummbuckligen Heringsschmuggler!«, rief Gödeke fröhlich. »Gebt Laut, oder seid ihr vor Langeweile gestorben?«

Die Schiffswachen tauschten Waffen gegen Bootshaken, zogen die Kähne heran und halfen ihren Brüdern an Bord. Die Neuankömmlinge verteilten sich nicht nur auf die vier Schniggen, einige begaben sich auch auf die Koggen. Es waren ausschließlich Likedeeler, die aus den Booten stiegen und die Schiffsrümpfe erklommen. Folkmar atmete innerlich auf. Er hatte befürchtet, Yneke könnte unter den Männern sein.

Gödeke umarmte Wigbold. »Schön zu sehen, dass es euch gelungen ist, die *Seetiger* nicht zu versenken. Sagt – was habt ihr in den letzten drei Wochen getrieben?«

»Tagaus, tagein dem Müßiggang gefrönt. Keine Feinde weit und breit, Arbeit gab's auch keine. Mitunter war so wenig zu tun, dass wir Gefahr liefen, der *acedia* anheimzufallen.«

»Das kann man sehen, alter Freund. Du hast Speck angesetzt«, spottete Gödeke, während sie sich unter die Plane zurückzogen.

Wigbold tätschelte sich den Bauch. »Das verdanke ich unserem friesischen *confrater*. Jeden Morgen zog er los, um uns mit frischem Fisch, Muscheln und anderen Köstlichkeiten zu versorgen. Isebrand ist nämlich nicht nur ein herausragender Zimmermann, sondern auch ein Lebenskünstler. Aber Schluss mit dem eitlen Gerede über Faulheit und Völlerei. Wieso seid ihr zurück? Ist der Feldzug bereits zu Ende?«

»Ja und nein.« Während der durchnässte Schiffer den restlichen Wein trank, berichtete er von den Kämpfen in Harlingerland und von Widzelts Plänen. »Ich bin mit der Hälfte unserer Leute zurück. Johann und Hennig sind mit den anderen bei Widzelt geblieben. Sie marschieren gerade in Östringen ein.«

»Haben wir Verluste erlitten?«, erkundigte sich Wigbold.

»Nur geringe. Leider auch kaum Beute gemacht. Aber das wird sich jetzt hoffentlich ändern. Wir haben den Auftrag, die Küste der Jadebucht zu plündern. Am besten verlieren wir keine Zeit.«

Wigbold sprang sogleich in eins der Boote und ließ sich zur *Trialogus* bringen. Gödeke entfernte die Plane und baute sich am Bug auf. Regentropfen perlten über sein Gesicht, er schien es kaum zu bemerken. Gierig atmete er die Meeresluft ein, seine Augen unter den klatschnassen Haarsträhnen blitzten. »Beim Klabautermann! Wie gut das tut, wieder in See zu stechen. Wie die Landratten Krieg führen, ein einziges Herumkriechen im Staub – ich bin dafür nicht geschaffen. Riemen auf!«, donnerte er. »Ruder Kurs Ostnordost. Holen wir uns die Reichtümer der Östringer!«

Jadebucht

Der Wind blieb ungünstig, sodass die Fahrt zwei volle Tage dauerte. Wenigstens hörte es auf zu regnen. Die Sicht war klar und weit, als die Schiffe in den Jadebusen vorstießen. Die Flotte bestand nur noch aus den vier Schniggen der Likedeeler. Die weniger wendigen Großschiffe hatten sie zurücklassen müssen, sie waren immer wieder in die Harlebucht zurückgeworfen worden.

An der Küste südlich der Halbinsel Wangerland erblickten sie die Edenburg, die mächtigste Festung des Feindes, um die sie einen weiten Bogen machten. Eine halbe Seemeile weiter östlich ankerten zwei Koggen. Welpe erklomm sogleich den Mast und meldete, beide seien mit Edo Wiemkens Wappen beflaggt.

»Die bringen wir auf«, entschied Gödeke.

Folkmar und die anderen Männer an den Riemen ruderten die *Seetiger* nah zur *Trialogus*, sodass sich die beiden Schiffer verständigen konnten. Wigbold unterstützte den Plan.

»Kurs auf die Koggen nehmen«, rief Gödeke. »Volle Kraft voraus. Rudert, als säße euch der Leibhaftige im Nacken!«

Als die feindlichen Schiffe nur noch wenige Hundert Faden entfernt waren, konnte Folkmar sehen, dass sie für den Krieg zur See mit Wurfmaschinen und zinnenbewehrten Bugkastellen ausgerüstet waren, jeweils aber nur fünfzehn bis zwanzig Mann an Bord hatten. Die Likedeeler waren ihnen demnach fast zwei zu eins überlegen. Das erkannten offenbar auch deren Schiffer. Sie ließen eilends die Segel setzen, um zu fliehen. Gleichzeitig verschossen die Wurfmaschinen kopfgroße Steinkugeln, die zwischen den Schniggen ins Wasser platschten.

Klaus Scheld, der das Ruder bediente, zog den Kopf ein, als eines der Geschosse über ihn hinwegraste. »Jesus!«, zischte er.

Die *Marienknecht* erlitt einen Treffer. Ein Schleuderstein zerschmetterte eine Ruderbank und verletzte zwei Männer. Auch die benachbarte *Trialogus* erwischte es. Die Steinkugel flog in hohem Bogen heran und schlug zwischen den Ruderern im Kielraum auf.

»Seid ihr leckgeschlagen?«, rief Gödeke.

»Der Boden hält!«, antwortete Wigbold, und seine Mannen jubelten.

»Legt euch in die Riemen«, trieb der Schiffer der *Seetiger* die Seinen an. »Wir haben es gleich geschafft!«

Tatsächlich kamen sie bereits wenige Augenblicke später nah genug an den Feind heran, dass dessen Wurfmaschinen wirkungslos wurden. Gödeke und Wigbold leiteten das Entermanöver ein. Während eine Hälfte der Männer weiterruderte, beschossen die anderen die Krieger auf den Koggen mit Bogen und Armbrüsten. Die duckten sich hinter dem Schanzkleid und schossen zurück. Bolzen, Pfeile und Wurfspeere flogen durch die Luft, blieben zitternd in Schiffsplanken stecken, durchbohrten Menschen. Der Mann neben Folkmar wurde in die Seite getroffen, er sank stöhnend auf der Ruderbank zusammen, das Blut spritzte nur so aus der Wunde. Folkmar ergriff den Verwundeten bei den Schultern und wuchtete ihn hinunter in den Kielraum, sodass er sich zwischen den Spanten hinlegen konnte. Hektisch versuchte er, die Wunde zu versorgen. Ein unmögliches Unterfangen ohne richtiges Verbandsmaterial und chirurgische Hilfsmittel. Der Mann verblutete ihm binnen kurzer Zeit unter den Händen.

Ein dumpfer Aufprall ließ die Schnigge erzittern, Folkmar hob den Kopf. Die *Seetiger* war gegen eine der beiden Koggen geprallt. Deren hochbordige Rumpfwand ragte wie eine Festungsmauer über ihm auf. Die Likedeeler warfen Enterhaken auf das andere Schiff, zogen sich an den daran befestigten Seilen hoch oder kletterten ohne jegliche Hilfsmittel am Schanzkleid empor, während die Armbrustschützen die Feinde in Schach hielten.

Folkmar richtete sich auf. Die *Seetiger* lag steuerbords der Kogge, die *Trialogus* backbords. Auf beiden Seiten gab es heftige Kämpfe, als die Likedeeler an Bord zu gelangen versuchten. Zwanzig Faden entfernt bedrängten die *Katapult* und die *Marienknecht* das andere Großschiff. Einzelheiten konnte er schwerlich ausmachen. Das Gebrüll, das Klirren der Waffen, das spritzende Blut, die umherschwirrenden Pfeile betäubten seine Sinne wie heftige Schläge gegen den Schädel. Ein Schrei erklang. Ein Mann stürzte von der Reling und versank in den Wellen – ob Freund oder Feind, konnte er nicht erkennen. Er fühlte sich an das Chaos vor Sneek erinnert, als die Vetkoper die Schieringer überfallen hatten, und er musste mit aller Kraft gegen Panik und Verwirrung ankämpfen. Er war ein zäher, mutiger Mann, der Gefahren ausgestanden hatte, an denen neunundneunzig andere zerbrochen wären. An die sinnlose Gewalt des Krieges jedoch, an dieses viehische Morden aus reiner Goldgier würde er sich niemals gewöhnen. Und ganz gewiss würde er sich nicht daran beteiligen.

Das einzig Sinnvolle, was er tun konnte, war, sich um die Verletzten zu kümmern.

Ein weiterer Mann der *Seetiger* war von einem Armbrustbolzen getroffen worden. Der gefiederte Schaft ragte ihm aus der Schulter, Schmerz und Schock machten den Likedeeler derart benommen, dass er nicht imstande war, sich in Sicherheit zu bringen. Folkmar half ihm hinunter in den Kielraum und besah die Verletzung. Sie war zweifellos schwer, aber nicht lebensbedrohlich.

»Zieh den Bolzen raus, ich fleh dich an«, wisperte der Mann.

»Das machen wir später in Ruhe. Einstweilen lassen wir ihn schön da, wo er ist. Sonst verblutest du mir.«

»Aber es tut verteufelt weh …«

Beim Reparaturmaterial fand Folkmar einen Holzzapfen. »Beiß drauf. So kannst du den Schmerz besser ertragen.«

Der Verletzte brauchte ihn vorerst nicht mehr. Folkmar spähte über die Reling und schaute sich nach weiteren Brüdern in Not um.

»Hilfe …«

Einige Faden vor dem Bug schwamm ein Likedeeler. Er wirkte bleich und schwach, und Folkmar glaubte, im Wasser um ihn herum blutige Schlieren zu sehen. Er fand eine Pike und hielt dem Mann das stumpfe Ende hin. *Genau wie bei Cord Hanneken.* Er verscheuchte die unwillkommene Erinnerung. Leider war die Stangenwaffe gut anderthalb Klafter zu kurz, selbst wenn er sich weit über die Reling lehnte. »Du musst auf mich zuschwimmen!«

Der Likedeeler tat sein Bestes, doch wie die meisten Seeleute war er ein lausiger Schwimmer. Er konnte sich nur mit großer Mühe über Wasser halten, der Blutverlust und die vollgesogene Kleidung am Leib taten ihr Übriges. Er versank wie ein Stein, ohne jede Chance auf Rettung. Von jäher Wut gepackt schleuderte Folkmar die Pike ins Wasser.

Einstweilen tobten an Bord der Kogge heftige Kämpfe. Welpe war irgendwie ins Krähennest gelangt und hatte eine Armbrust an sich gebracht, mit der er einem Krieger auf dem Bugkastell in die Brust schoss. Klaus zog eben seinem Gegner das Schwert durchs Gesicht und stieß den Schreienden über die Reling. Gödeke hatte sich, wie es seine Art war, als Allererster ins Gefecht geworfen und auf diese Weise gleich mehrere Feinde auf sich gezogen. Er war ein meisterhafter Schwertkämpfer, dem es gelang, mit blitzender Klinge gleich drei Gegner auf Abstand zu halten. Gleichwohl war nicht zu übersehen, dass er sich überschätzt hatte. Die Männer bedrängten ihn hart mit Schwert, Axt und Spieß. Er musste zum Achterkastell zurückweichen und rückwärts den Niedergang hinaufgehen, während er Angriff um Angriff parierte. Einen Gegner streckte er nieder, doch das half ihm nicht viel. Auf dem Achterdeck focht der Befehlshaber der Kogge, ein Bär von einem Mann in Helm und Brustharnisch, gegen einen anderen Likedeeler, der ihm nicht gewachsen war. Gödeke hatte er bereits erblickt. Dem Mann stand ins Gesicht geschrieben, dass er plante, den Schiffer der *Seetiger* von hinten anzugreifen, sobald er mit seinem Gegner fertig war.

Folkmar sah klar vor sich, was in den nächsten Augenblicken geschehen würde. Der schwer gerüstete Befehlshaber und seine beiden erfahrenen Kämpfer würden Gödeke auf dem Niedergang in die Zange nehmen, ihn wahrscheinlich erschlagen. Folkmar war hin- und hergerissen zwischen seinem Vorsatz, sich aus dem Gefecht herauszuhalten, und dem dringenden Wunsch, dem Freund beizustehen.

Gödeke hat dich gerettet. Ohne ihn würdest du in der Wildnis versauern.

Er fluchte hässlich.

Das gegnerische Schiffsvolk hatte es nicht geschafft, das Segel anzubrassen, an mehreren Stellen hingen lose Taue von der Rah herab. Folkmar stellte sich auf die Ruderbank und bekam eines zu fassen. Er stieß sich von der Reling der *Seetiger* ab und zog sich an dem Seil hinauf, während er dem Achterschiff der Kogge entgegenschwang.

Dort geschah genau das, was er vorhergesehen hatte. Der feindliche Befehlshaber spaltete dem Likedeeler mit einem brutalen Schwerthieb das Schlüsselbein, trat ihm in den Bauch und schickte sich an, Gödeke hinterrücks zu attackieren. Der merkte davon nichts, denn er war voll und ganz mit seinen anderen Gegnern beschäftigt. Klingen prallten klirrend aufeinander. Immerhin gelang es ihm, den Axtkämpfer am Arm zu verletzen.

Folkmar aber war zur Stelle. Er schwang sich über die zinnenbewehrte Brüstung, ließ das Tau los, landete direkt vor dem verblüfften Befehlshaber und hieb ihm die Faust ins Gesicht. Der stämmige Mann taumelte rückwärts, ließ das Schwert fallen und brach betäubt zusammen.

Gödeke hatte das waghalsige Manöver mitbekommen, er lachte auf. »Was muss ich sehen? Unser Friedensfürst schwingt auf einmal die Fäuste. Recht so. Gib ihnen Saures, Freund Isebrand!«

Just in diesem Moment – vielleicht weil ihm allmählich die Kräfte schwanden – durchbrach einer der Angreifer seine Parade. Die Streitaxt traf Gödeke an der Schläfe. Die Klinge streifte ihn mit der Seite, jedoch ohne ihn zu verletzen. Der Treffer war dennoch heftig genug, ihn aus dem Gleichgewicht zu bringen. Benommen taumelte Gödeke rückwärts. Er wäre auf die Stufen gefallen, wenn Folkmar ihn nicht aufgefangen hätte.

Die beiden Krieger setzten sofort nach, um den Likedeeler mit Schwert und Axt zu zerstückeln. Folkmar sah nur eine Möglichkeit, Gödeke vor dem sicheren Tod zu retten. Er umschlang den Benommenen mit dem linken Arm und presste ihn an sich, während er sich rücklings über das Geländer des Niedergangs kippen ließ. Für einen Moment, kürzer als ein Lidschlag, hingen sie in der Luft und wären beinahe ins Wasser gefallen. Folkmar bekam jedoch rechtzeitig das herabhängende Tau zu fassen, sodass Gödeke und er von der Kogge wegschwangen. Die Krieger auf der Treppe konnten nicht fassen, dass ihnen die beiden Likedeeler derart frech entwischten. Der verdutzte Ausdruck in ihren Gesichtern war beinahe komisch.

Gödeke begriff, wie ihm geschah, und klammerte sich mit beiden Händen an seinem Retter fest. Gleichwohl war er ungeheuer schwer. Folkmar keuchte vor Anstrengung, er konnte sich kaum noch festhalten und spürte, wie ihm das durch die Hand rutschende Seil die Haut aufriss. Als er schätzte, dass die *Seetiger* genau unter ihnen war, ließ er los. Sie landeten am Achtersteven und schlugen beiderseits der Ruderpinne auf, gegen die Folkmar hart prallte, ehe er stöhnend vor Schmerz auf die Planken sank. Auch Gödeke lag eine Weile schnaufend und schlaff wie ein leerer Weinschlauch da.

Als er sich schließlich aufsetzte, grunzte er: »Hab mein Schwert verloren.«

»Danke deinem Schöpfer, dass es nur das Schwert war und nicht das Leben.«

Gödeke erholte sich bereits von dem Sturz und dem Axthieb, er trug schon wieder sein dreistes Grinsen zur Schau. »Ich schätze, du hast was gut bei mir.«

Er griff nach einem herumliegenden Bootshaken. Dabei schwankte er und musste sich an der Ruderpinne festhalten.

»Was wird das?«

»Ich muss zurück auf die Kogge. Die Männer brauchen mich.«

»Für dich ist vorerst Schluss mit Kämpfen. Du torkelst wie ein Betrunkener. Setz dich wieder hin.«

Natürlich wollte Gödeke das nicht hören. Mit einer Hand auf der Pinne stand er da und suchte nach einer Möglichkeit, wieder auf die Kogge zu kommen. Glücklicherweise ebbten die Kämpfe bereits ab. Als zwei Likedeeler den benommenen Befehlshaber den Niedergang hinabschleiften, sodass der Mann wie ein Sack voller Schweinespeck aufs Hauptdeck plumpste, endeten die Kämpfe gänzlich. Sämtliche Feinde, die nicht tot oder kampfunfähig waren, kapitulierten sogleich. Ähnliches ereignete sich auf der anderen Kogge. Aus voller Kehle bejubelten die Likedeeler ihren Sieg.

Wigbold erkannte, dass Gödeke noch mit den Nachwirkungen des Gefechts zu kämpfen hatte, und übernahm die Aufgabe, die notwendigen Befehle zu geben. Die Likedeeler sicherten die erbeuteten

Koggen, indem sie sie von Bug bis Achtern, vom Krähennest bis zum Kielschwein durchsuchten und die Gefangenen sodann in die Frachträume sperrten. Während man die Verwundeten versorgte, gesellten sich Folkmar und Gödeke zu ihren Gefährten. Der Schiffer der *Seetiger* fand sein Schwert beim Niedergang und schob es in die Scheide.

»Was machen wir mit den Schiffen?«, wollte Klaus wissen.

»Wir nutzen den Nordwind und bringen sie zur Küste. Vielleicht finden wir eine unbewohnte Bucht, wo wir sie verstecken können, ehe wir auf Raubzug gehen«, entschied Gödeke und lächelte wieder sein Schelmenlächeln. »Womit wir beim Kern der Sache angelangt wären. Lasst uns endlich nachsehen, was die Kogge Schönes geladen hat. Ein Kapitän, der eine solch hübsche Rüstung trägt, versteckt gewiss Schätze in seiner Kajüte. Wer will mir helfen, sie zu suchen?«

Einmal mehr hallte das freudige Geschrei der Likedeeler über das Deck.

Kapitel sieben

Östringen

Yneke stand seit seinem sechzehnten Sommer auf dem Schlachtfeld, er hatte so manche Grausamkeit gesehen. Doch was sich gerade vor seinen Augen abspielte, gehörte zum Schlimmsten. Die Likedeeler und Widzelts Söldlinge wüteten wie rasende Raubtiere unter den Dorfbewohnern. Die Verteidiger der kleinen Siedlung hatten sie bereits überwältigt. Einige kauerten auf einer bewachten Wiese, die anderen lagen verstreut um die Hütten und düngten den Kleiboden mit ihrem Blut. Nun fiel die Horde über die Bauern her. Alte, Kinder, Wehrlose, niemand war vor ihren Schwertern sicher. Rotgesichtige Männer zerrten Kisten aus den Hütten, schütteten den Inhalt auf den Boden und erschlugen den Besitzer im Zorn, wenn nichts von Wert darunter war. Störtebeker schleifte eine junge Frau an den Haaren über den Dorfplatz, seine Kumpane johlten vor Vergnügen. Reetdächer gingen in Flammen auf, Rauch und Feuerschein vermischte sich mit dem Wehgeschrei zu einem Gemälde des Grauens.

Eine Miniatur, die Szenen aus der Hölle darstellt, kam es Yneke in den Sinn.

Auch seine Männer plünderten, mordeten, schändeten. Nach Wochen des Kampfes war er zu abgestumpft, um sie zur Ordnung zu rufen. So stand er abseits, ließ sie gewähren und sehnte sich nach einem erfrischenden Becher Wein.

In den vergangenen zwei Wochen waren sie tief ins Feindesland vorgestoßen. In der dicht besiedelten Marsch zwischen Jever und Wangerland verfügte Edo Wiemken erwartungsgemäß über zahlreiche Kämpfer, die jedes Dorf, jede Kirche, jeden Hof erbittert verteidigten. Sie hatten den Feind stets bezwungen und dabei reichlich Beute gemacht, doch der Preis dafür war hoch. Sie hatten viele Männer verloren: die Likedeeler ein knappes Dutzend, Yneke acht. Bei den anderen Vögten sah es ähnlich aus. Das machte die erschöpften Krieger zornig. Ihre Rache traf die Bauern Östringens, sie wüteten von Tag zu Tag hemmungsloser.

Trotz der Siege hatte es für Yneke zunächst danach ausgesehen, als wären seine Befürchtungen eingetreten. Während Wiemken sich in der Edenburg oder in Jever verschanzte, warf er ihnen ein paar unbedeutende Bauernschaften zum Fraß vor und ließ sie bei den Kämpfen zur Ader, um sie zu schwächen. Doch sein Gegenschlag blieb aus. Sie hatten seit zwei Wochen nichts von Gödeke Michels gehört, doch vieles deutete darauf hin, dass er den Feind im Jadebusen auf Trab hielt, sodass der Häuptling von Östringen keinen schlagkräftigen Heerhaufen zusammenziehen konnte. Widzelt hatte also die richtige Strategie gewählt, das musste Yneke ihm zugestehen. Wiemkens Plan, sie in Östringen in die Falle zu locken, war vorerst gescheitert.

Das Massaker an den Dörflern zog sich stundenlang hin. Am frühen Abend dann hatten die Krieger endlich ihren Blutdurst gestillt. Sie fläzten zwischen den Leichen, soffen Bier und malten sich aus, was sie mit ihrem Anteil der Beute anstellen würden. Widzelt sprach mit einem Kundschafter, der soeben eingetroffen war. Anschließend beorderte er Vögte und Hauptleute in die kleine Tuffsteinkirche auf der Warf.

Ihr Häuptling erfreute sich bester Laune. »Es gibt endlich Nachricht von Michels. Die Späher haben ihn an der Küste ausfindig gemacht.«

»Wurde auch Zeit«, meinte Störtebeker. »Geht's dem alten Seeräuber gut?«

»Er hat einige Küstendörfer überfallen und Wiemken erheblichen Schaden zugefügt, ohne selbst nennenswerte Verluste zu erleiden. Stets konnte er sich aufs Meer zurückziehen, bevor der Feind sich formieren konnte.« Widzelt blickte triumphierend in die Runde. »Meine Herren, unser Plan geht auf.«

Die Männer brummten zufrieden und lobten sein strategisches Geschick.

»Was ist mit Wiemkens Flotte?«, fragte ein Vogt. »Versucht die nicht, die Likedeeler zu stellen?«

»Auch was das betrifft, gibt es gute Neuigkeiten. Im Wattenmeer hat der Wind auf West gedreht. Wiemkens Flotte, hauptsächlich Koggen, sitzt vor Rüstringen in den Häfen fest. Die einzigen beiden Kriegsschiffe, die Michels in der Jadebucht antraf, hat er bereits vor zwei Wochen aufgebracht.«

»Wahrlich, die Heiligen sind mit uns!«, rief ein Vogt freudig aus. »Bei so viel himmlischem Beistand können wir nicht verlieren.«

Dem musste Yneke zustimmen. Er schämte sich ein wenig dafür, dass er so voller Zweifel gewesen war. Sein Häuptling hatte aus den Niederlagen gegen die Kankena gelernt. Er hatte sein Können verfeinert und einen listenreichen Gegner in die Enge getrieben, wofür ihn das Schicksal mit seiner Gunst belohnte.

Widzelt sonnte sich einige Augenblicke in der Bewunderung seiner Vasallen, ehe er sagte: »Wir werden uns das Schlachtenglück zunutze machen. Wir greifen die Edenburg an. Wenn es uns gelingt, sie zu zerstören, können wir Wiemken ein für alle Mal vernichten. Das reiche Östringen ist dann unser.«

Die meisten Vögte, unter ihnen Yneke, bejubelten das kühne Vorhaben. Einigen wenigen jedoch war es etwas *zu* kühn.

»Wissen wir denn inzwischen, dass Wiemken in der Edenburg weilt?«, fragte einer der Männer vorsichtig.

»Die Späher haben ihn dort gesehen, ja.«

»Es dürfte schwierig werden, zu ihm zu gelangen«, fuhr der Zweifler fort. »Zwischen uns und der Edenburg liegen mehrere kleinere Festungen und gut verteidigte Dörfer, die wir allesamt einnehmen müssen, wenn wir den Feind nicht im Rücken haben wollen. Die Verluste würden uns derart schwächen, dass wir für die Entscheidungsschlacht nicht stark genug wären.«

»Wir sind nur ein, zwei Tagesmärsche von der Südküste der Jadebucht entfernt«, widersprach Widzelt. »Dort treffen wir uns mit Michels. Dank der erbeuteten Koggen ist unsere Flotte jetzt groß genug, dass der gesamte Heerhaufen an Bord gehen kann. Sogar die Beute können wir mitnehmen. Auf dem Seeweg umgehen wir sämtliche Widerstandsnester und landen direkt bei der Edenburg an.«

Das überzeugte die Zweifler.

»Worauf warten wir noch?«, dröhnte ein Vogt. »Auf zur Edenburg, zerren wir Wiemken aus seinem Loch!«

Die Likedeeler schlossen sich der allgemeinen Begeisterung nicht an. Sie hatten genug Beute gemacht und wollten keine weiteren Gefahren auf sich nehmen. Widzelt schenkte ihrem Murren jedoch kein Gehör.

Während die Männer die Kirche verließen, überschlug Yneke im Kopf die Frachtkapazität der Flotte. Unter normalen Umständen hatten sie genug Schiffe, um mehrere Hundert Mann mit Pferden und Kriegsgerät zu transportieren. Aber wenn sie die größtenteils aus Viehherden bestehende Beute mitnehmen und obendrein die Verwundeten schonend unterbringen wollten, kämen sie an ihre Grenzen.

»Wir müssen uns überlegen, was wir mit den Gefangenen machen«, gab er zu bedenken. »Ich fürchte, auf den Schiffen ist kein Platz für sie.«

»Da sprichst du ein wahres Wort, Freund Yneke«, meinte Widzelt. »Mit Gefangenen können wir uns nicht belasten.«

Er schickte Störtebeker und ein Dutzend Likedeeler zu der Wiese am Ortsrand.

Abermals gellten Schreie durchs Dorf.

Allerdings nicht sehr lang.

Schwarzes Brack

Folkmar schritt die Kogge von Bug bis Achtern ab, prüfte Taue, klopfte gegen Holz, strich mit der Hand über die Reling. Bei den Kämpfen hatten die erbeuteten Kriegsschiffe kleinere Schäden davongetragen. Hier ein angerissenes Stag, da eine gesplitterte Planke. Während Gödeke und Wigbold auf Raubfahrt gewesen waren, hatte er sich die Tage damit vertrieben, die Koggen auszubessern. An Deck war alles zu seiner Zufriedenheit. Er beschloss, einen letzten Blick in den Frachtraum zu werfen.

Mit der Laterne in der Hand balancierte er auf dem Kielschwein und begutachtete die Rumpfwände für den unwahrscheinlichen Fall, dass er ein Leck übersehen hatte. Das Bilgewasser stank noch schlimmer als sonst, er atmete durch den Mund. Zwischen den Spanten kauerten die gefangenen Seeleute, wie Schwerverbrecher an die

Bodenwrangen gekettet, sodass sie sich kaum bewegen konnten. Ihre Gesichter waren bleich, die Augen groß und stumpf, der getrocknete Schmutz auf ihrer Haut schuppte. Sie erinnerten Folkmar an schauerliche Kreaturen aus der Tiefsee, er hatte Mitleid mit ihnen. Aber es gab nichts, was er für sie tun konnte, außer ihnen gelegentlich etwas Essen zuzustecken oder ihnen frisches Wasser zu geben.

Der Rumpf war so dicht, wie er nur sein konnte. Während er zum Niedergang zurückkehrte, verteilte er Brot und Wurststücke an die Elenden.

»Ist das alles?«, brummte der Befehlshaber, der noch immer seinen Harnisch trug und von allen am schlimmsten nach Kot und Urin stank.

»Mehr hab ich nicht. Wann habt ihr das letzte Mal was zu essen bekommen?«

»Gestern Abend. Von dir.«

Folkmar biss die Zähne zusammen. Für seine Brüder waren die Gefangenen überflüssiger Ballast, so lästig wie die Ratten in der Bilge, und sie teilten ihren Proviant höchst widerwillig mit ihnen. »Ich rede mit der Wache«, versprach er.

»Gott segne dich, Zimmermann«, wisperte einer im Schatten. »Bist ein guter Mensch.«

Folkmar beeilte sich, dieses Höllenloch zu verlassen. Gierig atmete er die frische Meeresluft an Deck ein. Während er zum Achterkastell hinaufging, streifte sein Blick den Wald aus Masten und Tauwerk backbords. Die gesamte Flotte lag im seichten Wasser vor der Küste: die Schniggen der Likedeeler, die erbeuteten Kriegsschiffe sowie die Koggen der tom Brok, die zu ihnen gestoßen waren, nachdem der Wind gedreht hatte. Das Schwarze Brack, wo sie ankerten, zweigte westwärts vom Jadebusen ab. Ein junges Gewässer, keine vierzig Jahre alt. Das Hochmoor, das sich einst hier erstreckt hatte, war von Sturmfluten fortgerissen worden, zusammen mit den Deichen, dem vorgelagerten Marschland und vielen, vielen Menschen. Ihren Namen verdankte die Bucht der Farbe des Wassers: Es war schwarz von all dem Moorgrund, den die hereinbrechenden Fluten gefressen hatten.

Seit jener Katastrophe war der Küstenabschnitt unbewohnt. Dichtes Röhricht und eine mückenverseuchte Wildnis verbargen die Flotte vor feindseligen Blicken. Die einzigen Menschen weit und breit waren die Krieger, die auf dem schwarzen Strand lagerten: Widzelts Heerhaufen, der am späten Vormittag aufgetaucht war.

Folkmar trat zur Wache, die an der Kastellbrüstung stand und zwischen zwei Zinnen hindurchblickte. »Die Gefangenen hungern. Gebt ihnen zu essen.«

»Ich glaube, das lohnt sich nicht mehr«, meinte der Likedeeler.

»Was soll das heißen?«

Die Wache nickte in Richtung des lagernden Kriegsvolkes, als würde das irgendetwas erklären.

»Gebt ihnen einfach zu essen«, sagte Folkmar unwirsch. »So wenig Proviant haben wir nicht, dass wir nicht mit diesen armen Teufeln teilen könnten.«

Lustlos schlurfte der Mann davon. Folkmar erwog, ihm zu folgen, um ihm auf die Finger zu schauen. Doch just im Moment erblickte er ein Boot, in dem Gödeke und Wigbold saßen. Die beiden Hauptleute waren bei Widzelt gewesen und kehrten nun zu den Schiffen zurück. Folkmar schwenkte den Arm, woraufhin sie zu ihm ruderten. Er warf den Beutel mit dem Zimmermannswerkzeug ins Boot und ließ sich am Schanzkleid der Kogge hinab.

»Wieso sind Johann und Hennig nicht mitgekommen?«, fragte er, während sie zur *Seetiger* ruderten.

»Sie sollen vorerst an Land bleiben«, antwortete Gödeke. »Widzelt braucht jeden Mann, um Beute und Kriegsgerät auf die Schiffe zu bringen.«

»Wir kehren nach Marienhafe zurück?«

»Schön wär's. Es wartet noch reichlich Schwertarbeit auf uns, ehe wir uns auf die faule Haut legen können. Widzelt hat sich in den Kopf gesetzt, mit Mann und Maus zur Edenburg zu segeln und Wiemken zur Entscheidungsschlacht zu zwingen.«

»Kann er sie gewinnen?«

Wigbold hüllte sich in Schweigen und ließ sich nicht anmerken, was er von dem Unternehmen hielt. Gödeke war nicht so zurückhaltend.

»Ich fürchte, er übernimmt sich. Er sollte sich mit dem begnügen, was er hat, statt ohne Not alles auf eine Karte zu setzen. Aber was wissen wir schon? Wir sind ja nur die armen Teufel, die für seine Großmannssucht die Knochen hinhalten müssen.«

Mit dem gesamten Heer zur Edenburg – das kann nur gelingen, wenn jedes Schiff Krieger an Bord nimmt. Schlagartig schwebte Folkmar in großer Gefahr. Sein Magen verkrampfte sich.

Sie setzten Wigbold bei der *Trialogus* ab und ruderten weiter zur *Seetiger*, wo Gödeke die Männer mit knappen Worten instruierte.

»Wie soll das gelingen?«, murrte Klaus. »Wir bekommen die Koggen gerade einmal aus der Bucht heraus – und dann? Die Edenburg liegt weit im Norden, sie müssen die gesamte Strecke gegen halben Wind aufkreuzen. Unmöglich, wenn ihr mich fragt.«

»Dich fragt aber keiner«, versetzte Gödeke. Doch er war kein Mann, der seine Unzufriedenheit an seinen Brüdern ausließ. Freundlicher fügte er hinzu: »Vielleicht haben wir Glück, und der Wind dreht zu unseren Gunsten, sobald wir in der Jadebucht sind. Zur Not legen wir uns in die Riemen und schleppen die Koggen.«

»Ihr zwölf Apostel, seid uns gnädig!«, ächzte Klaus.

»Jetzt stellt euch nicht so an. So haben wir sie doch auch ins Schwarze Brack gekriegt, obendrein bei kräftigem Gegenwind.«

»Aber diesmal sind sie schwer beladen«, beklagte sich der Schiffsjunge. »Außerdem ist's viel weiter bis zu der Burg.«

»Du bist ein elender Jammerlappen, Welpe. Überleg mal, mit *was* sie schwer beladen sind. Vor allem mit Beute, von der du einen üppigen Anteil bekommen wirst. Also beschwer dich nicht und arbeite ausnahmsweise mal für dein Geld.«

Gödeke machte dem allgemeinen Meckern ein Ende, indem er Befehle bellte und Aufgaben verteilte.

Die Likedeeler brachten die Schiffe bis auf fünfzig Faden an die Küste heran, die Schniggen schleppten die Koggen. Als sich am Nachmittag das Meer aus der Bucht zurückzog, fiel die gesamte Flotte im Watt trocken. Die Krieger trieben das erbeutete Vieh und die Schlachtrösser zu den Großschiffen, wo man die Tiere mit zu Wippkränen umfunktionierten Rahen in die Frachträume hievte – eine Schinderei für Mensch und Tier, die Stunden dauerte. Die Gefangenen hatte man zuvor auf die Bugkastelle gebracht. Die Männer saßen in der Sonne und erwarteten angstvoll ihr weiteres Schicksal.

Derweil schoben und rollten Männer in langen Kolonnen Kriegsgerät und Fässer zu den Schniggen. Folkmar kümmerte sich darum, die Fracht platzsparend zu verstauen, denn das verschaffte ihm einen Vorwand, sich den ganzen Nachmittag im Kielraum der *Seetiger* zu verbergen. Gelegentlich spähte er über die Reling und hielt nach Yneke Ausschau. In dem Getümmel auf dem Watt konnte er den Vogt nicht entdecken.

In der Abenddämmerung gingen endlich die Krieger an Bord. Die Zeit drängte: Widzelt wollte mit der Flut in See stechen, um im allerletzten Licht des Tages wenigstens den großen Priel des Jadebusens zu erreichen, damit der Heerhaufen in der Nacht keine Angriffe vom Festland fürchten musste. Hunderte Männer wateten durch das schwarze Wasser, das bereits knöcheltief in der Bucht stand und rasch anstieg. Gleichmäßig verteilten sich Söldlinge und Bauernkrieger auf die Schiffe, die *Seetiger* nahm zunächst ein halbes Dutzend Verwundete auf.

Da erblickte Folkmar Yneke. Der Vogt und seine Krieger marschierten geradewegs auf die *Seetiger* zu.

Ruckartig zog er den Kopf ein. Ein schmerzhafter Stich durchfuhr seine Lunge, als hätte er frostkalte Luft eingeatmet. Es gab nur eines, was er tun konnte. Sollte Yneke an Bord gehen, würde er sich über die Reling schwingen, die Beine in die Hand nehmen und sich am Ufer in die Büsche schlagen, in der Hoffnung, dass er in der Wildnis verschwinden konnte, ehe man ihn einholte.

Das kannst du nicht tun. Sie werden sich denken können, dass du bei Abbe warst. Es wäre sein Todesurteil!

Doch Abbe würde in jedem Fall sterben, wenn man Folkmar bei den Likedeelern entdeckte. Selbst wenn er blieb und sich Yneke stellte. Ihm wurde übel vor Furcht und Verzweiflung. Es gab keinen Ausweg. Er griff nach einem Bootshaken, damit er sich nicht völlig hilflos fühlte.

Niemand kam an Bord.

Nach einer Weile wagte er einen Blick über die Reling. Yneke war fort… einfach weitergegangen, vorbei an der *Seetiger* zu einer Kogge. Eben stieg er die Laufplanke hinauf und trat durch die Relingspforte.

Folkmar schloss für einen Moment die Augen und ließ den Hinterkopf gegen die Planken sinken. Dieser Kelch war gerade so an ihm vorübergegangen. Hatten Gödeke und die anderen sein seltsames Verhalten bemerkt? Nein – die Mannen der *Seetiger* waren vollauf damit beschäftigt, die Schnigge zum Auslaufen klarzumachen. Keiner beachtete den im Kielraum kauernden Schiffszimmermann.

Er konnte das Gefühl der Erleichterung nicht lange genießen. Just erklangen schrille Schreie. Sie kamen von den erbeuteten Koggen.

»Nein«, ächzte Folkmar.

Widzelts Leute schnitten den Gefangenen die Kehlen durch und stießen die Sterbenden ins schwarze Wasser.

Einer der emsigen Mörder war Yneke Egers.

Kapitel acht

Edenburg

Das Donnern der Bombarden hallte über das Watt und scheuchte die Möwen auf.

Folkmar stand am Bug der *Seetiger*, die mit den übrigen Schiffen im Priel ankerte. Viel konnte er nicht erkennen, denn mehrere Hundert Klafter Watt lagen zwischen ihnen und der Edenburg, zumal an mehreren Stellen dichter Rauch aufstieg. Auf den Erdwällen um die Festung wurde gekämpft, Folkmar sah wimmelnde Gestalten zwischen den rußfarbenen Schwaden. Gelegentlich drangen Geschrei und Waffenklirren an seine Ohren. Gelang es Widzelt, zum Tor vorzustoßen? Biss er sich am Widerstand der Burgbesatzung die Zähne aus? Folkmar vermochte es nicht zu sagen. Er musste weiter warten und hoffen, dass seine Brüder das Gefecht mit heiler Haut überstanden.

Er ging zu den Männern, die mit ihm an Bord geblieben waren, um das Schiff zu verteidigen, sollte der Feind versuchen, die ankernde Flotte zu entern. Danach sah es jedoch nicht aus. Edo Wiemken brauchte offenbar jeden Mann, um den Angriff auf seine wichtigste Burg abzuwehren. Daher schlugen die sechs Likedeeler die Zeit tot, indem sie Dünnbier schlürften, um Hälblinge würfelten oder gelangweilt in die Luft starrten. Klaus Scheld war der Einzige, der redete.

»Eine Burg zu erstürmen ist keine leichte Übung«, dozierte er. »Besonders wenn sie mit Wassergräben befestigt ist wie die Edenburg. Man kann von Edo Wiemken halten, was man will, aber was er da gebaut hat, kann sich sehen lassen. Widzelt wird viel Geduld und Feuerkraft brauchen, um sie sturmreif zu schießen. Bleibt zu hoffen, dass er sich von Kaiser Karl inspirieren lässt. Wir erinnern uns an das Jahr 1332, als die Feste der Luxemburger in Modena belagert wurde …«

»Kein Mensch erinnert sich an das Jahr 1332«, grunzte ein Likedeeler. »Du bist der Einzige, der sich für diesen alten Mist interessiert.«

»Das ist kein ›alter Mist‹, das ist die glorreiche Geschichte des Heiligen Römischen Reiches«, gab Klaus beleidigt zurück. »Du tätest gut daran, mir zuzuhören, statt stumpfsinnig Bier zu saufen und dir den Arsch platt zu sitzen. Vielleicht lernst du ja noch was.«

Sie ließen ihn reden. Klausens Vorträge waren wie das Kreischen der Möwen und das Säuseln des Windes: ein Hintergrundgeräusch, das immer da war, das man mit der Zeit aber nicht mehr hörte.

Folkmar suchte sich eine bequeme Stelle und aß etwas gebratenen Fisch. Er fühlte sich zerschlagen, todmüde. Die vergangenen anderthalb Wochen waren ein einziges hochriskantes Versteckspiel gewesen. Während der Überfahrt hatte er kaum geschlafen. Pausenlos setzte ihm die Angst zu, Yneke könnte ihn erblicken. Schieres Glück hatte ihn bislang davor bewahrt.

Lange geht das nicht mehr gut. Bitte lass Widzelt gewinnen, damit wir rasch nach Marienhafe zurückkehren können, betete er zum wiederholten Mal.

Sein überreizter Verstand schlug seltsame Kapriolen. In der vergangenen Nacht hatte er stundenlang darüber nachgedacht, Yneke zu entführen und ihn vor Zeugen zu zwingen, seine Verbrechen zu gestehen. Natürlich war das unsinnig, töricht, in keiner Weise durchführbar. Selbst wenn er – unwahrscheinlich genug – Zeugen fände, die seinem Wort mehr glaubten als Ynekes, würde Widzelt ihn vernichten, sowie er von der Sache erführe.

Ein durch und durch närrischer Plan. Blieb zu hoffen, dass Abbe eine bessere Idee hatte.

Der Kanonendonner verstummte. Folkmar tauchte aus seinen düsteren Überlegungen auf und spähte zur Burg. Rauch und Pulverdampf umwaberten die ziegelroten Steingebäude im Innern des Rings aus Wällen und Gräben. Männer kamen über den Deich gerannt, schwärmten wie Strandkrabben über die Salzwiesen.

»Zu den Waffen!«, rief Folkmar.

Rasch griffen seine Brüder nach Schwertern, Spießen, Armbrüsten und bauten sich an der Reling auf. Doch es waren keine Feinde, die über das Watt hasteten. Es waren Gödeke, Johann, Hennig und die übrigen Likedeeler. Manch einer schleppte sich unter Schmerzen voran. Nicht wenige waren derart schwer verwundet, dass zwei Gefährten sie stützen mussten.

»Anker hieven!«, brüllte Johann den Schiffswachen entgegen. »Klarmachen zum Ablegen!«

Folkmar, Klaus und zwei weitere Männer schlangen die Ankertrosse um das Bratspill, rammten die Spaken in die Öffnungen und zogen Langbein herauf, indem sie die mächtige Trommel Vierteltörn um Vierteltörn drehten. Währenddessen wateten Gödeke und seine Mannen durch das flache Wasser und hievten mit vereinten Kräften die Verwundeten an Bord, fünf an der Zahl. Folkmar überschlug rasch die Köpfe. Vier oder fünf weitere mussten beim Sturm auf die Burg gefallen sein, denn sie waren nirgends zu sehen, und Gödeke würde einen Bruder nur dann zurücklassen, wenn es keine Rettung für ihn gab.

Folkmar kämpfte sich durch die stöhnenden, geschundenen, zu Tode erschöpften Männer. Ein aufgeregt plappernder Klaus folgte ihm dichtauf.

»Was ist passiert?«

Gödekes Blick irrlichterte mal hierhin, mal dorthin. Schweiß glitzerte auf seinem Gesicht und vermischte sich mit dem Blut, das aus einer Schnittwunde an der Stirn sickerte. »Entsatz ist gekommen«, antwortete er schwer atmend. »Wir waren gerade dabei, das Torhaus zu Klump zu schießen, als es plötzlich nur so von Feinden wimmelte. Sie kamen aus dem Landesinneren. Unser Überraschungsangriff war für Wiemken wohl nicht so überraschend, wie wir dachten.«

»Also seid ihr geflohen?«, fragte Klaus.

»Nein. Wir sind gerade dabei, tapfer die Stellung zu halten und den Feind beherzt zurückzuschlagen. Natürlich sind wir geflohen, Dummkopf. Was denkst du, was das hier ist? Wir hatten keine Wahl. Wären wir geblieben, hätten sie uns eingekesselt und abgeschlachtet.«

»Was ist mit Widzelt und dem Rest der Streitmacht?«, fragte Folkmar.

»Keine Ahnung. Hab ihn aus den Augen verloren. Wenn er klug ist, sucht er ebenfalls das Weite.«

Das war bisher nicht der Fall. Vor der Burg wurde noch immer gekämpft, soweit Folkmar erkennen konnte. Weder Widzelt noch einer der Vögte zog sich über das Watt zurück und strebte den ankernden Koggen entgegen. War das gut oder schlecht? Schwer zu sagen. Fiele Widzelt vor der Edenburg, stiegen Folkmars Chancen, seine Unschuld zu beweisen, da Yneke seinen Beschützer verlöre. Fiele aber Yneke im Schlachtgetümmel und Widzelt überlebte, könnte dies Folkmars Pläne erheblich erschweren.

Jetzt war der falsche Moment, sich darüber den Kopf zu zerbrechen. Es galt, die *Seetiger* in Sicherheit zu bringen.

Sie legten sich in die Riemen und ruderten die Schnigge fort von den Koggen, hinaus aus dem Meeresarm. Weiter draußen im Jadebusen, wo die Schiffe von tiefem Wasser umgeben waren, fühlten sie sich sicher vor Angriffen. Sie ankerten und kümmerten sich um die Verwundeten. Als das getan war, ließ Wigbold ein Boot zu Wasser, ruderte zur *Marienknecht* sowie zur *Katapult* und sammelte Johann und Hennig ein. Die vier Hauptleute trafen sich an Bord der *Seetiger*.

»Der Wind steht günstig. Segeln wir nach Helgoland«, schlug Johann vor.

Hennig nickte. »Dort können wir unsere Wunden lecken und uns neu formieren.«

»Wir müssen zunächst eruieren, was mit Widzelt geschehen ist«, gab Wigbold zu bedenken. »Wenn er sich zurückziehen konnte, müssen wir zu ihm stoßen.«

»Wozu?«, knurrte Gödeke.

»Nun, wir haben ihm *fides* geschworen und militärischen Beistand garantiert. Wenn wir ihn im Stich lassen, wird er uns zürnen, und dies zu Recht.«

»Na und? Er war es, der uns dieses Gemetzel eingebrockt hat, weil er den Hals nicht vollkriegen konnte. Was soll er denn machen – unseren Pakt aufkündigen? Das wird er nicht. Er braucht uns mehr als wir ihn.«

»Er kann uns das Handelsprivileg für Marienhafe entziehen«, mahnte Wigbold. »Dann bleiben wir auf dem Raubgut sitzen.«

»Und Widzelt müsste seinen Anteil abschreiben. Er wäre ein Narr, wenn er das täte – er braucht frisches Gold dringender denn je. Ich weiß nicht, wie es euch geht, aber ich habe die Nase gestrichen voll von diesem Krieg.« Gödeke blickte in die Runde. »Ich sage: Scheiß auf Widzelt!«

»Scheiß auf Widzelt!«, rief Johann.

»Scheiß auf Widzelt!«, sagte auch Hennig.

Damit war es entschieden. Wigbold fügte sich in seine Niederlage. Er, Johann und Hennig stiegen ins Ruderboot. Nachdem die Mannen der *Seetiger* Langbein eingeholt hatten, baute sich ein müder Gödeke am Vorsteven auf.

»Segel setzen! Ruder drei Strich backbord, Kurs Nordnordwest. Legt euch ein letztes Mal ins Zeug, Brüder. Auf nach Helgoland!«

Der Feind war überall. In ihrem Lager. Zwischen den Kriegsmaschinen. Auf sämtlichen Wegen. Einfach überall.

Es müssen Hunderte sein. Yneke erblickte hauptsächlich Reiter, leicht bewaffnet, ausgeruht, grimmig entschlossen. Vermutlich Rüstringer. Das Entsatzheer war plötzlich aus der Geest gekommen und wie eine Sturmflut in ihre Stellungen gefahren. Ihre Kundschafter hatten sie nicht vor der drohenden Gefahr gewarnt. Wahrscheinlich lagen die Männer allesamt im Schlamm, mit Pfeilen gespickt.

Die Büchsenmeister und ihre Mannschaften waren als Erste gefallen. Die heranstürmenden Krieger hatten im Handstreich Bombarden und Katapulte ausgeschaltet, um den Geschosshagel auf die Burg zu beenden, und dann die Bogenschützen auseinandergetrieben. Seitdem herrschte das Chaos. Ein Mahlstrom aus Blut, Geschrei und wimmelnden Leibern. Eben sah Yneke, wie ein befreundeter Vogt von seinen Männern getrennt wurde und sich nur mit dem Schild gegen drei Angreifer wehrte. Feucht glänzende Pferdeleiber zerquetschten ihn schier, Schwerter hieben erbarmungslos auf ihn ein. Mit gespaltenem Gesicht brach er zusammen.

Yneke schluckte hart. Die Ebene vor der Burg glich einem gewaltigen Fleischwolf, dem er nur entrinnen würde, wenn er seine Krieger eng um sich scharte.

»Alle zu mir!«, schrie er mit schriller Stimme. »Zu mir!«

Ein Reiter jagte auf ihn zu. Im letzten Moment blockte er den Lanzenstoß ab. Dabei zersplitterte der Schild, und er wäre beinahe zu Boden geschleudert worden. Höllenpein durchzuckte den linken

Arm vom Ellbogengelenk bis zur Schulter. Der Reiter riss sein Pferd herum und setzte zu einem neuen Angriff an. Da waren Ynekes Veteranen zur Stelle, zerrten den Mann mit Hellebarden aus dem Sattel und töteten ihn.

Er blickte sich hektisch um. *Wo, bei allen Monstern des Abgrunds, ist Widzelt?*

Sein Häuptling hatte versucht, mit erfahrenen Kämpfern die Erdwälle um das Lager zu bemannen, um dem Überraschungsangriff die Wucht zu nehmen. Ohne Erfolg. Seine Verteidigungslinie war gebrochen wie ein löchriger Sommerdeich in einem tosenden Orkan. Die Rüstringer hatten sie nur so überrannt. In jenem schrecklichen Moment hatte Yneke Widzelt aus den Augen verloren. War er gefallen? *Heiliger Georg, lass ihn am Leben sein. Sein Tod wäre unser sicheres Ende!*

Er gab es auf, Widzelt zu suchen, er musste die eigene Haut retten. Um ihn herum wimmelte ein blutiges Durcheinander. Menschen wurden von Lanzen aufgespießt, von Schwertern zerstückelt, von Hufen zertrampelt. Auch Yneke musste immer neue Angriffe abwehren, bis endlich genug Getreue bei ihm waren. Die Männer hielten die Schilde dicht an dicht, sodass sie einen Wall aus Holz und Eisen bildeten. Das bot einen gewissen Schutz vor Lanzenstößen, Axthieben und Pfeilsalven – die Rettung aber war es nicht. Soweit Yneke die Lage überblickte, war ihr Heerhaufen im Begriff, zwischen den Burgmauern und den Reiterhorden zerrieben zu werden wie eine unvorsichtige Hand zwischen zwei Mühlsteinen.

Er schüttelte die Reste des Schildes ab. Der Arm tat nicht mehr ganz so weh, offenbar war nichts gebrochen. »Zu den Pferden!«

Er gab den Likedeelern die Schuld an der Katastrophe. Die Piraten hatten gezeigt, dass sie keine disziplinierten Söldner waren, sondern ehrlose Banditen, feige bis ins Mark. Als es Widzelt nicht gelungen war, das Lager zu verteidigen, hatten sie getan, was Lumpen wie sie immer taten, wenn es allzu brenzlig wurde: Sie nahmen die Beine in die Hand und rannten, als wäre der Leibhaftige hinter ihnen her. Vermutlich hockten sie bereits auf ihren Schiffen und lachten sich ins Fäustchen, dass die Friesen so dumm waren, sich abschlachten zu lassen.

Petrus, schick ihnen einen turmhohen Kaventsmann, damit sie da draußen jämmerlich ersaufen!

Yneke ließ seine Truppe langsam vorrücken, angstvoll darauf bedacht, die Reihen geschlossen zu halten. Die Rüstringer versuchten, sie in Scharmützel zu verwickeln. Als sie zum wiederholten Male am Schildwall abprallten, gaben sie es auf und suchten sich leichtere Opfer.

Yneke war gerade bei seinem Zelt gewesen, als der Angriff begonnen hatte. Um zu den Pferden zu gelangen, mussten sie das halbe Lager durchqueren. Es war eine Strecke von nicht mehr als zweihundert Klaftern, doch sie erschien ihm ewig lang. Zerfetzte Zelte, brennende Wurfmaschinen und in Nahkämpfe verkeilte Männer säumten ihren Weg. Und Leichen. Viele, viele Leichen.

Endlich erreichten sie die Koppel jenseits der Latrinengräben. Die Zäune waren umgerissen, die Pferde fort.

Neue Panik durchzuckte Yneke. Die Angreifer mussten die Tiere fortgetrieben haben. Er erblickte welche weit draußen im Marschland. Unerreichbar. Man hatte ihnen die einzige Möglichkeit zur Flucht genommen.

Denk nach! Es muss einen anderen Weg geben.

Er glaubte sich zu erinnern, unterwegs im Lager Pferde gesehen zu haben. Schlachtrösser gefallener Rüstringer. Vielleicht konnten sie welche einfangen.

»Zurück!«

Abermals kroch der Trupp wie eine stachelbewehrte Schildkröte über das Schlachtfeld. Gelegentlich flogen Pfeile und Armbrustbolzen heran. Einer seiner treuesten Veteranen wurde getroffen. Eine Blutfontäne schoss aus der Halswunde, als der Mann in die Knie brach. Sie konnten nichts für ihn tun. Sie schlossen die Lücke und marschierten weiter. Schritt für Schritt, Klafter für Klafter.

Zwischen den Zelten fanden sie einige herrenlos umherirrende Pferde. Es war eine Herausforderung, die verängstigten Tiere einzufangen. Yneke blieb keine andere Wahl, als die Reihen zu öffnen und seine Männer ausschwärmen zu lassen. Das machte sich der Feind sogleich zunutze. Von mehreren Seiten griffen die Rüstringer an und drangen mit Schwert und Lanze auf die verstreuten Fußkrieger ein.

Die schlugen sich tapfer. Sie ließen nicht zu, dass sich Verwirrung unter ihnen breitmachte.

Yneke behielt ein halbes Dutzend Kämpfer bei sich und wich zurück, bis er ein Zelt im Rücken hatte. Eine armselige Verteidigungsposition, aber besser als nichts. Die Männer stellten die Speer- und Hellebardenschäfte auf den Boden, stützten sie mit den Füßen ab und schufen ein Dickicht aus scharfen Spitzen und Klingen, das die feindlichen Reiter abschreckte. Der eigene Herzschlag wummerte Yneke in den Ohren. *Wäre es besser gewesen, über die Marsch zu fliehen? Hoffentlich war das kein tödlicher Fehler!*

»Herr!«

Ein Krieger hielt ein Pferd am Zügel und zerrte das unwillige Tier heran. Yneke zögerte nicht. Er schlüpfte zwischen den Hellebardieren hindurch, schwang sich in den Sattel und zwang dem Ross seinen Willen auf. Der Hengst gehorchte ihm und beruhigte sich etwas. Auch Yneke fühlte sich augenblicklich sicherer durch das Wissen, auf und davon galoppieren zu können, wenn es sein musste.

Durch die erhöhte Position konnte er sich endlich einen Überblick verschaffen. Noch immer wurde an vielen Stellen im Lager gekämpft. Er wagte sich nicht vorzustellen, wie viele seiner Waffenbrüder inzwischen von den Rüstringern erschlagen worden waren. Doch er sah auch etwas, was ihm neue Hoffnung verlieh.

Widzelt.

Sein Häuptling lebte. Er saß ebenfalls im Sattel, einen Steinwurf von Yneke entfernt, und versammelte reichlich Kriegsvolk um sich, indem er Befehle brüllte und das Schwert hoch in der Luft schwang. Tatsächlich gelang es ihm endlich, sich neu zu formieren und einen geordneten Gegenangriff vorzubereiten.

Widzelt erblickte ihn. »Yneke!«, brüllte er. »Zu mir!«

Jeder Gedanke an Flucht war augenblicklich vergessen. Yneke dachte nicht mehr an die Likedeeler und ihren Verrat. Nun galt es, seinem Häuptling beizustehen und das Blatt zu wenden. Das war alles, was zählte.

»Die Reihen schließen!«

Seine Männer schüttelten die Rüstringer ab und scharten sich einmal mehr in dichter Formation um ihn. Er führte seinen Trupp zu den zerstörten Bombardenstellungen fünfzig Klafter vor dem zerschossenen Burgtor, wo Widzelts Haustruppe und mehrere Vögte dem Feind einen harten Kampf lieferten. Widzelt rief ihm etwas zu, doch in dem Getöse konnte Yneke nur Wortfetzen verstehen. Es gelang ihm nicht, zu seinem Häuptling vorzudringen. Zwischen den pfahlgespickten Erdwällen und den Sturmwänden aus Weidengeflecht herrschte ein heilloses Gedränge.

Wahrscheinlich will er die feindliche Umklammerung sprengen und ins Marschland …

Jäh riss der Gedanke ab. Just im Moment krachte die beschädigte Zugbrücke herunter. Männer quollen aus der rauchenden Ruine des Torhauses, Dutzende Speerträger und Hellebardiere. Sie schwärmten über die gesplitterten Balken, manche fielen dabei in den Burggraben und kämpften sich schwimmend und watend zum Ufer, was ihre Entschlossenheit nicht im Geringsten verminderte. Edo Wiemken höchstselbst führte den Ausfall an, mit emporgereckter Streitaxt stürmte er den Belagerern entgegen.

Unruhe machte sich unter Widzelts Mannen breit. Sie fürchteten, zwischen Wiemken und den Rüstringern eingekesselt zu werden. Yneke begriff, dass er etwas unternehmen musste. Er war der Einzige, der sich der heranstürmenden Burgbesatzung schnell genug entgegenstellen konnte.

»Ihr da. Zu mir!«, rief er einigen Kriegern in seiner Nähe zu. Die Söldlinge aus Norderland stiegen auf die Erdwälle, sprangen über den niedrigen Graben und verstärkten seinen Trupp, sodass er nun etwa fünfzig Mann befehligte.

Er eilte dem Burgtor entgegen. Der Zusammenprall mit Wiemkens Haufen war heftig. Von einem Moment auf den nächsten bestand Ynekes Welt nur noch aus ohrenbetäubendem Geschrei, zuckenden Bewegungen, blitzenden Waffen. Er hieb mit dem Schwert nach links, nach rechts, stutzte Speerschäfte, spaltete Köpfe. Der eigene Schwung trug ihn geradewegs in einen Wald aus Hellebarden hinein. Er fürchtete diese schreckliche Waffe, die sich bestens dafür eignete, einen Reiter mit dem Reißhaken vom Pferd zu ziehen und am Boden zu zerstückeln. *Nicht denken! Wer denkt, stirbt!* Er überließ sich ganz seinen geschulten Reflexen, sodass die Todesangst alsbald einem wilden Kampfrausch wich. Er wollte zerstören, verletzen und töten, er wollte all jene vernichten, die so dreist waren, ihn zu bedrängen. Zwei Hellebardiere fielen unter seinen Streichen, doch die anderen wichen keineswegs furchtsam zurück. Im Gegenteil, sie attackierten ihn umso grimmiger. Yneke verfluchte sich dafür, dass er versäumt hatte, sich einen neuen Schild zu beschaffen. So konnte er die Hellebardenstöße nur mit dem Schwert parieren oder sich rechtzeitig wegducken, was ihn viel Kraft kostete.

Sein Pferd wieherte schrill, voller Pein. Er konnte nicht sehen, was geschehen war. Wahrscheinlich war es verletzt worden. Jählings bäumte es sich auf. Er wollte sich am Sattelhorn festhalten, doch seine schweißnasse Linke glitt ab. Sein Oberkörper bog sich nach hinten durch, das Gesäß rutschte teilweise vom Sattel. Als das Pferd wieder nach vorn kippte und die Vorderhufe auf dem Boden aufschlugen, ging ihm der Aufprall durch Mark und Bein. Seine Zähne klackten, er biss sich auf die Zunge und schmeckte Blut. Er verlor vollends die Kontrolle über das Pferd.

Plötzlich schien die Zeit ungeheuer langsam zu fließen. Yneke fühlte sich wie ein unbeteiligter Beobachter, als wäre er von den folgenden Ereignissen nicht selbst betroffen. Er registrierte, dass das Pferd abermals stieg. Das Schwert entglitt ihm, es wirbelte durch die Luft und wirkte plötzlich gar nicht mehr wie eine Waffe, sondern wie ein Kruzifix, das sich träge am Himmel drehte. Seine Füße rutschten aus den Steigbügeln, er wollte sich irgendwo festklammern. Vergeblich. Im nächsten Moment fühlte er sich leicht, als hätte er die Schwerkraft überwunden. Ein Teil von ihm wusste, dass er soeben in hohem Bogen durch die Luft flog.

Wenn ich auf dem Boden aufschlage, breche ich mir alle Knochen. Oder sie hauen mich augenblicklich in Stücke. So oder so – ich bin bereits tot, erkannte er mit seltsamer Klarheit.

Er dachte an Almuth.

Der Gedanke war plötzlich da, füllte ihn vollständig aus. Er sah ihr herrliches Haar, ihr wunderschönes Gesicht, hörte ihr fröhliches Lachen, das sie ihm viel zu selten zeigte. Er wollte nichts mehr, als bei ihr zu sein, sie in die Arme zu schließen und nie mehr loszulassen. Alles andere war unwichtig.

Er landete im zertrampelten Gras. Der Aufschlag presste ihm sämtliche Luft aus der Lunge, sodass er nicht einmal aufstöhnen konnte, obwohl der Schmerz brutal war. Das Bild von Almuth zerstob, auch mit der Schicksalsergebenheit war es plötzlich vorbei. Panisch rang er um Atem, sengendes Feuer füllte seinen Brustkorb. Er bekam keine Luft, sosehr er es auch versuchte.

Wogende Körper, stampfende Füße, schmatzender Schlamm um ihn herum. Neben seinem Gesicht fiel eine Streitaxt zu Boden, etwas Warmes spritzte ihm in die Augen. Er wollte sich aufrichten, doch das machte alles nur noch schlimmer, den Schmerz, die Atemnot. Jemand stolperte auf ihn zu. Ehe er mehr erkennen konnte als die Schuhe und die Beine, bekam er einen Tritt gegen den Kopf.

Das ist das Ende, durchzuckte es ihn, ehe er in die Dunkelheit stürzte.

Kapitel neun

Blinzelnd schlug Yneke die Augen auf. Grelles Licht bohrte sich in seinen Schädel, es schmerzte wie ein Keulenhieb gegen die Stirn. Ein trockenes Keuchen kroch aus seiner Kehle. Er kniff die Augen zusammen. Als er sie abermals öffnete, wandte er den Kopf ab, damit er nicht wieder geradewegs in die Sonne blickte.

Die wimmelnde Masse der Krieger war verschwunden, der Schlachtenlärm verstummt. Stattdessen sah er blauen Himmel, grünes Gras, verschwommene Gestalten am gleißenden Fleck eines Feuers. Summende Stimmen drangen an seine Ohren.

Alles tat ihm weh – der Kopf, der Rücken, die Glieder. Er fühlte sich schwach und elend wie nie zuvor. Doch zu seiner nicht geringen Überraschung lebte er. Man hatte ihn also weder totgetrampelt noch mit Hellebarden zerstückelt. Schwach hob er die Hand, betrachtete sie. Es war noch alles dran.

Erstaunlich.

»Herr!«

Gestalten kamen zu ihm, zwei seiner Krieger. Sie halfen ihm, sich aufzusetzen, und gaben ihm zu trinken. Er zwang sich, das abgestandene Wasser zu schlucken, obwohl er den Brechreiz nur mit Mühe unterdrücken konnte.

»Was ist geschehen?«

Er krächzte und nuschelte die Worte, ein zahnloser Greis hätte es kaum undeutlicher hinbekommen. Überraschenderweise verstand man ihn.

»Die Schlacht ist vorbei. Wir haben Euch gefunden und in Sicherheit gebracht. Sollen wir den Feldscher holen?«

»Kein Feldscher.« Das fehlte noch, dass der Knochenflicker an ihm herumpfuschte.

Wurden wir besiegt? Konnte Widzelt das Blatt wenden? Lebt er über-

haupt noch? Diese und andere Fragen blitzten wie Wetterleuchten in seinem malträtierten Schädel auf. Er behielt sie für sich, denn er fühlte sich außerstande, länger als nötig mit den Männern zu reden. Außerdem stellte er fest, dass ihn die Antworten nicht sonderlich interessierten.

»Helft mir … beim … Aufstehen.«

»Ihr solltet besser sitzen bleiben.«

»Aufstehen!«

Die Männer hievten ihn auf die Füße. Kopfschmerz und Übelkeit wurden so stark, dass er beinahe umgekippt wäre. Ein Krieger hielt ihn fest. Er tat ein paar Schritte. Das fiel ihm leichter, als still dazustehen und mit dem Gleichgewicht zu ringen. Lauer Wind strich ihm ins Gesicht. Die salzige Meeresluft tat ihm gut.

Er befand sich im Heerlager. Man hatte es wohl verlegt, denn die ramponierten Zelte standen nicht mehr vor der Edenburg, sondern irgendwo in der Marsch, umgeben von Grasland, alten Deichen und überwucherten Warfen. Eine halbe Meile entfernt lag ein kleines Dorf, dessen Reethütten sich um einen grob gemauerten Glockenturm drängten wie Kinder um ihre beleibte Mutter. Die beiden Krieger blieben zurück, als sie erkannten, dass er ohne ihre Hilfe gehen konnte.

Yneke schlurfte weiter, vorbei an Männern, die Kochfeuer schürten, Verwundete versorgten und Ausrüstung auf Karren warfen. An erfreulich vielen Männern. Obwohl sie zweifellos schwere Verluste erlitten hatten, war es offenbar einem nicht kleinen Teil der Streitmacht gelungen, dem Gemetzel zu entrinnen.

Am Rande des Lagers blieb er stehen. Blickte zum Himmel auf, betrachtete die Wolken, die gemächlich ihre Form veränderten, während der Wind sie von hier nach da schob. Bilder stürzten auf ihn ein, schreckliche Bilder von sterbenden Männern, spritzendem Blut, zuckenden Waffen. Er wehrte sich nicht dagegen – sie waren zu intensiv, um sie aufzuhalten. Im Kampfgetümmel hatte er sämtliche Gedanken an den drohenden Tod vermieden. Jetzt holten sie ihn ein, und die unterdrückten Ängste trafen ihn mit brutaler Wucht.

Ich wäre um ein Haar gestorben.

Gestorben und zur Hölle gefahren.

Seine Hände fingen an zu zittern. Er schwitzte, stärker als bei einer anstrengenden Arbeit.

In jenem Moment, als das Pferd ihn abwarf, als er durch die Luft flog, den sicheren Tod vor Augen – an was hatte er da gedacht?

An Almuth.

An sie und nichts sonst. Wenn er die Augen schloss, sah er sie derart klar und deutlich, als stünde sie direkt vor ihm. Als müsste er nur die Hand heben, um sie zu berühren. An sie zu denken, an ihr liebliches Gesicht, ihre angenehme Stimme, raubte den grauenvollen Erinnerungen ihre Macht. Er wurde ruhiger, sein Herz hörte auf zu rasen. Gleichzeitig stieg große Traurigkeit in ihm auf.

Almuth war das Allerwichtigste in seinem Leben, Almuth und Eger. Sie gaben ihm die Kraft, in schweren Zeiten morgens aufzustehen, unermüdlich seine Pflicht zu tun und selbst lebensgefährliche Befehle zu befolgen. Er liebte Almuth noch immer, trotz allem, was zwischen ihnen war. Und doch zeigte er es ihr viel zu selten. Zu Hause gab er sich meist kalt, mürrisch und herrschsüchtig. All sein Streben galt dem Versuch, ihren Willen zu brechen, statt dankbar zu sein, eine solch starke und kluge Frau an seiner Seite zu wissen.

Sie muss glauben, dass ich sie hasse. Was bin ich nur für ein Narr!

Er atmete tief ein, bis er dachte, sein Brustkorb werde bersten. Die Luft dehnte seine Lunge aus. Es war ein gutes Gefühl, der letzte Rest von Übelkeit wich Klarheit. Einer schmerzhaften Klarheit. Schonungslos betrachtete er seine Fehler, seine törichten Entscheidungen. Ihm war, als hätte er die letzten Jahre in einem verschwommenen Traum verbracht. Ein Traum, der nun zerschmolz wie Nebel im Sonnenschein.

Langsam atmete er aus.

Yneke Egers wusste, was er zu tun hatte.

Helgoland

Ein strammer Südoster blähte die Schratsegel und Stagfocken, dass das Tauwerk stöhnte wie eine geschäftstüchtige Dirne. Sie fuhren mit sechs Knoten vor dem Wind. Die vier Schniggen hüpften nur so über die Wellen, für das Schiffsvolk gab es wenig zu tun. In der Abenddämmerung, als der Himmel orange, golden und violett ins Meer blutete, erreichten sie Helgoland.

Die Buntsandsteinklippen leuchteten rot wie Kaminfeuer. In den Felsentoren brach sich die Brandung, in der haushoch aufspritzenden Gischt schillerten Regenbogen. Es war nicht das erste Mal, dass Folkmar Helgoland besuchte. Bei verschiedenen Jungfernfahrten, wenn sie neue Schiffe getrimmt hatten, war er hier gewesen. Und doch beeindruckte ihn der Anblick der aufragenden Felseninsel, die ganz anders war als die flachen Eilande vor der friesischen Küste, jedes Mal aufs Neue.

Gödeke ließ die Segelfläche verkleinern, und der Wind schob sie gemächlich in den natürlichen Hafen zwischen der Felsenzunge im Südosten und dem langen Gerölldamm, der die Hauptinsel mit einer kleineren verband. Am Sandstrand ankerten mehrere Fischerboote und andere bescheidene Einmaster. Alles war voller Möwen. Die Vögel saßen scharenweise auf den Gaffeln, den Tauen, den Bordwänden. Gelegentlich flatterten sie los, um Krebse zu fangen oder über dem Hafenbecken zu kreisen.

Die Mannschaften fierten die Segel und klemmten sich hinter die Riemen. Als die Kiele knirschend über den Grund schrammten, brachten sie die Anker aus. Otto von Tyne und seine Gefährten, die sie bereits erwarteten, ergriffen die ausgeworfenen Seile und vertäuten die vier Schiffe.

Folkmar war unter den Ersten, die am Vorsteven über die Reling stiegen, ins Wasser glitten und zum Strand wateten, das Bündel mit ihrer Habe über den Kopf gehoben. Die Verwundeten wurden währenddessen mit dem Ruderboot ans Ufer gebracht. Otto beobachtete die bleichen, humpelnden, gekrümmten Männer mit seinem verbliebenen Auge, die Stirn von Falten zerfurcht.

»Wer hat euch denn so zugerichtet? Hat euch die Hanse erwischt?«

»Kämpfe vor der Edenburg«, antwortete Gödeke knapp.

»Ihr habt euch mit Edo Wiemken angelegt? Oha. Scheint ja nicht gut ausgegangen zu sein. Habt ihr wenigstens Beute gemacht?«

»Später, Otto«, meinte der Schiffer müde. »Sag uns lieber, wo wir unterkommen können.«

»Ich hoffe für dich, dass ihr nicht die ganze Zeit auf der faulen Haut gelegen habt«, grunzte Johann. »Wenn ich heute Nacht in einem Felsloch voller Möwenscheiße schlafen muss, ziehe ich dir die Haut ab und benutze sie als Decke.«

»Sei willkommen auf Helgoland, Bruder. Ich freue mich auch ungemein, dich zu sehen«, gab Otto säuerlich zurück. »Niemand lag auf der faulen Haut. Ob du's glaubst oder nicht, aber wir haben ordentlich geschuftet in den letzten Monaten. Kommt, ich zeig's euch.«

Er führte die Männer den Strand hinauf, zu jenem Teil der Insel, der »Unterland« genannt wurde. Ein gutes Dutzend Hütten aus Steinen, Brettern und Segeltuch lehnte an der Felswand. Sie wirkten einfach, aber solide.

»Nicht übel«, lobte Gödeke.

»Wenn wir etwas zusammenrücken, sollten alle darin Platz finden«, erklärte Otto. »Da hinten ist die Regenzisterne mit frischem Wasser. Auf der anderen Seite ist der Latrinengraben. Wir wollten noch einen Anleger bauen, aber uns ist das Holz ausgegangen.«

»Macht nichts. Wenn die Schniggen nicht allzu schwer beladen sind, kann man auch so anlanden.« Gödeke spähte zu den Gebäuden auf dem Felsplateau, dem Oberland. Die schlichten Steinhütten waren im schwindenden Licht kaum zu erkennen. Folkmar wusste, dass sie ein kleines Dorf bildeten. Man erreichte es über eine gewundene Treppe aus groben Stufen, die man vor Urzeiten in die Klippen geschlagen hatte. Friesen lebten dort. Sie betrieben Fischfang und verhütteten Kupfer, das sie an Ort und Stelle abbauten.

»Kommt ihr mit den Einheimischen klar?«, erkundigte sich der Schiffer der *Seetiger*.

»Es sind friedliche Gesellen. Gelegentlich treffen wir uns zum Tauschhandel, aber meistens bleiben sie unter sich.«

»Wir bringen die Verletzten in den beiden Hütten hier unter«, entschied Gödeke. »Seht zu, dass sie frisches Wasser und saubere Verbände bekommen.«

Es war längst dunkel, als sie endlich alle Verwundeten versorgt und Proviant und Ausrüstung an Land geschafft hatten. Johann, Hennig, Wigbold und die meisten Likedeeler zogen sich erschöpft in die Unterkünfte zurück. Folkmar saß mit Gödeke und einigen anderen, die wie er keinen Schlaf fanden, am Strand zusammen. Ein Feuer ließ Funken in den Nachthimmel aufsteigen, wie Glühwürmchen schwebten sie in die Schwärze empor. Die Männer teilten sich eine pralle Schweinsblase mit staubtrockenem Frankenwein, den sie in Östringen erbeutet hatten.

»Weiß Widzelt eigentlich von alldem?« Folkmar machte eine Handbewegung, die das gesamte Unterland umfasste.

»Das Sommerquartier auf Helgoland? Wir haben es ihm nicht auf die Nase gebunden«, antwortete Gödeke. »Wahrscheinlich kann er sich's denken.«

»Er soll davon halten, was er will«, sagte Otto. »Für uns ist Helgoland ideal. Es liegt günstig, und es macht uns unabhängig von Marienhafe.«

»Ihr hattet nie vor, euch allein auf Widzelts Unterstützung zu verlassen, richtig?«, stellte Folkmar fest.

Gödeke lächelte hintergründig. »Wir arbeiten für ihn, aber wir sind nicht seine Vasallen, die ihm irgendetwas schulden. Wir brauchen keinen Herrn. Wir tun allein, was uns gefällt.«

»Widzelt ist kein Mann, der Eigensinn duldet.«

»Na und? Er darf gerne schimpfen und zetern, aber er kann uns schwerlich verbieten, auf Helgoland Quartier zu beziehen. Wir haben in den letzten Wochen genug für ihn geblutet – damit soll er sich für den Rest des Jahres begnügen.«

»›Für den Rest des Jahres‹?« Folkmar runzelte die Stirn. »Wollt ihr so lange hierbleiben?«

»Wir werden morgen Rat halten. Johann, Hennig und ich werden den anderen vorschlagen, erst zum Ende der Schifffahrtssaison nach Marienhafe zurückzukehren. Wir brauchen Zeit, um uns auszuruhen. Einstweilen werden wir das eine oder andere Handelsschiff aufbringen und etwas Beute machen.«

»Wigbold ist dagegen?«

»Er und ein paar andere wollen so bald wie möglich nach Friesland segeln. Aber wir werden sie wohl überstimmen. Die allermeisten von uns haben fürs Erste genug von Schlachten und Belagerungen.«

Folkmar konnte nicht behaupten, dass ihm das gefiel. Auf Helgoland war er zur Untätigkeit verdammt. Und was würde Abbe denken, wenn er monatelang verschwunden blieb? Er würde ihn womöglich für tot halten – schon wieder. »Ist das klug? Widzelt wird uns Verrat vorwerfen.«

»Du hörst dich an wie unser verzagter Gelehrter Wigbold«, meinte Gödeke kopfschüttelnd. »Seit wann kümmert es dich, was Widzelt von uns hält?« Gähnend erhob er sich. »Morgen beim Rat kannst du deine Bedenken vorbringen. Aber ich würde mir nicht allzu viele Hoffnungen machen, dass sie eine Mehrheit finden. Ich leg mich aufs Ohr. Gute Nacht, Brüder.« Er schlurfte davon.

Otto hielt Folkmar den Weinschlauch hin. »Dich quält das Heimweh, was? Nimm's nicht so schwer. Helgoland ist ganz nett, wenn man sich mal dran gewöhnt hat. Bisschen einsam, aber das hat auch seine Vorteile. Genug Zeit zum Saufen.« Als Folkmar den Schlauch nicht anrührte, genehmigte sich der Einäugige selbst einen kräftigen Schluck. Er rülpste vernehmlich, Rebensaft troff ihm über das Kinn. »Ja, das werd ich machen, drei Monate lang. Saufen, mein ich. Ihr habt hoffentlich genug Wein und Bier mitgebracht. Aber was das betrifft, kann man sich auf Johann verlassen. Er stürzt selbst gern den einen oder anderen Becher, trägt seinen Beinamen ja nicht ohne Grund. Und huren! Huren werd ich«, verkündete Otto mit schwerer Stimme. »Im Oberland gibt's eine Dirne, musst du wissen. Recht hässlich, aber dafür macht sie schon für zwei Ballen Torf die Beine breit. Ich stell dich ihr vor, wenn du willst.«

»Nein danke«, brummte Folkmar.

»Ha! So einer bist du also. Hat das irgendwelche religiösen Gründe? Na ja,wirst deine Meinung schon noch ändern. Nach ein paar Wochen auf diesem Felsen juckt jedem die Rute.« Otto kicherte meckernd. »Willst du jetzt einen Schluck?«

»Gib schon her.« Folkmar riss ihm die Schweinsblase aus der Hand und setzte sie an die Lippen.

Der Wein schmeckte wie Gerbsäure, die man mit Pisse verdünnt hatte. Er trank ihn dennoch.

Kapitel zehn

Warfstede

Almuth saß auf einer Decke und schaute Eger zu, der jauchzend über die Wiese hoppelte. Er hatte großen Spaß an seinem neuen Steckenpferd und dem Holzschwert, das er wild über dem Kopf schwang. Es war eine Freude, ihn so glücklich zu sehen. Vielleicht überwand er auf diese Weise die panische Angst vor Pferden, die ihm seit jenem Unglückstag im vergangenen Februar zusetzte. Dass sie das Pony, das er so sehr fürchtete, weggegeben hatte, hatte leider nicht viel geholfen.

Almuth streckte die Beine aus, stützte sich auf die Ellbogen und genoss die Sonnenstrahlen. Es war ein freundlicher Sommertag, vielleicht einer der letzten in diesem Jahr. Bienen summten im Gras, Enten quakten im Röhricht, es duftete nach Kamille, nach Schafgarbe. Nicht einmal die Anwesenheit des Kriegers, der auf einem Baumstumpf hockte, an einer Rauchwurst nagte und gelegentlich herschaute, konnte ihre Laune trüben.

Yneke mag mich einsperren. Aber er wird niemals darüber bestimmen, wie ich fühle.

Ruhige Wochen lagen hinter ihr. Sie hatte das Beste aus der Gefangenschaft gemacht und viel mit Eger gespielt, ihm vorgelesen, ihm beigebracht, wie man sich ankleidete, sich die Haare kämmte. Trotz allem entwickelte er sich prächtig. Der Junge lernte schnell für sein Alter und war längst nicht mehr so empfindlich wie im vergangenen Jahr. Seinen Vater vermisste er so gut wie gar nicht. Dass sie nur unter Aufsicht hinausdurften, machte ihm kaum etwas aus. Mit der Gabe des Kindes, im Hier und Heute zu leben, nahm er jeden Tag so, wie er kam. Seine Mutter, das Steckenpferd und die Gutenachtgeschichten – mehr brauchte er nicht, um glücklich zu sein.

Wenn ich von mir nur dasselbe sagen könnte … Sie schob den Gedanken weg. Wenn sie sich Zorn und Bitterkeit hingab, verlieh sie Yneke Macht über sich. Noch mehr, als er ohnehin hatte. Das wäre töricht. Er war weit weg, das wollte sie auskosten, so gut sie konnte.

Der Krieger hatte die Wurst verzehrt und wischte sich die fettigen Finger am Rock ab. »Es wird Zeit.«

»Wir bleiben noch«, sagte Almuth energisch. »Eger braucht die Bewegung.«

Der Mann hatte offenbar keine Lust, mit ihr zu streiten oder sie gar mit Zwang zum Steinhaus zurückzubringen. »Aber nicht mehr allzu lang«, meinte er halbherzig und fing an, an einem Stück Holz herumzuschnitzen.

Eger fiel hin. Almuth eilte zu dem schluchzenden Jungen und tröstete ihn. Er beruhigte sich rasch und wollte weiterspielen. Gerade als er das Steckenpferd aufhob, hallte ein lang gezogenes Stöhnen heran.

A-UUUUUU.

Ein Hornsignal, es kam aus der Geest. Der Krieger stand auf. Die Bauern auf den Feldern reckten die Köpfe.

A-UUUUUU.

Damit war Almuths gute Laune endgültig dahin. Es gab keinen Zweifel, was das Signal bedeutete.

Yneke kehrte heim.

Er hatte den Feldzug überlebt. Er war lediglich leicht verletzt worden. Verschiedene Prellungen und oberflächliche Fleischwunden, die leider nicht aussahen, als würden sie ihm die Höllenqualen bereiten, die Almuth ihm von Herzen wünschte. Obendrein verheilten sie sauber.

»Wärst du so freundlich, mir neue Pflaster und Verbände zu machen?«

Sie ließ sich von einer Magd frisches Leinen bringen. Während sie schweigend seiner Bitte nachkam, bestürmte ein aufgeregter Eger den Vater mit Fragen. Ob die Beule am Kopf wehtue. Ob er die bösen Männer besiegt habe. Und vor allem: ob er Eger etwas mitgebracht habe.

Yneke lächelte. »Warum schaust du nicht in meinem Schnappsack nach?«

Ungeduldig öffnete Eger den ledernen Rucksack, wühlte darin

herum und förderte einen Beutel mit Murmeln zutage. Strahlend breitete er die bunten Kugeln auf dem Boden aus und bestaunte seine Schätze.

»Hab Dank«, sagte Yneke, als Almuth fertig war. »Setz dich und iss mit mir.«

Die Magd stellte ihnen Buttermilch und aufgewärmte Erbsensuppe hin. Yneke leerte rasch seine Schale und nahm sich einen Nachschlag. Almuth dagegen stocherte lustlos in ihrem Essen herum.

»Wir haben Edo Wiemken aus Harlingerland vertrieben«, berichtete er. »Der kommt so schnell nicht zurück. Auch in Östringen waren wir siegreich. Zumindest anfangs, später hat uns leider das Glück verlassen. Die Edenburg konnten wir nicht zerstören. Dort hat sich alles gegen uns verschworen. Der Feind konnte Verstärkung anfordern, woraufhin die Likedeeler abgehauen sind. So blieb Widzelt nichts anderes übrig, als mit Wiemken einen Waffenstillstand auszuhandeln. So Gott will, hält der Frieden eine Weile.«

Almuth musterte ihn stirnrunzelnd. Etwas war anders als sonst. Wenn er von den Kämpfen erzählte, langweilte er sie diesmal nicht mit seiner Prahlerei. Er berichtete auch von den Rückschlägen und Niederlagen, die er früher stets verschwiegen hatte. Und sein Ton ihr gegenüber war geradezu klebrig freundlich.

Was zum Teufel soll das?

Er legte den Löffel weg und kniff die Lippen zusammen. Plötzlich schaute er sie an. »Es hätte nicht viel gefehlt, und ich wäre vor der Edenburg gefallen«, sagte er und wirkte plötzlich unsicher. »Als die Feinde in großer Zahl heranstürmten, hatte ich den Tod vor Augen. Ich kam mit knapper Not davon, der heilige Georg muss mich beschützt haben. So etwas gibt einem Mann zu denken …«

Seine Stimme versickerte wie ein Rinnsal im Staub. Er befingerte den Löffel und räusperte sich.

»Von nun an will ich Eger ein besserer Vater sein. Und dir ein besserer Mann. Ich liebe dich noch immer. Aber ich weiß, dass ich dich nicht zwingen kann, meine Liebe zu erwidern. Ich habe … Fehler gemacht. Ich werde mich daher bemühen, mich deiner Zuneigung würdig zu erweisen.«

Wieder schwieg er. Offenbar wartete er darauf, dass sie etwas sagte.

Almuth aber starrte ihn lediglich an, als hätte er sich soeben in ein seltsames Tier verwandelt. Sie hatte nicht die leiseste Ahnung, was sie von dieser Ansprache halten sollte.

Nach dem Nachtmahl suchte Yneke seine Amtsstube auf. Das erste Mal die Kammer zu betreten, nachdem er gerade von einem Feldzug heimgekehrt war, rief stets widersprüchliche Gefühle in ihm hervor. Alles war so anders als in den letzten Wochen. Schon wie es hier roch: nach Tinte, Pergament und altem Mauerwerk statt nach Blut, Schweiß und vollen Latrinengräben. Tatsächlich war es eine Wohltat, wieder in einer sauberen und aufgeräumten Umgebung zu sein. Gleichwohl fühlte er sich, als wäre er in eine andere Welt geraten, in ein fremd gewordenes Land, wo er sich erst wieder zurechtfinden musste. In der Amtsstube galten völlig andere Regeln als auf dem Schlachtfeld. Statt gegnerische Stellungen zu zerstören und Feinde zu töten, verlangte sie von ihm, Steuerlisten zu schreiben und Urkunden zu siegeln. Keine einfache Umstellung.

Er stellte das Talglicht aufs Schreibpult, setzte sich und betrachtete das halb fertige Sühnekreuz, das noch immer in einer Ecke stand, unter einem Tuch verborgen. In den letzten Wochen hatte er oft an das Kreuz gedacht. Auch Erasmus' Zeichnung besaß er noch – er hatte sich nie dazu durchringen können, sie zu vernichten. Natürlich bewahrte er sie woanders auf, an einem sicheren Ort. Almuth interessierte sich für seinen Geschmack zu sehr für die Amtsstube.

Vor ihm lag ein langer, beschwerlicher Weg. Wenn er ein neuer Mann werden wollte, war es nicht damit getan, Frau und Kind besser zu behandeln. Er musste sich aufrichtig bemühen, alte Fehler wiedergutzumachen, mit der Vergangenheit abzuschließen.

Das schaffst du nie, hörte er seinen Vater höhnen. *Selbst größere Männer als du ändern sich kaum je. Weil dazu viel Mut gehört – den du nicht hast, du Feigling.*

»Bin ich nicht!«, zischte Yneke. Den Anfang hatte er bereits gemacht, schon vor dem Feldzug. Er hatte für Gerts Tod Sühne geleistet, und es hatte sich gut angefühlt. Diese Erfahrung würde ihn beflügeln zu tun, was nötig war, um sich zu bessern.

Er beäugte das Sühnekreuz.

Ich sollte es endlich fertig machen lassen und das vermaledeite Ding in Aurich aufstellen. Das wäre der nächste logische Schritt auf seinem Weg. Leider wäre es auch der letzte. Sosehr er sich das Hirn zermarterte, er fand schlicht keine Möglichkeit, für den Mord an Ocko Buße zu tun, ohne sich Foelkes Rache zuzuziehen.

Konnte er wenigstens an Folkmar Janns Wiedergutmachung leisten? Der Gedanke bereitete ihm geradezu körperliches Unbehagen. *Niemals!* Er war bei der Wahl seiner Mittel vielleicht etwas übers Ziel hinausgeschossen, aber das änderte nichts daran, dass der Kerl bekommen hatte, was er verdiente. Niemals würde Yneke ihm erlauben, heimzukehren und neuen Unfrieden zu stiften. Oder ihm gar Almuth auszuspannen.

Ihm kam eine bessere Idee. Er würde die Zeichnung wie eine Art Testament handhaben. Wenn er dereinst auf dem Sterbebett lag und nichts mehr zu verlieren hatte, würde er einen Vertrauten bitten, sie aus dem Versteck zu holen, damit der Steinmetz anhand der Vorlage die Inschrift anbringen konnte. Das fertige Sühnekreuz würde man gleich nach seinem Tod zur Schnappe bringen. Ockos Seele könnte Frieden finden und Yneke mit geläutertem Gewissen vor den Höchsten Richter treten.

Endlich hatte er eine Lösung für dieses vertrackte Problem gefunden. Und was seine Vorsätze betraf: Es galt, nach vorn zu schauen. Es gab reichlich Möglichkeiten, Gutes zu tun und Almuth zu zeigen, dass er willens war, sich zu ändern. Es war weiß Gott nicht nötig, dass er dafür sein Leben aufs Spiel setzte.

Das lange Grübeln hatte ihn angestrengt. Zeit, zu Bett zu gehen. Er blies die Kerze aus, ehe er auf den Gang trat und die Tür der Amtsstube absperrte.

Sag ich doch, wisperte sein Vater, *ein Feigling durch und durch.*

Marienhafe

»Wer ist das?«, fragte Foelke.

»Hayka«, antwortete Widzelt, während er sich an den gedeckten Tisch setzte. »Meine Gemahlin.«

»Deine …?« Foelke starrte erst ihn an, dann die junge Frau mit dem Säugling auf dem Schoß, dann wieder ihn. »Du hast *geheiratet*? Wann?«

»Im vergangenen Jahr. Auf dem Feldzug gegen die Kankena.«

»Du bist seit anderthalb Jahren verheiratet und hast es nicht für nötig gehalten, mir das zu sagen?« Foelke wandte sich an Almer. »Wusstest du davon?«

»Gewissermaßen«, murmelte der Kaplan verlegen.

»Almer hat uns getraut«, erklärte Widzelt, der sichtlich Spaß an ihrem Ärger hatte.

Almer konnte sie nicht anschauen. »Ich musste Herrn Widzelt mein Wort geben, es niemandem zu sagen.«

»Wozu diese Heimlichtuerei? Schämst du dich für sie? War sie womöglich eine Lagerhure?«

Die junge Frau – sie war gewiss keine zwanzig – ließ nicht erkennen, ob die Beleidigung sie getroffen hatte, ja ob sie dem Wortgefecht überhaupt zuhörte. Bislang hatte sie kein einziges Wort gesagt. Sie saß einfach da und stillte den Säugling. Sie trug ein einfaches Wollgewand und war hübsch anzuschauen, wie Foelke zugeben musste. Blond, zierlich, wohlgeformte Brüste. Doch alles an ihr strahlte eine niedrige Abkunft aus.

»Ich schäme mich ganz gewiss nicht für Hayka«, sagte Widzelt, nun nicht mehr grinsend. »Mir ging es einzig und allein darum, sie vor deinen Anfeindungen zu schützen.«

»Anfeindungen? Was redest du da für einen Unfug?«

»Hast du sie nicht gerade eine ›Lagerhure‹ genannt?«

»Ist sie denn eine?«

»Lasst uns essen«, grunzte Widzelt, und damit war die Frage für Foelke beantwortet.

»Und das Kind ist demnach …?«

»Meine Tochter Maye«, antwortete der Bastard zwischen zwei Bissen.

Ein Mädchen, dachte sie erleichtert. *Kein weiterer Rivale für Keno.* Es war allenfalls ein halbes Jahr alt, ein niedliches kleines Ding. Der Anblick erinnerte sie daran, wie sie damals Keno gestillt hatte, vor nunmehr sechzehn Jahren, an genau diesem Tisch. Sie war eine überaus glückliche junge Mutter gewesen. Rasch verbannte sie die unwillkommenen Gefühle. Wenn sie mit dem Bastard zu tun hatte, durfte sie sich keine Sentimentalitäten leisten. »Warum hast du sie hergebracht, wenn du solche Angst hast, ich könnte sie unfreundlich behandeln?«

»Hier sind sie sicherer als in Harlingerland. Wer weiß, wie lange der Waffenstillstand mit Wiemken hält.« Widzelt deutete mit dem fettverschmierten Messer auf sie. »Du wirst sie in Ruhe lassen, hast du verstanden?«

»Es mag dich überraschen, aber ich bin nicht die kinderfressende Hexe, für die du mich hältst. Ich werde deinem geliebten Weib schon nichts tun. Wo werden sie wohnen?«

»Na, hier.«

»Ach ja? Findest du nicht, dass ich da ein Wort mitzureden habe? Immerhin ist es *mein* Haus, über das du so großzügig verfügst.«

»Tatsächlich ist es Kenos Haus. Als seine Vormünder dürfen wir beide darüber verfügen.«

»Wir haben aber nicht genug Platz«, hielt sie dagegen. »Kauf ihr ein Haus im Dorf.«

»Hayka kann Kenos Kammer haben. Oder ist er inzwischen zurück?«

»Nein.«

»Gut. Damit wäre das entschieden.«

Widzelt zersäbelte sein Fleisch, und Foelke kochte vor Wut. Hayka war derweil mit dem Stillen fertig geworden. Während sie Maye sanft auf den Rücken klopfte, betrachtete sie Abbe mit unverhohlener Neugier.

Der lächelte sie an. »Abbe Wilken«, stellte er sich vor. »Freut mich, deine Bekanntschaft zu machen.«

»Ich habe dir nicht erlaubt, mit ihr zu sprechen«, schnappte der Bastard. »Halt dich von Hayka und Maye fern, Buckliger. Hast du verstanden?«

»Gewiss«, antwortete Abbe.

Hayka aber erwiderte scheu sein Lächeln.

Abbe kaute auf der Unterlippe, während er im Kopf die Worte hin und her schob wie ein Krämer die Silberstücke auf dem Rechenbrett.

»Und so kam es, dass Ocko tom Brok, Häuptling zu Brokmerland, im Jahre 1379 nach Loppersum zog …«

Nein. Dass Ocko Häuptling war, hatte er inzwischen so oft erwähnt, dass es selbst der begriffsstutzigste Leser verstanden haben würde.

»Es trug sich zu im Jahre des Herrn 1379, dass Ocko tom Brok nach Loppersum zog …«

Er verzog den Mund. Zu lang. Zu umständlich. Zu pompös.

»Im Jahre 1379 zog Ocko nach Loppersum …«

Na endlich! Mit einem zufriedenen Lächeln auf den Lippen tauchte Abbe den Gänsekiel in die Tinte. Vage erinnerte er sich, dass er bereits an früherer Stelle über die Schlacht von Loppersum geschrieben hatte, doch er hatte keine Lust, zurückzublättern und nachzuschauen. Sollte sich am Ende herausstellen, dass es zwei Schilderungen der Schlacht gab, würde er die bessere auswählen und die andere fortwerfen.

Abbe hatte den Verdacht, dass diese nicht eben effiziente Arbeitsweise der Grund dafür war, dass er mit seiner »Chronik der Familie tom Brok« einfach nicht fertig wurde, obwohl er inzwischen seit Jahren daran arbeitete. Ständig fand er ein Detail, das ergänzt oder geändert werden musste. Aber wenn er ehrlich war, *wollte* er gar nicht fertig werden. Die Arbeit an dem Buch war das Einzige, was ihn vor der geisttötenden Langeweile bewahrte. Das Schreiben hielt seinen Verstand beschäftigt und schützte ihn vor bedrückenden Gedanken. Gerade Letzteres war immens wichtig. Nun, da Folkmar verschwunden war, umso mehr.

Widzelts Gezeter über die Likedeeler hatte er entnommen, dass die Söldnertruppe während der Schlacht um die Edenburg übers Meer geflohen war. »Aber sie werden zurückkommen«, hatte der Bastard grimmig prophezeit. »Sie werden es nicht wagen, unser Bündnis aufzukündigen. Und dann gnade ihnen Gott!«

Abbe hoffte, dass Widzelt recht behielt. Er würde es nicht ertragen, Folkmar noch einmal zu verlieren.

Was, wenn Widzelt sie bestraft? In seinem Zorn bringt er es fertig, sie der Hanse auszuliefern. Wenn ich den Jungen nur irgendwie warnen könnte!

Doch ihm waren die Hände gebunden, wieder einmal. Er konnte

nichts tun, als abzuwarten. »O Herr, bitte schütze Folkmar Janns, was auch geschieht«, murmelte er.

Er schüttelte den Kopf und widmete sich wieder seinem Buch. Rasch weiterschreiben, bevor die Niedergeschlagenheit ihn übermannte! Er vervollständigte den Bericht der Ereignisse zu Loppersum und beschloss, dass es eine gute Idee wäre, das folgende Kapitel mit einer Aufstellung der wichtigsten Familien Ostfrieslands zu beginnen.

Einige der Namen, die er sich notierte, entlockten ihm ein Lächeln. Ocko, Keno, Hisko, Focko. Latinisierte Versionen traditioneller friesischer Vornamen, wie es in der Schriftsprache üblich war. Eigentlich hießen diese Leute Ocke, Kene, Hiske und Focke. Die lateinische o-Endung hatte jedoch auf ihr Betreiben hin Einzug gehalten in die Alltagssprache. Sie signalisierte: *Wir heißen wie Cato und Cicero. Wir sind etwas Besseres als die gewöhnlichen Friesen. Wir sind reicher, gebildeter, kultivierter.* Über so viel Standesdünkel konnte Abbe nur staunen. Er stellte sich vor, er würde sich »Abbo« nennen. Sein Vater hätte »Wilko« geheißen. Seine Brüder – Gott hab sie selig – »Hero« und »Unicko«. Einfach albern.

Er skizzierte die Stammbäume. Wie üblich verlor er sich in Details, sodass bei dem Unterfangen nicht allzu viel herauskam. Als ihn der Rücken schmerzte, beschloss er, sich ein wenig die Füße zu vertreten.

Im Steinhaus hielt sich zurzeit kaum jemand auf. Trotz des Regenwetters trieben sich die meisten Bewohner auf dem Marktplatz, am Hafen oder sonst wo herum. Er musste nicht fürchten, Widzelt oder anderen unangenehmen Zeitgenossen über den Weg zu laufen.

Als er auf den Gang trat, sah er, dass die Tür zu Kenos Kammer offen stand. Hayka und Maye hatten das Zimmer vor ein paar Tagen bezogen, zu Foelkes Verdruss. Abbe verspürte Mitleid mit der jungen Frau, Foelke ließ sie ihre Ablehnung deutlich spüren. Auch die Diener spotteten unverhohlen über ihre anrüchige Vergangenheit. Außer Widzelt hatte sie niemanden, mit dem sie reden konnte. Und der hatte kaum Zeit für sie.

Eben war Hayka dabei, Maye eine frische Windel anzulegen. Ihre Blicke trafen sich.

»Abbe Wilken, richtig? Komm doch rein.«

Zögernd folgte er der Aufforderung. Das Zimmer war noch genauso eingerichtet wie am Tag von Kenos Abreise nach Den Haag. Hayka war wohl noch nicht dazu gekommen, es nach ihren Bedürfnissen umzugestalten. Es gab lediglich eine Wiege für das Kind. Sie legte die schläfrige Maye hinein und ließ das Kinderbett behutsam schaukeln.

»Setz dich«, sagte sie freundlich.

»Ich sollte nicht hier sein«, meinte Abbe verlegen.

»Wieso?«

»Nun, dein Gemahl möchte nicht, dass ich mit dir spreche.«

»Oh, richtig. Warum hat er das gesagt?« Hayka wusste offenbar sehr wenig über dieses Haus und seine Bewohner. Möglicherweise auch nicht allzu viel über ihren Ehemann.

»Ich bin eine Geisel seiner … eurer Familie und ihm lästig.«

Die junge Frau wirkte betroffen. »Aber mit uns essen darfst du?«

»So wünscht es Foelke.« Eigentlich hatte Keno darauf bestanden. Dass Abbe der Anordnung noch immer Folge leistete, obwohl der Junge seit einem halben Jahr fort war, hatte verschiedene Gründe. Zum einen war sein Ärger auf Foelke mit der Zeit abgekühlt und sein Bedürfnis, der Langeweile zu entrinnen, längst stärker als sein Widerwille, neben ihr zu sitzen. Zum anderen hoffte Abbe, durch die Tischgespräche etwas zu erfahren, womit er Folkmar helfen konnte.

»Das verstehe ich nicht«, sagte Hayka.

»Es ist kompliziert, fürchte ich.«

»Warum bist du eine Geisel?«

»Auch das ist schwer zu erklären.«

Sie ließ es auf sich beruhen. »Mach dir keine Sorgen wegen Widzelt. Er ist nach Aurich geritten und wird frühestens am Samstag zurück sein.« Sie schloss die Tür und setzte sich wieder zu ihm. »Was ist mit deinem Rücken passiert?«

Abbe hörte keine Häme, keinen Ekel in ihrer Stimme. Nur ehrliche Neugier. »Ich kam so zur Welt.«

»Tut es weh?«

»Manchmal.«

»Sag es mir, wenn es wehtut. Ich kann dir eine Salbe machen, die dir helfen wird«, bot Hayka an.

»Hab Dank.« Abbe lächelte. Er wusste, er sollte gehen, doch ihre kindliche Freundlichkeit rührte sein Herz. Und sie war ausgesprochen hübsch. Es geschah nicht oft, dass hübsche Frauen mit ihm sprachen.

»Was ist das für ein Buch, in dem du immer schreibst?«, erkundigte sie sich.

»Eine Chronik der Familie tom Brok.«

»Was ist eine Chronik?«

»Eine Art … Geschichte. Aber eine, die wirklich passiert ist.«

»Ich habe nie lesen und schreiben gelernt«, sagte Hayka bedauernd. »Da, wo ich herkomme, gab es niemanden, der es mir hätte beibringen können. Nur den Vikar, aber vor dem hatte ich Angst.« Sie strahlte ihn an. »Kannst du es mir beibringen?«

»Ich fürchte, das ist keine gute Idee.«

»Ich kann Widzelt bestimmt überreden, es dir zu erlauben. Er will nur mein Bestes. Er hat mir Geld gegeben und ein Haus. Ohne ihn müsste ich immer noch …« Sie schaute verlegen drein. »Er hat mich gerettet. Er ist ein wunderbarer Mann. Der beste. Das solltest du auch in deine Chronik schreiben. Damit alle es wissen.«

»Du armes Ding«, wisperte er kaum hörbar.

»Was?«

Er räusperte sich. »Widzelt ist vielleicht nicht das, was er zu sein scheint.«

Hayka runzelte die Stirn. »Wie meinst du das?«

Abbe ließ die Frage unbeantwortet. Er hatte schon zu viel gesagt. »Ich muss jetzt gehen. Sag deinem Gemahl nicht, dass ich da war, ja?«

Sie schaute ihm verwirrt nach, als er zur Tür watschelte.

Warfstede

Als Almuth mit Eger in die Halle kam, war Yneke längst fort. Er weilte seit dem ersten Glockenschlag auf dem The und trieb die Abgaben ein.

Sie ließ sich Zeit mit dem Morgenbrot und spielte eine Weile mit Eger, der nach wie vor viel Freude an seinen Murmeln hatte. Schließlich half sie ihm, die Schuhe anzuziehen. Er brauchte neue Kleider. So schnell, wie er gerade wuchs, würden ihm die alten bald zu klein sein. Almuth wollte zum Markt, um Wolltuch und Nähgarn zu kaufen.

Sie ließ Eger zuerst die Leiter hinunterklettern. Der Wächter machte keine Anstalten, sie aufzuhalten. Hatte er seine Aufgabe vergessen? Nun, sie würde ihn gewiss nicht daran erinnern.

Auf dem The warteten gut hundert Menschen aus Marsch und Geest darauf, dass sich der Vogt ihrer annahm. Um sie herum standen Butterfässer, Huckelkörbe voller Torf, Käfige mit Federvieh und andere Abgaben, die zu Michaelis fällig waren. Während Almuth mit Eger an der Hand zu den Marktständen ging, sah sie, wie Yneke gerade mit einem verarmten Bauern stritt. Der Disput endete damit, dass ihr Gemahl hinter seinem Tisch ergeben die Hände hob.

»Na schön. Na schön. Dann lieferst du die Rüben eben im neuen Jahr ab. Aber nicht später als Lichtmess, hörst du? Der Nächste!«

Stirnrunzelnd trat Almuth zur Bude des Tuchhändlers. Nachdem sie ihre Einkäufe gemacht hatte, erlaubte sie Eger, mit seinem Steckenpferd herumzuspringen. Sie verschränkte die Arme vor der Brust und beobachtete das Geschehen.

Manch ein Bewohner des Kirchspiels hatte Ynekes Abwesenheit genutzt, um sich vor Diensten an Wall und Graben zu drücken. Andere konnten den Zehnt nicht oder nur teilweise zahlen. Und was tat Yneke? Ließ er die Missetäter prügeln? Verhängte er reihenweise drakonische Strafen? Nichts dergleichen. Er ermahnte die Leute, drohte ein wenig mit Konsequenzen und befahl ihnen, das Versäumnis zügig nachzuholen.

Er wirkte wie ausgewechselt.

Nur ein Strohfeuer, dachte Almuth. *Er hat sich schon einmal milde und nachsichtig gegeben, und was ist am Ende passiert? Er kann sein wahres Wesen nicht ewig verleugnen. Früher oder später wird die Grausamkeit wieder hervorbrechen.*

Sie rief Eger, und sie gingen nach Hause.

Yneke kam am frühen Nachmittag in die Halle. Müde sank er auf die Bank. Beim Essen ließ er Almuth wissen, dass sie von nun an das Steinhaus nach Belieben verlassen dürfe.

»Keine Aufpasser mehr?«, fragte sie argwöhnisch.

»Keine Aufpasser mehr.«

»Darf ich Freunde besuchen?«

Er seufzte. »Du darfst auch zu den Osinga gehen, wenn du es nicht lassen kannst.« Er widmete sich wieder seiner Hafergrütze.

Sie starrte ihn an, suchte in seiner Miene nach Anzeichen von Hinterlist und Falschheit. Doch da war nur Müdigkeit.

Sie traute dem Frieden nicht.

Sie traute dem Frieden kein bisschen.

Kapitel elf

Helgoland

Über den Klippen stand ein alter Turm. Die Dänen, in früheren Zeiten die Herren der Insel, hatten ihn einst erbaut. Inzwischen waren davon nur noch Grundmauern übrig. Folkmar und einige andere Likedeeler saßen in der Ruine und genossen die Herbstsonne, während sie auf die Flut warteten.

»Ich sage euch, es war Rungholt«, beharrte Otto.

»Rungholt ist im Meer versunken«, erwiderte Folkmar.

»Sehr richtig!«, ereiferte sich Klaus. »Und zwar schon 1362, im siebten Regierungsjahr Kaiser Karls. Es ist also völlig unmöglich, dass das Rungholt war! Wann geht das endlich in deinen Dickschädel?«

Am Morgen hatten die Männer eine seltsame Erscheinung über dem Meer beobachtet. Verschwommene Häuser mit gleißenden Dächern am östlichen Horizont. Seitdem gab es kein anderes Gesprächsthema.

»Ich weiß, dass Rungholt versunken ist.« Otto starrte Klaus angriffslustig an. »Jedes Kind weiß das. Aber jetzt ist es offenbar wieder aufgetaucht. Oder wie erklärst *du* dir den Kirchturm, den wir gesehen haben?«

»Was sich das Meer einmal geholt hat, gibt es nicht wieder her«, kam Folkmar Klaus zuvor. »Es war eine Sinnestäuschung. Glaubt mir – ich kenne die Westsee seit meiner Kindheit. Jeder Friese, der zur See fährt, hat so etwas schon einmal gesehen. Häuser und ganze Dörfer, die plötzlich über dem Wasser auftauchen. Wenn man näher herangeht, lösen sie sich in Luft auf.«

»Was hat es damit auf sich?«, fragte Klaus.

»Keine Ahnung. Eine Laune der Natur, schätze ich.«

»Ich weiß nicht, ich weiß nicht«, zweifelte Otto. »Eine Sinnestäuschung? Das ist mir zu einfach. Da steckt mehr dahinter. Ich halte das für ein böses Omen. Vielleicht wäre es besser, nicht nach Marienhafe zu segeln.«

»Gestern hast du gesagt, du hältst es keinen Tag länger auf dieser Insel aus«, bemerkte Klaus.

»Richtig – gestern. *Vor* dem Omen. Sag mal, hörst du mir überhaupt zu, wenn ich rede? Oder freust du dich nur dran, dass sich mein Mund so schön bewegt?« Otto verlagerte sein Gesäß auf dem Steinblock. »Ich meine ja nur, dass wir das in Betracht ziehen müssen. So etwas kann man doch nicht einfach mit einem Schulterzucken abtun. Vielleicht zürnt uns der Klabautermann.«

»Warum sollte er uns zürnen?« Folkmar konnte sich das Lächeln nicht verkneifen. »Du hast ihn jeden Tag gefüttert, seit wir auf Helgoland sind.«

»Und davor auch. An mir liegt's also nicht, wenn wir unterwegs absaufen …«

Schlussendlich kam die Flut und überschwemmte das Felswatt vor den Klippen. Die Männer erhoben sich und folgten der Treppe, die über die grasbewachsenen, von roten Felsen durchsetzten Hänge zum Unterland hinabführte. Ihre Brüder waren bereits dabei, an Bord zu gehen. Die Schniggen lagen tief im Wasser, schwer beladen mit Beutegut. Träge wiegten sie sich in der anschwellenden Brandung.

»Beeilt euch!«, trieb ein munterer Gödeke die Männer an. »Bewegt eure Ärsche, damit wir die Segel setzen können, solange der Wind uns hold ist. Oder wollt ihr den ganzen Winter auf diesem Felsbrocken festsitzen?«

Folkmar watete durch das kalte Wasser, warf das Bündel mit seiner Habe über die Reling und zog sich am Schanzkleid der *Seetiger* hoch. Er konnte es kaum abwarten, Abbe wiederzusehen.

»Ruder mittschiffs und kräftig in die Riemen legen!«, brüllte Gödeke wenig später. »Auf nach Marienhafe, Brüder, auf dass wir unsere Beute in blitzendes Gold umwandeln!«

»Hurra!«, jubelte das Schiffsvolk, und die Flotte der Likedeeler stach in See.

»Wie darf ich diesen Gesichtsausdruck verstehen?«, wollte der Bastard wissen, als seine Hure mit dem Balg auf dem Arm in die Halle kam.

»Versteh ihn, wie du willst«, erwiderte Foelke ruhig.

»Sie ist mein Weib, sie sitzt mit uns am Tisch, ob es dir passt oder nicht.«

»Ich sorge mich lediglich um die Würde dieses Hauses. Dein Vater würde sich im Grab umdrehen, wenn er wüsste, dass eine ehemalige …«

»Sag es nicht!«, fauchte Widzelt.

»… Marketenderin mit seiner Familie speist«, fuhr Foelke mit dünnem Lächeln fort. »Dir sollte das auch zu denken geben. Man wird über dich spotten. Deine Ehre wird Schaden nehmen.«

»Lass das meine Sorge sein. Und was die Würde dieses Hauses betrifft: Dieses Schiff ist auf und davon, als du dem Krüppel erlaubt hast, bei uns zu sitzen. Seitdem kann es nur noch aufwärtsgehen.«

Abbe war klug genug, dies nicht zu kommentieren. Wie üblich beließ er es bei einem höflichen Lächeln.

Hayka setzte sich, und sie aßen schweigend. Nach dem Nachtmahl empfing der Bastard die Hauptleute der Likedeeler, die am Morgen heimgekehrt waren – nach dreimonatiger Abwesenheit. Er gab vor, sich mit wichtigen Dokumenten zu befassen, und beachtete sie nicht.

Johann Störtebeker hielt einen Diener an. »Bring uns Wein.«

Der Bursche huschte davon. Niemand brachte den Likedeelern Wein. Sie trugen grimmige Mienen zur Schau, bis Widzelt sich endlich herabließ, sie anzuschauen. Die vier Männer stierten ihn an. Er stierte zurück. Niemand wollte der Erste sein, der das Schweigen brach. Foelke rollte innerlich mit den Augen. Abbe, der normalerweise in Deckung ging, wenn die Likedeeler aufkreuzten, beobachtete das Geschehen höchst interessiert.

»War's schön auf Helgoland?«, grunzte der Bastard schließlich.

»Vor allem war es lohnenswert«, antwortete Michels. »Wir haben drei Handelsschiffe aufgebracht. Dein Anteil an der Beute lagert am Hafen. Fässer voller Brokat, Hering und Waffenstahl.«

Damit wäre das geklärt, dachte Foelke. Bisher war es nur ein unbestätigtes Gerücht gewesen, dass die Likedeeler einen Stützpunkt auf Helgoland unterhielten.

Widzelt funkelte Michels an. »Und ihr erwartet nun, dass ich mich darüber freue?«

»Es ist Ware im Wert von gut zweihundert Gulden, und du bekommst sie geschenkt. Ein Wort des Dankes wäre angebracht.«

»›Ein Wort des Dankes‹?«, schrie der Bastard. »Ihr habt mich vor der Edenburg im Stich gelassen! Euretwegen habe ich die Schlacht verloren!«

»Unfug«, hielt Störtebeker dagegen. »Die Belagerung war von vornherein zum Scheitern verurteilt. Man hätte uns abgeschlachtet, wenn wir nicht geflohen wären.«

»Ihr seid geflohen, weil ihr Feiglinge seid. Hasenfüße und treulose Ratten, deren Wort weniger wert ist als ein feuchter Furz.«

Störtebeker bleckte die Zähne und streckte die Hand nach seinem Schwert aus, doch Michels zischte eine Warnung. Sämtliche Krieger in der Halle, fünfzehn an der Zahl, hatten soeben zu den Waffen gegriffen. Störtebeker ließ schnaubend die Hand sinken.

»In Zukunft werdet ihr meine Befehle befolgen«, sagte Widzelt. »Buchstabengetreu. Keine Eigenmächtigkeiten mehr, oder ihr lernt mich kennen. Jetzt geht mir aus den Augen.«

Die Likedeeler trollten sich.

»Das ist alles?«, fragte Foelke, als die Eingangstür ins Schloss gefallen war. »Du schimpfst ein bisschen mit ihnen?«

»Die Botschaft ist angekommen«, knurrte der Bastard.

Sie äffte seine Stimme nach: »›Sie werden zurückkommen, und dann gnade ihnen Gott!‹ Das waren deine Worte, als du hier herumgeschrien und Trinkbecher vom Tisch gefegt hast. Oder etwa nicht?«

»Was willst du von mir, Weib?«

»Sie haben dich verraten. Du solltest sie bestrafen. Oder wenigstens einen größeren Anteil an der Beute als Wiedergutmachung verlangen. Nicht sie auf ihr Zimmer schicken wie ungezogene Chorknaben. Aber du hast Angst, richtig?«, fuhr Foelke fort, als Widzelt verstockt schwieg. »Angst, sie könnten von dannen segeln, wenn du sie zu hart anfasst. Oder zu Allena oder Wiemken überlaufen.«

Widzelt starrte sie mit kleinen Äuglein an. »Das wagen sie nicht.«

»Oh doch. Sie werden dir auf der Nase herumtanzen. Du hast ihnen gerade gezeigt, dass du ihre Dirne bist, mit der sie machen können, was sie wollen. Gesteh dir endlich ein, dass du diese Männer niemals wirst kontrollieren können.«

»Bei Gott, Frau, wie mich deine spitze Zunge anödet! Ich sollte dieses Messer nehmen und sie dir hier und jetzt herausschneiden.«

»Tu dir keinen Zwang an. Zeig ganz Marienhafe und deinem dich liebenden Weib das blutrünstige Monster, das du bist.«

Und Abbe lächelte.

Zwei Tage nach Allerseelen gelang es Folkmar endlich, zur Kapelle des Steinhauses zu schleichen und zwischen Rückwand und Hofmauer eine Münze zu deponieren. Am darauffolgenden Morgen stahl er sich abermals zum Anwesen der tom Brok. Es war kalt und neblig. Zähe weiße Schwaden hingen in den Gassen und trübten die Sicht. Ideales Wetter für seine Zwecke.

Niemand hielt ihn auf, als er durch den Nebel huschte. Die Münze war fort. Er wartete.

Abbe tauchte wenig später auf: ein grauer Schemen in der trüben Suppe. Er strahlte über das ganze Gesicht und umarmte seinen Neffen erst einmal ausgiebig.

»Bist du wohlauf?«

»Mir geht es gut, Onkel.«

»Keine Blessuren, die du vor mir versteckst?«

»Nichts. Ich war fast immer auf den Schiffen und kam nie auch nur in die Nähe der Kämpfe«, log Folkmar. Er wollte nichts lieber tun, als ausführlich mit Abbe zu plaudern. Doch je kürzer sie das Treffen hielten, desto besser. »Sag, was gibt es Neues?«

»Nicht allzu viel, fürchte ich. Widzelt hat euch tüchtig verflucht, aber das weißt du ja schon. Er und Foelke giften sich den lieben langen Tag an. Keno ist noch immer in Den Haag. Man hört, es gehe ihm gut. Ritter des Grafen unterweisen ihn in der Kampfkunst, er macht wohl große Fortschritte.«

»Wird er bald zurückkehren?«

»Danach sieht es nicht aus. Seine Mutter vermisst ihn zwar über alle Maßen, aber sie ist auch ganz froh, dass er weit weg von Widzelt ist. Es würde mich nicht überraschen, wenn Keno in Den Haag bliebe, bis er reif ist, sein Erbe anzutreten.«

Nichts davon half Folkmar weiter. Die kribbelnde Ungeduld, die ihm auf Helgoland zugesetzt hatte, sie kehrte zurück, schlimmer denn je. »Noch etwas?«

»Lass mich überlegen … Ah ja. Widzelt hat geheiratet. Schon im vergangenen Jahr, er hat es vor allen geheim gehalten. Eine junge Frau namens Hayka. Sie haben eine Tochter, Maye.«

»Entstammt sie einer großen Familie?«, erkundigte sich Folkmar, obwohl die Frage nicht viel Sinn ergab. Warum hätte Widzelt seine Verbindung mit einer anderen einflussreichen Sippe verbergen sollen?

»Über ihre Abkunft weiß ich nichts Genaues. Sie scheint aus einfachen Verhältnissen zu kommen. Man munkelt, sie sei eine Dirne gewesen. Foelke ist nicht glücklich, dass sie bei uns am Tisch sitzt.«

»Sie ist also hier?«

»Seit ungefähr zwei Monaten. Sie wohnt in Kenos Kammer.«

»Können wir uns das zunutze machen?« Folkmar erging es wie weiland vor der Edenburg. Das quälende Gefühl der Hilflosigkeit lockte seine Gedanken auf gefährliche Abwege. *Wir könnten diese Hayka entführen und Widzelt unter Druck setzen. Ihn zwingen, den Vatermord zu gestehen …*

Abbes Blick war durchdringend, er schien in seinem Neffen zu lesen wie in einem offenen Buch. »Wir lassen sie in Ruhe. Sie ist eine arme Seele und als Widzelts Ehefrau wahrlich genug gestraft.«

»Gewiss«, presste Folkmar hervor. Er erschrak über sich selbst. Was war nur los mit ihm? Jahre der Verzweiflung brachten zunehmend das Schlechteste in ihm zum Vorschein. Wenn er nicht aufpasste, verwandelte er sich in ein Monster, kein bisschen besser als jene, die er bekämpfte. »War das alles?«, fragte er mit rauer Stimme.

»Ich denke schon.« Abbe musterte ihn besorgt. »Du bist auf einmal so blass – geht es dir gut?«

»Sorge dich nicht um mich.« Folkmar brachte ein Lächeln zuwege. »Ich hatte mir nur etwas mehr von unserem Treffen erhofft, das ist alles.«

»Es tut mir leid, dass ich nichts für dich tun kann. Aber ich verspreche dir, dass ich weiterhin Augen und Ohren offen halten werde. So Gott will, stoße ich irgendwann auf etwas, das uns hilft.«

Folkmar nickte nur. Als er an der Küste Östringens entschieden hatte, nach Marienhafe zu gehen, war ihm klar gewesen, dass er einen langen Atem brauchen würde, um etwas zu erreichen. Inzwischen fiel es ihm von Tag zu Tag schwerer, die nötige Beharrlichkeit aufzubringen. Er fürchtete, dass ihm alsbald die Geduld ausgehen und er womöglich etwas Dummes tun würde.

»Der Nebel lichtet sich«, murmelte er. »Ich sollte gehen.«

»Ja. Hier ist deine Münze.« Abbe umarmte ihn noch einmal. »Besuch mich bald wieder.«

Warfstede

Sturmböen heulten um das Dach. Das Pfeifen und Tosen klang wie eine unangenehme Melodie, wie ein Spottlied auf die Unzulänglichkeiten der Menschen. Kälte drang durch sämtliche Ritzen im Holz. Nur vor dem Kaminfeuer und um den Tisch, wo eine Kerze flackerte, gab es ein wenig Licht und Wärme.

Jorien wanderte unruhig im Haus umher, legte fahrig Kleidung zusammen, schrubbte die Bratpfanne, begann hundert andere Dinge und brachte keines zu Ende. Ein eingerissener Fingernagel trieb sie schier in den Wahnsinn. Sie nagte daran herum und erreichte nur, dass der Nagel zu bluten anfing. Fluchend steckte sie den Finger in den Mund und sank auf die Bank.

Sie hielt das nicht mehr aus.

Ihr Vater war schon wieder ausgerissen. Das war wahrlich nichts Neues. Alle paar Wochen büxte er aus und hielt die ganze Familie auf Trab. Das ließ sich kaum vermeiden, man konnte ihn schwerlich den ganzen Tag einsperren und von früh bis spät beobachten. Selbst der aufmerksamste Diener war einmal unkonzentriert, abgelenkt oder schläfrig. Der alte Folkmar wusste das auszunutzen. Obwohl er sonst nicht mehr allzu viel wusste.

So weit, so gewohnt. Diesmal jedoch hatte er es fertiggebracht, in einer frostigen und stürmischen Novembernacht aus dem Haus zu schlüpfen. Damit brachte er nicht nur sich selbst in Gefahr, sondern auch jene, die just im Moment durch die heulende Finsternis streiften, um ihn zu suchen.

Bei Gott, war sie müde! Die ständigen Sorgen um ihn, die aufwendige Pflege, die er brauchte, die zermürbenden Auseinandersetzungen, wenn er sich wieder einmal wie ein bockiges Kind aufführte – all das hatte sie erschöpft. Ausgelaugt, körperlich und geistig. Es war anstrengender als alles, was sie je erlebt hatte. *Das ist doch kein Leben. Nicht für ihn. Nicht für uns. Warum erlöst Gott ihn nicht endlich?* Ihr Vater hatte vierundachtzig Sommer erlebt. Ein unvorstellbar langes Leben, ein erfülltes dazu. Es war genug. Wahrlich genug.

Sie hasste sich für diesen Gedanken.

Sie musste eingeschlafen sein. Denn als sie die Augen öffnete, stellte sie fest, dass ihr Kopf auf die Tischplatte gesunken war. Da war ein Geräusch gewesen. Ein Knarren. Fauchende Windböen. Stimmen.

Sie richtete sich auf, rieb sich das Gesicht. Gestalten kamen durch die Vordertür, eine trug eine Fackel.

»Wir haben ihn!«, rief Jann.

Sie schlurfte den Männern entgegen, mehr torkelnd als gehend. Bent stützte Joriens Vater, der Alte war durchnässt und halb erfroren.

»Er ist den Geestrücken raufgewandert. Jeltke hat ihn gefunden.«

Jorien erspähte den rothaarigen Gesellen in der Gruppe aus Dienern und Schiffszimmerleuten. »Gut gemacht, hab Dank!«

Dann wandte sie sich ihrem Vater zu. Sie war zu erschöpft, um ihn zu schelten. Wo Ärger hätte sein sollen, war nichts als Resignation.

»Ich verstehe das nicht«, brummte er, während sie ihn zum Feuer führte. »Warum sagt ihr mir nicht, wo sich der Junge versteckt? Ich will ihn doch nur besuchen.«

»Folkmar ist tot, Vater.« Jorien sagte es harscher als beabsichtigt. »Setz dich. Ich helfe dir mit den Kleidern.«

Er schlotterte vor Kälte. Das dünne Haar klebte ihm am Schädel, die Lippen waren blau. Sie zog ihm den tropfnassen Kittel aus und legte ihm eine Decke um die knochigen Schultern.

»Tot? Nein, das glaube ich nicht. Warum sagst du so etwas?« Ein

Hustenanfall zerfetzte die letzten Worte. Krämpfe schüttelten ihn, auf dem bleichen Knie landete ein Schleimklumpen.

»Siehst du? Das hast du jetzt davon!«, schimpfte Jorien. »Ab ins Bett mit dir. Ich mache dir einen Kräutersud, und morgen früh schicken wir nach dem Heiler.«

Der Heiler ließ sich zwei Tage Zeit. Als er endlich kam, schüttelte er nur den Kopf und empfahl den Priester.

Folkmar Peters erholte sich nicht mehr von dem Katarrh. Einen Monat lang lag er im Bett. Jeden Tag wurde er ein wenig schwächer, ein wenig dünner, ein wenig stiller. Er hatte kaum noch klare Momente. Wenn er sprach, was selten genug geschah, erzählte er wispernd von lange vergangenen Tagen. Von seiner Gesellenzeit, seiner Meisterprüfung, seinem ersten eigenen Auftrag. Von seiner Hochzeit, von Joriens Geburt, von seinen langen Jahren als Witwer. Und immer wieder von Folkmar Janns, seinem geliebten Enkel, den er alles gelehrt hatte, was er wusste.

»Ich hab's stets nur so gemacht, wie man's immer gemacht hat. Aber der Junge hat Ideen!«, brummte er eines Morgens. »Er wird eine Holk bauen, wie man noch keine gesehen hat. Zeig mir noch mal das Modell.«

Man brachte es ihm. Er ließ die welken Finger über das sorgfältig verarbeitete Holz gleiten.

»Ein Meisterstück. Der Junge ist wahrlich ein würdiger Erbe. Mit ihm wird die Lastadie gedeihen.« Der alte Folkmar runzelte die Stirn. »Aber ihm ist großes Unrecht widerfahren, nicht wahr?«

»Ja«, wisperte Jann kaum hörbar.

»Ihr müsst ihm helfen. Ihr dürft nicht rasten, als bis sein Name reingewaschen ist. Versprecht mir das.«

Jann nickte stumm. Tränen verfingen sich in seinen Bartstoppeln.

»Hol Etta, Bent und Gela«, hieß Jorien eine Magd. »Vater Erasmus und Almuth Gerts. Und die Zimmerleute. Mach schnell!«

Wenig später waren sie alle da, dazu Leute aus dem Dorf, die den alten Folkmar ihr ganzes Leben lang gekannt hatten. Zu Dutzenden drängten sie sich im Haus, traten ans Bett, nahmen Abschied.

Er lächelte. »Wenn nur der Junge da sein könnte.«

Das war das Letzte, was er sagte. Kurz darauf schloss er die Augen und lag still.

Jorien stellte sich vor, wie in der unsichtbaren Welt die Engel und Märtyrer aufmarschierten. Wie sie ihren Vater freundlich begrüßten, ihm beim Aufstehen halfen, ihn fortgeleiteten, hinauf zum himmlischen Jerusalem, wo man bereits ein hübsches Häuschen für ihn hergerichtet hatte. Eine behagliche Werkstatt mit reichlich Holz, sodass er den lieben langen Tag werkeln konnte.

Sie schlug ein Kreuz, schloss die brennenden Augen, presste die Faust auf den Mund. Öffnete die Augen, blinzelte die Tränen fort und lächelte.

Kapitel zwölf

Zwei Wochen nach Lichtmess empfing Yneke führende Köpfe des Kirchspiels im Steinhaus.

»Der Deich hat beträchtlich gelitten«, berichtete Jann Wilken. »Die Winterstürme haben die Grasnarbe aufgerissen und an der Landseite den Kleigrund abgetragen. An manchen Stellen ist der Deich derart unterhöhlt, dass er einem weiteren Orkan nicht standhalten wird.«

»An wie vielen Stellen?«, erkundigte sich Yneke.

»Die gesamte Küste des Kirchspiels ist betroffen«, antwortete Bent Olrichs. »Wir haben an die zwanzig Risse gezählt. Klaffende Löcher, in denen sich ein Mann verstecken könnte. Zwei sind direkt vor dem Dorf.«

»Wir müssen handeln«, sagte Jann. »Aber wir Marschleute können die Arbeit nicht allein stemmen. Du musst uns helfen. Mit Geld, Männern und Werkzeug.«

Almuth, die gerade mit Eger spielte, beobachtete ihren Mann sehr genau. In der Vergangenheit hatte sich Yneke stets auf den Standpunkt zurückgezogen, die Deichpflege sei nicht seine Sache, er hatte sie vollständig auf die Bewohner des Kirchspiels abgewälzt. Würde er diesmal anders entscheiden? Immerhin musste Almuth ihm zugestehen, dass er seinen guten Vorsätzen hatte Taten folgen lassen. Seit einigen Monaten bemühte er sich ernsthaft, Warfstede ein gerechter Vogt, Eger ein fürsorglicher Vater und ihr ein guter Ehemann zu sein.

Yneke trommelte mit den Fingern auf dem Tisch, vor dem die Männer standen, die Mützen in den schwieligen Händen. Sie konnte sich ausrechnen, was in ihm vorging. Die Deichpflege war teuer und zeitraubend – wollte er sich wirklich damit belasten? Er streifte sie mit einem Blick, ehe er sich wieder Jann Wilken und Bent Olrichs zuwandte.

»Ich werde zwei Dutzend Knechte abstellen, damit sie euch zur

Hand gehen«, entschied er. »Außerdem sollt ihr zwanzig Rheinische Gulden erhalten, um Werkzeug anzuschaffen und um weitere Arbeiter anzuwerben.«

»Das sollte genügen.« Jann war die Überraschung anzusehen. Er hatte sich offenbar auf zähe Verhandlungen eingestellt. »Habt Dank.«

Die Männer gingen.

Kein Strohfeuer, dachte Almuth widerwillig. Sie beschloss, ihn auf die Probe zu stellen. *Dann werden wir sehen, wie ernst es ihm ist.*

Wenn Yneke nach einigen Tagen Abwesenheit heimkehrte, begrüßte Almuth ihn stets mit diesem Ausdruck in den Augen. *Du schon wieder*, sagte ihr Blick. *Hättest du nicht länger fortbleiben können?* Wenigstens sagte sie ihm das nicht mehr ins Gesicht. Das wertete er als Fortschritt.

Yneke unterdrückte ein Seufzen.

Er war drei Tage in Duvelslond gewesen und hatte sich um die dortige Vogtei gekümmert. Über den Winter war einiges an Arbeit aufgelaufen, er fühlte sich erschöpft und gereizt und hätte am liebsten jeden zum Teufel gejagt, damit er die dummen Gesichter nicht mehr sehen musste. Er riss sich jedoch zusammen und behandelte die Diener, die seine Habe ins Steinhaus trugen, einigermaßen freundlich. Denn Almuth beobachtete ihn. Beim heiligen Jakob, das Weib benahm sich wie eine hinterlistige Katze! Sie hockte stundenlang in einer Ecke und lauerte darauf, dass er sich einen Fehler leistete.

Eine Magd zog ihm die schlammverklebten Reitstiefel aus. Während er sich die klammen Füße an Feuer wärmte, brachte man ihm heißen Würzwein. Als ihm der erste Schluck die Kehle hinabrann, war ihm wohler zumute. Eger wollte auf seinem Schoß sitzen und fragte ihm Löcher in den Bauch.

»Hast du wieder böse Männer bestraft?«

»Nur einen Dieb diesmal. Er hat im Wirtshaus einen Eimer Buttermilch gestohlen. Weißt du, wie man mit einem Dieb umspringt?«

Eger schüttelte den Kopf und erwartete mit großen Augen schaurige Details.

»Man schlägt ihm die Hand ab, damit er nie wieder einen fremden Eimer Buttermilch nehmen kann. Die Strafe muss stets das Verbrechen spiegeln, verstehst du? Einem Meineidigen etwa reißt man die Zunge heraus …«

»Muss das sein?«, mischte sich Almuth ein. »Du machst dem Jungen Angst.«

Yneke war der Ansicht, dass sein Sohn die Tatsachen des Lebens nicht früh genug lernen konnte. Gleichwohl fügte er sich. »Auf dem Rückweg haben wir einen Abstecher nach Esens gemacht und den Markt besucht.« Er lächelte. »Ich habe dir etwas mitgebracht.«

»Was?«, rief Eger aufgeregt. »Zeig es mir!«

Yneke winkte einen Diener heran, der Mann stellte den Schnappsack auf den Tisch. »Ein Zaumzeug für dein Steckenpferd. Schau, mit Nieten aus echtem Silber.«

Jubelnd stürmte Eger davon, um seinem geliebten hölzernen Rappen das Geschirr anzulegen. Almuth schaute missbilligend drein. Er sah ihr an, was sie dachte: *Glaub ja nicht, dass du seine Liebe kaufen kannst.* Doch, genau das glaubte er. Alle Kinder waren käuflich. Als er ein kleiner Junge gewesen war, hätte er *alles* für ein neues Spielzeug getan. Im Übrigen nicht nur Kinder – Frauen ebenfalls.

»Für dich habe ich auch etwas.« Er holte ein gefaltetes Kleid hervor. Es war aus teurem flandrischem Tuch gefertigt, aus moosgrünem Samt. Ein hübscher Kontrast zu ihrem flammend roten Haar. »Ich hoffe, es passt dir. Wenn nicht, lassen wir es ändern.«

Es kam kein Dankeschön, kein verdammtes Wort, nichts. Nur dieses Schweigen, mit dem sie ihm schon so manchen Tag verleidet hatte. Gleichwohl fragte er freundlich: »Willst du es nicht anprobieren?«

Wortlos nahm sie das Kleid entgegen und ging hinauf in ihre Kammer. Sie machte es ihm wahrlich nicht leicht. Als sie zurückkam, trugen die Mägde gerade das Nachtmahl auf.

»Es steht dir gut. Du siehst schön aus.«

Sie musste sich zwingen, doch immerhin lächelte sie. Ein wenig.

Beim Essen erkundigte sie sich nach seinen Geschäften in Duvelslond, und es entwickelte sich so etwas wie ein normales Tischgespräch. Yneke erkannte, dass er nicht der Einzige war, der sich zusammenriss. Auch sie gab sich Mühe.

In Esens hatte er Schmalzgebäck mit Staubzucker gekauft, das sie nach der Pastete aßen. Almuth rührte ihres nicht an. In ihrem Gesicht arbeitete es. Schließlich sagte sie:

»Ich möchte etwas mit dir bereden. Zweierlei.«

»Nur zu.«

»Ich will das Geschäft meines Vaters weiterführen. Allein – ohne deine Einmischung. Alles Geld, das ich verdiene, darf ich behalten. Ich muss dir keinen Pfennig abgeben.«

»Du willst also Kauffrau werden. Wie Jorien Folkmars und Etta Janns.«

»Ja.«

»Wirst du dann noch imstande sein, unseren Sohn aufzuziehen?«

»Lass das meine Sorge sein.«

Yneke konnte nicht behaupten, dass ihm das gefiel. Eine Frau hatte sich um Haushalt und Familie zu kümmern, alles andere war widernatürlich. *Vermutlich haben ihr die Osingafrauen diesen Floh ins Ohr gesetzt.* Doch er schluckte den aufkeimenden Unmut. Sie sollte ihren Willen haben, wenn er sie damit freundlich stimmen konnte. »Einverstanden.«

Abermals dankte sie ihm nicht, sie nickte nur.

»Du sagtest ›zweierlei‹. Was ist die andere Sache?«

»Ich möchte dich um etwas bitten.« Sie zögerte, schaute ihm in die Augen. »Abbe Wilken. Lass ihn heimkehren.«

Da ging sie hin, seine mühsam erarbeitete gute Laune. »Was hast du nur immer mit den Osinga? Hat Jann Wilken dich gebeten, mit mir zu reden?«

»Niemand hat mich gebeten.«

»Warum also mischst du dich ein? Das ist nicht deine Sache.«

»Doch, ist es. Die Osinga sind meine Freunde. Und Abbe … Er ist wichtig für Warfstede. Er fehlt den Menschen.«

»Dazu ist alles gesagt«, erklärte Yneke sachlich, aber bestimmt.

»Es ist sechs Jahre her, dass du ihn in Marienhafe festgesetzt hast. *Sechs – verdammte – Jahre.* Und Folkmar Janns ist auch schon ewig fort. Die Osinga sind so angepasst, wie man nur sein kann. Wozu brauchst du noch eine Geisel? Die ganze Sache ist Schnee von gestern«, ereiferte sie sich. »Eine überflüssige Grausamkeit.«

Sie schaute ihn voller Verachtung an, und plötzlich kam er sich kleinlich vor. Verzagt. Wie ein ängstlicher Tyrann, der sich immer und überall bedroht fühlte und rasend gegen eingebildete Feinde wütete. Ihm war, als hätte Almuth ihm einen Spiegel vorgehalten. Was er darin sah, gefiel ihm nicht.

Wozu diese übertriebene Vorsicht? Seine Macht war gefestigt. Niemand im Kirchspiel begehrte gegen ihn auf, nicht einmal die notorisch eigensinnigen Schiffszimmerleute. Er gab es nicht gerne zu, doch seit er sich hier und da milde zeigte, fühlte er sich erheblich sicherer. Man liebte ihn vielleicht nicht, aber man achtete ihn, man ordnete sich ihm bereitwillig unter. Ihm gefiel der Gedanke, dass man ihn für einen *gerechten* Vogt hielt.

Und was Folkmar Janns betraf: Von dem Kerl ging keine Gefahr mehr aus, selbst wenn er noch lebte. Eigentlich war ihm das längst klar. Warum also fühlte er sich noch immer von ihm bedroht?

Weil Almuth ihn geliebt hat, gestand er sich ein. *Dich hingegen wird sie niemals lieben.* Darauf ließ sich alles zurückführen. Sein Hass auf die Osinga. Seine Rachsucht. Sein Bedürfnis, Abbe an Folkmars Stelle zu quälen. So einfach war das. Wahrlich, Almuths Spiegel zeigte kein schönes Antlitz.

»Das ist deine Gelegenheit, mir zu beweisen, dass du es ernst meinst«, sagte sie. »Dass du dich geändert hast.« Sie machte eine Pause. »Dass du mich wirklich liebst.«

Oh ja, wie eine lauernde Katze. Zielsicher hatte sie seine verwundbare Stelle ausgemacht und die Krallen hineingeschlagen. Fehlte nur noch, dass sie hinzufügte: … *und vielleicht* – vielleicht! – *werde ich eines Tages imstande sein, dich zu lieben.*

Er knirschte mit den Zähnen. Griff nach der mit Weidenruten umflochtenen Weinflasche, füllte seinen Becher, trank.

Almuth wiederholte ihre Bitte nicht. Schweigend blickte sie ihn an, und sie erschien ihm schöner denn je. Schön und grausam zugleich. Eine Königin der Nacht, die ihn mit Zaubersprüchen betört und unterworfen hatte.

»Ich werde darüber nachdenken.«

»Du hattest sechs Jahre Zeit zum Nachdenken. Ich will jetzt eine Antwort.«

Seine Finger krampften sich um den Trinkbecher. Er fragte sich, wie viele Männer vor ihm der Liebe wegen über ihren Schatten gesprungen waren – und die erkannt hatten, dass es kein Schatten war, der da vor ihnen gähnte, sondern eine weite, weite Schlucht. Eine klaffende Kluft aus Hochmut, Eitelkeit und verletztem Stolz.

Er sprang.

»Morgen schicke ich Leute nach Marienhafe«, erklärte er. »Sie werden Abbe Wilken nach Warfstede zurückbringen.«

Diesmal lächelte sie voller aufrichtiger Freude.

Eine Stunde später gingen sie zu Bett. Yneke löschte den Kienspan im Wassereimer und zog die Daunendecke herauf. Kaum war Eger eingeschlafen, spürte Almuth Ynekes Hände auf ihrer Haut.

Er verliert keine Zeit. Er will sofort seinen Lohn.

Es war lange her, dass er sie das letzte Mal berührt hatte. Jahre. Vorsichtig, geradezu scheu tastete er sich voran.

Sie rückte von ihm weg.

»Was?«

»So weit sind wir noch nicht.«

Sie hörte ihn scharf einatmen.

»Du mutest mir gerade einiges zu, Frau.«

»Meine Wünsche zu achten ist für dich eine Zumutung?«, hielt sie dagegen. »Und ich Närrin dachte, du würdest das aus Liebe zu mir tun.«

Sie konnte förmlich hören, wie er eine böse Erwiderung zwischen den Zähnen zerbiss. Er sagte nichts mehr. Eine unruhige Nacht begann. Yneke fand keinen Schlaf und wälzte sich ständig von einer Seite auf die andere.

Doch er fasste sie nicht wieder an.

Marienhafe

Mit klopfendem Herzen folgte Abbe dem Diener zur Halle. Am Nachmittag war der Saal so gut wie leer. Zwei Krieger mit schlammbespritzten Röcken und nassen Haaren saßen am Tisch und verschlangen Gerstengrütze mit Speckgrieben. Abbe hatte die Männer noch nie in Marienhafe gesehen, ihre Gesichter kamen ihm trotzdem vage bekannt vor. Er runzelte die Stirn. Dienten sie Yneke Egers?

Widzelt stand bei der Tür und sprach mit Almer, der daraufhin mit krummem Rücken und über dem Gesäß verschränkten Armen hinaus in den Eisregen trat. Sodann bedachte Widzelt Abbe mit einem Blick, aus dem der Ekel sprach, als hätte er ein garstiges Insektengezücht vor sich.

»Gute Nachrichten, Krüppel. Du kehrst heim.«

Abbe dachte zunächst, er hätte sich verhört. »Heim?«, echote er. »Nach Warfstede?«

»Hast du noch eine andere Heimat? Pack deine Habe. Ihr brecht morgen früh auf.«

»Ich verstehe nicht«, stammelte Abbe. »Wieso? Ist etwas geschehen?«

»Heiliger Jakob, verleih mir Geduld mit den Begriffsstutzigen und Minderbemittelten«, seufzte Widzelt. »Du bist keine Geisel mehr. Hat Yneke entschieden.« Damit war die kurze Audienz beendet, und Widzelt empfahl sich.

Abbe stakste zur Treppe, das Klacken des Krückstocks erschien ihm unnatürlich laut. *Sechs Jahre*, dachte er, *sechs Jahre.* Er hatte sich bereits damit abgefunden, in Marienhafe zu sterben. Und nun das. Er kniff die Lippen zusammen. Tränen schossen ihm in die Augen, als er schwankend die Stufen erklomm.

»Sie ist leider nicht fertig geworden«, sagte Abbe später am Nachmittag in Foelkes Kammer. »Aber vielleicht findet sich jemand, der sich berufen fühlt, die Arbeit fortzusetzen. Almer könnte Freude daran haben. Jedenfalls soll sie dir gehören.«

Foelke nahm seine Chronik der Familie tom Brok zögernd entgegen. »Bist du sicher? Du hast jahrelang daran gearbeitet.«

»Ich bin sicher.« Er lächelte. Gewiss, es steckte einiges an Herzblut in dem Manuskript. Doch es würde ihn stets an seine Gefangenschaft in diesem Haus erinnern. Er wollte es nie mehr sehen.

»Nun denn, hab Dank. Ich werde es in Ehren halten.«

Sie schwiegen.

»Ich freue mich für dich, dass du heimkehren darfst«, sagte Foelke.

»Aber ich muss gestehen, dass es mich auch ein wenig betrübt. Du warst meinem Sohn ein guter Lehrer. Und mir stets ein angenehmer Gesprächspartner.«

Abbe wusste nicht, was er dazu sagen sollte. Gewiss, Foelke hatte ihn beschützt, ihm die Gefangenschaft so erträglich gemacht, wie es ihr möglich gewesen war. Unter anderen Umständen wären sie vielleicht Freunde geworden. Gleichzeitig hatte sie sich geweigert, Folkmar zu begnadigen, und nicht gezögert, Abbe auf seinen Platz zu verweisen, wenn es ihren Plänen diente. Auch ihretwegen hatte er jeden einzelnen Tag in diesem Haus gehasst.

»Bestell Keno bitte meine Grüße«, meinte er nur.

»Das werde ich tun.«

Ein leises Stöhnen entwich Abbe, als er sich aufrichtete und nach dem Stock griff. Sie schauten einander an.

»Leb wohl«, sagte er.

»Leb wohl. Christus sei mit dir«, sagte Foelke.

Er ging.

Abbe vernahm leisen Gesang, als er vor der Tür zu Haykas Gemach stand. Ein Kinderlied. Er beschloss, es zu riskieren, und klopfte an.

Der Gesang brach abrupt ab. Hayka öffnete ihm. Sie hatte Maye auf dem Arm.

»Du bist es«, sagte sie lächelnd.

Wie so oft war sie allein. Im Kamin knisterte ein Feuer.

»Du hast Glück, sie ist eben eingeschlafen. Wir können in Ruhe reden.«

Sie legte das Kind in die Wiege und deckte es vorsichtig zu. Die knubbeligen Arme lagen angewinkelt links und rechts des Köpfchens, und die winzigen Hände waren zu Fäusten geballt, als würde Maye wie ein Kraftprotz die Muskeln spielen lassen. Es war ein Anblick zum Dahinschmelzen. Das Kind und seine Mutter waren Abbe in den letzten Monaten ans Herz gewachsen.

»Es ist schön, dass du mich so oft besuchen kommst.« Leiser fügte Hayka hinzu: »In diesem Haus kann es ganz schön einsam sein.«

»Ich fürchte, dies ist mein letzter Besuch. Ich bin hier, um mich zu verabschieden.«

»Oh.« Sie sank auf den Hocker.

Abbe blieb stehen, obwohl ihn sein Rücken schier umbrachte. Für den Fall, dass Widzelt auftauchte, wäre es für sie beide das Beste, wenn er rasch den Rückzug antrat. »Der Vogt zu Warfstede hat verfügt, dass ich heimkehren darf«, erklärte er lächelnd. »Ich bin frei. Endlich.«

Hayka bemühte sich redlich, sich für ihn zu freuen. Es gelang ihr nicht. »Dein sehnlichster Wunsch geht in Erfüllung, und was mache ich? Fange an zu heulen«, schluchzte sie. »Was bin ich nur für eine dumme Gans!«

»Bist du nicht. Es ist in Ordnung …« Unbeholfen streichelte er ihr den Arm.

Hayka sprang auf und umarmte ihn stürmisch. Eine schöne junge Frau, die sich ihm an den Hals warf – früher hätte ihn dergleichen entzückt und erregt. Inzwischen war er für solche Gefühle zu alt. Was er für Hayka empfand, ähnelte mehr der Zuneigung eines Onkels für seine Nichte.

»Ich werde dich vermissen, Abbe Wilken. Du bist mein einziger Freund an diesem schrecklichen Ort.«

Das klang erheblich anders als bei ihrer ersten Begegnung, als sie überaus dankbar gewesen war, dass Widzelt sie und Maye nach Marienhafe geholt hatte. Er rieb ihr sachte den Rücken. »Dein Gemahl lässt dich oft allein, oder?«

»Wenn er zweimal in der Woche mit mir spricht, ist es viel. Und nachts ist er meist so betrunken, dass er einschläft, ohne mich anzufassen.«

Abbe blickte ihr in die Augen. »Doch davon abgesehen behandelt er dich anständig?«

»Ich denke schon.«

»›Ich denke schon‹?«, wiederholte er stirnrunzelnd.

Hayka wischte sich die Tränen ab und zuckte mit den Achseln.

Abbe seufzte. Er wünschte, er könnte etwas für sie tun, doch er war machtlos, wieder einmal. Das Elend seines Lebens. »Versprich mir, auf dich und Maye aufzupassen, ja?«

»Ich verspreche es.«

»Wenn du etwas brauchst, wende dich an Foelke.«

Ihr Gesicht verfinsterte sich. »Diese Hexe? Sie hasst mich!«

Das ist nicht von der Hand zu weisen, dachte er betrübt. »Sie mag etwas … schwierig sein. Aber sie ist die einzige Person in diesem Haus, die dir helfen kann, wenn Widzelt … wenn du in Not bist.«

»Na gut.«

»Komm her.« Er breitete die Arme aus und drückte die junge Frau an sich. »Ich werde dich auch vermissen.«

Es fiel ihm schwer, sie loszulassen.

Folkmar lag auf der Bettstatt und lauschte dem Eisregen, der auf das Dach der Bretterbude plätscherte. Das Knarren der Tür riss ihn aus seinen Gedanken. Sein Onkel kam herein und schlug die nasse Mantelkapuze zurück.

»Bist du von Sinnen?« Er fuhr vom Bett auf.

»Beruhig dich. Deine Brüder sind allesamt in ihren Quartieren und kräftig mit Trinken beschäftigt, wenn mich nicht alles täuscht. Niemand hat mich gesehen.«

Folkmar schloss die Tür und legte den primitiven Riegel vor. Er teilte sich die Bude mit zwei anderen Likedeelern. Falls sie auftauchten, musste er sie irgendwie abwimmeln. »Wie hast du es überhaupt geschafft, das Steinhaus zu verlassen?«

»Ohne jede Schwierigkeit.« Abbe lächelte. »Seit einigen Stunden bin ich ein freier Mann.«

Das verschlug Folkmar für einen Moment die Sprache. »Yneke hat …«

»Ja. Ich darf nach Hause.«

»Das ist großartig!« Folkmar umarmte seinen Onkel und klopfte ihm lachend auf die Schulter. »Weißt du, wieso?«

»Ich kenne keine Hintergründe. In Warfstede erfahre ich sicher mehr. Beim ersten Licht des neuen Tages geht es zurück. Yneke hat einen Wagen und zwei Krieger geschickt.«

Folkmar stellte Abbe einen Hocker hin. Der setzte sich mit verzerrtem Gesicht. Als die Pein abgeklungen war, sagte er:

»Das heißt, ab Morgen bist du auf dich gestellt.«

»Sorge dich nicht um mich. Ich werde zurechtkommen.«

»Ich werde dir weiterhin helfen, so gut ich kann. Die Augen offen halten, Yneke beobachten. Vielleicht ihn zu einem Fehler verleiten.«

»Was du auch tust, sei vorsichtig. Und erzähl niemandem von mir.«

»Ich habe dir mein Wort gegeben«, bestätigte Abbe. »Daran halte ich mich.«

»Verrate Almuth nicht, was Yneke getan hat. Das würde für sie alles nur noch schwieriger machen.«

Abbe nickte. »Lass uns in Verbindung bleiben. Wir schreiben uns. Du hast hoffentlich nicht vergessen, wie das geht.«

»Ein Dichter wird nicht mehr aus mir. Aber einen Brief bekomme ich hin. Verlang nur kein ausgefeiltes Versepos von mir.«

»Bedauerlich. ›Der gute Folkmar von Warfstede‹ – das wäre eine Saga, die ich zu gerne lesen würde.«

»Die Frage ist vielmehr, wie der Brief zu dir kommt.« Folkmar dachte nach. »Welpe könnte ihn überbringen.«

»Ein Hund?«, fragte sein Onkel verwirrt.

»Der Schiffsjunge der *Seetiger*.«

»Ah. Der Bursche mit der Maultrommel.«

»Eben der. Für ein paar Silberstücke macht er alles.«

»Ist er vertrauenswürdig?«

»Ja. Und verschwiegen. Wenn ich ihm einschärfe, den Mund zu halten, erfährt niemand von dem Brief und davon, dass wir uns kennen.«

»Wird das keinen Argwohn erregen, wenn er tagelang verschwindet?«

»Welpe kommt und geht, wie er will. Die anderen sind das gewohnt.«

»Gut. Dann lass es uns so machen.« Abbe lächelte. »Weißt du noch, wie du dich einst gesträubt hast, als deine Mutter dich lesen und schreiben lehren wollte? Nun bist du gewiss dankbar, dass sie dich gezwungen hat.«

Folkmar verspürte innerlich einen Stich und musste kurz den Blick abwenden. Seine Mutter … Gott, wie er sie vermisste. Wie er *alle* vermisste. Und Abbe durfte sie wiedersehen, während er in Marienhafe ausharren musste. Er beneidete seinen Onkel und schämte sich dafür.

»Ich muss jetzt zurück zum Steinhaus. Wenn ich zu lange fortbleibe, schöpft man womöglich Verdacht.« Abbe stand auf, und sie umarmten einander zum Abschied. »Ich wünsche dir Gottes Hilfe und alles Glück der Welt für deine Aufgabe. Verzage nicht. Die Hindernisse mögen gewaltig sein, aber wenn einer sie überwinden kann, dann du.« Er drückte Folkmar die Hand und schlüpfte hinaus in den Regen.

Folkmar fühlte sich plötzlich bleischwer. Er streckte sich abermals auf der Bettstatt aus. Tapp-tapp, tapp-tapp, machte der Regen. Wie winzige Füße, die für alle Zeiten auf der Stelle traten.

Nach einer Weile ertrug er sich selbst nicht mehr. Er quälte sich in die Aufrechte und schlurfte hinüber zum Haupthaus. Gut zwei Dutzend Likedeeler hockten in der Halle. Die mit Rauch, Fürzen und Bierdunst angereicherte Luft war derart dick, dass man sie in massive Blöcke hätte zerschneiden können. Klaus und einige andere würfelten. Wie es schien, war Otto mächtig am Verlieren.

»Schluss mit den Kindereien«, knurrte er. »Bisher hab ich nur Spaß gemacht, damit ihr nicht die Lust verliert. Jetzt zieh ich euch das Fell über die Ohren. Komm schon, Klabautermann – zwei Sechsen!« Er ließ die Würfel in der Faust klackern.

Es fielen zwei Einsen.

Otto hieb auf den Tisch, dass die herumliegenden Münzen klirrten, fürchterliche Wortgebilde zischend. Mit einem feisten Grinsen im Gesicht raffte Klaus die gewonnenen Silberstücke zusammen.

»Willst du mitspielen, Isebrand? Der Einsatz ist ein Dreiling.«

Folkmar setzte sich, warf eine Münze in die Mitte und langte nach den Würfeln.

Diese Männer waren wie eine Familie für ihn.

Vielleicht die einzige Familie, die er noch hatte.

Kapitel dreizehn

Warfstede

»Setzt mich hier ab«, sagte Abbe.

Der Wagen hielt auf dem Weg, der vom Geestrücken herunterkam. Kaum war er von der Pritsche geglitten, machte der Karren kehrt.

»Halt, meine Sachen!«

Die beiden Krieger auf dem Bock wollten den unheimlichen Buckligen keine Minute länger als nötig um sich haben. Sie stießen die Truhe mit seinen Habseligkeiten in den Schlamm und fuhren davon.

Abbe ließ die Kiste am Wegesrand liegen, er würde sie später holen. Er stützte sich auf den Krückstock und folgte dem Pfad. Genoss jeden Schritt, jeden einzelnen Atemzug. Es war kein schöner Tag, ganz und gar nicht. Schneeregen klatschte ihm auf den Mantel, der im kalten Wind flatterte wie ein zerrissenes Segel. Der Matsch saugte an seinen Schuhen, sodass er sie mehr als einmal beinahe verlor. Um ihn herum versank alles in bleichen Grau- und Brauntönen, er vermochte kaum zu sagen, wo der Himmel aufhörte und das Land anfing. Und doch: Der Anblick von Warfstede war schöner als alles, was er in den letzten sechs Jahren gesehen hatte.

Da – der Gottesacker mit der verwitterten Statue des heiligen Magnus. Die schneebedeckten Äcker, die wuchernden Wallhecken um das Weideland, die uralten Birken, die ihn stets an betende Nonnen erinnert hatten. Die Palisade, die Reetdächer, das Steinhaus, das alles überragte. Abbe konnte nicht aufhören zu lächeln.

Er war zu Hause.

»Abbe Wilken ist zurück!«, rief jemand, als er das Tor durchquerte. Kurz darauf umringten ihn Menschen, *Dutzende* Menschen, ein ganzer Pulk, der sich mit ihm zum The bewegte wie eine riesige Krabbe mit zahllosen Füßen. Lachende Leute schüttelten ihm die Hand, droschen ihm auf die Schulter, kniffen ihm in die Wange, als wäre er ein Heiliger, den man nur berühren musste, um in den Genuss eines Wunders zu kommen.

Jann und Bent retteten ihn, indem sie sich durch die Menge kämpften und ihn in die Mitte nahmen.

»Ist ja gut, ihr Leute!«, rief Jann. »Schön, dass ihr euch freut. Aber jetzt lasst den armen Kerl doch erst einmal ankommen.« Wie zwei Leibwächter, die ihren Herrn schützten, führten sie Abbe zu Bents Haus.

Als die Tür ins Schloss fiel, atmete er auf. Mit diesem überschwänglichen Empfang hatte er nicht gerechnet. Doch der Freudentaumel des Dorfvolks war nichts verglichen mit der stürmischen Liebe, die ihm seine Familie zuteilwerden ließ. Jann und Bent umarmten ihn abwechselnd. Wenn der eine fertig war, fing der andere von Neuem an. Jorien und Etta überhäuften ihn mit Küssen, die beiden Frauen weinten, Abbe weinte, alle weinten.

Schließlich wischte er sich die Wangen ab und blickte in die Runde, studierte die Gesichter, nahm jedes kleine Detail in sich auf. Jorien und Jann waren alt geworden, genau wie er. Etta und Bent standen dafür in der Blüte ihrer Jahre. Zwei schöne, muntere, kraftstrotzende Menschen, dass es eine Freude war, sie zu betrachten.

»Wo ist dein Vater?«, fragte er Jorien.

Plötzlich war eine Schwere im Raum. Trauer wehte wie der Nordwind heran und fegte die Fröhlichkeit aus den Gesichtern.

»Gestorben«, erklärte Jorien knapp. »Vergangenen Dezember.«

Abbe kniff die Lippen zusammen, nickte. Bereits vor sechs Jahren war Folkmar Peters steinalt gewesen, ein friesischer Methusalem. Dass der Herr ihn endlich zu sich gerufen hatte, war wahrlich keine Überraschung. Doch Abbe hatte sich gewünscht, den brummeligen Greis noch einmal zu sehen. Der alte Folkmar hatte so viel für Jann und ihn getan.

»Es ist auch viel Freudiges geschehen, während du fort warst.« Lächelnd schob Etta ein Mädchen von vier, fünf Jahren nach vorn. »Das ist Gela, unsere Tochter. Begrüß deinen Onkel, Gela.«

Gela klammerte sich an Ettas Bein fest und schaute ihn ängstlich an.

Armes Ding, dachte Abbe. *Vermutlich hält es mich für einen Waldschrat aus dem Märchen.* Er lächelte Gela an. »Du bist aber ein hübsches Mädchen. Ich bin Abbe Wilken, dein Großonkel.«

»So schüchtern bist du doch sonst nicht. Nun geh schon hin zu ihm«, drängte Etta das Kind.

Gela schüttelte trotzig den Kopf und umklammerte das Bein umso fester.

»Lass sie«, sagte Abbe freundlich. »Sie wird sich schon an mich gewöhnen.«

In diesem Moment hätte er beinahe von Folkmar Janns erzählt: *Stellt euch vor, er lebt nicht nur – er ist wohlauf und weilt in Marienhafe!* Er war nicht dabei gewesen, als Folkmar auf Nimmerwiedersehen in die Wildnis entschwunden war. Er spürte jedoch, dass damals etwas in Jann und Jorien zerbrochen und niemals geheilt war. Er sah es in ihren Gesichtern, in den müden, traurigen, tief in den Höhlen liegenden Augen. Abbe wollte nichts mehr, als ihnen die Lebensfreude zurückzugeben. Doch er hatte Folkmar sein Wort gegeben und würde es halten, auch wenn es ihm unendlich schwerfiel.

Kurz darauf saßen sie am Tisch. Es gab Käse aus Schafsmilch, Schwarzsauer und frisches Brot, das im Kern noch lauwarm war. Jann füllte die Krüge mit Dünnbier, und sie tranken auf den Heimgekehrten.

»Ich hatte mich schon damit abgefunden, euch nie wiederzusehen – dass Yneke mich in Marienhafe sterben lässt«, sagte Abbe. »Woher kommt sein Sinneswandel?«

»Das verdanken wir Almuth Gerts«, antwortete Jorien. »Sie hat einen guten Einfluss auf Yneke. Ihretwegen mäßigt er sich.«

»Wir kennen keine Einzelheiten, Almuth hält sich bedeckt«, ergänzte Jann. »Wir vermuten, dass sie Yneke überredet hat, dich zu begnadigen.«

»Eine erstaunliche Frau.«

»Oh ja«, sagte Jorien.

»Wie geht es ihr?«

»Als Ynekes Weib hat sie es nicht leicht. Aber sie weiß sich zu behaupten. Ihrem Jungen ist sie eine gute Mutter, Eger gedeiht prächtig.«

Abbe nahm sich vor, Almuth so bald wie möglich zu danken.

»Reden wir nicht mehr von Yneke«, sagte Jann. »Lasst uns lieber überlegen, wie wir deine Heimkehr gebührend feiern können.«

»Ein Fest!«, rief Bent.

Es gab ein Fest, und was für eins. Obwohl es schneite, obwohl der Nordwind pfiff, strömte am nächsten Tag das ganze Dorf zusammen. Alle kamen: die Bauern, die Fischer, die Schiffszimmerleute – sie feierten Abbe, sie lachten mit dem Heimgekehrten, sie tranken bei den Feuern, bis sie torkelten.

Nur einer fehlte.

Yneke Egers verschanzte sich im Steinhaus und ließ Almuth allein hingehen.

Almuth weilte den ganzen Morgen im Lagerschuppen, stemmte Fässer auf und zählte eingestaubte Kisten. Eger hatte sie bei einer vertrauenswürdigen Magd gelassen, damit sie in Ruhe arbeiten konnte. Sie sichtete die Handelsware, die ihr Vater ihr hinterlassen hatte. Manches war verdorben, vieles jedoch noch brauchbar. Sie beschloss, zum Markt in Esens zu fahren, sobald das Wetter besser wurde. Gerts Frachtwagen, der seit über einem Jahr ungenutzt herumstand, wies hier und da rostige und morsche Stellen auf. Doch das war nichts, was Jann Wilken nicht im Nu reparieren konnte.

Vielleicht kann ich schon vor Ostern meine erste Handelsfahrt unternehmen. Der Gedanke gefiel ihr außerordentlich.

Zunächst aber musste sie Arbeitskräfte anwerben. Gerts Fuhrknechte und Handelsgehilfen verdingten sich längst anderswo, sie standen nicht mehr zur Verfügung. Hierfür würde sie Ynekes Blutgeld verwenden. Es war ein üppiger Batzen Silber, damit konnte sie die Kosten decken, bis sie ihr erstes Geld verdiente.

Das Schuppentor knarrte. Almuth war derart in die Arbeit vertieft, dass sie erschrocken zusammenzuckte. Es war nur Abbe Wilken, der lächelnd hereinkam.

»Etta hat mir gesagt, dass ich dich hier finde.« Er betrachtete die Fässer und das herumliegende Werkzeug. »Fleißig, fleißig. Du scheinst gut voranzukommen.«

Obwohl sie auf dem Fest keine Gelegenheit gehabt hatten, sich in

Ruhe zu unterhalten, wusste er offenbar von ihren Plänen. Kein Wunder, ganz Warfstede sprach darüber.

Almuth stopfte eine widerspenstige Haarsträhne unter die Haube. »Es soll so bald wie möglich losgehen. Ich will etwas Sinnvolles mit meiner Zeit anfangen, nun, da Eger groß genug ist, dass er mich nicht mehr ununterbrochen braucht.«

»Er ist … wie alt? Vier?«

»Vier Jahre und zwei Monate, um genau zu sein.«

»Ein bisschen zu jung, um ihn auf Handelsfahrt mitzunehmen, oder?«, bemerkte Abbe mit leichter Skepsis.

»Etta und ich werden die Kinder abwechselnd betreuen. So können wir beide jeweils zwei, drei Tage in der Woche arbeiten. Außerdem ist da noch Jorien, die uns Eger und Gela abnehmen kann, wenn es nicht anders geht.«

»Du hast dir natürlich längst alles trefflich überlegt und verstehst sehr viel mehr von diesen Dingen als ich.« Er lächelte schief. »Verzeih einem alten und kinderlosen Mann die unbedachte Kritik.«

»Schon gut, die Frage war berechtigt.«

»Es hätte Gert gefallen, dass du das Geschäft weiterführen willst. Er wäre gewiss stolz auf dich.« Ein Schatten huschte über sein Gesicht. »Mein Beileid zu deinem Verlust.«

Viel Unausgesprochenes verbarg sich in diesen fünf Worten, doch Almuth war nicht in der Stimmung, das Thema zu vertiefen. »Hab Dank«, sagte sie nur.

Abbe musterte sie ausgiebig. Für einen Moment sah sie sich mit seinen Augen. Sie war nicht mehr die blutjunge Frau von einst. Das Leben an Ynekes Seite hatte sie hart gemacht und scharfe Linien in ihr Gesicht gezeichnet. Sein Blick war voller Freundlichkeit und Mitgefühl.

»Ich möchte dir danken.«

»Wofür?«

»Du weißt, wofür.«

Sie schwieg.

»Ich habe gehört, dass du mäßigend auf Yneke einwirkst«, sagte er. »Damit erweist du den Menschen Warfstedes einen großen Dienst.«

»Man tut, was man kann.«

»Das ist sehr mutig von dir.«

Sie zuckte mit den Schultern. »Es kostet mich nicht viel.«

»Du riskierst immerhin, dir seinen Zorn zuzuziehen.«

»Den habe ich mir schon oft zugezogen. Das macht mir keine Angst.«

»Daran zweifle ich nicht.« Er lächelte wieder, doch nur für einen Augenblick. »Sei trotzdem vorsichtig. Männer wie Yneke sind unberechenbar. Denk daran, was deinem Vater widerfahren ist.«

»Vielleicht hat er sich geändert.«

»Nach meiner Erfahrung ändern sich nur wenige Menschen derart grundlegend«, gab er zu bedenken.

»Yneke wäre beinahe vor der Edenburg gefallen. Nach *meiner* Erfahrung ist das eine mächtige Lektion, die selbst den verbohrtesten Mann aufrüttelt.«

»Das wusste ich nicht«, gestand Abbe. »Nun, hoffen wir einfach, dass dein Gemahl daraus gelernt hat.« Er räusperte sich. »Du hast viel zu tun – ich will dich nicht länger von der Arbeit abhalten. Lass es mich wissen, wenn ich dir beim Aufbau deines Geschäfts helfen kann.«

»Das kannst du tatsächlich. Ich brauche Arbeiter. Etta und Jorien wollen sich für mich umhören, aber es schadet sicher nicht, wenn du das auch tust.«

»Du kannst auf mich zählen.« Damit verabschiedete er sich.

Almuth blickte ihm nach und biss sich dabei auf die Unterlippe. Sie musste ihn fragen. Sonst gab es niemanden, mit dem sie darüber sprechen konnte. Wie die anderen Mitglieder der Familie Osinga dazu standen, wusste sie seit Langem, weswegen sie das Thema in deren Gegenwart tunlichst mied. »Abbe.«

Im offenen Schuppentor wandte er sich zu ihr um.

»Glaubst du, dass Folkmar noch lebt?«

Er schwieg lange, und in seinem Antlitz rangen derart viele Gefühle miteinander, dass sie unmöglich sagen konnte, was er bei der Frage empfand. »Ich denke«, sagte er schließlich, und seine Stimme klang seltsam steif, »dass er schon lange tot ist.« Ruckartig machte Abbe kehrt und watschelte durch den Nieselregen davon.

Da hatte sie ihre Antwort.

Er irrt sich. Sie irren sich alle. Doch es ließ sich nicht leugnen, dass sie sich bei diesem Gedanken zunehmend wie eine Närrin fühlte.

Egal. Jetzt war kaum der richtige Moment, deswegen Trübsal zu blasen. Sie schüttelte den Kopf und griff nach dem Stemmeisen. Es galt, Torfballen zu zählen.

Der Frühling kam spät, aber er kam. Mitte April, eine Woche vor Ostern, schmolz endlich der Schnee, wobei sich einzelne schmutzig weiße Fladen im Schatten von Birken und Deichböschungen bis Ende des Monats hielten.

Besonders die armen Bewohner des Kirchspiels hatten unter dem langen Winter gelitten. Die Kornspeicher vieler Geestbauern waren leer bis auf den Grund, ebenso die Fässer mit der Butter und dem Pökelfleisch. Sie ernährten sich von warmem Wasser, in dem einzelne Kohlblätter schwammen – falls sie überhaupt noch genug Reisig und Torf hatten, um das Wasser zu erhitzen. An Gründonnerstag sah Almuth manch ein verhärmtes Gesicht, manch eine klapprige Gestalt in der Kirche. Nach der Messe ließ Bruder Erasmus einen großen Kessel aufstellen und verteilte gekochte Rüben an die Hungerleider.

»Die Not ist groß«, sagte Almuth, als sie nach dem Gottesdienst mit Yneke und Eger einen Spaziergang unter der umwölkten Sonne machte. »Und sie wird bleiben. Wenn der Sommer so kühl und feucht wird wie der letzte, werden viele Feldfrüchte auf den Äckern verderben. Die Bauern können nicht genug Vorräte anlegen, sodass der nächste Winter sie noch härter treffen wird.«

»Daran ist auch der karge Geestboden schuld – er wirft einfach nicht genug ab«, bemerkte Yneke mäßig interessiert. »Aber es kann nun einmal nicht jeder in der Marsch leben.«

»Es sind ja nicht nur die Geestbauern betroffen. Auch viele Dorfbewohner müssen hungern. Rührt dich ihr Elend nicht an?«

»Natürlich rührt es mich an. Doch man kann nichts tun. Allenfalls kann man den heiligen Petrus um milderes Wetter bitten.«

»Du bist der Vogt zu Warfstede – du kannst sehr wohl etwas tun«, widersprach sie. »Senke die Abgaben. Das würde die Not zumindest etwas lindern.«

»Das ist nicht so einfach, wie du dir das vorstellst. Es gibt Vorschriften. Widzelt und Foelke legen die Höhe der Abgaben fest. Ich kann sie nicht eigenmächtig senken.«

Almuth hatte sich diese Vorschriften angesehen. Sie standen in einem gesiegelten Amtsbrief, der im Steinhaus aufbewahrt wurde. »Du machst es dir zu einfach. Als Vogt kannst du nach eigenem Ermessen handeln, wenn es geboten ist. Du hast die Möglichkeit, etwa den Zehnt teilweise oder ganz zu erlassen, wenn der einen Bauern in den Ruin triebe. Den tom Brok ist doch daran gelegen, dass ein Hof auch im nächsten Jahr Abgaben entrichten kann.«

Derart belehrt zu werden hätte Yneke früher in Zorn versetzt. Harsch hätte er ihr verboten, sich in seine Angelegenheiten einzumischen. Diese Zeiten waren vorbei. Heute brummte er lediglich: »Du lässt nicht locker, was?«

»Du bist weit gekommen. Du hast es geschafft, dass man dich respektiert. Wenn du es klug anstellst, wird man dich lieben.« Almuth hakte sich bei ihm unter. »Auf ein paar Rüben und Schweinehälften zu verzichten erscheint mir ein geringer Preis, wenn man geliebt wird.«

Sie ließ offen, ob sie die Liebe der Bauern meinte – oder ihre.

»Nun gut. Ich werde sehen, was ich tun kann.« Er streichelte ihre Hand.

Im Jahre des Herrn 1397 fiel Georgi auf den Ostermontag. Die Hirten trieben das Vieh daher erst am Dienstag auf die Sommerweide. Yneke thronte derweil unter einem gespannten Segeltuch, während es – wieder einmal – nieselte. Zahlreiche Dorfbewohner sowie Bauern aus Marsch und Geest warteten mit ihren Karren, Huckelkörben und Ackerschlitten auf dem The, um den Zehnt für die vergangenen Monate abzuliefern.

»Graleff Lubben!«, rief Yneke den ersten Namen auf seiner Liste auf.

Ein mageres, gramgebeugtes Individuum schwebte an ihn heran. Almuth, die mit Etta unter dem Vordach plauderte, konnte sehen, dass Graleff vor Angst in seinem schmutzigen Kittel schlotterte. Der arme Kerl hatte nicht vergessen, wie er einst auf Ynekes Geheiß von

Cord Hanneken gezüchtigt worden war, bis das Blut floss. Er stammelte:

»Der Winter war hart, Herr. Die Ernte … ich meine, die Vorräte … ich möcht Euch ersuchen … eine Stundung … will sagen, vielleicht mögt Ihr geruhen …«

Yneke schnitt ihm mit einer Handbewegung das Wort ab. »Du kannst den Zehnt nicht bezahlen und bittest um Aufschub«, stellte er ungeduldig fest. »Richtig?«

»Nur dieses eine Mal, Herr! Mein Wort drauf. Zu Michaelis werde ich … also, wenn's die Ernte hergibt … soll heißen …«

Yneke richtete sich auf und sprach zur wartenden Menge: »Noch jemand, der den Zehnt nicht zahlen kann? Die Hände heben!«

Niemand meldete sich.

»Herrgott! Nun macht schon, was ich sage. Ich finde es doch ohnehin heraus.«

Zögernd gingen die Hände in die Höhe. Almuth zählte über zwei Dutzend. Yneke ließ den Blick umherschweifen.

»Wen der Hunger plagt, dem sei der Zehnt für die Monate Oktober bis April erlassen«, rief er. »Wenn euch Elend droht, weil ihr viele Mäuler stopfen müsst, so zahlt ihr diesmal nur die Hälfte, auf dass ihr mit gottgefälliger Arbeit eure Not lindern und zu Michaelis wieder den vollen Betrag entrichten könnt.«

Die Menschen auf dem Platz wechselten ungläubige Blicke. Das aufgeregte Raunen klang wie die anschwellende Brandung.

»Ist das Euer Ernst, Herr?«, fragte Graleff.

»Sehe ich aus, als würde ich meinen Schabernack mit euch treiben?«, entgegnete Yneke unwirsch. »Bedenkt, dass dies nur für die Bedürftigen gilt. Ich werde Stichproben machen. Betrug wird nicht geduldet. Jetzt geh nach Hause und lass den Nächsten vortreten.«

Graleff entfernte sich rückwärts und vollzog stammelnd zahlreiche Bücklinge, als hätte er soeben eine Audienz beim Kaiser überstanden.

Grinsend stieß Etta Almuth mit dem Ellbogen an. »Das ist dein Werk, nicht wahr?«

Etta stand mit dieser Vermutung nicht allein. Nicht wenige Leute ahnten, dass sie Ynekes Wandlung zum Besseren Almuths Einfluss verdankten. Ihre Dankbarkeit nahm befremdliche Ausmaße an. Als

Almuth später mit Eger durchs Dorf schlenderte, rief man ihr freudige Segenswünsche zu. Männer wie Frauen küssten ihr die Hände und kündigten an, fortan jede Nacht für sie zu beten.

Und das war längst nicht alles. In jenem Frühjahr machte im Kirchspiel ein Wort die Runde. Man sprach ehrfürchtig von ihr. Man sagte, sie sei von Gott gesandt.

Man nannte sie die heilige Almuth von Warfstede.

SECHSTES BUCH

GOTTES FREUNDE UND ALLER WELT FEINDE

Mai 1398 bis Mai 1400

Kapitel eins

ABBE WILKEN AN FOLKMAR JANNS
WARFSTEDE IN HARLINGERLAND
ANNO DOMINI 1398 IM MAI

Seinem innigst geliebten Neffen Folkmar Janns
entbietet Abbe Wilken seine Gebete im Herrn.

Ich kann Dir nicht genug danken für Deinen Brief, den Du mir im vergangenen Monat gesandt hast. Wisse, dass ich jede Deiner Nachrichten mit großem Interesse und ebensolcher Freude studiere, und ich gestehe ohne Scham, dass mir dies selten ohne Tränen gelingt. Du fehlst mir sehr, mein lieber Junge. Wenn wir doch nur von Angesicht zu Angesicht sprechen könnten!

Ich kann mir vorstellen, dass es in Deiner Lage schwierig ist, gutes Papier oder preiswertes Pergament aufzutreiben. Ich werde daher Deiner Bitte nachkommen und künftig die Rückseite des Bogens freilassen, damit Du dort Deine Antwort niederschreiben kannst.

Item, Deine Sorge kann ich zerstreuen. Gewiss, deine Eltern wundern sich, was dies für Briefe sind, die ich beinahe jeden Monat erhalte. Doch sie wundern sich nicht übermäßig. Dein Vater, wie Du weißt, hat sich nie sehr für das geschriebene Wort begeistert. Und Deine Mutter ist nach einem langen Tag mit Wechseln, Gänsekiel und Frachtlisten froh, wenn sie sich am Abend die Tintenkleckse von den Händen waschen kann und sich nicht mehr mit knisterndem Papier befassen muss. Ich mache ihnen weis, ich hätte unter Foelkes Hausbedienten Freunde gefunden, die mir regelmäßig schreiben. Damit die Lüge – denn eine solche ist es leider, da helfen keine Ausflüchte – gewahrt bleibt, verberge ich Deine Briefe in meinem Gehstock. Jawohl, recht gelesen! Jeltke Tiden – der Herr erhalte ihm seine Geschicklichkeit – hat die Krücke mit dem Bohrer ausgehöhlt und für seine Arbeit und vor allem für seine Diskretion einen Hamburger Sechsling erhalten. Wenn ich die Briefe zusammenrolle, passen sie leicht in die Höhlung, und es ist noch Platz für viele weitere. Sodann schraube ich den Knauf auf den Schaft, und niemand ahnt, dass der Stock ein delikates Geheimnis birgt.

Ist Dein alter Onkel nicht ein schlauer Fuchs?

Nun zu den wichtigen Dingen. Geht es Dir gut? Nun, da bald der Sommer kommt, plagt mich die Sorge, dass Dich abermals das Marschenfieber heimsuchen könnte. Bitte lass es mich wissen, wenn Du krank bist. Sag es mir nicht erst Wochen später wie letztes Jahr! Damit tust Du weder mir noch Dir einen Gefallen. Gib mir die Möglichkeit, in der Stunde der Not für Dich zu beten, wenn ich schon sonst nichts für Dich tun kann.

Du errätst nie, wer uns vorige Woche besucht hat: Luther! Na, erinnerst Du Dich? Womöglich nicht – Du warst noch ein Kind, als er uns das letzte Mal beehrte. Luther kommt aus Lübeck, er war einst Schiffer und stand in den Diensten unseres teuren Freundes Hartmann, Gott hab ihn selig. Inzwischen ist er selbst zum wohlhabenden Rats- und Handelsherrn aufgestiegen.

Luther hatte im vergangenen Herbst eine neue kraweelbeplankte Kogge bei uns bestellt. Ich vergaß, Dir dies zu schreiben – bitte sieh mir dieses Versäumnis nach. Inzwischen ist die Kogge vom Stapel gelaufen, auch der Mast ist bereits eingezapft. Der sich auf dem Weg nach Flandern befindliche Luther lief Warfstede an, um das Schiff zu begutachten. Es versteht sich von selbst, dass Dein Vater abermals vorzüglich gearbeitet hat. Der Lübecker stand zufrieden lächelnd an der Helling und überreichte uns bereitwillig die zweite Rate des Kaufpreises.

Es wird Dich nicht überraschen zu lesen, dass mit Luther zahlreiche Bewaffnete von Bord gingen. Eine halbe Hundertschaft segelt mit ihm nach Flandern! Das Schiff starrt vor Waffen, als wolle Luther Brügge überfallen und plündern, statt auf dem Grote Markt Bier zu verkaufen und Brokat zu erwerben. Die Gründe hierfür kannst Du Dir gewiss denken.

Beim Nachtmahl hatte er folglich einiges zu berichten – reichlich Interessantes und noch mehr Bedenkliches:

Lübeck und manch andere Seestadt der Hanse, insbesondere das aufstrebende Hamburg, leiden erheblich unter den Attacken der Likedeeler. Es vergeht kaum ein Monat, ohne dass Deine Freunde – es widerstrebt mir noch immer, sie Deine »Brüder« zu nennen – in der Deutschen Bucht einen Kauffahrer aufbringen, die Fracht stehlen und das Schiffsvolk gedemütigt nach Hause schicken – wenn sie nicht sogar das eine oder andere Besatzungsmitglied aus vornehmen Verhältnissen als Geisel nehmen und seine Sippschaft zwingen, es für teures Geld auszulösen.

Aber das weißt Du ja alles. Was Du womöglich nicht weißt: Die Likedeeler werden alsbald Konkurrenz bekommen.

In der Ostsee nämlich hat man der Piratenplage mit Feuer und Schwert ein Ende gemacht. Nach jahrelangem Zaudern und Zögern landete der Deutsche Orden auf Gotland. Die Mönchsritter griffen Visby an und zerschmetterten die dort ansässigen Vitalienbrüder mit eiserner Faust. Viele wurden erschlagen, viele an Ort und Stelle gehenkt, darunter manch ein Hauptmann aus dem mecklenburgischen Adel. Einige aber konnten rechtzeitig fliehen und sich dem Zugriff des Ordens entziehen. Sie seien nach Norden entkommen, berichtete Luther, in das Kattegat und das Skagerrak, und er vermutet, dass sie zur Westsee segeln werden, um dort ihre räuberischen Aktivitäten fortzusetzen.

Das aber wird die Hanse nicht lange mitmachen.

Item, in Lübeck und Hamburg weiß man, dass Widzelt die Likedeeler beherbergt und ihnen erlaubt, das Beutegut in Marienhafe zu verkaufen. Luther sagt, in den Räten mehrten sich die Stimmen, das Seeräubernest in Brokmerland auszuräuchern und Widzelt zur Rechenschaft zu ziehen. Einzelne Ratsherren machten sich gar für eine Invasion stark. Noch schreckt die Hanse als Ganzes vor einem teuren Feldzug mit ungewissem Ausgang zurück. Sollte sich die Piraterie in der Westsee aber verschlimmern, weil sich weitere Vitalienbrüder in Friesland breitmachen, könnten die Falken in den Räten alsbald die Oberhand gewinnen. Jeder Häuptling, der Piraten hegt, muss dann mit einem entschlossenen Angriff der Hanse rechnen!

Geliebter Neffe, betrachte dies als Warnung. Wirke mäßigend auf Gödeke Michels und Johann Störtebeker ein, auf dass sie ihre Gier zügeln und sich für eine Weile zurückhalten. Vielleicht lässt dies den Zorn der Handelsherren abkühlen, sodass es nicht zum Äußersten kommt.

Ich bitte Dich innigst, schreibe mir bald. Bete für Deine Eltern, Deine Schwester, für Bent und Gela ebenso wie für Deinen alten Onkel. Leb wohl im Herrn Jesus Christus. Gott schütze Dich allezeit!

Dein Abbe.

Geschrieben am sechsten Tag vor Himmelfahrt, zur neunten Stunde.

*

FOLKMAR JANNS AN ABBE WILKEN
MARIENHAFE IN BROKMERLAND
ANNO DOMINI 1398 IM MAI

Christus zum Gruß. Hab Dank für Deinen Brief.

Wir wissen von den Vitalienbrüdern. Widzelt erfuhr es bereits vor einiger Zeit von Foelke. Sie war bei Keno in Den Haag und besuchte auf dem Rückweg das Kloster Ihlow. Die Zisterzienser hören bekanntlich das Gras wachsen. Der Abt warnte sie vor der neuen Gefahr.

Leider scheinen sich die Vitalienbrüder von Visby nicht nur als Piraten zu betätigen. Einiges deutet darauf hin, dass sie sich Edo Wiemken und anderen Häuptlingen als Söldner angedient haben. Widzelt zürnt deswegen. Er glaubt, dass der Waffenstillstand mit Wiemken und Kankena nicht von Dauer sein wird, wenn auch seine Feinde Vitalienbrüder hegen. Ich glaube das auch.

Er denkt nicht daran, die Likedeeler am Rauben zu hindern. Darum gibt es neuen Zank im Steinhaus. Foelke macht Widzelt Vorhaltungen, sie fürchtet die Rache der Hanse. Widzelt aber nimmt die Gefahr nicht ernst. Er lacht nur über die »Hamburger Pfeffersäcke«.

Du siehst: Die Lage ist kompliziert.

Ich will versuchen, meine Brüder – denn das sind sie, auch wenn Du das nicht gerne hörst – zur Vorsicht zu mahnen. Aber ich mache mir keine großen Hoffnungen. Sie haben noch nie auf mich gehört, was ihr räuberisches Treiben betrifft.

Sobald der Wind günstig steht, werden wir nach Helgoland auslaufen. Widzelt würde uns das am liebsten verbieten. Er will uns auf dem Festland halten, um sich gegen Angriffe aus Östringen oder Wittmund zu wappnen. Gödeke und die anderen aber haben fürs Erste genug von Marienhafe. Sie machen wieder einmal, was sie wollen.

Bisher kein Marschenfieber. Bitte sorg Dich nicht zu sehr um mich.

Gott sei mit Dir.

Folkmar

*

ABBE WILKEN AN FOLKMAR JANNS
WARFSTEDE IN HARLINGERLAND
ANNO DOMINI 1398 IM JUNI

Geliebter Neffe, einen seligen Tag wünsche ich Dir von Herzen! Ich hoffe, dieser Brief erreicht Dich noch, ehe ihr nach Helgoland segelt.

Ich muss Dir von einem Missbehagen berichten, das mir schon lange auf der Seele lastet. Es geht um Deinen Boten Welpe. Leider muss ich Dir sagen, dass der Bursche von Mal zu Mal unverschämter wird. Nachdem er Deinen letzten Brief überbracht hatte, benahm er sich wie ein gottloser Heide. Ich übertreibe nicht! Er pöbelte die Diener an und pfiff den Mägden nach. Item stahl er einen Krug Branntwein und eine Wurst. Ich frage Dich: Was sind das für Unarten?

Und diese Maultrommel! Immerzu spielt er darauf, es geht uns allen schrecklich auf die Nerven. Als ich ihn bat, weniger zu spielen, entgegnete er, hierzu sehe er sich außerstande. Hast Du schon einmal darüber nachgedacht, ihm das gräuliche Musikinstrument wegzunehmen und es zu zertrümmern?

Entscheidend ist: Können wir so einem überhaupt vertrauen?

Gott schütze Dich. Gelange wohl nach Helgoland.

Dein Abbe.

Geschrieben am Tage vor Fronleichnam, zur dritten Stunde.

*

FOLKMAR JANNS AN ABBE WILKEN
HELGOLAND
ANNO DOMINI 1398 IM JULI

Zum Gruß. Wir sind immer noch auf Helgoland. Der Fischer, der meinen Brief überbracht hat, war im Felswatt vor der Insel gestrandet. Er saß wochenlang hier fest. Ich habe ihm geholfen, sein Boot zu flicken. Zum Dank versprach er, zuerst Warfstede anzulaufen, ehe er nach Hause segelt. Er hat große Mühsal hinter sich. Bitte gib ihm Essen und ein Nachtquartier.

Ich habe mit meinen Brüdern geredet. Sie nehmen die Gefahr durch die Hanse durchaus ernst. Leider denken sie gar nicht daran, sich deswegen zurückzuhalten. Um den hansischen Friedeschiffen ein Schnippchen zu schlagen, sind sie nach Norwegen gesegelt. Dort haben sie eine Kogge aufgebracht. Sie gehört dem Kaufmann Egghert Schoeff. Die Kogge ist hier, sie ist voll beladen mit Hering aus Schonen. Schoeff schreit und zetert die ganze Zeit, Johann hat ihn daher in eine Höhle gesperrt. Otto geht regelmäßig hin, um ihn zu verhöhnen. All dies ist töricht und unerfreulich. Aber ich kann nichts tun. Wie gesagt, die Likedeeler sind taub für meine Mahnungen. Schlimmer noch, sie verspotten meine Skrupel.

Was bislang nur ein Gerücht war, hat sich nunmehr bestätigt: Viele Vitalienbrüder aus Visby sind in Ostfriesland. Eine Schar dient Kanke Kanken. Eine andere Hisko Abdena. Eine dritte Edo Wiem-

ken. Letztere haust in der Edenburg, die wir weiland erfolglos belagert haben. Gödeke und die anderen sind deswegen besorgt, heißt das doch, dass sie früher oder später gegen ihre einstigen Brüder werden kämpfen müssen. Trotzdem wollen wir alsbald gen Marienhafe auslaufen. Gödeke und die anderen wollen Widzelt nicht unnötig gegen sich aufbringen.

Welpe ist ein Ärgernis. Ich habe bereits eine Maultrommel zertrümmert. Johann hat auch eine zerstört. Am nächsten Tag spielte er wieder. Er scheint einen unerschöpflichen Vorrat an Maultrommeln zu haben. Aber vertrauen können wir ihm. Wenn er frech ist, soll Bent ihm die Ohren lang ziehen.

Noch immer kein Marschenfieber. Vielleicht bleibt es mir dieses Jahr erspart.

Christus sei mit dir.

Folkmar

Kapitel zwei

Bremen

Der Mann sah aus wie die Fässer, die er verkaufte: rund, gedrungen, in der Mitte breiter als oben und unten. Der Gürtel lag wie ein eiserner Reifen um den ausladenden Bauch und schnitt tief in die weiche Körpermasse ein. Kleine Äuglein stierten Almuth an, und aus dem Haardickicht unter der Knollennase dröhnte eine tiefe Stimme.

»Das ist der Bierpreis, Mädchen. Billiger kriegst du's nicht. Weder hier noch anderswo.«

»Der Herr vor mir hat es billiger bekommen.«

»Das war ein guter Kunde, der mir jede Woche ein Dutzend Fässer abnimmt. Dich aber hab ich noch nie in Bremen gesehen.«

Ich bin ja nur jeden Monat hier und stehe gleich da drüben, keine fünfzehn Klafter entfernt. Doch Almuth beherrschte sich. Sie erlebte das immer wieder. Der Bierhändler hatte vermutlich zum ersten Mal außerhalb des Hurenhauses mit einer Frau geschäftlich zu tun. Er hielt es für sein gutes Recht, sie über den Tisch ziehen zu dürfen, und glaubte obendrein, leichtes Spiel mit ihr zu haben. *Nicht mit mir.* »Ich zahle dir drei Pfennig weniger pro Fass und nehme dir dafür zwei Dutzend ab.«

»Zum letzten Mal, ich feilsche nicht mit einem Weib!«

»Das solltest du noch einmal überdenken, denn die anderen Bierbrauer feilschen sehr wohl mit Frauen. Soll ich mein Silber lieber zu deinen Konkurrenten tragen?«

Es war mühsam, schließlich aber klopfte sie den Kerl weich und bekam das Bier für einen anständigen Preis. Während ihre beiden Knechte – ehemalige Tagelöhner, die Jorien ihr vermittelt hatte – die Fässer auf den Karren wuchteten, dachte sie über ihre nächsten Schritte nach. Sie hatte das Torfsalz und die übrige Ware aus

Warfstede restlos auf dem Markt zu Bremen verkauft. Von dem Erlös war noch etwas übrig. Sollte sie außer dem Gerstensaft weitere Handelsgüter erwerben? Sie beschloss, es für heute gut sein zu lassen. Bremer Bier war begehrt in Friesland, sie würde daran genug verdienen. Zudem war die Frachtkapazität der Kogge begrenzt. Es wäre klüger, das restliche Geld für schlechte Zeiten zurückzulegen.

Denn schlechte Zeiten, das wurde Jorien nicht müde zu betonen, erlebte früher oder später jede Kauffrau.

Bisher jedoch hatte Almuth nichts als Glück gehabt. Gewiss, die vergangenen anderthalb Jahre seit jener zukunftsweisenden Unterredung mit Yneke waren hart gewesen. Sie hatte jeden freien Moment genutzt, um ihr Handelsgeschäft aufzubauen. Aber die Arbeit hatte sich ausgezahlt, es ging stetig bergauf – was sie vor allem den Osinga verdankte. Abbe beriet sie in Fragen der Buchführung und des Kreditwesens. Jorien und Etta vermittelten ihr nicht nur Arbeiter und Handelspartner, sie nahmen sie auch mit nach Emden, Bremen und Hamburg. Almuth wusste diesen Freundschaftsdienst zu schätzen, bestand jedoch darauf, sich an den Kosten für Schiff und Heuer zu beteiligen. Die Osinga sollten nicht das Gefühl haben, ihr wegen Abbes Freilassung etwas schuldig zu sein. Außerdem wollte sie sich und der Welt beweisen, dass sie auf eigenen Füßen stehen konnte. Lächelnd dachte sie an das viele Silber in ihrer Schatulle. Was das betraf, war sie auf einem guten Weg.

Der Ochsenkarren setzte sich in Bewegung. Die beiden Knechte saßen auf dem Wagenbock, Almuth schritt nebenher. Während sie den Marktplatz zwischen Dom und Rathaus überquerte, schnappte sie an den Verkaufsbuden verschiedene Wortfetzen auf. Wieder einmal beherrschten die Piraten die Gespräche. Ständig brachten sie in der Deutschen Bucht oder vor Helgoland Handelsschiffe auf. Die Wut war groß. Die Menschen verfluchten die Likedeeler oder die Vitalienbrüder oder wie immer sie hießen. Man nannte sie »die Plage der Meere«. Tatsächlich hatten die Überfälle schlimme Auswirkungen auf die hansischen Seestädte. Manche Waren wurden allmählich knapp, die Preise dafür stiegen stetig. Insbesondere der Hering verteuerte sich enorm, worunter vor allem die ärmeren Leute litten. Manch einer musste in der Fastenzeit hungern.

»Man sollte sie in Ketten legen und ihnen allesamt die Köpfe abschlagen«, ereiferte sich ein Gewandschneider. »Aber darauf können wir lange warten, die Hanse unternimmt ja nichts gegen das Pack!«

»Das stimmt nun auch wieder nicht«, widersprach ein vornehmer Kunde, der das bunte Tuch befingerte. »Auf der Flandernroute kreuzen reichlich Friedeschiffe aus Hamburg, um unsere Kauffahrer zu schützen.«

»Und wieso wird trotzdem jeder dritte ausgeraubt? Ich will's Euch sagen: weil die Hamburger Koggen einsetzen! Die sind viel zu langsam, die Piraten auf ihren Schniggen fahren ihnen einfach davon. So schafft die Hanse es nie, das Gesindel einzufangen …«

Almuth war eine Begegnung mit den Likedeelern bisher erspart geblieben. Sie hielt das für schieres Glück oder die Gunst der Heiligen. Yneke aber hatte eine andere Erklärung: »Widzelt hat ihnen verboten, ostfriesische Schiffe aufzubringen. Du hast nichts von ihnen zu befürchten«, versicherte er ihr vor jeder Handelsfahrt. Sie teilte seine Zuversicht nicht. Die Likedeeler galten als unberechenbar. Man munkelte, Widzelt könne sie nicht kontrollieren. Die Söldnerhorde würde seine Befehle nur befolgen, wenn sie gerade Lust hatte. Almuth und die Osinga sicherten sich daher gegen böse Überraschungen ab, auch wenn dies zusätzliche Kosten verursachte. Für die Fahrt nach Bremen etwa hatten sie zwanzig schwer bewaffnete Söldner angeworben.

Die Krieger lungerten an der Schlachte herum, wo die *Magnus* im schlammbraunen Wasser ankerte. Einige wenige halfen den Seeleuten, Baumstämme mittels der Rah auf die Kogge zu hieven. Jorien hatte das Holz bei den Beginen von Sankt Katharinen gekauft, die heimische Lastadie benötigte Unmengen gut abgelagerter Eiche. Deshalb waren sie per Schiff nach Bremen gereist, obwohl der Landweg dieser Tage sicherer war: Baumstämme konnte man nicht auf Karren laden, und flößen konnte man sie nur bis zur Wesermündung.

Almuth hieß ihre Knechte, den Ochsenwagen auf dem Kai abzustellen. Sie ging zu Jorien, die die Arbeiten beaufsichtigte. Etta war diesmal nicht mitgekommen, sie hütete die Kinder.

»Ist noch Platz für meine Fässer?«

»Die kriegen wir schon unter. Muss das Mannsvolk eben zusammenrücken. Hast du gute Geschäfte gemacht?«

»Kein Grund zur Klage«, antwortete Almuth lächelnd.

Sie konnte es nicht erwarten, nach Hause aufzubrechen, sie sehnte sich nach Eger. Einige Stunden musste sie sich noch gedulden.

Erst mittags war sämtliche Ware verladen. Damit das sperrige Holz im Frachtraum Platz fand, hatten die Seeleute die Decksplanken herausgenommen. Söldner und Knechte kauerten auf den Stämmen, Waffen und Helme griffbereit.

Almuth stand bei Jorien und dem Schiffer auf dem Achterkastell, als die *Magnus* ablegte. Es herrschte Ebbe, sie ließen sich mit der Strömung treiben und ritten auf dem ablaufenden Wasser. Ein leichter Südostwind ließ das Segel knattern. Bald verschwand Bremen hinter ihnen. Sie fuhren in der Flussmitte, backbords und steuerbords zog das grüne Land vorbei, die Moormarsch mit ihren quakenden Fröschen im Fieberklee und ihren schillernden Libellen über dem Heidekraut.

Obwohl sie die Wesermündung erst am nächsten Tag erreichen würden, verspürte Almuth bereits nervöse Anspannung. Durch die schwere Fracht lagen sie tief im Wasser und kamen nur langsam voran. Selbst bei stärkerem Wind würden sie auf dem Meer allenfalls drei Knoten machen. Leichte Beute für wendige Schniggen voller Piraten, die sich gerade nicht erinnern konnten oder wollten, dass die Kogge mit dem osingaschen Löwen auf dem Segel tabu war.

Heiliger Nikolaus, betete sie stumm, *bitte mach, dass es auch diesmal gut geht!*

Küste von Harlingerland

Sie ankerten im anschwellenden Priel vor den Salzwiesen. Es waren fünf Schiffe: die Schniggen der Likedeeler sowie die Kogge des Egghert Schoeff. Dessen Mannschaft musste die Heringsfässer auf die Schniggen umladen und wurde dabei ausgiebig von Johanns Leuten verhöhnt.

Schoeff war das Zetern vergangen. Der feiste Handelsherr stand mit einigen Likedeelern auf dem Achterkastell, schwitzend, schweigend, totenbleich vor Zorn. Als Gödeke den Niedergang heraufkam, zuckte er unwillkürlich einen Schritt zurück, was die Umstehenden grinsen ließ.

»Reden wir übers Geschäft«, sagte Gödeke lächelnd.

»Ich mache keine Geschäfte mit Piratenpack. Und mit dir schon gar nicht!«

»Bedauerlich. Liegt dir denn gar nichts an deinem Schiff?«

Schoeff stierte Gödeke aus kleinen Schweinsäuglein an und sagte kein Wort.

»Jetzt redet er nicht mehr mit mir«, beklagte sich der Kapitän der *Seetiger* mit gespieltem Ärger. »Das ist eure Schuld. Ich hab euch gesagt, dass ihr netter zu ihm sein sollt.«

»Wir haben doch nur Spaß gemacht«, feixte Otto. »Versteht man in Danzig keinen Spaß?«

»Was ist mit meinem Schiff?«, fauchte Schoeff.

»Oh, du redest also doch. Fein. Bist du mit fünfhundert Gulden einverstanden?«, fragte Gödeke.

»Fünfhundert Gulden wofür?«

»Na, die Kogge. Ich nehme an, du willst sie zurückkaufen.«

»Zurückkaufen? Sie gehört mir seit dreißig Jahren. Das ist einfach ungeheuerlich!«, ächzte der Handelsherr.

»Ist es das? Ich finde nicht. Fünfhundert Gulden ist doch preiswert. Eine neue Kogge bekommst du für sechshundert aufwärts. Aber deine hat schon ein paar Jährchen auf dem Kiel – sagst du ja selbst. Da will ich nicht so sein.«

»Ihr habt mich ausgeplündert, habt mir nichts als die Kleider am Leib gelassen. Du kriegst keinen weiteren Heller von mir – in tausend Jahren nicht!«

»Wie du willst«, sagte Gödeke gleichmütig. »Dann behalten wir den Kahn eben. Und du kannst sehen, wie du künftig deine Ware nach Bergen bekommst.«

Folkmar glaubte, der Handelsherr würde jeden Moment explodieren wie ein Topf voller Schwarzpulver, an den man einen brennenden Kienspan hielt. Der Mann tat ihm leid.

Mit hochrotem Kopf schnappte Schoeff nach Luft. »Vierhundert!«, zischte er in dem verzweifelten Versuch, einen letzten Rest seiner Würde zu retten.

»Vierhundertfünfzig.«

»Vierhundertdreißig!«

»Vierhundertvierzig, und das ist mein letztes Wort.« Gödeke hielt Schoeff die Rechte hin. Der ergriff sie nicht.

»Ich habe kein Geld bei mir. Ihr habt mir alles genommen.«

»Oh, was das betrifft, sehe ich keine Schwierigkeiten. In Danzig hast du gewiss welches. Fahr nach Hause und schick es uns. Dein Schiffer und der Hauptmann der Kriegsknechte bleiben derweil bei uns. Sie sind mit dir verwandt, nicht wahr? Ein Schwiegersohn und ein Neffe, wenn ich mich recht erinnere. Versteh das als Absicherung, dass du deinen Teil des Handels einhältst.«

»Ihr werdet ihnen kein Haar krümmen!«, ereiferte sich Schoeff.

»Solange das Geld pünktlich kommt, wird ihnen nichts zustoßen. Wir werden sogar unseren Wein und unsere Huren mit ihnen teilen – mein Wort darauf«, versprach Gödeke.

Die Likedeeler kehrten auf ihre Schiffe zurück und nahmen die Geiseln mit. Während das demoralisierte Schiffsvolk der Kogge den Anker hievte und das Rahsegel hisste, brüllte Gödeke hinüber:

»Bestell der Hanse unsere besten Grüße! Richte den anderen Pfeffersäcken aus, wir Likedeeler sind Gottes Freunde und aller Welt Feinde!«

Die Piraten verabschiedeten Schoeff und seine Kogge mit dröhnendem Gelächter.

Der Erfolg hat sie übermütig gemacht, dachte Folkmar. *Abbe hat recht. Das wird ein böses Ende nehmen.*

Die Schniggen verblieben noch eine Weile vor der Küste. Die Hauptleute und andere namhafte Likedeeler versammelten sich an Bord der *Seetiger* und hielten Rat.

»Was sagt ihr – wollen wir sogleich nach Marienhafe segeln oder lieber noch ein Weilchen warten?«, fragte Gödeke in die Runde.

»Ich dachte, es wäre beschlossene Sache, zu Widzelt zurückzukehren«, sagte Wigbold.

»Er wird uns wieder in den Kampf schicken – gegen unsere einstigen Waffenbrüder.«

»Auf Helgoland hast du konstatiert, dass du keinen neuen Dissens mit ihm riskieren willst.«

»Na und? Ich habe meine Meinung geändert. Das kann vorkommen, wenn man sich hinsetzt und seinen Verstand gebraucht«, erwiderte Gödeke sarkastisch. Er ärgerte sich zunehmend über Wigbold, dem er Obrigkeitshörigkeit vorwarf – nicht ganz zu Unrecht.

»Uns zieht es auch nicht nach Marienhafe«, kam Johann Wigbolds Erwiderung zuvor. »Wir wollen lieber noch eine Weile das schöne Leben genießen. Kauffahrer aufbringen, Beute machen, Gold in Schenken und Hurenhäusern verprassen. Ich mach euch einen Vorschlag. Wir fahren ostwärts, kreuzen eine Weile vor der Wesermündung und greifen uns die eine oder andere fette Kogge.«

»Bei dem Wind nach Osten zu fahren wäre eine elende Ochsentour«, wandte Otto ein. »Wir wären tagelang unterwegs und müssten den größten Teil der Strecke rudern. Geht's nicht ein bisschen einfacher?«

»Dann eben nach Holland«, dröhnte Johann. »Graf Albrecht ist ein reicher Mann, seine Küsten sind wie eine offene Schatulle – was sag ich, wie ein geiles Weib mit weit gespreizten Schenkeln, das genommen werden will. Alle paar Meilen ein hübscher Marktflecken, ein mit Gold vollgestopftes Kloster, ein Hof mit fetten Weiden. Wir können plündern, bis die Frachträume so voll sind, dass wir keine halbe Hostie mehr hineinbekommen.«

Der Vorschlag fand allgemein Anklang. Nur zwei Männer hatten Bedenken.

»Das ist Wahnsinn«, sagte Folkmar. »Habt ihr vergessen, dass Albrecht von Holland der Lehnsherr der tom Brok ist? So eine Dreistigkeit wird Widzelt euch niemals durchgehen lassen.«

»Hört auf unseren friesischen *confrater*«, stimmte Wigbold ihm zu. »Seid vernünftig, in Dreigottesnamen.«

»Was soll Widzelt denn machen?«, rief Johann munter. »Nun, da alle seine Feinde Vitalienbrüder im Sold haben, braucht er uns mehr denn je. Er wird unseren Pakt schon nicht aufkündigen.«

»Zumal weder er noch Albrecht erfahren werden, wer hinter dem Raubzug steckt«, sagte Gödeke. »In Holland weiß kein Mensch, wer wir sind und woher wir kommen. Niemand wird uns erkennen.«

Hennig nickte zustimmend. Wie so oft schwamm der pausbäckige Schiffer mit dem Strom und leistete sich keine unbequeme Meinung.

Wigbold blickte die anderen Hauptleute mit verkniffener Miene an. »Ihr habt eure Meinung vernehmlich kundgetan. Nun lasst uns hören, was der gemeine Likedeeler dazu zu sagen hat. Ich fordere ein *suffragium*!«

Johann wandte sich stöhnend ab.

»Eine Abstimmung können wir uns sparen«, sagte Gödeke gereizt. »Schau dich um – es ist doch klar, wie die ausgeht.«

»Ein *suffragium*, wie es unsere Statuten vorschreiben«, beharrte Wigbold stur. »Oder ich will nicht mehr dein Bruder sein!«

Seufzend beugten sich die anderen Hauptleute seinem Willen. Gödeke baute sich am Vorsteven der *Seetiger* auf und hieß brüllend die Mannschaften der vier Schniggen aufzustehen, wenn sie nach Holland segeln wollten, oder sitzen zu bleiben, wenn es sie nach Marienhafe zog.

Erwartungsgemäß blieb kaum ein Likedeeler auf der Ruderbank sitzen. Sogar die Männer der *Trialogus* sprachen sich nahezu geschlossen dafür aus, Albrechts Küsten zu plündern. Das erfüllte ihren Schiffer mit einigem Groll. Dennoch akzeptierte Wigbold das Wahlergebnis, ganz der Prinzipienreiter, der er war.

»Siehst du?«, meinte Gödeke. »Ich hab's dir gesagt.«

»Das ist und war nie der Kern meines Anliegens. Derart grundlegende Entscheidungen können die *centuriones* nicht allein herbeiführen. Alle müssen die Möglichkeit haben, ihren Willen zu deklamieren. Sonst ist der Begriff ›Likedeeler‹ alsbald nur noch eine hohle Formel, angefüllt mit Bedeutungslosigkeit und mit sonst nichts.«

»Hast ja recht«, räumte Gödeke ein und hielt ihm die Rechte hin. »*Confrater?*«

Wigbold ergriff die dargebotene Hand. »*Confrater*«, erklärte er sichtlich versöhnt.

Die Hauptleute gingen an Bord ihrer Schiffe, die Laufplanken wurden eingeholt. Als Gödeke gerade befehlen wollte, Langbein zu hieven, sagte Folkmar:

»Ich komme nicht mit.«

Der Schiffer nickte, als hätte er dergleichen erwartet. »Kann ich dich umstimmen?«

»Nein. Dieser Raubzug ist meine Sache nicht. Ich gehe nach Marienhafe und erwarte euch dort.«

»Dir wird reichlich Spaß entgehen.«

»Unschuldige Bauern und Mönche auszurauben entspricht nicht meinem Verständnis von Spaß.«

»Alter Moralapostel. Ohne eine Predigt zum Abschied geht's nicht, was?«

Folkmar lächelte nur. »Viel Glück euch und immer reichlich Wasser unter dem Kiel.«

Mit diesen Worten kletterte er über die Reling. Er ließ sich ins Wasser gleiten, schwamm durch den Priel, bis er festen Grund unter den Füßen spürte, und kämpfte sich durch die Brandung ans Ufer. Dort blieb er stehen und schaute zu, wie sich die Schniggen in den Wind lehnten.

Er hob die Hand zum Gruß. Dann wandte er sich ab, erklomm die Dünen und tat die ersten Schritte seiner langen Wanderung nach Marienhafe, während Wind und Sonne seine Kleider trockneten.

Kapitel drei

Marienhafe

Für seine Fahrt nach Marienhafe hatte sich Yneke die heißesten Tage seit Langem ausgesucht.

Die Sonne hing wie ein frisch geschlagener Gulden am wolkenlosen Himmel, blitzend und blendend hell, als sich der Wagenzug der Leybucht näherte. Trockenes Heidekraut säumte den staubigen Karrenpfad. Der Besenginster ließ die Köpfe hängen, ebenso die Menschen, die Pferde, die Schafe auf den Weiden. An jedem Bach hielten sie an, um ihre Schläuche und Lederflaschen zu füllen. Almuth war den ganzen Tag damit beschäftigt, Eger anzuhalten, genug zu trinken. Die schwitzenden Kriegsknechte wünschten sich den kühlen Frühsommer zurück und schimpften auf die Wetterheiligen und ihre undurchsichtigen Launen.

Als der rostrote Glockenturm der Marienkirche in Sicht kam, wurde die Hitze etwas erträglicher. Der Nachmittag war bereits weit fortgeschritten, und der hohe Wacholder am Wegesrand warf kühle Schatten. Yneke, der zurückgefallen war, um einige Worte mit den Fuhrleuten zu wechseln, trieb sein Pferd an und preschte in einer Staubwolke zum vorderen Wagen. Er zog das Barett aus und fuhr sich mit den Fingern durch das feuchte Haar, in dem sich erste silbrige Strähnen zeigten. An der verschwitzten Stirn hatte der Saum der Kopfbedeckung einen roten Striemen hinterlassen.

»Ist noch Wasser da?«

»Hier.« Almuth reichte ihm die Flasche. Sein Adamsapfel ruckte, als er drei große Schlucke trank. Den Rest goss er sich über den Kopf. Sodann schüttelte er das Haupthaar wie ein nasser Hund das Fell.

»Zum Glück sind wir gleich da. Bevor wir zum Steinhaus gehen, muss ich ein Bad nehmen. So kann ich Widzelt nicht unter die Augen treten.« Er zog das Barett auf und setzte sich an die Spitze des Zuges.

Der Karren rumpelte durch ein Schlagloch, der Stoß ging Almuth durch Mark und Bein. Instinktiv streckte sie die Hand nach Eger aus, doch der Junge brauchte ihre Hilfe nicht. Er durfte neben dem Fuhrknecht sitzen und den Zügel halten, was er mit Begeisterung tat. Solange niemand von ihm verlangte, in den Sattel zu steigen, konnte er Pferden durchaus etwas abgewinnen. Das Schlagloch entlockte dem Fünfjährigen nur ein heiteres Jauchzen.

Sie passierten die Abzweigung, die zur Burg Upgant führte, die Heimstatt der Likedeeler abseits des Dorfes. Almuth betrachtete das heruntergekommene Gemäuer und dachte an die Rückfahrt von Bremen in der vergangenen Woche, an die bangen Stunden auf dem Achterdeck, an die nagende Angst vor einem Piratenangriff, die ihr ununterbrochen zugesetzt hatte, bis sie nach drei langen Tagen endlich in den sicheren Hafen Warfstedes eingelaufen waren. Ob die Likedeeler sie gemäß Widzelts Befehl geschont hatten oder ob ihnen wieder einmal das Glück hold gewesen war, ließ sich nicht beurteilen. Sie hatten kein einziges Piratenschiff gesichtet, nicht einmal fern am Horizont. Die Möglichkeit, ihnen alsbald im tom brokschen Steinhaus zu begegnen, erfüllte sie mit einer Mischung aus Ekel und Wut. Dass Widzelt sich mit solchem Gesindel umgab, sagte in ihren Augen alles über diesen Mann, was man wissen musste.

Bei genauerer Betrachtung wirkte die Burg verlassen. Vermutlich weilten die Likedeeler noch auf Helgoland oder machten gerade Jagd auf unschuldige Heringshändler. Sollte ihr recht sein. Auch ohne die Piraten versprach der Aufenthalt in Marienhafe unangenehm zu werden.

Almuth schirmte die Augen vor der Sonne ab und besah sich die drei Pferdewagen und die beiden Ackerschlitten, die träge wie ein riesiger Wurm den Weg entlangkrochen. Widzelt hatte seine Vögte einbestellt, damit sie die Abgaben aus ihren Sprengeln ablieferten. Die Fässer auf den Wagenpritschen enthielten weit weniger Torf, Fleisch und Feldfrüchte als im Vorjahr, und die mit Nieten und eisernen Beschlägen verstärkte Stollentruhe, auf der Almuth saß, war nicht so schwer, wie sie hätte sein können. Dass Yneke die notleidenden Bauern schonte, blieb nicht ohne Folgen für die Zehntscheune der Vogtei.

Wie Widzelt auf die geringen Steuereinnahmen aus Warfstede reagieren würde, konnte Almuth sich ausrechnen. Yneke gab sich gleichmütig, was das betraf. Sie aber spürte, dass er dem Treffen mit seinem Herrn bang entgegensah. Was wiederum ihr Sorgen bereitete.

Im vergangenen Jahr war Yneke ein nachsichtiger Vogt, ein freundlicher Vater und ein erträglicher Ehemann gewesen. Würde das so bleiben, wenn Widzelt ihm zürnte?

Obwohl Yneke sich im Badehaus abgekühlt und anschließend frische, leichte Kleider angelegt hatte, schwitzte er beträchtlich, kaum dass er das Steinhaus betreten hatte. Das lag nur zum Teil an der stickigen Luft, die durch den Saal waberte wie Höllengestank.

Man hatte die Tische und Bänke weggeräumt und die Ziegelsteinwände mit Wappenschilden behängt. Die Träger der abgebildeten heraldischen Zeichen drängten sich mit ihrem Kriegsvolk in der Halle. Sämtliche Vögte aus Brokmerland, Auricherland, Harlingerland, Norderland und Moormerland waren da, alle bis auf einen: Focko Ukena glänzte durch Abwesenheit. Offenbar hatte sich der Vogt von Neermoor, Leer und Detern Widzelts Befehl, nach Marienhafe zu kommen, rundheraus widersetzt. Yneke konnte nicht behaupten, dass ihn das überrascht hätte. Seit Jahren brachte der ehrgeizige Focko in Moormerland mehr und mehr Land unter seine Kontrolle. Es ging das Gerücht, er wolle sich von den tom Brok lossagen und sich zum Häuptling aufschwingen.

Widzelts Zorn war gewaltig. Er sprang von seinem Stuhl auf, stolzierte wie ein Kampfhahn umher und wütete gegen den abtrünnigen Vasallen.

»Unverfroren! Dreist, respektlos und anmaßend! Was erlaubt sich der Kerl? Hat er vergessen, wo sein Platz ist? Was er mir verdankt? Aber das wird er bereuen. Oh ja! Bitter wird er das bereuen. Für diese Impertinenz werde ich ihn zur Rechenschaft ziehen, dass ihm Hören und Sehen vergeht.«

So ging das eine ganze Weile. Die Anwesenden zogen die Köpfe ein, um nicht in die Schusslinie zu geraten. Yneke freute sich insgeheim. Mit etwas Geschick konnte er sich im Windschatten der ukenaschen Missetat verstecken, sodass seine bescheidenen Steuereinnahmen nicht allzu negativ auffielen.

Schließlich beruhigte sich Widzelt einigermaßen. Er sank auf den Stuhl, winkelte ein Bein an, streckte das andere aus und hieß die Vögte mit herrischer Stimme, der Reihe nach vorzutreten. Wie Yneke gehofft hatte, fehlte ihm die Geduld, die Abgaben gründlich zu prüfen. Die Steuerlisten, die man ihm unter die Nase hielt, überflog er lediglich. Die Vögte fertigte er knapp ab, ein Lob bekam diesmal keiner.

Gleichwohl schlug Yneke das Herz bis zum Hals, als sein Name aufgerufen wurde. Er nahm einen tiefen Atemzug und händigte seinem Herrn die Liste aus.

Widzelt runzelte die Stirn. »So wenig diesmal?«

»Es war ein schwaches Jahr. Das nächste wird gewiss besser«, beeilte sich Yneke zu versichern.

»Das will ich hoffen.«

Ihn traf ein strafender Blick, dann war er entlassen. *Das ging ja glimpflich aus*, dachte Yneke, während er zu seinem Platz an der langen Wand zurückkehrte.

Dort verharrte er schwitzend, bis der letzte Vogt dem Häuptling Rechenschaft abgelegt hatte. Ein Diener verteilte kühles Bier. Der Gerstensaft erwies sich als ungewöhnlich stark, aber vielleicht lag es auch an der Hitze, dass ihm der Alkohol derart schnell zu Kopf stieg. Er fühlte sich nicht wohl und hoffte, dass die Zusammenkunft bald zu Ende wäre. Ihn verlangte danach, zum Strand hinunterzugehen und sich den Wind ins Gesicht blasen zu lassen.

Widzelt trommelte mit den Fingern auf der Armlehne und bedachte die Männer mit unfreundlichen Blicken. »Ich bin enttäuscht von eurer Leistung«, verkündete er. »Die Einnahmen müssen steigen. Die vor uns liegenden Prüfungen erfordern volle Schatullen und Warenspeicher. An euch ergeht daher der Befehl, die Abgaben zu erhöhen und beim Eintreiben derselben mehr Strenge walten zu lassen.«

Yneke konnte sich denken, was der Häuptling mit den »vor uns liegenden Prüfungen« meinte. Widzelt ärgerte sich maßlos darüber, dass seine Rivalen ihre Truppen um ehemalige Vitalienbrüder verstärkt hatten. Er plante daher, die Piraten seinen Feinden abzuwerben, um sich einen entscheidenden Vorteil im Kampf um Ostfriesland zu sichern. Ein überaus kostspieliges Manöver, ein riskantes dazu. Edo Wiemken, Kanke Kanken und Hisko Abdena würden sich das gewiss nicht bieten lassen.

Just in diesem Moment bemerkte Yneke, dass Widzelt ihn anstarrte.

»Das gilt auch für dich«, bellte der Häuptling.

Im Saal war es still. Dutzende Augenpaare glotzten Yneke an. Wäre es klüger, sich zu rechtfertigen oder demütig den Mund zu halten? Yneke entschied, sich zu verteidigen.

»Ich werde sehen, was sich tun lässt. Aber ich fürchte, dass ich nur wenig Spielraum habe, was Steuererhöhungen betrifft. Es kann schließlich nicht in deinem Sinne sein, das Kirchspiel auszubluten.«

»Was zum Teufel willst du damit sagen?«

»Die langen Winter setzen den Bauern zu. Die feuchten Sommer tun ihr Übriges. Ernteausfälle sind die Folge. Wenn ich die Abgaben heraufsetze, müssen sie hungern. Zumal die Deichpflege wegen der häufigen Stürme auch nicht billiger …«

»Bist du weich geworden?«, schnitt Widzelt ihm das Wort ab. »Früher hat dich der Deich doch auch nicht gekümmert. Und das Elend der Bauern gleich zweimal nicht.«

»Nun, ich habe erkannt, dass es auf lange Sicht nutzbringender ist, unter gewissen Umständen Milde walten zu lassen.«

»Mit Milde gewinnt man keinen Krieg!«, schrie der Häuptling. Abermals sprang er auf und wütete wie ein rasender Dämon.

Yneke musste sich der Einsicht stellen, dass er sich zu früh gefreut hatte. Die ukenasche Missetat erzeugte keinen Windschatten, in dem sich gefahrlos dümpeln ließ. Für den Rest des Abends galt Widzelts Zorn allein ihm.

Im Burghof war es still wie in einer Gruft. Das flackernde Licht fiel auf Zelte, Bretterbuden, einen überdachten Ziehbrunnen. Eine riesenhafte schwarze Masse vor ihnen verdeckte die Sterne. Vermutlich das Haupthaus.

»Hier muss doch irgendwo ein Eingang …«, murmelte der Kriegsknecht, der mit der Laterne mal hierhin, mal dorthin leuchtete. »Da vorn! Das muss es sein.«

Er rüttelte an einer Tür, die knarrte wie ein altersschwaches Gangspill, als er sie endlich aufbekam. Ein schwacher Geruch nach Nachttöpfen, Schweißfüßen und biergetränktem Holz wehte Almuth an. Yneke riss dem Krieger die Laterne aus der Hand und trat ein. Kreuz und quer stehende Bänke, Tische mit verkrustetem Essgeschirr und unordentliche Schlaflager traten aus der zurückweichenden Dunkelheit hervor. In rostigen Halterungen an den Stützbalken steckten Waffen, der Steinboden klebte. Der Raum war genauso schmutzig und primitiv, wie Almuth sich ein Piratennest vorgestellt hatte.

Yneke stand steif wie ein Brett da und betrachtete das Durcheinander. Seine zusammengepressten Lippen bildeten eine Linie, die kaum breiter war als eine Messerklinge. Sein Gesicht wirkte noch schmaler, das Kinn noch spitzer als sonst. Seit er aus dem Steinhaus gekommen war, hatte er kaum ein Wort gesagt. Almuth wusste auch so, was bei der Zusammenkunft geschehen war. Die anderen Vögte nächtigten in der Marienkirche oder in behaglichen Herbergen am Marktplatz. Allein Yneke und sein Gefolge mussten in der leer stehenden Burg Upgant Quartier beziehen, fernab des Steinhauses. Man musste keine Expertin für höfische Gepflogenheiten sein, um zu erkennen, dass er erheblich in Widzelts Gunst gesunken war.

Sie suchte eine einigermaßen saubere Schlafstatt für Eger und hieß einen Diener, ihre Habe hereinzubringen, während sie den übermüdeten Jungen zu Bett brachte. Yneke erkundete derweil mit zwei Kriegern das Gebäude. In einem benachbarten Raum schimpfte er auf den allgegenwärtigen Gestank.

»Warum hat er uns nicht gleich in einem Schweinestall einquartiert?«

Almuth setzte sich auf die Bettkante, nahm die Haube ab und bürstete sich das Haar. Yneke kam zurück und kommandierte die Knechte herum. Schließlich baute er sich vor ihr auf. Eine Falte spaltete seine Stirn. Er hielt das Barett in der Hand und knautschte den Samt mit den Fingern.

»Das ist deine Schuld«, verkündete er.

»Erklär dich«, sagte sie betont gelassen, obwohl sie genau wusste, was er meinte.

»Das. Alles.« Er machte eine ruckartige Bewegung mit dem Arm, die die gesamte Burg umfasste. »Dass ich Widzelts Freundschaft eingebüßt habe. Ständig liegst du mir mit den armen, notleidenden Bauern in den Ohren. Und ich Narr habe auf dich gehört. Das haben wir jetzt davon!«

»Es ist richtig, den Bauern zu helfen. Das ist wichtiger als Widzelts Freundschaft.«

»Wichtiger als …?«, wollte er wiederholen, doch der Zorn drückte ihm die Luft ab. Er warf das Barett aufs Bett. »Weißt du überhaupt, was du da redest, Weib? Wir sind auf Gedeih und Verderb von ihm abhängig. Wenn wir nicht seine Freunde sind, sind wir gar nichts!«

Er hatte ihn gut versteckt, den alten Yneke. Den *wahren* Yneke. Aber jetzt war er auf einen Schlag wieder da. Viel hatte es nicht gebraucht, um ihn hervorzulocken.

»Schrei nicht so. Du weckst den Jungen.« Almuth legte die Bürste weg und blickte ihm in die Augen. »Du misst der Sache zu viel Bedeutung bei. Widzelt ist launisch. Heute zürnt er dir. Morgen ist das schon wieder vergessen. Du wirst seine Freundschaft zurückgewinnen. Erklär ihm, warum du die Abgaben senken musstest. Er ist doch ein kluger Mann, er wird das verstehen.«

»Oh, ich habe es ihm erklärt, und weißt du, was? Meine Beweggründe kümmern ihn einen Dreck. Er interessiert sich allein für volle Schatullen. Ob dafür Dutzende Bauern verhungern müssen, ist ihm herzlich egal, heilige Almuth von Warfstede.«

»Lass das. Du weißt, dass ich diesen Namen nicht mag.«

»Keine Sorge, du wirst ihn nie wieder hören«, sagte Yneke. »Sobald wir zu Hause sind, werde ich die Abgaben verdoppeln, und niemand wird mich daran hindern. Keine jammernden Bauern, keine aufsässigen Schiffszimmerleute, und ganz gewiss nicht du. Von heute an bist du mein folgsames Weib, das nur spricht, wenn es gefragt wird. Und das sich nie mehr in meine Angelegenheiten einmischen wird.«

Die letzte Meile des Weges legte Folkmar im Morgengrauen zurück. Er folgte der von mannshohem Wacholder gesäumten Abzweigung und schritt zur Burg Upgant. Als er durch das offene Tor trat, erwartete er, das Gemäuer verlassen vorzufinden. Doch auf dem Hof standen mehrere Wagen, Ackerschlitten und angebundene Pferde.

Stirnrunzelnd ging er näher heran. Er vernahm leise Stimmen. Aus dem Hauptgebäude kam ein Mann.

Yneke Egers.

Der Schreck fuhr ihm wie ein Fausthieb in die Magengrube. Einem jähen Reflex folgend hechtete er zur Seite und verbarg sich hinter einer Bretterbude.

Hat er mich gesehen? Folkmar konnte kaum atmen. *Bitte mach, dass er mich nicht gesehen hat!*

Die Stimmen kamen näher. Yneke und zwei andere Männer. Folkmar zog sich tiefer zwischen die Schlafhütten zurück. Sie lehnten mit der Rückwand an der Hofmauer. Konnte er hinüberklettern? Gewiss. Aber dann würde Yneke ihn erst recht erblicken – die Mauer war um eine knappe Elle höher als die Bretterverschläge. Er duckte sich hinter einem Stapel aus leeren, nach verdorbenem Fisch stinkenden Fässern zwischen den Hütten. Er konnte nicht verstehen, was die Männer sagten. Allerlei Nebengeräusche – die ständig knarrende Tür, knirschende Schritte auf dem schmutzigen Boden, weitere Stimmen – machten die Worte unkenntlich. Yneke schien jedoch nicht näher zu kommen.

Andere Personen gesellten sich zu ihm. Ein Pferd schnaubte. Etwas wurde schleifend über den Boden gezogen. Ein Kind kicherte glockenhell. *Eger*, dachte Folkmar. *Dann ist Almuth nicht fern.* Sein Herz pochte schneller. Dass Yneke in Marienhafe weilte, war so ungewöhnlich nicht. Als Vogt der tom Brok musste er seinen Herren regelmäßig seine Aufwartung machen. Was aber trieb er in Upgant? Auf diese Frage fand Folkmar keine Antwort.

Die Gruppe setzte sich in Bewegung, Stimmen und Schritte wurden lauter. Folkmar machte sich so klein wie möglich und spähte auf den Ausschnitt des Hofes, den er von seinem Versteck aus sehen konnte. Yneke stolzierte an der Spalte zwischen den Hütten vorbei, die Hand auf dem Schwertknauf. Neben ihm hopste Eger, mittlerweile ein Junge von fünfeinhalb Jahren. Die beiden verschwanden hinter der Ecke der Bretterbude. Almuth folgte ihnen im Abstand von einigen Schritten. Sie trug ein dünnes helles Kleid und eine Haube über dem Haar. Ihr

Gesicht war blass, es wirkte kantig und hart, wie aus Stein gehauen. Sie war keine vier Ellen von ihm entfernt. Hätte er zwei lange Schritte nach vorn gemacht, dann hätte er sie berühren können.

Einen Wimpernschlag später verließ auch sie sein Blickfeld. Folkmar biss die Zähne zusammen. Seine Kehle war plötzlich trocken und eng.

Diener und Kriegsknechte marschierten an der Spalte vorbei, manche schwatzend, andere verschlafen. Sie führten die Pferde am Zaumzeug. Als sie weit genug weg waren, dass er sich sicher vor Entdeckung fühlte, wagte er sich hinter den Fässern hervor und lugte um die Ecke.

Die Knechte spannten die Pferde vor die Wagen und Ackerschlitten. Yneke saß bereits im Sattel. Er rief einen Befehl, und der kleine Tross zog durch das Tor. Almuth und Eger saßen auf dem vorderen Karren. Alsbald verschwanden sie zwischen Wacholderbüschen und Staubschwaden.

Stille erfüllte die verlassene Burg. Folkmar trat auf den Hof. Er fühlte sich wie der letzte Mensch auf Erden.

Er musste sich verstecken wie ein schäbiger Strauchdieb, während Yneke Egers arrogant einherschritt, angetan mit Schwert, Barett und Pfauenfeder. Yneke, der ihm sein Leben gestohlen hatte.

Einst war Folkmar nach Marienhafe gekommen, um seine Peiniger zu entlarven. Was hatte er in all den Jahren erreicht?

Rein gar nichts.

Gewiss, die Hindernisse waren enorm, die Feinde mächtig. Doch allein daran lag es nicht, dass er nicht vorankam. Er war faul gewesen. Hatte sich im bequemen Leben bei den Likedeelern eingerichtet, hatte sich mit regelmäßigem Essen und oberflächlichen Freundschaften begnügt, statt sein Schicksal in die eigenen Hände zu nehmen. Hatte sich mit den Zuständen abgefunden. Dabei hatten ihn die vergangenen Monate gelehrt, dass er nie ganz zu den Likedeelern gehören würde und das auch nicht wollte. Sie waren Piraten, Söldner, Marodeure. Und er nur ein Außenseiter, ein Heimatloser. Im Grunde noch immer ein Geächteter, ein Gejagter.

Wie lange wollte er noch so weitermachen?

Er rümpfte die Nase, spuckte in den Staub und schritt zum Steingebäude, das trübe Schatten auf den Hof zeichnete.

Kapitel vier

»Wieso hat das so lange gedauert? Wo ist Focko?«

Die Krieger, die Widzelt vor über drei Wochen nach Moormerland geschickt hatte, drückten sich wie geprügelte Hunde in der Halle herum. Foelke, die sich zum Studium diverser Urkunden in eine Fensternische gesetzt hatte, sah, dass zwei Männer verletzt waren. Sie hatten nicht nur harmlose Prellungen und blaue Flecken davongetragen, wie man sie bei einer Rangelei erlitt, sondern echte Wunden von Klingenwaffen, die die notdürftigen Verbände mit Blut und Eiter tränkten. Bleich und zusammengesunken hockten sie auf der Bank. Foelke rief einen Diener heran und befahl ihm, nach dem Knochenflicker zu schicken.

Allein der Anführer des Trupps bemühte sich um eine militärische Haltung und blickte Widzelt in die Augen. »Wir haben ihn weder in Leer noch in Neermoor angetroffen«, berichtete er steif. »Also zogen wir weiter nach Detern. Dort erwartete uns eine größere Menge Kriegsvolk, das uns den Zutritt zu Fockos Hof verwehrte.«

»Also seid ihr unverrichteter Dinge abzogen?«

»Keineswegs, mein Häuptling. Wir lagerten außerhalb des Dorfes und warteten ab. Einige Tage später zeigte sich Ukena, er ging zur Kirche. Als wir ihn festnehmen wollten, griffen uns seine Krieger an. Mehr und mehr eilten herbei, es war ein harter Kampf. Wir mussten uns schließlich zurückziehen, andernfalls hätten sie uns niedergemacht.«

Widzelt starrte den Mann derart zornig an, dass Foelke erwartete, er würde ihn ohrfeigen. Der Bastard aber zügelte sich. »Wie viel Kriegsvolk hat er in Detern?«, fragte er.

»Schwer zu sagen, wie viele Männer sich am Hof aufhalten. Wir haben zwei bis drei Dutzend gesehen.«

»Ruht euch aus.« Der Bastard ließ die Männer wegtreten.

Foelke überraschte all das nicht übermäßig. Dass Focko Ukena auf Abwege geriet, zeichnete sich seit Langem ab – genauer gesagt seit jener denkwürdigen Zusammenkunft im Jahre 1395, als Focko schwer gekränkt gewesen war, weil man ihm die erhoffte Belohnung für seine Treue verwehrt hatte. Vermutlich gedieh seitdem der Samen des Verrats in ihm, genährt durch Eitelkeit, Verbitterung und Großmannssucht. Widzelt hatte Fockos wachsende Unzufriedenheit und dessen Machenschaften im entlegenen Moormerland nicht ernst genommen. Und nun war die böse Saat aufgegangen.

Foelke legte die Urkunden zur Seite und trat zu Widzelt. »Focko wird erheblich mehr Männer haben als zwei bis drei Dutzend. Das ist eine Kriegserklärung an uns. So weit würde er nicht gehen, wenn er sich seiner Sache nicht sicher wäre.«

Der Bastard nickte knapp. »Wahrscheinlich hat er Söldner angeworben, um seine Haustruppe zu verstärken.«

»Vitalienbrüder?«

»So weit im Süden wurden keine gesehen, aber ausschließen würde ich es nicht.«

»Wo sind eigentlich deine Likedeeler?«, stichelte Foelke. »Sollten sie nicht längst hier sein?«

»Sie werden bald kommen«, gab der Bastard unwillig zurück.

»Das will ich hoffen. Denn wie es aussieht, brauchst du sie dringend.«

»Mit Focko werde ich auch ohne die Likedeeler fertig. Ich stelle eine Hundertschaft meiner besten Krieger zusammen, segle die Ems hinauf, brenne im Handumdrehen seinen Hof nieder und schleife den Kerl in Ketten nach Aurich.«

»Nimm zweihundert. Sicher ist sicher.«

»Hundert genügen.«

»Verstehe.« Foelke musterte ihn eingehend. »Sie *müssen* genügen, weil du auf die Schnelle nicht mehr aufbieten kannst, richtig?«

Das wütende Glitzern in seinen Augen verriet ihr, dass sie ins Schwarze getroffen hatte.

»Nun denn, viel Glück«, sagte sie. »Ich werde den heiligen Georg bitten, dich davor zu bewahren, in Detern ins offene Messer zu laufen.«

»Lass die Heuchelei. Du hoffst doch seit Jahren, dass das passiert.«

»Fockos Rebellion trifft nicht dich allein. Sie ist ein Angriff auf die ganze Familie. Warum also sollte ich mir wünschen, dass du in Moormerland scheiterst?«

»Weil du eine Frau bist und als solche nicht fähig zu vernünftigen Erwägungen. Niedere Triebe wie dein krankhafter Hass auf mich und die unselige Affenliebe zu Keno lenken deine Handlungen. Du entschuldigst mich.« Mit diesen Worten stiefelte er davon und brüllte nach seinen Hauptleuten.

Drei Tage später stand Foelke im Eingang des Steinhauses und betrachtete das Kriegsvolk im Vorhof. Lanzenspitzen gleißten in der Sonne. Sie musste dem Bastard zugestehen, dass es ihm gelungen war, mehr als hundert Männer zusammenzuziehen, schätzungsweise hundertzwanzig. Hinzu kamen reichlich Pferde, Wagen mit Bombarden und anderem Kriegsgerät sowie die Seeleute an Bord der beiden Koggen, die im Hafen lagen, bereit zum Auslaufen.

Er mag ein überheblicher Hitzkopf sein, aber Krieg führen kann er.

Auf die Likedeeler jedoch warteten sie noch immer. Die Schratsegel ihrer Schniggen zeigten sich weder im Norden noch im Süden noch im Westen. Der Teufel allein wusste, wo sie sich wieder herumtrieben. Widzelts Zorn auf sie war gewaltig, wenngleich er das niemals zugegeben hätte. Es war ohnehin ein folgenloser Zorn. Er würde ihnen die Eigenmächtigkeiten durchgehen lassen, wie schon so oft. Er hatte gar keine andere Wahl.

Just im Moment sprach der Bastard ein letztes Mal mit den Schiffern und Hauptleuten. Der Kriegstrupp wartete auf den Marschbefehl. Foelke schaute zum Tor, wo ein Reiter erschienen war. Es handelte sich um Udolf, Kenos Diener, der mit ihrem Jungen in Den Haag weilte. Offenbar war er allein von Holland nach Marienhafe geritten. Das verhieß nichts Gutes.

Der rothaarige, sommersprossige Bursche ließ den Blick über die waffenstarrende Menge schweifen und schien zu dem Schluss zu gelangen, dass es kein Durchkommen gab. Behände glitt er aus dem Sattel, ließ das Pferd am Tor stehen und kämpfte sich durchs Gedränge.

»Häuptling Widzelt! Herr!«, rief er. »Eine wichtige Nachricht für Euch!«

Foelke eilte ihm entgegen, die Krieger machten ihr bereitwillig Platz. Inzwischen war auch der Bastard auf den Neuankömmling aufmerksam geworden. Bei den Karren mit den Bombarden trafen die drei aufeinander.

»Wieso kommst du allein? Was ist mit Keno? Geht es ihm gut?«, bestürmte Foelke den Burschen mit Fragen.

»Graf Albrecht hat Euren Sohn gefangen gesetzt«, antwortete dieser. »Ich konnte fliehen.«

»Was?« Foelke war, als würde ihr Herz einen Schlag aussetzen.

»Das ergibt keinen Sinn«, sagte der Bastard. »Warum sollte Albrecht so etwas tun?«

»Es ist die Wahrheit, Herr. Ihr könnt mir glauben.«

»Berichte, was geschehen ist. Von Anfang an und der Reihe nach«, forderte Widzelt den jungen Diener auf. »Im Haus. Hier draußen versteht man sein eigenes Wort nicht.«

»Graf Albrecht hat den Westfriesen den Krieg erklärt, als Vergeltung für die Angriffe auf die holländische Küste«, sagte Udolf, als Foelke die Tür geschlossen hatte. »Keno hat er als Geisel genommen, um Euch zu zwingen, die Plünderer zurückzurufen.«

»Welche Plünderer?«, fragte Widzelt gereizt. »Du redest wirres Zeug, Kerl!«

Foelke aber verstand. »Du meinst die Likedeeler, nicht wahr? *Sie* haben die holländische Küste überfallen.«

Udolf nickte. »So sagt es der Graf. Er behauptet außerdem, die Likedeeler hätten die Westfriesen zum Aufstand gegen ihren holländischen Herrn aufgestachelt.«

»Lächerlich!«, brauste Widzelt auf. »Die Westfriesen proben seit Jahrzehnten den Aufstand. Dafür brauchen sie keine Likedeeler. Für Albrecht ist das nur ein Vorwand, dort einzumarschieren und den Westergo ein für alle Mal zu unterwerfen.«

»Und du hast ihm diesen Vorwand auf einem silbernen Tablett dargereicht«, sagte Foelke.

»So ein Unfug! Ich habe nichts mit der Sache zu tun.«

»Wohl aber deine Likedeeler. Wenigstens wissen wir jetzt, wo sie stecken: Sie kreuzen vor Holland und tyrannisieren die Untertanen unseres Lehnsherrn. Wahrlich eine glanzvolle Leistung, die ihr da mit vereinten Kräften vollbracht habt«, ätzte sie voller Bitterkeit.

»An der Geschichte ist doch nichts dran«, hielt der Bastard dagegen. »Wahrscheinlich sind die Likedeeler immer noch in ihrem Sommerquartier auf Helgoland. Irgendwer hat dieses Gerücht in die Welt gesetzt, um mir zu schaden. Oder es waren Wiemkens Vitalienbrüder, die vor Holland unter falscher Flagge segeln. Edo hätte am meisten davon, Albrecht gegen mich aufzubringen.«

Foelke fehlte die Geduld für Widzelts Ausflüchte. Sie ergriff Udolfs Rechte und umklammerte sie mit beiden Händen. »Sag – wo ist Keno jetzt?«

»Noch immer in Den Haag. Der Graf hält ihn im Rittersaal gefangen.«

»Hat Albrecht gedroht, ihm ein Leid anzutun?«

»Nicht als ich dabei war. Freilich weiß ich nicht, was seit meiner Flucht geschehen ist.«

»Aber er hat Bedingungen gestellt: dass wir die Likedeeler zurückbeordern. Will er Keno freilassen, wenn wir gehorchen?«

»So würde ich seine Worte verstehen«, antwortete Udolf zögernd.

Foelke wandte sich an den Bastard. »Worauf wartest du?«

»Was soll ich denn deiner Meinung nach unternehmen?«, entgegnete dieser.

»Na, die Likedeeler zurückpfeifen.«

»Das sähe wie ein Eingeständnis aus, dass ich sie zum Plündern nach Holland geschickt hätte. Nein. Außerdem müsste ich sie hierzu erst einmal finden. Die holländische Küste ist reich an Buchten und natürlichen Häfen, sie werden sich weiß Gott wo verstecken. Falls sie überhaupt für die Überfälle verantwortlich sind. Was ich, wie gesagt, stark bezweifle«, fügte Widzelt hinzu.

»Du willst also gar nichts für deinen Bruder tun«, stellte Foelke fest.

»Ich glaube nicht, dass Keno in Gefahr ist«, wich der Bastard aus. »Albrecht würde ihm kein Haar krümmen, der Junge ist doch wie ein Sohn für ihn. Und was hätte er davon, ihn zu töten? Als Geisel ist Keno nützlich, als Leiche nicht.«

Sie teilte diese Einschätzung nicht. Ihr Lehnsherr mochte ein vernünftiger Mann sein, der Keno über alle Maßen schätzte. Aber im Krieg galten andere Regeln. Wenn erst einmal das Blut in Strömen floss, setzte bei den Männern allzu oft der Verstand aus, und sie verwandelten sich in rasende Bestien. Der Gedanke, die Hände in den Schoß zu legen und ihren Jungen in diesem brodelnden Hexenkessel aus Intrigen, Hinterlist und Schlachtengetümmel allein zu lassen, war ihr unerträglich. »Rede wenigstens mit Albrecht«, beharrte sie. »Versuch, die Wogen zu glätten. Vielleicht kannst du ihn dazu bringen, Keno freizulassen.«

»Dazu müsste ich in den Westergo reisen. Woher soll ich die Zeit nehmen? Ich muss mich um Focko kümmern.«

»Ich würde ja selbst gehen. Aber du weißt, wie Albrecht ist. Von einer Frau lässt er sich nichts sagen. Von mir schon gar nicht.« Sie bemühte sich um einen freundlichen Ton, so schwer es ihr auch fiel. »Geh zu ihm, ich bitte dich. Focko kann warten. Groll und Missverständnisse zwischen uns und unserem Lehnsherrn aus der Welt zu schaffen ist wichtiger, als einen abtrünnigen Vogt im unbedeutenden Moormerland zu strafen.«

»Wenn ich nicht nach Detern ziehe, wird Focko die Gelegenheit nutzen, seine Position zu festigen«, gab der Bastard zu bedenken.

»Widzelt …«

»Still, Weib. Dein Geschwätz macht mich ganz verrückt. Man kann keinen klaren Gedanken fassen, wenn du immerzu redest.«

Er verfiel in Schweigen, rieb sich das Kinn, starrte ins Nichts. Die Situation machte ihm sichtlich zu schaffen. Foelke hoffte, dass er klug genug war zu erkennen, dass er sich keinen Konflikt mit dem mächtigen Fürsten von Holland und Bayern-Straubing leisten konnte.

Schließlich trat er hinaus auf den Hof, rief Befehle. Foelke sah, dass die Männer die Pferde zurück in die Ställe brachten und die Waffen von den Wagen luden. Das Kriegsvolk zerstreute sich. Die Fahrt nach Moormerland war abgeblasen.

»Heißt das, dass du zu Albrecht gehen wirst?«, fragte Foelke, als Widzelt zurückkam.

»Das habe ich noch nicht entschieden«, lautete die knappe Antwort. Er schritt zur Treppe, stieg hinauf zu seinem Gemach.

Krieg im Westergo! Keno eine Geisel des Grafen! Foelke außer sich! Die Nachrichten verbreiteten sich wie ein Lauffeuer in Marienhafe, angereichert um Gerüchte und Spekulationen. Abends sprach man in den Schenken und Zunftstuben von nichts anderem.

Folkmar erfuhr es am nächsten Morgen von Meister Bolt. Es fiel ihm nicht schwer, sich einen Reim auf die beunruhigenden Geschehnisse zu machen. Mit ihren Überfällen auf die holländische Küste hatten seine Brüder erwartungsgemäß in ein Wespennest gestochen. *Ich habe euch gewarnt, aber ihr wolltet ja nicht hören*, dachte er bekümmert. *Wie wollt ihr Widzelt je wieder unter die Augen treten?*

Die Antwort auf diese Frage bekam er bereits am darauffolgenden Tag.

Am frühen Abend kehrten die Likedeeler zurück. Er arbeitete gerade auf der Lastadie, als er die vier unverwechselbaren Segel in der Leybucht erblickte. Die einsetzende Flut spülte die Schniggen im Nu in den Hafen, sie lagen tief im Wasser. Folkmar eilte zum Kai. Er sah dicht an dicht verstaute Fässer in den offenen Kielräumen. Die Männer grinsten feist, als sie von Bord gingen.

Folkmar begrüßte seine Brüder, kam jedoch nicht dazu, mehr als ein paar Worte mit ihnen zu wechseln. Ein wutschnaubender Widzelt rauschte mit einigen Kriegsknechten im Schlepptau über den Deich und nahm die vier Hauptleute sogleich in Beschlag.

»Was fällt euch ein?«, schrie er, zügelte sich und senkte die Stimme, sodass ihn nur noch die Umstehenden hören konnten, darunter Folkmar. »Schlimm genug, dass ihr nicht auftaucht, wenn ich euch brauche«, zischte er. »Aber diese Sache mit Holland schlägt dem Fass den Boden aus. Albrecht auszuplündern – seid ihr von Sinnen? Habt ihr eine Ahnung, in welche Lage ihr mich gebracht habt?«

»Wir waren nicht in Holland«, log Gödeke ihm dreist ins Gesicht.

»Ach nein? Und wo kommt die Beute in euren Schiffen her? Ist die eines Morgens am Strand von Helgoland angespült worden?«

»Ehrlicher Seeraub«, behauptete Johann grinsend. »Wir haben vor Texel zwei Kauffahrer aufgebracht, eine französische Kogge und eine englische Holk, und sie um ihre Fracht erleichtert. Aber von den Überfällen auf Holland haben wir auch gehört. Das waren ehemalige Waffenbrüder von uns, würde ich vermuten.«

»Haltet mich nicht zum Narren! Ich weiß, dass ihr es wart. Warum öffnen wir nicht ein paar Fässer? Ich gehe jede Wette ein, dass sie Edamer und Kabeljau enthalten.«

»Ist doch egal, was sie enthalten«, sagte Gödeke. »Es zählt allein, was sie wert sind. Und das kann sich sehen lassen. Grob geschätzt beträgt dein Anteil an der Beute zweihundert Gulden.«

Augenblicklich verrauchte Widzelts Zorn. »Ich werde ihn selbst schätzen«, erklärte er brüsk. »Und wehe euch, ihr betrügt mich. Schafft die Ware sofort zu meinem Speicher, damit ihr gar nicht erst in Versuchung kommt, etwas abzuzweigen.«

»Dein Wunsch ist uns Befehl.« Johann steckte zwei Finger in den Mund, pfiff lautstark und schwenkte den Arm. Sogleich fingen die Männer an, die Fracht zu löschen.

Folkmar konnte kaum glauben, was sich vor seinen Augen abspielte. Die Likedeeler hatten zum wiederholten Male Widzelts Befehle missachtet und obendrein dessen Lehnsherrn geschädigt – aber wurden sie etwa dafür bestraft? In den Kerker geworfen, zum Teufel gejagt? Weit gefehlt. Widzelt schalt sie ein wenig. Dann strich er seinen Teil der Beute ein, und die Sache war für ihn erledigt. Folkmar schüttelte innerlich den Kopf. Die Likedeeler genossen in Marienhafe wahrlich Narrenfreiheit. *Das kann nicht mehr lange gut gehen.* Allerdings hatte er das schon vor Wochen gedacht. Bevor sie nach Holland gesegelt waren, um ihre bisher frechste Schandtat zu vollbringen.

»Tut mir den Gefallen und bleibt ein paar Wochen im Hafen«, sagte Widzelt. »Ruht euch aus. Sauft, hurt, bis euch die Ruten abfallen. Aber haltet die Köpfe unten. Ihr habt viel Staub aufgewirbelt. Sorgt dafür, dass er sich legt. Haben wir uns verstanden?«

»Klar und deutlich.« Die Hauptleute nickten folgsam.

Widzelt schritt davon.

»Ihr habt den Mann gehört«, rief Gödeke. »Lasst uns trinken. Und dann ab ins Hurenhaus!«

Auch Widzelt trank an jenem Abend. Die Sorgen erdrückten ihn schier. Er wollte vergessen, wenigstens für ein paar Stunden.

Focko, du dreckiger Verräter, zum Teufel mit dir! Die treulosen Likedeeler kannst du gleich mitnehmen. Glauben, sie könnten mich zum Narren halten. Stinkendes Piratenpack! Und Albrecht soll auch zur Hölle fahren. Aufgeblasener Wicht von einem Grafen. Kein Friese braucht dich, Albrecht! Wieso tust du nicht einmal im Leben etwas Nützliches und schlägst Keno den Kopf ab, damit ich den Bengel ein für alle Mal los bin?

Hatte er den letzten Gedanken laut ausgesprochen? Widzelt war sich nicht sicher. Mit trüben Augen schaute er sich in der Halle um. Niemand da. Die Diener gingen ihm tunlichst aus dem Weg. Auch Foelke ließ sich nicht blicken.

Lästiges Weibsstück! Sitzt mir von früh bis spät im Nacken und plagt mich mit ihren Vorwürfen. Hoffentlich erstickt sie eines Tages an ihrer spitzen Zunge.

Der Becher war leer. Widzelt füllte ihn mit Weißwein und trank einen großen Schluck.

Immerzu mussten sie ihm das Leben schwer machen. Söldner, Vasallen, die eigene Familie, einfach alle. Wieso konnten sie nicht das Maul halten und verdammt noch mal tun, was er von ihnen verlangte? Er war der Häuptling von Ostfriesland – er allein kannte den richtigen Weg. Aber das dankte ihm keiner. Stattdessen erntete er nichts als Eigensinn, Dummheit, Gemecker und unverschämte Forderungen. Und Verrat. Letztlich mündete immer alles in Verrat. Das war der Lohn für seine Bemühungen.

»Der Tag wird kommen, an dem ich euch all die Frechheiten heimzahle«, grunzte er in den Becher. »Todsicher wird dieser Tag kommen. Für dich, Focko, schon sehr, sehr bald. Verlass dich drauf.«

Schon wieder leer. Mit schwerer Hand griff er nach der Kanne und verschüttete das meiste. Die Weinpfütze auf dem Tisch sah aus wie Schweinepisse. Er lachte kehlig, setzte den Becher an die Lippen und trank ihn in einem Zug aus. Trübe Suppe erfüllte seinen Schädel, zäh und schwer wie Nebelschwaden an einem Novembermorgen. Keine Spur von der erhofften Leichtigkeit. Die Sorgen standen in einer langen Reihe da, stampften mit den Füßen auf und verlangten kreischend seine Aufmerksamkeit. Widzelt war, als würde jeden Moment sein Kopf platzen, sodass alkoholvergiftete Hirnmasse in die Binsen spritzte.

Es war falsch gewesen, sich mit Wein zu betäuben. Er brauchte eine andere Zerstreuung. Der hilflose Zorn machte ihn geil. Er musste die überschüssige Manneskraft abreagieren, bevor sie seine Säfte gänzlich durcheinanderbrachte.

Er wankte nach oben, stieß die Tür zu Haykas Kammer auf, sie knallte gegen die Wand. Das Kind fing an zu schreien. Es war ein widerwärtiges Geräusch, es fühlte sich an wie eine Säge, die über seinen Schädelknochen raspelte.

Hayka sprang auf. Im Kerzenschein wirkte sie mager, zerbrechlich und ungeheuer jung, als wäre sie selbst noch ein Kind. »Jetzt hast du sie geweckt.«

»Mach, dass sie aufhört.« Widzelt warf die Tür hinter sich zu. »Das hält man ja im Kopf nicht aus!«

Hayka nahm Maye aus dem Bettchen, drückte das Kleinkind an sich und machte beruhigende Geräusche. Es half nicht.

»Was hat sie denn?«

»Du hast sie erschreckt. Sie fürchtet sich.«

»Bring sie zum Schweigen!«

»Das versuche ich gerade.«

»Streng dich mehr an.«

Hayka wippte Maye auf dem Arm und sang ihr etwas vor. Maye schrie nur umso lauter. Widzelt stierte das zwergenhafte Geschöpf an, das ihn gerade um sein Vergnügen brachte. Wieso waren Kinder nur derart unnütz? Nichts als schreien, scheißen und den Eltern zur Last fallen konnten sie, das hatte Gott schlecht eingerichtet. Zwischen seinen Schläfen pochte es schmerzhaft, er ertrug das grässliche Heulen nicht länger. »Du machst das falsch, gib sie mir.«

Er entriss Hayka das brüllende Bündel und hielt es mit ausgestreckten Armen von sich, als würde es üble Dünste verströmen. Wie verfuhr man mit einem verängstigten Kind? Er hatte damit keine Erfahrung. Dunkel erinnerte er sich, dass ihn seine Mutter stets gezüchtigt hatte, wenn er laut gewesen war. Ein kräftiger Schlag mit dem Besenstiel, und er hatte die Klappe gehalten. Leider gab es hier keinen Besen. Er hielt das Kind mit der Linken und ballte die Rechte zur Faust.

»Nicht! Widzelt, ich flehe dich an!«

Hayka fiel ihm in den Arm. Betrunken, wie er war, verlor er das Gleichgewicht, taumelte. Hayka griff nach dem Kind, er musste es loslassen, oder er wäre gestürzt. Mit einer Hand hielt er sich an der Tischkante fest. Hayka presste Maye an sich und umschlang sie mit beiden Armen.

»Was fällt dir ein, Weib?« Er machte einen torkelnden Schritt auf sie zu. Irgendwie hatte ihn die kurze Rangelei noch betrunkener gemacht, er hatte seine Bewegungen kaum noch im Griff.

»Bleib weg von ihr!« Ihre Augen blitzten, ihr Gesicht war aschfahl, er hatte sie noch nie so wütend gesehen. Hayka legte das Kind ins Bettchen und baute sich schützend davor auf. Eine Kriegerin, bereit zum Kampf. Jetzt trotzte ihm schon die eigene Ehefrau. Ein neuer Verrat, schändlicher noch als der der anderen.

Widzelt hatte genug.

Er stampfte auf sie zu und schwang die Faust. Zuschlagen konnte er immer, egal wie betrunken er war. Der Hieb saß. Mit einem erstickten Schrei auf den Lippen sank Hayka zu Boden. Das reichte nicht, sie musste ihre Lektion lernen, ein für alle Mal. Er traktierte sie mit Schlägen, bis sie benommen dalag und nur noch leise wimmerte. Das Kind schrie nach wie vor, doch nicht mehr so laut, es war erschöpft vom vielen Brüllen.

»So ist es gut«, knurrte Widzelt. »Jetzt kennt ihr euren Platz.«

Er hob seinen Rock und zog die Beinlinge herunter, um sich endlich zu nehmen, wofür er gekommen war. Doch die Lust, die ihn den ganzen Abend gequält hatte, war erloschen, sein Glied schlaff und runzelig wie ein Wattwurm. Er massierte es mit der Hand. Nichts regte sich, sosehr er sich auch anstrengte.

»Das ist deine Schuld«, grunzte er. »Ganz allein deine.«

Er versetzte Hayka einen letzten Schlag. Sie schützte ihren Kopf mit den Armen, sodass er nur den Ellbogen traf. Plötzlich war er unsagbar müde. Er wollte nur noch schlafen, diesen scheußlichen Tag aus dem Gedächtnis tilgen. Ungeschickt zog er die Beinlinge hoch, dann wankte er zu seiner Kammer und ließ sich der Länge nach aufs Bett fallen.

Kapitel fünf

Lärm aus dem Vorhof weckte Foelke. Verschlafen spähte sie durch die Butzenglasscheibe. Obwohl es noch nicht richtig hell war, konnte sie zwei gesattelte Schlachtrösser erkennen, um die sich der Stallbursche kümmerte. Kriegsknechte beluden mehrere Packpferde mit Proviant und veranstalteten dabei ein beachtliches Getöse. Kurz zeigte sich der Bastard, ehe er wieder aus ihrem Blickfeld entschwand.

Rasch zog sie ein Gewand an, verzichtete jedoch auf die Haube. Barfuß eilte sie nach unten und suchte sich einen Weg zwischen den Dienern, die den Boden der Halle bevölkerten. Die meisten schliefen noch.

Vor den Ställen standen ein Dutzend Pferde und genauso viele Menschen, unter ihnen Almer und Widzelt. Beide trugen bequeme Straßenkleidung.

»Du reist ab?«, fragte Foelke.

»Nein, ich stehe zum Spaß in aller Herrgottsfrühe auf, lege das Wehrgehenk an und lasse mein Pferd satteln.«

Sie unterdrückte ein Seufzen. Wenn er ihr nur einmal, ein einziges Mal eine vernünftige Antwort geben könnte … Um ihres Sohnes willen ging sie nicht auf die Provokation ein. »Geht es in den Westergo?«

»Ja.«

Er prüfte, ob der Sattel richtig saß, war mit dem Ergebnis offenbar unzufrieden und brüllte nach dem Pferdeknecht. Als der nicht auftauchte, stiefelte er zu den Ställen.

»Wieso nehmt ihr nicht das Schiff?«, wandte sich Foelke an Almer.

Durch die krumme Haltung und das abgetragene schwarze Gewand wirkte der Kaplan wie eine lauernde Krähe, die auf einem Ast saß und hoffte, dass unter ihr etwas verendete. »Es steht zu vermuten, dass Albrecht ins Landesinnere vorstößt. Zu Pferd finden wir ihn schneller.« Als Foelke ihn auffordernd anblickte, fühlte er sich bemüßigt, ihr genauere Auskünfte zu geben. »Häuptling Widzelt beabsichtigt, das Lehnsverhältnis zwischen den Häusern tom Brok und Wittelsbach zu erneuern«, erklärte er steif. »Das Bündnis zwischen ihm und Albrecht war zuletzt durch Missverständnisse getrübt. Diese möchte er ausräumen. Er hegt die Hoffnung, solcherart Kenos Freilassung zu erwirken und Schaden von Ostfriesland abzuwenden.«

Almer sagte ihr auf verquaste Art, dass Widzelt vor dem Grafen zu Kreuze kriechen wollte. Foelke nahm einen tiefen Atemzug, sie fühlte neuen Mut in sich aufsteigen. Das rechnete sie ihm hoch an … Wenngleich die Frage blieb, warum er so lange gebraucht hatte, sich zu dieser vernünftigen Maßnahme durchzuringen – immerhin vier volle Tage. Hatte er insgeheim gehofft, Albrecht würde ihm Keno vom Halse schaffen, wenn er nichts zu dessen Rettung unternahm? Vielleicht, vielleicht auch nicht. Entscheidend war, dass er über seinen Schatten sprang und tat, was getan werden musste.

Der Stallknecht eilte herbei und zurrte mit hektischen Handgriffen die Sattelgurte fest. »Jetzt sitzt alles«, versicherte er beflissen.

»Deinetwegen hätte ich mir den Hals brechen können«, sagte Widzelt, der ihm auf dem Fuß gefolgt war. »Wenn dir das noch mal passiert, kannst du dir anderswo Arbeit suchen.« Er schlug dem flüchtenden Burschen gegen den Hinterkopf. Sodann schwang er sich in den Sattel. »Reiten wir.«

Almer stieg auf. Die Diener und Kriegsleute ergriffen die Zügel der Saumtiere.

Foelke sagte etwas, das sie noch nie zu Widzelt gesagt hatte: »Viel Glück. Gott sei mit dir.«

Er dankte ihr nicht, er nickte nur knapp. »Hab ein Auge auf die Likedeeler. Sie sollen in der Burg bleiben und dürfen Marienhafe auf keinen Fall verlassen.«

Wie sie diesen Befehl durchsetzen sollte, ließ er offen. Wenn die Likedeeler schon nicht auf ihn hörten, würden sie es bei ihr erst recht nicht tun. Vielleicht konnte sie wenigstens das Raubgut aus Holland beschlagnahmen, um es Albrecht beizeiten zurückzugeben.

Der Trupp setzte sich in Bewegung, zog durch das Tor. *Steh ihm bei, heiliger Jakob*, rief sie den Patron von Brokmerland an. *Hilf ihm, meinen Jungen heimzubringen.*

Sie wusste, sie würde keinen Schlaf mehr finden. Sie beschloss daher, sich der Arbeit zu widmen und ihrem Freund, dem Abt des Klosters Ihlow, einen Brief zu schreiben. Sie hatte einige Vorschläge betreffs der Stiftungsgelder, die sie dem Kapitel unterbreiten wollte. Das würde sie ablenken. Ablenkung hatte sie dringend nötig. Andernfalls, so fürchtete sie, würde die Angst um Keno sie noch um den Verstand bringen.

Als sie die Halle durchquerte, sah sie im grauen Zwielicht eine Gestalt aus der Küche huschen. Es war Hayka, die einen Eimer in den Händen hielt. Als die junge Frau Foelke erblickte, floh sie regelrecht die Treppe hinauf.

Foelke wurde plötzlich bewusst, dass sie Hayka seit Tagen nicht gesehen hatte. Sie hatte sich offenbar mit Maye in ihrer Kammer verkrochen und war nicht einmal zum Nachtmahl heruntergekommen. Foelke war das nicht aufgefallen, die jüngsten Ereignisse hatten sie vollkommen vereinnahmt. Mit gerunzelter Stirn beschleunigte sie ihre Schritte und holte Hayka oben im Korridor ein.

»Was soll denn das? Wieso läufst du vor mir davon? So warte doch …«

Hayka schlüpfte in die Kammer, Wasser schwappte aus dem Eimer. Als sie ihr die Tür vor der Nase zuschlagen wollte, bemerkte Foelke einen Fleck in ihrem Gesicht. Ein Bluterguss auf dem Wangenknochen, groß wie eine Hostie. Das Auge war zugeschwollen.

Foelke blockierte die Tür mit dem Fuß.

»Lass mich in Ruhe!«, keuchte Hayka.

»Was ist passiert?«

»Gar nichts!«

»Hat Widzelt das getan?«

Die junge Frau erstarrte schlagartig. Sie schaffte es gerade noch, schamhaft den Blick zu senken.

»Ich will dir nichts Böses, Kind«, versicherte Foelke. »Lass mich herein, damit wir reden können. Du kannst mir alles sagen«, fügte sie freundlich hinzu. »Dein Gemahl wird es nicht erfahren.«

Hayka zögerte lange. Schließlich hob sie scheu den Blick. »Abbe Wilken hat gesagt …« Sie stockte.

»Was hat Abbe gesagt?«

Anstelle einer Antwort wich die junge Frau in den Raum zurück. Foelke trat ein und schloss die Tür. Hayka machte einen weiteren Schritt rückwärts, als hätte sie Angst, ihre Besucherin könnte sie angreifen. Dann ging sie zum Kinderbett, stellte den Eimer ab und zog Maye aus.

»Sie hat sich nass gemacht«, murmelte sie verlegen, als wäre das ihre Schuld.

Foelke sah ihr dabei zu, wie sie den Lappen in den Eimer tauchte und das glucksende Mädchen sauber machte. »Hat Widzelt dich geschlagen?«, fragte sie rundheraus.

»Schwörst du, ihm nichts zu sagen?« Hayka schaute sie nicht an.

»Ich schwöre es.«

»Bei Ockos Seelenheil.«

»Bei Ockos Seelenheil. Du hast mein Wort, dass ich deinem Gemahl nicht verraten werde, dass ich bei dir war.«

Hayka zog Maye ein frisches Kleidchen an und wandte sich ihr zu. Jetzt erst sah Foelke, dass sie weinte.

»Er trinkt zu viel«, wisperte die junge Frau. »Und er ist ständig wütend. Es wird immer schlimmer.«

Auch Foelke hatte den Eindruck, dass Widzelts Jähzorn und sein Hang zur Trunksucht zunahmen, wenn er unter Druck stand. »Er lässt es an dir aus«, stellte sie fest.

Hayka sank auf den Hocker. Abermals starrte sie zu Boden. Die schmalen Schultern zitterten. »Ich habe Angst, dass er Maye etwas antut.«

»Hat er das schon einmal versucht?«

»Gestern wollte er sie schlagen. Ich hab sie ihm weggenommen. Da hat er…« Hayka wurde mit jedem Wort leiser und verstummte schließlich.

Foelke setzte sich Hayka gegenüber, ergriff zögernd ihre Hand. Sie schämte sich ihrer Verachtung für die junge Frau. Sie hätte Hayka unter ihre Fittiche nehmen sollen, statt arrogant auf sie herabzuschauen.

»Niemand kann uns vor ihm beschützen«, flüsterte Hayka. »Vielleicht sollten wir heimlich fortgehen, Maye und ich.«

»Ostfriesland stehen neue Kriege bevor. Ihr würdet da draußen kein halbes Jahr überstehen. Wir finden eine andere Lösung.«

Die junge Frau schaute sie an, wischte sich mit dem Ärmel Rotz und Tränen ab. Es war eine seltsam vulgäre Geste, die so gar nicht zu dem hübschen Gesicht passte. »›Wir‹?«, wiederholte sie.

Lächelnd drückte Foelke ihre Hand.

Als Folkmar von der Lastadie kam, saßen die Likedeeler bereits beim Mittagsmahl. Am Kessel füllte er seinen Napf mit Grütze und setzte sich zu Gödeke. In den vergangenen Tagen hatte er intensiv über die jüngsten Ereignisse nachgedacht. Ein Plan nahm Form an.

Als er Gödeke gerade um ein Gespräch unter vier Augen bitten wollte, flog die Tür auf. Hennig Wichmann und sechs seiner Männer stürmten in die Halle.

»Die Beute aus Holland – alles weg!«, brüllte der Schiffer der *Katapult*.

Die Gespräche an den Tischen verstummten. Hundert Augenpaare starrten ihn verständnislos an. Gödeke wischte sich den Mund ab und erhob sich von seinem Platz.

»Was soll das heißen, ›weg‹?«

»Wir wollten die Beute holen, um sie auf dem Markt zu verkaufen. Aber der Speicher ist leer«, erklärte Hennig. »Kein einziges Fass mehr da. Das siebenmal verfluchte Weib hat sich alles unter den Nagel gerissen!«

»Welches Weib?«

»Na, Quade Foelke, wer sonst?«

Tumult brach los. Likedeeler sprangen von den Bänken auf, schüttelten die Fäuste, schrien »Betrug!« und »Verrat!« und belegten Foelke mit abstoßenden Wortgebilden. Gödeke musste brüllen, um sich Gehör zu verschaffen.

»Seid verdammt noch mal ruhig! Bist du sicher, dass Foelke dahintersteckt?«, wandte er sich an Hennig.

»Wir haben uns umgehört. Sie ließ alles zum Steinhaus bringen und im Keller einlagern, um es dem Grafen von Holland zurückzugeben.«

»Das lassen wir uns nicht bieten«, dröhnte Johann. »Wir holen uns unser Raubgut zurück!«

Dutzende Likedeeler taten lärmend ihre Zustimmung kund.

»Und wie wollt ihr das anstellen?«, rief Gödeke. »Das Steinhaus ist gut bewacht, und freiwillig wird Foelke die Ware kaum herausrücken. Das gäbe ein Blutbad. Nein. Wir warten, bis Widzelt zurück ist. Er soll das für uns regeln.«

Johann und andere waren damit nicht einverstanden, doch Gödeke hatte wieder einmal die besseren Argumente auf seiner Seite, sodass sie sich ihm schließlich fügten. Ihr Zorn auf Foelke aber war groß und machte sich wie ein bissiges Ungeheuer in der Halle breit. Für Folkmars Pläne war diese neue Entwicklung alles andere als günstig. Gleichwohl blieb er bei seinem Vorhaben. Als Gödeke nach dem Essen an die frische Luft ging, in der Hand einen Trinkschlauch, folgte er ihm.

Der Schiffer reagierte darauf abweisend und gereizt. »Wenn du mir wieder Vorhaltungen wegen der Holland-Geschichte machen willst, spar sie dir. Ein überheblicher Besserwisser ist das Letzte, was ich heute brauche.«

»Ich muss mit dir reden, aber nicht deswegen. Lass uns zur alten Buche gehen, dort sind wir ungestört«, schlug Folkmar vor.

»Und das muss unbedingt jetzt sein?«

»Die Zeit drängt.«

»Na schön.«

Der knorrige Baum stand einsam auf dem Geestrücken, einen kurzen Fußmarsch von Upgant entfernt. Gödeke setzte sich auf einen moosigen Findling im Schatten der Baumkrone.

»Jetzt bin ich aber gespannt, was es mit der Heimlichtuerei auf sich hat.« Er hielt Folkmar den Schlauch hin. Der hob ablehnend die Hand. Er brauchte einen klaren Kopf. Gödeke hingegen spritzte sich blutroten Wein in den Mund. »Geht's um eine Frau? Ich fürchte, da kann ich dir keinen Rat geben. Ich versteh nichts vom schönen Geschlecht. Mach's wie ich und begnüge dich mit der käuflichen Liebe, da machst du nichts falsch.«

»Keine Frau«, sagte Folkmar. »Mir geht es um Rache und Ehre. Um Schuld und Unschuld.«

Damit hatte er Gödekes ungeteilte Aufmerksamkeit. »Du verstehst es wahrlich, für Spannung zu sorgen, Freund Isebrand. Nun denn – ich bin ganz Ohr.«

»Ich habe nie eine Gegenleistung dafür verlangt, dass ich die *Seetiger* flottgemacht habe, als ihr vor Östringen havariert seid – richtig?«

»Nun, du wolltest etwas zu essen und einen Platz zum Schlafen.«

»Aber darüber hinaus habe ich nichts von euch verlangt. Obwohl es harte und gefährliche Arbeit war. Und als ich dir in der Jadebucht das Leben rettete, hast du gesagt, ich hätte etwas gut bei dir.«

»Worauf willst du hinaus?«, fragte Gödeke ungeduldig. »Möchtest du einen Lohn für deine Heldentaten? Das kommt reichlich spät. Die ganze Zeit wolltest du davon nichts wissen.«

»Ich will keinen Lohn. Ich brauche deine Hilfe.«

»Wobei? Jetzt fang nicht wieder an mit Rache und Ehre, Schuld und Unschuld. Ein bisschen konkreter, wenn ich bitten darf.«

»Ich erkläre es dir«, sagte Folkmar. »Aber ich muss dich bitten, keine Fragen zu stellen.«

»Wie du willst. Hauptsache, du kommst endlich zur Sache.«

Folkmar räusperte sich und legte seinen Plan dar. Gödeke hörte ihm schweigend zu. Schließlich sagte er ein einziges Wort:

»Warum?«

»Das ist eine Frage«, sagte Folkmar.

Gödeke verzog den Mund. »Der Plan ist gefährlich.«

»Die Risiken sind überschaubar. Ich kenne den Ort. Es gibt keine Mauern, keine Türme. Nur einen niedrigen Erdwall. Und das Kriegsvolk dürfte größtenteils weg sein.«

»Du wirst verstehen, dass ich nicht gerade versessen darauf bin, Foelke zu helfen. Davon abgesehen wäre es ein klarer Verstoß gegen Widzelts Befehle.«

»In erster Linie würdest du nicht Foelke helfen, sondern mir.« Folkmar ließ den Mundwinkel zucken. »Und was Widzelts Befehle betrifft – haben die dich je von etwas abgehalten?«

Gödeke blies die Backen auf, ließ zischend den Atem entweichen. »Ich weiß nicht, Isebrand. Die ganze Geschichte erscheint mir tollkühn. Und der Ertrag überschaubar.«

»Für mich wird der Ertrag gewaltig sein.« Zumindest hoffte Folkmar das. »Bitte, Gödeke. Du schuldest es mir.«

Der Likedeeler seufzte. »Also gut. Aber nur diese eine Sache. Danach betrachte ich meine Schuld als getilgt. Und ich will so bald wie möglich eine Erklärung von dir, was das alles soll.«

»Bekommst du«, versprach Folkmar. »Wenn wir erfolgreich waren.«

»Wann soll das Unternehmen beginnen?«

»Heute Nacht, wenn die Flut einsetzt. Wie gesagt, die Zeit drängt.«

Gödeke blickte ihn durchdringend an. »Du heißt nicht Isebrand, richtig?«

Folkmar gab keine Antwort.

Es war die Zeit der Hundswache, die dunkelsten Stunden der Nacht. Jene zwischen der Komplet und der Matutin, in der selbst der frömmste Mönch schlummernd im Bette lag, statt vor dem Kruzifix zu knien und den Herrn zu preisen.

Sterne glitzerten auf den schwarzen Wassern der Leybucht. Der Wind war Folkmar gewogen, er wehte sanft von Nordost.

Dreißig Likedeeler stahlen sich durch die Finsternis, huschten über den Deich, weiter zum Hafen, gingen leise an Bord der *Seetiger*. Als der müde Wächter oben im Dorf begriff, was geschah, hatten die Männer bereits die Taue gelöst, den Anker gehievt und sich in die Riemen gelegt.

»Halt!«, rief er, den Weg hinabstolpernd. »Das dürft ihr nicht. Befehl des Häuptlings!« Die Stegplanken knarrten und polterten unter seinen hastigen Schritten.

Der Wächter kam zu spät. Schnaufend blickte er der Schnigge nach, die in die Bucht hinausfuhr. Er fühlte sich vom Schicksal verraten. Er musste hinaufgehen und Foelke Kampana benachrichtigen – sie mitten in der Nacht aus dem Tiefschlaf reißen und ihr sein Versagen beichten. Sie würde ihm den Kopf abreißen. Obwohl er machtlos gewesen war. Er war nur ein einzelner Mann mit einer Lanze, wie hätte er eine Horde Likedeeler aufhalten sollen? Aber die Grenzen des Möglichen hatten die hohen Herrschaften noch nie interessiert.

Besser Foelke als Widzelt. Ein schwacher Trost. Bedrückt schlurfte er zum Dorf zurück.

Derweil zogen Folkmar und Klaus kraftvoll das Ruder durch. Sie saßen nebeneinander auf der Bank, ihre Oberkörper beugten sich nach vorn und lehnten sich zurück, die Armmuskeln schwollen und entspannten sich, die beiden Männer bewegten sich im Takt mit ihren Gefährten. Gödeke bediente die Pinne. Otto stand mit der Lotschnur am Vorsteven und gab alle zehn Ruderschläge Kurskorrekturen durch.

»Vorsicht! Wir nähern uns dem Kopersand. Ruder zwei Strich backbord.«

Als sie sich im Mund der Leybucht befanden, brach über dem Festland der neue Tag an. Die Dunkelheit wich trübem Licht. Im Osten färbte sich der Himmel blassblau und zartrosa über der dünnen Küstenlinie.

»Riemen einholen!«, rief Gödeke. »Klar zum Segelmanöver!«

Während sich das Schiffsvolk an den Leinen zu schaffen machte, stieg Folkmar über die Ruderbänke zum Achterschiff.

»Spätestens jetzt weiß Foelke, dass wir fort sind. Sie wird sich Johann und die anderen vorknöpfen.«

»Mach dir keine Sorgen«, sagte Gödeke, »sie werden dichthalten.«

Folkmar stellte einen Fuß auf die Reling, hielt sich am Achtersteven fest und suchte das Meer ab. Er erblickte zwei Fischerboote nahe der Küste, aber kein größeres Schiff. Niemand verfolgte sie.

Er ging den anderen zur Hand, und bald blähten sich Schratsegel und Stagfock im Wind. Die *Seetiger* nahm rasch Fahrt auf und trug sie fernen Gestaden entgegen.

Kapitel sechs

Brokmerland

Widzelt war düsterer Stimmung, als sie nach Süden ritten. Er sprach nur das Nötigste mit seinen Mannen. Es war drückend und schwül, Wams und Beinlinge klebten ihm an der Haut, die Stechmücken setzten ihm zu. Obwohl die Reise gerade erst angefangen hatte, hasste er schon jetzt jeden Moment davon. Ihm stand ein tagelanger Ritt bevor, an dessen Ende ihn eine Demütigung erwartete. Und wofür das alles? Nur um Keno zu retten. Keno, der ihm die Mühsal danken würde, indem er ihm alsbald Macht, Land und Titel streitig machen würde.

Du tust das nicht für ihn, sagte er sich, *du machst das allein für dich.* Es galt, Albrecht zu besänftigen und einen Zwist mit dem mächtigen Fürsten abzuwenden.

Widzelt hatte lange darüber nachgedacht, ob und wie er die Situation zu seinem Vorteil nutzen könnte. Keno als Geisel in Den Haag versauern zu lassen war nur auf den ersten Blick eine Option. Albrecht würde ihm kein Haar krümmen. Auf diese Weise wurde er den Rivalen also nicht los. Ihm blieb nichts anderes übrig, als weiter den Plan voranzutreiben, den er vor Jahren in Ihlow geschmiedet hatte: sich unentbehrlich machen und Albrecht beweisen, dass der besonnene und führungsstarke Widzelt mehr für Ostfriesland tun konnte als der blutjunge und unerfahrene Keno.

Genau darin lag freilich die Schwierigkeit. Ihm war bewusst, dass die jüngsten Ereignisse ihn nicht eben »besonnen« erscheinen ließen, schon gar nicht »führungsstark«. Das hatten die Likedeeler und der Verräter Focko Ukena mit vereinten Kräften vereitelt. Es würde ihm einiges abverlangen, diese Scharte auszuwetzen. Wenn er vor den Grafen trat, würde er sich einsichtig zeigen, die volle Verantwortung für die Vorfälle übernehmen und geloben, alles zu tun, um die Schäden zu heilen.

Widzelt spuckte in den Straßenstaub. Wahrlich, diese Reise war sein Gang nach Canossa.

Seine Laune hätte nicht schlechter sein können, als er Reiter erblickte. Sie warteten auf dem Karrenpfad nach Emsigerland. Ein Dutzend, alle bewaffnet.

»Volkmar Allena«, grüßte er schmallippig, »ich bin entzückt.«

»Auf ein Wort«, sagte der Häuptling von Osterhusen.

Sie entfernten sich zehn Pferdelängen von den Männern. In den vergangenen Jahren war Allena mit schöner Regelmäßigkeit aufgetaucht und hatte Widzelt erpresst. Stets hatte er nur Kleinigkeiten verlangt, wohl aus Angst, den Bogen zu überspannen. Zuletzt war es ruhig um ihn gewesen. Widzelt hatte gehofft, das Alter habe ihn satt und müde gemacht. Dem war offensichtlich nicht so.

»Ich habe gehört, du reitest zu deinem Lehnsherrn«, sagte Allena. Es war eine Feststellung, keine Frage. Woher wusste der Kerl das nun wieder? *Er hat seine Ohren einfach überall*, dachte Widzelt verdrossen.

»Nimm mich mit«, verlangte Allena.

»Wozu?«

»Ich will Albrecht mein Land zum Lehen antragen. Zu diesem Zweck wirst du mich ihm vorstellen.«

Das hatte Widzelt nicht kommen sehen. »Du willst sein Vasall werden? ›Albrechts Knecht‹, wie du meinen Vater einst genannt hast?«

Allena kommentierte diese Provokation nicht.

»Was versprichst du dir davon?«, bohrte Widzelt weiter.

Der Häuptling von Osterhusen hüllte sich in Schweigen, sodass Widzelt nur Vermutungen anstellen konnte. Wahrscheinlich hatte Allena mit ansehen müssen, wie all seine Rivalen aufrüsteten, indem sie ehemalige Vitalienbrüder um sich scharten, während er selbst leer ausgegangen war. Das setzte ihn unter Druck, sich auch einen Verbündeten zu suchen. Mit seinen früheren Waffenbrüdern, den Schieringern, war ja nicht mehr viel anzufangen.

Aber warum ausgerechnet Albrecht?

Er glaubt, dass es die Allianz mit Holland war, die meine Sippe groß gemacht hat, spekulierte Widzelt. *Er hofft, ebenfalls zu gedeihen, wenn er sich an Albrecht bindet. Oh Volkmar, du trauriger Tor. Siehst du denn nicht, dass das unselige Lehnsverhältnis den tom Brok nichts als Ärger eingebracht hat? Schau mich an: Ich muss vor Albrecht buckeln, um seine Freundschaft aufrechtzuerhalten – eine Freundschaft, die mir kaum je genutzt hat.*

Doch diese Gedanken behielt er für sich. Allena würde das früh genug selbst herausfinden – und dann hoffentlich schmerzhaft auf die Nase fallen.

Der Häuptling von Osterhusen interpretierte sein langes Nachdenken falsch. »Ich warne dich«, zischte er. »Wenn du mir diesen Wunsch versagst, werden Dinge ans Licht kommen. Ich sage nur: Feuermal.«

»Immer die alte Leier. Das ist alles, was du kannst, was?« Widzelt gab sich widerwillig. »Na schön, na schön. Ich werde dich zu Albrecht bringen und ein gutes Wort für dich einlegen. Aber garantieren kann ich dir nichts.«

Allena nickte. »Eine Unterredung mit dem Grafen ist alles, was ich will.«

»Und das war die letzte Gefälligkeit. Weitere wird es nicht geben. Gib mir dein Wort, dass du hier und heute aufhören wirst, mich zu erpressen.«

Das war ein Schuss ins Blaue, ein spontaner Versuch, von dem er sich im Grunde nichts versprach. Umso überraschter war er, als der Osterhusener abermals nickte.

»Bleib auf deiner Seite der Grenze, und ich will mich mit dem zufriedengeben, was ich habe.«

Sieh an, dachte Widzelt, *vielleicht ist er tatsächlich satt und müde.* Aber er würde auf die Zusicherung nicht allzu viel geben. Allena würde sein Wort ohne langes Zögern brechen, wenn es ihm opportun erschien. Der Mann war ein skrupelloser Intrigant durch und durch. *Mit etwas Glück ein Intrigant, der bald alle Hände voll zu tun hat, sich mit Albrecht herumzuschlagen.* Widzelt verkniff sich ein böses Grinsen, als sie zu den Männern zurückritten.

Gemeinsam überquerten sie die Grenze nach Emsigerland. Vor ihnen erstreckte sich die dampfende Moormarsch, die ihnen einen fauligen Vorgeschmack gab auf die endlosen Sümpfe Westfrieslands.

Den Haag

Nach Einbruch der Nacht landeten die Likedeeler an der holländischen Küste.

Es herrschte Ebbe, die *Seetiger* ankerte im seichten Meer. Sechs Männer blieben an Bord. Die übrigen kletterten über die Reling und ließen sich ins Wasser gleiten. Die größeren konnten stehen, die kleineren mussten zehn, zwanzig Klafter weit schwimmen, ehe sie festen Grund unter den Füßen spürten. Zügig kämpften sie sich dem Festland entgegen, wateten durch die Brandung. Folkmar und Gödeke führten sie an.

Heller Sand verklebte ihre Schuhe, als sie über den weitläufigen Strand hasteten, vorbei am Hafen. Mehrere Fischerboote lagen dort, Wachen gab es keine. Der frische Wind ließ sie frösteln, Otto verfluchte die nassen Kleider und sprach allen aus der Seele. Ein jeder hielt ein Schwert, eine Axt, einen Bootshaken in der Hand. Sie durchquerten das raschelnde Dünengras und erklommen den niedrigen Sommerdeich. Dahinter lag ein See. Sie verbargen sich im dichten Röhricht. Von Den Haag am anderen Ufer waren lediglich ein paar Lichter und schwarze Konturen vor dem Sternenhimmel zu sehen. Welpe huschte davon und kehrte nach einer Stunde zurück.

»Im Dorf gibt's nur einen Nachtwächter, der mit der Laterne herumgeht. Und einen Posten am Tor«, berichtete der Schiffsjunge. »Das Schloss ist besser bewacht. Vor dem Eingang stehen zwei Männer. Drinnen ist alles dunkel.«

»Mit wie vielen Wachen im Rittersaal müssen wir rechnen?«, wandte sich Gödeke an Folkmar.

»Das kann ich dir nicht sagen.«

»Du warst doch schon mal hier.«

»Ich war im Dorf, nicht im Schloss. Allzu viele werden es nicht sein. Der Graf ist mit dem Kriegsvolk im Westergo. Ich rechne mit einer kleinen Wachmannschaft, mehr nicht.«

»Was ist das für ein Graf, der mitten im Krieg seine Residenz schutzlos zurücklässt?«, fragte Otto.

»Ein Graf, der nicht mit einem Angriff rechnet, weil seine Feinde weit weg sind, jenseits der Zuiderzee«, antwortete Folkmar. »Auch nicht mit einer Befreiungsaktion. Albrecht verlässt sich darauf, dass die tom Brok versuchen werden, den Konflikt auf diplomatischem Weg zu lösen. Davon abgesehen ist das nicht seine einzige Residenz. Die wichtigere liegt in Straubing.«

»Wo ist das?«

»In Bayern. Dort lebt seine Familie. Dort bewahrt er den herzoglichen Schatz auf.«

»Mit anderen Worten: Hier gibt's nichts zu holen«, murrte Otto.

»Gäbe es so oder so nicht. Wir haben vereinbart, dass wir Albrechts Habe nicht anrühren«, erinnerte Folkmar ihn. »Wir wollen Keno befreien, und sonst nichts.«

»Für mich sind das eine Menge Unwägbarkeiten«, meinte Gödeke. »Eins sag ich dir: Beim ersten Anzeichen, dass uns die Sache über den Kopf wächst, ziehen wir uns zurück. Nun denn – vom Rumstehen wird's nicht besser.« Der Kapitän der *Seetiger* zog das Schwert. »Holen wir den Jungen.«

Welpe führte sie am See vorbei. Auf dem schwarzen Wasser spiegelte sich der nahezu volle Mond. Folkmar hatte Den Haag vor Jahren mit Mutter und Schwester besucht, der Marktflecken war eine Station auf ihrer Handelsfahrt nach Brügge gewesen. Als sich die Likedeeler der Ortschaft näherten, sah er, dass sich seitdem nicht viel verändert hatte. Das Dorf war etwas gewachsen, die Befestigungsanlagen aber waren noch dieselben. Es gab einen Wassergraben sowie einen Rundwall aus festgestampfter Erde und angespitzten Pflöcken: mehr ein Zaun denn eine Palisade. Der Wall hatte den Zweck, Landstreicher, Diebsgesindel und streunende Hunde fernzuhalten. Für seefahrende Veteranen, die tagaus, tagein die Wanten erklommen und bei heftigen Böen sicher auf der Gaffel hockten, stellte er kaum ein Hindernis dar.

Welpe war der Erste, der mit Anlauf über den Graben sprang und sich an den Pflöcken hochzog, sodass er hinüberspähen konnte. Er winkte den anderen zum Zeichen, dass der Nachtwächter nicht zu sehen war. Sodann überwanden sie nacheinander den Graben. Klaus sprang zu kurz und landete platschend in dem übel riechenden, von

Abfällen und Entengrütze verschmutzten Wasser. Otto und ein anderer Likedeeler zogen ihn grinsend heraus, doch sie waren diszipliniert genug, ihn nicht zu verspotten. Alle hielten den Mund, sogar der missmutig dreinblickende Klaus, als sie über den Zaun kletterten. Folkmar hatte zu diesem Zweck eine Filzdecke über die Spitzen gelegt.

Nahezu lautlos stießen sie in den schlafenden Ort vor. Im Zentrum verbargen sie sich hinter einem Warenspeicher, bis die Laterne des Nachtwächters auf der anderen Seite des Platzes zwischen den Hütten verschwand. Folkmar spähte zum von Säulen flankierten Portal des Rittersaals. Der Mond schien hell. Er glaubte, auf der Treppe zwei Gestalten stehen zu sehen.

Gödeke wählte Otto und drei weitere Männer aus. Die vier Likedeeler pirschten sich an das Grafenschloss heran. Kurz darauf vernahm Folkmar ein Stöhnen, ein dumpfes Klatschen, ein Klappern. Gefolgt von Stille.

Sein Herz wummerte gegen den Brustkorb, als er mit der Schar über den Platz eilte. *Niemand darf getötet werden*, hatte er seinen Brüdern eingeschärft. *Es genügt, die Wachen niederzuschlagen oder zur Aufgabe zu zwingen.* Hatten sie sich daran gehalten? Otto war unzufrieden, weil er nicht rauben und stehlen durfte. Folkmar traute ihm zu, dass es ihn zum Ausgleich gelüstete, Blut zu vergießen.

Soeben fesselten die vier Likedeeler die beiden Wachen, die auf den Stufen lagen. Sie lebten also noch – Folkmar atmete auf. Soweit er in der Dunkelheit erkennen konnte, schienen sie nicht schwer verletzt zu sein. Einer war ohnmächtig, der andere bei Bewusstsein. Er bleckte die Zähne, als Otto ihn mit dem Dolch in Schach hielt.

Gödeke ging neben dem Mann in die Hocke. »Wo wird Keno tom Brok festgehalten? Rede, und wir schonen dein Leben.«

Der gefesselte Wächter betrachtete die Horde, die in einem Halbkreis um ihn stand. Sein Atem ging stoßweise, er schluckte mehrmals, die Augen weit aufgerissen. »Keno tom Brok?«

»Ja. Wo ist er?«

Der Mann schien Gödeke nur schwer zu verstehen. Mit seiner Antwort wiederum hatte Gödeke seine Schwierigkeiten, denn der Wächter sprach mit ausgeprägtem holländischem Zungenschlag und stammelte zu allem Überfluss vor Panik. Folkmar schaltete sich ein.

»Er sagt, Keno halte sich in einer Kammer im hinteren Teil auf«, übersetzte er und wandte sich an den Wächter. »Wie kommen wir dahin?«

»Durch den Saal. Die Türen beim Kamin.«

»Werden sie bewacht?«

Der Gefesselte nickte. »Zwei Männer.«

»Beeilung«, drängte Gödeke. »Der Nachtwächter kommt gewiss bald zurück.«

»Wie viele Palastwachen gibt es insgesamt?«, fragte Folkmar.

»Mit uns ein Dutzend. Aber die meisten schlafen.«

»Wo?«

»Im linken Anbau.«

»Schlafen dort auch die Diener?«

»Ja.«

»Hast du einen Schlüssel für das Portal?«

»Es wird von innen abgesperrt.«

Gödeke gab Otto ein Zeichen. Der schlug mit den Dolchknauf zu. Der Gefesselte verlor das Bewusstsein.

Folkmar und Gödeke berieten sich kurz. Währenddessen erschien am anderen Ende des Platzes die Laterne des Nachtwächters, die wie ein Irrlicht über dem Weg schwebte.

»Welpe«, zischte Gödeke.

Der Schiffsjunge eilte dem Nachtwächter entgegen, verschwand lautlos in der Dunkelheit. Kurz darauf erlosch die Laterne. Welpe kam zurück und meldete, er habe den Nachtwächter überwältigt und den Bewusstlosen hinter einem Haus versteckt.

»Gut gemacht«, lobte Gödeke leise. »Nun hilf uns mit dem Fenster.«

Zu beiden Seiten des Portals gab es hohe Bleiglasfenster, deren Simse jeweils zwei Mannslängen über dem Boden lagen. Unter dem linken bildeten die Likedeeler eine menschliche Pyramide. Folkmar und Otto, die nahezu gleich groß waren, bildeten die Basis. Der triefende Klaus stellte sich auf ihre Schultern. Welpe kletterte an ihm empor, zertrümmerte die Scheibe, entfernte mit dem Bootshaken hastig die Splitter im Rahmen und schlüpfte durch das Loch, gefolgt von weiteren Männern von schmächtiger Statur.

Sogleich erklangen von drinnen Kampfgeräusche und Alarmrufe. Folkmar und die meisten anderen Likedeeler hätten nicht durch das Loch gepasst, sie mussten auf der Treppe warten. Folkmar knirschte mit den Zähnen, als das Getöse lauter wurde.

Endlich öffnete sich das Portal, Welpe hatte den Schlüssel gefunden und es aufgesperrt.

Mit gezückten Waffen strömten sie in den Saal. Durch die großen Buntglasfenster an den langen Wänden fiel ausreichend Mondlicht, sodass Folkmar ungefähr erkennen konnte, was sich in der Halle abspielte. Die beiden Wächter lagen reglos auf dem Boden, einer hielt noch die Hellebarde fest. Die Tür zum Gesindequartier stand offen, davor rangelten ein halbes Dutzend Likedeeler mit ebenso vielen Kriegsknechten und Dienern, die, geweckt vom Lärm, spärlich bekleidet oder gar nackt in die Halle geeilt waren, um den bedrängten Wächtern zu helfen.

Irgendwo schrie eine Frau voller Furcht.

Als die restlichen Likedeeler in das Handgemenge eingriffen, beugte sich das Gesinde der erdrückenden Übermacht. Wer ein Schwert, ein Messer oder ein Fleischerbeil hielt, wurde rasch entwaffnet. Gödeke trieb sämtliche Mägde, Diener und Palastwachen im Anbau zusammen, wo sie sich dicht gedrängt auf den Boden setzten. Sechs Likedeeler mit grimmigen Mienen bewachten sie. Sowohl auf der einen als auch auf der anderen Seite gab es einige Prellungen, Platzwunden und oberflächliche Schnitte, ernstlich verletzt war jedoch niemand, wie Folkmar erleichtert feststellte. Auch die beiden Kriegsknechte, die den Zugang zu Kenos Kammer bewacht hatten, lebten. Man hatte sie lediglich bewusstlos geschlagen. Da die Likedeeler keine Stricke mehr hatten, um sie zu fesseln, legten sie die Ohnmächtigen zu den Dienern und Palastwachen.

Im Saal scharte Gödeke die Männer um sich. »Wo ist Otto?«

»Hier.« Der Einäugige trat zu ihnen.

Folkmar musterte ihn misstrauisch. »Wo warst du?«

»Bei euch, die ganze Zeit.«

»Warst du nicht. Du bist verschwunden, kaum dass wir durch das Portal sind.«

»Na und?«, gab Otto trotzig zurück. »Ihr hattet die Lage im Griff. Also hab ich mich umgeschaut.«

»Was hast du da unter dem Hemd?«

»Nichts.«

»Du versteckst doch was.«

»Das sieht nur so aus, das Hemd ist mir etwas zu weit.«

»Hör auf, uns für dumm zu verkaufen«, sagte Gödeke. »Was immer du genommen hast, rück es raus.«

Murrend knöpfte Otto das Hemd auf und holte einen silbernen Trinkbecher hervor.

»Es wird nichts gestohlen, hab ich gesagt!« Folkmar riss ihm den Pokal aus der Hand.

»Auf einen kleinen Becher kommt's doch nicht an.«

»Albrecht wird nicht eben erfreut sein, wenn er hört, dass wir in sein Schloss eingedrungen sind, seine Dienstleute geprügelt und Keno befreit haben. Was glaubst du, wie zornig er erst sein wird, wenn wir ihn obendrein ausrauben?«

»Sein Zorn wird ja nicht uns treffen. Er wird denken, dass die tom Brok hinter alldem stecken.«

»Eben! Willst du, dass er aus Rache Marienhafe brandschatzt?«

Otto sagte nichts, doch ihm war anzusehen, dass ihn das Schicksal Marienhafes herzlich wenig kümmerte. Folkmar warf den Becher fort, das Trinkgefäß rollte scheppernd über den Boden.

»Ihr habt Isebrand gehört: Finger weg von Albrechts Habe«, sagte Gödeke. »Reißt euch zusammen. Die Nacht ist noch lang.«

Mehrere Likedeeler sicherten den Eingangsbereich. Die übrigen durchmaßen den achtzig Ellen langen Saal, schwere Gobelins an den Wänden dämpften das Hallen ihrer Schritte. Mächtige Bohlen trugen das Dach hoch über ihren Köpfen. Das Gebälk erinnerte Folkmar an das Spantenskelett einer auf dem Kopf stehenden Kogge.

Der Kamin an der Stirnseite war so groß, dass eine ganze Wagenfuhre Torf hineingepasst hätte. Die Pforte zur Linken war nicht verschlossen. Dahinter lag ein kleinerer Raum, von dem weitere Türen abgingen.

Folkmar öffnete die erste. Sie führte in ein leeres Wohngemach. Die nächste war abgesperrt.

»Keno!«, rief er. »Bist du da drin?«

»Wer da?«, erklang gedämpft eines jungen Mannes Stimme.

»Freunde aus Marienhafe. Wir kommen, um dich zu befreien.« Folkmar rüttelte am Türknauf.

»Man hat mich für die Nacht eingeschlossen«, sagte Keno.

Welpe hielt Folkmar einen eisernen Reif hin, den er bei den Saalwächtern gefunden hatte. Daran hingen mehrere Schlüssel. Folkmar probierte sie durch. Einer passte. Er stieß die Tür auf. Keno tom Brok stand im Mondlicht, das durch ein vergittertes Fenster fiel. Er war barfuß und trug ein schlichtes Gewand. Seine Hand umklammerte einen dreiarmigen Leuchter, den er wie eine Keule hielt.

»Hab keine Furcht. Niemand wird dir ein Leid zufügen.«

»Wer bist du?«, fragte Keno.

»Ein Freund«, wiederholte Folkmar.

»Ich kenne dich nicht. Hat meine Mutter euch geschickt?«

»Wir sind auf eigene Faust hier.«

Keno erkannte Gödeke, der hinter Folkmar stand. »Ihr seid Likedeeler«, stellte er fest. Es klang nicht erfreut. Folkmar erinnerte sich, gehört zu haben, dass Keno keine guten Erfahrungen mit Johanns Mannen gemacht hatte. Obendrein hatten die Likedeeler bei seinem endgültigen Zerwürfnis mit Widzelt eine nicht unwichtige Rolle gespielt.

»Widzelt hat euch gesandt, richtig?« Keno wich langsam zurück. »Ihr sollt mich töten, damit er mein Erbe vollends an sich reißen kann.«

»Dein Halbbruder weiß nicht, dass wir hier sind. Er ist gerade bei Graf Albrecht, um deine Freilassung zu erwirken.«

»Warum seid ihr dann hier?«

»Weil es ungewiss ist, ob er Erfolg haben wird. Und weil es nicht Widzelt sein darf, der dich nach Hause bringt.«

Der junge Mann runzelte verständnislos die Stirn.

»Ich erkläre dir alles – später«, versprach Folkmar. »Aber jetzt müssen wir gehen. Uns bleibt nicht mehr viel Zeit.«

Keno rührte sich nicht von der Stelle. Auch den Leuchter stellte er nicht weg.

»Wartet im Saal auf uns«, forderte Folkmar die Likedeeler auf.

»Bist du sicher?«, fragte Gödeke.

»Ich hab das im Griff.«

Die Männer zogen sich zurück. Keno entspannte sich ein wenig.

»Wenn dein Halbbruder dich ermorden wollte, hätte er das längst getan«, sagte Folkmar. »Warum hätte er jahrelang warten sollen?«

»Mit meinem Tod würde Albrecht sein mächtigstes Druckmittel gegen meine Familie verlieren«, bemerkte Keno.

Folkmar verzog den Mund. Das war leider ein berechtigter Einwand. »Ich bin nicht hier, um dich zu töten. Du hast mein Wort«, versicherte er. »Herrgott, Junge! Wenn ich dir ans Leder wollte, würde ich kaum hier stehen und mit dir plaudern, oder?«

»Ich nehme an, du willst mich in Sicherheit wiegen, um dann hinterrücks mit dem Dolch zuzustoßen.«

»Solche Niedertracht habe ich nicht nötig.«

»Ich bin ein gewandter Kämpfer«, erklärte Keno selbstbewusst. »Du fürchtest, mir nicht gewachsen zu sein.«

»Nichts für ungut«, knurrte Folkmar, »aber selbst wenn man mir die Rechte auf den Rücken binden würde, wäre ich dir überlegen. Jetzt zieh dich an und pack deine Sachen. Vor dem ersten Hahnenschrei müssen wir von hier verschwunden sein.«

Der junge Mann tat weder das eine noch das andere. Ein flüchtiger Blick zur Tür verriet ihn. *Er will fortlaufen!* Kaum hatte Keno den ersten Schritt getan, verstellte Folkmar ihm den Weg und wich dem geschwungenen Leuchter aus. Ockos Sohn war tatsächlich gewandt, aber nicht gewandt genug. Aus der Rückwärtsbewegung heraus versetzte Folkmar ihm einen donnernden Kinnhaken. Keno schwanden die Sinne, ehe er auf dem Boden aufschlug.

»Tut mir von Herzen leid, Junge, aber ich hab dich gewarnt.«

Folkmar schulterte den Bewusstlosen und trug ihn zum Saal, wo die anderen auf ihn warteten. Gödeke hob eine Augenbraue.

»Es ging nicht anders«, brummte Folkmar, während sie zum Eingangsbereich gingen.

»Er darf den künftigen Häuptling von Ostfriesland niederstrecken, aber wenn ich einen Becher mitnehme, ist es eine Todsünde.«

»Halt den Mund, Otto.«

»Was machen wir mit den Dienern?«, fragte Klaus vor der Tür zum Gesindehaus. »Sie werden Alarm schlagen, sowie wir den Rittersaal verlassen haben.«

»Können wir sie einschließen?«, schlug Gödeke vor.

Welpe nahm den Schlüsselring, der hinter Folkmars Gürtel steckte, und verrammelte die einzige Tür zu dem Raum, in dem die Diener und Palastwachen kauerten.

»Nichts wie weg«, befahl Gödeke.

»Nicht da entlang«, sagte Folkmar draußen auf dem Platz, als die Männer denselben Weg zurückgehen wollten, den sie hereingekommen waren. »Wir bringen Keno nicht durch den Wassergraben. Zum Tor.«

Abermals schickte Gödeke Otto und drei weitere Likedeeler voraus. Als Folkmar und die anderen wenig später zu ihnen aufschlossen, lag der Wächter bereits betäubt im Gras. Mit vereinten Kräften hoben sie den Balken aus der Halterung und öffneten das primitive Tor. Sie eilten auf dem schnellsten Weg zum Deich, durch die Dünen, über den Strand. Am Hafen fanden sie mehrere Ruderkähne. Vorsichtig legte Folkmar seinen ohnmächtigen Schützling in einen davon. Sie schoben das Boot und einen weiteren Kahn ins Wasser, stiegen hinein, zwölf Mann in jedes, und klemmten sich hinter die Riemen.

In Den Haag krähte der Hahn.

Kapitel sieben

Westergo

Widzelt ordnete Wams und Beinlinge und rückte das Barett zurecht, ehe er das Freudenhaus verließ und hinaus in den tröpfelnden Regen trat. Wobei »Freudenhaus« zu viel der Ehre war. Es handelte sich um einen Schuppen auf einer morastigen Wiese am Rande des Heerlagers, in dem zwei mäßig attraktive Dirnen für je einen Dreiling die Beine breitmachten. Doch Widzelt wollte nicht wählerisch sein. Es war ihm lediglich darum gegangen, die quälende Wollust zu lindern, damit er einen klaren Kopf bekam. Dieses Bedürfnis hatte die klapperdürre Hure zu seiner Zufriedenheit gestillt.

Der nagende Zorn aber war geblieben. Dagegen war kein Kraut gewachsen. *Bei Gott, dieser Gestank, man kann ihm nirgendwo entkommen.* Die Latrinengräben, die Pferdescheiße, der Rauch der Herdfeuer, die Ausdünstungen der Männer, der stechende Eitergeruch aus den Zelten der Wundärzte, all das vermischte sich zu einem abscheulichen Brodem, der wie eine zähe Dunstglocke über der Zeltstadt lag. Nicht einmal der frische Nordostwind vermochte ihn zu zerstreuen. *So stinkt es in jedem Feldlager. Das bist du doch gewohnt. Also reiß dich zusammen*, sagte er sich immerzu.

Allerdings befehligte Graf Albrecht mindestens dreimal so viel Kriegsvolk wie er. Dreimal so schlimm war folglich der Gestank. Zu allem Überfluss ging die Ruhr im Lager um. Gut ein Viertel der Männer litt an der Laufscheiße, die Heiler waren machtlos dagegen. Wohin man blickte, sah man bleiche Gesichter und verkrampfte Leiber. Die Kranken rochen wie überquellende Nachttöpfe.

Aber das war noch längst nicht alles. Als wäre es nicht demütigend genug, dass er überhaupt hier sein musste, ließ der Wittelsbacher ihn warten. Widzelt war bereits vor fünf Tagen im Lager eingetroffen, der Herr Graf aber dachte gar nicht daran, ihn zu empfangen. Albrechts Kammerherr hatte ihn wissen lassen, der Fürst sei überaus beschäftigt. Er müsse den Vorstoß nach Osten planen, die Nachschublinien sichern, Verpflegung für viele Hundert Mann beschaffen. Die Zusammenkunft mit seinem ungebührlichen ostfriesischen Vasallen stehe weit unten auf der Liste seiner Prioritäten. Natürlich war das Albrechts Art, ihm zu sagen, dass Widzelt in Ungnade gefallen war und einen Leidensweg zurücklegen musste, ehe er hoffen konnte, seines Herrn Gunst zurückzuerlangen. In gewisser Weise konnte Widzelt das verstehen – er an Albrechts Stelle hätte genauso gehandelt. Doch das machte die Angelegenheit leider nicht weniger erniedrigend.

Der Diener, der draußen gewartet hatte, legte ihm den Mantel um die Schultern, folgte ihm im Abstand von zwei Schritten und hielt den Mantelsaum fest, damit das teure Stück Tuch nicht über den Schlamm schleifte. Denn Schlamm gab es hier in Massen, die Zelte versanken schier darin. Am Regen lag es nicht, jedenfalls nicht nur. Der feuchte, weiche Boden der hiesigen Moormarsch war der schlimmste Feind eines jeden Kriegsherrn. Schon so manches holländische Ritterheer war in den sumpfigen Niederungen zwischen den allgegenwärtigen Grachten stecken geblieben und daraufhin von den Einheimischen niedergemacht worden. Albrecht hatte aus den Fehlern seiner Vorgänger gelernt: Bei seiner Invasion setzte er hauptsächlich auf leicht gerüstete Fußtruppen. Doch auch die kämpften mit dem tückischen Land. Widzelt bezweifelte daher, dass es dem Wittelsbacher gelingen würde, den notorisch aufsässigen Westergo zu befrieden.

Nicht mein Problem. Soll er sich eine blutige Nase holen – geschieht ihm recht.

Obwohl ihm der Regen lästig war, beschloss er, nicht zu seinem Zelt zurückzukehren. Er wollte einen ausgedehnten Spaziergang über das Weideland machen, um dem Gestank für eine Weile zu entkommen … und Volkmar Allena, dessen ständige Gegenwart ihm beträchtlich auf die Nerven ging.

Gerade als er das Lager verlassen wollte, kamen zwei Krieger auf ihn zu. Das Wappen von Straubing-Holland auf den Röcken – bestehend aus blau-weißen Rauten sowie roten und schwarzen Löwen – wies sie als Leibgardisten des Grafen aus.

»Widzelt tom Brok?«, erkundigten sie sich.

»Der bin ich. Aber es heißt ›Häuptling Widzelt‹«, wies er sie schneidend zurecht.

Die Männer entschuldigten sich nicht, sie nickten nicht einmal. »Seine Gnaden geruhen Euch zu empfangen.«

»Wird auch verdammt noch mal Zeit.« Widzelt folgte den Gardisten. Der Diener stolperte hinter ihm her und wäre beinahe im Matsch ausgerutscht.

Sie gingen zu dem Dorf, bei dem die Streitmacht lagerte. Er hatte sich nicht die Mühe gemacht herauszufinden, wie es hieß. Es genügte ihm zu wissen, dass er sich im äußersten Westen der Sieben Seelande befand, fünf Tagesreisen von Marienhafe entfernt. Albrecht hatte das einzige Schankhaus im Ort beschlagnahmt und residierte dort mit seinem Gefolge. Es war eine finstere, windschiefe und nicht allzu saubere Bretterbude, doch der Graf genoss dort zweifellos mehr Behaglichkeit als seine Mannen in den feuchten Zelten.

Als Widzelt eintrat, saß der Wittelsbacher gerade in einem Scherenstuhl am Feuer und beendete eine Unterredung mit zwei Rittern, die den Häuptling keines Blickes würdigten, während sie das Gebäude verließen, die Helme unter die Arme geklemmt und die Nasen derart hoch in die Luft gereckt, dass es gewiss hineinregnete. Wie die allermeisten Friesen hatte Widzelt nichts für Ritter übrig. Bessere Schlagedreins, die sich für Hochwohlgeborene hielten. Er fühlte sich in seiner Abneigung bestätigt und hätte am liebsten vor ihnen ausgespuckt. Was hatte seinen Vater – möge er in der Hölle brennen – nur geritten, sich dereinst zum Ritter schlagen zu lassen? Eine unverständliche Torheit, gefolgt von der noch schlimmeren Narretei, sich mit einem Lehnseid an Albrecht zu binden. *Und wer darf es ausbaden? Der Bastard*, dachte Widzelt säuerlich.

Der Wirt scharwenzelte um Albrecht herum und bot ihm Bier, Wein, Buttermilch an. Der Fürst jagte ihn fort und blickte seinen Besucher streng an.

Widzelt neigte das Haupt. »Euer Gnaden. Euer treuer Diener entbietet Euch seinen demütigen Gruß.«

Der Graf war seit ihrer letzten Begegnung beträchtlich gealtert, sein Haar vollständig ergraut. Der schlanke Leib steckte in einem zweckmäßigen Gewand aus blau gefärbter Wolle. Es war ein kranker Leib. Die krumme Körperhaltung verriet, dass Albrecht an Schmerzen in der Magengegend litt. Ein dünner Schweißfilm glänzte auf Stirn und Wangen. Offenbar hatte die Ruhr auch vor dem Fürsten nicht haltgemacht. Tatsächlich: Unweit des Kamins stand ein Leibstuhl, der es dem Grafen ermöglichte, sich zu erleichtern, ohne hinaus in den Regen treten zu müssen. Widzelt fragte sich, ob Albrecht das sperrige Möbelstück auf jede seiner Heerfahrten mitnahm, wie er dies mit Schwert, Harnisch und Schlachtross tat. Wahrscheinlich – in einem Bauerndorf einen Leibstuhl aufzutreiben war eine Herausforderung.

»Wer war es?«, brach Albrecht das Schweigen. »Du oder Ockos Witwe?«

»Weder noch, mein Fürst. Kein tom Brok hat den Befehl gegeben, Eure Küsten zu plündern. Solch eine Ungeheuerlichkeit würde uns niemals einfallen.« Widzelt war im Begriff, der Macht der Gewohnheit zu folgen und alles abzustreiten, als ihm sein Vorsatz wieder einfiel. Wollte er sich nicht einsichtig und reumütig zeigen? Er räusperte sich. »Die Likedeeler haben eigenmächtig gehandelt. Ich weiß, das ist keine Entschuldigung. Sie stehen in meinen Diensten, ich hätte sie aufhalten müssen. Das ist mir nicht gelungen. Ich erflehe untertänig Eure Verzeihung.«

»Darüber reden wir später.« Albrecht sprach mit sonorer Stimme, doch er sprach leise. Die Krankheit verminderte spürbar seine Kräfte. Gleichwohl gelang es ihm, seinen Worten einen drohenden Klang zu verleihen. »Ich meine den dreisten Angriff auf den Rittersaal vor einer Woche.«

Widzelt starrte seinen Lehnsherrn an. Er hatte nicht den Hauch einer Ahnung, wovon der Graf sprach.

»Also – wer hat Kenos Befreiung veranlasst?«, verlangte Albrecht zu wissen.

»Keno ist frei?«

Der Graf hieb mit der Hand auf die Armlehne. »Hör auf, dich dumm zu stellen! Du weißt genau, was passiert ist. Also erspar mir die törichten Fragen und durchsichtigen Ausflüchte.«

»Tatsächlich weiß ich nicht, was sich in Den Haag zugetragen hat. Mein Wort darauf.« Widzelt hob die Schwurhand. »Ich bin in der Absicht hergekommen, Euch um Kenos Freilassung zu ersuchen. Wenn er zwischenzeitlich entkommen konnte, so ist das nicht mein Werk.«

Der Wittelsbacher blickte ihn durchdringend an. »Bleibt also nur seine Mutter.«

»Ich kann mir den Vorfall nur so erklären, dass Foelke hinter meinem Rücken gehandelt hat.« Widzelt wusste nicht, was er von dieser unerwarteten Wendung halten sollte. Dass Keno freigekommen war, bedeutete, dass Albrecht sein Druckmittel verloren hatte. Ob Widzelt das etwas nutzte, stand freilich auf einem anderen Blatt. Möglicherweise hatte sich seine Lage sogar verschlimmert. *Foelke, du hinterlistiges Luder. Der Teufel soll dich holen!*

Auch der Graf grollte Ockos Witwe. »Ein bösartiges, berechnendes Weib, das nie verstanden hat, wo sein Platz ist. Immerzu mischt sie sich in alles ein. Das war schon zu Ockos Zeiten so. Du musst Foelke endlich in die Schranken weisen.«

»Das will ich tun, mein Fürst«, versprach Widzelt.

»Frauen, Piraten, geringere Häuptlinge – alle tanzen dir auf der Nase herum. Das lässt dich schwach aussehen. Sorge für Ordnung in deinem Haus, oder du wirst untergehen.«

Widzelt spürte, wie ihm das Blut in den Kopf schoss. Er senkte den Blick und nahm die Rüge schweigend hin.

»Die Männer, die Keno befreit haben, waren leicht bewaffnet und kamen mit dem Schiff«, fuhr Albrecht fort. »Eine wendige Schnigge, die aufs offene Meer floh, obwohl der Wind ungünstig stand. Es drängt sich die Vermutung auf, dass es abermals deine Likedeeler waren. Dagegen spricht, dass sie weder raubten noch mordeten, sondern diszipliniert vorgingen. Was sagst du dazu?«

»Die Likedeeler können es nicht gewesen sein. Sie haben den Befehl, in Marienhafe zu bleiben«, erklärte Widzelt, obwohl er sich, was das betraf, alles andere als sicher war. Vielleicht hatten sie wieder einmal seine Anweisungen missachtet. »Vermutlich hat Foelke eigene Söldner angeworben und nach Den Haag geschickt.«

In Albrechts Gesicht zuckte ein Muskel, er lehnte sich zurück und hob das Becken, um den gepeinigten Bauch zu entlasten. »Heiler!«, keuchte er.

Ein Medicus trat aus den Schatten. Er rührte in einem Becher und reichte dem Fürsten einen Kräutertrunk. Der schien die Magenkrämpfe zu lindern.

Albrecht stierte Widzelt an. »Im Grunde spielt es keine Rolle, ob es die Likedeeler waren oder irgendwelche anderen Söldner«, wisperte er, »ob du die Befreiung angeordnet hast oder Ockos Witwe. Entscheidend ist, dass ihr euch überaus schändlich verhalten habt. Ihr habt euren Lehnseid mit Füßen getreten und mir höhnisch ins Gesicht gespuckt, als wärt ihr nicht meine Vasallen, sondern meine Feinde. Bei Gott, Widzelt! Was habt ihr denn gedacht, was ich mit Keno anstelle? Ich schätze den Jungen über alle Maßen. Ich hätte ihn lediglich ein paar Monate in Den Haag festgesetzt, um euch von weiteren Dummheiten abzuhalten.«

Die Plünderung seiner Küsten nennt er »Dummheiten«, als wäre das eine Lappalie. Eine verräterische Formulierung. Offenbar war Albrecht der Raubzug der Likedeeler tatsächlich gelegen gekommen. Vielleicht konnte Widzelt trotz allem auf eine glimpfliche Strafe hoffen. »Ich bitte Euch aufrichtig um Verzeihung, mein Fürst. Was wir getan haben, war unrecht.«

»Auf die Knie«, befahl der Graf. »Was willst du tun, um deine Schuld zu tilgen und um die beschädigten Bande der Freundschaft zwischen uns zu heilen?«

»Als Häuptling von Ostfriesland gebiete ich über die Landsgemeinden Brokmerland, Auricherland, Moormerland, Norderland und Harlingerland, mit Ausnahme einiger weniger Kirchspiele und Bauernschaften. Ich trage Euch dieses Land zum Lehen an wie einst mein Vater und erneuere dessen Treueeid mit allen damit verbundenen Pflichten. Ich will Euer Vasall sein und Euch von nun an demütig gehorchen.«

»Gewährt«, sagte der Graf. »Aber das genügt nicht. Ihr werdet für alle Schäden aufkommen, die mir bei dem schimpflichen Angriff auf den Rittersaal entstanden sind. Mehr als ein Dutzend Mitglieder meines Haushaltes wurden von euren Schergen geprügelt. Sie erlitten Blutergüsse, Gehirnerschütterungen und gebrochene Knochen.

Du wirst den Chirurgus bezahlen, der sich um sie kümmert, und die armen Seelen obendrein für ihre Pein entschädigen.«

»Wie viel?«

»Zweihundert Rheinische Gulden.«

Widzelt unterdrückte ein Stöhnen. Eine enorme Summe – und vermutlich ein Mehrfaches des tatsächlichen Schadens.

»Außerdem«, fuhr Albrecht fort, »wirst du die Likedeeler fortjagen und ihnen nie wieder Unterschlupf gewähren.«

»Aber ich brauche sie für die bevorstehenden Kämpfe gegen die geringeren Häuptlinge.«

»Du musst ohne das Piratengesindel mit deinen Feinden fertigwerden. Ich kann nicht zulassen, dass sie meine Küsten bedrohen und die Hanse schädigen. Holland ist auf gute Handelsbeziehungen zu Bremen, Hamburg und Lübeck angewiesen.«

Widzelt fügte sich auch dieser Forderung. »Ich werde die Likedeeler fortschicken«, versprach er.

»Zu guter Letzt«, sagte der Graf, »wirst du deiner Vasallenpflicht nachkommen und zwanzig Reiter und achtzig Fußknechte in den Westergo schicken, auf dass sie mir im Kampf gegen die Aufständischen beistehen.«

»Mein Fürst, das übersteigt meine Möglichkeiten. Ich brauche jeden Mann in Brokmerland. Um Focko Ukena zu strafen, muss ich ein starkes Heer um mich scharen …«

»Deine Vasallenpflicht hat Vorrang«, fiel Albrecht ihm ins Wort. »Wenn du dein Reich nur konsolidieren kannst, indem du deinem Herrn untreu wirst, bist du als Regent und Verweser ungeeignet. Ich warne dich«, fügte der Graf hinzu. »Dies sind meine Bedingungen, und sie sind nicht verhandelbar. Wenn du dich mir widersetzt, werde ich nach meinem Sieg im Westergo nach Osten ziehen und in deinem Land für Ordnung sorgen.«

»Zwanzig Reiter und achtzig Fußknechte«, wiederholte Widzelt. »Ich werde sie Euch schicken, sobald ich in Brokmerland bin.«

Albrecht streckte die Rechte aus. Widzelt küsste den dargebotenen Siegelring.

»Du darfst dich zurückziehen.«

»Gestattet mir eine letzte Frage. Volkmar Allena, der Häuptling von Osterhusen, begleitet mich. Er will Euer Lehnsmann werden und bittet um eine Audienz. Darf ich ihn zu Euch schicken?«

»Er soll morgen kommen«, beschied der Graf knapp.

Ein Diener half ihm beim Aufstehen und schob ihm den Leibstuhl hin. Widzelt entfernte sich zügig. Inzwischen regnete es in Strömen. Er war bis auf die Haut durchnässt, kaum dass er zehn Schritte getan hatte.

Er hatte bluten müssen, und das nicht zu knapp. Doch Albrecht hatte ihn nicht entmachtet. Er war noch immer Häuptling und das unangefochtene Oberhaupt der Familie. Es war zu keinem Zeitpunkt die Rede davon gewesen, dass Keno ihn bald ablösen würde. Hatte Albrecht trotz allem begriffen, dass es für Ostfriesland keinen Besseren als Widzelt gab?

Er gönnte sich einen Augenblick der Zuversicht. Just in dem Moment drehte der Wind, er kam nun direkt vom Feldlager.

Der Höllengestank bestürmte seine Nase wie ein Heer eine feindliche Bastion.

Kapitel acht

Küste von Brokmerland

»Leybucht voraus! Kurs Ostsüdost. Ruder ein Strich steuerbord.«

Folkmar öffnete blinzelnd die Augen. Er kauerte mit dem Rücken an der Reling, das Kinn war ihm auf die Brust gesunken. Er musste am helllichten Tag eingeschlafen sein, sobald der Wind gedreht hatte und es nicht mehr nötig gewesen war, sich an den Riemen abzumühen. Die Rückfahrt von Holland war überaus strapaziös gewesen. Sie hatten kaum guten Wind gehabt und ständig rudern müssen, um voranzukommen – ein kräftezehrendes Unterfangen. Wenigstens war die *Seetiger* nicht verfolgt worden, weder von holländischen Kriegsschiffen noch von hansischen Friedekoggen, die inzwischen überall in der Westsee kreuzten.

Folkmar stemmte sich an der Ruderbank hoch und streckte sich. Sein Rücken tat weh, ebenso der Steiß, der Nacken, sämtliche Glieder. Er fühlte sich wie gerädert. Marienhafe war nicht mehr fern. Er hoffte, dass er sich bald würde ausruhen können. Viele seiner Gefährten hatten es ihm gleichgetan, sie dösten auf den Bänken, im Kielraum, zwischen den Spanten. Nur rund ein Drittel des Schiffsvolks war auf den Beinen, die Männer brassten das Segel an. Unter ihnen war Keno, der ihnen bereitwillig zur Hand ging. Klaus hatte den armen Jungen in Beschlag genommen und hielt ihm einen Vortrag über sein Lieblingsthema.

»... zu den größten Errungenschaften Kaiser Karls zählt zweifellos die Goldene Bulle. Weißt du, was es mit der Goldenen Bulle auf sich hat? Ja? Nun, es schadet trotzdem nicht, wenn wir uns ins Gedächtnis rufen, was für eine epochale Leistung das war, hat Karl doch ein für alle Mal festgelegt, wer den römisch-deutschen König wählen darf. Als da wären: der König von Böhmen, der Erzbischof zu Trier, der Markgraf von Brandenburg … Übrigens ein echter Mistkerl, der Markgraf, ich hatte vor Jahren mal Ärger mit ihm, es gab da ein unschönes Missverständnis …«

Keno war ein kluger Bursche. Er hatte rasch gelernt, dass man Klausens Lobreden auf den Kaiser wirksam von sich abperlen lassen konnte, wenn man vorgab zuzuhören, sich gedanklich aber mit interessanteren Dingen befasste. Folkmar sah, dass Keno immer wieder zur dunstigen Küste spähte. Zweifellos freute er sich auf seine Heimkehr und auf das Wiedersehen mit seiner Mutter.

Keno bemerkte, dass er beobachtet wurde. Ihre Blicke trafen sich. Der junge Mann lächelte. Dass er sich freute, wenn er Folkmar erblickte, war recht neu. Noch vor einigen Tagen hatte es nicht so ausgesehen, als könnte zwischen ihnen jemals Sympathie gedeihen.

»Du hast mich niedergeschlagen und fortgeschleppt wie einen Sack Rüben!«, hatte Keno am dritten Tag auf See geschrien, als er sich endlich von den Nachwirkungen des betäubenden Fausthiebs erholt hatte.

»Du hast mir keine Wahl gelassen«, hatte Folkmar sich rechtfertigt. »Die Zeit ist mir davongelaufen. Hättest du mir einfach vertraut, dann hätte ich dich nicht angerührt.«

»Du wagst es, von Vertrauen zu reden? Glaubst du, es ist dem Vertrauen förderlich, wenn du einen anderen Mann schlägst?«

»Nun, ich habe dich nicht umgebracht, obwohl ich reichlich Gelegenheit dazu hatte. Glaubst du mir jetzt, dass meine Absichten redlich sind?«

Der Achtzehnjährige starrte ihn feindselig an. »Ich weiß nicht einmal, wie du heißt.«

»Isebrand.«

»Wie weiter?«

»Einfach Isebrand.«

»Hast du keinen Vaternamen? Du bist doch Friese, oder? Aus Harlingerland, wenn mich nicht alles täuscht.«

Der Bursche hatte ein feines Gehör.

»Ich habe einen Vaternamen«, sagte Folkmar. »Und einen Sippennamen. Die erfährst du, wenn die Zeit dafür reif ist.«

»Gräm dich nicht, Junge«, rief Gödeke ihnen von der Ruderpinne zu. »Ich kenne seinen richtigen Namen auch nicht. Unser Isebrand ist ein alter Geheimniskrämer.«

Keno biss die Zähne zusammen, der Kieferknochen trat kantig hervor. Er hatte einen athletischen Körperbau, wie man ihn nur bekam, wenn man von Kindheit an seine Muskeln stählte und dabei von den besten Lehrern unterwiesen wurde. Obendrein nannte er einen scharfen Verstand sein Eigen. Dass Abbe Wilken hierzu einen Beitrag geleistet hatte, erfüllte Folkmar mit einem seltsamen Gefühl des Stolzes.

Der junge Mann betrachtete die ferne Küstenlinie jenseits der stahlgrauen Wellen, durch die sich die *Seetiger* vorankämpfte. »Wo sind wir?«

»Vor den westfriesischen Inseln. Was du da siehst, ist Texel.«

»Wohin bringt ihr mich?«

»Nach Marienhafe zu deiner Mutter, wie versprochen.«

»Die euch aber nicht beauftragt hat.«

»So ist es.«

»Ich verlange, dass ihr mir mein Schwert aushändigt«, befahl Keno schroff. »Und meine übrige Habe.«

»Die mussten wir in Den Haag zurücklassen.«

Das hatte Folkmar ihm schon einmal erklärt, kurz nachdem er aufgewacht war. Er hatte es wohl vergessen. Nicht überraschend, es war ein harter Kinnhaken gewesen. Keno hatte zwei Tage lang unter Benommenheit und Kopfschmerzen gelitten.

»Es waren kostbare Stücke darunter«, murrte er. »Das Schwert war ein Geschenk meines Vaters.«

»Es ist nicht zu ändern. Dafür bist du frei und in Sicherheit.«

»Bin ich das?«, fragte Keno voller Argwohn und ließ den Blick über die Likedeeler an den Riemen schweifen.

»Was muss ich tun, dass du aufhörst, um dein Leben zu fürchten?«

»Ein Anfang wäre, dass du mich nicht mehr schlägst.«

»Sehe ich aus, als hätte ich das vor?«

Kenos Gesichtsausdruck legte nahe, dass Folkmar exakt wie einer aussah, der dergleichen vorhatte.

Folkmar seufzte. »Keine Schläge mehr. Du hast mein Wort«, versprach er.

Der junge Mann schwieg lange. »Ich will Antworten«, sagte er schließlich.

»Du sollst sie bekommen.«

»Warum hast du mich befreit? Erhoffst du dir Gold? Die Dankbarkeit meiner Familie?«

»Ich brauche deine Hilfe. Und die deiner Mutter.«

»Wobei?«

Folkmar ließ die Frage zunächst unbeantwortet. Er wollte vermeiden, dass Gödeke allzu viel von dem Gespräch mitbekam. Er würde dem Freund später alles erklären. »Lass uns unter vier Augen miteinander reden.«

Sie gingen zum Vorsteven, wo sich gerade niemand aufhielt.

»Ich weiß, wer deinen Vater ermordet hat«, sagte Folkmar.

Keno runzelte die Stirn. »Ein Schieringer namens Aelryck. Das ist längst erwiesen.«

»Das ist falsch. Die Schieringer hatten nichts damit zu tun.«

»Aber der Mörder hat gestanden.«

»Gott allein weiß, warum dieser Aelryck das getan hat. Vielleicht wurde er gezwungen. In Wahrheit hat dein Halbbruder den Mord befohlen.«

Der junge Mann starrte Folkmar an. »Was?«, brachte er hervor.

»Und Yneke Egers hat ihn ausgeführt.«

»Der Vogt von Warfstede?« Keno schüttelte den Kopf. »Das glaube ich nicht.«

»Erinnerst du dich an Cord Hanneken? Ynekes Leibwächter. Er hat seinem Herrn geholfen, deinen Vater zu ermorden. Sie haben sich verkleidet, damit der Verdacht auf andere fällt.«

»Woher weißt du das?«

»Cord hat es mir gesagt.«

»Wann?«

»Vor ein paar Jahren.«

»Du weißt das seit Jahren?«, wiederholte Keno aufgebracht. »Wieso hast du uns nichts gesagt?«

»Ich war nicht in der Position, euch aufzusuchen. Ihr hättet mir nicht geglaubt. Außerdem ist Cord Hanneken – mein einziger Zeuge – kurz nach seinem Geständnis gestorben.«

»Du hoffst, dass ich dir *jetzt* glaube.«

»Ja.«

Keno wirkte nicht vollends überzeugt. »Widzelt ein Vatermörder? Er mag brutal sein, hinterlistig, gewissenlos gar – aber das …?«

»Widzelt giert nach Macht, er wollte Ockos Platz einnehmen. Dich wollte er ausstechen, dir dein Erbe streitig machen, solange du minderjährig warst.«

»Warum hat er dann nie versucht, mich auch aus dem Weg zu räumen? Das erscheint mir widersprüchlich.«

»Was das betrifft, kann ich nur Vermutungen anstellen. Vielleicht fürchtete er, sich Graf Albrechts Zorn zuzuziehen, wenn er allzu offensichtlich gegen dich vorgeht, sodass er sich für eine subtilere Vorgehensweise entschied. Etwa, seinen Einfluss beim Kriegsvolk zu festigen und die Mehrheit der Vögte an sich zu binden.«

»Da könntest du recht haben«, meinte Keno nachdenklich. »Mein Vater war noch nicht richtig unter der Erde, da hat er bereits darauf hingearbeitet, meine Mutter von der Macht im Haus zu verdrängen. Und damit auch mich.«

Der junge Mann starrte ins Nichts. Er wirkte tief erschüttert. *Gut so*, dachte Folkmar. *Das heißt, tief drinnen weiß er, dass ich die Wahrheit sage.*

Nach einer Weile sagte Keno leise: »All die Männer, die Mutter hat foltern und hinrichten lassen … Sie waren also unschuldig.« Er schluckte, presste die Lippen zusammen. »Bleibt die Frage, warum du mich gerettet hast.«

»Weil du auch etwas für mich tun musst«, sagte Folkmar.

Westergo

Widzelt erwachte aus fiebrigen Träumen. In seinem Zelt war es einigermaßen hell. Er vernahm ein fernes Läuten, die Glocke der Dorfkapelle rief gerade zur Sext. Er hatte die Nacht und den halben Tag verschlafen, die lange Ruhe hatte den Schmerz jedoch nicht gelindert, im Gegenteil. Die Magenkrämpfe quälten ihn schlimmer denn je. Die üblen Miasmen im Feldlager hatten ihn krank gemacht. Seit zwei

Tagen lag er darnieder, elend und geschwächt. Seit zwei Tagen hatte er keine feste Nahrung zu sich genommen, denn wenn er es tat, setzte sofort die Laufscheiße ein. Getrockneter Kot und blutige Schlieren klebten ihm an den Schenkeln, er stank wie ein Schwein.

Er dachte an seinen Traum. Es war ein verstörender Traum gewesen. Ein gesichtsloser Mann in einer düsteren Kirche, schreiend, umgeben von schwarzen Flammen und verbrannten Leichen. Obwohl er Enne Rycken Hylkena nie gesehen hatte, wusste er, dass die schattenhafte Gestalt der Häuptling von Duvelslond gewesen war … und gleichzeitig er selbst, Widzelt. In dem Nachtmahr waren sie ein und dieselbe Person gewesen, Enne und er.

Widzelt dachte oft an Enne Rycken, dem er sich seltsam verbunden fühlte, über die Kluft der Jahrzehnte, über die Schwelle des Todes hinweg. Zwei Männer vom gleichen Schlag, die denselben Hindernissen trotzten, dieselben Feinde bekämpften, dieselben Ziele verfolgten. Geträumt aber hatte er noch nie von ihm. Wieso tat er es ausgerechnet jetzt? Was hatten die unheimlichen Bilder zu bedeuten? Waren sie ein Omen für seinen baldigen Sturz, ein sicheres Zeichen dafür, dass er wie Enne ein grausiges Ende erleiden würde, wie Foelke nicht müde wurde zu unken?

Das könnte dir so passen, Weib. Ein Omen des Untergangs, so ein Unfug! Das Fieber wirkte wie ein starkes Rauschmittel, es verwirrte seinen Geist. Der Traum bedeutete überhaupt nichts. Er würde sich rasch von der Krankheit erholen und alsbald zu alter Stärke zurückfinden.

»Diener«, krächzte er.

Der Mann saß im Zwielicht, Widzelt hatte ihn nicht gesehen. Er trat an die Bettstatt und reichte seinem Herrn einen Becher Wasser.

»Hol Almer. Und den Medicus«, befahl Widzelt, nachdem er seinen Durst gestillt hatte.

Kurz darauf betraten der Kleriker und der Heiler das Zelt. Der Medicus untersuchte Widzelt, indem er sich etwas Urin geben ließ, diesen in einem gläsernen Becher schwenkte und die übel riechende Flüssigkeit dabei derart konzentriert begutachtete, als wäre es eine erstaunliche alchemistische Substanz und keine gewöhnliche Pisse. Widzelt schlang sich eine Decke um den verschwitzten Leib und setzte sich in den Scherenstuhl. Er zitterte. Das grobe Wolltuch fühlte sich auf seiner überempfindlichen Haut unangenehm rau an.

»Wann kann ich heimkehren?«

»Sobald Ihr kräftig genug zum Reisen seid«, antwortete der Medicus. »Aber das kann dauern. Ihr seid schwer krank. Eure Säfte sind durch schädliche Miasmen massiv aus dem Gleichgewicht geraten, ich beobachte einen unguten Überschuss von Blut, der mit einem Mangel von …«

»Ja, ja«, unterbrach Widzelt ihn ungeduldig. Er konnte dieses gelehrte Geschwätz nicht ertragen. »Kannst du etwas tun, damit ich schneller genese?«

»Euer Schicksal liegt in Gottes Händen. Ich kann Euch allenfalls zur Ader lassen, um die schlechten Säfte auszuleiten.«

Widzelt verzog den Mund. Ein Aderlass, natürlich. Etwas anderes fiel den Quacksalbern selten ein. Er bedeutete dem Medicus mit einer Handbewegung, sich an die Arbeit zu machen. Während der Heiler ihm den Arm abband und eine Vene öffnete, wandte Widzelt sich an Almer. »Was hört man von Volkmar Allena?«

Allenas Audienz bei Albrecht war ein Erfolg gewesen. Er hatte dem Fürsten seine Dienste angetragen und ihm die Treue geschworen, sodass er nun ein Vasall Hollands war. Widzelt hegte die Hoffnung, der Osterhusener wäre zwischenzeitlich ebenfalls erkrankt. Mit etwas Glück würde der Kerl an der Ruhr sterben, immerhin war er nicht mehr der Jüngste. Eine Sorge weniger, mit der er sich herumschlagen müsste.

»Er ist abgereist«, berichtete der Kaplan. »Er bestellt Euch seine Genesungswünsche.«

Das sieht ihm ähnlich, dem treulosen Hund, dachte Widzelt. Kaum hatte der Osterhusener bekommen, was er wollte, ließ er den Mann, dem er das ersehnte Bündnis verdankte, in dieser Kloake von einem Heerlager sitzen. Hoffentlich ersoff er unterwegs im Moor.

Widzelt verbannte Allena aus seinen Gedanken. Es gab wichtigere Dinge, auf die er seine knappen Kräfte verwenden musste. »Diener! Papier und Schreibzeug für den Kaplan. Du musst eine Nachricht für mich schreiben.«

Almer setzte sich und nahm seine Taschenbibel als Unterlage für den Briefbogen. »An wen soll die Botschaft gehen?«

»An Foelke. Sie soll Graf Albrecht zweihundert Rheinische Gulden übermitteln und hundert Kämpfer herschicken. Zwanzig Reiter und achtzig Fußknechte.«

Der Geistliche tunkte den Federkiel in die Tinte und wartete offenbar auf das Diktat. Doch dafür war Widzelt zu schwach.

»Schreib nach eigenem Gutdünken. Du findest schon die richtigen Worte.«

»Wie Ihr wünscht.« Die Feder kratzte über das Papier.

Währenddessen tröpfelte das Blut in den Lassbecher. Widzelt schloss die Augen. Bald fühlte er sich derart müde, dass er nur noch schlafen wollte. Er schaffte es gerade noch, den fertigen Brief abzuzeichnen, ehe er zur Bettstatt taumelte und sich mit letzter Kraft hinlegte. Der Kleriker und der Heiler entfernten sich. Finsternis umfing ihn.

Aus der Dunkelheit stiegen neue Träume auf wie faulige Blasen aus einem morastigen Pfuhl.

Marienhafe

Folkmar und Keno waren die Ersten, die von Bord gingen. Der junge tom Brok stand eine Weile schweigend da und betrachtete den Glockenturm der Marienkirche. Ein Lächeln umspielte seine Lippen. Schließlich wandte er sich seinem Retter zu.

»Hab Dank für alles, Folkmar Janns.« Er sagte es leise, damit die Männer der *Seetiger* es nicht hörten. Keno kannte inzwischen nicht nur Folkmars Namen, er kannte seine ganze Geschichte.

Folkmar ergriff die dargebotene Rechte. »Wirst du tun, worum ich dich gebeten habe?«

»Ich rede mit meiner Mutter. Aber garantieren kann ich für nichts. Du hörst von mir«, verabschiedete sich Keno und stieg den Deich hinauf.

Folkmar nahm einen tiefen Atemzug. Er hatte sich den tom Brok offenbart – nun gab es kein Zurück mehr. Sein Wohl und Wehe hing davon ab, ob Keno Wort hielt. Und wie Foelke auf die Enthüllungen reagieren würde.

Gödeke sprang auf den Anleger und blickte dem jungen Mann

nach. »Ich hoffe, ich bekomme endlich auch ein paar Antworten, *Isebrand.*«

»Was willst du wissen?«

»Ah, darf ich endlich Fragen stellen? Fein. Fangen wir damit an: Wer zum Klabautermann bist du?«

Foelke verließ gerade die Kapelle, wo sie das Stundengebet gesprochen hatte, als ein Knecht auf sie zueilte.

»Herrin! Ich komme vom Hafen. Die *Seetiger* ist eben zurückgekehrt.«

»Hast du Michels gefragt, wo er und seine Leute waren?«

Der Mann schüttelte den Kopf. »Ich bin gleich zu Euch gegangen, als ich das Schiff gesehen habe.«

Foelke unterdrückte einen bösen Fluch. *Unverschämtes Piratenpack! Kommt und geht, wie es ihm gerade passt.* Nachdem die *Seetiger* vor knapp zwei Wochen bei Nacht und Nebel ausgelaufen war, hatte sie Störtebeker und die anderen Hauptleute einbestellt und von ihnen zu wissen verlangt, warum sich Michels einmal mehr Widzelts Befehlen widersetzte und wohin er segelte. »Nach Helgoland«, hatten die Männer behauptet. »Sorgt Euch nicht. Er will nur im Sommerquartier nach dem Rechten sehen, er wird keinen Ärger machen.«

Foelke hatte die Lüge auf zehn Klafter gegen den Wind gerochen, doch was hätte sie tun sollen? Die *Seetiger* verfolgen und Michels zurückholen lassen? Aussichtslos. »Gnade euch Gott, wenn er irgendeine Narretei unternimmt, die meinen Sohn in Gefahr bringt«, war alles, was sie zu den drei Hauptleuten gesagt hatte.

Als sie dem Knecht gerade befehlen wollte, zum Hafen zurückzugehen und den impertinenten Kapitän der *Seetiger* herzuholen, gab es vor dem Hoftor einen kleinen Tumult. Die Wächter stießen freudige Rufe aus, Diener ließen alles stehen und liegen und eilten auf die Gasse.

»Der junge Keno! Er ist zurück!«

Foelke traute ihren Ohren nicht. Sie ließ den Knecht stehen, hob den Saum ihres Gewandes und lief zu der Menschentraube.

Tatsächlich, da war ihr Sohn. Wohlauf, strahlend, strotzend vor Jugendlichkeit und Gesundheit.

»Mutter!« Er bahnte sich einen Weg durch das Gedränge und drückte sie an sich.

Foelke konnte die Tränen nicht zurückhalten. Sie schluchzte und lachte an seiner Brust. »Ich verstehe nicht ... Was ist geschehen? Wieso bist du hier?«

Er gab keine Antwort, er lachte lediglich vor Freude. Beim heiligen Jakob, wie prächtig er aussah! Seit ihrem letzten Besuch war er noch einmal gewachsen. Wahrlich, er war in Den Haag zu einem stattlichen Mannsbild gereift: schlank, muskulös, attraktiv. Ein junger Ocko von Kopf bis Fuß.

Bitte, o Herr, mach, dass dies wirklich ist. Lass es keinen Traum sein.

»Wir haben uns viel zu erzählen«, sagte er. »Lass uns hineingehen. Wo ist Widzelt?«

»Noch immer in Westfriesland, schätze ich«, antwortete sie, während sie zum Haus schritten. »War er nicht zugegen, als Albrecht dich freigelassen hat?«

»Es gab keine Freilassung. Ich bin entkommen.«

Verblüfft blieb sie stehen. »Wie?«

»Ich hatte Hilfe.«

Endlich fiel der Groschen. »Michels und seine Likedeeler«, sagte sie.

Keno bestätigte das nicht, bestritt es aber auch nicht. »Gehen wir in dein Gemach, wo wir ungestört sind.«

Kurz darauf schloss Foelke die Tür ihrer Kammer, und sie setzten sich einander gegenüber.

»Ich kann es noch immer kaum glauben.« Sie drückte seine Hand. »Die Sorge um dich hat mich schier um den Verstand gebracht. Der Herr sei gepriesen! Aber nun erzähl endlich, was in Den Haag geschehen ist.«

»Gödeke und seine Mannen sind nachts in den Rittersaal eingedrungen und haben mich befreit. Warum sie das getan haben, erkläre ich dir später.«

Als Keno ihre Mutmaßung bestätigte, verspürte Foelke eine Mischung aus Dankbarkeit und Ärger, die den Likedeelern galt. Der Ärger überwog. Gewiss, das Unternehmen war geglückt, Keno war hier und erfreute sich bester Gesundheit. Doch die tollkühne Befreiungsaktion hätte genauso gut scheitern können, zu seinem Schaden. Sie würde sich Michels vorknöpfen. Falls sich der Kerl eine Belohnung erhoffte, so täuschte er sich. Wenn sie mit ihm fertig war, würde er sich wünschen, er hätte Marienhafe nie betreten.

Keno erriet ihre Gedanken. »Zürne ihnen nicht. Es sind mutige Männer, ich verdanke ihnen viel.«

»Aber die Sache wird Folgen haben. Albrecht wird uns das niemals verzeihen.«

»Das ist vermutlich so. Aber damit befassen wir uns später. Im Augenblick haben wir drängendere Nöte.« Er schaute sie durchdringend an. »Ich habe in Erfahrung gebracht, wer Vater auf dem Gewissen hat. Es war nicht der Schieringer Aelryck. Man hat uns getäuscht. Widzelt hat den Mordanschlag angeordnet. Yneke Egers führte ihn aus.«

Foelke war, als würde in der Magengegend eisige Kälte aufkeimen und ihr die Kehle hinaufkriechen. »Erzähl mir alles«, hörte sie sich sagen.

Das tat er.

Kurz darauf kannte sie die ganze ungeheuerliche Geschichte. Sie konnte nicht länger still dasitzen. Ruckartig stand sie auf und ging in der Kammer umher.

»Geht es dir gut, Mutter?«, fragte Keno besorgt.

»Von wem hast du das? Von einem Likedeeler?«

»Bevor ich dir das sage, muss ich wissen, ob du mir glaubst.«

»Warum?«

»Weil ich der fraglichen Person mein Wort gegeben habe, sie zu schützen.«

»Vor mir?«

Er nickte. »Vor dir.«

In ihrem Kopf wirbelte alles durcheinander. Sie hörte in sich hinein, versuchte herauszufinden, was sie *wirklich* dachte. Es fiel ihr nicht leicht. »Ja«, sagte sie. »Ich glaube dir.«

Ein Teil von ihr hatte immer gewusst, dass Widzelt hinter der Bluttat steckte. Die Sache mit Aelrycks Geständnis war nichts als eine Täuschung gewesen, ein monströses Ablenkungsmanöver. *Wieso bin ich darauf hereingefallen? Wieso habe ich Widzelt nicht durchschaut? Warum, bei allen Teufeln der Hölle, war ich nur so unfassbar dumm?*

Sie verspürte keinen Zorn – noch nicht –, die lähmende Verwirrung überlagerte jedes andere Gefühl. Aber sie wusste, der Zorn war da. Und sobald sie sich wieder in der Gewalt hatte, würde er sich zeigen. Wie eine Sturmflut würde er losbrechen und Ockos Mörder hinwegfegen!

»Ich werde dir den Namen verraten«, sagte Keno. »Du musst mir versprechen, ihm nichts anzutun.«

»Wieso sollte ich das wollen?«

»Versprich es«, insistierte er.

»Na schön. Du hast mein Wort.«

»Es ist Folkmar Janns Osinga.«

Sie runzelte die Stirn. Ihre Verwirrung nahm weiter zu. Dabei hätte sie nicht gedacht, dass das überhaupt möglich war. »Abbe Wilkens Neffe?«

»Er war es, der die Likedeeler nach Den Haag geführt und mich befreit hat. Er hat herausgefunden, wer hinter Vaters Tod steckt. Ynekes Vorwürfe gegen ihn, der Prozess, die Ächtung: nichts als bösartige Intrigen«, sagte Keno. »Folkmar Janns ist so unschuldig, wie ein Mann nur sein kann.«

Kapitel neun

Während das Schiffsvolk der *Seetiger* zur Burg Upgant ging, erzählte Folkmar Gödeke unter dem Siegel der Verschwiegenheit alles. Wie er wirklich hieß. Woher er kam. Warum man ihn geächtet hatte. Wieso er mit den Likedeelern nach Marienhafe gekommen war. Sie schritten einen Steinwurf hinter den anderen, Gödeke hörte ihm schweigend zu. Er schwieg auch dann noch, als Folkmar längst fertig war.

»Du hättest mich schon vor zweieinhalb Jahren einweihen müssen«, sagte er schließlich. »Bevor wir nach Marienhafe gesegelt sind.«

»Du wirst verstehen, dass ich das nicht konnte.«

»Nein, ich verstehe das nicht«, erwiderte Gödeke heftig. »Dein Geheimnis wäre bei mir sicher gewesen. Aber du hast mir nicht vertraut, richtig?«

»Inzwischen tue ich das. Andernfalls würden wir diese Unterredung nicht führen. Aber ich habe eine Weile gebraucht«, räumte Folkmar ein.

»Zweieinhalb Jahre nennst du ›eine Weile‹?« Der Schiffer schnaubte. »Was hast du denn gedacht, was ich tue? Dich Foelke ausliefern und ein fettes Kopfgeld einstreichen?«

Folkmar zog es vor, das nicht zu beantworten.

»Eine schöne Meinung hast du von mir«, knurrte Gödeke. »Wir haben einander brüderliche Treue geschworen, hast du das vergessen? Wir Likedeeler liefern keinen Bruder ans Messer. Niemals! Und wenn er ein Königsmörder wäre.«

»Damals wusste ich das nicht. Die Jahre in der Wildnis haben mich gelehrt, niemandem zu vertrauen. Außerdem …« Folkmar suchte nach den rechten Worten. »Das ist eine Sache zwischen mir, den tom Brok und Yneke Egers. Ich wollte niemanden hineinziehen.«

»Oh, das hast du aber. Dein jahrelanges Schweigen hat es sogar noch schlimmer gemacht. Schau, in welche Lage du uns gebracht hast.

Wenn Foelke dir beziehungsweise ihrem Sprössling nicht glaubt, hält sie dich weiterhin für einen flüchtigen Verbrecher, der geholfen hat, ihren Ocko zu ermorden. Sie wird denken, dass ich dich in Marienhafe eingeschleust habe, damit du weiß Gott was anstellen kannst.«

»Wenn es zum Äußersten kommt, werde ich allein dafür geradestehen. Ich werde ihr sagen, dass ihr nichts mit alldem zu tun hattet.«

»Foelke wird dir nicht glauben. Sie wird uns für Mitwisser halten. Beim Klabautermann, Folkmar! Wenn du uns gleich eingeweiht hättest, hätten wir wenigstens gemeinsam Pläne machen können. Wir hätten uns absichern können. Dafür ist es jetzt zu spät.«

»Keno hat mir geglaubt. Er wird seine Mutter überzeugen.«

»Vielleicht, vielleicht auch nicht. Ich kann diese Frau nicht einschätzen. In jedem Fall wird es unabsehbare Folgen haben. Wenn Foelke und Keno Widzelt des Mordes an Ocko bezichtigen, wird es zum offenen Machtkampf zwischen ihnen kommen, möglicherweise zum Krieg. Und wir sind mittendrin!«

»Als ihr die holländische Küste geplündert habt, hat es dich auch nicht gekümmert, Chaos auszulösen.«

»Das war etwas vollkommen anderes!«

»Ach ja? Inwiefern?«

Die Männer der *Seetiger* strömten in den Burghof, wo sie von ihren Brüdern freudig empfangen wurden. Folkmar blieb mit dem Schiffer vor dem Tor. Er zügelte seinen Ärger. Streit mit Gödeke brachte ihn nicht weiter.

»Keno ist weder ein Narr noch ein Hitzkopf«, sagte er. »Und Foelke ist eine kluge Frau. Sie wissen, was auf dem Spiel steht. Sie werden erst handeln, wenn sie eine reelle Chance sehen, Widzelt ohne allzu große Verwerfungen zu entmachten.«

»Das wird ihnen nicht gelingen. Widzelt hat das Kriegsvolk hinter sich, die Mehrheit der Vögte. Ich halte es für wahrscheinlicher, dass er hart durchgreifen wird, sobald er von der Sache Wind bekommt. Er wird jeden töten, der sein Geheimnis kennt. Wenn es so weit ist, will ich nicht mehr hier sein.« Gödeke blickte Folkmar an. Die Mühsal der vergangenen Tage hatte tiefe Linien in seine Züge gegraben, aus den müden Augen sprach bittere Enttäuschung. »Ich werde Johann und den anderen vorschlagen, dass wir Marienhafe so bald wie möglich verlassen«, fuhr er fort. »Wir werden den Sturm, den du heraufbeschworen hast, auf Helgoland abwettern. Du aber wirst hierbleiben und diese Sache allein ausbaden. So wolltest du es ja.«

Er ließ Folkmar stehen und schritt, die Hand auf dem Schwertknauf, durch das Burgtor.

Beim ersten Licht des neuen Tages bemannten die Likedeeler die Schniggen. Einmal mehr wollten sie mit der Flut in See stechen, ohne sich um Verbote zu scheren, ohne sich zu verabschieden. *Wie räudige Katzen*, dachte Foelke, die mit ihrem Sohn auf dem Kirchturm stand und das Geschehen beobachtete. *Es ist unmöglich, diese Männer zu dressieren. Sie werden immer tun, wonach ihnen der Sinn steht.*

Sie unternahm keinen Versuch, sie aufzuhalten.

»Weißt du, wohin sie wollen?«

»Wahrscheinlich haben sie kalte Füße bekommen und wollen sich auf Helgoland verschanzen«, mutmaßte Keno.

»Ist Folkmar Janns unter ihnen?«

»Ich sehe ihn nirgendwo.«

»Finde heraus, wo er sich aufhält.«

Nacheinander legten die *Seetiger*, die *Marienknecht*, die *Katapult* und die *Trialogus* ab. Befehle hallten über das Hafenbecken und vermischten sich mit dem Möwengeschrei, die Riemen klatschten ins Wasser, und die vier Schniggen fuhren hinaus in die Leybucht.

Folkmar verstaute seine Habe in einer Seemannskiste, verließ die Bretterbude, in der er die Nacht verbracht hatte, und trug die Kiste ins Haupthaus von Upgant. Er entschied sich für eine Bettstatt nahe beim Kamin. Er zog einen Hocker heran, einen Tisch, legte sein Essgeschirr darauf und richtete sich ein.

Vermutlich wäre es klüger gewesen, sich an einem Ort zu verstecken, den allenfalls Keno kannte. Doch er war es leid davonzulaufen. Er wollte endlich klare Verhältnisse. Er war bereit, sämtliche Folgen seiner Entscheidungen zu tragen.

Er schlug die Zeit tot, indem er seine Kleider wusch und zum Trocknen am Kamin aufhängte, indem er die Fenster öffnete, gründlich durchlüftete, die Räume ausfegte. Die ganze Burg gehörte ihm allein. Es war ein seltsames Gefühl, durch die verlassenen Kammern und Flure zu streifen. Seine Schritte hallten laut in der Stille. *Ich bin ein Geist. Ein Schlossgespenst.* Kopfschüttelnd verbannte er diesen unsinnigen Gedanken.

Als er am Tisch saß und an einem trockenen Kanten Brot nagte, bemerkte er plötzlich eine Gestalt, die im Durchgang stand. Seine Hand fuhr zum Wehrgehenk.

»Hab keine Furcht«, sagte Keno. »Ich komme allein.«

Folkmar stand auf und legte das Schwert auf den Tisch.

»Warum haben uns deine Brüder verlassen?« Keno kam näher und blieb zwei Schritte vor ihm stehen. Er trug elegante Schnabelschuhe, blaue Beinlinge und ein körperbetontes Wams, das der schwarze Adler zierte.

»Sie wollen nicht in Dinge verwickelt werden, die sie nichts angehen.«

»Werden sie zurückkommen?«

»Das weiß ich nicht.«

»Ich bringe dir eine gute und eine schlechte Neuigkeit. Welche willst du zuerst hören?«

Folkmar hatte fürs Erste genug von schlechten Neuigkeiten. »Die gute.«

»Meine Mutter ist willens, dir zu glauben«, berichtete Keno. »Du kannst auf unsere Unterstützung zählen. Wir werden dir helfen, deine Ehre wiederherzustellen.«

Folkmar nahm einen tiefen Atemzug. »Ich danke dir. Ich danke dir hundertfach.«

»Freu dich nicht zu früh. Wie gesagt, die gute Neuigkeit geht einher mit einer schlechten. Uns sind die Hände gebunden. Widzelt ist zu stark. Wir können ihn nicht für den Mord an meinem Vater zur Verantwortung ziehen. Noch nicht. Yneke Egers folglich auch nicht. Du tust also gut daran, dich vor deinen Feinden zu verbergen. Und dich einstweilen in Geduld zu üben.«

»Das werde ich.«

Der junge Mann nickte ihm zum Abschied zu. Am Durchgang wandte er sich noch einmal um. »Geh nicht weg. Ich komme gleich wieder und bringe meine Mutter mit. Sie will dich kennenlernen.«

Folkmar saß am Tisch und wartete. Das Brot packte er weg, er brachte keinen Bissen mehr herunter. Schließlich vernahm er klappernden Hufschlag im Burghof.

Kurz darauf kam Keno mit seiner Mutter herein.

Der junge Mann blieb beim Durchgang stehen. Foelke Kampana fixierte Folkmar, während sie langsam auf ihn zuging. Ihr Blick war unangenehm, forschend, stechend. Folkmar erhob sich. Erwartete sie, dass er sich verneigte? Er würde nicht das Knie vor ihr beugen. Trotz allem war er ein freier Friese, er kniete allein vor Gott. Falls sie ihm etwas Böses wollte, würde ihn auch keine Demutsgeste retten.

»Schwörst du, dass du meinem Sohn die Wahrheit gesagt hast?«, sprach sie ihn ohne Umschweife an. »Dass es Widzelt und Yneke waren, die meinen Gemahl ermordet haben?«

»So war es. So und nicht anders. Ich schwöre es beim Heil meiner Seele«, sagte Folkmar.

»Und du hattest nichts damit zu tun?«

»Gar nichts.«

»Schwör auch das. Schwöre, dass du der ewigen Verdammnis anheimfallen wirst, wenn du lügst.«

Er legte die Rechte auf die Brust und spürte sein Herz pochen. »Ich will verdammt sein, wenn ich lüge.«

Ihr Gesichtsausdruck wurde eine Spur weicher. »Warum behauptet Yneke, du hättest bei dem Anschlag mitgemacht?«

»Er hasst mich. Er hat mich von Anfang an gehasst und wollte mich vernichten.«

»Das ist ihm nicht gelungen«, stellte Foelke fest. »Du bist ein zäher Mann, Folkmar Janns. Was man dir angetan hat, würden nicht viele Menschen überstehen. Ich nehme an, du stehst mit Abbe Wilken in Kontakt?«

»Das tue ich.«

»Auch mit anderen Mitgliedern deiner Familie?«

»Nur mit Abbe. Die anderen halten mich für tot.«

»Sorg dafür, dass das so bleibt. Und verrate deinem Onkel nicht, dass du Keno und mich getroffen hast. Sag ihm am besten gar nichts mehr.«

Folkmar nickte. Nun, da Welpe fort war, hatte er ohnehin keine verlässliche Möglichkeit mehr, Nachrichten nach Hause zu übermitteln.

»Wie geht es Abbe?«, erkundigte sich Foelke und wirkte ehrlich interessiert.

»Es ist eine Weile her, dass er mir das letzte Mal geschrieben hat. Er macht sich immerzu Sorgen, aber das ist wohl das Alter. Davon abgesehen ist er wohlauf. Es tut ihm gut, wieder zu Hause bei der Familie zu sein.«

»Das freut mich zu hören.« Ein Lächeln flackerte über ihr Gesicht, doch es verschwand so schnell, wie es gekommen war. »Sobald es uns gelungen ist, Widzelt und Yneke für ihre Verbrechen zu strafen, kannst auch du heimkehren«, versprach sie.

»Was werdet Ihr nun unternehmen?«, fragte er rundheraus.

»Ich werde Graf Albrecht unterrichten, auf dass er Widzelt gefangen setzt. Bete mit uns, dass der Bastard noch in seinem Heerlager weilt, damit Albrecht leichtes Spiel mit ihm hat.«

Schweigen sank herab. Folkmar spürte, dass die Unterredung beendet war.

»Halte dich zu unserer Verfügung«, erklärte Foelke. Sie wandte sich zum Gehen, blieb stehen, blickte ihn noch einmal an.

»Hab Dank, Folkmar Janns«, sagte sie mit leiser Stimme.

Nach dem Treffen mit dem Geächteten wollte Foelke allein sein. Sie zog sich in ihre Kammer zurück und setzte sich auf die Bettkante.

Die jüngsten Enthüllungen hatten ihr ganzes Wesen, ja ihre Seele in den Grundfesten erschüttert. So verwirrt und verloren war sie das letzte Mal kurz nach Ockos Tod gewesen. Noch immer wollte der Zorn nicht erwachen. Wo rasende Wut hätte sein sollen, war nichts als ein erdrückendes Gefühl der Schuld.

All die Schieringer, die ihrem Rachefeldzug zum Opfer gefallen waren – bei Gott, was hatte sie getan? Hundert Unschuldige waren auf ihren Befehl gestorben, hundert Söhne, Väter und Brüder. Und diese Zahl enthielt noch nicht einmal jene, die die Vetkoper in ihren Dörfern erschlagen hatten.

Ihr Magen fühlte sich an, als brodelte Gerbsäure darin. Brechreiz stieg in ihr auf, ausgelöst durch einen übermächtigen Selbstekel.

Du kannst nichts dafür. Du hast damals nach bestem Wissen und Gewissen gehandelt, sagte sie sich. *Widzelt hat dich getäuscht. Diese Toten sind seine Toten.*

Es half nichts. Sie hatte Schuld auf sich geladen, ungeheure Schuld, die sie niemals würde tilgen können.

Sie verlor den Kampf gegen die Übelkeit und erbrach sich in den Nachttopf. Anschließend fühlte sie sich kein bisschen besser. Zumindest aber war sie etwas klarer im Kopf.

Sie durfte sich keine weiteren Fehler erlauben. Folkmar Janns' Geschichte klang überaus glaubhaft, gleichwohl blieb ein letzter Rest Unsicherheit, ob er die Wahrheit sagte. Diesen Zweifel musste sie beseitigen, bevor sie weitreichende Entscheidungen traf. Sie spülte sich den Mund mit Wasser aus und brachte rasch den Brief an Graf Albrecht zu Papier. Anschließend schrieb sie eine zweite Nachricht, sie war für Volkmar Allena bestimmt. Wenn die Geschichte mit Apke Sirks und den Schieringern, die sich in Emsigerland versteckten, den Tatsachen entsprach, würde der Häuptling von Osterhusen sie bestätigen können.

Wieso hat Allena sein Wissen nicht nutzbringend eingesetzt? Er hätte Widzelt erpressen können, wenn er gewollt hätte.

Foelke runzelte die Stirn. Plötzlich dämmerte ihr, dass Allena wahrscheinlich genau das getan hatte. Diverse seltsame Begebenheiten der letzten Jahre fielen ihr ein. Allenas überfallartigen Besuche in Marienhafe. Seine heimlichen Zwiegespräche mit Widzelt. Die Zugeständnisse, die der Bastard ihm scheinbar ohne Not gemacht hatte. All das ergab auf einmal einen Sinn.

Im Grunde war das bereits die Bestätigung für Folkmar Janns' Aussage, die sie suchte. Sie fühlte sich jedoch wohler damit, sie von Allena persönlich zu bekommen. Keine weiteren Fehler! Lieber zehnmal zu vorsichtig sein als einmal zu nachlässig.

Sie beendete die Nachricht, siegelte beide Briefe mit flüssigem Wachs und schickte nach Eme Gottfriedsen. Der treue Bogenschütze tat gerade im Steinhaus Dienst, sie musste nicht lange auf ihn warten.

»Ich habe einen Auftrag für dich, der höchste Diskretion erfordert. Du wirst sogleich nach Osterhusen aufbrechen und Volkmar Allena diesen Brief aushändigen. Sowie das getan ist, reitest du weiter in den Westergo, suchst Graf Albrecht auf und gibst ihm diese Botschaft. Reite, so schnell du kannst. Niemand außer den Genannten darf die Briefe lesen. Niemand darf wissen, wohin und in wessen Auftrag du unterwegs bist – nicht einmal dein Hauptmann. Kann ich auf dich zählen?«

»Wie immer, Herrin«, brummte Eme mit seiner eigentümlich tiefen Stimme.

Sie gab ihm das Futteral mit den Briefen und einen Beutel mit Silber, und er eilte davon.

Osterhusen

Volkmar Allena sorgte dafür, dass der erschöpfte Eilbote einen Becher Wein und eine warme Mahlzeit bekam, ehe er sich mit dem Brief ans Fenster setzte und das Siegel brach.

Erstaunlicher noch als der Umstand, dass Foelke Kampana ihm schrieb, war der Inhalt der Nachricht. Ockos Witwe wusste von Apke Sirks, sie wusste, dass sich der Schieringer-Häuptling mit seinen Mannen in Emsigerland versteckte. Sie versicherte, es sei nicht ihre Absicht, nach ihnen zu suchen, sie wolle ihnen kein Leid zufügen. Vielmehr hatte sie zwei Fragen:

»Sahen Apke und seine Krieger am 7. August 1391 in Aurich Fremde, die sich als Schieringer verkleidet hatten, unter ihnen ein Mann, dessen Gesicht von einem Feuermal entstellt ist? Waren diese Fremden verantwortlich für den Aufruhr, in dem mein Ocko ermordet wurde?«

Allenas Lippen formten ein sprödes Lächeln. Also hatte sie endlich die Wahrheit herausgefunden. Welche Schlüsse sie daraus zog, erläuterte sie nicht. Vermutlich dieselben wie er: Widzelt steckte hinter dem Attentat. Nun sammelte sie Beweise, um den Bastard zur Rechenschaft zu ziehen.

»Zwischen uns ist in der Vergangenheit manch böses Wort gefallen, und wir empfinden keine Freundschaft füreinander«, schrieb Foelke weiter. *»Aber ich weiß, dass Ihr ein Mann der Ehre seid, ein gottesfürchtiger Christ. Daher appelliere ich an Euer Gewissen und bitte Euch: Beantwor-*

tet meine Fragen, so gut Ihr könnt, und beantwortet sie rasch. Ihr erweist damit der Gerechtigkeit einen hohen Dienst.«

Ein rührender Brief. Mit Worten konnte Foelke umgehen, das musste man ihr lassen. Als der Häuptling von Osterhusen noch darüber nachdachte, ob und was er antworten sollte, näherte sich ihm der Eilbote. Der Mann hatte das Essen nur so heruntergeschlungen, Bratensoße war auf seinen Rock getropft.

»Wenn Ihr erlaubt, werde ich nun weiterziehen«, sagte Eme Gottfriedsen.

»Willst du nicht hier nächtigen? Ich lasse dir eine Bettstatt in der Halle herrichten.«

»Habt Dank – das Angebot ehrt mich. Aber mein Befehl lautet, keine Zeit zu verlieren.«

»Wer bringt dann meine Antwort nach Marienhafe?«

»Foelke ersucht Euch, einen Eurer Krieger zu ihr zu schicken.«

»Wieso die Eile? Wo willst du denn heute Abend noch hin?«

Eme hüllte sich in Schweigen. All das war höchst verdächtig – Allena konnte spüren, dass eine große Sache im Gange war. Aber aus dem Bogenschützen würde er nichts herausbekommen. Er entließ den Mann mit einem Wink und nahm sich noch einmal den Brief vor.

Sollte er Foelkes Fragen wahrheitsgemäß beantworten?

Wenn er es täte, gäbe er ihr eine Waffe zu Widzelts Vernichtung in die Hand. Das würde weitreichende Folgen haben. Der daraus erwachsende Machtkampf würde die tom Brok spalten, mit ungewissem Ausgang. Allena erwartete seit Jahren, dass das passierte. Er hatte sich darauf vorbereitet. Das Bündnis mit Graf Albrecht sicherte ihn nicht nur gegen politische Verwerfungen ab, es eröffnete ihm vor allem die Möglichkeit, zum mächtigsten Mann Ostfrieslands aufzusteigen, wenn die tom Brok ihre gehobene Stellung einbüßten. Was ihnen unweigerlich blühte, wenn sie sich gegenseitig zerfleischten.

Er hatte sein Ziel erreicht. Er konnte Foelke geben, was sie wollte, sich sodann zufrieden zurücklehnen und sich an Widzelts Untergang weiden.

Aber wäre das wirklich die klügste Vorgehensweise? Er beschloss, alle Möglichkeiten zu durchdenken. Diese abenteuerliche Geschichte war eine Goldgrube, die er gründlich ausbeuten wollte.

Ich könnte Widzelt warnen. Mir seine Dankbarkeit sichern.

Der Häuptling von Osterhusen blickte aus dem Fenster, betrachtete die glühende Abendsonne zwischen den Baumwipfeln. Schließlich hieß er den Diener, ihm Papier und Federkiel zu bringen.

Kapitel zehn

Warfstede

Am Tag vor Michaelis ging in Warfstede die Angst um.

Almuth spürte es allerorten. Die Menschen schlichen geduckt umher und redeten flüsternd. Gespräche verstummten, wenn sie des Weges kam. Manch ein Bauer zählte unter Tränen Eier, Getreidesäcke und Torfballen. Morgen war der Zehnt fällig. Yneke hatte angekündigt, ihn mit harter Hand einzutreiben. Niemand dürfe auf Nachsicht hoffen. Für Almuths Flehen, wenigstens den armen Leuten gegenüber Milde walten zu lassen, war er taub.

Dem Kirchspiel stand ein scheußlicher Tag bevor.

Mit zusammengekniffenen Lippen betrat sie das Haus ihres Vaters, das sie als Schreibkammer und Lagerhaus nutzte. Hier empfing sie Lieferanten und andere Geschäftspartner, hier arbeiteten ihre Knechte, wenn eine neue Handelsfahrt anstand. Heute jedoch war sie allein mit den Fässern voller Handelsware. Sie zündete ein Talglicht an und nahm sich das Hauptbuch vor.

Erfolgreiche Monate lagen hinter ihr. Obwohl der Dauerzwist mit Yneke einmal mehr ihr Leben vergiftete, hatte sie den ganzen Sommer über gute Geschäfte gemacht. Sie war in Emden, Wittmund und Oldenburg gewesen, hatte mit Torf, Schmuck und Butter gehandelt. Sie öffnete die Schatulle, reihte die Münzen auf dem Rechenbrett auf und trug alles ins Hauptbuch ein.

Seit sie ihr eigenes Geld verdiente, hatte sie sich nur selten etwas gegönnt. Im Grunde nur das neue Festgewand und das Paar Schuhe, das sie gerade trug. Für Eger kaufte sie regelmäßig neue Kleidung, gelegentlich ein Spielzeug, und natürlich musste sie ihre Leute bezahlen. Davon abgesehen gab sie kaum etwas aus. So war im vergangenen Jahr reichlich Edelmetall zusammengekommen.

Sie hatte vorgehabt, den größten Teil des Geldes in das Geschäft zu stecken. Sie wollte weitere Knechte anwerben, einen neuen Frachtwagen kaufen, den Lagerschuppen vergrößern, damit sie in der Schreibstube nicht mehr zwischen gestapelten Fässern sitzen musste. Doch als sie jetzt darüber nachdachte, kam ihr das Vorhaben falsch vor. Geradezu verwerflich.

Sie betrachtete die Münzen auf dem Tisch, manche neu und schimmernd, andere alt und stumpf.

Sie brauchte keine zusätzlichen Arbeiter, keinen neuen Karren, keinen besseren Speicher. Das Handelsgeschäft war groß genug für ihre Bedürfnisse. Es machte sie unabhängig von Yneke, es erfüllte sie. Mehr hatte sie nie gewollt.

Almuth blies die Tinte trocken, klappte das Hauptbuch zu und schloss die Schatulle. Die Münzen kamen in den Geldgürtel, den sie sich um die Hüfte schlang, ehe sie sich den Mantel überwarf und hinaus in den Abend trat.

»Was ist hier passiert?« Jann Wilken betrachtete den verletzten Knecht, während sie die Zehntscheune betraten.

»Sie waren gerade am Aufräumen, als ein Dachbalken heruntergekommen ist«, erklärte Yneke, »dem armen Teufel direkt auf den Kopf.« Allzu schlimm schien es nicht zu sein, der Knecht war schon wieder bei Bewusstsein und süffelte Dünnbier. »Wie geht's ihm?«, wandte Jann sich an die Arbeiter.

»Er wird's überleben«, antwortete einer, der mit Verbandsmaterial hantierte und sich dabei nicht übermäßig geschickt anstellte.

Yneke scheuchte die Männer hinaus und nahm den Kienspan an sich. »Kannst du das heute Abend noch reparieren?«

Jann Wilken begutachtete den Schaden und ließ sich wie üblich eine halbe Ewigkeit Zeit. Die Schiffszimmerleute rühmten sich besonderer Sorgfalt, was jegliche Arbeit mit Holz betraf. Yneke hingegen hatte den Verdacht, dass dieses Gehabe nichts als Wichtigtuerei war.

»Ich könnte auf die Schnelle den Balken austauschen«, brummte Jann endlich. »Aber das wäre so, als gäbe man einem Verblutenden Mohnsaft. Die Schmerzen sind weg, das Blut jedoch strömt weiter aus der Wunde.«

»Ich verstehe kein Wort. Drück dich deutlicher aus, Mann!«

Der Zimmermann deutete auf verschiedene Stellen im Gebälk. »Da oben ist alles marode, das hätte schon vor Jahren gemacht gehört. Mit einem neuen Querbalken kann man das allenfalls kaschieren. Spätestens beim nächsten Sturm aber wird die Scheune zusammenbrechen.«

Yneke verzog den Mund. Hohe Ausgaben für aufwendige Dacharbeiten waren das Letzte, was er brauchte. »Tausch den Balken aus. Nach Michaelis sehen wir weiter.«

Jann blickte ihn stirnrunzelnd an. »Du willst die Scheune morgen nutzen?«

»Natürlich. Irgendwo müssen die Abgaben hin, im Steinhaus ist nicht genug Platz.«

»Viel zu gefährlich. Wenn hier den ganzen Tag Leute ein und aus gehen und Fässer herumtragen, wird früher oder später jemand gegen einen tragenden Balken stoßen, sodass alles wackelt. Dann muss sich nur ein morscher Zapfen lösen, und das Dach kommt runter.«

»Übertreibst du nicht ein bisschen?«

Jann rüttelte nicht allzu fest an einem zentralen Pfosten. Das gesamte Gebälk knarrte bedenklich. »Wie gesagt«, erklärte er mit einer stoischen Ruhe, die Yneke schier zur Weißglut trieb, »das hätte man längst machen müssen.«

»Was also rätst du?«

»Lagere den Zehnt woanders und lass diese Bruchbude so schnell wie möglich abreißen.«

Yneke gab dem unvernünftigen Bedürfnis nach, Jann Wilken zu bestrafen. »Ihr habt doch reichlich Lagerraum auf der Lastadie. Räum zwei Schuppen aus, sodass ich die Abgaben dort unterstellen kann, bis ich eine andere Möglichkeit gefunden habe.«

»Wir brauchen die Schuppen aber für das Baumaterial.«

»Es ist ja nicht für lange«, sagte Yneke in einem Ton, der keinen Widerspruch duldete. »Das wäre alles, Jann Wilken.«

Nachdem der Zimmermann gegangen war, schloss Yneke von innen das Scheunentor und reckte den Kienspan in die Höhe, sodass er das Gebälk betrachten konnte. Obwohl es ihm zutiefst widerstrebte, auf einen Osinga zu hören, würde er die baufällige Scheune gleich nach Michaelis niederreißen und eine neue bauen lassen. Ihn grauste vor den Kosten, doch ein eingestürzter Speicher mit verletzten Dorfbewohnern und toten Arbeitern wäre ein peinlicher Vorfall, der ihn endgültig sein Amt kosten würde.

Er schritt zur hintersten Ecke des muffigen Raumes und steckte die Fackel in die rostige Halterung. Vorsichtig, um dem Stützbalken nicht zu nahe zu kommen, stellte er einige leere Fässer zur Seite. Sodann lockerte er mit seinem Messer die festgestampfte Erde auf und scharrte mit einem kurzen Holzstück ein Loch. Er musste nur eine halbe Elle tief graben, bis er das Metallkästchen freigelegt hatte, das er seit einigen Jahren hier versteckte.

Er brauchte schleunigst einen neuen Aufbewahrungsort für die Zeichnung. *Nur wo?* Yneke legte die Stirn in Falten. Aus dem Stegreif fiel ihm keine sichere Stelle ein.

Im Morgengrauen ließ Yneke seine Krieger auf dem The antreten. Verschiedene Steuern, die heute neben dem Zehnt fällig waren, – etwa die Torfabgabe sowie das Wacht- und Knechtegeld – hatte er im Vorfeld drastisch erhöht, die Dienste an Wall und Graben gravierend verschärft. Er rechnete mit Widerstand.

»Treibt die Abgaben unerbittlich ein«, befahl er den Männern. »Wer auch nur einen Pfennig zu wenig abliefert, wer seinen Pflichten einen halben Tag zu spät nachgekommen ist, ist zu bestrafen. Wir werden reichlich Ausflüchte und Lügen zu hören bekommen. Lasst euch von Tränen und Wehgeschrei nicht schrecken. Das sind nichts als durchsichtige Täuschungsversuche. Wenn ich es sage, durchsucht ihr Hütten, Schuppen und Kornspeicher und schafft die fehlenden Steuern, angereichert um hohe Strafgebühren, zur Lastadie. Besonders dreiste Betrüger prügelt ihr auf dem The oder spannt sie in den Stock, damit ganz Warfstede sieht, was jenen blüht, die Widzelt tom Brok hintergehen.«

Die Krieger hielten sich bereit. Yneke wandte sich an die Bauern, die furchtsam auf dem Platz warteten.

»Vortreten!«

Just im Moment näherte sich ihm eine Delegation des Kirchspiels, bestehend aus drei Mitgliedern der Familie Osinga, Bruder Erasmus und Harke Clausen. Natürlich führte kein anderer als Abbe Wilken das Wort.

»Mit deiner Härte wirst du die Bauernschaft in den Ruin treiben«, sagte der Bucklige. »Das kann doch nicht im Sinne deiner Herren sein. Ich bitte dich, lass Milde walten.«

»In diesem Kirchspiel wimmelt es von Betrügern, Aufrührern und Faulpelzen«, erwiderte Yneke. »Sie machen sich ein schönes Leben auf Kosten der Familie tom Brok, die unermüdlich dafür einsteht, sie vor Kriegstreibern wie Edo Wiemken zu schützen. Solches Gesindel kann nicht auf Milde hoffen.«

»Die allermeisten Bewohner des Kirchspiels sind brave Christen«, erklärte Bruder Erasmus. »Sie betrügen niemanden, und sie sind auch nicht faul. Sie würden ihren Pflichten mit Freuden nachkommen, wenn sie könnten. Aber sie sind schlichtweg überlastet. Die harten Winter und die feuchten Sommer …«

»Alles Ausflüchte«, fiel Yneke ihm ins Wort. »Ich kann es nicht mehr hören.«

»Erlass ihnen wenigstens die Dienste an Wall und Graben«, schlug Harke Clausen vor. »Gerade die ärmeren Bauern können es sich nicht erlauben, tagelang ihren Höfen fernzubleiben, um neue Ziegel für das Steinhaus zu brennen oder die Erdwälle um das Dorf zu pflegen. Lass das jene machen, die es sich leisten können.«

»Wenn ihnen die Dienste an Wall und Graben zu viel sind, sollen sie sich davon freikaufen. Wofür gibt es das Freiengeld?«

»Wie sollen sie das aufbringen?«, rief Abbe. »Diese Leute haben so schon nicht genug zum Leben!«

Yneke blickte ihn stechend an. »Wenn ich mich umschaue, sehe ich lauter sattes und zufriedenes Volk, das jahrelang von meiner Güte profitiert hat. Sie hätten mir die Nachsichtigkeit vergelten können, indem sie Rücklagen bilden, aber sie wollten ja lieber alles verprassen. Wenn nun nicht mehr genug da ist, ist das wahrlich nicht mein Problem.«

»Yneke, bitte habt ein Einsehen …«, unternahm Abbe einen neuen Versuch, doch der Vogt ließ ihn nicht zu Wort kommen.

»Genug. Ich habe euch angehört, ihr habt meine Antwort erhalten. Nun tretet zur Seite, damit ich meine Arbeit tun kann. Seid gewarnt«, wandte er sich in scharfem Ton an die Osinga. »Sollte mir zu Ohren kommen, dass ihr die Bauernschaft aufwiegelt, werde ich hart durchgreifen. Diesmal werde ich mich nicht damit begnügen, eine Geisel zu nehmen – mein Wort darauf.«

Besiegt und gedemütigt zogen sich die Männer zurück. Gleich darauf trat ein armer Hirte vor die Richterbank. Er erklärte, ausgehungerte Wölfe hätten all seine Lämmer gerissen, er könne daher nur ein Zehntschaf statt der geforderten drei abgeben.

»Es ist ganz einfach«, ließ Yneke ihn wissen. »Für jedes fehlende Schaf zahlst du mit Schmerzen und Blut.«

Zwei Kriegsknechte mit Peitschen in den Händen wollten den Hirten eben packen und ihm den Kittel zerreißen, als der dürre Mann rief:

»Ich habe Geld!«

»Lass sehen«, befahl Yneke.

Der Hirte öffnete die zitternde Faust, und mehrere Münzen kullerten über den Tisch. Tatsächlich handelte es sich um Silber, das dem Wert zweier Schafe entsprach, wie Yneke überrascht feststellte.

»Warum nicht gleich so?« Er warf die Geldstücke in die Truhe, machte einen Vermerk und rief den nächsten Dorfbewohner auf.

Auch der bezahlte die Steuern, die er nicht in Naturalien aufbringen konnte, in klingender Münze. Ebenso viele der anderen Bauern und Handwerker, die er für Betrüger gehalten hatte. Nur selten mussten die Krieger Gewalt anwenden.

Was zum Teufel geht hier vor?

»Das ganze Geld ist doch sicher gestohlen!«, bellte Yneke.

Einen Beweis dafür fand er nicht.

Auch die Dorfbewohner konnten sich die seltsamen Vorgänge nicht erklären. Manche glaubten an ein Wunder. »Der Herr muss diese Menschen gerettet haben«, raunten sie, als sogar Graleff Lubben, einer der ärmsten Männer Warfstedes, seine Steuerschulden mit Silber tilgte.

Leider fanden die wundersamen Zustände alsbald ein Ende, und die grausame Wirklichkeit kehrte zurück. Am Nachmittag kamen die Geestleute an die Reihe, für die Almuth nichts mehr hatte tun können, weil sie zu weit draußen im Hinterland wohnten. Außerdem war ihr längst das Geld ausgegangen. Nicht einmal eine wohlhabende Frau wie sie konnte allen Bedürftigen im Kirchspiel helfen.

So knallten auf dem The schließlich doch noch die Peitschen.

Als Almuth das Wehgeschrei nicht mehr ertrug, zog sie Eger an und verließ mit ihm das Steinhaus. Eben züchtigten die Kriegsknechte einen alten Torfstecher, der seinen Dienst an Wall und Graben versäumt hatte.

»Warum tun sie ihm weh?«, fragte Eger, der das Geschehen mit großen Augen beobachtete.

Weil dein Vater ein Feigling ist, der lieber ein ganzes Kirchspiel knechtet, statt sich gegen Widzelt zu behaupten. Ihre Kehle fühlte sich an wie zugeschnürt. »Lass uns zum Deich gehen, Möwen beobachten, ja?«

Sie nahm ihren Jungen bei der Hand. Spätestens als sie zur Lastadie kamen, hatte Eger das grausige Spektakel vergessen. Fröhlich hopste er voraus und bestaunte die Spantengerippe auf den Hellingen. Almuth beneidete ihn für die kindliche Gabe, sich nicht allzu lange mit vergangenen Schrecknissen zu belasten, sondern dem Hier und Jetzt den Vorzug zu geben.

»Versprich mir, dass du einmal anders sein wirst«, sagte sie, als sie den Deich erklommen.

Eger schaute sie verwirrt an. Sie brachte es nicht über sich, ihm zu erklären, was sie meinte. Für ihn war Yneke kein Scheusal, sondern sein Vater, zu dem er aufsah, den er über alles liebte. Egers Bild vom edlen, heldenhaften Yneke zu zerstören würde ihm das Herz brechen.

»Versprich mir, dass du einmal ein gütiger und freundlicher Mann sein wirst«, sagte sie stattdessen. »Ein Mann, der andere Menschen achtet und sich bemüht, Gutes zu tun.«

»So wie der Samaritaner, der den Verletzten gerettet hat?«

»Es reicht schon, wenn du ein wenig wie Abbe Wilken bist.«

»Ich verspreche es«, sagte Eger. »Darf ich jetzt Austern sammeln?«

»Ja. Aber geh nicht zu weit ins Watt hinaus.«

Der Junge stürmte die Böschung hinab, dass die Silbermöwen kreischend aufflatterten. Almuth blieb auf der Salzwiese stehen, schaute Eger beim Muschelnsammeln zu und lobte ihn für jeden Fund. Sie zog den Umhang eng um die Schultern, verbarg die Hände in den

Ärmeln. Der Wind war kalt, Friesland stand ein weiterer früher Winter bevor.

Es dauerte den ganzen Tag, die Abgaben einzutreiben und die widerspenstigen Geestleute zu strafen. Als Yneke sich endlich ins Steinhaus zurückziehen konnte, sank bereits der Abend herab. Er war müde, durchgefroren und gereizt. Während er auf das Nachtmahl wartete, stellte er Almuth zur Rede.

»Hast du den Bauern Geld gegeben, damit sie ihre Steuern bezahlen können?«

Wie üblich stritt sie alles ab. »Ich weiß nicht, wovon du redest.«

»Zeig mir das Hauptbuch«, verlangte er. »Und die Schatulle mit deinem Geld.«

»Ich denke nicht daran.«

»Willst du mir wohl gehorchen?«, schrie er.

»Du hast mir dein Wort gegeben, dass ich frei über mein Geld verfügen darf. Dass du dich nicht in meine Geschäfte einmischen wirst. Ich bin dir keine Rechenschaft schuldig.«

Dass sie sich nicht aus der Ruhe bringen ließ, machte ihn fuchsteufelswild. Am liebsten hätte er sie vor seinem Sohn, vor der ganzen Dienerschaft gezüchtigt. Aber damit würde er rein gar nichts erreichen, außer dass er wieder einmal allen bewies, dass er ein Monster war. *Außerdem liebst du sie.* Das musste er sich jeden Tag ins Gedächtnis rufen. Weil es ihm immer schwererfiel, seine Gefühle für sie zu spüren. Wenn er nicht aufpasste, erstarben sie vollends. »Gewiss. Du darfst tun und lassen, was du willst – sogar den eigenen Ehemann der Lächerlichkeit preisgeben«, ätzte er. »Die heilige Almuth von Warfstede schwebt in höheren Sphären, weit über uns kleinen Sündern, sie ist über jede Kritik erhaben.«

Das Essen kam. Sie speisten schweigend.

Hatte sie ihn vor dem Kirchspiel lächerlich gemacht? Ihn vorgeführt? Vielleicht. *Es ist nicht wichtig*, entschied er, als sein Zorn allmählich abkühlte. Im Grunde konnte es ihm egal sein, wo das Geld herkam, solange er nur üppige Steuereinnahmen vorweisen konnte.

Denn Widzelt zufriedenzustellen war alles, was zählte.

»Gibt es inzwischen Nachricht von Graf Albrecht?«, erkundigte sich Folkmar Janns.

Er, Keno und Foelke hatten sich in Upgant getroffen, wo der Geächtete nach wie vor ganz allein hauste. Es war ein windiger Herbstabend. Kalte Böen heulten um das Gemäuer.

»Leider nicht«, antwortete Foelke.

»Es ist einen Monat her, dass Euer Mann in den Westergo aufgebrochen ist. Wo bleibt er denn?«

»Wenn ich das nur wüsste …« Sie war mindestens genauso beunruhigt wie Folkmar Janns, was das betraf. Eme Gottfriedsen war wie vom Erdboden verschluckt. Auch von Widzelt hatte sie nichts mehr gehört, seit er sie aufgefordert hatte, Albrecht Kriegsvolk und Geld zu schicken.

»Eme muss aufgehalten worden sein«, sagte Keno. »Wenn Albrecht Widzelt verhaftet hätte, hätte er uns längst benachrichtigt.«

»Und wieso ist Widzelt dann noch nicht heimgekehrt?«, fragte Folkmar.

»Das kann viele Gründe haben. Ich vermute, dass Albrecht ihn zappeln lässt.«

»Wochenlang?«

»Möglicherweise hat er ihn verpflichtet, dazubleiben und für ihn zu kämpfen.« Doch Keno hielt das offenbar selbst nicht für sonderlich wahrscheinlich. »Als er Krieger angefordert hat, war davon allerdings keine Rede«, fügte er hinzu.

Sie schwiegen ratlos.

»Könnt Ihr noch einen Boten losschicken?«, fragte Folkmar.

Foelke schüttelte den Kopf. »Eme Gottfriedsen ist der Einzige, dem ich uneingeschränkt vertraue. Bei allen anderen kann ich nicht ausschließen, dass sie geradewegs zu Widzelt laufen würden.«

»Ich könnte zu Albrecht reiten«, schlug Keno vor.

»Wir wissen nicht, was da draußen vor sich geht«, wehrte sie ab. »Wenn Widzelt Bescheid weiß, warum auch immer, sind unser beider Leben bedroht. Nur in Marienhafe sind wir einigermaßen sicher. Außerdem musst du hier die Stellung halten, falls es zur Konfrontation mit Widzelt kommt. Uns bleibt vorerst nichts anderes übrig, als abzuwarten.«

Weder Keno noch Folkmar waren glücklich damit, sie hatten jedoch keine bessere Idee. Foelke versprach Abbes Neffen, ihn abermals aufzusuchen, sobald es etwas Neues gab.

Als Keno und sie die Burg verließen, dachte sie an die andere Nachricht, jene, die sie ihrem geächteten Freund besser verschwieg. Allena hatte ihr geschrieben, bereits vor drei Wochen. Der Häuptling von Osterhusen bestritt zwar, Apke Sirks und dessen Männer zu verstecken. Ihre anderen Fragen aber hatte er beantwortet.

Ja, als Schieringer getarnte Fremde hatten Ocko am siebten August 1391 vor der Schnappe angegriffen.

Ja, einer der Verkleideten war durch ein Feuermal entstellt.

Der Brief war ein Lichtblick gewesen, ein einsamer in düsteren Zeiten. Die Gegenwart mochte bedrohlich sein, die Zukunft ungewiss – zumindest aber wusste Foelke nun, dass Folkmar Janns Osinga die Wahrheit sprach.

Kapitel elf

Widzelt entließ seine Reisebegleiter mit einem gebrummten Befehl, drückte das Wehrgehenk und den tropfnassen Mantel einem Knecht in die Hände und setzte sich erschöpft ans Feuer. »Bring mir Wein«, befahl er. »Heiß, mit reichlich Honig und Nelken darin.«

Als er den dampfenden Becher entgegennahm, bemerkte Foelke, dass ihm die Hände zitterten. Es waren knochige Hände, die Finger wirkten unnatürlich lang, unter der dünnen Haut zeichneten sich Sehnen und Adern wie Wurzelwerk ab. Knochig und eingefallen war auch das Gesicht. Die Augen lagen tief in den Höhlen, die Nase trat hervor wie der Sporn eines Streithammers. Die schwere Krankheit hatte ihn sichtlich gezeichnet – und ihn obendrein wochenlang im Westergo festgehalten, bis der Oktober dem November gewichen war. Graue Schleier aus Schneeregen verhüllten Marienhafe. Der Wind peitschte nasse Flocken gegen die Butzenscheiben, fauchte im Kamin und ließ das Feuer zucken, als wäre es ein von Krämpfen gepeinigtes Lebewesen.

Der Bastard nippte am Würzwein und beobachtete über den Becherrand hinweg seine wortkargen Verwandten. »Was für eine überaus herzliche Begrüßung. Ihr könnt euch ja kaum halten vor Freude, dass ich wieder da bin.«

Foelke vermied es, Keno anzuschauen. Ihr Hass auf Widzelt war groß. Das machte es schwer, sich arglos zu geben. Zudem überlegte sie fieberhaft, wie sie in Erfahrung bringen könnte, warum Graf Albrecht Widzelt nicht gefangen gesetzt hatte und, vor allem, ob der Bastard von ihren Plänen Wind bekommen hatte.

Glücklicherweise maß er dem unfreundlichen Empfang keine besondere Bedeutung bei. Die Abwesenheit menschlicher Wärme war schließlich der Normalzustand im Hause tom Brok.

»Wie geht es dir?«, wandte er sich an seinen Halbbruder.

»Ich kann nicht klagen«, antwortete Keno höflich, aber kühl. »Es tut gut, wieder in Marienhafe zu sein.«

»Wie bist du aus Den Haag entkommen?«

»Ich ließ ihn befreien«, log Foelke.

»Wer hat dir geholfen?«

»Freiwillige aus den Reihen der Likedeeler.«

»Das war dumm und leichtsinnig von dir«, rügte Widzelt sie müde. »Es steht dir nicht zu, derart eigenmächtig hinter meinem Rücken zu handeln. Überflüssig war es obendrein. Wenn du dich ein paar Tage länger geduldet hättest, hätte ich deinen Jungen schon herausgehauen.«

»Gäbe man mir jedes Mal, wenn du hinter meinem Rücken handelst, einen Gulden, wäre ich längst die reichste Frau der Christenheit«, entgegnete Foelke. »Und überflüssig war es keineswegs. Dass du es schaffen würdest, Kenos Freilassung zu erwirken, war alles andere als ausgemacht. Also habe ich die Dinge beschleunigt. Was beklagst du dich überhaupt? Mit Kenos Befreiung habe ich Albrecht eine mächtige Waffe aus der Hand geschlagen und deine Verhandlungsposition ihm gegenüber gestärkt.«

»Törichtes Weibergeschwätz«, knurrte er. »Ich bin in den Westergo gereist, um Albrecht zu besänftigen – und was machst du? Erzürnst ihn nur noch mehr. Das hat die Verhandlungen immens erschwert. Und unsere Buße verteuert.«

»Du musstest unseren Lehnseid erneuern, ihm zweihundert Gulden überlassen und ihm hundert Kämpfer für seinen Feldzug schicken«, sagte Keno. »Das ist kein zu hoher Preis dafür, dass ein mächtiger Fürst uns verzeiht und weiterhin seine schützende Hand über uns hält. Oder hat er noch etwas von dir verlangt?«

»Es gab eine weitere Bedingung, aber mit der müsst ihr euch nicht befassen«, wich der Bastard ihm aus.

»Sie betrifft die Likedeeler, richtig? Er hat dir befohlen, sie fortzujagen«, mutmaßte Keno.

Widzelt sagte dazu nichts, er blickte lediglich mürrisch drein. Ein Hinweis, dass ihr Junge ins Schwarze getroffen hatte.

»Das Problem hat sich von allein erledigt«, sagte Foelke. »Die Likedeeler haben Marienhafe vor knapp zwei Monaten verlassen. Diesmal für immer, schätze ich.«

»Warum, zum Teufel?«

»Sie hatten nicht die Güte, mir das zu erklären. Eines Tages waren sie weg. Vermutlich ihre üblichen Launen.«

Der Bastard krallte die Finger um den Becher, als wollte er das Trinkgefäß zerdrücken. Dabei zischte er einen garstigen Fluch.

»Was ärgerst du dich?« Keno hob eine Augenbraue. »So bleibt dir erspart, sie vertreiben zu müssen, was gewiss schwierig geworden wäre. Oder hattest du womöglich gar nicht vor, Albrechts Befehl Folge zu leisten?«

Auch diese Frage ließ Widzelt unbeantwortet. »Was ist mit der Beute aus Holland? Haben sie die mitgenommen?«

Dass er keine Ahnung hatte, was aus dem Raubgut geworden war, gab Foelke Anlass zur Hoffnung, dass er auch vieles andere nicht wusste. »Die hatte ich zuvor beschlagnahmt«, erklärte sie. »Ich habe sie Albrecht geschickt, zusammen mit dem Gold und dem Kriegsvolk, das du angefordert hast.« Sie konnte sich nicht verkneifen hinzuzufügen: »Ich nehme an, das war in deinem Sinne.«

Das war es natürlich überhaupt nicht, aber was hätte er dagegen sagen sollen? Zumal er für einen echten Wutausbruch zu müde war.

»Sag – wie geht es Albrecht?«, wechselte sie das Thema. Die Frage erschien ihr eine unverfängliche Möglichkeit, ihn auszuhorchen, ohne schlafende Hunde zu wecken.

»Genau weiß ich das nicht«, antwortete er unwillig. »Als ich mit ihm sprach, machte ihm die Ruhr zu schaffen. Offenbar wurde es anschließend schlimmer. Der Feldzug stagnierte seit Wochen, als ich das Lager verließ. Das spricht dafür, dass er zu krank ist, um Befehle zu geben.«

Das würde zumindest erklären, wieso wir nichts von Albrecht gehört haben und warum er nicht imstande war, Widzelt zu verhaften. Wieso aber ist Eme Gottfriedsen noch nicht zurückgekehrt? Foelke musterte den Bastard. *Wenigstens können wir einigermaßen sicher sein, dass er nichts von meinem Brief weiß. Er scheint nicht zu ahnen, dass wir ihm auf die Schliche gekommen sind. Andernfalls würde er nicht matt und müde hier sitzen und Wein schlürfen.*

Gleichwohl waren das schlimme Neuigkeiten – ein kranker Albrecht konnte ihnen nicht helfen. Keno und sie waren auf sich gestellt. Wie sollten sie Widzelt zur Strecke bringen, wenn er sich in Marienhafe einigelte, umgeben von Getreuen? Sie würde diese Frage später mit Keno erörtern. Nun galt es, weiter den Schein zu wahren.

»Das betrübt mich zu hören«, sagte sie. »Wir sollten für Albrechts Genesung beten.«

»Gewiss. Beten wir für ihn«, schnaubte Widzelt. »Der Herr Graf hat ja noch nicht genug von uns bekommen.« Er war des Themas überdrüssig. »Gibt es Neuigkeiten von Focko Ukena?«

»Keine guten«, antwortete Foelke. »Er hat sich von uns losgesagt und sich zum Häuptling aufgeschwungen. Der Abt von Ihlow berichtet, er würde Kriegsvolk um sich scharen und das Kloster Thedinga zur Festung ausbauen.«

Es zeigte sich, dass der Bastard doch nicht zu erschopft für einen Wutanfall war. Er knallte den Becher auf den Tisch, dass der Wein herausschwappte. In der blassroten Pfütze lag eine einzelne Gewürznelke. »Genau das habe ich befürchtet. Ich hätte ihn rechtzeitig zurechtstutzen müssen! Nun konnte er seine Position festigen. Wenn er sich erst in dem Kloster eingegraben hat, wird es sehr mühsam werden, ihn zu entmachten. Zumal ohne die Like…« Er verstummte abrupt und kniff die Lippen zusammen.

»Verstehe.« Keno konnte das wissende Lächeln nicht vollständig unterdrücken. »Du wolltest mit den Likedeelern gegen ihn ziehen, richtig?«

»Ich wollte sie ein letztes Mal einsetzen, bevor ich sie fortschicke«, gestand Widzelt widerwillig. »Albrecht hat mir keine andere Wahl gelassen. Seinetwegen ist ein Viertel des Kriegsvolks im Westergo, vermutlich bis nächsten Sommer. Ein weiteres Viertel muss Marienhafe und unsere Burgen im Süden und Osten verteidigen. Ich könnte also allenfalls mit zweihundert Kämpfern nach Moormerland ziehen. Das ist zu wenig, um einen Mann zu bezwingen, der auf die Unterstützung des Landvolks zählen kann.«

»Befiehl den Vögten, zu den Fahnen zu rufen«, schlug Keno vor. »Sie können weitere zweihundert Lanzen beisteuern.«

Der Bastard schüttelte den Kopf. »Die Vögte müssen ihre Kirchspiele schützen. Edo Wiemken und die anderen Schweinehunde warten doch nur auf eine Gelegenheit, uns ihre Vitalienbrüder auf den Hals zu hetzen.«

»Der Winter steht vor der Tür«, sagte Foelke. »In den nächsten Monaten kannst du ohnehin nicht viel ausrichten. Lass uns die Not zur Tugend machen und die Zeit nutzen, um eine Strategie auszuarbeiten.«

Widzelt blickte sie misstrauisch an. »Du willst mir helfen? Das sind ja ganz neue Töne.«

»Natürlich helfe ich dir. Fockos Verrat an dir ist ein Verrat an der ganzen Familie. Ihn zu vernichten und seine Festung zu zerstören ist in unser beider Interesse.«

Er kommentierte das nicht. Nach längerem Schweigen erhob er sich schwerfällig. »Wir reden morgen weiter.« Er gähnte. »Ich muss mich hinlegen.«

»Hab eine erholsame Nacht.« Plötzlich fiel es Foelke nicht mehr schwer, einen freundlichen Ton anzuschlagen. Ihr war eine Idee gekommen – möglicherweise das Fundament eines Plans. Während der Bastard zur Treppe schlurfte, spähte sie zu Keno. Wenn sie dessen Miene richtig deutete, hegte ihr Sohn ganz ähnliche Gedanken.

Einer stummen Übereinkunft folgend sprachen sie nicht darüber. Sie verloren überhaupt kein einziges Wort über das gerade stattgefundene Gespräch. Sie plauderten über Belanglosigkeiten und genossen das Nachtmahl.

Es dauerte nicht lange, bis ein aufgebrachter Widzelt zurückkam.

»Wo ist Hayka?«

Foelke gab sich ahnungslos. »Ist sie nicht mit dir heimgekehrt?«

»Natürlich ist sie nicht mit mir heimgekehrt«, schnarrte der Bastard. »Oder hast du sie vorhin gesehen?«

»Ich dachte, sie wäre müde und gleich nach oben gegangen, ohne dass ich es mitbekommen habe. Sie ist also nicht mit Maye in ihrer Kammer?«

»In meiner auch nicht. Ich kann sie nirgendwo finden.«

»Oh!« Foelke spielte die Bestürzte. »Nun, sie hat uns vor ein paar Tagen verlassen, mit dem Kind. Ich nahm an, sie wäre dir entgegengereist, weil sie deine Abwesenheit nicht länger ertrug.«

»Was soll das heißen, ›du nahmst an‹? Hat sie nicht gesagt, wohin sie will?«

»Sie hat mit niemandem gesprochen. Weder mit mir noch mit der

Dienerschaft. Eines Morgens war sie fort. Sie muss bei Nacht und Nebel aufgebrochen sein«, log Foelke. »Ich ließ nach ihr suchen, leider ohne Erfolg. Wenn sie nicht zu dir wollte – wohin wollte sie dann?«

»Das will ich ja gerade von euch wissen!«, brauste der Bastard auf. »Verdammt, Weib, du hättest mich benachrichtigen müssen!«

»Wie denn? Ich wusste nicht, wo du zu dem Zeitpunkt warst. Außerdem dachte ich, das hätte schon seine Richtigkeit. Wie hätte ich ahnen sollen, dass sie einfach davonläuft?« Die Sache bereitete ihr einiges Vergnügen.

Widzelt starrte zum Ausgang des Saals und kniff die Lippen zusammen, wütend und hilflos zugleich. Foelke trug eine besorgte Miene zur Schau.

»Ist etwas zwischen euch vorgefallen?«

»Gar nichts. Wie denn auch? Ich war über zwei Monate fort, schon vergessen?«, gab er zurück. »Das fehlt noch, dass mir mein eigenes Weib auf der Nase herumtanzt. Als hätte ich nicht schon genug Scherereien am Hals. Jemand muss sie gesehen haben. Wenigstens der Wächter draußen vor dem Dorf.«

»Der hat sich nichts dabei gedacht. Hayka ist in letzter Zeit oft mit Maye draußen umhergestreift, auch ganz früh am Morgen, wenn das Kind unruhig war.«

Nachdem er ausgiebig geflucht hatte, rief er mehrere Krieger zu sich und befahl ihnen, Hayka zu suchen.

»Besteht die Gefahr, dass er sie aufspürt?«, raunte Keno, als Widzelt mit den Männern aus dem Haus stürmte.

Foelke schüttelte den Kopf. »Sie ist an einem sicheren Ort. Dort findet er sie nie.«

Grenzland zwischen Warfstede und Duvelslond

»Ein gruseliger Ort«, flüsterte Hayka und drückte Maye an sich, während sie über die Trümmer stiegen.

»Es ist ja nicht für lange«, versuchte Abbe sie zu beruhigen. Seine Hand krampfte sich um den Knauf des Krückstocks, vorsichtig setzte er einen Fuß vor den anderen. Er fürchtete, auf dem Schutt hinzufallen und sich etwas zu brechen. In seinem Alter konnte ein derartiger Unfall das Ende bedeuten.

»Können wir nicht bei dir wohnen? Ich möchte lieber bei dir wohnen.«

»Das geht leider nicht.«

Endlich hatten sie den Schutthaufen überwunden und standen im Innern der verfallenen Kapelle. Abbe schaute sich um, während er Atem schöpfte. Nebelschwaden hingen wie gewaltige Spinnweben zwischen den rußschwarzen Mauern. Über dem nicht vorhandenen Dach spannte sich ein fahler Himmel, sodass in der Kapelle ein trübes Zwielicht herrschte, obwohl die Mittagsstunde gerade vergangen war.

Er versuchte, nicht an das Grauen zu denken, das sich hier vor fast vierzig Jahren abgespielt hatte. Ein Grauen aus Feuer und Tod, für das kein anderer als sein Vater verantwortlich gewesen war. Stattdessen bemühte er sich, die alte Kapelle im Niemandsland als das zu sehen, was sie war: ein gutes Versteck für zwei Menschen, die nicht gefunden werden wollten. Diesen Zweck hatte die Ruine schließlich schon einmal erfüllt. Auch Folkmar Janns hatte sich einst hier verborgen, bevor er in die Wildnis entschwunden war.

Die beiden Knechte hatten inzwischen den Ackerschlitten entladen und trugen soeben die gerollte Zeltplane und die übrige Ausrüstung herein. Wie Hayka schauten sie sich furchtsam um. Sie kannten die Geistergeschichten, die sich um die Ruine rankten. Ein jeder Bewohner von Warfstede und Duvelslond kannte sie und vermied es daher, auch nur in ihre Nähe zu kommen. Das machte sie als Versteck so geeignet.

Abbe dirigierte die Männer zu einer Ecke und ließ sie dort das Zelt aufbauen. Als es stand, schichteten sie daneben den Torf auf und legten Proviant, Decken und Kochgeschirr bereit.

»Das sieht doch recht wohnlich aus, oder?« Abbe lächelte Hayka an. »In der Nähe fließt ein Bach, wo du sauberes Wasser holen kannst.«

Ein Knecht gab der jungen Frau einen Dolch, damit sie sich im Notfall verteidigen konnte. Hayka blickte skeptisch drein. Wenigstens schien sie sich nicht mehr zu fürchten.

»Wie lange müssen wir hierbleiben?«

»Bis ich eine dauerhafte Bleibe für euch gefunden habe.« Er dachte an eine abgelegene Geestsiedlung, dort wollte er eine Hütte für sie kaufen. Was die Einzelheiten betraf, ließ Foelke ihm freie Hand. »Eine Woche«, fügte er hinzu, »höchstens.«

»Eine Woche.« Hayka verzog den Mund, fügte sich jedoch in ihr Schicksal. »Kommst du mich währenddessen besuchen?«

»So oft ich kann«, versprach er.

Sie machten Feuer und teilten sich ein einfaches Mahl aus gekochten Rüben. Danach erhob sich Abbe widerwillig.

»Es ist nur noch ein paar Stunden hell. Ich muss leider gehen.«

Sie hauchte ihm einen Kuss auf die Wange. »Danke für alles, Abbe Wilken.«

Auf dem Trümmerhaufen schaute er sich noch einmal nach ihr um. Die junge Frau saß selbstvergessen im Feuerschein und hielt Maye in den Armen. Konnte er es verantworten, sie hier allein zurückzulassen? Ja, entschied er. Hayka war aus keinem weichen Holz geschnitzt, sie hatte schon ganz andere Widerfahrnisse überstanden. Sie konnte auf sich und ihr Kind aufpassen.

Gleichwohl war ihm das Herz schwer vor Sorge, als er den Knechten zum Ackerschlitten folgte.

Marienhafe

Es war purer Zufall, dass Widzelt nichts von Emes Rückkehr mitbekam. Foelke weilte gerade im Vorhof, als der Bogenschütze durch das Tor des Steinhauses ritt. Sie fing ihn ab und führte ihn rasch zur Kapelle. Der Bastard setzte kaum je einen Fuß in das kleine Gotteshaus – hier konnten sie ungestört reden.

Almer fegte eben den Boden vor dem Altar. Der Kaplan war in alles eingeweiht, er stand auf ihrer Seite. Schweigend nickte er ihr zu und ließ sie mit Eme allein. Foelke war derart erleichtert, den treuen Recken wohlauf zu sehen, dass sie ihn impulsiv umarmte. Die körperliche Zuneigungsbekundung einer hochrangigen Dame verunsicherte den armen Kerl spürbar, er war steif wie ein Brett.

»Der heilige Jakob sei gepriesen, da bist du ja endlich! Wo warst du denn so lange?«

Zunächst überreichte Eme ihr einen Brief mit Albrechts Siegel. Dann räusperte er sich und begann zu erzählen.

Wie sich zeigte, war es eine lange Geschichte.

Folkmar schloss die Tür und schob den Riegel vor. Foelke und Keno behielten die Pelzmäntel an, es war zugig und kalt in der Burg. Seit Widzelt heimgekehrt war, hatte Folkmar kein Kaminfeuer angezündet. Er fürchtete, der Rauch könnte ihn verraten. Vermutlich war diese Vorsichtsmaßnahme übertrieben. Aber er zog es vor, dass Widzelt annahm, er wäre mit seinen Brüdern davongesegelt.

»Besteht die Gefahr, dass Widzelt euch beim Verlassen des Steinhauses gesehen hat?«, fragte Folkmar, als sie ins trübe Licht der einzigen Tranfunzel traten.

»Er ist noch immer sehr geschwächt«, antwortete Foelke. »Er schläft viel und lässt sich kaum je in der Halle blicken. Ich glaube nicht, dass er etwas mitbekommen hat. Es gibt Neuigkeiten«, kam sie ohne weitere Umschweife zur Sache. »Eme Gottfriedsen ist zurück.«

»Bei Gott, endlich!«, entfuhr es Folkmar. »Was sagt Graf Albrecht?«

»Kurzgefasst: Er kann uns nicht helfen«, antwortete Keno.

Folkmar nickte. Damit hatte er längst gerechnet.

»Das ist die schlechte Nachricht«, fuhr der junge Mann fort. »Die gute: Er steht auf unserer Seite. Leider ist die ganze Angelegenheit komplex …«

»Lies am besten selbst, dann sparen wir uns lange Erklärungen.« Foelke reichte Folkmar ein gefaltetes Papier, an dem die Reste des fürstlichen Siegels klebten. »Das Deutsche ist dir geläufig?«

»Einigermaßen.« Konzentriert studierte er Albrechts Brief. Wenig später sah er klarer.

Der Graf war schwer krank gewesen. Zeitweise hatte ihm die Rote Ruhr derart zugesetzt, dass er selbst zum Sprechen zu schwach gewesen war. Der Medicus hielt jegliche Arbeit von ihm fern, Besucher ließ man nicht zu ihm vor. Die Arznei aus Rehblut, Sandelholz, gesottener Haselmaus und Mohnsaft machte ihn schläfrig und benommen, sodass er nicht einmal einfache Schriftstücke lesen, geschweige denn wichtige Entscheidungen treffen konnte. Schließlich musste er den Feldzug abbrechen und nach Holland zurückkehren. Nur ein Teil seiner Streitmacht blieb im Westergo, um die eroberten Gebiete zu sichern – darunter die hundert Kriegsleute der tom Brok.

»Wenigstens wissen wir jetzt, warum euer Mann so lange gebraucht hat«, bemerkte Folkmar.

Keno nickte. »Eme war gezwungen, Albrecht nach Den Haag zu folgen. Dort konnte er ihm endlich Mutters Nachricht übergeben. Leider war Widzelt zu diesem Zeitpunkt längst auf dem Heimweg, sodass Albrecht ihn nicht gefangen setzen konnte.«

Folkmar schüttelte stirnrunzelnd den Kopf. Eine unglückliche Verkettung von Ereignissen, die trefflich zu all den Rückschlägen der letzten Jahre passte. Rasch las er die restlichen Zeilen.

Der Wittelsbacher ließ Foelke wissen, er glaube ihr. Auch er hielt Widzelt und Yneke für Ockos Mörder und zeigte sich erbost, dass es Widzelt gelungen war, seinen Lehnsherrn, seine Familie und ganz Friesland jahrelang zu täuschen. Leider sah er sich außerstande, die Frevler zu strafen, und das lag nicht allein an seiner angegriffenen Gesundheit. Im kommenden Frühjahr wolle er den Feldzug im Westergo fortsetzen. Die Unterwerfung der Westfriesen habe für ihn Vorrang und werde all seine Kräfte binden. Er verwies Foelke und Keno daher an seine Verbündeten, den Grafen von Oldenburg und den Erzbischof von Bremen, die er um Hilfe bitten werde.

Folkmar gab Foelke den Brief zurück. »Wenn ich Albrecht richtig verstehe, macht er sich dafür stark, Widzelt mit militärischen Mitteln zu entmachten.«

»Einen anderen Weg wird es nicht geben«, sagte Foelke.

»Ist das umsetzbar?«

»Das kommt darauf an. Wenn Widzelt sich in Marienhafe oder in einer unserer Burgen im Süden verschanzt, wird es schwierig, selbst mit der Waffenhilfe zweier Fürsten. Er genießt hohes Ansehen beim Kriegsvolk und bei den Vögten, er könnte einen Angriff zurückschlagen und gestärkt daraus hervorgehen.«

»Davon abgesehen gäbe das ein grausiges Blutvergießen unter unseren eigenen Leuten. Das gilt es um jeden Preis zu vermeiden«, ergänzte Keno.

Seine Mutter pflichtete ihm bei. »Wir müssen ihn also dazu bringen, die sichere Zuflucht zu verlassen, damit er verwundbar ist.«

»Will er nicht gegen Focko Ukena ziehen?«, fragte Folkmar.

»Du nimmst uns die Worte aus dem Mund«, sagte Keno. »Die Strafaktion gegen Focko ist *die* Gelegenheit.«

»Dafür ist ein Bündnis mit Focko leider unerlässlich«, fügte Foelke hinzu, und ein belehrender Unterton schlich sich in ihre Stimme. »Er ist der Herr von Moormerland. Wenn wir Widzelt auf seinem Gebiet in die Falle locken wollen, brauchen wir seine Hilfe.«

Keno kommentierte das nicht, sein Gesichtsausdruck jedoch sprach eine deutliche Sprache. Dies war nicht seine Idee gewesen, Foelke hatte sie ihm aufgezwungen. Folkmar konnte sich ausrechnen, wie der Streit zwischen Mutter und Sohn abgelaufen war. Keno war nicht willens gewesen, Focko zu vergeben, geschweige denn, ein Bündnis mit ihm einzugehen. Für ihn war der abtrünnige Vogt ein Verräter, ein Feind der Familie. Für Foelke hingegen war die Allianz ein annehmbarer Preis, den sie gerne zahlte, wenn sie dafür Widzelts Vernichtung bekam. Dass sie sich durchgesetzt hatte, zeigte, dass es Keno noch nicht gelungen war, vollends aus dem Schatten der willensstarken Mutter zu treten.

Das sollte er alsbald tun, wenn er Häuptling von Ostfriesland werden will, dachte Folkmar. Aber das waren Familienangelegenheiten, die ihn nichts angingen. Ihn hatte allein zu kümmern, dass Widzelt stürzte. »Wie wollen wir nun vorgehen?«

Keno sprach herrisch und riss das Gespräch an sich, wohl um sich selbst zu beweisen, dass er seinen Aufgaben gewachsen war und keineswegs ein Grünschnabel, der sich von seiner Mutter herumkommandieren lassen musste. »Mein Halbbruder kann erst im Frühjahr gegen Focko marschieren. Das gibt uns reichlich Zeit zur Vorbereitung. Wir werden mit Erzbischof Otto und Graf Konrad Kontakt aufnehmen sowie Focko für das Unternehmen gewinnen. Außerdem müssen wir dafür sorgen, dass Widzelt genügend Krieger zur Verfügung hat. Ohne eine starke Streitmacht wird er es nicht wagen, Focko anzugreifen. Er braucht also die Likedeeler.« Keno blickte Folkmar in die Augen. »Hier kommst du ins Spiel.«

Folkmar betrachtete das Meer, die Wolken und die buckligen Inseln, die am Horizont jenseits der Leybucht zu einer diffusen grauen Masse verschmolzen. Ihm war nicht wohl dabei, in dieses trübe und unberechenbare Einerlei zu segeln. Die Häfen waren seit gestern geschlossen, aus gutem Grund. Schiffe, die in den Wintermonaten ausliefen, gerieten allzu oft in einen tödlichen Orkan. Für eine Nussschale wie jene, mit der sie sogleich in See stechen würden, war die Gefahr besonders groß.

Es ließ sich nicht ändern. Widzelt hatte sich geweigert, ihnen für die Fahrt eine teure Kogge zur Verfügung zu stellen.

Folkmar blickte zu Almer, der mit geschlossenen Augen und gefalteten Händen am Strand kniete. Dem Kaplan gefiel die Aussicht, nach Helgoland zu segeln, noch weniger als ihm. Dem armen Kerl war anzusehen, dass er in der Nacht kein Auge zugetan hatte. Nun flehte er die Heiligen des Meeres und des Wetters inbrünstig an, sie vor dem Wüten der Elemente zu bewahren.

Folkmar unterbrach ihn nur ungern. »Wir müssen los, Vater. Wenn der Wind dreht, kommen wir nicht aus der Bucht heraus.«

Almer bekreuzigte sich, stand umständlich auf und klopfte sich den feuchten Sand von der Kutte. »Es lässt sich wohl nicht länger hinauszögern, nicht wahr? Nun gut, bringen wir es hinter uns. Der Herr wird schon schützend Seine Hand über uns halten.« Der Geistliche vermittelte jedoch nicht den Eindruck, als würde er daran mit ganzer Seele glauben. Tatsächlich sah er bereits ein wenig seekrank aus.

Folkmar und Eme Gottfriedsen wuchteten die Schatulle mit dem Silber in den Ewer. Almer kletterte über die Bordwand, aus seiner Miene sprach tiefempfundene Abneigung gegen Wasserfahrzeuge jedweder Art. Er setzte sich auf die Truhe und murmelte ein neues Gebet. Er reiste in Widzelts Auftrag nach Helgoland, um die Likedeeler zu bewegen, ein letztes Mal für die tom Brok zu kämpfen. Zumindest glaubte Widzelt das. In Wahrheit galt Almers Treue Foelke und Keno. Er war in alles eingeweiht und wollte einen Beitrag leisten, Ockos Mörder zu strafen. Dass Folkmar den Kaplan begleitete, um ihm bei den Piraten den Rücken zu stärken, wusste Widzelt nicht.

Folkmar und Eme schoben das Boot in die Brandung und sprangen hinein. Sie stakten es zur Fahrrinne, wo sie das Segel setzten. Sogleich blähte es sich im Südostwind, und der Ewer nahm Fahrt auf. Folkmar ergriff die Pinne und steuerte den Einmaster hinaus in die Bucht.

Als sie die Inseln passierten und ins offene Meer vorstießen, riss die Wolkendecke auf. Die grünschwarzen Wellen glänzten matt wie glasiertes Steingut. Es sah nicht nach Sturm aus. Folkmars Laune hob sich. Nichts anderes, befand er, war dem Seelenfrieden derart förderlich wie das einfache Vergnügen, mit einem Boot durch die Wellen zu pflügen.

»Segel anbrassen, Kurs Nordost«, befahl er, und bald fuhren sie mit halbem Wind dem fernen Helgoland entgegen. Er vergaß die schwierige Aufgabe, die vor ihm lag, er vergaß die Ungewissheit, die Angst, die drohenden Gefahren. Es gab nur noch ihn und das Boot und das Meer. Rohe, ungeformte Fröhlichkeit stieg in ihm auf, und zum ersten Mal seit langer, langer Zeit lachte er. Es war ein warmes, brummendes Geräusch, das aus den Tiefen seines Brustkorbs drang, er konnte kaum damit aufhören.

»Was ist so lustig?«, krächzte Almer.

»Gar nichts. Mir geht es gut, das ist alles.«

»Das freut mich für dich, mein Sohn.« Der Kaplan lächelte gequält – ehe er sich krümmte und seinen Mageninhalt über die Bordwand spie.

Kapitel zwölf

FOLKMAR JANNS AN ABBE WILKEN
MARIENHAFE IN BROKMERLAND
ANNO DOMINI 1399 IM MÄRZ

Zum Gruß. Bitte verzeih, dass ich Dir lange nicht geschrieben habe. Ich musste F versprechen zu schweigen. Ich setze mich ausnahmsweise über ihren Wunsch hinweg, weil Du Dich gewiss um mich sorgst.

Sei beruhigt, mir geht es gut. Die Dinge entwickeln sich günstig. Vieles ist geschehen seit meinem letzten Brief. Aber das muss ich vorerst für mich behalten. Nur so viel: Ich stehe mit F und K in Verbindung. Wir ziehen am gleichen Strang.

Die Kampfsaison hat begonnen. Widzelt will gegen Focko Ukena ziehen, den abtrünnigen Vogt. Meine Brüder und ich sind dabei. Es ist ein beachtlicher Heerhaufen. Dreihundertdreißig Mann auf vier Schniggen und zwei Koggen. Wir laufen in den nächsten Tagen aus. Schick Welpe deshalb zurück, sowie er den Brief abgeliefert hat. Erlaube ihm nicht, zu trödeln!

Du hörst von mir, wenn der Feldzug zu Ende ist. Auf die eine oder andere Weise.

Bete für mich, dass ich bald heimkehren kann – als ein Ehrenmann.

Christus sei mit Dir.
Folkmar

Abbe kauerte am Fensterschlitz, sodass der Lichtstreif auf den fleckigen Papierfetzen fiel, und las den Brief ein zweites Mal, ein drittes Mal. Er verstand kaum die Hälfte. Folkmar erging sich in nebulösen Andeutungen, vermutlich aus Angst, der Brief könnte in falsche Hände geraten. Mit »F« und »K« meinte er zweifellos Foelke und Keno. Wie war es ihm gelungen, an sie heranzutreten? Was meinte er mit »Wir ziehen am gleichen Strang«? Hatte er ihnen erzählt, was er über Ockos Ermordung wusste? Hatten sie ihm geglaubt? Sie *mussten* ihm geglaubt haben. Andernfalls säße er jetzt im Kerker und könnte ganz gewiss keine Briefe versenden.

In Moormerland, Westergo und Holland überschlugen sich seit einigen Monaten die Ereignisse. Auch in Warfstede hatte man von Focko Ukenas Rebellion, von Albrechts Feldzug, von Kenos Heimkehr unter dubiosen Umständen gehört. Doch die Nachrichten waren kaum mehr als vage Gerüchte. Abbe kannte keine Einzelheiten. War es seinem Neffen womöglich gelungen, sich diese politischen Umwälzungen zunutze zu machen?

Über diese und hundert weitere Fragen grübelte er nach, versuchte erfolglos, Folkmars Andeutungen zu verstehen. »Mein lieber Junge«, murmelte er bei sich, »ich hoffe, du machst keine Dummheiten …«

Bau-wau-bau-didldidldidl-bau-didldidldidl-bau-wau-bau-wau …

Jäh schnitt das Jaulen der Maultrommel in seine Gedanken. Er zuckte zusammen und zerknitterte dabei den Brief. Grunzend griff er nach dem Gehstock, schlurfte zur offenen Haustür und streckte den Kopf hinaus. Welpe saß auf dem Gartenzaun in der spärlichen Sonne und ließ seine grässliche Musik erklingen. Die Hühner waren bereits geflohen.

»Hör sofort auf damit.«

Der Halbwüchsige blickte ihm dreist in die Augen und spielte umso lauter.

BAU-WAU-BAU-WAU …

»Hör auf!« Abbe hob drohend den Stock. »Oder ich zertrümmere meine Krücke auf deinem dicken Schädel.«

Endlich nahm Welpe das Instrument aus dem Mund. »Ich hab vielleicht einen dicken Schädel, aber wenigstens bin ich nicht so hässlich wie du. Du Warzengnom! Verglichen mit dir wäre sogar der Klabautermann eine Schönheit, selbst wenn er gerade besoffen wie fünfzehn Dänen in der eigenen Kotze läge.«

»Auch noch frech werden! Na warte …« Als Abbe den Garten

durchquerte, sprang der Schiffsjunge auf, rannte auf die Wiese und lachte hämisch.

»In dem Brief steht, du sollst sofort zurückreiten und nicht rumtrödeln«, rief Abbe. »Hast du gehört? Sonst laufen sie ohne dich aus, und du bekommst nichts von der Kriegsbeute ab. Also schau, dass du Land gewinnst, Bengel!«

Welpe antwortete mit einer Reihe wenig schmeichelhafter Mutmaßungen über die berufliche Tätigkeit von Abbes Mutter, ehe er zu seinem Pferd lief, das an einer jungen Birke angebunden war. Bevor er aufstieg, ließ er es sich nicht nehmen, seinen Rock zu heben und Abbe den blanken Hintern zu präsentieren.

Abbe schüttelte den Kopf, als der Schiffsjunge endlich davonritt. »Die Jugend von heute«, grollte er, »sie ist unser aller Verderben.«

Das rechte Ufer der Ems

Am 2. April segelte die Flotte mit der Flut die Ems flussaufwärts. Die sechs Schiffe kamen nur langsam voran – der raume Wind war kaum stark genug, die gegen sie arbeitende Strömung auszugleichen. Obendrein hatten die Lotsen alle Hände voll zu tun. Durch die einsetzende Schneeschmelze und den starken Regen der letzten Tage waren die Altwasser über die Ufer getreten. Überall lauerten Untiefen und Dämme aus Treibgut in dem schmutzig braunen Gewässer, das vom Dollart aus ins Landesinnere mäanderte, gesäumt von mückenverseuchtem Röhricht, stinkenden Sumpfgebieten und überflutetem Marschland. Gelegentlich erblickten die Männer der *Seetiger* ein winziges Dorf am Ufer oder ein einsames Gehöft auf einer grasbewachsenen Warf. Es gab nicht viel zu tun, denn sie hatten sich dagegen entschieden, die Riemen einzusetzen. Zum einen wollten sie ihre Kräfte schonen. Zum anderen hätte es keinerlei Vorteile gebracht, die langsameren Koggen abzuhängen. Widzelt bestand darauf, dass die Flotte zusammenblieb, sodass sich die Kapitäne mit Rufen verständigen konnten.

Und gerufen wurde dauernd. Mal wies Johann, dessen *Marienknecht* das Geschwader anführte, die anderen auf eine gefährliche

Sandbank hin. Mal warnte ein Schiffer vor Feinden im Röhricht, die sich jedoch stets als spielende Kinder, quakende Enten oder imaginäre Phantome erwiesen. Bisher war es eine geruhsame Fahrt gewesen, kein einziges Mal hatte man sie angegriffen.

Am frühen Nachmittag dann war es Widzelt, der die Stimme erhob. Er stand auf dem Bugkastell seines Flaggschiffs, angetan mit Schwert, Hundsgugel und goldziselierter Brünne, weithin erkennbar als der Feldherr, der er war. Über den Winter hatte er sich erholt und wirkte wieder genauso athletisch und arrogant wie vor der Krankheit.

»Anker setzen und anlanden!«, brüllte er, sodass man es auf allen sechs Schiffen vernahm.

Langbein versank in den Fluten und krallte sich in den Grund, sodass eine Schlammwolke aufwallte. Man ließ die Beiboote zu Wasser. Likedeeler, Bauernkrieger und Söldlinge kletterten hinein und ruderten zu den Lücken im Röhricht. Dreißig Mann blieben auf den Schiffen, die restlichen dreihundert sammelten sich am morastigen Ufer. Widzelt war der Einzige, der zu Pferd in die Schlacht ziehen würde. Man spannte dem Schlachtross einen breiten Streifen Segeltuch unter den Bauch, hievte das Tier mit der zu einem Wippkran umfunktionierten Rah ins Wasser und ließ es an Land schwimmen, wo Widzelt behände in den Sattel stieg. Er hatte das spitze Visier der Hundsgugel hochgeklappt und ließ den Blick über den Wald aus Spießen und Hellebarden gleiten. Folkmar, der vorn bei den Hauptleuten der Likedeeler stand, konnte sehen, dass seine Augen vor Eifer glühten.

»Ihr zähen Brokmannen, ihr treuen Friesen aus Auricherland, ihr stolzen Herren der See – meine unbeugsamen Recken!«, donnerte er, während er im Schritt vor dem aufgereihten Kriegsvolk entlangritt, in einer Hand das blanke Schwert, in der anderen den Schild mit dem schwarzen Adler. »Wir sind losgezogen, um ein Verbrechen zu sühnen. Einen schimpflichen Frevel, begangen von Focko Ukena, diesem Schurken und Dieb. Sein Verrat am Hause tom Brok ist ein Verrat an allen Friesen, ein Schlag ins Gesicht für jeden ehrlichen Vasallen. Er wagt es, sich ›Häuptling‹ zu nennen, doch er ist nur ein Emporkömmling. Ein Betrüger und Eidbrecher, geringer als der Geringste unter euch. Ein Häuptling über Schlamm, Scheiße und Geschmeiß!«

Raues Gelächter aus vielen Kehlen hallte über die feuchten Wiesen. »Tom Brok!«, brüllten die Bauernkrieger und Söldlinge. »Widzelt lebe hoch!«

»Reden kann er, das muss man ihm lassen«, murmelte Gödeke.

Widzelt lächelte zufrieden. Am Ende der vorderen Heerreihe wendete er das Schlachtross und ritt langsam zurück. Der Helm schimmerte in der fahlen Sonne wie eine polierte Silberkanne, der Kragen aus Kettengeflecht glänzte stumpf.

»Soll er sich nennen, wie er will«, deklamierte er. »Es wird ihm nichts nutzen. Denn nun ist der wahre Häuptling von Ostfriesland da – Widzelt tom Brok mit seiner mächtigen Streitmacht! Wir werden Fockos Schergen zerschmettern, den Eidbrecher aus seinem Loch zerren und ihn zur Hölle schicken. Gott und das Recht sind mit uns. Es wird ein leichter Sieg, und der Lohn wird reich sein. Das Kloster Thedinga ist gewiss voller Schätze, die Focko gestohlen hat. Feines Tuch, schwedischer Stahl, Fässer voller Salz. Und Gold, viel Gold. Holen wir es uns. Ein jeder von euch soll seinen gerechten Anteil bekommen!«

Nun jubelten alle Männer, auch die Likedeeler. Sie reckten Lanzen, Schwerter und Kriegskolben in die Luft und brüllten vor Begeisterung.

»Nieder mit Focko Ukena! Tod und Hölle dem Eidbrecher!«

Widzelt riss das Pferd herum, schwenkte das Schwert und ritt dem Sommerdeich entgegen. Sechshundert Füße zerstampften das Gras, als die Männer ihrem Feldherrn folgten.

Kloster Thedinga

Thedinga lag unweit der Ems jenseits eines Buchenwäldchens, sie erreichten es nach kurzem Marsch. Im Süden war ein Dorf zu sehen. Folkmar schätzte, dass es sich um die Ortschaft Leer handelte.

Das Kloster selbst stand auf einem Geestrücken, der die Knickmarsch vom nahen Moor schied. Neue Mauern, zwei Klafter hoch und leuchtend rot wie die Abendsonne, mit einem festen Tor und gedrungenen Ecktürmen, umgaben die wuchtige Kirche, das reetgedeckte Dormitorium, die Wirtschaftsgebäude aus Holz, Lehm und Weidengeflecht. In der Nähe stieg Rauch auf. Vermutlich kam der Qualm von einer Ziegelei, wo Baumaterial hergestellt wurde. Denn die Befestigungen waren noch nicht fertig. Gerüste klammerten sich beiderseits an die Mauern. Hier und da fehlten noch Zinnen, Stützstreben und Wehrgänge.

Menschen erblickte Folkmar nirgendwo. Wachen schien es keine zu geben.

Das fiel auch Widzelt auf. Er schickte einen Kundschafter zum Kloster. Der Mann, ein Mitglied seiner treuen Haustruppe, legte Armbrust und Bolzentasche ab und behielt lediglich einen Dolch bei sich, ehe er im Gestrüpp verschwand.

Sie mussten nicht lange warten, bis der Späher zurückkam. »Ich konnte mich den Mauern allenfalls auf dreißig, vierzig Klafter nähern – ringsherum hat man alles gerodet«, berichtete er. »Ich konnte aber nirgendwo Wachen entdecken. Weder am Tor noch auf den Türmen.«

Widzelt beobachtete das Kloster, seine Gesichtszüge wirkten scharfkantig, wie mit dem Messer gezogen. »Langsam vorrücken«, befahl er. »Wer mir Focko lebendig bringt, bekommt einen Beutel Gold.«

Er klappte das Visier herunter und ritt voraus. Der Goldschmelz auf seinem Harnisch fing das dürftige Sonnenlicht auf und glänzte schwach. Die Krieger schwärmten über die Wiesen und Felder. Die Sturmleitern und die Ramme, die sie von den Schiffen mitgebracht hatten, ließen sie am Waldrand liegen. Niemand schoss auf sie, das Kloster wirkte verlassen. Sie durchquerten den Graben, der noch nicht mit dem nahen Entwässerungskanal verbunden war und nur etwas schlammiges Regen- und Grundwasser enthielt, und stiegen die Böschungen hinauf.

»Wenn ich nichts von euren Plänen wüsste, würde ich sagen, dass das verdächtig nach einem Hinterhalt aussieht«, murmelte Gödeke und wies auf das Baugerüst. »Nach dir.«

»Es ist kein Hinterhalt – vertrau mir.« Mit dem Schwert in der Hand erklomm Folkmar die Leiter, der Kapitän der *Seetiger* folgte ihm dichtauf, und sie gelangten zur Plattform der Holzkonstruktion, die sich auf gleicher Höhe mit der Mauerkrone befand. An der Innenseite des zwei Ellen dicken Walls stand ebenfalls ein Gerüst. Auf der obersten Ebene hatte man einige Ziegelsteine gestapelt, daneben stand ein mörtelverkrusteter Eimer.

Folkmar trat zwischen zwei halb fertige Zinnen und betrachtete die Anlage. An die rostrote Klosterkirche mit dem Glockenturm und dem Kreuzgang schlossen sich ein kleiner Kräutergarten und ein weitläufiger Hof an. Darin gab es eine ausgemauerte Regenzisterne, verschiedene einstöckige Bauten sowie einen Stall mit mehreren ausgehöhlten Birkenstämmen, die als Pferdetränken dienten.

Weit und breit keine Menschenseele.

Inzwischen konnte er auch die Ziegelei mit der Lehmgrube jenseits des Klosters sehen. Der Rauch, der sich vom Brennofen in den Himmel kräuselte, dünnte allmählich aus. Die Arbeiter hatten offenbar längst das Weite gesucht.

An mehreren Stellen drangen Krieger über die Baugerüste in den verwaisten Klosterhof ein und öffneten das Tor, sodass die restliche Streitmacht hereinströmen konnte.

»Durchsucht alles!«, rief Widzelt, der inmitten des wimmelnden Pulks durch das Tor ritt. »Lasst niemanden entkommen. Schafft die Beute zur Zisterne.«

Die Krieger rissen Türen auf, stürmten die Gebäude, stießen in den Kreuzgang vor und duckten sich dabei hinter ihren Schilden. Armbrustschützen gaben ihnen Deckung. Ihre Vorsicht erwies sich als unnötig. Niemand stürzte sich brüllend und schwertschwingend auf sie. Sämtliche Bewohner des befestigten Klosters waren fort, Krieger und Getreue Fockos ebenso wie Maurer und Benediktinermönche. Beute gab es auch keine. Murrende Söldlinge warfen Fässer, Kisten und Schatullen auf den Hof, alle Behältnisse waren leer bis auf den Boden. Dasselbe galt für die Zehntscheune, den Weinkeller und die Kirche selbst. Kein einziges silbernes Kruzifix hatten die Flüchtigen zurückgelassen.

»Ukena muss irgendwie von unserem Vormarsch erfahren haben«, sagte Widzelt zu den Schiffern und Hauptleuten, die er bei der Zisterne um sich geschart hatte. Folkmar lehnte an der Wand des nahen Stallgebäudes und lauschte der Unterredung. »Oder er wurde gewarnt«, mutmaßte der Häuptling mit grimmiger Miene. »Für mich riecht das nach Verrat.«

»Wie lauten Eure Befehle?«, erkundigte sich ein Gruppenführer der Söldlinge.

»Wir marschieren auf Detern. Wahrscheinlich hat sich der Eidbrecher in seinem Hof verschanzt. Vorher aber zerstören wir die Festungsmauern, die er widerrechtlich erbaut hat.«

Vom Waldrand schafften die Männer Fässer voller Donnerkraut heran und deponierten die Sprengsätze am Tor, an den Wällen, unter den Türmen. Nachdem sich die Streitmacht vollends aus dem Kloster zurückgezogen hatte, streuten vier Krieger lange Spuren aus Schwarzpulver bis auf die gerodeten Brachen und entzündeten sie mit Kienspänen. Funkensprühende Flammen rasten von Norden, Westen und Süden auf das Kloster zu. Eine Folge schwerer Explosionen erschütterte den Sandrücken, dass noch in hundert Klafter Entfernung die Erde zitterte. Zerfetzte Baugerüste flogen in die Luft wie Kinderspielzeug, das von Sturmböen fortgetragen wurde. Mauern fielen in sich zusammen. Türme kippten um und lösten sich in Schutt auf. Das Torhaus verschwand in einer gewaltigen Wolke aus Rauch und Staub.

Ein böses Grinsen umspielte Widzelts Lippen angesichts der Zerstörungsorgie. Das Lachen verging ihm jedoch, als deutlich wurde, dass die Sprengmeister es mit dem Donnerkraut zu gut gemeint hatten. Auch der Glockenturm stürzte ein. Die obere Hälfte fiel auf das Kirchenschiff und zerschmetterte das Dach. Die unteren Turmgeschosse kippten in eine andere Richtung und verwandelten den Kreuzgang in ein Trümmerfeld.

Widzelt nahm den Helm ab und fuhr sich durch das schweißnasse Haar. »Wo gehobelt wird, fallen Späne«, hörte Folkmar ihn murmeln. Der Häuptling schwang sich in den Sattel. »Marschordnung einnehmen«, rief er. »Wir ziehen weiter nach Detern!«

Just in diesem Moment erklangen drei kurze Hornstöße: das Signal für drohende Gefahr. Einer der Späher in der Umgebung musste es gegeben haben. Widzelt befahl einem Likedeeler, eine frei stehende Buche am Wegesrand zu erklimmen. Der Seemann stieg flink in die Baumkrone und reckte den Kopf.

»Von Leer nähert sich ein Heerhaufen«, meldete er. »Massenhaft

Reiter und Fußknechte. Ich sehe ein rotes Banner mit zwei gekreuzten Schlüsseln. Ein zweites mit goldenen und roten Balken. Noch eins, das ich nicht erkennen kann.«

Die Wappen des Erzbischofs von Bremen und des Grafen von Oldenburg. Folkmar und Gödeke wechselten einen Blick. Dies war der Moment, auf den sie gewartet hatten. Absprachen mit Johann und den anderen waren nicht nötig. Sämtliche Likedeeler wussten, was sie zu tun hatten.

»Teufel und Dämonen!«, fluchte Widzelt. »Wo kommen die auf einmal her? Was heißt ›massenhaft‹?«, rief er zur Baumkrone hinauf. »Wie viele sind es?«

»Zwölfhundert, würd ich schatzen. Ein Viertel davon Ritter auf gepanzerten Rössern. Ah, jetzt kann ich auch das dritte Banner erkennen. Es zeigt einen silbernen Löwen unter einer Ährenkrone.«

»Fockos Wappen!«, schrie Widzelt. »Das kann doch nicht sein!«

»Kommt rauf und schaut selbst, wenn Ihr mir nicht glaubt«, erwiderte der Seemann frech. »Schon ein beeindruckender Anblick, muss ich sagen«, fügte er hinzu, als würde er einen prachtvollen Sonnenuntergang betrachten und keine feindliche Streitmacht.

Widzelt wankte schwer getroffen, als wäre ihm eine Lanze in die Brust gefahren. »Wie zur Hölle hat der Sauhund es geschafft, sich mit zwei Fürsten zu verbünden? Und warum weiß er, dass wir hier sind?«, wütete er. »Verrat, eindeutig Verrat! Wir haben eine treulose Schlange in unseren Reihen. Wer immer es ist, ich werde sie finden und ihr bei lebendigem Leib die Haut abziehen. Alle Mann zu mir! Wir ziehen uns zum Kloster zurück und verschanzen uns in den Trümmern.«

»Tu das. Aber ohne uns«, erklärte Gödeke.

»Was soll das heißen?«, bellte Widzelt.

»Es sind zwölfhundert Mann. Auf jeden von uns kommen also vier von denen. Vollkommen aussichtslos. Dafür geben wir uns nicht her.«

»Ich habe euch einen Haufen Silber gegeben, damit ihr für mich kämpft!«

»Und wir haben es gern genommen. Hab Dank dafür. Aber hier und jetzt endet unsere Geschäftsbeziehung. Wir kehren zu den Schiffen zurück. Dir viel Glück.«

Gödeke und die anderen Hauptleute machten auf dem Absatz

kehrt und schritten dem Waldrand entgegen, gefolgt von Folkmar, Otto, Klaus, Welpe und den übrigen Likedeelern.

»Das ist Fahnenflucht! Darauf steht die Todesstrafe!«, geiferte Widzelt und wandte sich an den kümmerlichen Rest seiner Streitmacht. »Haltet sie auf. Wir werden sie mit der Peitsche dem Feind entgegentreiben.«

Doch auch die zum Kriegsdienst gezwungenen Bauern verspürten kein Verlangen, sich von Lanzen aufspießen und von Schlachtrössern zertrampeln zu lassen. Sie schlossen sich kurzerhand den Likedeelern an, ebenso viele Lohnkrieger, die soeben entschieden hatten, dass ihr Sold nicht annähernd hoch genug für ein derartiges Himmelfahrtskommando war.

Zurück blieben lediglich ein paar Ängstliche, die Widzelt mehr fürchteten als das nahende Heer, sowie die treuen Mannen der Haustruppe, insgesamt sechzig an der Zahl. Sie sahen sich außerstande, den Befehl ihres Herrn in die Tat umzusetzen und die Fahnenflüchtigen zum Bleiben zu bewegen.

»Verräter! Feige Ratten! Der Teufel soll euch holen!«, krächzte Widzelt mit erstickter Stimme. »Allesamt werdet ihr zur Hölle fahren, treuloses Gesindel, erbärmliches Pack, ich spucke auf euch …«

Doch bald schon verschluckten Bäume, Büsche und Unterholz das wütende Geschrei, und jenseits des Wäldchens erstreckte sich die friedliche Altmarsch mit knospenden Wiesenblumen und summenden Bienen, die emsig Blüten bestäubten und nicht ahnten, dass sich keine fünfhundert Klafter entfernt ein Massaker anbahnte.

Kapitel dreizehn

Das rechte Ufer der Ems

Auf den Wiesen zwischen Auen und Sommerdeich schlugen die Likedeeler ein Lager auf. Die Männer errichteten Zelte, hoben einen Latrinengraben aus, suchten nach Holz, fanden sogar welches, das einigermaßen trocken war, und machten Feuer. Die Hauptleute postierten Wachen auf dem Deich, die das Buchenwäldchen und das Ackerland im Süden beobachteten. Sollte der unwahrscheinliche Fall eintreten, dass ihnen ein Angriff drohte, würden sie sich rasch auf die Schiffe zurückziehen.

Unter den Bauernkriegern und Söldnern machte sich derweil Verunsicherung breit. Nie zuvor hatten diese Männer es gewagt, Widzelt zu trotzen. Manch einer fürchtete eine harte Strafe wegen Fahnenflucht sowie Schimpf und Schande für seine Familie. Einige ihrer Hauptleute und Schulzen waren in den Plan eingeweiht. Sie gingen herum und taten ihr Bestes, die nervöse Truppe zu beruhigen.

»Widzelts Tage sind gezählt, dem heiligen Jakob sei's gedankt«, erklärte ein stämmiges Dorfoberhaupt gerade den Mannen seiner Bauernschaft, die ratlos dastanden, in den Händen Spieße, Sensen und Dreschflegel. »Der neue Herr im Hause tom Brok heißt jetzt Keno, und der wird uns nicht bestrafen, ganz gewiss nicht. Im Gegenteil, dankbar wird er uns sein, dass wir ihm geholfen haben, ihm den Vatermörder vom Hals zu schaffen.«

Daraufhin zerstreute sich der Heerhaufen. In kleinen Gruppen machten sich die Bauern auf den Heimweg nach Brokmerland und Auricherland. Einige Söldner schlossen sich ihnen an. Die meisten Lohnkrieger jedoch blieben, um später auf dem Seeweg nach Marienhafe zurückzukehren.

Währenddessen stiegen Folkmar und einige Likedeeler in ein Boot und ruderten zum Flaggschiff der Familie tom Brok. Niemand sprach, sogar Klaus hielt ausnahmsweise den Mund. Ein jeder hing seinen Gedanken nach, so auch Folkmar.

Im Winter hatte er sich mehrmals mit Foelke und Keno getroffen. Sie bewiesen ihm ihr Vertrauen, indem sie ihn in alle Pläne einweihten. Nachdem es Foelke gelungen war, ein geheimes Bündnis mit Erzbischof Otto und Graf Konrad zu schmieden, hatte sie sich darangemacht, Geld zu beschaffen. Zu diesem Zweck verkaufte sie in aller Heimlichkeit Teile ihres Wittums. Die Schenkung, die sie zur Hochzeit erhalten hatte, umfasste ausgedehnte Gebiete in Brokmerland. Land, über das sie seit Ockos Tods frei verfügen durfte.

Der Verkaufserlös war unter anderem in die Taschen jener Söldner- und Bauernführer geflossen, die sich soeben zu Keno bekannt hatten. Wobei es ihr im Falle der Söldlinge vermutlich auch ohne Gold nicht allzu schwergefallen wäre, sie auf ihre Seite zu ziehen. Viele der Veteranen hatten schon für Ocko gekämpft und den legendären Häuptling als glorreichen und großzügigen Kriegsherrn verehrt. Sie waren erschüttert, als sie erfuhren, dass kein anderer als Widzelt hinter Ockos Ermordung steckte.

Die Likedeeler für das Komplott zu gewinnen – Folkmars und Almers Aufgabe im vergangenen Spätherbst – war ebenfalls keine übermäßige Herausforderung gewesen, obwohl es zunächst anders ausgesehen hatte. Auf Helgoland hatten die Piraten Folkmar nicht eben herzlich in Empfang genommen. Noch immer zürnten sie ihm, weil er ihnen seine wahren Motive verschwiegen hatte. Doch als er ihnen glaubhaft versicherte, dass er mit Foelke und Keno zusammenarbeitete und den Likedeelern daher keine Racheakte drohten – was der Kaplan bestätigen konnte –, kühlte ihr Unmut allmählich ab. Man leerte gemeinsam einige Becher Wein und sprach sich gründlich aus. Dass Folkmar und Almer nicht mit leeren Händen kamen, sondern mit einer Schatulle voller Silber, beschleunigte die Versöhnung der zerstrittenen Brüder enorm.

Es war Widzelts Silber. Mit dem Geld wollte er die Likedeeler dazu bringen, für ihn gegen Focko Ukena zu kämpfen. Das hätten sie sogar getan. Almer jedoch machte ihnen ein besseres Angebot.

»Sichert Widzelt eure Hilfe zu – aber nur zum Schein. Eure Teilnahme soll ihn zu dem Feldzug verleiten, den er ohne euch nicht wagen würde. Er soll denken, dass er mit eurer Unterstützung einen schnellen Sieg gegen Focko erringen kann. Dann, wenn der rechte Moment gekommen ist, zieht ihr euch vom Schlachtfeld zurück.«

»Was bekommen wir dafür?«, fragte Gödeke rundheraus.

»Meine Herrin bietet euch noch einmal so viel Silber wie jenes in der Schatulle«, antwortete Almer.

»Das geben wir aber nicht mehr her«, ließ sich Johann vernehmen. »Geschenkt ist geschenkt, wiederholen ist gestohlen.«

Der Geistliche nickte. »Ihr dürft es selbstverständlich behalten.«

»Betrachtet es als Entschädigung für das beschlagnahmte Raubgut aus Holland«, ergänzte Folkmar.

»Ihr wollt uns dazu bringen, Widzelt ein Messer in den Rücken zu stoßen, und lasst ihn auch noch mit einem Haufen Silber dafür bezahlen«, brach Gödeke das nachdenkliche Schweigen. »Das ist so ziemlich das Abgefeimteste, was ich seit Langem gehört habe. Beim Klabautermann, ihr müsst den Kerl wahrlich hassen. Nur damit ich das richtig verstehe: Wir sollen ausdrücklich *nicht* kämpfen, bekommen dafür aber den *doppelten* Sold?«

»Das, mein Sohn, bringt es auf den Punkt«, erklärte Almer salbungsvoll.

Gödeke lehnte sich zurück. »Was sagt man dazu?«

»Wir nehmen das Geld und tun, was er verlangt«, knurrte Johann. »Da gibt's doch nichts zu überlegen.«

Hennig schwieg wie üblich und begnügte sich mit einem zustimmenden Lächeln.

»Und was meinst du, Wigbold?«, wandte sich Gödeke an den Magister, den Bedenkenträger der Likedeeler. »Irgendwelche Bauchschmerzen bei der Sache?«

»Mich plagen weder die *dissinteria* noch der *flatus*, mithin auch keine anderen Befindlichkeitsstörungen des Magen-Darm-Traktes. Ich verspüre nichts als ungetrübte Euphorie bei der Aussicht auf derart leicht verdientes Geld.«

»Übersetzen, bitte.«

»Ich bin dabei«, sagte Wigbold.

Damit war es entschieden.

»Es gibt nur eine Bedingung«, sagte Almer. »Sowie das Unternehmen beendet ist, müsst ihr Friesland verlassen. So will es der Graf von Holland, auf dessen Freundschaft Herr Keno angewiesen ist.«

»Wir haben ohnehin genug von Wattwürmern und Häuptlingen«, erklärte Johann. »Auf Helgoland gefällt's uns besser.«

»Richtet Foelke und Keno aus, dass wir einverstanden sind«, wandte sich Gödeke an die beiden Unterhändler. »Im Frühjahr, wenn das Meer freundlicher ist, werden wir nach Marienhafe segeln. Ihr könnt auf uns zählen.«

Drei Tage später waren Folkmar, Almer und Eme Gottfriedsen mit dem Nordwind nach Brokmerland zurückgekehrt, und die Dinge hatten ihren Lauf genommen. Die Zusage der Likedeeler ermöglichte es Foelke und Keno, ihren Plan voranzutreiben – jene Verschwörung, die Folkmar am heutigen Tag an die Ufer der Ems geführt hatte. Dass es ihnen gelungen war, Focko Ukena für das Vorhaben zu gewinnen, war zweifellos die abenteuerlichste Wendung der letzten Monate. Die Einzelheiten kannte Folkmar nicht, Foelke und Keno sprachen nicht gern darüber. So konnte er nur Vermutungen anstellen. Wahrscheinlich hatten sie dem abtrünnigen Vogt in Aussicht gestellt, ihm zu vergeben, ihn womöglich sogar in die Unabhängigkeit zu entlassen, wenn er ihnen half, Widzelt eine Falle zu stellen. Was auch immer der Köder gewesen war, Focko hatte angebissen. Andernfalls würde er nicht just in jenem Moment Seite an Seite mit dem Erzbischof von Bremen und dem Grafen von Oldenburg gegen Widzelt kämpfen.

Heiliger Georg, bitte verhilf ihnen zum Sieg, betete Folkmar und kam sich ein wenig albern dabei vor. Focko, Otto und Konrad waren Widzelt zwanzig zu eins überlegen, was konnte noch schiefgehen? *Der Kerl ist aalglatt, jahrelang hat er alle getäuscht, womöglich zieht er auch diesmal den Kopf aus der Schlinge.* Folkmar rümpfte die Nase. Die Jahre in der Wildnis, die vielen Rückschläge hatten einen wahren Unheilspropheten aus ihm gemacht.

Ein hohles Pochen holte ihn ins Hier und Jetzt zurück. Das Ruderboot war gegen den Rumpf der Kogge geprallt. Otto und Klaus zogen die Riemen ein.

»Wir bitten, an Bord gehen zu dürfen«, rief Gödeke.

Einer der fünf Männer an Bord – ein Söldner mit rundem Helm

und roter Säufernase – trat an die Reling. »Wo ist Häuptling Widzelt?«

»Wir sind auf eine feindliche Übermacht gestoßen«, antwortete Gödeke. »Daraufhin haben die meisten von uns vernünftigerweise den Rückzug angetreten, wie du unschwer erkennen kannst. Dein Häuptling aber wollte unbedingt kämpfen. Den seht ihr nie wieder.«

»Ihr habt ihn also verraten?«

»›Verrat‹ ist so ein garstiges Wort. Wir haben vielmehr dafür gesorgt, dass er seine gerechte Strafe bekommt. Du solltest wissen, dass er es war, der Ockos Ermordung befohlen hat.«

»Was redest du da, Kerl?«

Es entbrannte ein kurzes Wortgefecht, das damit endete, dass Gödeke die Schiffswachen von seinen friedlichen Absichten überzeugte.

»Wir werden euch nichts tun – Kapitänsehrenwort. Nun lasst uns schon an Bord.«

Sie vertäuten das Ruderboot und kletterten über die Reling. Die Söldner hatten sich aufs Achterkastell zurückgezogen. Sie beäugten die Likedeeler misstrauisch, befingerten ihre Armbrüste und ließen keinen Zweifel aufkommen, dass sie schießen würden, sollte das Verhalten der Bordgäste hierzu Anlass geben.

Folkmar und seine Gefährten umstanden den Mast, während Welpe mit atemberaubender Geschwindigkeit die Wanten erklomm. Der Schiffsjunge stieg ins Krähennest, den höchsten Aussichtspunkt weit und breit, und beobachtete das Land jenseits des Buchenwäldchens. Wenig später kletterte er wieder hinunter, ließ in einer Höhe von zwei Klaftern die straff gespannten Taue los, landete leichtfüßig auf den Decksplanken und federte den Aufprall mit den Knien ab.

»Widzelt und seine Heldentruppe sind nirgends zu sehen. Entweder verwesen ihre Leichen schon am Waldrand, oder sie sind ins Hinterland geflohen.« Er setzte sich etwas abseits auf ein Fass und holte die Maultrommel hervor.

»Ich glaube nicht, dass sie tot sind«, mutmaßte Gödeke. »Widzelt ist nicht so dumm, es mit zwölfhundert Kriegern aufzunehmen. Ich würde mein Geld auf die zweite Möglichkeit setzen. Lasst uns Kundschafter losschicken, um herauszufinden, was er treibt.«

Damit waren alle einverstanden. Sie winkten den Schiffswachen zum Abschied und stiegen ins Boot. Kurz darauf war jeder mit irgendetwas beschäftigt. Otto und Klaus ruderten. Gödeke und Johann plauderten. Welpe putzte die Maultrommel mit einem Hemdzipfel. Folkmar räusperte sich vernehmlich.

»Könnt ihr mir mal kurz zuhören?«

»Was gibt's, Isebrand?«, fragte Gödeke. Folkmar hatte es aufgegeben, die Likedeeler auf seinen richtigen Namen hinzuweisen. Wenn ihnen danach war, nannten sie ihn Isebrand. Eine subtile Stichelei, die ihn daran erinnern sollte, dass er sie besser nicht noch einmal täuschte.

»Ich schulde euch viel. Ihr habt mir geholfen, obwohl ich nicht ehrlich zu euch war. Dafür will ich euch danken.«

Just in dem Moment stimmte Welpe ein neues Lied auf der Maultrommel an.

»Was?«, blaffte Johann.

»Ich sagte, ich will euch …«

»Warte mal kurz. Hier versteht man sein eigenes Wort nicht.« Der rothaarige Riese griff quer über das Boot, nahm Welpe die Maultrommel weg und warf sie ins Wasser.

Der Schiffsjunge griff in den Kittel, schob sich eine neue Maultrommel in den Mund und spielte weiter, als wäre nichts geschehen. Johann biss derart kräftig die Zähne zusammen, dass man es knirschen hörte.

»Wie dem auch sei«, unternahm Folkmar einen neuen Versuch. »Habt Dank. Für alles.«

»Wir haben's ja nicht für dich gemacht, sondern für das tom broksche Silber«, meinte Gödeke schulterzuckend. »Aber gern geschehen.«

Detern

Widzelt tauchte unter dem Axthieb hindurch, machte einen blitzschnellen Schritt nach links und gelangte auf die ungeschützte Seite seines Gegners. Bevor der Krieger sich drehen und den Angriff mit dem Schild abblocken konnte, stieß Widzelt ihm das Schwert in das weiche Fleisch zwischen Gürtel und Rippen. Mit einem erstickten

Schrei ließ der Krieger die Streitaxt fallen. Widzelt zog die Klinge zurück, aus der Wunde schoss das Blut wie Wein aus einem Trinkschlauch, den man mit beiden Händen zusammendrückte.

Kaum lag der Mann röchelnd und sterbend am Boden, sprang schon der nächste heran, ein dürrer, bärtiger Kerl, der die Hellebarde mit beiden Händen schwang. Widzelt lachte ihm ins Gesicht, ehe er der Stangenwaffe mühelos auswich. Der Nervenkitzel, der Rausch des Kampfes, das jauchzende Triumphgefühl, wenn man einen Feind niederstreckte – bei Gott, wie hatte er das vermisst! Ein Gefecht auf Leben und Tod war der ehrlichste Vorgang der Welt. Es gab keine Lügen, keine Intrigen, kein ermüdendes Geschacher um Nichtigkeiten. Nur ein ehrbares Kräftemessen, bei dem der Bessere obsiegte.

Widzelt war immer der Bessere.

Er schlug dem Hellebardier die linke Faust ins Gesicht. Als der Mann zurücktaumelte, ließ Widzelt das Schwert in weitem Bogen kreisen und schlitzte ihm die Kehle auf. Er brach zusammen, kippte in den Straßenschlamm und verblutete binnen weniger Augenblicke.

Widzelt baute sich breitbeinig auf, wappnete sich für den nächsten Angriff, doch es kam keiner. Schwer atmend klappte er das Visier der Hundsgugel hoch und schaute sich um. Fünfzehn Tote und Sterbende lagen auf dem Karrenpfad, der nach Detern hineinführte. Seine Mannen und er hatten sämtliche Gegner niedergemacht und selbst keine Verluste erlitten. Wie es schien, war Focko mit nahezu allen verfügbaren Kräften nach Leer gezogen, um sich dort mit den Heeren aus Bremen und Oldenburg zu vereinigen, und hatte lediglich diese fünfzehn Krieger zur Verteidigung des Dorfes zurückgelassen.

Leider war das die einzige gute Nachricht.

Der rauschhafte Blutdurst, der ihn eben noch beflügelt hatte, verflog rasch. Sogleich kehrten seine Sorgen zurück. Als sie vor der feindlichen Übermacht geflohen und mit einem Eilmarsch ins Innere Moormerlands vorgestoßen waren, hatte seine geschrumpfte Truppe weiter Federn gelassen. Die verbliebenen Bauernkrieger und die weniger loyalen Söldner waren ausnahmslos geflohen, geblieben waren lediglich die Recken seiner eingeschworenen Haustruppe.

Dreißig Mann.

Allesamt gestählte Veteranen und gewandte Krieger, treu bis zum Tod. Aber eben nur dreißig.

Gegen zwölfhundert.

Widzelt wusste, dass es nur einen einzigen Ausweg aus diesem Desaster von Feldzug gab. Eine winzige Chance, dieser Falle zu entrinnen. »Weiter!«, befahl er und schloss das Visier. Wie seine Männer musste er zu Fuß gehen. Das Pferd war ihm am gestrigen Tag abhandengekommen. Es hatte sich ein Bein gebrochen, als sie bei ihrer überstürzten Flucht durch eine Schlammkuhle marschiert waren. Dabei hatte er auch den Schild eingebüßt.

Zügig rückten sie in das Bauerndorf vor, die Blicke wachsam auf Gebüsch, Hütten und Kornspeicher gerichtet. Einen Steinwurf vor ihnen hastete eine Gestalt über den The und verschwand in einem windschiefen Schuppen. Sonst war niemand zu sehen. Die Bewohner Deterns verkrochen sich ängstlich in ihren Häusern. Die mageren Kühe in den Gattern glotzten die fremden Krieger wiederkäuend an. Die Schweine suhlten sich unbeeindruckt im Schlamm.

Weitere Angriffe gab es keine.

Auf dem Dorfplatz erwog Widzelt, zu Fockos Hof am Ortsrand zu marschieren, das befestigte Anwesen einzunehmen und sich dort zu verschanzen. Er entschied sich dagegen. Der Hof war gewiss gut bewacht. Er konnte es sich nicht erlauben, auch nur einen Mann in einem unnötigen Gefecht zu verlieren. Wenn man nur noch dreißig Krieger befehligte, war jeder einzelne so kostbar wie sein Gewicht in Gold.

Es gab eine bessere Möglichkeit.

»Zur Kirche«, rief er. Das geschlossene Visier ließ seine Stimme blechern dröhnen. Heiße Atemluft füllte den Helm, sodass ihm der Schweiß in den Kragen rann.

Das gedrungene Gotteshaus bestand aus sandfarbenem Tuffstein, den man vor Generationen unter großen Mühen hergeschafft hatte. Die Mauern waren dick, die Fenster hoch gelegen und schmal wie Schießscharten. Es gab nur einen einzigen Eingang, ein mit Nieten besetztes Portal aus massiven Eichenbohlen: eine alte Wehrkirche, in die die Dorfbewohner seit jeher bei Gefahr flohen. Diesmal jedoch nicht. Widzelts Angriff hatte sie überrumpelt und ihnen keine Zeit gelassen, sich hierher zurückzuziehen.

Der Trupp durchquerte den Gottesacker und folgte dem gepflasterten Pfad zwischen den morschen Holzkreuzen und moosigen Grabsteinen. Zu Widzelts Überraschung ließ sich das Portal öffnen. Vielleicht wollte der Vikar seinen Schäfchen die Möglichkeit geben, doch noch hinter diesen Mauern Schutz zu suchen, und hatte daher darauf verzichtet, die Tür zu verrammeln. Als Widzelt und seine Mannen eintraten, kam ihnen der Geistliche sogleich entgegen. Sein Amt schien überaus einträglich zu sein und ihm körperlich nicht viel abzuverlangen. Denn er war derart fett, dass die Körpermassen bei jedem Schritt nur so unter der Kutte wogten. In der knubbeligen Hand hielt er ein Kruzifix, das er ihnen empört entgegenreckte, als wären Widzelt und die Söldner Dämonen, die vor der heiligen Macht des Kreuzes furchtsam zurückweichen würden.

»Dies ist ein Tempel des Herrn!«, donnerte der beleibte Kleriker. »Ich verbiete euch, mit blutverschmierten Röcken und blanken Schwertern einzudringen …«

Widzelt zog ihm das beanstandete Schwert durchs Gesicht. Der Vikar stürzte auf die Steinplatten und wälzte sich strampelnd in einer Lache aus Blut, die feisten Finger umklammerten noch immer das Kruzifix. Widzelt ertrug das schrille Geschrei nicht, er rammte dem Sterbenden das Schwert ins Auge, woraufhin augenblicklich Ruhe einkehrte.

Endlich konnte er den Helm abziehen. Er wischte sich das schweißnasse Gesicht ab und atmete mehrmals tief durch.

»Bringt die Leiche nach draußen und schafft Wasser und Verpflegung her«, befahl er. »Anschließend verbarrikadiert ihr die Tür. Du«, wandte er sich an den besten Reiter unter den Männern, »suchst dir ein Pferd und reitest nach Aurich. Der Kastellan soll die Vögte benachrichtigen, das gesamte verfügbare Kriegsvolk um sich scharen und auf dem schnellsten Weg herkommen. Beeil dich. Jede Stunde zählt.«

»Ich werde reiten, als wäre mir der Teufel auf den Fersen«, versprach der Mann.

Widzelt blickte ihm nach, bis er nach draußen verschwand. Selbst wenn alle Vögte kamen und ihre Sprengel weitgehend schutzlos zurückließen, konnte er höchstens mit dreihundert zusätzlichen Kämpfern rechnen. Focko wäre ihm immer noch haushoch überlegen. Aber Fockos Verbündete hatten den üblichen Fehler auswärtiger Invasoren gemacht: Sie setzten auf Ritter, die den Kern ihrer Streitmacht bildeten. Gepanzerte Reiterei hatte es schwer in Friesland, zumal in der feuchten Jahreszeit: Die vielen Moore, Kolke und Kanäle verminderten ihre Schlagkraft empfindlich. Wenn es Widzelt gelang, den Feind in den Sumpf zu locken, sodass die Ritter auf ihren Schlachtrössern hilflos im Schlamm stecken blieben wie so viele deutsche und holländische Eroberer vor ihnen, könnte er sogar dieses überlegene Heer schlagen.

Dafür musste er Zeit schinden. Reichlich Zeit. Detern lag im Süden Ostfrieslands, das tom brooksche Kernland war mehrere Tagesmärsche entfernt. Verstärkung würde frühestens in einer Woche eintreffen. Konnte er so lange in der Kirche ausharren?

Widzelt kniff die Lippen zusammen. Müßige Gedanken. Es war ja nicht so, dass er eine Wahl hätte.

Die eine Hälfte der Krieger zog los, um im Dorf Proviant aufzutreiben. Die andere schleppte Kirchengestühl heran und zerlegte es mit Äxten. Widzelt legte das Wehrgehenk ab und half ihnen.

Nun hieß es warten.

Kapitel vierzehn

Das Heer der Bremer, Oldenburger und Moormerländer erreichte Detern am Abend. Widzelt, der mit seinen Männern zwischen den Wasserfässern und den Säcken voller Getreide und Wintergemüse kauerte, vernahm zunächst nur ein fernes Grollen wie von einer heraufziehenden Gewitterfront. Das dumpfe Dröhnen wurde immer lauter und löste sich schließlich in einzelne, klar erkennbare Geräusche auf: Hufgetrappel, gebellte Befehle, knarrende Karrenräder. Füße stampften auf dem Boden, Waffen schepperten gegen Harnische.

Die Kirchenfenster lagen zu hoch, um hinauszuspähen. Der nahe Lärm ließ jedoch keinen Zweifel daran, dass die feindliche Streitmacht im Begriff war, die Kirche einzuschließen. Bald umgab ein Wall aus vielen Hundert gepanzerten Leibern das kleine Gotteshaus. Nur zwei Ellen Tuffstein trennten Widzelt vom sicheren Tod.

Jemand hämmerte mit der Faust gegen das Portal.

»Widzelt, bist du da drin?«, rief Focko. »Komm raus und verantworte dich wie ein Mann für deine Verbrechen!«

»Ein Verräter, der seinen Lehnseid mit Füßen tritt, hat mir nichts zu sagen«, schrie Widzelt. »Fahr zur Hölle, Ukena!«

»Wie du willst. Wir werden die Kirche erstürmen und dich am Schlafittchen ins Freie zerren. Aber dann kannst du keine Gnade erwarten. Deine Bande von Halsabschneidern auch nicht.«

Eine eigentümliche Stille schloss sich der Drohung an, als hätte das gesamte Heer den Atem angehalten. Dann hörte Widzelt Stimmen direkt vor dem Portal.

»Zur Tür!«

Die Männer sprangen auf und zogen die Waffen. Im selben Moment erschütterte ein Stoß das Holz. Offenbar rannten Fockos Getreue mit einer Ramme dagegen an.

Noch ein Stoß. Ein dritter. Ein vierter. Das Getöse hallte laut im Kirchenschiff.

Die Pforte aber hielt. Die Söldner hatten sie mit Balken abgestützt, sodass die Ramme ihr nichts anhaben konnte. Diese Erkenntnis setzte sich schließlich auch bei Fockos Mannen durch. Nach fünfzehn, zwanzig Stößen gaben sie auf und zogen sich offenbar zurück.

Widzelt hatte einen Verdacht, was als Nächstes geschehen würde. »Zum Chor!«

Er zog die Hundsgugel auf und duckte sich hinter dem Altar. Die Männer bildeten einen Wall aus Schilden und zogen die Köpfe ein. Ein zähes Warten begann. Es dauerte so lange, wie man brauchte, um drei, vier Vaterunser zu sprechen. Draußen wurden Befehle gebrüllt, den Wortlaut konnte er nicht verstehen.

Ein Donnerschlag zerriss die Stille. Die Tür verwandelte sich in eine Wolke aus Holzsplittern. Grelle Flammen züngelten herein, Risse klafften im Mauerwerk auf, alles innerhalb eines Wimpernschlages. Etwas prallte gegen Widzelts Helm. Er machte sich so klein wie möglich und schützte den Kopf mit den Händen. Mehrere Männer schrien auf.

Als er es wagte, am Altar vorbeizulugen, sah er, dass im Eingangsbereich der Kirche dichte Rauch- und Staubschwaden waberten. Trümmer bedeckten den Steinboden. Das Getöse der Explosion dröhnte ihm noch in den Ohren.

Er rechnete damit, dass jeden Moment Schemen im Rauch erscheinen und brüllend auf sie zustürmen würden. Er zog das Schwert, doch nichts geschah. Allmählich legte sich der Staub. Nun konnte er erkennen, dass der Eingangsraum vollständig eingestürzt war. Mit der Sprengung der Pforte hatte Focko nichts gewonnen – anstelle der Tür blockierte nun ein massiver Schutthaufen den Zugang. Ein unüberwindliches Hindernis für die Belagerer.

Widzelt musterte die Söldner. Manche bluteten aus Schrammen, die herumfliegende Steinsplitter ihnen zugefügt hatten. Andere wirkten benommen. Ernstlich verletzt aber war niemand.

Er gönnte sich ein wölfisches Lächeln. Wie es schien, waren ihm die Heiligen des Krieges gewogen. »Die erste Runde geht an uns, Männer!«

Der Jubel fiel verhalten aus.

Wenig später erschütterte ein neuer Donnerschlag die Kirche. Er klang anders als die Explosion, leiser und dumpfer, und er richtete weit weniger Schaden an. Mörtel löste sich aus den Mauerfugen und bröckelte zu Boden, Staub rieselte von den Dachbalken.

Das Dröhnen wiederholte sich. Diesmal kam es nicht von der langen Wand, sondern von einer Stelle beim einzigen Fenster des Chorraums.

Auch damit hatte Widzelt gerechnet. Er an Fockos Stelle würde dasselbe tun.

Die Belagerer hatten Bombarden in Stellung gebracht und beschossen die Kirche mit mächtigen Steinkugeln.

Das rechte Ufer der Ems

»Die Kundschafter sind zurück«, sagte Johann, der mit gerecktem Hals zum Deich schaute.

Sie ließen die Würfel, mit denen sie sich die Zeit vertrieben hatten, auf dem Fassdeckel liegen, steckten rasch die Münzen ein und durchquerten das Lager am Flussufer. Es war Mittag. Der Rauch der Kochfeuer griff mit langen Fingern nach Folkmars Gesicht und ließ seine Augen tränen.

Lediglich drei der sechs Späher, die die Hauptleute vor zwei Tagen ausgesandt hatten, waren zurückgekehrt. Sie schleiften einen übel zugerichteten Mann die Böschung hinab. Der fremde Krieger trug die Farben der tom Brok, allerdings war der schwarze Adler auf dem Wams vor lauter Schmutz kaum zu erkennen. In seinem linken Oberschenkel steckte ein abgebrochener Armbrustbolzen. Seine Unterlippe war geplatzt, die fleischige Scharte mit verkrustetem Blut und frischem Wundschorf verklebt.

»Habt ihr Widzelt aufgespürt?«, fragte Gödeke.

»Er ist in einem Dorf südwestlich von hier«, meldete ein Späher. »Dort hat er sich in der Kirche verschanzt. Das feindliche Heer müsste ihn inzwischen eingeholt haben. Wir haben gesehen, wie es auf das Dorf marschierte.«

»Und der da?« Gödeke betrachtete den Verletzten. »Einer von Widzelts Leuten, nehm ich an.«

Die Kundschafter ließen ihn los, er sank auf Hände und Knie ins Gras und atmete keuchend.

»Er wollte nach Aurich reiten und Hilfe holen«, sagte einer der Männer und fügte grimmig hinzu: »Weit ist er nicht gekommen.«

Folkmar ging vor dem Verletzten in die Hocke, griff ihm in die feuchten Haare und zwang ihn, ihn anzusehen. »Sind außer dir noch andere losgeritten?«

»Ich war der Einzige«, krächzte der Bote.

»Andere haben wir keine gesehen«, bestätigte der Kundschafter.

Der Verletzte richtete den Oberkörper auf und blickte die Likedeeler an. »Bitte schont mein Leben«, flehte er undeutlich. Blutiger Speichel rann ihm über das stoppelige Kinn. »Ich hab Frau und Kinder.«

»Hör auf rumzujammern, wir werden dich schon nicht töten.« Gödeke wandte sich an die drei Späher. »Bringt ihn zur *Seetiger* und kettet ihn an den Mast. Und schaut, dass seine Wunden behandelt werden.«

»Hab Dank. Der heilige Jakob schütze dich«, nuschelte der Bote.

Die Männer zerrten ihn auf die Füße und führten ihn ab. Gödeke schaute ihnen nach.

»Dass der Kerl nicht begreift, wie viel Glück er hat.«

»Na ja, er hat eine gespaltene Lippe und einen Bolzen im Bein«, meinte Johann. »›Glück‹ würde ich das nicht nennen.«

»Besser eine gespaltene Lippe und einen Bolzen im Bein, als mit Widzelt in dieser Kirche sitzen zu müssen. Du glaubst doch nicht, dass da irgendwer lebendig rauskommt. Nun, wir werden sehen, was die anderen Späher berichten.« Gödeke holte die Würfel hervor und ließ sie in der Faust klappern. »Lust auf eine Revanche?«

»Nur wenn du nicht wieder betrügst«, grollte Johann.

»Wie kannst du es wagen! Ich bin die Ehrlichkeit in Person«, konstatierte Gödeke empört.

»Wenn ich wieder dreimal in Folge verliere, pack ich dich an den Füßen, stell dich auf den Kopf und schüttle dich. Dann wollen wir mal sehen, wie viele gezinkte Würfel dir aus den Taschen kullern.«

Die Männer setzten sich in die Sonne und spielten um Silberstücke. Folkmar aber war nicht bei der Sache. Krieger, die in einer Kirche eingeschlossen waren, umgeben von Feinden – das erinnerte ihn an eine der düstersten Episoden seiner Familiengeschichte. Er unterdrückte ein Schaudern. Im nächsten Moment erfüllte ihn Unruhe, ein Kribbeln, das ihm in die Beine fuhr. Er stand auf.

»Spielt ohne mich weiter.«

»Wo willst du hin?«, fragte Gödeke.

»Ich muss das sehen.«

Detern

Ein dumpfes *Wumm*, gefolgt von knirschendem Stein. Widzelt musste endlich eingenickt sein, jetzt aber war er wieder wach. *Hellwach.* Das Herz raste ihm in der Brust, seine Augen brannten. Mit schmerzendem Rücken und steifem Nacken kauerte er am Altar. Wie oft hatte er dieses Donnern seit dem ersten Bombardenschuss vernommen? Hundert Mal und öfter. Es unterschied sich in nichts von dem vorherigen Getöse, es klang genauso wie immer, wenn eine Steinkugel gegen die Mauern schmetterte. Und doch machte es ihn plötzlich unsagbar wütend. Er sprang auf, bekam dabei die Hundsgugel zu fassen und schleuderte den Helm quer durch den Raum.

»Hölle und Dämonen, hört endlich auf!«

Schon im nächsten Moment prallte ein weiteres Geschoss gegen den Chorraum. Die Kugeln richteten nur wenig aus. Es würde lange dauern, bis sie die massiven Wände zum Einsturz bringen würden. Schaden verursachten sie trotzdem, und nicht zu knapp. Focko und seine Verbündeten beschossen das Gotteshaus seit Sonnenuntergang, sie hatten die ganze Nacht hindurch geschossen, sie feuerten ununterbrochen seit Tagesanbruch. Allem Anschein nach besaßen sie einen unerschöpflichen Vorrat an Kugeln und Schwarzpulver.

Die Männer in der Kirche hatten währenddessen kaum ein Auge zugetan. Sie waren mit den Nerven am Ende. Focko musste die Kirche nicht erstürmen. Er konnte einfach abwarten, bis Widzelt und seine Getreuen den Verstand verloren und sich vor Verzweiflung gegenseitig umbrachten.

Vielleicht sollten wir hinausgehen und uns abschlachten lassen. Das wäre wenigstens ein ehrenhaftes Ende. Widzelt setzte sich wieder mit dem Rücken gegen den Altar und unternahm einen neuen Versuch, etwas Schlaf zu bekommen. Zu diesem Zweck hatte er sich Kerzenwachs in die Ohren gestopft. Es half nicht viel. Das Donnern war einfach zu laut.

Eine Weile saß er mit geschlossenen Augen da, sein Kinn ruhte auf der Brust. Stille sank herab. Darauf gab er nichts. Manchmal legten die Büchsenmeister nach einer Salve Pausen ein, nur um wenig später umso entschlossener weiterzufeuern.

Diesmal aber zog sich die Pause in die Länge. Unruhe machte sich unter den Männern breit.

»Hörst du mich, Widzelt?«, erklang Fockos Stimme.

Der Angesprochene erhob sich schwerfällig und unterdrückte ein Stöhnen. Bei Georgs Lanze, gab es einen Muskel, der ihm nicht wehtat? Die endlosen Stunden in der belagerten Kirche hatten ihm schmerzlich vor Augen geführt, dass der kommende Sommer sein vierzigster sein würde. Er war kein junger Mann mehr, der derartige Strapazen leicht wegsteckte.

»Was willst du?«, rief er.

»Du kannst nicht gewinnen. Gib auf. Übernimm die Verantwortung für deine Schandtaten, und wir werden deine Gefolgsleute schonen.«

»Und ich? Kann ich keine Gnade erwarten?«

»Deine Frevel sind an Niedertracht und Bosheit nicht zu überbieten. Du hast den Vater gemordet. Du hast das Kloster Thedinga zerstört. Für solche Verbrechen wider Gott und das Gesetz kann es nur eine Strafe geben!«, verkündete Focko.

Er weiß es! Er weiß das mit Ocko! Wieso, bei allen Teufeln der Hölle? Widzelt blinzelte. Er konnte kaum noch klar denken. Sein Schädel fühlte sich an, als wäre zwischen den Schläfen ein glühender Draht gespannt.

»Deinen sündigen Leib kannst du nicht retten«, fuhr der abtrünnige Vogt fort. »Für deine Seele aber gibt es noch Hoffnung. Stell dich dem gerechten Urteil des Erzbischofs.«

»Niemals!«, schrie Widzelt. »Ich werde kämpfen bis zum letzten

Blutstropfen. Meine Männer werden freudig mit mir in den Tod gehen.«

»Dann soll es so sein, und du wirst sterben wie einst dieser Narr Enne Rycken Hylkena, den du so bewunderst!«, brüllte Focko voller Zorn.

Enne Rycken Hylkena? Was will er jetzt mit dem? Plötzlich dämmerte es Widzelt. Natürlich. Es gab nur wenige Menschen, die damals dabei gewesen waren, als er seiner Bewunderung für Enne Ausdruck verliehen hatte. Foelke. All dies war ihr Werk. Der Verrat der Likedeeler. Das Bündnis Fockos mit Bremen und Oldenburg. Der ganze verdammte Feldzug. Zu guter Letzt war ihm diese verschlagene, boshafte, mörderische Füchsin auf die Schliche gekommen, und sie wollte, dass er das wusste.

Ennes Tod hält eine Lektion für uns bereit, hatte er vor Jahren gesagt. *Trau niemandem. Vergiss nie, dass deine Feinde zur schlimmsten Niedertracht fähig sind. Streck sie nieder, ehe sie dich in die Falle locken können.*

Foelke hatte sich diese Lektion zu Herzen genommen. Schlimmer noch, sie hatte sie kurzerhand gegen jenen eingesetzt, der stets danach gelebt hatte. Das war so klug wie grausam. Eine niederträchtige Ironie.

Ein sprödes, bitteres Lachen drang Widzelt aus der Kehle. Ein Lachen wie Knochenstaub, wie rostige Ketten. »Du verkommene Schlampe«, wisperte er. »Am Ende geht der Sieg an dich. Wer hätte das gedacht?«

Er wirbelte zu den Männern herum. »Wir sind verdammt. Betet, ihr Hunde!«

Es dauerte nicht lange, bis beißender Rauch in die Kirche drang. Flammen züngelten vor den Fenstern empor und tauchten alles in rote Glut. Bald war es heiß wie in einem höllischen Ofen. Die Männer schrien, wühlten im Schutt, suchten panisch nach einem Ausweg. Es gab keinen.

Das Feuer griff aufs Dach über, es regnete Funken, brennendes Holz, gesplitterte Schindeln. Die meisten Krieger bekamen davon nichts mehr mit, sie waren bereits am Rauch erstickt.

Unter den Letzten, die röchelnd starben, war Widzelt tom Brok: Ockos Bastard, Mörder, Feldherr, Usurpator, ein Häuptling von vielen.

Verschwitzt, erschöpft und staubig glitt Folkmar vom Rücken des Kleppers, den er in Leer aufgetrieben hatte, um nach Detern zu reiten, so schnell es das dürre Tier vermochte. Seine wunden Füße fanden Halt auf dem moosigen Boden am Rand des Birkenwäldchens. Sein Blick glitt über die Strohdächer und die wimmelnden Menschen zwischen den Hütten, bei den Zelten auf der Wiese.

Wie es schien, war er im rechten Moment gekommen.

Rauch stieg von der zerschossenen Kirche auf, eine ölige Säule, die sich kerzengerade in den trüben Himmel bohrte. Flammen leckten aus den Mauern, loderten vom Dach empor, das wenig später unter lautem Tosen einstürzte. Zwölf mal hundert Krieger jubelten. Aus dem frenetischen Geschrei wehten einzelne Wortfetzen zu Folkmar herüber.

Tod dem Vatermörder!

Plötzlich fühlte er sich unsagbar müde, und er sank auf die Knie. Dass Widzelt just in dem Moment bei lebendigem Leib verbrannte wie weiland Enne Rycken Hylkena, war grausam. Niemand hatte ein solches Ende verdient. *Er hätte auf dem Schafott sterben sollen.*

Gleichzeitig empfand Folkmar Genugtuung. Nur einen Hauch, aber das Gefühl war da. Er schämte sich dessen nicht – nicht nach allem, was geschehen war, was man ihm angetan hatte.

Einer seiner Peiniger war tot. Vernichtet. Seelenfutter für die Hölle.

»Fehlt noch der andere«, murmelte er.

Kapitel fünfzehn

Warfstede

»Lass uns zurückgehen«, sagte Almuth.

»Noch nicht!«, protestierte Eger, der ein Stück Treibholz in den Händen hielt.

»Kind, du bist völlig verdreckt. Außerdem frierst du. Zu Hause mache ich dir ein schönes heißes Bad, was hältst du davon?«

Davon ließ er sich umstimmen. Der Junge liebte es zu baden. Er schleuderte das Holzstück hinaus ins Watt und stürmte über die Salzwiese. Almuth nahm ihn an der Hand, und sie stiegen den Deich hinauf.

Auf dem Turm fand gerade der Wachwechsel statt. Der Krieger, der den ganzen Nachmittag das Wattenmeer beobachtet hatte, glitt die Leiter hinab und sprach ein paar Worte mit seiner Ablösung. Yneke hatte die Wachen an Wall und Graben verstärkt und die Männer ermahnt, besonders aufmerksam zu sein, vor allem, was fremde Schiffe vor der Küste anbelangte. Bevor Widzelt mit seinem Heerhaufen gegen Focko Ukena gezogen war, hatte er die Vögte in Alarmbereitschaft versetzt. Er befürchtete, sein alter Feind Edo Wiemken könnte Harlingerland angreifen, während Widzelts Streitkräfte in Moormerland gebunden waren. Bisher war nichts dergleichen geschehen, doch im Kirchspiel herrschte enorme Anspannung.

Seit über einer Woche ging das nun so. Yneke unternahm nichts zur Beruhigung der ängstlichen Dörfler. Im Gegenteil: Er wirkte selbst überaus nervös. Seit dem letzten Sommer rackerte er sich ab, jeden Befehl seines Herrn buchstabengetreu umzusetzen. Das überforderte ihn regelmäßig, und die daraus folgende Gereiztheit ließ er wie üblich an Dienern und Hintersassen aus. Und an seiner Frau. Almuth ging ihm daher aus dem Weg, so gut sie konnte.

Beim Steinhaus vernahmen sie aufgeregte Stimmen. Krieger führten gesattelte Pferde aus dem Stall. Eine kleine Menschenmenge stand unterhalb der Warf. Die Dorfbewohner beobachteten die Söldlinge und steckten die Köpfe zusammen. Soeben kam Yneke aus dem Steinhaus. Er trug Reisekleidung und sein Wehrgehenk.

»Was ist los?«, fragte Almuth.

»Du immer mit deinen Fragen! Siehst du nicht, dass ich zu tun habe?«, schnauzte er sie an und stolzierte zu den Pferden.

»Geh schon einmal hinein, ich komme gleich nach«, sagte sie zu Eger.

Der Junge dachte gar nicht daran. Neugierig spähte er zu seinem Vater.

»Ich sag's nicht zweimal.«

Murrend gehorchte er. Almuth hatte Abbe Wilken in der Menge erblickt. Sie schritt die Warf hinunter und nahm ihn zur Seite.

»Weißt du, was hier vor sich geht? Droht uns ein Angriff?«

»Danach sieht es nicht aus, nein.« Zwischen Abbes Augenbrauen klaffte eine Falte, mit beiden Händen umklammerte er den Knauf des Krückstocks. »Es gibt Gerüchte im Dorf. Widzelt sei tot, heißt es. Gefallen im Kampf. Leider lässt sich nicht nachvollziehen, wer das aufgebracht hat. Dein Gemahl will der Sache auf den Grund gehen.«

Almuth kniff die Lippen zusammen. Das waren in der Tat einschneidende Nachrichten. Sollte sich das Gerücht bewahrheiten, hätte das unüberschaubare Folgen. Für Friesland, für Warfstede, für sie selbst.

Sie kam nicht dazu, die Angelegenheit mit Abbe zu diskutieren. Er wurde von den Dörflern in Beschlag genommen, die ihn mit Fragen bestürmten, und es gelang ihm nur mit Mühe, ihnen zu erklären, dass er genauso ahnungslos war wie sie.

Just in dem Moment ritt Yneke mit sechs Bewaffneten im Schlepptau an ihr vorbei. Sie erhaschte einen Blick auf sein Gesicht und glaubte, nackte Angst darin zu sehen.

Abbe löste sich von der Menge und watschelte, auf den Stock gestützt, zur Lastadie. Almuth wollte ihn begleiten, doch er wirkte abweisend.

»Bitte keine weiteren Fragen«, sagte er schroffer, als sie es von ihm gewohnt war. »Ich muss nachdenken – allein.«

Almuth schaute ihm stirnrunzelnd nach. Sie beschlich das Gefühl, dass er mehr wusste, als er zugeben wollte.

Eger war müde vom Toben am Strand, sie brachte ihn gleich nach dem Nachtmahl zu Bett. Bei einem Becher Wein dachte sie über die Ereignisse des Tages nach.

Wenn Widzelt wirklich tot ist, sind Ynekes Tage als Vogt gezählt. Widzelts Nachfolger – ob es nun Keno ist oder ein Emporkömmling wie Focko Ukena, der die Gunst der Stunde nutzt – wird dessen Gefolgsleute samt und sonders austauschen, wenn er klug ist. Wie wird Yneke darauf reagieren? Wird er sich in sein Schicksal fügen? Oder sich zu Dummheiten hinreißen lassen?

Vermutlich Letzteres. Seit Monaten bestimmte die Angst vor Fehlern sein Handeln. Wenn wichtige Entscheidungen anstanden, schoss er entweder drastisch übers Ziel hinaus oder schob sie ewig vor sich her. Das gesunde Mittelmaß gab es bei ihm schon lange nicht mehr. Er zeigte sich erschöpft und jähzornig, sprunghaft und unkonzentriert, und es wurde von Tag zu Tag schlimmer.

Was auch geschah – Almuths wichtigste Aufgabe war, ihren Sohn zu schützen.

Konnte sie sich darüber hinaus die Situation zunutze machen? Ynekes Furcht vor Fehlern bewahrte ihn nicht davor, ständig welche zu machen. Er vergaß Termine, verlegte Schriftstücke, verprellte Besucher mit seinen Launen. In seinem verzweifelten Streben, Widzelts Gunst zurückzuerlangen, war er im Alltag kaum je bei der Sache. So wie vorhin. Das Gerücht, Widzelt könnte tot sein, hatte ihn derart aus dem Gleichgewicht gebracht, dass er Hals über Kopf nach Moormerland geritten war, ohne sich um seine Pflichten als Vogt und Familienvater zu scheren.

Die Vorsichtsmaßnahmen, die er üblicherweise traf, wenn er länger das Haus verließ – hatte er die auch vergessen?

Almuth wünschte den Dienern eine gute Nacht und ging nach oben, in der Hand ein Talglicht. Die Tür der Amtsstube war nicht abgeschlossen, der Raum selbst unaufgeräumt – noch ein Hinweis, dass

Yneke nicht ganz bei sich war. Die Truhe war offen, die Dokumente wirkten unordentlich. Offenbar hatte er gerade etwas gesucht oder darin abgelegt, als die Hiobsbotschaft an sein Ohr gedrungen war.

Almuth nahm mehrere Stapel Gerichtsprotokolle heraus und arbeitete sich zum Boden der Kiste vor. Dort lag sie, die kleine Metallschatulle. Ihre Finger zitterten, als sie das Kästchen in die Hand nahm. Es war angerostet und schmutzig. Offenbar war es lange Zeit irgendwo vergraben gewesen. *Die alte Zehntscheune*, kam es ihr in den Sinn. *Dort hat er es aufbewahrt. Als sie abgerissen wurde, brauchte er ein neues Versteck. Warum hat er es wieder in die Truhe gelegt? Hat er auf die Schnelle kein gutes neues Versteck gefunden?* Möglicherweise war das Kästchen zwischen den Pergamenten nach unten gerutscht, sodass er es schließlich vergessen hatte. Aus den Augen, aus dem Sinn. Kein Wunder, so zerstreut, wie er neuerdings war.

Bitte lass es offen sein! Hier jedoch endete ihre Glückssträhne. Der Deckel war fest verschlossen, den Schlüssel konnte sie nirgends finden.

Sie hielt den Atem an und schüttelte das Kästchen nah an ihrem Ohr. Etwas raschelte leise darin.

Am nächsten Morgen ging Almuth zur Lastadie und suchte Jann Wilken auf.

»Kannst du das aufbrechen, ohne dass Yneke etwas merkt?«

Sie waren allein in der Werkhütte. Jann begutachtete das Kästchen, als wäre es ein absonderliches Stück Treibgut, das die Brandung angespült hatte.

»Was ist das? Besser gesagt, was ist drin?«

»Etwas, das er sorgsam vor mir verbirgt.«

Er blickte sie fragend an, doch sie sah sich außerstande, ihm weitere Auskünfte zu geben.

»Kriegen wir es auf?«

»Das dürfte nicht allzu schwer sein«, brummte er. »Aber dann ist das Schloss entzwei, und das merkt Yneke todsicher.«

»Könntest du es reparieren?«, fragte Almuth gespannt.

»Ich verstehe zu wenig von Mechanik. Außerdem fehlt mir das nötige Werkzeug. Aber in Esens gibt es einen Schlosser, der das sicher hinbekommt. Ist dir die Sache wichtig genug, dass ich hinreite und ihn frage?«

Almuth bejahte ganz entschieden.

Wortlos griff Jann nach einem Beitel und hebelte die Schatulle auf. Knackend gab das Schloss nach, der Deckel sprang auf. Mit feuchten Fingern holte sie das Papier heraus und faltete es auseinander.

Darauf war eine Abbildung zu sehen, von geschickter Hand mit dem Kohlestift gezeichnet. Sie stellte ein reich verziertes Kreuz dar. Almuth schwitzte derart stark, dass sie das Papier an den Ecken hielt, um die kunstfertigen Linien nicht zu verschmieren.

»Was ist das?«, fragte Jann.

Almuth konnte kaum Latein, sie war nicht imstande, die Inschrift des Kreuzes vollständig zu entziffern. Zwei Namen jedoch fielen ihr ins Auge: »Yneco Egerus« und »Occo«. Und die Jahreszahl MCCCXCI – 1391. Oberhalb der Inschrift war ein Totenschädel abgebildet, darunter ein Schwert. *Ein Sühnekreuz*, wollte sie antworten, doch ihr versagte die Stimme. *Bei Gott, Yneke…* Sie schluckte. »Abbe kann Latein, oder?«, krächzte sie.

»Jorien auch. Am besten holen wir beide.«

Es dauerte nicht lange, bis Jann mit Frau und Bruder zurückkam. Er hatte sie eingeweiht, sodass Almuth nicht erklären musste, was es mit der Zeichnung auf sich hatte. »Nun lasst mal sehen«, war alles, was Jorien sagte.

Almuth musste sich an der Tischkante festhalten – andernfalls, so fürchtete sie, würde sie umkippen. Die Entdeckung hatte sie im Innersten erschüttert. Seitdem fühlte sie sich wund, dünnhäutig, ja vollkommen durchlässig für äußere Eindrücke, als hätte der Schock den unsichtbaren Panzer, der sie seit Jahren einhüllte, zerschmettert. All ihre Sinne waren maximal geschärft. Als Jorien und Abbe zu der Zeichnung traten, vernahm sie das Knirschen der Hobelspäne unter ihren Schuhsohlen. Sie roch das harzige Kiefernholz in der Ecke, den Staub auf den Regalen, Janns würzigen Schweiß. Das Metall der Beitel, Handsägen und Zimmermannsbeile an den Haken schillerte ölig wie Perlmutt.

Abbe legte den Gehstock auf den Tisch und beugte sich über die

Zeichnung. Nach einem trockenen Räuspern las er die Inschrift des Sühnekreuzes vor: *»Die Sanctae Afrae anno Domini MCCCXCI Aurica Yneco Egerus capitaneum Occonem occidit. Yneco paenitens ab Occone veniam petit. Cuius anima requiescat in pace.«*

Jorien hatte in jungen Jahren bei den Beginen zu Bremen gelebt und dort eine solide Bildung erworben. Es fiel ihr nicht schwer, den kurzen Text zu übersetzen: »Am Tag der heiligen Afra im Jahre des Herrn 1391 erschlug Yneke Egers zu Aurich Häuptling Ocko. Yneke bittet Ocko bußfertig um Verzeihung. Möge seine Seele Frieden finden.«

Schweigen füllte die Werkhütte aus. Eine Stille, so schwer wie der Novembernebel, so tief wie der Ozean. Almuth betrachtete die Gesichter der anderen. Jann und Jorien waren totenbleich, der Schrecken glomm fahl in ihren Augen. Abbe hingegen zeigte keine Regung, sein Antlitz war starr.

Er weiß etwas, kam es ihr in den Sinn, doch der Gedanke riss ab, verschwand.

»Ich verstehe das nicht«, wisperte Jorien. »Hat Yneke die Zeichnung angefertigt? Er kann doch kein Latein, oder?«

Almuth schüttelte den Kopf. »Bruder Erasmus hat sie für ihn gemacht, vor Jahren.«

»Warum?«

»Damit Yneke für sein Verbrechen Buße tut und nach der Vorlage ein Sühnekreuz schlagen lässt. Yneke aber weigerte sich und versteckte die Zeichnung.« Sie konnte nur Vermutungen darüber anstellen, warum er die Zeichnung nicht längst vernichtet hatte. Möglicherweise hatte er sie als Absicherung aufgehoben. Als eine Art Testament, um sicherzustellen, dass die Schrift kurz nach seinem Tod eingraviert und das Sühnekreuz am Ort des Verbrechens aufgestellt wurde – wenn er nichts mehr zu verlieren hatte. Ekel stieg ihr wie Gift die Kehle empor.

Jann sprach aus, was alle dachten: »Er hat Ocko umgebracht und den Mord unserem Jungen in die Schuhe geschoben.« Er ballte die Fäuste. In dem bärtigen Gesicht arbeiteten Zorn, Hass, Verzweiflung. Dieser sonst so beherrschte Mann war kurz davor, den Tisch umzuwerfen und in der Hütte alles kurz und klein zu schlagen.

Jorien nahm seine Rechte in beide Hände. Sie kämpfte die eigenen Gefühlswallungen nieder und sagte: »Lasst uns überlegen, was wir mit diesem Wissen anfangen. Ich schlage vor, dass wir zuerst mit Erasmus sprechen.«

»Das habe ich schon versucht – damals, als ich sah, wie er Yneke die Zeichnung gab. Er beruft sich auf das Beichtgeheimnis. Am besten gehen wir direkt zu Foelke und Keno, damit sie Yneke vor Gericht bringen.«

Jorien und Jann waren einverstanden. Abbe hingegen runzelte die Stirn. Zum ersten Mal, seit er die lateinische Inschrift vorgelesen hatte, sprach er.

»Lasst uns damit noch warten.«

»Wieso? Was versprichst du dir davon?«, fragte Almuth.

»Das kann ich euch nicht sagen. Ich kann euch nur bitten, mir zu vertrauen.«

Sie schauten ihn fragend an, doch er hüllte sich in Schweigen. Schließlich nahm er einen tiefen Atemzug, griff nach dem Metallkästchen und hielt es Jann hin.

»Sieh zu, dass das repariert wird.«

Kapitel sechzehn

Einige Tage später kehrte Yneke zurück. Almuth begrüßte ihn kühl in der Halle. Es kostete sie enorm viel Kraft, ihren Ekel, ihren Hass zu verbergen. Vor allem ihre Anspannung. Jann hatte das Kästchen reparieren und mit der Zeichnung darin verschließen lassen, es lag wieder in der Truhe unter den Dokumenten. Almuth hoffte und betete, dass der Schlosser sorgfältig gearbeitet hatte, sodass Yneke keinen Verdacht schöpfte.

Eger stürmte zu seinem Vater. Der nahm ihn widerwillig auf den Arm.

»Hast du mir etwas mitgebracht?«

Yneke antwortete nicht, er stellte den enttäuschten Jungen auf den Boden. »Geh zu deiner Mutter – ich kann mich jetzt nicht um dich kümmern.« Ungeduldig nestelte er am Wehrgehenk herum. »Hilf mir mal!«

Almuth nahm ihm Schwert und Dolch ab, sodass er sich setzen konnte. »Wie steht es um Widzelt?«

»Niemand weiß etwas«, antwortete er kurz angebunden.

Er wirkte erschöpft und sorgenvoll. Zu ihrer Erleichterung interessierte er sich nicht im Geringsten für die Dokumententruhe.

Obwohl er todmüde war, verließ Yneke nach dem Mittagsmahl das Steinhaus. Er musste nachdenken, und das konnte er nicht, wenn der wandelnde Vorwurf Almuth ständig um ihn herumschlich. Er mied das Dorf und streifte über das Acker- und Weideland, entlang der Befestigungsanlagen, die er ohnehin hatte inspizieren wollen.

Allerdings konnte er sich nicht dazu aufraffen zu prüfen, ob die Dörfler ihren Diensten an Wall und Graben nachgekommen waren. Sorgen setzten ihm zu – Sorgen und nagende Furcht. Die Nachforschungen in Moormerland waren unergiebig gewesen. Widzelt und dessen Heerhaufen hatte er nicht gefunden, dafür Hinweise auf Kampfhandlungen sowie Spuren einer Streitmacht, die zu groß war, um aus Ostfriesland zu kommen. Wessen Streitmacht? Er hatte nicht die geringste Ahnung, sie war ebenfalls verschwunden. Da er nicht ausschließen konnte, dass der Hauptort der Gegend, Detern, noch immer unter Fockos Herrschaft stand, hatte er sich von dort ferngehalten. Ihm war nichts anderes übrig geblieben, als sich bei der Landbevölkerung umzuhören. Von den verängstigten und verschlossenen Bauern erfuhr er lediglich dunkle Gerüchte und wirre Mutmaßungen. Ein Grauen in Detern, eine Feuersbrunst in der Kirche, viele Tote. War Widzelt unter den Opfern? Niemand wusste es. Niemand wollte ihn gesehen haben.

Was also tun? Sollte er nach Marienhafe reiten, um dort die Antworten auf seine Fragen zu suchen? Sein Instinkt riet ihm davon ab. Er konnte es nicht recht in Worte fassen, doch eine Ahnung sagte ihm, dass in Marienhafe Gefahr drohte. Am vernünftigsten wäre es, in Warfstede auszuharren und auf verlässliche Nachrichten zu warten.

Am vernünftigsten, aber auch schwer auszuhalten. Die Aussicht, womöglich tagelang auf den Händen zu sitzen und sich von der Angst auffressen zu lassen, war nicht eben verlockend.

Der ziellose Marsch führte ihn zum Tor, wo er ein paar Worte mit den Wächtern wechselte. So war es letztlich nichts als ein Zufall, dass er die Reiter rechtzeitig bemerkte.

Sie kamen den Geestrücken herunter und trabten den Karrenpfad entlang: drei Dutzend Bewaffnete in den Farben der tom Brok. Nicht Widzelt führte sie an, sondern sein zum Manne gereifter Halbbruder Keno. Wie einst sein Vater Ocko war er von Kopf bis Fuß in Kettengeflecht und Panzerplatten gehüllt. Das ziselierte Blech schimmerte matt, auf dem Rücken trug er ein Langes Schwert. Das Augenpaar unter dem hochgeklappten Helmvisier blickte grimmig drein. Entschlossen und selbstgerecht.

»Schließt das Tor«, befahl Yneke den Wächtern.

»Aber Herr, das ist Keno tom Brok…«

»Schließt es! Sofort!«

Vorbei war das diffuse Gefühl, die dumpfe Ahnung. Er schaute Keno an und *wusste* augenblicklich, was geschehen war. Widzelt lag tot in Moormerland. Seine Herrschaft war zu Ende. Keno griff nach der Macht, indem er seines Halbbruders Getreue durch eigene Gefolgsleute ersetzte.

Die Wächter schlossen das Tor. Im letzten Moment legten sie den Balken vor. Die Reiter zügelten die Pferde. Keno rief etwas, die Worte übertrafen Ynekes schlimmste Befürchtungen.

»Macht auf, im Namen des Gesetzes! Ich klage Yneke Egers des Mordes an meinem Vater Ocko tom Brok an. Wer ihm beisteht oder ihm zur Flucht verhilft, wird mit Acht und Bann belegt!«

Die Wächter befingerten nervös die Schäfte der Hellebarden und erwarteten Ynekes Befehle.

»Lasst sie unter keinen Umständen herein.« Er hastete davon.

Ihm blieben allenfalls Minuten, bis die Wächter vor lauter Angst das Tor öffnen würden. Die Zeit reichte nicht aus, um eines der im Hafen liegenden Schiffe seeklar zu machen und über das Meer zu entkommen – zumal gerade Flut herrschte und das Siel geschlossen war. Auch eine Flucht über Land kam nicht infrage. Keno ließ gewiss gerade die Reiter ausschwärmen und Warfstede von allen Seiten abriegeln.

Aus und vorbei!, zischte sein Vater in den Tiefen seiner Seele. *Du bist endgültig gescheitert. Wusste ich's doch. Eben ein Versager durch und durch.*

»Nichts da«, wisperte Yneke mit dem Trotz der Verzweiflung. Er würde nicht sang- und klanglos untergehen. Es gab noch etwas, was er tun konnte. Er musste all sein Kriegsvolk um sich scharen und kämpfen. Kämpfen bis zum letzten Blutstropfen.

Während er den The überquerte, rief er sämtliche Krieger zu sich, die er erblickte. Es war lediglich ein gutes Dutzend. Die übrigen trieben sich weiß Gott wo herum. Nun, es musste genügen. Das Steinhaus ließ sich mit wenigen Kämpfern verteidigen, auch gegen eine dreifache Übermacht, sofern sie keine Kriegsmaschinen mit sich führte.

Seine Gedanken rasten, als er die Sprossen erklomm. Drinnen bellte er Befehle. »Zieht die Leiter herauf und verrammelt die Tür. Bewaffnet euch mit Armbrüsten und Wurfgeschossen.«

Er wandte sich an die wenigen Diener, die zu dieser Tageszeit im Haus weilten, fünf erschrocken dreinglotzende Knechte und Mägde.

»Die Frauen nach oben. Die Männer holen sich Waffen und helfen dem Kriegsvolk.«

Almuth, die am Kamin gesessen und Eger aus der Bibel vorgelesen hatte, kam zu ihm. »Werden wir angegriffen?«

»Geh mit Eger nach oben.«

Wie üblich machte sie nicht, was man ihr sagte. »Zuerst erklärst du mir, was los ist«, verlangte sie.

Dieser renitente Ton, der trotzige Blick, am liebsten hätte er ihr ins Gesicht geschlagen. Er ließ sie stehen und öffnete ein Fenster. Die Torwächter, diese rückgratlosen Würmer, hatten wie erwartet nicht lange durchgehalten. Just im Moment preschten Keno und seine Mannen auf den The. Die Dörfler, die ahnten, was die Stunde geschlagen hatte, flohen in ihre Hütten. Die Händler räumten hastig die Ware weg und spannten Ochsen und Pferde vor Frachtkarren und Ackerschlitten.

Die meisten Krieger stiegen ab. Allein Keno und sechs Getreue blieben im Sattel sitzen und ritten am Dorfkrug vorbei zur Warf.

»Yneke! Ich klage dich des Mordes an meinem Vater an«, wiederholte der junge Mann lautstark seinen Vorwurf. »Ich weiß, dass du es warst, der den tödlichen Streich geführt hat. Komm heraus und erkläre dich.«

Yneke biss die Zähne zusammen und ließ die Holzklappe vor dem Mauerschlitz zufallen. Er ertrug den rechtschaffenen Eifer in Kenos Blick nicht länger. Almuth musste das Geschrei gehört haben. Trotzdem wirkte sie nicht erschüttert oder wütend, nicht einmal überrascht. Sie stand einfach da, Eger an der Hand, und schaute ihn an.

»Zum letzten Mal, Weib: Nimm den Jungen und geh nach oben. Oder du lernst mich kennen!«

Eger kämpfte mit den Tränen. Das machte Yneke nur noch wütender. Beim heiligen Georg, konnte sich der Junge nicht einmal zusammenreißen und so etwas wie Mut zeigen? Aus ihm würde nie ein Krieger werden, wenn er bei jeder Gelegenheit zu flennen anfing.

Er kommt eben ganz nach dir, höhnte sein Vater.

Yneke wandte sich brüsk ab und prüfte die Tür. Verriegelt und fest wie ein Burgtor. Das dicke, mit Schmiedeeisen verstärkte Holz konnte einem Kanonenschuss standhalten. Sodann ließ er sich von einem Knecht eine gespannte und geladene Armbrust geben.

»An die Fenster«, befahl er den Kriegern. »Wenn sie angreifen, bereiten wir ihnen die Hölle auf Erden. Zwanzig Gulden dem, der Keno tötet!«

»Nicht näher heran«, sagte Abbe. »Am Hafen werden wir durchlöchert. Die Armbrustbolzen fliegen bis zu den Anlegern.«

Jann, Bent und er hielten sich hinter der Reethütte des Segelmachers, weit genug vom Steinhaus entfernt. Sie standen an der Weißdornhecke, die den Gemüsegarten begrenzte, und beobachteten das Gefecht auf der Warf. Eben trugen mehrere Krieger eine Leiter den Weg herauf, während die übrigen die Fenster mit Bogen und Armbrüsten beschossen. Kurz war Keno zu sehen, der das Schwert schwenkte und Befehle rief, ehe er bei den Hütten am Flussufer Deckung vor dem feindlichen Geschosshagel suchte.

»Ich hoffe wirklich, Etta und Gela konnten sich rechtzeitig in Sicherheit bringen«, murmelte Bent, blass vor Sorge.

»Gewiss haben sie sogleich Fenster und Türen verrammelt«, versuchte Abbe ihn zu beruhigen. »Und sie sind ja nicht allein. Jorien und die Diener sind bei ihnen.«

»Ich kann mir nicht vorstellen, dass Keno ihnen ein Leid zufügen will«, sagte Jann. »Es scheint ihm ausschließlich um Yneke zu gehen.«

»Wenn man wenigstens wüsste, was das zu bedeuten hat«, meinte Bent.

»Ich schätze, das Gerücht ist wahr.«

»Dass Widzelt tot ist?«

Jann nickte. »Und nun beginnt der Kampf um die Macht im Hause tom Brok.«

Oder Keno weiß inzwischen, was wir wissen, mutmaßte Abbe. Einmal mehr wünschte er, Folkmar hätte sich in seinem letzten Brief etwas klarer ausgedrückt.

»Jorien!«, rief Jann plötzlich.

Nun sah auch Abbe seine Schwägerin über die Felder am Dorfrand eilen. Als Jann noch einmal ihren Namen rief und hektisch winkte, kam sie zu ihnen.

»Was machst du hier?«

»Ich wollte euch benachrichtigen. Wir waren uns nicht sicher, ob ihr draußen im Deichvorland mitkriegt, was passiert ist.«

»Wir waren diesseits des Deichs«, erklärte Jann. »Wir haben alles gesehen.«

»Wo sind Etta und Gela?«, fragte Bent.

»In Sicherheit. Wir waren gerade im Warenspeicher, als die Reiter kamen. Ich habe ihnen gesagt, dass sie dort bleiben und die Tür verrammeln sollen.«

»Gela auch?«

»Etta hatte sie mitgenommen, weil keine der Mägde Zeit hatte, auf sie aufzupassen.«

»Ich muss zu ihnen«, erklärte Bent.

Jorien nickte. »Aber sei vorsichtig. Mach einen weiten Bogen um die Warf.«

Kaum war Bent fort, erklang schrilles Geschrei vom Steinhaus. Kenos Krieger hatten versucht, über die Leiter an die Tür zu gelangen und diese mit Äxten einzuschlagen. Ynekes Leute hatten sie vom Obergeschoss aus mit Nachttöpfen, Weinflaschen und Ziegelsteinen beworfen sowie mit kochendem Wasser übergossen. Eben zogen sich die Angreifer zurück, mindestens einer war schwer verletzt. Der Mann schrie wie am Spieß, sein Gesicht war blutüberströmt. Die anderen schleiften ihn die Böschung hinab. Die umgekippte Leiter ließen sie im Gras liegen.

»Habt ihr gehört, was Keno gesagt hat?«, fragte Jorien.

»Er hat Yneke mehrmals aufgefordert rauszukommen«, antwortete Jann.

»Ich meine davor. Er beschuldigt Yneke, Ocko ermordet zu haben.«

Jann runzelte die Stirn. »Keno kommt zur gleichen Zeit dahinter wie wir. Das nenne ich einen eigenartigen Zufall.«

Jenen Gedanken, der sowohl ihn als auch Jorien seit Tagen quälte, sodass sie kaum schliefen, kaum einen Bissen hinunterbrachten, sprach er nicht aus: *Für Folkmar kommt das zu spät.* Sie fassten einander an den Händen und starrten schweigend zum Steinhaus.

Abbe vermochte sich nicht vorzustellen, was gerade in ihnen vorging. *Ich muss es ihnen sagen. Sie müssen wissen, dass Folkmar lebt.* Doch er zügelte sich. Er würde so lange den Mund halten, bis Folkmar ihn von seinem Versprechen, Stillschweigen zu wahren, entband. Diese Sache war noch nicht ausgestanden. Abbe wusste zu wenig über die Hintergründe, um etwaige Gefahren für den Jungen richtig einschätzen zu können. Ein falsches Wort zur falschen Zeit mochte unabsehbare Folgen haben.

Soeben rottete sich bei der Sägemühle Kriegsvolk zusammen. Ein Dutzend Männer, die zu Yneke gehörten. Sie blieben jenseits des Flusses und griffen nicht in das Gefecht ein. Offenbar waren die Söldlinge zu dem Schluss gekommen, dass es hier nichts für sie zu gewinnen gab – dass die Sache ihres Herrn verloren war. *Gut so*, dachte Abbe. Gleichwohl sah es nicht danach aus, als würden Kenos Mannen das Steinhaus alsbald erstürmen. Gerade verließen einige Krieger die Deckung, erklommen mit erhobenen Schilden die Warf und versuchten, zur Leiter zu gelangen. Sie wurden heftig beschossen. Einer bekam einen Armbrustbolzen in den Hals, fiel rücklings ins Gras und lag zappelnd wie ein Fisch auf dem Trockenen da, während eine Blutfontäne aus der zerfetzten Kehle schoss. Seine Gefährten zogen sich rasch zurück, ohne auch nur in die Nähe der Leiter gekommen zu sein.

Yneke kann Wochen ausharren, wenn nicht Monate. Das Steinhaus war leicht zu verteidigen. Seit Abbes Vorfahren es erbaut hatten, war es keinem Feind je gelungen, es zu erobern. Die Mauern waren ungeheuer massiv, es gab nur einen einzigen Zugang, und Yneke hatte gewiss dafür gesorgt, dass die Speisekammer reichlich Vorräte enthielt.

Auf lange Sicht mochte Ynekes Schicksal besiegelt sein, doch dieser Gedanke beruhigte Abbe keineswegs. Die entscheidende Frage war: Würde Keno sich auf eine zähe und verlustreiche Belagerung einlassen? Oder würde er schließlich die Geduld verlieren und zu drastischen Maßnahmen greifen, um den Mörder seines Vaters zu strafen?

Vor Abbes innerem Auge ging das Steinhaus in Flammen auf. Eine solch grausige Narretei würde unweigerlich alle töten, die sich im Gebäude aufhielten.

Auch Almuth und Eger.

»Wo willst du hin?«, fragte Jann.

»Zu Keno.« Abbe schlurfte über die Wiese. »Ich muss mit dem Jungen reden.«

Abbe machte wie Bent einen weiten Bogen um die umkämpfte Warf. Er näherte sich dem The von Südwesten und verschaffte sich zunächst einen Überblick über die Lage. Gerade ruhten die Waffen. Sämtliche Dörfler und Händler hatten das Weite gesucht oder sich versteckt. Er ging zielstrebig zu zwei Hellebardieren, die die Tür des Krugs bewachten.

»Ist euer Herr da drin?«

»Ich erinnere mich an dich. Du bist der Bucklige, der bei der Herrschaft am Tisch saß«, stellte einer der Krieger scharfsinnig fest.

»Mein Name ist Abbe Wilken Osinga. Ich habe Keno unterrichtet, bevor er nach Den Haag ging. Bitte lasst mich zu ihm vor.«

»Das geht nicht. Verschwinde.«

»Zur Verhütung unnötigen Leides ist es dringend erforderlich, dass ich mit ihm spreche.«

»Wir haben die strikte Order, niemanden …«

Die Tür wurde von innen geöffnet, Keno erschien auf der Schwelle. Er hatte den Helm abgelegt. »Das geht in Ordnung. Er darf herein.«

Der junge Mann schloss die Tür hinter Abbe. »Wir setzen uns da hinüber. Bleib von den Fenstern weg.«

Sie gingen zu einer dem Steinhaus abgewandten Ecke des Schankraumes, wo sie vor den feindlichen Armbrustschützen sicher waren. Keno ließ sich schwer auf einen Stuhl fallen, sodass die Rüstung schepperte. Während er nach einem Kanten Brot griff, forderte er Abbe auf, sich ebenfalls zu setzen.

»Ich hätte nicht gedacht, dass wir uns unter derart seltsamen Umständen wiedersehen, alter Freund«, sagte Keno mit müdem Lächeln. Die Erschöpfung, die ihm merklich zusetzte, war sicher nicht dem kurzen Kampf geschuldet. Vermutlich war er die Nacht durchgeritten, um den Mörder seines Vaters so schnell wie möglich dingfest zu machen.

Abbe musterte seinen einstigen Schüler. Dies war nicht mehr der schlaksige, ungestüme, unsichere Junge, den er lateinische Grammatik gelehrt hatte. Keno war zum Manne gereift, und nicht nur physisch. Der Ernst in seinen Augen verriet, dass er in seinen neunzehn Lebensjahren bereits reichlich Schmerz, Trauer und Verrat erfahren hatte. *Hoffentlich hat es ihn nicht grausam gemacht, sondern ihn Mitgefühl gelehrt.*

»Ich habe gehört, was du zu den Wächtern gesagt hast. Du bist hier, um unnötiges Leid zu verhindern.«

»So ist es«, bestätigte Abbe.

»Yneke muss bestraft werden. Er hat meinen Vater getötet. Aber das weißt du ja längst.«

Abbe kommentierte das nicht. Keno blickte ihn durchdringend an, er ließ die Angelegenheit jedoch auf sich beruhen. Das war eine Sache für ein anderes Gespräch an einem anderen Tag. »Yneke will sich nicht ergeben«, fuhr der junge tom Brok fort. »Also muss ich ihn im Kampf bezwingen. Dass es dabei Verletzte und Tote geben wird, ist unvermeidlich.«

»Du hast keine Kriegsmaschinen. Allein mit Waffengewalt und einer Leiter kannst du das Steinhaus nicht erstürmen.«

Der Ausdruck in Kenos Augen verriet, dass ihm die Grenzen seiner Möglichkeiten bewusst waren. »Worauf willst du hinaus?«

»Gehe ich recht in der Annahme, dass du mit dem Gedanken spielst, deine Männer Öl herbeischaffen zu lassen, um das Steinhaus anzuzünden? Oder Donnerkraut, um es zu sprengen?«

Kenos Schweigen war Antwort genug.

»Das darfst du nicht tun«, sagte Abbe beschwörend. »Es sind Unschuldige darin. Ynekes Frau Almuth Gerts mit ihrem kleinen Sohn Eger. Gewiss auch Mägde und Knechte.«

»Es ist die einzige Möglichkeit. Nur so kann ich vermeiden, meine Männer in fruchtlosen Angriffen zu opfern.«

»Hungere ihn aus.«

»Das dauert Wochen. Ich will aber *jetzt* Gerechtigkeit für meinen Vater.«

Es war genau, wie Abbe befürchtet hatte. Keno trieb die Ungeduld, das sengende Verlangen nach Rache, das ihn blind machte für alles andere. »Es ist keine Gerechtigkeit, wenn du dafür unschuldige Leben vernichtest.«

»Wo gehobelt wird, fallen Späne«, erwiderte sein einstiger Schüler kaltschnäuzig.

»So redet ein Schlagetot – ein tumber Rohling wie dein Halbbruder. Aber kein kluger und feinsinniger junger Mann, der unter meiner Anleitung die antiken Denker studiert hat. Habe ich dich nicht gelehrt, dass der weise Herrscher stets nach Vernunft und Mitgefühl streben sollte?«

»Mein Halbbruder ist bei lebendigem Leib verbrannt. In einer Kirche wie einst Enne Rycken Hylkena. Wusstest du das?«

»Nein«, antwortete Abbe erschüttert. Es dauerte einen Moment, bis er die Fassung zurückerlangte. »Hast du den Befehl dazu gegeben?«

Keno schüttelte langsam den Kopf. »Ich vermute, es war meine Mutter. Oder Focko Ukena hat auf eigene Faust gehandelt. Er stand nämlich vor derselben Herausforderung wie ich: Wie straft man einen niederträchtigen Verbrecher, der sich in einer uneinnehmbaren Festung verschanzt hat? Zu deiner Frage: Ja, das hast du mich gelehrt. Aber das Leben selbst erteilte mir eine mächtigere Lektion: Der Schwache wird vernichtet, nur der Starke kann bestehen. Stärke aber heißt Härte, und Härte heißt Rücksichtslosigkeit.«

»Das könnte falscher nicht sein. Vertrau mir, ich weiß einiges über Rücksichtslosigkeit, ich habe sie oft genug erfahren. Die Menschen, die mich früher herumgeschubst haben – glaubst du, sie haben das getan, weil sie *stark* sind? Nein! Sie haben es nötig, sich auf Kosten anderer zu erhöhen. Sie sind kleine, schwache, verbitterte Seelen. Sei besser als sie. Stärke heißt Güte, und Güte heißt Nächstenliebe.«

»Genug.« Keno hob abwehrend die Hand. »Du bist nicht mehr mein Lehrer, also lass den erbaulichen Vortrag. Es ist entschieden. Yneke bekommt Zeit bis morgen früh, die Waffen niederzulegen und sich mir auszuliefern. Tut er das nicht, wird das Steinhaus brennen.«

Abbe blickte Keno lange in die Augen. »Du hast wahrlich viel gelernt in den letzten Jahren«, sagte er leise. »So spricht ein wahrer Häuptling. Deine Mutter ist gewiss stolz auf dich.«

Vor lauter Angst konnte Eger nicht schlafen. Almuth saß lange an seinem Bett und hielt den zitternden Jungen in den Armen. Sie musste jede Gutenachtgeschichte erzählen, die sie kannte, jedes Schlaflied singen, bis ihm endlich die Augen zufielen. Vorsichtig deckte sie ihn zu und blieb noch eine Weile bei ihm, bis sie schließlich das Talglicht an sich nahm und leise aus der Kammer schlüpfte. Die Tür ließ sie angelehnt. Es ging bereits auf Mitternacht zu. Die beiden Mägde hockten im Korridor auf einer Bank. Eine schlief, ihr Kopf ruhte auf der Schulter der anderen, die wach geblieben war und Almuth mit stumpfen Augen anblickte.

»Hab ein Ohr auf Eger. Wenn er aufwacht und sich fürchtet, rufst du mich.«

Sodann stieg sie die Treppe hinab. Stille erfüllte das Gebäude. Nach einem letzten fruchtlosen Angriff am frühen Abend hatte Keno den Versuch aufgegeben, das Steinhaus mit Gewalt zu nehmen. Abermals hatte er Yneke aufgefordert, sich zu ergeben und für seine Verbrechen einzustehen. Als ihr Gemahl sich weigerte, hatte Keno ihm Bedenkzeit bis Sonnenaufgang gegeben. Was geschehen würde, wenn Yneke dann immer noch Widerstand leistete, hatte der junge tom Brok offen gelassen. Almuth aber konnte es sich denken. Das musste sie verhindern, koste es, was es wolle.

In der Halle flackerte ein einzelner Kienspan, der in einer Ecke für etwas Helligkeit sorgte, im Rest des Saales hingegen die Schatten vertiefte. Almuth sah einige Kriegsleute und Knechte, die auf dem Boden lagen und schliefen oder es wenigstens versuchten. Andere, kaum zu erkennen in der zuckenden Finsternis, saßen mit gespannten Armbrüsten an den Fenstern.

Yneke kauerte am Tisch, das Kinn war ihm auf die Brust gesunken. Der Kienspan brannte in seinem Rücken, sodass sich sein Schatten dünn und lang wie verschüttete Tinte über die Tischplatte, den Steinboden und einen schlafenden Mann ausdehnte und schließlich mit der Dunkelheit verschmolz. Er schreckte auf, als er ihre Schritte vernahm.

»Wieso bist du nicht oben?«

»Du musst dich Keno stellen«, sagte sie ohne Umschweife.

»Hältst du mich für lebensmüde? Der Kerl ist von Sinnen. Er wird mich am nächsten Baum aufknüpfen.«

»Das wird er. Aber so kannst du wenigstens deine Seele retten. Und das Leben deines Sohnes. Und die anderen Bewohner des Steinhauses.«

»Meine Seele? Was redest du da, Weib?«

Eine schwarze Flut aus Hass und Ekel überschwemmte ihr Gemüt, sodass sie die Worte nicht länger zurückhalten konnte. »Ich weiß, was du getan hast. Ich habe Erasmus' Zeichnung gefunden.

Du hast Ocko ermordet«, sagte sie so laut, dass jeder in der Halle es hören konnte.

Er rang um Beherrschung, doch es gelang ihm nicht. Sein Gesicht fiel zusammen wie eine Strohhütte im Sturm. Ein Dutzend Regungen zuckten über die schiefen Züge – Wut, Furcht, Reue, Scham, keine blieb länger als ein Wimpernschlag. »Halt den Mund«, zischte er. »Halt dein verdorbenes Lügenmaul!«

»Keno spricht die Wahrheit. Männer, nehmt Ockos Mörder fest.«

»Wie kannst du es wagen!« Jäh wie ein Springteufel fuhr er auf. »Hört nicht auf sie. Sie lügt!«

»Weißt du, was ich glaube? Widzelt und du, ihr habt gemeinsame Sache gemacht. Widzelt wollte den verhassten Vater loswerden, also hat er Ockos Tod befohlen. Und du hast den Befehl ausgeführt, ganz der treue Vasall, der sich Widzelts Freundschaft verdienen wollte.«

Er kam auf sie zu, sie wich zurück. Inzwischen waren alle Krieger und Knechte aufgestanden, die Männer machten ihnen Platz und beobachteten sie schweigend.

Wieso greifen sie nicht ein? Sie musste weiterreden, alles ans Licht bringen, jede Abscheulichkeit. »Es hat sich ja auch bezahlt gemacht. Widzelt hat dich in seinen inneren Kreis aufgenommen, dich mit der Vogtei Duvelslond belehnt. Du bist zu Macht und Wohlstand gekommen. Ein Menschenleben ist ein geringer Preis für einen derart üppigen Lohn, nicht wahr? Zumal es ein Leichtes war, euer Verbrechen zu vertuschen.«

Sein Antlitz verformte sich zu einer Grimasse des Hasses, die nicht minder aussagekräftig war als ein umfassendes Geständnis. Er schlug nach ihr. Almuth gelang es gerade so auszuweichen.

»Außerdem war es der ideale Vorwand, Folkmar Janns zu vernichten«, fuhr sie atemlos fort. »Folkmar, den du hasst wie keinen anderen. Der praktischerweise gerade in Bremen war, als du Ocko ermordet hast. So konntest du ihm die Tat in die Schuhe schieben. Ihn für ein Verbrechen büßen lassen, das *du* begangen hast.«

»Folkmar, Folkmar, immer nur Folkmar!«, schrie Yneke. »Du bist wie besessen von dem Kerl. Er beherrscht dein Herz, deine Gedanken. Kein anderer Mann kann ihm das Wasser reichen. Ich hatte nie eine Chance gegen ihn.«

»Das stimmt. Aber nicht wegen Folkmar. Sondern weil du ein Scheusal bist. Ein Wicht, ein Feigling der schlimmsten Sorte. Ich könnte dich niemals lieben, und wenn du der letzte Mann auf Erden wärst.«

Sie stieß mit den Fersen gegen eine Stufe, sodass sie dem nächsten Schlag nicht entrinnen konnte. Seine Faust schnellte vor und traf sie im Gesicht. Schmerz explodierte in ihrem Schädel. Sie fiel rücklings in die Fensternische, prallte mit dem Rücken gegen eine Steinkante, sodass ihr die Luft wegblieb. *Nicht ohnmächtig werden*, durchfuhr es sie. *Wenn ich ohnmächtig werde, bringt er mich um!* Sie musste leben, musste diesem Wahnsinn Einhalt gebieten und Eger retten. Mit purer Willenskraft gelang es ihr, die drohende Bewusstlosigkeit abzuschütteln.

Im rot glühenden Gegenlicht sah sie nur einen Schemen, der vor ihr aufragte. Ihr Instinkt sagte ihr, dass Yneke abermals zum Schlag ausholte. Er konnte jedoch noch weniger sehen als sie. Sie rappelte sich auf. Dabei berührte ihre Hand einen Gegenstand, der in der Nische lag. Ohne zu zögern, griff sie danach. Selbst ein Trinkbecher wäre eine bessere Waffe als die bloßen Hände. Es war eine Armbrust. Almuth hatte keine Ahnung, wie man dieses Ding bediente, ob es überhaupt geladen war. Sie benutzte es wie eine Keule und schwang es mit aller Kraft. Spürte, dass sie den Schemen damit traf. Yneke heulte vor Schmerz auf und taumelte zurück.

Almuth gelangte auf die Füße. Schwindel überkam sie, und sie wäre beinahe wieder hingefallen. Mit einer Hand stützte sie sich an der Mauerkante ab.

Yneke musste gesehen haben, dass sie eine Armbrust hielt, denn er wich weiter zurück.

»Sie hat den Verstand verloren«, schrie er. »Nehmt ihr die Waffe weg und ergreift sie!«

Weder die Krieger noch die Knechte rührten sich von der Stelle. Almuth schwang die Armbrust mit beiden Händen. Vielleicht lag es an den schlechten Sichtverhältnissen, vielleicht daran, dass Yneke noch immer benommen war – jedenfalls duckte er sich nicht. Er hob lediglich den Arm, um den Schlag abzuwehren, war jedoch zu langsam. Die Armbrust traf ihn mit voller Wucht am Schädel. Er sackte zusammen, stöhnte ein letztes Mal auf und lag dann still.

Die Waffe entglitt ihren zitternden Fingern, fiel klappernd auf die Steinplatten. Übelkeit stieg in ihr auf, der Boden schien zu schwanken. Aber sie durfte jetzt keine Schwäche zeigen.

»Fesselt ihn«, keuchte sie.

Niemand kam dem Befehl nach. Krieger und Diener standen weiterhin da, glotzend wie Schafe.

»Ihr habt es gehört: Er hat Ocko umgebracht. Ich kann es beweisen.« Sie legte jegliche Autorität, die sie aufbringen konnte, in ihre Stimme. »Ihr könnt mir also helfen, ihn Keno auszuliefern – oder ihr geht mit ihm unter. Die Wahl liegt bei euch.«

Dies zeitigte die gewünschte Wirkung. Zwei Söldner setzten sich in Bewegung, kamen mit einem Strick zurück und fesselten dem Bewusstlosen Hände und Füße. Ein dritter öffnete auf Almuths Geheiß die Tür und schob die Leiter hinunter.

Sie trat an die Schwelle, der Nachtwind blies ihr kühl ins Gesicht. »Keno«, rief sie. »Keno tom Brok!«

Sie glaubte Schritte zu hören.

»Wer da?«, erklang eine Stimme aus der Dunkelheit.

»Almuth Gerts, Ynekes Frau«, antwortete sie. »Ich übergebe euch Ockos Mörder.«

Ein geflüstertes Gespräch. Weitere Schritte. Stille. Dann, nach einer Weile:

»Almuth Gerts?« Kenos Stimme.

»Ja.«

»Yneke will sich ergeben?«

»Von ›wollen‹ kann keine Rede sein. Er ist bewusstlos.«

»Ihr habt ihn überwältigt?«

»Ich habe es getan, um unnötiges Leid von diesem Haus abzuwenden.«

Sie konnte förmlich hören, wie der junge tom Brok staunte.

»Ich liefere ihn Euch aus«, rief sie. »Habe ich Euer Wort, dass keinem anderen Bewohner des Steinhauses ein Haar gekrümmt wird?«

»Du hast mein Wort«, antwortete Keno. »Habe ich deines, dass uns keine Gefahr droht, wenn wir heraufkommen?«

»Niemand wird eine Waffe auf euch richten. Uns ist daran gelegen, dass dieser sinnlose Kampf sofort aufhört.«

Schritte schmatzten auf dem feuchten Gras, als mehrere Männer vom Hafen kommend die Warf hinaufgingen. Almuth ließ sich von einem Knecht die Fackel geben. Vor dem Steinhaus erschienen vier Krieger, die den hinter ihnen gehenden Keno mit den Schilden schützten.

»Ich will Yneke sehen«, forderte der junge Mann.

Almuth trat zur Seite, und zwei Söldner hievten den Bewusstlosen die Leiter hinab. Yneke würde demnächst aus der Ohnmacht erwachen. Er stöhnte leise, die Lider zuckten, er blutete an Schläfe und Kinn.

Die Söldner legten ihn ins Gras und wichen zur Leiter zurück. Kenos Krieger öffneten den Schildwall, Ockos Sohn trat zu Yneke und betrachtete ihn schweigend. Nach einer Weile hob er den Kopf und blickte zu Almuth auf.

»Warum?«, fragte er schlicht.

»Er hätte uns alle mit in den Untergang gerissen.« Sie holte Luft und fügte hinzu: »Er hat meinen Vater getötet, wie er Euren getötet hat. Für den Mord an Ocko ließ er einen Unschuldigen bezahlen.«

»Folkmar Janns Osinga, dem du versprochen warst.«

»Ihr wisst davon?«

Keno ließ das unbeantwortet. »Hat er zugegeben, was er getan hat?«

»Bis zuletzt hat er sich in Lügen gehüllt. Aber es gibt einen Beweis für sein Verbrechen.«

»Gib mir diesen Beweis.«

»Ihr werdet ihn bekommen.«

Er musterte sie lange. Seine Augen wirkten jung und gleichzeitig alt. *Es sind Augen, die viel sehen*, dachte sie. *Denen kaum etwas verborgen bleibt.*

»Er hat dir viel Leid zugefügt, nicht wahr?«, fragte er schließlich.

Diesmal war es Almuth, die nicht antwortete.

»Er wird dich nie wieder quälen«, versprach der junge Mann. »Du hast recht getan, Almuth Gerts. Meine Familie steht in deiner Schuld – hab Dank.«

Die Männer ergriffen Yneke. Keno war der Erste, der in der Nacht verschwand, gefolgt von den Kriegern, die den Bewusstlosen forttrugen.

Almuth drückte einem Söldner die Fackel in die Hand. Obwohl alles in ihr danach schrie, sich zu setzen, die geschwollene Wange zu kühlen und die ausgedörrte Kehle zu benetzen, blieb sie auf der Schwelle stehen. Blickte in die Dunkelheit, betrachtete die Sterne, die sich auf dem See spiegelten wie ferne Talglichter. Sie atmete gierig die kühle Luft ein. Die Übelkeit verschwand, der pochende Schmerz verschwand, ein rauschhaftes Gefühl der Leichtigkeit erfüllte ihren Kopf.

Ihr war, als hätte man einen Fluch von ihr genommen. Einen bösen Zauber, der jahrelang auf ihr gelastet hatte. Sie schloss die Augen.

Sie fühlte sich frei.

Frei.

Kapitel siebzehn

Marienhafe

Yneke erwachte, als ein Schlüssel im Schloss knirschte. Die Zellentür öffnete sich quietschend, Licht flutete herein. Seine Augen schmerzten, als hätte man Nadeln hineingestoßen. Er blinzelte mehrmals. Dann sah er zwei Gestalten auf dem Gang stehen.

»Komm raus.«

Der Kerker unter dem Steinhaus war derart niedrig, dass nicht einmal ein kleiner Mann wie Yneke aufrecht darin stehen konnte. Der dumpfe Schmerz zwischen seinen Schläfen jaulte auf, als er sich erhob. Gebückt wankte er zur Tür. Die Fußschelle klirrte.

Die Krieger nahmen ihn in die Mitte und führten ihn zu einem quadratischen Raum am Ende des Ganges. Dort zwangen sie ihn auf einen Stuhl und fesselten ihm die Hände mit eisernen Schließen an die Lehnen. Sodann entzündeten sie mit dem Kienspan die Wandfackel, verließen den Raum und schlossen die Tür.

Yneke atmete stockend. Sein Rachen fühlte sich an, als hätte er trockenen Sand gefressen. Er konnte sich denken, was es mit den dunklen Flecken auf den Armlehnen auf sich hatte. Davon abgesehen gelang ihm das Denken nicht allzu gut. In seinem Schädel wirbelte ein Mahlstrom aus zerfetzten Gedanken. Das Herz wummerte ihm in der Brust und pumpte kochend heißes Blut durch die Adern.

Die Tür knarrte. Keno und Foelke kamen herein. Bei ihnen war ein mittelgroßer Mann mit nichtssagendem Gesicht in einem braunen Wams und grauen Beinlingen. Rabanus, der berüchtigte Marterknecht. Er stellte eine Kiste auf das Tischchen. Yneke starrte den Behälter an und spürte, wie ihm der Schweiß über das Gesicht strömte und seine Augen brennen ließ.

»Schau mich an«, befahl Keno kalt. »Hast du meinen Vater ermordet?«

Yneke kniff die Lippen zusammen. Sagte kein Wort.

»Wir haben einen Beweis für deine Schuld. Außerdem gibt es einen Zeugen, der glaubhaft darlegen kann, dass du es getan hast«, erklärte Foelke. »Er sagt, Widzelt hätte Ockos Ermordung beschlossen und du hättest den Befehl ausgeführt.«

»Ich war es nicht. Ihr habt mein Wort. Ich schwöre es bei allem, was heilig ist!«, platzte es aus Yneke heraus. Ihm kam der Gedanke, dass er soeben einen Meineid geleistet und seine Seele der ewigen Verdammnis ausgeliefert hatte, was mit Sicherheit sehr viel schlimmer war als alles, was ihm in diesem Raum drohte. Doch der Gedanke verflüchtigte sich sogleich. Ihn kümmerte allein, wie er Marter und Tod entgehen konnte.

»Der Zeuge heißt Folkmar Janns Osinga«, fuhr Foelke fort. »Ich nehme an, der Name ist dir bekannt?«

»Folkmar«, echote Yneke. Hilflose Wut und drückende Verzweiflung mischten sich in die rasende Panik. Er stemmte sich gegen die Fesseln. Er hatte es gewusst! Er hatte immer gewusst, dass Folkmar Janns irgendwo da draußen war. Dieser Mann war sein Fluch, seine Nemesis. »Wo ist Widzelt?«, krächzte er, wissend, dass es töricht war. »Ich will mit Widzelt sprechen.«

»Widzelt ist tot«, sagte Keno. »Ich bin das neue Oberhaupt des Hauses tom Brok, der höchste Richter Ostfrieslands. Du hast dich vor mir zu verantworten. Gesteh dein Verbrechen und rette wenigstens deine Seele, wenn schon nicht dein Leben.«

»Hier ist der Beweis, von dem ich sprach.« Foelke zog ein Papier aus dem Ärmel, entfaltete es. Die Zeichnung des Sühnekreuzes.

Wie? Woher?, durchzuckte es ihn. Hatte er das Kästchen mit dem Papier nicht an einem sicheren Ort versteckt? Nein, er hatte es vergessen, es in der Dokumententruhe liegen gelassen, als hätte ein niederträchtiger Dämon sein Gedächtnis zerrüttet. *Du Tropf, du Trottel vor dem Herrn!* Und sein Weib hatte es natürlich gefunden und die Zeichnung sogleich brav dem Feind überreicht.

So musste es gewesen sein. *Almuth, du dreizehnmal verfluchte Schlange!*

Yneke schielte zu Rabanus, zum Marterwerkzeug. Er konnte beides kaum erkennen, auch Foelke und Keno verschwammen. Blitze flackerten vor seinen Augen, als immer neue Wellen der Panik wie Sturmfluten aus giftigen Körpersäften durch seinen Leib rollten. Sie spülten den letzten Rest Widerstand in ihm fort.

Er blinzelte. Schluckte mehrmals. »Ich werde gestehen – unter einer Bedingung. Ich will einen schnellen Tod. Richtet mich durch das Schwert, nicht durch das Rad.«

»Gewährt«, sagte Keno.

Und Yneke gestand.

Nachdem die Likedeeler nach Marienhafe zurückgekehrt waren, brachte Folkmar seine Tage auf der Lastadie zu. Die *Trialogus* war auf der Ems mit Treibgut zusammengestoßen und leicht am Rumpf beschädigt worden. Folkmar und Gernot tauschten die gebrochene Planke aus – beziehungsweise: Folkmar tauschte sie aus. Gernot saß faul auf dem Hintern und half ihm nur, wenn es sich absolut nicht vermeiden ließ. Es waren gleichförmige, ruhige, beinahe schläfrige Tage, zumindest dem äußeren Anschein nach. In Wahrheit warteten alle auf etwas, und sie warteten voller Anspannung.

Die Bewohner Marienhafes auf einen Hinweis, welche Folgen der Machtwechsel im Hause tom Brok für sie haben würde – missliche oder günstige oder gar keine.

Die Likedeeler auf die endgültige Aufforderung, die Sieben Seelande zu verlassen.

Folkmar auf eine Nachricht von Keno.

In der Luft lag ein Knistern. Es war eine Stimmung wie vor einem Sommergewitter. Diener schnappten im Steinhaus Gerüchte auf und trugen sie zum Markt, in die Kirche, in die Schenken. Ein jeder, so erschien es Folkmar, raunte dieser Tage hinter vorgehaltener Hand. Die Mutmaßungen und Halbwahrheiten gewannen ein Eigenleben und tuschelten in den Gassen wie naseweise Kinder.

Folkmar tat das, was er am besten konnte: Er übte sich in Geduld.

Nach getaner Arbeit ging er zur Burg zurück. Der Abend dämmerte, Gernot trug wie üblich sein Silber ins Hurenhaus, sodass Folkmar allein über die regenfeuchten Weiden schritt.

»Gut, dass du da bist«, begrüßte ihn Gödeke, als er auf den Hof trat, wo sich sämtliche Likedeeler aufhielten. »Wir wollen Rat halten. Wo ist Gernot?«

»Lässt sich im Freudenhaus den Klüverbaum polieren«, antwortete Folkmar und schüttelte sogleich innerlich den Kopf über sich. Derart kräftige Ausdrucksweise war überhaupt nicht seine Art. Die unflätige Sprache der Likedeeler hatte auf ihn abgefärbt, dem musste er entschieden entgegenwirken.

»Sein Pech«, sagte Johann. »Wir warten nicht auf ihn.«

»Rat halten weswegen?«

»Keno hat uns angeboten hierzubleiben«, erklärte Gödeke. »Das müssen wir gründlich erörtern. Ein jeder soll seine Meinung sagen können, bevor wir abstimmen.«

Folkmar legte die Stirn in Falten. Das waren unerwartete Neuigkeiten. »Keno will sich über Graf Albrechts Anordnung hinwegsetzen?«

Der Schiffer der *Seetiger* antwortete nicht, er war bereits auf das Podest aus zwei Fässern und einer Planke gestiegen und erhob die Stimme. »Ihr habt es alle gehört. Keno tom Brok erlaubt uns, in Marienhafe zu bleiben, wenn wir das wollen. Ihr wisst, was das heißt. Wir müssten für ihn arbeiten und die Beute mit ihm teilen. Im Gegenzug bietet er uns einen sicheren Hafen, einen lukrativen Markt und Schutz vor der Hanse. Sprecht, Brüder, auf dass wir zu einer gemeinsamen Entscheidung gelangen, die alle Likedeeler mittragen.«

Otto von Tyne stieg als Nächster auf das Podest. »›Für Keno arbeiten‹ – das klingt schön sauber und rechtschaffen. Aber ich verrat euch, was das bedeutet. Wir werden gegen die anderen Häuptlinge kämpfen und unsere einstigen Brüder töten müssen. Ohne uns!, sag ich. Lasst uns nach Helgoland gehen und niemandem dienen außer uns selbst.«

»Wohlgesprochen!«, donnerte Johann. »Wir brauchen keinen Jungspund, der uns beschützt. Für Helgoland!«

»Für Helgoland!«, brüllten viele Likedeeler, aber bei Weitem nicht alle.

»Keno mag juvenil anmuten, doch ich empfehle seine eindrucksvolle *vita* in die Überlegung einzubeziehen«, dozierte Wigbold. »Er hat die *ars bellica* bei den besten Lehrern studiert, er wird ein fähiger Feldherr sein, besser als Widzelt, da besonnener. Seine *ratio* ist scharf wie Damaszener Klingenstahl, sodass auch die Politik und die Diplomatie keine unüberwindlichen Hindernisse für ihn darstellen. Bedenkt, dass es ihm gelungen ist, einen potenten Usurpator niederzuwerfen und die alleinige Macht über die *frisii* an diesen Gestaden zu erringen. Ein solcher Herr ist, wenngleich arm an Jahren, sehr wohl imstande, uns zu protegieren, auf dass wir gedeihen, *citatim* und *incunctanter*!«

Stille sank herab, als hundertdreißig Likedeeler versuchten, den gelehrten Vortrag zu entschlüsseln.

»Für Marienhafe«, brachte Wigbold seine Ansicht auf den Punkt.

»Für Marienhafe!«, wiederholte gut die Hälfte der Männer, dankbar für die Erläuterung.

Vor dem Podest hatte sich eine Schlange gebildet. Welpe war der Nächste, der sprechen durfte.

»Mir ist es egal, ob ich in Kenos Diensten ehemalige Brüder abstechen muss«, tat der Schiffsjunge unverblümt seine Meinung kund. »Was hatten wir denn mit ihnen zu schaffen, als wir noch auf Gotland waren? So gut wie nichts. Wir haben nur mit ihnen geredet, wenn es Streit wegen der Beute gab. Sie bedeuten mir genauso wenig wie die Hansen, die Engländer und all die anderen, die uns in die Quere kommen. Und hier gefällt's mir besser als auf Helgoland, dieser einsame Felsen ist doch stinklangweilig. Für Marienhafe!«

»Dies ist eine Entscheidung von großer Tragweite«, ließ sich anschließend Klaus Scheld vernehmen. »Damit wir keine unkluge Wahl treffen, sollten wir uns an großen Vorbildern orientieren. Ich empfehle, dass wir zu diesem Zweck Kaiser Karls Leben studieren. Insbesondere die aufschlussreiche Episode, als er weiland in Prag …«

»Buuuuh!«, schrien die Likedeeler. »Verschon uns mit deinem Kaiser!«

Klaus ließ sich nicht beirren und erzählte mit empörter Miene weiter, bis Johann und Otto ihm Schläge androhten, woraufhin er beleidigt das Podest räumte.

Schließlich war alles gesagt.

»Stimmen wir ab«, rief Gödeke. »Wer in Marienhafe bleiben will, geht nach links. Wer es vorzieht, nach Helgoland zu segeln, tritt nach rechts.«

Folkmar und einige andere enthielten sich und blieben vor dem Podest stehen. Die allermeisten ihrer Brüder jedoch entschieden sich für die eine oder andere Seite. Gödeke und Wigbold machten sich daran, die Köpfe zu zählen.

»Eine knappe Mehrheit spricht sich für Marienhafe aus«, verkündete der Schiffer der *Seetiger*. »Damit ist es entschieden. Wir bleiben und tragen Keno unsere Dienste an.«

Otto, Johann und andere murrten, doch sie beugten sich schlussendlich dem Willen der Mehrheit, wie es Sitte bei den Likedeelern war. Sodann zerstreute sich die Menge. Viele Seeleute zogen sich in ihre Buden und Zelte zurück. Folkmar ging mit den Hauptleuten ins Haupthaus, um vor dem Schlafengehen noch ein Bier zu trinken.

»Wisst ihr, was Keno bewogen hat, seine Meinung zu ändern und sich gegen den Grafen von Holland zu stellen?«, fragte er am Kaminfeuer.

»Er hat sich uns nicht erklärt, als er uns heute Morgen einbestellte«, antwortete Gödeke. »Aber ich vermute, dass er schlicht erkannt hat, dass er uns braucht, wenn er gegen die anderen Häuptlinge bestehen will. Und er braucht die Beute, die wir heranschaffen. Widzelt hat auf großem Fuß gelebt. Ich schätze, dass die tom brokschen Schatullen nicht allzu voll sind.«

»Was ist mit der Hanse? Ich dachte, er fürchtet ihren Zorn, wenn ihr in Marienhafe bleibt.«

»Er fürchtet die Hanse wohl nicht annähernd so sehr wie die Aussicht, dass er seine Söldlinge bald nicht mehr bezahlen kann«, brummte Johann.

»Was sagt seine Mutter zu alldem?«

»Foelke wirkt nicht eben begeistert.« Gödeke lächelte hintergründig. »Man hört, es habe einen hitzigen Streit zwischen ihnen gegeben. Offenbar hat er sich über ihre Bedenken hinweggesetzt. Wahrscheinlich will er demonstrieren, dass er allein im Hause tom Brok das Sagen hat und nicht länger unter Mutters Fuchtel steht.«

»Betreffs des Grafen ziehen sie aber wohl an einem Strang«, ergänzte Wigbold. »Keine Spur von *dissensus*, wie mir der Mundschenk beim letzten Umtrunk im Steinhaus unter vier Augen mitteilte. Dass der verblichene Ocko dereinst dem Holländer Lehnstreue geschworen hatte, wird sowohl von Keno als auch von Foelke als *peccatum originale originans* eingestuft – als die Wurzel allen Übels. Der verhängnisvolle Lehnseid hat Ocko bei vielen Friesen unbeliebt gemacht, weshalb es ihm nicht vergönnt war, sie unter dem Adlerbanner zu vereinen. Diesen Missgriff will Keno nicht wiederholen. Daher hat er entschieden, das Vasallenverhältnis aufzukündigen.«

»Das sind wahrlich enorme Umwälzungen«, murmelte Folkmar und fügte in Gedanken hinzu: *Wenn sich der Junge daran mal nicht verhebt…*

»Kann man wohl sagen«, meinte Gödeke. »Und das ist längst nicht alles. Ich habe gehört, dass Keno mit Focko Ukena Frieden geschlossen hat, gewissermaßen zum Dank, dass Ukena ihm den Weg zur Macht geebnet hat. Er will den Abtrünnigen also nicht nur nicht strafen, sondern ihn in Moormerland gewähren lassen. Ukena darf sich ›Häuptling‹ nennen und eine eigene Herrschaft aufbauen. Er musste sich nur zu einem Bündnis bereit erklären und Keno schwören, ihm gegen die anderen Häuptlinge Heerfolge zu leisten.«

Das wiederum erschien Folkmar vernünftig. Keno hatte wahrlich genug Feinde im Osten und im Westen seines zerbrechlichen Reiches. Er brauchte keinen weiteren im Süden. Zumal der ehrgeizige Machtmensch und geschickte Stratege Focko ein unangenehmer Widersacher wäre.

»Ihr werdet also bleiben und weiterhin Kauffahrer aus Brügge, Hamburg und London aufbringen«, sagte er in die Runde. »Macht es euch keine Sorgen, dass die Hanse allmählich mit ihrer Geduld am Ende ist?«

»Ach, die Hanse«, winkte Gödeke grinsend ab. »Soll sie doch ihre Friedekoggen nach Friesland schicken. Wir haben ihr noch immer ein Schnippchen geschlagen. Das werden wir auch in Zukunft tun. Mit links und mit einem frechen Lächeln auf den Lippen.«

»Wir sind Likedeeler«, erklärte Johann grimmig. »Die hansischen Friedeschiffe verputzen wir zum Frühstück. Und wenn wir Lust auf einen Nachschlag haben, nehmen wir uns einen Hamburger Pfeffersack vor.«

Seid euch eurer Sache mal nicht zu sicher. Folkmar hatte kein gutes Gefühl bei alldem. Er kam jedoch nicht dazu, seine Befürchtungen auszusprechen. Ein Besucher war in die Halle gekommen, sämtliche Gespräche verstummten.

»Auf ein Wort, Folkmar«, sagte Keno und wandte sich an die anderen Männer. »Lasst uns bitte allein.«

Die Likedeeler zogen sich zum Schlafen in die angrenzenden Räume zurück, sodass schließlich nur noch Keno und Folkmar am ersterbenden Kaminfeuer saßen.

»Yneke hat alles gestanden«, kam der junge Mann sogleich zur Sache. »Den Mord an meinem Vater, seine Rolle in dem Komplott. Endlich kennen wir die ganze Wahrheit.« Er zog ein gesiegeltes Pergament hinter dem Gürtel hervor. »In dieser Urkunde erkläre ich die Vorwürfe gegen deine Person für gegenstandslos und hebe die Ächtung mit sofortiger Wirkung auf. Morgen gehen Abschriften an alle Gerichtsbezirke. Du kannst als freier und unbescholtener Mann heimkehren.«

Folkmar konnte nicht sofort antworten. Als er schließlich dazu fähig war, zitterte seine Stimme. »Ich danke Euch.«

Keno wies das mit einem Lächeln von sich. »Ich bin es, der *dir* danken muss. Wir stehen tief in deiner Schuld. Wenn ich etwas für dich tun kann, lass es mich wissen.«

Folkmar ergriff die Gelegenheit beim Schopf. »Es gibt da tatsächlich etwas, das Ihr tun könnt … nicht für mich, sondern für Warfstede. Entlasst das Kirchspiel in die Freiheit. Ich weiß, es ist viel verlangt, aber die Menschen von Warfstede sind unabhängige, eigensinnige Seelen, die verkümmern, wenn sie vor einem Herrn das Knie beugen müssen. Nur in Freiheit können sie gedeihen.«

Keno schaute ihn lange an. »Das ist nicht möglich«, erklärte er schließlich. »Mein Vater träumte einst von einem geeinten und friedlichen Friesland unter dem Adlerbanner. Ich werde diesen noblen Traum weiterverfolgen. Warfstede verbleibt unter meiner Herrschaft. Du hast mein Wort, dass es eine gerechte Herrschaft sein wird. Zu diesem Zweck werde ich einen milden und vernünftigen Mann als Vogt einsetzen.«

Folkmar begnügte sich mit einem Nicken. *Es war einen Versuch wert.* »Was wird aus Yneke?«

»Er wird morgen vor der Marienkirche hingerichtet.«

»Ich werde da sein.«

Ganz Marienhafe wollte den Mörder sterben sehen. Den *wahren* Mörder diesmal. Obwohl es in Strömen regnete, standen die Menschen auf dem Platz, in den Gassen, den offenen Haustüren, hinter den Fenstern, im Schlamm, zwischen den Grabsteinen. Kriegsvolk, Kleriker und Likedeeler, Bäuerinnen und Torfstecher, Schankmägde und Seeleute, Näherinnen und Stellmacher, Arme und Reiche, Greise und Mütter mit Kindern, vom schreienden Säugling bis zum pusteligen Heranwachsenden, zu Hunderten drängten sie sich im Regen, schweigend, abwartend.

Folkmar stand mit Foelke und Keno in der vordersten Reihe. Sie schauten zum Schafott, wo Yneke kniete und einem tropfnassen Almer flüsternd seine Sünden beichtete. Als der Todgeweihte fertig war, wandte er das aschfahle Gesicht der Menge zu, die Handflächen aneinandergelegt wie zum Gebet. Er blickte geradewegs durch Folkmar hindurch.

»Ich bereue meine Sünden, mein Verbrechen an der Familie tom Brok, der heilige Jakob sei mein Zeuge«, hob Yneke an, und seine Stimme klang steif, leblos, monoton, als würde er zum zwanzigsten Mal einen lateinischen Lehrsatz deklamieren. »Möge Ockos Seele durch meinen Tod Frieden finden und in die himmlische Herrlichkeit aufsteigen. Mein geliebtes Weib Almuth und meinen Sohn Eger bitte ich um Verzeihung für meine Grausamkeit, meine Kälte, meine Schwäche. Ich wünschte, ich wäre ein besserer Ehemann, ein besserer Vater gewesen.«

Keno hatte Ynekes Bitte um einen schnellen, sauberen Tod stattgegeben, aber das hieß nicht viel. In der Praxis war die Hinrichtung durch das Schwert oftmals so schnell und sauber nicht. Mitunter war der Henker betrunken, manchmal schlicht ungeschickt, er schlug daneben und traf nicht den Nacken, sondern die Schulter oder den Schädel, sodass der Delinquent unter elenden Qualen starb. Wollte Folkmar, dass es so kam? Würde ihm ein blutender, schreiender, zappelnder Yneke auf dem Schafott Genugtuung bereiten? Er erforschte seine Gefühle. *Nein. Soll er seinen schnellen Tod bekommen. Soll der Henker ihn rasch hinab in die Hölle schicken oder hinauf zum Himmel, wohin auch immer. Hauptsache, es ist endlich vorbei.*

Yneke verstummte. Schloss die Augen. Der Henker schwang

das Lange Schwert. Er war nicht betrunken, nicht ungeschickt. Er brauchte nur einen einzigen Streich. Allerdings verfehlte der herabfallende Kopf den Korb. Er kullerte über die Bretter, über die triefende Kante, fiel vom Schafott und plumpste schwer in den Matsch. Wo er liegen blieb zwischen Sägespänen, Küchenabfällen und Hühnerdreck.

Die Rohen lachten. Die Sanften stöhnten. Die Stumpfen gähnten. Folkmar aber stieß den angehaltenen Atem aus. Der Seufzer war derart schwer, dass Keno ihn besorgt anblickte. Sodann wandte Folkmar sich ab. Die Menge teilte sich vor ihm, und er schritt davon.

Nach der Hinrichtung speiste Folkmar ein letztes Mal mit den Likedeelern. Anschließend verabschiedete er sich von Gödeke, Johann, Hennig, Wigbold, Otto, Klaus, Welpe und Gernot am Tor von Burg Upgant. Die neun Männer kamen überein, die Sache kurz zu halten. Keiner war ein Freund ausufernder und tränenreicher Abschiede.

»Ich lass dich ungern gehen«, sagte Gödeke. »Du bist der beste Schiffszimmermann, den wir je hatten.«

»Dir ist bewusst, dass ich direkt neben dir stehe?«, grunzte Gernot.

»Und dir ist bewusst, dass du ein lahmarschiger und lausiger Schiffszimmermann bist?«

»Auch wieder wahr.« Gernot zuckte gleichmütig mit den Achseln.

Folkmar umarmte die Männer der Reihe nach, klopfte auf Schulterblätter, kniff in Wangen. »Seid vorsichtig, wenn ihr euch mit der Hanse anlegt. Denkt immer dran: Arroganz und Überheblichkeit sind die *peccum ... peccati ...* Wie heißt das noch mal?«

»*Peccatum originale originans* – die Ursünde«, half ihm Wigbold auf die Sprünge.

»Die Ursünde, genau. Lieber ein bisschen weniger Beute machen, dafür schnell und leise verschwinden, damit euch die Friedekoggen nicht kriegen. Und Schiffe vor Harlingerland lasst ihr ganz in Ruhe. Es könnten Freunde von mir sein.«

»Wir werden dran denken«, sagte Gödeke mit einem dreisten Glitzern in den Augen. »Zumindest an die Sache mit Harlingerland. Was das andere betrifft ... Weniger Beute zugunsten der Vorsicht, auf so etwas kann nur ein Langweiler wie du kommen.«

Folkmar seufzte leise. Natürlich dachten die Likedeeler nicht daran, auf ihn zu hören. Das hatten sie noch nie getan, warum sollten sie jetzt damit anfangen? »Wenn's euch mal nach Warfstede verschlägt, zögert nicht, den Hafen anzulaufen. Bei uns gibt es immer ein weiches Bett, sauberes Wasser und frischen Proviant für euch.«

»Wie sieht's mit Weibern aus?«, erkundigte sich Otto.

»Von den Frauen Warfstedes lasst ihr schön die Finger. Du ganz besonders, Otto.«

»Klingt nicht nach einem Ort, den ich besuchen will.«

»Dann lässt du's halt bleiben. Ihr anderen seid herzlich willkommen.«

Sie schwiegen. Sie schauten einander an. Folkmar räusperte sich.

»In diesem Sinne, lebt wohl. Bestellt dem Klabautermann meinen Gruß.«

Er schulterte den Stecken mit seinem Bündel, kehrte der Burg den Rücken und schritt weit aus.

So verließ Folkmar Janns Osinga die Likedeeler, die über drei Jahre lang seine Brüder gewesen waren, im Guten wie im Schlechten. Es war der 20. April, der Tag der heiligen Hildegunde, im Jahre des Herrn 1399.

Kapitel achtzehn

Warfstede

Zwei Tage später, am Gedenktag des heiligen Agapitus, kam er nach Warfstede.

»Ostfriesland ist so flach«, besagte eine alte Redensart, »dass man montags schon sehen kann, wer sonntags zu Besuch kommt.« Nun war der 22. April 1399 kein Montag, sondern ein Dienstag. Gleichwohl sah man Folkmar, lange bevor er das Tor erreichte. Der Zufall wollte es, dass Bent Olrichs ihn als Erster erblickte. Bent stand gerade im Krähennest der *Magnus*, die neben der *Nikolaus von Warfstede* im Hafen lag, um an der Rah der betagten Kogge einige Reparaturen vorzunehmen. So weit oben – an die fünfzig Ellen über dem See – versperrten ihm weder die Birken um die Warf noch der große Kornspeicher am The den Blick auf die Geest, nicht einmal das Steinhaus und die Kirche. Er konnte meilenweit sehen, an einem klaren Frühlingstag wie diesem sogar bis nach Esens, das wie ein winziges Nadelkissen im Flachland lag.

Dem Reisenden, der sich von Südwesten näherte, schenkte er zunächst keine Beachtung. Nun, da endlich der Schnee geschmolzen war, kam ständig Volk nach Warfstede – Händler, fahrende Knochenflicker, Handwerksburschen auf Wanderschaft. Bent Olrichs – liebender Ehemann, hart arbeitender Geselle, treusorgender Vater einer fast siebenjährigen Tochter – hatte zu viel zu tun, um sich mit jedem Fremdling zu befassen. Aber *dieser* erregte schlussendlich doch seine Neugierde. Bent vermochte nicht recht zu sagen, woran das lag. War es der ausgreifende Gang, die gelassene, selbstsichere Art, einen Schritt vor den anderen zu setzen, die ihm bekannt vorkamen? Er reckte den Kopf, hielt sich dabei am Masttopp fest und nahm den Wanderer genauer in Augenschein, als er nur noch wenige Hundert Klafter vom Gottesacker entfernt war. Bent rühmte sich scharfer Augen. Was er sah, verblüffte ihn derart, dass er beinahe vom Krähennest gefallen wäre.

»Das gibt's nicht!«, keuchte er, während er die Wanten hinabglitt, mehr rutschend als kletternd. »Das gibt's einfach nicht, das kann nicht sein, das ist nicht möglich. Jann! Abbeeee!«

Die Gerufenen weilten gerade auf der Lastadie. Sie kamen Bent entgegen. Die drei Männer trafen bei der Hütte des Segelmachers aufeinander.

»Was schreist du denn so?«, fragte Abbe, der Mühe hatte, mit Jann Schritt zu halten.

»Folkmar ist zurück! Folkmar Janns!«

»Was?«, stieß Jann hervor. »Bist du sicher?«

»Natürlich bin ich sicher. Hab's mit eigenen Augen gesehen. Oder hältst du mich für beschränkt?«

»Für beschränkt nun nicht, aber für, nun ja …«

»Ja?«, fragte Bent gedehnt.

Jann machte eine Handbewegung, die alles und nichts bedeuten konnte. »Egal. Wo hast du ihn gesehen?«

»Er marschiert gerade zum Tor.«

Die drei setzten sich in Bewegung.

Was dann geschah, war im Nachhinein schwer zu erklären, denn Bent hätte schwören können, dass niemand in ihrer Nähe gewesen war, als er Jann und Abbe von seiner Beobachtung berichtet hatte. Trotzdem mussten andere es mitbekommen haben, wie auch immer. Denn plötzlich eilten von allen Seiten Menschen herbei – Schiffszimmerleute, Fischer, Dorfvolk, Freunde und Diener der Familie. Sie hatten noch nicht den The erreicht, als ihre Gruppe von anfangs einem Dutzend Menschen auf die dreifache Größe angewachsen war. Sie bestürmten Bent, Jann und Abbe mit Fragen, mit immer denselben:

»Folkmar Janns lebt?«

»Er ist hier?«

»Wie kann das sein?«

Auf dem Dorfplatz kamen ihnen Etta und Jorien mit Gela entgegen. Die beiden Frauen waren aufgekratzt, hoffnungsvoll, ängstlich.

»Folkmar ist hier?«, fragte Bents Schwiegermutter mit weit aufgerissenen Augen.

»Ja! Ja! *Ja!* Wenn ich's euch doch sag«, schrie Bent und schwenkte den Arm wie ein Feldherr, der seinen Mannen den Befehl zum Sturmangriff erteilte. »Mir nach!«

So begab es sich, dass Folkmar Janns Osinga und das halbe Dorfvolk gleichzeitig beim Tor eintrafen – Folkmar auf der einen Seite des Erdwalls, die Dörfler auf der anderen. Man blieb jählings stehen. Man schwieg. Man starrte einander an.

»Christus zum Gruß«, sagte Folkmar schlicht.

Jorien löste sich aus der Menge, stürmte ihrem Jungen entgegen, warf sich vor ihm auf die Knie. Nahm seine Hände in ihre, küsste sie.

Weinte.

Und das taten an jenem Nachmittag am Agapitustag auch viele andere.

»Acht Jahre«, brummte Jann zum hundertsten Mal. »Acht verdammte Jahre …« Er schüttelte den Kopf, griff nach dem Becher und trank.

Alle tranken.

Folkmar hatte Gela auf dem Schoß, das Mädchen zupfte an seinem Bart, es hatte den verlorenen Onkel augenblicklich ins Herz geschlossen. Sie saßen in der Halle des Steinhauses, das Almuth, wie er erfahren hatte, seiner Familie zurückgegeben hatte. Sie selbst wohnte seitdem am The.

»Wo ist sie?«

Abbe lächelte. Er wusste augenblicklich, wen Folkmar meinte. »Almuth wollte nach Duvelslond, Torfsalz verkaufen. Es kann sein, dass sie heute schon zurückkommt.« Er benetzte seine Kehle, räusperte sich und blickte bedeutungsschwanger in die Runde. »Folkmar und ich müssen euch etwas gestehen. Wir werden uns damit zwar mächtig Ärger einhandeln, und es wäre vermutlich vernünftiger, dieses Geheimnis mit ins Grab zu nehmen. Aber die Wahrheitsliebe und das Vertrauen gebieten, dass wir es euch verraten.«

»Jetzt bin ich gespannt«, sagte Etta in die erwartungsvolle Stille hinein.

»Ich wusste, dass Folkmar lebt«, ließ Abbe die Katze aus dem Sack. »Ich weiß es seit drei Jahren.«

Die Stille war nicht länger erwartungsvoll, sondern schockiert. Jann war der Erste, der die Fassung zurückerlangte. Sein Gesicht lief vor Wut dunkel an, er knallte den Trinkbecher auf den Tisch.

»Und das hast du uns verschwiegen? Warum, verdammt noch eins? Die Trauer hat uns fast um den Verstand gebracht. Wir hätten alles dafür gegeben zu wissen, dass er lebt!«

»Das weiß ich, und es tut mir von Herzen leid. Aber Folkmar und ich hatten unsere Gründe …«

Er kam nicht dazu, diese Gründe näher zu erläutern. Denn nun fanden auch die anderen ihre Sprache wieder. Schrilles Geschrei erhob sich, als sie Folkmar und Abbe mit Fragen überhäuften, vor allem aber mit Anklagen. Gela presste sich die Hände auf die Ohren und zog die Nase kraus.

»Beruhigt euch!«, donnerte Folkmar, und das Getöse ebbte ab. »Ich weiß, dass wir euch großen Schmerz zugefügt haben. Das bedaure ich zutiefst, und ich wünschte, es wäre vermeidbar gewesen. War es aber nicht. Hätten wir euch eingeweiht, dann hätten wir euch in Gefahr gebracht und mein Risiko erheblich vergrößert.«

Und er begann zu erzählen. Von seiner Begegnung mit Gödeke am Strand von Östringen. Von seiner Reise nach Marienhafe an Bord der *Seetiger*. Seinem Leben bei den Likedeelern. Seinen heimlichen Treffen mit Abbe. Ihren Plänen. Den Briefen, die sie sich geschrieben hatten. Der ständigen Furcht vor Entdeckung, jahrelang.

Seine Verwandten lauschten schweigend. Er wusste nicht, ob sie seine Beweggründe verstanden. Zumindest hörten sie auf, ihm Vorwürfe zu machen.

»Wusste ich's doch, dass an diesen Nachrichten was faul ist«, meinte Jorien. »›Freunde unter den Hausbedienten der tom Brok‹«, zitierte sie Abbes Vorwand für die Briefe nach Marienhafe. »Ha! Das ist mir gleich seltsam vorgekommen. Wäre ich der Sache nur mal auf den Grund gegangen.«

»Das heißt«, sagte Jann, »dass wir diesen Welpe und seine grässliche Maultrommel von nun an nicht mehr ertragen müssen?«

»Nie mehr«, versprach Folkmar.

»Der Herr sei gepriesen!«

Es klopfte.

»Das ist gewiss Besuch für Folkmar. Immer herein«, rief Abbe munter, und ein Knecht öffnete die Tür.

Eine Bö fuhr in die Halle, ließ die Talglichter zittern und im Kamin eine Funkenwoge aufwallen. Ein Umhang flatterte im Wind, und wildes Lockenhaar, rot und braun und dunkel wie gesponnenes Kupfer, peitschte mal hierhin, mal dahin.

Auf der obersten Leitersprosse stand Almuth. Ihr Blick fand Folkmar.

Zwischen ihnen klaffte ein Abgrund von acht Jahren. Acht Jahre voller Erfahrungen, voller Leid und Schmerz. Es würde ihnen schwerfallen, diese Kluft zu überbrücken. Das wussten sie beide. Daher hatten sie das Steinhaus verlassen und waren zum Haus des Vogtes gegangen, das Almuth mit ihrem Sohn und zwei Dienern bewohnte. Hier waren sie ungestört. Inzwischen war es spät am Abend. Eger schlief in seinem Bettchen. Sie saßen nebeneinander auf der Bank und betrachteten das knisternde Herdfeuer.

»Hat man Yneke hingerichtet?«, brach Almuth das lange Schweigen.

»Vor drei Tagen«, antwortete Folkmar. Mit Blick auf Eger fragte er: »Was wirst du ihm sagen?«

»Wenn ich das wüsste … Für ihn ist all das hart. Er vermisst Yneke. Ich habe versucht, ihm zu erklären, was sein Vater getan hat. Es wird lange dauern, bis er es versteht. Er ist ja erst sechs.«

Folkmar wünschte, er könnte etwas Tröstliches sagen. Doch jedes Wort, das ihm in den Sinn kam, erschien ihm unpassend. Nach einer Weile fragte er: »Weißt du noch, wie wir mit dem Boot auf Langeoog gestrandet sind?«

Sie lächelte. »Ich hatte Angst, mein Vater würde dich umbringen. Acht Jahre ist das her. Bei Gott! Fast ein Drittel meines Lebens.«

»Ich habe dich nie vergessen.«

Das Lächeln gewann an Kraft. Doch plötzlich verschwand es, und sie starrte zu Boden. »Ich wäre dir nicht böse, wenn … Ich meine, ich könnte es verstehen.«

»Was meinst du?«

»Du musst nicht antworten, wenn du nicht willst. Gab es … andere?«

»Nein.«

»Kein einziges Mal? Du warst ein Likedeeler, ein Seemann und Pirat. Deine Brüder und du, ihr habt doch sicher gewisse Häuser besucht.«

»Die Häuser, die du meinst, erfreuen sich bei den Likedeelern in der Tat großer Beliebtheit. Aber ich bin nie mitgegangen. Ein Pirat war ich übrigens auch nicht. Ich habe mich um ihre Schiffe gekümmert. Doch ich habe nie bei ihren Raubzügen mitgemacht.«

Er spürte, dass sie ihm glaubte. Sie betrachteten die Flammen und die Glut, die sich in die Torfballen fraß und die erdbraunen Blöcke in weiße Schlacke verwandelte.

»Es gab immer nur dich«, erklärte Folkmar mit großem Ernst.

»Ich wünschte, ich könnte dasselbe sagen.« Almuth atmete hörbar ein und aus. »Auch ich habe dich nie vergessen, aber es gab Wochen und Monate, da habe ich kaum an dich gedacht. Ich hatte Eger, meinen Alltag, ein Leben, auch wenn es meist kein glückliches war.«

»Ich verstehe das.«

Sie war den Tränen nah. »Es ist alles so kompliziert.«

»Was willst du?«, fragte er behutsam.

»Ich weiß es nicht.«

»Vor acht Jahren wollten wir ein Paar sein, heiraten. Ich will das immer noch. Du auch?«

»Ich will es. Aber kann ich es? Ich bin zuallererst für Eger verantwortlich. Hinter seinem Wohlergehen muss mein Glück zurückstehen. Was, wenn er dich nicht akzeptiert? Oder, schlimmer noch, wenn er uns die Schuld gibt, dass ihm der Vater genommen wurde?«

»Ich werde mein Möglichstes tun, dass das nicht passiert. Ich will ihn in meinem Leben begrüßen, ihm ein Freund sein.«

»Und wenn du jedes Mal, wenn du ihn anschaust, Yneke in ihm siehst?«

Folkmar betrachtete das schlafende Kind, lächelte. »Ich finde nicht, dass er Yneke ähnelt. Der Junge kommt ganz nach dir.« Er blickte Almuth an. »Ich verstehe deine Bedenken, und ich habe gewiss nicht auf alles eine Antwort. Aber eines weiß ich: Wir sollten es versuchen. Yneke hat uns unser Leben gestohlen. Holen wir es uns zurück.«

»Du wirst viel Geduld brauchen. Es wird eine Zeit dauern, bis ich so weit bin.«

»Ich habe beides.«

»Und ich kann für nichts garantieren.«

»Niemand kann für etwas garantieren«, sagte Folkmar. »So ist das Leben. An einem Tag kaufst du für die Liebste einen Ring. Am nächsten fliehst du als Geächteter in die Wildnis.«

Lächelnd ergriff sie seine Hand, und so saßen sie da, auf ihren Gesichtern der Feuerschein, in den Augen eine scheue Freude.

Harlingerland

Das winzige Dorf stand im äußersten Süden der Landsgemeinde, nahe dem Hochmoor. Ein Dutzend Dorfstecher und Schafhirten lebten hier mit ihren Familien – stoische, verschlossene Menschen, hart wie das Land, das sie mehr schlecht als recht ernährte. Kaum je verließen sie den kargen, abgelegenen Flecken Erde, auf dem sie geboren worden waren, auf dem sie eines Tages sterben würden. Sie wussten nichts von den Geschehnissen in Warfstede, im reichen Marschland. Schweigend beobachteten sie den Pferdewagen, der über den Platz um den Ziehbrunnen rumpelte und am Ortsrand stehen blieb. Vor allem aber beobachteten sie den Mann auf dem Karrenbock, jene seltsame Gestalt, die seit einiger Zeit regelmäßig hier auftauchte. Man tat sich schwer damit, den Wagenlenker einzuschätzen, obwohl sich die Älteren dunkel an ihn erinnerten. Oh, freundlich war er, freundlich und freigiebig. Bei jedem Besuch verschenkte er Salz, Feldfrüchte und Silberstücke an die Dörfler. Aber auch unheimlich mit seinen krummen Knochen und dem Buckel, der sich zwischen den Schultern wölbte, sodass er aussah wie ein Wurzelgemüse auf zwei Beinen.

Der Wurzelmann war nicht nur verwachsen. Er war auch betagt, sein Alter belief sich auf unglaubliche siebenundsechzig Lenze. So dauerte es eine Weile, bis er abgestiegen war und einigermaßen sicher auf dem matschigen Boden stand, und der Vorgang war mit reichlich Ächzen und Fluchen verbunden. Der Wurzelmann kannte Flüche, die man im Dorf nie zuvor gehört hatte, was ihn noch ein wenig unheimlicher machte. Überhaupt war er wortgewandt, zungenfertiger noch als der Vikar, der sich höchstens einmal im Monat hier blicken ließ, seltener jedenfalls als der Wurzelmann. Aber kein Großsprecher, oh nein, das nicht, sondern stets sanft und bescheiden, obwohl er zweifellos reich war. Das sah man am Gewand, in dem der knotige Rübenkörper steckte.

»Verdammter Rücken! Wenigstens heute hättest du Ruhe geben können«, schnaufte Abbe Wilken verdrossen. Aber dass die Schmerzen verschwanden, wenigstens für einen Tag, würde er wohl nicht mehr erleben. Seufzend setzte er einen Schritt vor den anderen, rammte dabei den Krückstock in den halb getrockneten Schlamm und kämpfte sich zu der Strohhütte vor.

Die Tür knarrte, Maye schlüpfte ins Freie und watschelte ihm auf ihren kurzen Beinchen entgegen, gefolgt von ihrer schönen Mutter. Hayka strahlte heller als die Sonne, sie umarmte Abbe stürmisch.

Was für ein seltsames Paar, dachte manch ein Dorfbewohner. *Vater und Tochter? Greis und Geliebte? Man weiß es nicht.* Die schöne Fremde war im vergangenen Jahr ganz plötzlich hier aufgetaucht, der Wurzelmann hatte ihr die Hütte gekauft und sie mit ihrer kleinen Tochter darin einquartiert. Man kannte nur ihren Namen, alles andere war ein Geheimnis, das sie standhaft hütete. Aber wenn der Vikar keinen Anstoß daran nahm, dass der Wurzelmann in ihrer Hütte ein und aus ging, würden sie es auch nicht tun.

»Packt eure Sachen«, sagte Abbe, »wir gehen.«

»Wohin?«, fragte Hayka, die ihn kaum loslassen wollte.

»Nach Warfstede.«

Sie blickte ihn mit großen Augen an. »Wir wohnen endlich bei dir?«

»Ja.« Er lächelte.

»Und Widzelt?«, fragte sie leise, als könnte die bloße Nennung des Namens das Böse heraufbeschwören.

»Wird euch nie wieder behelligen.«

Diese Auskunft genügte ihr. Das war Hayka: Sie lebte im Hier und Jetzt, ausufernde Erklärungen interessierten sie nicht. Wenn Abbe ihr sagte, sie sei sicher, dann war sie sicher.

Haykas Habe war überschaubar. Wenige Handgriffe genügten, um alles auf dem Wagen zu verstauen. Kurz darauf saßen sie auf dem Bock, Abbe links, Hayka rechts, Maye in der Mitte, und der Karren rollte von der Hütte fort. Hayka blickte sich nicht um, sie hatte sich hier nie wohlgefühlt. Doch die Aussicht, endlich bei Abbe zu wohnen, ließ die Erinnerung an die vergangenen Monate bereits verblassen. Sie strahlte und plapperte munter, dass es eine Freude war.

Seht den Wurzelmann – wie er lächelt, dachten die Dörfler und lächelten ebenfalls, was nicht allzu oft geschah. Denn wenn einer wie der Wurzelmann mit seinem Buckel und den Schmerzen und den krummen Gliedern das Glück finden konnte, vermochte das jeder. Auch sie.

Warfstede

Folkmar und Almuth überstürzten nichts. Sie ließen sich Zeit, viel Zeit. Jeden Tag nach der Arbeit besuchte er sie. An den Sonntagen machten sie lange Spaziergänge, und er lud sie zum Mahl mit der Familie ins Steinhaus ein. An den Festtagen tanzten sie.

Sie tanzten oft. Bei jeder Gelegenheit.

Sie lernten einander neu kennen. Folkmar lernte Eger kennen. Er nahm den Jungen mit auf die Lastadie und zeigte ihm, wie man Holz formte. Er fuhr mit ihm hinaus zu den Inseln und lehrte ihn, ein Boot zu segeln.

Das ganze Dorf schaute zu, wie Folkmar Janns ein zweites Mal um Almuth Gerts warb. Es gab reichlich neugierige Blicke, viel Gerede, aber nur wohlwollendes. Man wünschte diesen beiden leidgeprüften Seelen nichts als das Beste.

Drei Monate vergingen. Sechs Monate. Ein paar Tage vor Allerheiligen schließlich küssten sie einander. Es war nicht ihr erster Kuss, nur der erste seit über acht Jahren. Doch es fühlte sich an wie das erste Mal.

Das Jahr 1399 endete. Das Jahr 1400 begann. Der Schnee schmolz spät, wieder einmal. Erst Mitte April gab es einen Frühling, der den Namen verdiente. Folkmar und Almuth warteten, bis es richtig sonnig und mild war, bis die Apfelbäume zu knospen begannen.

Sie heirateten zwei Wochen nach Ostern, am ersten Samstag im Mai.

Stunden nach dem Brautsegen, nach den Reden von Jann, Jorien und Abbe, nach den ausgelassenen Tänzen und den fröhlichen Gesängen, lange nachdem der letzte Bissen gekaut und der letzte Becher getrunken war, erhob sich Folkmar von der Bettstatt. Er tat es behutsam, er wollte Almuth nicht wecken. Leise trat er ans Fenster der Schlafkammer, in die sie sich zurückgezogen hatten, um endlich zu tun, was Mann und Frau taten. Vorsichtig öffnete er den Laden, betrachtete die Hütten, die im Silberglanz des Halbmondes badeten. Das Dorf lag still. Selbst der hartnäckigste Zecher unter den Schiffszimmerleuten war längst ins Bett gefallen, um seinen Rausch auszuschlafen.

Folkmar dachte an die Jahre in der Wildnis. An die verfallene Kapelle. An das alte Bootshaus im Westergo. An seine Hütte im Moor. An die vielen Verstecke, die unwürdigen Erdlöcher, in denen er sich verkrochen hatte. Geächtet, gejagt, ein Tier in Menschengestalt. Er dachte an den Hunger, die Furcht, die Verzweiflung, die Einsamkeit. Doch er tat es nicht allzu lange. Nichts davon war mehr wichtig.

Er wandte sich um, betrachtete Almuth. Wie tief und friedlich sie schlief. Sie hatte das Laken bis zur Nasenspitze heraufgezogen, er sah nur ihr Haar, das wild über das Kissen floss. Dieses unglaubliche Haar.

Es hatte ein Jahr gedauert. Ein Jahr voller Zweifel, alter Wunden und beharrlicher Ängste. Voller Fremdheit. Warfstede war ihm fremd gewesen, trotz allem.

Heute nicht mehr.

Heute kam er endlich nach Hause.

Epilog

Warfstede, 1402

Am Tag bevor in Warfstede ein Geist erschien, stellten die Zimmerleute die Holk fertig.

Es war nicht nur das größte Schiff, das je in Warfstede vom Stapel gelaufen war, nicht nur die erste Holk, die die Männer je geschaffen hatten – es war wahrscheinlich die erste kraweelbeplankte Holk überhaupt. Soweit Folkmar wusste, war jener Schiffstyp noch nie auf diese Weise gebaut worden. Die großen Lastadien in Bremen, Hamburg und Lübeck gebrauchten stets die herkömmliche – und, wie er fand, veraltete – Klinkerbeplankung.

Die Holk war nach seinen Plänen entstanden, nach dem Modell, das er vor vielen Jahren geschaffen hatte. Manch ein erfahrener Schiffszimmermann hatte es belächelt. Sogar sein Vater – ein Visionär und der Schöpfer der ersten kraweelbeplankten Kogge – war skeptisch gewesen, als Folkmar vor drei Jahren beschlossen hatte, die Holk auf eigene Rechnung zu bauen. Nun runzelte Jann nicht mehr zweifelnd die Stirn. Der betagte Meister strahlte vor Stolz, während sein Sohn den allerletzten Nagel einschlug.

Folkmar schwang den Hammer zweimal, dreimal. Sodann öffnete und schloss er die Relingspforte. Sie ließ sich ohne das leiseste Knarren bewegen.

»Männer«, sagte er feierlich, »es ist getan.«

Dutzende Meister, Gesellen und Lehrknechte an Deck und auf dem Anleger brachen in Jubel aus. Sie umringten Folkmar, droschen ihm auf die Schultern, lobten sein Geschick, sein Beharrungsvermögen, sein fortschrittliches Denken.

»Sobald wir guten Wind haben, machen wir die Jungfernfahrt«, rief er, als es ihm endlich gelang, sich in dem Getöse Gehör zu verschaffen. »Wir segeln hinaus zu den Inseln und trimmen sie tüchtig, auf dass sie mit den schnellsten Koggen mithalten kann. Aber jetzt wird erst einmal gefeiert!«

»Das Bier geht auf die Familie Osinga«, verkündete Jann, was noch lauteren Jubel hervorrief.

Ein aufgedrehter Bent führte die Zimmerleute von Deck. Im Gänsemarsch schritten sie die Laufplanke hinab zum Anleger, wo sie sich mit der Gruppe um Abbe und den anderen Familienmitgliedern vereinigten. Gemeinsam schwärmte die lärmende Menge die Helling im Deichvorland hinauf, trampelte über das vom langen Winter gelb gewordene Gras und verschwand kurz darauf hinter dem Damm.

Allein Folkmar und Eger blieben auf dem Steg zurück. Folkmar betrachtete die Holk. Er konnte noch immer nicht recht glauben, dass er es gewesen war, der dieses Ungetüm mit dem turmhohen Mast, dem gewaltigen Rahsegel und den hoch aufragenden Kastellen an Bug und Heck geschaffen hatte. Sein Arm lag auf Egers Schultern. Der neunjährige Junge wirkte nicht minder ergriffen.

»Da haben wir was geleistet, was?«, brummte Folkmar.

»Fängst du bald mit dem nächsten Schiff an?«, wollte Eger wissen.

»Jetzt mach ich erst mal ein, zwei Wochen Pause. Aber dann geht's weiter, ja. Ein Kaufmann aus Bremen hat eine Schnigge bestellt, die muss bis zum Winter fertig sein.«

»Darf ich dir wieder helfen?«

»Jederzeit.«

»Wann nimmst du mich endlich in die Lehre?«

Folkmar seufzte innerlich. Dieses Gespräch hatten sie schon oft geführt. »Darüber haben wir doch gesprochen. Wenn du zwölf bist. So ist es Brauch.«

»Noch so lange!«

»Schiffe zu bauen ist harte Arbeit. Sei froh, dass dir das noch ein paar Jahre erspart bleibt. Genieß deine Kindheit. Geh brav zu Onkel Abbe in den Unterricht, lerne Lesen und Schreiben. An den Nachmittagen kommst du auf die Lastadie und hilfst mir, Planken zu glätten und Rümpfe zu kalfatern. Wenn es dann so weit ist, bist du bestens auf die Lehre vorbereitet. Na, wie klingt das?«

»Es klingt blöd«, murrte der Junge. »Ich hasse den Unterricht bei Onkel Abbe.«

Folkmar lachte. »Als ich so alt war wie du, war ich auch kein begeisterter Lateinschüler. Aber ich hab's überlebt. Du wirst es auch überleben. Noch knapp drei Jahre. Du wirst sehen, die vergehen im Nu. Ich freue mich schon drauf, dich in die Lehre zu nehmen. Die anderen Meister auch. So viel Talent wie du bringen nur wenige Burschen mit.«

»Wirklich?«

»Mein Wort darauf. Arbeitseifer hast du auch. Was dir noch fehlt, ist Geduld. Die brauchst du aber für die mühsame und langwierige Arbeit an einem Schiff. Versprichst du mir, dass du versuchen wirst, Geduld zu lernen?«

»Ich versprech's, Vater«, erklärte Eger mit großem Ernst.

»Gut. Jetzt lass uns zum Dorf gehen.«

Folkmar konnte sich noch genau erinnern, wann der Junge ihn das erste Mal »Vater« genannt hatte. Es war am vorletzten Weihnachtsfest gewesen, als er Eger sein erstes Zimmermannswerkzeug schenkte, einen Hammer und einen Beitel in der richtigen Größe für einen knapp Achtjährigen. Strahlend vor Glück war Eger zu ihm gestürmt, hatte ihn mit den Ärmchen umschlungen und ihm versichert, er werde der beste Schiffszimmermann werden, den Warfstede je gesehen hatte. Yneke hatte er freilich nicht vergessen. Aber wenn der Junge an Yneke dachte, erinnerte er sich vor allem an einen mürrischen und kalten Mann, der oft herumgeschrien und ihn kaum je beachtet hatte. Yneke war sein Erzeuger. Sein Vater aber war Folkmar.

Es war ein milder und trockener Tag im April. Daher hatte man beschlossen, im Freien zu feiern. Auf der Wiese zwischen den Werkhütten und Feuergruben bauten die Zimmerleute eben Tische und Bänke auf. Wenig später loderten Flammen empor, man briet Fleisch, Fisch und Zwiebeln, der Speisenduft vermengte sich mit dem Torfrauch. Bent stach die Fässer an und zapfte Bier, das bald in Strömen floss.

Eger und Gela tollten herum. Hayka, die im Dorfkrug arbeitete, half Bent beim Ausschank. Ihre Tochter Maye saß zappelnd und kichernd auf Abbes Schoß. Abbe vergötterte die Kleine und ließ ihr wie üblich alles durchgehen. Anfangs hatte die Familie einige Bedenken gehabt, was Haykas Anwesenheit in Warfstede und ihre häufigen Besuche im Steinhaus betraf. Fühlte Abbe sich etwa zu der jungen Frau hingezogen? Das wäre nicht nur höchst unschicklich gewesen, es hätte ihm obendrein eine böse Enttäuschung beschert. Denn Hayka interessierte sich offenkundig nicht für den alten Mann, zumindest nicht auf diese Art. Doch er hatte die Vorbehalte zu zerstreuen verstanden: Abbe verspürte nichts als väterliche Gefühle für Hayka und großväterliche für Maye. Auf seine alten Tage hatte er durch ein seltsames Geschick eine eigene Familie gefunden, was man ihm von Herzen gönnte. Inzwischen gehörten Hayka und Maye genauso zur Sippe wie Bent und Almuth.

Manch ein angetrunkener Zimmermann machte der blonden Schankmaid Avancen, während sie die leeren Krüge abräumte und neue brachte. Hayka war eine Schönheit, die sich vor Anträgen kaum retten konnte, seit sie nach Warfstede gekommen war. Sie wies alle ab. Auch jetzt verteilte sie fröhlich Abfuhren. Abbe hatte sie gelehrt, sich mit Witz und Schlagfertigkeit zu verteidigen, und sie war eine gelehrige Schülerin gewesen. Allzu aufdringliche Gesellen übergoss sie mit Bier oder mit scharfzüngigem Spott oder mit beidem, sodass dem Abgewiesenen das Hohngelächter seiner Kumpane sicher war.

Sie ist für alle Zeiten fertig mit Männern, mutmaßte Folkmar. *Wer kann es ihr verdenken?*

Wer Mayes leiblicher Vater war, wusste außerhalb des Steinhauses niemand. Die Osinga hüteten dieses Geheimnis sorgsam.

Am Tisch der Familie sprach man derweil über die Holk.

»Wem willst du sie zum Kauf anbieten?«, erkundigte sich seine Mutter.

»Nach dem Riggtrimm segele ich nach Hamburg. Alles Weitere wird sich ergeben.« Folkmar war zuversichtlich, für die Holk rasch einen Käufer zu finden. In der aufstrebenden Hansestadt war der Bedarf an robusten, schnellen und geräumigen Hochseeschiffen enorm.

»Bei meinem letzten Besuch in Hamburg habe ich einige Englandfahrer getroffen«, sagte Etta. »Sie deuteten an, sie würden einen neuen Frachtsegler brauchen. Ich kann dich mit ihnen zusammenbringen.«

Seine Schwester und seine Mutter hatten sich schlussendlich mit Almuth zusammengetan. Die drei Geschäftsfrauen verkauften Torfsalz, Feldfrüchte und Schlachtvieh an Elbe und Weser und führten Bier, Stahl und Bauholz nach Friesland ein. Die Lastadie und das Handelsunternehmen ergänzten einander bestens.

»Sind deine Englandfahrer Neuem gegenüber aufgeschlossen?«, fragte Folkmar.

»Sie sind jung und hungrig«, antwortete Etta. »Als ich von den Kraweelschiffen aus Warfstede erzählte, waren sie sehr interessiert.«

»Dann will ich sie gern kennenlernen.«

»Bevor du ans Verkaufen denkst, musst du deinem Schiff einen Namen geben«, brummte Jann.

Lächelnd schaute Folkmar seine Frau an. »Es soll *Die Rote Almuth* heißen.«

Am Tisch war man sich einig, dass dies ein guter und angemessener Name für ein solch schönes Schiff war.

»Ich fühle mich geehrt.« Almuth küsste ihn auf die Wange. »Jetzt muss ich mich aber zurückziehen. Harte Bänke und lärmende Menschen vertrage ich dieser Tage nicht sonderlich gut.«

Schwerfällig erhob sie sich. Sie war hochschwanger. Die Hebamme schätzte, dass ihr erstes gemeinsames Kind in spätestens sechs Wochen zur Welt kommen würde. Folkmar sprang auf.

»Ich bring dich zum Steinhaus.«

»Du bleibst schön hier und feierst deinen Erfolg. Ich schaffe das schon allein. Lass Eger nicht zu lange aufbleiben, ja?«

Sie küssten einander noch einmal, ehe Almuth ging. Selbst die großmäuligsten Handwerksburschen machten ihr bereitwillig Platz. Seit sie Folkmars Kind unter dem Herzen trug, war ihr enormes Ansehen beim Dorfvolk noch einmal gestiegen.

Der Abend sank herab, die Feuer brannten höher und tauchten die Wiese in rotes Licht. Bruder Erasmus und Wibet von Stedesdorf, der Vogt, statteten dem Fest einen Besuch ab und setzten sich zu den Osinga. Keno tom Brok hatte Wort gehalten und einen gerechten Mann mit der Verwaltung des Kirchspiels betraut. Wibet bewies

Augenmaß und Vernunft, wenn er die Abgaben eintrieb und über die Dörfler zu Gericht saß. Das hatte ihm den Respekt der Menschen eingebracht. Bent stellte ihm und Erasmus jeweils ein frisch gezapftes Bier hin.

»Häuptling Keno lässt dir seine Grüße bestellen«, wandte sich der Vogt an Folkmar.

»Du hast ihn getroffen?«

»Vor zwei Tagen in Esens bei der Versammlung der Harlinger Vögte. Ich habe ihm von deiner Holk erzählt. Er brennt darauf, dieses wundersame Schiff mit eigenen Augen zu sehen.«

»Dann sollte er sich beeilen.« Folkmar lächelte. »*Die Rote Almuth* wird nicht mehr lange hier sein.«

»Wie geht es dem Jungen?«, erkundigte sich Abbe, der die schlafende Maye in den Armen hielt. Vermutlich gab es außer ihm niemanden, der es wagen konnte, den mächtigsten der ostfriesischen Häuptlinge »den Jungen« zu nennen.

Wibet machte sich nicht einmal mehr die Mühe, missbilligend die Stirn zu runzeln. Er tat einfach so, als hätte er die Respektlosigkeit nicht gehört. »Er erfreut sich bester Gesundheit, und seine Herrschaft gedeiht«, antwortete er aalglatt.

Folkmar wusste, dass, wäre es anders gewesen, sie von Wibet kaum die Wahrheit erfahren hätten. Der Vogt stand treu wie kein anderer zu seinem Häuptling und hätte sich lieber die Zunge abgebissen, als auch nur ein einziges kritisches Wort über Keno zu verlautbaren. Doch soweit Folkmar es beurteilen konnte, entsprach die knappe Auskunft den Tatsachen. Kenos Macht wuchs beständig. Nach Widzelts Ende war es dem jungen Häuptling überraschend schnell gelungen, seine Herrschaft zu konsolidieren, und das gänzlich ohne Graf Albrechts Hilfe. Keno hatte seiner Ankündigung Taten folgen lassen und das Lehnsverhältnis zu dem Fürsten aufgekündigt. Die Gründe für diese riskante Entscheidung waren vielfältig. Dass die Schieringer zu Unrecht unter Foelkes Rachefeldzug gelitten hatten und die tom Brok Frieden mit ihnen suchten, hatte gewiss dazu beigetragen. Mit der Trennung von Albrecht, dem Erzfeind aller Westfriesen, hatte Keno den Schieringern die Hand gereicht. Noch lag die Aussöhnung mit ihnen in weiter Ferne, aber ein erster Schritt war getan. Weitere folgten. Etwa hatte

Foelke Apke Sirks geholfen, in den Westergo heimzukehren und seinen verlorenen Status als Dorfhäuptling zurückzuerlangen.

Wie sich zeigte, brauchte Keno Albrecht nicht. Auch ohne holländische Unterstützung besiegte er seine Rivalen Volkmar Allena, Edo Wiemken und Hisko Abdena manches Mal auf dem Schlachtfeld und setzte ihrem Eroberungshunger Grenzen, wobei ihm sein treuer Bundesgenosse Focko Ukena sowie die Likedeeler um Gödeke Michels und Johann Störtebeker tatkräftig halfen. Er schaffte sogar etwas, woran sein Halbbruder seinerzeit gescheitert war: Er bezwang die mächtigen Kankena und eroberte deren Burg in Wittmund – eben jene Festung, die über das Leerhafer Tief mit der Harlebucht verbunden war, überließ er den Likedeelern zum Dank für ihre Dienste als Stützpunkt für Kaperfahrten vor der ostfriesischen Küste.

Zu Folkmars Bedauern, wenn schon nicht zu seiner Überraschung, entwickelten sich die Dinge für seine einstigen Brüder weit weniger gedeihlich. Daran änderte auch die günstig gelegene Burg nichts. Im Jahre 1400 beschloss die Hanse, ihrem räuberischen Treiben ein Ende zu machen, und jagte die Likedeeler fortan mit einer kampfstarken Flotte. Keno hatte seine Möglichkeiten überschätzt, er konnte die Piraten nicht vor dem mächtigen Städtebund schützen. Die Hanse zwang ihn vielmehr, den Likedeelern jegliche Unterstützung zu entziehen und sie fortzujagen. Daraufhin ging alles sehr schnell. Die Likedeeler wurden aufgerieben und von den Hamburger Friedeschiffen in zwei Seeschlachten besiegt, zuerst vor Helgoland, ein Jahr später auf der Jade. Viele wurden an Ort und Stelle erschlagen, unter ihnen vermutlich Klaus Scheld und Otto von Tyne.

Gödeke und Johann gerieten in Gefangenschaft, man verurteilte sie ohne Gerichtsverhandlung zum Tode und enthauptete sie auf dem Hamburger Grasbrook, ebenso Hennig Wichmann und Magister Wigbold. Die Nachricht von ihrem unrühmlichen, aber zugegebenermaßen verdienten Ende hatte Folkmar weiland schmerzlich getroffen. Ihre Gier, Arroganz und Tollkühnheit waren ihnen schlussendlich zum Verhängnis geworden, genau wie er stets befürchtet hatte. Ein selbstgerechter Gedanke, der die Trauer um die Freunde nicht gelindert hatte. Noch heute, ein Jahr nach Gödekes Tod, dachte er oft an den Mann, dem er so viel verdankte.

Folkmar schüttelte den Kopf. Er hatte nichts dagegen, dann und wann in traurigen Erinnerungen zu schwelgen. Heute aber war ein Freudentag und nicht die rechte Zeit für Melancholie.

»Bent«, rief er, »mehr Bier für den Herrn Vogt und uns!«

Hayka stellte die schaumgekrönten Becher auf den Tisch. Die Osinga prosteten einander zu, sie lachten, sie zechten bis spät in die Nacht.

Am nächsten Morgen dröhnte ihm der Schädel, als würde man den Knochen beharrlich mit der stumpfen Seite eines Zimmermannsbeils bearbeiten. Er fühlte sich elend wie lange nicht. Das Marschenfieber, das ihn alle paar Jahre für drei Tage heimsuchte – war es wieder so weit? Nein, allmählich erinnerte er sich. Sie hatten gefeiert – und wie. Jesus und Maria! So viel hatte er nicht getrunken, seit sie vor über elf Jahren seine Ernennung zum Meister gefeiert hatten. Trotzdem wuchtete er sich aus dem Bett, spritzte sich kaltes Wasser ins Gesicht und schlurfte hinunter zur Halle, wo er sich ein fettes Mahl aus Käse, Eiern und gebratenem Speck gönnte. Sodann ging er gestärkt zur Lastadie.

Obwohl ein Werktag, weilte außer ihm niemand auf dem Schiffsbauplatz. Sie hatten den Zimmerleuten zwei Tage freigegeben, damit sie sich von der harten Arbeit der letzten Wochen erholen konnten. Folkmar schritt zur Helling im Deichvorland und betrachtete eine Weile die Holk, die wie ein dösendes Seeungeheuer im ruhigen Wasser des Priels dümpelte. Schließlich ging er an Deck und schaute nach, was es noch zu tun gab – obwohl er wusste, dass sämtliche Arbeiten abgeschlossen waren. Dennoch glättete er hier und da das Holz mit der Raspel, zurrte ein Tau fester, hämmerte auf den Planken herum. Dies war seine Art, von dem Schiff Abschied zu nehmen.

Es ging bereits auf Mittag zu, als er vor den Inseln ein Schratsegel ausmachte. Es gehörte zu einer Schnigge, die sich vom Seegatt kommend der Küste näherte. Es herrschte Ebbe. Das Schiff befuhr den Priel, der durch das bloßliegende Watt mäanderte, glänzend und bleifarben wie eine Spur aus vergossenem Öl.

Er runzelte die Stirn. Die Schnigge kam ihm bekannt vor.

Dreihundert Faden vor den Salzwiesen holte die Mannschaft das Segel ein und legte sich in die Riemen. Kurz darauf glitt das schlanke

Schiff durch das offene Siel. An der Ruderpinne stand ein Geist. Er winkte Folkmar mit der gewaltigen Pranke und lachte dröhnend.

Folkmar rannte los und erreichte den Hafen gleichzeitig mit der *Marienknecht*.

Während die Seeleute die Schnigge am Anleger vertäuten, ging der Geist von Bord. Folkmar blieb am Kai stehen, fragte sich, ob er noch schlief und träumte, ob ihm seine Sinne einen Streich spielten. Nein, dies war kein Nachtmahr, keine Chimäre, sondern ein Mann aus Fleisch und Blut.

»Johann Störtebeker.« Folkmar musste den Namen aussprechen, um die allerletzten Zweifel abzuschütteln.

Lachend kam der rothaarige Riese auf ihn zu, schlang Arme wie Spanten um ihn, drosch ihm auf den Rücken, dass ihm die Luft wegblieb.

»Das bin ich, so wahr ich hier stehe. Aber Störtebeker gibt's nicht mehr. Man nennt mich nur noch Johann.«

»Was machst du hier?«, brachte Folkmar hervor.

»Ich komme für ein weiches Bett, sauberes Wasser und frischen Proviant, wie du's uns weiland versprochen hast. Ich hoffe, das Angebot steht noch.«

»Für dich immer, alter Freund. Aber zuerst will ich Antworten.«

Johann grinste breit. »Was willst du wissen?«

»Das Offensichtliche zuerst: Warum lebst du? Ich dachte, die Hanse hätte euch erwischt.«

»Hat sie auch. Es waren blutige Gemetzel vor Helgoland und auf der Jade. Sie jagten uns wie räudige Hunde, überschütteten uns mit Feuer und Pfeilen, versenkten unsere Schiffe. Viele von uns sind jämmerlich ersoffen, wenn die Hamburger sie nicht vorher abgeschlachtet haben. Das war der Untergang der Likedeeler und Störtebekers Tod.«

»Sein Tod, aber nicht sein Ende«, stellte Folkmar fest.

Johann nickte grimmig. »Ich konnte mit einer Handvoll Brüder fliehen. Ich tauchte in Dänemark unter und legte den Namen ab, der mir so viel Pech gebracht hatte. Die anderen hatten leider nicht so viel Glück. Klaus, Otto, Gernot und Welpe, Hennig und Wigbold – sie wurden entweder im Kampf getötet oder in Ketten nach Hamburg geschleift, wo die Pfeffersäcke sie einen Kopf kürzer machten.«

»Gödeke auch?«

»Der alte Fuchs konnte entkommen wie ich. Hat's irgendwie geschafft, die Friedekoggen abzuschütteln und von der Jade ins offene Meer vorzustoßen – und weg war er.«

»Er lebt also?«

»Denk schon. Hab ihn lang nicht gesehen. Ab und zu hör ich von ihm. Er treibt sich wohl vor der norwegischen Küste herum und piesackt die Bergenfahrer.« Johann lachte wie über einen gelungenen Witz.

Auch Folkmar strahlte. Der Kater, die Kopfschmerzen, beides war vergessen. Dass Gödeke am Leben war, erfreute ihn über alle Maßen. Das machte die Welt vielleicht nicht gerechter, zweifellos aber schillernder und fröhlicher. »Wenn ihr euren Häschern entkommen konntet, wieso erzählt die Hanse aller Welt, sie hätte euch gefangen und hingerichtet?«

»Nun ja, was sollen die Pfeffersäcke sonst erzählen? Gödeke und ich, wir sind mit Abstand die berühmtesten Likedeeler, man fürchtete uns auf der ganzen Westsee«, antwortete Johann ohne den kleinsten Anflug von Bescheidenheit. »Dass ausgerechnet wir davongekommen sind, war eine Blamage. Hätten das die Hamburger Ratsherren zugegeben, dann hätte man sie in Schimpf und Schande aus der Stadt gejagt. Also behaupten sie, sie hätten uns erwischt, und hoffen, dass wir uns nie wieder in der Deutschen Bucht und auf der Flandernroute blicken lassen. Ich weiß nicht, wie Gödeke es damit hält, aber ich tu ihnen den Gefallen. So ein Blutbad wie das vor Helgoland will ich nicht noch mal erleben. Behalt es also für dich, dass du mich gesehen hast.«

»Störtebeker ist tot«, sagte Folkmar. »Ich hab Johann gesehen. Aber Männer dieses Namens gibt's viele.«

»Ich sehe, wir verstehen uns«, brummte der einstige Likedeeler zufrieden. »Sag das auch deinem buckligen Onkel, sofern er noch lebt.«

»Das tut er.«

»Freut mich zu hören. Kann's kaum erwarten, das kauzige Kerlchen wiederzusehen.«

Folkmar bezweifelte, dass dies auf Gegenseitigkeit beruhte, zumal in Johanns Augen der Schabernack glitzerte. Er beschloss, Abbe eine

Warnung zukommen zu lassen, damit sein Onkel sich in Sicherheit bringen konnte, ehe der rothaarige Riese das Steinhaus mit großspurigem Getöse und grimmem Witz heimsuchte. »Sehen wir zu, dass wir für dich und deine Leute was zu beißen und ein Quartier für die Nacht auftreiben«, schlug er vor.

»Das hat Zeit. Jetzt zeigst du mir erst mal diese neue Holk, die draußen vor dem Deich liegt. So ein Monstrum von einem Schiff hab ich noch nie gesehen.«

Sie traten auf den Kai. Das Schiffsvolk der *Marienknecht* schien lange auf See gewesen zu sein, denn die Männer nahmen sich die Zeit, die Schnigge gründlich auf Vordermann zu bringen, indem sie stinkendes Bilgewasser abschöpften, leere Wasserfässer und durchgeweichte Sandsäcke an Land schafften sowie gebrochene Riemen und gerissenes Tauwerk austauschten. Folkmar kannte keinen einzigen der Seeleute.

»Hab sie in Danzig angeheuert«, erklärte Johann. »Passable Matrosen und brauchbare Kämpfer. Mit den Likedeelern aber können sie nicht mithalten. Wer kann das schon?«, meinte er mit Wehmut in der Stimme.

»Danzig ist jetzt also dein Heimathafen?«, fragte Folkmar, während sie am See entlangschlenderten.

»Ich hab keinen Heimathafen und werde nie einen haben. Ich segle immer da hin, wo ein guter Schiffer und beherzter Schwertmann einen Batzen Silber verdienen kann. Im Moment ist das Danzig. Wer weiß, wo's danach hingeht …«

Folkmar hatte gehört, dass die preußischen Seestädte gerade im Konflikt mit dem Königreich England lagen. Vermutlich verdingte sich Johann als Kaperfahrer, der den Preußen half, den Boykott englischer Handelsschiffe durchzusetzen. Er fragte nicht nach Einzelheiten. Je weniger er über Johanns Aktivitäten wusste, desto besser.

»Davor hab ich eine Weile für den Grafen von Holland gearbeitet, stell dir vor«, fuhr der alte Freund fort. »Er war zunächst ein bisschen nachtragend. Du weißt schon – die Sache mit seinen Küsten, die wir damals beehrt hatten. Aber er kam rasch darüber hinweg, als ich ihm half, den Westergo zu unterwerfen. Und vor Holland«, verkündete Johann stolz, »war ich in Rom.«

»Was hast du denn in Rom getrieben?«

»Hab eine Wallfahrt gemacht.«

»Du – eine Wallfahrt?« Folkmar musste lachen.

»Nach der Katastrophe von Helgoland dachte ich, es könnte nicht schaden, den Apostel Petrus zu bitten, im Himmel ein gutes Wort für mich einzulegen. Scheint die richtige Entscheidung gewesen zu sein. Seitdem gehen die Geschäfte glänzend.«

»Sich mit den himmlischen Mächten gut zu stellen ist immer eine gute Idee. Da fällt mir ein: Hast du eigentlich die Vincentius-Reliquie noch?«

Beiläufig berührte Johann den Wamskragen. »Die hab ich bei den Kämpfen gegen die Kankena verloren«, antwortete er und ließ die Hand sinken. »Kein Wunder, dass wenig später das Unglück über mich hereingebrochen ist.«

Sie stiegen den Deich hinauf und traten auf den Erdhügel, der ins Watt hinausragte. Johann betrachtete die *Rote Almuth*, die in der Fahrrinne ankerte. Er tat es lange.

»Hast du sie gebaut?«

»Gebaut haben sie die Zimmerleute der Lastadie. Ich habe die Pläne entworfen.«

»Pläne. Zeichnungen auf Papier, mit Zahlen und Berechnungen und so weiter.«

»So ist es«, sagte Folkmar lächelnd.

»Du bist mir vielleicht einer. Sag, hast du nicht Lust, bei mir anzuheuern? Ich zahl dir gutes Geld für deine Dienste als Schiffszimmermann.«

»Ich fühle mich geehrt. Aber mein Bedarf an Abenteuern ist gedeckt. Ich geh nicht mehr weg aus Warfstede – zumal ich bald Vater werde.«

»Glückwunsch«, brummte Johann. »Hast du schon einen Käufer für den Kahn?«

»Bis jetzt nicht.«

»Verkauf ihn mir. Ich geb dir tausend Mark in Gold auf die Hand.«

»Tut mir leid – daraus wird nichts.«

»Also gut. Zwölfhundert. Weil du's bist.«

»Nein, Johann.«

Der rothaarige Riese stierte ihn an. »Glaubst du mir etwa nicht, dass ich so viel Geld habe?«

»Ich glaube dir unbesehen, dass du so viel Geld hast. Aber um Geld geht es nicht.«

»Ich versteh schon«, knurrte der einstige Likedeeler. »Du willst dein hübsches neues Schiff nicht einem wie mir überlassen. Einem Söldling und Piraten, der es benutzt, um unschuldige Pfeffersäcke auszunehmen. Du hast es für Höheres ausersehen, nicht wahr?«

Folkmar zog es vor, darauf nicht zu antworten.

»Und du hast ja recht«, meinte Johann versöhnlich. »Du hast ein außergewöhnliches Schiff geschaffen. Es sollte außergewöhnliche Fahrten machen. Könige nach Spanien befördern und dergleichen.«

Gemeinsam betrachteten sie die Holk.

»Eine neue Zeit ist angebrochen«, sagte Folkmar nachdenklich. »Ein Jahrhundert der Seefahrt. Meine Holk ist erst der Anfang. Bald werden wir noch viel bessere Schiffe auf den Meeren sehen. Zweimaster, Dreimaster, mächtig wie schwimmende Festungen. Ehrgeizige Männer und beherzte Kapitäne werden sich die Fortschritte im Schiffsbau zunutze machen, um zu neuen Ufern aufzubrechen. Sie werden neue Fahrtrouten, neue Länder entdecken. Ganze Welten, von denen wir bisher nichts ahnen. Ich will ein Teil davon sein.«

Sein Blick schweifte zu den Inseln, zum offenen Meer jenseits des Seegatts. Diesig und grau erstreckte es sich bis zum Horizont. Ewig, unermesslich, unergründlich. *Nein*, dachte Folkmar, *nicht unergründlich. Wir werden den Ozeanen ihre Geheimnisse entreißen. Vielleicht nicht ich, vielleicht auch nicht meine Söhne und Enkel. Ganz sicher aber deren Nachkommen.*

»Du bist ein Träumer, Isebrand«, sagte der Mann, der einst Störtebeker gewesen war, mit gutmütigem Spott. »Schon immer gewesen.«

Folkmar lächelte. »Das bin ich wohl.«

Johann klopfte ihm auf die Schulter, und sie gingen zum Dorf zurück.

Glossar der friesischen und maritimen Begriffe

Achterkastell: ein > achtern befindliches > Kastell
achtern: »hinten« bei einem Wasserfahrzeug
Altmarsch: siehe Knickmarsch
Ankertrosse: das Tau, an dem der Anker befestigt ist
Auricherland: eine friesische > Landsgemeinde
backbord: die (in Fahrtrichtung) linke Seite eines Wasserfahrzeugs
Bilge: der tiefste Bereich eines Schiffes, direkt oberhalb des Kiels gelegen
Blanker Hans: eine poetische Bezeichnung für Sturmfluten an der Nordseeküste
Bodenwrange: ein Holzstück, das Rumpfhülle, > Spanten und Kiel miteinander verbindet
Brasse: ein Tau zum Ausrichten der > Rah
Bratspill: siehe Spill
Brokmann: Bewohner von > Brokmerland
Brokmerland: eine friesische > Landsgemeinde
Bug: der vordere Teil eines Wasserfahrzeugs
Diemat: altes norddeutsches Flächenmaß. Ein Diemat entspricht ungefähr 4500 bis 10 000 Quadratmeter, je nach Region
Emsigerland: eine friesische > Landsgemeinde
Enunciator: (lat.) der Vorsteher und Sprecher der Sechzehn > Redjeven von > Harlingerland
Ewer: ein aus Friesland stammender leichter Küstensegler
Ewiges Meer: ein Hochmoorsee in Ostfriesland
Faden: nautisches Längenmaß, das 1,828 Meter entspricht
Federgo: eine friesische > Landsgemeinde
Fenn: niederdeutsche Bezeichnung für ein Moor oder einen Sumpf (auch »Fehn« oder »Vehn«)
fieren: ein Segelmanöver, das Nachlassen einer Leine

Friedeschiff: ein hansisches Kriegsschiff zum Einsatz gegen Piraten

Friesensalz: aus Torf gewonnenes Speisesalz (auch: Torfsalz)

Friesische Freiheit: das Recht der Friesen im Mittelalter, sich keinem Herrn außer dem Kaiser unterordnen zu müssen, was zur Bildung autonomer und genossenschaftlich organisierter > Landsgemeinden führte

Gaffel: ein am Mast befestigtes Rundholz; das > Schratsegel wird zwischen Gaffel und Baum gespannt

Gangspill: siehe Spill

Geest: eine durch eiszeitliche Sandablagerungen entstandene Landschaftsform in Norddeutschland, höher gelegen und weniger fruchtbar als das Schwemmland der > Marsch

Gracht: ein künstlich angelegter Wasserkanal

Grote Mandrenke: eine Sturmflut, die vom 15. bis 17. Januar 1362 weite Teile der deutschen Nordseeküste verwüstete

Harlingerland: eine friesische > Landsgemeinde

Häuptling: ein Herrschaftstitel im spätmittelalterlichen Ostfriesland, der im Zuge des Niedergangs der > Friesischen Freiheit aufkam

Heck: der hintere Teil eines Wasserfahrzeugs

Helling: eine in ein Gewässer mündende Rampe auf einer > Lastadie

Holk: ein spätmittelalterliches Hochseeschiff

kalfatern: das Abdichten eines hölzernen Schiffsrumpfs mit Pech und anderen wasserabweisenden Materialien

Kastell: zu den Aufbauten eines Schiffes zählende, mit hölzernen Zinnen versehene Plattform

Kaventsmann: der seemännische Ausdruck für eine außergewöhnlich hohe Welle

Kielschwein: ein längs in der > Bilge liegender Balken zur Verstärkung des Kiels

Kimm: seemännische Bezeichnung für die Grenzlinie zwischen Meeresoberfläche und Himmel

Kimmung: der gekrümmte Übergang des Schiffsbodens in die Rumpfwände

Kirchspiel: ein Pfarrbezirk in Norddeutschland

Klafter: ein historisches Längenmaß, das in diesem Roman 1,80 Meter entspricht

Klinkerbeplankung: Methode im Schiffsbau, bei der die Rumpfplanken überlappend gesetzt werden

Klootschießen: eine alte norddeutsche Sportart, bei der es eine Kugel möglichst weit zu werfen gilt

Klüverbaum: ein abstehendes Rundholz am Bug eines Segelschiffs

Knickmarsch: ein Bereich der > Marsch in der Brackwasserzone, etwa an Flussmündungen

Kogge: ein mittelalterliches Hochseeschiff

Kolk: eine wassergefüllte Moorniederung

Krähennest: der seemännische Ausdruck für den Ausguck an der Mastspitze

krängen: der seemännische Ausdruck für »sich zur Seite neigen«

Kraweelbeplankung: Methode im Schiffsbau, bei der die Planken nicht wie bei der > Klinkerbeplankung überlappend gesetzt werden, sondern Kante auf Kante, sodass der Rumpf eine glatte Oberfläche bildet

Landrecht: das spezifische Recht einer friesischen > Landsgemeinde, basierend auf den > Siebzehn Küren

Landsgemeinde: ein autonom und genossenschaftlich organisiertes Gemeinwesen im mittelalterlichen Friesland, basierend auf der > Friesischen Freiheit

Lastadie: alte Bezeichnung für einen Schiffsbauplatz

Lee: die vom Wind abgewandte Seite eines Wasserfahrzeugs; siehe auch Luv

Likedeeler: eine spätmittelalterliche Gruppe von Kaperfahrern und Söldnern, die aus den > Vitalienbrüdern hervorging und insbesondere in Ostfriesland tätig war

Luv: die dem Wind zugewandte Seite eines Wasserfahrzeugs; siehe auch Lee

Marsch: küstennahes, flaches Schwemmland in Norddeutschland, fruchtbarer und daher dichter besiedelt als die > Geest; siehe auch > Knickmarsch

Marschenfieber: eine ältere Bezeichnung für die Krankheit Malaria

Middelzee: ein historisches Gewässer zwischen den friesischen Landsgemeinden > Westergo und > Ostergo

Moormerland: eine friesische > Landsgemeinde

Norderland: eine friesische > Landsgemeinde

Ostergo: eine friesische > Landsgemeinde

Östringen: eine friesische > Landsgemeinde

Pinne: ein Hebel zum Bedienen des Ruders

Polder: ein Gebiet, das zwecks Hochwasserschutz durch Eindeichung dem Meer abgerungen wurde

Priel: eine Wasserrinne im Watt

Rah: ein am Mast befestigtes, segeltragendes Rundholz

Rahsegel: ein rechteckiges Segel

Redjeve: (altfries.) der Richter und Vorsteher einer Gemeinde oder eines größeren Gebietes im mittelalterlichen Friesland

Reffbändsel: Taustück, das das gereffte Segel zusammenhält

Reling: das Geländer an Deck eines Wasserfahrzeugs

Rheiderland: eine friesische > Landsgemeinde

Rigg: anderes Wort für > Takelage

Rüstringen: eine friesische > Landsgemeinde

Salzwiese: ein einem Küstendeich vorgelagerter Vegetationsbereich, der bei Flut teilweise oder ganz vom Meerwasser überschwemmt wird

Schanzkleid: eine meist aus Holz bestehende Wand um das Oberdeck eines Schiffes, ähnlich der > Reling

Schieringer: eine spätmittelalterliche und frühneuzeitliche Parteiung im westlichen Friesland, Gegenspieler der > Vetkoper

Schiffer: alte Bezeichnung für einen Kapitän und Reeder

Schnigge: ein leichtes Segelschiff, das bis ins 19. Jahrhundert gebräuchlich war

Schratsegel: ein Segel, das im Gegensatz zum > Rahsegel in Richtung der Schiffslängsachse gesetzt wird

Seegatt: eine schmale Strömungsrinne zwischen zwei Inseln

Seemeile: nautisches Längenmaß, das 1,852 Kilometer entspricht

Sieben Seelande: ein loser Zusammenschluss der > Landsgemeinden zum Schutz der > Friesischen Freiheit, wobei die Zahl »Sieben« symbolisch zu verstehen ist

Siebzehn Küren: ein Rechtstext, in dem die Freiheiten aller Friesen festgelegt waren und der im Mittelalter als Grundlage für die friesische Rechtsprechung diente

Siel: eine Deichschleuse zur Entwässerung des hinter dem Deich gelegenen Landes

Spake: ein Rundholz zum Bedienen des > Spills

Spant: ein Schiffsbauteil: hölzerne Rippe, an der die Rumpfplanken befestigt werden

Spill: eine der Seilwinde verwandte Vorrichtung zum Ziehen von Tauen und Trossen, wobei das »Bratspill« eine horizontale und das »Gangspill« eine vertikale Welle beziehungsweise Trommel aufweist

Stag: ein längs des Schiffes aufgespanntes Tau zum Stabilisieren des Mastes

Stagfock: ein Vorsegel, das an einem > Stag befestigt ist

Steinhaus: das befestigte Anwesen einer herrschenden friesischen Sippe

steuerbord: die (in Fahrtrichtung) rechte Seite eines Wasserfahrzeugs

Steven: ein Schiffsbauteil: Balken, der den Kiel an Bug und Heck verlängert und den Schiffsrumpf nach vorn und > achtern abschließt

Takelage: die Gesamtheit aller Segel, Taue und Masten eines Wasserfahrzeugs

Talje: der seemännische Ausdruck für einen Flaschenzug

The: (fries.) der zentrale Dorfplatz einer friesischen Siedlung im Mittelalter

Tide: der Wechsel von Ebbe und Flut (auch: Gezeiten)

Tief: ein Fluss oder Bach in Küstennähe, dessen Bett unter dem Meeresspiegel liegt

tom Brok: eine ostfriesische Häuptlingssippe im 14. und 15. Jahrhundert

Torfsalz: siehe Friesensalz

Trimm: Optimieren der > Takelage, um die Seetüchtigkeit eines Wasserfahrzeugs zu verbessern

Vetkoper: eine spätmittelalterliche und frühneuzeitliche Parteiung im westlichen Friesland, Gegenspieler der > Schieringer

Vitalienbrüder: eine spätmittelalterliche Gruppe von Kaperfahrern und Söldnern (siehe auch > Likedeeler)

Wangerland: eine friesische > Landsgemeinde

Want: ein seitlich aufgespanntes Tau zum Stabilisieren des Mastes

Warf: ein künstlicher Erdhügel in der > Marsch

Wegerung: die Verkleidung der > Spanten

Westergo: eine friesische > Landsgemeinde

Westsee: ein veralteter Begriff für die Nordsee

Wrangen: siehe Bodenwrange

Danksagung

Mit keinem Roman habe ich so intensiv gerungen wie mit diesem. Dass ich diese komplexe Geschichte überhaupt schreiben konnte, verdanke ich vielen lieben Menschen, die mir zwei Jahre lang mit kompetentem Rat, tatkräftiger Unterstützung und emotionalem Support zur Seite standen – als da wären:

meine Testleser*innen Juliane Stadler, Uschi Timm-Winkmann, Natalja Schmidt, Markus Opper und Uwe Ittensohn;

Herr Manno Peters Tammena, Namenforscher und fachkundiger Berater bei allen Fragen zu alten ostfriesischen Namen;

meine Lektorinnen Eva Wagner, Barbara Heinzius und das Team des Goldmann Verlages;

Bastian Schlück und das Team der Literaturagentur Thomas Schlück.

Danke für alles – ihr seid die Besten!

Besonders danken möchte ich meiner Partnerin Susanne. Ohne deine Geduld, deine Kreativität und deine Liebe wäre dieses Buch niemals fertig geworden. »Im Bann des Adlers« ist für dich.

Daniel Wolf, im November 2021